Jorge Luis
Borges

Textos cautivos

文稿拾零

[阿根廷] 豪尔赫·路易斯·博尔赫斯 著

陈泉　徐少军 等 译

上海译文出版社

题注：1936 年，博尔赫斯的父亲健康迅速恶化。为了增加家庭收入，从 10 月 16
日开始，博尔赫斯担任布宜诺斯艾利斯《家庭》杂志"外国书籍和作者"
栏目的主编。栏目有四部分内容：作家生平、创作、作品评论和新闻性的
"文学生活"。该专栏持续三年之久，博尔赫斯写了大量文章，经常同一期
内有数篇文章发表。这些文稿的选集，由恩里克·萨塞利奥和埃米尔·罗
德里格斯·莫内加尔编辑出版。原版《博尔赫斯全集》将同期发表的文章
归置一处。

目　录

一九三六年十月十六日

卡尔·桑德堡[*]

　　卡尔·桑德堡——也许是美国第一位诗人，毫无疑问，他也特别地美国式——一八七八年一月六日出生在伊利诺伊州的盖尔斯堡。他的父亲奥古斯特·琼森是个铁匠，瑞典人，在芝加哥铁路公司工段做工。由于工段里有很多人名字叫琼森、琼松、杰森、琼斯顿、琼斯通、吉松、吉森，还有詹森，他的父亲就改换了一个不会搞错的姓，因而选择了桑德堡。

　　卡尔·桑德堡同沃尔特·惠特曼、马克·吐温，还有他的朋友舍伍德·安德森一样，没有移居国外，而是做了许许多多的工作，其中有些是很艰苦的工作。从十三岁到十九岁，他先后做过理发店的看门人，当过赶车人、布景员，做过砖窑小工、木匠，堪萨斯、奥马哈和丹佛等地酒店的洗碗工、小农场的短工、炉灶油漆工、墙面油漆工。一八九八年他志愿参加了伊利诺伊州的第六步兵部队，在波多黎各当了将近一年的兵，跟西班牙人打仗（他在诗歌里不愿意提及这一段戎马生涯）。他的一个战友鼓励他读书。回国以后他进了盖尔斯堡学院。他初期的作品就是这个时期（一八九九～一九〇二）写的：一些并不像他的散文和诗歌习作。那时，他以为自己最感兴趣的是篮球而不是文学。他的第一本书——那是一九〇四年——已经拥有那些他的任何一位崇拜者都不会拒绝的段落。真正意义上的桑德堡是在十年以后，在《芝加哥》一诗中才出现的。几乎是霎时间，美国就承认了他、庆贺他、背诵他，也有人辱骂他。由于他的诗歌没有什么韵律，他的反对者认为那不是诗歌。于是，赞成他的人进行反击，引用了诸如海涅、大卫王[1]、沃尔特·惠特曼等名字和例子。重复至今在布宜诺斯艾利斯依然盛行的争论毫无意义，因为这在

---

* 本篇及以下三篇初刊于 1936 年 10 月 16 日《家庭》杂志。
1 David（前 1040—前 970），以色列第二代国王，据犹太教传说，他是几部赞美诗的作者。

世界其他国家早已被撇在了一边。

一九〇八年，桑德堡（那时他在密尔沃基当记者）结婚。一九一七年他进入《芝加哥日报》工作；一九一八年他到瑞典和挪威进行了一次尽孝心的旅行，这是他长辈们的土地。几年以后他出版了《烟与钢》。他的题词是这样写的："致爱德华·让·史泰钦上校，夜曲和脸庞的绘画家；微光和瞬间的记录人；下午蓝色的风和鲜艳黄玫瑰的聆听者；幻想家和发现者；花园、峡谷、战场上的清晨骑士。"

桑德堡走遍了美国各个州，做讲座，用缓慢的节奏朗诵他的诗歌，收集并吟唱古老的歌谣。有一些留声机唱片记录了桑德堡庄重的嗓音和他的吉他声。桑德堡的诗歌所使用的英语有点像他的嗓音和讲话方式；一种口语，交谈性的英语，他用的词汇在字典中是没有的，那是美国马路上的语言，充其量不过是英国的土语。他在诗中不断地玩弄着虚假的笨拙，还有许多佯装疏忽的精巧。

在桑德堡身上有一种疲倦的忧伤，一种平原傍晚时的忧伤，泥沙浊流的忧伤，无用却又精确回忆的忧伤，一个在白天和黑夜之间感受到时光流逝的男人的忧伤。在纽约还是三四层楼房高的时候，惠特曼曾庆贺城市垂直向上直指蓝天；桑德堡在令人目眩的高大的芝加哥，却常常看到它遥远年代里的那种孤独，老鼠和散落在城市瓦砾之间的空地等景象。

桑德堡出版了六本诗集。最近几本中的一本名字叫《早安，美国》。同时，他还写了三本儿童故事和一本详尽的传记，讲的是年轻时代的林肯，他也是伊利诺伊人。今年九月，他发表了长篇史诗：《人民，是的》。

过于陈旧的大街

我走在旧城的大街上，狭小的马路
就像藏在木桶里多年的
咸海鱼那干硬的喉咙。

真老！真老！我们真老！——不停地说着话
那些墙面，它们肩靠着肩，就像村里的
老妇人，就像年老疲倦的老妪
还在做着不能省的事情。

城市能够给予我这个外乡人

最伟大的东西，就是国王的雕塑，每个街角
都有国王的青铜雕塑，年老的大胡子国王
在写书，在给所有的臣民宣讲上帝的爱，
年轻的国王，率领军队驰骋疆场，
砸烂敌人的头颅，壮大自己的国疆。

在这古老的城市，最教我奇怪的
是穿梭在青铜国王的腋下和指缝间
那阵阵风声，不可避免吗？
它将永远如此吗？

一个下雪天的早晨，国王中有一个叫了起来：
把我扳倒吧，扳倒在那些疲倦的老妪
看不见我的地方。把我的青铜扔进烈火之中，
为我融化成舞蹈儿童的项链。

——卡尔·桑德堡

陈 泉 译

古斯塔夫·梅林克《西窗天使》

这部名为《西窗天使》的小说差不多是一部神智学小说，但内容并不像它的书名那样美丽。使古斯塔夫·梅林克出名的是他的鬼怪小说《假人》。这是一部极其形象化的小说，它将神话、色情、旅游、布拉格的"地方色彩"、带预兆的梦、别人的梦或者前世的梦，甚至现实生活有趣地结合在一起。在这本有趣的书之后还出了一些不那么有趣的书。在那些书中可以看到的，已经不是霍夫曼和爱伦·坡的影响，而是德国过去盛行（现在仍然盛行不衰）的各种神智学派的影响。我们可以看到梅林克受到东方智慧的"启发"，这肯定是他访问那些地方的必然结果。渐渐地，他与他最天真烂漫的读者取得认同。他的书变成了一种信仰，甚至是一种宣传。

《西窗天使》是一部编年史，充满着神秘的奇迹，因其完美的诗的意境，有时简直很难让人觉得那是一部编年史。

陈　泉　译

弗·奥·马西森
《托·斯·艾略特的成就》

这本书的主题不是谈论托·斯·艾略特的黑暗，而是他的光明。他同一些人的大惊小怪和另一些人略带赶时髦和学究气的推崇，保持着相同的距离。马西森在这本书里关心是艾略特的诗作，并且用他的批评著作对之进行了评判。托·斯·艾略特其人不如其思想更令人感兴趣；而其思想不如其思想所带有的形式更令人感兴趣。马西森认为，想了解艾略特所写的每一页里的人的情况，或者想了解一首诗所释放出的笼统的思想，都将是一个错误。因此他选择做一个仔细而正式的评论。最大的遗憾就是刚刚宣布了这个艰巨的计划，他就觉得还是不完成为好。我们没能看到在该书头几页里所显露出的那种详尽的修辞研究，却看到了一系列的讨论，当然也是十分精彩的。

对艾略特的诗歌，对其诗歌那有限、随意却又特别强烈的空间，我不知道还有什么更好的引言。

陈　泉　译

《法兰西百科全书》

　　《法兰西百科全书》要比中国的一种一千六百二十八卷、每卷三十二开两百页的百科全书篇幅少得多。由阿纳托尔·德·蒙奇——周围还另有许多专家——主编的《法兰西百科全书》不过二十一卷。已经出版了三卷。第七卷很快就要出版。这种不正常的情况是因为：新的百科全书拒绝按照字母顺序排列，而尝试按照内容进行"有机"分类的另一种方法。出版者，甚至批评界，都说拒绝按照带有随意性的字母顺序排列，而改为按照分类原则排列是一种独创。但他们忘记了这种做法正是百科全书最初的做法，而按照字母排列是当时引进的一种新方法。

　　另有一种更得意的"革新"：这部百科全书（就像纽约的

某种百科全书）可以卸下旧页并换上订阅人以后定期收到的新书页。

这套百科全书的装帧很精美。

陈　泉　译

一九三六年十月三十日

弗吉尼亚·吴尔夫[*]

　　弗吉尼亚·吴尔夫被认为是英国第一流小说家。排名是否精确这并不重要，因为文学并不是一种比赛。但是无可争议的是，她是目前正在对英国小说进行有益尝试的最为聪明又最富想象力的作家之一。

　　阿德利娜·弗吉尼亚·斯蒂芬一八八二年出生在伦敦（那第一个名字如今已经不见影踪）。她是斯威夫特、约翰逊和霍布斯的传记作者莱斯利·斯蒂芬的女儿，这些传记的价值就在于其散文的明快和资料的翔实，很少进行分析，但从不编造。

　　阿德利娜·弗吉尼亚在四个兄弟姐妹中排行老三。画家罗森斯坦回忆说"她是一个专心致志、悄然无声的人，一身黑装，只有领口和袖子有白色的花边"。从小时候起，她就习惯于没什么要说时就不讲一句话。她从来没有上过学，但是在家里的功课之一就是学习希腊语。她家星期天时有客来：梅瑞狄斯[1]、罗斯金、斯蒂文森、约翰·莫利[2]；戈斯和哈代则是常客。

她常在康沃尔郡，在靠海边的一间僻静小屋里过夏天。这是一座缺少整修的大庄园里的一间小屋，有平台，有院子，还有一个小暖房。这座庄园在她一九二七年的小说里屡屡出现。

一九一二年，阿德利娜·弗吉尼亚在伦敦与伦纳德·吴尔夫先生结婚，两人合买了一家印刷厂。他们很喜欢印刷业这种文学的同谋，但这常常也是叛徒的行当。他们自己编撰并出版自己的书。毫无疑问，他们是想到了印刷厂主兼诗人威廉·莫里斯的光荣先例。

---

* 本篇及以下三篇初刊于 1936 年 10 月 30 日的《家庭》杂志。

1 George Meredith（1828—1909），英国小说家、诗人。

2 John Morley（1838—1923），英国出版家、传记作家和政治家。

三年以后，弗吉尼亚·吴尔夫出版了她的第一部小说《远航》。一九一九年发表《夜与日》，一九二二年发表《雅各的房间》。后面这本书很有特色，没有叙事意义上的情节，主题是一个人的性格问题，她并没有对这个人本身进行研究，而是通过围绕着他的事物和人物进行间接的研究。

　　《达洛维夫人》（一九二五年）讲的是一个女人的一天，是乔伊斯的《尤利西斯》并不震撼人的映像。《到灯塔去》（一九二七年）也是同样的手法，展示一些人生活中的几个小时，以便我们通过这几个小时看到他们的过去和将来。在《奥兰多》（一九二八年）中也有对时间的关切。这部小说，毫无疑问，是弗吉尼亚·吴尔夫最有分量的小说，也是我们时代最独特和最令人不耐烦的小说之一，其中的英雄生活了三百年，有时他也是英国的象征，特别是象征着它的诗歌。在这本书中，魔幻、痛苦、幸福交织在一起。同时这也是一本音乐之书，不仅因为散文悦耳的韵律，也是因为文章的结构本身，它由有限的几个主题不断回复组合而成。在《一间自己的房间》（一九三〇年）中我们听到的也是音乐，这里梦幻与现实交替并且找到一种平衡。

一九三一年，弗吉尼亚·吴尔夫发表了另一部小说《海浪》。作为书名的海浪，在漫长的、充满痛苦的岁月里，倾听着各种人物。他们生命的每一个阶段都对应着从早到晚的不同时辰。全书没有情节，没有对话，也没有动作。但是，这本书是动人的。就像弗吉尼亚·吴尔夫其他的书一样，这本书里充满着活生生的事实。

陈　泉　译

埃勒里 · 奎因 *《半途之屋》

　　我可以向喜欢侦探小说（不应该将它与纯冒险小说混为一谈，也不应该与国际间谍小说混为一谈，后者不可避免地充斥着挥金如土的间谍们的爱情故事和秘密文件）的人推荐埃勒里 · 奎因最近的一本书。我可以说它满足了这类小说的基本条件：把问题的各方面都陈述清楚；人物简单，手段也很简单；带有必要而且神奇的，但并不是超乎自然的答案。（在侦探小说中，催眠术、心灵感应的幻觉、巧施魔法的灵丹妙药、巫婆巫士、真正的魔术、消遣性的物理学都是骗人的。）埃勒里 · 奎因像切斯特顿一样玩弄着超自然性，但是他使用的是一种合法的方式，在提出问题时就影射着更大的神秘，而在答案中又把它忘却或者否定。

在侦探小说的历史上（可以追溯到一八四一年四月爱伦·坡的《莫格街谋杀案》的出版），埃勒里·奎因的小说引进了一种流派或者说一个小小的进步。我指的是他的技术。小说家对秘密常常先是提出一种通俗的说明，然后再给读者提供一个聪明的答案使其恍然大悟。埃勒里·奎因就像其他人一样，先提出一个没有什么意思的解释，（然后）故意透露一种非常漂亮的答案，读者会喜欢上这个答案，最后他会再进行反驳并且发现第三个答案，这是正确答案，总是不如第二个答案那样奇特，但毕竟是不可预见的、令人满意的。

埃勒里·奎因的其他优秀小说还有：《埃及十字架之谜》、《荷兰鞋之谜》和《暹罗连体人之谜》。

陈　泉　译

---

* Ellery Queen, 美国侦探小说作家弗·丹奈（Frederic Dannay,1905—1982）和他的表兄曼·班·李（Manfred Bennington Lee,1905—1973）共用的笔名，也是他们作品中侦探的名字。

阿韦德·巴里纳《神经症》

　　"活生生的历史"丛书的出版者决定重版这本书。书名很一般，不禁使人猜想是集合传记性和文学性的两项研究：一个是关于奈瓦尔，另一个是关于托马斯·德·昆西。作者几乎只是从病理和感情的角度对他们进行了研究。比如她认为德·昆西"要不是因为落入鸦片的魔爪"，应该是一位伟大的作家。她还探讨了他的忧伤和梦魇。她忘记了德·昆西本来就是一位伟大的作家，他的梦魇源于他灿烂的散文作品，他在散文中追忆或者创造了梦魇。这位被"抹煞"的作家在文学、批评、历史、自传、幽默、美学和经济学等方面的著作足有十四卷之多。这些著作也没有被波德莱尔、切斯特顿和乔伊斯等人白读。如果未来学派需要寻找一位先驱的话，他们大可以引用德·昆西——大约一八四一年前后——那篇热情洋溢的关于新的"运动的荣耀"的文章的作者，他的勤奋刚刚从中得到披露。

陈　泉　译

亨利・德・蒙泰朗[*]
《少女们》

　　这本书信体小说的主题（加以必要的变通后）即萧伯纳的《人与超人》的许多场景的主题：女人作为色情的追逐者，而不是被追逐者。这本书引起了许多人的愤慨。据说（有些说法也被印刷成文）书中被求爱的主人公皮埃尔・科斯塔是蒙泰朗的别名。占全书将近一半的女人信件，真叫人难为情，都是真实的。正如你所看到的，不同意见只是在道德方面。在现实主义的书中，所引用的文件材料都像真的一样，这是一大优点。如果切切实实是真的，那么小说家的功劳就是加工、推动并组织这些信件。仅挑选材料这一项就是一门艺术。"传记的艺术，"莫洛亚[1]说过，

"首先就是忘却的艺术。"

陈　泉　译

＊　Henride Montherland（1896—1972），法国小说家、剧作家。

1　André Maurois（1885—1967），法国传记作家、小说家。

一九三六年十一月十三日

里昂·孚希特万格[*]

"德国小说"这说法简直是一种矛盾。因为德国，它有那么丰富的形而上学研究人才，那么多的抒情诗人、博学者、预言家和翻译家，在小说方面却是非常的可怜。里昂·孚希特万格的作品则打破了这一概念。

一八八四年初孚希特万格出生在慕尼黑。不能说他十分钟爱他的故乡。"它的地理位置，它的图书馆、艺术画廊、狂欢节，还有它的啤酒，都是它所拥有的最好的东西。"他曾经这样说过。"至于所谓的艺术，"他略带尖刻地补充说，"它由一家学术机构作为官方代表，这家学术机构是由酒鬼们出于旅游目的而维持的。"看得出，孚希特万格深谙辱骂的艺术。

孚希特万格是在慕尼黑开始上学的，在柏林学过几年哲学。一九〇五年回到巴伐利亚并且创立了以革新为目的的文学协会。那时他便开始涂写一部十分浮华的小说，也就是现在令他后悔的那本小说。在这本小说中，他非常坦率地描写了一位贵族青年的生活。他还写了一部同样令人惋惜的悲剧，是"关于文艺复兴时期的一位画家与一个着了魔的女人之间的爱情故事"。

一九一二年他结了婚。一九一四年八月他在突尼斯碰上了战争。法国当局把他逮捕，但是他的妻子玛尔塔·勒夫勒让他登上了一艘意大利货船，得以返回祖国。他参了军并且更近地了解到了战争。一九一四年十月他在《戏院》杂志上发表了他在德国写的第一批革命诗歌中的一首。后来又发表了《沃伦·黑斯廷斯》，这是一部悲剧，其中的主人公，就是那位后来当上印度总督的热情奔放的缮写员；《托马斯·温特》，这是一本戏剧小说，还有独幕剧《战俘》，后来被禁止演出。他从希腊语翻译了讽刺喜剧《和平》，这部喜剧中出现

＊ 本篇及以下三篇初刊于 1936 年 11 月 13 日《家庭》杂志。

了诸神在炮筒里吃人、把和平女神关在地下水槽里的场面。这部喜剧（讲的是两千三百年前的事）在一九一六年实在是太"现代"了，政府怎能让它演出，当然把它给禁止了。

孚希特万格的两部主要小说是《犹太人苏埃斯》和《丑陋的女公爵》。这两部小说不仅都包含着主人公的心理和命运，而且还详细生动地展示了见证他们坎坷人生活动的复杂欧洲的完整图景。两部小说都非常生动有力，都征服了读者，可以说甚至（用散文一气呵成的气势）把作者也征服了。两部都是历史小说，但是它们与艰辛的拟古主义和那种折磨人的、繁杂而让人受不了的小说毫不相干。

一九二九年他发表了一本讽刺诗集，不很顺利，是关于美国的。人家说他从来没有到过美国，他回答说他也从来没有在十八世纪生活过。还说这段令人惋惜的空白（他是想尽可能地修改）并没有能够阻止他写《犹太人苏埃斯》。

一九三〇年底他发表了《成功》。这是一部当代小说，但完全是从将来的角度来观察并回顾的。

陈　泉　译

阿拉伯的劳伦斯

在英国出版了一本关于神话般的劳伦斯的书。他是阿拉伯的解放者、《奥德赛》了不起的译者、禁欲主义者、考古学者、战士和伟大的作家。书名叫《托·爱·劳伦斯的画像》，署名的是维维安·理查兹，主人公的私人朋友。是私人朋友而不是亲密朋友，因为在劳伦斯紧张的生活中没有非常亲密的朋友，就像也从来没有什么爱情一样。他难以置信地保持着自己的独立性，他拒绝别人对他身体的梦想和垂涎，拒绝针对他的男子汉心灵的一切柔情。他拒绝一切，拒绝荣誉，拒绝文学创作的欢乐。到最后他停止了写作。

关于劳伦斯有很多的书，但是理查兹的这一本我们觉得是最好的。（巴·亨·李德·哈特先生的那一本也很出色，特别是谈到了他的战略和战术方面的问题。而别的书只是宣扬一种爱国主义精神，要不就是善意的神话故事。）理查兹就像劳伦斯的所有传记作家一样，开始时都处于很大的弱势：需要用另外一些话来重复劳伦斯在《智慧七柱》中所讲述的事实。要想在叙述这些事实方面跟劳伦斯进行竞争是不可能的。理查兹发现，唯一的解决办法就是：归纳这些事实，大量地援引原文句子，阐明劳伦斯没有提到过的那些年代的生活。

理查兹写得非常认真，不放过任何一个有意义的细节，甚至讲到劳伦斯对印刷是多么的敏感，常常增删文字以便使他书的每一页都那么完美。

陈　泉　译

阿伦·普赖斯－琼斯[*]
《个人见解》

毫无疑问，如果说有许多英国人很少跟别人交谈的话，那么还有相当多的人根本不交谈。（也许）就是出于这个原因，产生了很多优秀的英语散文家的口语体或者说对话体作品。从这个意义上来说，我们要介绍的书就是一个典范。

很不幸，作者的意见比他的文字更加容易反驳。在某个地方他曾提到斯图尔特·梅里尔[1]，认为他"也许是爱伦·坡以来美国最好的抒情诗人"。

这种推崇是十分的荒唐：同他自己的象征主义同行相比较，斯图尔特·梅里尔是相当微不足道的；同弗罗斯特、桑德堡、艾略特、李·马斯特斯、林赛[2]相比，同其他二十位诗人相比（更不用说同西德尼·拉尼尔[3]了），他根本是不足挂齿的。阿伦·普赖斯-琼斯在另一个场合声明："有时我在现代诗歌的问题上引用散文的观点，即其形式与内容有一半要归功于蒙得维的亚城。"

这个观点（已经被许多最开始的摇摆不定开脱和淡化）很有意思，但是坦率地说，我们不认为朱尔斯·拉弗格[4]的童年和令人难以忍受的洛特雷阿蒙伯爵[5]的青春岁月能够说明这一点。

相反，普赖斯-琼斯先生说，蒙得维的亚没有什么迷人之处。我敢以老城玫瑰园的名义，以帕索-德尔莫利诺充满柔情的、潮湿的乡间别墅的名义，轻声但是充满信心地表示我的不同意见。

陈　泉　译

---

* Alan Pryce-Jones（1908—2000），英国作家、评论家。
1 Stuart Merrill（1863—1915），美国诗人。
2 Vachel Lindsay（1879—1931），美国诗人。
3 Sidney Lanier（1842—1881），美国诗人、批评家。
4 Jules Laforgue（1860—1887），法国诗人，生于蒙得维的亚。
5 Comte de Lautréamont（1846—1870），法国作家，生于蒙得维的亚。

丹尼斯·惠特利、约·格·林克斯等 《迈阿密城外的凶杀案》

不能否认这部小说（在印刷方面）的创新。惊奇的读者要知道，这不是一本书而是一个大案卷，它包括西部联盟的传真文件、好几份警察报告、两三封手写的信件、一幅地图、证人签过字的声明、证人的照片、一片带血的窗帘和几个信封。好奇的读者还要知道，在其中的一个信封里有一根火柴，另一个信封里是一根人的头发。这包杂乱的什物是寄给佛罗里达的警察约翰·米尔顿·施瓦布的，有关案子的事实都在里边。读者必须比较这些证据，检查这些照片，研究人的头发，发现火柴的秘密，研究带血的窗帘片，最后猜测或者推断出罪犯作案的方式，找出犯罪人。答案装在第三个信封里。

这个构思非常聪明，这样可以在侦探小说中引出许多变化。按照时间先后，我敢预言几种情况。第一阶段：两张照片上的人很相像，读者应该理解那是父亲和儿子。第二阶段：两张照片上的人很相像，读者怀疑他们是父亲和儿子，最后却不是。第三阶段：两张照片上的人是那么相像，敏感的读者会判定他们不可能是父亲和儿子，而最后却是。

至于窗帘和火柴，它们使我想起画家的一种做法，他们不是在布上画一个黑桃 A，而是把黑桃 A 牌贴在布上。

陈　泉　译

一九三六年十一月二十七日

诺贝尔文学奖获得者尤金·奥尼尔 *

　　诺贝尔奖（百科全书、词典都有记录，它由炸药及其他硝化甘油与二氧化硅结合体的发明人和传播者阿尔弗雷德·伯纳德·诺贝尔所创立）的规定中有这么一条，即一年五个奖项中的第四项，应该不考虑作者的国籍，给予最出色的理想主义倾向的文学作品。这最后一个条件是最棘手的，天底下没有哪一本书不可以被称作"理想主义"的，如果我们坚持这样认为的话。而第一个条件则有点狡猾。公正地把奖项平分，不考虑作者的国籍，这样良好的愿望事实上反而成了不明智的国际主义，一种按照地理位置的轮流坐庄。可以想见，也完全有可能，今年的最佳作品诞生在巴黎、伦敦、纽约、维也纳，或者莱比锡。但评审委员会不这样考虑，它以奇怪的公正性，宁愿跑遍亚的斯亚贝巴[1]、塔斯马尼亚、黎巴嫩、哈瓦那和伯尔尼的书店（或者略带爱国性地，不偏不倚地，也在斯德哥尔摩的书店）。小国家的权利简直要凌驾于正义之上了。我不知道，比如说，阿根廷共和国在一百年中，能不能产生一位具有世界重要性的作者，但是我却知道在不到一百年中肯定有一个阿根廷人将会获得诺贝尔奖，哪怕只是按照地图上的国家轮转。由此可以得出一个结论，似乎有点自相矛盾：对一个法国人或者一个美国人来说，获得诺贝尔奖就像一个丹麦人或者一个比利时人一样困难。其实他们还要困难得多，因为他们需要跟自己国家的所有作家竞争，这些作家人数众多，而且绝非等闲之辈。如果我们考虑到尤金·奥尼尔和卡尔·桑德堡、罗伯特·弗罗斯特、威廉·福克纳、舍伍德·安德森以及埃德加·李·马斯特斯是同一个国家的人，就会明白他最近的得奖是多么的不容易和光荣。

关于奥尼尔动荡的一生有很多的著作。这是在两半球危

* 本篇及以下五篇初刊于 1936 年 11 月 27 日《家庭》杂志。
1 埃塞俄比亚首都。

险水域里地地道道的动荡生活，总而言之，奥尼尔的生活与他塑造的一个人物是那么相像。只要想一想，尤金·奥尼尔一八八八年出生在百老汇的一家旅馆，他的父亲是悲剧演员，在煤气灯前已经壮烈地牺牲过数千次。尤金·奥尼尔在普林斯顿大学读过书，一九〇九年他到洪都拉斯的低洼地寻找黄金，一九一〇年当海员，后来在苏尔湾码头逃跑，见识了布宜诺斯艾利斯的百货商店，尝过了甘蔗汁的味道。（"我一直很喜欢阿根廷。什么都喜欢就是不喜欢喝这个甘蔗汁。"他笔下的一个主人公这样说。然后，这个主人公在临终前还回忆起巴拉卡斯的电影院，回忆起跟钢琴手的争吵和皮革厂的臭气。）

奥尼尔大量的作品，我认为可以分为两个阶段。我想在第一阶段恐怕是现实主义——《加勒比斯之月》、《安娜·克里斯蒂》和《十字画在何处》——他首先感兴趣的是人物，是人物的命运和灵魂。第二阶段，渐渐地或者说无耻地变成了象征主义——《奇妙的插曲》、《大神布朗》和《琼斯皇帝》——他感兴趣的是实验和技术。考虑到最后这些剧本，爱尔兰喜剧家约翰·欧文这样写道："如果说奥尼尔知道一点从亚里士多德到乔治·贝克教授的一系列戏剧界权威人士所提出的规矩的话，他正好非常小心地掩饰了这些规矩，好像是全然不知这些规矩地在写自己的作品。他写的一个本子有六幕，而实际上三幕就够了。另一个本子只有一个头和一个尾，缺少了中间的部分。第三个本子《琼斯皇帝》又是一个独白剧，有八场。早在九泉之下的亚里士多德如果听人讲到奥尼尔这样胡乱搬弄创作技巧的话，肯定会气得发抖，但是也许会因为剧本很走运而宽容他。奥尼尔的每一个新剧本就是一种新的尝试，令人惊叹的是这种尝试是有道理的。每一个本子的结构都跟下一个本子或者上一个本子毫无关系，但是都符合奥尼尔先生的特别需要。归纳起来说，他的剧本就是另一种冒险。"这种看法我认为是真实的，尽管他没有提到奥尼尔在打破这些规矩时所给予的力度。他的力度是用于创新，而不是表演这些剧。例如，《奇妙的插曲》的最大价值就在于想平行地演两个剧——一个是言辞的，另一个是思想和感情的——而并不在于奥尼尔为达到目的而展开的童话。例如，在《大神布朗》中占据着男人、孩子和女人位置的假面具，以及最后两个人合成或混成一个人，对我们——对奥尼

34

尔——来说，要比建筑师安东尼、布朗及伙伴们的签字更有意思。总而言之，奥尼尔最后的一些作品，那些最具雄心壮志和富有首创精神的作品中缺少"现实感"。这一点并不能说他对世界的日常生活不忠实，很明显他的作品是忠实的，作者的意图也是如此。这里说的是另一种不忠实：经不起性格与事实的仔细推敲。有人会觉得奥尼尔不太认识这个充满象征与幽灵的世界。有人会觉得人物不够复杂，几乎没有什么冲突。有人觉得奥尼尔是那些巨大幻影的最冒失的观众，也许是最天真、最啰嗦的观众。有人觉得奥尼尔每次都创造一个新手法，然后再以一种漫不经心的态度去写他的作品。有人觉得奥尼尔最感兴趣的是舞台效果，而不是其人物的现实感，哪怕是虚幻的或名义上的现实感。在奥尼尔的剧作面前就像在威廉·福克纳的小说面前一样，一个人常常不知道在发生什么事情，但却知道正在发生的事情是可怕的。于是，从这里就产生了与音乐的联系，一种直接作用于我们的艺术。音乐（汉斯力克[1]说）是我们能够理解并且使用的语言，但我

1　Eduard Hanslick（1825—1904），奥地利美学家、音乐批评家。

们却不能翻译它。当然是指翻译成观念。这就是奥尼尔戏剧的情况。他灿烂的效果早在演出之前就已显现，并不取决于演出。宇宙的情况也是如此，它摧毁我们，颂扬我们，又杀害我们，而我们永远也不知道宇宙究竟是什么。

陈　泉　译

贝奈戴托·克罗齐

贝奈戴托·克罗齐是当代意大利少数几位最重要的作家之一（另一位是路易吉·皮兰德娄），一八六六年二月二十五日出生在阿奎拉省佩斯卡塞罗利的一个小村子。当他的父母搬到那不勒斯住的时候，他还是个孩子。他接受的天主教教育，由于老师的不尽心甚至不虔诚而显得十分淡薄。一八八三年，一场持续了九十秒钟的大地震撼动了意大利南部。在这场地震中他失去了双亲和姐姐，自己也被埋在瓦砾之中，两三个小时以后才得救。为了摆脱极大的绝望，他决定思考宇宙。这是不幸的人经常用的办法，有时也是一种安慰。

他研究了哲学那有条不紊的迷宫。一八九三年，他发表了两篇随笔：一篇关于文学批评，另一篇关于历史。

一八九九年，他有时带着一种恐惧，有时带着一种幸运，提醒说自己身上正在形成一些形而上学的问题，这些问题的解决办法——或者说某种办法——已经迫在眉睫。于是他停止了读书，昼夜不眠，在城里到处游荡却又什么也看不见。他不言不语，悄然窥视。当年他三十三岁——根据犹太教神秘哲学的说法，正是用泥土做的第一个人的年龄。

一九○二年，他开始写第一部关于精神哲学的书——《美学原理》（在这本没有什么成果却十分灿烂的书中，他否认本质与形式之间的区别，把一切都归因于直觉）。一九○五年他出版了《逻辑学》，一九○八年出版《实践活动的哲学》，一九一六年出版《历史学的理论和实际》。

一九一○年至一九一七年，克罗齐任意大利参议院议员。宣战以后，所有的作家都自暴自弃，沉湎于仇恨带来的丰厚乐趣，而克罗齐却始终不动摇。从一九二○年六月至一九二一年七月，他担任教育部长。一九二三年，牛津大学授予他名誉博士。

他的作品已经超过二十卷，其中包括一本意大利历史，一本十九世纪欧洲文学研究以及关于黑格尔、维柯、但丁、亚里士多德、莎士比亚、歌德和高乃依等的论文。

陈　泉　译

圣 女 贞 德

英国文学良好的习惯之一就是为圣女贞德写了传记。德·昆西开创了许多很好的习惯，一八四七年，他以极大的热情也开创了这个好习惯。马克·吐温大约在一八九六年发表了《我对圣女贞德的回忆》；安德鲁·兰在一九〇八年发表《法兰西的贞女》；西莱尔·贝洛克[1]大约十四年以后发表了他的《圣女贞德》；萧伯纳在一九二三年写了《圣女贞德》。正如大家可以看到的，珍妮·达克（这是她的真实名字）的福音派成员什么人都有，从出名的第一个瘾君子到《回到玛士撒拉时代》的作者，其中还有前密西西比河领航员、苏格兰研究希腊语言文化的学者和切斯特顿的盟友。最近有一本新书刚刚加入丛书的行列，那就是维多利亚·萨克维尔-韦斯特所写的《圣女贞德》。

在这部传记中，原始的智慧幸运地压倒了激情，当然不等于说没有激情。但是确实完全没了那种多愁善感，自然没了一个女人谈论另一个女人的事，没了男人的那种迷信。

贝珑[2]、安德鲁·兰、马克·吐温和德·昆西"向一位贞女致敬"，正好像宫廷用词概念上的敬意。这也是萨克维尔-韦斯特小姐的书。这本书并没什么，但是，它好懂。她的风格是有条理，有效率，绝不趾高气扬。

"圣女贞德与她的教友们明显不同，"她在书的最后一章中说，"她没有使用过诸如我天国的丈夫或者爱人这样传统的表达方式，是圣徒中最没有情感的，又是最实际的。这绝不是歇斯底里的女人的概念。她既不知道什么叫情绪低落，也不知道什么叫兴奋过度。灵魂在暗处的活动对她毫无影响。"

如果我没有记错的话，萨克维尔-韦斯特小姐提出的圣女贞德，从本质上讲与萧伯纳提出的没有什么大的不同。

陈　泉　译

1　Hilaire Belloc（1870—1953），英国作家和诗人。
2　Charles Péguy（1873—1914），法国诗人、出版商，著有《圣女贞德》（1897）。

朱塞佩·唐尼尼
《活着的陀思妥耶夫斯基》

　　这本书的书名有点野心勃勃，因为好像是要判处市场上其他关于陀思妥耶夫斯基传记的死刑，好像在说所有著作中只有这一本里讲的是一个活人。当然，这不是作者的意图。在这种情况下，活着的陀思妥耶夫斯基实际上只是陀思妥耶夫斯基生平的意思。当然这些事实之间的联系并不是说不可评论，甚至需要这样的评论。在这本书中我们分享（或者说我们以为分享）了陀思妥耶夫斯基充满激情和勤劳的生活，他当过士官生、少尉、画报的撰稿人、傅里叶吃惊的读者、死刑犯、囚犯、士兵、准尉、小说家、运动员、逃债人、报纸编辑、帝国主义分子、斯拉夫同情者和癫痫病人。唐尼尼最后认为，"陀思妥耶夫斯基所有作品得以统一思想，在于他善于把他对生活的各种思想融会成唯一的感情：对生活的爱"。陀思妥耶夫斯基的作品总是很复杂，而且常常很混乱，但是我不认为关于"统一思想"即"融会的能力"的假设会十分有助于对他的理解。

在另一个更能说明问题的部分，唐尼尼阐述了错误和罪过对于心灵所具有的神秘价值。他宣称这些迷宫也将归向上帝。他探究了陀思妥耶夫斯基的生活，得出的结论是谁也没有像他那样，先是悲剧的受害者，然后又成为吟诵它的诗人。他将陀思妥耶夫斯基的生活经验跟托尔斯泰的相比较，指出两个人性格的不同之处就在于陀思妥耶夫斯基永恒的纯洁、孩子的冲动和气馁。

陈　泉　译

赫·乔·威尔斯《笃定发生》*

《隐身人》、《莫罗博士岛》、《登月第一人》和《时间机器》（我提到了他最好的小说，当然不是最后的小说）的作者出版了一本有关他最近一部电影《笃定发生》的详尽的文本，有一百四十多页。他写这本书是不是为了佯装与电影无关？是不是为了不让别人以为他对整个电影负有责任？这些怀疑不是没有道理的。至少在开头一章里有些说法是如此。那里写道：未来的人将不会把自己打扮成电线杆，也不会被塞进玻璃纸箱子、玻璃容器或者铝质罐头里东奔西跑。"我希望奥斯瓦尔德·卡巴尔（威尔斯写道）像一位细腻的绅士，而不是一位带着全套甲胄或者愚笨褥垫的斗剑士，既不需要爵士乐，也不需要打造噩梦的装置。希望一切都更加宏大，而不是怪异可怕。"观众会记得电影里的人物没有玻璃纸箱子，也没有铝质罐头，但是他们也会记得，总的印象（这要比任何细节都重要得多）是噩梦，怪异可怕。我不是指第一部分，那里的魔鬼气氛是故意的；我指的是最后一部分，它本应该与第一部分血腥的混乱场面相对照，结果非但没有对照，反而比前者更加丑陋。

若要评判威尔斯，若要评判威尔斯的意图，必须阅读这本书。

陈　泉　译

关于文学生活

　　西奥多·德莱塞，《美国的悲剧》、《珍妮姑娘》和其他众多小说的作者，声称电影摄影师将取消小说。"过去，"他说，"一本成功的小说总可以达到或者超过十万或者二十万册的发行量，可现在七千册就算是一个大数字了。然而，一天中有一千万美国人看电影，还有报纸期刊。有些自相矛盾的是，这些报纸期刊居然杀死了连载小说。一个世纪以来，人们总是每个星期或者每半个月跟着狄更斯或者欧仁·苏作品的故事发展而忐忑不安。而昨天，全世界都在天天跟踪豪普特曼案的发展情况。小说已经经历了好几个世纪，认为它将永恒是荒唐的。"

　　德莱塞补充说，我们不应该为小说的消失而感到痛苦，它将被别的并不逊色的形式代替。

德莱塞接着列举了他所钦佩的人物：巴尔扎克、狄更斯（偶尔）、萨克雷（偶尔）、陀思妥耶夫斯基、托尔斯泰、马克·吐温和爱伦·坡。

陈　泉　译

一九三六年十二月十一日

埃德加·李·马斯特斯 *

埃德加·李·马斯特斯的家族在美国已经有好几代了。他的一位祖先伊斯雷尔·普特南，在两个世纪以前跟威廉·豪领导的英国人还有红种人打过仗，后来还被立雕像纪念。

一八六九年八月二十三日，埃德加·李·马斯特斯出生在堪萨斯州。他的童年在伊利诺伊州度过，离桑加蒙河只有数十里路，这是一个水与树的童年，是骑马或者坐车游玩的童年。他也读书。因为他老师的庄园里有一本勉强有几幅插图的莎士比亚剧本、一本《汤姆·索亚历险记》和一本《格林童话》。（在这偶然成形的小小的图书馆里，还有一本《一千零一夜》，但是他一点也不喜欢。）小时候，埃德加·李·马斯特斯就学过德语。"这一点有些重要,"不久前他写道,"因为德语知识使我有机会接近歌德的作品。雪莱、拜伦、济慈、斯温伯恩,还有华兹华斯,已经离开我好多年了,但是歌德却一直在我身边。"

一八九一年初,李·马斯特斯从法律专业毕业。他在他父亲的事务所工作了一年多,然后迁到芝加哥,开了自己的事务所,直到一九二〇年。当时的芝加哥,就像现在的布宜诺斯艾利斯,律师不便承认自己与"诗句"有什么牵连。所以他的头几本书是用假名出版的,并没有引起重视,而且他自己也不喜欢。一九〇八年夏天他拜访了爱默生的墓地,他想,命运已经把自己打败,但这没什么关系。

大约一九一四年,一个朋友给了他一本希腊文选。在平淡无味地阅读了这套十世纪初出版的著名碑文集的第七卷之后,李·马斯特斯产生了编撰《匙河集》——最地道的美国文学作品之一——的计划,这是两百多篇想象出来的墓志铭,用第一人称写成,记录了中西部城镇的女人和男人们

＊ 本篇及以下四篇初刊于 1936 年 12 月 11 日《家庭》杂志。

的内心剖白。有时只要把两段碑文放在一起——比如——一个男人和一个女人的碑文，就可以看出一个悲剧或者一种讽刺。他取得的成功是巨大的，也曾掀起轩然大波。那之后，李·马斯特斯出版了许多诗集，想再度辉煌。他曾模仿过惠特曼、勃朗宁、拜伦、洛威尔，也模仿过他自己——埃德加·李·马斯特斯，但一切都是白费：人们还是只知道他是《匙河集》的作者。

一九三一年他出版了散文《林肯其人》，他尝试诋毁英雄，指控林肯虚伪、记仇、残忍、愚笨和冷漠。

马斯特斯的另一些书有：《歌唱与讽刺诗》（一九一六年）、《大峡谷》（一九一七年）、《饥饿的石头》（一九一九年）、《敞开的海》（一九二一年）、《新匙河集》（一九二四年）、《陪审团的命运》（一九二九年），最后一本《人物之诗》是一九三六年八月出版的。

安·拉特利奇碑文

卑微，无名，但是从我发出

永恒的音乐的震颤：

"对谁都没有怨恨，对谁都充满着爱。"

从我发出百万人对百万人的宽容

一个闪耀着正义和真理的

民族那慈善的面孔，

我是在这块草地下长眠的

生时被亚伯拉罕·林肯珍爱的安·拉特利奇，

与他订婚不是为了结合

而是为了分离。

哦，共和国，永远在我胸口的灰土中

郁郁葱葱。

——埃德加·李·马斯特斯

陈　泉　译

路易斯·戈尔丁*《追捕者》

　　据说（而且是反复讲到）真正的小说或者说正宗的剧本，其主人公不能是一个疯子。如果我们注意到麦克白，注意到他的同行，杀人凶手拉斯科尔尼科夫，还有堂吉诃德、李尔王、哈姆雷特，还有几乎是偏执狂的吉姆爷，我们可以说（而且将重复）戏剧或者小说的主人公必须是疯子。有人会对我们说，谁也不会同情一个疯子，只要怀疑某人是疯子，就足以让大家永远地远离他。我们可以回答说，疯狂是任何一个灵魂都有的令人恐惧的可能性之一，通过小说或者通过舞台来展示这种恐怖之花的产生和成长的问题自然也不是非法的（我们只要顺便提一下，塞万提斯没有反对过：他告诉我们，五十岁的绅士"很少睡觉，拼命看书，结果脑浆干涸而

52

发了疯", 但是我们并不赞成把一个日常的世界变成幻觉的世界, 将一个普通的世界慢慢地扭曲成魔鬼的世界)。

阅读路易斯·戈尔丁极其紧张的小说《追捕者》使我产生了上面这些很笼统的看法。这部小说有两个主人公, 两个都发了疯: 一个是因为害怕, 另一个是因为一种带有怨恨的可怕的爱情。当然, 书中并没有出现"发疯"这个字眼或概念, 我们是从他的人物中感受到这种心理过程的。我们看到他们如何激动, 如何行动。说他们发疯这样抽象的结论, 远不如对这些激动和行动的描述(这些行动中有时会有犯罪, 成为对由恐惧和恶行产生的紧张的一种缓解, 尽管只是暂时的, 所以在罪行已经产生的时候, 读者会连续担心好多页, 担心那是恐惧的一种幻觉)。

在这部小说中恐惧是逐步发展的, 就像噩梦一样。风格明快而有节制。至于其吸引力, 我可以说, 我是在午饭后开始读这本书的, 我只是想浏览浏览, 结果一口气读到两百八十五页(最后一页), 其时已经是凌晨两点。

------

* Louis Golding (1895—1958), 英国作家, 写过多部以犹太人生活为题材的作品。

有一些排版方面的传统做法则是从威廉·福克纳就开始的，例如，人物的思想有时会打断小说的叙述，因此采用斜体字以第一人称的方式表示出来。

陈　泉　译

皮埃尔·德沃《行话俚语》

　　吉卜赛语言的最大危险（就像任何其他语言一样），就是关于纯正和学究式咬文嚼字的问题。不管人们对马德里的皇家语言科学院三十六位院士的决定争论也好，满不在乎也罢，反正我觉得挺好；如果想用住在路边大仓库里的三万六千个痞子来替换他们，我才会目瞪口呆（特别是发现这些善于辞令的人还会成为国家大剧院的顾问）。因此很幸运，那并不是真的，我们可以强烈地拒绝两种方言：一种是粗俗的语言——或者更确切地说，独幕闹剧的语言——另一种是学究式的语言。

　　这本《行话俚语》是用巴黎独特的切口、行话写成的。这本书出自一位文人之手。需要指出的是，他是一位对纯正法语极其熟悉的人，足以利用一切机会给它来些机智的扭曲。因此，他的"行话俚语"毫无疑问要比沃日拉尔或者梅尼蒙当屠宰场所能听到的语言更加繁杂而拗口。

皮埃尔·德沃的一个做法是，把街头的对话搬到一些意想不到的人的头上，例如搬到皮埃尔·赖伐尔和教皇的头上。这种做法很普通，在布宜诺斯艾利斯，一个蒙得维的亚人拉斯特·里森[1]就使用得非常精到。我可以说这也是经典做法，弗朗西斯科·克维多先生就曾在《众人的时刻》中让战神玛尔斯用吉卜赛人的黑话辱骂其父亲宙斯。那是十七世纪西班牙流氓讲的一种黑话。像这样把世界上一切不同的东西，一下子都变成唯一的、容易而又低级庸俗的语言，常常成为大家一时的乐趣。

陈　泉　译

---

1 Last Reason (1960—   )，乌拉圭作家、记者，原名马克西莫·萨恩斯（Maximo Saénz）。

詹姆斯·乔治·弗雷泽爵士
《原始宗教中对死亡的恐惧》[*]

弗雷泽博士的人类学思想在某一天将不可避免地过时，或者说正在衰败，这不是不可能的，然而他的作品不再使人感兴趣却是不可能的和难以置信的。我们可以拒绝他的一切猜想，拒绝证实那些猜想的一切事实，但他的作品仍然是不朽的。它已经不是原始人轻信程度的遥远明证，而是人类学者轻信程度的直接文件。相信在月亮圆盘上将出现用鲜血写在镜子上面的字，也只不过比相信有人会相信这一点稍微奇怪一点而已。即使在最糟糕的情况下，弗雷泽的作品也将像一本载有神奇消息的百科全书，像一本笔调特别高雅的"杂记集"那样永远存在下去。就像老普林尼写的三十七卷《自然史》或者像罗伯特·伯顿的《忧郁的解剖》那样永远存在下去。

这一卷讲的是对死亡的恐惧心理。就像弗雷泽别的著作那样，书中充满了奇形怪状的东西，比如，人人皆知的阿拉里克[1]死后被西哥特人埋在一条河底下的事情，西哥特人先将河水引走，然后又把水放回来，将实施埋葬的罗马俘虏统统淹死。

通常的解释是因为害怕国王的敌人会来亵渎他的陵墓。弗雷泽没有拒绝这种解释，但给我们提供了另一个答案：害怕他冷酷的灵魂会再次冒出地面而去奴役人民。

弗雷泽把迈锡尼城殡葬用的金面具归结为同样的意图，那些面具一个个都没有眼睛孔，只除了一个，那是一个孩子的面具。

陈　泉　译

---

* 亦译作《金枝》。

1 Alaric（约370—410），西哥特国王阿拉里克一世。

查尔斯·达夫
《关于哥伦布的真相》

　　这部著作野心十足的书名是《关于克里斯托弗·哥伦布和美洲发现的真相》。但是该著作本身要比其书名逊色得多。它没有揭示无可争辩的事实，没有与最后的判决抗争，也没有披露什么大家所期待或者害怕发生的重大秘密。它只是局限于对事实真相的叙述和对一些大家有疑问的东西进行平静的讨论，例如他没有断言克里斯托弗·哥伦布出生在蓬特维特拉。这种做法虽不那么引人入胜，但却是最好的。

　　所有关于哥伦布的传记都必须战胜一个难关，也许是无法战胜的：戏剧性或者小说性的问题，即在新大陆登陆和在巴塞罗那的第一个精彩结局（它拥有石头、木材、棉花、黄金、鸣叫的鸟和六个愁眉苦脸的印第安人等作为润色手段)之后,如何保持读者浓厚兴趣的问题。通常的做法是从这位船队领袖受到的侮辱和囚禁中寻找兴奋点。达夫寻找过,他在性格的宗教演变方面找到了。

有一个错误需要更正:信奉天主教的王后伊莎贝拉的珠宝并没有用来资助哥伦布的第一次出航,他是由两个犹太人资助的:一个是邋遢鬼路易斯·德·桑塔戈尔;另一个是物资供应人伊萨克·阿布拉瓦内尔,他是一位书评家,是犹大·阿布拉瓦内尔,即意大利柏拉图主义史书中所说的"莱昂·赫布里阿"的父亲。

陈　泉　译

今年恩里克·班奇斯与沉默
正值银婚纪念 *

诗歌——这种把一个个词组合起来，让听到的人掀起冒险烈火的充满激情和孤独的创作——拥有一种神秘的、深邃而又随意省略的停顿。为了解释这种莫测变化，古人说诗人有时是神的贵宾，神之火让他们居住，神之呼声充满着他们的嘴巴并且引导着他们的手，所以神之不可预测的放纵应该被原谅，并由此而产生了一种奇特的习惯，在开始作诗之前总要先向这个神祈祷。

"缪斯啊，请歌唱佩琉斯之子阿喀琉斯的致命的愤怒吧，这种愤怒给希腊人带来了无限的灾难，把英雄们坚韧的灵魂投入地狱，把他们的肉躯投给野兽和飞鸟。"荷马这样说道。这里并不是一种比喻，而是确确实实的祈祷，或者不如说，是"芝麻，开门吧"这样一种会给你打开一个被埋没的、摇摇欲坠而又充满危险的宝藏世界的咒语。这个学说（和某些《古兰经》学者的理论是如此相似，他们认为《古兰经》是由加百列大天使一字字、一句句地口授而成的）使作家成为仅仅是看不见的秘密神灵的听写员。这些至少粗线条地或者象征性地阐明了诗人的局限性、他的弱点和他的空位期。

在前一段里我已经说到了诗人常有的情况，他们有时候非常灵活，有时候又那么令人惭愧地显得无能。还有一种情况更为奇怪，更令人肃然起敬，那就是一个有着无限创作技巧的诗人，居然藐视做诗而宁愿无所事事，宁愿沉默。让·阿蒂尔·兰波十七岁时写了《醉舟》，十九岁时，文学对他就像荣誉对他一样，已经十分淡薄。他开始在德国、塞浦路斯、爪哇、苏门答腊、阿比西尼亚[1]和苏丹各地闯荡冒险

* 此篇及以下四篇初刊于 1936 年 12 月 25 日《家庭》杂志。
1 埃塞俄比亚旧称。

（他在诗句中独特的享受被政治、经济所带来的享受取消了）。

一九一八年劳伦斯领导了阿拉伯人的起义；一九一九年他写了《智慧的七柱》，这也许是由战争产生的书籍中唯一值得纪念的一本；一九二四年，他改了名，因为我们不该忘记他是英国人，荣誉会使他不舒服。一九二二年詹姆斯·乔伊斯出版了《尤利西斯》，它相当于一整套复杂的文学，包含很多个世纪、很多的作家；现在他只出版一些同形异义词的文字游戏，毫无疑问，这等于是悄然无声。一九一一年恩里克·班奇斯在布宜诺斯艾利斯发表了《陶瓮》，这是他最好的书，也是阿根廷文学中最好的书之一。后来，他神秘地变得悄然无声。他已经沉默了整整二十五年。

《陶瓮》是一部令人钦佩的书。梅嫩德斯·伊·佩拉约这样说过："如果不用历史的眼光去看待诗歌，那么，值得永存的诗歌实在少得可怜！"

这一点很容易证实，无论是在散文还是在诗歌中都如此。用不着回到别的时代，用不着回到死人居住的时代，只需要回首几年以前。我找了两本必将永存的阿根廷书籍。在卢贡内斯的《伤感的月历》（一九〇九年）中，反复出现的不成功的恶作剧和新艺术装潢让人读了不舒服。在《堂塞贡多·松勃拉》（一九二六年）中，人物很少有作者的影子，但没有这种故意的抑制，我们也就享受不到这么高贵的书。而《陶瓮》却不需要跟读者达成什么协议，也不需要什么善意的复杂做法。出版至今已经过了二十五年——人生历程上够长的一段时间了，自然不乏深刻的诗歌领域的革命，更不用说别的领域里的革命了——而《陶瓮》仍然是一本当代的书，一本新书。或者说是一本永恒的书，如果我们敢于说出这个奇特又空泛的用词。它的最大优点是明澈和震撼，绝没有哗众取宠的臆造，也没有充满未来的尝试。

众所周知，评论家更喜欢的是艺术史而不是艺术，更喜欢带冒险的求索而不是取得一种真正的美。评论一本完美的书远远不如评论一本显露出冒险或者仅仅是混乱痕迹的书……

所以，《陶瓮》缺少笔战中的那种好斗的声誉。恩里克·班奇斯被比作维吉尔。这对于诗人来说一点也不愉快，对其读者来说自然也不是鼓舞。

这里我要介绍一首我在孤独时，不管是在这一个还是那一个半球，曾不止一次地默诵过的十四行诗（好奇的读者将会发现它的结构是莎士比亚式的。值得一提的是，尽管排版不同，它有三个韵律有变的四行诗和一个两行对句）。

　　　　热情而忠实的映照
　　　　这是活生生的东西所习惯
　　　　在其中显示的样子，镜子如同
　　　　阴影中的一轮明月。

　　　　在黑夜中它现出浮光，宛若灯
　　　　一般明亮，还有忧伤
　　　　杯中的玫瑰，奄奄一息，
　　　　也在其中低着头。

　　　　如果让痛苦加倍，也将重复
　　　　我心灵花园里的万物，

也许等待着某一天居住，

在它蓝色宁静的梦幻中
一位贵宾，留下他的映照，
额头相碰，双手相牵。

也许班奇斯的另一首十四行诗，能给我们打开他难以置信的沉默的钥匙，那是关于他灵魂的写照。

他，永远的学生，宁愿高贵的
毁灭也不要今天渺小的荣誉。

也许像对乔治·莫里斯·德·盖兰[1]那样，文学生涯对他来说是不现实的，"特别是因为人们向它企求恭维和奉承"。也许他不想因其名字和美誉而使时间疲惫。

也许——这是我想给读者推荐的最后一个答案——他的

1　Georges Maurice de Guérin（1810—1839），法国诗人。

娴熟技艺使他藐视文学，把它看作过于简单的游戏。

　　试想，恩里克·班奇斯穿越着布宜诺斯艾利斯的岁月，经历着他能描述却不去描述的多变的现实，倒也挺有滋味：这是一位放弃施行巫术的幸运的大巫师。

　　　　　　　　　　　　　陈　泉　译

奥斯瓦尔德·斯宾格勒

有理由认为（以类似看法所特有的轻率和粗鲁）英国和法国的哲学家直接对宇宙或者宇宙的某个现象感兴趣，而德国哲学家则倾向于把它看作其总是站不住脚，却始终是伟大的、辩证的高楼大厦中的一个简单的动机，看作一个简单的物质原因。他的追求只是系统良好的对称性，而不是其中与不纯净和杂乱的宇宙偶然相一致的情况。这些著名的德国"建筑师"中最新的一位就是斯宾格勒。他是大阿尔伯特[1]、埃克哈特大师[2]、莱布尼茨、康德、赫尔德、诺瓦利斯、黑格尔等人优秀的继承人。

一八八〇年五月二十九日，斯宾格勒出生在不伦瑞克公国的哈茨山麓布兰肯堡小镇。他在慕尼黑和柏林求学。本世纪初，他毕业于哲学文学专业。他的博士论文是关于赫拉克利特的（一九○四年，哈雷），这是他发表另一本引起轰动并使他一举成名的书之前出版的唯一著作。斯宾格勒花了六年时间写了《西方的没落》。那是极其艰苦的六年，在慕尼黑的一座破破烂烂的小修道院里的一间阴暗小屋，他所看到的只是烟囱和污迹斑驳的瓦片。那时，奥斯瓦尔德·斯宾格勒没有书，他上午就在公共图书馆里度过，午饭是在工人食堂里吃的。生病的时候，他就喝大量的热茶。到一九一五年，他终于完成了第一卷的校对工作。他没有什么朋友，只是内心里悄悄地将自己和德国作比较，因为后者同样也很孤独。

一九一八年夏天，《西方的没落》在维也纳问世。

叔本华曾经写道："历史没有一个总的科学。历史是人类无休无止、沉重而又杂乱无章的梦幻中无足轻重的故事。"

而斯宾格勒却在他的书中证明：历史可以不仅仅是罗列

---

1 Albertus Magnus（约 1200—1280），德意志学者、科学家，托马斯·阿奎那的老师。
2 德意志神学家、神秘主义者约翰尼斯·埃克哈特（Johannes Eckhart，约 1260—1327）的别称。

一系列个别的事实。他试图确定其规律，从而为文化形态学奠定了某种基础。他在一九一二至一九一七年之间撰写的充满阳刚之气的文章丝毫没有受到当年独特的仇恨情绪所污染。

大约在一九二〇年，他开始了自己的辉煌时代。

斯宾格勒在伊萨尔河畔租了一套公寓，以恋爱般的缓慢购买了数千本书，收集了波斯、土耳其和印度的兵器，攀登过高山，却拒绝了摄影师们的再三要求。特别是，他写了书。他写了《悲观主义》（一九二一年）、《德国青年的政治责任》（一九二四年）和《德国重建》（一九二六年）。

奥斯瓦尔德·斯宾格勒于今年年中逝世，虽然他的历史生物学观念尚可商榷，但他光彩耀人的风格却是无可争议的。

陈　泉　译

西·埃·米·约德[*]
《哲学指南》

　　哲学的历史常常不可思议地阻碍着哲学的思考。如果我们想到哲学只是成百上千的困惑者们不完善的讨论（而不是孤零零的独白）时，我们就明白这种阻碍是不可避免的。这些成百上千的困惑者分别属于不同的年代，运用不同的语言，包括贝克莱、斯宾诺莎、奥卡姆的威廉、叔本华、巴门尼德、勒努维耶等人。然而，值得讨论的是，每一位新学者是否需要按照年代重温那古老的做法，学习从米利都的泰勒斯[1]到怀特海博士的无数阶段。约德先生的这本新颖的教科书否认了这种必要性。在这本六百页的书中，前三百页是对哲学的核心问题进行讨论，后半部分清清楚楚——详细而清楚——

地介绍了柏拉图、亚里士多德、康德、黑格尔、卡尔·马克思、伯格森和怀特海的哲学体系。

作者对叔本华不屑一顾和只字未提固然使我惊讶，却远不如他非常出乎寻常地将卡尔·马克思也包括了进去（这种盛情是非常奇怪的，特别是后来证实，辩证唯物主义被西·埃·米·约德包括进去只是为了排斥这一主义）。

我在第十一页看到："据我所知，宇宙没有任何理由被二十世纪的智慧很容易地理解。"说这本书（或者其他任何一本书）可以使我们了解宇宙那是说过头了，如果说这是对哲学疑难的黑白问题所展开的令人钦佩的讨论，倒恰恰是说出了真理。

陈　泉　译

---

* C. E. M. Joad (1891—1953)，英国学者。
1 Thales of Miletus (前 620—前 546)，古希腊时期的思想家、科学家、哲学家。

珀尔·基贝
《皮科·德拉·米兰多拉 * 图书馆》

　　那位出众的金发小伙子的图书馆里究竟有些什么书？他在二十三岁时提出了九百条论题，向欧洲所有的学者挑战，迫使他们跟自己进行辩论。这场辩论并没有展开，而那些书也已葬身火海。但是，却留给我们一份手写的书目和那张令人自豪的九百多条论题的清单。哥伦比亚大学的珀尔·基贝刚刚出版了一本研究被烧掉的图书馆的藏书清单和没有展开的那场百科辩论的书。

　　图书馆里总共有一千一百九十一本书，这在当时是很大的数字。在乔瓦尼·皮科·德拉·米兰多拉去世两年后的一四九六年，红衣主教格里马尔迪用五百杜卡多金币买下了这些书。这批书中七百本是拉丁语的，一百五十七本是希腊语的，一百一十本是希伯来语的，其余的是迦勒底语和阿拉伯语的。荷马、亚里士多德、柏拉图、亚历山大、阿威罗伊、雷蒙·卢尔、伊本·盖比鲁勒[1]和伊本·埃兹拉[2]等人都在其中。皮科·德拉·米兰多拉曾答应证明的论点之一就是："没有任何一种科学可以比魔术和神秘哲学更能证明耶稣基督的神威。"确实，有关这种"科学"的书很多很多。另一论点是："神学家不可能没有危险地研究线条和图形的特征。"一本阿拉伯文版的欧几里得《几何原本》和一本斐波那契的《几何学和三角学概论》证明他自己就曾经、哪怕是偶然地面对过这种危险。

陈　泉　译

---

* Pico della Mirandola（1463—1494），意大利文艺复兴时期哲学家。

1　Solomon ibn Gabirol，西班牙哲学家阿维斯布隆（Avicebron，约 1020—约 1070）的阿拉伯文名字。

2　Abraham ibn Ezra（约 1089—1164），西班牙学者，同时也是科学家、注释家、诗人。

《哈利法克斯爵士的鬼怪小说》

　　在公元六世纪的拜占庭时代就有一位历史学家写道，英伦岛包括两个部分：一部分拥有河流、城市和桥梁，另一部分则居住着恶蛇和鬼怪。英国与那另一个世界之间的关系密切而且因此出了名。一六六六年，约瑟夫·格兰维尔出版了他的《关于巫术和巫师的哲学思考》，这本书的灵感来自他每晚在威尔特郡的水槽边只闻其声不见其踪的鼓声。一七〇五年，丹尼尔·笛福写了他的《维尔太太显灵的真实故事》。十九世纪末，人们对这些如雾般迷茫的问题曾进行过精确的统计，并且对催眠和心灵感应术产生的幻觉进行过两次普查（其中最后一次共普查了一万七千名成年人）。现在，在伦敦刚刚出版了这本《哈利法克斯爵士的鬼怪小说》。这本书集中了有关迷信和时髦的种种神秘内容，精选了一些鬼怪，描写了"那些打破英国众多大名鼎鼎人物宁静生活的鬼魂，他们的来去行踪都原原本本地被一只庄严的手记录了下来"。戈林小姐、德斯伯勒爵士、利顿爵士、哈廷顿侯爵和德文郡公爵都是其中的当事人，他们平静的生活被搅乱，同时被那只庄严的手记录了下来。高贵的雷金纳德·福蒂斯丘先生还出来充当"一个令人惊慌的幽灵"确实存在的证人。我不知道该作怎样的论断。就眼前来说，我拒绝相信令人惊慌的雷金纳德·福蒂斯丘，除非有一位高贵的幽灵出来证明这位先生的存在。

此书的序言中有这么一则美丽的故事：两位先生同坐在火车的一节车厢里，一位说："我不相信鬼魂。""真的吗？"另一位反问道，随即便消失了。

陈　泉　译

詹·托·法雷尔
《斯塔兹·朗尼根》[*]

出版北美三部曲《斯塔兹·朗尼根》[1]的英国出版人声称：这部著作实在太恐怖，人物和事件太复杂、太伟大，以至于一个简短的、描述性的题解根本无法涵盖。在我怀着热情、同情和遗憾，有时甚至厌恶的心情读完《斯塔兹·朗尼根》这本书以后，对此完全赞同。然而，我还想斗胆谈一些我的看法。当然，我说的这些看法丝毫没有企图完整地（甚至也不是概括地）分析他那部皇皇八百四十页巨著的野心。

门肯[2]曾说过，小说家们的基本主题是分解一种性格。《斯塔兹·朗尼根》也遵循了这个原则：主人公是贫贱、虔诚而又规矩之家的子弟，他自认为是个硬汉，是一个喜欢找碴打架的人，有时——很遗憾——也确实如此。渐渐地他被酗酒和结核病所毁灭。 这种类型的小说常常夸大主人公在梦想与现实之间的矛盾。一方面是那些巨人、魔术师、挑战者和特拉布松帝国 [3]；另一方面则是那些箴言和棍棒。然而，在《斯塔兹·朗尼根》中理想世界与现实世界差距并不大。也许斯塔兹的最大悲剧就在于他理想世界的匮乏。围绕着他的，正如围绕着我们的，或许比我们还要严密的，是一堵看不见的墙。斯塔兹就像七月九日大道或者伯多大街上他毋庸置疑的同类们一样，是以第三人称的方式生活的。他代表了强壮的男子汉，一个不怕孤独的人，一个无忧无虑或者不被别人观点左右的人。或许这位喜欢找碴打架的人——在美洲任何地方——最现实的一点就是这种根本的非现实性，就是这种错误。

---

* 此篇初刊于 1937 年 1 月 8 日《家庭》杂志。
1 美国小说家詹·托·法雷尔（James Thomas Farrell, 1904—1979）的代表作，以芝加哥贫民窟为背景。
2 Henry Louis Mencken (1880—1956)，美国语言学家、讽刺作家。
3 第四次十字军东征拜占庭帝国崩溃后在小亚细亚黑海南岸建立的希腊人帝国。

我不知道在法雷尔的这部小说中是否有值得记忆的篇章，我只知道它从整体来说是强而有力的。他没有被愤怒或者嘲笑篡改（就像辛克莱·刘易斯的某些章节，两者有相似之处）。我要说它是真实事件的一种记录——说得更确切些，是一种再创作。

　　芝加哥南区，由意大利组织取代爱尔兰个人勇气之前的南区，在这部书中存在，并且将继续存在下去。

陈　泉　译

一九三七年一月十五日

赫胥黎家族[*]

　　要是阿道司·赫胥黎所预言的那些战争灾难不会毁坏人们著书立说的习惯或工作，毋庸置疑，过不了多久，就会有人把赫胥黎家族的历史变成白纸黑字。对此，《传道书》以其惯有的苦涩说过："著书多，没有穷尽。"[1]我们应该承认事实的确如此，同时力求想象出那本《赫胥黎英雄传奇》或者想象一下——为了用埃米尔·左拉更加响亮的招牌——那本《赫胥黎家族自然与社会史》将会采用什么样的形式。我猜想第一位历史学家现在会从阿道司写起，毕竟这一位如今是最有名的。他将会把托马斯看做爷爷，把伦纳德看作父亲，在朱利安身上看到兄弟的影子，总是跟《旋律的配合》作者笔下的文字隐隐约约相似 [2]。任何一本书都必定会有另一本与之相对应，是它的反面。在这本关于家族的非常"进化论"的解释之后，必定会有另一个故事，把孙子写成法国式的，把爷爷写成武士。然后，又将是一本强调杰出的三代人之间种种不同的书。接下来，自然是另一本强调他们之间相似性的书，也许会采用弗朗西斯·高尔顿叠加照片的方式，把赫胥黎家族不同代的人集中到一个超越时空的或者长寿的人身上（如果作者的天才不比这里的预言差）。我所提到的那些柏拉图式的照片中的一张，将会成为这本书的卷首插图，而朱利安的那段话将成为该书的卷首引语："人类的生命之流被打成个人的孤立的碎片。所有的高级动物都是如此，但并非必须如此：这是一种本事。有生命的物质必须完成两项活动：一是有关与外部世界的直接交易，另一个便是有关其自身未来

---

* 此篇初刊于 1937 年 1 月 15 日《家庭》杂志。

1 语出《圣经·旧约·传道书》第十二章十二节，全文为："我儿，还有一层，你当受劝诫。著书多，没有穷尽。读书多，身体疲倦。"

2 阿道司·赫胥黎（Aldous Huxley, 1894—1936）是生物学家托马斯·亨利·赫胥黎之孙，传记作家兼文学家伦纳德·赫胥黎之子，他的哥哥朱利安·赫胥黎是生物学家，他的弟弟安德鲁·赫胥黎是生理学家，1963 年获诺贝尔生理学或医学奖。《旋律的配合》是阿道司 1928 年出版的小说。

的永存。个人是促使生命物质在特定的环境中能够发挥作用和行动的工具，一段时间之后就将被抛弃并且死亡。然而，他拥有的某些不朽的物质，会转移到后代身上。"

上面这一段文字的语调是平静的，然而，观念却是令人悲伤的。斯宾诺莎说过："我将要像写固体、平面和线条那样来写人。"这种无比的藐视，这种令人称奇的不偏不倚，正是所有赫胥黎家族的人共有的一大特色。但你若说他们惨无人道，又是荒唐的，如果说真的存在什么人道，那么它所专有的意义正是敢于面对我们的命运，面对我们内心最深处的羞愧，并像谈论一个死人那样肆无忌惮地提及他们的能力。赫胥黎家族的基本感情就是悲观主义，这是他们人人都有的。对祖先托马斯·亨利·赫胥黎，英国文学教科书中只是把他看作一位大吵大闹的争论者、达尔文的战友。尽管他确实将其大部分精力，甚至他的粗鲁性格都用来传播智人和原始人的亲属关系，传播牛津大学学生和婆罗洲猩猩的亲缘关系，但是这些轻率的论调——卡莱尔从未原谅它们——远不是他众多著作的全部。事实上，我们二十世纪散布甚广的迷信，与上一个世纪的绝对唯物主义和不可救药的乐观主义蠢话是一路货色。在一八七九年，托马斯·赫胥黎这样反驳加在自己头上的第一个罪名："如果唯物主义者说天体及其一切现象都可以变为物质、变为运动的话，那么唯心主义者可以回答说，运动与物质在我们没有感觉到它们时是不存在的，可以说，它们只是一种心理状态。这个道理不容辩驳。如果强迫我在绝对唯物主义和绝对唯心主义之间做选择的话，我会选择后者。"至于另一个罪名，即不公正和轻率的乐观主义问题，还是只要搬用他自己的话就行了："有关命中注定、原罪、人类天生堕落、他人的不幸、地球上的撒旦王国、恶毒的创世神等等理论（不管其形式有多么荒谬），我觉得都要比我们随便的幻想来得更有道理些。比如说，我们常认为孩子生来是好的，只是后来被腐败的社会榜样给糟蹋坏了。我不会相信上帝是一个隐蔽的慈善家，更不会相信最终一切都会好起来。"在另一处，他声明自己在自然界丝毫不曾见过任何道德目标的痕迹，他指出所谓道德不过是人类专利制造的东西。对赫胥黎来说，进化未必是无限的过程：他认为在上升到一定程度后，这个过程会随着世界的渐渐失去生气而逐步衰败。他影射说，直立的人将会变成斜身子的猿猴，清脆的声音将会变成粗陋的吼叫，花园会变成森林或者沙漠，飞鸟会变成纵横交错的树木，星球会变成星星，星星会变成浩瀚的星云，星云会变成不可捉摸的上帝。这种宇宙的逆转或者说倒退进程将不比它形成阶段的数百个世纪要少。数百个世纪后，一切将慢慢地凹陷，慢慢地显露出更加兽性的轮廓……这种假设是凄惨的，很可能是阿道司·赫胥黎的。

查尔斯·莫拉斯曾不带任何讽刺地向我们谈及某位"讲传统的大师"——让-弗朗索瓦·布拉德，其儿子、孙子、曾孙都是战士——为了继承这个传统，"决定与德国在科学方面进行一番较量"。这是对科学可悲的理解方式，他把科学诋毁成一种证明被告从来都没有道理的司法程序；这是对传统可悲的理解方式，他把传统诋毁成一种仇恨的游戏！或许我们最好还是像赫胥黎家族那样来对这个世界提问，只需要一个承诺，所用的方法是诚实的。这应该成为一种传统，应该成为一种工具而不是闹脾气的人们无休无止的争吵。

陈　泉　译

一九三七年一月二十二日

保尔·瓦莱里 [*]

列举瓦莱里生活中的事实是不了解瓦莱里，甚至没有触及保尔·瓦莱里其人。对他来说，那些事实只不过是他思想的兴奋剂：思想只有当我们观察它时才有意义；而对这种观察的观察他也感兴趣。

一八七一年，保尔·瓦莱里出生在小镇塞特。他藐视或者说不理会——这倒也相当经典——童年的回忆，几乎不愿意向我们提及某个早晨，面对着波涛汹涌的大海，他十分自然地产生了当水手的远大抱负。

一八八八年，瓦莱里在蒙彼利埃大学与皮埃尔·路易斯有过一次交谈。一年以后，皮埃尔创立《号角》杂志，其中刊登了瓦莱里初期的诗作，自然是神话般的、响亮的诗作。

大约一八九一年，瓦莱里去巴黎。这座脚步匆匆的城市对他来说意味着两大激情：与马拉美交谈，以及潜心研究几何学和代数学。在瓦莱里的排版习惯中依然保留着年轻时与象征主义者交往的痕迹，比如乱用省略号、斜体字和大写字母。

一八九五年，他出版了第一本书《达·芬奇方法导论》。在这本占卜似的或者象征式的书中，莱昂纳多很明显是其创造者对自己典型人物典范描写的借口。莱昂纳多是瓦莱里要写的代表极限或者半神的"埃德蒙·泰斯特先生"的素描。这个人物——简短的《与泰斯特先生促膝夜谈》中平静而依稀可见的英雄人物——也许是当代文学中最杰出的创造。

一九二一年，法国的作家们在回答《知识》杂志提问时认为当代第一位诗人就是瓦莱里。一九二五年他加入了法兰西学院。

《与泰斯特先生促膝夜谈》和十卷《杂论》将成为瓦莱里

1　此篇及以下两篇初刊于 1937 年 1 月 22 日《家庭》杂志。

的不朽著作，这当然不无可能。他的诗歌——也许——不如他的散文那样永世长存。就是在《海滨墓园》——他杰出的诗作——中，在想象的段落和直观的段落之间也没有有机的联系，只有一种轮转。这首诗有很多西班牙文版本。据我所知，所有版本中最好的是一九三一年在布宜诺斯艾利斯问世的。

陈　泉　译

威廉·福克纳《押沙龙，押沙龙！》

我知道有两种作家：一种作家主要关心的是言语的过程；另一种作家主要关心的是人的激情和工作。对前者，人们常常给他们扣上"拜占庭式"的黑帽子，推崇他们是"纯艺术家"。后者要幸运得多，他们受到诸如"深刻"、"有人情味"、"很深的人情味"，以及其他毁誉参半的"真棒"。前者如斯温伯恩或者马拉美，后者如塞利纳[1]或者西奥多·德莱塞，还有一些则是例外，同时具有两者的优点和快意。雨果指出莎士比亚包含着贡戈拉，我们可以看到也包含着陀思妥耶夫斯基……在大小说家中，约瑟夫·康拉德也许是最后一位对小说手段和人物命运与性格都感兴趣的作家。这里说的"最后一位"是指在福克纳闪亮登场之前。

福克纳喜欢通过其人物来展开小说。这种方法绝不是什么独创——罗伯特·勃朗宁的《环与书》（一八六八年）曾通过十个人的口和十个人的灵魂十次详述同一桩罪案——但是福克纳却能赋予它几乎难以承受的力量。福克纳的这本书中有着无穷的分解和无穷的黑色淫欲。密西西比州就是大剧场，主人公是那些被妒忌心、酗酒、孤独和仇恨瓦解了的人们。

《押沙龙，押沙龙！》可以与《喧哗与骚动》媲美。我不知道是否应该更受赞扬。

陈 泉 译

---

1 Céline (1894—1961)，法国小说家，以自传体小说《长夜行》成名。

迈克尔·英尼斯 *《校长宿舍谋杀案》

爱伦·坡堪作典范的三篇故事中最好的一篇描述的是巴黎的警察，他们全力以赴追查一封被窃的信件，用尽了一切调查手段：钻头、罗盘和显微镜，却毫无结果。而坐着不动的奥古斯特·杜宾抽了几锅烟斗，考虑了一下问题的方方面面，然后走访曾经逃过警察检查的房子，进去后立即找到了那封信。

尽管奥古斯特·杜宾获得了成功，但是他的效仿者还是不如讲究方法却毫无效率的警察多。每出一个善于思考推理的"侦探"——埃勒里·奎因或者布朗神父——就有十个收集火柴和辨认脚印的庸人。毒理学、弹道学、秘密外交、人体测量学、制锁术、地形学以及犯罪学已经糟蹋了侦探小说的纯洁。在《校长宿舍谋杀案》中，迈克尔·英尼斯把侦探小说写成一种心理分析小说。正如你所看到的，这种做法使他更加接近爱伦·坡而不是细致入微、喋喋不休的柯南·道尔，使他更加接近威尔基·科林斯而不是爱伦·坡（我讲的是经典作家。在当代作家中，我宁愿把他跟安东尼·伯克莱联系起来。后者在其小说《第二枪》的序言中所表达的思想几乎跟迈克尔·英尼斯通过某个主人公之口说出的一模一样）。

我发现这本书有两个优点：一个是作者有关人物性格的研究，要比范达因小说中常常写到的对于多层大楼平面图的研究迷人得多。另一个是，"心理学家"迈克尔·英尼斯没有陷入心理分析的夸夸其谈。

陈　泉　译

---

* Michael Innes，英国评论家和侦探小说家约翰·斯图尔特（John Stewart，1906—1994）的笔名。《校长宿舍谋杀案》在美国出版时，改名为《七个嫌疑犯》。

米格尔·德·乌纳穆诺其人[*]

我认为在乌纳穆诺的所有作品中，位居其首的要数《生命的悲剧意识》，其主题是关于人的不朽性，更确切地说，是人类想象中的模糊的不朽性，以及这种思考带给我们的恐惧和希望。世上很少有人能逃避这个主题。西班牙人和南美人都肯定或者稍稍否定这种不朽性，但从来不想讨论或者想象这个问题（由此可以得出一点，他们对此并不相信）。有人则认为他的最高创作当属《堂吉诃德和桑丘的生平》。我绝对不同意这种看法。我喜欢塞万提斯的讽刺意味、小心谨慎和一致性，它们胜过乌纳穆诺悲怆的放纵。再一次用热情洋溢的笔调谈论堂吉诃德，也没有为这个故事增色；用了这么多冒险的装饰来描写堂吉诃德，在情感类型上几乎可以跟古斯塔夫·多雷[1]所作的插图相比拟，也没有为这个故事增色，甚至反而造成了某种损失。乌纳穆诺的作品和激情确实吸引我，但我还是认为他插手堂吉诃德是一个错误，是不合时代潮流的。

此外，他那些好争辩的《杂文选集》依然流传着——可能是他所有作品中最有生命力、最持久的部分——还有他的小说、戏剧，以及诗集。我认为其中之一——一九一一年在马德里发表的《抒情十四行诗集》——就完整地展示了他。常有人说我们应该在作家最好的作品中寻找他的身影；也有可能会反驳说（类似的奇谈怪论乌纳穆诺倒可能会赞成），如果我们真的想了解一个作家，最好还是探究其不够走运的作品，因为在这样的作品中——在无可争辩、无可原谅的瑕疵中——作者的影子要比在另外一些谁都会毫不犹豫地认可的作品中更加真切。在《抒情十四行诗集》中，优点固然很多，然而"瑕疵"和乌纳穆诺的个人特色也确实更加明显。

* 此篇初刊于 1937 年 1 月 29 日《家庭》杂志。
1 Gustave Doré（1832—1883），法国版画家。

最初的印象是很糟糕的。我们怀着厌烦的心情确认有一首十四行诗题为《不是健康，是无知》，另一首是《反自由的表白》，还有一首是《献给基督墨丘利神》，另一首《蚂蚁的虚伪》，以及《献给我的兀鹫》。也许我们可以找到这么一句：

嫩枝枯枝都是一样的树枝，

或者找到这样的四行诗：

不是亚平宁山微笑的山麓，
是阿特桑达山使我们的弹球游戏充满欢乐，
我随意拾起这个夏日
翠绿田野里滴着鲜艳的玫瑰，

我们感受到那种男子因为无意撞破了自己倾慕之人的可笑秘密而带来的烦恼。我们不抱太大的希望，有条不紊地开始阅读，逐渐地发现那些凌乱的特征在重组、消散和确认，

"以便还给世界（用莎士比亚的话说）一个男人的确信"。这种确信几乎就是活生生的米格尔·德·乌纳穆诺的确信。

乌纳穆诺的全部主题都在这本不厚的书里了，那就是时间：

> 黑夜，时间的长河流淌着
>
> 从它的源头，那是永恒的明日……

一般人们认为时间之河——时间——是朝未来流动的。然而，反向思维也不无道理，而且更有诗意。

乌纳穆诺在此之前的两句诗中也提出了这种反向思维：我不知道在漫长的创作过程中，会不会产出什么来捍卫自己的观点。

根据圣保罗的定义，信念就是未来的真髓。乌纳穆诺那种赢得美誉和不朽的道义责任，在下面这首十一音节诗中得到了反映：

> 我等待着你，生命的真髓：

在突如其来的骷髅舞中，

我用不着跨过那模糊的身影，

因为我生必有用；以我瘦削身躯

为你的城堡奠下坚固的地基，

并且一直等待着你，希望之光！

追求不朽的崇高愿望和对丧失过去的忧虑：

我渴望复活我的过去

而不是再过新的生活。

让我开始飞向永恒的昨日

却不要达到那个起点，

因为上帝啊，没有别的天地

可以用我的幸福将它填满。

无信仰者的大胆信念：

……我为你而受罪，

上帝并不存在，因为如果有了你

　　我也就真正存在。

对西班牙两大区同样深厚的爱：

　　在卡斯蒂利亚，比斯开就是我的安慰，

　　在我的比斯开，我想念我的卡斯蒂利亚。

　　将所有的文学体裁吸收到小说中去，这不无可能（无疑也没有什么伤害）。一则故事，只要不是一个梗概，那实际上就是小说的一个章节。历史就是历史小说古老的变体，童话就是主题小说的雏形，抒情诗则是只有一个主人公，即诗人的小说。构成《抒情十四行诗集》的百余首诗向我们充分展示了它的主人公米格尔·乌纳穆诺。麦考莱在他的一项研究中曾惊奇地发现，一个人的想象力居然可以成为千百万人内心深处的回忆。这种无所不在的"我"，这种将一个灵魂不停地传播给别的灵魂，正是艺术的功能之一，或许这是最为本质的，也是最为困难的功能。

我知道乌纳穆诺是我们西班牙语世界首屈一指的作家。他肉体的消亡并不是真正的死亡。尽管他本人备受争议、饱经折磨，有时甚至让人难以忍受，但他的确与我们在一起。

　　　　　　　　　　　　　　陈　泉　译

詹姆斯 · 乔伊斯 *

　　一八八二年二月二日詹姆斯 · 乔伊斯出生于都柏林。他的个人经历如同某些国家的历史一样扑朔迷离。其中有一个传说，他九岁就发表了一本挽歌小册子，以悼念爱尔兰领袖查尔斯 · 斯图尔特 · 巴涅尔[1]—— 一个迷信而勇敢的人。多年来，爱尔兰人一直翘首盼望他的归来，就像德国人盼望红胡子巴巴罗萨归来一样……我们所确切知道的是詹姆斯 · 乔伊斯是由耶稣会教派培养出来的，并于十七岁那年在《双周评论》上发表了一篇关于易卜生的长篇论文；对易卜生的信仰促使他去学习挪威语。一九〇一年前后，他发表了一篇抨击性的文章，反对在爱尔兰建造国家大剧院的主张，篇名为

《喧嚣的时代》。一九〇三年他赴巴黎学医。然而，浩瀚的书海始终深深地吸引着他。他涉猎的读物几乎包罗万象：但丁、莎士比亚、荷马、托马斯·阿奎纳和亚里士多德等。

他的头几本书并不重要，确切地说，不过是《尤利西斯》的前奏，或者说开启了他的智慧。乔伊斯是在最恐怖的一九一四至一九二一年间完成《尤利西斯》的创作的。（一九〇四年他的母亲去世，同年他与戈尔韦的诺拉·巴纳克尔小姐结婚。）在自愿离开祖国时，他发誓要"以我所拥有的三件武器：沉默平静、离乡背井和严谨细致去创作一部经世著作"。他花了八年时间实现自己的誓言。当时的欧洲，地上、空中和海里无处不在残杀，也不无英雄主义的悲壮，而乔伊斯——在批改英语作业或者用意大利语为《夜间小谈》撰稿的间隙——创作着以都柏林的一天，即一九〇四年六月十六日为题材的巨著。《尤利西斯》不仅仅是一个人的作品，似乎更像是几代人的结晶。初看起来，这本书杂乱无章。然而，斯图亚特·吉尔伯特在一本介绍性的著作《詹姆斯·乔伊斯

的《尤利西斯》（一九三〇年）中讲到了乔伊斯严谨而隐秘的规律，讲到他散文中精微的乐感是无与伦比的。

《尤利西斯》所获得的赞誉和名声超越了批评的喧嚣。乔伊斯随后创作的《孕育中的作品》[1]，根据已经出版的章节来看，不过是没有生气的同形异义文字游戏的交织物，所用的英语常常镶嵌着德语、意大利语和拉丁语等。

詹姆斯·乔伊斯现在和太太以及两个儿子一起，住在巴黎的公寓里。他常带着妻儿四人去大剧院，他非常愉快，也十分保守。他已经失明。

陈　泉　译

1　即乔伊斯最后一部长篇小说《芬尼根的守灵夜》。此书在 1939 年正式出版前，部分章节曾以《孕育中的作品》为题在《大西洋两岸评论》上连载。

赫·乔·威尔斯《槌球手》

　　威尔斯的这个长篇故事——或者说短篇小说——可以变成一个简单的欧洲文明的寓言，一个又一次受到愚蠢和残忍威胁的欧洲文明的寓言。这不无可能，但太不公正。这本书跟寓言是不一样的：这本书把关于寓言和象征的古老纠纷翻新了。我们大家都习惯于认为，解释会使象征消逝。不过这完全是错误的。容我举一个基本的例子，这就是谜语。大家都知道忒拜的斯芬克斯对俄狄浦斯王提的问题：什么动物早晨有四条腿，中午有两条腿，晚上有三条腿？大家都知道答案是"人"。我们中有谁没有立即领会到赤裸裸的"人"的概念远没有问题中隐约可见的动物的神奇本领，这里只是把人比作这个妖物，把七十岁比作一天，把拐杖比作第三条腿？比喻就是如此，威尔斯的寓言小说也是如此：形式比实质更重要。

　　在这本书中，威尔斯的文学手法与忒拜的斯芬克斯的手法是一致的。斯芬克斯用冗长的方式描写了一只可变化的妖物，这个妖物就是正在听她发问的人。威尔斯描写了一片有毒气的沼泽地，那里发生了残暴的事件：这片沼泽是伦敦或者布宜诺斯艾利斯，你和我就是肇事者。

　　　　　　　　　　　　　　　陈　泉　译

弗兰克·欧内斯特·希尔
《坎特伯雷故事》，一种新译本

　　"英国诗歌之父"杰弗雷·乔叟的语言已经老了许多。他差不多是卡里翁的犹太法学博士堂塞姆·图伯，以及卡斯蒂利亚掌玺大巨佩德罗·洛佩斯·德·阿亚拉外长那个时代的人。不过也可以说他并没有那么古老，现代的读者们都相信，只要稍加注意，再对照词汇表，也就足以看懂他了。

　　诚然，一三八七年的英语同今天的英语写法大体一致，但是词汇的准确含义不尽相同。所以，如今的读者很容易被这种表面的一致所迷惑，就有歪曲古老诗句中的细微含义的危险。由此，也就说明了为什么会产生类似美国诗人弗兰克·欧内斯特·希尔所发表的译本。

希尔先生明白，乔叟首先是一位讲述故事的人。他居然把乔叟的古诗韵味——这是时间不情愿地留给我们的礼物——故意抛弃掉，用对每一个词语和心理活动的忠实翻译取而代之，并且以此为荣。在《坎特伯雷故事》的译文中，乔叟谈论的内容变成了"凶残的佩德罗"，而不是 Petro of Spayne，成了"职业"而不是"misterio"，成了"格拉纳达"而不是 Gernade，成了"埃洛伊萨"而不是 Helowys，成了"亚历山大"而不是 Alisaundre。

于是，我不禁自问：为什么乔叟本人把著名的诗句暗藏铁器的卑劣行径"译成"微笑者刀藏在斗篷里？这是很难回答的。

陈　泉　译

一九三七年二月十二日

阿根廷作家的布宜诺斯艾利斯情结 *

　　有作家（也有读者）信誓旦旦地声称既"当作家"又
"当阿根廷人"乃是一种矛盾，几乎是不可能的事。且不说这
么远，我敢说"当布宜诺斯艾利斯人"乃是在布宜诺斯艾利
斯可能犯的最为糟糕的错误之一。更确切地说：这是一个不
可以、不应该、完全不能犯的错误。原因很简单，我们这些
布宜诺斯艾利斯人完全缺乏异国情趣，而且我们太喜欢互相
救助了。一个人可能希望得到另一个人的帮助，但谁也不希
望八十万人都来帮助。只是，在里亚丘埃洛河入口的拉博卡
区那边，人们似乎搞成了某种小团体：值得一提的是，那是
布宜诺斯艾利斯唯一不像这个城市的地方，也是外地游客光

顾的唯一地区……本市的作家如果没有起码的谨慎而成了拉博卡区的人，那就要被孤立了。即使你穷得出了名也不顶用。在布宜诺斯艾利斯，挨饿乃是一种浪漫的经历。如果是在市中心，在巴勒莫区或者在圣克里斯托瓦尔区挨饿，那只是小意思，不足以美化一个人的个人经历。有些人认为，北区是布宜诺斯艾利斯盛产作家的地方，然而他们错了。北区（我们理解的北区主要是指社会概念而不是地理方位）不喜欢把某个人搞得比别人突出，也不愿意被搞得过分眼花缭乱。这毕竟是一个当地欧洲人聚集的区——就像马塔德罗斯区或者贝尔格拉诺区下端一样——不太习惯于颂扬，而是习惯于嘲笑或者怀疑。那里有一种迷信，这倒是真的：对本地流行事物的无限偏爱。里卡多·吉拉尔德斯发表了《牙买加》，谁也没有吭声。待到他写出《堂塞贡多·松勃拉》里的游牧队伍才使北区兴奋起来，然后再是别的区。我讲的是十年前的事。我记得很清楚，弗洛雷斯区和洛马斯－德萨莫拉区（此处这两个名字也是指社会概念，而不是地理方位）曾经反对过，

---

* 此篇初刊于 1937 年 2 月 12 日《家庭》杂志。

他们觉得《不幸的人》写得更好……

　　我不知道上面所阐述的观点是否会让我的读者感到惊讶。我认为，这些都是路人皆知的道理。我一直是这么认为的，所以便从来没有想到要把它们记录下来。只是有那么一天，一个完全偶然的机会，让我听到几个牢骚——一个是口头的，另一个是书面的，都十分恳切——涉及内陆作家在布宜诺斯艾利斯遇到的巨大而特殊的困难，以及这座城市冷冰冰的文学氛围。两个牢骚满腹的人——在口头和书面上——都不免将这座城市同卡塔戈[1]相比较：那是一座捉摸不透的城市，从另一方面说，我们对于其在艺术方面的喜恶知之甚少。听了这些牢骚，我的第一个反应就是惊愕不已。后来我记起了安德鲁·兰先生苦涩而又无可奈何的话语："跟这些人搞对立是很荒唐的，因为他们和我们的艺术品位不尽相同。事实上，他们中的大部分人对书都不感兴趣。"既然安德鲁·兰先生在最有文学气息的国度——英国——都写下这些话语，那么在我们这座城市，还有什么样的艺术冷淡不可以存在呢？对于

1　今哥斯达黎加中部省。

一个外省作家来说，还有什么比把这种正常的冷淡归咎于自己外地人——相对的——的身份更加容易的错误呢？把一切不济的时运都归咎于一个非个人的、普遍的原因，这又是什么企图呢？

而且，事实正在驳斥这种伤感的假设。卢贡内斯、马丁内斯·埃斯特拉达、卡普德维拉是阿根廷共和国最早的三位作家，没有任何人因为第二位是圣菲人，其余两位是科尔多瓦人而抹杀他们的地位。埃瓦里斯托·卡列戈，他是恩特雷里奥斯人，今天依然是布宜诺斯艾利斯沿岸地区的守护诗人。弗洛伦西奥·桑切斯光荣的幽灵仍然主宰着我们的戏剧舞台，就像巴尔多罗梅·伊达尔戈主宰着我们的高乔诗歌一样。在本地欧洲人题材中，没有第二个诗人享有费尔南·席尔瓦·巴尔德斯以及"另一帮"那样的盛名。我在阿德罗格随手写下了这些东西，没有什么参考书。好奇的读者会去查阅著名的圣地亚哥人里卡多·罗哈斯写的《阿根廷文学史》那博学的索引，并且补充一些例子。可能会提出萨米恩托、阿尔维蒂、格雷戈里奥·富内斯、克里索斯托莫·拉菲努尔、伊拉里奥·阿斯卡苏比、赫瓦西奥·门德斯、奥莱加里奥·安德拉德、马科斯·萨斯特雷、费尔南德斯·埃斯皮罗。

以上的排列，并不是对曾经遭到忘恩负义者否认和伤害的布宜诺斯艾利斯所做的一种慷慨而无用的赞美。更确切地说，这是为了证明在美洲的这片土地上的人们有着本质上的一致性。他们有着相同的精神和热血。比如，我是布宜诺斯艾利斯人，我的儿子、孙子、重孙、曾孙都是这个城市的人。但是（从别的分支来说）我有祖辈出生在科尔多瓦、罗萨里奥、蒙得维的亚、梅塞德斯、巴拉那、圣胡安、圣路易斯、潘普洛那、里斯本、汉莱等等地方。也就是说，我是一个典型的布宜诺斯艾利斯人。更确切地说，我离典型的布宜诺斯艾利斯人只差缺少意大利血统这一点了……

那些恼人的、有关其他城市反对布宜诺斯艾利斯的争论，多年前就已经解决了。重新在纸上拨弄当年帕冯和卡尼亚达·德拉克鲁斯的陈年往事已经毫无意义。除了布宜诺斯艾利斯作家，除了维森特·菲德尔·洛佩斯和埃切维里亚明显的传统，没有人再会跟布宜诺斯艾利斯争论其无可比拟的价值，这就是疼痛和不得安睡的刺激的价值。有人说，诗歌——或任何其他的文学形式——在乡村比在城市中更容易产生。这只是陈腐而感情用事的偏见的余孽，这种偏见产生了像《对城市的轻蔑和对乡村的颂扬》这样不符合实际的作品。我们高乔人的文学——也许是这片大陆最有特色的文学——始终是在布宜诺斯艾利斯创作的。除了阿斯卡苏比中校以外——历史文献上说他生于科尔多瓦，而民间故事或传统则认为他出生于蒙得维的亚——所有的被崇拜的偶像都是本市人，从埃斯塔尼斯劳·德尔坎波到爱德华多·古铁雷斯，从《马丁·菲耶罗》的作者到《堂塞贡多·松勃拉》的作者。我知道这种一致性并非出于偶然，以后有机会再详细阐述其中的缘由。

陈　泉　译

一九三七年二月十九日

兰斯顿·休斯 *

除了康蒂·卡伦 ¹ 的某些诗篇，当今的黑人文学中存在着一个难以避免的矛盾。这种文学的目的是想证明一切种族偏见都是荒唐可笑的，然而实际上只是在不断地重复一点，即他们是黑人，也就是说，他们在反复强调着自己实际上想否认的那种差异。

黑人诗人兰斯顿·休斯于一九〇二年二月一日出生在密苏里州的乔普林。他的外祖父母是自由的黑人业主。父亲是律师。他在堪萨斯州一直住到十四岁，成为一名骑士，学会了直立马背，并且会抛绳圈命中目标。大约一九〇八年，兰斯顿·休斯在墨西哥托卢卡城附近度过了夏天。大地在颤抖，群山在颤抖。兰斯顿·休斯永远也忘不了在大地震撼的时候，蓝天下，成千上万的人静悄悄地跪在地上的情形。

一九一九年，受到克劳德·麦凯[2]和卡尔·桑德堡的影响，他首批笔调笨拙的处女作开始问世。一九二〇年，他回到墨西哥。一九二二年，也就是在哥伦比亚大学犹豫了一年以后，他乘船去了非洲。"在达卡尔我见到了沙漠，"他说，"在刚果我偷了一只猴子，在黄金海岸我尝了棕榈酒，有人把我从尼日尔河里救起，差点儿被淹死。"这是他无数旅程的开始。"在巴黎最高档的饭店我饱尝了挨饿的滋味，"另一次他说，"我曾在拉封丹大街的夜总会做过门卫，除了小费以外没有工资。由于顾客都是法国人，于是每天晚上我的收入是零。在大公饭店我当过二级厨师。在日内瓦我有过非常幸福的日子，口袋里没有一分钱，靠无花果和黑面包充饥。我还打扫过轮船上的指挥舱，这艘轮船把我捎回了纽约。"

一九二五年，他靠一首《陶斯的房子》得了一百五十美

---

* 此篇及以下三篇初刊于 1937 年 2 月 19 日《家庭》杂志。

1 Countee Cullen (1903—1946)，美国诗人。

2 Claude Mckey (1889—1948)，作家、诗人，生于牙买加，后迁居美国。

元的奖金。一九二六年，他的第一本书《萎靡的布鲁斯》问世。随后，出版了一本诗集《犹太人的好衣服》（一九二七年）和一本小说《不是没有笑声》（一九三〇年）。

黑 人 说 河

我认识河流……

我认识像世界一样久远的河流，比流淌在人类静脉的血液更加久远。

我的心灵就像河流一样深邃。

晨曦中我在幼发拉底河沐浴。

在刚果河畔我搭过茅屋呼呼酣睡，

我放眼尼罗河并在上面造起金字塔。

亚伯拉罕·林肯下到新奥尔良的时候

我听到了密西西比河的欢歌，

还看到它多泥的胸脯染上日落的金黄。

我认识河流：

万古久远的河，黑色的河。

我的心灵就像河流一样深邃。

——兰斯顿·休斯

陈　泉　译

瓦莱里·拉尔博 *
《读书，这个不受惩罚的癖好》

　　十九世纪初，英国人发现他们有日耳曼血统——于是他们决定继续做他们的日耳曼人，不过以一种更加引人注目的方式，一心一意地做日耳曼人。在柯勒律治和德·昆西之后，卡莱尔以其雄辩的一生发誓自己不是法国人，而且他有血缘关系的兄弟姐妹都在莱比锡而不是罗马或巴黎。对于这种令人不快的看法，我们可以有两个答复：其一，日耳曼的首都（既然已经是日耳曼人，就姑且这么说吧）并不一定就是位于欧洲交叉路口、因为多少游牧部落和军队的行经而不堪重负的德国；其二，英国和法国在文学上有着久远的姻缘：乔叟从法语翻译作品，莎士比亚是蒙田的读者——他签过名的书还在那里；斯威夫特给伏尔泰留下了他巨大的身影；波德莱尔的灵感源自德·昆西和爱伦·坡。小诗人瓦莱里·拉尔博也是从惠特曼的作品中走出来的。幸好他的亲英倾向并不仅限于像在《巴纳布特》中那样模仿美国或者英国的作品，而是经过了评论、调整、翻译。他最近的一本书有个副标题为《英国领地》，书中有关于考文垂·帕特莫尔[1]的内容，还有关于"准备给爱尔兰一种新神话"的詹姆斯·斯蒂芬斯[2]的内容，关于威廉·福克纳、詹姆斯·乔伊斯、塞缪尔·巴特勒等人的内容……（据我所知，这最新一本书在布宜诺斯艾利斯已经有五位读者：阿图罗·坎塞拉、维多利亚·奥坎波、玛丽亚·罗萨·奥利维尔、佩德罗·恩里克斯·乌雷尼亚和我。我要向那些我不认识的读者朋友致歉，还要向巴特勒的那位朋友致敬，是他列出了这份并不完整的名单，而我还叫不上他的名字。）

陈　泉　译

---

* Valery Larband（1881—1957），法国诗人、小说家、翻译家和评论家，《读书，这个不受惩罚的癖好》是他有关英、法文学的两卷本评论集。

1　Coventry Patmore（1823—1896），英国诗人，著有《家里的天使》。

2　James Stephens（1880—1950），爱尔兰诗人、小说家。

多萝西·利·塞耶斯
《侦探故事新选》

关于多萝西·塞耶斯小姐，我知道她三个方面的活动：对侦探故事的历史分析研究，勤奋不懈地编写同类题材的文选，以及自己创作侦探小说。她的历史分析研究一度令人赞叹，文选也颇具实力，但她的小说却比较平庸，毫无光彩。

塞耶斯小姐编写的最新文选列入"大众图书馆丛书"的第九百二十八卷，其中包括二十多篇作品。让我们从她省略的部分开始讨论，这样做是合乎逻辑的，因为大家都知道，省略往往是一部文选最无可争议的魅力所在。对于这部文选，我要以最大的热情欢呼省略了莫里斯·勒布朗、弗莱彻、埃德加·华莱士和范达因几位，省略得好。然而我对省略了希尔、埃勒里·奎因、伊登·菲尔波茨、阿瑟·柯南·道尔表示惋惜（对于这最后一位，哪怕是出于感情的缘故，我真想重读《六座拿破仑半身像》、《红发会》或者《黄面人》）。

至于那些收入文选的作品……我认为爱伦·坡（《被窃的信件》），威尔基·科林斯、斯蒂文森、切斯特顿（《通道里的男人》），托马斯·伯克、罗纳德·诺克斯教父、安东尼·伯克莱、米尔沃德·肯尼迪和亨利·克里斯托弗·贝利的作品选得可以或者说选得非常好。另外一些作品我们最好还是把它们忘掉——这当然很容易做到——毫无疑问，我们也会原谅它们的。

塞耶斯小姐身上总有一种苦行和忏悔的影子，她在文选中并没有原谅自己。她贡献的故事题为《镜中人》。故事情节如下：一个男人在连续两三个悲剧性的场合总是碰到他自己，他因此非常害怕，就去找侦探彼得·温姆西勋爵帮忙。这位贵族老爷发现了那绝妙的真相，原来是一对孪生的魔鬼兄弟。

陈 泉 译

119

赫尔曼·布洛赫《陌生的格罗斯》

　　傍晚时分，一个女人为我们无法分享我们的梦境而感到惋惜。她说："如果梦见跟某某人同游埃及的迷宫，第二天提到这个梦时，那个被梦见的人也能想起它，能够注意到一个我们都看不见的事实，这也许能对解释梦中的事物有些用处，抑或使梦更古怪，果真如此，这一切该是多么奇妙！"我赞赏了她如此高雅的愿望，我们还一起谈论了有两个或者两千个参与者的梦境与现实竞争的问题（只是到后来我才想起，我们共同享受的梦境已经有了，那恰恰就是现实）。

　　在《陌生的格罗斯》的故事中，并没有提出实在的现实与梦中的现实之间的冲突，而提出了实在的现实与代数学那清晰而又眩晕的宇宙之间的冲突。主人公理查德·希克是一位数学家。"他对自己的生活并不感兴趣"（就像我们的诗人阿尔马富埃尔特一样），他真正的世界就是符号的世界。故事中的叙事者并没有对我们说他是数学家。他给我们展示这个世界，让我们走近他的疲惫和他完美的胜利……弟弟的自杀把希克重新带回了"现实"，带回了人的各种机能和谐共处的平衡的世界。我们应该满足，应该感谢他没有把这种揭示放到一位美人儿身上，比如玛琳·黛德丽的爱情。

然而，我怀疑自己可能更喜欢相反的故事情节：显示一个日常的世界向柏拉图的符号世界逐渐入侵的过程。

陈　泉　译

一九三七年二月二十六日

文学"新生代"*

　　我在一本年轻杂志令人崇敬的书页中（因为现在的年轻人是令人崇敬的，他们选择的是温文尔雅的美名，而不是自我牺牲的美名）看到："新一代或者人们常说的英雄一代，彻底地完成了它的使命：横扫文学偏见的巴士底狱，把新的美学思想提出来让虚弱无力的象征主义者考虑……"这里强制的、横扫一切、说到做到的一代就是我这一代人；因此我，尽管是放在那个集合里，也被称作英雄。我不知道我那些同样被神化了的朋友们对此作何感想。就我来说，我敢发誓，感激的心情中不无麻木、忧虑、轻微的内疚和相当不舒服的感觉。

英雄的一代……我刚才摘引的康布尔·奥坎波颂扬性的段落中提到了《棱镜》、《船头》、《起始》、《马丁·菲耶罗》和《评价》。也就是说，是指一九二一年到一九二八年间。在我的记忆中，那个年代的滋味是很丰富的。但是我发誓，主要还是虚伪的那种酸甜味。如果需要用更礼貌些的词的话，那是一种不真诚的味道。这是一种不寻常的不真诚，什么懒散、忠诚、胡闹、忍耐、自尊心、朋友情意，也许还有仇恨等等都交织在一起。我不埋怨任何人，也不埋怨当初的我；我只是——通过塔西佗提出的"巨大的时间空间"——尝试透明的反省。向这一向冷漠的世界揭示一个路人皆知的秘密的恐惧（对于其他人来说，或许如此）并没有使我畏缩。我肯定我讲的是事实，我清楚地知道，这是一个浅显而且过了时的事实，但是它必须由某个人揭示出来，恰恰是由"英雄的一代"中的某个人去揭示。

　　没有人不知道（说得更确切些，大家都忘了）这一代文学的区别点乃是滥用某种宇宙的或者公民的比喻。无论是无

---

* 此篇初刊于 1937 年 2 月 26 日《家庭》杂志。

礼的比喻（例如塞尔吉奥·皮涅罗、索莱尔·达拉斯、奥利维里奥·希龙多、莱奥波尔多·马雷夏尔或者安东尼奥·巴列霍等笔下的），还是虔诚的比喻（例如诺拉·朗奇、布兰丹·卡拉法、爱德华多·冈萨雷斯·拉纳萨、卡洛斯·马斯特罗纳迪、弗朗西斯科·皮内罗、弗朗西斯科·路易斯·贝纳德斯、吉列尔莫·胡安或者豪·路·博尔赫斯等等笔下的），这些令人惊恐的形象将永恒的事实与当前的现实结合在一起，将永恒的、甚至没有周期的天上的东西与不稳定的城市里的东西结合在一起。我记得，就像所有的新生代那样，我们也建议回归大自然、返璞归真以及让空洞的比喻死亡。我们也有勇气成为我们时代的人——好像同时代性只是一种困难的自觉行为，而不是致命的特点。在我们第一次冲动时，我们就取消了——哦，多么极端的用词啊——标点符号，取消一切没有用的东西，因为我们中有人用"停顿"来代替它们。尽管这些停顿（按照其大胆的理论）成了"永远地纳入文学的新创造"，其实（在可悲的实践中）只不过是一些大的空当，粗鲁地代替了那些标点符号。后来我想，如果尝试新的标点符号也许会更加迷人，例如犹豫号、同情号、柔情号、代表心理或者音乐含义的符号……我们还认为——我觉得挺有道理，而且会得到荷马式史诗作者、《圣经》赞美诗作者，还有莎士比亚、威廉·布莱克、海涅和惠特曼等人的赞许——韵律要比莱奥波尔多·卢贡内斯所认为的次要得多。这种意见的重要性是显而易见的，它使我们不至于老是充当《伤感的月历》不情愿却命中注定的"信徒"——毫无疑问，这里用"继承者"一词会更好些。

卢贡内斯于一九〇九年出版了这一卷诗集。我认为所有给《马丁·菲耶罗》和《船头》撰稿的诗人们的作品——在允许我们尝试个人多样化著作之前的所有作品——绝对是按照《伤感的月历》的某几页预先考虑好的。在《烟火》、《城市之月》、《月球学拾遗》、《颂月》令人眼花缭乱的定义中……在此卷的序言中，卢贡内斯要求丰富多样的比喻和韵律。我们，十二三年以后，热情地积累着种种比喻而明显地拒绝韵律。我们是卢贡内斯一个方面的晚期继承人。谁也没有指出这一点，简直叫人难以置信。不押韵总是会惹恼我们的读者，他们——少量的、不用心的和暴躁的——倾向于认为我们的诗乃是一种混乱，乃是疯狂时或者无奈时偶然而可悲的作品。另一些更年轻的人，他们以同样不公平的颂扬来对抗这种不公平的藐视。卢贡内斯的反应是合理的。我们的比喻习作不能引起他的丝毫兴趣，我觉得这是很正常的，这是因为那些东西他早就用尽了。我们不押韵的做法也没能得到他的赞同，这也并不是不符合逻辑或难以置信的。不可思议的乃是在一九三七年的今天，居然仍有人抱着简直是自言自语的争论不放。

而我们呢？如果我们脑中对于卢贡内斯的某些意象没有一种挡不住的、美妙的回忆，我们的眼睛也就不会停留在院子上空或者窗前的明月；也就不会激情满怀地看着日落，重复"永恒的太阳像猛虎般死去"这样的诗句。我知道我们在捍卫着一种美以及它的创造者，尽管带着某种不公平，带着某种轻蔑和嘲笑。我们做得对，我们有义务成为另一些人。

让不肯轻信的读者去审视《伤感的月历》，随后再去审视《有轨电车读诗二十首》或者我的《布宜诺斯艾利斯激情》或《栖息架》，在这过程里他们不会感觉从一种气候过渡到了另一种气候。我在这里要说的不是某种线性的重复，尽管存在这种重复；也不是说每本书的内在价值，这些自然是不可比的；也不是说它们不尽相同的目的，抑或各自的幸运和不幸。我说的是他们文学的习惯、使用的手法以及句法的完全等同性。从上面那些书的第一本到最后一本，相隔有十五年之久，但这并不影响它们属于同一时代。从本质上它们确确实实是同时代的，只是时间上的差异想说它们不是。

众所周知，没有哪一代文学不挑选两三位先驱人物：几位受尊敬的、不合时代的男子，他们由于一些特别的原因而能免遭厄运。我们这一代挑选了两位。一位是毋庸置疑的天才马塞多尼奥·费尔南德斯，我无法忍受他除了我之外还有别的模仿者；另一位是《水晶颈铃》的作者，未成年的吉拉尔德斯，这本书中卢贡内斯的影响——《伤感的月历》中幽默的卢贡内斯——是相当明显的。确实，事实对我的论点也很有利。

陈　泉　译

一九三七年三月五日

大卫·加尼特[*]

一八九二年大卫·加尼特，虚构小说的革新者，出生于英国的一个地方，传记辞典中没有写地名。其母康斯坦丝曾将陀思妥耶夫斯基、契诃夫和托尔斯泰等人的全集译成英语；从父系来看，他的父亲、祖父和曾祖父都是文学家，他的祖父理查·加尼特曾是大英博物馆的馆员和著名的《意大利文学史》的作者。几代人写了近百年的书，这使加尼特家族感到疲惫；他们最早不让大卫干的事之一，就是写散文和诗歌。迄今为止，他从未写过诗歌。

加尼特最早学的是植物学。他醉心于这个平静而变化不定的专业长达五年，发现了一种极其稀有的真菌亚纲：永存不死的、有毒的加尼特真菌。这事发生在一九一四年左右。一九一九年他在索霍的西班牙-意大利居民区的加拉尔德街开了一爿书店。他的同事弗朗西斯·比尔教他打包，直到一九二四年书店关闭时他才掌握了打包法的原理。

加尼特的第一篇小说《太太变狐狸》发表于一九二三年，给鬼怪小说引进了彻底的革新。与伏尔泰和斯威夫特不同，加尼特除去了所有讽刺的意图；与爱伦·坡不同的是他避而不谈恐怖的东西；与赫·乔·威尔斯不同的是他摒弃合理的推理和假设；与弗兰茨·卡夫卡和梅·辛克莱不同的是与噩梦的特殊氛围毫无关联；与超现实主义者不同的是他没有混乱。他的成功几乎是立竿见影的，加尼特售出了无数本小说。一九二四年发表了《动物园里的男人》。一九二五年发表《水手归来》（都是魔幻小说，但绝对是平和的，有时是残忍的）。一九二九年，出版了现实主义小说《没有爱》和莫洛亚的《艺术岛游记》的英文版。

大卫·加尼特现住圣艾夫斯，结了婚，有两个孩子。其

---

* 此篇及以下两篇初刊于 1937 年 3 月 5 日《家庭》杂志。

妻拉雪尔·马歇尔，是一位版画家。我刚看过她为《水手归来》画的插图，她用精细、颤抖的线条表现了可敬的女主人公：达荷美公主殿下。

黄锦炎　译

拉蒙·费尔南德斯
《人就是人类吗?》

　　此书中的论战过程（绝无仅有的论战过程）并不复杂，只是简单地把对手的论点加以歪曲或简化，然后用其来证明其简单和畸形。甚至预先的简化和歪曲工作也往往是不费力气的，通常对手的信奉者们已经完成了这项工作。这里说的对手是朱利安·班达。反驳者声称：

　　"朱利安·班达先生出色地想到了思辨及有关道德原则的至高无上的价值。但同时指出它与现实、与人类世界是不相容的，因此，谨慎者最好是不去理会这个邪恶的、物欲横流的世界，而是退回到纯粹观望的位置……班达先生认为，思辨与现实是不相容的。但是，仔细分析一下就发现这种不相容性实际上是不存在的。事实上，我们的身体结构、我们的生命的自然运动，推动了我们的思辨。要证明这一点不需要挖空心思找论据，只要正确地分析一下我们的自发行为就行了。我已尝试做过这样的分析。"

我不想做一贯正确的人，也没有这个习惯，但我要说班达的贡献不仅仅止于"出色地想到了思辨的至高无上的价值"——这不过是修辞上的消遣而已，而且在他的理论里，不管是明言还是暗指，都找不到理性与现实不相容的论点。至于拉蒙·费尔南德斯指责他被吓得无所作为，那我们只要回忆一下他面对一九三六年的意大利帝国主义、面对一九一四年的战争和面对德雷福斯事件[1]的坚决态度就足够了。

黄锦炎　译

1　一八九四年，法国总参谋部的犹太人阿尔弗雷德·德雷福斯上尉被指控向德国泄露军事机密，其妻友却认为他是无辜的，在法国知识界和政界引起轩然大波，左拉等为他辩护。

拉德克利夫·霍尔《第六美德》

　　据我回忆，民间文学的问题很少有人解决，而且从来不是民间作者解决的。这个问题不只是（如有些人认为的）对粗俗语言的正确模仿。我们可以说，它具有两个方面：正确地模仿一种口语和不超越语言的可能性、在自然表达中获得文学的效果。在这种文体中有两部杰作：我们的《马丁·菲耶罗》和马克·吐温的《哈克贝利·费恩历险记》，两部作品都是用第一人称写的。

　　霍尔夫人提出的问题要容易得多。在她的小说中，"平民交谈"是对话体，其余部分是以第三人称叙述的，但结果也不算令人钦佩。洋洋三百页文字翻来覆去就是两个同样令人不舒服的重点：多愁善感和预谋的暴行。暴行的例子最好还是免了，多愁善感的例子我就举下面这个，因为篇幅短些，"这个可敬的街区来了一只夜莺，整个巷子的人都出来听它的歌声，因为穷人们尽管对丑陋已无动于衷，下意识里却总是被美所吸引"。

霍尔夫人在这部小说中收集了无数贫困的景象：潮湿、肮脏的食品、龋齿、救世军、酗酒、死亡、年轻人的狂妄自大、老年人莫名其妙的贪婪。

奇怪的是：这么多的不幸还不如一个小小的享乐的消息更令人动容。例如，当寡妇罗茜夫人买了一架望远镜，一种几乎神秘的欢乐传遍了这个穷得叮当响的街区。这种欢乐比那许多不幸更使人辛酸。可以肯定地说，这种歪打正着的创作方法还不算最差的。

黄锦炎　译

亨利·巴比塞[*]

亨利是个混血儿，父亲是法国人，母亲是英国人，一八七四年年中他出生于巴黎。他在霍林学院念过书，当过多年报人，当过（谁会怀疑呢）百科全书式的通俗画报《我全知道》的主编。传记辞典和各种加注的选集中，都没有忘记记载他娶了博学而令人厌恶的诗人卡蒂尔·孟戴斯[1]之女为妻。

他的第一部（也是唯一的一部）诗集《泣妇》发表于一八九五年。他的小说处女作——《哀求者》——发表于一九〇三年，而第一部有分量的小说——《地狱》——则发表于一九〇八年初。在《地狱》混乱的书页中，巴比塞尝试写作一部经典的作品、一部超越时间的作品。他只想写出人物的主要行动，避开了对空间和时间等的渲染。他想把在所有书中搏动着的一本书展示出来。但无论是情节——散文诗写就的对话和叙事者从旅馆隔墙的缝隙中窥视到的淫荡或死亡的场景——还是写作的风格，都或多或少模仿了雨果，但都不能使他顺利地实现他那柏拉图式的目的，再说，那实际上也是完全无法实现的。我在一九一九年以后就没有再读过这本书，但依然记得他对散文的这种认真的追求，还记得他很好地揭示了人们共同的孤独感。

一九一四年，亨利·巴比塞进了步兵团，了解了什么是残酷、责任、顺从和模糊的英雄主义，并两次受到表彰。后来他受了伤，在医院里创作了《炮火》。巴比塞（与埃里希·雷马克不同）并没有随心所欲地谴责战争。这是《炮火》远胜于轰动一时的《西线无战事》的原因之一。另一个原因是亨利·巴比塞的文学技巧更胜一筹。《炮火》发表于一九一六年，并获得了龚古尔文学奖。

* 此篇及下一篇初刊于 1937 年 3 月 19 日《家庭》杂志。
1 Catulle Mendès（1841—1909），法国诗人、小说家。

《巴黎和约》签订以后，巴比塞当过《人道报》的记者，后来又当过《世界报》的主编。

他加入了共产党。他主动地让他的作品——《光明》、《深渊上的曙光》、《镣铐》和《耶稣》——服从教育和论战的目的。他去世前不久，在巴黎创建了一个反法西斯联盟。在那段时间里，他曾与诗人马尔科姆·考利交谈过几个小时，后者说他："有英国文学家那极其瘦削的模样和过分高大的身材，但一双手却是细长的、法国式的和富有感染力的。"

他于一九三五年八月的一个早晨在俄罗斯去世。他患有肺病，死于疾病的消耗和劳累过度。

巴比塞的不朽和死亡都要归因于一九一四年的战争。他一九一四年在战壕里得了肺结核，二十年之后，在莫斯科一家为他精心治疗的医院里，这个病要了他的命。但也是从战壕生活中，他写出了那沾满泥巴和鲜血的光辉的著作。

黄锦炎　译

亨·路·门肯《美国语言》

我常常问别人，也问自己："能想象在我们国家出一个亨·路·门肯，一个受人欢迎的、精于污蔑和谩骂自己国家之道的专家吗？"我以为不能。爱国主义，阿根廷的假爱国主义是吓不起的可怜东西，经不起一首偶然写成的讽刺诗、蒙得维的亚的一记射门或邓普西的一记左勾拳。一个微笑、一次无心的遗忘都会使我们痛心。门肯的名气来自于他坚持给美国抹黑；一个阿根廷的门肯——要想成功——那是不可想象的。

再说，讽刺谩骂文章也不是门肯先生唯一经常涉及的文学题材。他也爱写神学和语言研究方面的文章。《美国语言》初版发表于一九一八年，刚面世的第四版有七百页，经过修订和更正已经完全变了样。书的目录中记载了一万多个单词和短语。

我最感兴趣的是从西班牙语派生的词语。Ranch 来自 rancho，dobie 来自 adobe，desperado 来自 desesperado, lariat 来自 la renta, alligator 来自 el lagarto, lagniapa 来自 la ñapa 或（像我们这里说的）la yapa。最后三个单词加上了冠词；西班牙语在单词中也有带阿拉伯语冠词的，如 Alcorán、alcohol、alhucema……

在该书的最初几版中门肯曾说，美式英语随着时间的推延将成为另一种语言。现在他说，英式英语可以作为美语的一种难懂的欧洲方言继续存在下去。

这个论点（或俏皮话）使我想起爱德华多·斯基亚菲诺先生和马德里的记者戈麦斯·德·巴克罗之间的某次论战。后者在《太阳报》上发表文章提到了西班牙人常有的、关于在我们国家西班牙语的种种危险的抱怨。夏菲诺告诉他，在布宜诺斯艾利斯，我们特别担心西班牙语在西班牙的所有的危险，那里西班牙语遭受到巴斯克语、巴勃莱语、吉卜赛语、米兰达德埃布罗语、阿拉贡语、加利西亚语、加泰罗尼亚语、瓦伦西亚语、巴利阿里群岛语的威胁，安达卢西亚语的变态就更不用说了。

黄锦炎　译

吉卜林和他的自传 *

　　拉蒙·费尔南德斯在最近的某一期《新法兰西杂志》上说，读者从爱看传记小说转到了爱看自传。不相信的人要说，爱看的是自传体小说，可是，事实是自传的作者远不如传记作者抒情洋溢，再说路德对耶稣或者圣马丁将军的私生活的了解也胜过朱利安·班达对他自己的了解……最近出版了威尔斯、切斯特顿、阿兰 ¹ 和班达的自传，前不久又多了一本没写完的吉卜林自传。书的题目叫《谈谈我自己》——内容的言不尽意倒是切题的。就我来说，我为不能对这种言不尽意表示遗憾而感到遗憾。我知道，任何自传的侧重点都是心理上的，一个人不谈某些细节不比大谈某些细节更具代表性。

我知道，事实是用来说明特性的，叙事者可以随意隐去某些事实。我总要回到马克·吐温花了许多个晚上谈论自传这个问题后得出的结论："一个人既不可能讲述有关自己的真情，也不可能不向读者谈论有关自己的实话。"

毫无疑问，那本书里最令人愉快的几章是谈童年和青少年岁月的（其他涉及成年时期的章节都沾染了不可思议的和不合时代的仇恨，恨美国人、恨爱尔兰人、恨布尔人、恨德国人、恨犹太人、恨奥斯卡·王尔德的幽灵）。

开始几页中某些特别动人之处，来自于吉卜林的一种写作手法。他（不同于前面提到的朱利安·班达，他在《一个文人的青年时代》中用对莫里斯·巴雷斯反感的话含蓄地歪曲了他的童年）不允许把现在穿插到对过去的叙述之中。在他的故事中，叙述到童年的岁月，他们家的那些有名望的朋友——伯恩-琼斯或威廉·莫里斯——都不如一只涂了香料的豹子头或是一台黑色的钢琴重要。吉卜林跟马塞尔·普鲁斯

* 此篇初刊于 1937 年 3 月 26 日《家庭》杂志。
1 Alain，原名埃米尔-奥古斯特·夏尔蒂埃（Emile-Auguste Chartier, 1868—1951），法国哲学家。

特一样，要追忆失去的时间，但不想去加工、理解它。他满足于原汁原味：

"在围绕着屋子的绿地的另一侧，有一个非常好玩的地方，那里弥漫着油漆和油料的气味，还有我可以玩的灰泥块。一次我单独去那里时，我走到一个大约有一码深的深渊边上，在那里我遭到一个和我一般大的长翅膀的魔鬼的袭击。从那以后我就不喜欢鸡。

"后来又度过了那些很亮又很暗的日子，有一段时间在一条船上，两边各有一个好大的半圆形挡住视线。有一列火车穿越沙漠（苏伊士运河还没有开凿）和高地，在我对面的座位上坐着一个裹着大披巾的小女孩，她的脸我记不起了。后来有一片很暗的土地和一间更暗的、寒气袭人的屋子，在屋子的一面墙边，一个白种女人燃起了一堆明火，我吓得叫了起来，因为我从来没有见过壁炉。"

人们颂扬他的荣耀或在咒骂他时，曾把吉卜林与英帝国主义相提并论。英帝国主义者宣扬他的名字，宣扬他的诗歌《假如》的说话方式和他那响亮的作品，这些作品在五个国家——联合王国、印度斯坦、加拿大、南非、澳大利亚——

出版过无数种，还宣扬他为帝国的命运乐于牺牲个人的精神。帝国的敌人们（或其他帝国，如现在的苏维埃帝国的信徒们）则否定他或蔑视他。和平主义者用埃里希·玛利亚·雷马克的小说，确切地说，用他的两本小说，与吉卜林的众多作品相对抗，他们忘记了《西线无战事》中最惊人的新鲜内容——战争的无耻和痛苦、英雄们感受恐惧的特殊表现、军事"行话"的使用和滥用——在被人谴责的吉卜林所写的《军营歌谣》中就有。他的第一批歌谣发表于一八九二年。当然，这种"赤裸裸的现实主义"曾遭到维多利亚时期批评界的指责，现在他的现实主义的继承者们则指责他带有某种温情主义的色彩，意大利的未来主义者们忘记了他无疑是欧洲第一位以机器为缪斯的诗人……总之，所有的人——诋毁者或颂扬者——都仅仅把他看成帝国的吹鼓手，而且倾向于认为，两个极其简单的政治方面的见解便足以囊括对他二十七卷体裁多样的著作的美学分析。这种想法是粗糙的，一张口就足以使人相信它是错误的。

无可争辩的是，吉卜林的作品——诗作或散文——比他所阐述的论点复杂无数倍（附带说一句，马克思主义的方法与此正好相反，理论是复杂的，因为它派生于黑格尔，但说明它的方法则是粗陋的）。与所有的人一样，吉卜林也有许多身份——英国绅士、帝国主义者、藏书家、士兵和同群山对话的人——然而没有一个身份比写作匠更令人信服。用他自己笔下常用的词说就是一个 craftsman（手艺人）。他一生中，没有一种爱好令他像对写作技巧那样钟爱。"所幸的是，"他写道，"信手命笔总使我觉得浑身舒坦。因此，写得不好的东西我会随便扔掉，然后就像人家说的那样，暂时歇手。"在另一处上他写道："在拉合尔城和阿拉哈巴德城，我开始尝试把一个词语的色彩、分量、香味和象征同其他词语作比较，时而高声重复朗读用听觉去辨别，时而在印刷的书页上默念用视觉作比较。"吉卜林不仅提到了非物质的词语，还提到了作家最谦卑的、当然也是最恭顺的其他侍从：

"一八八九年我搞到了一只陶制的墨水瓶，我用针头和铅笔刀在上面刻了短篇小说的题目和小说集的书名。可是，结婚以后有了用人，她们把这些名字都抹去了，现在那上面的字迹比古抄本还难辨认。我一向使用最黑的墨水。我们家有个特点，讨厌那种蓝黑色的墨水，又始终没有找到一种适合写签名首字的红墨水，只能等风来吹干。我用的拍纸本是一种特殊规格的宽页本子，纸张是蓝色的，蓝中透白，这种本子我用得很费。但是，在外出旅行时，我的那些老光棍的爱好都可以免掉，只需一支铅笔就可以把我打发了——也许是因为我当记者的那阵子用过一支铅笔。每个人有他自己的方式，我喜欢把想记住的东西粗粗地画下来……在我桌子的左右两侧有两个大圆球，在其中一个上面一位飞行员曾用白色颜料画下了到东方和到澳大利亚去的航线，它们在我出生前就已经开通了。"

我说了在吉卜林的一生中没有一种爱好令他像对写作技巧那样钟爱。最好的证明就是他最后发表的几篇小说——《极限与更新》中的故事——对圈外的读者来说完全是试验性的，那样深奥，那样难以解释，那样不可理解，就像乔伊斯或者路易斯·德·贡戈拉的那些最秘密的招数。

黄锦炎　译

伊登·菲尔波茨[*]

伊登·菲尔波茨说过："据大不列颠博物馆的公开目录，我是一百四十九部书的作者。我真是悔之又悔，无可奈何又惊异万分。"

伊登·菲尔波茨，"英国作家中最典型的英国人"，显然是希伯来人后裔，出生于印度。在他五岁时，大约一八四七年，他父亲亨利·菲尔波茨上校就把他送到英国。十四岁时，他第一次穿越达特穆尔荒原，那是德文郡中部的一片浓雾弥漫的饥饿的草原（写进诗歌的奥秘；一八七六年的这次徒步旅行——累人的八里格[1]路程——奠定了他后来的几乎全部作品，其中第一部《雾中的孩子们》写于一八九七年）。十八岁时他去了伦敦，满怀着当个大牌演员的希望和心愿。观众最终说服他放弃。从一八八〇年到一八九一年，他在办公室干过一份不讨好的工作。他在晚上写作、复读、涂改、扩充内容、添加补充，最后把稿子扔进火炉。一八九二年结婚。

名声——说荣誉有点夸张——很关照伊登·菲尔波茨。菲尔波茨是个温和的人，他举办巡回讲座，在大西洋上来回穿梭也不觉得累，他会跟园丁探讨紫罗兰和风信子的命运。在阿伯丁、奥克兰、温哥华、西姆拉和孟买，读者们默默地等候他的到来。这些沉默的英语读者有时写信给他，为了证实一个有关秋天的景物描写是否真实可信，或者对一部小说的悲惨结局表示（深深的）惋惜。就是这些读者，从世界各地为伊登·菲尔波茨的英国花园寄去细小的种子。

他的小说通常可分三类，最重要的一类无疑是写达特穆尔的小说。这种地方性小说我只举这几部就够了：《陪审团》、《清晨的孩子们》、《人类之子》。第二类是历史小说：《埃万德罗·阿加齐》、《台风的宝藏》、《青莲色的龙》、《月亮的朋

---

* 此篇及以下两篇初刊于 1937 年 4 月 2 日《家庭》杂志。
1 英国旧时长度单位，1 里格合 3 英里。

友》。第三类是侦探小说:《狄奎特先生和朗勃先生》、《医生,治治你自己吧》、《灰屋子》。最后一类小说的简练和严密令人钦佩。我认为写得最好的是《红发的雷德梅因家族》。另一部小说《生于骨血》以侦探小说开头,然后发展为悲剧故事。那种不偏不倚(或者说腼腆)是菲尔波茨的特色。

同时,他还写喜剧——有一部是跟他女儿合写的,还有几部是跟阿诺德·本涅特合写的。诗作有:《一百零一首十四行诗》、《苹果泉》。他刚发表了小说《林中的仙女》。现在正在创作另一部关于达特穆尔的小说。

黄锦炎　译

爱德华·尚克斯
《埃德加·爱伦·坡》

这本书为爱伦·坡辩解，这很自然。但作者请求原谅（在南美或者法国读者看来）就不正常了。要知道任何英国文学家要为一个正宗的美国佬辩解，不请求谅解是不行的（请读一下斯蒂文森大度地写沃尔特·惠特曼的文章）。评论是得当的，但在尚克斯先生的书的背后，除了学术上的轻蔑还有别的意思。人们一般都认为爱伦·坡是一位创意或者说构思的奇才，但同时又是自己创意的蹩脚实施者。正因为这样，翻译们帮了他大忙，即使是平庸的翻译，人们逼着他们去忙碌，去着重翻译他的散文作品；他的诗作留下来的不多；像《乌鸦》、《钟》、《安娜贝尔·李》被移入朗诵的下界（毫无疑问，那里更多的不是地狱味，而是不舒服）。其余作品只留下某一节或某一零星的诗句：

Ah, bear in mind this garden was enchanted! ...
And the red winds are wethering in the sky.

（我记得后一句字面意思是"红色的风在天空中凋谢"——本地一位颇有名气的翻译家把它"译"成了西班牙语。这里原文照录以飨读者："那可怕的北风不再在地球上呼啸！"）

他留下了他的诗论，较之他的诗作，诗论要强多了。他还留下了九十篇无可争议的短篇小说：《金甲虫》、《莫格街谋杀案》、《雪利酒桶》、《陷坑与钟摆》、《瓦尔德马尔病例中的事实》、《被窃的信件》、《大漩涡底余生记》、《瓶中手稿》和《跳蛙》。还留下了这类小说的特殊气氛，就像一张脸、一段音乐那样不容混淆。留下了《亚瑟·戈登·皮姆》。留下了侦探小说体裁的创造。留下了保尔·瓦莱里。这一切足以说明他获得荣誉的缘由，尽管他的作品每页都啰啰嗦嗦又缺乏生气。

　　爱德华·尚克斯的书一共八章。前四章写了爱伦·坡的悲惨生平，第五、六章写他的作品，最后两章写他对世界文学的各种影响。

黄锦炎　译

亨利·迪韦努瓦《找到了自己的人》

　　这部小说跟它的题目在字面上是相符的。那位毫无英勇可言的主人公波特罗找到了自我，不是通过象征或比喻——如爱伦·坡笔下的威廉·威尔逊在小说中那样——而是真的。毕达哥拉斯有个著名的观点，他认为世界历史是周期性重复的，这中间包括每个人的历史，甚至最微小的细节。迪韦努瓦在他的作品的结构中，运用了这一理论（或者说这个噩梦）的变体。

　　波特罗是位平和的贪图享乐的绅士，他五十五岁时到了一个围绕着人马星座旋转的行星。令人吃惊的是，他来到了奥匈帝国的境内。这个行星是地球的翻版，不过要晚四十年。波特罗回到巴黎——与一八九六年有所不同的巴黎——他对家人说自己是刚从加拿大回国的一个亲戚。除了他母亲，所有的人都对他不冷不热。他父亲甚至拒绝跟他打招呼，他妹妹认为他是一个不速之客。他根据自己对未来的了解，不断地提出一些理财计划，但都被他们一致拒绝，而且他们一再重复那个令他难堪的绰号，称他为神经病、倒霉的骗子。但是没有一个人比他以前的"我"表现出更大的敌意，他无情地、愚蠢地一再坚持要跟他干一架。

一本令人惊叹的书，也许不比威尔斯最吸引人的那些作品差。

黄锦炎　译

一九三七年四月九日

现实主义作家爱德华多·古铁雷斯 *

撇开与西班牙打仗，可以说布宜诺斯艾利斯的两个首要任务是跟高乔人和对高乔文学的崇拜进行无情的战争。这场战争经历了七十个残酷的年头。战火是阿蒂加斯的手下在乌拉圭崎岖不平的旷野里点燃的。地狱的一切酷刑的变种，都出现在这场战争的过程中。拉普里达在皮拉尔被杀，死得不明不白；马里亚诺·阿查在安加科被斩首；在潘帕斯南部，劳奇的脑袋被挂在一匹马的驮架上；埃斯通巴在荒野中丧失了理智，他带着他挨饿的军队筑迷宫、撒方阵，疲于奔命；拉瓦列累垮了，死在胡胡伊一座房子的院子里。布宜诺斯艾利斯给他们塑一座座铜像，以他们的名字命名一条条街，然

154

后就把他们忘了。布宜诺斯艾利斯宁愿怀念一个神话，它的名字叫高乔。布宜诺斯艾利斯的失眠和梦想的结果，逐渐产生了草原和高乔人两个神话。

古铁雷斯在这种神话的形成中有什么特殊的贡献呢？罗哈斯的《阿根廷文学史》第一卷中几乎只承认他一个功绩，即他是"把埃尔南德斯的史诗时期，或者说用诗歌叙述高乔人的传说时期，同用小说和戏剧描述高乔人的新时期衔接起来的人物"。

罗哈斯接着就指责他"人物塑造表面化，色彩贫乏，情节描写粗俗，特别是语言平庸"，他还用他那支生花妙笔叹惜道："人物原型太近，视角过分现实主义，加上形式的肤浅，使我们在他那些富有生气的农村纪事中，看不到真正的、从内容到形式都名副其实的小说。"另外，他赞扬了古铁雷斯"对那个高尚的荒原之子"的同情，顺便还向他的兄弟卡洛斯致意，说他"心灵美、有素养和文雅"，并批注说："在两部作品的相似之处，有关高乔人的情节显然受到《马丁·菲耶

---

* 此篇初刊于 1937 年 4 月 9 日《家庭》杂志。

罗》的影响。"

这最后一点，也许有失公允。《马丁·菲耶罗》受到欢迎，为那些不像他那样受到追逼、不如他好斗的高乔人提供了机会。古铁雷斯却把他们推了出来。他的小说可以被看作埃尔南德斯的两个题材"马丁·菲耶罗斗民团"和"马丁·菲耶罗斗黑人"的无穷的变体。但是，在书出版时，谁也没有想过这两个题材是埃尔南德斯专有的。另外，古铁雷斯写的有些争斗很精彩。我记得有一场，大概是胡安·莫雷拉和莱吉萨蒙的争斗。古铁雷斯的原话我记不得了，只记得那场面。两个乡下人在纳瓦罗一条街的拐角上刀刃相见。面对对手挥舞的刀子，其中一个往后退避。一步又一步，两人默默地打着，越打越狠，打过了整整一个街区。在另一个拐角上，前者背靠着商店玫瑰色的外墙。就在那里，另一个人把他杀了。省警察局的一位警长目睹了这场决斗。乡下人骑在马上，请求警长把他忘在那里的刀子递给他。警长恭顺地走过去从死者的肚子上拔出那把刀子……撇开结尾的夸张——这就像一个毫无用处的签名，撇开了这点，那边走边打、默默无声的搏斗的构思难道不令人难忘吗？像不像是为拍电影设计的？

　　然而，《胡安·莫雷拉》不是我经常推荐或出借的古铁雷斯的小说。我更喜欢一部大家几乎不知道的，也许会让那些正直的买主、崇拜高乔人的朋友吃惊的小说。我说的是直言不讳的《黑蚂蚁》。这是圣尼古拉斯的一个爱打架的人，绰号叫"黑蚂蚁"。谁要是不因为风格的粗野（值得罗哈斯作任何谴责）而泄气的话，便可以在这部小说中感受到令人满足的、前所未有的、几乎令人震撼的真实性的原味。对于所有的高乔小说，包括古铁雷斯的其他作品以及《堂塞贡多·松勃拉》，它都具有对照价值。

　　事实上，充斥于我们的文学之中的所有的坏高乔人形象，我认为没有一个像难以接近又心术不正的年轻人"黑蚂蚁"那样真实，他舞着剑跟他父亲开玩笑，结果划了他一刀，后者还为此感到骄傲。古铁雷斯书中的莫雷拉是拜伦笔下的那种豪杰，他以同样的庄重对待死亡和眼泪。而"黑蚂蚁"是个坏透了的小伙子，他一开始打了一个老太太，并威胁要打死她——"要是你用手或者鞭子碰一下你女儿的身体的话，她是我的东西"——后来堕落到犯罪，以杀人为乐。

在他肆虐的历史中，有些章节令我难以忘怀，例如，他跟圣菲的美男子菲莱蒙·阿尔沃诺斯的搏斗，双方都想躲避这场搏斗，但他们的名气却驱使他们去搏斗。

萨米恩托在《法昆多》中是罗织罪状；埃尔南德斯在《马丁·菲耶罗》中写的是辩护词；吉拉尔德斯的《堂塞贡多·松勃拉》则是一份证词……

古铁雷斯只想表现一个实在的人就足矣，用哈姆雷特的不朽的话说，只想"让我们确信是一个人"。我不知道"真正的""黑蚂蚁"是否就是古铁雷斯笔下那个莽撞的、爱动刀子的人，只知道古铁雷斯写的"黑蚂蚁"是真实的。我曾自问：古铁雷斯对高乔人的神话到底有何特殊贡献？也许可以这样回答：他驳斥了那个神话。

古铁雷斯（他曾写过三十一部书）已经去世，也许永远死了。现在这位"著名的阿根廷作家"的作品在巴西街或者莱昂德罗阿莱姆街的书亭中已不多见。再也没有剩下别的有生命的东西，除了博士论文或者像我写的这篇文章，但它们终归也都是死的东西。

要他活在人民的心中是徒劳的。也许卢贡内斯下面的批注是他最坚实的墓志铭，那是一九一一年写的："……这位文思敏捷的爱德华多·古铁雷斯，凭着乐观和灵感，对布宜诺斯艾利斯的报纸无限信任，就像专写连载侦探小说的蓬松·杜泰拉伊，可笑地想用磨去了铁锈的鞋匠刀去刻石碑，不管怎样，他是出生在这个国家的唯一一位天生的小说家，尽管由于我们一贯地糟蹋人才而把他埋没了。"

爱德华多·古铁雷斯，专写泪涟涟、血淋淋的连载小说的作家，一生花了大部分的时间，迎合着布宜诺斯艾利斯小市民们的浪漫主义要求，写高乔人的小说。有一天他厌倦了那些虚构的东西，于是写了一部真实的书——《黑蚂蚁》。当然也是本不讨好的书。他的文字无比平庸，只有一点是不平庸的，作品的不朽往往需要这一点：贴近生活。

黄锦炎　译

一九三七年四月十六日

弗兰茨·韦尔弗 [*]

　　诗人、小说家、剧作家弗兰茨·韦尔弗，一八九〇年九月十日出生于布拉格。他是德国犹太人，两种文化——《塔木德》和莱辛——的传人，生在那座千年古城，在那里两种文化——波希米亚文化和日耳曼文化——既融合又不无分歧和千年的冤仇。

　　他就读过布拉格高级中学，并在莱比锡获得哲学和文学博士学位。从十八岁起经常光顾他出生的城市里的文学聚会，曾与诗人马克斯·勃罗德、梦魇作家弗兰茨·卡夫卡、幻想小说家古斯塔夫·梅林克（《西窗天使》和《假人》的作者）、奥托卡·布莱齐纳（《泉酒》、《黑夜》和《守夜人》的作者）等人交往，并将后者的捷克语诗歌翻译成德语，收在一部选集中，题为《从中午刮到子夜的风》。

那时他就渴望要编一本世界诗歌集，并为此工作。

二十一岁时，在《圣经·诗篇》和惠特曼的双重影响下，他发表了他第一部诗作《世界之友》，之后在一九一三年发表了《我们是》，一九一五年写了 *Einander*，可以译为《每个人》，或者《彼此》。

虽然痛恨战争，但在一九一四至一九一八年间，韦尔弗在俄罗斯战场勇敢地打过仗。他在一份和平主义杂志《行动》上发表的信中曾宣布："我要争取诅咒战争的权利。"

从一九一九年起，韦尔弗定居维也纳。他写道："我仍然致力于让人类摆脱仇恨的、令人绝望的任务。"

他出版过两部小说：《错不在杀人犯，而在被杀者》和《外省人之死》，还写过一部象征性的三部曲《镜中人》和一部十三幕的戏剧故事《华雷斯和马克西米利亚诺》。

黄锦炎　译

---

* 此篇及以下三篇初刊于 1937 年 4 月 16 日《家庭》杂志。

古斯塔夫·扬松《古本·科默》

我对瑞典文学涉猎实在不多。三四卷斯威登堡的神学-幻觉作品，十五至二十篇斯特林堡（在一段时间里他曾是我的神，排在尼采之后）的文章，一部塞尔玛·拉格洛夫[1]的小说和一部海顿斯坦姆[2]的短篇小说集，也许就是我对这个北极国的全部知识。这几天我刚读完新作家古斯塔夫·扬松的《古本·科默》。其英译本——令人钦佩——出于克劳德·内皮尔之手，题为《老人们来了》，由伦敦洛瓦特·迪克森出版社出版。

比照作者雄心勃勃的意图——揭露在最后几章中出现的一个被别人神化、痛恨和中伤的人，并对小说中的人和事作出他无所不知的末日审判——作品是失败的，是大可原谅的

162

失败。弥尔顿要求诗人本身就是一首诗,这种要求可以引出无数的归谬说法（如,要求雕塑家本身就是一辆四驾马车,建筑师本身就是地基;剧作家本身就是一出幕间剧)。但也使人想到一个根本性的问题:作家能否创作出比自己高明的人物?从智力方面说,我以为不能。福尔摩斯好像比柯南·道尔聪明,可是我们都知道这里的秘密:是后者告诉前者答案,而前者假装猜想。查拉图斯特拉——噢,预言风格的危险成果——不如尼采聪明。至于查尔斯-亨利·德·格雷维,本篇小说被神化的主人公,其平庸和善辩一样明显。此外,扬松也不太精明。在主人公回家之前的三十二开本四百页中,没有写一行文字来引起或增加我们的担心,让我们哪怕顺便猜想一下主人公的毁誉者们是有道理的,最后再让受诽谤的人出现,于是我们可以证实,他的确是一位圣徒,我们的吃惊也就消除了。

---

1 Selma Lagerlöf（1858—1940）,瑞典女作家,1909 年诺贝尔文学奖得主,著有《尼尔斯骑鹅旅行记》等。
2 Verner von Heidenstam（1859—1940）,瑞典诗人,1916 年诺贝尔文学奖得主,著有组诗《朝圣和漫游时代》。

我批评了作品的结构，或者说写作手法。对于文字，我只有也只能表示祝贺。排除那个象征性的或神奇的主人公（作者出于慈悲，把他不祥的露脸安排在第四百一十四页上），其他人物都是令人信服的，有的——如本特——还是写得很出色的。

黄锦炎　译

阿道司·赫胥黎
《小说、散文和诗歌》

　　进入"人人文库"，跟尊敬的比德和莎士比亚、《一千零一夜》和《培尔·金特》平起平坐，在不多久之前还是一种封谥。最近，这扇窄门开了：皮埃·洛蒂和奥斯卡·王尔德进去了。这两天阿道司·赫胥黎刚进去——在布宜诺斯艾利斯已经能买到他的书。这本集子共十六万字，分为价值不等的四部分：小说、游记、散文和诗歌。散文和游记显示了赫胥黎合乎情理的悲观主义，那种几乎让人受不了的清醒。小说和诗歌却显示了他创作上不可救药的贫乏。怎样评价这些忧郁的作品呢？不是水平不够，不是愚蠢，不是特别乏味，只是毫无用处。它们引出（至少在我身上）无穷的困惑。只有某些诗句除外，例如这一句，关于时间的流逝的：

创伤是致命的，然而是我自己的。

诗歌《杂耍剧场》模仿了勃朗宁，短篇小说《蒙娜丽莎的微笑》想写成侦探小说，都或多或少让人看出了他的意图。尽管作品算不上什么，但让我看出它们想成为什么。这一点我倒是感激的。这本书中的另一些诗和另一些短篇小说，我甚至无法猜测为什么而写。因为我的行当是理解书，所以极其谦卑地作此公开声明。

阿道司·赫胥黎的名声我一直认为是过分的。我知道他的文学，就是那种在法国自然地生产而在英国带点做作地生产出来的文学。有些赫胥黎的读者没有感觉到这种不舒服，而我始终有这种感觉，从他的作品中我只能得到一种不纯洁的乐趣。我觉得赫胥黎一直在用借来的声音说话。

黄锦炎　译

关于文学生活

　　刚出来一本雅克·班维尔的书《独裁者们》。作者假装研究了所有独裁者的个人和政治历史，从锡拉库萨的杰隆到柏林的希特勒。实际上这本书是用百科全书的片断拼凑起来，仓促地写成了一部狂想曲。我们国家由胡利奥·罗卡和胡安·曼努埃尔·德·罗萨斯当之无愧地作为代表，"后者被潘帕斯草原上的高乔人称为南方的华盛顿"。实际上，班维尔夸大了他对我国高乔人的了解和他对历史对比的爱好。

　　另一本写暴君的书——托马斯·鲁尔克的《安第斯山暴君》——叙述了委内瑞拉的"宪法总统"胡安·比森特·戈麦斯罪恶的一生和平静的死亡。

黄锦炎　译

一九三七年四月三十日

邓萨尼勋爵*

　　一八七八年年中，邓萨尼勋爵在爱尔兰某地（传记辞典都不愿意写出地名）降临人世，也许同时降临于不朽之中。"几乎我的全部风格（不久前他写道）都要归功于报上发表的详细的离婚报道。因为这些报道，我母亲禁止我读报，于是我就喜欢上了格林童话。我在那些总是朝西开着的大窗户前，又喜欢又害怕地阅读童话。在学校里他们让我接触了《圣经》。在许多年里，凡不是《圣经》的'翻版'的风格，我都觉得不自然。后来我在齐姆中学学了希腊语，当我读了有关其他神祇的书，我对那些已经无人崇拜的美丽的大理石人，同情得几乎要流泪。我知道我现在还抱着同样的同情。"

一九〇四年邓萨尼与佩阿特丽丝·维勒斯小姐结婚。一八九九年在德兰士瓦打仗，一九一四年打过德国人。后来他说过："我的身高长得不太谨慎，刚巧是六英尺四英寸。一九一七年的时候，战壕深六英尺。我就惨了！整天抛头露面。"邓萨尼勋爵当过兵，现在还是猎手、骑士。

　　他神奇的短篇小说，以同样的坚决拒绝寓言说理和科学说理。他既不倾向于伊索又不倾向于威尔斯，也不希望心理分析的庸医来做一本正经的测试。他的小说就是神奇的。看得出邓萨尼勋爵在他不稳定的世界里过得挺自在。

　　他的作品非常多。在这里举几个题目，此书单的特点是打乱了时序：《裴伽纳的神祇》、《时间与诸神》、《一个梦想者的故事》、《众神与人的戏剧》、《不幸而遥远的故事》、《罗德里格斯的报道》、《近处和远处的戏剧》、《闪闪发光的大门》、《面包的祝福》和《约瑟夫·福肯斯先生的旅行故事》。

黄锦炎　译

＊　此篇及下篇初刊于 1937 年 4 月 30 日《家庭》杂志。

李德·哈特《武装的欧洲》

翻阅一下我的藏书，我惊奇地发现，我读得最多并写满批注的书是毛特纳的《哲学辞典》、叔本华的《作为意志和表象的世界》和李德·哈特的《世界战争史》。我预计将以同样的喜悦经常翻阅后者的一部新作《武装的欧洲》。失望的喜悦、清醒的喜悦、悲观主义的喜悦。

据李德·哈特上尉说，几乎所有的欧洲军队都患了巨人症。他们忘记了萨克森公爵——机智的、说到底是古典派的军人，伏尔泰和菲里多尔的同时代人——著名的警告："众多军队只会碍手碍脚。"他们还患有使用过时的战争语汇的毛病。俄国的军队，算是欧洲的革新派之一，还保留着十六个旅的骑兵。"在演习中，这一群群乱哄哄的骑兵就像一个庞大的马戏团，在战场上，可以提供一个不大不小的公墓。"德国的军队还在信奉克劳塞维茨的理论："近距离的战斗，短兵相接，是最根本的。"这是一个浪漫主义的偏见，李德·哈特引用了安托万·约米尼将军的旁证。他参加过拿破仑的战争，后来又为亚历山大一世打仗，见过许多场面，但从未见过拼刺刀……至于精简的英国军队——不足十四万人——李德·哈特认为它应该会在装备上和战术上脱颖而出，"虽然目前还不突出"。那不是一九一四年的情况，那时候——"钐镰之间的一把锋利的斗牛剑"——它是唯一对战争有实际认识的军队。

防守（作者推论）日益变得机动和容易，进攻则几乎不可能。一挺机枪和一个人可以消灭一百个——三百个、一千个——用步枪和刺刀装备的入侵者。一股毒气可以抵挡住一次进攻。由此可见摩托化的随处出现的部队的好处。由此也可见求助于阴影——不管是没有月亮的黑夜，还是自然的或者人工的浓雾——的好处。

"毫无疑问，战争的科学是存在的，"李德·哈特上尉总结说，"只是需要我们去发现它。"

黄锦炎　译

171

一九三七年五月七日

为豪尔赫·伊萨克斯
《玛丽亚》辩护 *

　　我无数次听人说："豪尔赫·伊萨克斯的《玛丽亚》现在已经没有人看得下去了，没有人那样罗曼蒂克，那样天真。"这种模糊的意见（或一系列的模糊的意见）可以分为两部分：第一是声明这部小说现在读不懂；第二——我大胆推测一下——是提出一个理由、一种解释。先是事实，后是可信的理由，没有比这更令人信服、更实事求是了。对此来势汹汹的责难，我只能说两点异议：一、《玛丽亚》并非读不懂；二、豪尔赫·伊萨克斯并不比我们更罗曼蒂克。我希望能论证一下第二点。至于第一点，我只能发表我的意见，因为我昨天就毫无痛苦地读完了该书的三百七十页，书中的"锌版插画"使阅读变得轻松了。昨天，一九三七年四月二十四日，从下午两点一刻到晚上九点差十分，《玛丽亚》很容易读。如果读者信不过我的话，或者想检验一下这个便宜是否让我独占了，那么也可以自己做个试验，惬意确实谈不上，可也不令人讨厌。

　　我说了伊萨克斯不比我们更罗曼蒂克。这一点，拉美人和犹太人，这两个不轻信的族裔都并不徒劳地知道……有一本百科全书，在有关西语美洲的章节中，说他是"他们国家勤劳的公仆"。就是说，是位政治家；就是说，是个看破红尘的人。"在不同的立法阶段（我是怀着敬意读的）他代表安蒂奥基亚、考卡、昆迪纳马卡等省在议院占有席位。"曾任内政部长和财政部长，曾任国会秘书，曾任公共教育局长，曾任驻智利总领事。这还不是全部，"他写过一部诗歌献给胡利奥·罗卡将军，这位杰出的军人让人在布宜诺斯艾利斯制作了精装版。"从这些细节中我们可以看出，他也许不拒绝但也

---

* 此篇初刊于 1937 年 5 月 7 日《家庭》杂志。

不要求别人给自己下"罗曼蒂克"的定义。总之，他是个跟现实生活相处得不坏的人。他的作品——这是最重要的——证明了这个结论。

《玛丽亚》的情节是浪漫主义的。这意味着豪尔赫·伊萨克斯能够为两个漂亮的热恋者的爱情未能如愿而惋惜。只要去走访一个电影制作人就能证实，我们所有的人都有这种能力，而且取之不尽（莎士比亚也有）。除去虚构的中心情节，小说的细节和风格并不特别浪漫主义。随便找一个话题为例，比如奴役，有两种令人遗憾的、相反的诱惑在窥视着这个题目中的浪漫主义。其一，颂扬奴隶们的逆来顺受，那是卑躬屈膝的地狱；其二，表扬他们的顺从和质朴并装作羡慕他们。豪尔赫·伊萨克斯以极其自然的口气提到他们。"奴隶们，在他们作为仆人的地位的可能范围内，穿得整整齐齐，过得快快活活……"书中这样说。我再找一件更有诱惑力的事：猎虎。在一只老虎的整个一场死亡面前，拜伦或者雨果（就不说蒙泰朗或海明威了）都会不吝笔墨去描写热带的放纵，极尽夸张！我们的哥伦比亚人却处理得颇有节制。他一开始嘲笑一个混血男孩把事先的策划想得过于惨烈，"胡安·安赫尔

174

听完了这些细节便不再冒汗了，他把提着的篮子放在满地的枯叶上，边听边用那种眼神看着我们，似乎我们在讨论一桩杀人计划。"后来，当老虎被人追逐时，作者也不隐讳那些猎狗遇到的危险最大。"在四条狗中，两条已经退出了战斗：其中一条被猛兽的脚踩破了肚皮；另一条狗（它的一侧肋部被撕裂，裂缝中都看得见内脏）回来找到我们，它倚在岩石旁，发着凄惨的呻吟慢慢咽了气……"作者有意用那次猎虎来衬托另一次猎鹿，因为可以让玛丽亚出场，来救一头小鹿的性命。

读豪尔赫·伊萨克斯的作品还有什么特别的乐趣呢？我想是有一些。首先是那种接近到足以让人读懂又远离到足以使人吃惊的地方的——和时代的——色彩：

如果月亮不再躲藏；

划桨，划桨。

干什么我孤单的婆娘？

悲伤，悲伤，

收留我你黑暗的晚上，

圣胡安，圣胡安。

或者："打听劳雷亚诺和格雷戈里奥是不是蛇医有什么用，摇船的没几个不是蛇医，没有身上不带各种毒蛇牙齿和对付几种毒蛇的蛇药的，这些蛇药中有米甘草、阻断血流的野藤、千日红、亚麻子、车前子和别的叫不出名的草药，这些药都藏在挖空了的虎牙和鳄鱼牙里。"

这最后一个例子，也是伊萨克斯的"恋物癖"的例子。在某一页上写着"靠边的桌子上那个地球仪"；另一页上有"剪过翅膀的鸽子，在空箱子里哀鸣"；还有一页上有"香喷喷的卷烟和混糖块儿，旅行者、猎手和穷人的甜蜜的侣伴"；再一页上有"硬奶酪、牛奶面包和盛在古色古香的大银罐里端上来的水"。

在豪尔赫·伊萨克斯身上有着对日常事物的爱好，他也热爱每天重复的、习以为常的东西，月色的变化、准时的黄昏天色、四季的天空，反复出现在他的作品中。

现在的小说家常常出人意料。豪尔赫·伊萨克斯在《玛丽亚》一书中却偏爱预告和预示。在任何时刻他都没有掩饰玛丽亚将要死去。如果不肯定她会死，作品也就没有意义了。我记得差不多在作品开头有一句值得记住的话："一天傍晚，晚得就像我们国家的傍晚，美得就像玛丽亚，就像我心目中的她那样美丽和昙花一现……"

黄锦炎　译

一九三七年五月十四日

乔治·桑塔亚纳 *

诗人和哲学家桑塔亚纳（次序是按他从事的活动先后排列的）一八六三年末出生于马德里。一八七二年，他父母把他带到美国。他双亲均为基督徒。桑塔亚纳曾为失去信仰而叹惜，"这个美妙的错误与灵魂的冲动和野心配合默契"。一位美国作家说过："桑塔亚纳相信，上帝是不存在的，而圣母是上帝的母亲。"

他于一八八六年在哈佛获得博士学位。八年后发表他的处女作《奏鸣曲和诗歌》。之后，在一九〇六年，发表了著名的理性的传记五卷本《常识中的理性》、《社会中的理性》、《宗教中的理性》、《艺术中的理性》和《科学中的理性》。

虽然他对英语驾轻就熟，但桑塔亚纳骨子里是地道的西班牙人。他是唯物主义者："我是个坚定的唯物主义者，也许是唯一的。我不想知道什么东西是物质。让物理学家去解释吧。无论它是什么，我都坚决地讲物质，就像我跟熟人谈史密斯或谈琼斯，但并不了解他们的秘密一样。"后来他又说："二元论是一个机器人和一个鬼怪的拙劣的结合。"至于唯心主义，可能是真理也可能不是，但是既然几千年来世界就是这样，好像我们的综合感觉都是正确的，那么谨慎的做法是，尊重这种实用主义的认可而寄希望于未来。

基督教（在另一个地方他说）是对犹太人的比喻的逐词逐句的曲解。

他在哈佛大学教了多年的形而上学后，现定居英国。英国（据他说）是极佳的享受体面的幸福和享受成为自己本身的宁静乐趣的家。

桑塔亚纳的作品很多。包括：《三位哲理诗人：卢克莱修、但丁与歌德》（一九一〇年）、《学说的风向》（一九一三

---

* 　此篇及下篇初刊于 1937 年 5 月 14 日《家庭》杂志。

年)、《英伦独语》（一九二二年）、《怀疑主义与动物信仰》（一九二三年）、《净界的对话》（一九二五年）、《柏拉图主义和精神生活》（一九二七年）、《本质的世界》（一九二八年）和《物质的世界》（一九三〇年）。

黄锦炎　译

切斯特顿《庞德的悖论》

　　在爱伦·坡的一篇难忘的小说里，那位固执的巴黎警长坚持要搜到一封信，他徒劳地用尽了一切仔细侦查的手段：钻子、放大镜、显微镜。与此同时，不爱动的奥古斯特·杜宾在迪诺街的事务所里抽烟、思考。过了两天，问题想清楚了，他去了那栋曾戏弄过警察的房子。进门不一会儿就找到了那封信……此事发生在一八五五年。在此以后，无数人曾重蹈那位不知疲倦的巴黎警长的覆辙，却很少有人去学爱动脑筋的奥古斯特·杜宾的样。有一个推理"侦探"——有一个埃勒里·奎因、布朗神父，或者扎列斯基亲王——就有十个纸灰破译者和脚印调查者。就是福尔摩斯——我敢斗胆和吃力不讨好地说他吗——也是一个靠钻子和显微镜而不靠推理的人。

　　在蹩脚的侦探小说中，破案的"包袱"是物质方面的：一扇秘密的门、一把假胡子。而好小说的"包袱"是心理方面的：一句谎言、一种思维习惯、一种迷信。好小说的例子——甚至可以说最好的——可以举切斯特顿的任何一篇，我知道读者受了多萝西·塞耶斯小姐或者范达因的影响，他们常常否定切斯特顿的排名。他们不原谅他有只解释无法解释的事情的极好的习惯。不原谅他故意略去时间和地点。他们希望别人说出罪犯购置犯罪用的手枪的武器铺所在的街名及门牌号码……

在这篇遗作中，问题还在语言上。作者用语过于严密。主人公庞德用神秘而自然的口气说："当然，因为他们从来意见都不一致，不可能争论"，或者"尽管大家都希望他留下，但没有赶他走"，然后，再讲一个令人吃惊地印证这句话的故事。

全书八篇小说都是好的。第一篇《启示录三骑士》真是特别精彩。其功夫之深、风格之雅，不亚于一局难下的国际象棋或图莱[1]的一首反韵诗。

黄锦炎　译

1　Poul-Jean Toulet（1867—1920），法国诗人。

爱德华·摩根·福斯特 *

爱德华·摩根·福斯特于一八二九年出生于英格兰南部，曾在剑桥大学学习。他从十二岁起就一心想当个小说家。学业一结束，他就满怀热忱——满怀冷静的热忱——投入这项工作。他的处女作《天使不敢涉足的地方》发表于一九〇五年。接着又发表了三部小说：《最漫长的旅程》（一九〇七年）、《看得见风景的房间》（一九〇八年）和《结局》（一九一〇年）。在那些年里，他已经在研究一个问题，这问题使诺斯替教派的成员们想象出一个年迈力衰、疲惫不堪的老神，它用不纯洁的材料即兴创造了世界：存在于世的恶的问题。

大战期间，福斯特去了埃及。在那个国家他写了最客观的一部作品《亚历山大，描述和历史》（一九二三年）。几位穆斯林朋友促成他去印度访问。在那里他茫然地度过了三个年头。回到英国后发表了《印度之行》。

好多人说，这本小说是我们时代最重要的作品之一。此话反应不佳——也许是因为用最高级往往言过其实，也许是因为"重要"和"我们时代"这两个概念不太动人——但应该是确实的。《印度之行》的艺术感染力，那种清醒的苦涩，那种无处不在的风趣都是不容怀疑的。还有，阅读它的乐趣。我见到过非常苛刻的读者，他们说，谁也无法使他们相信，一本这么有趣的书有什么重要性。

福斯特还出版过两本短篇小说集（《天堂客车》，一九二三年；《永恒的瞬间》，一九二八年），一部有关小说创作方法的长篇分析，一九三六年还出过一本杂文集。我浏览了这些书并摘抄下这句话："易卜生实际上是培尔·金特。留了鬓角什么的，易卜生是个中了魔的小伙子。"还有这一句，

是千真万确的："小说家永远不应该追求美，尽管我们知道要是他达不到美，那就失败了。"

黄锦炎　译

叶芝《剑桥现代诗歌》

    这部最新的抒情诗选（一八九二～一九三五）带有一点随意性。例如，开头的一首优美的"诗歌"是沃尔特·佩特的一篇散文的片断，排字上被装扮成自由体诗（这，顺便说一下，因为过分强调了停顿，足以改变它的音乐性）。例如，只收了吉卜林的诗两首，威尔弗里德·吉布森的诗四首，威廉·亨利·戴维斯的诗七首，而心满意足的编者的诗则被收入十四首。例如，鲁珀特·布鲁克的诗只收了一首。例如，收了那个不可原谅的、小个子印度人普罗希导师的三首诗。例如，编者删去了奥斯卡·王尔德的《雷丁监狱之歌》中的许多段诗。"然而，我删去了这些诗句（他在前言中说），可以让人看出一种严酷的现实主义，近似托马斯·哈代的现实主义。"我认为，如果说"严酷的现实主义"是读者喜爱的食品，那没有一个人像王尔德那样不善于提供这种食品，他一向力求虚假。因此我认为他最好的作品是《斯芬克斯》，作品中与现实的关联更少。

哪些是这部书中收集的最重要的作品呢？每个人可以在一百个诗人和四百首诗中选他中意的。至于我，真正使我感受到诗意的——事实上不存在别的标准——是：弗朗西斯·汤普森的《天狗》、切斯特顿的《勒班陀》、道森（多少年过去了，他仍没有丢失自己令人注目的优点）的《西娜拉》、庞德的《向塞克斯图斯·普罗佩提乌斯致敬》、艾略特的《磐石》的第一段齐诵、特纳的《献给不相识的她的颂歌》、乔伊斯的优美诗句，还有罗伊·坎贝尔——兰波的信徒，以及多萝西·韦尔斯利。还有，就算只是镜中反射，那首《心灵的黑夜》的比较忠实的译文。我只举最后一节为例。圣十字若望是这样写的：

　　　我留下了，忘掉了过去，
　　　脸靠着我的情郎；

一切都结束，都过去，
焦虑和担心一扫光，
在百合花丛里遗忘。

亚瑟·西蒙斯把它译成了：

所有的事情，我已忘记，
我的脸颊贴着我的情郎；
一切都已消逝，
我却不能把羞辱和忧伤
一并在百合丛中遗忘。

黄锦炎　译

埃尔维拉·鲍尔
《别因为犹太人的旦旦誓言而相信他》

这本教科书已经卖掉了五万一千册。该书的宗旨是向学校里的男孩和女孩传授反犹太主义的任务和无穷乐趣。听说在德国是禁止评论家写书评的，只允许他们对作品作描述。

因此，我仅限于描述一下这本厚书中的几幅插图。看了吃惊（或赞赏）由读者自己负责。

第一幅插图是说明这个论点："魔鬼是犹太人的父亲。"

第二幅插图画面是一个犹太债主牵走了欠债人的猪和牛。

第三幅是一个好色的犹太人献给一位日耳曼小姐一串项链，姑娘被逼得不知所措。

第四幅是一个犹太百万富翁（咬着雪茄，戴着一顶无檐圆毡帽）正在驱赶两个北欧人种的叫花子。

第五幅，一个犹太屠夫正在踩肉。

第六幅是献给一位小女孩的，她拒绝在一家犹太人的玩具店里买木偶。

第七幅是揭发犹太律师的。

第八幅是揭发犹太医生的。

第九幅是评论耶稣基督的话："犹太人是杀人犯。"

第十幅出人意料地是犹太复国主义内容，画面是一队哭哭啼啼的被驱逐的犹太人正在朝耶路撒冷走去。

另外还有十二幅，都是同样诙谐和雄辩。

至于书的正文，我只需翻译这几句诗就够了："对德国的元首，德国的孩子都爱他；对天上的主，大家都怕他；对犹太人，大家都蔑视他。"书里接着说："德国人走路，犹太人爬行。"

黄锦炎　译

190

一九三七年六月十一日

范　达　因*

　　威拉德·亨廷顿·赖特于一八八八年出生在弗吉尼亚，范达因（这个名字在世界上各种颜色的书亭里引人注目）于一九二六年出生在加利福尼亚的一个疗养院里。威拉德·亨廷顿·赖特的出生就跟所有的人出生一样，而范达因（前者紧凑而简单的笔名）出生在他康复时期的愉快黄昏中。

　　以下是两个人的历史。前者在波莫纳学院和哈佛大学念过书，曾当过戏剧评论员和音乐评论员挣些小钱，但毫无名气。曾尝试过写自传体小说（《应许之人》）、美学理论（《语言学和作家》、《创作的愿望》、《今日绘画》）、理论阐述和探讨（《尼采所教诲的》）、埃及学大事记和预言《绘画的未来》。

191

人们以听之任之但不抱热情的态度审视了他的作品。从插在他的小说中而幸存下来的杂乱无章的片断中看，当时的人们是完全有道理的……

在一九二五年，赖特大病初愈，正在康复，养病和犯罪学的想象二者和平共处：赖特躺在已经没有恐惧的病床上，既放松又乐观，他不愿再看埃德加·华莱士先生在无能的迷宫中艰难地破案，宁愿自己来编一个故事。于是就写了《班森杀人事件》。署了一个从他上溯四代的名字，他母系家族中的一位高祖父的姓名，范达因。

小说非常成功。翌年发表了《金丝雀杀人事件》，那也许是他写得最好的一本书，虽然它的中心思想（用一张留声唱片证明不在犯罪现场）是柯南·道尔的。一份目光锐利的晨报把小说的风格与《语言学和作家》一书某些章节的风格对照后发现，"那位无处不在的范达因就是杰出的哲学家威拉德·亨廷顿·赖特先生。"一份目光锐利的晚报把这篇揭示文章与前两本书的风格对照后发现，晨报的编辑"也是杰出

---

*　此篇及下篇初刊于 1937 年 6 月 11 日《家庭》杂志。

的哲学家威拉德·亨廷顿·赖特先生"。

范达因于一九二九年发表了《主教杀人事件》，一九三〇年发表了奇妙的《圣甲虫杀人事件》，一九三六年发表了《龙杀人事件》。在最后一部作品中他描绘了一个凶残的场景，一个两栖作战的百万富翁，他拿了一把三叉戟穿了潜水服躲在游泳池底，敏捷地刺杀他的客人。

范达因还编过两三部选集。

黄锦炎　译

泰戈尔《诗文集》

　　十三年前，我曾有过稍觉可怕的荣幸，与可敬的、说话动听的泰戈尔交谈，谈到波德莱尔的诗。有人朗诵了《有情人之死》，那首十四行诗中充满了床呀、长沙发呀、花呀、壁炉呀、壁架呀、镜子呀、天使呀，泰戈尔认真地听着，但听到最后他说：我不喜欢你们那位叠床架屋的诗人！我深有同感。现在我重读泰戈尔的作品，我怀疑，驱使他写作的除了那可怕的浪漫主义的陈词滥调外，更多的是对含糊言辞的不可抗拒的偏爱。

　　泰戈尔是改不了的含糊。在他那一千零一首诗中，缺乏抒情诗的感染力，也缺乏起码的语言精炼。在一篇序言中他声称"陷入了形式的海洋深处"。形象的比喻是泰戈尔独特的风格，而且特别的流畅和随性。

　　下面我翻译一首诗，叙事的方式避免了过多的感叹词。

诗的题目是《循着梦的黑暗小径》：

　　　循着梦的黑暗小径我寻找我的爱情，

　　　那是我昔日的恋情。

　　　小街深处的住宅一片宁静。

　　　黄昏的空气中心爱的孔雀在铁环上安息，

　　　鸽子在角落里一声不吭。

　　　她把灯安放在门厅，来到我身边。

　　　一双大眼睛盯着我的脸，无言地询问：

　　　"你好吗，情人？"

　　　我欲答无话，把语言忘得一干二净。

　　　我搜索枯肠，想不起我们俩的姓名。

　　　泪珠在她眼眶里闪烁，她把右手伸向我，

　　　我默默地把它握在手心。

　　　一盏油灯在黄昏的空气中颤抖、燃尽。

　　　　　　　　　　　　　　　　　——泰戈尔

　　　　　　　　　　　　　　　黄锦炎　译

一九三七年六月二十五日

托·斯·艾略特 *

　　"圣路易斯布鲁斯"的不可思议的同胞，托·斯·艾略特
一八八八年九月出生于神话般的密西西比河畔的圣路易斯这
个精力充沛的城市，是有钱的商人和基督教徒家庭的孩子，
在哈佛大学和巴黎念过书。一九一一年回美国，修学热门的
心理学和玄学。三年后去英国。在那个岛国（最初也曾犹豫
过）找到了他的妻子、他的祖国和他的名字；在那个岛国发
表了最初的散文——两篇有关莱布尼茨的技术性文章以及最
初的诗歌《大风夜狂想曲》、《阿波里纳斯先生》和《阿尔弗
雷德·普鲁弗洛克的情歌》。在这些处女作中，拉弗格对他的
影响是明显的，有时是致命的。作品的结局缺乏生气，但某

些形象却异常清晰，例如：

> 我要成为一双粗壮的巨爪，
> 飞快地插入那宁静的海底。

一九二〇年，他发表了《诗歌集》，也许这是他的诗歌作品中最参差不齐、风格不一的一本，因为——收入了绝望的自白《衰老》和写得很一般的《局长》、《大杂烩》和《蜜月》——犯了生造法语的毛病。

一九二二年发表了《荒原》，一九二五年发表《空心人》，一九三〇年发表《圣灰星期三》，一九三四年发表《磐石》，一九三六年发表《大教堂凶杀案》，题目很漂亮，像是阿加莎·克里斯蒂的作品。这些作品中的第一部博学而晦涩，曾使（现在仍使）评论家们不知所措，但比晦涩更重要的是诗的美。再说，这种美的感受是先于任何评论而且是不取决于任何评论的（对这部诗歌的分析有很多，最谨慎、最中肯的

---

* 此篇及以下两篇初刊于 1937 年 6 月 25 日《家庭》杂志。

要数弗·奥·马西森在《托·斯·艾略特的成就》一书中的分析）。

艾略特像保尔·瓦莱里一样，有时在诗歌中表现出阴郁和无能；但像瓦莱里一样，他是一位堪称典范的散文家。他那部《散文精选》（伦敦，一九三二年）囊括了他的散文精华。后来出版的那部《诗歌的用途与批评的用途》（伦敦，一九三三年）则可以忽略而无伤大雅。

《磐石》（第一段齐诵）：

鹰在苍穹之巅展翅翱翔，

猎人和猎狗群围成一圈。

啊，有序的星群不断轮转！

啊，固定的四季周而复始！

啊，春与秋、生与死的世界！

思想和行动的无穷循环，

无穷的创造，无穷的试验，

带来运动的知识，不是静止的知识；

是说话的知识，不是沉默的知识；

是对可道的认识，和对常道的无知。

我们的一切认识，使我们接近无知；

我们的一切无知，使我们接近死亡。

然而，接近死亡，不能使我们接近上帝。

我们在生活中失去的生命在哪里？

我们在认识中失去的智慧在哪里？

我们在传播中失去的知识在哪里？

二十个世纪来天宇轮回，

使我们离上帝更远，离尘土更近。

——托·斯·艾略特

黄锦炎　译

对阿蒂尔·兰波的两种诠释

　　源于法国的一种愚蠢习俗，结果使法国产生不了天才，那个勤劳的共和国只限于组织和琢磨进口的材料。比如，今天一大半法国诗人来自沃尔特·惠特曼；再如，法国的"超现实主义"完全是德国表现主义过时的再版。

　　这种习俗，读者可以明鉴，是双重否定的，既指责世界各国缺乏教养，又指责法国不出成果。阿蒂尔·兰波的作品是后一种说法完全错误的明证之一——也许是最出色的证明。

　　两部有关兰波的力作已经在巴黎出版。一本（丹尼尔-罗普斯写的）从天主教的观点"研究"了兰波；另一本（高克雷和艾田蒲先生写的）用了讨厌的辩证唯物主义的观点。说句废话，前者重视天主教义胜过兰波的诗歌，后两人则关心辩证唯物主义多于关心兰波。"兰波的两难处境，"丹尼尔－罗普斯先生说，"不是美学解释得了的。"对丹尼尔－罗普斯先生而言，此话的意思是可以用宗教来解释。丹尼尔－罗普斯先生也为此做了尝试，成果是有趣的，但不是决定性的，因为兰波不是（像威廉·布莱克那样的）有幻觉的人，他是一个寻求经验而未得的艺术家，下面是他说的话：

"我曾想创造新的花、新的星星、新的肉体、新的语言。曾自以为获得了超自然的神力……现在我应该把我的想象和我的回忆埋藏起来。艺术家和小说家的美丽桂冠被夺走了。我又回到了人间。我！我曾梦想成为魔术师或天使……"

黄锦炎　译

201

埃勒里·奎因《生死之门》

　　有一个经久不衰的令人感兴趣的问题：关着门的房间里有一具尸体，"既没有人进去过，也没有人出来过"。埃德加·爱伦·坡创造了这一情节，并给出了一个好答案，尽管也许算不上最好的（我说的是小说《莫格街谋杀案》中给出的答案；这个答案需要一扇高窗和一只类人的猴子）。爱伦·坡的小说发表于一八四一年；一八九二年，英国作家伊斯雷尔·赞格威尔发表了短篇小说《弓区大谜案》，又提出这个问题。赞格威尔的答案很聪明：两个人同时进入杀人的卧室，其中一人惊恐地宣称房东的脑袋被他们砍下来了，趁同伴惊慌之际实施了谋杀。另一个非常好的答案是加斯东·勒鲁在《黄色房间的秘密》中提出的；还有一个无疑差一些的答案是伊登·菲尔波茨在《七巧板》中的答案（在最后一部小说中，一个人在一座塔楼上被刺了一刀；破案后发现这把短刀是有人用枪射过来的）。在小说《狗的启示》（一九二六年）里切斯特顿重提旧话，花园空地上的一把剑和几条裂缝成了问题的答案。

埃勒里·奎因的这本书第六次提到这个古典的问题。我不干揭底的事了，再说答案并不令人满意，因为插入了相当多的偶然性。《生死之门》是有趣的，但情节远不及奎因写得最好的那些书。不及《中国橘子之谜》，不及《暹罗连体人之谜》，不及《埃及十字架之谜》。

黄锦炎　译

利亚姆·奥弗莱厄蒂 *

利亚姆·奥弗莱厄蒂是阿伦岛人，生于一八九六年[1]，父母贫穷，是非常虔诚的天主教徒。他是在耶稣会的学校受的教育。他从小就怀有两种感情：对英格兰的仇恨和对天主教的敬仰（对教会文学的热爱缓和了第一种感情；信仰社会主义又淡化了第二种感情）。一九一四年，他的两种忠诚发生了冲突。利亚姆·奥弗莱厄蒂希望英国战败，但是一个弱小的天主教国家比利时——当时与爱尔兰那么相像——被一个强大的异教国家德国——与英格兰如此酷似——蹂躏的景象，使他义愤填膺。一九〇五年他找到了解决问题的办法——他化名参军，免得玷污家庭的名誉。他跟德国人作战两年。回国后，趁着爱尔兰革命，又跟英格兰打仗。由于作为革命头领功绩卓著，有一段时期他不得不离开大英帝国。我们知道，他在加拿大当过樵夫，在委内瑞拉一个港口做过码头工人，在小亚细亚做过土耳其人的代理，在明尼苏达和威斯康星州当过送咖啡的侍者、排字工人和"颠覆性的"演讲人。在圣保罗的一家轮胎工厂他写了最初的几篇小说，每天晚上写一篇，第二天早晨气呼呼地再读一遍，就扔进字纸篓。

《邻居的妻子》是他第一部小说，一九二四年发表于伦敦。一九二五年发表了《告密者》，一九二七年发表了《蒂姆·希利的生平》，一九二八年发表了《杀人犯》，一九二九年发表了一本《爱尔兰旅行指南》（详细指明了小修道院、无人荒地、处女地、沼泽地），一九三〇年发表了自传体小说《两年》，一九三一年发表了《我去过俄罗斯》。据说，他像个十足的痞子，喜欢去不了解的城市，喜欢喝酒、赌钱，喜欢清晨，喜欢晚上，喜欢争论。

黄锦炎　译

---

* 此篇及以下三篇初刊于 1937 年 7 月 9 日《家庭》杂志。
1 应为 1897 年。

一本有关保尔·瓦莱里的书

于贝尔·法布罗发表了一本有关保尔·瓦莱里的批判性专著。二百四十页书很好读，但是，通篇充斥着不遗余力的、无用的强词夺理和小小的恶意，看了让人不舒服。这里举几个不舒服的例子，它们几乎是随手可捡的。

在第一百七十七页上，于贝尔·法布罗（亨利·沙尔庞捷先生早就提出过，这是事实）指出，《棕榈》的定稿中写了："毫无神秘的抉择"，而第一稿中却写着："不无神秘的抉择"。

那个矛盾（确切地说，那个无心的修正）引起了下面这个荒唐评语："从这一版到那一版，一段诗歌意思完全相反。瓦莱里愚弄读者。"保尔·瓦莱里如果愿意屈尊可以回答许多话。他可以回答说，一句诗歌中的一个副词颠倒（我说一个副词，因为"不无神秘"等于"神秘地"）也不至于颠倒整段诗的意义。可以回答说，一个诗人在审读时，可以认为"毫无"这个词在这个地方不如"不无"一词确切，或者比这个词更有力。可以回答说，一个美学问题（修改一个词汇）不足以让人作出道德上的评判（加上愚弄人的罪名）。

在第一百七十八页上，批评者对瓦莱里没有用某个亲切的形象代指一个女人而是去代指灵感而感到惋惜。这说明批评者不懂得借喻和象征，这类象征实际上使我们产生双重的直感，而不是一些可以转变成抽象名词的形象。《神曲》第一首中那又饿又瘦的母狼不是贪婪：是一头母狼，又是贪婪，就像梦里出现的那样。

法布罗不懂得借喻，也不懂比喻。《海滨墓园》中的第一句写海的脍炙人口的诗句："那平静的屋顶，白鸽在上面游荡……"法勃莱解释说："我们站在地中海海边，在一个异教的世界里，那里有希腊罗马神话中的诸神光顾。从海水的深处耸立起海神的宫殿。我们见到的只是它的屋顶，那是海浪也无法扰乱的平静的海面。扬着白帆的船只就是来此停留的白鸽。形象是迷人的，但在这田园美景中有点显得渺小，农民贵族的鸽群的联想与四海之王的威严有点不谐调。"然而，比喻是两个形象瞬间的接触，而不是两个事物的完全趋同。所以那大段的引申、那豪华宫殿的浮华和排场、那凭空出现的海神都是不正确的。

黄锦炎　译

亚历山大·莱恩
《闹鬼的公共汽车》

在英国出版了许多神怪小说选集。这些选集不同于德国和法国的同类小说，追求的是纯然的美学享受，而不是传播魔幻艺术。也许正因如此，它们明显地胜人一筹。眼下最佳的神怪小说——亨利·詹姆斯的《螺丝在拧紧》、梅·辛克莱的《他们的火焰不灭的地方》、雅各布斯的《猴爪》、吉卜林的《欲望之屋》、爱伦·坡的《瓶中手稿》——均出自以前否定神怪内容的作家之手。原因很清楚。怀疑主义的作家本身就是最善于组织魔幻效果的人。

在我有机会读到的幽灵小说中，我认为没有一部能超过多萝西·塞耶斯的作品。亚历山大·莱恩的这部作品稍差一些。全书收了四十多篇小说。阿尔弗雷德·埃德加·科珀德、威尔基·科林斯、欧·亨利、小泉八云、雅各布斯、莫泊桑、阿瑟·梅琴、小普林尼、爱伦·坡、罗伯特·路易斯·斯蒂文森和梅·辛克莱是书中所选的部分作者。为了让读者们吃惊和喜欢，我翻译了爱尔兰的这段"魔幻小说的可能的结尾"：

　　"多么邪恶的屋子！"姑娘一面说，一面胆怯地走上前去。"好重的门啊！"说着碰了一下门，门突然关上了。
　　"我的天！"男子说，"门上好像没有把手。我们俩被关在里面了……"
　　"不是两个，只有一个人！"姑娘说着，穿过了厚实的门不见了。

黄锦炎　译

210

关于文学生活

　　新版萧伯纳的《智慧妇女的社会主义和资本主义指南》——六便士一册，折合六十生丁——补充了关于苏维埃主义和法西斯主义的两章。萧伯纳写道："富人和穷人都是可恨的。我恨穷人，渴望有朝一日他们会灭绝。我有些可怜富人，但我也希望他们灭绝。工人阶级、商人阶级、自由职业阶级、有钱阶级、统治者阶级，都是一样可恨；他们没有生存的权利。要是不知道他们注定要死亡，他们的子孙也和他们一样，那我会绝望。"

黄锦炎　译

一九三七年七月二十三日

罗曼·罗兰[*]

　　罗曼·罗兰的荣誉似乎非常坚实。在阿根廷共和国，华金·维克多·冈萨雷斯的崇拜者们都钦佩他；在加勒比地区，马蒂的崇拜者钦佩他；在美国，亨德里克·威廉·房龙的崇拜者钦佩他。在法国本土，他从不缺少比利时和瑞士的支持。另外，他的优点，道义上的多于文学上的，用他爱听的几个词汇之一来说，就是，"泛人道主义"方面的多于句法上的。

　　罗曼·罗兰一八六六年一月二十九日出生于克拉梅西。他从小就决心一生从事音乐。他二十岁进高等师范学校，二十三岁进罗马法兰西学校。在这段时间里他看了托尔斯泰、瓦格纳和莎士比亚的作品：这三个人（据他说）对他的影响最大。他的第一部戏剧习作就是想模仿莎士比亚。法兰西学院于一八九五年褒奖了他的博士论文《斯卡拉蒂和卢利之前的歌剧史》。一八九九年，他开始致力于书写法国大革命时期，七个独立的剧本，就如一部史诗剧的七幕（或七部诗歌）。

一九〇四年，《约翰·克利斯朵夫》第一卷问世。小说总共有十卷，主人公是贝多芬和罗兰本人的结合体。

比作品更令人钦佩的是它在世界各国所获得的成就——内心的、无声的、亲切的成就。我记得在一九一七年还有人说："约翰·克利斯朵夫是新一代的口令。"

一九一四年，罗曼·罗兰拒绝接受把德国变成恶魔王国和把同盟国变成受攻击的天使的强有力的神话。那年九、十月间，他在《日内瓦日报》上发表了一系列文章，后来收在一本小集子里，作品使他获得了一九一五年诺贝尔文学奖。

罗兰的作品很多。除了上面提到的外，还包括以下几部：《人民的戏剧》（一九〇一年）、《贝多芬传》（一九〇三

---

* 此篇及以下三篇初刊于 1937 年 7 月 23 日《家庭》杂志。

年)、《米开朗琪罗传》（一九〇六年）、《哥拉·布勒尼翁》（一九一八年）、《克莱朗博传》（一九一九年）、《阿尼塔和西尔维娅》（一九二二年）、《夏天》（一九二四年）、《甘地传》（一九二五年）、《母与子》（一九二七年）。[1]

黄锦炎　译

1　罗曼·罗兰的《哥拉·布勒尼翁》1919 年初版，《克莱朗博传》1920 年初版，《甘地传》1925 年初版，《母与子》初版分七册，于 1922 年至 1923 年陆续出版。博尔赫斯此处所记或有出入。

赫·乔·威尔斯
《新人来自火星》

　　在伦敦和巴黎几个冒失鬼到处宣称，威尔斯又回到鬼怪小说了。这消息（就像马克·吐温听到关于自己去世的消息时说的）有点夸张。事实，完全真正的事实是这样的。一九三六年十二月的最后几天，威尔斯发表了《槌球手》，此书本栏目曾评论过，实际上，与其说是一部鬼怪小说不如说是寓言小说。主人公描述了一个有毒的沼泽地区，在那里发生了凶杀事件；在小说中间部分人们猜测，这块传播瘟疫的地区是伦敦或是布宜诺斯艾利斯，或是任何大城市……现在，威尔斯刚发表了《新人来自火星》，副标题补充说，那是一幅生物学的幻景，但是读者马上就发现"幻景"这个名词是多余的，书中除了生物学，除了让人看不下去的生物学的争论，几乎没有别的东西。

内容倒并非没有特色。一颗遥远的行星上的居民——威尔斯不恭敬地称他们为天上的家伙，也叫他们星际监护人——决定用发射宇宙射线的办法来改良人类。威尔斯本可以用许多方式来解决这个问题。比如，本可以刻画一群人类，一眼看上去他们完全是各色各样的，但最后分成两个帮派：一帮是纯粹的地球人，一帮是外星人。

比如，可以刻画一个单独的外星人身陷充满敌意的环境，或者写他们之中的两个人的友情（或者悲惨的敌意）……赫·乔·威尔斯恰恰相反，他宁愿去讨论人类历史上有过外星人秘密干预的可能性。他不是去陈述一个事实，而是在设法说服我们，甚至是说服他自己。结果倒并不令人讨厌——威尔斯很少让人讨厌，除了在盲目地一心想教育人的时候——但不像一本小说。

此书也有非常有趣的地方。主人公为了猎取思维奇特的人，跑遍了英国的学校，到处去做有关罗马帝国的荣誉和英勇业绩的讲座。学生们都被他迷住了，脸上的表情庄重而严肃，只有一个学生单独坐在那里开小差，脸上挂着微笑。演讲人找到了他要找的人。

黄锦炎　译

奥拉夫·斯特普尔顿
《第一个和最后一个人》

　　这本厚厚的预言小说——三百页书中包括了两千万个世纪中人类的未来史，现在可以买到此书的"鹈鹕鸟丛书"版，价格是既微不足道又让人动心的六十生丁。如果罗列一下此书的某些特色——遥远未来的人具有环视能力，而不是像现在的人们只能看半个圆；气体人种崇拜物质的东西，他们的神就是坚硬的钻石；机器人的军队把五大洲夷为平地；世世代代追求和酷爱肉体的痛苦的人；十字军远征为了拯救过去，人类亚种为超级猿猴当仆人；以音乐为根本的社区；安装在金属塔上的大脑瓜；这些固定在那里的脑袋构思并制造出来的人类品种；动物和植物的制造厂；能看出星星是实心体的眼睛——我就要冒风险，那会使读者以为《第一个和最后一个人》纯粹是胡说八道或奇谈怪论，尽是些让人吃惊的胡话，就像弗里茨·朗[1]那部无法卒"观"的《大都会》一样。不可思议的是，事实并非如此。

斯特普尔顿的作品最后给人的印象是悲剧性的，甚至是严酷的，但不是不负责任的胡编。不是，几乎不是讽刺性的，完全不同于阿道司·赫胥黎的《美丽新世界》。作者的所谓未来就是纽约——确切地说是好莱坞——只是放大和简化了一些。

黄锦炎　译

1　Fritz Lang（1890—1976），奥地利电影导演。

关于文学生活

传记热在继续升温。人写完了，就写河流，写象征。埃米尔·路德维希出版了一本湍急的《尼罗河传》。赫尔曼·温德尔，为了纪念《马赛曲》的作者鲁热·德·利尔逝世一百周年，发表了《一首颂歌的传记》。

黄锦炎　译

赫尔曼·苏德曼[*]

赫尔曼·苏德曼一八五七年底生于俄罗斯边境附近的马齐肯的一座破村庄。他的双亲都是出身贫苦的门诺派教徒。可以说，他们的狂热足以使他们不放弃这卑微的、受迫害的信仰。这种信仰禁止信徒们担任神职、官职和操持武器。苏德曼在埃尔宾的中学受过教育。十九岁进了柯尼斯堡大学；二十三岁去了柏林，在那里有一段时间担任家庭教师。后来从事新闻工作，一八八一年至一八八二年担任《德意志帝国日报》主编。一八八六年发表短篇小说集《在阴影中》，一八八七年发表了《忧愁夫人》。这些作品确实与含混和忧郁的标题是谐调的（在一八七一年艰苦的胜利前后，德国是很忧郁的）。一八八九年首次发表了有战斗性的剧本《荣誉》。剧本所获得的成功理所当然地推及他下一部小说《猫径》。这时，出现了一种矛盾的现象。因为现实主义成了欧洲文学的主角；赫尔曼·苏德曼这位本质上的浪漫主义者，在欧洲却成了现实主义的冠军之一（在英国，托马斯·哈代的情况与此相似）。

苏德曼的作品内容广泛，包括剧本《故乡》（一八九三年），因由埃莉奥诺拉·杜斯出演而出名，《蝴蝶之战》（一八九四年），《莫里杜里》（一八九六年）——系列独幕剧，其中一个剧本中写了一个令人难忘的结局，去赴死决斗的人临行前向朋友们告别，朋友们不知道情由也没有理睬他——《三根猎鹰羽毛》（一八九九年），《石堆里的石头》（一九〇五年），《锡拉库萨的乞丐》（一九一一年），《德国的命运》（一九二一年）。他的小说中值得记住的有两部史诗般的作品：《疯子教授》（一九二六年）——俾斯麦时代的编年史——和《斯蒂芬·特隆波特的女人》（一九二七年）。他的短篇小说

---

* 此篇及以下两篇初刊于 1937 年 8 月 6 日《家庭》杂志。

中，有短小而感人的杰作《约兰达的婚礼》。在所有的作品中，浪漫主义的风格是不可否认的。

苏德曼于一九二八年在柏林去世。

黄锦炎　译

弗兰茨·卡夫卡《审判》

埃德温·缪尔夫妇刚把这本书写幻觉的小说译成英语（原文写于一九一九年，作为遗著发表于一九二七年，一九三二年译成法语）。情节与卡夫卡的所有短篇小说一样，极其简单。主人公不知怎么地被一桩荒唐的罪案困扰，他无法查明告他的罪名，甚至不能与审判他的无形法庭相见；法庭则不经预先的审理终审判决他绞刑。在卡夫卡的另一篇小说中，主人公是个土地测量员，应召去一座城堡，但他始终无法进去，统治城堡的当局也不承认有这么回事。

在另一篇中，主题是讲一道一直没有送到的圣旨，因为人们在信使的路途中设置了障碍，还有一篇中，一个人到死也没能去走访一座邻近的小镇……

谁也不会说卡夫卡的作品不是梦魇，就连作品的古怪的细节都是。所以，《审判》开头一章中抓住约瑟夫·K的那个人的紧身黑衣"有许多扣眼、纽襻、扣子、口袋和一条看上去很实用的皮带，尽管谁也搞不清楚这些东西的用途"。所以，审判厅那么低矮，挤满走廊的听众好像都佝偻着，"有的人还带来了大枕头免得头撞天花板"。

　　卡夫卡的感染力是无可争辩的。在德国，许多人用神学来诠释他的作品。这不是没有道理的——我们知道，弗兰茨·卡夫卡对帕斯卡和克尔恺郭尔是很虔诚的——但也不一定非那样做不可。一位朋友给我指出了他那百试不爽又充满无数细小障碍的虚构作品的先驱：埃利亚学派代表人物芝诺，阿喀琉斯与乌龟的没完没了的比赛就是他创造的。

黄锦炎　译

奈杰尔·莫兰《怎样写侦探小说》

　　多萝西·塞耶斯写过最好的侦探体裁的技巧分析和已知作品——包括埃德加·华莱士和奥斯汀·弗里曼的——中最差的侦探小说。如果相互定理是正确的，那么奈杰尔·莫兰先生的小说——《月球人杀人案》、《豹子街》和《瓦匠姨妈的踪迹》——应该是完美无缺的。然而，这样的事实不至于使我大吃一惊，因为有一个头脑能深刻地分析一种美学效果，就有十个——或者有一百个——头脑能创造它。

　　这本教科书是想教人以侦探小说的创作艺术。是（前言中说）"一本摒弃抽象的废话、揭示现代侦探小说基本规律的强调实用性的书"。但是，书的内容不难缩写成三个要素：剽窃、说废话、错误百出。剽窃的最好例子是该书的前几页，那只是重复了多萝西·塞耶斯小姐的思想。说废话的好例子是第三十六页上那个注意事项："现代读者马上会发现作者的疏忽大意，他们不关心作者是谁，更注意小说开头卧室的红地毯，而在小说结尾说是绿色的。"错误百出的最佳例子是奈杰尔·莫兰先生为新手们推荐的有关毒品学、弹道学、指纹学、法医学和精神分析学著作的那份博学的书单。我们都知道这种令人不忍卒读的研究的严重后果。

一个谜的"科学"解法可能不是骗人的，但有被认为是欺骗的危险，因为读者没有奈杰尔·莫兰推荐给作家的毒品学、弹道学等等方面的知识，所以无法去猜测。能不用那些高深技术而破案，总是要更高明些。

黄锦炎　译

盖尔哈特·霍普特曼 *

盖尔哈特·霍普特曼于一八六二年出生在西里西亚的一个小村庄，是一位饭店老板的儿子，纺织工的孙子和重孙。无论是在上萨尔茨布伦的学校里还是在布雷斯劳的皇家学院里，他始终是一个懒散的学生。他最初的雄心是搞雕塑。一八八〇年他进入布雷斯劳的皇家艺术学院；一八八二年他进入耶拿大学，在那里攻读鲁道夫·欧肯[1]的哲学课程。从一八八三年起，他在西班牙和意大利进行了一次缓慢而无计划的旅行。他在罗马一家雕塑工作室里得了伤寒病。一位寡言少语、满脸笑容的姑娘玛丽·蒂内曼小姐照顾着他，这位姑娘后来成了他的妻子——这种事情只有在现实中才会发生。一八八五年他发表了第一部小说，这是部阴郁的小说，他试图（明显地和泛泛地）模仿拜伦的《恰尔德·哈罗尔德游记》。不久，又发表了一部长篇小说《扳道夫蒂尔》。一八八七年，阿尔诺·霍尔茨的友谊和说教使他信仰了自然主义。阿尔诺·霍尔茨在自己浩瀚的图书室里向霍普特曼证明村野之夫用德语俚语或方言进行谈话的合理性；霍普特曼——说到底，他也是村野之夫且像村野之夫一样崇拜约定俗成之规——从来没有想过采用这种文学手法。

霍普特曼写了许多著名的现实主义剧作。家庭生活的恐惧、家庭犹如监狱正是下列剧本的基本主题：《黎明前》、《寂寞的人们》和《和平节》。《织工》（一八九二年）和《弗洛里安·盖尔》（一八九六年）则是两部伤感的史诗剧。《罗泽·贝恩特》（一九〇三年）展现了一位爱自己的儿子又杀了他的女人的命运；《加百列·西林的逃跑》（一九〇七年）则是被两个女人的爱撕碎心的男人的自杀。还应该提及几个象征性的剧本：《奈普升天记》（一八九三年）、《沉钟》

---

* 此篇及以下两篇初刊于 1937 年 8 月 20 日《家庭》杂志。

1 Rudolf Eucken (1846—1926)，德国哲学家，1908 年诺贝尔文学奖得主。

（一八九六年）、《碧芭在跳舞》（一九〇六年）、《格里塞尔塔》（一九〇八年）。《尤利西斯之弓》（一九一四年）淡淡地和稍有偶然地叙述了这位荷马英雄的冒险。《白色的救世主》（一九二〇年）则叙述蒙特祖玛的惨死，据萨阿贡神甫说，入侵者发现他正同笨重的玩具在游戏。《印第波第》（一九二三年）重提莎士比亚《暴风雨》中的情节。

盖尔哈特·霍普特曼的散文作品中——《信奉基督的愚人：埃马努尔·克文特》（一九一〇年）、《亚特兰蒂斯》（一九一二年）、《幽灵》（一九二三年）、《达马斯岛的奇迹》（一九二四年）、《耶稣受难书》（一九三二年）、《苏阿那的异教徒》（一九一八年）——也许最值得一提的是最后一部。现在，霍普特曼居住在阿格内特道夫山偏僻的山村里。一九一二年他获得了诺贝尔文学奖。

徐鹤林　译

奥拉夫·斯特普尔顿《造星者》

这是会使赫·乔·威尔斯的优质读者们心里感到高兴的一件事：奥拉夫·斯特普尔顿又出了一本书。斯特普尔顿远不如作为艺术家的威尔斯，但在数量和创作手法的复杂性上超过了他，虽然在良好的后续发展上并非如此。在《造星者》中，他恰到好处地避免了所有感人的矫作（在第二百八十八页上有一处败笔违反了这个准则）并以一个史学家的客观风格来叙述他的奇事。尽管我担心"史学家"这个词本身有些过于热情了……

这本书叙述对宇宙进行了一次想象的探索。在想象中，主人公抵达一个意外的星球，并住宿在它的一位"人类"居民的体内。两种意识达到了共处，甚至还相互渗透，但又不失各自的个性。然后，他们——非人形的——访问了其他世界的其他灵魂，并通过添加的方式建造了一个几乎是不可计数的集体的大写的我。组成这个大写的我的许多极其不相同的个体各自保留着自己的个性，但又具有共同的回忆和经验。从时间的初始到最后一刻，他们都在探索星空。《造星者》则是这项空前冒险活动的缩写。

在有些星球上，味觉是最敏感的。"那些人不仅用嘴尝，而且还用潮湿的黑手和脚来尝。金属和木头的味道、淡性土和酸性土的味道、许多石头的味道、光脚踩踏过的植物的缕缕清香或烘烘腥臭，确定了一个绚丽多姿和精彩动人的大千世界。"在那些广袤的星球上，引力之大使最轻盈的鸟儿也难以展翅飞翔，它们的头脑小得微不足道，但是群体却成了一个单一意识的复合器官。"我们艰难地学着同时用成百万只眼睛看，用成百万双翅膀探知环境的方位。"在某些巨大无比的荒凉的星球上，每个意识的复合体就是一个蜂群或是一个昆虫阵。"我们用不计其数的脚匆匆忙忙地进入物质细微的迷宫之中，我们用不计其数的触角进入工业和农业的漆黑的活动之中，或者进入那个浅显世界上池塘和水渠里小船的航行中。"也有视听世界，它们无视空间，只存在于时间之中……作者不失为社会主义者，他的想象（几乎永远如此）是集体的。

信奉神灵的几何学家斯宾诺莎认为，宇宙具有以无穷无尽的方式存在着的无穷无尽的东西。小说家奥拉夫·斯特普尔顿赞同这个压倒一切的观点。

徐鹤林　译

乔治·麦克穆

《鲁德亚德·吉卜林：艺术家》

　　这部厚书——《鲁德亚德·吉卜林：艺术家》——似乎是要分析这位艺术家运用的文学手法。这是个无以穷尽的题材，因为吉卜林思想之无可争辩的简单——他学生般好战的爱国主义、他对秩序的热衷——同他的艺术之巧妙复杂是有直接联系的。但是，乔治·麦克穆先生甚至没有作过分析。他仅仅证实了这位大师喜爱《圣经》式的语言，仅仅记录了莎士比亚、斯温伯恩和莫里斯的某些影响。

　　他的整本书都是通过轶事来解决的。有一章的标题为《吉卜林和真正的爱情》，另一章的标题为《东方的妇女》，还有一章的标题为《狗、动物和儿童》。唯恐被指控为诽谤或诬陷的英国式的胆怯，使得他所提及的轶事都是乏味的，或仅仅是泛泛提到那些声名显赫的英国老军人和官员。在英国——奥斯卡·王尔德说过——只有那些已经完全丧失了记忆的人才发表回忆录。

有时候，乔治先生是明说的。于是他就向我们讲述到吉姆的"真正"故事或者确定（在拉合尔的旧地图上）百忧门的确切位置。

仔细看来，这种方式是荒谬的。时间在艺术家身上汇聚经验，就像在所有人身上一样。由于省略和强调、忘却和记忆，艺术家把它们组合起来，并以此做成艺术作品。然后，批评则费力地肢解作品和恢复（或者假装恢复）促使作品产生的混杂的现实。就是说，恢复最主要的混沌。

徐鹤林　译

一九三七年九月三日

爱·埃·卡明斯 *

诗人爱德华·埃斯特林·卡明斯一生的履历只须几行字就能写完。我们知道他于一八九四年年底生于马萨诸塞州。我们知道他在哈佛大学上学。我们知道他于一九一七年加入红十字会以及一封不谨慎的信使他蹲了三个月的大牢（在狱中，"所有的不适在那里均有位置，所有伤心的声音在那里均有场所"，他构思了他的第一部作品《巨大的房间》）。我们知道他后来加入陆军作战。我们知道他是个妙语连珠的人以及他的演说常常因为有整段希腊、罗马、英国、德国和法国文学作品的文字而光彩夺目。我们知道一九二八年他同安娜·巴顿结婚。我们知道他经常作画，有水彩画和油画。

呵！我们还知道他喜爱活版印刷术甚于文学。

确实，在卡明斯的作品中 ——《郁金香和烟囱》（一九二三年）、《四十一首诗》（一九二五年）、《和》（一九二五年）、《他》（一九二三年）、《活女人》（一九三二年）—— 首先引人注意的是活版印刷的淘气与俏皮：图形诗和取消标点。

这是读者首先看到的东西，在许多情况下也是他们唯一看到的。这一点颇为遗憾，因为读者只顾对此感到愤慨（或感到鼓舞）而从诗歌上分心，事实上，卡明斯交给读者的诗有时是很精彩的。

下面是一节诗，我逐字翻译如下：

> 上帝可怕的脸，比匙子还光亮，它总结了只有一个致命词的形象；甚至连我的生命（喜欢太阳和月亮）都好像是某种没有发生过的事。我是一只没有任何鸟儿的鸟笼子，是一串寻找狗的项圈，是一个没有嘴唇的吻；

---

* 此篇及以下三篇初刊于 1937 年 9 月 3 日《家庭》杂志。

是一声缺乏膝盖的祈祷；但是在我的衬衫里有某种东西在跳动，证明这活生生的、没有死的人，是我。我从来没有像现在这样爱过你，亲爱的。

（一个不完美的对称、一幅失败的和由于连续不断的惊奇而取胜的图画，是这一节诗明显的规律。用"匙子"替代"剑"或"星"；用"寻找"替代"没有"；在"笼子"和"项圈"这类东西之后是作为一个行为的"吻"；用"衬衫"替代"胸"，"我爱"不用人称代词；"没有死"替代"活"，我以为这些是最明显的变异。）

徐鹤林 译

阿道司·赫胥黎
《和平主义百科全书》

在讲述对抗忧郁的方法的《忧郁的解剖》——那是在一六一二年——的第二部中,其作者列举了观赏之法,观赏宫殿、河流、迷宫、商店、动物园、庙宇、尖顶方碑、假面舞会、烟火、加冕典礼和战斗。他的天真使我们感到有趣;在健康的节目单中谁也不会把战斗包括进去的。(同样,谁也不会不可思议地对享有盛名的和平主义电影《西线无战事》中拔出的刺刀感到陶醉……)

在这部紧凑的、一百二十八页的《和平主义百科全书》的每一页上,赫胥黎均冷酷无情地向战争开火。他从不谩骂或雄辩,对他而言,渲染感情的论据是不存在的。

就像班达或萧伯纳一样，对战争罪行的愤怒少于他对战争的不明智和愚蠢感到的愤怒。他的论据是理智的，而不是感情用事的。但是，在掩饰他提倡的和平主义需要比士兵的绝对服从具有更大的勇气上他聪明绝顶。他写道："非暴力的抵制并不意味着什么也不做。而是意味着作出所需要的极大努力来以正压邪。这种努力不相信强健的肌肉和恶魔般的武器装备：它相信道德的勇气、自控以及坚韧的意识，在地球上没有一个人，哪怕是村野之夫，哪怕是具有个人仇恨，生来不仁慈、生来不爱公正、生来不尊重真和善，任何人通过使用正当的手段都是可以达到这个境界的。"

赫胥黎令人尊敬地不偏不倚。"左派军人们"、赞同阶级斗争的人，似乎不比法西斯分子的危险性小。"军事效率"——他说——"需要权力集中、高度的中央集权、征兵或奴役政府和建立一个地域偶像，偶像的上帝是民族本身或半神化的暴君，军事反对法西斯主义、捍卫社会主义，实际上成了由社会主义社会转变成法西斯主义社会。"他又说："法国大革命运用了暴力，结果成了军事独裁和长期强制征兵或军事奴役。俄国革命运用了暴力，现在，俄国是军事独裁。看来，真正的革命——即把非人类变成人类——不能通过暴力手段来实现。"

徐鹤林　译

米尔沃德·肯尼迪
《世间万物稍纵即逝》

    在本书的题献中，米尔沃德·肯尼迪认为，侦探小说是濒临消亡的体裁，他指出必须马上从心理上着手革新。我愿意走得更远：我希望有一天能证明，没有复杂心理因素的纯侦探小说是一种伪装的体裁，那些典范之作——加斯东·勒鲁的《黄色房间的秘密》，埃勒里·奎因的《埃及十字架之谜》、范达因的《圣甲虫杀人事件》——如果写成短篇小说会更有成就。为一个谜语花费三百页是件可笑的事……所以，历史上第一本侦探小说——时间上的第一本，也许就是优点最多的侦探小说威尔基·科林斯的《月亮宝石》（一八六八年）——同时也是一本优秀的心理小说。

米尔沃德·肯尼迪在《世间万物稍纵即逝》中重新发现了这个好传统。"这部作品，"作者说，"是一个试验，讲一个女朋友去世的男人几天的生活。我让读者深入到此人的行为、警察的行为、审判及其他一切的结局中去。"

试验是成功的。我用一个下午和一个晚上读完了《世间万物稍纵即逝》。它不如《死亡营救》——无疑这是米尔沃德·肯尼迪已经发表的九部或十部作品中最好的一部——但又不失为有趣的作品。不仅是题材有趣，人物的性格也有趣。也就是说，题材之有趣是同性格之有趣结合在一起的。我把它推荐给我的读者，甚至包括那些一贯憎恶侦探小说的读者。

徐鹤林　译

关于文学生活

　　鲁登道夫的杂志《德国力量的神圣源泉》仍旧在慕尼黑毫不留情地每半个月一次继续它反对犹太人、教皇、佛教徒、共济会、通神论者、耶稣会、共产主义、马丁·路德、英国和怀念歌德的运动。

徐鹤林　译

弗里茨·冯·翁鲁[*]

在所有参加一九一四年战争的国家中，没有一个国家像德国那样产生如此各不相同和具有实质性的反战文学。在许多诅咒战争的德语诗人中（约翰内斯·贝希尔[1]、沃尔特·哈森克勒弗[2]、弗兰茨·韦尔弗、威廉·克莱姆、阿尔贝特·埃伦施泰因、阿尔弗雷德·瓦格茨）没有一个人在心理方面比弗里茨·冯·翁鲁更有意思。诅咒战争的其他诗人——这里我也想到了巴比塞、雷马克、谢里夫、莱昂哈德·弗兰克[3]——是被突然推进战争的困惑地狱中去的平民。而弗里茨·冯·翁鲁是具有英雄气概的军人，他总是希望从战争中证实他生命的价值（"总是有强烈的预感使我振奋，"

翁鲁笔下的一个人物在进入战斗时说，"就好像是大海的咸味已经来到鼻子和胸腔。但是，我们却还未看到海"）。

翁鲁于一八八五年出生在西里西亚，他的父亲、祖父和曾祖父都是军人。一九一二年，他已经是枪骑兵的军官了。同一年，马克斯·莱因哈特[4]在柏林的德意志剧场首演了他的剧本《军官》。首演获得极大成功；报刊明显地把作者同海因里希·冯·克莱斯特[5]相提并论。莱因哈特向他要别的剧本，翁鲁给了他《普鲁士王子路易斯·费尔南德》。新闻检查官禁止上演。翁鲁于是发表了这个剧本，报刊又把他同海因里希·冯·克莱斯特相提并论，同时，也把他同易卜生和斯特林堡相提并论。

在一九一四年凉爽的夏天里爆发了我们大家都知道的事情。作为骑兵军官的翁鲁终于见到了战争。一九一五年初，

---

* 此篇及以下三篇初刊于 1937 年 9 月 17 日《家庭》杂志。

1　Johnnes Becher (1891—1958)，德国诗人，曾任民主德国文化部长。

2　Walter Hasendeuer (1890—1940)，德国表现主义诗人。

3　Leonhard Frank (1882—1961)，德国表现主义诗人和剧作家。

4　Max Reinhardt (1873—1943)，奥地利戏剧导演。

5　Heindrich von Kleist (1777—1811)，德国剧作家和诗人，代表作有《洪堡王子弗里德里希》等。

"在马鞍和军营之间"，他完成了他的诗剧《决定之前》。

主角是个枪骑兵，人物有死人、神甫、妇女和莎士比亚的幽灵。这种有意的非现实正是翁鲁的典型手法——可能也是整个德国艺术的典型手法。更精彩的当属《牺牲之路》这本书。这是一九一六年三月和四月他在凡尔登前线写成的。在这部短小精悍的小说里——可能是由战争驱使写成的最强烈的一本书——没有任何一行是企图记录现实的。经验马上转变成象征，这就是非同一般的地方。

（《牺牲之路》是用法语出版的，在欧洲杂志出版社以《凡尔登》为名的集子中的第五卷。）

翁鲁的其他作品有：《家族》（一九一八年）、《暴风雨》（一九二一年）、《演说》（一九二四年）、《胜利的翅膀》（一九二五年，这是他在伦敦和巴黎的旅行日记）和《波拿巴》（一九二七年）。

徐鹤林　译

儒勒·罗曼《白人》

　　如果我写道（如我正在写的）：诗歌《白人》是部史诗，就会有人向我指出，史诗发生在文明的初期而不是在它的晚期，儒勒·罗曼先生是不能同荷马相比的——因为他是我们同时代的人，是在笔会的年会上对抗菲列波·托马索·马里内蒂的人——这同一个人（或其他人）也会向我提起《罗摩衍那》、《伊利亚特》、《奥德赛》、《罗兰之歌》、《熙德之歌》、《尼贝龙根之歌》和《贝奥武夫》这些里程碑式的名字，会问我《白人》（一九三七年，巴黎）能否同上述这些令人尊敬的名字相提并论。对此，我会回答说，所有这些有名气的诗作都是讲述地域性的、个人化的事情，而《白人》却只讲述了一件可以用世纪来度量的非特指的事：我们人类的过去和未来的命运。我并不是说这种广泛性具有优越性；我是说它确实是让所有人接受史诗之为史诗的诗史特征，尽管他们对此浑然不觉（例如：《伊利亚特》甚至不是伊里安或特洛伊的诗，它只属于阿喀琉斯系列。"缪斯啊，请歌唱佩琉斯之子阿喀琉斯的致命的愤怒吧！"在它的开场白中如是说）。

《白人》的一百二十页诗是非常不一致的。有的时候，诗人只是在演说：

> 一切压迫的结束，人类从人类中被解救出来。
> 权利统治力量，工作统治金钱。
> 智慧的大众得以自由呼吸。

有时候，只是琐记杂感：

> 像指挥乐队一样，警察弯腰指挥着交通。

相反，也有令人感动的诗句。例如下面这几行，儒勒·罗曼对四千年前的白人，对胆怯地进入打开的房门的野蛮而温驯的祖先们说的话：

请看，根本用不着低头，

像这样，我们把它叫作门，

它温顺地旋转又公正地合上！

门！没有比它更忠诚的物品。

例如，下面这几行既亲切又值得深思：

我已四十岁。我写了许多书。

我有好些诗句，比蜂巢中的蜜蜂还多。

它们离开了，它们将有什么险遇？

它们喜欢流浪，夜晚帮助它们活下去。

徐鹤林　译

罗伯特·莫瓦特《浪漫时期》

　　类似题裁的书中常常会出现三种轻率、三种错误。第一种：企图用家具、习惯或者过时的穿着一样的词汇来打动我们或打动自己。第二种：崇拜另一个世纪的人，因为这些人不采用某些他们不怀疑其存在的美学程式——像詹姆斯·乔伊斯的内心独白。第三种，毫无疑问这也不会是最后一种，即把过去看作现在的前提，并且只看到"先驱"。

　　总体来说，罗伯特·莫瓦特避免了这三种错误。他对十九世纪上半期的描写充满了非凡的活力。由于作品名为《浪漫时期》，所以在作品里自然就有大量的德国人。过去和现在，不管是好是坏，德国人是欧洲最浪漫的民族，但也不可能把英国排除在外。本书主要的章节是讲德国的，其他的章节讲法国、英国、俄国、西班牙、奥地利、意大利和土耳其。

我顺便发现了某个不可思议的错误。在第一百四十二页上，说歌德的《少年维特之烦恼》不是浪漫主义的作品。我倒要问：如果"浪漫"这个词不适合于这部声泪俱下的作品，那么天上地下还有哪样东西适用呢？

书中的另一个做法，我认为也该受到批评，那就是为每一位名作家插入了包罗万象的传记。这些信息打断也破坏了作者本人的论证或叙述。

让·雅克·卢梭的回归自然，哈勒[1]对中世纪的理想化，拜伦强烈和蓄意的悲观主义，卡莱尔对英雄的崇拜和他把世界历史归结为少数几位英雄的业绩，瓦尔特·司各特无意中介入基督复兴主义，在德国创造的拒绝国家的各种理论和夏多布里昂推崇的向十字架回归，均是本书叙述和讨论的材料中的一部分。

徐鹤林　译

----

1 Albrecht von Haller (1708—1777)，德国生物学家、解剖学家、植物学家、生理学家和诗人。

关于文学生活

　　有两本关于印度的新书。第一本书《印度之行》——是波兰作家费尔南多·格特尔的作品。第二本,讲得几乎有些冒失的一本书,是莫里斯·马格雷先生的作品。书名是一连串列举:《印度、魔法、老虎、原始森林……》。细心的读者会发现,列举中的最后三项包含在第一项之中并且削弱了它。

徐鹤林　译

一九三七年十月一日

康蒂·卡伦[*]

  介绍康蒂·卡伦的生活经历只需简单的几行（经历，是指纯粹统计性质的）。卡伦是位黑人，他的家族传统却不是无产者，也不是奴隶，而是有产者、久居城里、信教（他的父亲，尊敬的阿布纳·卡伦，创建了塞勒姆的卫理公会）。卡伦于一九〇三年出生在纽约。先在纽约大学后又到哈佛大学就读，一九二八年获古根海姆奖学金赴英国和法国留学。

  十四岁时，卡伦写下了他的第一首诗，题目为《致一位游泳者》，这是一首自由体诗歌——这是作者后来从未再采用过的写作方式。在一位文学教师鼓动下写成的这首诗一年后发表在《现代学校杂志》上。卡伦已经记不得这首诗了，但是在发现它已经变成铅字时，喜悦和羞愧——真遗憾，这个词印得不清楚！真遗憾，少了个逗号——促使他又写了几首诗。一九一九年发表《我同生活有约》，一九二三年——在白人阅读的杂志《读书人》——发表《致一位黑人青年》。

丁尼生、阿尔弗雷德·爱德华·豪斯曼、埃德娜·圣文森特·米莱[1]、约翰·济慈是卡伦最喜爱的诗人。四个名字全是英语诗人中的音乐家、热切的艺术家，这并非偶然。没有东西如形式一般使卡伦感兴趣。"我写的几行诗句，"他有一次曾经这样说，"是因为喜爱音乐而作。我再说一遍。我的愿望是成为诗人，名副其实的诗人，而不是黑人诗人。"

毋庸置疑，卡伦的许多诗歌都是出色的。他的相当一部分优点来自他的音乐感，这就使得想翻译它们变成徒劳的（或者是不可能的）。

---

* 此篇及以下两篇初刊于 1937 年 10 月 1 日《家庭》杂志。
1 Edna St. Vincent Millay (1892—1950)，美国女诗人、剧作家。

卡伦已发表的作品有：《肤色》（一九二五年）、《铜太阳》（一九二七年）、《黑人姑娘的叙事歌谣》（一九二七年）和《黑人基督》（一九二九年）。

徐鹤林　译

切斯特顿《自传》

　　我惊奇地发现在切斯特顿所有的作品中，唯一不是自传体的作品竟是《自传》这本书，听上去不可思议，但却是确凿的事实。"布朗神父系列"或《勒班陀》或他任何一本使翻开书页的读者颇感吃惊的书都可以比这本自传让人更多地了解切斯特顿。我不是谴责此书，我的主要感觉是高兴，有时甚至感到着迷，但我认为它不如其他作品典型。我明白，它的全部品位，要求和假设了其他作品。但要了解切斯特顿，我不推荐这本书（作为第一本启蒙作品，我推荐五卷本"布朗神父"[1] 中的任何一卷，或维多利亚时期的概述，或《名叫星期四的人》，或诗歌……）。相反，对那些已经了解了切斯特顿的人，从这本多姿多彩的书中完全可以得到新的欣赏点。

英国记者道格拉斯·威斯特说，这是作者的巅峰之作。此话确切，因为它有其他作品支撑着。

在这里没有必要提及切斯特顿的魔幻和光彩。我想突出这位著名作家的其他优点：他令人尊敬的谦虚和礼貌。在我们这个正经的国家里，文人们迁就和宽容自传体，他们讲述自己时的距离感和尊敬口吻，就好像在守灵时讲述自己的一位声名显赫的亲戚一样。切斯特顿则同他们相反，他快活地深入到自己的内心甚至还嘲笑自己。他的这种男子汉的谦虚在书的每一页上都有例子。我且援引一则，出自名为《虚构的郊区》（其他几章的名字为：《金钥匙男人》、《如何成为疯子》、《正统的罪行》、《剑影》、《不完整的旅行者》……）。叶芝在一行诗中高傲地声称："没有任何一个傻子把我当作朋友。"切斯特顿同意这句话，并且补充说："就我而言，我认为有许多傻子可以把我当朋友，同样——更有意义的思考——有许多朋友可以当作傻子。"

徐鹤林　译

1　指以布朗神父为主角的侦探小说。

关于文学生活

　　我们时代的文学噱头之一是创作貌似混乱的作品的方法和愿望。假装混乱、艰难地创造混乱、用智慧来达到偶然的效果，在马拉美和詹姆斯·乔伊斯的时代，成了他们的作品。刚在伦敦出版的庞德的《诗章》中的第五个十年延续了这个怪异的传统。

徐鹤林　译

一九三七年十月十五日

雷蒙·卢尔的思想机器 *

　　雷蒙·卢尔在十三世纪末发明了思想机器，四百年之后，他的读者和注释者阿塔纳斯·珂雪发明了幻灯。第一个发明记录在名为《大作》的著作中；第二个发明记录在那本名为《光影的伟大艺术》的并不难读的著作中。这两个发明大名鼎鼎。但是在现实中，在确凿无疑的现实中，幻灯没有那么奇幻，雷蒙·卢尔的理想机器亦经不起推敲，无论粗浅或雄辩的推敲。换句话说，根据发明人崇高的目的来看，思想机器是不管用的。这一点对我们来说是次要的。永动机也是不管用的，虽然它们的图案为热情的百科全书增添了神秘性。形而上学理论和神学理论也是不管用的，虽然它们习惯于声称我们是谁和世界是什么。它们公开的和有名的无用并不减少它们的趣味。思想机器就是一例（我认为）。

思想机器的发明

我们不知道，我们永远也不会知道这机器是如何想出来的（因为希望这部无所不知的机器自己说出来是不可能的）。碰巧的是美因茨著名的版本（一七二一～一七四二）上的插画之一使我们可以略作推测。确实，出版者塞林格认为这幅插画是另一幅更复杂的图画的简缩，我倒是想，它是其他图画的先驱。我们来仔细看一下这幅先驱画（图1）。它是上帝属性的一个图解或图表。位于中心的字母 A 表示上帝。在圆周上，B 表示仁慈，C 表示伟大，D 表示永恒，E 表示权力，F 表示智慧，G 表示意志，H 表示美德，I 表示真理，K 表示荣誉。这九个字母的任何一个均同中心等距，并同其他几个通过绳或斜线相连结。首先，所有的属性

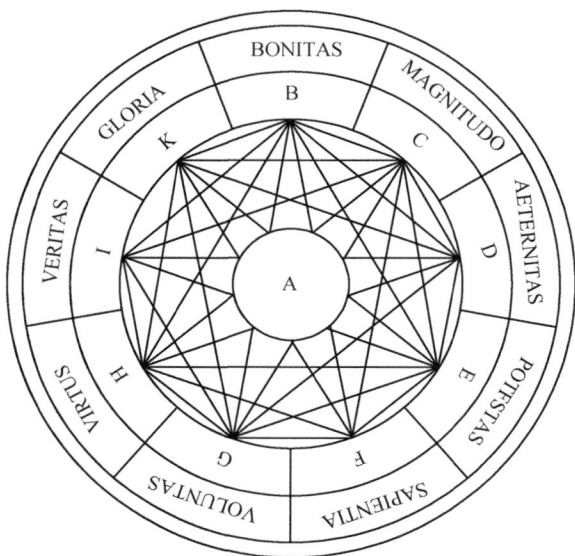

图 1

都是固有的；其次，通过不同的连结方式可以并不异端地说荣誉是永恒的，永恒是荣誉的，权力是真理的、荣誉的、仁慈的、伟大的、永恒的、有权力的、智慧的、自由的和美德的，或者说，仁慈的伟大、伟大的永恒、永恒的权力、有权力的智慧、有智慧的自由、自由的美德、有美德的真理，等等。

我希望我的读者能达到这个"等等"的所有范围，其中包容的组合数目远远超过本页所能写下的数目。至于它们都是空洞的——我们认为，说荣誉是永恒的就像说永恒是荣誉的一样空洞——这乃是次要的。这张静止的图表，连同它分布在九个格子里和由一个星形及几个多边形连结起来的九个大写字母，就是一部思想机器。自然地，它的发明人——不要忘记，他是十三世纪的人——构思它的时候所采用的材料，现在我们看来是无足轻重的。我们已经知道，仁慈、伟大、智慧、权力和荣誉的概念不可能提供值得尊敬的启示。我们（从深层次来说，同卢尔相比，更加无知）是用不同的方式来看待它的。无疑是用异序同晶、时间、电子、潜能、四维、相对、质子和爱因斯坦这样的词语。或者，也用剩余价值、无产阶级、资本主义、阶级斗争、辩证唯物主义、恩格斯这样的词语。

三个圆盘

如果仅仅是一个分成九格的圆圈就可以有如此众多的组

合，那么用金属或木头制成的每个拥有十五格或二十格的三个用手工转动的同心圆盘，还愁多少数目的组合我们不能得到呢？遥远的雷蒙·卢尔在马约卡天堂般的红色小岛上就是这样想的，随后设计了他那部没有用的机器。对这部机器的情况和目的我们现在不感兴趣；我们感兴趣的是促使他这样做的原则：用偶然的方法来解决问题。

在本文的前言中，我说过思想机器是不管用的。我诬蔑了它：它运转得太好了！在大部分情况下，它是管用的。我们随便想象一个问题：弄清楚老虎的"真正"颜色。我们赋予卢尔的各个大写字母一种颜色，转动圆盘，我们可以得到这只变化多端的老虎的颜色是蓝的、黄的、黑的、白的、绿的、棕的、橙的和灰的或者是黄得发蓝、黑得发蓝、白得发蓝、绿得发蓝、棕得发蓝、蓝得发蓝等。面对如此众多的组合，《大作》的热衷者们仍不退缩：他们建议同时使用许多架组合式的机器，因为（据他们说）这样，通过"重叠"和"轮空"可以渐渐地确定和纠正（图2）。长时期内，有许多人相信，耐心转动这些圆盘就可以肯定地了解到世界上的一切秘密。

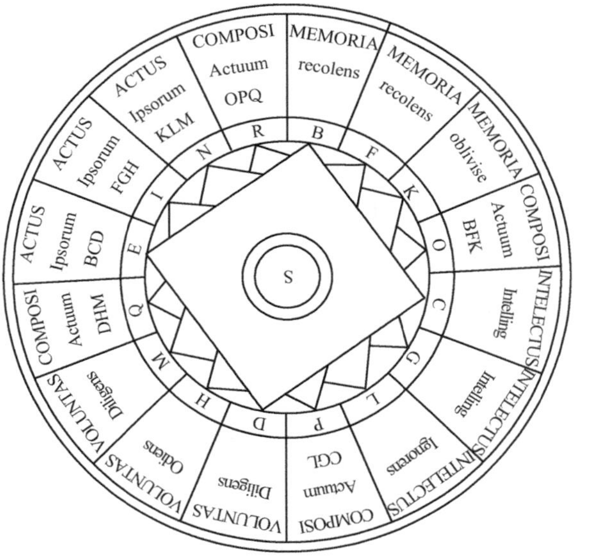

图 2

格列佛和他的机器

我的读者们可能记得斯威夫特在他的《格列佛游记》的第三部分中嘲笑了思想机器，他提出或讨论了另一部机器，更为复杂的机器，在这部机器中，人的作用少而又少。

这部机器——格列佛船长说——有一个木头支架，由用细铁丝连结在一起的大小不一的桶组成。桶的六面上有字。在这个水平支架的各端置有铁把手，只要转动一下把手，就可以把桶翻个身。每翻一次，字和次序就发生变化。然后认真阅读它们，如果有两种或三种组成一个句子或句子的一部分，学生们就把它们记在本子上。"老师，"格列佛冷冷地说，"给我看了几册由御用纸张装订成的本子，上面全是不完整的句子：宝贵的材料，其目的就是把它们组成句子以向全世界提供所有艺术和科学的博学系统。"

最后的辩护

作为哲学研究的工具，思想机器是荒谬的。但是作为文学和诗学的工具，它并不荒谬（毛特纳尖锐地指出——《哲学词典》第一卷第两百八十四页——一部韵脚词典犹如一部思想机器）。需要找出"老虎"的形容词的诗人，他做的事完全像那台机器。他会不断地尝试，直至找到一个比较称心如意的词为止。"黑老虎"可以是指晚上的老虎，"红老虎"可以是指所有的老虎，这是由于血液的含义所致。

徐鹤林　译

阿尔弗雷德·德布林

　　几乎所有的德国作家都出身于高等学府，他们都是通过文学本身，或神学和哲理的道路投身文学的。阿尔弗雷德·德布林却不是。他出生于一八七八年，多年在柏林的工人居住区行医，一九一五年发表了他的第一部小说。

　　德布林的作品是好奇的，除了几篇公共的或文学性的文章外——例如，一篇对乔伊斯的《尤利西斯》的详细分析；再如，一篇对马克思主义文学原理的研究——他的作品正好是五部小说。每部小说都是一个不同的世界，一个互不沟通的世界。"人格不过是一种自负的限制而已，"阿尔弗雷德·德布林在一九二八年说，"如果我的小说能继续存在下去，我希望未来会把它们归结为四个不同的人物。"（当他说这番既谦虚又雄心勃勃的话时，还未发表《柏林，亚历山大广场》。）

这五部伟大小说中的第一部是《王伦三跳》。谋反者、复仇、礼仪、中国的秘密社团是这部人物众多的小说的题材。《华伦斯坦》是第二部，也是部历史小说，它的题材是十七世纪流血的德国。《高山、大海和巨人》（一九二四年）是一部关于前途的史诗，类似赫·乔·威尔斯或奥拉夫·斯特普尔顿的作品（小说情节发生的地点是格陵兰，人物则是世界上所有国家的人）。《吗哪》（一九二六年）发生在喜马拉雅山的死人堆。《柏林，亚历山大广场》（一九二九年），最后一部小说，是一部精心构思的现实主义小说，语言是口语化的，主题是柏林的无产者和流氓，它的手法则是乔伊斯在《尤利西斯》中用的手法。

我们不仅知道小说中的人物——失业者弗兰茨——的行为和思想，也知道困扰着他的城市的情况。德布林写道，《尤利西斯》是一部确切的、生物学般的书。

《柏林，亚历山大广场》如出一辙。

徐鹤林　译

约·博·普里斯特利 *
《时间和康韦一家》

评论界不止一次地问道：艺术中的时间等同于现实中的时间吗？有成千上万个答案。莎士比亚——据他自己的比喻——把历年的作品放在倒置过来的沙钟上；乔伊斯把手法反过来，在读者的日日夜夜之上展开利奥波尔德·布卢姆先生和斯蒂芬·德迪勒斯仅仅一天的生活。比努力缩短和扩展时间更有趣的是弄乱过去和将来的时序。康拉德在他的小说《偶然》中率先使用了这个方法。福克纳在《喧哗与骚动》中充分发展了它（这部作品的第一章发生在一九二八年七月四日；第二章在一九一〇年六月二日，倒数第二章发生在第一章的前夜）。在电影领域内，我不知道我的读者们是否记得斯宾塞·屈赛的《权力和荣誉》。这部电影是一个人的传记，但故意（和令人心动地）省略了时间顺序。第一个镜头就是这个人的葬礼。

约·博·普里斯特利刚把反时间顺序移植到舞台上。他的戏剧——类似福克纳的《喧哗与骚动》——展现了一个家庭的没落。第一幕（一九一九年）是女主人公凯伊·康韦二十周岁的生日聚会。第二幕是在同一个地点的同一些人物，但是在一九三七年（卡罗尔·康韦，最年少的一位，已经去世）。第三幕又把我们带回到生日聚会，每句话均甜蜜又可怕，好像是回忆中的话语。

猝然的对立是这部剧作的最大危险，普里斯特利——自然地——解决了它。

在开场的一幕中充满了不祥的预兆，初看之下，这可能是个缺点。后来，我们发现，如果没有这些，普里斯特利作品的开端就会没有多少戏剧性，而它的泛泛而论恰恰具有激励性。

---

* John Boynton Priestley（1894—1984），英国剧作家、小说家。

我突出了《时间和康韦一家》中手法的新意；当然，这不是说它缺乏其他优点。

徐鹤林　译

一九三七年十月二十九日

弗兰茨·卡夫卡 [*]

这位作家的生平，除了同他非凡的作品未经明确的关系之外，别无其他神秘之处。卡夫卡于一八八三年生于布拉格的一个犹太区。他的父母稍有家产。卡夫卡攻读法律，取得博士学位后就职于一家保险公司。关于他的年轻时代，我们知道两件事情：一次失败的爱恋和喜爱阅读冒险小说以及有关旅行的书籍。他是个结核病患者，他的大部分时间是在蒂罗尔、喀尔巴阡山以及厄尔士山的疗养院里度过的。他的第一部小说——《美国》——发表于一九一三年。一九一九年他在柏林定居，一九二四年夏天他去世于维也纳附近的一家疗养院里。同盟军的卑鄙封锁（他的英语译者埃德温·缪尔如是说）加速了他的死亡。

卡夫卡的作品包括三部未完成的小说和三卷本的短篇小说、箴言、信件、日记和草稿（这些作品中的前四种已在柏林出版，后两种在布拉格出版）。

　　《美国》是他的小说中最有希望的一部，但也许是最不典型的一部。另外两部——《审判》（一九二五年）、《城堡》（一九二六年）——的结构完全像埃利亚的芝诺的那些永无止境的悖论。前一部中，主人公逐步被一件愚蠢的案子压得喘不过气来，他无法弄清楚自己被控的是什么罪行，甚至无法面对要审判他的看不见的法庭；法庭则未经审判，就判处他绞刑。后一部中，主人公K是位土地测量员，他被叫到城堡里去，但是他始终没有走进那座城堡，至死也没有得到统治他的当局的承认。

　　在卡夫卡的短篇小说中，我认为最值得称道的是《中国长城建造时》，还有《豺与阿拉伯人》、《在法的门前》、《一道圣旨》、《饥饿艺术家》、《家庭之父的悔恨》、《秃鹰》、《巨鼹》、《一狗的研究》和《洞穴》。

徐鹤林　译

＊　此篇及下篇初刊于 1937 年 10 月 29 日《家庭》杂志。

赫·乔·威尔斯《布伦希尔德》

这也并非难以置信，遥远的和未来的注释家们会把威尔斯的作品归纳为六个不同的人：一、虚幻的叙述者（《时间机器》、《隐身人》、《登月第一人》、《莫罗博士岛》和《普拉特纳的故事》）；二、乌托邦主义者（《旧世界替代新世界》、《在美洲的将来》、《上帝，隐形的国王》、《提前》和《公开的谋反》）；三、心理小说家（《伊萨克·哈尔玛先生的女人》、《心脏的隐藏地》、《一位主教的灵魂》和《胡安娜和彼德罗》）；四、幽默的英国人（《波利先生的故事》、《爱情和莱维莎姆先生》、《偶然的轮子》和《基普斯》）；五、百科全书的即兴创作者（《生活的科学》、《世界通史摘要》和《世界史纲》）；六、记者（《黑暗中的俄罗斯》、《华盛顿及和平的希望》和《预测的一年》）。

同样也可以证实，其他的书均来自同一种手法。例如：《托诺－邦盖》属第一类和第四类；《将要出售的房子的形状》属第一类和第二类（更多地属第二类，稍稍带有第一类）。

我肯定，在《布伦希尔德》中同样有风趣幽默的威尔斯和洞烛人心的威尔斯。这种组合是成功的；我阅读过这本书——三百多页——仅仅花了两个晚上。但是，我应坦诚地说，小说的主人公布伦希尔德不如古怪的广告代理人因马努埃尔·克劳特先生更令我感兴趣，更不如有位叫劳阿德的先生，这位令人难忘的被采访者在小说开始前就去世了，他只在主人公的对话或回忆中出现过两三次。我希望作者为他写本书，虽然我担心他的"整体"形象不如上述即时性的和在对话中的形象更丰满。

另一个值得赞美的特点：小说第十章里小说家阿尔弗雷德·宾特的忏悔。这个冗长的忏悔令我们印象深刻是因为我们觉得它很虚伪，我们觉得阿尔弗雷德·宾特犯下了一桩罪行。他正在为同一桩罪行辩护：杀了个人。（威尔斯——故意地——没有说明这一点。）

徐鹤林　译

一九三七年十一月十九日

奥拉夫·斯特普尔顿 [*]

　　奥拉夫·斯特普尔顿说："我生来就是受到资本主义制度保护的粗野之人（或者是倒霉之人）。经过半个世纪的努力，现在我才学会如何做人。我的童年有二十五年上下，造就它的是瑞士运河、艾博茨霍尔曼小村庄和牛津大学。我尝试过多种职业，但每次都在窘迫面前逃避了。作为学校的教师，我在上圣教史课的前夜，整章整章地背下了《圣经》。在利物浦的一间办公室里，我丢失了订单；在塞得港，我天真地允许船长们运出超过订量的煤。我着手教育民众。沃金顿的矿工和克鲁的铁路工人教给我的东西多于他们从我这儿学到的东西。在一九一四年的战争中，我非常平和。在法国前线，我领导红十字会的一辆救护车。然后是浪漫的婚事以及家庭的常规琐事和奔放热情。像是个三十五岁才结婚的学生，我醒了。我艰难地从幼虫状态进入变形、滞后的成熟期。两种经验控制着我：哲学和相信我们这个人类巢穴的悲剧性无序……现在，一只脚已踩在思想成年的门楣时，我微笑着发现另一只脚已踩在坟墓的边缘。"

最后一行中那个无关紧要的比喻，是斯特普尔顿迟钝（或冷漠）的好例子，因为这不是个无穷的想象。威尔斯把他的异类——有触角的外星人、隐形人、畸形巨头的月球人——同微不足道的和日常的人交替描绘；斯特普尔顿则以一个自然主义者的精确和乏味来构筑和描绘想象的世界。他不让人类的倒霉事妨碍生物幻觉效应的效果。他的书竭力想包括宇宙和永恒。奥拉夫的作品有：《第一个和最后一个人》、《伦敦最后的人》、《胡安·拉洛》、《美学的新理论》、《一个觉醒的世界》和《造星者》。

徐鹤林　译

---

* 此篇及以下两篇初刊于 1937 年 11 月 19 日《家庭》杂志。

曹雪芹《红楼梦》

　　一六四五年——克维多去世的同一年——泱泱中国已被满族人征服，征服者是不通文墨的骑兵。于是发生了在这类灾难中不可避免地会发生的事：粗野的征服者看上了失败者的文化并发扬光大了文学和艺术，出现了许多今天已是经典的书。其中有一部杰出的小说，它由弗兰茨·库恩博士译成了德文。这部小说一定会使我们感兴趣的；这是先于我们近三千年的文学中最有名的一部小说的第一个西方文字译本（其他都是缩写本）。

　　第一章叙述一块来自天上的石头的故事，这块石头原是用来补天的，但是这件事没有做成。第二章叙述主人公出生时在舌头下含着一块玉。第三章向我们介绍主人公"面若中秋之月，色如春晓之花，鬓若刀裁，眉如墨画，睛若秋波，虽怒时而似笑"[1]。然后，小说稍不负责或平淡无奇地向前发展，对次要人物的活动，我们弄不清楚谁是谁。我们好像在一幢具有许多院落的宅子里迷了路。这样，我们到了第五章，出乎意料，这是魔幻的一章。到第六章，"初试云雨情"。这些章节使我们确信见到了一位伟大的作家，而第十章[2]又证明了这一点，该章绝不逊于埃德加·爱伦·坡或弗兰茨·卡夫卡：贾瑞误照风月镜。

全书充斥绝望的肉欲。主题是一个人的堕落和最后以皈依神秘来赎罪。梦境很多，更显精彩，因为作者没有告诉我们这是在做梦，而且直到做梦人醒来，我们都认为它们是现实（陀思妥耶夫斯基在《罪与罚》的最后使用过一次，或连续两次使用过这个手法）。有大量的幻想：中国文学不了解"幻想小说"，因为他们所有的文学，在一定的时间内，都是幻想的。

徐鹤林　译

1　此段文字见《红楼梦》第三回宝黛初见时对贾宝玉的描写。中文原文"眉如墨画"后还有"鼻若悬胆"一词，不见于博尔赫斯原文。
2　原文如此。中文原文应为第十二回。

马克斯·伊斯曼《笑之乐》

　　这本书有时是对幽默家手法的分析，有时是部笑话大全：精彩的或者稍差一些的。作者取消了柏格森和弗洛伊德的易于被取消的理论，但是没有提及叔本华的理论（《作为意志和表象的世界》，第一篇第十三节，第二篇第七节），更尖锐和更可信的理论。很少有人记得它。我怀疑我们的时代（受同一位叔本华的影响）不会原谅他知识分子的性格。叔本华把所有的好笑情况归纳为：把某件事情不可思议和意外地放进同它不一致的范畴中以及我们对这种概念和现实不一致所产生的突破感悟。马克·吐温为我们提供了一个例子："我的表走慢了，我把它送去修理，它又走快了，没有多久就走得比全城最好的钟都快了。"这里，过程是这样的：赛马和航船中，超越其他的马匹和船只是个优点，当然表的情况也是这样……我寻找另一个例子，我找到了劳伦斯·斯特恩的下列私房话："我的叔叔是一位非常认真仔细的人，每当他需要刮胡子的时候，他都亲自到理发店去。"这句话看来也符合叔本华的规律。确实，亲自动手做事可以是一个优点；可笑之处在于我们听到了陶醉入迷的侄子说的事是一件不能由别人替代的极普遍的事：请人刮胡子……叔本华说，他的程式适用于一切笑话。我不知道是否如此，我也不知道在我分析的两则笑话中是否有同一个程式在起作用。我请我的读者把这个程式运用到我在伊斯曼的书上读到的一段对话。

"我们不是在辛辛那提见过面吗？"

"我从未去过辛辛那提。"

"我也没有去过。应该是另外两个人。"

我从第七十八页上摘录下的另一则并非不奇异（当然更适用于叔本华的论点）："端来了一只大得须两个人吃

的牡蛎。"

《笑之乐》得到伍德豪斯、斯蒂芬·里柯克、安尼塔·卢斯和卓别林的赞扬。

徐鹤林　译

亨利－勒内·勒诺尔芒[*]

亨利－勒内·勒诺尔芒于一八八二年出生在巴黎。他的父亲是勒内·勒诺尔芒，精通诗歌和波斯音乐，还是《亚洲情诗选》的编辑之一（这本诗选里保留了阿富汗诗人默哈迈德奇的《黑辫子》，这乃是色情诗中最使人痛苦和迫切的诗）。勒诺尔芒先在让松·德·萨伊中学就读，后来毕业于索邦大学。一九〇六年出版了他的第一本书《灵魂的风景线》，一本散文诗集，但是名字起得不好，还泛泛地注明是在比利时、苏格兰和英国写就的。阅读易卜生促使他为剧院写本子。他的第一部戏剧《狂想者》一九〇九年在巴黎的艺术剧场首演，第二部《灰尘》，一九一四年上演。

战后上演的剧本——《时间是梦》（一九一九年）、《失败者》（一九二〇年）、《吞梦者》（一九二二年）、《红风》（一九二三年）——都分成好几幕，这与习惯的三幕不同。例如《失败者》共有长长的十五幕，随着时间的推移，它展示了一个男人和一个女人灵魂破碎的详细过程。

《西蒙风》和《坏的阴影下》出自他的愿望，即创作一部"像皮埃尔·洛蒂 [1]、康拉德和吉卜林的小说那样有异国风情"的戏剧。

"这个想法，"勒诺尔芒也写道，"关于气候对人类本能的影响的想法，促使我到了北非，在那里我认识了《西蒙风》中几乎所有的背景人物：诚实的计量检查员、声音洪亮的阿拉伯仆人、像漂亮有毒的小昆虫一样的妓女。"

勒诺尔芒的其他戏剧有：《人和他的幻影》、《胆小的人》、《巫术爱情》、《无知者》和《秘密生活》。

徐鹤林　译

---

* 此篇及以下两篇初刊于 1937 年 12 月 3 日《家庭》杂志。
1 Pierre Loti (1850—1923)，法国小说家。

约·博·普里斯特利
《以前我曾经来过这里》

    普里斯特利倒数第二部悲剧——《时间和康韦一家》——的第一幕表现了一九二九年的一个下午；第二幕是一九三七年的一个晚上；第三幕是一九二九年那个下午的开始。在最近的这部戏剧——《以前我曾经来过这里》——里时间仍然具有显著的重要性。有四个人物：格特勒医生梦见一位陌生的妇人向他讲述自己不美满的婚姻生活，讲述她同一位名叫奥利维耶·法兰尔的人的私奔，讲述她丈夫沃尔特·欧蒙德的自杀。

    后来，格特勒医生认识了一位比她稍微年轻一些的妇女，但那是同一位妇女。她的丈夫沃尔特·欧蒙德先生同她在一起。在对话中，有位学校的教师也参加了进来，格特勒毫不惊奇地知道他叫法兰德……悲剧尚未发生，悲剧将要发生，人物中只有一人知道是什么悲剧，并知道所有的细节。这就是《以前我曾经来过这里》的超自然却并非不可信的情节梗概。我不说出结局来，我只是提前说一下，那位沃尔特·欧蒙德没有自杀。

这个转变或赦免似乎使格特勒先前做过的梦没有意义了——更糟糕的是——使作品的全部观念变得无意义了。确实，怎么能在一个如此详实的梦中犯下这样的错误呢？普里斯特利本人作了回答。没有什么错：这个想象的困难的关键是多恩的奇怪论点——每个人在他生活的每一刻都有无穷无尽的未来，都是可以预见的和现实的未来。正如所见，这个论点比普里斯特利的三幕剧更难把握、更加奇妙。

徐鹤林　译

286

迈克尔·英尼斯《复仇吧！哈姆雷特》

　　《校长宿舍谋杀案》的天才作者的第二部小说里满是埃勒里·奎恩在九到十年前想出的手法：先提出一个秘密，说出或暗示一个甚为可信的体面而惊奇的结论，最后发现"真相"，复杂的、有说服力的、但又是不起眼的真相。本书提出伊恩·斯图尔德——奥登爵士——之死有三个结论。第一个（第七十一页）是同切斯特顿相适合的。第二个（第三百零四至三百一十九页）不如第一个有才华，但不失可信。第三个，即最终确定的那个（第三百四十至三百五十一页）既无才华也不可信。它的乏味和笨拙——现在我只说需要两个凶手而不是一个就足矣——使得我们无法相信它。除了这个缺点外，《复仇吧！哈姆雷特》是一部值得称道的小说。我想突出它的一个特点：在小说的前言中解读了哈姆雷特戏剧——这是不可轻视的解读，因为它悄悄地提示了我们在后面要阅读到的故事。这是侦探小说日益困难的明证，为了不让读者提前知道结论，作者只能采用一种不是必定的结论。一个虚假的结论（美学上的）。

徐鹤林　译

朱塞佩·马森米 *《威尼斯的罗马渊源》

　　吉本在他历史书的第六十章中说："在意大利遭阿提拉入侵时，我提到，有许多阿奎莱亚和帕多亚的家庭逃离了匈奴的刺刀，并在围绕亚得里亚海湾的一百个岛屿上找到了黑暗的藏身之处。自由、贫穷、勤劳和不可理解的他们终于在小岛中组成了一个共和国。这就是威尼斯的起源。阿提拉高傲地以世界的讨伐者自居，声称他的马蹄经过的地方将寸草不长，但是，他的仓促行事却为一个强大的共和国打下了基础……"

　　这些话是在一七八六年写的，也代表了意大利历史学家的一致看法。一位名叫朱塞佩·马森米的威尼斯人，用一本五百页（里面有三十幅插图）的书来驳斥这些话。这五百多页提出来的论点是可以讨论的，但是他论证的感情优势却是不容讨论的。马森米断然否认威尼斯的"逃亡"渊源，他提出了另一个不仅更高贵而且把威尼斯的历史推前了四百年的说法。下面就是他的观点：威尼斯在公元前四十四年由德西默斯·尤尼乌斯·布鲁图斯创建，此人是马尔库斯·尤尼乌斯·布鲁图斯的兄弟，像他一样，也是尤利乌斯·恺撒的继承人和刺杀者。德西默斯·尤尼乌斯·布鲁图斯统率着共和国的军队：他的目的是建造一个港口作为舰队基地来保证共和国对海洋的控制。这些目的无情地失败了，共和国战败了，布鲁图斯被高卢人出卖了，一柄罗马的剑砍下了他的头，但是港口留存了下来（据此论点），勒班陀的荣誉、拜伦和瓦格纳的名字同这个港口紧密相连。

徐鹤林　译

---

* 此篇初刊于 1937 年 12 月 24 日《家庭》杂志。

一九三八年一月七日

威尔·詹姆斯 [*]

我们阿根廷共和国具有丰富多彩的高乔文学——《保利诺·卢塞罗》、《浮士德》、《马丁·菲耶罗》、《胡安·莫雷拉》、《桑托斯·维加》、《堂塞贡多·松勃拉》和《拉蒙·阿萨纳》——它们全是首都文人的作品，是根据对童年的回忆或对某个夏天的回忆写成的书。

美国没有以类似的题材创造出同样出名的作品来——牛仔的题材在这个国家的文学中所占的分量不如南部的黑人或中西部的小庄园主，至今还没有一部电影是受此题材启发的——但是它可以为这个近乎令人吃惊的现象而自负，一位真正的牛仔写的关于牛仔的书。由他写的和由他使之出名的书。

　　一八九二年六月初的一个晚上，来自得克萨斯的一辆疲惫的马车在靠近加拿大边界的比特鲁特山一个荒凉的地方停了下来。这个晚上，就在这辆破车上，威尔·詹姆斯出生了。他是得克萨斯一位赶车人和一位带有西班牙血统的妇女的儿子。四岁时他成了孤儿。一位老猎人简·包帕雷收养了他。威尔·詹姆斯是在马背上长大的。他养父家里的一本《圣经》和几本过期的杂志教会了他认字（直到十四岁他还只会写印刷体）。由于贫困或者出于他本人的愿望，他当过庄园的雇工、赶车人、驯马人、工头和骑兵。一九二〇年同一位内华达的姑娘结婚，一九二四年发表了他的第一本小说《牛仔，北方和南方》。

　　威尔·詹姆斯的书是奇怪的，不是言情的、不是粗犷的、不放过英雄的轶事，有各色各样的描写（或讨论）：各种驾车方式、套牲口、厩内或露天干活、在崎岖山路上赶牲畜群、驯马。它们是田园的和理论的文件，值得比我更优秀的读者

＊　此篇及下篇初刊于 1938 年 1 月 7 日《家庭》杂志。

去阅读。他的作品有：《流浪的牛仔》、《冒烟的牛马》、《牛栏》、《沙地》、《孤独的牛仔》和《日出》。

现在，威尔·詹姆斯是蒙大拿一家庄园的主人。

徐鹤林　译

阿尔弗雷德·德布林
《前往没有死亡的国度的旅行》

　　我们这个城市建城四百周年——无疑是有感染力的纪念，"只要一念及此，就让人重新感到恐慌"——表现出令人迷惑和好奇的品质：只要想起对这些王国的征服和殖民化，就会使我们产生忧伤。我们只能部分地把这种忧伤归咎于百年纪念演说的古风——惯用的连音词缀，像"没落的贵族子弟"和"对您不胜感激"——归咎于必须纪念征服者：那些勇敢和粗鲁的人。伏尔泰短小的《阿尔齐尔》（阿尔齐尔是秘鲁的公主，是蒙特祖马的女儿，而不是阿塔瓦尔帕的女儿）和奥尼尔的《源泉》也同样激起这种忧伤。唯一的例外可能就是来自柏林的医生阿尔弗雷德·德布林的《前往没有死亡的国度的旅行》了。

德布林是我们时代最多变的作家。他的每一本书（就像乔伊斯的《尤利西斯》十八章中的每一节一样）都是一个单独的世界，具有特别的修辞词汇。在《王伦三跳》（一九一五年）中主题是中国：中国的礼仪、复仇、宗教和秘密集会；在《华伦斯坦》（一九二〇年）中，是十七世纪血腥和宗教的德国；在《高山、大海和巨人》（一九二四年）中是二七〇〇年一个人的事业；在《吗哪》（一九二六年）这部史诗中，是印度国王的胜利、死亡和复活；在《柏林，亚历山大广场》（一九二九年）中，是失业者弗兰茨的贫困生活。

在《前往没有死亡的国度的旅行》中，阿尔弗雷德·德布林把叙述紧扣小说中的每一个变化着的人物：亚马孙热带丛林中的部落、士兵、传教士和奴隶。众所周知，福楼拜说他自己不参与到作品里去，但是《萨朗波》的旁观者一直是福楼拜（例如，雇佣兵那场有名的庆典是一次考古工作，与雇佣兵们可信地感觉到的和评判的东西没有任何关系）。相反，德布林好像变成了他笔下的人物。他没有写西班牙入侵者是有大胡子的白人，他写道，他们的脸和手——其他均不可分辨——是鱼鳞的白色，其中有一个人的脸蛋和下巴上长着毛。在第一章中，他故意插入一个不可能的事实，用来忠实于灵魂的魔幻风格。

徐鹤林　译

一九三八年一月二十一日

伊夫林·沃 *

　　流浪汉体小说的一个显著特点——《小癞子》、《骗子外传》、格里美尔斯豪森[1]的名著《痴儿历险记》、《吉尔·布拉斯》——它的主人公常常不是个流浪汉，而是一个天真而好动感情的年轻人，偶然因素把他卷入到流浪汉的圈子里，最后他就对卑鄙的行为习以为常了（不知不觉地）。沃的小说《衰落与瓦解》（一九二九年）、《邪恶的肉身》（一九三〇年）完全符合这个程式。

　　一九〇三年年底，伊夫林·沃出生在伦敦。他的家庭是个文学之家：他的父亲是著名的查曼-赫尔出版社的社长，他的兄长亚历克·沃也是位小说和游记作者。沃在伦敦和牛津求学。获得学位后，他从事了"三个月的油画基础学习和两年粗木匠活"。然后，他当了教师。一九二八年，他发表了第一部书，是著名画家和杰出诗人但丁·加百列·罗塞蒂的一部批评传记。一九二九年，出版《衰落与瓦解》；一九三〇年，出版《邪恶的肉身》。这是两本非现实的书，十分有趣：如果说他同哪位作家相像的话（远距离地），那就像《约翰·尼科尔森的不幸》和《新一千零一夜》的不负责任和杰出的作者斯蒂文森。[1]

沃的其他作品有：一九三一年的《标签》（欧洲大陆旅行摘记）；一九三五年的《斯威夫特》，这是本批评传记；一九三六年的《埃蒙德·坎皮恩的一生》。

伊夫林·沃说："休闲：吃、喝、画、旅行和诬蔑赫胥黎。仇恨：爱情、优雅的谈话、戏剧、文学和威尔士公国。"

徐鹤林　译

---

* 此篇及以下两篇初刊于 1938 年 1 月 21 日《家庭》杂志。
1 Grirnmelshausen (1622—1676)，德国作家。

鲁登道夫《总体战》

　　鲁登道夫许多书中流传最广的这本书的普及本再版——他的其他书有：《被基督教摧毁的人民》、《我们如何摆脱耶稣》、《共济会因启示它的秘诀而亡》和《耶稣权力的秘密》等——作为这个无能的时代的标志，它在学说上并无甚重要性。克劳塞维茨在一八二〇年就写道："战争是政治的一种工具，是政治活动的一种方式，是政治活动以不同方式的继续……政治总是目的，战争是方式。要说方式不从属于目的是说不通的。"不可思议的是，这些公理激怒了鲁登道夫。下面就是他的论点："战争的实质已经改变，政治的实质已经改变。同样，战争和政治的关系也已经改变了。它们应该服务于人民，但是战争是人民根本意愿的最高表现。所以，政治——新的极权政治——应该从属于极权战争。"我在第十页上惊讶地读到了这段话。在第一百一十五页上，鲁登道夫说得更加明确："军事首领应该制定国家政治的领导路线。"换句话说就是：鲁登道夫要求的政治独裁，不仅是在军人执政的政府的普遍意义上，而且还是在完全以军事为目的的独裁上。"最重要是动员灵魂。报刊、电台、电影，所有媒体应该同此目的合作……歌德的《浮士德》不适合士兵的背包。"然后，他以阴暗的满足感说："现在，战场包括交战国的全部领土。"

十五世纪的意大利，战争达到了许多人称之为可笑的完美程度。两军对峙时，将军们把双方的人数、价值和武器装备作个比较，然后决定哪一方失败。偶然性和流血全都取消了。这种战争方式也许与可敬的"总体战"相比根本不值一提，但是，我认为它比鲁登道夫所称道的成千上万人的大屠杀更加谨慎和明智。

徐鹤林　译

威廉·巴雷特爵士《人格不死》

　　实际上，这本书是在作者死后出版的，是威廉·巴雷特（心理研究会的前主席和创办者）死后从另一个世界写给他的未亡人的（通过奥斯本·莱纳德夫妇之手转递的）。威廉在生前不是个信鬼神的人，任何伪撰的"精神"现象他都不喜欢。死后，在鬼魂和天使的包围中，他还是不信。但他相信另一个世界，这是确实的。"因为我知道我已经死了，因为我不希望认为我自己疯了。"但是，他否认死人可以帮助活人，他重申，重要的是相信耶稣。他说：

　　"我见到了他，我同他谈过话，在这个复活节我还会见到他，就在你思念他和我的日子里。"

　　威廉·巴雷特爵士描绘的另一个世界不比斯维登堡和洛

奇爵士[1]的世界抽象。这些探索者中的第一位——《从天堂到地狱》，一七五八年——说，天上的东西比地上的更清澈、更具体、更复杂，在天上有大街和小巷；威廉·巴雷特爵士证实了这些话，他还讲到砖砌或石头的六边形房子。（六边形……死人同蜜蜂何其相似乃尔？）

另一个奇怪的特点：威廉爵士说，没有一个国家在天上是没有它的对应国度的，就在上面。所以天上有一个英国、阿富汗、比属刚果。（阿拉伯人认为天堂掉下的一枝玫瑰一定会落在耶路撒冷的圣殿中。）

徐鹤林　译

1　Oliver Lodge（1851—1940），英国物理学家、无线电报的先驱。

一九三八年二月四日

伊萨克·巴别尔[*]

伊萨克·巴别尔¹一八九四年底出生于呈梯形的敖德萨海港杂乱的地下室中。父亲是基辅的旧货商，母亲是摩尔达维亚的犹太人。这样，他也就自然地成了犹太人。他的一生充满灾难。在大屠杀不定期的间歇，他不仅学会读书写字，而且也学会欣赏文学。他喜欢莫泊桑、福楼拜和拉伯雷的作品。一九一四年，成为萨拉托夫大学法律系的律师。一九一六年，他冒险去圣彼得堡。当时，"叛逆者、心怀不满者、不满足的人和犹太人"都是禁止去首都的。这种分类似乎有点任意性，但是它不可避免地将巴别尔也包含在其中。这样，他就不得不通过一位在咖啡店当侍者的朋友帮忙，藏在他的家里。还借助在塞瓦斯托波尔学到的立陶宛口音的俄语和一张假造的护照。这个时期，他的首批作品发表了，是针对沙皇专制制度的两三篇讽刺诗文，刊载于高尔基主编的著名日报《编年史》。（人们对苏维埃俄国会有什么想法呢——或者保持沉默——难道它不是一个无法理解的行政办事机构的迷宫？）那两三篇讽刺诗文引起了政府的注意，使他处于险境。他被指控散布色情、挑起阶级仇恨。另一个灾难——俄国革命——将他从这个灾难中拯救出来。[1]

一九二一年秋，巴别尔参加了哥萨克兵团。显然，这支吵吵嚷嚷但毫无用处（在人类历史上没有任何民族像哥萨克人那样老是吃败仗）的军队是反对犹太人的，就是想到犹太人骑马的样子，他们也觉得可笑。但是，巴别尔却是一位好骑手，这充分地表达了他的蔑视和愤怒。他通过一系列英勇的事迹，终于使哥萨克人和自己之间相安无事。

不管他写了什么书，在名义上，伊萨克·巴别尔还是一个自由的人。

---

* 此篇及以下两篇初刊于 1938 年 2 月 4 日《家庭》杂志。
1 Isaac Babel (1894—1941)，俄苏短篇小说作家。

这本独一无二的书的书名为《红色骑兵军》。它具有音乐性的语言风格，与几乎难以形容的残忍场面的描写形成了鲜明的对照。

他的一部短篇小说《盐》取得了只有诗歌才能获得的成就，散文很难达到这样的境界：许多人都能将它背出来。

徐尚志　译　屠孟超　校

阿道司·赫胥黎《目的与手段》

　　阿道司·赫胥黎的这部著作《目的与手段》重新挑起了十八世纪初的著名争端——它产生了赫尔曼·布森鲍姆[1]的格言或规则："目的证明手段。"（大家都知道，那则格言被用来诽谤耶稣会教士）鲜为人知的是，原文只谈到几个无关紧要的场面，这些场面可以说不好也不坏。例如，上船这个场面是无关紧要的，但结尾（去蒙得维的亚）写得不错，中间那一部分也写得可以，这一切并非意味着我们有权删去其中的一些章节。

　　在这本书中，如同在《加沙的盲人》的最后几页中一样，阿道司·赫胥黎认为目的不能证明手段，理由很简单，而且在什么地方都说得通的，即手段决定目的的性质。如果手段不好，目的也会受到它的不良影响。赫胥黎拒绝用各种形式的暴力：共产主义革命、法西斯革命、对少数派的迫害、帝国主义、恐怖主义侵略、阶级斗争和正当防卫，等等。在实践中，他说，反对法西斯主义、保卫民主，意味着民主国家逐步演变成法西斯国家。"备战的国家导致军备竞赛，最后不可避免地会出现这些国家准备的战争。"

阿道司·赫胥黎提出的措施是："单方面裁军是必需的；放弃专制统治，放弃各种形式的经济民族主义；决定在任何情况下采用非暴力的方法；系统地学习这些方法。"这些是在他作品的开头几页中说的。在最后的几页中，他提议建立非教会的君主体政权，这种政权由穷苦纯洁的民众选举产生，不受制于任何神学。但是，要忠实地学习两种基本美德：仁爱和智慧。然而有关什么是纯洁，却未作解释，这有些像威尔斯在他的小说《现代乌托邦》（一九〇五年）中说的那样。

徐尚志　译　屠孟超　校

---

* Hermann Busenbaum (1600—1668)，德国神学家。

307

沃尔弗拉姆·艾伯华译
《中国神话故事与民间故事》

　　只有少数文学样式比神话故事更令人厌烦。当然，寓言故事是个例外（动物的头脑简单和无责任感决定了它们的魅力。把它们贬低为道德的工具，如同伊索和拉封丹所做的那样，在我看来，这是一种反常的做法）。我曾坦率地说过，神话故事令我厌烦。现在我又说，我很有兴趣地读了这本书的上半部分。我的感觉如十年前读威廉的《中国民间故事》一样。怎么来解释这个矛盾呢？

　　问题很简单，欧洲和阿拉伯的神话故事完全是公式化的，由三方面的人物构成：两个好妒忌的姐姐加一个好心的妹妹；国王和三个儿子；三只乌鸦；一个被第三个猜谜人破解的谜语。西方的故事是一种对称的被分成若干部分的装置，一种完全的对称。还有什么东西比完全的对称看起来更美呢？（我不想当混乱的辩护士。我知道，在所有的艺术中，不完整的对称是丝毫也不会赏心悦目的。）相反，中国神话故事是不规则的。读者开始时认为它无内在联系，以为有很多未了的结局，情节也不够连贯。于是，他领悟到，无论是含糊不清，还是前后不连贯，都表明叙述者完全相信自己叙述的故事的真实性。现实生活也不是对称的，也没有形成的画面。

在这本书里的神话故事中我觉得最令人喜欢的有：《参商》、《西王母》、《银人的故事》、《龟仙的儿子》、《魔箱》、《铜币》、《定伯卖鬼》和《神画》。最后一个故事是讲一个有灵通之手的画家，他画了一个圆圆的月亮，和挂在天空的月亮一样，时缺时圆，时消时长。

我看了这本书的目录，发现有的题目并不比切斯特顿的差，如《农夫与蛇》、《灰烬之王》和《演员和魔鬼》等。

徐尚志　译　屠孟超　校

一九三八年二月十八日

欧内斯特·布拉玛 *

　　一七三一年前后，一位德国研究人员用很大的篇幅撰文讨论一个问题：亚当是不是他那个时代最好的政治家，甚至是最好的历史学家、最好的地理学家和地貌学家。这种可笑的假设不仅要考虑天堂这一国家的完善与否，也要面对没有任何竞争者，还要考虑到在世界起始的那些日子，某些学科是很简单容易的。当时的世界史是宇宙唯一的居民的历史，这种历史只有七天，当那时的考古学家真容易！

　　本文有可能比根据亚当的情况写的世界史更加空洞和单调。除了他的原名不是欧内斯特·布拉玛外，我们对欧内斯特·布拉玛一无所知。一九三七年八月，企鹅出版社决定把他的《卡龙铺草席》一书收进他们的选集。他们查了一下《名人录》，结果提供了下列情况："欧内斯特·布拉玛，作家。"接着是他作品的清单和代理人地址。代理人送来了一张照片（肯定是假造的），并写信告诉他们"如果想得到更多的资料，请毫不犹豫地与《名人录》再次联系"。（这种说法可能意味着作品清单中有错误。）

布拉玛的作品分为差异很大的两大类，有的书（幸好数量不多）叙述一个盲人"侦探"马克斯·卡拉多斯的历险。这些作品是合乎时宜的，但却是平庸的。其他的书显得有些不伦不类，它们谎称是中文译本。它过分的完美无缺在一九二二年得到了西莱尔·贝洛克无条件的称赞。这些作品的名称是：《卡龙的裙裤》（一九〇〇年）、《卡龙的黄金时代》（一九二二年）、《卡龙铺草席》（一九二八年）、《孔赫的镜子》（一九三一年）和《十分欢乐的月亮》（一九三六年）。

现在我翻译两句警句：

＊　此篇及以下两篇初刊于 1938 年 2 月 18 日《家庭》杂志。

"想与吸血鬼共餐的人应献出他的肉。"

"宁可要一盘粗制的带蜜味的绿橄榄，不要用千年红漆匣盛着的、供他人享用的乳猪舌馅饼。"

徐尚志　译　屠孟超　校

弗·珀·克罗泽《我杀死的人》

在步兵团士兵巴比塞发表《炮火》的前后，反对战争的文章已经很多。写文章的人都是一些反抗奴隶制度、大肆杀戮被判死刑、正在等待死亡的普通老百姓。《我杀死的人》并不比那些抨击文章缺少感染力，但是一种难以置信的情况把它从所有的抨击文章中区别出来：它是由英国军队里的一位将军写的。在谈及战争的时候，克罗泽可以极具权威地讲话：他辗转在苏丹、缅甸、南非德兰士瓦、法国、佛兰德、爱尔兰、立陶宛和俄罗斯。"屠杀之事我略知一二，"他在作品的第一章中这么说，"我真不幸，杀人之事我知道得太多了，太多了！"

《我杀死的人》中提及的那些死者死得并不光荣，即使我们可以肯定地认为他们是为祖国而死的。他们是一批怯懦或者胆小的人，他们可能会将恐怖传染给其他人，他们不是死在阵前，而是被他们的长官用左轮手枪或被他们的同伴不耐烦地用刺刀杀死的。他们比逃兵略好一些。因为每次重大战役死的人很多，多得数不清，他们也就混在其中了。因此他们给儿女留下了好的名声，这也不足为怪。克罗泽将军肯定地说："很多人错误地认为，英国前线的安全取决于炮兵、勇气和军火，这是谎言。前线在某一点、某一时刻的安全，如果需要的话，取决于两三个准备好了的人，他们以贵族的出身、传统和良好习惯，完全蔑视敌人。在我的军营中，总有这么一种类型的人……民众不怀疑这些事，他们认为战斗的胜利是凭勇气赢得，而不是靠杀人多少。"

将军在他的书中写了以下献词："献给任何国家在前方能坚守到最后时刻的真正的士兵和任何国家在监狱里能坚持到最后时刻的真正的和平主义者。"

徐尚志　译　屠孟超　校

314

埃·斯·德劳尔

《伊拉克和伊朗的曼达教徒》

除了佛教（佛教既是一种信仰或神学，更是一种舍身救世的过程）外，所有的宗教均妄想将显而易见的、有时是无法容忍的世界的不完善性，和存在一个万能的仁慈的上帝的论点或假定协调起来。此外，这种协调性是那么脆弱，以至多疑的红衣主教纽曼（参见《论赞成的语法》，第二部第七章）宣称，像"如果上帝是万能的，那么，他怎么能容忍在世界上有苦难呢"这样一类宛如死胡同一般的问题，我们不应该从宗教研究的大道走进这些死胡同，也不能让它们成为宗教研究的直接进程的障碍。

在基督教世纪之初，诺斯替教派的信徒们正视这个问题，他们在不完善的世界和完善的上帝之间，又插入了由小到大循序上升的无数神灵。下面我举个例子：伊里奈乌斯[1] 把令人头昏的宇宙起源学归因于巴西里德斯。在宇宙起源的最初阶段，有一尊不动的神，下面有七尊从属的神，他们享有并主宰第一个天国。从第一个造物主的王冠上，出现了第二个王冠，也有天使、王权和王座，组成了另一个更低层次的天国，它是第一天国对称的复制品。接着是第二对完全相同的天国，又出现第三对和第四对天国（越往后神性就越低）。以这种方式一直延伸至三百六十五对。最底部就是我们的人间，是蜕化了的造物主创造的。在我们人间，越来越少的神性已趋向于零。波斯和伊拉克的曼达教徒在这种信念下生活着。

阿巴斯是曼达教不动的神。在一个满是泥水的深渊里可以见到。在一定量的永恒之后，他不纯洁的光泽活跃起来，在七个行星的天使帮助下，创造了我们的天和地。正因为这样，我们的世界是不完善的，纯属模拟上帝创造的。伊拉克有五千个曼达教徒，而在波斯有两千多。德劳尔的这本

1　Saint Irenaeus（约120 或 140—约200 或 203），基督教神学家。

书是所有描写他们的书中最详细的一本。作者德劳尔女士从一九二六年起就和曼达人生活在一起，几乎目睹了所有的仪式。如果我们想起最隆重的仪式往往要持续十八个小时的话，那真是一件不容易的事。

她也复制和翻译过很多符合教规的教科书。

徐尚志　译　屠孟超　校

一九三八年三月四日

西莱尔·贝洛克《犹太人》[*]

　　早在一百多年前，麦考莱曾构思过一部异想天开的历史。他想象，所有现在住在欧洲的红发人曾受过侮辱和压迫。他们被圈定在糟糕透顶的居民区；有的在这里遭驱逐，有的在那里受监禁；财富被掠夺，牙齿被敲掉；有的无中生有，被指控犯罪；有的被狂怒的马在地上拖拉；有的被绞死、遭酷刑、活活烧死；有的不允许服兵役；有的不准在政府机构任职；有的遭流氓无赖石击，并被投入河中。这种情况延续了许多代。之后，他想象一个英国人对这种怪异的命运表示同情，但另一个英国人表示反对说："免除公众对红发人的指责是不可能的。这些无赖很难算得上是英国人。人们对第一个红发法国人，比对自己教区的金发的人更为亲近。所以，只要有个外国的君王出来保护或者表示容忍红发人，那么，人们对他会比对国王还喜爱。他们不是英国人，不应该是英国人，他们的特性和经历都表明，他们不可能是英国人。"

麦考莱的这则清楚的寓言故事无需解释。贝洛克在自己的书里用好大的篇幅来驳斥那种颠三倒四的说法。贝洛克不是反犹太主义者。但是，他坚持认为（并强调），犹太人的问题是实际存在的。他一再说以色列人在每个国家中都不可避免地是客居的民族，这就出现了犹太人的问题。"这是一个纠正或缩小由于外来人闯入所有的机构而引起的不舒服的问题。"十九世纪试图通过否定它的存在而清除这个问题（英国对待意大利人和西班牙人就是这样。按常规，他们不是外国人，但他们还是被当成外国人，就像一个阿根廷人认为他们是外国人一样）。

面对这个问题，西莱尔·贝洛克提出两个解决办法：第一个办法是消灭犹太人，毁灭他们，这种办法是不行的；或

＊　此篇及下篇初刊于 1938 年 3 月 4 日《家庭》杂志。

者将他们驱逐或流放，这也是相当残忍的；那就采取融合的办法，这个办法遭到贝洛克的拒绝。我的理解，这样做没有站得住脚的理由。

另一个解决办法是承认犹太人是外国人，寻找一种基于承认那种差异的生活方式。这是贝洛克在书的结尾处提出的解决办法。此外，他坚持绝对需要让计划和那种生活方式从以色列的实际出发，而不是从我们的实际出发，这是公正的，但却没有很大的启示作用。

徐尚志　译　屠孟超　校

约翰·迪克森·卡尔*《夜行》

　　在他十四部书里有一部的某一页中，德·昆西写道，发现一个问题和发现一个解决办法同样令人敬佩（也更卓有成效）。大家都知道，爱伦·坡发明了侦探小说。不太为人所知的是他写的第一部侦探小说（《莫格街谋杀案》）中，提出了一个这类虚构小说的基本问题：在上了锁的房间里出现的尸体，"谁也没有进入房间，谁也没有走出房间"。补充一句多余的话：他提出的解决办法并不是最好的，需一个十分粗心大意的法警、一枚在窗上折断的钉子和一只类人的猴子。爱伦·坡的小说是在一八四一年写的，一八九二年英国作家伊斯雷尔·赞格威尔发表了中篇小说《弓区大谜案》，重新提到了这个问题。赞格威尔的解决办法是聪明的，尽管根本不具可行性。两个人同时进到犯罪的卧室，其中一人惊恐地宣称，他们杀死了房主，利用同伴的惊讶（几秒钟时间），实施了谋杀。另一个杰出的解决办法是加斯东·勒鲁在《黄色房间的秘密》中提出来的。另外一种办法（无疑，稍为逊色一些）是伊登·菲尔波茨在《七巧板》中提出的。一个人在一座塔楼里被人用匕首刺死，作者在最后向我们披露，匕首这一近身武器是通过一支步枪射进去的（利用枪械这种手法大大减少甚至消除了我们的兴味。我认为埃德加·华莱士的《新别针的痕迹》同样如此）。就我所记得的，切斯特顿曾两次涉及这个问题。在《隐身人》（一九一一年）中，罪犯是一个邮递员，他得以掩人耳目地潜入屋内是因为这个小人物经常定期地去那里。在《狗的启示》（一九二六年）中，一把精致的带剑手杖和一个凉亭的隙缝解开了奥秘。

约翰·迪克森·卡尔是《盲理发师》、《空心人》、《宝剑八》的作者。他在《夜行》一书中，又提出了一种新办法。不过，我不会愚蠢地披露它。这本书是很有趣的，许多凶杀

---

* John Dickson Carr (1906—1977)，美国侦探小说作家。

案发生在大家都不知道是否真实的巴黎。坦率地讲，最后几章让我有点失望。这也是不可避免的，因为像这样一类小说，要理智地解决无法解决的问题，失望是难免的。

徐尚志　译　屠孟超　校

关于文学生活

　　菲·托·马里内蒂[1]也许是靠风趣机智的言词而非情节取胜的作家中最著名的例子。这是他最后的一次对人物的描绘，在一份寄自罗马的电报里："意大利女人的嘴唇和指甲除了红色外，还应该涂上伦巴第平原的绿色和阿尔卑斯山白雪的颜色，迷人的三色嘴唇将使爱情的甜言蜜语更加完美，使从无往不利的战役中归来的粗鲁的战士心中，燃烧起亲吻的欲望。"

　　女人嘴唇的涂抹，既能替没有欲望的人唤起情欲，也能节制或打消"吻的欲望"，它使马里内蒂的智慧永不干枯。他还提出，用 electrizante（使人兴奋的）一词代替 chic（衣着漂亮），即用五个音节代替一个音节；用 qui si beve（喝水的地方）一词来代替 Bar（酒吧），即用四个音节代替一个音节。他还提出用一种模糊费解的手法组成词的复数。"我们的意大利语应该摒弃外来语！"菲利波·托马斯·马里内蒂以胡利奥·塞哈多尔 [2] 和有四十个席位的西班牙皇家学院特有的清教主义的态度宣告。

摒弃外来语吗？未来主义的那些老牌作家们可不会这样胡来。

徐尚志　译　屠孟超　校

1　Filippo Tommaso Marinetti（1876—1944），意大利作家，未来主义代表人物，后来成为法西斯分子。
2　Jolio Cejador（1864—1927），西班牙学者、评论家，著有《卡斯蒂利亚语言文学史》。

一九三八年三月十八日

朱利安·格林[*]

　　西方世界最丰富的两种文学（法国文学和英国文学）之间的友谊催生了很多作家，朱利安·格林正是其生动表现，因为在他身上，综合了法国散文的手法与简·奥斯汀和亨利·詹姆斯的传统。

　　朱利安·格林一九〇〇年九月六日出生于巴黎。父母亲是美国人，曾祖父母分别是爱尔兰和苏格兰人。他孤僻的童年在孤独和书籍中度过。他操两种母语：他狂热地阅读狄更斯、欧仁·苏、简·奥斯汀的作品。在中学读书时，他的拉丁语成绩优秀，化学成绩一般，代数成绩很糟。一九一七年他在凡尔登附近和意大利前线作战，一九一八年加入法国炮兵团。

协约国与德国签订和约后，他整整一年时间过着无所事事的生活。一九二〇年左右，他横跨大西洋，去弗吉尼亚大学夏洛茨维尔分校待了两年。

在那里，他写就了充满幻觉的小说《一个精神病学徒》的英语初稿，后译成法语，以《在地球上的游客》为题发表，取得了很大成功。

对朱利安·格林文学天赋唯一不能信服的人正是朱利安·格林自己。他不顾一切地投身于音乐和绘画的研究，结果很不理想。随后不久，发表了《英国组曲》，是关于夏洛特·勃朗特、塞缪尔·约翰逊、查尔斯·兰姆和威廉·布莱克的研究。

这时期，他也用笔名写作，如《反对法国天主教的小册子》的笔名是"一个虔诚的天主教徒"和"一个爱好记仇者"。

一九二五年春天，一家出版社向朱利安·格林约稿，请

---

* 本篇及以下两篇初刊于 1938 年 3 月 18 日《家庭》杂志。

他写一部长篇小说，给了他六个月的期限。

这次约稿的结果是《西内尔山》的出版，就其实质来说，这部书是令人生厌的、可恨的，但是却很有条理。

朱利安·格林的其他作品有：《阿德琏·莫絮拉》（一九二八年）、《雷维亚当》（一九二九年）和《克里斯蒂娜》（一九三〇年）。

徐尚志　译　屠孟超　校

赫·乔·威尔斯《弟兄们》

我猜想已经没有人记得迭戈·德·萨阿韦德拉·法哈多[1]的《政治事业》了。这本书中有一百幅令人费解的插图并附说明。主导各章的或是一尊花园中的无臂塑像。或是一条盘在沙钟上的蛇，你可以在两面镜子中看到它的头像。接着我们可以读到：部长应该用眼睛来监督，但不是用手来扒窃，或者智者（它的象征是蛇）应该同时考虑过去和未来。先是奇异的图像，接下去是寓言，都是老生常谈。这一切有些像赫·乔·威尔斯的这部小说：形式较内容更为讲究。遗憾的是作者无心去探讨很多的可能性。在现在我们见到的作品中，议论阻碍了寓言故事的展开。反之，寓言也阻碍了议论。

《弟兄们》是关于西班牙战争的寓言。法西斯将军理查德·博拉里斯正在围攻一座由共产党人守卫的无名城市。共产党人是由一个名叫理查德·拉茨埃尔的人领导的（正如人们看到的，寓言故事是相当清晰的）。理查德是一位举世无双的英雄、击剑手，一个在经受考验的时候能献身祖国的克伦威尔式的人物。显然，他正在考虑一次政变。这时，一支巡逻队到达无名城市战壕，逮捕了拉茨埃尔。他们把拉茨埃尔带了进来，他的外形和博拉里斯一样，声音是那么相似，以至于所有人一开始都以为他是在模仿。他们辩论之后，发现拉茨埃尔的思想也和博拉里斯一样，除政治术语外，并无其他区别。他们中的一个讲的是由社团组成国家；另一个讲的是无产阶级专政。拉茨埃尔对抗的是统治者的残暴；博拉里斯对抗的则是他们的无能和虚浮。他们在教育人这一基本需要方面意见特别一致。正如读者所想象的，他们是孪生兄弟（在某一段一切都是常规的历史时期内，常规不会引起麻烦）。书的结局是悲剧性的。

1　Diego de Saavedra Fajardo (1584—1648)，西班牙政治家、作家。

我要强调一点看法:"马克思向赫伯特·斯宾塞散发臭气,赫伯特·斯宾塞也向马克思散发臭气。"还有一种看法,它不仅与威尔斯,而且和萧伯纳的看法一致:"人不像老猕猴、鳄鱼或野猪那样已属定型的动物,人只是一只幼崽。"

徐尚志　译　屠孟超　校

埃勒里·奎因《恶魔的报酬》

　　埃勒里·奎因是个撰写了十一本侦探小说的疲惫不堪的发明者。在这十一本小说中，有两三本（《埃及十字架之谜》、《暹罗连体人之谜》和《中国橘子之谜》）是写得最好的。

　　其他几部小说（《罗马帽子之谜》和《美国枪之谜》）不是必不可少的，但也不会令人生厌。《希腊棺材之谜》和《荷兰鞋之谜》写得还可以。

　　《恶魔的报酬》是他的第十二部小说。埃勒里·奎因通过这本小说，在自己过去创造的纪录之上又补充了一个无可怀疑的新纪录。过去可以说，他是我们时代最好的几部侦探小说的作者；现在可以补充说，他是最容易忘记的一部小说的作者。

　　我没有夸大其词，只要披露以下一点就够了。在阐明索利·斯佩思（依次被杀害的人的名字）的秘密的过程中，常常出现十八世纪印度支那的一支箭，它致命的尖端已在氰化物和甘蔗汁的溶液中浸泡过。大家都本能地知道，那些当中出现十八世纪印度支那的箭、并且尖端已在氰化物和甘蔗汁的溶液中浸泡过的小说绝对不会是好小说，而是范达因的小说。

令人惊奇的特点是，这本坏小说几乎全部摆脱了埃勒里·奎因那些典型的缺陷：人物多得令人厌烦，小说中更有不少无用的画面。另外，也没有出现那么多门和时钟，有时语言也相当简洁。例如："阿纳托尔·鲁希格出生于维也纳，他很快地改正了语言方面的缺陷。"

还有一个细节，好莱坞也出现在这部小说中。好莱坞被作者（他是美国人）描写成一个杂乱无章、令人生厌、非常阴郁的地方。顺便提一下，对它的评价是，它在美国文学中是具有传统的。

徐尚志　译　屠孟超　校

一九三八年四月一日

埃尔默 · 赖斯 [*]

    我的读者们可能不知道埃尔默 · 赖斯[1]的名字，这是事实，但不可能不记得他的喜剧《街景》（由金 · 维多改编成电影）。

    埃尔默 · 赖斯的真名很难发音，叫埃尔默 · 赖岑施泰因。一八九二年九月二十八日出生于纽约。在一所夜校通宵达旦地学习后，在一九一二年毕业时成为律师。一九一四年撰写第一个剧本《审判》，他天真地把写好的剧本塞进一个信封，寄给一位不认识的剧院经理。后者怀着好奇的冲动读完了剧本。《审判》是百老汇的成就之一。在那部喜剧中，埃尔默 · 赖斯运用了普里斯特利的方法——变换时间，把未来的场面提前放入过去的场景中，评论家认为那部喜剧表现出了电影的影响。

由于他的成就，他和同族的一个女人，纽约的黑兹尔·利维小姐结婚，在纽约他们生了两个孩子。

在一九二三年，赖斯的《加算机》首次上演，说的是一个小职员颇具象征意味的故事。他自己的工作被一架机器所代替，可以预见，他会杀害他的上司。在一九二四年，首演《隔壁的太太》。一九二七年，上演侦探剧《科克·罗宾》。

一九二九年初，几乎所有的纽约剧院经理部拒绝接收《街景》（又名《有塑像的风景》）的手抄本。这部喜剧初演时，遇到过困难，广告登了一年多，但最后得到了普利策奖。

赖斯其他的剧本有：《铁十字架》（一九一七年）、《自由者的祖国》（一九一八年）、《地下铁》（一九二九年）和《观看那不勒斯和死亡》（一九三○年）。

还有一本针对好莱坞的小说《普里利亚游记》（一九三一年）。

徐尚志　译　屠孟超　校

---

* 此篇及以下两篇初刊于 1938 年 4 月 1 日《家庭》杂志。
1 Elmer Rice（1892—1967），美国左翼剧作家、小说家。

《生动散文的信天翁书》

诺瓦利斯说："突变和混合最富诗意。"这句话表明（而不是解释）了文选的特别迷人之处。将两部环境不同、手法和内容各异的作品安排在一起，能够得到它们单独出版所不能得到的效果。此外，抄写书里的某一章节，用以单独出版，这诚然是巧妙的改头换面，但这种改头换面是可贵的。

《生动散文的信天翁书》包括从十四世纪到我们的时代的一些作品，共一百五十多页。性格活泼但谎话连篇的约翰·曼德维尔[1]先生的《约翰·曼德维尔爵士游记》作为开头，查尔斯·摩根[2]微妙的作品作为压轴戏。查尔斯的书中并没有出现奇迹。而我们几乎是有权利见到奇迹的，如果考虑到在上面讲到的两位作家的作品中间，还有在英国甚至全世界的散文中也数最高水平的作品的话，那就是托马斯·布朗先生令人激动和深思熟虑的文字。

这本书的汇编者们难辞其咎。他们无法解释为什么遗忘了阿诺德、安德鲁·兰、吉卜林、切斯特顿、萧伯纳、托马斯·爱德华·劳伦斯、托·斯·艾略特，相反，却为查尔斯·蒙塔古·道蒂[3]开了绿灯。

这个作家尽管出版了六十三万字的巨著《在阿拉伯沙漠的旅行》，也受到了劳伦斯轻率的赞美，从而享有一定声誉，但他的作品却是不值一读的。另外，在选择代表性作品的过程中，也没有统一的标准。有些作品太简短。另一些作品（只选某部长篇或中短篇小说的某些章节）则是断章取义，没有看过全文，几乎无法理解。

然而，这部书还是保留下来了。书的内容和它的名称相符，选材非常丰富，光凭这一点就可说没有受编选者的无能

---

1 John Mandeville，十四世纪英国作家，因著有《约翰·曼德维尔爵士游记》赢得了"中世纪最伟大的旅游者"称号，也有"最大的谎言家"的恶名。
2 Charles Morgan（1894—1958），英国小说家、剧作家、散文家和批评家。
3 Charles Montagu Doughty（1843—1926），英国游记作者、诗人。

或情绪消沉的影响，取得了胜利。在这本书中，英国古典文学的代表作比十九世纪和当代文学的代表作选得更多一些。原因很清楚，是时间作出了选择。

当代作家有乔伊斯、高尔斯华绥和弗吉尼亚·吴尔夫。

我翻开几页，发现几行约翰逊的文字："有时，罗彻斯特伯爵退居农村，以写诽谤性文章为乐。在这些文章中，他不希望尊重严格的事实。"

徐尚志　译　屠孟超　校

罗伯特·阿龙《滑铁卢的胜利》

叔本华写道:"历史事实完全是表象世界的外形,除了从个人身世所派生出的现实外,没有其他现实。要找到这些历史事实的解释,就好像在云雾中寻找成群的动物和人。历史讲到的不是别的,而是人类一场长久、沉重而又难以理解的梦。科学是真实的、有体系的,历史却没有体系,只有没完没了的个别事实的罗列。"

相反,奥斯瓦尔德·斯宾格勒却认为,历史是周期性的,并提供一种处理历史上的类似事例的专门技术,一种文化历史的形态学。

一八四四年德·昆西写道,历史是永不干枯的,因为排列、组合历史事件的可能性实际上是无限的。正如叔本华所认为的，解释历史不比在云雾中寻找动物和人更少随意性。但是，让你感到满足的是这些动物和人的多样性。

对《滑铁卢的胜利》这本小说的作者罗伯特·阿龙来说，历史是不可避免的，是命中注定的（这个标题——这里也许值得我们注意——对巴黎人来说是荒谬的，而在布宜诺斯艾利斯却不是这样。对我们来说，滑铁卢不是一次失败。所以，说它的胜利，并不使我们感到奇怪）。一八一五年六月十八日，拿破仑在滑铁卢被惠灵顿公爵打败，他的骑兵在英国步兵方阵面前分崩离析。阿伦在那本备受称赞的书里，做了相反的假定：布吕歇尔[1]和惠灵顿被拿破仑战败。阿龙将滑铁卢战役倒了过来。人们会问，这种凭空想象的事情会产生什么样的后果？回答是：真实的情况。我们知道的真实情况是，"滑铁卢的胜利者"拿破仑很快就退位了。他退位了，因为这是之前的历史发展的结果，绝非偶然。"这本书引起了极大的震动，"该书前言说，"其实只要做一些小小的变换和想象，就可以变灾难为胜利，变被迫退位为自动退位。历史事件对

---

1 Gebhard Leberecht von Blücher (1742—1819)，参与滑铁卢战役的普鲁士军队统帅，绰号"前进元帅"。

人们的生活影响不大，道德和心理等其他因素却占很重要的地位。"

这部作品有一定的魅力，形式新颖，只是作者的论点完全值得商榷。

徐尚志　译　屠孟超　校

一部令人震惊的文学史 *

　　在德国的文选中，克拉邦德[1]的名字既不是太风光，也不是特别声名狼藉。他带头模仿中国抒情诗，有几首真有些像原文，甚至比原本的中国抒情诗更像。我记得一部题为《灰阑记》的书和一部题为《穆罕默德》的英雄小说。但是我坦白地承认，我对这部有缺陷的、发行量却很大的《文学史》却一无所知。过去曾经建立过功勋的劳动出版社不久前轻率地向西班牙和美洲作了介绍。三个加泰罗尼亚人签订了翻译出版西班牙语版的合同。我认为，这三个人诬蔑了克拉邦德，但我无法因此便掩盖其他所有针对他们的谴责的不真实性，它们绝大部分（暂时这么说吧）是结构性的错误。这三个加泰罗尼亚人所犯的错误事实上只有两个：第一，他们越俎代庖的安排使得在一部世界文学史中，哈辛托·贝达格尔[2]占的篇幅比詹姆斯·乔伊斯还多。对阿索林的赞美，整整用了两页，而对保尔·瓦莱里的评论仅用了四个词，单单他的名字就用去了其中两个词（对巴列－因克兰[3]的介绍用了一页；对奥尔特加－加塞特也用了一页，对斯宾格勒只用两行，对舍伍德·安德森也只用两行，而福克纳则一行也没有）。

第二个缺点是品位很差。在第一百四十九页，总是犯错误的三个人将贡戈拉所有作品中最荒唐的那几行诗推荐给我们，让我们加以崇拜。

年轻人赤裸着身躯，

海水灌满了他的外衣，

又沾上了许多沙子，

* 此篇初刊于 1938 年 4 月 8 日《家庭》杂志。
1 Klabund (1890—1925)，原名阿尔弗雷德·亨施克，德国诗人、汉学家。
2 Jacinto Verdaguer (1845—1902)，西班牙加泰罗尼亚语诗人。
3 Valle-Inclán (1866—1936)，西班牙小说家、散文家。

随后摊晒在阳光下，

温和太阳甜甜的舌头，

几乎没有舔到它，

在海浪缓慢的拍击下，

它又渐渐地吸饱了海水。

　　这一小节水淋淋的诗，居然被译者认为是"赏心悦目的"。（我忘了，在第三百零二页写道：欧亨尼奥·多尔斯·伊·罗维拉[1]在法国知识界施加了特别的影响；又说，豪梅·博菲利[2]是"典范的、随心所欲的艺术家……"还有明显的错误之处，就以歌德著名的诗句来说：

当一个人在痛苦中默不作声，

神灵允许我述说内心的烦闷。

　　我们的加泰罗尼亚人是这样翻译的：

1　Eugenio D'Ors y Rovira (1882—1954)，西班牙杂文作者、哲学家、艺术评论家，用加泰罗尼亚语写作。

2　Jaume Bofill (1878—1933)，西班牙政治家、诗人。

如果一个人在痛苦中不吭声，

给我一个神灵，好让我向他倾诉烦闷。）

　　还有一些错误我们不知道该算在谁头上。比如下面这则
讣告我们是该归功于已故的编辑戈德沙伊德还是我们的加泰
罗尼译者："虔诚的东方人保尔·克洛代尔"在一九三七年
去世了？对前面的提法我表示怀疑，我以前曾怀着惊异的心
情读过几页有关亨利·巴比塞、保尔·克洛代尔和弗朗西
斯·雅姆[1]的文章，"正确地说，他们都是法国 – 德国人"，
这就是说，保尔·克洛代尔根本不是东方人。那篇文章又说：
"就像查尔斯·德·科斯特[2]用法语写有关佛兰德的事一样，
巴比塞、克洛代尔和弗朗西斯·雅姆用法语写德国的事，他
们在德国比在法国遇到更多热情的读者。法国人几乎不把他
们作为自己的同胞看待。"
　　这本书最常见的错误是基本情况的失实。比如书中说，
阿尔弗雷德·阿洛伊修斯·霍恩是美国人，切斯特顿是爱尔

1　Francis Jammes (1868—1968)，法国诗人、小说家。
2　Charles de Coster (1827—1879)，比利时小说家。

兰人，威廉·布莱克是惠特曼的同时代人。法国轻松的戏剧由保尔·热拉尔迪和亨利·莱诺芒德继续耕耘着（将这两个人的名字并列在一起，可能——在这部著作中，不可能的事不多——带有嘲笑或学术争论的目的，可是，作者应该以某种方式加以说明）。

另一个坏习惯是资料不确切、不可靠。这部书写约瑟夫·康拉德时用了四行半字。正确地述说了有关这位作家的生平后，说"他的有关海员的小说受爱伦·坡的影响"。现在问题是，爱伦·坡对康拉德有影响吗？至今谁也没有作过这样的猜想。这是个人的看法，也许值得商榷。但是，在一部供人参考的著作中，这样说是不合理的。

我提到了一些可以原谅的过错，现在我来谈谈根本性的错误：孜孜追求文学的虚荣阻碍了克拉邦德对每位作家作具体、亲切的描述，却促使他使用比喻的方法进行修饰和描写。我们可以想象，有的人从未读过柯莱特[1]的作品，那么，与他大谈"天蓝色的谈话和猩红色、玫瑰色的聊天"有什么

1　Colette（1873—1954），法国女作家。

用呢？同时，我们可以想象，有的人从未读过韦尔弗的作品（也许较之前者更能容忍一点）。我不认为这样一则花边故事便足以弥补对于他生平作品令人痛苦的省略："海姆二十四岁时在穆埃盖尔湖溜冰时淹死。当乔治·海姆在水下消失时，一位海神升到云端，那彩云是阳光下春天的蒸汽组成的。海神发出了高兴的叫喊声，他被阳光所陶醉。摘自弗兰茨·韦尔弗的作品（他一八九〇年生于布拉格）。"

讲西班牙语的读者通常不认识奥多卡尔·布舍兹纳[1]。根据克拉邦德的描述，这是他的形象："为生活的美好而微笑，额部散发出寒星般白色的汗珠，布舍兹纳是一棵开满鲜花、满是嗡嗡作响的小虫的树木"，无疑，他那张脸将永远不会消失。我们现在认识（或者重新认识）一下赖内·马利亚·里尔克[2]：

"里尔克是一位修士，不穿灰色法袍，穿的是紫色法袍。"更令人震惊的是他的形象的描绘同人和作品纠缠在一起了。"奥斯卡·王尔德和亨利勋爵一样，在扣子眼儿上总插着一朵

---

1 Otokar Brezina（1868—1929），捷克诗人。
2 Rainer Maria Rilke（1875—1926），德裔奥地利诗人。

兰花，最大限度地享受生活的乐趣。他与道林·格雷的友谊特别深，这种情况带来的后果是吃了官司，使自己从社会最上层跌落到监狱里……通过他的诗，我们觉得他像涂白粉的江湖丑角，只是他脸上的苍白既不是来自月光，也不是涂上了白粉。"

除了这样对人的形象随意描述外，还有如下这些尽人皆知的东西："《一千零一夜》至今还受年轻一代的喜爱。"

不过，作品最微妙之处是在第二百六十六页。在那里写道：诗人兰波"喜欢拥抱狒狒"，译者蠢上加蠢，竟然加了这样一个注："一种猴子。"

徐尚志　译　屠孟超　校

西·弗·波伊斯 *

　　在英国南部多塞特山区的一个家庭里，有几千卷英语和拉丁语书籍；一个沉默寡言、肤色红润的女人，还有一个戴孝的高个子男人，头发斑白，蓝眼睛。这个男人三十年来从下午三点半到六点，每天写一页或者两页，以执著的爱，工整地书写每一个字母。

　　西奥多·弗朗西斯·波伊斯一八七四年出生于一个叫希尔列的村庄，出身名门望族。与他有血缘关系的人中间，有约翰·多恩和威廉·柯珀[1]（至于那些威尔士王子我就不说了。他们古老得快成为传奇式的人物了，太传奇了，以致人们都不相信确有其人）。西奥多·弗朗西斯·波伊斯的父亲和祖父都是教士。他开始时学神学，可以肯定他现在仍是忠于神学。他的小说实际上都是寓言故事，有的是异教式的，有的带有嘲弄的含义，有的则吵吵闹闹的，但实质上都是寓言故事。"我太相信上帝了。"他有一次坦言。

　　一九〇五年他在希尔列定居，同年结婚。就在这一年，每天下午三点钟后他进图书馆，写到六点钟。两种不同性质的问题使他关切：绝对的好与绝对的坏。语言表达方面，《圣经》式的文风似乎没有受谁的影响。他几乎写了二十年，却连一行字也没有发表。直到一九二三年前后，他的一位朋友（雕刻家）偷了他的写作记事本，把它寄给了大卫·加尼特（《太太变狐狸》和《动物园里的男人》的作者），记事本以《左腿》作为标题发表，这是有关一个庄园主的故事。他慢慢地从肉体到灵魂将村镇上的全部居民都控制住了。之后发表的著作有：《黑果藤》（一九二四年）、《塔斯克先生之众神》（一九二五年）、《无辜的鸟》（一九二六年）、《韦斯顿先生的佳酿》（一九二八年）、《露水塘》（一九二八年）、《回声

***

* 　此篇及下篇初刊于 1938 年 4 月 15 日《家庭》杂志。
1 　William Cowper (1731—1800)，英国诗人。

之家》（一九二九年）、《寓言》（一九二九年）、《角落里的爱》
（一九三〇年）和《白色的主祷之教》（一九三二年）。

　　所有作品中最值得纪念的也许是《韦斯顿先生的佳酿》，
情节只经历一个晚上。在这个情节中，时间停止不进。中心
人物韦斯顿是嗜酒如命的商人。他慢慢地使我们相信，他是
一位神灵。作品的开始是平淡的，流浪汉式的，却以完全魔
幻和超自然的形式结束。波伊斯喜爱的作家是塞缪尔·理查
森、蒙田、拉伯雷和司各特。

徐尚志　译　屠孟超　校

理查德·赫尔《良好的意愿》

　　我一直有一些打算（它们在上帝面前将替我进行辩护），但并不想付诸实施（因为我只乐于欣赏这些打算，而不是去实现它们）。其中之一就是写有关异教的侦探小说（异教是重要的，因为我理解侦探小说这一样式如所有的文学样式一样，存活在不断的、微妙的违法之中）。

　　有一个晚上，一九三五年或一九三四年的一个疲惫的夜晚，我从九月十一日广场一家咖啡馆走出去的时候，构思了这部小说。在此只将一些简单的情况介绍给读者吧，其他的情况我已经忘了。我把它们忘得一干二净，以至于都不知道当初这些东西有没有写进小说里。我的打算是这样的：写一部一般性的侦探小说，开头几页，写一个难解的谋杀案；在中间的若干页，写一场缓慢的讨论；最后几页是结果。之后，几乎在最后一行，加上一句模棱两可的话，例如，"所有的人都认为，那个男人和那个女人的相遇是偶然的"。用以指明或者留下悬念暗示，结论是虚假的。不安的读者将会再次阅读有关章节，之后得到另一个答案，真正的答案。这本想象中的书的读者会比"侦探"的目光更敏锐。理查德·赫尔写了一本极为优秀的书。他的散文笔法娴熟，人物也是令人信服的，他的讽刺完全是文明的。尽管如此，小说最后的结局却不那么令人感到惊奇，以至于我不禁怀疑这本在伦敦出版的真正的书，就是三四年前我在巴尔巴内拉构思的那一本。在这种情况下，《良好的意愿》隐瞒了一个秘密的情节。不知是我还是理查德·赫尔不走运，我在哪里都没有看到那个秘密情节。

徐尚志　译　屠孟超　校

一九三八年四月二十九日

古斯塔夫·梅林克[*]

梅林克的生平没有像他的作品产生那么多麻烦。他于一八六八年出生于巴维埃拉城，母亲是位演员。（他的文学作品是历史性的，这点太容易证实了。）他的青年时代在慕尼黑、布拉格和汉堡度过。我们知道他曾任银行职员，后来又讨厌这份工作。我们还知道他试行过两种补偿的或者逃避的方法："笼统地进行隐科学"的研究和撰写讽刺文章。在这些文章中，他抨击军队、大学、银行和地方性的艺术（他写道：不存在艺术性的艺术和地方性的艺术）都是假的。一八九九年，著名的《极简》杂志发表他的文章。从那时起，他也翻译了狄更斯的几部长篇小说和爱伦·坡的几部短篇故事。

一九一〇年左右，他汇集了五十部短篇小说，取了一个戏谑性的名字——《德国资本家的魔角》——出版。一九一五年，出版《假人》。

《假人》是一部鬼怪小说。诺瓦利斯有时想写梦幻小说，前后不连贯，像梦一般断断续续地写这样的小说是非常容易的，只是要写得能读懂就不是那么容易了。《假人》真令人难以相信。它是梦幻小说。但恰恰相反，它能读懂。它自始至终是一个梦的、令人头昏目眩的梦的全过程。在开头几章（也是最好的几章），手法是非常直观的。最后几章出现了愈来愈多的连载小说的特点。受巴贝克尔的影响远比爱伦·坡的影响强烈。我们不愉快地进入一个受了刺激的、活版印刷术的世界。在这个世界里四处都是毫无用处的星号和毫无节制的大写……我不知道《假人》是不是一本重要的书，但我知道它是绝无仅有的一本书。

梅林克徒劳地想让他的其他小说和这本小说一样。其他小说有《瓦卜吉司之夜》、《绿面孔》和《西窗天使》。

---

* 本篇及下两篇初刊于 1938 年 4 月 29 日《家庭》杂志。

古斯塔夫·梅林克同时也是《蝙蝠》的作者，这是一部鬼怪短篇小说集。另外，他名下还有一部题为《秘密的皇帝》的长篇小说，虽然它只是一个片断。

　　　　　　　　　　　　　徐尚志　译　屠孟超　校

威廉·萨默塞特·毛姆《总结》

令人无法相信的是共同的感觉会闪闪发光，而单纯的明智却使我们着迷。然而，毛姆的自传属这种情况。作者总结了他的一生和作品（他已有六十多岁，写了四十多部书），并作出了一些最后的、或者说是暂时属最后的判断。他自己说的话和我们在他说这些话时对他真诚的信任比较起来是次要的。此外，在他的文章中，我们可以品尝到某种无奈和苦涩，并不期待这部自传中有其他东西。有时，也有正确的看法。例如："好多人似乎没有注意到情节的主要功用。情节是引导读者注意力的线条。简·奥斯汀知道这点。相反，福楼拜的《情感教育》却很少引导读者的注意力。读者对书中人物和他们的命运无动于衷。这么一来，要读完作品就很困难。我不知道有没有其他跟这部小说一样重要的小说给读者留下那么含糊的印象。"

在另一章里，毛姆又说："我们都知道易卜生是很少有创造才能的，我这样说也不算太放肆。高明的他唯一的手法是一位外乡人的突然来到。他闯入紧闭的小屋，把窗门全部打开。于是，发现在小屋里的人都已死于肺病。一切都不幸地结束了。在戏剧艺术中，意念的不利之处在于：如果这些意念是可以接受的，便被接受了；但却将为传播意念作出贡献的戏剧扼杀掉了。"

我翻译了两条意见。这里是一段自白："我由于词汇的贫乏而遭人非议后，去了不列颠博物馆，记录了各种稀有的矿石、拜占庭的珐琅和各种布帛的名称。为了搭配它们，在用词造句方面我花了好多力气，不幸的是，我没有机会来使用这些句子。这些句子就在这小本子上，谁想用都可以用。几年之后，我又陷入了相反的错误中，开始禁止自己使用形容词。我想写一本像冗长的电报一样的书，把所有不是必不可少的词都从这本书中删掉。"

徐尚志　译　屠孟超　校

358

威廉·卡佩勒
《苏格拉底的先驱者》

在这本五百页的书中，汇编和翻译了古希腊先期思想家们的原著片断和他们的生平或理论。这些理论可能摘自普卢塔克、第欧根尼·拉尔修[1]或塞克斯都斯·恩比利克斯。

这些理论中好多是当今博物馆中纯粹的摆设物。例如：科洛封的色诺芬尼的理论，认为月亮是一团密集的云，它每个月都会消散。其他的思想家也没有留下优秀的遗产，他们的学说只会令人吃惊或分散精力。例如，阿克拉噶斯的恩培多克勒在奇怪的户口登记册上说："我曾经是个孩子，一个女孩，一簇灌木，一只小鸟和一条露出海面的无声的鱼。"（更出人意料、更不能令人相信的是凯尔特游吟诗人的自述："我曾是手中的剑，也当过战争中的首领，还曾经是桥上的灯；我曾经中了魔法，在水泡中待了一百天；我曾是书中的一个词，我曾是一本书。"）

还有其他一些苏格拉底的先驱者，他们存在的意义几乎是无法估计的，他们丰富了我们后来者的哲学。以弗所的赫拉克利特就是这样。我们是通过柏格森或威廉·詹姆斯了解他的。巴门尼德也是如此。从斯宾诺莎或弗朗西斯·布拉德利的回忆中可以了解他的学说。

还有几位哲学家的生命可能是跨了两个世纪。埃利亚的芝诺就是如此。阿喀琉斯和乌龟赛跑这个永传后世的故事就是他发明的。（这个故事的含义众所周知，阿喀琉斯是速度的象征，他却赶不上象征缓慢的乌龟。阿喀琉斯比乌龟跑得快十倍，就让它先跑十米。阿喀琉斯跑完十米，乌龟又跑了一米；阿喀琉斯跑完那一米，乌龟又跑十分之一米；阿喀琉斯跑完那十分之一米，乌龟又跑了一厘米；阿喀琉斯跑完那一厘米，乌龟又跑了一毫米；阿喀琉斯跑完那一毫米，乌龟又

---

1 Diogenes Laërtius (200—250)，古希腊哲学史家，著有《名哲言行录》。

跑十分之一毫米。就这样，阿喀硫斯永远无法赶上它……威廉·卡佩勒在这卷书的第一百七十八页，翻译了亚里士多德的原文："芝诺第二个悖论就是所谓的阿喀琉斯悖论，他论证了跑得最慢的不可能被跑得最快的赶上，因为追赶者必须在被追赶者跨出的最后一步之前到达终点，所以跑得最慢的总是对跑得最快的占有一定的优势。"）

　　哲学史家们总是把苏格拉底之前的那些哲学家看作具有先驱者的重要意义。相反，尼采则认为他们是希腊哲学思想的顶峰。较之柏拉图的辩证风格，他更喜欢他们纪念碑式的风格。（有人宁可被吓倒而不要被说服。）这部书想为他们恢复因为连接和创立希腊散文而得到的荣誉。

　　　　　　　　　　徐尚志　译　屠孟超　校

一九三八年五月十三日

理查德·奥尔丁顿 *

奥尔丁顿[1]一八九二年生于英国南部的汉普郡，就读于多佛学院和伦敦大学。十三岁时就创作和书写了第一批诗。十七岁时，一家杂志不经意地发表了他几首模仿济慈的诗。一九一五年发表了处女作《新与旧的意象》（一九一三年十月他已经结婚）。奥尔丁顿当时属"意象派诗人"，认为视觉形象本质上是有诗意的（一百年前，伊拉兹马斯·达尔文[2]也是这样认为的）。这种荒诞的论点导致他写了一些不押韵的无格律的诗，因为他认为，根据他的论点，听到的应服从于看到的……理查德·奥尔丁顿跟他的朋友埃兹拉·庞德和艾米·洛威尔[3]谈及此事。他那时还不知道巴尔干人的手枪声将结束这场争论。一九一六年初，奥尔丁顿应征入伍，在英国军队当步兵。

战争没有要他的命，但他患了神经衰弱症，身无分文。他住在伯克郡的一间茅屋里，翻译了不少东西，还给一些报刊撰文，总算没有饿死。他翻译了薄伽丘的《十日谈》、西哈诺·德·贝热拉克[4]的《太阳上的帝国趣史》、伏尔泰和腓特烈二世的信札、谢尼埃[5]的短长格律诗以及数百篇希腊文选中的铭文和碑文。

一九二三年他发表了《流放》，一九二八年出版了《爱情和卢森堡》，一九二九年又发表了令人惊异或出乎意料的小说《英雄之死》。作者以侮辱和诽谤书中所有的人物为乐，这是罕见的。而奥尔丁顿就是这样做的。我们的理解是，他的狂怒较之如卡莱尔或格拉·戎克罗[6]或莱昂·布洛瓦等专业上的

---

* 此篇及以下三篇初刊于 1938 年 5 月 13 日《家庭》杂志。
1 Ricard Aldington（1892—1962），英国诗人、小说家和传记作家。
2 Erasmus Darwin（1731—1802），英国动、植物学家，查尔斯·达尔文的祖父。
3 Amy Lowell（1874—1925），美国女作家、意象派诗人。
4 Cyrano de Bergerac（1619—1655），法国作家，以戏剧创作闻名。
5 Audré Chéniev（1762—1794），法国著名诗人。
6 Guerra Janqueiro（1850—1923），葡萄牙诗人。

狂人在学术方面表现出来的愤怒有过之而无不及。

《英雄之死》是一本独一无二的书，如果说它与其他小说有近似之处的话，那就是塞缪尔·巴特勒的《众生之路》。

理查德·奥尔丁顿同时也是下列作品的作者：《荣誉的方向》、《女人该劳动》和《上校的女儿》。还有一部关于伏尔泰的学术著作。此外还有《男人都是冤家》。今年又发表了一部幽默的作品《七个人反对里夫斯》，读者也许会发觉这个书名是戏谑地模仿埃斯库罗斯的《七将攻忒拜》。

徐尚志　译　屠孟超　校

欧内斯特·海明威
《有钱人和没钱人》

　　一个文人想象出的一个为非作歹的人的故事不会是真的。写这个故事有时有两个打算。其一，想让这个为非作歹的人原本不是那么坏的人，而是一个非常高尚的穷人。他的胡作非为是社会造成的。其二，美化他故事里邪恶的诱惑力，并用轻松的笔法延长有关残忍的描述。如同我们见到的，这两种手法都是浪漫主义的，它们在阿根廷文学中已有杰出的先例，如爱德华多·古铁雷斯描写粗犷的大自然的小说和《马丁·菲耶罗》……海明威在这本书的开头几章，似乎并不在意这两种尝试。书中的主人公，基韦斯特的船长哈里·摩根和同名海盗一样为非作歹。后者袭击了坚不可摧的巴拿马城，还给总督送去了一支手枪，作为足以征服那座要塞的炮兵的象征……海明威在小说开头几章，没有令人吃惊地叙述种种野蛮行为。他的态度是中立的、无动于衷的，甚至有些厌恶。他没有着重描写死亡。哈里·摩根不忍心杀一个人，他以此为荣，且不后悔。看了刚开头的一百页后，我们认为叙述者的语气与被叙述的事件是一致的，与纯粹的吓唬和哀怨保持着相等的距离。我们认为，我们正面对一部由一个离我们非常遥远的人写的作品。他还写过《永别了，武器》。

小说的最后几章毫不留情地让我们看清了事实真相。那些用第三人称写成的章节向我们做出了奇特的披露。对海明威来说，哈里·摩根是一个堪称楷模的男子汉。海明威向"垮掉的一代"展示屠杀的目的是为了对他们进行教育。这样的小说只能使人感到沮丧，在我们心中连尼采式的寓言的寓意也没有留下。

接下去，我翻译了一小段小说，内容是在美洲进行的自杀。

"几个人从办公室的窗口向下跳，其他的人安静地在车库里向两辆轿车走去，发动机已开动。另一些人则采用传统的方法——使用柯尔特或史密斯威森自动手枪……这些制造得那么完美的武器，只要手指一按，就可以结束人们的内疚，消除失眠，治愈癌症，避免破产，替处于难以忍受的境地的人们找到一条出路。这些值得赞赏的美国武器携带方便，效果可靠，专门用来结束一场变成噩梦的美国梦，除了家里人对身上的血污得进行一番清洗外，没有其他不适合之处。"

徐尚志　译　屠孟超　校

乔治·西默农 *《七分钟》

如果编辑部的那些参考资料没有欺骗我的话，那么，乔治·西默农作为侦探小说家在法国享有一定的声誉。安德烈·泰里夫赞扬他"制造气氛"的能力。路易·埃米耶公开推崇他小说的"明晰的气氛"。从《七分钟》来看，以上两人说的都有道理。这本书描述的环境不乏生动之处，没有什么超自然的东西。最大的遗憾是其余的方面都写得不太合适，不够真实，也有些单调。人们或许会对我说，气氛写得好就足够了。这我也同意，但是，如果那样，为什么还要安排不那么谐调的侦探小说的情节呢？

在这部短篇小说集的第一篇小说中，最后的交代是那么枯燥无味，以致昨天看了，今天就忘记了。第二篇小说（《七分钟的夜晚》）的交代很需要一只炉子、一个喷水管、一块石头、一张绷紧的弓和一支左轮枪。第三篇小说的揭示，还需要两个人物（他们的存在不会令读者生疑）。刚才我讲过这书有不合适和不够真实之处，更确切地说，是不合时代潮流。现在我想，更确切地说是不认真。在英国，侦探小说宛如受不可避免的规律所支配的一副象棋，作家不能忽视问题的每一个方面。例如，一个神秘的罪犯应该是一开始就出现的人物之一……相反，巴黎对这种严格的规定还是无知的。巴黎，按《七分钟的夜晚》来看，还是和夏洛克·福尔摩斯同一时代的人。

作品的风格是有效的。不同的是作者落入了像这样的激情之中，它让我们记起的已不是柯南·道尔，而是艾玛·奥希兹或者是加斯顿·勒鲁："我知道在黑暗中、在雨中、在雪景的忽明忽暗中、在神秘的北欧大陆上的恐惧。但是那里的恐惧，是在大白天，在沐浴着温暖阳光的梦境中，那是另一回事，那是令人有些压抑的感觉。"

徐尚志　译　屠孟超　校

---

* George Simenon（1903—1989），比利时侦探小说家。

关于文学生活

  在贡纳尔·贡纳尔松[1]《空中之船》这部小说中，我见到了对这种奇异感情的描述："在一片没有山峦的土地上，思想和动物消失了，因为有谁去管束它们呢？我不知道在平原上，人们夜里是怎么睡觉的？"

  接受了作者的想象，我说，思想的消散适合于梦境。

          徐尚志 译 屠孟超 校

---

1 Gannar Gannarsson（1889—1975），冰岛小说家。

一九三八年五月二十七日

范·威克·布鲁克斯 [*]

范·威克·布鲁克斯[1]是美国一些常常对美国进行诽谤的作家之一（其他的人还有尊敬的刘易斯·芒福德和沃尔多·弗兰克）。布鲁克斯是不主张使用暴力的，他以蔑视的态度为美国的粗暴和平庸而伤心，欧洲人为此鼓掌，很多美国人也许是怕被人说成是太爱国，也鼓掌欢迎。布鲁克斯攻击美国的乡村气息，而他正是受到了那种乡村气息的欢迎。

范·威克·布鲁克斯一八八六年二月十六日出生于普兰菲尔德，就读于哈佛大学。一九○九年底，发表处女作《清教徒之酒》。两年后，和加利福尼亚的埃莉诺·凯尼恩小姐结婚。一九一三年，发表《理想之病》，是关于瑟南古²、阿米尔和盖兰的学术著作。一九一四年发表关于约翰·阿丁顿·西蒙兹³作品的评论文章。一九一五年，发表《赫·乔·威尔斯的世界和美国的成长》，在那本书中，他后来的作品已现出了雏形。一九二七年，与阿尔弗雷德·克瑞姆伯、保罗·罗森菲尔德和刘易斯·芒福德一起汇编著名的选集《美洲商队》。（一九二三年由于上述著作及其在美洲的影响，得到了《日晷》杂志的年奖。后来，他又获得了舍伍德·安德森和托·斯·艾略特奖。）

范·威克·布鲁克斯的著作很多，其中有罗曼·罗兰和乔治·贝尔盖等作家的译作以及不少学术专著。也许最重要的研究文章都是针对爱默生、亨利·詹姆斯和马克·吐温的。这三位作家试图表明，在同一时间作为美国人和艺术家是不可能的。

第一部专著（《爱默生和其他作家》，一九二七年）是研

---

* 本篇及下篇初刊于 1938 年 5 月 27 日《家庭》杂志。
1 Van Wyck Brooks（1886—1963），美国文艺批评家、传记作家和文学史家。
2 Etienne Pivert Sénancour（1770—1846），法国作家。
3 John Addington Symonds（1840—1893），英国作家、诗人。

究一位不同意美国的艺术家的情况；第二部（《亨利·詹姆斯的历程》，一九二五年）是研究一位逃避美国的艺术家的情况；第三部（《马克·吐温的煎熬》，一九二〇年）是研究一位因为美国而失败的艺术家的情况。最后一本书的最大影响是引起了伯纳德·德·沃托[1]激动而又明确的反驳，他写了《马克·吐温的美国》一书。

徐尚志　译　屠孟超　校

1　Bernard de Voto（1897—1955），美国小说家和新闻工作者。

梅多斯·泰勒《黑镖客成员的自白》

这本于一八三九年四月实际上以三卷本出版的不同寻常的书，至今正好满九十九岁，又由耶茨－布朗重新发表，它引起了人们的无尽好奇。题材是有关一些黑镖客成员的事。这是世代相传的杀手组成的帮派集团。在八个世纪中，他们赤着脚，头上包着头巾，在印度各地的路上，在黄昏时刻制造恐怖，他们杀人越货，却又尽了宗教义务。他们是巴瓦妮的信徒，崇拜黑色的女神杜尔迦、帕尔瓦蒂和迦利[1]。对女神要供奉一块杀人时包头的头巾、一块改变信仰的人应该吃的圣糖和一把挖掘墓穴的锄头。不是所有的人都可以包头巾和使用锄头的。信徒们被禁止处死下列人员："洗衣妇、诗人、托钵僧、锡克教徒、乐师、舞蹈家、卖油人、木匠、铁匠、清洁工以及截肢者和麻风病人。"

黑镖客的成员们宣誓要成为勇敢、顺从、严守秘密的人。他们组成一个个小分队，人数从十五到二百人不等，在全国各地流窜打劫。他们用一种已消亡了的语言（名叫"罗摩什"）和手势语，以便在印度各地进行交流。他们遍布四方，从阿姆利则到锡兰。他们的组织包括四个层次：诱骗者，他们用动听的故事和歌唱来吸引旅客；执行者，使命是把旅客扼死；收容者，他们挖掘好墓穴；净化者，他们的任务是把死者的衣服剥光。阴暗的女神允许他们背叛和伪装，因此，有些黑镖客被招募成为卫队，用来对付另外的黑镖客，这种情况常有耳闻。他们长途跋涉，走了一程又一程，一直赶到占卜的人指定的遥远而确切的地点，那儿，就是杀人的地方。有的黑镖客（阿拉哈巴德的贝赫拉姆也许是一个最著名的例子）干了四十年，总共杀死了九百多人。

这本著作是以真实的司法机关文件作为根据写成的。在那个时候，得到了托马斯·德·昆西和爱德华·鲍尔沃－李

1　即难近母、雪山神女、时母，均为巴瓦妮女神的化身。

顿[1]的赞扬。现时的编辑耶茨－布朗加了引人注目的小标题：《珠宝商和他的星卜家》、《知道得太多的贵妇人》、《胖银行家轶事》，这与简明扼要的风格并不相配。

我刚才说，这部作品引起了人们无尽的好奇心。无疑，好奇心是难以满足的，例如，我想知道，黑镖客成员本身是不是土匪？他们是因信奉女神巴瓦妮而把这种职业视为神圣呢，还是对女神巴瓦妮的信仰使他们沦为土匪？

徐尚志　译　　屠孟超　校

1　Edward Bulwer-Lytton（1803—1873），英国政治家、诗人、评论家和小说家。

保尔·瓦莱里《诗歌入门》*

　　著名的诗人和最好的散文作家保尔·瓦莱里正在法兰西学院做诗歌讲座。这部简单而又宝贵的著作收集了他讲的第一课的内容。在书里，瓦莱里简明扼要地提出了诗的本质性问题，这些问题也许是可以解决的。瓦莱里和克罗齐一样，认为直到现在我们还没有一部文学史，眼下浩瀚而受尊重的文学史著作实际上是篡夺了这个名称，更确切地说，那只是一些文学家的历史。瓦莱里写道："文学史不应该是作家、作家经历或者作品经历的历史，而是作为文学的生产者和消费者精神的历史，这种历史可以自始至终不需要提及任何一个作家而写成。我们可以研究《约伯记》或者《雅歌》的诗歌形式，却用不着了解作者的生平，因为我们对他们一无所知。"

他对文学作出的规定是"技术性要强一些，经典性要强一些。文学，只能是某些语言特性的应用和延伸，而不是其他东西"。之后，他又说"语言难道不是文学代表作中的代表作？因为所有的文学创作归根到底只是一定数量的词汇的能量根据已经建立的形式的组合"。这是在第十二页说的。相反，在第四十页，他又指出精神的作品仅存在于行动中，而这种行动必须以一个读者或一个观众为前提。

如果我没有搞错的话，这种看法在很大程度上修正了第一种看法，甚至与它相矛盾。一种看法似乎把文学仅仅视为一定数量词汇所允许的组合；另一种意见说明，这些组合的效果因每一个新的读者而异。够得上第一种意见的作品虽多，但从数量上看已经到头了；够得上第二种意见的作品从远景上看可以无限增长，因为这种意见认定，时间，以及随之而来的误读和距离感反倒会同作古的诗人合作（我不知道是不是还有比塞万提斯的诗更好的例子）：

---

* 此篇及下篇初刊于 1938 年 6 月 10 日《家庭》杂志。

见鬼去吧，这种崇高令我吃惊！[1]

当初写这一行诗时，vive Dios 这个感叹词和 caramba[2] 一样常用。而 espantar 和 asombrar[3] 同义。所以，我认为，塞万提斯同时代的人会这样理解那一行诗：

人们也许会看到这东西如何使我吃惊！[4]

或者作相似的理解。我们看到这行诗是坚定而又生气勃勃的。时间——塞万提斯的朋友——会为他进行更正。

徐尚志　译　屠孟超　校

1　原文为：¡Vive Dios, que me espanta esta grandeza!
2　vive Dios 和 caramba 都是表示愤怒、惊讶的感叹词，意思是"妈的"和"见鬼去吧"，前者多在古西班牙语中出现。
3　西班牙语中 espantar 和 asombrar 基本同义，意思是"使……吃惊"，但 espantar 也有"使……害怕"的意思。
4　原文为：¡Vieran lo que me asombra este aparato!

威廉·亨利·德纳姆·劳斯
《阿喀琉斯的故事》

在《荷马史诗》杰出的第二版的前言中，托马斯·爱德华·劳伦斯因《奥德赛》有二十八个英文译本而感到高兴。越来越多的译本是古代诗歌生命力的象征（如果需要的话，也是它们永垂不朽的象征）。但是，这同时也说明荷马早已死去。那各色各样的译本都是为了使他死而复生的、无用的、人为的做法：有的人将荷马的诗译成四音步诗，有的译成韵诗，有的译成古意大利诗的形式，有的译成亚历山大体诗，有的译成六韵步诗，有的将荷马的诗逐字逐句地译成精细的散文，有的用词组和短诗的形式翻译，有的让荷马的诗与《圣经》相适应。上面说的这种种译本全都出现了，但没有一种译本是令人满意的。劳斯博士这本书是用对话体写的《荷马史诗》，显得很平静。劳斯没有写《伊利亚特》，也没有写《阿喀琉斯纪》，只写了《阿喀琉斯的故事》，他不像我们的卢贡内斯那样作了翻译："缪斯啊，请歌唱佩琉斯之子阿喀琉斯的致命的愤怒吧！"而是写了"一个恼怒的人：佩琉斯家族的王子，阿喀琉斯的痛苦的仇恨"。如果我们想找到一个著名的场景（赫克托尔和安德洛玛刻的告别，赫克托尔之死和他尸体的赎回），再把劳斯的版本同安德鲁·兰甚至同巴克利的版本比较，毫无疑问，劳斯的版本我们认为差一些，不够直截了当。尽管如此，它仍具有其他版本没有的一个优点：出乎寻常地容易阅读下去。我不懂希腊语，所以，我对《荷马史诗》的版本方面学识浅薄。如果劳斯这个版本同某个版本有很大不同的话，那是同勒贡特·德·李勒的版本；如果同有的版本相类似的话，那是和塞缪尔·巴特勒的版本。

《荷马史诗》中人物的外号常常成为争论的原因。卢贡内斯称宙斯为"调遣云雾者"，劳斯博士则称之为"集云神"；卢贡内斯称阿喀琉斯为"神行太保"，劳斯则称之为"飞毛腿"；卢贡内斯称阿波罗为"神箭手"，劳斯说他是

"远射手"。

相反，劳斯对其他人的名字则照抄不误。例如，埃涅阿斯、亚历山大、代达罗斯、墨奈劳斯、拉达曼提斯。

《伊利亚特》在几乎所有的译本中，都是一部时隔久远、讲究形式、有些无法理解的作品。劳斯把它改写成具有消遣性的、易懂的、风趣的、但却没有什么意义的作品。也许这样做是恰当的。

徐尚志　译　屠孟超　校

西莱尔·贝洛克 [*]

约瑟夫·西莱尔·皮埃尔·贝洛克一八七〇年出生于巴黎附近，父亲是法国律师路易·斯旺顿·贝洛克。关于他，人们说得很多。有人说他是法国人；有人说他是英国人；有人说他是牛津大学学生，是历史学家、士兵、经济学家、诗人、反犹太主义者、亲犹太主义者；有人说他是乡下人、喜剧演员、切斯特顿的优秀学生和切斯特顿的老师。威尔斯辛酸地说，他完全是个移植后的达达兰 ¹。又说，他如果在尼姆或蒙彼利埃某一家咖啡店喝着石榴汁发表演讲，那准是个很好的演说家。萧伯纳不同意将他与切斯特顿扯在一起，三十年前就称他们两人组成了一个狮头、羊身、龙尾的喷火怪物。

说道："有名的切斯特贝洛克[2]是个四足、自负的妖怪，常常引起很多不幸。"切斯特顿在自己的自传里用了很大的篇幅写他，其中说到贝洛克很像拿破仑的画像，特别像拿破仑骑马时的画像。

贝洛克是在英国受的教育，但为了完成在法国军队服兵役一年的任务，中止了学业（由于这个原因，在英国有人把他说成了士兵）。他回英国之后，进入牛津大学贝利奥尔学院。一八九五年毕业后，很快就投身于文学。在他的首批作品中，暴力是他取得成就的一个条件。一八九六年贝洛克访问美国，在那里和一个美国女人——加利福尼亚的埃洛迪·阿格尼丝·霍根小姐——结婚。一八九八年，他加入英国籍。一九〇六年至一九一〇年，任众议院自由党南索尔福德议员。

* 此篇及以下两篇初刊于 1938 年 6 月 24 日《家庭》杂志。
1 法国作家阿尔丰斯·都德（Alphonse Daudt, 1840—1897）作品《达达兰三部曲》中的主人公。
2 Chesterbelloc，是萧伯纳创造的词。贝洛克与切斯特顿是好友，两人都为罗马天主教辩护，并与萧伯纳展开论战，故而得此称呼。

贝洛克曾被人同莫拉斯[1]比较。两人的爱好（天主教、古典主义、拉丁文化）显然是相一致的。但是，贝洛克是把自己的爱好推荐给了法国人，法国人与他共享之；而莫拉斯将自己的爱好推荐给英国人，但英国人认为他的爱好只是怪癖而已。从此可以看出贝洛克辩证的熟练技巧。

有一个传说（它由目录登记和贝洛克的自白证实），说他共写了一百多本著作，我说出其中几本著作的名字：《奴隶制国家》、《英国史》、《法国大革命》、《罗伯斯庇尔》、《黎塞留[2]》、《沃尔西[3]》、《微不足道》、《关于一切》、《无论如何》、《关于有些事》、《关于犹太人》、《炼金术士》、《当代英国特性论述》、《老路》、《贝林达》和《海梅·塞贡多》等。

徐尚志　译　屠孟超　校

---

1 Charles Maurras（1868—1952），法国作家。
2 Richelieu（1585—1642），法国政治家、首席大臣。
3 Thomas Wolsey（约1475—1530），英格兰政治家、红衣主教。

威廉·福克纳《不败者》

　　一般地说，小说家们不介绍现实，只作回忆。他们写真实的或近似真实的事件，但这些事情已经在他们的记忆中加以复核和重新安排（这个过程当然与他们使用的动词时态毫无关系）。相反，福克纳有时想重新制造纯粹的现在时，这种现在时是单纯的、没有经过加工的。"纯现在时"只是一个心理的理想，因此，福克纳作品的内容比原始事件更为含糊，但更丰富。

　　福克纳在以往的作品中大力玩弄时间概念，有意地颠倒时间顺序，增加了扑朔迷离的东西和错误的东西。这么一来，谁都认为，他的优点就在于此。《不败者》这部小说直接而又不容辩驳地打乱了这种看法。福克纳不打算解释他的人物，而是向我们表明他们想些什么、他们的所作所为。题材非同一般，而他的叙述又是那么生动，以至于我们不能用其他方式来理解他们。布瓦洛讲过："真实的东西有时看起来并不是逼真的。"福克纳为了使不真实性看起来真实，大量地使用了不逼真性，而且达到了目的。说得更确切一点，想象的世界是那么具有现实性，即使其中也包含不真实的东西。有人将威廉·福克纳同陀思妥耶夫斯基比较，两者之相近不是没有道理的。但是福克纳的世界是那么物质，那么有血有肉，以至于与贝亚德·萨托里斯上校或谭波·德雷克[1]相比，解释性的杀人犯拉斯科尔尼科夫就像拉辛笔下的王子一样苍白无力……褐色的河、杂乱的庄园、黑奴、不紧张但又残酷的骑马人之间的战争！这就是《不败者》的特有的世界，这和美国及它的历史有同一血缘关系，也是土生土长的事物。

有的作品实际上我们触摸得到，如走近大海或感到清早的来临。这本书我认为就是其中之一。

徐尚志　译　屠孟超　校

1　福克纳小说中的人物。

尼古拉斯·布莱克《走兽该死》

尼古拉斯·布莱克已发表的四部侦探小说中,《走兽该死》是我读过的第三部。他四部小说中的第一部《证据问题》,我记得同样给我留下过愉悦的记忆,但已不记得那种愉悦的环境,也不记得人物的名字。第二部《麻烦的啤酒酿造》,尽管其故事基本上和埃勒里·奎因的《埃及十字架之谜》或伊登·菲尔波茨的《红发的雷德梅因家族》相似,但我却觉得它比具有独创性的故事还更迷人。他所有小说中的最后一部(《走兽该死》)在我看来是值得称赞的。我不讲它的情节,因为我希望好奇的读者把书借来看、偷来看,或者买来看。我向读者保证,他不会后悔。现在我不能对它讲什么,我只冒昧地提出一点,这本非常有趣的书与另一本——当然,它的质量要差一些——即范达因的书略有相似之处。在那本字里行间充满恐怖的书中，活动着一位不祥的古埃及学者。

侦探小说可以完全讲侦探方面的事。相反，侦探小说如果不想成为一本难以卒读的书，那么也应该成为心理小说。凭一个悬念就写上三百页，那是荒唐可笑的，三十页已够多了……第一部载入历史的侦探小说（在时间方面，也许又不仅在时间方面）是威尔基·科林斯的《月亮宝石》（一八六八年）。它同时也是一部好的心理小说。布莱克的所有作品都非常忠于这一传统，没有让读者感觉沉闷得透不过气来：没有陷入复杂事件的时刻表和一幅幅平面图这类令人厌恶的描述中。

关于《走兽该死》这本书的最后几页，我读到尼古拉斯·布莱克被人们和多萝西·塞耶斯小姐及阿加莎·克里斯蒂夫人相比较。对那些怀着好奇心寻找相似之处的善良愿望，我不想发表不同意见，也不谈其女权主义，但我认为这种相似是令人泄气和具有污蔑性的。要是我，便会把他同理查德·赫尔、米尔沃德·肯尼迪，或者同安东尼·伯克莱相比较。

徐尚志　译　屠孟超　校

389

一九三八年七月八日

哈罗德·尼科尔森[*]

哈罗德·尼科尔森[1]是英国驻波斯公使的儿子。一八
六六年出生于德黑兰市，有着英国和爱尔兰望族的血统。他
的童年分别在波斯、匈牙利、保加利亚和摩洛哥度过。他
先在惠灵顿学院，后到牛津大学就读。一九〇九年他在外
交部任职，一九一〇年被派往马德里的英国大使馆工作，
一九一一年又去君士坦丁堡。一年后，他与薇塔·萨克维
尔·韦斯特结婚。尼科尔森谈及她时说："她的作品不管明看
还是暗看，都比我的强。"一九一九年哈罗德·尼科尔森作
为英国代表团成员参加和平会议，利用自己在巴黎逗留的机
会，慢慢地收集魏尔兰的资料。一九二五年，外交工作的偶

然性又使他回到出生的城市——德黑兰，一九二九年又到了柏林。同年，他放弃了外交工作，有条不紊地投入了文学创作。一九二一年，发表了他的第一部著作《保尔·魏尔兰》。一九二三年发表了关于丁尼生的评论文章。一九二五年，又发表了最谦逊的自传《某些人》。他在介绍自己时，把自己分成九个连续的人物，都是一些小人物。哈罗德·尼科尔森对一个请求他发表一些看法的美国记者这样说："我住在周围是苹果园的一幢十四世纪的住宅中。我网球打得不好，我的服装和我的年龄相比要年轻一些。我喜欢绘画，但讨厌音乐。我对美国人感兴趣，但从来没有在美国生活过。我想美国有两个不容争辩的优点，它的建筑和阿奇博尔德·麦克利什先生，他是个很好的诗人。休·沃尔波尔[2]跟我说你们是很聪明的，特别是在波士顿。"

尼科尔森写的评传有：《保尔·魏尔兰》（一九二一年）、《丁尼生》（一九二三年）、《拜伦》（一九二四年）、《斯温伯

---

* 此篇及以下两篇初刊于 1938 年 7 月 8 日《家庭》杂志。

1 Harold Nicolson（1886—1968），英国文学家、外交家。

2 Hugh Walpole（1884—1941），英国小说家、评论家和戏剧家。

恩》（一九二六年）等，这些或许是他最值得留念的作品，这些作品有英国传记的特性：严谨缜密，又充分地揭示了传主的特点。

尼科尔森其他的著作有：小说《甜水》（一九二一年）、《英国传记的演变》（一九二八年）、《一位外交家的画像》（一九三一年）。最后这一部作品是他父亲的传记。

徐尚志　译　屠孟超　校

埃·坦·贝尔《数学家》

数学史（此书写的就是数学史，而不是别的事，尽管书的作者不愿这样做）有无法挽救的缺陷：事件时间上的顺序不符合自然的逻辑顺序。在好多情况下，对各要素的明确定义下在最后，实践先于理论，先驱者感性冲动的行动由于世俗的原因较之现代人的行动更难理解。我举一个例子：我知道很多亚历山大的丢番图[1]从不怀疑的数学上的真理。但是，我并不很懂得数学，所以，难以对他的书作出评价（这有点像那些令人茫然的形而上学历史基础课，为了向听众讲解什么是唯心主义，得先向他们介绍无法理解的柏拉图的理论，而几乎到最后才向他们讲解清晰的贝克莱的系统，它从历史的观点看是居后的，但从逻辑上说则是在前面了）。

前面说了那么多，意思是阅读这本极为有趣的著作需要一定的知识，哪怕是一些笼统的基本知识。从根本上说，这部作品不适合于数学，它是一部欧洲数学家的历史，从埃利亚的芝诺直至康托尔。把这两个人联起来不是没有奥秘的。他们被分开已有二十三个世纪了。但是一种同样的困惑既给他们带来了困倦，也给他们带来了荣誉。可以这样认为，康托尔那些奇异的数学能以某种方式被用来解开芝诺数学上的疑团。出现在这卷书中的其他名字有：毕达哥拉斯不怀好意地发现了数学上的不可通约数；阿基米德是"以沙计数"的发明人；笛卡儿是几何代数学家；斯宾诺莎不走运地把欧几里得的语言用于形而上学；高斯[2]"在会说话之前就会计算"；彭赛列[3]发现了圆上的无穷远点；布尔[4]是数理逻辑专家；黎曼[5]是使康德的天地黯然失色的人。

---

1 Diophantus of Alexandria（约201—约285），希腊数学家、代数学的创始人之一。

2 Johann Carl Friedrich Gauss（1777—1855），德国天文学家、数学家。

3 Jean-Victor Poncelet（1788—1867），法国数学家、将军。

4 George Boole（1815—1864），英国数学家、逻辑学家。

5 Bernhard Riemann（1826—1866），德国数学家。

（奇怪的是这本载有大量奇异消息的书没有谈及中国的《易经》,《易经》中的八卦图向莱布尼茨揭示了二进制算数。在十进制中,十个符号足够代表任何数量;而在二进制中,则只有两个符号:一和零,基数不是十个,而是两个。一、二、三、四、五、六、七、八、九分别写成 1、10、11、100、101、110、111、1 000 和 1 001。照这种二进制的规则,对任一数加一个零就是乘以二倍,例如,三写成 11,六是三的两倍,写成 110,十二是三的四倍,写成 1 100。）

徐尚志　译　屠孟超　校

约翰·斯坦贝克*《人鼠之间》

    粗野也可以是文学的一个特点。据称，十九世纪的美国人是不具有这种优点的，不管怎么说，反正他们没有这个特点（我们则不是这样。我们有阿斯卡苏比上校的《雷法罗萨》、埃斯特万·埃切维里亚的《屠场》、《马丁·菲耶罗》中杀害黑人的场面和爱德华多·古铁雷斯大力安排的单调而凶残的场景）。我刚才说，美国文学不擅长写粗野。在约翰·梅西《美国文学的精神》中的开头一章，这种说法得到证实："我们的文学是理想主义的、精美的、软弱无力的、甜蜜的……历经巨川大河、惊涛骇浪的尤利西斯在把玩日本图片方面是专家。独立战争中的老战士成功地与玛丽·科雷利小姐较量。沙漠中皮肤晒黑的征服者开始歌唱，在他的歌词中有一朵玫瑰花和一个小花园。"

这种欢快的变异起自一九一二年，说真的，这在当时是符合时代潮流的，而现在则完全过时了。在不到三十年的时间里，一切都已改变了。可以肯定地说，现实主义从来没有像现在这样深刻、这样细致地存在于美利坚合众国——以前委婉地加以姑息的、被热爱的祖国。这种情况从来没有过，无论是在对自己吵吵嚷嚷的理论比对现实更感兴趣的十九世纪勤奋的自然主义者中间，还是在长期地被新教或政治目的所引诱的俄罗斯人中间，都没有过。

《人鼠之间》（这本书和詹姆斯·凯恩[1]的《邮差总按两次铃》相比，略微显得不那么粗野）是它那一类粗野作品中的代表作，它简短明了，能一口气读下去，没有像爱伦·坡说的那种打破作品连贯性的停顿。粗野也有感人之处。因此，《人鼠之间》既粗野，又动人，这两者之间没有矛盾。

徐尚志　译　屠孟超　校

---

* John Steinbeck（1902—1968），美国小说家，1962 年获诺贝尔文学奖。
1 James Cain（1892—1977），美国小说家。

一九三八年七月二十二日

伦哈特·弗兰克 [*]

伦哈特·弗兰克一八八二年出生于维尔茨堡。父亲是木匠，自幼家境贫寒。十三岁去工厂干活谋生。之后，在一家医院的实验室当助手。后来又当过医生的司机。在从事文学创作之前，曾画过画，但无建树。

他的第一部小说《一伙强盗》发表于一九一四年，写十几个孩子在柏林想重复某些海盗在远西和大海上的命运的故事。一九一六年，发表了《缘由》，写一个人在几年后杀死他的老师的故事。一九一八年，又发表了《人是善良的》，这部书也许是他作品中最著名的，里面有一系列反对战争的描述，是自发性的象征主义，书中人物较多典型性，较少具体的个性。在革命的影响下，他写了长篇小说《公民》（一九二四年），这部作品因此更像寓言故事，写作手法像拍电影一样，不同的场面同时铺开，但比电影略逊一筹。《在最后一节车厢里》（一九二六年）写一些由于注定要死而结为兄弟的人的故事，他们一旦得救，就反目为仇。同年，发表中篇小说《卡尔和安娜》，为著名电影《回家》提供了素材。三年之后，发表了《兄弟和姊妹》，这是一部悲剧性的小说。他最后一部作品《梦中的伴侣》一九三六年在荷兰发表。

弗兰克奔波于法国北部、瑞士和英国之后，定居在巴黎至今。

徐尚志　译　屠孟超　校

---

* 此篇及下篇初刊于1938年7月22日《家庭》杂志。

西·埃·米·约德
《道德和政治哲学入门》

　　报纸的读者和当今求知若渴的读者见到这本书抽象而又冗长的书名就可能被吓跑。我可以向他们担保，他们的害怕没有道理。相反，我们倒是可以指责这本书，在它光亮的八百页中间，不是没有现实性，说得确切一点，是现实性太多了。这部书在一九三七年写成不是徒劳的。在这些书页中无政府主义无容身之地；黑格尔学派的施蒂纳[1]没有出现，而只有黑格尔学派的卡尔·马克思出现了。有几章揭示和讨论了社会主义。但是，傅立叶、欧文·里卡尔多和圣西门的名字却都被作者搁置在一边。作者（他是民主主义者）微笑着以公正阐明了法西斯主义和共产主义的理论。

共产主义本质上是理性的，法西斯主义是感性的。一个好的马克思主义者应该信奉历史的辩证运动，相信客观环境的巨大影响和阶级斗争的不可避免性，相信这种斗争的经济根源和从资本主义到共产主义的暴力过渡，以及个人的微不足道和群众的伟大意义（顺便说一说，可以认为，迄今为止还没有产生共产主义的艺术；对于苏联电影来说，革命不是天定之事，而是受虐待的无产阶级天使反对资本主义大腹便便的妖魔的斗争）。法西斯主义更确切地说是灵魂所处的状态。事实上，它只要求它的信徒们夸大每个人都隐隐地具有的那种爱国的和宗族的偏见。约德完全有理由把卡莱尔说成是第一位法西斯主义的理论家。卡莱尔在一八四三年写道，民主是对没有找到统治人民的英雄的绝望和对没有英雄后的生活的顺从。两者（谁也不会不知道）同样地厌恶民主。

另一个共同点是对首领们的崇拜。约德收集了一些有趣的例子："一份莫斯科官方报纸叹息道：生活在斯大林时代，

* Max Stirner（1806—1856），德国哲学家。

在斯大林宪法的阳光照耀下，多么幸福！"在柏林，《工人十诫》写道："每天早晨我们向元首[1]致敬，每天晚上向他致谢，感谢他正式向我们传达了他生命的意愿。"这已不是奉承，而是幻术。

徐尚志　译　屠孟超　校

1　指希特勒。

阿瑟·梅琴[*]

记者约翰·冈瑟[1]说："梅琴[2]像戴维·劳埃德·乔治[3]，像斯芬克斯，像本达的未来面罩，像乔治·华盛顿，像潘神，像威廉·詹宁斯·布赖恩[4]，也像阿瑟·梅琴自己。一头乱蓬蓬的头发，又密又白，蓝色的眼睛显出疲惫不堪的样子，像蜡一样的一双手保养得很好……身穿披风，横穿下着雨的伦敦街道，软帽压在脑壳顶上，活像一只漂浮在海浪尖上的鸟儿。"

阿瑟·梅琴一八六三年出生于卡利恩一个很古老的乡村。卡利恩的罗马名字是"神圣军团"，那儿保留着亚瑟王的神话。他是一位威尔士教士的独生子。古罗马保留到今天的废墟、森林中凯尔特族人的阴影以及他父亲杂乱无章的图书馆，对他孤独的童年以及他的整个一生都产生了影响。他的生平在他的著作中说得很清楚，特别在《遥远的事物》（一九二二年）和《近和远的事物》（一九二三年）中说得明白无误。在《梦中之山》（一九〇七年）中又有一些补充。十六岁时，他发表了第一首诗，是关于埃莱夫西斯秘仪的。这首年轻时发表的诗，作者只留下了一份，没有向任何人展示过，但是它的题材（神灵或魔鬼的起源）几乎也是他所有作品的题材。十九岁时他去了伦敦，在那个城市西北郊"不透明的迷宫"中，他重读了另一个孤独者德·昆西光辉的自白。他勤奋地撰写了第一本书《烟草的剖析》。一八八七年出版了昂古莱姆的玛格丽特[5]的《七日谈》的英译本。一八九五年，发表了鬼怪故事集《三个冒牌货》。一九〇二年，又发表了美学研究论文集《象形文字》。一九〇三年，他在一个莎士比亚剧团当演员。

*　此篇及以下两篇初刊于 1938 年 8 月 5 日《家庭》杂志。
1　John Gunther（1901—1970），英国记者、作家。
2　Arthur Maehen（1863—1947），威尔士小说家。
3　David Lloyd George（1853—1940），英国政治家。
4　William Jenning Bryan（1860—1925），美国政治家。
5　Marguerite d'Angoulême（1492—1549），法国贵妇，那瓦尔的亨利二世的王后。

一九一四年任《晚间新闻》记者。《伟大的回归》（一九一五年）也许是他最著名的作品。《恐惧》（一九一七年）是一部写得较好的合情合理的神怪小说，手法同威尔斯的有些相似。

评论家为梅琴某些作品的寓意不明而遗憾。他们把这种现象归因于神怪方面的东西写得太乱了。可是，我却认为那是一个错误。在梅琴的书中，关于罪孽的观念是最基本的。他认为罪孽与其说是对神圣法律的自愿违犯，倒不如说是灵魂令人厌恶的状态。他人物孤独的原因就在这里，这也是为什么他们只是受到罪恶的单纯诱惑，却没有干具体的坏事。

他著作甚丰。我以为《灵魂之家》（一九〇六年）也许是其中写得最好的，尤其是题为《白人》的那则故事。

徐尚志　译　屠孟超　校

路易斯·昂特迈耶《海因里希·海涅》

还没有一位犹太文人为海涅的盛名著书立说，这是一个学术题材。如果我们认为海涅（他与莎士比亚或者塞万提斯不同）是故意地发掘他生活中讽刺－伤感的成分，并对他的作品说了结论性的话语，那么，困难就更大了。对于传记作家来说，难处就在这里：自己要说的话却不断地被他们所要解释的传主先说了……美国犹太诗人路易斯·昂特迈耶（《被烘烤的海怪》的作者）在纽约发表了海涅的评传。不幸的是，他还不甘心充当对不朽的东西进行重复的不光彩角色，他寻求独创性。唉！他在弗洛伊德大量使用的专门术语方面找到了独创性。众多例子之一是：在他的书页中，他写道："一八二八年，年轻的海涅怀着矛盾的心情，在汉堡街头游荡。"这应该是一个难忘的情景。

海涅挽救了这本书，如同他挽救过其他一些写他的书一样。海涅的为人比他的声誉还要高尚。关于他的诗作，人们一般只是记得《抒情插曲》中最激动人心的篇章。这种偏爱是不公正的，因为人们不应该忘却其他无与伦比的作品，如《希伯来调》、《德国，一个冬天的童话》、《历史曲》和《比米尼曲》，（我有必要提醒一下，《希伯来调》最好的西班牙语译本是阿根廷诗人卡洛斯·格伦伯格翻译的吗？）海涅在这本书中有不少妙语，我抄录几则如下：

"在巴黎的德国人要预防思乡病。"

"读着令人厌烦至极的书，我睡着了。紧接着我做了梦，梦中还在阅读，厌倦使我醒了过来。就这样，反复了三四次。"

他对一位朋友说："您会发现我有点愚蠢，某某人刚刚来看过我，我们交换了想法。"

"我还没有读过奥芬贝格的书，但是我猜想他应该像阿兰古，至于后者的作品，我也没有阅读过。"

徐尚志　译　屠孟超　校

施耐庵《水浒传》

很显然，政治事件会影响到一个国家的文学。不可预见的是那种特殊效果。在十三世纪初，中华帝国受蒙古人的践踏，这整个过程持续了五十年，毁坏了上百座著名的城市。其结果之一是在中国文学中出现了戏剧和小说。在那个时期，出现了写拦路打劫者的著名小说《水浒传》。七个世纪后，日耳曼帝国被专制所统治：这个强大的帝国统治的间接结果之一是用德语写的原创作品的衰落和随之而来的翻译作品的高潮。于是，《水浒传》被译成德语。

弗兰茨·库恩博士（他的《红楼梦》译本，我已在本专栏中作了评论）成功地履行了他的艰难使命。为了使他的读者轻松些，他把原著分成十小册，并且将每章冠以耸人听闻的名字：《寺院第四戒律》、《赤发鬼》、《铁孩儿》、《打虎历险》、《神奇武士》、《木鱼》、《不同的兄弟俩》和《号角声、口哨声、红旗》。在结束语中，他强调了两点：施耐庵作品的内在价值以及汉学家们对作品表示的一种暗暗的轻蔑。这第二点也许是不确实的。不久，翟理思所写的流传极广的《中国文学史》（一九〇一年）用了一页的篇幅来写这个故事……第一点是毫无疑问的。这部十三世纪的"流浪汉体小说"并不比十七世纪西班牙的同类小说逊色，而在有些方面还超过了它们。例如，它完全没有说教，有时情节的展开像史诗般广阔（有围困山寨和城市的场面），以及对超自然和魔幻方面的描写令人信服。最后的这个特点使这部小说和所有这一类小说中最古老、最优秀的作品——阿普列乌斯的《金驴记》——相接近。

作品中有六十幅原书插图，很精美，是木刻的。欧洲的版画家惯于夸大事物粗犷的一面，东方版画家（包括古代的）则倾向于消除粗犷的成分。

徐尚志　译　屠孟超　校

一九三八年八月十九日

西奥多·德莱塞[*]

　　德莱塞拥有坚硬、硕大的头颅。他的头颅可以同锁在高加索山上度过痛苦一生的普罗米修斯相媲美。无情的岁月将其与高加索山融为一体，使其变得如同岩石般坚硬，并使其终身受尽苦难。德莱塞的作品酷似他忧郁的面孔，粗犷得像高山、大漠，且互不关联。

　　一八七一年八月二十七日，西奥多·德莱塞出生于印第安纳州一个天主教徒家庭，从小就受尽苦难。同许多美国人的命运一样，在萨米恩托、埃尔南德斯和阿斯卡苏比笔下的国家里，德莱塞年轻时就从事过各种职业。一八八七年前后，他来到后来疤面煞星阿尔·卡彭机枪威慑下的芝加哥。当时，

410

人们聚集在酒吧里无休止地讨论被政府宣判绞刑的七位无政府主义者的悲惨命运。一八八九年，他突然萌发了当记者的想法，开始锲而不舍地写作，并在一八九二年加盟《芝加哥环球报》。一八八四年，他去了纽约，在四年的时间里一直主持一本名为《每月》的音乐杂志。其间，他阅读了斯宾塞的《第一原理》，痛苦但真诚地放弃了他父母的信念。一八九八年，他与一位来自圣路易斯的"美丽、虔诚、爱思索和读书"的姑娘结婚。但婚姻并不幸福。"我无法忍受她的形影不离，于是请求她还给我自由。她同意了。"

西奥多·德莱塞的第一部小说《嘉莉妹妹》发表于一九〇〇年。有人指出，德莱塞总是遇上敌人。《嘉莉妹妹》刚一发表，出版商便拒绝出售。此举在当时是灾难性的，但对他日后的名声大振却是极为有利的。在度过默默无闻的十年后，他发表了《珍妮姑娘》。一九一二年，《金融家》问世。一九一三年，发表自传《一个四十岁的旅人》，一九一四年发表《巨人》，一九一五年发表曾一度被列为禁书的《天才》，

---

* 此篇及下两篇初刊于 1938 年 8 月 19 日《家庭》杂志。

一九二二年发表另一部自传体作品《谈我自己》。一九二五年出版的《美国的悲剧》曾在一些州被查禁，但后来被搬上银幕，在全世界广为流传。

"为了更好地理解美国"，他于一九二八年去了苏联。一九三〇年，他发表了一部"神秘、神奇、对生命充满恐惧的书"和一部"现实主义和超现实主义"的剧本集。

许多年前，他就提倡在自己的国家里培育一种绝望的文学。

徐少军　王小方　译

紫式部《源氏物语》

　　出版商怀着虔诚的心情发表了东方学家阿瑟·威利[1]翻译的紫式部的《源氏物语》。这个译本只有一集，不是昂贵而又不可及的六集。这是一部经典之作，笔锋流畅而又神奇。威利更注重小说中人物的激情，而不是异国情调（多么可憎的字眼）。这种注重无疑是正确的。紫式部的作品完全称得上是心理小说。日本第二位皇后手下的一位贵妇人在一千多年前就写成这部小说，而欧洲直到十九世纪以前还无法读懂它。这不等于说，紫式部的巨著比菲尔丁或塞万提斯的作品更深刻、更"好"，或更值得纪念，而是说，紫式部的作品更复杂，描写的文化更精致。换句话说，我不敢肯定紫式部拥有塞万提斯的才智，但我敢肯定，只有感情更细腻的读者才能倾听紫式部的心声。在《堂吉诃德》里，塞万提斯局限于将白天与黑夜区别开。而紫式部可以站在窗前望见"雪花飞舞后面的繁星"（见第十卷《梦桥》）。在前面一段，她提到一座潮湿的长桥，在雾霭中"显得那样深远"。也许第一种描写是难以置信的，但两种描写都有神奇的效果。

我列举了两个具有视觉效果的描写。现在还想强调一段具有心理效果的描写。一位妇人站在幕帘后面，看见一个男人走进来。紫式部写道："尽管她十分肯定地知道，他看不见她，但她还是下意识地梳理了一下头发。"

显而易见的是，仅举两三个例子无法展示这部长达五十四卷的小说的深度。我愿向所有阅读这段文字的读者推荐这部小说。促使我写下这一小段力不从心的笔记的英语译本题为《源氏的故事》，去年又被译成德语（《源氏公主的故事》，由岛屿出版社出版）。法文译本是对前九卷的翻译（《源氏的爱情故事》，由普隆出版社于一九二八年出版）。麦克·勒翁的《日本文学史》中也收集了一些片段。

徐少军　王小方　译

1　Arthur Waley（1889—1966），英国学者、翻译家，精通汉语、日语、西班牙语等语种。

安东尼·伯克莱《永远抓不到的人》

由于没有一般作品具有的趣味，侦探小说也许只写如何破案。它可以没有冒险，没有景色，没有对话，甚至没有人物个性。它只提出悬念，然后将悬念化解。埃德加·爱伦·坡于一八四二年发表的侦探故事——《玛丽·罗热的秘密》就是最好的例子，它只讨论了一宗凶杀案。马·菲·希尔由三个系列故事组成的《扎列斯基亲王》重复了这一苏格拉底问答法。但是，侦探小说还应该具备一些其他东西，除非作者不想让人去读它。一个可悲的例子就是不知何故能名声大噪的弗·威·克劳夫兹。他的所谓纯侦探小说《谜桶》没有人物个性、没有景物、没有生动的语言，只有时间表和令人费解的事件的堆砌。

安东尼·伯克莱在他早年发表的一部小说的题献中写道，

侦探小说的技巧也许已被耗尽，以后应该采用心理小说的手法。顺便要指出的是，这种说法毫无新意。威尔基·科林斯的《白衣女人》（一八六〇年）和《月亮宝石》（一八六八年）就是狄更斯式的心理小说。

作为侦探小说，《永远抓不到的人》不应受到多少重视。作者提出的悬念没有多少意思，悬念的破解比悬念重要得多。悬念和悬念的破解不及小说中的人物和景物来得生动。这部作品有二百五十多页。在第二百二十七页，作者仿照奎因的做法，让读者判断谁是凶手，以及凶杀是如何发生的。我要公开承认，我没能成功。我还要承认，我对小说中的悬念也不感兴趣，那是作者关心的问题。

《永远抓不到的人》描写的是一宗毒杀案。一种毒药可以令人死亡，而下毒者又远离现场。按照我的意见，这种简单的情节简直都不能算是侦探小说。如果作案工具是一把匕首或枪，那么作案的时间是明确的。但如果作案工具是毒药，作案的时间就会被拖长，变得模糊不清。

徐少军　王小方　译

一九三八年九月二日

埃德纳·菲伯[*]

埃德纳·菲伯诸多的小说是美国的神话故事和令人亲切的史歌。她的每部小说都发生在不同的地区和时代。她笔下的英雄都十分伟大，都在历尽千辛万苦之后赢得幸福。但在今天看来，这种英雄行为不过是打破常规的丑闻。

埃德纳·菲伯于一八八七年八月诞生在密歇根州的卡拉马索。母亲是美国人，父亲是匈牙利人，两个人都是犹太人。同许多美国作家一样，她也是先搞新闻，后攻文学。二十三岁那年，她发表了第一部作品《丑陋的女英雄》。之后，她用整整一年时间写了一部长篇小说，但文稿被她扔进字纸篓里，是她的母亲将其保存了下来。一九一一年在纽约出版了《道恩·奥哈拉》。随后发表的作品有：《埃玛·麦克切斯尼及其同伙》（一九一五年）、《可笑的自己》（一九一七年）、《姑娘们》（一九二一年）、《如此之大》（一九二四年）、《演艺船》（一九二六年）、《壮志千秋》（一九三〇年）和《美国美人》（一九三三年）。

《如此之大》、《演艺船》和《壮志千秋》已被搬上银幕。第一部小说讲述的是一位母亲和她儿子之间的爱与友谊；第二部小说叙述的是乘坐汽船航行在密西西比河上的两位悲剧演员的故事；而最后一部小说描写的是发生在俄克拉何马的英雄故事。

她还著有一些喜剧和短篇小说。

埃德纳·菲伯说过："我的愿望就是坐在芝加哥市中心麦迪逊大街和国家大道拐角的一张藤椅上，看着人来人往，在美好的心情中慢慢走向衰老。"

徐少军　王小方　译

---

* 此篇及以下两篇初刊于 1938 年 9 月 2 日《家庭》杂志。

邓萨尼勋爵《闪闪发光的大门》

　　这部描写军人和猎人形象的作品实际上是邓萨尼勋爵的自传。这是一部有意避开忏悔的自传。这种躲避不是错误。有的自传体作者毫不留情地剖析自己的隐私，而我们对这种隐私躲之唯恐不及。有的作者即便在描写日落或提及一只老虎时，都会不由自主地展现自己伟大的心灵。第一种作者的代表可以是弗兰克·哈里斯和乔治·穆尔等。第二种作者有……邓萨尼勋爵还喜欢运用迂回的手法。糟糕的是，这种手法在他用来并不总是奏效。

　　我们只要看看《一个梦想者的故事》中的随便哪一篇（比如，描写被黑社会永远埋葬在泰晤士河的淤泥中的男人的故事，描写沙流的故事，描写被那些在伟大的未来战斗中死去的人搅得不得安宁的村庄的故事），就能发现，邓萨尼勋爵不乏想象力。但是，我以为，他错误地认为自己创造了"苍天、大地、国王、平民和习俗"。我还以为，他的创造不过是使用了模糊不清的东方氛围中特有的名字而已。这些名字比起威廉·布莱克宇宙起源学中令人作呕的名字稍胜一筹，但想要分享格洛姆、姆罗、贝尔松、贝尔东达里斯、戈尔努斯和基弗的命名者的喜悦，抑或明白他为何后悔没有写《巴达林，一座神奇的城市》而是写了《巴布尔昆德，一座神奇的城市》，也不是那么容易。

下面我抄录第三十三章中描写撒哈拉大沙漠的一段文字：

出了车站后，我抬起左手看表。但举起左手的瞬间，我突然懂得，时间对我来说已经变得没有意义。我没有看表便放下左手，走进大沙漠。时间对于火车十分重要，但在大沙漠，只有日出和日落。正午时分，所有的动物都在休憩。日光照耀下，一动不动的羚羊群依稀可见。

在这部零散但读来令人惬意的作品里，邓萨尼勋爵谈到手表、羚羊、剑、月亮、天使和百万富翁。天地万物，样样提及，唯独没有谈到文学家。对这个重要遗漏，可以有两个解释：第一个出自小人之心，那就是文学家从不谈论他；第二个则比较真实，那就是英国的文学家如同城市建筑师一样是可以避而不谈的。

徐少军　王小方　译

赫·乔·威尔斯《剑津访修会》

　　牛津大学和剑桥大学都十分自豪地称自己是英国最古老的高等学府。吉本在十八世纪末举行的一场辩论中说，他不知道哪座院校更古老，但他清楚，两座院校都将衰败和创伤暴露无遗。

　　在这部书里，威尔斯证实了这一判断。确实，在跋中，他写道，故事中的人物和地点都是虚构的。但剑津来自剑桥和牛津却是真的，它是两座大学的标准型。嘲讽的手法十分巧妙。故事描写的是一个幽灵般的声音。这声音谦恭，却无所不在，既潜入教学活动，也深入教授忧郁的心灵深处。

　　作者用娴熟的笔法令我们相信，那声音不是虚幻的。在第二章，一位文学教授遇到梦魇的困扰。梦魇是"声音"的杰作。"声音"将其唤醒，并在黑暗中与其娓娓交谈。在第五章，威尔斯提及假冒"声音"的两三次出现，并解释拒绝与这假冒声音交谈的种种理由。作者的技巧极其奏效。

七十页长的《剑津访修会》令人赏心悦目。有的人物很值得称赞。比如一位崇拜托·斯·艾略特的人物。"对他来说，文学的首要因素就是自负、暴怒和黑暗。"

这部作品的主要缺陷（如果有缺陷的话）是，"声音"的超自然特征同作者赋予它的轻浮显得不和谐。

谁能证明那幽灵般的、诲人不倦的声音不就是赫·乔·威尔斯呢？他的掩饰并非天衣无缝，在《登月第一人》和《普拉特纳的故事》中也能觅到痕迹。

徐少军　王小方　译

一九三八年九月十六日

约·博·普里斯特利
《最后审判日之人》*

这部作品的前几章是对大名鼎鼎的斯蒂文森拙劣的模仿（斯氏著有《自杀俱乐部》和《胡安·尼科尔森的厄运》）；后几章则是受到无所不能的、可以宣判生死的好莱坞的影响。前三章揭示了三个不同的秘密，一个发生在法国南部，一个发生在伦敦，还有一个发生在加利福尼亚。第四章讲述的是，这三个秘密是一个核心秘密的不同侧面。为了揭示核心秘密，就需要阅读后六章。用世俗的观点来看，小说没有什么出人意料之处。情节的发展有着太多"具有神力"的巧合。任何一个文学家都可以同样公允地指责这部小说令人失望地缺乏出人意料之处。作品不乏"惊奇"，但所有的惊奇都能预见。更糟糕的是，这些惊奇编得相当蹩脚。对于习惯或硬着头皮阅读这类作品的人来说，真正令人称奇的是，惊奇从未发生……我前面提到好莱坞。这是有用意的。《最后审判日之人》表明了约翰·博因顿·普里斯特利对那座追名逐利之城的向往。女英雄安德烈娅·马科·迈克尔分明就是罗萨琳德·拉塞尔，乔治·胡克就是加里·库珀，马尔科姆是莱斯利·霍华德。电影的特征俯拾即是。小说中的坏人比好人更有趣，但作者对此毫不知情，或故作不知。作者杜撰出一个帮派，叫最后审判会。这个帮派不传教，却纠缠于一连串的爱情之中。令人难以置信的是，一位小姐居然能比异教创始人更让帮派感兴趣。

我重读上面这些文字时，并不觉得自己有失公允。尽管如此，一个无可争辩的事实是，小说生动活泼，引人入胜。读完六七页后，读者可能并不看好这部作品，却会爱不释手。

我想简单地抄录下第六章中的一段："这是一个光芒四

---

* 　此篇及下篇初刊于 1938 年 9 月 16 日《家庭》杂志。

射、但前晚的寒冷犹存的早晨，如同新匕首般清洁、光亮。大漠像是刚刚形成，一切都显得那么遥远。空气好像比泥土还要清新，没有重量，也没有年纪，任何事都未曾发生过。历史还没有将人类的躁动所产生的流言蜚语注入其中。受爱情所展示的伟大前景驱使，马尔科姆感到自己消失在粗犷的黄色大漠和友好、魔术般的空气之中。"

徐少军　　王小方　译

426

弗兰克·斯温纳顿
《乔治王时代英国文选》

　　受汉萨同盟[1]的"信天翁"和一小群土生土长的"企鹅"、"大嘴鸟"和"白鹈鹕"的威胁,"人人文库"作出一个虽然迟到但却严肃的决定,即决定实现现代化。把阿瑟·爱丁顿的作品同格林故事集,把尊敬的比德的著作同阿道司·赫胥黎的作品放在同一个书架上。遵照这个愿望,文库出版了斯温纳顿的著作。这本书涵盖了近三十年来的英国文学,临时补充了安德鲁·兰和乔治·圣茨伯里编纂的英国文学史。写这个题目绝非易事,因为我们知道,英国文学不是各学派而是众多个人之间的辩论。法国文学家(南美和西班牙文学家也是如此)服从、修正或突出其传统,而英国文学家则是一些很少关心自己是否正统或异端的个人主义者。法国文学史家要做的事情是给终生都在为自己定位的作家作定论，而英国文学史家则要创造或检验以前的分类。

庆幸的是，弗兰克·斯温纳顿更注重人本身，而不是人的分类。不过，他有时也会贪图省事，例如，同时评论切斯特顿和贝洛克。这两个人有着本质的区别，只在某些政见和宗教见解上有一定的相似性。有时也有随意性，比如，他只字不提梅琴和邓萨尼，但却用整章篇幅竭力赞美多萝西·塞耶斯和埃德加·华莱士。我还发现一些小的错误（包括极端的认识）。但总的来说，这部作品文字干净、流畅、不偏不倚，且可读性极强。

《乔治王时代英国文选》介绍了不少轶闻和有特点的细节，比如，第三百一十一页说，阿道司·赫胥黎去加利福尼亚避暑或旅行时，总要带上二十四卷《大不列颠百科全书》。

徐少军　王小方　译

---

1 中世纪北欧诸国城市结成的商业、政治同盟，此处借喻欧美出版商之间的合作与竞争。下文"信天翁"、"企鹅"、"大嘴鸟"、"白鹈鹕"和"人人文库"均为欧美大出版社的一些著名的经典文学丛书名。

伊登·菲尔波茨
《一个无耻之徒的画像》*

凶杀是英国文学的偏好，但不是英国社会生活的偏好。麦克白和乔纳斯·瞿述伟[1]、道林·格雷和巴斯克维尔的猎犬是这类偏好的杰出代表。就连英语中的"凶杀"一词也比西班牙语的"凶杀"来得更加震撼人心，而且许多书的标题都使用了这令人生畏的字眼：《谋杀是门艺术》、《莫格街谋杀案》、《争权夺利的凶杀案》、《大教堂凶杀案》……（最后这部不是阿加莎·克里斯蒂，而是托·斯·艾略特写的）。

菲尔波茨的《一个无耻之徒的画像》继承了这一令人羡慕的传统。它从一个富有且机智的罪犯的角度，极其平静地讲述了一桩罪行（确切地说，是一系列罪行）。这部小说同弗朗西斯·艾尔斯的作品以及伊登·菲尔波茨的另一部小说《给自己治病的医生》很相似。我发现，当读一本小说或看一部电影时，我们往往会认同第一个出现的人物。在这部残酷的书里，菲尔波茨利用了这条奇怪的心理定律，强迫我们同可恶的欧文·坦普勒－福琼友好相处。我们不可抗拒地成为他罪行的同谋者。

这部作品有两个缺点。一个小缺点是，对话并非不悦目，但过于繁多。另一个是，主要人物，甚至主人公的本质过于脸谱化。在书的结局篇里，主要人物似乎不应该仅仅是一个恶棍，应该比恶棍多一点什么。

我所做的批评可能过于绝对。尽管有一些缺憾，这部作品却获得了成功。这一不争的事实表明，伊登·菲尔波茨具有高超的写作技巧。

徐少军　王小方　译

---

* 此篇及下篇初刊于 1938 年 9 月 30 日《家庭》杂志。
1 狄更斯长篇小说《马丁·瞿述伟》的主人公。

约翰·汉普登《二十出独幕剧》

　　这个集子收了二十出由二十位不同作家写的独幕剧。第一出剧出自格雷戈里夫人之手，写于一九〇七年，讲述了一个催人泪下的爱国故事。最后一出写于一九三六年。诺拉·拉特克利夫描写了一场沉闷的妖魔夜间聚会。这个集子里几乎所有的剧都使人不得不怀疑，独幕剧是一个错误的剧种。二十出剧中，只有三出使我们感到满意，并令我们摆脱上面那个教人伤心的假设。这三出剧是：约·米·辛格的《骑马下海的人》、邓萨尼勋爵的《酒馆之夜》和斯莱德·史密斯的《不能进天堂的男人》（也许还包括戈登·博顿利博士的《古尔宾·桑茨》合唱剧）。

　　这几出剧的最大共同特点是什么？我敢肯定地说，是它们完全没有心理描写，平铺直叙、一目了然。这是三个短故事。邓萨尼勋爵的《酒馆之夜》效果最好，情节编排也最出色。三个水手在印度斯坦偷了一块红宝石。那是神的一只眼睛。返回英国之后，三位远方的神的守护者追杀过来，以惩罚亵渎神明的行为，并夺回红宝石。但水手布下陷阱，杀死了守护者。他们欣喜若狂，因为在世上再也没有人知道这个秘密了。他们喝得酩酊大醉，狂呼乱叫。突然，失去一只眼睛的神走进酒馆。伤残的神是来杀水手的（邓萨尼勋爵后来又写过一本书《约肯斯先生回忆非洲》——讲述的是被梦魇守护的绿松石的故事。有人夜晚把它偷走，天明又将其送回。这则故事的名字是《金神》）。

我提到的是集子中情节编排最好的一出剧。最糟糕的一出剧名叫《进步》，由爱尔兰人圣约翰·厄文写成。选编者汉普登在序言中竟对他大加赞扬。此外，他在序言中还严肃地谈到诺埃尔·考沃德的"聪明才智"。

徐少军　　王小方　译

432

两部幻想小说 *

雅克·施皮茨（曾在《地球的痛苦》中幻想美洲脱离地球，成为一个独立的星球）在他最新出版的作品《弹性人》中玩弄起侏儒和巨人来。在此之前，威尔斯、伏尔泰和乔纳森·斯威夫特都曾玩过人体测量游戏。这种游戏理所当然地十分出名，但也无甚意义。施皮茨的新奇之处在于富于变化。他想象，有一位生物学家——弗罗尔博士——发现了一种能将核子放大或变小的办法。这种发现可以改变生物，尤其是人类的体积。博士开始改造一个侏儒。后来，一场欧洲战争及时爆发，他的实验也得以扩大。国防部交给他七千人。弗罗尔没有把他们变成令人敬畏的庞然大物，而是变成四厘米高的小人。这些矮小的战士决定了法国的胜利。之后，人类开始选择不同的高度。有的只有几毫米高，有的则拖着长得吓人的影子。雅克·施皮茨在书中不无幽默地探讨了新人类的心理学、种族学和政治。

美国人威廉·乔伊斯·考恩的《有四条命的男人》的情节更为荒诞。一名英国上尉在一九一八年的战争中，四次杀死同一名德国上尉。他面貌一样，名字一样，戴的戒指也一样，金戒面上都有一座塔和一个独角兽的脑袋。就这样，作者引人得出一个解释：这个德国人是一个出土军人，他的影子可以战斗，并不止一次地为国捐躯。他在最后一页的结论亦十分荒诞：魔幻不如难以置信的解释。他写道，有四位兄弟，长着相同的面孔、相同的脑袋，有着相同的名字。这种同胞兄弟的混合，这种难以置信而又懦弱的相同体反复使我不寒而栗。我愿引用阿道夫·贝克尔的话："当我得知这些，我感到周体冰凉，那是一种钢片插进腹部

＊　此篇及以下三篇初刊于 1938 年 10 月 14 日《家庭》杂志。

的感觉……"

休·沃尔波尔比我冷静。他写道:"我不敢肯定考恩先生解决问题的办法的真实性。"

徐少军　王小方　译

一部悲剧性的英国小说

　　它的题目既甜蜜又刚硬，叫《布赖顿硬糖》（这是一种当地出的砂糖）。作者是格雷厄姆·格林。这是一部可以为之下许多定义的著作。任何一个定义都会显得苍白，但任何一个定义都具有一定的真实性。我们可以肯定地说，这是一部现实主义小说，如果我们不拿它与贝尼托·佩雷斯·加尔多斯相比，而是与海明威相比的话。我们可以肯定地说，这是一部心理小说，只要这奇怪的形容词不使我们想起法兰西学院的保尔·布尔热[1]，而是来自印度洋的约瑟夫·康德拉。我们还可以肯定地说，这是一部侦探小说，只要我们还记得，《罪与罚》和《麦克白》也是同一类的小说。我提及这些伟人的名字是因为，他们同格林的新作一样，逐步揭示了一宗凶杀案，并描写了负罪感所引起的恐惧和痛苦。这是人的负罪感，但不是悔恨。

当我们认为一部书可称得上巨著时，我们实际上也承认（或暗示），这是一部单调的作品。《布赖顿硬糖》把这个可悲的规律发挥得淋漓尽致。它有老虎般的力量，也有象棋才有的无穷变化。至于它可能会有的忠诚……故事发生在布赖顿郊区一个肮脏的地方，可悲的英雄人物是信奉天主教或犹太教的恶棍。一天清晨，他们在跑马场外大动干戈，酣战至死。读者也许会问，在英国会发生这样的事情吗？当我们注意到，这部令人绝望的作品实际上反映了美国对英国生活的影响，反映了一个美国人（也就是威廉·福克纳）对一个英国人的影响的话，答案自然是肯定的。《布赖顿硬糖》中可恶的英雄平基·布朗是《圣殿》中可恶的主人公"金鱼眼"绝妙的翻版。这一事实论证了本人的观点。

格雷厄姆·格林是福克纳的继承者（也是简化者），是四分五裂的欧洲的悲剧性诗人，是当今英国最为成功的小说家

---

1 Paul Bourget（1852—1935），法国作家、评论家。

之一。威廉·普洛美尔[1]写道："他写的对话十分巧妙，可以同海明威相媲美，而且比后者还要多姿多彩。他对景色的描写极其细腻，令人想起弗吉尼亚·吴尔夫。格雷厄姆·格林极具个性，是一位成熟的小说家。"

徐少军　王小方　译

1　William Plomer（1903—1973），英语作家，生于南非，著有《我说非洲》等。

对爱因斯坦理论的小结

关于阿尔伯特·爱因斯坦的两个理论[1]的著作令人颇为费解。读来较少吃力的也许是《相对论和鲁滨孙》。此文发表在《科技消息报》上，署名是 C.W. W.，根据此类文章的习惯，最令人满意的章节是关于四维空间的描述。

四维空间是由英国人亨利·莫尔[2]在十七世纪下半叶发明的。奇怪的是，这一发明源于形而上学，而不是几何学。支持四维空间几何学的人经常这样论证他们的观点：既然移动的点产生线，移动的线产生面，移动的面产生立方，那么，移动的立方为什么不会产生不可想象的形呢？诡辩仍然继续。一条再短的线，也有无穷的点；一个再简单的平方，也有无穷的线；一个再简单的立方，也有无穷的平方；一个四维体有无穷的立方。这个富有想象力的几何学是经过计算的。我们不知道是否存在四维体，但是我们知道，每个四维体有着八个立方、二十四个平方、三十二条交叉线、十六个点。所有的线受点的限制，所有的面受线的限制，所有的立方受面的限制，所有的四维体受立方的限制。

这还不是全部。在三维空间，高度，即圆圈中的一个点可以不触及任何边而脱离圆圈。在并不是想象的四维空间，一个关在囚室中的人可以不触及屋顶、地板或墙壁就离开囚室。

（在威尔斯的《普拉特纳的故事》中，一个人被扔进恐怖的世界里。从那里返回后，人们告诉他，他是个左撇子，心脏长在右边。在另一空间，比如在镜子里，也是如此。当手套翻转过来时，手也会翻转过来……）

徐少军　王小方　译

1　即狭义相对论和广义相对论。
2　Henry More（1614—1687），英国哲学家、神学家。

关于文学生活

　　爱尔兰最后一次内战期间，诗人奥利弗·戈加蒂被北爱尔兰人关在基尔代尔郡的巴罗河畔的一所大房子里。他明白，自己天一亮就会被枪毙。他借故来到花园，跳进冰冷的河水里。黑夜里立即枪声密布。在子弹横飞的河水中游泳时，他对一只天鹅说，如果天鹅把他救到河对岸，他就娶它为妻。河神听到这些话，便把他救了出来。他兑现了自己的诺言。

徐少军　王小方　译

一部英文版的世界上最古老的诗集 *

一九一六年前后，我决定从事东方文学的研究工作。当我怀着热情和虔诚攻读一位中国哲学家的英文版作品时，遇上这样一句话："豁出命的死囚不怕死。"译者在这里加了一个注，说他的译法比另一位汉学家（他的对手）要好："摔碎艺术品就不用评判它的好与坏。"从此，神秘的疑团浮上心头，我仿效保罗和弗朗西斯卡，再也不读这类书了。

每当命运让我面对中国或阿拉伯文学的经典著作的"忠实译本"时，我都会回想起那件痛苦的往事。现在，当我拿到《源氏物语》的译者阿瑟·威利——他的译作我在本专栏里也评论过——最近出版的译作《诗经》时，我又记起那件事情。据说，这些民间诗歌是公元前七世纪或八世纪时，由中国的士兵和农夫创作的。下面我翻译几段。我从押韵的抗议诗歌开始：

> 兵部大臣，我们乃是国王的爪牙。
>
> 为何要将我们置于水火之中，
>
> 永无出头之日？
>
> 兵部大臣，我们乃是国王的爪牙。
>
> 为何要将我们置于水火之中，
>
> 永无歇息之地？
>
> 兵部大臣，你真是暴戾乖张。
>
> 为何要将我们置于水火之中？
>
> 我们的母亲正啼饥号寒。[2]

---

* 此篇及以下两篇初刊于 1938 年 10 月 28 日《家庭》杂志。
2 这节诗歌译自《诗经·小雅·祈父》。原文为：
> 祈父，予王之爪牙。胡转予于恤？
> 靡所止居！
> 祈父，予王之爪士。胡转予于恤？
> 靡所底止！
> 祈父，亶不聪。胡转予于恤？
> 有母之尸饔！

下面，我翻译一段述说爱情哀怨的诗：

那天狂风大作，

你对我既看且笑；

但那神色不无嘲弄，

我心痛如绞。

那日沙暴横行，

你与我诚心相约；

可你并未如期来到，

我思绪万千。

狂风吹得昏天黑地，

白昼如同黑夜；

我辗转反侧，无法入睡，

欲火中烧。

忧伤的阴影，

伴随着轰鸣的雷声；

我辗转反侧，无法入睡，

欲死不能。[1]

　　下面是戴着面具的舞蹈家跳的舞：

　　独角兽的头颅！

　　大王的子民蜂拥而至。

　　啊，独角兽！

　　独角兽的前额！

　　大王的亲戚蜂拥而来。

　　啊，独角兽！

　　独角兽的触角！

1　这节诗歌译自《诗经·国风·终风》。原文为：
　　　终风且暴，顾我则笑。
　　　谑浪笑敖，中心是悼。
　　　终风且霾，惠然肯来。
　　　莫往莫来，悠悠我思。
　　　终风且曀，不日有曀。
　　　寤言不寐，愿言则嚏。
　　　曀曀其阴，虺虺其雷。
　　　寤言不寐，愿言则怀。

大王的子女蜂拥云集。

啊，独角兽！¹

徐少军　王小方　译

1　这节诗歌译自《诗经·国风·麟之趾》，原文为：
　　　麟之趾，振振公子，吁嗟麟兮！
　　　麟之定，振振公姓，吁嗟麟兮！
　　　麟之角，振振公族，吁嗟麟兮！

关于西班牙绘画的两本书

　　一本书是保罗·雅莫编著的《西班牙绘画》，叙述了西班牙从居住在阿尔塔米拉石窟里的猎人或巫师到马里亚诺·何塞·福图尼辉煌但又单调的艺术时代。另一本书由雷蒙德·埃绍利耶编著，名叫《格列柯》，描写了塞奥托科普利[1]各个时期的杰出艺术。两本书，尤其是第一本，都有精彩的插图。两本书用各自不同的方式，表现出同样的归纳热忱。有时，它们更注重绘画本身，而不是绘画技巧。它们研究西班牙绘画，但只从西班牙的理论出发。保罗·雅莫先生在他的书的开篇写道：西班牙"有着不可战胜的活力和对死亡英雄式的鄙视。需要指出的是，在艺术领域，自然主义和神秘主义先天性地结合在一起"。他用这种有争议的论断来解释里维拉、莫拉莱斯、苏巴朗、巴尔德斯·莱亚尔、穆里略、格列柯、戈雅和委拉斯凯兹等人的作品。他在研究委拉斯凯兹的作品时指出，委氏的一幅作品中还包含着另一幅作品，并把这一特征同塞万提斯做了正确的比较，因为在《堂吉诃德》这部巨著里，包含着两部短篇。但他由此便轻率地认为，这是典型的西班牙手法。其实，任何一国的文学都采用这一手法。《一千零一夜》就一而再再而三地使用了这一手法。莎士比亚在《哈姆雷特》里写了戏中戏。高乃依在《可笑的幻觉》里除了主线条外，还写了两条副线。

雷蒙德·埃绍利耶先生认为，格列柯出生于一五三七年。我们知道，他直到一五七七年才来到西班牙。一位名叫多梅尼科·塞奥托科普利的人，曾在意大利受过教育，托莱多人都称其为"希腊人"。四个世纪之后，他成了关于西班牙种族的热门话题。这一事实不无幽默，也颇具神秘色彩。

徐少军　王小方　译

1 Doménikos Theotokópoulos（1541—1614），西班牙画家，后被称为格列柯（El Greco），意即"希腊人"。

《彭皮亚尼实用百科全书》

　　剔除某些自吹自擂和恐吓的风格，这部大众化的百科全书的头两卷还是相当值得钦佩的。第一卷包括了文化史，根据它的观点，文化的精华就是意大利现政权。第二卷怀着崇敬的心情描述了现政权（出色的版画再现了战车、掌声雷动、胜利进军埃塞俄比亚、极端愤怒的雕塑、硕大的勋章，以及别的崇拜场面）。一篇公报记录了国家对每个头衔收取的税款。子爵交一万八千里拉，伯爵交三万，侯爵交三万六，亲王交六万。这篇公报之后，是关于地理、生物、神学和经济学方面的小字典，一张方言表，以及对拉丁语、德语、英语和法语的语法介绍。

徐少军　　王小方　译

约·威·邓恩和永恒 *

约·威·邓恩（他的早期作品《时间试验》已被译成西班牙语）在伦敦发表了介绍他学说的著作。这本书题为《新永垂不朽说》，有一百四十多页。我认为，邓恩的三部作品中，这一部最清晰，也最没有说服力。前两部作品有着太多的图表、方程和曲线，使人觉得是在参加一个严格的辩证法学习班。在第三部作品里，邓恩减少了这些东西，但他的说服力也变得十分苍白。有的只是间断、预期理由、假象……尽管如此，他的论点颇为吸引人，可他的阐述却显得毫无必要。我们喜欢的纯粹是他的论点的可行性。

神学家们认为，永恒就是由上帝判决同时拥有过去和未来。邓恩骇人地宣称，我们已经拥有永恒，我们的梦可以证明这一点。梦中既有过去，也有未来。醒时，我们穿越连续不断的时间；梦中，我们涉足广阔的区域。做梦就是协调眼前的景象，并将其编织成故事，或一系列故事。我们看见一座狮身人面像和一片药店。于是，我们想象药店变成了狮身人面像。我们把昨天晚上看着我们的那张嘴安在明天将认识的人脸上……（叔本华写道，生活和梦是同一部书中的书页，逐页读它是生活，随意翻阅则是做梦。）

邓恩向我们保证，在死亡中，我们会轻而易举地掌握永恒。我们会重新获得生命的每一刻，并按我们喜欢的方式加以组合。上帝和我们的朋友将会与我们合作。我们从一连串的声音过渡到和音，从和音过渡到器乐组合（在钢琴伴奏下所做的比喻是这部著作第十一章的内容）。

徐少军　王小方　译

---

* 此篇及以下三篇初刊于 1938 年 11 月 18 日《家庭》杂志。

奥斯卡·王尔德传记

奥斯卡·王尔德曾经说过一句名言：他的天赋在于他的著作，他的才智在于他的生活。不过，他的生活比他的著作更有趣。几乎没有人读过区区几十页的《斯芬克斯》，但几乎所有人都读过哈里斯写的长达四百多页的《奥斯卡·王尔德传》。王尔德的作品，例如《妓女之家》、《斯芬克斯》、《诗集》等，真是美不胜收。这些作品颇受罗塞蒂、魏尔兰、斯温伯恩、济慈等人的影响。他的一生却基本上是悲剧性的。他的不幸并非接踵而来，却常常在他不经意的时候找上门来。王尔德曾错误地指责昆斯贝理侯爵诽谤他。到头来，在狱中度过漫漫长夜的也是王尔德。叔本华认为，我们生活中的每一个事件，无论多么不幸，都是我们主观愿望的结果，梦中的事件亦是如此。或许，王尔德是这一奇怪论点最典型的例子。或许，王尔德根本就愿意蹲监狱。

一位久居美国的俄国文学家鲍里斯·布拉索尔最近重写了王尔德的传记。同弗兰克·哈里斯一样，布拉索尔也认为王尔德的一生是一个自由人同上世纪虚伪、平庸的英国决战的一生。这一论点毫无新意，且很可能是错误的。为了使自己的论点具有真实性，鲍里斯·布拉索尔不得不夸大王尔德的光辉形象，并竭力把伦敦描写得一团漆黑。奇怪的是，王尔德的作品没有使他眼花缭乱。总的来说，布氏只看到王尔德非主要的特征。他对《道林·格雷的画像》的赞誉没有多少热情，对罗伯特·罗斯倍加称赞的《社会主义下人的灵魂》不屑一顾。他在《亚瑟·萨维尔勋爵的罪行》中发现，或曰假装发现"某种疯狂的成分"。我对这一判断也会作出同样的判断。

有关王尔德的经典传闻几乎都在这部书里。下面，我摘录一段读者也许并不记得的传闻。在巴黎，有人把一位长相丑陋的女作家介绍给王尔德。她说："王尔德先生，你说，我是不是法国最丑陋的女人。""夫人，不是法国，而是全世界。"王尔德一边说一边谦恭地鞠了一躬。

　　另外还有些王尔德说过的俏皮话："写回忆录的人是失去记忆的人。"

　　"粗俗是其他人的行为。"

　　"阅读报刊是为了相信，只有难以辨别真假的事才会发生。"

　　"如果下层人不能为别人树立好的榜样，那还有什么用处？"

　　"美比善好，但善比丑好。"

　　　　　　　　　　　　　　徐少军　　王小方　　译

阿兰·格里菲思《当然是维泰利》

　　这部小说的情节并非独创，儒勒·罗曼曾写过类似的故事，现实生活中更是不止一次地发生过类似的事情。但这部小说趣味性极强。主人公罗杰·迪斯编了一个故事，然后讲给朋友们听。可是没人相信。为了证明故事是真的，迪斯肯定地说，事情发生在英国南部一位"出名的大提琴手维泰利"身上，时间大约是一八五〇年。居然没人不知道这个杜撰出来的名字。杜撰的成功使迪斯勇气大增。他在当地的一家杂志上发表了一篇关于维泰利的文章。一些陌生人像是变魔术般涌现出来。他们说认得维泰利，还指出文章中的几个小错误，甚至展开了一场争论。迪斯大获全胜，又发表了一部带有维泰利"画像、草图和手稿"的传记。

一家电影公司拿到这部书的版权，拍了部彩色电影。评论家指出，电影中维泰利的故事被扭曲了。迪斯又参与了一场争论，但这次他被打败了。他异常恼火，决定把骗局揭发出来。可是，没人相信他，还有人暗示他疯了。集体创造的神话比他要厉害得多。一位名叫克鲁特布克·维泰利的先生站出来为他叔叔的传记辩护。坦布里奇韦尔斯的一个灵魂学研究中心收到死人自己发来的信件。假如这部书的作者是皮兰德娄的话，就连迪斯本人都会相信有个维泰利了。

诺瓦利斯说过，"每部书都有故事中的故事。"这部书的故事是残酷的，也是稀奇古怪的。它说的是一些阴谋家在决定其他人的生与死的故事。

徐少军　王小方　译

关于文学生活

　　梅·韦斯特[1]的一部充满激情的小说《坚贞的罪人》被译成了法语，出版社是巴黎的新法兰西杂志出版社。这是著名的女演员最著名的一部小说。她写过剧本，编过对话，排发过文章。如果我们相信的话，她还将自己的作品拍成过电影。《坚贞的罪人》中的人物是一些贩毒分子、拳击手、谁都可以亲近的女人、歹徒、百万富翁和黑人。一位名叫巴比·戈登的金发碧眼的女人统治着这个世界。作者描写了一桩自杀案和几场狂欢。法语版的标题译得不太理想。是译者不理解原标题的意思，还是忽略了它的意思？

　　　　　　　　　　　　　　　　　徐少军　　王小方　译

1　Mae West（1893—1980），美国女演员。

布勒东的长篇宣言 *

二十年前，人人都爱发表宣言。那些志大才疏的文章革新了艺术，没有标点符号，罔论书写规则，常常是病句连篇。如果是文学家，他们喜欢诽谤韵脚，夸大其词。如果是画家，他们专爱大骂纯色彩。如果是音乐家，他们会偏爱不和音。如果是建筑家，他们宁肯喜欢呆板的加油站，而不是米兰大教堂。尽管如此，所有事情都有它的终了。那些夸夸其谈的文章（我自己也曾有个集子 1，后来被我付之一炬）终于被安德烈·布勒东和迭戈·里维拉 2 新近发表的文章突破。

这篇文章的标题有点生硬：《争取独立、革命的艺术——迭戈·里维拉和安德烈·布勒东关于彻底解放艺术的宣言》。

文章则更加热情，也更加拗口。三千多字的文章说了完全无法并提的两件事情。第一件事关于拉帕利斯上尉，或自恃拥有公理的佩罗格鲁略。他们认为，艺术应该是自由的，而在俄罗斯没有自由。里维拉－布勒东写道："在苏联专制制度的影响下，全世界都弥漫着一种敌视任何有精神价值的创作的气氛。在血与淤泥中，装扮成知识分子和艺术家的人大放厥词说，奴隶制变成了一种手段，对原则的诋毁变成了一种凶险的游戏，作假证成了习惯，为罪行辩护成了愉悦。斯大林时代的官方艺术表明，他们不遗余力地掩饰自己真正的雇佣艺术的角色……不管是今天，还是明天，我们都被迫同意把艺术绳之于某种与其本身手法格格不入的纪律。我们反对没有申辩的否决。经过深思熟虑，我们认为，艺术应该拥有任何一种通行证。"从上面这段话我们可以得出什么结论？我以为，结论只能是：马克思主义（如同路德主义，如同月亮，

＊　此篇及以下两篇初刊于 1938 年 12 月 2 日《家庭》杂志。

1　指博尔赫斯早年的诗集《红色的旋律》，在创作上受极端主义的影响。

2　Diego Rivera（1886—1957），墨西哥画家，一九二四年和布勒东一起发表超现实主义宣言。

如同骏马，如同莎士比亚的诗句一样）对艺术可以是一种动力，但由此判断是唯一的动力则是荒谬的。把艺术列为政府的一个部门也是荒谬的。可是，这篇不可思议的文章又恰恰主张这个观点。安德烈·布勒东刚刚写完"艺术应该拥有任何一种通行证"，便感到后悔了。他匆匆写了两页纸来否定自己的判断。他谴责"对政治的无动于衷"，认为纯艺术"常常被用来实现反动派最不纯洁的目的"。他主张，"现代艺术的最高任务就是要有意识地、积极地参与革命的准备工作"。接着，他又建议"组织区域或国际会议"。他简直就要把散文的欢娱抹杀得一干二净。他还宣布，"下一阶段，将要召开一个国际会议，正式成立独立、革命艺术国际联盟"。

可怜的独立艺术变成了一个卖弄学问的委员会！

徐少军　王小方　译

赫·乔·威尔斯的一部最新小说

除开总是震撼人心的《一千零一夜》（英国人给它起的美名是《阿拉伯之夜》），我想，可以大胆地说，世界文学最著名的作品的标题往往是最糟糕的。比如，《奇情异想的绅士堂吉诃德·德·拉·曼却》这个标题就最难让人琢磨，也最不知所云。我也要承认，《少年维特之烦恼》和《罪与罚》简直就应该受到谴责……（至于诗歌，我只需要提及一个不可原谅的标题：《恶之花》。）我列举这些巨著，是要让我的读者不要认为有着荒唐标题的作品《关于多洛雷斯》就不易读懂。

从表面来看，《关于多洛雷斯》极似弗朗西斯·艾尔斯的心理－侦探小说。他用大量篇幅刻画了一个女人和一个男人之间的初恋，以及逐渐发展成的反目。读着这部悲剧小说，我们会慢慢觉得，作者一定会把女主角杀死。当然，威尔斯不会愿意让读者预感到悲剧的发生。威尔斯淡化了死亡和杀戮的肃穆气氛。任何人都会更注重奢华的葬礼，任何人都会认为，生命的最后一天比以前的日子要更有意义。我认为，可以公平地说，威尔斯对所有的事情都感兴趣，也许，除了我们此刻正在谈论的事情。在他刻画的人物中，他只重视一个：多洛雷斯·维尔贝克。其他人物只是在徒劳地与植物、种族和政治竞争。作者还总是离题。下面我抄录一段攻击希腊人的话：

"希腊文化！你们想没想过它的含义？那就是无处不在的科林斯式塔尖、涂鸦的大楼、粉红色的雕塑、聚在门廊的首领、不知疲倦的荷马留下的华丽诗句。他笔下歇斯底里的英雄，只会洒泪和夸夸其谈。"

徐少军　王小方　译

西莱尔·贝洛克《弥尔顿》

据我所知，没有一篇研究弥尔顿的文章能够令人完全满意。加尼特和马克·帕蒂森的专著是崇拜，而不是研究。约翰逊的书尽管才华横溢，却不够深入。至于巴杰特和麦考莱的作品，只须说，每个本子只有区区四五十页，而且还不是专门谈弥尔顿的。大卫·马森洋洋万言的传记有六卷之多，但不是专论弥尔顿，而是无所不谈，无所不包。没有一部有分量的、能给人启迪的专著。柯勒律治的几篇文章也许提出了一些设想。西莱尔·贝洛克的作品以足够的篇幅（八开纸三百多页）做了尝试，结果虽不成功，却读来令人愉快。

英国人对弥尔顿的崇拜可以同西班牙人对米格

尔·德·塞万提斯的崇拜相媲美。他们怀着几近迷信的心情宣称，这两位作家的散文是最好的。在小范围内，卢贡内斯和格鲁萨克曾指出，对塞万提斯的崇拜是盲目的。贝洛克在这部有争议的书中试图局部破坏弥尔顿的形象，他拒绝承认弥氏最好的散文"具有完美无缺的清晰，标志着一种文明的风格"。这句话是正确的，也是值得记诵的。但是，它好像是在为弥氏散文不是由吉本或斯威夫特写的而惋惜一样。需要指出的是，吉本和斯威夫特的散文直到一个世纪之后才在英国问世。

作者分析了弥尔顿的作品，看到了一些美好的东西，也指出了一些错误，但没有发现（或者没有想象出）两者之间的共同点。他提出了弥尔顿作品中的问题，却远没有提出解决的办法。

撇开麦考莱的论断不说，一般人都认为弥尔顿是纯文学家。贝洛克则完全不同意这种说法。在一篇跋中，贝洛克总结了弥尔顿用拉丁文大约写于一六五〇年但出版于一八二五年的神学专著《约翰·弥尔顿论基督教义》的思想。这部命运不济的书的手稿曾存放在荷兰许多年，它断言，灵魂并非永生，耶稣并非永恒，三圣一体并非永存，物质世界并非来自混沌。弥氏还援引《圣经》的观点为离婚和一夫多妻制辩护。

徐少军　王小方　译

西莱尔·贝洛克
《小说、随笔和诗歌》*

约瑟夫·西莱尔·皮埃尔·贝洛克享有最杰出的散文家和最为出色的英文诗人的美名。有人说，这个美名是公道的；另一些人则说是荒唐的。但没有人会说贝洛克的作品不鼓舞人。大概任何一位作家都希望能享有这种声誉。追求完美的观点是消极的，因为人们会把注意力放在避免出错，而不是弘扬善德上。贝洛克在这部著作第三百二十页写道：约翰·亨利·纽曼的《四世纪的阿里乌斯教信徒》是最好的散文。他说，"我总是对那一段历史抱有兴趣。但我知道，许多读者十分厌烦它。尽管如此，他的散文是完美的。当纽曼准备叙述一些事件或阐述一些观点时，总能选择最好的词语，并把它们排列在最好的次序。这就是完美。"

我不知道他用两个含义不清的最高级形容词（最好的选择，最好的次序）所作的判断有什么意义。但我知道，确实有许多出色的散文，尽管它们的内容千篇一律（比如安德鲁·兰、乔治·摩尔和阿方索·雷耶斯的散文）。贝洛克的散文是否属于这一神话般的家族？我不敢肯定。作为散文家，贝洛克无足轻重；作为小说家，贝洛克脱离了平庸，但却令人难以忍受；作为文学评论家，贝洛克更注重作结论，而不是循循善诱。我认为，作为历史学家，贝洛克十分令人敬佩。

他的历史著作，既不是只见树木不见森林，也不是只见森林不见树木。他把对历史提纲挈领的叙述和对个人细腻入微的描写很好地结合起来。他写过圣女贞德、查理一世、克伦威尔、黎塞留、沃尔西、拿破仑、罗伯斯庇尔、玛丽·安托瓦内特、克兰麦[1]和征服者威廉等人的传记。他关于威尔斯的讨论也是值得记诵的。

---

* 此篇及下篇初刊于 1938 年 12 月 23 日《家庭》杂志。
1 Thomas Cranmer（1489—1556），英国改革教会的首任坎特伯雷大主教。

下面，我摘录一段他写的关于拿破仑的传记：

奥斯特里茨

在通往巴黎的大道上，距布洛涅一二英里处，就是布里克桥。桥的右边，有一座简朴、古典、僻静、幽雅的小房子。在一八○五年的夏日里，当欧洲漫长的和平期结束之后，盟军再次聚集起来，准备挑战革命和它的领袖时，皇帝就在那座小房子里休息。

八月十三日凌晨四时左右，天空还一片漆黑的时候，传来一个消息：在芒什海峡候命、由维尔纳夫率领的法国海军已经回到费罗尔。不出拿破仑所料，英国的入侵显得比任何时候都可疑。维尔纳夫不理解，时间是决定一切的因素。他所犯下的错误使得皇帝只能驻足不前。对面的盟军在腹地已经壮大起来，并从东面形成威胁：奥地利和俄国准备向他扑来。

他下令去找达恩。达恩回来时正怒气冲天，帽子扣在脑门上，眼睛闪着绿光。他一边气冲冲地来回走着，一边大骂维尔纳夫。当达恩平息下来时，皇帝生硬地说："坐下，拿起笔。"

达恩拿起笔，在一张铺满本子和纸张的桌子前坐下来。拂晓时分，达恩记录下令敌军胆寒的命令：那是向奥地利进军的整个计划，它决定了奥斯特里茨战役的胜利。在几个小时的时间里，这一伟大战役的每个步骤、每条道路、每个高地、每支部队抵达的日期，就像雨点般流泻出来，不需要丝毫的停顿来整理思路，仿佛整个军营都聚集在纸上，已经整装待发。之后，当那个人复杂的思想被付诸实施时，一切就都变成了现实。拿破仑的思路一经串连起来，就会像预言般准确，一切都在预料之中。达恩对此总是惊诧不已。

徐少军　王小方　译

关于文学生活

赫·乔·威尔斯与伊斯兰教徒之战

伊斯兰教对《古兰经》的崇拜是众所周知的。伊斯兰教的神学家认为，《古兰经》是永恒的，它的一百一十四个篇章比苍天和大地还要古远，并会在它们消失之后继续存在；其原本——"众经之母"——存放在天堂，由天使供奉着。有的神学家觉得这还不够。他们说，《古兰经》可以变成人或者动物，将真主不可捉摸的意图付诸实施。真主在第十七章说，即便有人与精灵合作来编纂另一部《古兰经》，也不可能得逞……[1] 赫·乔·威尔斯在他的《世界史纲》第四十三章中对这种联手的无能表示庆幸，并为两亿伊斯兰教徒信奉这部书

470

感到遗憾。

　　居住在伦敦的伊斯兰教徒对此大为恼火。他们在一座清真寺举行了祭祀仪式。面对默默无语的教徒，长着浓密大胡子的阿卜杜勒·雅各布汗阿訇把一本《世界史纲》扔进火堆。

徐少军　王小方　译

1　出自《古兰经》第十七章第八十八节，原文为："你说：'如果人类和精灵联合起来创造一部像这样的《古兰经》，那末，他们即使互相帮助，也必不能创造像这样的妙文。'"

托马斯·曼论叔本华[*]

　　荣耀往往会招致中伤。叔本华也许是最好的例子。西班
牙东部的一个出版商出版了他的代表作，作品有个绝妙的题
目：《爱情、女人和死亡》。对西班牙人和拉美人来说，叔本
华是一个长着受伤的猴脸的人并有一部用很坏的心情写成的
文集。形而上学的教授们容忍或鼓励这种错误观点。有人把
它归咎于悲观主义。这种论点同把莱布尼茨看成乐观主义一
样不公正和荒唐可笑。（相反，托马斯·曼以为，叔本华的
悲观主义是他理论不可分离的一部分。他写道，"所有教科
书都说，叔本华首先是一位研究意志的哲学家，其次才是一
位悲观主义者。但是，并没有首先，也没有其次。作为研究

意志的哲学家和心理学家，叔本华不可能不是一位悲观主义者。从根本上讲，意志多多少少是不幸的。那是一种躁动、贪婪、欲望、渴求和痛苦。主观的世界必然是充满折磨的世界……"）我想，乐观主义和悲观主义是富有感情色彩的判断，同形而上学毫不相干，那是叔本华的任务。

作为作家，叔本华是无与伦比的。别的哲学家，比如贝克莱、休谟、亨利·柏格森和威廉·詹姆斯等，都说出了自己想要说的话。但是，他们缺乏激情，没有叔本华那样的说服力。他对瓦格纳和尼采的影响众人皆知。

托马斯·曼在他的新作《叔本华》（一九三八年，斯德哥尔摩）里写道，叔本华的哲学是年轻人的哲学。他援引尼采的话说，每个人都有他所处时代的哲学。叔本华的宇宙诗有着年轻人的印记，充满了情欲和对死亡的思索。《魔山》的作者在他优雅的总结中只提及叔本华最重要的著作《作为意志和表象的世界》。我想，假如他仔细读过这本书，也许会提到有着可怕幻觉效果的《附录和补遗》。在这本书里，叔本华

＊　此篇及下篇初刊于 1939 年 1 月 6 日《家庭》杂志。

把世上所有的人都归结成一个躯壳、一副面孔（这显然是意志），并且宣称，我们生活中的所有事件，不管是多么悲惨，如同梦中的不幸一样，都是自我的创造物。

徐少军　王小方　译

一部短篇小说集

马塞多尼奥·费尔南德斯在他的《新书集》里，曾经离题地写道，漫长的访问在开始时都是短暂的。我们并不这么认为，因为漫长的访问从一开始就是漫长的，尽管可能只持续短短的几分钟。书也是如此。有些书（诺瓦利斯如是说）是永远无法穷尽的，因为我们有充足而又简单的理由认为，我们永远不会读完它……这个集子里的大部分短篇小说属于这种情况。它的两篇序，一篇是超现实主义的，另一篇则极其糟糕。标题[1]表明，这是一九三八年英国和美国的最佳短篇小说选。接受这种说法，等于是悲哀地承认，在切斯特顿、爱伦·坡、吉卜林和亨利·詹姆斯的国度里，短篇小说已寿终正寝（或者说即将寿终正寝）。我不这么认为。我不认为整部集子都不好。我想，解决问题的间接办法在于我提到的四个伟大的名字。四十四位作家的作品被收进这个集子，没有一个作家试图效仿切斯特顿、爱伦·坡、吉卜林，或者詹姆斯。

事实是有启迪作用的。从《一千零一夜》到卡夫卡，短篇小说的情节总是最重要的。除了极个别的例子（曼胡德、艾利克·奈特、萨拉·米林[2]），这部书的作者都避开或减少了情节。（我怀疑，他们是害怕雷同于只注重情节的街头说故事的人。）有时，他们交代一个线索，但不去发展或解决它。我觉得他们很年轻，不是因为他们的笨拙、激情和崇敬，而是他们的根本目的是想不如此行事。他们的目的是想标新立异。这么做的结果也许是有趣的，但常常不能愉悦读者。

徐少军　王小方　译

1　指《一九三八年英美最佳短篇小说选》。
2　Sarah Millin（1889—1968），南非作家。

詹姆斯·巴里爵士*

我曾经读到过这样的话：创作出世界各国都能接受的人物，创作出让人民容易联想到卓别林或希特勒的人物，是作家最难做到的事情。确实，鲜有作家能做到。极个别能做到这一点的，往往是二流作家。柯南·道尔和詹姆斯·巴里做到了。他们分别创作出夏洛克·福尔摩斯和彼得·潘。

一八六〇年五月九日，詹姆斯·马修·巴里出生于爱尔兰的一个小村镇。那是一个贫穷的家庭。上小学时，巴里是个坏学生，他只有想在书上涂鸦时，才会把书打开。初涉文坛时，他并未有什么像样的成绩，只是在当地报纸上发表一些板球赛事报导，和署名"家长"的信件。他之所以写文章，主要是因为学校总是有漫长的假期。

起初，巴里常常憧憬认识村镇以外的生活。后来，他决定背水一战，写出两部成名之作：《古老轻松的田园诗》和《纱窗》。这些充满情感的作品居然创造出一个乡村言情小说流派。作为对此的回应，他又致力于严肃的现实主义文学。毫无疑问，其中最出色的代表作是小说《绿色百叶窗的房子》，由道格拉斯出版社出版。

一八九一年出版的《小牧师》使巴里名声大振。五年后，他发表了关于他母亲的动人传记《玛格丽特·奥格尔维》。这部书里有一句揭示他全部文学创作的话："童年时，让我感到害怕的是，我知道什么时候该停止玩耍。这使我无法忍受。我决定偷偷地继续玩耍。"这些玩耍是著名的。其中最著名的就是《彼得·潘》。还有一些是剧作：《可敬的克赖顿》（一九〇三年）、《坐在火边的艾利斯》（一九〇五年）、《亲爱的布鲁特斯》（一九一七年）、《玛丽·罗斯》（一九二〇年）和《男孩大卫》（一九三六年）。

---

* 此篇及下篇初刊于 1939 年 2 月 10 日《家庭》杂志。

除了谈及板球之外，巴里是个沉默寡言的人。这个额头宽阔的幸运儿现在居住在一套能望见泰晤士河的公寓里，过着简朴的生活。他喜欢孤独，喜欢打台球和看日落。

徐少军　王小方　译

一部值得纪念的书

赫·乔·威尔斯现在更热衷于搞政治和社会活动，而不是严肃地写作。确实，他仍然模仿《登月第一人》和《隐身人》的风格写一些小说。但是，如果仔细研究他的作品，就会发现不过是一些讽刺和寓言故事。

幸好，有两位笔锋犀利的后来者弥补了大师的空缺。第一位是奥拉夫·斯特普尔顿。他著有《第一个和最后一个人》、《伦敦最后的人》和《造星者》。他最显著的特点是想象力丰富，但不细腻，而且鄙视小说家的所有技巧。斯特普尔顿有能力创造出一千零一个令人惊骇的虚幻世界，但也能用地理或天文学教科书特有的空泛和贫瘠的语言，把每个世界写在一页枯燥乏味的纸上。

另一位是克·斯·刘易斯。他的新作《来自沉默的行星》是我写这篇评论的动机。刘易斯描写了一次远征火星的旅行和一个人与居住在火星上的聪明、善良的精灵之间的故事。小说是心理学类型的。对读者来说，三种奇怪的"人"和火星神奇的地貌不如主角的反应来得重要。起初，主角觉得那些"人"粗俗和难以容忍。后来，又想和他们同化。

刘易斯的想象力是有限的。如果我总结出他关于火星的观点，威尔斯或爱伦·坡的读者不会感到惊奇。令人钦佩的是这种想象力具有的真诚和虚幻世界里相互关联的真理。

有的小说家的作品会使人感到作者已穷尽其想象。但我保证，克·斯·刘易斯对火星的认识比这部书里提及的所有人都要多。

他的小说里关于描写星际间旅行的章节有着诗的意境。

这本书的影响是罕见的。红色的火星在克·斯·刘易斯的笔下是和平的星球。

徐少军　王小方　译

卡雷尔·恰佩克[*]

　　在那些放弃运用通行的德语而宁肯采用母语的捷克作家中，恰佩克也许名气最大。他的作品在许多国家都有译本。他的剧作在纽约和伦敦都上演过。

　　一八九〇年一月九日，恰佩克出生在波希米亚北部的一座小城。父亲是医生。他在布拉格获得哲学博士学位，还在柏林和巴黎进修过。威廉·詹姆斯和约翰·杜威对他有着很大的影响。他后来写道："美国哲学对我的影响最大。"他曾多年从事新闻工作。一九二〇年，他发表了一部颇受争议的小册子《语言的批判》。同年，他的首部剧作 R.U.R. (《罗素姆万能机器人》) 上演。这个剧本叙述的是机器人如何反叛他们的创造者——人类。次年，发表了《昆虫喜剧》。一九二二年发表的《马克罗普洛斯案件》同萧伯纳一九二一年写的《回到玛士撒拉时代》相似，讲的都是发明长生不老药的故事。当年，还发表了出色的小说《专制工厂》。两年后，写了《炸药》。这是一种威力极大的炸药，因而发明者宁肯被追杀和监禁，也不愿意公布配方。

他是个多产的剧作家。剧作有：与其兄弟合作的《造物者亚当》、鞭挞独裁统治的《白色病》和令人称奇的《母亲》——这部剧中的一些人物在死后重新现身。

值得一提的还有他自己作插图的游记，他编辑的现代法国诗集，他的《与托马斯·加里格·马萨里克对话》和《袖珍故事集》。后者收集了一些微型侦探故事。

一九三八年十二月底，卡雷尔·恰佩克逝世于布拉格。

徐少军　王小方　译

关于柯勒律治的两部传记

    伦敦同时出版了两部关于塞缪尔·泰勒·柯勒律治的传记。一部是埃德蒙·钱伯斯写的,囊括了诗人的一生。另一部的作者是劳伦斯·汉森,叙述了诗人的学徒时代。这是两部思想深刻、负责任的作品。

    有的人受人尊重,但我们以为不如他们的作品伟大(例如塞万提斯和他的《堂吉诃德》,例如埃尔南德斯和他的《马丁·菲耶罗》)。而有的人的作品只能是他极为丰富的思想的影子,明显地歪曲或不忠实于原意。柯勒律治属于后一种情况。他的诗集有五百页之多。其中只有近乎神奇的《古舟子咏》能够辉煌地流传下来,其他的则既难读,又难懂。他篇目众多的散文亦是如此。那是睿智的直觉、诡辩、天真的想法、愚钝和剽窃的混合体。阿瑟·西蒙斯在他的重要著作《文学传记》里写道，柯氏的作品是英语世界里最为重要的，同时又是所有语言中最令人厌倦的。

柯勒律治和他的对话者及友人德·昆西一样，嗜好吸鸦片。缘此和其他原因，查尔斯·兰姆把他称作"受伤的天使"。安德鲁·兰更有理性，称其为"当代的苏格拉底、对话者"。他的作品是他主题广泛的谈话的影子。这影子令人难以捉摸。可以不夸张地说，英国浪漫主义运动的源头就是这些谈话。

我在前面提到过柯勒律治睿智的直觉。总的来说，这种直觉体现在美学专题方面。不过，这里有个关于梦的例子。柯勒律治在一八一八年年初为一场讲座写的稿子里说，梦里恐怖的形象从来就不是亲身经历过的恐怖的结果，而是梦本身的结果。例如，我们做了噩梦后会说，有个怪物躺在胸口。是噩梦产生了怪物，而不是怪物产生了恐怖。

徐少军　王小方　译

多萝西·塞耶斯《罪行集》

　　多萝西·塞耶斯的小说往往是不可原谅的，但她编的选集常常很不错。可是，她现在仿佛把只对自己使用，且应受到谴责的宽容延伸到其他作家头上。这部新编《罪行集》的序言（这是她写的第三篇、也许是第四篇序）有着她的签名，但大多数作品是如此之差，以至于读者在失望之余，会怀疑它是这位勤奋的女出版商打破公正的界限，自己动手写成的。这个集子收了许多不出名的作家的作品，这一事实似乎也证明了这一猜测。托马斯·伯克写了一个阴险狡猾的中国人；曼努埃尔·科姆罗夫用伪科学且毫无说服力的手法，改写了《一千零一夜》里患麻风病的国王尤南的故事；奥蒙德·格雷维尔编了一宗所谓"完美的罪行"；亨利·韦德描写的是一位绝望的古埃及学者如何改造他的学生……显然，好的侦探和科幻小说并不是取之不尽的。塞耶斯小姐在她编的头几部选集里已经穷尽了好的故事，现在不得不把先前弃置不用的拿来充数。

这个集子有五十多篇故事。威尔斯的一篇《已故的艾尔维沙先生传》写得不错，几乎都可以为这个集子正名。还有邓萨尼勋爵、圣约翰·欧文、阿·埃·科珀德和梅尔维尔·戴维森·波斯特等人的作品。邓萨尼勋爵的作品讲述的是去火星的远足。在那里（就像格列佛的第四次旅行所见），人是一种家庭宠物，被食人动物关在圈栏里喂养。

徐少军　王小方　译

克利斯多夫·考德威尔*
《论垂死的文化》

　　这本言辞激烈的书收了四篇颇受争议的文章。四篇文章企图毁坏（或曰损害）萧伯纳、赫·乔·威尔斯和两位劳伦斯（一位是小说家，一位是阿拉伯人的解放者）的名声。这是部遗作，它的作者已在去年死于卡斯蒂利亚的国际纵队军营里。

　　显而易见的是，这本书缺乏理论修养。萧伯纳、威尔斯和两位劳伦斯首先是大写的人，是天才。而这本书运用辩证唯物论，坚持把他们归纳成垂死的文化的代表人物。这明显是不公正的，但作者的激情和好战姿态几乎使我们忘记了他的不公正。

《论垂死的文化》同以前的《错觉和现实》一样，都是用马克思主义特有的辩证法写成的。有一页写道，原罪是"资产阶级的象征"；另一页则说，马克思主义取消了心理学的必要性。

　　　　　　　　　　　　　　徐少军　王小方　译

---

* Christopher Caudwell（1907—1937），英国马克思主义文学批评家。

一九三九年三月十日

利顿·斯特雷奇[*]

一八八〇年，贾尔斯·利顿·斯特雷奇生于伦敦，一九三二年一月二十一日死于伯克郡。这些日期和地名似乎囊括了他的一生。他是一位鄙视留下自己传记的英国绅士，因为他就像我们的上帝那样，对自己的生命漠不关心，或者说，他只关心从事文学和历史的人的生命。他身材高大、瘦削，几乎骨瘦如柴，俊秀的脸庞躲在专注的眼镜后面，长着犹太教士般的红胡子。

他的母亲是位作家，名叫简·斯特雷奇夫人，父亲是理查德·斯特雷奇将军。他从小就在知识分子氛围中接受教育，曾就读于剑桥大学。一九一二年发表了第一部著作

《法国文学的里程碑》。一九一八年出版了《维多利亚女王时代四名人传》。这是关于曼宁[1]、弗洛伦斯·南丁格尔、阿诺德博士[2]和戈登将军[3]四人的令人惊诧的传记。这部书，以及后来发表的书，标志着一种文体的巅峰。但这一手法很快就被埃米尔·路德维希模仿，并变得低俗。人们普遍议论斯特雷奇的讽刺手法。其实，比讽刺手法更加明显的是，他同无动于衷的城市文明和不可抑制的浪漫主义冲动融为一体……有一次，斯特雷奇说："我写作时，并不关心日后的企图。"认为文学作品具有政治目的的人是不会原谅这种说法的。

经过三年的准备和勤奋写作，斯特雷奇于一九二一年发表了《维多利亚女王传》。或许，这是他最重要的著作。他还发表了《书与字》（一九二二年）、《教皇》（一九二六年）和《人物小传》（一九三一年）。不应该忘记伟大的浪漫主义作品

---

* 此篇及下篇初刊于 1939 年 3 月 10 日《家庭》杂志。

1 Henry Manning（1808—1892），英国圣公会牧师。
2 Thomas Arnold（1795—1842），英国教育家，诗人马修·阿诺德之父。
3 Charles Gordon（1833—1885），又称"中国的戈登"，曾来华参与镇压太平天国起义。

《伊丽莎白和埃塞克斯》。历史学家对这部作品并不特别喜欢，我却十分喜欢。

徐少军　王小方　译

埃·西·潘克赫斯特
《国际语之未来》

　　这部有趣的书像是为了全面维护人造语言，尤其是国际语，或被皮亚诺简化了的拉丁文。乍读时，人们会觉得，这本书充满了激情。但是，作者主要基于亨利·斯威特博士为《不列颠百科全书》写的词条这一事实，又使我们猜测，她的激情是审慎或伪装的。

　　作者（和亨利·斯威特博士）把人造语言分为原生词和衍生词。第一类词具有野心，无法运用。它的超人目的是把人类的思想永远分成不同类型。它不认为把现实明确地分类是不可能的。它迅速地编制着宇宙的清单。毫无疑问，最著名的清单是由生于一六六八年的威尔金斯编制的。威尔金斯把宇宙分成四十类，每类用两个单音字母标示。这些类再分为种，用辅音标示。种再分为组，用元音标示。这样，de 的意思是元素；deb 是火；deba 是火焰。

两百年后，勒泰利耶继续用类似的方法。在他建议使用的国际语里，a 代表动物，b 代表哺乳动物，abo 代表食肉动物，aboj 代表猫科动物，aboje 代表猫，abod 代表犬齿动物，abode 代表狗，abi 代表食草动物，abiv 代表马类，abive 代表马，abivu 代表驴。

创造出来的衍生词没有那么有趣。最复杂的是沃拉普克语。这种语言是由德国神甫约翰·马丁·施莱耶尔于一八七九年初创造出来的。一八八〇年，他完成了最后的创造，并把它献给了上帝。它的词汇是荒唐的，但它给一个单词赋予许多色彩的能力却不容忽视。关于这方面的思索永远也历数不完。在沃拉普克语中，动词可以有五十万五千四百四十种形态（比如，Peglidalod 的意思是："您是受尊敬的人"）。

沃拉普克语被世界语所消灭，世界语被成型中立语所消灭，成型中立语被国际语所消灭。按照卢贡内斯的说法，这些语言"公正、简洁和经济",凡是掌握一门罗曼语言的人都可以立即听懂。

下面是用成型中立语编的一段话:

Idiom Neutral es usabl no sole pra skribasion, ma et pro perlasion; sikause in kongres sekuant internasional de medisinisti mi av intension usar ist idiom pro mie raport di maladirit "lupus", e mi esper esar komprended per omni medisinisti present.[1]

徐少军　王小方　译

一九三九年三月二十四日

赫·乔·威尔斯《神圣恐惧》*

　　赫·乔·威尔斯的这部长篇小说获得成功绝非易事，要
证明能破坏或无视小说的基本规律亦非易事；要证明这部小
说因其思想深刻而不易读懂，也不是件容易的事情。当然，
证明这一切没有任何用处。无法一口气读完《包法利夫人》、
《卡拉马佐夫兄弟》、《马利乌斯，一个享乐主义者》或《名利
场》的我，用了一天一夜的时间读完了这部不怎么讲规则的
小说。事实胜于雄辩。但是，值得怀疑的是《神圣恐惧》的
魅力并不在于小说的题材。主人公路德·惠特洛不如作者的
智慧表现出来的活力来得吸引人。起初，作者想把主人公描
写成一个令人厌恶和鄙视的人。他不知道，在写一部长篇小

说时（《神圣恐惧》长达四百四十多页），作者多多少少会和主人公同化。桑丘和堂吉诃德像塞万提斯，布瓦尔和佩居谢像福楼拜，巴比特像辛克莱·刘易斯，路德·惠特洛像威尔斯。当我们不得不接受这一事实时，威尔斯让他干了一件十分卑鄙的事，然后将他送进坟墓。这部小说从一九一八年开始，一直延续到二〇〇〇年以后。由于是幻想小说，"大幅度的时间跨越"是正常的，民族要比个人存在的时间长得多。威尔斯用其神来之笔，干脆不写人的传宗接代，而是让他笔下的英雄具有不可思议的长寿。

徐少军　王小方　译

---

* 此篇及以下两篇初刊于 1939 年 3 月 24 日《家庭》杂志。

为以色列辩护

为一件好事所作的辩护也许会很糟。我提出这一人所共知的公理，是因为我发现，大多数男人（和所有的女人及记者）都认为，如果是一件好事，那么，为其辩护的理由就都是好的。对于这些不明事理的人来说，目的能证明手段。我不知道路易斯·戈尔丁是否也犯了这个奇怪的错误。但我知道，他的目的是好的，而理由却无济于事。

路易斯·戈尔丁试图批判反犹主义。从理论上讲，这是件容易做的工作，只需要批驳反犹主义分子不攻自破的诡辩即可。但戈尔丁觉得这还不够。他在驳斥了那些诡辩之后，又把它们还敬给对手。这些人荒谬地不承认犹太文化对德意志文化的贡献，而戈尔丁也荒谬地不承认德意志文化对犹太文化的贡献。他宣称，种族主义是一派胡言，但他只是针尖对麦芒地用犹太种族主义反对纳粹种族主义。之后，他从必要的辩护转为无用的反攻。之所以说无用，是因为犹太人的优点并不等于就是德意志的缺点。之所以说无用，而且不当，是因为这等于用某种方式接受了敌人的观点，把犹太人同非犹太人截然分开。

在这部书[1]的卷首，作者对读者保证，"要简明、全面地从各个角度来审议犹太问题"。实际上，贝洛克在《犹太人》（一九三七年，伦敦）里已经做了深刻的审议。戈尔丁非但没有做什么审议，反而怀着无可救药的狂热进行报复和开列殉难者的名单。他时而嘲讽，时而愤怒，时而同情，讲述了本尼以色列人漫长的历史。那是一部充满血和泪的英雄逃亡史。此书有二百多页。最后四十多页颂扬亚瑟·贝尔福在叙利亚的作为。作者不再相信南美各国犹太复国主义成功的可能性，因为那些国家"经常流行疟疾，政府也不稳定"。

1　指《犹太人的问题》。

这部辩护之作还配有古老的火刑图像和亨利·柏格森、伊斯雷尔·赞格威尔、西格蒙德·弗洛伊德、阿尔伯特·爱因斯坦、保罗·埃尔利希[1]、保罗·穆尼[2]等人的照片。

徐少军　王小方　译

1　Paul Ehrlich（1854—1915），德国细菌学家，1908 年获诺贝尔生理学或医学奖。
2　Paul Muni（1895—1967），美国戏剧和电影表演艺术家，生于波兰犹太人家庭。

阿·诺·怀特海《思维方式》

　　如果不理解怀特海，就无法理解当代哲学。但是，几乎没有人能读懂怀特海的作品。他的理论是如此前后不一致，以至于他最坚决的反对者有时都会支持或证实他所提出的观点。他的理论被广泛传播，自然而然地损害了他的声誉……怀特海写的每句话、每页纸，有时甚至每个章节都是易懂的。困难的是如何把局部的理解组织成一个和谐的整体。有人肯定地对我说，这个整体是存在的。我知道，他或许懂得柏拉图的宇宙模型，这个很重要。这种模型（怀特海称其为"永恒的事物"）逐渐进入时间和空间；它们的组合与不断发展决定了现实（惶惑的读者可以查阅将永恒的事物分类的《科学与近代世界》第十章）。

《思维方式》的观点与其说是晦涩，不如说是模糊不清。就像怀特海的所有作品那样，这部书的许多段落写得十分深刻。比如，在书的结尾处，怀特海写道："哲学家坚持不懈的假设会使得他们的思想变得贫瘠。应该确信，应该十分自然地确信，人类拥有的所有思想都可以用于他们的经验。于是，有人认为，这些思想可以明确无误地用人类的语言，用单个的词或句子表达出来。我把这种态度称作'完美无缺的辞典的谎言'。"

切斯特顿（有谁会想到）曾怀着激情批驳过这种观点。下面，我抄录一段他在一九〇四年发表的《墙》的第八十七页里写的话："人们知道在头脑中有比秋天的森林中更纷乱、更不可胜数、更无名的色彩……但是相信，这些色彩及其一切搭配和变化，都能用高低不同的声音的随意性机制确切地表达出来。他们相信一个证券经济人的内心，确实可以发出代表一切记忆的秘密和一切强烈欲望的声音。"

怀特海说："《思维方式》是对我前一部著作《自然与生命》的补充。我想证明的是，哲学的真理应该基于传记作家的论点之上，而不是详尽的声明。因此，哲学同诗歌近似。

两者都要表现文明的最终涵义。"

这部作品分为四个部分："造物者的冲动"、"活动"、"自然界与生命"和"形而上学的目标"。

徐少军　王小方　译

一九三九年四月七日

儒勒·罗曼《凡尔登》[*]

　　一九一六年二月二十五日，一支普鲁士步兵巡逻队在凡尔登战役中迷失了方向。他们发现了一座被炸毁一半的大楼和一座吊桥。在大楼的地下室里，他们发现二十三位蓝军士兵正因疲惫不堪而蒙头大睡。普鲁士中尉把他们叫醒，并对他们说，他们被俘虏了。他们目瞪口呆地告诉中尉，他们刚刚占领了杜奥蒙堡。几个小时之后，一份德语公文宣称，尽管遇到了杜奥蒙堡守卫者的顽强抵抗，在凯泽的指挥下，勃兰登堡军团经过肉搏战占领了堡垒……签署这份公文的将军虽然是军人，却十分清楚文人的喜好和感情需要。

儒勒·罗曼的战争小说没有提及上述历史事件。《凡尔登前奏曲》和《凡尔登》首先要强调的是，战争中突发事件的影响力和战争本身的自主性及不可预见性。李德·哈特编造事件，而儒勒·罗曼把它写成小说。罗曼说："军官们不安地眨着眼，咬着嘴唇，以便肯定自己不是在做梦。他们发现，自己未曾料到，被精心策划的事件会有无穷的新奇现象。一场战争是由成千上万的人进行的。这成千上万的人的身体特性同任何一种战略都是不一样的。"

战争或反战文学都已经习惯于观察战争物质的一面，而不顾及其他方面。荷马描写英雄的伤疤时，其精确程度可以同外科医生媲美。吉卜林叙述新兵遇到的琐事。士兵巴比塞不吝惜染上鲜血的泥土。儒勒·罗曼也许是第一位囊括了战争全部题材的小说家，即物质、心理和智力等。他的小说记载了凡尔登战役。那场震撼人心的可怕战争在两百多个日夜里摧毁了法国的山丘。

---

* 此篇及以下两篇初刊于 1939 年 4 月 7 日《家庭》杂志。

亨利·巴比塞和弗里茨·冯·翁鲁的小说的情节比罗曼的要紧张。但后者才思敏捷，涉及面广。

徐少军　王小方　译

两部侦探小说

我一向认为，有的文学体裁有着致命的错误。其中之一便是寓言。它总是用无辜的老虎和完全出于本能的小鸟来宣传某种道德观念。这使我惊奇、愤慨和茫然。另一种很少能说服我的文体是侦探小说。长长的篇幅和不可避免的废话使我感到不舒服。所有侦探小说都有一个简单的问题，即可以用五分钟口述完的情节，小说家非要把它写成三百页长的故事。拖长的理由是商业的需要。作者必须在白纸上涂满字。在这种情况下，侦探小说成了被抻长的故事。在其他情况下，侦探小说则是言情或风俗小说的变种。

《致命下降》是约翰·罗得和约翰·狄克森·卡尔合作写的。中心意思是，一个男人在电梯里被杀害，而电梯门直到电梯停了下来才被打开。这个情节仿佛是在重复勒鲁无法读懂的《黄色房间的秘密》里那令人愉快的故事。令人不愉快的是，小说的最后两章机械式的结局使我们发闷。这个结局由于配了一幅插图而显得更加糟糕。在插图（由罗得和约翰·狄克森·卡尔合作）里，手枪射出致命的子弹后，掉在地上，摔得粉碎。

奥斯汀·弗里曼[1]写的《石猴》要好得多。确实，对此类小说有所了解的读者会立即猜透小说的情节，就像读埃勒里·奎因最好的小说一样。作者不是不知道，神秘的情节并不神秘。当到了不得不结尾的时候，作者做了简单的处理，仿佛他知道我们都已经了解结果似的。毫无疑问，作者知道，如果他对能使读者茫然不知所措而感到快意的话，那么，能让读者跟踪可以预见结果的事件的发展也能使他感到快意。

徐少军　王小方　译

1　Austin Freeman（1862—1943），英国作家。

关于文学生活

伦敦出版了一部英语版的关于中国西藏的小说《五智喇嘛弥伴传奇》，作者是云丹嘉措喇嘛。小说的目的之一是要更正西方对中国西藏生活和宗教的错误认识。确实，颂扬明显地削弱了作品的真实性。小说描述了一桩纯洁的爱情和它的悲惨结局。情节过于平庸，但因一个显著的特征而得以升华。这个特征就是：平静地叙述神奇的故事，故事中不乏现实主义的细节。

徐少军　　王小方　译

一九三九年四月二十一日

威廉·萨默塞特·毛姆
《圣诞假日》*

查利·梅森是一位如此典型的英国青年，以至于人们会觉得他是法国作家或好莱坞创造出来的人物。他到巴黎待了一周，目的是"寻欢作乐"。童年时代的朋友西蒙·费尼莫尔领他去了一个合适的地方，并把他介绍给一位丈夫犯有令人发指的杀人罪的俄罗斯姑娘。她用一周的时间详细讲述了那桩罪行，并表明，她生活的目的就是要赎丈夫的罪。莉迪娅（这是她的名字）不相信上帝，但相信原罪和宽恕，相信可以通过身体的堕落来赎罪。未曾读过陀思妥耶夫斯基的查利惊愕地听取了忏悔。回英国时，他只剩下一副空空的躯壳。他品尝到了现实的滋味。那滋味是苦涩的……这就是毛姆新作的情节。

很明显，作者是在调侃查利。不幸的是，作者就像对待天真的查利那样，也在明显地调侃莉迪娅。

根据这个不完整的总结（或曰记忆），小说并不令人钦佩。但在阅读时，却毫无这种感觉。此书有着许许多多对场景和语言的细腻描写。毛姆用神来之笔，发挥了充分的想象和组合能力。

就像许多别的著作一样，此书的次要人物（罗伯特·贝格、莱昂蒂娜·贝格夫人、西蒙·费尼莫尔、特迪·乔丹等）比主要人物要显得真实。我们真希望毛姆也为他们写几部小说。

小说的前几章写得有些漫不经心，显得有些笨拙。也许那是急躁或信心所致。一旦深入进去，我们便会兴趣大增。

徐少军　王小方　译

---

* 此篇及以下两篇初刊于 1939 年 4 月 21 日《家庭》杂志。

两位政治诗人

通过对坎贝尔[1]的《开花的步枪》和对贝希尔的《七大重负》[2]的分析，我们可以发现，无论是纳粹主义还是共产主义，都没有找到它们的沃尔特·惠特曼。第二种情况比第一种情况还要明显，因为辩证唯物主义和对历史简单的表述是无法产生诗意的。相反，纳粹主义感情冲动、缺乏逻辑，它没有产生诗人倒是令人奇怪。

罗伊·坎贝尔不懈努力，以期成为诗人。在信仰罗森堡和豪泽的理论之前，他是兰波的好弟子。在纳瓦拉和卡斯蒂利亚打了两年仗后，他的热情未减，但语言能力却下降不少。《开花的步枪》纯粹是在谩骂国际纵队、红军战士、左派知识分子和犹太人。这种谩骂与其说是创造，不如说是出自憎恨。

有些具有讽刺意义的诗句写得不错，使人想起拜伦。但更多的时候，他的诗句使人想起戈培尔的声音。其中也有赞美斗牛和佛朗哥将军的诗句。

共产主义诗人约翰内斯·贝希尔亦是徒劳无功。一九一六年前后，他曾是欧洲名列前茅的诗人之一，尤其是在语言的华丽方面。那时，贝希尔写了一些战争题材的诗歌，来揭露战争的罪行。威廉二世统治下的德国似乎比别的交战国更宽容，或许更漫不经心，居然容许出版他的作品，容忍他的作品在文学圈子以外的地方流传。贝希尔现在被流放到莫斯科，只能凄楚地写一些取悦斯大林政权的东西。

他的作品有两百页之多。我以为其中有价值的是他对德国的思念——一首描写夜晚的十四行诗——和《镜中人》。后者描写了一个被关在连天花板和地板都是用镜子做成的迷宫里的男人。

徐少军　王小方　译

1　Roy Campbell（1901—1975），南非诗人。
2　即贝希尔1938年出版的诗集《追求幸福的人和七大重负》。

关于文学生活

　　伦敦出版了一部引人瞩目的《给西班牙的诗选》，选编者是斯蒂芬·斯彭德和约翰·莱曼。其中一首值得记诵的"西班牙"诗歌是奥登写的：

　　　　那荒芜的长方形国度，

　　　　那从炎热的非洲夺来的不毛之地，

　　　　被粗糙地焊接到有创造力的欧洲。

　　　　在河流纵横的高原上，

　　　　我们的理想正得以实现，

　　　　我们的热情现出鲜活而威胁的形象。

他还写道：

　　今天是斗争，

　　今天是死亡的危险不可免的增加，

　　今天是在必要的杀戮中自觉承担罪行。

乔治·巴格肖·哈里森《莎士比亚入门》*

据我所知，这本文字简明、内容丰富的书是关于莎士比亚研究最好的引子。可能我不同意哈里森的所有观点——比如，他更喜欢《暴风雨》，而不是《麦克白》或《哈姆雷特》。但是，我不能不感谢他的评论和提供的信息。让我来找一个具体的例子。莎士比亚在一幕戏中就要换许多场景。这一点曾被人指责（或赞扬）。出版商普遍认为，《安东尼与克莉奥佩特拉》的最后一幕有三个难以表现的场景，每个场景是亚历山大城的不同地方。开始时，哈里森提醒人们注意，伊丽莎白时代的剧院缺少装潢。后来，他又拿着一六二三年出版的剧本指出，剧本中并没有指明地点。他由此得出结论：莎士比亚以及与莎士比亚同时代的人并不关心事件发生的地点。严格地说，没有地点的变化，只有一个不确定的舞台。换言之，莎士比亚描写的事件并不总是发生在一个确切的地点。莎士比亚并没有触犯地点的统一性。他超越了这种统一性，或者对这种统一性浑然不知。

翻阅这部书时，不能不为莎翁作品的丰富多彩所震撼。除传记外，作者提出的问题亦是涵盖文学、伦理学、诗歌、心理学。（我们的格鲁萨克曾正确地指出："莎士比亚在创造了财富之后，回到他的村庄，像一个退休的店员一样养老送终，永远没有再提及他写过的东西。也许，完全忘却自己创造的绝世佳作才是最非凡的创作。"）

作品的丰富性弥补了对莎士比亚过于盲目的崇拜。（反之，可以说，塞万提斯使西班牙变得贫瘠。歌德、但丁、莎士比亚居住在一个复杂的星球，而塞万提斯只是谚语的收集者。对西班牙来说，克维多比塞万提斯更合适。）

徐少军　王小方　译

1　此篇及下篇初刊于 1939 年 5 月 5 日《家庭》杂志。

威廉·福克纳《野棕榈》

　　据我所知，还没有人写过小说形式史，或者说小说形态学史。假设有一部这类公正的历史书，当中肯定会突出威尔基·科林斯、罗伯特·勃朗宁和约瑟夫·康拉德的名字。当然，也会以显而易见的公正突出威廉·福克纳的名字。科林斯开创了由小说中的人物叙述故事的方法。勃朗宁的叙事长诗《指环与书》分十次，通过十张嘴和十个心灵，细腻入微地描述了一桩罪行。康拉德让两个对话者逐步猜测和编织第三者的历史。同儒勒·罗曼齐名的福克纳是少有的几位注重小说形式和人物结局及性格的作家。

　　在福克纳的代表作——《八月之光》、《喧哗与骚动》和《圣殿》——中，技巧总是必不可少的。但在《野棕榈》里，他的技巧与其说吸引人，不如说使人不适；与其说有理，不如说使人发闷。这本书包括了两本书和两个并行但相悖的故事。第一个故事——《野棕榈》——讲的是一个男人被淫欲送进坟墓；第二个故事——《老人河》——讲的是一个目光无神的青年企图抢劫火车，在监狱里度过漫长岁月之后，密西西比河洪水泛滥，给了他无用、残酷的自由。第二个故事相当精彩，当中总是以大段的篇幅一次又一次地插入第一个故事。

毋庸置疑，威廉·福克纳是当代首屈一指的小说家。为了与此相一致，我认为，《野棕榈》是他作品中最不理想的一部。但是，就是这部著作（如同福克纳的所有著作一样）中也有描写深刻的章节。他的能力远在其他作家之上。

徐少军　王小方　译

东方文学巡礼*

诺瓦利斯曾经说过一句名言:"突变和混合最富诗意。"

包罗万象使一些名作具有特殊的吸引力,比如,老普林尼的《自然史》、罗伯特·伯顿的《忧郁的解剖》、弗雷泽的《金枝》,也许还有福楼拜的《圣安东的诱惑》。长达三百多页的《龙之书》也是内容繁多,包括了人类文学中历史最为悠久的中国文学——大约有三千年历史——的许多有趣的段落。

此书分七个部分。专论诗歌的部分也许是最没有诗意的(这不是中国文学专有的)。编撰这本书的爱德华小姐宁肯用自己的翻译,而不是用韦利的经典译本。我对这种做法很难苟同。

书中有许多谚语。我在这里抄录几句：

"贫能养俭。"

"有钱是条龙，没钱是条虫。"

"石狮不怕雨淋。"

"便宜没好货。"

"人怪病也怪。"

"良宵苦短。"

"宁肯挨冻，也不要守着发疯的大象取暖。"

"妇人之言可听不可信。"

"唯求寿终正寝。"

第二章收集了使人想起中世纪的鬼怪动物。在那些内涵丰富的字里行间，我们认识了头颅被砍去、眼睛长在胸前、嘴巴长在肚脐上的刑天；其状如犬，面如人，笑声能引起飓风的狪；长着六只足、四个翅膀，但没有脸和眼睛的红色灵鸟帝江；默不作声的北方黑猴交叉着双臂等主人停笔时好喝墨汁。同时，我们还学到，人有三百六十五根骨头，同天地

＊ 此篇及下篇初刊于 1939 年 5 月 19 日《家庭》杂志。

转一周所需的时日完全一样，动物也有三百六十五种。这就是和谐的力量。

第四章有一段对庄子著名的梦的总结。两千四百多年以前，庄子梦见自己是只蝴蝶，醒来以后，他不知道自己到底是梦见自己是只蝴蝶的男人，还是现在梦见自己是个男人的蝴蝶。

徐少军　王小方　译

埃勒里·奎因《红桃 4》

　　无人不知，侦探小说是由聪明的美国发明家埃德加·爱伦·坡于一百多年前创造的。它也许是各类文学体裁中人工痕迹最多的一种。由于无法同爱德华·伊斯特曼和阿尔·卡彭创造的震古铄今的现实世界竞争，侦探小说便移民到了罪行泛滥的不列颠岛。英国的侦探小说家多如牛毛，而在美国，可以不失公允地说，只有两位：埃勒里·奎因和令人扼腕的范达因。截至今日，奎因的作品已有十三卷之多（其中，《埃及十字架之谜》、《希腊棺材之谜》和《中国橘子之谜》也许是最好的）。

　　埃勒里·奎因小说的情节总是十分有趣，而他描写的氛围往往不太令人愉快。但是，这不一定是什么缺憾。作家习惯于夸张令人不愉快的氛围，以期获得恐怖、怪诞的效果。不过，这本《红桃4》像岩石一样，对人类甚至植物的各种能力毫无察觉。埃勒里·奎因在他的新作里，体会不到他笔下的人物是多么令人厌恶。相反，硬要我们去参与他的爱情纠纷，去验证他的暴怒和狂吻。

说出上述看法之后，还必须说出一个或许能纠正上述看法的看法。我用了两个晚上就读完了有二十三章之多的《红桃4》。我没有对任何一页感到厌倦。我也没有猜出结局，但结局是符合逻辑的。

徐少军　译

小说中的小说 *

我第一次对无限的认识是在孩提时代看到一个硕大的饼干盒。那种神秘感使我头晕目眩。盒子一边有个不规则的物体,上面有日本风格的画面。我已不记得那是些孩子还是武士。但我清楚地记得,在画面的一角,有一个一模一样的饼干盒,上面有着一模一样的画面。画面就这样无限地重复着……十四或十五年之后,到了一九二一年,我在拉塞尔的一个作品里看到乔赛亚·罗伊斯类似的创造。罗伊斯假设,在英国的国土上,有一幅英国地图。这幅精确的地图里另有一幅地图,地图里还有一幅地图,如此无限重复。在普拉多博物馆,我曾见到委拉斯凯兹一幅著名的画《宫女》。在画中，委拉斯凯兹正在为菲利浦四世和他的夫人画像。国王和王后虽然不在画布上，但有一面镜子映出他们的身影。画家的胸前有一枚闪闪发亮的圣地亚哥十字勋章。那是国王授给他的骑士称号。我记得，普拉多博物馆的负责人在画前放了一面镜子，以便这个魔术得以延续。

当把画中画的美妙手法运用到文字上时，就是在一篇小说中再写一篇小说。塞万提斯在《堂吉诃德》里又写了一个短篇小说。阿普列乌斯在《金驴记》里插入了一个著名的故事——丘比特和普绪刻。这种小说中的小说是如此精确、自然，就好像是在现实生活中，一个人正在大声朗读或歌唱。真实和理想两个层面互不交叉。相反，《一千零一夜》则令人目眩地不断将中心故事分解成小故事。但作者并不关心故事之间的层次。这种效果本应深刻，但实际上就像波斯地毯一样流于表面。故事的开篇已为人熟知：悲痛欲绝的国王发誓，每天晚上要和一个处女睡觉，第二天拂晓再把她处死。山鲁佐德决定用美妙的故事来分散他的注意力。这样过了一千零一个

---

* 此篇初刊于 1939 年 6 月 2 日《家庭》杂志。

夜晚之后，她为他生了一个儿子。为了凑足一千零一个故事，编撰者们用尽了各种办法。最令人惶惑的是发生在第五百零二个夜晚里的事情：国王从王后嘴里听到了关于他自己的故事。他听到了包含所有的、当然也奇怪地包含他自己的故事的故事。难道读者不会从这种无限的可能性中感觉到某种危险吗？那就是，波斯王后和无动于衷的国王将永远聆听永远也讲不完的一千零一夜的故事。在《一千零一夜》里，山鲁佐德讲了许多故事，其中一个故事几乎就是《一千零一夜》的故事。

莎士比亚在《哈姆雷特》第四幕里，创造了一个戏中戏。他安排了毒死国王的情节，并用它来衬托主要情节。用这种手法足以创造出无穷的情节。德·昆西在一八四〇年写的一篇文章里指出，这出戏中之戏反而使得主戏更加真实。我想补充的是，他的基本目的恰恰相反，他要把现实变得不真实。

《哈姆雷特》写于一六〇二年。一六三五年底，年轻的作家皮埃尔·高乃依写了一部魔术喜剧《可笑的幻觉》。克林多尔的父亲普里达曼特为了寻找儿子遍游欧洲。他出于好奇，而不是信仰，参观了"神奇的魔术师"阿尔坎德雷的岩洞。幽灵似的阿尔坎德雷向他讲述了他儿子多灾多难的生活。我们看见克林多尔用匕首刺死一个敌人，逃避法律的制裁，死于一座花园，之后又与一群朋友谈天说地。克林多尔杀死敌人后，成了喜剧演员。染有鲜血的花园既不是现实生活中的一部分，也不是高乃依杜撰出来的"现实"中的一部分，而是一出悲剧。但坐在剧院里时，我们并不了解这一点。剧终了时，高乃依突然赞颂起戏剧来：

> 君王其威兮，英武盖世，
> 声名远扬兮，天下畏惧，
> 桂枝饰额兮，贵亦不矜，
> 乐见喜闻兮，法国戏剧。

可惜的是，高乃依让魔术师念了并不具有魔力的诗歌。

古斯塔夫·梅林克于一九一五年发表的《假人》讲了一个梦，梦中有梦，（我以为）梦中还有梦。

我历数了许多语言迷宫，但没有一个比弗兰·奥布赖恩[1]

1　Flann O'Brien（1911—1966），爱尔兰小说家，原名布赖恩·奥诺兰（Brian O'Nolan）。

的《双鸟戏水》来得复杂。都柏林的一个学生写了一部关于都柏林一位酒馆老板的小说。这位老板写了一部关于他酒馆老主顾们（那个学生也是其一）的小说。老主顾们写了一部关于老板、学生和编写关于别的小说家的小说的人的小说。这本书由那些真实或虚构的人物的大量手稿组成，而收集这些手稿的人正是那位学生。《双鸟戏水》不仅是一座迷宫，而且是对理解爱尔兰小说的多种方式的探讨。它汇集了大量反映爱尔兰各种风格的诗歌和散文。建造迷宫的大师和文学巨匠乔伊斯对这部包罗万象的作品的影响不可否认，但这种影响并不是无所不在。

叔本华曾经说过，做梦和生活是同一部书中的书页，逐页阅读是生活，随意浏览是做梦。画中画和书中书有助于我们理解其含义。

徐少军　译

一九三九年六月十六日

乔伊斯的最新作品 *

《孕育中的作品》终于呱呱坠地，这一回的名字叫《芬尼根的守灵夜》。据说，这是在文坛不懈耕耘十六年之后得到的成熟且光彩照人的果实。我不无困惑地读完它，发现了九至十个并不能愉悦读者的同音异义词的文字游戏。我还浏览了《新法兰西杂志》和《时代》周刊文学副刊发表的令人惶恐的赞扬文章。高唱赞歌的人说，乔伊斯发现了如此复杂的语言迷宫的规律。但他们拒绝使用或验证这些规律，甚至就连分析某一行或某一段都不愿意。我怀疑，他们实际上同我一样困惑不解，也有无用、片面的感觉。我怀疑，他们实际上是在偷偷等待（而我则公开宣布我在等待）詹姆斯·乔伊斯的权威译员斯图尔特·吉尔伯特作出诠释。

毋庸置疑，乔伊斯是当代首屈一指的作家。也可以说，是最好的作家。在《尤利西斯》里，有些句子和段落不比莎士比亚或托马斯·布朗的逊色。就是在《芬尼根的守灵夜》里，有的句子也是值得记诵的（比如下面这句：在流淌的河水边，在此起彼落的水花上，是一片夜色）。在这部篇幅很长的作品里，效果是唯一的例外。

《芬尼根的守灵夜》把英语梦呓中的双关语串连在一起。很难说这种串连不是失败和无能。我毫无夸张之意。德语里的 ameise 是蚂蚁；英语里的 amazing 是恐慌。詹姆斯·乔伊斯在《孕育中的作品》中造了一个形容词：ameising，意思是蚂蚁引起的恐慌。还有一个例子，或许不太吓人。英语里的 banister 是栏杆，而 star 是星。乔伊斯把两个单词合二为一——banistar，把两种景象合并成一个。

拉弗格和卡罗尔玩此类游戏要高明得多。

徐少军　译

---

* 此篇初刊于 1939 年 6 月 16 日《家庭》杂志。此处略去《一个阿拉伯传说》一文，其中国王和迷宫的故事已收入小说集《阿莱夫》，见《两位国王和两个迷宫》一文。

一九三九年七月七日

威·亨·德·劳斯关于荷马的手稿[*]

英国文坛有二十九个《奥德赛》译本和比此数目略少的《伊利亚特》译本。按时间顺序排列，查普曼居第一。《诗歌之祖荷马的七卷〈伊利亚特〉，乔治·查普曼骑士根据原作翻译》出版于一五九八年。排在最后的是和蔼、博学的古希腊语言文化研究家威·亨·德·劳斯。

"作为一种文学体裁，诗歌翻译有其不可违抗的独特准则。首要的准则是，不应该创造。"前不久，格鲁萨克受莱奥波尔多·迪亚斯文章的启发，写下上面这段话。安德鲁·兰和勒孔特·利勒也发表过类似的观点。劳斯博士同意这个意见，但他坚决不同意用古老的《圣经》风格来翻译。他用口语化的语言译出荷马的两部史诗。人们难以对他的译作表示钦佩，也不会引用他的话，但是会喜欢这部易读易懂的书，他翻译的不是《奥德赛》，而是《尤利西斯的故事》。他谈论的不是弓箭手阿波罗，也不是腾云驾雾的宙斯，而是能把箭射得很远的阿波罗和会舒卷云彩的朱庇特。（巴塞罗那大学的班克·伊·法利于博士也许过于偏好连字符号。他在描写赫尔墨斯时写道，"天黑时，他偷走阿波罗用射得 – 很远的 – 箭 – 射死的牛"。在描写一位处女时，他写道，"她在 – 长着 – 高大的 – 灯心草的 – 梅莱斯河里饮完马后，熟练地驾着装满 – 金 – 块 – 的马车，从艾斯米尔纳驶向克拉罗斯。"）

《荷马》是研究荷马的必读本和序言。在第一百零四页，作者很有礼貌但没有太多说服力地提及维克多·贝拉尔关于腓尼基的假设。这一假设曾给詹姆斯·乔伊斯和他的诠释者吉尔伯特留下深刻的印象。在第二章，他与其说是诚实，不如说是稳重地宣称："吴尔夫的左道邪说已经寿终正寝"，并重申信奉传统、统一、不可分割的荷马风格。在第十章，他

---

* 此篇及以下两篇初刊于 1939 年 7 月 7 日《家庭》杂志。

把荷马的品质同善于自我表现的斯堪的纳维亚诗人做了一番比较。后者说"剑之水",而不是说血;说"死者之鸡",而不是说乌鸦;说"死者之鸡的挑逗者"而不是说战士。

关于考古学家海因里希·施里曼的章节,是这部著作中写得最好的章节之一。他在希沙里克山挖掘出特洛伊。他挖的不是一座城的废墟,而是像书上记载或人们记忆的那样,挖掘出八座城。特洛伊具有的古老历史本身就如同普里阿摩斯和赫拉克勒斯一样,是神圣的。

徐少军　译

先驱者约翰·威尔金斯

　　英国的报刊披露，由于要扩建赫斯顿军用机场，邻近的克兰福德镇将要消亡。报刊对此消息未作许多评论。那里有座建于十四世纪的灰色石头校舍。一六四〇年前后，机械飞行的构想者和先驱者约翰·威尔金斯曾在那里居住过。

　　很少有人像威尔金斯那样，值得进行探究。我们知道，他曾是切斯特的主教、牛津大学瓦德汉学院院长，还是克伦威尔的连襟。家族、学术和宗教的荣耀分散了他唯一的传记作者赖特·亨德森的注意力。他单纯（或曰厚颜无耻）地宣称，他只是"草率、随意"地浏览了威尔金斯的作品。但是，对我们来说，作品才是重要的。他著有许多书，其中一些是学术性的，所有的书都是乌托邦式的。第一本书出版于一六三八年，题为《探索月球上的世界，或试图说明在那个星球上可能会有适于居住的世界的报告》（一六四〇年出的第三版增加了一章。他在那里提出，月球旅行是可能的）。《水星，或秘密、敏捷的送信者》出版于一六四一年，是一部用密码写成的书。《数学魔术》发表于一六四八年，包括两本书，题目分别是《阿基米德》和《代达罗斯》。后者讲述一位十一世纪的英国修士"用机械翅膀从西班牙一座教堂的最高处飞下来的故事"。出版于一六六八年的《关于真实符号和哲学语言的论文》提出一份包罗万象的清单，并从中派生出一种严格的国际语言。威尔金斯把宇宙万物分成四十类，用两个单音字母标明；每一类又分成用一个辅音字母标明的种。每一种又分成用一个元音字母标明的组。所以，de 是元素，deb 是火，deba 是火焰……

就在威尔金斯揣测"飞人"的地方，将要停放可以上天的钢制飞行器。我想，威尔金斯会对这种巧合感到高兴，因为这是对他无可辩驳的肯定和敬意。

徐少军　译

关于文学生活

今天，最让人茫然的事情就是迪翁五胞胎[1]以其数量和遗传原因在全球激起的热情。威廉·布拉茨曾为她们写了一部篇幅很长的书，并且配了一些迷人的照片。在第三章，他说："一眼看去就知道，伊冯娜是老大，玛丽最小，安内特容易同伊冯娜混淆，而塞西尔极像埃米莉。"

徐少军　译

1　1934年在加拿大安大略省出生，他们是世界上首例有文献记载共同存活的五胞胎。

亲德分子的定义 *

　　激烈反对词源学的人认为，词根并不表明单词的含义。而拥护词源学的人则认为，词根表明单词现在不代表的意义。例如，大主教（Pontifice）不是桥梁（Puente）的建造者；缩小模型（Miniatura）不是用铅丹（Minio）画的；晶体（Cristal）物质不是冰（Hielo）；豹（Leopardo）不是美洲豹（Pantera）和狮子（Leon）杂交的产物；候选人（Candidato）可能没有被洗去污点（Blanqueado）；石棺（Sarcofago）不是植物（Vegetariano）的反义词；鳄鱼（Aligatore）不是蜥蜴（Lagarto）；朱砂（Rubrica）不是鲜红色（Rubor）；美洲（America）的发现者不是阿美利哥·维斯普奇（Americo Vespucci）；亲德分子（Germanofolio）不是虔诚热爱德国（Alemania）的人。

这不是虚构，更不是夸张。我曾天真地同阿根廷的许多亲德分子交谈过。我试图谈论德国和不可摧毁的德意志。我提到荷尔德林、路德、叔本华，或莱布尼茨。我发现，亲德的对话者几乎分不清这些名字，他们情愿谈论英国人于一五九二年发现的、大约位于南极洲的一个群岛。可是我一直也没弄清楚它同德国有什么联系。

但是，对德国的无知并不是亲德分子的定义。还有一些同此点有关的特征。其中之一是，亲德分子会因为南美某个国家的铁路公司有英国股份而感到悲伤。他们会因为一九〇二年南非战争的激烈程度感到悲痛。此外，他们还是排犹分子。他们想把居住在我们国家的斯拉夫－日耳曼民族驱逐出境。这个民族有德国姓氏（罗森布拉特、格鲁恩伯格、尼伦斯坦、利林塔尔等），讲一种叫作意第绪语或犹太语的德国方言。

———————

* 此篇初刊于 1940 年 12 月 13 日《家庭》杂志。

综上所述，可以推论，亲德分子实际上是仇英分子。他们并不真正了解德国，但满足于为一个向英国宣战的国家奉献激情。我们看到，事实就是如此。但这还不是全部事实，甚至不是基本事实。为了表明这一点，我扼要介绍一下我同亲德分子进行过的谈话。我发誓再也不做这样的事情，因为人的时间不是无限的，而那种讨论不会有任何成果。

我的对话者总是一开始就谴责强迫德国在一九一九年作出赔偿的《凡尔赛和约》。而我总是出示威尔斯和萧伯纳的文章。他们在胜利时刻，揭露了那个残忍的条约。亲德分子从不拒绝这些文章。他们认为，战胜国应该放弃压迫和复仇，而德国试图摈弃屈辱是自然的事情。我同意这个意见。然后，紧接着就发生了不可思议的事情。不同凡响的对话者说，正是因为德国在过去遭受了不公正的待遇，所以才有权在一九四〇年摧毁英国和法国（为什么没有意大利），以及对不公正待遇并没有责任的丹麦、荷兰和挪威。一九一九年，德国受到敌人的虐待。这个理由足以允许德国人对欧洲各国，甚至全球烧、杀、抢。正如所见，这个道理令人毛骨悚然。

我小心翼翼地向对话者表明这一点。但他们嘲笑我过时的谨小慎微，并列举出耶稣和尼采的观点：为了实现目的可以不择手段，需要本身没有规则，唯有强者的意志才可谓意志，"帝国"是强大的，"帝国"的空军摧毁了考文垂等等。我小声嘟囔道，我宁肯从耶稣的道德观过渡到查拉图斯特拉或者"黑蚂蚁"的观点。但是，我们的话题转换得很快，以至于来不及对一九一九年德国遭受的不公正待遇表示同情。事实上，在对话者不愿意忘记的那个时期，英国和法国是强国，而唯有强国的意志才可谓意志。所以，这些国家想使德国崩溃是对的。对他们的唯一谴责是，他们犹豫不决（甚至有应该受到谴责的同情心），没有坚决执行那个条约。我的对话者对这抽象的观点嗤之以鼻，并对希特勒大加赞扬。这位天佑之子声嘶力竭地宣称，要消灭所有夸夸其谈和蛊惑人心的人。随着战争声明而来的是一颗颗从天而降、宣告资本主义灭亡的炸弹。然后，又是紧接着，发生了第二件不可思议的事情。这是道德观念方面的事情，令人几乎无法相信。

我发现，我的对话者总是崇拜希特勒。那不是因为从天而降的炸弹、闪电般的入侵、机关枪、告密和谎言，而是因为习惯使然。他们热衷于邪恶和凶残。他们并不在乎德国是否获胜。他们关心的是使英国蒙受耻辱，是让伦敦燃起令他们心满意足的熊熊大火。他们崇拜希特勒，就像以前崇拜芝加哥罪恶的黑社会老大一样。讨论无法继续，因为凡是我归咎于希特勒的罪行，我的对话者都认为是魅力和业绩。赞扬阿蒂加斯、拉米雷斯、基罗加、罗萨斯或者乌尔基萨的人会原谅他们犯下的罪行，或者对他们的罪行轻描淡写。但希特勒的捍卫者却愉悦于他的罪行。希特勒分子总是充满仇恨，偷偷，有时也公开地，赞扬所谓的"活力"和残暴。由于缺乏想象力，他们认为，未来不可能异于现在。到目前一直战无不胜的德国不可能走向灭亡。这些罗曼人总是渴望属于胜利者的一边。

阿道夫·希特勒不可能没有一点理由。但我知道，亲德分子没有一点理由。

徐少军　译

542

JORGE LUIS BORGES
Obras completas III

图字：09-2010-605号

图书在版编目（CIP）数据

　博尔赫斯全集. 第三辑／（阿根廷）豪尔赫·路易斯·
博尔赫斯等著；陈泉等译. — 上海：上海译文出版社，
2023.9（2025.4重印）
　书名原文：Obras completas III
　ISBN 978-7-5327-9437-9

　Ⅰ.①博… Ⅱ.①豪… ②陈… Ⅲ.①文学－作品综
合集－阿根廷－现代 Ⅳ.①I783.15

　中国国家版本馆CIP数据核字（2023）第160348号

| 博尔赫斯全集 III | JORGE LUIS BORGES
豪尔赫·路易斯·博尔赫斯 等 著

陈泉 刘京胜 等 译 | 出版统筹 赵武平
责任编辑 周冉 缪伶超
　　　　 张鑫 李月敏
装帧设计 陆智昌 |

上海译文出版社有限公司出版、发行
网址：www.yiwen.com.cn
201101 上海市闵行区号景路159弄B座
上海新华印刷有限公司印刷

开本850×1168　1/32　印张70.25　插页23　字数735,000
2023年10月第1版　2025年4月第2次印刷

ISBN 978-7-5327-9437-9
定价：718.00元（全12册）

Jorge Luis
Borges
María Esther
Vázquez

Introducción a la literatura inglesa

英国文学入门

[阿根廷] 豪尔赫·路易斯·博尔赫斯　玛丽亚·埃丝特·巴斯克斯 著

温晓静 译

上海译文出版社

目 录

前　　言

　　英国文学是世界上最丰富多彩的国家文学之一，而以如此简略的篇幅来简要并完整地展现英国文学完全是不可能的事情。于是，我们有三个不太完美的解决办法。一是略去作家作品的名字不讲，仅仅展现英国文学的大致发展脉络。二是详细列举从八世纪至今的所有作家作品名字和出版年代。三是介绍每个时期最具代表性的作家作品。我们采用的是第三种方式。诺瓦利斯曾说过，每个英国人都是一个独立的岛屿。这种独立的特点给我们这部导论的编撰增加了难度。因为和法国文学不同，英国文学不是由众多的流派而是由一个个独立的个体组成的。这是它最显著的特点。所以，本书难免有诸多遗漏之处，但这并不一定表示我们轻视、忘记或不知道这些被遗漏的作家或作品。

我们的初衷是激起读者对英国文学的兴趣，并促使读者对它进行更深入的研究。

我们在参考书目中列出的书均是读者最容易获取的参考资料。

豪尔赫·路易斯·博尔赫斯

玛丽亚·埃丝特·巴斯克斯

一九六五年四月十九日于布宜诺斯艾利斯

前　　言

　　英国文学是世界上最丰富多彩的国家文学之一，而以如此简略的篇幅来简要并完整地展现英国文学完全是不可能的事情。于是，我们有三个不太完美的解决办法。一是略去作家作品的名字不讲，仅仅展现英国文学的大致发展脉络。二是详细列举从八世纪至今的所有作家作品名字和出版年代。三是介绍每个时期最具代表性的作家作品。我们采用的是第三种方式。诺瓦利斯曾说过，每个英国人都是一个独立的岛屿。这种独立的特点给我们这部导论的编撰增加了难度。因为和法国文学不同，英国文学不是由众多的流派而是由一个个独立的个体组成的。这是它最显著的特点。所以，本书难免有诸多遗漏之处，但这并不一定表示我们轻视、忘记或不知道这些被遗漏的作家或作品。

我们的初衷是激起读者对英国文学的兴趣，并促使读者对它进行更深入的研究。

我们在参考书目中列出的书均是读者最容易获取的参考资料。

豪尔赫·路易斯·博尔赫斯

玛丽亚·埃丝特·巴斯克斯

一九六五年四月十九日于布宜诺斯艾利斯

盎格鲁-撒克逊时期

　　中世纪时期的欧洲，在拉丁语文学体系之外，又诞生了欧洲各国的本土文学。在这些文学当中，英国文学是最古老的。更确切地说，英国文学起源于公元七世纪末或八世纪初，而在欧洲其他各国出现的本土文学均未早于这一时期。

　　不列颠诸岛曾是罗马帝国的殖民地，它是位于帝国最北部也是最不受庇护的一块殖民地。其土著居民是凯尔特人。公元五世纪中期，英国人信仰基督教，并且在城市中人们用拉丁语交流。此后罗马政权瓦解。公元四四九年（根据比德的纪年法），古罗马军队撤离不列颠诸岛。于是，居住于哈德良长城以北（大致相当于英格兰和苏格兰边境地区）的部分凯尔特人，也就是此前从未被罗马帝国统治过的皮克特人趁机入侵不列颠，不列颠境内战火连连。与此同时，不列颠的西部和南部海岸遭受着从丹麦、荷兰和莱茵河口起航而来的日耳曼海盗的掠夺和侵扰。不列颠王沃蒂根认为日耳曼人可以帮助他抵御凯尔特人，于是，按照那个时代的习惯，他向雇佣军寻求帮助。来自日德兰半岛的亨吉斯特和霍萨是最早一批来到不列颠的雇佣军。之后，其他的日耳曼人——撒克逊人、弗里斯兰人、盎格鲁人——陆续来到此地，而英格兰（古英语 Engla-land，现代英语 England，即盎格鲁人之地）也正是因为盎格鲁人而得名。

　　日耳曼雇佣军最终打败了皮克特人，但是他们却和海盗结为了盟友。其实早在一个世纪前，日耳曼雇佣军就已经征服了不列颠，并建立起了若干独立的小王国。那些没在日耳曼人征服中丧命以及没有沦为奴隶的不列颠人逃到威尔士山区或者法国的布列塔尼地区寻求庇护。布列塔尼半岛正是因此而得名，而威尔士的山区至今还居住着凯尔特人的后代。日耳曼人抢劫并纵火焚烧了教堂。但很奇怪的是，他们并没有在城市中定居下来，或许因为城市对他们来说情况太复杂，或许因为他们惧怕城市中的鬼魂。

说入侵者是日耳曼人，就是说入侵者属于塔西佗在公元一世纪时在其作品中所描述的那个民族，这个民族没有达到或没有向往政治上的统一，但却有着相似的风俗传统、神话体系和语言。盎格鲁-撒克逊人来自北海或波罗的海，他们的语言介于西日耳曼语——也就是古高地德语——和斯堪的纳维亚方言之间。跟德语或瑞典语一样，盎格鲁-撒克逊语，或者说是古英语（两者其实是同义词），在语法上分为三个性，名词和形容词必须要性数一致，并且复合词众多。其最后一个特点对英国诗歌造成了很大影响。

　　在世界各国的文学中，诗歌都是先于散文出现的。盎格鲁-撒克逊诗歌没有韵脚，诗句的音节数也不是固定的；每行诗的重音都落在以同一个发音开头的三个单词上，这种手法被称为头韵法。举个例子：

wael spere windan on tha wikingas[1]

　　史诗的题材都大同小异，而这类诗歌中关键的字词并不

1　将毁灭之矛投向维京人。——原注

都以同一个发音开头，所以诗人必须借助复合词来完成头韵。随着时间的推移，诗人们发现很多词其实可以通过比喻来表达，例如，用"鲸之路"或"天鹅之路"来代指"海洋"，用"矛之聚集地"或"愤怒之场"来代指"战场"。

文学史家常常将盎格鲁–撒克逊诗歌分为基督教诗歌和非基督教诗歌两大类。这并不是全无道理的。有的诗歌歌颂友第德的功绩或使徒的事迹，也有的诗歌传颂女武神。基督教题材的作品也可以具有史诗的某些特征，虽然这也是非基督教诗歌惯有的特点。所以，在著名作品《十字架之梦》中，耶稣化身为"年轻的战士，他是无所不能的上帝"；在另外一些作品中，穿越红海的以色列人却出人意料地被冠以维京人的名号。但是，我们觉得另一种分类方法更加清楚明确。它同样把盎格鲁–撒克逊诗歌分为两类。一类是虽然在英格兰创作，但其实属于日耳曼一派的诗歌。同时还不要忘了，在斯堪的纳维亚半岛以外的其他所有地区，传教士们抹去了古神话的所有印迹。而第二类是所谓的哀歌，我们也可以称其为英格兰岛诗歌。这类诗歌抒发怀念、孤独之情以及大海的激情，具有典型的英格兰特色。

显然，第一类诗歌比第二类更古老。其代表性作品有《芬斯堡之战》（残篇）和长篇英雄史诗《贝奥武甫》。《芬斯堡之战》（残篇）讲述了六十位丹麦战士的故事。弗里斯兰的国王先是接纳了他们，但之后又背信弃义，转而攻击他们。佚名诗人这样写道："我从未听说过有人在战场比他们还英勇，胜利女神的六十位宠儿。"近来有人提出这样的假设，长达三千两百行左右的英雄史诗《贝奥武甫》也许有一个更庞大的故事构架。长诗中穿插着的一两句维吉尔的诗句展示了史诗的作者，也就是诺森布里亚的一位教士，其实是想创作一部日耳曼民族的《埃涅阿斯纪》。这一假设正好解释了为什么《贝奥武甫》中会出现修辞手法和句法结构纷繁复杂的现象，这是通俗语言完全不具有的特点。史诗的故事情节无疑是非常简单的：耶阿特王子贝奥武甫从瑞典来到丹麦，先后杀死了住在泥潭深处的怪物格林德尔和怪物的母亲。五十年后，已是一国之君的英雄，又杀死了一条看守宝物的火龙，但他自己也在与火龙的厮杀中负伤死去。他的人民将他埋葬；十二位骑士骑马守护在他的陵墓周围，哀悼他的离去，唱诵他的挽歌，赞颂他的名字。这两部诗作均创作于公元八世纪初，它们也许是日耳曼文学中最古老的诗歌。显而易见，诗中的人物都是斯堪的纳维亚人。

公元十世纪末，《芬斯堡之战》（残篇）那种直接的、有时几乎是口语式的语言风格，再次出现在莫尔顿的抒情史诗中。该史诗记述了挪威国王奥拉夫的军队大败撒克逊军队的过程。奥拉夫派出使者要求撒克逊人进贡，撒克逊人的首领回应说他们会如国王所愿进贡，但是进献的不是金子，而是他们的利剑。这部抒情史诗有不少细腻的情节。诗中这样讲述一个出门狩猎的男孩：当他遇上敌人的时候，他让心爱的猎鹰飞向树林，而自己则冲入了战场。总体来说，这部诗歌的情感基调是痛苦而内敛的，但是"心爱的"这一修饰语却出乎意料地让人动容。

第二类诗歌大约出现于公元九世纪，它包括了所谓的盎格鲁–撒克逊哀歌。这类哀歌并不悼念某个人的逝去，而是抒发个人的悲伤或者颂唱已逝时代的荣光。有一首名为《废墟》的哀歌哀叹巴斯城倒掉的城墙，诗歌的第一句写道："城墙的石头本非凡，但命运却将它摧残。"另一首题为《浪游者》的诗歌讲述了一个因主人过世而四处游荡的男人的经历：

"他必须以双手为桨在冰冷的霜海中前行，跑遍沙漠的迢迢道路。他的命运业已终结。"还有一首名为《航海者》的诗歌，开篇就宣告："我可以唱诵一首真正关于自己的歌，讲述我的旅行。"诗中描写了北海的暴风雨和严酷的天气："大雪降临，霜冻大地，冰雹落海岸，那是最寒冷的种子。"诗中先说大海是可怕的，之后又向我们述说大海的神奇魅力。热爱大海的人说道："他无心弹琴，不想要戒指作礼物，也无心享受女人的温存；他只想感受高而腥咸的海浪。"这正是约十一个世纪后吉卜林在他的《丹麦女人的竖琴之歌》中所表达的主题。还有一首题为《提奥的哀歌》的诗歌，诗中列举了一长串的不幸，诗歌的每一节都以同样一句忧伤的诗句结尾："过去的事情已经过去；面前的不幸也终会有结束的那天。"

十 四 世 纪

　　两个同等重要的历史事件改变并最终瓦解了古英语。自公元八世纪起，丹麦和挪威海盗不断滋扰英格兰沿海地带，他们的重点目标是北部和中部地区。一〇六六年，具有斯堪的纳维亚血统但受法国文化浸润的诺曼人攻占了整个英格兰。此后，教士阶层使用拉丁语，宫廷用法语，而盎格鲁-撒克逊语则演变成为四种方言，融入了众多丹麦词汇，成为了底层人民的语言。这两百年间，英国文学一片死寂，直到一三〇〇年才复苏。然而这时的语言已不复如初。跟现在一样，通俗用语从总体来讲都属于日耳曼语，而文化用语则是拉丁语或法语。于是出现了一个有趣的现象。盎格鲁-撒克逊语早已消失，但它的音乐却留存了下来。原本不可能读懂《贝奥武甫》

的人却能创作长篇头韵体诗歌。

　　这类诗歌当中最有名的作品是《农夫皮尔斯》。全诗共六千余行。我们很难清楚地呈现其故事情节，因为作品就像是五彩斑斓的万花筒，将多个故事融为一体。作品最开始展现在我们眼前的是"一片美丽的草原，草原上人山人海"。草原一端的尽头是地下监狱，也就是地狱；另一端的尽头矗立着一座高塔，也就是天堂。农夫皮尔斯建议大家开始通往新圣殿——即真理的圣殿——的朝圣之路。渐渐地寻找真理的人迷失了找寻的目标。皮尔斯与魔鬼的斗争是按照中世纪决斗的方式进行的。皮尔斯骑着一头驴赶到决斗之地，一位围观者问他："这是被犹太人杀死的骑士基督还是农夫皮尔斯？是谁把他涂成红色的？"突然之间，这一梦境消失了。出现了魔鬼、撒旦和别西卜——他们还是三个不同的人物——用火炮抵御耶稣的围困，死守地狱。在后来的《失乐园》中，撒旦也用了同样的手段。魔鬼拒绝交出永罪的灵魂，这时一名神秘的女人出来争辩道，如果魔鬼过去可以变成蛇引诱夏娃，那上帝也可以化为人形。但如果上帝曾化为人形，那么他也是为了更近地了解人类的罪孽和不幸。诗的作者是威廉·兰格伦，他化名威尔，也成为了诗中的一个人物。

　　《高文爵士与绿衣骑士》不可思议地将撒克逊韵律与凯尔特题材融为一体。故事内容属于在中世纪被称为"不列颠演义"的那类，也就是亚瑟王和圆桌骑士的传说系列。圣诞夜前夕，一名骑着威武高大绿马的绿巨人出现在亚瑟王与众圆桌骑士面前，那名绿衣骑士手拿一把斧头，要求某一位骑士用斧头砍下他的头颅，但砍下他头颅的骑士必须在一年零一天后去陌生而遥远的绿教堂找他，并回受他一斧。没人愿意接受这一挑战。为了捍卫自己的荣誉，亚瑟王正要接下斧头之时，年轻的高文夺过了斧头，砍掉了绿衣骑士的头颅。绿巨人拾起自己的头颅离开，此时头颅再一次提醒高文，一年零一天后他将等待高文的到来。一年的时间很快过去了，诗人描绘了这一年的四季变化，描绘了飘零的白雪和锦绣的花簇。高文开始了漫长而艰难的旅程，他一路跋山涉水，翻山越岭，最后找到了绿教堂。一位老人和他的夫人接待了高文，并让他住了下来。这位夫人比王后格温娜维儿还美丽。老人三次外出打猎，他的夫人三次趁机引诱高文。高文抵制住了美色的诱惑，但却收下了她送的一条绿色镶金腰带。圣诞节那天，绿巨人提斧砍向高文的头颅，然而沉重的铁斧只在高文的脖子上留下一点印迹。这就是对其贞洁的奖励。而脖子上的印迹则是因为他接受了绿腰带而应承受的惩罚。该诗属于头韵体诗歌，共两千余行，作者不详，诗歌将骑士的理想和奇妙荒唐的想象融为一体。

现在我们来介绍被许多人称为英国诗歌之父的杰弗里·乔叟。这个称呼并不是完全不确切的。虽然撒克逊时期的诗人先于他出现，但是这些诗人以及他们写作的语言已经被人们遗忘；相反，乔叟的伟大作品和弥尔顿或者叶芝的作品相比，在本质上并没有很大的区别。莎士比亚读过他的作品，华兹华斯甚至将他的作品翻译成现代英语。乔叟当过宫廷侍童、士兵、朝臣、议员，也当过驻荷兰、意大利的外交官，还曾在今天我们称之为特勤处的机构供职，最后他还当过关税督察。他精通法语和拉丁语，其次是意大利语。他写过一部关于如何使用星盘的专著，他还翻译过波爱修斯的《哲学的慰藉》。一位法国诗人曾致予他"伟大的翻译家"的名号。在中世纪，翻译并不是借助字典进行的语言活动（那时候也没有字典），而是艺术的再创造。举这样一个例子就足以说明乔叟是一位伟大的诗人了。希波克拉底曾写过 "ars longa, vita brevis"（"艺术长存，生命短暂"），乔叟把它翻译成：

The lyf so short, the craft so long to lerne.[1]

干涩的拉丁句子就这样被乔叟转换成了忧伤的思考。

受到《玫瑰传奇》的影响，他开始创作隐喻诗。《公爵夫人之书》是他的早期作品，是为悼念兰开斯特公爵夫人逝世而作。诗中以诙谐的口吻自嘲，这体现了典型的乔叟特色。《百鸟议会》也是属于这一时期的作品。

乔叟最深刻的作品是长篇叙事诗《特洛伊罗斯和克瑞西达》，虽然这并不是他最出名的作品。故事和全诗三分之一的诗句均来自薄伽丘的诗歌，但是乔叟对人物做了修改。例如，潘达鲁斯这个人物在薄伽丘的原作中本是一个叛逆的青年，但乔叟将他塑造成一个上了年纪的人，他极力撮合他的侄女克瑞西达和王子特洛伊罗斯的地下恋情。同时诗歌中还加入

---

1 生命如此短暂，学艺却如此漫长。——原注

了长篇累牍的道德说教。有人把这个以特洛伊围城为背景的悲剧故事看成是欧洲文学的第一部心理小说。我们按字面意思来翻译一下其中第五章的一个诗节。这一节讲述的是特洛伊罗斯骑马经过抛弃他的克瑞西达家门前的情景，整节诗既饱含激情又字斟句酌。"他这样说道：噢，令人悲痛的宫殿；噢，我昨天曾把它当做全世界最好的房子；噢，空荡而忧伤的宫殿；噢，屋内的灯光已熄灭；噢，宫殿啊，你曾经是白日，现在却变为黑夜，你应该坍塌，而我应该逝去，因为我曾经的向导已经从这里离去！……噢，红宝石也从指环上剥落；噢，这被遗弃的宫殿是我的圣殿！"乔叟写了很多诗歌，但是唯一一部完成了的只有《特洛伊罗斯和克瑞西达》，全诗共八千余句。

一三八七年左右，乔叟已经累积了许多未发表的手稿，最后他将这些手稿合成一部作品出版。这样就诞生了著名的《坎特伯雷故事集》。在与其类似的故事集中——我们以《一千零一夜》为例——讲述故事的人跟故事本身是毫无关系的；而在《坎特伯雷故事集》中，每个故事都体现了其讲述者的性格。三十多名朝圣者代表了中世纪的各个阶层，他们从伦敦出发前往贝克特圣祠。乔叟也与他们结伴同行，但他笔下的其他香客待他并不好。担当向导的旅店老板提议大家轮流讲故事解闷，谁的故事讲得最好，大家就请他吃一顿晚餐。经过十三年的创作，乔叟最终还是没有写完这部长篇巨著。故事集中有现代英国故事、佛兰芒故事、古希腊罗马故事，还有一个故事在《一千零一夜》中也出现过。

乔叟将他在法国和意大利学到的格律的概念引入英国诗歌。他曾在作品中嘲讽过头韵体诗歌，毫无疑问他认为头韵法是一种俗气且过时的诗歌手法。他非常关注宿命与自由意志这一问题。

切斯特顿有一部非常出色的著作就是研究乔叟的。

戏　　剧

　　基督教时代伊始，教会是排斥艺术的，因为当时的艺术被自然而然地与异教文化联系在一起。因此，中世纪时期戏剧在宗教礼仪中重生，这一直让人觉得很不可思议。弥撒是耶稣受难的重演，而《圣经》里面也有众多戏剧性的章节。教士们为了感化信众，将《圣经》中某些戏剧性场景搬上舞台。接着，戏剧表演从教堂内移到了教堂门外，语言也由拉丁语变成了方言。就这样，"奇迹剧"诞生了。在法国和西班牙，这种戏剧也被称为"神秘剧"。英格兰的各行会组织将《圣经》全部改编成戏剧，并最终将整个《圣经》故事搬上室外舞台，从人类的堕落一直演到末日审判。按照习惯，一般是五月进行演出，演出会持续好几天。水手们驾驭诺亚方舟，放牧的人赶来羊群，厨师们准备最后的晚餐。再接着，奇迹剧又演变为道德剧，也就是说，变成了隐喻性质的戏剧，戏剧的主人公变成了恶习和美德。《人性的召唤》是道德剧中最杰出的作品。

宗教戏剧让位于世俗戏剧。后者的第一位杰出代表人物就是克里斯托弗·马洛（1564—1593）。马洛是坎特伯雷一个鞋匠的儿子，是"大学才子派"剧作家。当时的剧团一般委托宗教职事人员创作剧本，而"大学才子派"的出现与宗教职事在创作上形成了竞争。马洛是叛逆不羁的无神论者，经常到历史学家兼探险家的瓦尔特·雷利家里参加"黑夜派"的活动。他当过间谍，二十九岁时在一家酒馆被人用刀刺死。一位美国批评家认为，马洛为莎士比亚的戏剧创作奠定了基础。他开创了被同时代剧作家本·琼森称为"雄伟的诗行"的诗歌风格。严格来说，马洛的每一部悲剧都只有一位主人公，都是敢于挑战世间道德律令的人。帖木儿渴望攻占全世界，犹太人巴拉巴斯渴望拥有无限的财富，浮士德则表现出对知识的欲望。马洛所表现的这一切都是与那个由哥白尼所开创、布鲁诺所继承的时代相呼应的。哥白尼宣扬空间的无限；布鲁诺甚至参加过"黑夜派"的活动，最终死于火刑。

艾略特发现，马洛总是将夸张手法运用得恰到好处，夸张到极致但又合情合理。这一评价同样适用于贡戈拉和雨果。在其同名悲剧《帖木儿》中，帖木儿在装饰华丽的马车中出场，马车里拴着四位国王，他们是他的囚犯，任他侮辱和鞭笞。剧中有一个场景是他把土耳其的苏丹关进铁笼，还有一个场景是他将圣书《古兰经》扔进了火堆。对于马洛的戏剧观众来说，圣书很可能象征着《圣经》。除了征服世界之外，帖木儿胸中唯一的激情就是对季娜葵特的爱。季娜葵特的死让他第一次明白他也是凡人之躯。发疯的他下令让士兵把火炮对准上天，"用黑色的旗帜装点天空，那是弑神的标志"。比起帖木儿，我们觉得这番话更适合从浮士德口中说出来。它充分体现了文艺复兴时期的特点："大自然创造我们的灵魂，是为了让它们去体会世界万物的神奇之处。"

《浮士德博士的悲剧》深受歌德的推崇。主人公浮士德让靡菲斯特把海伦的鬼魂带到他面前。浮士德因海伦的美丽而陶醉，他感叹道："这就是那张引发千艘战船出航／烧毁伊利昂无数高塔的面庞吗？噢，海伦，请赐我一吻，让我不朽！"

与歌德的《浮士德》不一样，马洛笔下的浮士德最后没有得到拯救。生命的最后一天，他看着日落西山，向我们诉说道："你们看，是基督之血淹没了天际。"他希望大地能将他隐藏，他盼望变成海洋中的一滴水，变成一小撮尘土。当午夜十二点的钟声响起之时，魔鬼将他拖入了地狱。"本可变得挺拔的枝条被折断，阿波罗的桂冠被烧焦。"

马洛为他曾经的朋友莎士比亚的创作铺平了道路。他赋予无韵体诗歌前所未有的活力和灵活性。

对于没有把莎士比亚（1564—1616）放回到他那个时代来审视的人来说，他的命运是神秘的。但实际上，这并不神秘。他所处的时代并未如我们这个时代一样对他推崇备至，是因为他是剧作家，而那时戏剧还属于难登大雅之堂的文学体裁。莎士比亚当过演员、作家和商人，经常参加本·琼森的文学聚会。多年后，后者还曾为他不甚了解拉丁文和希腊文而感到惋惜。据和莎士比亚打过交道的演员们说，写作对莎士比亚来说是一气呵成、信手拈来的事情，他从来不用删掉任何一行写过的东西。作为一个优秀的文人，本·琼森也不禁反复感叹道："但愿他曾删掉过千行诗句。"在逝世前的四五年，莎士比亚隐退回到了家乡斯特拉特福镇，在那里购置了房产，房子见证了他再一次的辉煌。但随后他又陷入了债务争端。莎士比亚全然不在意荣耀，他的第一部作品全集也是他死后才结集出版的。

　　剧院建在城外，没有屋顶。一般的观众在剧院中间的院子里站着看戏，院子周围是廊座，廊座比站着看戏要贵一些。舞台没有前幕和布景。朝臣们可以带着给他们拿椅子的仆人坐在舞台的两侧，以至于演员们上下台时不得不从他们之间穿过。在当今的戏剧中，人物可以在幕布升起后继续之前的对话。但在莎士比亚的戏剧中，人物出入场也是戏剧的一部分，不能省略。例如，最后一幕经常会出现很多尸体，而因为以上提到的原因，剧本中必须安排有人把尸体清理出场。所以，哈姆雷特带着军人无上的尊严和荣耀被埋葬；所以，四名上尉把他抬到墓前，福丁布拉斯说道："以响亮的军歌及隆重的军仪向他致敬。"我们应该庆幸当时舞台没有布景，因为这使得莎士比亚不得不用言语的方式来展现布景，而且还多次用此方式来展示人物心理。国王邓肯远眺麦克白的城堡，他凝望着那高塔和燕雀，发现燕雀筑巢的地方连"空气都是细腻的"，但悲哀的是，他却对自己的命运全然未知，他不知道就在那晚麦克白会在城堡里谋害他。相反，麦克白的妻子知道她的丈夫要谋害国王，她说连乌鸦都叫破了嗓子宣告国王的到来。麦克白告诉他妻子说，邓肯晚上到，妻子问他："他何时离开？"麦克白回答道："他说明天离开。"妻子则回应他说："他永远也见不到明天的太阳。"

歌德说，任何诗歌都有现实环境的影子。悲剧《麦克白》是世界文学之林中最激情澎湃的作品之一。但莎士比亚完全有可能是因为一些偶然的因素而开始创作这部作品。例如，英格兰国王詹姆士一世也是苏格兰的国王，而这部作品的主题正好与苏格兰有关。再如，提到剧中的三个女巫或三位命运女神，也不应忘了国王詹姆士一世相信魔法并且曾写过一部关于巫术的著作。

《哈姆雷特》比《麦克白》更复杂、篇幅也更长。故事最初来源于丹麦历史学家萨克索·格拉马蒂库斯的作品，莎士比亚并没有直接读过他的作品。哈姆雷特的性格是众人讨论的焦点。柯勒律治把他看成是想象和理智先于意志的人物。剧中几乎没有次要人物。即使是哈姆雷特拿在手中的骷髅头骨约里克，其人物形象也是通过哈姆雷特的言语勾勒出来的。同时，剧中两个截然不同的女性人物（奥菲莉娅和乔特鲁德）的塑造也令人难忘。奥菲莉娅理解哈姆雷特，但却被他抛弃，最终不幸逝去；乔特鲁德是强悍的女人，她被情欲左右又饱受折磨。此外，《哈姆雷特》还有神奇的剧中剧效果，叔本华对此技巧称道不已，塞万提斯想必也会对此赞不绝口。《麦克白》和《哈姆雷特》这两部悲剧的中心主题都是罪行。前者是因野心而犯罪，后者则是因野心、复仇和正义而犯罪。

　　和以上两部作品截然不同的是莎士比亚的第一部浪漫悲剧《罗密欧与朱丽叶》。悲剧的主题与其说是恋人最终的不幸遭遇，不如说是对爱情的颂扬。莎士比亚喜欢在他的作品中展示奇妙的直觉，这部作品也不例外。罗密欧为了寻找罗萨兰而去化装舞会，结果却爱上了朱丽叶。莎士比亚这一安排为人称道。因为罗密欧的灵魂已经为爱神的降临做好了准备。与马洛一样，莎士比亚在剧中频繁使用夸张手法来表现激情。罗密欧看到了朱丽叶，感叹道："是她让火炬发光。"和约里克一样，在这部剧作中也有一些人物，仅通过只言片语其形象就完全被刻画出来。按照情节的安排，男主人公去买毒药。

商人拒绝把毒药卖给他，于是罗密欧掏出了金币。商人说道："我的贫穷愿意接受这金币，但是我的意志不允许。"他得到的回答是："但我买的不是你的意志，而是你的贫穷。"两位恋人在卧室告别那一场中，环境作为心理因素介入其中。罗密欧和朱丽叶都想推迟分别的时间。朱丽叶试图说服她的恋人，窗外是夜莺在歌唱，而不是云雀在宣告白日的来临；拿生命冒险的罗密欧立马认为黎明的霞光只是反射进来的灰色月光。

另一部浪漫剧是《奥赛罗》，它的主题是爱情、嫉妒、险恶以及我们现在称为"自卑感"的东西。伊阿古恨奥赛罗，也恨军衔比自己高的凯西奥。奥赛罗在苔丝狄蒙娜面前自惭形秽，因为他比她大很多岁，而且苔丝狄蒙娜是威尼斯人，他自己却是黑人。苔丝狄蒙娜接受了自己的命运，即使她被奥赛罗杀死，临死前却还试图将这一切归为自己的过错。她对奥赛罗是忠诚的，并且全身心地爱着自己的丈夫。但直到伊阿古的卑鄙伎俩被揭穿之后，奥赛罗才意识到妻子的这些美德。最后他拔剑自刎，但并不是因为悔恨，而是因为他发现失去了苔丝狄蒙娜他也活不下去。

由于篇幅有限，我们只能提及莎士比亚最重要的一些作品，如《安东尼和克娄巴特拉》《恺撒大帝》《威尼斯商人》《李尔王》。但是，我们还是想在这里特别提一下法斯塔夫这个人物。法斯塔夫跟堂吉诃德一样，是一位荒唐又可爱的骑士；但与堂吉诃德不同的是，他身上所体现出的幽默感在十七世纪文学中是独树一帜的。

莎士比亚还留下了一百四十多首十四行诗，全都被曼努埃尔·穆希卡·莱内斯翻成了西班牙文。毫无疑问，这些诗歌带有自传性质，跟莎士比亚的爱情有关，但没人能彻底解密他的感情生活。斯温伯恩称其为"神圣而又危险的文本"。其中一首十四行诗提到了新柏拉图主义的世界灵魂，另外几首又涉及毕达哥拉斯主义"世界历史是周而复始、循环往复"的概念。

莎士比亚创作的最后一部悲剧是《暴风雨》。他塑造了两个非凡的人物，爱丽儿和她的宿敌卡列班。销毁魔法书并决定不再碰巫术的普洛斯彼罗则很可能是莎士比亚本人的象征，因为莎士比亚也借此告别他的创作生涯。

十 七 世 纪

　　不管是在文学上还是历史上，十七世纪都是一个风起云涌的时代。我们从这一时期选择了三位创作风格迥异的作家：多恩、布朗和弥尔顿。但进入正题之前，有必要先提一下哲学家弗朗西斯·培根（1561—1626）的作品《新大西岛》。这是世界文学史上的第一部科幻小说。它讲述了一群航海者来到了秘鲁附近一个虚构的岛屿。岛上到处都是实验室，实验室里可以模拟出雨、雪、暴风雨、彩虹、回音等各种自然现象，可以通过机械手段将音乐保存下来，还可以通过人工投影再现各种仪式和战争的影像。造船厂可以造出在空中或者水下航行的船只。那里有靠香味就能治病的苹果，还有可以通过杂交实验造出所有可能物种的植物园和动物园。

约翰·多恩（1573—1631）的名气经历了大起大落。他去世之后遭到人们的冷落，直到一七八九年才再度被浪漫主义作家发现，如今他被看作是英国最伟大的诗人之一。他目睹，或许还亲身参与了埃塞克斯伯爵的海军对加的斯的洗劫。他本是天主教徒，后来改信英国国教。他离世之时，已是圣保罗大教堂教长。在多恩所处的时代，包括莎士比亚在内的所有文人都致力于创作意大利式甜美的抒情诗歌，而多恩的创作却回归到其撒克逊前辈所特有的硬朗风格，当然，他本人对此并无自觉。他在他的某两行诗中这样写道："我的歌声不像美人鱼那般美妙，因为我本粗犷。"他的诗歌适当地融入了散文的成分。在一首致大海的诗中，他完全没有提到海神尼普顿，而是描写了晕船的感觉，这在当时的文学中是极为罕见的。多恩的作品属于巴罗克风格，只是他的早期作品带有情色的成分，而晚期作品带有神秘主义色彩。在其早期作品中，他讲述过一个通奸者的故事，通奸者无耻地嘲笑被蒙在鼓里、全然不知妻子出轨的丈夫；在其晚期的一部作品中，他将自己比作一座城，城里处处是各色的偶像，他祈求上帝攻占自己这座城。他写道："如果你不征服我、不奴役我，那我将是不自由的；如果你不强行占有我，那我将是不贞洁的。"他在一篇布道词中说道："我就是我自己应逃离的巴比伦"；在另一篇中，他把本应和静寂联系在一起的坟墓比作将我们拖入深渊、吞噬我们的漩涡。他的著作《自杀辩》(*Bioathanatos*）是为自杀行为的辩护。在这部作品中，他辩解道，既然存在正当的他杀行为，那也应当有正当的自杀行为，他还将殉道者的行为作为此观点的例证。他曾试图写一部著作，要超越世上除《圣经》以外的所有作品。虽然他并没有写完这部名为《灵魂的进程》的诗作，但这一未完成的作品中不乏精彩的诗句。这部作品的创作基于毕达哥拉斯的灵魂轮回说。一个灵魂向我们展示了它生作植物、动物和人的若干次轮回。第一世，它是诱惑夏娃的苹果；第二世，它变成了猴子；第三世，又变成了蜘蛛，被人杀死，做成了毒药。它将囊括整个世界历史，向我们讲述"迦勒底之金、波斯之银、希腊之铜和罗马之铁"所目睹的一切；它要观赏的事物远远不只是太阳，它要在它无拘无束的旅程中每天都欣赏"塔霍河、波河、塞纳河、泰晤士河和多瑙河"。

托马斯·布朗爵士（1605—1682）被誉为英国文学最优

秀的散文家。他曾在欧洲大陆的三所大学学习医学。他曾说过，不管身在何处他都始终在英国，其实这只是为了表达他不管身在何处都感觉像在自己家里一样。在那个宗教狂热且内战连连的年代，他代表了那个年代比较少见的一类人：宽容的人。布朗会希伯来语、希腊语、拉丁语、法语、意大利语和西班牙语，并且是最早一批研究盎格鲁-撒克逊语的文人之一。他的第一本书《医生的宗教》，其题目本身就包含着一个悖论，因为在当时医生被认为是无神论者。这本书的语言风格接近口语，它向我们展示了一个跟蒙田性格类似的人物。在他最重要的作品《瓮葬》中，作品研究的主题只是为了引出睿智且具有音乐感的长篇段落，而这些段落的启发意义远比它讲述的内容重要。作品中有大量的拉丁词汇及新词汇。我们来看看由阿道夫·比奥伊·卡萨雷斯翻译的作品第五章结尾：

"算得上幸福的，是那些不问世事、清白度日的人，他们此生宽以待人，故而不怕与人来世再见，过世之后也不惊扰逝者，亦不会成为被以赛亚赋诗讽刺之人。虔诚之人，此生的岁月怀着对来生的陶醉。前世虽躺在宿命的混沌和前生的暗夜之中，但他们不觉此生胜于前世。如若谁人能有幸理解基督教所谓的寂灭、狂喜、跪拜、蜕变、妻之吻、上帝之味和神荫庇佑，那他们便有幸预见了天堂。对他们来说，世间的荣华业已结束，大地不过是尘土。生，其实就是再度成为我们自己。对真正的信徒来说，这不仅是希望，也是坚定的信念。埋在圣英诺森教堂的墓园里和埋在埃及的沙漠中并无差别：化作万物皆可，皆为永生而陶醉，六尺黄土也好，哈德良的陵墓也罢，此生足矣。"

此前他曾写道："但人是高贵的动物，即使化为灰烬也耀眼，即使步入坟墓也华贵，他用同样的光亮庆祝诞生与死亡，通过勇敢的仪式纪念肉体的丑恶。"

约翰·弥尔顿（1608—1674）比以上两位作家都有名，但就艺术成就而言，三者不相上下。弥尔顿是诗人、神学家、政论家和剧作家。他是狂热的共和派，曾当过克伦威尔的拉丁文秘书，也就相当于担任外交事务负责人的职务，因为拉丁文是当时的外交通用语。即使面临失明的危险，他也没有在繁重的工作面前退缩，他坚持工作，直至最后完全失明。弥尔顿先后结过两次婚，他支持离婚和多配偶制。他在意大利结识了伽利略，并且通过伽利略的望远镜看到了月亮。多年后，在《失乐园》对撒旦之盾的描写中，他重现了在望远镜中看到的月亮形象。他可以用拉丁文和意大利文作诗，而且他的某部早期作品就是直接从《诗篇》翻译而来的。弥尔顿写过文章证明人民斩首查理一世是合理的。以至于后来当查理二世上台时，有人把弑君者的名单呈送给他，他却没有接受，理由是他没有签署死刑命令的权力。

在写下第一行诗之前，约翰·弥尔顿就已经预感到他会成为一个诗人。他一心想写出一部"被后世敬仰的传世之作"。他认为，要唱颂英雄事迹就必须有一个英雄的灵魂。因此，虽然他的性格中有享乐的一面，但作为诗歌中的牧师，结婚之前他一直保持着贞洁。在十七世纪，诗人荷马的崇高地位是无可争议的。从这一或许合理的认知，他推断出，荷马式的史诗型作品是优于其他任何体裁的。于是弥尔顿准备创作一部伟大的史诗。他研究世界上最著名作品的原文原作。最后他得出结论，希伯来文学优于希腊文学和罗马文学。同时他还认为，韵律是可怜的现代文学技巧，是被古人所忽视或轻视的技巧。于是，就只剩下作品的主题还待选择了。圆桌骑士系列故事让他痴迷，但是查理一世自认为是班柯的后代，而按照传统，班柯又是亚瑟王的后代。弥尔顿支持处决查理一世，所以，对身为共和党人的他来说，这一主题是不适合的。此外还有一个原因也让他不能选择这个主题。亚瑟王是凯尔特人，而十七世纪的英国人，尤其是共和党人，认为他们传承的是日耳曼血统。选择什么样的主题呢？与托尔夸托·塔索一样，对弥尔顿来说，《伊利亚特》的主题也存在着唯一一个缺点，也就是，特洛伊围城和特洛伊城的衰落不一定会引起所有人的兴趣。《圣经·旧约》则为他提供了一个更广阔的构架：创世记、天使之间的战争和亚当的罪孽。一六六七年，已双目失明的弥尔顿发表了《失乐园》。

壮丽雄浑的基调延续了典型的弥尔顿风格。但是读者很快就会发现，其作品有太多墨守成规的东西，没有随着激情的变化而变化。

十八世纪最具权威的英国批评家塞缪尔·约翰逊评论道，《失乐园》是这样一本书，读者对它推崇备至，但紧接着就束之高阁。"读过它的人，没人会希望它篇幅更长。人们读《失乐园》，更多是源于他们认为应该读这部作品，而不是源于阅读的快感。我们读弥尔顿是为了追求精神上的提升，但是阅读过程却变成一种负累，让我们不得不中途放弃，转而选择别的更有意思的东西。我们逃离大师，寻找朋友。"与无所不能的上帝进行抗争的撒旦被许多人看成是这部作品真正的、隐秘的主人公。

发表于一六七一年的《力士参孙》也许是弥尔顿的集大成之作。作品效仿古希腊悲剧，暴力事件都被安排发生在舞台之外，还有合唱团对事件加以评论。作品中不乏绝妙的诗句。被妻子背叛、敌人包围并且双目失明的参孙，其实是弥尔顿在诗剧中的影子。

在相当长的一段时间内，弥尔顿都被看成是典型的清教徒。但是其遗作——神学著作《基督教教义》——的发现，向人们展示了弥尔顿具有异教色彩的一面。在这本著作中，他创造了一个接近多神论的神学体系，和加尔文及罗马天主教思想相去甚远。德尼·索拉在这部作品中发现，弥尔顿受到了喀巴拉的影响。

十 八 世 纪

　　除了这一时期的名家名作之外，还有两个相互对立的运动可以定义这个世纪。第一个是十八世纪前半叶的古典主义运动。古典主义，也称为假古典主义，即根据布瓦洛提出的理性和明晰的原则来架构散文和诗歌。第二个是浪漫主义运动，它比古典主义运动重要得多。浪漫主义兴起于十八世纪中叶。苏格兰的詹姆斯·麦克弗森开创了浪漫主义运动的先河，随后浪漫主义运动扩展到英格兰、德国和法国，最后波及整个西方世界，阿根廷也深受影响。

　　我们本可以选择亚历山大·蒲柏作为古典主义诗歌的代表人物，选择约瑟夫·艾迪生或者辛辣犀利的乔纳森·斯威夫特作为古典主义散文的代表人物。但是，最终我们却选择了伟大的历史学家爱德华·吉本（1737—1794）。

　　吉本出身于伦敦附近的一个古老家族。其家族并不算特别显赫，家族中有先辈在中世纪时期当过国王的建筑师。吉本自小在父亲的藏书室里阅读了大量书籍，后进入牛津大学接受教育。对于牛津大学和剑桥大学之间谁的历史更悠久的争论，吉本在若干年之后评论道，唯一可以确定的是，两所名校都显现出了老年病的各种症状。十六岁时，他因阅读了波舒哀的著作，受其影响而改信天主教。这引起了家人的惊慌，于是他被送到了新教正统的中心——洛桑。谁知事与愿违，这一举动反而使吉本变成了怀疑主义者。正如弥尔顿一样，吉本知道自己注定要走上文学的道路。他曾计划写一部瑞士联邦的历史，但却因某种德语方言太难学，只好作罢。他也想过写雷利的传记，但考虑到这可能只能引起小部分人的兴趣，于是他再次放弃。一七六四年，他游历到罗马，当置身于卡皮托利欧的废墟之中，他产生了要编写他最宏大的作品《罗马帝国衰亡史》的想法。在动笔之前，他阅读了古代及中世纪所有历史学家的原文原著，还对建筑和钱币进行了研究。他于一七八七年六月二十七日晚在洛桑完成了这部巨著，前后共耗费了十一年时间。七年后，他在伦敦逝世。

吉本的这部作品不仅是英国文学最重要的历史丰碑，也是世界文学最重要的历史丰碑之一。两个貌似相互排斥的风格——讽刺和华丽——在这部作品中得到了完美的融合。吉本为该作品所选取的庞大题目，为自己提供了最大的创作空间。《罗马帝国衰亡史》包括了十三个世纪的历史，从图拉真皇帝写到君士坦丁堡的陷落和里恩佐的悲剧命运。他运用娴熟的叙事技巧，将各式各样、包罗万象的人物和事件鲜活地展示在人们面前：查理大帝、阿提拉、穆罕默德、帖木儿、罗马的洗劫、十字军东征、伊斯兰教的传播、东方战争、日耳曼民族内部战争。作品中不乏大量机智辛辣的评论。譬如，苏格兰人自诩是唯一击退过罗马人的欧洲民族，吉本却发现，罗马人是带着轻蔑转身离开的，他们嫌弃苏格兰是个气候恶劣、寒冷阴暗的地方。再如，他在书中提到过"神学的夜战"，而在同一段落中他又称之为"教会的迷宫"。尼采后来写道，基督教最初是奴隶的宗教；而此时的吉本则赞美上帝这一神秘的决定，他让一小群没有文化的人——而不是让学识渊博的哲学家——来揭示真理。吉本并不否定宗教奇迹；相反，他指责以普林尼为代表的非基督教学者犯下了不可饶恕的疏漏，他们记录了世界上所有的奇人异事，却只字未提拉撒路的复活、耶稣受难之日的地震和日食。自塔西佗开始，许多人都认为日耳曼人的宗教崇拜值得称颂，仁慈的日耳曼人没有把神关在寺庙殿堂之中，而是更愿意到清幽的树林里去膜拜他们。但吉本却评论道，日耳曼人那时还建不好庙宇，他们也就勉强能搭建茅屋。

在用英语写作之前，吉本是用法语和拉丁语写作的。他在研究帕斯卡和伏尔泰的同时，也练习法语和拉丁语的写作。反复的练笔为鸿篇巨制《罗马帝国衰亡史》的撰写奠定了基础。这本书出版后，他被卷入了激烈的神学论战。但他在论战中自得其乐，而且总是最后的赢家。

除了《罗马帝国衰亡史》之外，吉本还有一部关于埃莱夫西斯秘仪的著作和一部他死后才出版的精彩自传。

十八世纪的另外一位杰出作家是塞缪尔·约翰逊（1709—1784），他集词典编纂家、散文家、文学评论家、道德学家于一身，并且有时还进行诗歌创作。他出身贫寒，自小在利奇菲尔德镇父亲的书店里阅读了大量书籍。他当过学校的老师。最初他生活艰苦，但这并未影响他积累庞杂而渊博的知识。一七三五年，他受托翻译了耶稣会教士洛伯神父的《阿比西尼亚之旅》。同年，约翰逊结婚。自一七三七年起，他来到伦敦居住。十年之后，他提出了编纂第一本《英文辞典》的计划。后来正是这本辞典让他名声大噪。他认为是时候将英文规范和固定下来，应该去除英文中的法文词汇，并尽可能地保留其日耳曼语特性。有人告诉他，一共有四十位院士参与了法兰西学院字典的编纂。看不起外国人的约翰逊回应道："四十个法国人对一个英国人，这比例很合理。"他用了八年的时间来编纂他的《英文辞典》。他因这本辞典而声名鹊起，也因此获得了一个一语双关的绰号"词典约翰逊"，既暗指约翰逊的体型，也提到了他的作品。一七六二年国王给予他每年三百英镑的津贴。此后，除了偶尔例外的情况，他放弃了书面文学的创作，转向口头文学。他成立了"文学俱乐部"，能言善辩又颇具权威的他被俱乐部成员背地里称为"大熊座"。文学俱乐部成立后不久，他就认识了年轻的苏格兰人詹姆斯·鲍斯威尔（1740—1795）。鲍斯威尔将约翰逊的言论都记录了下来，也许还进行了润色。这些记录帮助他写成了文学史上最有意思的作品之一《约翰逊传》，于约翰逊逝世后第五年问世。

约翰逊发表了《诗人传》，其中包括了一篇弥尔顿的传记，在传记中他对弥尔顿多有责难。此外，《诗人传》还包括了他编的莎士比亚作品集，约翰逊针对古典主义文人对莎士比亚的抨击为其进行辩护。布瓦洛坚持亚里士多德的三一律，即时间、地点、情节的统一，他曾在其著作中写道，在悲剧的第一幕观众以为故事发生在雅典，第二幕却变成了亚历山大港，这是很荒唐的。约翰逊则反驳道，观众不是疯子，他们既不认为自己在雅典，也不会认为在亚历山大港，而是认为自己在戏剧里。有人在约翰逊面前评论水手的生活是可悲的。约翰逊对他说道："先生，水手生活的尊严就是冒险。没有在大海中乘风破浪或者没有经历战斗洗礼的人是要被轻视的。"作为虔诚的宗教信徒，他经常会感到世俗的浮夸和虚荣，以至于某次聚会，面对众人的崇拜和恣意狂欢，他不由得高声诵念主祷文。

鲍斯威尔的《约翰逊传》经常被拿来和爱克曼的《歌

德谈话录》做比较。但是两者有根本性的区别。爱克曼是毕恭毕敬的学生，他只是将老师的观点原封不动地记录下来；而鲍斯威尔的传记则类似于一部喜剧，剧中有两个核心人物：一个是可爱又时而可笑的约翰逊，另一个则是几乎总是荒唐可笑、总受人打击的鲍斯威尔。以麦考莱为代表的不少人认为鲍斯威尔是个白痴，但是他们忘记了，他们下这个论断所依据的例子就出自鲍斯威尔的作品。鲍斯威尔将这些可笑的例子穿插在这部传记中，就是要在书中创造一个喜剧人物形象。与麦考莱相反，萧伯纳则称赞鲍斯威尔扮演了剧作家的角色，他为我们创造了一个不朽的约翰逊。

鲍斯威尔生于爱丁堡的一个贵族世家。他曾先后在爱丁堡大学、格拉斯哥大学、乌得勒支大学学习法律。他人生中最重要的事件是在伦敦的一家书店遇到了"词典约翰逊"。在欧洲大陆逗留期间，他结识了卢梭、伏尔泰和科西嘉的保利将军。他写过一篇拥护奴隶制的赞歌，提出奴隶制的废除关闭了人类慈悲的大门，因为奴隶制的废除导致非洲黑人不再把他们的囚犯卖给白人，而是将他们杀死。一七六九年，鲍斯威尔和他的表妹玛格丽特·蒙哥马利结婚，他们一共有七个孩子。最近有人发现了他的日记手稿，并于一九五〇年出版。日记中处处可见具有鲜明的鲍斯威尔色彩的奇言怪语。

浪漫主义运动

　　著名的历史哲学家奥斯瓦尔德·斯宾格勒在其著作中列出了为数不多的几位伟大的浪漫主义诗人，几乎被人遗忘的詹姆斯·麦克弗森（1736—1796）位列其中。麦克弗森出生于因弗内斯附近，当时那里仍然讲盖尔语。麦克弗森从未完全掌握盖尔语，他甚至没有学会用盖尔语阅读，但是他为自己是苏格兰人而深感自豪。他当过学校的老师。一七六〇年他在朋友的帮助下发表了《盖尔语古诗片段英译版》，引起极大的轰动。两年后，在文化名人布莱尔博士的资助下，他出版了史诗《芬加尔》。据他在序言中介绍，这部作品是由公元三世纪的一首古诗翻译而来的。古诗的作者是主人公芬加尔的儿子欧西安，古诗的某些片段在苏格兰的山地和岛屿地区被保留了下来。《芬加尔》是押韵散文体诗歌，形式上类似于《圣经》经节。它被译成了几乎所有的欧洲语言，拥有众多读者。拿破仑身携教士塞萨罗蒂翻译的意大利语版《芬加尔》四处征战；歌德读过该诗之后评论道，欧西安让荷马住进了自己的心里，歌德还把《芬加尔》的某个章节写进了《少年维特之烦恼》。然而，另外一些读者认为《芬加尔》是杜撰的。其中言辞最激烈的当属约翰逊博士，因为他原本就厌恶苏格兰人。他认为，把一部六卷长的史诗说成是野蛮部落的作品，这是荒谬的，他们甚至都不能从一数到五。《芬加尔》可能并不是一部真正被重构过的凯尔特史诗，但毋庸置疑，它是欧洲文学的第一部浪漫主义诗歌。诗人麦克弗森刻意牺牲自己来成就苏格兰更大的辉煌。

我们来引用一些诗中的句子："人对人，铁碰铁。盾牌嗡鸣，战士倒地。犹如百把铁锤落向锻炉上火红的铁丝，他们站起来，宝剑在吟唱。"另一处场景中诗人又写下这样的句子："别的时代充盈着我的灵魂。"还有，"他们在他的眼睛里看见了战斗，从他的宝剑中窥见了屠杀"。

即使在英国国土之外，拜伦勋爵仍然被看成是英国浪漫主义运动的核心人物。而在他的祖国，他的形象比他的作品更加鲜活。这位英俊、忧郁、不羁的贵族在充满神秘和惊异的气氛中游历了西班牙、葡萄牙、希腊、土耳其、德国、瑞士和意大利。拜伦天生跛足，但他超越了自己的生理缺陷，如同希腊神话中的勒安得耳，横渡了达达尼尔海峡。他参加了希腊独立战争，一八二四年四月十九日因高烧不治在迈索隆吉翁离世，享年三十六岁。直至今天，对于希腊人来说他仍然是民族英雄。

拜伦留下了许多作品，但我们在这里只提及《恰尔德·哈洛尔德游记》和《唐璜》。《恰尔德·哈洛尔德游记》是同时具有自传性质和奇幻色彩的作品，它的倒数第二章中有对滑铁卢战役的描写。《唐璜》是一部讽刺史诗，诗中有许多出人意料的情节和不少情色场景。拜伦诗艺娴熟，在《唐璜》中大量地运用了讽刺手法。后来卢贡内斯在他的《伤感的月历》中也采用了同样的艺术手法。

一七九八年，华兹华斯和柯勒律治共同发表了《抒情歌谣集》，这标志着浪漫主义运动的正式兴起。华兹华斯和柯勒律治都是伟大的诗人，两者的作品都几乎是不可译的。《抒情歌谣集》是一部很有意思的作品，它完全符合华兹华斯的诗学理论。这一理论是在两年后《抒情歌谣集》再版时由华兹华斯提出来的。根据这一理论，诗歌不是在激情迸发那一瞬出现的，而是在诗人重现激情迸发那一刻时出现的，此时诗人扮演着演员和观众的双重角色。"诗歌源自在平静中对激情的回忆。"华兹华斯反对十八世纪所谓的"诗意的文辞"，反对陈言套语和隐喻的使用，推崇自然随性的语言，虽然他也排斥方言式的言辞。他认为，乡下人说话的方式受到自然的影响，相比之下，城里人说话的方式就显得做作。华兹华斯的理论为后来惠特曼和吉卜林的创作奠定了基础。毫无疑问，他们的创作会让华兹华斯大吃一惊。没有人可以完全不同于他所处的时代，所以华兹华斯的作品中也偶尔会出现他所反对的这些缺点。华兹华斯于一七七〇年生于苏格兰边境附近，于一八五〇年去世。

他留下了一部未完成的哲理诗。诗歌讲述了一个梦境，梦中的主人公是一个阿拉伯人，他肩负着一项使命：拯救人类最重要的两样东西——科学和艺术，使它们免受第二次大洪水的侵袭。科学的化身是一颗石头，它同样也代表欧几里得的几何学；而艺术则是一只蜗牛，它代表世上所有的诗歌。华兹华斯同时也进行十四行诗的创作。他创作的十四行诗并不比莎士比亚或叶芝逊色。切斯特顿评论道，读华兹华斯的诗歌，宛如天微亮之时在青山间饮一杯清水。

可以说对于萨缪尔·泰勒·柯勒律治（1772—1834）的生平我们知之甚少。柯勒律治生于德文郡，是一位新教牧师的儿子。他的父亲常在他的布道词中穿插大段的用圣灵之语——也就是希伯来文——讲的《圣经》章节，这让质朴的教民感到非常有趣。与华兹华斯一样，柯勒律治也支持法国大革命，还提议在美国的荒野中建立一个社会主义理想社会。但是雅各宾派专政和拿破仑的军事独裁让他放弃了这些想法。他的整个一生就是由各种因素组成的漫长序列，其中有延误，有歧途，有大可不必列出目录的各色杰出作品，也有准备进行但很少真正开讲的讲座。柯勒律治的《文学传记》是用散文写成的。无数的题外杂谈中，有对华兹华斯诗艺理论的反驳，也有对费希特和谢林自觉或不自觉的搬用。他和德·昆西、卡莱尔是最早在英国传播德国哲学的文人。他的诗作一共有近四百页，但是，除了《沮丧》之外，剩下的都可以归结为三部诗。有人说这三部诗的组合类似于《神曲》。第一部是《克里斯特贝尔》，与之相对应的是地狱。第二部是《古舟子咏》，对应炼狱，讲述了发生在南极地区的一次神秘的赎罪之旅，诗中的人物是人类、天使和魔鬼，其中诗人对南极地区的描写栩栩如生。第三部是《忽必烈汗》，对应天堂。它的创作过程是非常奇妙的。当时还是鸦片瘾君子的柯勒律治，睡前一直在读一本游记，后来他做了一个三重梦，涉及音乐、言语、视觉三个层面。他听到一个声音在不断地重复一首诗，听到一段奇怪的音乐，还看到一座中国宫殿。他知道（因为在梦里人自然而然地就会知道一些东西），是音乐筑建了宫殿，而保护过马可·波罗的忽必烈大帝正是宫殿的主人。梦中听到的诗很长。柯勒律治醒来后回忆起那首诗，立刻挥笔把它记下来，但是中途被人打断，之后他就再也记不起来诗歌的结尾。然而，他写下来的这五十多句诗，因其优美炫目的意象和细腻流畅的笔触，被誉为文学史上不朽的篇章。诗人去世的数年后，人们得知，真实的忽必烈汗其实也是根据他梦到的一张图纸来建造宫殿。

托马斯·德·昆西（1785—1859）是柯勒律治和华兹华

斯的学生。除了小说《克劳斯特海姆》和他翻译或释义的莱辛的《拉奥孔》之外，他的作品全集，总共有十四卷，分为若干章节。从篇幅和深度来看，当时的章节也就相当于我们今天所说的本。他试图像托马斯·布朗爵士一样，写出如诗歌一般富有诗意的散文，当然，很多时候他如愿以偿。他最重要的作品是《一个英国鸦片服用者的自白》（部分被夏尔·波德莱尔译成法文）。作品讲述了作者曲折的经历、他的梦境和梦魇。他为了寻找精神上的快感而吸食鸦片。鸦片增加了他对音乐的敏感度，让他能够理解，或者他自认为能够理解，康德最晦涩难懂的思想。他甚至到了每天要摄入八千到一万两千滴鸦片制剂的地步。长期吸食鸦片让他噩梦缠身；他感觉空间已经膨胀到了人眼都容不下的地步；一个晚上对他来说像几个世纪那么漫长，但醒来又感觉浑身疲惫无力。他常做跟东方有关的梦，梦见自己是受万众景仰的神灵或金字塔。他精致细腻而又错综复杂的段落文字仿若音乐的殿堂一般在人们面前展开。瘦小、脆弱、彬彬有礼，他留在人们记忆中的形象完全不似现实中的人物，而像是完全虚构的。

关于雪莱（1792—1822）以及开创了历史小说先河的沃

尔特·司各特爵士（1771—1832），我们仅能在这里略微提及他们的名字。

英国最杰出的抒情诗人，约翰·济慈（1795—1821）生于伦敦的一个贫寒家庭，后来因染上肺痨死于意大利。他所接受的教育是不完整的。对此，阿诺德评论道，虽然他不懂希腊文，但他生来就是希腊人。二十岁时，他写下了著名的十四行诗《初读查普曼译荷马史诗有感》。诗中他写道，他惊喜的心情无异于第一位西班牙征服者看到太平洋时的感受。他是利·亨特和雪莱的朋友。弥尔顿希望诗歌是简单、感性而激情澎湃的。济慈的作品，除了爱用古语之外，完美地符合了弥尔顿的设想。只要英语还留存于世，他的两首诗作《夜莺颂》和《希腊古瓮颂》就会万古流芳。济慈要求在他死后把"此地长眠者，声名水上书"当做他的墓志铭刻在他的墓碑上。雪莱在他著名的挽歌《阿多尼》中表达了对济慈的哀悼之情。

十九世纪散文

　　十九世纪初，新教信仰、浪漫主义运动对法国古典主义的反叛、拿破仑战争、英普联军在滑铁卢取得的共同胜利以及两个民族对共同起源的记忆，使英国和德国靠得很近。在文学上，体现英德交好的最重要的代表人物是苏格兰散文家、历史学家托马斯·卡莱尔（1795—1881）。一八三二年左右，他出版了小说《旧衣新裁》，作品受到了让-保罗·里希特创作风格的影响，饱含激情，有很强的表现力。作品讲述了虚构的理想主义哲学家第欧根尼·丢弗斯德罗克的生平，阐明了其哲学主张，并引用了其作品中的长篇段落。卡莱尔认为世界历史是用神的密码写成的作品，我们在不断地阅读和书写这部作品，"与此同时，我们自己也被写进了作品中"。他还认为，民主不过是在选票箱粉饰下的混乱。所以他支持独裁，崇拜克伦威尔、腓特烈大帝、俾斯麦、征服者威廉以及巴拉圭独裁者弗朗西亚博士。在王位继承战争期间，他拥护奴隶制，宣称最好一辈子都有仆人服侍，并且不主张隔三差五地更换仆人。他承认当时英国的状况不容乐观，但是每一个民族都拥有可以让它重新振奋的两样东西：军营和监狱。因为至少在这里是存在着某种秩序的。他的主要作品有《英雄与英雄崇拜》《法国大革命史》《奥利弗·克伦威尔书信演说集》《过去与现在》《挪威早期帝王史》。在《挪威早期帝王史》中，他热切地总结了冰岛人斯诺里·斯图鲁松的相关经典作品。卡莱尔深信，北欧民族比其他民族优越，因此，和费希特一样，他也被看作是纳粹之父。但生活中的他是不幸的，颇有些神经质。

撒开某些生平资料不谈，查尔斯·狄更斯（1812—1870）身上唯一无需置疑的就是，他是一个天才。斯蒂文森指责他"裸身在情感的世界里打滚"，但是不要忘了，他不仅写情感，也写幽默、荒诞、超自然和悲剧性的东西。和同时代的法国作家维克多·雨果一样，他也是一位伟大的浪漫主义小说家。

他创造了众多人物形象，虽然都略带点讽刺意味，但是他们的形象是永恒的。狄更斯的父亲是小职员，曾多次因负债而入狱，他就是《大卫·科波菲尔》中米考伯先生的原型。而狄更斯也因此饱受贫困之苦。他从小就在仓库打工，当过议会会议速记员、记者、期刊主编和连载小说家。他走访过美国，并出人意料地在美国公开支持维护著作权，支持废除奴隶制。拜伦、司各特和华兹华斯发现了浩瀚海洋和崇山峻岭之美，而狄更斯则展露了贫民窟的情感。更重要的是，他发现了童年的独特魔力。与此同时，他还深入挖掘犯罪这一主题，他笔下的谋杀案让人记忆深刻，甚至影响了陀思妥耶夫斯基的创作。具体的例子不胜枚举，我们仅以乔纳斯·朱述尔维特谋杀蒙田·崔格为例，虽是间接描写，但仍让人过目难忘。狄更斯于创作盛年期离世，留下了一部未完成的侦探小说《艾德温·德鲁德之谜》。切斯特顿评论道，只有我们在天堂再遇到狄更斯之时，才有可能解开艾德温·德鲁德之谜，当然，等到那时，更有可能的是，他也不记得谜题了。狄更斯的父亲曾有《一千零一夜》和《堂吉诃德》各一本。《堂吉诃德》中，随着旅途的展开，各种奇遇冒险随之而来。我们有理由相信正是这部小说影响了狄更斯的成名之作《匹克威克外传》。

除了精于塑造各种人物形象外，狄更斯还是我们今天所说的承诺作家。他支持监狱、学校以及收容所的改革。

狄更斯进行侦探小说的创作是受了他的密友威尔基·柯林斯（1824—1889）的影响。柯林斯有《月亮宝石》《白衣女人》《阿马代尔》等作品留世。艾略特认为，在这其中，《月亮宝石》不仅是篇幅最长的，也是写得最好的侦探小说。受十八世纪书信体小说的影响，柯林斯成为了第一位让作品中的不同人物来讲述同一故事的小说家。这种多视角概念后来被布朗宁和亨利·詹姆斯再次运用并得到深化。

跟梅嫩德斯-佩拉约一样，托马斯·巴宾顿·麦考莱（1800—1859）既是一位伟大的作家，也是一位非凡的学者。而且，两人都拥有超凡的记忆力，都给人以饱读诗书的印象。但两人的相似点也仅限于此。梅嫩德斯-佩拉约是狂热的天主教徒，而麦考莱则是温和的清教徒和自由主义者。两人的想象力也不一样，麦考莱能够将阴谋和战争活灵活现地展现在读者面前。

托马斯·巴宾顿·麦考莱的父亲是扎卡里·麦考莱，是支持废除奴隶制的著名人物。托马斯继承了父亲的主张，而这些主张也正是那个时代的呼声。他从小就知道自己将来会成为一个历史学家，也明白要研究历史就必须先阅读大量的书籍和资料。他在经济上并不富裕，为了赚钱曾去过印度任职，并在那里待了五年。回国后，在多年辛勤研究的基础上，他开始了《英国史》的撰写。这是一部杰出但却有所偏倚的作品，而且最终也未能完成。他还是一位受人敬仰的散文家。在他的散文作品当中，比较突出的是致众多名人的文章，如约翰逊、征服印度的克莱武、约瑟夫·艾迪生、弥尔顿、彼特拉克、但丁。他发现，比起弥尔顿的天马行空，但丁所描写的具体细节蕴含了更丰富的想象力。他写过诗歌，并受到了大众的认可。他还认为，除了贺拉斯和维吉尔，古罗马值得称颂的还有它的谣曲和抒情诗。基于这样的想法，他创作了《古罗马之歌》。在英语国家，这部作品直到现在都仍然被广泛阅读。如同此后吉卜林的作品一样，这部作品确认或暗示了两个帝国最根本的民族身份。

　　和麦考莱不同，约翰·罗斯金（1819—1900）是一个非常复杂的人物。他爱好广泛，对素描、油画、建筑、社会问题和散文都颇感兴趣，并且绘画技艺娴熟。他被认为是早期的英国文体学家。晚年时，他摒弃了王尔德、普鲁斯特所代表的精致细腻的风格，而转向朴实无华、近乎童真的风格。他家境富裕，但他认为他的财富是社会公共财产的一部分，因此他每年都在《泰晤士报》上公布自己的账户明细，以便让公众知道他没有乱用财产，未用它来做损害他人利益的事情。他还创立过一个工人学校。他篇幅最长的作品是《现代画家》，第一卷于一八四三年发表，而第五卷，也是最后一卷，则于一八六〇年问世。书中有无数题外杂谈，读来颇有兴味。他写这部书的意图是为了向他心目中最杰出的风景画家透纳致敬。而他的其他作品几乎每本都充满争议：《建筑的七盏明灯》《威尼斯之石》《绘画要素》《透视要素》《艺术的政治经济学》《芝麻与百合》《灰尘伦理学》《鹰巢》以及自传《普雷特利塔》。他支持前拉斐尔学派的画家和诗人。关于这一学派，我们将在后面提到。

罗斯金认为古希腊罗马以及中世纪时期所谓的自然不是真正的自然。他解释说，荷马眼中美丽的地方其实只是肥沃富饶的地方，而被浪漫主义所推崇的山峦叠翠对但丁而言却是从天堂降入了凡间尘世。他主张绘画作品采用半圆形构图方式，因为这种构图方式正好跟人的视野契合。他认为，长方形构图的习惯其实是源于墙壁和门窗方形结构的不良影响。他反对兴建火车站，其理由是《圣经》里没有哪个章节提到过钢铁建筑。他还指责美国画家惠斯勒的画作是在欺骗观众。

马修·阿诺德（1822—1888）也是个涉猎广泛的作家。在他的一生中，他参与了若干政治及神学论战，但由于这本书的篇幅有限，我们无法一一表述。马修·阿诺德生于米德尔塞克斯郡，他曾先后在拉格比公学和牛津大学学习，此后一生都忠于牛津。他担任过学校督学以及牛津大学的诗学教授。勒南、圣伯夫和华兹华斯是他最喜欢的作家。受到卡莱尔的影响，那个年代的英国自认为是纯日耳曼血统，而阿诺德在他的著名文章《论凯尔特文学研究》中指出，就民族起源而言，凯尔特因素同样重要。他提到麦克弗森笔下的忧郁情怀，它曾影响过整个欧洲，他还引用莎士比亚和拜伦的诗句，并且指出这些诗句跟撒克逊民族完全没有关系。他认为，武断是英国作家最主要的问题所在，于是他在法国人、希腊人和罗马人的作品中找寻"甜蜜和光明"。他对歌德极为推崇，并指责其所谓的弟子卡莱尔从未真正理解过他。他曾多次揭露英国国内存在的地方主义倾向。他还专门写过致海涅和莫里斯·德·盖兰的文章。他到美国做过一系列讲座，但新大陆并没有激起他的多大热情。阿诺德最出名的论著是《论荷马史诗译本》。在书中他指出，直译的翻译方法常常会不忠于原文，因为用这种方法翻译出来的句子，它的重点和效果会和原文不一致，从而会阻碍读者的阅读或者让读者感到奇怪。所以阿诺德认为，伯顿上尉把《一千零一夜》翻译成《一千夜和一夜》，会让我们感到奇怪。虽然"一千夜和一夜"这样的字面表达在阿拉伯语中是很正常的，但是直译成英文就和阿拉伯语原文想表达的意思不一致了。阿诺德的诗歌不如他的散文出色，还被艾略特严厉地批判过。阿诺德给他那一代文人带来了积极的影响，他的高雅、他的嘲讽和他的教养都是无可挑剔的。斯蒂文森指出，在作家应具备的素质中，有一个是最具有分量的，它就是作家的魅力。毫无疑问，阿诺德做到了这一点。

牧师查尔斯·路德维希·道奇森（1832—1898）是一个

非同寻常的英国人，他和阿诺德完全不一样，而且阿诺德也绝不会想成为他这样的人。他生性腼腆，不喜欢和人打交道，但是却非常喜欢孩子。为了逗小女孩爱丽丝·利德尔开心，他以笔名刘易斯·卡罗尔创作了两部作品：《爱丽丝梦游仙境》和《爱丽丝镜中奇遇记》。正是这两部作品让他一举成名。在《爱丽丝梦游仙境》中，爱丽丝梦见她追逐一只白兔，穿过树林，来到一个神奇的国度。那里有扑克牌国王和王后，他们审判她，还给她定了罪。后来她发现他们不过就是纸牌，于是梦就醒了。在《爱丽丝镜中奇遇记》中，爱丽丝穿过了镜子，来到一个奇怪的地方。她在这里遇到的许多人其实都只是有生命的象棋棋子。到最后我们才发现这个地方其实是个棋盘，而爱丽丝的每一次奇遇都对应棋盘上的一步棋。我们永远不知道刘易斯·卡罗尔是否觉得在这样一个充满各色人物，人物之间互相转换融合的、不稳定的世界里有噩梦的成分存在。若干年后，他又出版了小说《西尔维和布鲁诺》，分为上下两册。这是一部错综复杂、几乎无法解读的作品。按照作者本人的说法，这部作品直接来源于他做过的梦。

道奇森是位数学老师。除了以上我们提到的作品之外，他还写过幽默搞笑的文章、一部逻辑学著作和一部关于欧几里得几何评论家的论著。摄影，这门被当时艺术家所瞧不起的艺术，也是他的众多爱好之一。

阿根廷作家威廉·亨利·哈德逊（1841—1922）出生于布宜诺斯艾利斯省基尔梅斯附近的一家农场。他自小与高乔人为伍，精于骑术，但幼年时因风湿病引发高烧，导致他不能再进行农场劳作。他走遍了整个阿根廷，见过各式各样的植物、动物、鸟禽，并将这些连同多姿多彩的草原一起刻入自己惊人的记忆中。二十八岁时，他离开阿根廷去了英国，此后再也没回去过。但是，埃瑟基尔·马丁内斯·埃斯特拉达认真审视哈德逊的一生后发现，其实阿根廷一直都在他心中，从未远离过。哈德逊生活在对过去的回忆和思念中，他人在英国，却在这片土地上找寻年少时故乡的踪影。他的小说《紫红之地》将情色场景、乌拉圭白人和有色人种之间的内战情节穿插在一起。《绿宅》是一部奇幻小说，小说的背景同样设定在南美地区。除此之外，他还著有《巴塔哥尼亚的闲散时光》《不列颠之鸟》《伦敦鸟》《拉普拉塔河的自然学家》《里士满公园的鹿》《牧人生活》和具有怀旧色彩的作品

《久远》。他的写作风格清新生动，约瑟夫·康拉德曾这样评价道："他写的东西仿若滋长的蔓草。"

罗伯特·邦廷·坎宁安·格雷厄姆（1852—1936）是哈德逊和康拉德的朋友，是一位作家、短篇小说家、激进的政治家、旅行家和探险家。他年轻的时候曾有一段时间是在恩特雷里奥斯省度过的。他当过赶牛人，为此还曾把农场搬到了巴西边境地区。他著有《莫格雷伯-埃尔-阿克萨》《拉普拉塔河》《征服时期的马》《一位巴西的神秘主义者》及其家族中拥有苏格兰贵族血统的先辈的传记。萧伯纳在其喜剧《布拉斯邦德上尉的皈依》的序言中对邦廷·格雷厄姆进行了生动鲜活的描述。

十九世纪诗歌

　　身为诗人、画家、版画家的威廉·布莱克（1757—1827）和威廉·朗格兰一样，是英国历史上著名的神秘主义者。从其所处的年代来看，他处于浪漫主义时期；然而从其精神实质来看，他与新柏拉图主义者、斯维登堡或者尼采同属一个时代。斯维登堡曾说过，人的救赎，既应体现在道德上，也应体现在智商上。布莱克对这一说法表示肯定，"傻瓜进不了天堂，不管他有多圣洁"。他还补充道，人的救赎还应该是美学上的，因为只有这样耶稣才能理解被救赎的人，并用寓言——也就是诗的语言——来教化他。跟宽恕相比，他更相信复仇的作用。其理由是，所有受到伤害的人都有复仇的欲望，一旦这一欲望没有得到满足，就会逐渐对他的灵魂造成伤害。由此可见，布莱克早于弗洛伊德提出未得到满足的欲望这一概念。半个世纪之后，罗斯金建议画家要细心地观察自然。但是，布莱克认为，细心观察大自然会摧毁或损害艺术家的想象力。他在他的作品中写道，感官之门（即人的五种感官）会遮挡真正的世界，如果我们可以封闭自己的感官，我们就将看到真正的世界，看到它的无限和永恒。巴勃罗·聂鲁达已将布莱克的作品《天堂与地狱的婚姻》翻译成了西班牙语。在这部作品中，他这样问道，划空而过的飞鸟难道不是一个被我们的感官所蒙蔽的美妙世界吗？他建立了一个自己的神话体系，神话里的神是罗斯和艾妮萨尔蒙，还有欧森和乌里兹。"邪恶"这个问题一直困扰着他。他在他最出名的一首诗中问道，创造了羊羔的上帝是用怎样的铁砧和锻炉锻造出在暗夜的森林中炯炯的两眼中燃烧着火的虎？在另一首诗中他又描述了"一个满是错综复杂的迷宫的地区"。还有一首诗中，一位女神用铁做的网和钻石做的陷阱捕猎"娇软的铁片少女和狂热的金之少女"，将其献给她的爱人。

一七八九年，布莱克发表了格律诗《天真之歌》，一七九四年又发表了《经验之歌》。此后他又创作了一系列的"预言书"，并通过这一系列的作品来建立了自己纷繁复杂的神话体系。这些"预言书"都是押韵的自由体诗歌，与后来沃尔特·惠特曼的诗歌风格遥相呼应。身为画家和版画家的威廉·布莱克，早在十八世纪就预先展现出印象派画家的某些特质。最后，布莱克是唱着歌离开人世的。

丁尼生和勃朗宁，这两位伟大的诗人主导了这个纷繁复杂且颇具争议的时代——所谓维多利亚时代，而且在今天的我们看来这个时代的风格是统一的。我们不可能想象得到比这两位诗人还性格迥异的两个人，也不可能想象得到比他们之间还稳固的友谊。

阿尔弗雷德·丁尼生（1809—1892）是一位新教牧师的儿子。他生在一个文学氛围浓厚的家庭里，父兄都是诗人，从小耳濡目染，受到文学的熏陶。他曾是剑桥大学圣三一学院的学生。他非常关注当时具有时代性标志的问题：《创世记》第一章与最新地理大发现两者的调和，进化论，民主的冲突及目标，人类的未来。但是，如同其他伟大的诗人一样，其作品根本在于诗句的音乐魅力。例如下面这一行精湛的诗句：

Far on the ringing plains of windy Troy[1]

　　显然这句诗的意境是无法用别的语言翻译出来的。他的诗歌不乏各种精彩绝伦的意象。海伦轻启朱唇，悠然举目，诗人不知自己是何时停止了言语；四射的艳光填满了声音的间歇。在另一首诗中，他描述道，一夜恣意狂欢之后，放纵的人们来到街上，凝视着天空。上帝早已用朝霞造了"一朵可怕的玫瑰"。丁尼生最重要的作品是长篇哲理挽歌《悼念集》。诗中描述了一个因爱人离世而悲痛欲绝的人的各种心情。一八五〇年，丁尼生接受了桂冠诗人的称号。维吉尔是他最崇拜的诗人。

　　和丁尼生截然不同，罗伯特·勃朗宁（1812—1889）所追求的是祖先撒克逊人式的粗犷的音乐，而非甜美的音乐。相比抽象的问题，他对个体的人更加感兴趣。他醉心于实践戏剧式独白，虚拟或现实中的人物（例如拿破仑三世和卡列班）相互展示自我，相互为对方辩解。勃朗宁的作品谜意盎

_____

1　英文，远在多风的特洛伊那回音不断的平原上。

然。在他有生之年已经成立了一个专门致力于分析其作品的协会。勃朗宁经常参加协会的讨论会，他会祝贺每一个解读他诗歌的人，但不会发表任何评论。他在意大利居留多年，意大利的自由氛围令他着迷。诗歌《同时代人怎么看》的背景被设定在巴亚多利德，诗歌的主人公可以是塞万提斯，也可以是上帝派来的一位密探，或者是诗人心目中理想的典型人物。《卡西斯手札》中，一位阿拉伯医生提到了拉撒路的复活以及他对来世漠不关心的奇怪态度，诗中医生的口吻就仿佛他正在分析一个病人的案例一样。《我的前公爵夫人》中，主人公是一位意大利贵族，他的一言一行让我们果断地猜测他毒害了自己的夫人。勃朗宁最重要的作品是《指环与书》。十个不同人物分别详细讲述了同一桩谋杀案，这十个人物包括主人公、杀人犯、被害者、被害者的疑似情人、检察官、辩护律师和教皇。讲述的事件都是同样的，但是每一个主人公都相信他的行为是正义的。如果勃朗宁没有选择成为诗人，那他将会是一个伟大的小说家，丝毫不比康拉德或亨利·詹姆斯逊色。

爱德华·菲茨杰拉德（1809—1883）的名字并非家喻户

晓，但他仍然是一位伟大的诗人。他曾就读于剑桥大学。他过着低调闲适的生活，远离喧闹繁华，除了尽情地写诗和给朋友们写信之外，别无他事。他的创作天赋需要外部刺激，越是难翻译的东西，他反而发挥得越出色。他翻译过卡尔德隆和欧里庇得斯的戏剧，未在文学界引起多大的反响。一八五九年，他匿名发表了短篇译作奥马尔·海亚姆的《鲁拜集》，并因此声名鹊起。奥马尔·海亚姆是十一世纪波斯杰出的天文学家。除了有若干数学著作留世之外，他还留下了一百多首诗歌散作，这些诗歌都按 a a b a 的形式押韵。菲茨杰拉德将它们重新编排，整合在一起，连成一首诗歌，并采用不拘泥于原文的意译法将整首诗歌翻译成英文。在编排、整合原文的时候，他将描绘早晨、春天、美酒的段落放在整首诗歌的最前面，而将咏唱黑夜、绝望、死亡的段落放在诗歌的最后。

耶稣会教士杰拉德·曼利·霍普金斯（1844—1889）试图重新引入早期英国诗歌的韵律，韵律的变化以诗句的音节数为基础，大量使用复合词，并采用头韵法。其最有名的诗歌《德意志号的沉没》是这样开头的：

Thou mastering me God! giver of breath and bread[1]

没有哪一种译文可以将原文中粗犷的音律所展现出的张力原原本本地复刻出来。若干年后，斯蒂芬·斯彭德（1909—1995）和翻译过《老埃达》的著名诗人威斯坦·休·奥登（1907—1973）继承了霍普金斯所开创的这一诗风。

但丁·加布里埃尔·罗塞蒂（1828—1882）的父母是意大利人，因参与革命活动而流亡英国。而罗塞蒂生于伦敦，并且他的一生都几乎在此度过。他既是画家，也是诗人。一八四八年，他创立了前拉斐尔派，其基本理念是：拉斐尔并不代表绘画艺术的顶峰，而是代表着它的衰落。正是这一理念促使罗塞蒂研究和模仿文艺复兴时期之前的画风。当然这一理念的具体内容超出了这本书讨论的范围，所以我们仅点到为止。罗塞蒂于一八六〇年结婚。但两年后，妻子自杀身亡。妻子生前，他曾对妻子不忠，所以他认为自己对妻子的死负有责任。于是，仿佛是自我惩罚，他把一本书的手稿

---

1 英文，你主宰我吧，上帝！你是呼吸和面包的赐予者。

放到亡妻胸前，与亡妻一起葬入坟墓。八年后，这本书被移出墓地，重见天日，然而也正是这本书让罗塞蒂声名大噪。他生命的最后几年是在神经性心理疾病、失眠、安眠药的伴随下和有意识的自我封闭中度过的。

在罗塞蒂的所有作品中都可以嗅到一种温室的气息，飘散着一种病态的美。他最出名的诗歌《幸福的少女》讲述了天堂里的一位少女，将身体探出黄金栏杆，翘首企盼情人的到来，但她渐渐明白，她的等待是无止境的。与天堂相邻的是噩梦。此外，他还有两首同样出色的叙事诗：《伊登·鲍尔》和《特洛伊城》。十四行诗集《生命之宫》中，有一首诗是关于滑铁卢战场的。诗人想到成千上万的士兵在那战场上化为灰烬，不禁问自己，世界上是否还存在一片净土从未沾染过人类的鲜血。

罗塞蒂是不幸的，而他的密友威廉·莫里斯（1834—1896）则很可能是一个非常快乐的人，他总是不知疲倦、劲头十足。他被看作是英国社会主义的开创者。他曾是约翰·罗斯金的弟子，后来又成为了萧伯纳的老师。他革新了装饰、家具和活版印刷艺术。一八五八年，他发表了诗集《格尼薇儿的自辩及其他》，整部诗集充溢着一种朦胧的中世纪诗歌的味道。其中，有一首诗歌名为《两朵向月的红玫瑰》，还有一首名为《七塔的旋律》。九年之后，他的长篇史诗《伊阿宋的生与死》问世。史诗讲述了阿耳戈船英雄的事迹以及美狄亚的爱情故事。诗歌细腻而凄婉，有大量的环境描写。一八七〇年，他发表了巅峰之作《人世乐园》。与《坎特伯雷故事集》类似，《人世乐园》以一个主故事为框架，在此框架下展开其他的故事。十四世纪，为了逃避瘟疫，一群挪威人和英国人扬帆远航寻找能够让人长生不老的幸福岛。但是他们没有找到他们所憧憬的幸福岛。历经了无数次艰苦的海上航行，曾经年轻的人变得年迈，大失所望的他们最终还是在西方的一座岛屿靠了岸，那里的人仍然讲希腊语。上岸后，他们每个月都和城里的老人聚在一起互相讲故事。书中一共记录了二十四个故事，其中有十二个是古希腊罗马故事，另外的十二个则是斯堪的纳维亚故事、凯尔特故事或者阿拉伯故事。一八七一年，莫里斯第一次去冰岛，这几乎是一次朝圣之旅，因为对他来说冰岛是一块圣地。他有一个可能永远也无法实现的想法：使用纯日耳曼式英语。他这样翻译了《奥德赛》的开头：

> Tell me, o Muse of the Shifty, the man who wandered
> afar,
>
> After the Holy Burg, Troy-town, he had wasted with
> war.[1]

英文版的这一开头所投射出的故事背景不像是在地中海地区，反而像在北欧海域。

　　他还翻译了《埃涅阿斯纪》和《贝奥武甫》。苏格兰人文学家安德鲁·兰曾这样评论他翻译的《贝奥武甫》：与完成于八世纪的《贝奥武甫》原文相比，莫里斯在其译作中所运用的语言更加古老。除了以上提到的诸多作品外，在剩下的作品中，篇幅最长、故事构架最宏大的当属史诗《西古尔德》，其故事主题与《尼伯龙根之歌》完全一致。此外，他还出版了一部非常有价值的"传奇故事丛书"。虽然有些评论家批评

1　英文，告诉我，缪斯，那位骁勇善战之人的经历，/ 在攻破神圣的特洛伊城后，浪迹四方。

莫里斯的作品拖沓，情节性不强，但我们不能否认，他是一位伟大的诗人。

同莫里斯、罗塞蒂一样，情色诗人阿尔杰农·查尔斯·斯温伯恩（1837—1909）也是前拉斐尔派成员。斯温伯恩为英国诗歌增添全新的音乐元素。丁尼生的诗歌几乎是不可译的，而斯温伯恩则有过之而无不及。我们有必要提一下他的两首诗作：一首是《礼赞维纳斯》，主人公是汤豪泽，他丝毫不为自己的罪孽感到后悔；另一首则是他为悼念夏尔·波德莱尔而作的唯美挽歌。

十九世纪后期

　　苏格兰人罗伯特·路易斯·斯蒂文森（1850—1894）的一生是短暂而又勇敢的。他一辈子都在和结核病抗争，从爱丁堡到伦敦，从伦敦到法国南部，从法国到加利福尼亚，又从加州到太平洋上的小岛，一路走来，病魔如影随形，并最终夺去了他的生命。或许正因为病魔缠身，他才意识到时间的紧迫，尽其所能，为世人留下了若干杰出作品。他的作品字字珠玑，有不少传世之作。《新天方夜谭》是他的早期作品，提早向人们展示了一个梦幻般的伦敦。作品发表之初并未引起人们的关注，直到若干年后，对斯蒂文森敬仰有加的传记作家切斯特顿重新发现了这部作品，它才被世人熟知。著名中篇故事《自杀俱乐部》就是出自这部作品。一八八六年他出版了《化身博士》。值得注意的是，这部短篇小说过去常被人们当成侦探小说来读。当读者得知小说的两个主人公实际上是一个人的时候，想必都是异常惊讶的。故事中善恶人格转换的情节设定，其灵感源自作者斯蒂文森的一个梦。不管是在理论上还是实践上，他都非常注重文笔。他曾在他的书中这样说道，诗歌是以直接的方式满足一种期待，而散文则是以一种让人愉悦且始料未及的方式。他的散文和短篇小说都精彩绝伦。《灰尘和阴影》是其散文作品中的精品。短篇小说的代表作品，我们则选择了《马克海姆》，它讲述的是一个犯罪故事。他的长篇小说同样让人拍案叫绝，但这里我们仅介绍其中的三部代表作品：《宿醉》，以两兄弟间的仇恨为主题的《巴伦特雷的少爷》，以及未完成的《赫米斯顿的韦尔》。在他的诗歌中，文雅的英语和苏格兰地方语言完美地融为一体。跟吉卜林一样，创作儿童读物或许也让斯蒂文森在文坛的名声受到了一定影响。作品《金银岛》的大热，让人们忘记了他的散文家、小说家和诗人身份。斯蒂文森是英国文学史上最受人喜爱和最具英雄气概的人物之一。

奥斯卡·王尔德（1854—1900）控告昆斯伯里侯爵对其

进行诽谤，不理智地挑起了两人之间的纷争，在社会上引起轩然大波。但戏剧性的是，两者之间的纷争，一方面使王尔德名声大震，另一方面又抹黑了他笔下所营造的幸福和天真。王尔德引领了唯美主义的风潮，但他本人并未对唯美主义有过多执着的信仰。他谈笑风生，四处鼓吹"为艺术而艺术"的理论；但另一方面他又强调作品没有好坏之分，只有写得好和写得不好之分。其早期戏剧作品的缺点在于情感表达过剩，而他的最后一部剧作《认真的重要性》[1]（阿方索·雷耶斯译为《赛维罗的重要性》）则完全是一出精彩绝伦的闹剧式喜剧。王尔德巧舌如簧。他的朋友们评论说，他口头讲的故事常常比他写的故事更精彩，因为故事一旦付诸笔墨，就免不了被他加以珠宝、丝绸、贵重金属等各种华丽的装饰。关于他的诗歌作品，我们要提到《斯芬克司》和《妓女之家》，这两首诗都是铺陈夸饰性的作品。他唯一的一部长篇小说《道林·格雷的画像》处处暗藏讽刺，处处是极致的华丽。此外，他的代表作品还有让人怆然泪下的《里丁监狱之歌》，写于两

1　一译《不可儿戏》。

年的监狱生活之后。他的语言是机敏诙谐的，我们以下面的两句话为例：

> 某些人乃典型英国面孔，若是仅一面之缘，此后甚难再忆起。
>
> 噢，我亲爱的朋友，恐怕只有聋人才会不谨慎地选择您这领结。

鲁德亚德·吉卜林（1865—1936）既是诗人，又是小说家。他执着于向不关心世事的英国同胞证明并肯定幅员辽阔的大英帝国的存在。正因为如此，过去许多人，甚至现在仍然有人，忽视他在文学上的巨大成就，单从他的政治观点出发来评价他。吉卜林在孟买出生，在英国逝世。我们可以说，他跨越了地理的界限，走入了历史；跨越了空间，走入了时间。他在欧洲体会到了在亚洲未能感受到的东西，那就是厚重的往昔。吉卜林擅长讲述故事。他早期的小说简单朴实，短小精悍；晚期的小说错综复杂，让人痛彻心扉，丝毫不亚于亨利·詹姆斯的作品。但不管是早期还是晚期的小说都同样精彩纷呈。他的长篇小说《吉姆》让身为读者的我们感觉仿佛已经认识了整个印度，还和成千上万的当地人说过话。小说中的两个主人公，喇嘛和街头的野孩子，都得到了救赎，一个是通过冥思，另一个则是通过行动。小说中描绘的人物和场景细致清晰，栩栩如生，整部作品仿佛充满了魔力。吉卜林的诗歌因其通俗的特点被同时代的评论家略有贬低。因为当时的文坛注重诗歌的雕琢之美和忧郁气质，而吉卜林却带着充斥着低俗语言的《营房谣》赫然出现在这片文雅之声当中。是艾略特重新发现了其诗歌的价值。吉卜林对史诗题材情有独钟，从他晚期的诗作《丹麦女人的竖琴之歌》和《韦兰宝剑上的铭文》就可见一斑。

吉卜林的命运是矛盾的。他的作品被翻译成各种语言，卖出成千上万本，瑞典皇家学院授予他诺贝尔文学奖。但与此同时，他却接连遭受丧子之痛，不得不在位于伯沃什的家中忍受着孤独的煎熬。

赫伯特·乔治·威尔斯（1866—1946）的早期作品早在半个世纪前就预先向人们展示了今天我们称为"科幻小说"的创作，而且毫无疑问它们还超越了今天的"科幻小说"。威尔斯家境贫困，体弱多病。他将自己在生活中所体验到的痛楚凝结成不朽的杰作：《时间机器》《隐身人》《月球上的第一批人》《盲人国》《莫罗博士岛》。他还有几部长篇小说秉承了狄更斯的传统，其中包括《基普斯》《命运之轮》及讽刺小说《托诺·邦盖》。和萧伯纳一样，威尔斯也是费边社的成员。其作品《公开的阴谋》耐人寻味。在这本书中，他指出，当今世界被划分成若干不同的国家，不同的国家由不同的政府统治，这样的划分完全是武断的。拥有良好意愿的人们最终会相互了解并摒弃现今的国家组织形式。国家和政府将从这个世界上消失，但不会是因为革命，而是因为人们最终将明白国家和政府完全是人为的概念。威尔斯是国际笔会的创始人之一。该组织旨在促进世界各国作家间的友谊与合作。威尔斯晚年有意识地停止了科幻小说的创作，将工作重心转向了编撰具有启蒙性质的百科全书式作品。这让我们想起了跟威尔斯有类似经历的罗斯金，他也放弃了绚丽的文风，转向适合国民教育的平实文风。一九三四年，威尔斯发表《自传实验》，在书中他讲述了自己贫寒的出身、不幸的童年、受到的科学教育、两次婚姻经历及其丰富而躁动的情感世界。贝洛克出言攻击他，说他是英国乡下人；而他则反唇相讥："贝洛克先生，看起来您是在整个欧洲出生的。"阿纳托尔·法朗士将他视为"英语世界最睿智的人"。

著名的爱尔兰剧作家萧伯纳（1856—1950）直到三十六岁才开始他的戏剧创作生涯。在此之前，他当过音乐评论家、戏剧评论家。他批评过莎士比亚的戏剧，试图向英国文艺界展示易卜生和瓦格纳戏剧的独特魅力。其早期戏剧围绕租客、娼妓、医学、自由恋爱、战争的浪漫主义解读、徒劳的复仇等主题展开，而其晚期作品除了充满让读者感到轻松愉悦的幽默成分之外，还具有明显的奇幻色彩，有的场景甚至如救世主所行神迹一般不可思议。十九世纪人们或信仰基督教，或笃信物竞天择、适者生存，也就是说，笃信偶然之手的选择，但萧伯纳既不相信基督教，也不相信偶然，他宣扬的是布莱克、叔本华、塞缪尔·巴特勒式的生命崇拜。他在剧作《人与超人》中表明，天堂和地狱并不是两个地方，而是人类灵魂的两种状态。在作品《回到玛土撒拉》中，他又表示，人应该朝着活三百岁的目标生活，才不会在最不成熟的八十岁时，手拄拐杖，走到生命的终点。他还在书中指出，物质世界始于精神，也最终将回归精神。这一观点与中世纪的爱尔兰神学家约翰内斯·司各特·埃里金纳的观点是一致的。我们这个时代已经很少有作家在其作品中创造英雄人物形象了，但萧伯纳算是其中之一。例如，剧作《恺撒和克娄巴特拉》中的恺撒大帝，再如，他塑造的布拉斯庞德上尉以及巴巴拉少校。巴巴拉少校曾留下这样的豪言壮语："我舍弃了上天的馈赠。我希望当我离开尘世的时候，是上帝欠我的债，而不是我欠上帝。"

从萧伯纳给自己的剧作写的序言可以看出，他也是一位文笔清晰的杰出散文家，紧承十八世纪最优秀的古典主义传统。他的作品是我们这个时代最重要的作品之一。他独特的幽默感巧妙地中和了作品整体的严肃感。在作品中，他试图给笔下每一个人物的伦理和行为都找到相应的理由，所以迫害圣女贞德的宗教裁判也是按照他们自己的行为标准合理行事的。

一九二五年萧伯纳获得了诺贝尔文学奖，他接受了这一荣誉，却退还了奖金。他喜欢观察人们的生活。于是，三年后，他去了俄国。一九三一年，他又到了印度、非洲、中国以及美国。九十四岁时，年迈的他仍然不知疲倦，坚持参加劳动。他在自家花园砍树时不慎摔倒，摔断了骨头，几日后不幸逝世。

　　生于波兰的水手约瑟夫·特奥多尔·康拉德·科尔泽尼奥夫斯基（1857—1924），也就是文学史上声名远扬的约瑟夫·康拉德，是英国文学史上最优秀的小说家之一。和萧伯纳一样，康拉德也属于大器晚成的作家。一八九五年，他发表了第一部小说《阿尔马耶的蠢事》。在此之前，他已征服过世界上所有的海洋，无形中为后来的文学创作积累了许多素材。他很早就决定要做一名出色的作家。他很清楚母语波兰语的使用范围非常有限，而他能够很好地驾驭英语和法语，所以有好一段时间内他一直在犹豫是选择这两种语言中的哪一种来进行他的文学创作。最终他选择了英语，但是他的英语透出了法语散文所特有的细致及间或的华丽。一八九七年，他出版了《"水仙号"上的黑人》。三年后，他的代表作《吉姆老爷》问世，作品围绕对荣誉的追求和对曾经懦弱行为的羞愧这一中心主题展开。一九一三年，他发表了《机会》。他采取了一种新奇有趣的手法来构建故事：故事中的两个人认识了第三个人，并且逐渐重构第三个人的生活，而且有时候他们对第三个人生活的重构带有极大的不确定性。长篇小说《间谍》与康拉德其他的小说有很大的不同。其他小说的故事背景都是大海，而《间谍》则以独特生动的方式描写了一群伦敦的无政府主义者的活动。但作者在前言中坦承，他从未认识过哪怕一个无政府主义者。康拉德创作的最优秀的短篇小说有《黑暗之心》《青春》《决斗》以及《阴影线》。有评论家认为《阴影线》属于幻想文学的范畴。康拉德回应道，寻找奇幻的成分只能证明作家对自然不敏感，因为自然本身就一直是奇幻的。

阿瑟·柯南·道尔爵士（1859—1930）是文坛中的二流作家，但他为世人塑造了一个不朽的人物：夏洛克·福尔摩斯。这个近乎神话传奇式人物的前身是埃德加·爱伦·坡笔下的杜宾神探，但福尔摩斯比杜宾神探更具有生命力。他首次现身于一八八二年出版的《血字的研究》。这本小说的题目有可能原本出自奥斯卡·王尔德之手。后来福尔摩斯又陆续在《四签名》《巴斯克维尔庄园的猎犬》以及若干回忆录和冒险故事中出现。

二 十 世 纪

　　以百年为期限来划分时间完全是为了语言上的方便，所以读者会原谅我们没有过于严格地遵照一百年的时段划分来进行内容的编排。但是，我们相信在十九世纪开始其文学生涯并在二十世纪继续其文学创作的所有作家中，亨利·詹姆斯（1843—1916）的创作离我们这个时代最近，所以我们把他放在这一章的开头来介绍。亨利·詹姆斯生于纽约的一个富裕知识分子家庭。著名心理学家威廉·詹姆斯是他的哥哥。同时，他还是屠格涅夫、福楼拜、龚古尔兄弟、威尔斯和吉卜林的朋友。他游历欧洲，并最终在英国定居，在逝世前一年加入了英国国籍。

　　其早期作品的主题之一是描写在欧洲的美国人。他认为，在道德上美国人优于欧洲人，远没有欧洲人复杂。一八七七年，他出版了小说《美国人》。在作品的最后一章，主人公放弃了复仇，但并不是因为宽恕或怜悯之心，而是因为他觉得复仇这一行为将会成为他与伤害过他的人之间的又一个联系纽带。另一部小说《梅西所知道的》通过天真无邪的小女孩之口暗中展示了一个残忍的故事。小女孩从她的角度讲述了故事的历程，但其实她并不理解她所讲述的东西。詹姆斯有意将他的短篇小说表现得模棱两可。这类作品当中流传最广的是《螺丝在拧紧》，它至少有两种解读方式。关于这部作品的讨论已经数不胜数了，但是没人愿意相信詹姆斯在写这部作品的时候寻求各种解读方式却不认同其中任何一种。詹姆斯受到了威尔斯发表的《时间机器》的影响，创作了他的最后一部中篇小说《过去的意义》，只可惜他未能完成这部作品。作品讲述了一个美国年轻人的奇遇冒险。他借助孤独和冥想的力量回到了十八世纪，到最后他却发现，不管是在现在还是在过去，他都只是一个外乡人。这应该就是亨利·詹姆斯本人生活的真实写照，充溢着远离故乡的孤独。同时代的所有文人都对他推崇备至，尊他为大师，但是却无人拜读他的作品。在短篇小说《伟大的圣地》中，他把天堂描绘成一个豪华的疗养院。这无疑反映了作者身上某些典型的特质。他不相信上帝的馈赠，但是却完全有理由相信自己的作品是有分量的，出自他手的三十多卷作品都是精妙绝伦的。

吉尔伯特·基思·切斯特顿（1874—1936）不仅是布朗神父的塑造者，是能言善辩的天主教卫道者，同时他还是散文家、诗人、历史学家以及杰出的传记作家。他学过素描和绘画，还为朋友希莱尔·贝洛克的书画过插画。后来他又献身文学，但他的作品中仍有许多东西跟绘画脱不了干系。他笔下的各色人物如演员一般粉墨登场，他笔下的虚构景色栩栩如生，在我们的记忆中历久弥新。切斯特顿所生活的时代被人们称作"世纪之末"，颇带感伤色彩。在一首致爱德蒙·本特利的诗中，他写道："当我们还年轻的时候，这个世界却真的已经很老了。"最初，时代在他身上的烙印是非常明显的，后来是惠特曼和斯蒂文森将他从最初的低迷中解救了出来。然而，那个时代带来的某些负面的东西还是在他身上遗留了下来。他最出名的小说是《名叫"星期四"的男人》，其副标题就是《噩梦》。他本来可能会成为另一个爱伦·坡或卡夫卡，但所幸他最终还是更愿意成为切斯特顿。一九一一年，他发表了史诗作品《白马之歌》，作品讲述了阿尔弗雷德大帝与丹麦人之间的战争。"大理石像固体的月光，黄金似冷冻的火焰"，这一非同寻常的比喻正是出自这部作品。在另一首诗中他这样定义夜晚："（它是）比世界还大的云朵，是浑身上下都满是眼睛的怪物。"他的另一部作品《勒班陀之歌》也丝毫不逊色。在诗歌的最后一节，塞万提斯船长面露微笑，将宝剑收入鞘中，脑海中浮现的是一位在卡斯蒂利亚漫漫长路闯荡的骑士。切斯特顿最出名的作品当属布朗神父系列短篇小说。每一个故事都是一个离奇的案件，所有离奇案件最终都合情合理地得到了解决。十八世纪，人们常借悖论和机警的话语来批判宗教。但切斯特顿却反其道而行之，借助它们来捍卫宗教。他为基督教辩护的文章《回到正统》（一九〇八年）已被阿方索·雷耶斯翻译成了西班牙语。一九二二年，切斯特顿放弃了圣公会信仰，改信天主教。他进行过许多文艺批评研究，撰写了与圣方济各、圣托马斯、乔叟、布莱克、狄更斯、勃朗宁、斯蒂文森、萧伯纳等人相关的研究性文章。此外，他还著有一部题名为《永恒之人》的世界历史，这也是一部非常出色的作品。切斯特顿所著的作品总数超过一百部。在他的作品中，任意一个玩笑往往都隐藏着深层的智慧。切斯特顿是出了名的身宽体胖之人。据说他在一辆小巴士上给人让座，结果他的座位坐下了三位女士。切斯特顿是他那个时代最受欢迎的作家，也是文学史上最亲切的人物之一。

戴维·赫伯特·劳伦斯（1885—1930）的父亲是矿工，母亲是教师。小说《儿子与情人》（一九一三年）展现了劳伦斯对其童年生活的回忆。他当过孩童们的启蒙老师。直到他的第一部长篇小说《白孔雀》（一九一一年）出版，他才最终走上了专职作家的道路。一年后，他与弗丽达·维克利在意大利定居，两人于一九一四年结婚。同年，他发表了《普鲁士军官》，此后又陆续发表了《虹》《意大利的黄昏》《迷失的少女》《羽蛇》，并在游历了澳大利亚之后发表了作品《袋鼠》。其中《迷失的少女》还为他赢得过某个文学奖项。

和沃尔特·惠特曼以及所有非宗教人士一样，劳伦斯认为肉欲之爱也有其神圣一面。而三个版本的《查特莱夫人的情人》均想要表达这一观点，只是有时候采用的方式比较直白，而有时候则非常委婉细腻。一九二五年至一九二八年，劳伦斯潜心创作这部小说。这不一定是他最杰出的作品，但是，毫无疑问，这绝对是他最出名的作品。虽然肺结核最终断送了他的性命，但是无形中也提高了他对生活的敏锐度，同时也让人们理解他为什么会有那些极端的言论和立场。

也许他的批评者和捍卫者之间过于激烈的争论导致他的形象大打折扣。但如今那些激烈的争论已经偃旗息鼓，当我们重新审视劳伦斯时，不得不承认他确实是一位伟大的作家。

托马斯·爱德华·劳伦斯（1888—1935），也就是"阿拉伯的劳伦斯"，是一个传奇，一个史诗般的人物，也是长篇散文史诗《智慧七柱》（一九二六年）的作者。他曾就读于牛津大学，当过考古学家，第一次世界大战期间，还率领阿拉伯部落反抗土耳其当局的统治。他在其散文史诗中也提到了这次起义。这部长诗唯一的缺点就是诗人刻意采用文学选集式的架构来组织诗歌的某些内容。劳伦斯英勇顽强，同时又心思细腻敏感。他曾提起自己"为赢得的胜利而脸红不好意思"，也曾这样赞扬敌军的勇气，"虽然他们曾杀害过我的弟兄，但他们在这场战役中所展现出的勇气，第一次让我由衷地感到钦佩"。他认为，一九一八年盟军背叛了阿拉伯人。因此，他放弃了一切荣誉，甚至隐姓埋名。后来他化名"托马斯·爱德华·萧"加入英国空军。最后他因一场摩托车事故而离世。

他精通古希腊语，熟知古希腊文化。他于一九三二年发表了《奥德赛》的英文译本，他的这一版本是三十多个英文译本中翻译得最好的。

弗吉尼亚·吴尔夫（1882—1941）的父亲是文化名人莱斯利·斯蒂芬爵士。她自小在父亲的图书馆里阅读了大量书籍。从个人性格来看，她在本质上是一个富有诗意的人，但是她却选择了小说作为她的创作方向。她受到了亨利·詹姆斯和普鲁斯特的影响，在其小说中进行了各种新奇的实验。吴尔夫最出名的作品中的主人公奥兰多，不仅仅是一个个体的人，也是一个古老家族的典型代表。奥兰多活了三百岁。在他漫长的一生中，他甚至改变了性别。除此之外，吴尔夫著名的作品还有《夜与日》《雅各的房间》《达洛卫夫人》《到灯塔去》以及《海浪》。《弗拉西》讲述了一条狗眼中的布朗宁一家人的故事。在弗吉尼亚·吴尔夫的作品中，多变的情绪和细腻的景致比故事情节更为重要。她的文字风格既有视觉感染力，又充满了音乐性。二战期间她投河自尽，终结了自己的生命。

维多利亚·萨克韦尔-韦斯特（1892—1962）是弗吉尼亚·吴尔夫的朋友，她出身于一个贵族家庭，恰恰就是吴尔夫的小说《奥兰多》中的主人公奥兰多所代表的那个古老家族。一九一三年，她与作家哈罗德·尼科尔森结婚。尼科尔森时任英国驻波斯大使，并且他还为魏尔伦和斯温伯恩写过传记。一九二七年，萨克韦尔-韦斯特发表了诗歌《大地》，歌颂一年四季不同的景致和不同的劳作。除此之外，她创作的咏农诗还有《花园》《果园和葡萄园》以及《某些花》。在她的三十部作品中，最引人注目的是以下这三部小说：《爱德华时期的人们》《黑岛》以及《耗尽的激情》。最后一部小说的题目源于弥尔顿的《力士参孙》的最后一句诗。在这部小说中，故事情节是以回溯的方式展现出来的。一位年迈的寡妇回忆她辉煌的过去。她的亡夫曾是印度的总督。回忆到最后，她感觉到过去已变成她生活的负累，于是她自觉自发地走出了过去的阴影。和《爱德华时期的人们》一样，这部作品用细腻、讽刺又富有诗意的语言，重现了二十世纪初英国贵族阶层的情感和习俗。萨克韦尔-韦斯特还写过若干研究性论文。其中有一篇是研究英国历史上第一位女作家阿芙拉·贝恩的文章，这位女作家当过间谍，还写过一些放浪形骸的作品。此外还有研究巴罗克诗人安德鲁·马韦尔、圣女贞德和阿维拉的圣德肋撒的文章。

爱尔兰人詹姆斯·乔伊斯（1882—1941）无疑是二十世纪最出色的作家之一。在其代表作品《尤利西斯》中，他试图用复杂且无意义的对称结构体系来替代他所欠缺的统一性。这部小说一共有九百页，它描写的是一天内发生的事情。小说的每一章或对应某一种颜色，或对应人体的某一种机能，或对应某一个器官，或对应某一种修辞手法，或严格按照时间顺序对应某一个特定的时刻。例如，某一章中，主导这一章节的是红色、血液循环和夸张的修辞手法；另一章中，则变成了以教义问答形式出现的问题及其相应的回答；再一章中，为了体现主人公的疲惫，语言风格也相应地变得冗长无趣，处处是陈词滥调和一些经不起推敲的句子。乔伊斯的秘书斯图尔特·吉尔伯特还透露说，除此之外，《尤利西斯》的每一个情节都与《奥德赛》中的某一卷存在着对应关系。书中有一章描写了布鲁姆在都柏林的一家妓院里产生的幻觉。这一章中处处都是人与魂灵或者物体的对话。《芬尼根的苏醒》是比《尤利西斯》更难解读的作品。这部作品的题目本可以翻译成《芬尼根的守灵夜》，但后者显然无法像《芬尼根的苏醒》那样体现出结束、重复和苏醒这三个概念。如果说《尤利西斯》是清醒之书，那《芬尼根的苏醒》就是梦境之书。作品的主人公是都柏林的一个酒馆老板。他生于都柏林，身体里同时流淌着凯尔特人、斯堪的纳维亚人、撒克逊人和诺曼底人的血液。在睡梦中，他化身为他的每一位先辈，又化身为世界上的每一个人。小说所涉及的词汇，除了介词和冠词外，还有合成词。这些合成词源自五花八门的语言，甚至包括冰岛语和梵语。经过若干年的努力，两名美国学生出版了一本名为《破解芬尼根的苏醒》的著作。结果这本书居然成了解读《芬尼根的苏醒》的必读书籍。

不可否认，乔伊斯天赋异禀，但他的天赋仅仅体现在语言上。遗憾的是，他几乎将其语言天赋全部倾注在小说上，极少用它来创作优美的诗歌。乔伊斯的作品几乎都是不可译的，譬如以上我们提到的两部作品。但其中也有例外，例如短篇故事集《都柏林人》和其出色的自传性长篇小说《一个青年艺术家的画像》。

一战期间，他颠沛流离，辗转于巴黎、苏黎世和的里雅斯特。用他自己的话来说，他的创作历程伴着流亡，带着思念。最后他在苏黎世去世。去世之时，他已双目失明，穷困潦倒，身心疲惫。弗吉尼亚·吴尔夫曾这样评论道，《尤利西斯》虽败犹荣。

艾略特曾说，威廉·巴特勒·叶芝（1865—1939）是我们这个时代的第一位诗人。他的作品被分为两个阶段。第一阶段对应的是以《凯尔特曙光》为代表的作品。这一时期的作品富有音乐感，风格甜美，喜用爱尔兰古代神话，诗歌意象迷离，充满了朦胧美。毋庸置疑，这一时期，诗人受到了前拉斐尔学派的极大影响。第二阶段是诗人的创作成熟期，此时的作品风格与第一阶段截然不同。神话的因素依然存在，但是它不再是装饰或怀旧的手段，而是负载着意义。此外，它还与生动具体的当代意象交织在一起。诗句所追求的不再是朦胧的意境，而是准确性。叶芝认为集体的记忆是存在的，它是由所有个体的记忆汇聚在一起所组成的，而通过某些特定的象征符号可以唤起这一集体的记忆，同时也可以通过冥想和通灵获得它。和许多人一样，叶芝也认为历史是循环的。据诗人自己坦言，这是一位阿拉伯旅行者的魂灵向他揭示的理念。叶芝的戏剧作品具有反现实的特点，因为作者受到了日本戏剧表现手法的影响，有意为之。在他作品的某个场景中，勇士的宝剑落向敌人的盾牌。叶芝表明，此时武器根本不必两相触碰，一声锣响就可以表示想象中武器的交碰。

我们随意选取几句叶芝的诗，就可以体会其美感和深度。一群衣着华丽的妇人顺着楼梯缓缓而下。有人问道上帝为什么创造了她们，得到的回答是："为了亵渎和深夜的情人。"

他比较著名的作品有《心灵的欲望之田》《国王的门槛》《苇间风》《七重林中》《宁静的月色中》《塔》《回梯》《俄狄浦斯王》《自传》。一九二三年，他获得了诺贝尔文学奖。

罗伯特·格雷夫斯（1895—1985）首先是诗人，其次还是一位言辞犀利的批评家、历史小说家、希腊语和波斯语的翻译家以及神话的挖掘者和创造者。他的作品《白色女神》引人入胜。他挖掘并重塑了白色女神的神话，认为全世界的诗歌传统都源于对这位原始女神的崇拜。

查尔斯·兰布里奇·摩根（1894—1958）出生于肯特郡，父亲是工程师。一战之初，他被德国人俘虏。德国人按其最初所承诺的那样将他在荷兰囚禁了四年。后来，他把他所认识的荷兰写进了小说《泉水》中。摩根的作品有两个基本主题，一是从精神层面剖析人的情感，二是爱与责任的冲突。他最重要的三部小说是《镜中的肖像》《泉水》和《火花四溅》。《镜中的肖像》讲述的是一个青年画家的故事。一直到完全理解他的爱人，明白他和爱人无法再会之时，他才最终完成了爱人的肖像画。《泉水》讲述和分析了两男一女之间的爱恨纠葛。《火花四溅》是所有作品中最复杂的一部，讲述了一位作家对完美的热切渴望及其最终的孤独。摩根的作品情节性不强，因为作家想要忠实于优美的意象和跌宕起伏的情感。

和亨利·詹姆斯一样，托马斯·斯特恩斯·艾略特（1888—1964）也出生于美国。他在英国文坛和世界文坛的地位类似于保罗·瓦莱里。最初他曾是埃兹拉·庞德的一位出色的弟子。庞德特立独行，而艾略特规矩谨慎。一九二二年，他出版了他的第一部举世闻名的作品《荒原》。二十年后他又发表了精彩绝伦的诗集《四个四重奏》。其中的某些诗作中，诗歌语言的最小单位不再是词（因为词是所有人通用的），而是其他诗人的诗句，而且有时候这些诗句还不是英文的。例如，在一首诗中，诗人从澳洲民间歌谣与魏尔伦的诗歌中各自选取一句穿插起来，一连若干行均是如此安排。在当代诗人中，拉法埃尔·奥布里加多在其诗作《这个时代的乡间别墅》的开篇也采用了同样的创作手法，借此渲染忧伤的气氛，而艾略特则是以此方式来体现强烈的对比。艾略特的戏剧属于实验戏剧，观众很难记住其戏剧中的具体人物。莎士比亚曾用无韵体诗歌来创作他的戏剧，而艾略特也试图在我们这个时代找到与之相般配的诗歌形式。在《家庭聚会》中，诗人采用合唱的方式来表现剧中人物未用言语表达出来的感受，这是对合唱这一表现形式的创新。艾略特的文学评论措辞严谨，总的来说，倾向于抬高新古典主义，贬低浪漫主义，其中包括了分别以但丁、弥尔顿、塞内加对伊丽莎白时期戏剧创作的影响为主题的研究性文章。

一九三三年，艾略特加入英国国籍。一九四八年获得诺贝尔文学奖。他的作品千锤百炼，所以成稿之前的无数草稿也同样令人难忘，而且这些草稿有时也是非常精彩的作品，承载着思念和孤独。有时他的作品中也会出现拉丁式的简洁风格。他在他的某首诗中写道，鹿"生来就注定要成为猎枪下的亡魂"。他还在自己的作品中写道，宗教上他是圣公会教徒，文学上他是古典主义文人，政治上他是君主制的拥护者。

爱德华·摩根·福斯特（1879—1970）作品繁多，但在此我们仅介绍他最杰出的两部作品：《印度之行》（一九二四年）以及他死后出版的小说集《生命来临》（一九七二年）。《印度之行》的基本主题是以非常感性的方式来理解东西方的异同。《生命来临》由十四个长故事组成，创作耗时半个世纪。其中值得一提的是中篇故事《恩培多克勒旅舍》，故事最神奇的地方是故事中的人物变成了人物自己的祖先。

简明参考书目

吉尔伯特·基思·切斯特顿《文学中的维多利亚时代》。

保罗·哈维爵士《牛津英国文学史》。

查尔斯·威廉·肯尼迪《早期英国诗歌》。

威廉·帕顿·克尔《英国中世纪文学史》。

安德鲁·兰《英国文学史》。

埃米尔·勒格斯、路易斯·卡扎缅《英国文学史》。

乔治·圣伯里《英国文学简史》。

乔治·桑普森《剑桥简明英国文学史》。

JORGE LUIS BORGES
MARÍA ESTHER VÁZQUEZ
Introducción a la literatura inglesa

图字: 09-2010-605 号

Jorge Luis
Borges
Esther
Zemborain de Torres Duggan

Introducción a la literatura norteamericana

美国文学入门

[阿根廷] 豪尔赫·路易斯·博尔赫斯　艾斯特尔·森博莱因·德托雷斯·都甘　著

于施洋 译

上海译文出版社

目 录

前　　言

　　篇幅所限，我们不得不把三个世纪的文学活动压缩成局促的一册。实际上，关于美国文学史已经有很多、很全面的英文著作以各种专题包括精神分析、社会学等为线索编排，但我们并没有就此止步——在这里，艺术价值是根本原则；跟英国一样，美国文学中的个体创作远胜于群体、流派，其文字是各自生活的自然结果，于是我们选择听从作品的召唤。当然了，任何一段文学史都不能脱离其所在的国别史，所以会补充一些必要的背景说明。

　　值得一提的是，我们穿插了一些别的大部头都没有触及的题目，比如侦探小说、科幻小说、西部文学和红皮肤原住民独特的诗歌。

总之，作为现代建立起民主体制的第一个国家，美国文学的演进究竟如何，希望通过本书有所呈现。

豪尔赫·路易斯·博尔赫斯

艾斯特尔·森博莱因·德托雷斯·都甘

布宜诺斯艾利斯，一九六七年

起　　源

　　法国批评家，同时也是吉拉尔德斯[1]朋友的瓦雷里·拉尔博认为，拉美文学自达里奥和卢贡内斯起开始影响西班牙文学，而美国文学不仅在广大的英语地区，而且是在全世界范围产生了并正在继续产生影响。

　　确实，我们可以像撰写《圣经》谱系一样宣告，埃德加·爱伦·坡孕育了波德莱尔，波德莱尔孕育了象征主义者，再由他们孕育了保尔·瓦雷里；而我们这个时代所有的"国民诗歌"，或者说"介入的诗歌"，都来自沃尔特·惠特曼，并延续到桑德堡和聂鲁达。本书的目的就在于勾画出一幅美国文学的轨迹图，哪怕是稍作呈现也好。

　　在扉页上，作为致敬，我们要写下著名爱尔兰唯心主义哲学家乔治·贝克莱的名字。十八世纪初，贝克莱在一首诗里提出了历史循环发展的理论，认为帝国就像太阳一样，从东方向西方移动（"帝国大业路上西进征途"），而如果将历史构想成一出五幕悲剧，最大、最近的一个帝国就是美国。为此他计划在百慕大群岛上建立一座神学院，试图教化粗鲁的英国拓殖者和红皮肤的原住民来实现这个宏伟而遥远的目标。后面讨论乔纳森·爱德华兹的时候，我们还会提到贝克莱。

简单但还不算粗暴地说，美国的独立早在一六二〇年、一百零二名乘坐"五月花"号的清教徒在东海岸登陆那个早晨便已实现了。众所周知，这是一群"不同梦想者"，神学上的加尔文派、与英国圣公会为敌，政治上支持议会而非君主的神圣权利。他们之中相信命运者，只要还没有被恐惧打倒，会认为自己在上帝的指引下来到了天堂而不是地狱，或者说这些尊奉《圣经》的拓荒者自视为《出埃及记》里的犹太人、上帝的选民。一种救世的目的指引着他们，并最终在

---

1 Ricardo Güiraldes（1886—1927），阿根廷诗人和小说家，著有《堂塞贡多·松勃拉》（*Don Segundo Sombra*）。

马萨诸塞州实现神权政治。面对一片蛮荒大陆，这些殖民者不断同寂寞、原住民和丛林作斗争，后来的敌人还包括法国和英国军队。他们和最初的基督徒一样憎恨艺术，因为"玩物"让人丧失救赎之"志"——在十七世纪中叶的伦敦，清教徒们甚至拆毁了剧院，所以萧伯纳《为清教徒写的三个剧本》标题里存在着一个明显的悖论，而弥尔顿指责英王查理一世在被处死前还阅读莎士比亚的世俗作品也就不足为奇了；清教徒还在萨勒姆制造了巫蛊案，因为《圣经》中提到过巫师（诡异的是，承认有罪的人可以被宣布为无辜，因为魔鬼不会允许为它服务的人暴露自己，而坚持为自己辩护的"蠢人"会被判死刑）。

现在我们来认识一些人。

美国最早的历史学家都出生于英国。约翰·温斯罗普（John Winthrop，1588—1649），曾任马萨诸塞湾殖民地总督并撰写了当地宪法，该法为其他殖民地提供了范例；威廉·布拉德福德（William Bradford，1590—1657），"五月花"号的领袖，连选连任总督长达三十年。

科顿·马瑟（Cotton Mather，1663—1728）是哈佛大学

校长英克里斯·马瑟之子。他出生于波士顿，是一位宽容到甚至相信自然神论的奇特的加尔文派；他也被牵连进了萨勒姆巫术事件，虽然他并不反对法院作出的死刑判决，但他认为这些被附体的人可以通过祈祷和斋戒得到救赎；他的书《隐形世界的奇观》（*The Wonders of the Invisible World*）提出并分析了着魔之人的个案。科顿·马瑟掌握七门语言，是一位孜孜不倦的阅读者和写作者，他留给子女约两千卷书，撰写了超过四百五十篇论章，其中一篇用的是西班牙语——《基督徒的信仰》（*La fe del cristiano*）。他希望新英格兰达到日内瓦和爱丁堡都未曾企及的高度：成为尊奉加尔文教义的新世界的头领。在写作上，他一直认为文字要有教化作用，而旁征博引能增加力量和美感，"就像点缀俄国大使衣服的珠宝一般"。

科顿·马瑟和爱德华兹一样对科学充满兴趣，他研究蜘蛛的习性，并且是疫苗最早的支持者之一。

乔纳森·爱德华兹（Jonathan Edwards，1703—1758）是加尔文派神学家中最为复杂和难懂的一位。他出生于康涅狄格州的东温莎，一生作品繁多，除了在伦敦出版的浩浩十七卷（仅有一些历史学家探索过），还应加上他的私人日记。他先是领导，而后又指责"大觉醒"[1]运动，借用一位传记作家的话说，该运动从圣灵光照、大众皈依开始，后来就像很多类似的情况一样，沦为失和、无序。威廉·詹姆斯[2]在《宗教经验之种种》里也经常提及爱德华兹。作为一名精力充沛、效率极高、不乏威胁性的布道者，他最有名的讲章《落在愤怒之神手中的罪人》（*Sinners in the Hands of an Angry God*）仅题目就已展现了他的风格。我们在这引用一个段落："愤怒之弓已拉紧了，矢已在弦上，公义已将矢对准你们的心门。没有别的，只有神的旨意，而且只有那对你们不受任何应许或责任所约束的愤怒之神的旨意，才暂时不让弦上的矢，来饮你们的血。"[3]这样一些比喻让人不得不联想他虽然在神学上受挫，其实是位不折不扣的诗人。

------

1 大觉醒，或称第一次大觉醒，是 18 世纪美洲的一项宗教运动，爱德华兹为重要首领。

2 William James（1842—1910），美国哲学家与心理学家。

3 译文摘自"中国基督教书刊"网，链接为：http://www.chinachristianbooks.org/Home/SingPage.aspx?CategoryId=1af08d2c-46f7-41ab-8c33-2a9aba7739e2&SubCategoryId=00000000-0000-0000-0000-000000000000&ContentId=b094fabd-5123-4a5c-be4e-f9e19a53ee9f。

爱德华兹少年聪颖，十二岁进入耶鲁，十四岁被授予教职，专心服事到一七五〇年、"大觉醒"运动里的丑闻造成他被辞退。在妻子和女儿们的协助下，他转而为印第安人传播福音，一七五七年出任普林斯顿大学校长，但一年后就与世长辞了。

比起阅读，爱德华兹更爱写作，比起写作则更爱思考，有时候是平静的冥想和虔诚的祈祷。他看书似乎只是为了寻找激发自己的灵感：除了洛克，同时代其他人的作品他都没怎么读过，所以他知道柏拉图主义的一些常识，但对贝克莱、包括他们都认为"物质世界不过是神脑袋里的一个主意而已"毫不知情；他也不读斯宾诺莎，虽然两人都认为自然界和上帝同宗同源。爱德华兹最后的讲章里提到上帝："他是一切，他只一人。"

加尔文教义认为：上帝创造了大部分人，令其灵魂下地狱经历灼烧，而只有少部分人能够上天堂。开始爱德华兹觉得这个观点非常可怕，但青年时代经历一次灵性体验后，他发现这一点"令人愉悦，清晰而贴心"，或者说他在这教义中找到了一种残酷的甜蜜，这很令人讶异；他还在曾经让他恐惧的电闪雷鸣中分辨出了上帝的声音。他和特土良[1]一样，认为上天堂享福之人有一个乐趣，就是观赏地狱众生受无尽折磨。爱德华兹反对自由意志，把"必然性"的概念延伸到上帝身上，他认为耶稣的行为必须是神圣的，而且并不因此而减少一丝可敬的分量。爱德华兹属于人们所称的波士顿"婆罗门派"，就像印度的知识和祭司阶层。

美国第一位略有名气的诗人是菲利普·弗伦诺，胡格诺派家庭出身，祖父是一七〇七年移民纽约的法国商人。弗伦诺最初和末期的作品都含讽刺意味，但他也希望写些史诗，比如全集里那篇不太成熟的关于先知约拿的作品。弗伦诺出生于纽约，"总是受到贫穷女巫的诅咒"，为了生计什么都干过，记者、农场雇工、水手，曾经在热带航行，和梅尔维尔[2]一样与海洋有过亲密接触。在美国独立战争中，弗伦诺率领的船被一艘英国三桅战舰擒获，在纽约港口的俘房船上吃尽

---

1 Tertullianus，也译为特图里安或德尔图良，迦太基教会主教，早期基督教著名神学家和哲学家。
2 Herman Melville（1819—1891），美国小说家、诗人和散文家，著有小说《白鲸》。

了苦头。弗伦诺支持杰斐逊，反对华盛顿。他复杂的政治活动在此就不赘述了。

弗伦诺主要以抒情诗留名。在流传最广的《印第安人殡葬地》（*The Indian Burying Ground*）里，他认为：我们本能地将死亡构想成一个梦，因为我们都是将死者躺着埋葬的，而印第安人则把死亡看作真实人生的延续，因为他们让死者坐着入土，还备好弓箭，让他们在另一个世界继续打猎。这首诗里的名句"猎人和鹿，阴影"，让人忆起《奥德赛》第十一卷中的一个六韵步诗句[1]。

更加奇妙的是名为《印第安学生》的一首，讲述了一个年轻的印第安小伙子尽数变卖家产、一心想要学习白种人神秘的知识。历经一番艰苦的"朝圣"，他终于进入了最近的大学，勤奋学习英语和拉丁语。老师们都说他前程远大，有些觉得他会成为神学家，另一些人说是数学家；但渐渐地，这个小伙子（名字一直没有出现）疏远了朋友，开始在森林里游荡。诗人写道，一只松鼠很容易打断他阅读贺拉

---

1 参见荷马：《荷马史诗·奥德赛》，王焕生译，北京：人民文学出版社，1997年版，页194—219。

斯[1]的颂歌，天文学让他不安，地圆说和宇宙无尽无穷的观点让他充满恐惧和不确定感。一天早上，小伙安静地离开了，正如他安静地来——他回到了自己的丛林和部落。这首诗歌同时也是一个故事，精巧的叙述使人几乎不会怀疑其真实性。

弗伦诺偶作讽喻的风格还处于当时英国诗歌的氛围中，但他的感受力已经具有浪漫派的气息。

---

1 Quintus Horatius Flaccus（前 65—前 8），古罗马诗人、批评家。

富兰克林、库柏和历史学家们

一部美国文学史绝不能撇开本杰明·富兰克林（Benjamin Franklin，1706—1790）。他兴趣广泛，活跃的头脑不断接收着印刷、新闻、农业、卫生、航海、外交、政治、教育、伦理、音乐和宗教的刺激。他创办了美国第一份报纸和第一本杂志。对他来说，留下成千上万页的文字不是目的而只是方式；他的十卷作品都是深具情境性的，他从来不写纯文学，相反，总是想要达到某种切近的效果。富兰克林作品的这个实用特质容易让人想起萨米恩托[1]——后者确实非常推崇他，但显然富氏更富于智性而《法昆多》更富于激情。

富兰克林那多变而又令人钦佩的人生在《自传》里得到了充分的展现。他出生在波士顿一个贫苦人家，完全靠自学成才，为了掌握写作的技巧，反复阅读、揣摩艾迪生[2]的散文。一七二四年，一份公派购买印刷原料的任务让他到了伦敦。二十二岁时，他创立了一个教派劝人行善，但没有争取到太多的信徒。他同时提出了城市警察、公共照明和街道铺设计划，还创立了第一家流动图书馆。人们或许略带嘲讽地称他为"常识的先知"。富兰克林最初反对英国殖民地的分离倾向，后来却热烈拥护美国独立运动。一七七八年，共和政府任命他为驻巴黎全权大使。法国人把他视作"自然之人"的优秀代表，连伏尔泰都公开拥抱他。

富兰克林和爱伦·坡一样喜欢制造神秘。一七七三年英国政府想要迫使自己的殖民地缴一笔税，他就在伦敦一份日报上发表了一篇普鲁士国王的伪书，向英国索要同样税目，因为五世纪时这个岛国也曾被来自日耳曼地区的部落殖民。

富兰克林坚决奉行：今天能做完的事，就不要拖到明天（被马克·吐温改成：后天能做的事，就不要搁到明天）。

---

1 Domingo Faustino Sarmiento（1811—1888），阿根廷作家、教育家、社会学家，曾任阿根廷总统（1868—1874），著有社会学著作《法昆多》。
2 Joseph Addison（1672—1719），英国散文家、诗人。

众所周知，富兰克林发明了避雷针，这一壮举让他无愧于杜尔哥[1]著名的赞颂：他从上天那夺走了闪电，就像从暴君那夺走了权杖。

　　富兰克林是第一位得到欧洲认同的美国作家（虽然更多是作为哲学家，但在十八世纪，两个概念几乎是相通的），继他之后则是费尼莫·库柏（Fenimore Cooper, 1789—1851）。虽然他现在的青年读者群越来越小，当时却被译成欧洲几乎所有的语言以及一些亚洲语言。巴尔扎克推崇他，一些人称他是美国的司各特[2]，维克多·雨果则认为他比司各特还要高明。

　　库柏出生于新泽西州的伯灵顿郡，童年在奥齐戈湖畔的庄园度过，周围都是森林和原住民。他在当地上学，后来进入耶鲁，但因为一个小错误被开除。一八〇五年他加入海军，服役五年；一八一三[3]年为结婚退伍，在马马罗内克当起了地主。大约一八一九年的时候，不知是偶然还是命中注

1　Anne-Robert-Jacques Turgot（1727—1781），法国古典经济学家。
2　Walter Scott（1771—1832），苏格兰历史小说家、诗人。
3　此处据查，包括从"服役五年"算，似应为1811年。

定，库柏和妻子一起读到一本蹩脚的英国小说，他发誓自己能写得更好；在她的挑战下，讲述英国上流社会故事的《戒备》（*Precaution*）诞生了，一年后的《密探》（*The Spy*）背景设定在美国，并且为他未来的作品做了铺垫。和很多人一样，库柏花了很长时间才意识到"趣"不一定要"异"，相反，也可以是就近、当下的：海洋、边境、水手、垦殖者和红皮肤印第安人都成了他的主题。通过一个五部曲——其中最出名的是《最后一个莫西干人》（*The last of the Mohicans*）——他给读者们留下了"皮袜子"的经典形象，一个以鹿皮护腿得名的猎人，典型的林中人：开垦并深刻认同大森林的白人，远离人群，勇敢、忠诚、技艺娴熟，斧头和来复枪都操控得精准无误。

自一八二六年起，库柏开始了七年的欧洲旅居生涯。作为美国驻里昂参赞，他得以同"偷师"的对象沃尔特·司各特爵士交流，也和拉法耶特侯爵[1]过从甚密、书信里严厉批评英国，最后，如安德鲁·朗格[2]所言，把"英国狮和美国鹰"

---

1 Marquis de Lafayette（1757—1834），法国将军、政治家。
2 Andrew Lang（1844—1912），苏格兰诗人、小说家。

都激怒了。回国后，库柏继续创作小说，间以诉讼、讽刺政论和《美国海军史》的撰写，作品全集达三十三卷。

他洋洋洒洒、满是拉丁语源词汇的散文似乎是受当时文坛的沾染，好的没学到、坏的学一身；他笔下情节的猛烈和叙述的迟缓间有一种奇异的反差。史蒂文森[1]慷慨称其"是森林，是海浪"。

华盛顿·欧文（Washington Irving，1783—1859）是与库柏同时代的历史学家和散文家。他出生在纽约一个富裕的商人家庭，支持独立战争，先后做过记者、律师和讽刺作家。一八〇九年，欧文化名一位迂腐的荷兰编年史家狄德里希·尼克尔包克尔（Dietrich Knickerbocker）写了一部纽约外史。与库柏不同，欧文对欧洲全无敌意，而是充满好感；他游历英国、法国、德国，一八二六年起开始西班牙之旅，十七年后回到祖国又走遍了西部。一八四二年他被任命为美国驻西班牙公使。算起来，欧文前后在格拉纳达住了很长时间，都凝聚在《阿尔罕布拉宫的故事》（*Tales of the Alhambra*）

---

1 Robert Louis Stevenson（1850—1894），英国浪漫主义代表作家之一，小说家、诗人，著有《化身博士》、《金银岛》等。

里，而晚年在自家庄园阳光谷（Sunnyside，作品中曾经描写为睡谷）度过。他主要致力于历史题材，其中最雄心勃勃的是不朽的五卷《华盛顿传》。

欧文认为自己的祖国缺少浪漫的过去，因此将不同时空的传说美国化，比如这个故事：七名被皇帝追击的基督徒带着狗躲进山洞，之后，按吉本[1]的话说，"从长达两个世纪的瞬梦中"醒来：此时已是基督教的世界，城门上挂着从前被禁止的十字架。[2]欧文保留了那只狗，但是把两百年缩短成二十年、七眠子变成一个外出打猎的农夫，他在途中认识了一位身着古典荷兰衣装的陌生人，被带到一个安静的聚会，喝了杯味道奇特的酒。当他醒来的时候，美国独立战争都已经结束了。瑞普·凡·温克尔这个名字自此流行于整个英语世界。

欧文既不是穷尽书目的研究者，也没有对史实的独到见

1　Edward Gibbon（1737—1794），英国历史学家，创作了《罗马帝国衰亡史》。
2　七个出身贵族的青年为躲避德基乌斯皇帝对基督徒的"残酷压迫"，只能藏入以弗所的山洞里，及至沉睡187年醒来后悄悄下山购买食物时，詹布里库斯才发现以弗所城门口竟然挂着一个很大的十字架，而用来购买面包的银币则被认为是私挖来的宝贝而使他被扭送到法院，由此惊动了以弗所的主教、教士、官员、民众，甚至狄奥多西皇帝本人。参见爱德华·吉本：《罗马帝国衰亡史》，席代岳译，长春：吉林出版集团有限责任公司，2008年，页441。

解，因此，他所写的哥伦布传记主要依赖纳瓦雷特[1]的成果，而穆罕默德传记则源自犹太裔德国东方学者古斯塔夫·韦伊[2]的类似作品。

威廉·普雷斯科特（William Prescott，1796—1859）和欧文一样对西语世界情有独钟。他出生于马萨诸塞州的萨勒姆市，属于波士顿的"婆罗门派"（该地的知识分子阶层，包括许多显赫的人物）。一八四三年，普雷斯科特整理的墨西哥征服史问世，这是欧文让给他的题目；接着是一八四七年的秘鲁征服史，但最后关于菲利普二世的作品未能完成。普雷斯科特写历史作品不失严谨，但更将其视作一件艺术品，对他来说，社会学性没有戏剧性重要，比如在西班牙人征服秘鲁的过程中，他更看重皮萨罗[3]的个人冒险，甚至赋予其死亡史诗色彩。他的书，除了偶尔过于罗曼蒂克，基本可以当作优秀的小说来阅读。后来人们修正了他作品中的一些细节，但从未否认他是一位历史大家。

---

1 Martín Fernández de Navarrete（1765—1844），西班牙作家和历史学家。

2 Gustav Weil（1808—1889），德国东方学者。

3 Francisco Pizarro（1471—1541），西班牙冒险家，秘鲁印加帝国的征服者。

另一个无愧这一称号的要数弗朗西斯·帕克曼（Francis Parkman，1823—1893）。他出生在波士顿，身体不好，尤其是和普雷斯科特一样视力很差，但还是勇敢地克服了各种障碍，向助手口述了许多作品，几乎全是历史大部头，只有两本例外：自传小说《家臣莫顿》（*Vassall Morton*）和《玫瑰之书》（*The Book of Roses*），后者体现了他对花卉的喜爱。帕克曼总是力求以美国为主题，他游历广阔大陆的许多边境地带，了解垦殖者和红皮肤原住民的生活；他描写英国、西班牙和法国在新大陆的血腥争斗，笔触雄辩而又严厉；他还研究过争夺加拿大的战争，十七世纪耶稣会士的传教活动和北美原住民易洛魁部落内部非教徒战胜基督教徒的历史。

帕克曼最出名的作品讲述了庞蒂亚克起义：庞氏是渥太华部落的大酋长，十八世纪中期寻求和法国人结盟，用战术和巫术对抗英国霸权，最后死于谋杀。

虽然帕克曼只比沃尔特·惠特曼晚去世一年，但思想上并不像惠氏，而是更接近"婆罗门派"，他曾写道："我的政治信念在两个恶性极端之间摇摆：民主和专制。我不反对君主立宪，但却更愿接受保守的共和体制。"

霍桑和爱伦·坡

短篇故事作家、小说家纳撒尼尔·霍桑（Nathaniel Hawthorne，1804—1864）比前面我们说过的所有作家都重要。他出生在清教氛围浓厚的萨勒姆镇，故乡的情景时常在心头萦绕；祖父是当年审判"萨勒姆巫蛊案"的法官之一；他四岁那年，当商船船长的父亲在东印度群岛去世。他在缅因州上学，同富兰克林·皮尔斯和朗费罗结为好友，毕业后在海关工作过一段时间。霍桑一家在父亲死后就过上了一种奇怪的离群索居生活，终日沉浸在诵经和祷告里，相互不说话，也不在一起吃饭，饭菜都盛在托盘里送到各自房间门口。纳撒尼尔白天忙着写鬼怪故事，日落时分才走出家门散散步，这种隐秘的生活持续了十二年。一八三七年，他写信给朗费罗说:"我把自己软禁起来了,毫无意识地,从来没想到会这样。我成了一个囚犯,把自己关在牢笼里,找不到钥匙;而且即使门开着,我也害怕走出去。"这一时期写的短篇《韦克菲尔德》(*Wakefield*)在某种程度上体现了这种蛰居:主人公是生活在伦敦的一个普通人,某天下午突然离开妻子,在自家附近躲起来,二十年后又突然回家,毫无缘由。故事的结尾是这样的:"在这个神秘世界表面的混乱当中,其实咱们每个人都被十分恰当地置于一套体系内。体系之间,它们各自与整体之间,也都各得其所。一个人只要离开自己的位置一步,哪怕一刹那,都会面临永远失去自己位置的危险,就像这位韦克菲尔德,他可能被,事实上也的确被这个世界所抛弃。"[1]霍桑所说的这个由不可解释的规律所掌控的"神秘世界"无疑是加尔文教宿命论的世界。

一八四一年,霍桑在社会主义者积极实践的布鲁克农场待了几个月。一八五〇年,他发表了著名长篇小说《红字》(*The Scarlet Letter*),第二年出版了《七个尖角阁的老宅》(*The*

---

1 参见霍桑:《霍桑短篇小说选》,黄建人译,长沙:湖南文艺出版社,1996年,页37。

House of the Seven Gables)。一八五三年，他被当选总统的富兰克林·皮尔斯任命为利物浦领事，之后在意大利居住了一段时间，写成《玉石雕像》(*The Marble Faun*)。除了上面这些作品，霍桑还发表过多部短篇小说集，其中最著名的是《雪影》(*The Snow Image*)。

在负罪感和道德感方面，霍桑同清教主义密不可分；而在追求美感和制造玄虚上，他又同另一位伟大作家爱伦·坡紧紧联系在一起。

埃德加·爱伦·坡 (Edgar Allan Poe, 1809—1849) 出生在波士顿一个穷困的演员家庭，被商人约翰·爱伦收养后随其姓。他曾在弗吉尼亚和英国接受教育，把英式学校写进了鬼怪故事《威廉·威尔逊》(*William Wilson*，小说的主人公在杀死对手——另一个自己——之后也走向了灭亡)；他是被西点军校开除的"坏学生"，做新闻时又跟同时代的很多名人结怨，还控诉朗费罗剽窃。神经官能症和酗酒从青年时代就缠上了他。一八三六年，他和十三岁的表妹弗吉尼亚·克莱姆结婚，但妻子十一年后死于肺结核；不久他自己也在巴尔的摩一家医院去世，临死前的高烧让他重温了《亚瑟·戈登·庇姆述异》(*The Narrative of Arthur Gordon Pym of Nantucket*) 里的残酷情景。爱伦·坡的一生是短暂而不幸的,如果不幸可能短暂的话。

意志薄弱、常为各种矛盾的激情所驱使的坡,其实推崇头脑的清晰和理性。作为一个本质上的浪漫主义者,他却喜欢否认灵感,宣称美学创造纯粹是智慧的产物。在《写作的哲学》(*The Philosophy of Composition*)一文中,他阐述了著名长诗《乌鸦》的写作过程,分析,或者说假装分析了他的创作步骤:首先设定写一百行,因为太多会破坏想要的整体效果,而太少则达不到强度(确实,该诗总计一百零八行);然后确定要制造美感,而在所有的诗歌情调中,感伤是最好的;整齐的副歌将十分有效,加之他认为字母 O 和 R 的发音最响亮,脑海中第一个闪现出的词便是永不复生(Nevermore),问题是如何使这个词单调的重复合理化——一个会说话而非理性的生物能解决这个问题,他先想到鹦鹉,但被乌鸦更强烈的自尊和忧郁征服了;至于主题,没有什么比死亡更让人感伤,而一个漂亮女人的死是再好不过的诗歌对象了。现在要做的就是把这两个意象结合在一起:一个经受失亲之痛的男子，一只在每段末尾重复永不复生的乌鸦——同一个词还要每次变换含义；唯一的办法就是让情郎向乌鸦提问，而且这些问题要起初平淡、渐渐出彩，他其实已经知道乌鸦不祥的答案，但将在每次发话中受尽折磨，最后他问是否有一天会重见爱人，乌鸦回答说永不复生。这句话出现在后半程，却是诗人写下的第一句。就诗化而言，坡更加注重新意，穿插不同音步的句子，头韵、尾韵十分上口。

两者在哪儿相遇呢？坡想过田野、树林，但似乎封闭的空间更能加强他所要的氛围，那就在一个充满回忆的房间吧。鸟怎么进来呢？自然需要窗户的意象，而一只乌鸦寻求庇护自然引出了风雨交加的夜晚，不仅如此，室外的暴雨还能反衬室内的宁静。乌鸦停在雅典娜半身像上，选择这尊塑像有三个理由：羽毛的黑色与大理石的白色形成对比；智慧的象征，适于书房的陈设；名字里包含两个响亮的开音节[1]。半开玩笑地，男子问乌鸦在沉沉冥府的尊姓大名，乌鸦回答永不复生；对话继续，从诧异渐变为凄惶。大理石像上的乌鸦一

1　雅典娜英文写作 Athena 或 Athene，也可称为 Pallas Athena/Athene。

步步打动诗中的男子，同时也征服了读者，并酝酿着即将到来的结尾。他知道乌鸦只会说永不复生，故意用会引发这个伤心答案的问题来折磨自己。在这点上，该诗是具体的，但又是隐喻的，乌鸦象征了对无尽苦难无法抹除的记忆。如上即是爱伦·坡为这首诗所做的分析。

坡的小说大致可以分为两类（有时也相互联系）：恐怖和推理，前者曾被指模仿某些德国浪漫派，而他回答："恐怖不是德国的，是内心的"；后者则催生了风靡全球的新体裁——侦探小说，最著名的创作者包括狄更斯、史蒂文森和切斯特顿[1]。

爱伦·坡也把这种诗歌手法用在短篇故事中，认为所有文字都应服务于最后一行。

1　Gilbert Keith Chesterton（1874—1936），英国小说家、评论家、诗人、新闻记者、随笔作家、传记作家、剧作家和插图画家。

超 验 主 义

　　超验主义，美国历史上最重要的文化事件之一，它不是一个封闭的流派而更像一场运动：作家、庄园主、手工艺者、商人、已婚和独身的女人都曾参与其中。自一八三六年起，超验主义运动持续了四分之一个世纪，中心在新英格兰的康科德；它是对十八世纪以来的理性主义、洛克经验主义和神体一位论的反拨（神体一位论作为正统加尔文宗的继承者，正如其名所示，否定三位一体，但承认耶稣创造的奇迹是历史事实）。

　　超验主义有许多来源：印度教泛神论、新柏拉图主义、波斯的神秘主义、斯威登堡的通灵幻视、德国的唯心主义以及柯勒律治和卡莱尔[1]的作品，包括清教徒的伦理约束。乔纳森·爱德华兹曾经说过上帝可以向选民的灵魂注入一道超自然的光,斯威登堡和卡巴拉[2]信奉者则认为外在世界只是精神世界的一面镜子,这些理论都影响到康科德的诗人和散文家——其核心思想大概为上帝在宇宙间无处不在。爱默生一再强调:所有的生灵都是一个微型的宇宙、一个缩小了的世界,万物本质统一,道德法则与自然法则融会贯通;而如果每个人的灵魂中都有上帝,便不再需要外部权威,信徒自己就能以深刻而隐秘的神性与其沟通。

爱默生和梭罗是超验主义运动最响亮的名字,两人又进而影响到朗费罗、梅尔维尔和惠特曼。

著名的拉尔夫·爱默生(Ralph Emerson, 1803—1882)出生于波士顿,父亲和祖父都是新教牧师。他最初继承了家族事业,开始布道后,从一八二九年起受命在一个神体一位派教堂任牧师,同年结婚;一八三二年,经过一场精神危机

---

1 Thomas Carlyle (1795—1881),苏格兰作家、历史学家、神学家,在维多利亚时代影响很大。

2 又称"希伯来神秘哲学",传统犹太教的一类经典,解释永恒而神秘的造物主与短暂而有限的宇宙之间的关系。

（妻子和兄弟们的去世无疑给他留下了巨大的阴影），他最终放弃宗教事业——认为"形式上的宗教已经不再有号召力"。不久，他第一次去英格兰旅行，结识了华兹华斯、兰德[1]、柯勒律治和卡莱尔；当时他还自认为是卡莱尔的学生，但实际两人有本质上的不同。

爱默生坚持废奴思想，卡莱尔却支持奴隶制。回到波士顿后，爱默生开始巡回讲座，并借此游历全国，渐渐用讲台取代了圣坛。他在美国甚至欧洲都声名鹊起，尼采写道，他感觉自己与爱默生距离如此之近，以至于不敢赞扬他，因为那就等于赞扬自己。除了多次讲演旅行，爱默生大部分时间都住在康科德，一八五三年再婚，一八八二年四月二十七日去世。

爱默生写道，没有人被推理说服过，提出真理并让其自证即可。这个观点赋予了他的作品一种不连续性，体现为许多句子（有些还充满智慧）与前后文无甚关联。他的传记作者们称，他在演讲或写作之前会收集一些词句，用时组合，

---

1 Walter Savage Landor（1775—1864），英国诗人、散文家。

颇为随意。我们组织的超验主义运动展基本回顾了爱默生的理论。有一点特别值得注意，那就是将印度人引至"无为"的泛神论恰恰将爱默生带到了"无所不为"的高度，因为在每个人心中都有神性。"人应该了解世界的全部，应该敢于尝试所有的事"。爱默生思想兼容并包的程度令人吃惊，从一八四五年进行的六次演说的题目便可见一斑："哲学家柏拉图"、"神秘主义者斯威登堡"、"诗人莎士比亚"、"拿破仑，世界之子"、"作家歌德"、"怀疑论者蒙田"。在其十二册的作品全集中，最有趣的或许是诗歌卷，展现出一个伟大的智性诗人；他对爱伦·坡并不那么热衷，半开玩笑地称后者叮当诗人[1]。这里放一首他的《梵天》：

> 血污的杀人者若以为他杀了人，
> 死者若以为他已经被杀戮，
> 他们是对我玄妙的道了解不深——
> 我离去而又折回的道路。

---

[1] 即写打油诗的诗人。

遥远的，被遗忘的，如在我目前；
阴影与日光完全相仿；
消灭了的神祇仍在我之前出现；
荣辱于我都是一样。

忘了我的人，他是失算，
逃避我的人，我是他的两翅；
我是怀疑者，同时也是那疑团，
我是那僧侣，也是他唱诵的圣诗。

有力的神道渴慕我的家宅，
七圣徒也同样痴心妄想；
但是你——谦卑的爱善者！
你找到了我，而抛弃了天堂！

散文家、自然主义者和诗人亨利·大卫·梭罗（Henry David Thoreau, 1817—1862）出生于康科德。他曾在哈佛大学学习希腊语和拉丁语，对东方文明、红色人种的历史和习俗也感兴趣。他希望能自给自足，不去"务实地"找固定工作，而是按需动手造小船、门框，做土地测量员。他在爱默生（两人连外形都很像）家里住了两年，一八四五年又来到清冷的瓦尔登湖畔，在一座小茅屋里开始了隐居生活，每日阅读经典、笔耕不辍，用敏锐的眼光观察自然。他喜欢孤独，曾写道："我遇见的人往往还不如他们打破的寂静有文化。"

梭罗最精辟的传记要数爱默生所写："很少有人能放弃他这么多东西。他不工作、独自生活、不结婚、不去教堂、不投选票、拒绝缴税、不吃肉、不喝酒、没抽过雪茄；他是一位自然主义者，却不设陷阱也不用枪。他没有需要克服的欲望、没有多少胃口、缺少激情，也不被华而不实的小物件所吸引。"

他的作品共计三十余册，其中最著名的当属一八五四年出版的《瓦尔登湖，或林中生活》。

在马克思的《共产党宣言》问世后一年，也就是一八四九年，梭罗发表了《论公民的不服从》，这篇政论后来影响了甘地的思想与命运。第一段中他便表示管得最少的政府是最好的政府，彻底无为更理想。他反对常设武装力量，正如他反对政府，认为其阻碍了美国公民的自然发展。他唯一能接受的义务是每时每刻都做自己视为公正的事。他还引自然权利高于法律，否定读报的必要，称只要看一则关于火灾、犯罪的报道即可知晓这类新闻的全部内容，累积本质相同的案例毫无用处。

梭罗写过，"有一次我丢了一只猎犬、一匹浅黄色的马和一只斑鸠，直到现在我还在寻找它们。我曾向许多旅行者询问它们的下落，一个说听到过犬吠，另一个说确实有马驰骋，第三个人说看见斑鸠飞过；他们都能体会我的焦虑"。这个故事或许来源于某个东方寓言，我们在这里可以比在诗中更深切地感受到梭罗的忧郁。研究无政府主义的历史学家很少提到梭罗，其实他是当之无愧的无政府主义者，只是比较消极、平和。

尽管现在有点被遗忘了，但亨利·华兹渥斯·朗费罗（Henry Wasdworth Longfellow, 1807—1882）在他所处的时代却是美国最受欢迎的诗人。他出生于缅因州的波特兰，曾在哈佛大学任现代语言学教授。他的创作力始终旺盛，把西班牙的豪尔赫·曼里克、瑞典诗人埃萨亚斯·泰格奈尔、普罗旺斯和德意志的游吟诗人，包括一些不为人知的盎格鲁－撒克逊歌者的作品都译成了英语。他还把斯诺里·斯图鲁松所作《挪威历代君王故事》中的章节改写成诗歌。在内战纷扰的几年时间里，为了保持内心的平静，他将《神曲》翻译成了英语；事实证明这是史上最好的英译本之一，妙趣横生的注释为其添色不少。他还写了六韵步长诗《伊凡吉琳》（*Evangeline*，1847），借用芬兰民族史诗《卡勒瓦拉》的韵律写了《海华沙之歌》（主角是预见到白人到来的红种人）。《夜籁集》（*Voices of the Night*）中的多首诗作为他赢得了同代人的喜爱和崇敬，至今仍常被收入各种选集，虽然今天再读，会觉得还差最后一点点的润色。

与超验主义运动相反，亨利·蒂姆罗德（Henry Timrod，1828—1867）歌唱希望、胜利、变迁和南方最终的失利。他出生于新卡罗来纳的查尔斯顿，父亲是个德国装订工人。他加入了联邦军队，但肺结核令他向往的军事生涯落空。他的诗中有火，也有古典的形式感。他只活到三十八岁。

惠特曼和梅尔维尔

读过惠特曼的诗再去了解他的生平，往往会有某种失落感，因为"惠特曼"这个名字实际上指向两个人：谦逊的作者和半神般的主人公。下面我们将探讨这种两重性的原因，先从第一个惠特曼说起。

瓦尔特·惠特曼（Walt Whitman，1819—1892）出生在美国长岛，是英国人和荷兰人的后裔。他父亲是个木屋工匠，他也一度以此为生。惠特曼从小就对大自然和阅读表现出浓厚的兴趣，熟读《一千零一夜》、莎士比亚和《圣经》。一八二三年，全家搬到布鲁克林；他先后当过印刷工、教书、自办报纸，二十一岁时不太情愿地接任《布鲁克林每日鹰报》编辑，最终在一八四七年丢掉了这份工作。那时他在文学方面尚无建树，仅写过一部反禁欲小说和一些平庸的诗。一八四八年，他应邀到新奥尔良，变化发生了——有人说是一场感情经历，也有人说是一次彻底改造他的神秘主义体验——一八五五年，第一版《草叶集》问世，收录十二首诗，获得了爱默生热情、中肯的来信。惠特曼平生共出过十二版《草叶集》，每次都会纳入新作。从一八六〇年第三版开始，一些大尺度、闻所未闻的情色诗令许多读者瞠目结舌；在一次长长的街头漫步中，爱默生曾经苦心劝他，多年以后惠特曼承认这位康科德圣人的话无可辩驳，但他拒绝接受。

内战期间，惠特曼在血站和战地医院当护士，据说伤员们看到他就不那么痛苦了。一八七三年年初，他开始半身不遂，三年后勉强赴加拿大和美国西部旅行，但一八八五年病情再次恶化。与此同时，他的名字也传遍美欧，随便说点什么都会被学生们记录下来。一八九二年，惠特曼在卡姆登辞世，闻名遐迩又老境凄凉。

惠特曼的作品是讴歌美国民主的弥赛亚式史诗。虽然钟

爱诗人丁尼生 [1]，但他知道自己需要采取不同的表达：美国街头和边疆地区的口头语；他还常常掺杂（尽管多数并不恰当）原住民语言、西班牙语和法语词，以涵盖这片大陆的每个地区。在形式上，他摒弃了规整押韵的句子，转用《圣经》赞美诗式长段的素体诗。

但在以往的史诗中，占据主导的往往只是一位英雄，例如阿喀琉斯、尤利西斯、埃涅阿斯、罗兰或熙德，而惠特曼笔下的英雄是所有的人。他写道：

> 这真是各时代各地方所有的人的思想，并不是从我才开始，
>
> 如果这些思想不是一如属我所有一样同样也属你们所有，那它们便毫无意义，或是很少意义，
>
> 如果它们不是谜语和谜底的揭示那它们便毫无意义，
>
> 如果它们不是同样地既接近又遥远那它们便毫无意义。

---

1 Lord Alfred Tennyson（1809—1892），英国维多利亚时期最具代表性的诗人之一，主要作品有《悼惠灵顿公爵之死》、《轻骑兵进击》、《国王叙事诗》、《伊诺克·阿登及其他诗歌》等。

这便是凡有陆地和水的地方都生长着的草，

这便是浸浴着地球的普遍存在的空气。[1]

书中的"惠特曼"是个集合人物，既是作者，也是每一位读者，无论他在当下或未来。这就能解释作品中一些明显的矛盾，比如某处说他生在长岛，另一处又说是南方；《从巴门诺克开始》也以虚构的生平开篇，提到矿工——他从没干过的职业，提到"在平原上吃草的野牛群"——其实他也没去过。

《向世界致敬》展现了一个整体视角，白昼与黑夜同在。在他看见的诸多事物中，我们的潘帕斯草原也在其列：

我看见横越平野的高乔，

我看见胳臂上搭着套索的矫健无比的骑手，

我看见人们为了猎取皮革，在大草原追逐野牛群。

1　译文参见楚图南译《草叶集》，人民文学出版社，1978 年再版。

惠特曼仿佛是从朝霞里歌唱，约翰·布朗写道，惠特曼和他的后继者代表了一种观念，即美国是一个值得诗人庆祝的新事件，而埃德加·爱伦·坡和其他一些人却认为自己的国家不过是欧洲的纯粹延续。美国文学史将会是这两种思想不断冲突的结果。

正如马克·吐温、杰克·伦敦以及很多美国作家一样，赫尔曼·梅尔维尔（Herman Melville, 1819—1891）度过了惠特曼梦想却未能实现的那种冒险生活。他生于纽约，祖上是苏格兰的名门，十五岁那年父亲破产，生活由此陷入贫困。他先后做过银行职员、农场工人和乡村教员，一八三九年成为见习水手，从此与大海结下长久的友谊。一八四一年，他随一艘捕鲸船出海太平洋，行至马克萨斯群岛时逃跑，被食人生番俘虏了一段时间。他于一八四七年结婚，先在纽约定居，后迁往马萨诸塞州一座庄园中，在那里结识了霍桑，后者对他最重要的作品《白鲸》（*Mobby Dick*）产生了深刻影响。在生命的最后三十五年里，他一直在海关工作。

梅尔维尔写航海探险书、鬼怪讽喻小说、诗歌、短篇故事，当然还有代表性的《白鲸》。短篇故事中值得回顾的有《水手比利·巴德》（*Billy Budd*），主题是正义和法律的较量；《贝尼托·塞莱诺》（*Benito Cereno*）从某种意义上说是约瑟夫·康拉德《"水仙号"的黑水手》的雏形；《抄写员巴托比》（*Bartleby*）的氛围则与后来卡夫卡的作品不谋而合。《白鲸》的风格中能感觉到卡莱尔和莎士比亚的影响，某些章节更像是戏剧场景的设定，让人过目不忘的句子随处可见：开头几章中有一段描写神父跪在布道坛上祷告的场景，那么虔诚，"像个跪着从大海深处祷告的凡人"。"莫比·迪克"是白鲸的名字，也是邪恶的象征，故事情节围绕着对这头白鲸的荒唐猎捕展开。有趣的是，鲸作为魔鬼的象征早在九世纪盎格鲁－撒克逊人的一本动物寓言集中就出现了，而白色之恐怖同样是爱伦·坡《亚瑟·戈登·庇姆述异》的主题之一。梅尔维尔在文中否认这是讽喻，事实上确有两个解读层面：对想象事件的叙述，以及象征。

《白鲸》的重要意义和深远创新并没有在当时得到认识，一九一二年版的《大不列颠百科全书》还仅仅把它当作一本冒险小说。

可以说，一八五〇到一八五五这五年是美国文学最为重要的时期之一：一八五〇年，霍桑的《红字》和爱默生的《代表人物》诞生；一八五一年，《白鲸》完成创作；一八五四年，梭罗出版了《瓦尔登湖》；一八五五年，惠特曼的《草叶集》问世。

西　　部

随着美国领土不断向西、向南扩展，以及美墨战争和征服西部进一步延长本已辽阔的边界，远离新英格兰清教传统和康科德超验主义的新一代作家开始涌现。如果说朗费罗和蒂姆罗德尚处于英国文学传统之中，那些自密西西比甚至加利福尼亚一隅发出声音的人都不必反抗这种传统了。他们中的第一位是萨缪尔·兰亨·克莱门（Samuel Langhorne Clemens，1835—1910），他让"马克·吐温"这个笔名传遍了世界。

克莱门当过排字工人、记者、轮船领航员、南方陆军少尉、加利福尼亚淘金者、幽默作家、演讲者、报社主编、小说家、编辑、生意人、美国和英国大学的名誉博士，以及在他生命的最后几年————一位名流。他出生在密苏里州的一个小村庄佛罗里达，居民不过百人，马克·吐温很得意自己的降生使家乡人口增加了百分之一————这是"一件许多杰出人物都没能为祖国做到的事"。不久以后，他们一家搬到了密西西比河畔的汉尼拔市。对河水的眷恋和想象伴随了他一生，也成为他最好的作品的灵感来源，比如《汤姆·索亚历险记》和《哈克贝利·费恩历险记》。二十一岁的时候，他计划去探寻亚马孙河的源头，但到达新奥尔良后却决定留下来做一名领航员。这段日子让他结识了各种各样的人，多年后他写道："每次在小说或历史中碰到一个拥有特定品格的人，我都会特别感兴趣，因为我们认识，在河上认识的。"一八六一年南北战争的爆发迫使河运停止；服役十五天后，他随哥哥去了西部，两人乘大篷马车完成了漫长的穿越。在加利福尼亚的旧金山，作家布勒特·哈特和幽默作家阿蒂默斯·沃德将其引上了文学创作的道路；他开始采用"马克·吐温"这个笔名，测水员行话里"测标两寻"的意思。一八六五年，短篇《卡拉维拉斯县驰名的跳蛙》（*The Celebrated Jumping Frog of Calaveras County*）为作家在美国初步建立了威望，随后便是巡回演讲，游览欧洲、圣地耶路撒冷和太平洋，创作后来几乎被翻译成所有语言的名篇，结婚，生活安逸，经济陷入困境，妻女去世，声名和隐秘的孤独，以及悲观。

对于同代人来说，马克·吐温是一位幽默作家，他的每一件小事都通过电报到处传播；虽然今天看来，他的玩笑似乎已经不那么好笑了，但《哈克贝利·费恩历险记》却留了下来，并将永远流传下去，就像海明威所说的那样，堪称美国小说之最。这部书的风格是口语化的，两个主人公——一个淘气的白人孩子和一个逃命的黑奴——夜里乘木筏顺密西西比河而下，向我们展示了美国内战前的南方生活；孩子出于一种自己也说不清的慷慨帮助黑奴，但同时又因为做了帮凶而内疚，毕竟这是村里一位小姐的"私产"。这本书充满了对晨昏、对两岸沃野的生动描写；受其影响，又有两部相似的小说产生，分别是吉卜林的《基姆》（*Kim*，1901）和里卡多·吉拉尔德斯的《堂塞贡多·松布拉》（1926）。该书出版于一八八四年，是美国作家第一次不带任何矫饰地使用美式英语。约翰·布朗写道："《哈克贝利·费恩历险记》教给所有美国小说怎样说话。"

马克·吐温出生那年，哈雷彗星曾划破长空，他预言说自己能活到它返回的那一年。这话果然应验了：一九一〇年，彗星重返，马克·吐温逝世。

小说家豪厄尔写道："爱默生、朗费罗和霍姆斯——他们我都认识——比较相似，但克莱门却不同，他没有谁可以相比，他是我们文学上的林肯。"

美国在西部所攫取的荒芜地区之大，驱使拓殖者从事各式各样的工作。出生于奥尔巴尼、马克·吐温的朋友兼保护人布勒特·哈特就先后当过老师、药房伙计、矿工、邮递员、排字工人、记者、短篇小说作家、杂志《黄金时代》(*Golden Era*)的长期撰稿人，以及自一八六八年起、西海岸第一家重要杂志《大陆月刊》(*The Overland Monthly*)的主编，并在此发表了一些震撼人心的短篇小说，如《咆哮营的幸运儿》(*The Luck of Roaring Camp*)、《扑克滩放逐的人们》(*The Outcasts of Poker Flat*)和《田纳西的合伙人》(*Tennessee's Partner*)，后来辑入《加利福尼亚速写》(*The Californians Sketches*)中，或可算作美国西部在文学作品中的第一次亮相。还有一首题为《异教徒中国佬》(*The Heathen Chinee*)的讽刺体诗，让他获得

44

了东西海岸的一致好评。一八七八年，他申请并被任命为普鲁士克雷菲尔德市的领事，后来又被调往格拉斯哥，在伦敦度过了生命的最后几年。

布勒特·哈特和马克·吐温是西部文学的代表作家，但并非生于西部。约翰·格利菲斯·伦敦（John Griffith London，1876—1916），也就是后来的杰克·伦敦，才是地道的加州旧金山人。他经历的坎坷和前面提到那些作家差不多，深切了解贫穷的味道，做过庄园工、农场工、卖过报纸，当过流浪汉、团伙首领和水手，对乞讨和监狱都不陌生。后来他决心接受教育，三个月看完两年的学习材料，成功进入加利福尼亚大学。一八九七年，阿拉斯加发现金子，伦敦立即决定去探险，在最冷的季节穿越了齐尔库特；发财梦落空之后，他和两个同伴划敞篷小船渡过了白令海峡。一九〇三年，《野性的呼唤》出版，共卖出一百五十万本，讲述了一只狗进入狼群最终变成狼的故事，远比此前《他的祖先的上帝》（*The God of his Fathers*）成功。一九〇四年日俄战争期间，他被任命为通讯记者。杰克·伦敦四十多岁就去世了，留下大约五十本书，这里要着重提一下：《深渊里的人们》（*The*

People of the Pit），为了写这本书，他曾亲自到伦敦底层探寻；
《海狼》，主人公是一位冷酷的船长；《在亚当之前》（*Before Adam*），一部描述史前人类的小说，叙事者在断续的梦境中重拾进化过程中的艰难岁月。杰克·伦敦也写过令人赞赏的探险和鬼怪故事，比如《阴影和闪光》（*The Shadow and the Flash*），讲述了两个隐形男人之间的剑拔弩张和最后的决斗。他的风格是现实主义的，但这种现实是再创造和升华过的。激励他生活的勇力也激励着他的作品，使其至今仍吸引着年轻一代的读者。

弗兰克·诺里斯（Frank Norris，1870—1902）出生于芝加哥，但他的作品也应该包括在西部文学中。他在旧金山接受教育，后赴巴黎学习中世纪艺术，还先后在南非和古巴做战地记者。他最初走浪漫主义路线，但在世纪末受到左拉影响转向自然主义，并出版了小说《麦克提格》（*Mc Teague*，1899），背景设置在旧金山下层社会。他还计划写作"小麦史诗"三部曲，可惜走笔至其从生产到股市交易、还差出口欧洲时病卒。不同于他依赖图书馆的导师，弗兰克·诺里斯在动笔之前去加州的农场帮工"调研"。他认为某些非人的力量——小麦、火车和供求规律——比人类个体更重要，甚至会掌控个体。但他也相信永生。一般认为诺里斯是西奥多·德莱塞的前辈，他帮助后者出版了第一部小说《嘉莉妹妹》。

十九世纪的三位诗人

与他的诗歌理论和评述相比，西德尼·拉尼尔（Sidney Lanier，1842—1881）的履历似乎有些平淡。他出生在佐治亚州梅肯市，祖先是来自苏格兰的胡格诺派教徒。他最大的爱好是音乐，晚年因长笛演奏而得名。内战时期，他在南方联盟服役四年，后来被北方俘虏；那时他已经得了结核病，自由被剥夺——只能与长笛相伴——更加重了他的病情。拉尼尔在一封信中写道："我活着，仅仅为了不死。"他把毕生精力都用在了教育、法律、音乐、浪漫派书籍的编纂和盎格鲁－撒克逊诗歌的研究上，还曾于一八七九年在约翰霍普金斯大学教授英语诗歌。

魏尔伦说过"音乐性是首要的"，西德尼走得更远：他认为乐器和诗歌的乐理在本质上是相通的，前者的方法和规则同样适用于后者；他宣称诗律学中最重要的是节奏而非音调；他对音乐性的追求也是形而上的思辨，这一点跟十七世纪的英国诗人们很像。他批评惠特曼混淆了数量和质量："以为草原辽阔，就可以赞美放浪，以为密西西比河长，美国人就个个都是上帝。"拉尼尔没能成为一位伟大的诗人——要用写作来证明预设的理论束缚住了他的灵感，但他留下了优美的诗行，包括那些诗律学论文、自传体小说《虎斑百合》（*Tiger-Lilies*，1867），还有对莎士比亚及其影响源的研究，都应该被我们记住。

在当时的北方，约翰·格林里夫·惠蒂埃（John Greeleaf Whittier，1807—1892）同涉猎广泛、学识渊博的朗费罗一样受欢迎。他出生在马萨诸塞州黑弗里尔，同他的父母一样是教友派成员，即通常所称的贵格会教徒。该会从十七世纪创立之初就反对任何形式的暴力，只作为医护人员参与战争，偶尔出现在战场上。用现在的话说，惠蒂埃是一位"介入诗人"，为废除奴隶制度写下了响亮的诗句，但也正像这类诗人一样，他所支持的事业的胜利遮蔽了他作品的价值。文学选集常常收入他的《大雪封门》(*Snow-Bound*)，一首生动描绘新英格兰一场大雪的长诗。惠蒂埃源自对"全国"认识的"美国味"让他并不止步于地区性的"乡土主义"。

艾米莉·狄金森（Emily Dickinson，1830—1886）通常被看作最后一位超验主义诗人。她出生在马萨诸塞州阿默斯特镇，并在那里度过了几乎全部时光。她父亲是一位老派的清教徒，在她眼中"圣洁而可怕"，让她爱戴却不敢亲近。爱德华·狄金森是一名律师，他送书给女儿，又奇怪地叮嘱她不要去读，以防它们打破心灵的平静。虽然清教作为政治团体已不复存在了，但信徒们仍然保持着那种生活方式，严格自律、安于归隐。二十三岁那年，艾米莉去华盛顿探望父亲，在回家的路上结识了一位牧师，两人很快坠入爱河；但是由于他已有家室，他们的爱情最终无果。她是一个美丽又爱笑的姑娘，喜欢跟笔友通信、同家人聊天，不厌其烦地读那为数不多的几本书——济慈、莎士比亚和《圣经》，在小狗卡洛的陪伴下到郊外散长长的步、写短短的诗——共有几千首之多，却从不在意是否要出版。有时她连续几年也不踏出家门半步。她在一封信中写道："先生，您问起我的朋友，山丘、落日，还有一只跟我一般个头的狗——那是父亲给我买的——它们比任何人都重要，因为它们什么都知道，又什么都不计较；正午时分河水静静地流淌，远比我的钢琴动听。"在另外一封信中，她还说："我没有画像，我像只小鸟那么小，头发是栗色的，眼睛的颜色就像客人留在杯子里的雪利酒。"

狄金森跟爱默生有明显的不同，但他们的诗歌作品是相似的，而且，与其说她受到他的影响，不如说是他们共处的清教环境使然。他们都是智识型的诗人，都不在意诗歌要多甜蜜，都用词抽象，只不过爱默生更通达，狄金森更细腻。当然，数以千计的、不带出版意识的作品难免良莠不齐，但在那些最为杰出的诗篇当中，神秘主义的激情和诗人的聪颖融合在了一起，正如塞缪尔·约翰逊称为"形而上"的十七世纪英国诗人，或者某种程度上的西班牙"警语派"。狄金森的想法并不出奇，比方说"人归于尘土"的思想，但她能把它转化成精巧的诗句："这粒安静的尘土曾是男人和女人。"在另一首诗中，她认为只有经历过失败的人才能懂得成功；还有一首，直译过来是："我得到的消息，是每天来自不朽的快讯，今天／明天，我唯一看的节目，也许只是永恒。我

找不到任何人 / 除了上帝，除了存在 / 没有别的路；等我走完这一程，如果还有别的消息 / 还有精彩的节目，我会告诉你。"除了前面提到的罗曼史，狄金森可能还经历过一段感情，因为她写道："在死掉之前，我已经死过两次；永恒还会让我经历第三次吗，就像前两次那样广阔又难以捉摸。离别，是我们对天堂体验的全部，向地狱求取的一切。"

叙 事 作 家

　　威廉·西德尼·波特（William Sydney Porter, 1862—
1910），即大名鼎鼎的欧·亨利（O. Henry），生于北卡罗
来纳州格林斯伯勒，当过药房售货员，也做过记者。像胡
安·曼努埃尔·德·罗萨斯[1]一样，他把字典从头读到尾，以
便获得各种知识。一八九五年前后，他在奥斯汀的得克萨
斯银行当出纳员，因被控侵吞公款逃往洪都拉斯，得知妻
子病危潜回国，目睹了她的弥留，随后被捕入狱三年。埃
德加·爱伦·坡曾宣称所有小说的展开都应服务于尾声，
欧·亨利发展了这一主张直至形成障眼法小说，一种结局埋
伏意外的故事，虽然这一模式长期使用便流于刻板了。不
管怎么说，诸如《麦琪的礼物》（收录在一九〇六年小说集

《四百万》中）这样精悍而感人的大师级作品，欧·亨利给我们留下了不止一篇；他的其他作品还包括数部长篇小说和一百多个短篇，反照出迷失在怀旧情绪中的纽约和充满了老式冒险家的西部。

埃德娜·费勃（Edna Ferber，1887—1968）生于密歇根州卡拉马祖，她的长短篇小说与戏剧有意构建美国的史诗，涵盖不同年代与地区：《演艺船》（*Show Boat*，1926）中的人物是密西西比的赌徒和巡回演员；《壮志千秋》（*Cimarron*，1930）以浪漫的手法讲述了对西部的征服；《美国丽人》（*American Beauty*，1931），一群波兰移民的沉浮变迁；《夺妻记》（*Come and Get It*，1935），威斯康星的森林业；《萨拉托加干线》[2]（*Saratoga Trunk*，1941），萨拉托加的温泉疗养地中一群来历不明者的明争暗斗；《巨人》（*Giant*，1950），得克萨斯的发展。她的很多作品都被改编成了电影。

青年作家斯蒂芬·克莱恩（Stephen Crane，1870—1900）

1　Juan Manuel de Rosas（1793—1877），1829 到 1852 年间统治阿根廷，是拉丁美洲第一个考迪罗主义统治者。

2　同名电影中译《风尘双侠》。

生于新泽西州纽瓦克，是威尔斯[1]的好朋友（被其自传充满钦佩地怀念），留下至少两部佳作：短篇小说《海上扁舟》（*The Open Boat*）和长篇小说《红色英勇勋章》（*The Red Badge of Courage*），后者讲述了南北战争期间，一名新兵通过种种考验认识自己到底是勇敢者还是懦夫；战争期间每位士兵的孤独、对行动战略的毫不知情、胆量和恐惧的交替涌现、感觉无穷无尽却发现交锋时间很短的错愕、胜利夺取的土地之小，以及"疲惫者的英雄梦想"，都包含在这部生动的作品所涉及的诸多内容中，其唯一不足或许在于隐喻过多。

克莱恩在墨西哥做过记者，在希腊和古巴做过战地通讯员，患结核病死于德国。他的十二卷作品中也包括了两部诗集——《黑色骑手》（*Black Riders*）和《战争是仁慈的》（*The War is Kind*）。

西奥多·德莱塞（Theodore Dreiser，1871—1945）某些风格处理有克莱恩的影响，但这种影响是偶然的。克莱恩行文生动、精简，偏爱警语式的讽刺；德莱塞则通过坚持、积

---

1 此处指赫伯特·乔治·威尔斯（Herbert George Wells，1866—1946），英国著名小说家，创作的科幻小说影响深远，著有《时间机器》等。

累和篇幅达到效果（当然效果也很可观）；前者想象现实，后者则似乎对现实做过研究。德莱塞生于印第安纳州特雷霍特，父母是德国移民、虔诚的信徒，早期生活的贫困令他渴望金钱及其带来的权力，这种渴望直接投射在了小说《金融家》（*The Financier*）、《巨人》（*The Titan*）和《斯多葛》（*The Stoic*）的主人公身上。阅读巴尔扎克、斯宾塞、赫胥黎使他觉得存在是各种力量之间戏剧性但并不明智的矛盾冲突。一九〇〇年，德莱塞出版小说《嘉莉妹妹》（*Sister Carrie*），但不久被禁，加上评论的敌意与不理解，令其性格更加暴躁。在他后来的作品《珍妮姑娘》（*Jennie Gerhardt*）、《天才》（*The Genius*）、《壁垒》（*The Bulwark*）、《美国悲剧》（*An American Tragedy*）中，早期的现实主义更加突出，并表现出对美和风格修饰的不屑。他认为既然宇宙本来就是杂乱无序的，完全的道德圆满也就不可能实现，我们有责任变得富有或者试图变得富有。他的作品以绝望和有力的真诚表达了这一想法。一九二七年前后，德莱塞成为一名共产主义者并访问苏联。尽管他观点强硬，其实身上有着深刻的浪漫特质。

实业家舍伍德·安德森（Sherwood Anderson，1876—

1940）几乎到四十岁"高龄"才发现自己的文学才能。他生于俄亥俄州卡姆登，故乡启发了他日后创作中最为恒定的那一部分。他参加过古巴战争，一九一五年前后定居渐渐成为文学中心的芝加哥。在诗人卡尔·桑德堡的影响下，他创作了第一部长篇小说《饶舌的麦克佛逊的儿子》（*Windy Mcpherson's Son*），主题是一个对生活感到不满的人逃离周边环境、寻找真理，这也构成他之后所有作品的主题并反映了他自己的人生道路。一位英国批评家曾指出舍伍德·安德森是通过真实或想象的事件片段思考的，这就能解释为什么他的短篇小说普遍比长篇小说好，比如题为《俄亥俄，温斯堡》（*Winnersburg, Ohio*，1919）的集子，尽管好坏参差，仍不失为他最重要的作品。

他结过四次婚，曾在弗吉尼亚州马里恩同时担任共和党和民主党报刊主编多年。

一九三〇年，辛克莱·刘易斯（Sinclair Lewis, 1885—1951）获诺贝尔文学奖，是当时国际上最受认可的美国小说家。他生于明尼苏达州索克森特，落笔处处讽刺，一九二六年还曾拒领普利策奖，因此不少人猜测瑞典皇家学院主要是借他宣扬反美。刘易斯书中的角色人性化且不乏真实的矛盾，都是一些典型：巴比特[1]是生活在平淡的友谊与情感之中、为寂寞所困扰的商人；埃尔默·甘特利是个饶舌的牧师，生活不检点又贪婪，既犬儒又伪善[2]；阿罗史密斯，献身事业的医生[3]；多兹沃兹，富裕、疲倦，想在欧洲获得重生[4]；《大街》（*Main Street*，1920）描述了西部广阔的农业平原上一个偏僻小镇的乏味。

一九〇六年前后，刘易斯参加了由厄普顿·辛克莱创建的乌托邦农场（Helicon Home）。在写作现实主义小说之前，他还尝试过戏剧、新闻和浪漫主义小说。无论起初的个人主义者还是后来的社会主义者，他本质上都是虚无主义的。

约翰·多斯·帕索斯（John Dos Passos，1896—1970）——让－保罗·萨特眼中当代最伟大的作家——一八九六年生于芝加哥，是葡萄牙和美国后裔，毕业于哈佛大学，一战期间参军，后在西班牙当战地记者，到过法国、墨西哥和近东地区。

1　参见《巴比特》（*Babbitt*），王永年译本，作家出版社 2006 年。

2　同名小说《埃尔默·甘特利》主人公。

3　同名小说《阿罗史密斯》主人公。

4　同名小说《多兹沃兹》主人公。

他的作品趋于大众化，浩繁但在某种程度上是匿名的，书中人物的存在感不及他们周围的人群；作者的内心情感则被排挤到他称为"暗房"的部分，为外部环境所害。评论公认多斯·帕索斯最重要的作品是美国三部曲，给人留下悲伤、一切价值都不复存在的最终印象，因为苦于缺乏热情和信仰。多斯·帕索斯将新闻的排版方式以及信息并置、粗浅易读等特点引入了小说中。他的戏剧和诗歌创作不如叙事体精彩。他的作品能否永远流传我们不得而知，但他技巧上的重要性是不可否认的。

　　这一章里我们提到了很多有才华的作家，接下来这位更是个天才——虽然是一种刻意甚至是恶意混乱的天才——威廉·福克纳（William Faulkner，1897—1962），生于密西西比牛津镇；在他的诸多作品中，穷苦白人和黑人居住的村寨环绕着一个落后、陈旧的县城，形成"约克纳帕塔法世系"[1]。一

1　福克纳通过诸多长、中、短篇小说，以约克纳帕塔法县为核心构建的文学模式，反映了美国南方社会在二战后一个多世纪间的兴衰。Yoknapatawpha一词源自契卡索印第安语，意思是"河水慢慢流过平坦的土地（Yok'na pa TAW pha）"。

战期间他加入英国皇家空军[1]；后来写诗、为新奥尔良的刊物撰稿，还写过数部著名小说和电影剧本。一九四九年，他被授予诺贝尔文学奖[2]。正如今天已经被遗忘的亨利·蒂姆罗德，福克纳在美国文学中象征着南方——农业、封建，在十九世纪最激烈和血腥的一场战争中（美国南北战争比起拿破仑战争和普法战争也毫不逊色）历经无数牺牲与勇气最终屈服的南方；蒂姆罗德面前是最初的希望和胜利，而福克纳则以史诗般的笔触描绘了数代以来南方的衰败。他想象的冲动常常达到莎士比亚的高度。该对他进行一次彻底的审查，或许他认为对这个迷宫般的世界，更为迷宫的文学技巧才能与之相配。福克纳的作品除了《圣殿》（*Sanctuary*, 1931），几乎从不直接讲述沉重的情节，而需要通过乔伊斯《尤利西斯》最后一章中那种令人不适的手法、通过曲折的内心独白来解码、预测，比如《喧哗与骚动》（*The Sound and the Fury*, 1929），康普生一家的衰落和悲剧经由四个不同时刻的缓慢列叙呈现出

---

1 原文误作加拿大皇家空军。根据历史资料，福克纳从未被吸收到该军队，也没有上过战场。
2 原文误作 1964 年卒。

来，反映了三个人物（其中一个是白痴）的所感、所见及所忆。福克纳的其他重要作品包括《我弥留之际》（*As I Lay Dying*，1930）、《八月之光》（*Light in August*，1930）、《押沙龙，押沙龙！》（*Absalom, Absalom!*，1936）、《坟墓的闯入者》（*Intruder in the Dust*，1948）。

欧内斯特·海明威（Ernest Hemingway，1898—1961）生于伊利诺伊州奥克帕克，童年留下了密歇根湖畔和森林中悠长假期的深刻印记。他和做乡村医生的父亲一样喜欢打猎和捕鱼，但他不愿学医，先做了记者，一战爆发后又加入意大利军队。

海明威在战争中受了重伤，获得十字军功奖章。一九二一年前后，他定居巴黎，结识了格特鲁德·斯泰因、埃兹拉·庞德、福特·马多克斯·福特[1]以及后来他在小说《春潮》（*The Torrents of Spring*，1926）中戏仿的舍伍德·安德森。同年发表的《太阳照常升起》（*The Sun Also Rises*）使他成为同辈中最年轻的作家，继以一九二九年的《永别了，武器》（*A*

1　Ford Madox Ford（1873—1939），英国小说家、诗人和批评家。

Farewell to Arms)。海明威在近东和西班牙当战地通讯员，在非洲猎狮，种种经历都反映在作品中，但他做这些不是出于文学目的而是真心喜欢。一九五四年，瑞典皇家学院授予其诺贝尔文学奖，表彰他对人类英雄品质的赞颂。受创作力衰竭和精神疾病的困扰，一九六一年，海明威离开疗养院自杀，痛恨自己把精力都花在了肉体的冒险上而没有投入单一、纯粹的智性锻炼。

一九二三年的《三个故事和十首诗》（*Three Stories and Ten Poems*）及一九二四年的《在我们的时代里》（*In Our Time*）描绘了他在密歇根森林中的童年记忆；《太阳照常升起》则写了他在巴黎的波西米亚生活；《没有女人的男人》（*Men without Women*）中的十四个短篇展现了斗牛士、拳击手和城市黑帮的勇猛；《永别了，武器》记录下他在意大利的战争经历和战后的幻灭；一九三二年的《午后之死》（*Death in the Afternoon*）写斗牛和死亡；一九三三年《胜者无所得》（*Winner Take Nothing*）十四个短篇传达了他的虚无主义；在一九三五年的《非洲的青山》（*The Green Hills of Africa*）里，对写作艺术的分析与观察交替出现，启发了他后来写短篇小说《乞力马扎罗的雪》（*The Snows of Kilimanjaro*）和《弗朗西斯·麦康伯短促的幸福生活》（*The Short Happy Life of Francis Macomber*）；一九三七年起，海明威开始寻求道德支撑，一九四〇年出版关于西班牙内战的小说《丧钟为谁而鸣》（*For Whom the Bell Tolls*），题目典出邓恩[1]的一篇布道；一九五〇年的《过河入林》（*Across the River and Under the Trees*）讲述了年龄悬殊的两个人的爱情；《老人与海》（*The Old Man and the Sea*）则是一位老人与一条鱼勇敢而孤独的搏斗。

海明威就像吉卜林一样，把自己看作一位手艺人、一个小心翼翼的工匠。对他来说，最重要的是在死亡面前能以一件完美的作品辩白自己的存在。

1　John Donne（1572—1631），英国玄学派诗人，海明威该篇名出于其 1624 年《祷告》中的一首诗。

移居国外的作家群

　　亨利·詹姆斯（Henry James，1843—1916）是首位也是最杰出的一位去国者，是实用主义创始人、哲学家和心理学家威廉·詹姆斯（William James，1842—1910）的弟弟。他们的父亲希望两兄弟能够像斯多葛学派一样，成为世界公民并养成成熟的行为和思考习惯。他不相信学校，因此，威廉和亨利游历意大利、德国、瑞士、英国和法国，在家庭教师的指导下学习他们感兴趣的课程。一八七五年，在哈佛法学院短期学习后，亨利最终离开新英格兰定居欧洲。一八七一年，他的第一部长篇小说《时刻戒备》（*Watch and Ward*）出版；一八七七年《美国人》（*The American*）问世，其主人公虽然深受侮辱，但在最后一章里还是放弃了到手的报复机会。

亨利·詹姆斯重写过这部作品：原本放弃是出于其高贵的品质，而在另一个版本中则认为报复会让他和敌人们更相像，对这些对手，他选择忘记。

　　亨利·詹姆斯与福楼拜、都德、莫泊桑、屠格涅夫、威尔斯和吉卜林都是朋友。在二十世纪初，他的境遇很奇特：所有人都赞美他，并称他为大师，可是却没有人阅读他的作品。厌倦了这种"名望"，他希望拥有更多读者，于是转而写作戏剧，但并未获得成功。一九一五年，由于美国尚未参加第一次世界大战，亨利·詹姆斯便加入英国国籍，以此表达对协约国的支持。他生于纽约，死后骨灰安放在马萨诸塞州的一处墓地。

　　与爱默生和惠特曼不同，受福楼拜影响颇深的亨利·詹姆斯认为一个古老和复杂的文明是实践艺术不可或缺的条件。他还认为美国人虽然在道德层面胜过欧洲人，但在智性层面稍逊，所以他早期作品（之前已经提到一部）总是旨在突显这两类人的对比。小说《使节》（*The Ambassadors*，1903）的那位清教徒主人公兰伯特·斯特雷瑟奉与他订婚的寡妇纽森夫人之命前往巴黎，试图将她的儿子查德从堕落中拯救出来，结果他本人竟被巴黎的魅力征服，感叹自己从前都白活了；由于无法忘记过去、尽情享受，他最终还是回到了美国。在此之前，一八九七年的长篇《梅茜的世界》(*What Maisie Knew*) 还完全不同，通过一个小女孩不带任何怀疑的描述，隐约展现出种种令人厌恶的行为。

亨利·詹姆斯的短篇小说同样极有质感，读来更为有趣。最著名的《螺丝在拧紧》(*The Turn of the Screw*) 故意写得模棱两可，并且充满了微妙的恐惧感；所唤起的三种解读都合于文本。《快乐的一角》(*The Jolly Corner*) 讲述了一个美国人多年之后回到他纽约的家，在昏暗中遍屋追寻一个一直躲着他的人形；那个痛苦、伤残、跟他极像的东西就是他如果没有离开美国会变成的样子。《地毯上的图案》(*The Figure in the Carpet*) 描写了一位小说家在自己浩繁的作品中暗藏了一个中心意图，但其最初并不可见，正如一张错综复杂的波斯地毯上的图案；作家去世之后，一批评论家投身于发掘那种秘密形式，但永远不会成功。《大师的教诲》(*The lesson of the Master*) 中也有一位小说作家，他劝秘书不要娶一位来自澳大利亚的年轻女继承人，因为婚姻会影响他专心写作；后者听

69

取了建议，但小说作家自己却和那位姑娘结了婚，也不知道他的教诲是真心还是假意。《智慧树》(*The Tree of Knowledge*)里，主人公想方设法阻止一位已故雕刻家朋友的儿子了解父亲的作品有多平庸，最后一段揭示原来他一直就看不起父亲的作品。《伟大的好地方》(*The Great Good Place*)展示了亨利·詹姆斯之"病"——一座豪华的疗养院俨然天堂，看来他已经无法体验更大的快乐了。《私生活》(*The Private Life*)设定了两位主角：一位除了主持会议、接待使团和发表演说便会彻底消失，因为他其实什么人都不是；另一位是个诗人，既热衷于社交，又创作了大量作品。叙事者发现诗人像毕达哥拉斯一样分身有术，能一边参加聚会，同时又在房间里写作。渐渐地，亨利·詹姆斯将美国人在欧洲的困惑上升到人类在宇宙中的困惑，但他不相信道德、哲学或者宗教可以解决这些本质性的问题，他的世界已经是卡夫卡式的荒诞世界了。他的作品尽管发人深省、精密复杂，但尚有一个致命的缺点：远离生活。

格特鲁德·斯泰因（Gertrude Stein，1874—1946）的作品时常刻意晦涩，所以可能比不上她的个人魅力和新奇的文学理论。她出生于宾夕法尼亚州的阿勒格尼，曾师从心理学家威廉·詹姆斯，还学过医学和生物学，一九〇二年起随哥哥利奥定居法国。由于他精通绘画，她结识了毕加索、布拉克和马蒂斯，这些人后来都成了大家；他们的画作使她认识到色彩和形状对观众的震撼可以完全与其表现的主题无关。格特鲁德·斯泰因决定将这种原则运用到词汇上——词汇对她来说，从来都不是纯粹的意识形态符号。阔别三十年后，她在美国举办讲座解释自己的写作哲学，都是基于威廉·詹姆斯的美学理论和柏格森的时间理念。她坚持认为文学的目的是表达现时的瞬间，并将她个人的写作技巧与电影做了比较：两个完全一样的场景不会同时在屏幕上出现，其接续才给予人眼一种流动的连续性；因此她多用动词而少用名词，因为后者会破坏那种连贯。格特鲁德·斯泰因影响了三代艺术家，包括舍伍德·安德森、海明威、埃兹拉·庞德、艾略特和司科特·菲茨杰拉德。她最主要的作品有：《三个女人》（*Three Lives*，1908）、散文诗集《软纽扣》（*Tender Buttons*，1914）、《如何写作》（*How to Write*，1931）和《艾丽斯自传》（*Autobiography of Alice Toklas*）。

弗朗西斯·斯科特·基·菲茨杰拉德（Francis Scott Key Fitzgerald，1896—1940）出生于明尼苏达州的圣保罗，祖上是爱尔兰的天主教徒。一九一七年他放弃在普林斯顿大学的学业应征入伍，希望实现最初的梦想之一：做个勇敢的军人，但没等上场战争就结束了。他的一生都在追求至善——青春、美、高贵和财富的至善，因为它们能让人更加慷慨、无私、彬彬有礼。他作品中的人物沿袭他的个人经历，他最初的憧憬和最后的醒悟。在众多作品中，有两部最为突出：《了不起的盖茨比》（*The Great Gatsby*, 1925），讲述了男主人公努力重拾年轻时的爱情却终告失败；这段旧情不啻为对"新世界"这个古老美国梦的一种追忆，黛西和她的丈夫布坎南这些富豪、强者维持了联合，而盖茨比却被毁灭了。技巧上更胜一筹的《夜色温柔》（*Tender is the Night*, 1934）则展现了一个去国者的轨迹，他为了掩饰感情上的失败又回到美国。与同代作家相比，斯科特·菲茨杰拉德更多地表现了一战后的时代。

朗费罗的远亲埃兹拉·庞德（Ezra Loomet Pound，1885—1972）是一位极具争议的诗人，被艾略特称为"最卓越的匠人"，并尊为大师，但也被罗伯特·格雷夫斯视为模仿者。庞德出生于美国爱达荷州海利镇，毕业于宾夕法尼亚大学并曾留校任教。一九○八年，他的第一本书《灯火熄灭之时》（*A Lume Spento*）在威尼斯出版，从那时候到一九二○年，他一直生活在伦敦，为了强调自己是美国人，时常穿着牛仔的装束出现在文学圈的聚会上，还带着一根鞭子，每次对弥尔顿语出讥诮都要拿出来挥舞一番。庞德是哲学家休姆[1]的信徒，并由此发展出"意象主义"，旨在将诗歌从所有的感伤和修辞中解脱出来。一九二八年，因"对美国文学的贡献"，他荣获《日晷》杂志诗歌奖。自一九二四年起，庞德移居意大利拉帕洛，与法西斯势力交往日深，并在电台为其大肆宣扬，甚至直到美国参战也一仍其旧。一九四六年，他被押回国、问叛国罪[2]，幸得认定精神失常而免于受审，移住精神病院生活多年。有人认为这种处置只是帮他免除牢狱之苦的策略，也有人认为他真的疯了。尽管如此，一九四九年庞德依然凭借《比萨诗章》（*Pisan Cantos*）荣获了博林根诗歌奖，这

1　Thomas Ernest Hulme（1883—1917），英国诗人、评论家，对欧美现代主义的发展有较大影响。
2　实际上美国法院于 1942 年即将其缺席审判为"叛国罪"，此处疑误。

是他被美军囚禁在意大利俘虏营时创作完成的。令人不解的是，他认为杰斐逊的民主理想可以与法西斯主义并存。现在[1]他居住在拉帕洛的一座古堡中（他的一个女儿嫁给了一位意大利贵族）。

庞德的作品包括诗歌、颇引争议的论文，还有源于汉语、拉丁语、盎格鲁－撒克逊语、普罗旺斯语、意大利语和法语的翻译，尤其是后者，受到很多学者的诟病；其实他们没能理解庞德寻求的目标：相比原文本义来说，他更看重词语的声响和节奏的复制。庞德最重要的作品是《诗章》（*Cien Cantos*），目前正在收尾，发表过的已有九十多章。据其"解经者"，在庞德之前，诗人所使用的写作单位是词汇，而现在则可以是大段不相干的段落，比如第一章就有三页用令人称道的自由体翻译的《奥德赛》第十一卷和对吉多·卡瓦尔康蒂[2]的审判，包括该诗人自己用意大利语写的按语；而最近的几章中有许多对孔子的引用，甚至直接插入汉字，这种新奇

---

1 本文写作的 20 世纪 60 年代末。
2 Guido Cavalcanti（约 1250—1300），意大利诗人，对好友但丁影响很大，也出现在薄伽丘的《十日谈》里，无神论者。

的创作被视为对诗歌写作单位的拓展。庞德称他是从汉语的象形文字得到启示的：一条横线画在一个圆形上方就代表黄昏，前者指示树枝，后者意在落日。最后的几章诗意少于教育意义。总之，这部作品很难或者根本让人读不懂，不过其中包含着某种难以捉摸的柔情，以及与惠特曼的几分神似。

托马斯·斯特恩斯·艾略特（Thomas Stearns Eliot, 1888—1965）出生于密苏里州圣路易斯市，紧依密西西比河——他所谓"威武的棕色大神"[1]。他的家庭来自新英格兰，他先后就读于哈佛大学、巴黎索邦大学和牛津大学，曾为多家杂志供稿：《哈佛倡导者》（*The Harvard Advocate*, 1909—1910)、《诗刊》（*Poetry*, 1915)、《利己主义者》（*Egoist*, 1917）——意象主义的阵地——后来创办并长期担任《标准》（*Criterion*, 1922—1939）的主编。他也在劳埃德银行工作过，一九一八年应征美国海军未果，一九二七年入英国国籍。在离开美国十八年后，艾略特回到哈佛大学担任诗歌讲席教授。一九二二年，《荒

---

1 "（我不太了解神明；但我以为）这条河／准是个威武的棕色大神"，参见赵萝蕤译《四首四重奏·干燥的萨尔维吉斯》，收于《艾略特诗选》，山东大学出版社，1999 年。

原》（*The Waste Land*）获得《日晷》杂志诗歌奖；一九四七年，艾略特获得诺贝尔文学奖和荣誉奖章[1]。

艾略特的创作涵盖文学评论、戏剧和诗歌，但我们想到他时往往忽略他的通才，而首先把他看作一位诗人和评论家。他最初的评论文笔清澈，十分推崇本·琼森、邓恩、德莱顿和马修·阿诺德，但对弥尔顿和雪莱评价不高。艾略特的这些文章，包括他对但丁的深入研究，都产生了并继续产生着广泛的影响，既让艾略特发现自我，对更年轻的诗人们也是一种激励。在论述诗体剧[2]之可能性的文章中，他说："智性的要务在于净化、摒除思虑，或者说充分表达以使思虑成为多余。"除了《大教堂凶杀案》（*Murder in the Cathedral*，1935）之外，艾略特的戏剧作品没有留下令人印象深刻的人物；他希望为我们的时代创造一种几乎口语般自由的诗句，就像莎士比亚晚期以及他的后继者韦伯斯特和福特那样。他也使用

1　此处疑误，艾略特获诺贝尔文学奖应为 1948 年。

2　此处原文为 drama poético，对应艾略特自己的术语 poetic drama，"是既具有诗体剧（drama written in verse）同时又有'诗一般的戏剧'（drama as poetry）的含义的"，参见吴晓妮：《T. S. 艾略特的诗剧理想和实践》，刊于上海戏剧学院学报《戏剧艺术》2000 年第 2 期，页 61（60—66）。

"信使"和"合唱队"等古典元素，后者在《家庭团聚》(*The Family Reunion*，1939)中有着非常奇特的作用：代表了潜意识——剧中以现实方式对话的角色们会突然停下来，转而描述当时的感受，之后又回到原来的对话，完全无意于刚刚说过的奇怪诗句；在《大教堂凶杀案》中，合唱队传达出民众在国王的阴暗心理及其恶劣后果下所感到的无能和预见；在为庞德的选集写序时，艾略特声称这种"歌咏法"源自惠特曼、勃朗宁以及普罗旺斯和中国诗人，就好像自由诗出自对拉弗格和科比埃尔[1]的阅读。一九二二年问世的《荒原》象征了一种弃绝善恶观念的生活方式，其淡漠正反映了一战一九一八年结束之后普遍存在的幻灭。《圣灰星期三》(*Ash Wednesday*) 发表于一九三〇年，由六首诗组成，结尾描写风和海，但还没有出现船，象征着灵魂对神圣意志的托付。《四个四重奏》(*Four Quartets*) 应该算是艾略特最重要的作品，从一九四〇年开始陆续发表，一九四四年归集，形成一个意图

1　Tristan Corbière（1845—1875），法国诗人，28 岁时出版了唯一的一本诗集《苦涩的爱》，但当时并未获得成功，诗人魏尔伦于 1883 年出版《被诅咒的诗人》，将其列于六位评价对象之首。

肯定而非否定的整体。四首诗的题目分别是英国和美国的四处地名;"四重奏"并非附会,正相反,四首诗的结构完全采取奏鸣曲式,可以分为五个乐章;作品的主题在《家庭团聚》中已经出现过,探讨基督教哲学中瞬间和永恒合而为一的可能性。

艾略特自认是文学上的古典主义者,政治上的保皇党,宗教上的英国国教徒。

爱德华·埃斯特林·卡明斯(Edward Estlin Cummings,1894—1963)出生于马萨诸塞州剑桥市,毕业于哈佛大学。第一次世界大战中,他在法国军队当救护车司机,却被当局无端关进集中营数月。他最著名的作品,出版于一九二二年的《大房间》(*The Enormous Room*),在十七世纪班扬的清教寓言作品《天路历程》的基础上加入大量自传性的描述,把那段牢狱生活渲染成了一段朝圣之旅。卡明斯的诗歌创作颇丰且别出心裁,比如一首十四行诗的开头说:"上帝峥嵘的面孔,比汤匙还要闪亮,聚起一个可怕字眼的意象,直至我享受日月的生命,变得好像某种从未发生过的事。我是一个寻找狗的项圈,一只没有鸟的笼子。"

亨利·瓦伦丁·米勒（Henry Valentine Miller, 1891—1980）出生于纽约城郊的布鲁克林区。和许多其他美国现代作家一样，他经历丰富，当过公司职员、裁缝、邮递员、推销员，开过地下酒吧，写过短篇小说和报章启事，有意思的是，还曾经以画水彩画为生。一九二八年他和第二任妻子前往欧洲，但两年后只身前往第戎，做校对、受雇写作，还当英文教师。一九三二年他完成《北回归线》（*Tropic of Cancer*），一九三四年在巴黎出版，但却因过于淫秽在美国被禁。一九三三年，他和阿尔弗雷德·佩莱斯[1]住在克利希，在那里写出了《黑色的春天》（*Black Spring*），后于一九三六年在巴黎出版。那时他身边已经围绕了一大批作家，包括布莱斯·桑德拉尔[2]和塞利纳[3]。一九三九年，仍然是在巴黎，他完成和出版了《南回归线》（*Tropic of Capricorn*），同年游历希腊，

---

1 Alfred Perlès（1897—1990），出生于奥地利的作家，同亨利·米勒及其女友阿娜伊丝·宁有三角恋情。

2 Blaise Cendrars（1887—1961），瑞士小说家、诗人，长居法国，对欧洲现代主义运动颇有影响。

3 Céline（1894—1961），法国作家，通过运用新的写作手法使得法国及整个世界文学走向现代。

一个对他来说生机勃勃而非考古博物馆的地方。二战爆发迫使他在一九四〇年一月返回美国，随后出版以希腊为背景的《玛洛西的大石像》（*The Colossus of Maroussi*，1941）。亨利·米勒的生活总是在新世界和旧世界之间摇摆；现在他住在加利福尼亚，全身心地投入文学和绘画[1]。

在作者自己看来，《北回归线》不是书而是一通诽谤[2]，一篇加长的对上帝、人类及其命运的侮辱；《黑色的春天》用十个毫不相干的章节串起噩梦、嘲讽的夸张、虚荣的断言、对自我的发掘和对布鲁克林的乡愁；《南回归线》被黑色主导：女主角马拉是黑人，而且总穿一身黑色，有时是喀耳刻、莉莉斯，是化身为一个挺立、有翅膀、性感女子的美国，有时是要残害消灭她的恶魔，周围满是蛇、怪物和机器。亨利·米勒受到重生之希望的驱使，纵身跳入毁灭的河流。在《空调恶梦》（*The Air Conditioned Nightmare*）里，美国就是一个吹着空调的恶梦；作者爱着它的反面——巴黎和地中海地区。《殉色三部曲：性爱之旅、情欲之网、春梦之结》（*The Rosy*

1　亨利·米勒卒于 1980 年，博尔赫斯口述本书时他尚在世。
2　此处原文故意使用头韵："书"（libro）与"诽谤"（libelo）呼应。

Crucifixion: Sexus，*Plexus*，*Nexus*）赫然救世又讽刺的五册，主题是欢乐和对苦难的救赎。犹太教是亨利·米勒作品中的执念之一。

亨利·米勒的全部作品构成一部浩繁又虚幻的自传，其中不乏故意的浅薄和出丑，偶尔隐现魔幻色彩。米勒曾经是无政府主义者、和平主义者，对一切政治持怀疑态度。他会一直这样下去吗？

诗　人　们

惠特曼曾于一八五五年声称自己的作品不过是一堆建议和札记、留待后辈诗人佐证完善，结果他那臣服于丁尼生与斯温伯恩[1]之婉转韵律的祖国花了半个世纪才接受《草叶集》这份遗产。

最初的革新者之一是埃德加·李·马斯特斯（Edgar Lee Masters，1868—1950）。他生于堪萨斯州的加尼特，在芝加哥做过律师，一八九八年开始出版诗歌和戏剧，但反响平平。一九一五年，一部《匙河集》（*Spoon River Anthology*）让他一夜成名，其灵感源自《希腊诗文集》，像一出人间喜剧，收录了二百五十个墓志铭[2]，也就是某小镇人们临终前吐露真相的告解，其中有安·拉特利奇，"生前被林肯钟爱／用分离而非结合与他永结连理"[3]；也有诗人佩蒂特，毫不在意周遭生活，"当荷马和惠特曼在松林里放声歌唱"，他耽于创作陈腐无味的八行两韵诗；还有本杰明·庞狄埃，对不爱他的妻子始终保持感情。全书以自由体写成，是马斯特斯留给后人唯一一部重要的作品。

埃德温·阿林顿·罗宾逊（Edwin Arlington Robinson，1869—1963）在缅因州的海德泰德出生，在哈佛大学受教育，做过市政督查。一九〇五年，总统西奥多·罗斯福读了他的诗很是欣赏，为他在纽约海关谋了个差事。罗宾逊曾三度荣获普利策奖：一九二二年凭借一八九六年以来的诗作再版，一九二四年是以诗集《死去两次的人》（*The Man Who Died Twice*），一九二七年则归功于《特里斯丹》（*Tristram*），关于亚瑟王的系列传奇之一。和马斯特斯一样，罗宾逊的许多诗

1　Algernon Charles Swinburne（1837—1909），英国诗人、文学评论家。他的诗歌富于色彩和韵律，节奏多变，充满动感，但也被批评过于注重韵律和形式，有以文害意之嫌。其知名诗作有《冥后之园》，收录在诗集《诗歌与谣曲》中。

2　《匙河集》实际上共收录了245份墓志铭，此处疑为作者误。

3　据传安·拉特利奇（Ann Rutledge）曾与林肯有过一段情缘，1835年，22岁的安去世，让林肯一度沉湎于悲痛中。

作都是对虚构人物进行的心理描绘，只是受到更多勃朗宁的复杂影响。他风格传统、雄辩（褒义），虽然而今几乎只存在于文学史中，但被评论家约翰·克劳·兰塞姆[1]列为一九〇〇到一九五〇年间美国诗坛三大巨擘之一，与艾略特和罗伯特·弗罗斯特并驾齐驱。他的作品始终贯穿着清教徒的庄严，这使他后来走向一种唯物主义的悲观情绪。

毫无疑问，罗伯特·李·弗罗斯特（Robert Lee Frost, 1874—1963）是美国最受尊重和喜爱的诗人，他没有惠特曼的炽烈，而是更接近拘谨但同样感性的爱默生。虽然生于加利福尼亚的旧金山，但他的家族、性格和主题都是新英格兰的——美国在文化上最久远、积淀最深的地区。他先在纺织厂工作，然后进入哈佛（肄业），继而当教师、鞋匠、记者，最后做了农场主。一九一二年，弗罗斯特举家搬到英格兰，结交了鲁珀特·布鲁克[2]、拉塞尔斯·艾伯克龙比[3]和其他诗人，

1　John Crowe Ransom（1888—1974），美国诗人，一战后"美国南方文艺复兴"代表理论家。其1941年出版的《新批评》成为20世纪中叶蔚成大势的批评流派来源。

2　Rupert Brooke（1887—1915），英国诗人，最著名的诗作是系列十四行诗《一九一四》，一战期间死于败血症。

3　Lascelles Abercrombie（1881—1938），英国诗人、评论家，属乔治亚诗派。

这才发现自己的诗歌天赋。一九一四年在当地出版的《波士顿以北》（*North of Boston*）是其第一部重要著作，奠定了他的名气，随后其他作品也相继问世。一九一五年他回到美国，被聘为哈佛的诗歌教授。美国终于在他身上看到了自己的诗人。弗罗斯特四度获得普利策诗歌奖，一九三八年被授予美国文学艺术学院奖章，一九四一年又荣膺美国诗人学会奖章，共获十六所大学的"荣誉博士"学位。

弗罗斯特是公认的"提喻诗人"，善于运用以部分代整体的修辞手法。他的一些作品乍看平平淡淡，其实蕴涵深邃，故可在字面和暗示等不同层面上解读。这种言而未尽的技巧充满了十足的英格兰及新英格兰味。乡野与日常足以让他言简意赅地托出精神世界。他静谧而又神秘。弗罗斯特不屑自由体，而是一向遵循旧体规范，笔墨深藏不露，拿捏不着痕迹。他的诗并不晦涩难懂，每个包含并且允许我们解读的层面都能满足我们的想象，但这里的"个"是无穷的，所以《熟悉黑夜》[1]（*Acquainted with The Night*）对一位读者来说是

1　参见《小河西流·熟悉黑夜》，弗罗斯特著《弗罗斯特集》（上），普瓦里耶、理查森编，曹明伦译，沈阳：辽宁教育出版社，2002 年 6 月，页 327。

描述早先在"城里最凄凉的小巷"的隐秘体验，而对另一位来说，"黑夜"一词可能并不一定是恶的象征，而意味着不幸、死亡或者谜。《雪夜在林边停留》[1]（*Stopping by Woods on a Snowing Evening*）里的场景无论真实还是虚构，都充满了无可置疑的视觉美感，而且既可按字面理解，也可以当成一个长长的隐喻。《未走之路》（*The Road not Taken*）[2]同样如此，开篇描绘了一片"金色的树林"，似乎是实景，最后又成为象征，指向在每次选择中顾"此"而对所失之"彼"的揣想。

罗伯特·弗罗斯特去世后，他某种意义上的对手卡尔·桑德堡（Carl Sandburg, 1878—1967）成了当今美国最知名的诗人，虽说他的声名部分得益于一九五〇年普利策奖作品、洋洋六卷本《林肯传》。他是瑞典移民后裔，出生在伊利诺伊州的盖尔斯堡，当过送奶员、卡车司机、泥瓦匠、收割短工、洗碗工、美西战争期间派往波多黎各的志愿兵，然后是记者、文学系学生。他的第一部作品，一九〇四

1　《新罕布什尔·雪夜在林边停留》，弗罗斯特著《弗罗斯特集》（上），普瓦里耶、理查森编，曹明伦译，沈阳：辽宁教育出版社，2002年6月，页291。
2　《山间低地·未走之路》，同上，页142—143。

年的小册子《肆无忌惮的狂热》（*In Reckless Ecstasy*）几乎石沉大海，十年后，他应哈里特·门罗[1]之邀在芝加哥的《诗刊》（*Poetry*）上发表才渐入主流，一九一六年出版《芝加哥诗歌》（*Chicago Poems*），一九一九年和一九二〇年两度获得美国诗人学会奖章。之后，桑德堡开始在全国各地朗诵、演唱并采集民谣，采风的成果都收录在了一九二七年的《美国歌谣集》（*American Song Bag*）。他的代表作有《烟与钢》（*Smoke and Steel*, 1920）、《早安，美国》（*Good Morning America*, 1928）、《人民，是的》（*The People, Yes*, 1936）。一九五〇年他凭借《诗歌全集》再度获得普利策奖。

桑德堡作品受惠特曼影响很明显，两人都使用自由诗体和"俚语"，虽然后者在桑德堡身上体现得更加自发和丰富。起初他是一个活力充沛甚至有些粗粝的诗人，但后来的诗作则多愁善感，这一变化在他最有名的诗作之一《清冷的坟墓》（*Cool Tombs*）中清晰可见。

同马斯特斯和桑德堡一样，尼古拉斯·维切尔·林赛

1　Harriet Monroe（1860—1936），美国诗人，《诗刊》创办人并长期担任总编辑。这份杂志是英语世界现代诗歌的重要阵营。

（Nicholas Vachel Lindsay，1879—1931）出生在伊利诺伊州的斯普林菲尔德，林肯的故乡，对其崇敬不已。他在芝加哥艺术学院上学（白天在一家店里打工），后来进入纽约艺术学校，但卖画不顺，于是开始写诗。林赛步行西部，游吟为生，通过诵唱自己的诗作赚取食物和剧院门票，直到一九一三年门罗刊载了他最出名的作品《威廉·布斯将军进入天堂》（*General William Booth Enters into Heaven*）。他一九二五年结婚并在华盛顿斯波坎定居，六年后逝于故乡，留下作品《乞丐手册》（*Handy Guide for Beggars*）、《中国夜莺》（*The Chinese Nightingale*）、《加利福尼亚的金鲸》（*The Golden Whales of California*）以及《每个灵魂都是一个马戏团》（*Every Soul is a Circus*）。

林赛想成为"救世军"诗人。他用诗歌缔造了许多家喻户晓的人物的传奇：美国独立战争和对原住民战争中的英雄安德鲁·杰克逊，废奴主义者约翰·布朗，林肯和玛丽·璧克馥。他的诗歌很独特，充溢着圣歌和爵士乐的宗教热忱。在一些作品中，他还标记了该诗应配的乐器和旋律。

迄今为止，美国黑人对诗歌的贡献不如他们对音乐的贡献突出，我们着重提一下出生于密苏里州乔普林的詹姆斯·兰斯顿·休斯（James Langston Hughes，1902—1967），他和桑德堡一样，都继承了惠特曼的文学血脉。他跳荡着爵士乐律动的作品包括《亲爱而可爱的死神》（*Dear Lovely Death*）、《守梦人》（*The Dream Keeper*）、《哈莱姆的莎士比亚》（*Shakespeare in Harlem*）、《单程票》（*One Way Ticket*）以及自传《大海茫茫》（*Big Sea*）。休斯的诗感伤但也不乏讥讽。

更为敏锐、工巧的是康蒂·卡伦（Countee Cullen，1903—1946）的诗作，他在出生的城市纽约上学，后来进入哈佛，出版过《铜日》（*Copper Sun*）、《黑色基督》（*The Black Christ*），译过欧里庇得斯的《美狄亚》，还编过两部黑人诗选，但是他更注重抒发内心感情而非讨论种族问题。评论界认为他的作品中有济慈的影响。

小　说

　　与其他因生活坎坷而走上文学道路的美国作家不同，生于特拉华州威尔明顿的约翰·菲利普斯·马昆德（John Phillips Marquand，1893—1960）在新英格兰地区一个颇有名望的知识分子家庭受到良好教育，是超验主义作家玛格丽特·富勒（Margaret Fuller）的侄孙，曾在哈佛大学就读，妻子来自波士顿一个历史悠久的家族。他在第一次世界大战期间当过炮兵，后来从事新闻工作。马昆德最好的小说是《已故的乔治·阿普利》（*The Late George Apley*），讽刺波士顿的故作高雅之风。他也尝试过写侦探小说。

　　路易斯·布罗姆菲尔德（Louis Bromfield，1896—1956）的经历更为丰富。他父亲是俄亥俄州的庄园主，他先在康奈尔大学和哥伦比亚大学读书，后来定居法国桑利斯的一处农庄。一战期间，他因驾驶救护车荣获军功十字勋章[1]。布罗姆菲尔德是剧评家兼记者，一九二六年[2]的《初秋》（*The Early Autumn*）获普利策奖，讲述了一个实业家家族的历史。他作品众多，包括小说《雨季来临》（*The Rains Came*，1937）、《孟买之夜》（*Night in the Bombay*，1940）和《帕金顿夫人》（*Mrs. Parkington*）等，其中《雨季来临》曾被改编成电影。

有着德国和爱尔兰血统的约翰·欧内斯特·斯坦贝克（John Ernest Steinbeck，1902—1968）生于加利福尼亚州萨利纳斯，在斯坦福大学读书时，为了支付学费到处打工，做过炼糖厂实验室助理、泥瓦匠、空屋代管和记者。

二十七岁时，斯坦贝克发表了第一部作品《金杯》（*Cup of Gold*，讲述了海盗摩根的故事），从此开启文学生涯。他后来的诸多作品还包括《人与鼠》（*Of Mice and Men*，1937）、短篇小说集《长谷》（*Long Valley*，1938，收录名篇《红马驹》）、获普利策奖的《愤怒的葡萄》（*The Grapes of Wrath*，1939），以

1　一战期间法国授予法国及联盟军士兵的军功奖章，法语为 Croix de guerre。
2　《初秋》发表于 1926 年，于 1927 年获得普利策奖，原文误作 1926 年获奖。

及《伊甸之东》(*East of Eden*,1952),其中许多被改编成著名影片。他的书几乎都以加利福尼亚为背景,所写种种底层生活反映了三十年代经济大萧条的后果。斯坦贝克擅长写对话、描摹他所熟知的生活和讲故事,但在处理哲学和社会主题上略显逊色。

流浪汉小说常被认为是一种饥饿的文学,到了欧斯金·考德威尔(Erskine Preston Caldwell,1903—1987)这里更是有过之而无不及,除了饥饿,还糅合了情欲的狂热和某种毫无负罪感的动物式性本能。考德威尔像福克纳一样描写内战后南方的衰落,但他笔下的人物不是没落的贵族,而是生就在贫瘠土地上种植烟草或棉花的穷苦白人。考德威尔生于佐治亚州白栎村,父亲是长老会牧师;他曾入读弗吉尼亚大学和宾夕法尼亚大学,跟很多美国作家一样从事过各类不同职业,一九二六年退居一处废弃农庄开始研习写作之道,在那里创作了著名的《烟草路》(*Tobacco Road*,1932),改编成戏剧也卖座多年;文中人物的生活只剩下那些基本需求——吃饭、做爱和耕地,残酷与滑稽怪诞并现。《上帝的小块土地》(*God's Little Acre*,1933)被公认为考德威尔最好的小说，代入感极强。短篇小说集《活着的人是我们》(*We are the Living*) 中，作家的技巧有所收敛，更加委婉、冷静。

罗伯特·佩恩·沃伦 (Robert Penn Warren, 1905—1989)，小说家、诗人、教授、评论家，比我们之前提到的所有作家都更为全才。他出生于肯塔基州的加斯里，曾在耶鲁大学和牛津大学深造，后任路易斯安那大学和明尼苏达大学英语老师。沃伦领导《南方评论》(*Southern Review*) 杂志多年，一九四二年获雪莱诗歌奖，一九五〇年开始在耶鲁大学戏剧艺术系教授戏剧学。沃伦年轻时还是南方重农学派成员。他的诗歌十分精巧，初期多为叙述和大众风格，后来逐渐转向哲学思辨，其中能看出十七世纪英国玄学派诗人的影响。他的小说包括获得普利策奖的《国王的人马》(*All the King's Men*, 1946)、《黑夜骑士》(*Night Rider*, 1938)、《在天国的门口》(*At Heaven's Gate*, 1943) 和《足够的空间与时间》(*World Enough and Time*, 1950)，最后这部书名借用了安德鲁·马维尔[1] 一首诗的首句；他也写短篇小说，辑入《阁楼马

---

1 Andrew Marvell (1621—1678)，英国玄学派诗人，该诗名为《致羞怯的情人》(*To his Coy Mistress*)。

戏团》（*Circus in the Attic*，1948）。

黑人小说家理查德·赖特（Richard Wright）一九〇八年出生在密西西比州纳奇兹附近的一个种植园，因为父亲弃家而去，他在孤儿院和亲戚家长大，十五岁时到孟菲斯当邮差，后来辗转芝加哥、纽约，一九四六年到巴黎。一九三八年他出版了短篇小说集《汤姆叔叔的孩子们》（*Uncle Tom's Children*），赢得了一个价值五百美元的奖项，但他最大的成就还数《土生子》（*Native Son*，1940，讲述一桩意外凶杀案及其可怕后果）、《黑孩子》（*Black Boy*，1945，自传）以及《一千二百万黑人的声音》（*Twelve Million Black Voices*，1941，纪实，运用自然主义手法书写种族矛盾）。一九四〇年，赖特获得斯平加恩奖章[1]，这是对一部支持黑人的作品[2]的莫大奖赏。在巴黎期间，他又发表了《我曾努力成为共产党人》（*I Tried to Be a Communist*）和一九五二年的《局外人》（*The Outsider*），后者受到萨特影响，由写作黑人的特定问题转向关于人的基本问题，但这一转变并不意味着与先前创作的断裂，

1　设立于 1913 年，每年奖励取得杰出成就的黑人。
2　指的是 1940 年发表的《土生子》。

正相反，两个阶段的主题都是在一个充满敌意的社会中受迫害的人。在芝加哥时他是马克思主义者，而现在他试图表现在共产主义中寻找博爱的希望破灭以及对其他信念的追寻。《土生子》曾被搬上舞台[1]。

杜鲁门·斯特雷克福斯·珀森斯（Truman Streckfus Persons，1924[2]—1984），以笔名杜鲁门·卡波特（Truman Capote）闻名，生于路易斯安那州新奥尔良，在康涅狄格州上学。他写过电影脚本，在河船上当过舞蹈演员，还在《纽约客》打过杂。十九岁时，他凭借小说《米丽亚姆》（*Miriam*）获得欧·亨利小说奖，一九四八年，又凭《关上最后一扇门》（*Shut a Final Door*）再次获奖[3]，一九四九年兰登书屋出版其短篇小说集《夜树》（*Tree of Night*），但他成名主要源于一九四八年的第一部长篇小说《别的声音，别的房间》（*Other Voices Other Rooms*），很多人眼中的自传。一九五一年《草竖琴》（*The Grass Harp*）发表，在西西里岛完成的作

1　1941年由赖特参与改编成剧本，1951年赖特出演同名电影但不太成功。

2　原文疑误作1925年，1984年去世。

3　卡波特仅在1948年获得一次欧·亨利小说奖，此时他应为24岁，原文疑误。

品，故事讲得抒情真切。他曾两次尝试戏剧创作但成就不大。一九五六年《缪斯入耳》（*Muses are Heard*）出版，记录了他随剧团赴苏联演出《波吉与贝丝》（*Porgy and Bess*）之行。

卡波特的最新作品《冷血》（*In Cold Blood*，1966）情节非常奇特：堪萨斯州一个小镇上一家四口全部惨遭杀害。之前极为关注风格的杜鲁门·卡波特试图借这起凶案创造一种将小说与新闻报道相结合的新类型。他搬到堪萨斯州住了五年，探访了周围邻居，获得了杀人犯的信任和友谊——直到上绞架前还接受采访，并且不舍地向卡波特告别。卡波特想知道这些人是怎样走上犯罪道路的，同时考虑到做笔记可能会给受访人带来压力，便努力用脑记下凶手所说。《冷血》中那种近乎非人的冷静令人想起法国的某些文学实验。

戏　　剧

　　一个有趣的现象是：十九世纪时，在莎士比亚的故乡英国，各种文学类型都大放异彩，唯独戏剧表现平平，直到萧伯纳和王尔德进行革新；同样的事情也发生在美国，流行的大众戏剧、著名作家的剧本（更多作为文本而不是为了演出）昙花一现——英国的代表是丁尼生、布朗宁，美国有朗费罗。

　　尤金·格拉德斯通·奥尼尔（Eugene Gladstone O'Neill，1888—1953）生于纽约，父亲是一位小有名气的浪漫主义戏剧演员。由于是爱尔兰后裔，他在各个城市都上天主教寄宿学校，最后进入普林斯顿大学。奥尼尔一生困苦波折，去过洪都拉斯淘金，当过美国和挪威海船的水手，也曾在布宜诺斯艾利斯河口区流浪，在贝里索[1]当工人，做演员和记者，但他一直坚持阅读古希腊悲剧作家、易卜生和斯特林堡的作品。奥尼尔四次获得普利策奖，一九三六年获诺贝尔奖。他结过三次婚，女儿乌娜嫁给了卓别林。

奥尼尔写过三十多部戏剧和一部自传，作品一如经历般多变，风格也由现实主义转向表现主义、充满各种新奇的试验（大胆而成功）。比如《划十字的地方》(*Where the Cross is Made*, 1918) 中，大海深处和死难水手的奇特景象出现在加利福尼亚[2]的一座房子里；《大神布朗》(*The Great God Brown*, 1925) 中对象征性面具的运用（剧中人物毫无意识地戴上、摘下、说话）渲染出一种恐怖效果，面具取代了人而受到钦慕或厌烦；创作《奇异的插曲》(*Strange Interlude*, 1928) 时，奥尼尔着意在独白上进行创新，向乔伊斯在《尤利西斯》最后一章中的意识流致敬；《悲悼三部曲》(*Mourning Becomes Electra*) 则将古老的希腊传说移到美国南北战争时

1 阿根廷布宜诺斯艾利斯大区东南方向一城市，19 世纪末随工业发展而兴起，因实业家胡安·贝里索之姓得名。
2 原文误作"新英格兰"。

期。毫无疑问，他对当代戏剧技巧的革新已经超出了我们的好恶，同时，他阴郁的精神气质也反映在作品中，即从不设定大团圆结局。奥尼尔已经被译介到各国。他多以独幕剧形式出现的早期作品常进驻创新性强的小剧场，如华盛顿广场剧团（Washington Square Players）、普罗文斯顿剧团（Provincetown Players），以及他亲自参与领导的实验剧场（Experimental Theatre），后来才来到百老汇并走向全世界。

桑顿·尼文·怀尔德（Thornton Niven Wilder, 1897—1975）生于威斯康星州麦迪逊市，父亲曾是记者，后来担任美国驻香港总领事。怀尔德陆续在中国、加利福尼亚、欧柏林学院[1]和耶鲁大学广泛学习，毕业后进入美国驻罗马研究院和普林斯顿大学深造考古学。一战期间他在炮兵部队服役，二战时加入空军，其间的一九二一到一九二八年在劳伦斯威尔高中当法语老师。一九二六年[2]他的第一部长篇小说《卡巴拉》（*The Cabala*）发表，《圣路易桥》（*The Bridge of Saint Luis Rey*, 1927）则为他带来了全国性声誉和普利策奖。他还创作了小

1　美国俄亥俄州的一所私立文理学院，创立于 1833 年。
2　原文误作 1925。

说《安德罗斯岛的女人》（*The Woman of Andros*，1930）、《我的目的地是天堂》（*Heaven is My Destination*，1935）和《三月十五日》（*The Ides of March*，1948）。

怀尔德的戏剧作品中，对人类情感、乐观与智慧的表现，包括他在考古学中锻炼的历史感，或许比那些不断震惊观众的技法创新更为重要。他早期作品多为十分钟的短剧，赋予《圣经》主题现代形式。《我们的小镇》（*Our Town*，1938）中，死者的世界和现世同样真实，作家通过生活琐事揭示了人生真谛。在《九死一生》（*The Skin of Our Teeth*，1942）中，作家将史前与当代事件放在一个层面，既有恐龙和猛犸抱怨天气寒冷，又有安特罗伯斯夫妇烧掉家具和纸给孩子们取暖。桑顿·怀尔德还指出，小说代表了过去的时间，戏剧则指向当下；在戏剧中，"永远都是现在"。

亚美尼亚后裔威廉·萨洛扬（William Saroyan，1908—1981）一九〇八年生于加利福尼亚州弗雷斯诺城（Fresno）。一生曲折仿佛已经成了美国作家的传统，他也不例外，当过邮递员、办公室听差、小农庄杂工，后来定居旧金山。他写长、短篇小说和戏剧，主要因后者出名。他的喜剧作品中——比如一九三九年的两部,《我的心在高地》(*My Heart is in the Highlands*)和《人生一世》(*The Time of Your Life*)——主人公是流浪汉、妓女、醉鬼和穷人;和狄更斯一样,萨洛扬更关注他们的勇敢、善良、希望和那些短暂的快乐,而并不是他们有多么不幸。《人生一世》获普利策奖当之无愧,同样出名的还有两年后上演的剧作《美丽的人们》(*The Beautiful People*)。他的所有这些作品都是以诗歌或音乐酝酿的,几乎没有情节,侧重精神状态和无政府主义的、豪放爽朗的浪漫,这些特征也体现在他的长篇和短篇小说中。萨洛扬的文学创作开始于一九三四年的短篇小说集《斗胆的空中飞人》(*The Daring Young Man in the Flying Trapeze*,1934),继以多部长篇如《人间喜剧》(*The Human Comedy*)和自传《贝弗利山中的骑车人》(*The Bicycle Rider in Beverly Hills*,1952)。他写道,比起数字统计他更相信梦;他不屑于结构严谨的作品,这一点透露出舍伍德·安德森的影响;他还十分欣赏萧伯纳,效仿他在剧作前写很长的序言,其中一篇说:"去各处寻找善吧!找到时,请将它从藏身之处掘出,让它自由流动不受限制……活好每一个时刻,最终时刻你便不会落入世上悲惨和痛苦的队伍，而是微笑面对它无尽的快乐和神秘。"

汤姆斯·拉尼尔·威廉斯（Thomas Lanier Williams），以笔名田纳西·威廉斯（Tennessee Williams）闻名，一九一一年生于密西西比州，父亲是一名推销员。他曾在密苏里大学和爱荷华大学就读，一九四〇年获得洛克菲勒基金资助，后来为好莱坞一家电影公司工作，在那里写出数部成名作，包括《玻璃动物园》（*The Glass Menagerie*，1945）、《欲望号街车》（*A Streetcar Called Desire*，1947）和《夏天与烟雾》（*Summer and Smoke*，1947）。他的很多作品描写衰落、贫穷、肉欲、贪婪、残疾、乱伦以及在幻想生活中寻求庇护受挫，如《玫瑰黥纹》（*The Rose Tattoo*，1950）、《热铁皮屋顶上的猫》（*Cat on a Hot Tin Roof*，1955）、《去夏骤至》（*Suddenly Last Summer*）和《甜蜜青春小鸟》（*Sweet Birds of Youth*，1959）等。这些物质主义、恐慌焦虑与精神分析并存、不留一丝希望的作品与《大路》（*Camino Real*，1953）一剧截然不同，或者说力争不同，后者是充满野心和寓意的一次尝试，人物包括拜伦、卡萨诺瓦、堂吉诃德、桑丘和茶花女。田纳西·威廉斯的作品有很多被改编成电影。

经常与田纳西·威廉斯相提并论的阿瑟·米勒（Arthur Miller）一九一五年出生在纽约，一九三八年底从密歇根大学毕业。米勒很早就开始写剧本，不同于其他社会化、现实性的剧作家，他更相信自由意志。一九四七年，他以《都是我的儿子》（*All My Sons*）成名，剧中主人公靠卖有缺陷的飞机零件赚了一大笔钱，却导致很多士兵阵亡，他儿子得知后在执行任务时故意坠机自杀，他最终也良心发现，选择了自杀。一九四九年，如今已经闻名遐迩的《推销员之死》（*Death of a Salesman*）首演，主角威利·洛曼做了三十多年推销员，年老体衰时被老板辞退；为了让家人领取保险，他主动撞车身亡。这部戏仿效福克纳，把现在与过去糅合在一起。一九五三年的《萨勒姆的女巫》（*Crucible*）中，米勒尝试了双关：表面上主题是十七世纪最后十年间萨勒姆的巫蛊案，但观众又能够感受到它是一场对当代社会予人迫害、令人狂热的抗辩。《桥头眺望》（*A View from the Bridge*）是一出很短的悲剧，以纽约的码头为背景，故事发生在人物之一、律师阿尔菲耶里的记忆中。一九五五年，《回忆两个星期一》（*A Memory of Two Mondays*）上演，故事的主角们在安于现状和贫穷中混日子，只有一个年轻人得以逃脱去寻找其他道路。

阿瑟·米勒是著名演员玛丽莲·梦露的前夫，据传《堕落之后》（*The Fall*）的主题就是受到妻子命运的启发。他的剧作是电影改编热门，但他也写过长篇小说——驳斥反犹主义的《焦点》（*Focus*，1945）。

侦探小说、科幻小说和大西部

　　一九四〇年，埃德加·爱伦·坡为文学增加了一种新样式，其最突出的特点是人为、精心的安排——此前，犯罪故事一般并不通过抽象的推理来讲述，而是见于零星的报告或报道——坡创造了文学史上第一个侦探形象——巴黎绅士西·奥古斯特·杜宾，也由此创立了一种后来成为经典的模式，即主人公的事迹被一个平庸的崇拜者朋友记述下来，比如之后的夏洛克·福尔摩斯和他的传记作家华生医生。在切斯特顿看来，爱伦·坡创作了五个后人无法超越的侦探故事：《毛格街血案》（*The Murders in the Rue Morgue*），讲述两位女性在看似反锁的阁楼里被残忍杀害，凶手是一只猩猩；《窃信案》（*The Purloined Letter*），重申了想藏一个珍贵的东西就将其暴露在所有人的目光之下，这样反而没有人会在意；《玛丽·罗热疑案》(*The Mystery of Marie Roget*)，没有具体的破案行动，仅限于抽象的推导和可能的结论[1]；《"就是你"》(*Thou are the Man*)，就像伊斯雷尔·赞格威尔[2]的某个故事一样，凶手就是侦查者自己；《金甲虫》(*The Gold Bug*)，勒格朗解开一段藏宝密码并找到埋宝藏的地方。爱伦·坡有许多拥趸，和他同时代的作家中就有狄更斯、史蒂文森和切斯特顿。

坡首创的这种推理传统在美国的继承者远不如英国多，但这里我们还是简要介绍几个。

威拉德·亨廷顿·莱特 (Willard Huntington Wright, 1888—1939)，生于弗吉尼亚州的夏洛茨维尔，先后在加利福尼亚的波莫纳学院、哈佛大学以及巴黎和慕尼黑就读，之后和门肯[3]以及内森[4]一起领导著名杂志《时髦圈子》(*The Smart*

1　该篇取材于现实中，最终案件也未能侦破。

2　Israel Zangwill (1864—1926)，英国作家，代表作《大熔炉》(*The melting pot*) 后成为广泛传播的社会学概念。

3　Henry Mencken (1880—1956)，20世纪20年代美国知识生活的中心人物，著有《美国语言》(*The American Language*)。

4　George Jean Nathan (1882—1958)，美国编剧，现代剧评第一人。

Set)。他的文学趣味非常多元，可惜严肃的创作诸如《尼采教了什么》（*What Nietzsche Taught*）、《现代油画》（*Modern Painting: Its Tendency and Meaning*）、《油画的未来》（*The Future of Painting*）今天已被淡忘，而侦探小说，其养病期间的消遣之作，却广为流传，如《班森杀人事件》（*The Benson Murder Case*）、《金丝雀杀人事件》（*The Canary Murder Case*）和《赌场杀人事件》（*The Casino Murder Case*）等，署名范达因（S. S. Van Dine），主人公菲洛·万斯极富学识教养，某种程度上是作者的自况。

厄尔·斯坦利·加德纳（Erle Stanley Gardner），一八八九年生于马萨诸塞州的莫尔登市。和杰克·伦敦一样，他也在阿拉斯加做过矿工，后来在加州成为执业律师，二十余年叱咤职场，也由此塑造了法律惊险小说的主角佩里·梅森，反复出现在《口吃的主教》（*The Case of the Stuttering Bishop*）、《跛脚金丝雀》（*The Case of the Lame Canary*）、《音乐奶牛》（*The Case of the Musical Cow*）、《逃走的尸体》（*The Case of the Runaway Corpse*）、《不完美的谋杀》和《紧张的同谋》（*The Case of the Nervous Accomplice*）等之中。他多使用 A. A. 费尔（Fair）作笔名，作品被翻译成十六种语言，在美国的名气远超柯南·道尔。

弗雷德里克·丹奈（Frederick Dannay）和他的表兄李·曼弗里德（Lee Manfred）有一个更加响亮的名字：埃勒里·奎因（Ellery Queen），也就是他们以第三人称创作的小说主人公。两人合作的文学之路始于一九二九年的《罗马帽子之谜》（*The Roman Hat Mystery*），这部作品还得了一个奖；其他众多作品中最值得一提的有：《埃及十字架之谜》（*The Egyptian Cross Mystery*）、《中国橘子之谜》（*The Chinese Orange Mystery*）、《希腊棺材之谜》（*The Greek Coffin Mystery*）、《暹罗连体人之谜》（*The Siamise Twin Mystery*）和《西班牙披风之谜》（*The Spanish Cape Mystery*）等。他们的作品严谨细致，有鲜明的戏剧性并且每个谜题都巧妙地收尾，得到普里斯特利[1]的称赞。

达希尔·哈米特（Dashiell Hammett）一八九四年生于马里兰，曾做过报童、邮差、码头装卸工人、广告公司代理，还在著名的平克顿侦探所做过七年私家侦探。此前，侦探小说往往是虚构、抽象的，而哈米特让我们见识到罪犯世

---

1 Joseph Priestley（1894—1984），英国作家、剧作家。

界、刑侦工作的现实，他笔下的侦探跟他们所追缉的犯人一样勇猛强悍，体现在《血色收获》（*Red Harvest*，1929）、《丹恩家的诅咒》（*The Dain Curse*）、《马耳他之鹰》（*The Maltese Falcon*）、《玻璃钥匙》（*The Glass Key*）和《瘦子》（*The Thin Man*）等之中，风格均以冷硬为主。

之后，侦探小说逐渐被间谍小说和科幻小说所取代，就后者而言，尽管爱伦·坡的一些短篇（如《瓦尔德马先生病例之真相》、《气球骗局》）已经初作尝试，但其当之无愧的奠基人还是在欧洲：法国的儒勒·凡尔纳，他的很多预想已经成了预见；英国的赫伯特·乔治·威尔斯，他的作品饱含对未来的忧虑。艾米斯[1]这样定义科幻小说："一种散文叙事体，主题是一个设定，虽然在我们已知的世界还无法呈现，但可以生发于任何一种人类的、外星人的、科学技术甚至伪科学技术的革新。"

最先传播科幻小说的媒介不是书籍而是杂志。一九一一年四月，《现代电子学》（*Modern Electrics*）杂志开始连载《拉

1　Kingsley Amis（1922—1995），英国小说家、诗人、评论家和教师。

尔夫 124 C 41+：一个二六六〇年的传奇》，作者是杂志创始人雨果·根斯巴克（Hugo Gernsback, 1884—1967）；如果当时就有以他命名的科幻成就奖"雨果奖"，完全应该给他颁一个。一九二六年，根斯巴克又创办了《惊奇故事》（*Amazing Stories*）。现在美国的科幻杂志有二十多种，但这类题材算不上主流，读者一般限于工程师、化学家、科学技术相关工作者和学生，而且几乎都是男性；共同的热情使他们组成俱乐部，范围遍及全国，聚会人数众多，其中一个协会幽默地自称"美国小怪物"。

霍华德·菲利普·洛夫克拉夫特（Howard Phillips Lovecraft, 1890—1937）生于罗得岛州的普罗维登斯，体弱且敏感，由寡母和两位姨母抚养长大。和霍桑一样，他喜欢孤独，即使白天工作时也要把百叶窗合上。

一九二四年洛夫克拉夫特结婚并在布鲁克林安家，一九二九年离异后回归故乡孤独的生活，后因癌症去世。他厌恶时风，向往十八世纪。

他着迷于科学，第一篇文章就是关于天文的。他生前只出版过一本书，死后才由朋友们将杂志发表、文选收录的大量零散作品整理成册。他精心模仿爱伦·坡凄冷的风格和声响，描写宇宙间的灾变，故事中充满来自遥远星球、来自古代或未来、寄居于人类、研究我们这个世界的生物，或者反过来，当前时代的人（魂）在梦中探索时间空间距离甚远的奇特世界。他的作品主要有：《外太空的色彩》（*The Colour Out of Space*）、《敦威治恐怖事件》（*The Dunwich Horror*）、《墙中鼠》（*The Rats in the Walls*）等。

洛夫克拉夫特也留下了大量的书信。他的影响源除了爱伦·坡，还可以加上幻想小说家亚瑟·梅琴[1]。

罗伯特·海因莱因（Robert Heinlein，1907—1988）生于密苏里州的巴特勒市。他的一生非常丰富，航空、航海、学物理化学、做房屋中介、当政客和建筑师，并从一九三四年开始投身文学，这些改变都源于他不稳定的健康状况。海因莱因认为，科幻小说是难度仅次于诗歌、唯一可以反映当今时代最真实精神状态的文学类型。他的作品大多面向青少年，而且进入了广播、电视和电影等媒体，也被翻译成多

1　Arthur Machen（1863—1947），威尔士作家，著有《伟大的潘神》。

国文字，其中比较为人所熟悉的有：《地平线外》（*Beyond the Horizon*，1948）、《红色行星》（*Red Planet*，1949）、《天上的农夫》（*Farmer in the Sky*，1950）、《出卖月亮的人》（*The Man who Sold the Moon*，1950）、《行星之间》（*Between the Planets*，1951）和《永恒任务》（*Assignment in Eternity*，1953）等。

阿尔弗雷德·埃尔登·范·沃格特（Alfred Elton van Vogt，1912—2000），荷兰裔，生于加拿大，在萨斯喀彻温省的草原上长大，从小就奇怪地认定自己是个普通人，被一群普通人围绕，远离任何"伟大"的可能。十二岁时，随着一篇自传性短篇小说发表，继以一些同类或感伤的文字，沃格特走上了文学之路。他一直很喜欢科幻，但一九三九年才动手创作，偏爱的主题是找寻自我（最终无法达成的找寻）。相较于机械学，沃格特对精神方面的东西更感兴趣，从数学、逻辑学、语义学、神经控制学和催眠术中不断汲取灵感，其多元化常遭正统的科幻小说家诟病，而他对此回应道："只有跳出伪预设才能达到更高的目标"，还出版过一本关于催眠术疗效的书。其个人著作主要有：《斯兰人》（*Slan*，1946）、《佩塔赫之书》（*The Book of Ptah*，1948，一个假想星球上的故事）、《非

A 世界》（*The World of Null-A*，1948，以普通语义学为基础的作品），还有和妻子艾德娜·梅恩·赫尔一起创作的《从未知而来》（*Out of the Unknown*，1948）。

比上述所有人都更有名的是雷·布拉德伯里（Ray Bradbury，1920—2003）。他出生在伊利诺伊州的沃基根（Waukegan），从小就通过人猿泰山的故事和魔术戏法沉浸在幻想世界里，又经很早就开始阅读的杂志《惊奇故事》走进了科幻世界。十二岁的时候，他得到一台打字机作为礼物；一九三五年，他边上中学边参加写作班，开始养成每天写一两千字的习惯；一九四一年起，他为好几家科幻杂志如《美国信使》（*American Mercury*）撰稿；一九四六年，他获得"全美最佳短篇小说"奖，实现了童年梦想。布拉德伯里的第一本书《黑暗狂欢节》（*Dark Carnival*）于一九四七年面世，之后是一九五〇年的《火星编年史》（*The Martian Chronicles*）、一九五一年的《图案人》（*The Illustrated Man*）、一九五三年的《太阳的金苹果》（*The Golden Apples of the Sun*，标题从叶芝一首诗借来），以及一九五五年的《点亮黑夜》（*Switch on the Night*），这些作品几乎被翻译成了所有语言。

"科幻小说就像一把神奇的锤子，我希望用它让人类过上想过的生活。"布雷德伯里曾经这样写道。艾米斯虽然批评他作品中的感伤情绪，但承认他高超的文学造诣和讽刺功力，如将征服太空看作当代人类文化之机械无趣的延伸。他的作品里常出现梦魇，有时也很残酷，但最主要的是悲哀；他对未来的预测不是乌托邦式的而更像一种警示：人类可以和应当避免的危险。

接下来我们谈谈大西部（Western）。尽管不是同一民族，但牛仔和高乔人之间并没有太大的区别：二者都是平原上的骑士，都和原住民、荒漠中的险恶、不肯驯服的畜群斗争，在自己并不了解的战斗中一点点流尽鲜血。奇怪的是，虽然有这些共同的基本特征，他们激发的文学却大相径庭：对于阿根廷作家来说——比如《马丁·费耶罗》和爱德华多·古铁雷斯的小说——高乔人代表了反叛，但他们犯的罪也不少，而美国基于新教的伦理约束将牛仔塑造成了战胜邪恶的正义形象，于是在文学传统中，前者经常以逃亡者的形象出现，而后者往往是一位警长或农场主。时至今日，两种人物都成了传奇，电影尤其将牛仔的神话传播到全世界（有意思的是历史文化毫不相干的意大利和日本也十分热衷于拍摄西部片）。

牛仔文学起源于不起眼的廉价小说，从一八六〇年到十九世纪末一度风行，内容偏历史，风格接近大仲马的浪漫主义——在殖民、独立运动、南北战争的话题耗尽之后，"征服西部"甚嚣尘上，作为开疆拓土代表的牛仔也应运而生。

众多西部小说家中最有名的是赞恩·格雷（Zane Grey，1872—1939），生于俄亥俄州曾斯维尔，是一位牙医的儿子。他从宾夕法尼亚州某大学毕业，做过牙医，一九〇四年开始发表作品，六十多部小说中比较著名的有《最后一个平原人》（*The Last of the Plainsmen*，1908）、《沙漠黄金》（*Desert Gold*，1913）、《神秘的骑士》（*The Mysterious Rider*，1921）等，很多都有电影改编。他的作品被翻译成几乎所有语言并且畅销不衰，尤其受到儿童和青少年的喜爱，总销量超过一千三百万册。

和一八一〇年革命后不久出现的高乔诗歌不同，美国的西部小说更晚近、更边缘，但我们不能否认它也是史诗的一种，给世界留下了孤独、正义、勇敢的牛仔的符号。

红皮肤原住民的口头诗歌

　　乔治·克洛宁（George Cronyn）主编的《彩虹上的小径》（*The Path on the Rainbow*）是迄今为止有关原住民诗歌最好的英译本了，不过可惜是一九一八年出版的，也就是意象主义勃兴之际，译者们风格偏向性很强，除非说埃兹拉·庞德对红种人也有逆时的影响。总之，译诗不光是把一首诗插入另一种语言，还要植入相异的历史和文化情境。

　　《彩虹上的小径》让我们尤其感兴趣的是那种对可视世界的感受性，细腻、神奇、精辟。有些作品只有一行，比如这首描述通灵者的巫术：

　　　　我唱，人亡。

或者：

从沉沉中走出的，是人还是神？

或者一位土著临死的话：

我一生都在找啊找
神歌里，人便是神
我是额头闪晨星的人

语音学家们至今还没有发现土著诗歌的音律；每首诗都对应一支舞，包含着没有意义的音节；根据不同的节奏，听众哪怕语言不通也能分辨出这一首是情歌、史诗还是神歌。诗里的比喻不一定逻辑合理，但是形象有力，比如"月亮上的银狐狸"。

前面提到有些巫歌可以置人于死地（爱尔兰人用讽喻干这事儿），他们当然也有求医治病、制造／治疗相思、祈求胜利的歌诗，还有仅仅在弥留时才能和盘托出的告解词——借用波德莱尔的话说，来自一个虚无、遥远、濒死世界的回音。

最后我们再引一首纳瓦霍土著的歌：

喜鹊！喜鹊！

翅膀的白上有晨曦的脚印。

天明！天明！

根据帕克芒（Parkmang）对翻译的记述，易洛魁人的政治演说非常发达。

历史大事记

1584	在罗阿诺克岛（Roanoke，今北卡罗来纳州）建立（不久即告失败的）殖民地。
1607	伦敦的弗吉尼亚公司建立詹姆斯敦。
1619	第一批黑奴通过一艘荷兰商船抵达。
1620	乘"五月花"号而来的清教徒建立普利茅斯（马萨诸塞州）。
1664	英国人从荷兰人手中获得新阿姆斯特丹（纽约）。
1754—1760	法国印第安人战争。法国战败，割让北美领地。
1775—1783	美国独立战争。
1787	费城制宪会议。
1789—1797	乔治·华盛顿总统任期。

1801—1809	托马斯·杰斐逊总统任期。
1803	从法国人手中"购买"路易斯安那地区。
1812—1814	美国第二次独立战争。
1823	门罗主义。
1829—1837	安德鲁·杰克逊总统任期。
1834	得克萨斯宣布独立,成立共和国。
1845	得克萨斯加入美国联邦。
1846—1848	美墨战争。
1856	共和党组建。
1861—1865	亚伯拉罕·林肯总统任期(遇刺身亡)。美国内战,南方告败。
1867	从俄国人手中购得阿拉斯加。
1869—1877	尤里西斯·辛普森·格兰特将军任总统(共和党)。
1896	克朗代克河畔(Klondike)发现黄金。
1898	美西战争。
1901—1909	西奥多·罗斯福总统任期(共和党)。
1913—1921	伍德罗·威尔逊总统任期(民主党)。美国参与一战(1917年4月6日起)。

1921—1923	沃伦·哈定总统任期（共和党）。
1923—1929	卡尔文·柯立芝总统任期（共和党）。
1929	经济危机。
1933—1941	富兰克林·德拉诺·罗斯福总统任期（民主党）。新政。美国参与二战（1941 年 12 月起）。
1953—1961	德怀特·艾森豪威尔将军任总统（共和党）。
1961—1963	约翰·肯尼迪总统任期（民主党，遇刺身亡）。争取进步联盟。
1963	林登·约翰逊总统任期（民主党）。

后　记

　　一八八四年前后，亨利·杰基尔博士通过一种不愿示人的"手法"不断变成海德先生，这个过程是让一个人分裂成两个人（几年之后，类似的情节又发生在道林·格雷身上）；与此相反，文学合写意（也是"艺"）在创造另一个奇迹：让两个人融为一体。如果实验奏效，这个亚里士多德式的第三人应该会跟他的两个组成部分都不一样、获得主体性，可惜来自圣菲省的布斯托斯·多梅克远不是这样，他遭到比奥伊·卡萨雷斯和博尔赫斯的诋毁，被说成"很巴洛克的庸俗"[1]。

　　先不开玩笑，手上这第二本书确实比第一本更让我满意。两次我都参与了，但那是分别完成的，这里却凝聚着友谊的欢乐和共同的发现，有我的恶趣味，有让我像威廉·莫里斯一样朝圣冰岛的北方崇拜，有领我走向叔本华的佛教教义，有高乔诗歌传统（结果我对埃尔南德斯和阿斯卡苏比[2]的遥远回忆成了时时查阅的文档，虽然他俩并不是高乔人、只是以模仿为乐），还有就像克维多一样不能忘记的卢贡内斯，包括对鬼怪文学的热爱（实在要比现实主义的拙计更加真切、久远）。

或许我还能提醒一下，再私淑的书——无论伯顿的《忧郁的解剖》、蒙田的散文——都不过是拼凑而成。我们是一切过往，我们是自己的血，我们是亲见死去的人，我们是助人提升的书籍本身，我们不过是别人。

豪尔赫·路易斯·博尔赫斯

布宜诺斯艾利斯，一九七九年二月八日

---

1 布斯托斯·多梅克（Bustos Domecq）是博尔赫斯同比奥伊·卡萨雷斯于 1942、1946、1967 年"四手联写"三部小说时杜撰出来的作者，连同生平都有假托的交代。

2 Hilario Ascasubi（1807—1875），阿根廷诗人，1872 年在巴黎出版的《桑托斯·维加，或弗洛尔家双胞胎的故事》（*Santos Vega o los mellizos de la Flor*）有高乔人史诗之誉。

JORGE LUIS BORGES
ESTHER ZEMBORAIN DE TORRES DUGGAN
Introducción a la literatura norteamericana

图字: 09-2010-605 号

Jorge Luis
Borges
Adolfo
Bioy Casares

Los orilleros – El paraíso de los creyentes

市郊人·信徒天堂

[阿根廷] 豪尔赫·路易斯·博尔赫斯　阿道夫·比奥伊·卡萨雷斯 著

陈泉 译

上海译文出版社

目 录

序　言

　　纳入本卷的两部电影均接受或者说想接受电影领域的各种常规做法。在写这两部电影的时候，我们并没有想搞什么革新，因为我们认为谈论戏剧并创新戏剧有些过于大胆。可以预料，本书读者将会看到男主角与女主角相遇的场面，圆满结局的场面或者风云突变而最后结局圆满的场面，如同有关"杰出胜利者"坎格兰德·德拉·斯卡拉先生的书信体诗中所说的"以悲剧开始以喜剧结束"。很可能这些常规也十分脆弱；至于我们，我们注意到大家怀着激动的心情回忆的斯腾伯格的电影、刘别谦的电影，它们都尊重这些常规却并没有什么不好。

　　这里的两部喜剧，男女主角的性质也都是常规的。胡利奥·莫拉莱斯和艾蕾娜·罗哈斯、劳尔·安塞尔米和依蕾内·克鲁斯，他们都只是行为的主体，都是中空而可塑的外壳，观众可以进入他们内心并参与他们的冒险。没有任何特别的个性会阻碍人们找到与他们的共同之处。大家知道他们都很年轻，都很潇洒靓丽，自然也不缺乏体面与勇气。而另一些人，他们则有一种自卑心理。在《市郊人》中有不幸的费明·索利亚诺；在《信徒天堂》中则有库宾。

第一部电影的背景大约在十九世纪末，第二部电影差不多发生在我们这个时代。因为地点和时间的特色只存在于差别之中，极有可能在第一部电影中这种差别更容易被感受到，也更有效。因为在一九五一年，我们会知道它跟一八九〇年的差别在什么地方；但是，对于一九五一年以后的未来就不是那么回事了。另一方面，现在永远不会像过去那样充满色彩、那样激动人心。

在《信徒天堂》中，最本质的动因是牟利；在《市郊人》中则是攀比。这后面一种情况意味着人物在道德层面应该更加好一点；但是，我们竭力避免把他们理想化，在外地人与比博里塔那伙人相遇的时候，我们认为不会缺少残酷暴行和卑鄙行径。诚然，按照斯蒂文森故事的含义来说，这两部电影都是浪漫主义的。那些奇妙事件的激情，也许还有史诗英雄的回声在告诉我们这一切。在《信徒天堂》中，随着情节的发展，浪漫的意味会更浓些；我们认为结局本身的喜出望外可以缓解开始时不能接受的某些难以置信的情况。

至于"寻觅"这个话题，在两部电影中都重复了。也许指出下面这个情况并不多余：在旧时的书中，那些寻觅的结果总是很幸运的；阿耳戈英雄们得到了金羊毛，加拉哈德找到了圣杯。而现在，一种无穷无尽的寻觅却会带来一种神秘的喜悦，或者寻觅后找到了某种东西却带来致命的后果。弗兰茨·卡夫卡……土地测量员不能进入城堡，而白鲸就意味着最后找到它的人的毁灭。从这个意义上讲，《市郊人》和《信徒天堂》两部电影都没有离开那个时代的样式。

萧伯纳认为作者应该像逃离瘟疫一般避开故事情节，与萧伯纳观点不同的是，我们在很多时候则认为，一个好的情节是至关重要的。糟糕的是，凡是复杂的情节都会有一点机械呆板，不可避免地需要用一些行得通的辅助性情节来解释一些行为，但是有可能会显得不那么迷人。我们对电影的把握和它的故事，怎么说呢，就符合这些可悲的义务。

至于语言方面，我们尽量争取大众化，这主要是指它的语气和句法，而不是指它的词汇。

为了方便阅读，我们弱化或抹掉了一些"取景"技术词汇，我们也没有采用双栏的书写方式。

尊敬的读者，这些就是我们对作品逻辑性的一点解释。不过，也还有其他一些理由，那是感情方面的；我们怀疑这可能比前者更有实效。我们想，也许最后一个令我们构思《市郊人》的原因，那就是我们想以某种方式实现的一个愿望，触碰因城市无序扩张带来的一些市郊问题，一些夜晚与黄昏，一些关于勇气的口头传说以及吉他所回忆的那些卑微而勇敢的音乐。

豪·路·博尔赫斯

阿·比·卡萨雷斯

布宜诺斯艾利斯，一九五一年十二月十一日

或也许一九七五年八月二十日

市　郊　人

　　摄影机聚焦于一张脸，占满整个屏幕。这是一张恶棍的脸，微胖，头发朝后梳着，涂有发蜡。大翻领翻着。翻领的扣眼处别着一枚徽章。然后，镜头转过来，对着另一张脸：轮廓分明的脸庞，像一个知识分子，略显清贫，一头鬈发，戴着眼镜。接着，镜头再次转动，聚焦在胡利奥·莫拉莱斯的脸上。这是一张与前面形成鲜明对照的脸，充满着另一个时代的高贵气质。这是一位老人，干净利落，头发灰白。

　　这三个人正在一家一九四八年风格的酒吧。隐隐约约可以听到一种进行曲，充满着慷慨激昂、铿锵有力的音符。那个微胖的恶棍小子着迷地看着窗外。这是一条大街，跑着公共汽车、小轿车、卡车。其中一辆卡车上装着大喇叭，音乐声就来自那里。

莫拉莱斯的声音　　（平静而坚定）你们别以为那时也是这样子闹哄哄的。那时过得可清静了。事情怎么会变成这个样子，连外区来的一个陌生人都会引起这么大的注意。你们瞧，我还记得南区的费明·索利亚诺刚来时的情形。当时我正在店里消磨时间，准备跟克莱门西亚·华雷斯去遛马路。

　　镜头慢慢地聚焦在胡利奥·莫拉莱斯的手上，他正在玩弄一杯桑格利亚汽酒。镜头停留在酒杯上，然后在一家商店打开镜头，这是一家一八九〇年代的商店。莫拉莱斯，一个二十来岁的小伙子，穿着深颜色的西装，胸前饰有一块手帕，头戴一顶单翘檐帽。他把酒杯放在吧台上，然后上了街。

　　时间转换到过去年代可以通过背景音乐的变化来表现，从原来的进行曲转换成旧时的米隆加舞曲。

　　莫拉莱斯走在高高隆起的人行道上，这是一条泥土地的小巷，旁边有水沟。沿着小巷是一些低矮的平房，土坯围墙，还有一些荒地。这是午睡时间，阴影下睡着一条狗。街角处，打手比博里塔和一帮听命于他的小伙子聚在那里。这些人的着装表现出他们处于社会底层，十分土气：有的穿着灯笼裤和拖鞋，还有的光着脚。那是一些华人和黑白混血人。（在这反映过去时光的图景中可以出现一些非常典型的土著居民的形象。）在对面的街角处，有人坐在一张靠背高高的藤椅上，正晒着太阳。这是一个黑人，像是犯过罪的人，年老体残了，无所事事。

莫拉莱斯想径直离开。

某小伙　　你可别忘了老朋友啊，胡利奥。

比博里塔　　你过来跟我们玩一会儿吧！

莫拉莱斯　　玩一会儿可以，比博里塔。

波斯特米夏　　（一个土里土气的男孩，看上去像个傻瓜，戴着一顶圆形的单翘檐帽，讲起话来带着一股孩子气）我看到那边有个人走过来了，可以让我们乐一乐了。

　　　　他用手指着从另一个路口走过来的费明·索利亚诺。这是一个年轻人，看上去有些阴险邪恶，穿着打扮是个地地道道的贫民窟人：黑色单翘檐帽，脖子上系着领巾，双排扣西装，法式长裤，裤缝带有饰条，鞋子的后跟很厚。

莫拉莱斯　　（对那个傻瓜，显出事不关己的样子）你，波斯特米夏，瞧你的鬼样儿，你去跟他玩去吧。

比博里塔　　（马上接过话茬）当然，如果他去了，你们就可以看到波斯特米夏是最勇敢的公牛。

一个小伙　　你去解决他吧，波斯特米夏。

另一小伙　　波斯特米夏万岁！

另一小伙　　还是比博里塔说的对，波斯特米夏是最出色的。

另一小伙　　波斯特米夏，加油！我们都在这里伫着呢，可以收你的尸骨。

波斯特米夏　（忧心忡忡）如果他不怕呢？

莫拉莱斯　　你快去找个木匠，让他给你做一把马刀。

比博里塔　　你用嘴对着它"呼呼"吹几下，就可以去砍他了。

另一个人　　（挑动着他）已经有人把波斯特米夏称作大胆苍
蝇了。

波斯特米夏　　（壮了壮胆子）我来收拾他，孩子们。你们可
别离开。

其他人　　快给波斯特米夏让出场地！

波斯特米夏走近那个外地人，跟他面对面。

波斯特米夏　　我是保安，请出示允许你走这条人行道的证明。

外地人好奇地看着他，然后把头上的帽子转了个方向。

费明·索利亚诺　　（以命令的口吻）你搞错方向了，你哪儿
来回哪儿去吧。

波斯特米夏　　（确信无疑）你这样子就让我不高兴了。

波斯特米夏慢慢地跟着他的脚步。费明·索利亚诺

来到人群中间。一帮小伙子围住了他，微笑着，好像要一起打架。

比博里塔　　对不起，师傅，那个城里人想要违抗你的命令，是吗？

索利亚诺　　（严厉地）他是想，不过我已经把他给收拾了。

比博里塔　　（热情地）说得对，我可以祝贺您吗？

比博里塔向索利亚诺伸出手，另一个小伙子模仿他的样子。

比博里塔　　你要知道这个小伙子是不负责任的，他一看到外地人就待不住了。（很快凑近他的脸）先生，你是外地人吗？

索利亚诺　　（趾高气扬）是南圣克里斯托瓦尔区的，为你效劳。

比博里塔　　（十分惊讶）南区人！（转过脸对莫拉莱斯）他说他是南区的！（对索利亚诺）如果我对你说那儿是城区，你可别生气。他们在那里生活，知道尊重人，他们都是国家的儿子。

　　莫拉莱斯做出要走的样子。比博里塔把他拦住。莫拉莱斯朝对面人行道边一座房子的窗户看去。镜头对准一个窗户，透过窗帘可以看到一位年轻姑娘的脸——克莱门西亚——，她正看着这里发生的事情。然后，镜头对准那边椅子上的黑人，他正茫然地看着。

帮助索利亚诺的男孩　　这给北区人多么好的榜样，年轻人，这里的一切都太丢人了。

比博里塔　　你说得很对，坦白地说，这里的人都变得火气很大。你甚至都不需要点火柴，就会发现随便哪个角落都会有人出来吓唬甚至扰乱路人。（面对给索利亚诺帮助的男孩）跟先生您那就是另外一码事了，您是令人尊敬的人。

索利亚诺　　（蔑视地）当然我是令人尊敬的，但这并不意味着我要跟随便哪个爱找茬的人干仗。

比博里塔　　确实是这样，大家行事要小心，更何况你们在南区的还承受着艾利塞奥·罗哈斯先生的枷锁，没有他的允许连打个喷嚏都不行。

索利亚诺　　艾利塞奥·罗哈斯先生是我的干爹。

索利亚诺想脱身而去。一群人把他团团围住。波斯特米夏惊慌地走了。

比博里塔　　（低声下气地）您该早说嘛，如果先生您有这样的后台，为了您的平安，您最好先问一下，人家讲话时您保持沉默，而且最好不要到这么偏僻的地方来。因为，这里总会有令人讨厌的家伙在我面前做出一些傻事。

帮助索利亚诺的男孩　　真叫眼见为实。谁会告诉我们，像这样的一个小爬虫也会是艾利塞奥·罗哈斯先生的干儿子呢？

比博里塔　　非常正确。这个年轻人就是个小爬虫。

没讲话的那个　　一条南区的小爬虫。那里除了小爬虫，还是小爬虫。

另一位　　（脸凑得很近）小爬虫！小爬虫！

　　比博里塔用口哨叫那个黑人，只见那黑人突然显得非常开心，马上给他扔过来一把刀。比博里塔从空中接住刀。包括莫拉莱斯在内，大家都围攻这个南区人。尖刀在索利亚诺的面前闪闪发光。索利亚诺被那群人从高高的人行道上抛进了水沟。

一个声音　　北区小伙儿干得棒！

　　波斯特米夏，他来到另一个街角，看到的一些情况引起他更高的警觉。于是，他把手指伸进嘴里，发出三声尖哨声。马蹄声传来。那伙人落荒而逃（有的跳过了土墙，有的逃进了门厅，各奔东西）。只剩下莫拉莱斯在上面路边，索利亚诺在下面的沟里。

　　两个保安骑着马过来了，他们看着那名黑人。只见他又恢复了先前泰然自若的样子，而且离得相当远。莫拉莱斯正在卷着纸烟。其中一个保安直起身子，想看看怎么继续追赶。另一个则下了马，把索利亚诺扶起来。

莫拉莱斯　　（对保安一）让他们去吧！维森特，这帮孩子是没有过错的。

保安一　　（在思索）是一帮孩子吗？

保安二　　（指着索利亚诺，看到他脸上有一道伤痕）这位先生会在水沟里刮胡子？

莫拉莱斯　　如果要提出什么申诉的话，那就请受害者提出来吧！

索利亚诺　　（他恢复了平静，但还是有点犹豫）我不想提出什么申诉，也不需要人七嘴八舌。（他提高了嗓门）我也不想跟警察称兄道弟。（他走了）

莫拉莱斯　　（平静地）你们看到了吧，总有这样令人讨厌的家伙想在你们面前插一杠。

保安二　　（对保安一）我在想，维森特，我们真的应该跟这位比博里塔先生好好聊聊了。

莫拉莱斯　　比博里塔？他跟这件事有什么关联吗？

维森特　　总结报告将会告诉我们他与此有什么关系。另外，你自己就提起过那帮孩子，你也好好想想吧。

莫拉莱斯　　那帮孩子？有那么多人呢……你想想，在一帮
　　　　　老人比赛中你都比鹦鹉[1]老了，还追什么追。

维森特　　（严肃地）咱们倒要看看，是谁在给这个外区人胡
　　　　　乱找茬呢？

莫拉莱斯　　谁？还不是那个总是冲在前面、爱打架闹事、
　　　　　大名鼎鼎的波斯特米夏吗？

　　　　　维森特听到这个玩笑话，他笑了。

保安二　　（思考中）跟疯子搞，什么也搞不明白。

　　　　　莫拉莱斯看着两个保安远去。他整理了一下自己的
　　　　　头发和手帕，甩掉卷烟，朝克莱门西亚的家里走去。门
　　　　　上有一个铜把手。莫拉莱斯敲门。听到克莱门西亚的爱
　　　　　犬哈斯敏的叫声。克莱门西亚开门了，这是一个普普通
　　　　　通的出生在美洲的欧洲人后裔，穿着装饰华丽的服装。

1　在拉美文化中，鹦鹉是代表长寿的动物。

房子没有门厅，后面有个院子，植物种在瓦缸里。(对话过程中，莫拉莱斯抚摸了一下狗。)

克莱门西亚　　太巧了，正好是你敲门啊。快告诉我，那个被抛到沟里去的是什么人？我一直看着呢。

莫拉莱斯　　(很不情愿地)我怎么知道。是个南区人，他说是什么艾利塞奥·罗哈斯先生的干儿子。

克莱门西亚　　艾利塞奥·罗哈斯？

莫拉莱斯　　你认识他吗？

克莱门西亚　　比博里塔向我哥哥提到过他。他是从前非常敢作敢为的人物之一，这样的人已经不多了。

莫拉莱斯　　事实是，今天已经没有勇敢的男子汉了。

他们走进熨烫衣服的小间：一张桌子，一个火炉，衣服在筐里。克莱门西亚从火炉上拎起熨斗，湿一下手指，试试熨斗是不是够烫，然后就开始熨衣服了。

克莱门西亚　　那后来发生了什么呢？

莫拉莱斯　　没什么，都是那帮孩子瞎胡闹。

克莱门西亚　　（宽宏仁慈地）真是的，比博里塔也够疯的。

莫拉莱斯　　你看得真准，完全是胆小鬼的把戏。我真不应
　　　　该卷进去的，这么多人对付一个人……

克莱门西亚　　他会吃苦头的。

莫拉莱斯　　够烦人的，克莱门西亚。今天我真是不顺畅，
　　　　甚至我觉得今天跟保安讲得也太多了。

克莱门西亚　　该不会是你把那帮孩子也害了吧。

莫拉莱斯　　不会的，肯定不会的。但是如果保安不跟我讲
　　　　那么多话，也许他们就不会知道是那帮孩子干的。

克莱门西亚　　（突然）你说得有道理，最好还是不讲话。首
　　　　先，你是被他们拖进去的，然后，你再讲那些故事。

莫拉莱斯　　（若有所思的）你刚才怎么说艾利塞奥先生来的?

克莱门西亚　　我也不知道，谁也没有见过他。不过我真不
　　　　敢相信你竟把这帮孩子给害了。

　　　渐暗淡出。

　　　一次哀悼会。好几个悲伤的人正在断断续续地、沉

重地交谈着。

某人　　（长长的八字胡一直翘到鬓角）可怜的法乌斯蒂诺先生，不管他人怎么样，他可一直是催肥火鸡[1]最真诚的追随者。

另一位　　（也许很像第一位）我一闭上眼睛，就能清清楚楚地看到他口袋里装满了核桃。（他闭上了眼睛）

另一位　　（也像第一位）像他们这样的人是祖国需要的。但是很显然，在他们那个地方谁都不是预言家。

　　　　在另一个房间，波斯特米夏被好多人围着，其中包括跟随比博里塔的那帮孩子。

一个男人　　波斯特米夏，你还是再讲一下吧，这位先生还想记住这个故事呢。

另一位　　（给他递上一杯酒）你不要犯糊涂，朋友，我们这

1　一种陪伴宠物。

就把我们的耳朵塞起来，你就讲讲你是怎么给他找茬的故事吧。

波斯特米夏　　（神气而又迷茫地）好吧，今天下午，午睡时间最最炎热的时候，我出去溜达……

另一位　　真是个警惕的机灵鬼，利用太阳最毒的时间走出他的洞穴。

波斯特米夏　　我忘了刚才讲到什么地方了，我得从头讲起。今天下午，午睡时间最最炎热的时候，我出去溜达。发现这个世界到处都是乱七八糟的。随便哪一天，都会有陌生的面孔出现在我们这个地区……他们从来没有孝敬过你。今天下午想混进我们这个地方的是个私自闯进来的家伙……带了一包东西，里面有怀表什么的。这个可怜的胡萝卜掉进了狮子的大嘴巴……首先我要求他出示通行证，把他搞得团团转，像个陀螺。后来，我都开始有点可怜他了……在我感到狂怒的时候，我好好地修理了一下他的脸，我对他说别耍小聪明把我牵连进去……然后我就……我就……我就猛地推了这个南区人一把，把他推进污水沟里待了好长一段时间。

比博里塔　　真是个金嘴巴。

黑帮男孩　　我要跟大家强调的是这个南区人居然是艾利塞奥·罗哈斯先生的干儿子。

另一位　　（若有所思而带讽刺地）艾利塞奥先生没有陪在他干儿子身边，算他走运。如果他们俩同时出现的话，嘿，这个骗子（指着那个正微笑着感谢大家的波斯特米夏）就会替我把他们俩都给挖肝掏肺了。

比博里塔　　波斯特米夏，你赢了。再来一杯杜松子酒。

　　　　　　大家敬酒。波斯特米夏一边喝酒一边向大家打招呼。

　　　　　　进来一位先生，手中拿着一个大酒壶，走路摇摇晃晃的。

大酒壶先生　　（很生气）先生们，绅士和家眷们，请大家放尊重点。坦白地说一句，现在也确实有点太过分了。（他对着大酒壶喝了一口）

在场人　　（在解释）这位傻傻的先生，正在给我们讲他是怎样拦住外地人车子的事。

大酒壶先生　　（饶有兴趣）做得对。（他坐了下来，把大酒壶放到椅子的下边）那就把所有详细的经过给我讲讲。（他准备听下去）

波斯特米夏　　（情绪饱满地）今天下午，午睡时间最最炎热的时候，我出去……

　　前面我们已经认识的那两个保安，带着些许怀疑，又出现了。波斯特米夏傻傻地看着他们俩，然后，他朝后台逃去。波斯特米夏这么一逃，立即让保安做出了一个决定。

保安二　　（提高了嗓门）快追逃犯。

　　他们继续追捕波斯特米夏。波斯特米夏顺着屋子后面的铁制楼梯上了屋顶露台。砖砌的露台，地面高高低低，到处是晾晒着衣服的绳子。一会儿又听到他的脚步声。然后后退，后退，绊了一下，摔倒了。

　　看到水井上方架子上的滑轮和精致的图案。然后在架子的下面，在院子里，我们看到波斯特米夏死了。在默默无声地围着他看的人群中，走出一个人。他就是胡利奥·莫拉莱斯。他脱下帽子，非常悲伤地看着波斯特米夏。其他人也跟着脱帽。

听到了一首肖邦的玛祖卡舞曲，显得很不合时宜。

有人　这么不尊重人家。这么一个哀悼仪式也没能打消这些人的钢琴声。

另一位　让他们去吧。这就算是波斯特米夏的葬礼进行曲吧。

渐暗淡出。

一家铁匠铺内昏暗的环境。深处有一扇门，通向一个泥土地的院子，院子里有一棵柳树。炉火映着铁匠的身影，晃动着。他们是：老板（一个老头），莫拉莱斯（忧郁不语，背朝大门）和一个小伙子。此外，还有一位来客，一位来参加哀悼仪式的助手，他正喝着马黛茶。这时，费明·索利亚诺醉醺醺地进来了，他非常生气而且满腹狐疑。

索利亚诺　　谁是这儿的老板？

老板　　我，如果你能给我保守秘密的话。

索利亚诺　　行，我想给我的混色马钉铁掌，要多少钱？

老板　　你的问题真多，那混色马是你的坐骑呢，还是为你
拉车的？

　　　　索利亚诺想反驳，这时他发现那个小伙子和客人正
虎视眈眈地看着他。他没有看到莫拉莱斯。

索利亚诺　　（退让一步）是我的坐骑。（他向门靠近了一步）
咱们现在去看看怎么样？

老板　　这样的话我就有点喜欢了，老实说，先生，你开始
时给我们的印象可不是很好。你怒气冲冲地进来，这样
会引起争吵和难堪的……

　　　　一阵静寂。莫拉莱斯没有理会他们的对话，仍然难

过地做着自己的事情。

索利亚诺　（和解地）你想要怎样呢？现在的人已经变得不可信任了。你看看我脸上这个口子。好家伙，一下子围过来二十来个人，还把我弄进了沟里。

老板　（挺关心的）真是胆大妄为。

客人　打了这个预防针，你就可以微笑面对傻子天花了。

索利亚诺　（尖刻地）可以面对傻子天花，面对傻子了。问题是你们这里所有的人也都太过分了。你们是如此热情好客的吗？我真想给他们来个矫正。（他认出了正在走过来的莫拉莱斯。他们默默地对视了一下，然后他情绪激昂地继续说）请你告诉我，就因为他是外地人就要侵害他，难道你还觉得有理吗？二十多个人打一个人，你也觉得有理吗？你觉得这种冒犯有理吗？

莫拉莱斯　（一阵沉默以后）我觉得这是一种卑劣的行为。谁有权利可以硬把这样的回忆刻在一个人的脑子里？我对自己参与这样的事情感到非常羞愧。我一直自认为是十分勇敢的人，但现在我真不知道该怎么想了。

渐暗淡出。

郊外一条无人的马路，清晨，一只狗被孩子们驱赶着。听到很多狗吠声。随着一阵尘土飞扬，来了一辆捕狗车。

捕狗车上的那个人在用绳子套狗。他正准备去套另外一只狗时，有人挡住了他的手臂。

比博里塔的声音　　别动，圣洛克，你们看到的那条毛茸茸的狗，是受人尊敬的狗。

套狗人　　即使那条毛茸茸的狗是弗雷戈利[1]，我也要把它带走。

比博里塔　　（威胁的口吻）我打赌你不会的。

套狗人　　（放下那只狗）你对狗兄弟照顾得够好的。没什么，反正这地方有的是狗。

克莱门西亚过来了，那只狗跑回她身边。

比博里塔　　（面对要离开的套狗人）还是去抓从外面到这里

_____

1　弗雷戈利（Leopoldo Fregoli，1867—1936），意大利演员，善于模仿他人，能在舞台上迅速改变外貌。

来的那些狗吧。（他改变了语气）捕狗车，滚你的蛋吧！

克莱门西亚　　谢谢你，比博里塔！你真是比那些拿武器的还要勇敢。

比博里塔　　多大点事呀，死去的波斯特米夏也会这样做的。

克莱门西亚　　可怜的波斯特米夏，跟他在一起，我总是想笑。

比博里塔　　确实如此，克莱门西亚，在他这个可怜的人身上可以看到的一切，就是我们俗话所说的滑稽小丑，直到他去世。那帮孩子已经把他训练成一个不断重复谎言的人了，总说他如何如何拦住那个外地人。

克莱门西亚　　（钦佩地）可看到他的胆气了，如果为这个地区出面的人是你就好了。

比博里塔　　（谦虚地）如果是就好了……问题是当那些保安出现的时候，这个可怜的胡萝卜正在长篇大论呢。这可把他吓得要死，结果是他都不知道往哪儿跑了。

　　　　双方都笑了。莫拉莱斯来了。

莫拉莱斯　　还好，大家还有那么一点好心情。

克莱门西亚　　（匆忙地）比博里塔正在给我讲波斯特米夏死了的事情。

比博里塔　　（很冲动地）保安朝他开枪了，就像是看到了魔鬼一样。他顺着螺旋形铁梯，不顾一切地逃到屋顶露台上，顾不上晾晒着的衣服，拼命逃。最后他被乱七八糟的什么东西缠住了，脚一滑，啪，摔下去了。

克莱门西亚　　真疯狂。

比博里塔　　他摔在水井的附近，差一点掉进去。我看到的时候，他几乎成了断了气的癞蛤蟆。

克莱门西亚　　真疯狂。

　　　　克莱门西亚和比博里塔都笑了。

莫拉莱斯　　你们还笑呢……这可怜的小伙子死得也太恐怖了，可把我们大家都搞成有污点的人了。

克莱门西亚　　我给你把话记下来，胡利奥·莫拉莱斯，你正在跟我讲话。

莫拉莱斯　　不需要很多时间，这一切都会变得非常糟糕，这完全是胆小鬼的举动。我们开的玩笑造成了一个人的死亡。那我们以前做的种种事情呢？现在来一个手无寸铁的外区人，我们却成群结队地像打狗似的打他。

比博里塔　既然你把这一切都看得那么黑暗，那你为什么不死在那儿呢？

莫拉莱斯　（遗憾地）也许真的那样会好些，我一直在思考这件事。

克莱门西亚　别这么说嘛，胡利奥。

比博里塔　当然，波斯特米夏死了，你的人马中就没有这样的人了。

莫拉莱斯　如果还有这样的人，应该再找一位勇敢刚毅的。也许我们可以挑战一下，了解一下谁是这样的人，这倒是一个解决办法。

　　舞台渐暗。然后镜头回顾莫拉莱斯经历过的一些瞬间。从城北郊区到市内九月十一日车站附近。开始时出现的景象几乎都是农村，然后人口越来越密集。配乐的节奏越来越明快。看到大车，四轮平板大车，运水车，马拉轨道车，马拉出租车，还有一些私家车（密集的）。可以看到不同类型的街道：看到颇有威风的黑人洗衣女工，头上顶着一大包衣服，还有牵着奶牛的送奶工、卖馅饼的、修雨伞的、卖蜡烛的、卖赶车鞭子的、磨刀的，等等。（应该在这些典型人物之间穿插一些更加普通的百姓形象，以免使本片成为刻意的样品陈列。）

莫拉莱斯的声音　　在九月十一日车站不到的地方，在彼达大街的转角附近，有人搞了一个斗鸡场。有一天我正走着路，门里边年轻小伙子突然叫我，他叫帕戈拉，后来他在一九〇五年的革命中死了。当时他正想让他的黑白花公鸡参加……

　　与此同时有一个无声的场景：帕戈拉，一位很正派的青年，带有一种老照片的味道，也许还有八字胡，他叫住莫拉莱斯。两人在门口聊了一会儿就一块儿进去了。

　　他们穿过一个装满酒桶的屋子，又穿过另一间有桌子和吧台的屋子。吧台那边有一个模模糊糊的旧时大镜子。镜框是深颜色的木头做的，上面有花环和天使圣人装饰图案。从那儿他们下到一个地下室，斗鸡场就在这里。这是一个圆形的场地，周围是三排木板做成的梯形楼座，楼梯把这个圆形场地切成两半。来这里的人非常多，都是男人，只有一位妇女，她抱着一个婴儿，正在喂奶。这里有城里人，市郊人和乡下人。场子里，有人胸前系着围裙（有些戴围裙的人已经坐在梯形楼座上），裁判是一位白头发的先生，好像是位新教的神父。一个孩子，胖胖的，光着脚，其中一只脚上戴着拿撒勒马刺子，正在卖煎饼和糕点。场子的一角放着秤和鸡笼。

一个声音　　每轮押五十赔十啰。

另一个声音　　真有趣，白鸡报仇雪恨了。

流窜犯哥们　　（给一位戴着大礼帽的胖先生递过一张报纸）很高兴，博士，来张《阿根廷国家报》吧，别让鸡血溅到您的身上。（殷勤地帮他把膝盖包起来）

先生继续认认真真地做着这个预防性动作。

这时，帕戈拉把他黑白花的巴塔拉斯公鸡带到了场中，裁判做了一些提示后斗鸡就开始了。

观众　　金棕色鸡我押二十。

帕戈拉　　我的巴塔拉斯鸡押五十赔三十。

另一个声音　　我付钱。

胖先生　　（对身边正在毕恭毕敬听他讲话的人）不管怎么说，反正通风问题就是这种场子最大的缺憾。

一位保安　　（他给莫拉莱斯解释）先生说的对。我，作为警察局的人，一直不允许这样的地下场所。

在观众的喊叫声中。帕戈拉的巴塔拉斯鸡赢了。

卢纳　　（赶牲口的人，印第安人面孔，穿着灯笼裤和拖鞋）巴塔拉斯鸡赢了。

帕戈拉收着钱，迷惑而又幸福。

帕戈拉　　我一直是不走运的人，所以当我走运时，我就很害怕。你们瞧，孩子们，这么多的比索，已经让我感到十分沉重，咱们去喝两盅吧！

　　　　　他们上去了，到了酒吧，坐了下来。莫拉莱斯走过来坐在卢纳的面前。当镜头对准他们俩的时候，他们已经在交谈了。
　　　　　抱婴儿的女人走近桌子。

女人　　两位先生要喝点什么？

莫拉莱斯　　麻烦你来一杯陈酿朗姆。

朋友一　　我也来一杯。

朋友二　　给我来一杯杜松子酒。（友好地对着卢纳）老乡，您也不讨厌这个大酒壶呀。

卢纳　　老乡？我是南圣克里斯托瓦尔的。感谢上帝。就给我来一杯杜松子酒吧！

帕戈拉　　我，老板娘，请先给我来杯啤酒。

莫拉莱斯　　你是南圣克里斯托瓦尔人？这可是好地方啊，

先生，我正好也在那里混呢。

帕戈拉 （出于礼貌）你到那儿去找什么呀？

莫拉莱斯 没什么，想找一个叫作艾利塞奥·罗哈斯的先生。

卢纳，他正准备喝酒。这时他把酒杯放在桌子上，观察着。（这个镜头应该很快）女人围着这个桌子在服务。来来回回地走动。背景是很多的酒桶。在她的头上方可以看到那个胖男孩的两只脚：一只脚光着，另一只脚戴着马刺。有人进来的时候就迫使那女人绕过那两只脚。那胖男孩的一只脚从女人的头上掠过。女人抬头看了一下。镜头跟踪这个动作。我们看到在堆得高高的酒桶上面有个孩子，几乎要碰到大梁了。他蜷曲着身体，正在吃他篮子里的饼子。

女人 我又逮到你了，曼丁戈黑鬼，你吃着我的血汗不干活。赶快给我从上面下来，快接待客人。

胖男孩 我在养精神，老板娘。

胖男孩下来了，一边喊着消失在人堆中。

胖男孩　　（大声喊着）热乎乎的大饼

人人见着高兴。

香甜甜的米糊

忙着端上长桌。

镜头又回到帕戈拉和朋友们的桌子。卢纳正在抽烟。可以看到用过的杯子和干净的杯子，以此表示已经过了一段时间。

朋友二　　（继续讲他的故事）里边，穿着毯式斗篷的人正在发号施令。艾利塞奥·罗哈斯先生把一把短刀留给酒店主，但店主四处嚷嚷着，说他可不想在家里发生任何问题。大家都在划十字。艾利塞奥先生带着长鞭进里屋了，听到一阵噼噼啪啪的声音，穿斗篷的男子拿着高乔人的大刀，带着这个地区和附近地区的所有人出去了。

莫拉莱斯　　斗篷人的末日到了，就像每个人都会有一个末日到来一样。

朋友二　　确实是这样的，但是，当艾利塞奥先生进来发脾气的时候，总会让另一个人的末日来临。

莫拉莱斯　　祝贺你能一直如此精神抖擞。今天晚上我要跟他有个了断了。

　　　　在这个场景中，那个胖男孩一直在吃他的饼子，相当烦人。卢纳强压住内心的不安，看着莫拉莱斯。

卢纳　　（突然暴怒，对着胖男孩）你别再烦人了，小鬼，我要惩罚你。（他揪起他的一只耳朵把他带走了，镜头跟着他，他们来到一个院子。）

　　　　无声的场景：卢纳在给孩子解释着什么。从抽屉里取出一些硬币，交给了孩子。看到抽屉里有一把刀（中等大小的武器，手柄处还有些特别的东西）。木柱上拴着一匹胖乎乎的枣红色矮个儿马，马鞍非常豪华。卢纳回到桌边。

朋友二　　（对着莫拉莱斯）不可能迷路的，就在桥那边，大家都认识那座房子，在一块高地上，带走廊的。

朋友二　　好多年以前你就知道他住在那儿。我感到奇怪的是，你认识那个人却居然不认识他的家。

莫拉莱斯　　我没有说过我认识他。（以友好同党的心情看着帕戈拉）

帕戈拉　　（严肃地）你瞧，胡利奥，你也许有你的道理，但我还是喜欢过安静的生活。

卢纳　　你们在讲罗哈斯吗？今天晚上你们去家里是找不到他的，他要去阿尔马格罗宾馆参加巴斯克人的舞会。

朋友一　　是吗？是在卡斯特罗巴罗斯区的那家吗？

卢纳　　（对莫拉莱斯）作为我这把年纪的人，我要给你一个忠告。如果换成我，我就不去参加巴斯克人的舞会，干吗要那么兴师动众地去寻找坟墓呢？反正他会碰到我们的。这是我的预感。

莫拉莱斯　　送上门的马我就不会再看它的牙口，所以我接受这个忠告，不再考虑这件事了。

帕戈拉　　事情不应该这样子办的。先生，咱们还是去吧……

莫拉莱斯　　我可不想冒犯任何人。

朋友一　　再去喝点吧，还是我来付钱。

场景淡化了。看到了马路。胖男孩在舞动他的大刀，骑着枣红色矮个儿马横冲直撞。

一个门厅，边上还有个门。墙上有一幅很复杂的浪漫风景画（一座火山，一个湖泊，一座希腊神庙的废墟，一只狮子，一个男孩在吹笛子，等等）。背对着镜头，在一把吊椅上睡着一个块头很大的男人，他是多明戈·阿乌马达先生，是彭夏诺·希尔维拉的教父。

索利亚诺的声音　　喂……嘿……师傅。

吊椅上的男子仍然纹丝不动。索利亚诺走进了门厅，出现在镜头前。他拍着手掌。

索利亚诺的声音　　师傅……先生。

那男子巨大的脸转向索利亚诺。

阿乌马达 （有些奇怪地）你有没有想过，这样子大声喊叫，不会把我吵醒吗？

索利亚诺 你知道我喜欢看到你醒着吗？我来这里已经三次了，每次都看到你躺在这把椅子上。

阿乌马达 你这样子会得到什么呢？咱们来瞧瞧。

索利亚诺 我不是来跟你讨论得到什么和失去什么的。我想知道彭夏诺·希尔维拉先生是不是在家。

阿乌马达 多好的问题啊。你最好再想一个如此别致的问题，好在明天把我叫醒时问我。（他又睡了）

索利亚诺 在匕首捅死你之前，可把你的眼睛睁大点看看。

（他进去了，与阿乌马达面对面）

阿乌马达 （态度变了，不慌不忙，但是非常认真地）很好，先生，咱们就一点点地捋一捋吧。有人三番五次找我，说是要帮我，他问某某先生是不是在？你会想，问题到这儿为止没什么难的呀。可是问啊……问啊……（可以用草灯罩增加拍摄效果）任何人都可以随便提任何问题,（声音更加洪亮地）而责任却正是从你的回答开始的。（很随和地）你说我是不是讲清楚了？

索利亚诺 （怀疑地）小时候，我记得你从吊椅上掉下来过。

阿乌马达 确实如此。如果我回答说某某不在——咱们打个比方——，你可以走了，但是你会猜想他曾经来过这里。如果我回答说我不知道某某是谁，那我明天又怎么有脸说我认识他呢？另一方面，如果我给你绕圈子，讲话不讲清楚，你心里可能会想我肯定有什么东西瞒着。

　　门厅一边的门打开了。彭夏诺·希尔维拉先生进来了。这是一个大高个儿，很结实，一副发号施令的架势，青黄色的皮肤，头发蓬松，留着黑黑长长的八字胡。他只穿一件衬衫（手臂上套有橡皮筋），穿着黑色的长裤和靴子。

希尔维拉 你好啊！费明。是什么风把你给刮来啦？

索利亚诺 我是为那件事来的，彭夏诺先生。

希尔维拉　　有什么新消息吗？

索利亚诺　　你听我解释……

　　　　戴马刺的胖男孩进来了。

胖男孩　　（突然）给一位叫希尔维拉的先生捎口信……（好像在背诵课文）卢纳先生派我来，叫我尽量悄悄地告诉他，有个叫莫拉莱斯的小伙子，今天晚上会去参加巴斯克人的舞会。

阿乌马达　　这消息太好了。

希尔维拉　　（对孩子）就这些吗？

胖男孩　　还有什么？喔，他说不要让他提前到艾利塞奥先生家去。他还特别吩咐了我一些事情，但是我全忘了。

　　　　胖男孩取出一块饼子便吃了起来。

希尔维拉　　有这么一个送信的，我们就什么都明白了。他还给你说什么了吗？

胖男孩　　　让大家留在彼达大街的斗鸡场，直到他们到来。

（眼前一亮）好像我还听到说您会给我五块比索。

希尔维拉　　这个嘛你最好就不要记住了。（给他指了一下门）

胖男孩耸耸肩，取出另一块饼，边吃边走远了。

希尔维拉　　（对索利亚诺）所有这些情况你以前是否知道一点?

索利亚诺　　快帮我记下这些情况。

希尔维拉　　咱们到里边去吧。我干爹要打个盹。（指了指阿乌马达）

他们走进一个撤空的房间。砖地，有一个火炉，一张铁床，一只皮箱。索利亚诺关上门，转过脸对希尔维拉说。

索利亚诺　　今天晚上咱们出击。

渐暗淡出。

傍晚时分，一块空地上。背景是一些房子。希尔维拉在给一匹深色的马套上马鞍。索利亚诺给他递上各种器具。

希尔维拉　（穿着燕尾服，双肩披着羊驼绒披肩）你把那匹黑白混色马留在客栈了吗？

索利亚诺　没有，我带来了，拴在木桩上呢。

希尔维拉　但愿莫拉莱斯这个家伙不要坏我们的事。只要这一切不是拉拉门迪耍的花招就好。

索利亚诺　我现在觉得你是个最不相信别人的人。

希尔维拉　为了那银行的事，拉拉门迪已经拖了我快一个月了。我付款可从来没有过这么麻烦的事。

索利亚诺　（和解地）慢点却可以走得很远。拉拉门迪先生是很严格的，是属于那种能看得清水下情况的人。

希尔维拉　很严格吗？他喜欢的就是小心谨慎。我蛮好不理他的。这事情本来就是我和另一位之间的……

索利亚诺　我也是这情况，遗憾的是这么多的乡巴佬卷了进来。

希尔维拉转过脸看着他。

索利亚诺　　（迅速地）你是不是觉得我并不是那么着急要跟
艾利塞奥先生算账的人？

渐暗淡出。

糖果店门前的人行道上，有几张铁制的圆桌。一张
桌子旁坐着一位很重要的先生，长着军人式的八字胡，
身边还有一位傻乎乎的年轻女士几乎要睡着了。（先生
穿着一件带皮领的长外套。）跑堂在跟先生争吵。有一
个看上去热心肠的人，个子矮矮的，从另外一张桌子上
站了起来，插话了，他想调和他们俩。他静心地听着争
论，对双方都很尊重。一会儿拍拍对方，一会儿弯腰鞠
躬，表示赞同。在街上，一个意大利人带着手风琴和鹦
鹉，正在弹奏着哈瓦那舞曲。两个穿深色衣服的严肃的
市郊人正在跳舞，有板有眼。（镜头继续跟踪那边的争
吵，在背景上出现那两位舞者。其他人都不在看他们跳
舞。）莫拉莱斯来了，他看着那两位舞者；过了一会儿，

突然那个热心肠的家伙引起了他的注意。

先生　　（对热心肠的人）年轻人，我再三给他叮嘱了。我太太想要一个香草冰淇淋，就是那种奶油饼干样的冰淇淋。我知道她的肝很娇嫩，所以我就及时插话了，为她要了希麻巴茶，淡淡的。而我，我要了两杯牙买加朗姆酒来帮助消化。

热心肠的人　　到现在为止，我都明白了。请接着讲。

先生　　（掸了一下刚才被跑堂的手摸过的袖子）跑堂的干活没有爱心，不能鉴貌辨色就是天大的错误。

热心肠的人　　怎么了？

先生　　你的耳朵都不会相信。他给我的太太拿了一杯朗姆酒，而给我拿了一种不知道什么不靠谱的药茶。结果我的太太感到不舒服了，而我也很不满意，口渴得要命。（实在太过分了，他用舌头舔了舔上腭）这个无法无天的人现在还想要我付钱！

热心肠的人　　这绝对是个大新闻，先生，你应该写给那些报社。（又一次拍拍他，然后朝跑堂的走去）不过大家都来听听这位绅士讲的道理。

跑堂　　我承认是我的错，我在这里工作二十年了，这是我第一次犯错，不过这个账还是要付的，总共是三毛五。

热心肠的人　　对对，这个账还是要付的。（他拍了一下跑堂）

先生　　（考虑了一下以后）抗议归抗议，我现在付钱。

热心肠的人　　（略显匆忙地）我的使命已经完成，我要走了。

　　　　先生解开扣子，首先是长外套，然后是燕尾服。然后他开始越来越惊慌地检查他的口袋。一直在看着他们的莫拉莱斯一把抓住热心肠人的衣领。这时，点灯人用几根长棍点亮了油灯。

莫拉莱斯　　（对那位先生）你别白费劲了，先生。（对着跑堂）你……一定也掉了什么东西了吧。

　　　　跑堂非常恐惧地发现他的钱包不见了。莫拉莱斯从热心肠的人身上搜出两个钱包并把它们交给两位失主。

莫拉莱斯　　（对那个热心肠的人，没有松手）至于你，朋友，谁也不能说旅行会不丢点东西。（他取出数量惊人的东西，先生和跑堂一起在申诉着）

先生　　我爷爷在我生日那天送给我的望远镜！

跑堂　　我的黄油笔！

　　　等等，等等……

　　莫拉莱斯取出小偷藏在背心里的匕首。跑堂和先生都不说是他们的了。

莫拉莱斯　　（严厉地）你不知道严禁携带武器吗？总之，你走吧，我可不是法官。

热心肠的人　　（整了整衣服）真仗义，真仗义。不过我要说，这把刀可真是我的东西。

莫拉莱斯　　是你的，不过我碰巧需要借此一用，办件事情。

他藏了起来，打个招呼就走了。大家十分恐惧地看着他。小偷又把手伸向先生的口袋。

渐暗淡出。

郊区的道路。希尔维拉和索利亚诺，骑着马。

索利亚诺　　上次有个朋友，他是乡间拍卖师的助手，他送给我一只狗。这可怜的狗啊，只要听到有轨电车的喇叭声就蜷缩到床底下。（笑了笑，故意看了希尔维拉一眼）基督徒也许就不会发生这样的事情了。

希尔维拉　　（沉着地）真是美丽的童话。不过还是请你听我讲一件真事。

索利亚诺　　那行啊。

希尔维拉　　听着，大约二三十年前，在一个碉堡，一个士兵冒犯了一位中士。当时他们都在等待印第安人的突然袭击，而那个中士却不当回事。那天晚上，印第安人带着长矛铺天盖地地来了。

一阵沉默。

索利亚诺　　那次仗后来打得怎么样？

希尔维拉　　他们挥舞着大刀对付印第安人。

索利亚诺　　不是，我是说那个士兵和中士结果怎么样？

希尔维拉　　这个嘛，等我们今天晚上处理完艾利塞奥先生以后，你就知道了。

渐暗淡出。

希尔维拉和索利亚诺穿过堆着许多酒桶的屋子，来到通往斗鸡场的楼梯跟前。他们进了酒吧。人们已经散去：屋子空荡荡的，显得很大。卢纳心不在焉地用刀在清理他的靴子。一个女人坐在柜台后边，正在编织。

卢纳　　下午好！

双方击掌。

卢纳　　你们要不要先喝一杯？

索利亚诺　　对了，男人之间就是这样子讲话的。

　　　　　大家坐了下来。

卢纳　　你呢？彭夏诺先生。

希尔维拉　　谢谢你，不过为了今天晚上的事情，我现在需要清静一下，为了这一天我已经等了好多年了。

　　　　　他坐下了。

索利亚诺　　你很有主见，如果你喝酒头晕的话。干吗不来点泡面包糊？

卢纳　　（没有能理解索利亚诺的心思）老实说，我并不建议你吃这个，彭夏诺先生。（低声地）这里他们做不了的。

索利亚诺　　（对女人）两瓶甘蔗烧酒，夫人。

希尔维拉　　（严肃地）咱们来讨论一下各自的角色吧。你看，这个要去艾利塞奥先生家的小伙子莫拉莱斯是什么人？

卢纳　　就是参加那次争吵的人，他个人跟艾利塞奥先生有过节，今天晚上他要去找他麻烦。（大家讲着话，那女人一边在倒甘蔗烧酒）为了赢得时间，我叫他到巴斯克人的舞会上去找艾利塞奥先生。

希尔维拉　　（赞许地）你考虑得很周到。

索利亚诺　　（对卢纳）你通知伊斯梅尔先生了吗？

卢纳　　这个我倒一点也没有想到。

希尔维拉　　（沉思地）问题是这个莫拉莱斯会把我们的事情变得很麻烦的。

索利亚诺　　那总得有人去把他稳在那个舞会上吧。

希尔维拉　　好的，可以不跟拉拉门迪多说什么。

索利亚诺　　九点钟我们到他家里去找他。

希尔维拉　　好的，咱们现在把这家伙搁一边，先来谈谈我们之间的事情吧。

索利亚诺　　老是讲啊，听别人讲啊，我都烦死了。

希尔维拉　　（没有理会他）你们已经知道，在我们穿过这个门的时候，你们把马路两边给控制住，我一个人走到他家里去，我来负责艾利塞奥先生。

索利亚诺　　根本不是这样的，我也想杀这个恶霸。要不还是咱们两个人一块儿去他家吧！

希尔维拉　（冷淡地）好啊，年轻人。那你去做你想做的事吧。卢纳和我两个留在马路两边，我们看着你精神抖擞地进入狼口。

索利亚诺　一言为定。（喝了一口酒）越早越好。

希尔维拉　（以同样的口吻，好像刚才没有被打断一样）你把你的黑白混色马放在柳树林里。你走到门口以后再敲门，叫艾利塞奥先生。不到非常近的地方千万别开火。

索利亚诺　你说得对，应该做得很理智。（又喝了一口）

希尔维拉　你这样忐忑不安的样子，可不要出差错啊。如果他们把你杀了，卢纳和我会进来策应。

卢纳　（哈哈大笑以后）现在的情况变得很好了。

索利亚诺　有可能他们会把我杀了，但是请你们知道，我不害怕，我不怕。

希尔维拉　咱们现在就走了，怎么样？

索利亚诺　好的，但是在走之前，我还要再喝一杯。（停顿了一下，后来很紧张地）咱们九点钟集合，解决拉拉门迪的事，现在咱们最好不要一块儿走出去。

希尔维拉　（冷淡地）随你便吧，那我们就确定九点钟。

他们出去了。渐暗淡出。

在一家客栈，面对着装有栅栏的窗子，胡利奥·莫拉莱斯快要吃完饭了。透过窗子，可以看到位于厄瓜多尔大街和巴尔多洛梅·米特雷大街路口的九月十一日车站广场上的商陆树。客栈的地面是地板，它比马路要略低一些。在另一张桌子上，在房子的深处，有一个矮个子、身体很结实的人，拿着白色的拐杖，在空酒杯面前一边讲话，一边做着看不懂的手势。

男人 （*沙哑低沉的声音*）老板，再来一瓶烧酒。快点儿，他们人就要来了。

跑堂很冷淡地在为他服务。这个男人一口气就把酒喝光，用前臂抹了抹嘴。他站起来，留下几个硬币在桌子上。他向莫拉莱斯走去，好像要向他进攻似的，几乎要碰到了却没有看到他，与他擦肩而过。他上了街。

跑堂 （给莫拉莱斯一个眼色）对，现在应该快要到了。

莫拉莱斯 是谁呀？

跑堂 那些黑人。他们喝完第二杯烈酒就会倒下的。请注意。（他指了指窗子）他们把卢卡斯已经弄得有些难堪了。

莫拉莱斯看着外面的商陆树。只见有个人在穿衣服。他一只手臂高举着，像是在套上披肩；另一只手在挥舞着想象中的刀。人行道边缘的长条石板上坐在一个人，眼睛没有看着他。

跑堂 最后他都能够把他们给摆平。

莫拉莱斯 也许他正在梦想着曾经发生的事。

跑堂 这里曾经是一个大车广场，你可以看到各地来的人。大概七几年的时候，莫隆地区的一些黑人死了，他们经常在果品市场附近的赌场酗酒，然后跑到广场去撒野，扰乱行人直到深更半夜。

莫拉莱斯 噢，直到后来卢卡斯先生把这些人摆平？

跑堂 是的，他是一位最谦虚谨慎的小伙子，他只想努力完成自己的使命。但是那些黑人变得非常专横跋扈，直到有一天，他在商陆树下候着他们，当着大家的面揍了他们一顿。现在挺让人可惜的：他喝酒，与黑人争斗的事全忘记了。

莫拉莱斯 为什么可惜？他是老了，几乎疯了，但是他从来没有忘记那一天他显示出他的男子汉本色。

他站起来，付了钱。在商陆树下，他从卢卡斯先生身边走过。

莫拉莱斯 祝你好运，卢卡斯先生。

男人 （指着地面）你们看，那个人的嘴巴里还在流血。

渐暗淡出。

又一次在斗鸡场。索利亚诺在点燃一支烟，走近柜台，自己又倒了一杯甘蔗甜酒。手拿着杯子，沉思着走到可以下到斗鸡场的楼梯口。他丢下烟蒂，烟蒂掉在圆形的场子里。索利亚诺的眼睛看着烟蒂掉下去。他回过头来，对着镜子照了照。他一口气把甘蔗甜酒喝光，又照了一下镜子。我们看到一面墙，一个镜框，是索利亚诺的照片。在镜子中开始出现另外一幅场景：可以听到几乎是歇斯底里的笑声。我们看到一个反射的脸庞，旁边有另一张索利亚诺的脸（更加年轻，发型有所不同）。反射的脸庞消失了。另一张脸正在看着下面，显得兴致勃勃，激动而幸福。索利亚诺的背后有一面白墙，黑色的踢脚板。外面有个楼梯，木头的，通向高处。这个楼梯的台阶、扶手在白色的墙面上投下黑影。在楼梯的一边有一棵歪斜的牧豆树，树影也照在墙上。舞台的下边是黑暗的。索利亚诺弯着腰，他的双手向前伸开着，好像在做什么，却看不清楚在做什么事情。可以听到一些低微而尖惨的喊叫声，好像在黑暗深处正在发生着什么事情。

镜头向上升。在高处夹层的门口是艾蕾娜，在太阳光下很清晰。以前波斯特米夏去世那一场景中听到的肖邦的玛祖卡舞曲又一次响起。

艾蕾娜　（非常恐惧的）费明！

索利亚诺　（眼睛没有离开他那张桌子）看着它怎么打滚
吧。（他笑了）

艾蕾娜　（非常疲惫地）你怎么会这么残忍？快放下那个
动物。

索利亚诺　（在一阵沉默以后）但是如果它已经死了呢？
（突然忘掉所做的事情）注意，埃尔希利亚正在学玛祖卡
舞呢。

又一次出现那面墙壁，那个带装饰的镜框，那面镜
子。飞快地闪过索利亚诺的身影。这个形象消散了，清
楚地看到了树叶，树干和花草丛中的一条林荫大道，一
尊大理石的狄安娜雕像。首先是遥远地，后来是越来
越清晰地听到哀伤的华尔兹舞曲"拉门提"。伊斯梅
尔·拉拉门迪先生——肥胖的，穿着丧服，松软而严肃
的——索利亚诺，艾蕾娜和埃尔希利亚走在郊区的一个
广场上。天还没有黑，但是路灯已经亮了。

有许多人。在广场的中央，那帮人就在一个亭子

里。索利亚诺、艾蕾娜、埃尔希利亚和拉拉门迪走近他们。

拉拉门迪　　我向你们保证，他们招待了我，给了我很多东西。他们很和气，热情，动人，满桌子都是好酒。当我站起来要向他们表示感谢的时候，那激动的心情让我讲不出话来……

索利亚诺　　激动，非常激动。讲的每一句话都是那么富有真情……要是你看到那时的情形就好了，埃尔希利亚。

拉拉门迪　　（带有某种苦涩地）很不幸，我在家里比在朋友们和仰慕者中间更加不容易被说服。（头脑一亮）但是我看见谁了？我看到了这位尊敬的彭斯先生。我正好需要跟他讨论融资问题……（对埃尔希利亚）孩子，你可不要忘了，七点钟他们会到艾利塞奥先生家去找你的。再见了，孩子们。

　　他庄重地向那群人走去，而那群人没有回答他的问候就径直走了。艾蕾娜、埃尔希利亚和索利亚诺看到了这幅情景。

　　渐暗淡出。

　　艾利塞奥·罗哈斯先生家里的餐厅。这是一个大房间，墙壁雪白。桁架结构的天花板，有一根大梁。一张长长的桌子，很多的椅子和一个餐具柜。一把椅子的靠背上挂着一把刀，刀的一端镶着银。

　　艾蕾娜在镜子面前正在系围裙。然后，她默默地开始摆放桌子，埃尔希利亚在帮她。索利亚诺靠在门框上，手里拿着帽子。他冷漠地抽着烟，看着她们俩。

索利亚诺　　（无话找话地）艾利塞奥先生回来了吗？

艾蕾娜　　回来了，你没看到吗？他的刀还在那儿呢。

　　一阵沉默。

埃尔希利亚　　（突然地）我们干吗还要装作没有看到他们让

　　我父亲很难堪呢？

艾蕾娜　　你放心，埃尔希利亚。（甜蜜地微笑着）彭斯先生毕竟不是最后的判决嘛。（*严肃地*）如果你爱你父亲，他也爱你，那么其他都没什么关系的。

埃尔希利亚　　你真好，艾蕾娜。但是你怎么能够理解我呢？你生活的家庭是正大光明的家庭，你怎么能够体会到我的感受呢？……你要知道，我的父亲是厚颜无耻的人！每天都会发现他骗人和干下的坏事……而你的父亲，大家都很尊重他……

艾蕾娜　　（*和解的语气*）他们是不一样的人，埃尔希利亚。

埃尔希利亚　　这个我知道，艾利塞奥先生是我见过的最正直的人，他是最受尊敬的人。

　　　　在他们谈话的时候，听到一些狗吠声。索利亚诺走到窗子附近往外看了一下。

埃尔希利亚　　能够跟你父亲这样的人在一起该是多么幸福啊！

艾蕾娜　　（*一种奇怪的激动*）是的，我很幸福。

索利亚诺　　（*转过身*）他们来找你了，埃尔希利亚。

埃尔希利亚   太晚了！

　　他们告别了。索利亚诺陪着埃尔希利亚出去了；等到回来的时候，看到艾蕾娜在哭，哭得很伤心。

　　渐暗淡出。

　　成群的马奔向镜头。镜头抬升，从高处展示这些马。这是位于伊斯梅尔·拉拉门迪拍卖行旧址的驯马场。旧址呈现两种不同的风格，这第二种风格开始的地方，有一个圆形的走廊，驯马场在这里一览无余。再往下，在这个驯马场附近的圆形走廊里，有很多的买家。在一个包厢里，伊斯梅尔·拉拉门迪正夸赞准备拍卖的那批马。马场入口附近有一群骑马人，他们带着鞍具和套马绳，其中就有卢纳。在景深处可以看到马棚和马匹。

拉拉门迪   先生们，请各位关注这批深色的马。这是萨尔顿多先生绝无仅有的一批拉恩卡纳西翁纯种马。先生们，凭着我对未来最透彻而英明的见解，我清楚地知道你们绝不会容许萨尔顿多先生的这批宝马以这么一个，老实说，微不足道的价格出手的。这批马的来头那是无可争议的。母马是著名的拉恩卡纳西翁母马，种马是丧事主办人奥尔洛夫的，他就是人们常说的跟雷科莱塔[1]的所有人都保持亲密无间关系的人。

这时，我们看到索利亚诺正在给卖出去的那批马的买家分发单子。

索利亚诺　　这是你的竞拍人单子，内格罗托警长。

警长　　如果赢不了我就剃光你的头，换上卡波内班长。

索利亚诺走近另外一个人。

索利亚诺　　请拿着你的单子，戈门索罗先生。

索利亚诺挤过买马人群。

1　世界上最著名的十座墓地之一。

拉拉门迪的声音　　你别犯糊涂，多布拉斯先生。你的报价是三十五比索？三十五比索！我正在等待，奥特伊莎先生，你是不会让人家得手的，四十比索！四十比索！四十五比索！是多布拉斯先生出的，四十五比索，他得了！

　　　　人们开始离开。索利亚诺走近另一个买家。

索利亚诺　　你的单子，多布拉斯先生。（对另一位）你的单子，尼卡诺尔先生，祝贺你买下了。

人群中的一位　　（对尼卡诺尔先生）美丽的图比亚大草原，我的建议是你要让它四处飘香而不要搞得支离破碎。

　　　　人走掉了。雇工们被带到了那批深色马所在的地方。索利亚诺走到通往拍卖师包厢的那个楼梯旁。伊斯梅尔·拉拉门迪先生正想往下走，看到索利亚诺便马上转过身去，假装在研读一些本子。索利亚诺走上楼梯，与拉拉门迪面对面。拉拉门迪叹了口气，用手绢擦干额头的汗水。他拍了一下索利亚诺。索利亚诺不友好地看着他。

索利亚诺　　再也没什么可以抱怨的了，伊斯梅尔先生，今天你可有钱进账了！

拉拉门迪　　太棒了，年轻的朋友，太棒了。这批马可真是物有所值，出价流畅，敲锤定音的人不仅谦虚，还绕过了最危险的暗礁。今天这个拍卖会将深深地印在你的记忆里。

索利亚诺　　那当然，我将永远不会轻易忘记你给我还钱的那一天。

拉拉门迪　　你不要再跟我谈钱的事情，你知道一切都在你的掌控之中。你不要忘了，是你在赌博中赢了，你把钱借给我，只是想让我还给你更多的钱。

索利亚诺　　我几乎宁愿放弃要你还我更多钱的想法。你就欠多少还多少吧，这样咱们谁也不欠谁，平了。你别讲那么多废话，我都烦了。

拉拉门迪　　（假装镇静自若）真是对焦不好，对焦不好，就

像现代摄影家常说的那样。我面对的事业，我绝不会放
弃，直到它取得圆满的成功。我们的钱要让它变……要
适应……要为它寻找出路……

索利亚诺　　（惊慌地）你现在给我来这么一出？（气得浑身
发抖）如果你不还我钱……如果你不还我钱……

拉拉门迪　　（很快地瞄了他一眼）你可以把我杀了，然后就
此告别这笔钱，你也收不到……

索利亚诺　　（退让一步）我要的只是钱。

拉拉门迪　　钱你会有的，钱你会有的。

索利亚诺　　那什么时候呢，伊斯梅尔先生？

拉拉门迪　　（控制住了局面）你这又搞错了！我们不能用一
个日期来束缚我们。

索利亚诺　　（几乎在抱怨）但是我急需用钱。

拉拉门迪　　（好像同意的样子）你早这样说嘛。在这种情
况下倒可以试试换个方向，不过你的帮助也是非常之宝
贵的。

索利亚诺　　说句老实话，伊斯梅尔先生，我不懂你是什么
意思。

拉拉门迪　很简单。艾利塞奥先生他不想签字，他总是不情愿地陪着我。我千辛万苦、操劳流汗……现在是时候了，可以给这个罗马工程做个最后的决断了。去把这些设施一把火烧掉，这样就可以拿到一笔保险费。

索利亚诺　事情有那么糟糕吗？

拉拉门迪　（伸出一个手臂搭在索利亚诺的肩上）很糟糕，很糟糕。最糟糕的是我不愿意把这个计划告诉艾利塞奥先生。

索利亚诺　（坚定地）那你就什么也别给他说了，今天晚上我就去把这个地方烧了。（他四处看了看）这些个木头要烧起来了，太好了。

拉拉门迪　（批评地）我又看到你缺乏耐心了。我可以等你到星期一。在祷告弥撒以后一个人也没有的时候，你就可以放手干了。此外，还有个细节问题需要解决！

索利亚诺　你就不要再把事情搞复杂了，六点钟，你就让我一个人去吧，我有时间烧这座房子和整个教堂。

拉拉门迪　我们应该稳妥一点。这样子随随便便本身就是一种危险。如果保险公司产生怀疑的话，那我们就全输了。

索利亚诺　　那你有什么建议？

　　　　镜头从上面对焦驯马场的入口处。在地面上，可看到一个骑马人的影子。然后我们看到这个人，他从马路上慢慢地走进来。从上面，看到一个草帽，披肩和深颜色的马。

拉拉门迪　　（沉思地）需要找一个我们完全信任的人。但是，这个人要看上去跟我、跟艾利塞奥先生都没有任何关系。

　　　　镜头再一次对焦骑马人。他下了马，把马匹拴起来。我们没有看到他的脸。

索利亚诺　　那就找卢纳好了。

拉拉门迪　　完全正确。他对他很反感。他们之间有纠纷，而且艾利塞奥先生曾经把他赶走，搞得他灰溜溜的。

索利亚诺　　这个人，每次酗酒就发誓要挖掉艾利塞奥先生的肝肺。

　　　　两个人正在密谋，在他们的身后，出现了一个令人生畏的陌生人：彭夏诺·希尔维拉。

希尔维拉　　（面对着拉拉门迪，拉拉门迪正惊慌地盯着他）根据门上那几个字母的意思，我敢打赌这里就是艾利塞奥·罗哈斯先生的家。

拉拉门迪　　（恢复镇定自若）这里是伊斯梅尔·拉拉门迪的家，为您效劳。

希尔维拉　　这么说，先生，您就是能够告诉我什么地方可以找到罗哈斯的最合适的人啰。

拉拉门迪　　你经常下午过来，是有什么生意要跟他做吗？

希尔维拉　　生意？没什么大的生意，个人私事倒是真的。

拉拉门迪　　我完全明白。先生是否愿意留下尊姓大名呢？

希尔维拉　　当然可以，你就告诉罗哈斯，是彭夏诺·希尔维拉想见他。

拉拉门迪默默地看着他。然后，他好像做了一个决定。

拉拉门迪　　我会告诉他的。（思考着）我很久以前曾经认识一个叫希尔维拉的，但他不是当地人。

希尔维拉　　我也不是这里的人。（仔细地打量着拉拉门迪）我是胡宁人。

索利亚诺　　（有一些不耐烦）很显然这位先生不是首都的人。

他们好像都没有听到似的。

拉拉门迪　　喔，我一直非常敬仰贝尔特兰。

希尔维拉　　我的兄弟到布宜诺斯艾利斯来的时候还是个孩子，他们残忍地把他杀了，请告诉罗哈斯，就说有个人不会忘记这段历史。

渐暗淡出。

镜头对焦蓝天，白云，然后是一些树枝，然后是树枝丛中的埃尔希利亚。

埃尔希利亚　　那边又来了一个讨债的。

她给在树底下的艾蕾娜扔了几个苹果，艾蕾娜摊开围裙接着。离她们不远的地方，费明·索利亚诺坐在地上，正在嚼着一些草。

索利亚诺　　（对艾蕾娜）保单……保单在你父亲手中，或许已经交给伊斯梅尔叔叔了？

艾蕾娜　　（不信任地）我不知道你想了解什么事情？我觉得挺奇怪的。

索利亚诺　　这有什么奇怪？

艾蕾娜　　所有的一切都奇怪，你急不可耐地要兑保险，还有你的好奇心……

这时，埃尔希利亚从树上下来了。

埃尔希利亚　　你不要那么虐待可怜的费明嘛。

艾蕾娜　　（宽容而温柔地看着她）对不起啊，我忘了他是最完美的人。

埃尔希利亚　　（有点着急地）为什么你们不告诉我该怎么办？我去还是不去我阿姨家呢？

索利亚诺　　（冷淡地）如果你已经讲好要去的话……

埃尔希利亚　　我是答应过他们的，但是天黑了，我就不喜欢一个人回家。

索利亚诺　　要不是今天我特别忙的话……我现在需要把艾利塞奥先生的表送去修理……（他展示那块表，是一种带盖子的厚实的怀表）晚上我还要跟朋友们商量点事情。

埃尔希利亚　　（无可奈何地）好吧，那就等下一次吧。

艾蕾娜　　太不像话了，费明，快撂下你那些不三不四的朋友，去陪陪埃尔希利亚吧。

埃尔希利亚　　（想了一会儿）还是不陪我为好。你是知道的，阿姨家就那样：他们总会把事情往歪里想。

索利亚诺　　（吐掉口中正在嚼的草，突然面对埃尔希利亚）你看啊，你阿姨和姨夫怎么会知道你几点钟离开他们

66

家呢？

埃尔希利亚　　（暗暗自喜）七点钟，六点三刻。（有点后悔）

但你还是不去为好。

索利亚诺　　七点钟我等你，在桥附近。

　　　　埃尔希利亚摘下一朵花，挥了挥手，离开了。

　　　　渐暗淡出。

　　　　我们看到艾蕾娜，正在锁铁栅栏门。光线变了，到
　　傍晚了。艾蕾娜向前走了几步，镜头对焦她的脸，突然
　　露出惊讶的神情。

艾蕾娜　　费明，你要来不及了。

索利亚诺　　什么来不及了？干什么？

艾蕾娜　　（不太明白地）当然是去接埃尔希利亚啰。

索利亚诺　　接她？我不去，她又不会丢。

艾蕾娜　　但是她可能在等你呢。

索利亚诺　　你明明知道我答应她会去接她，就是为了让咱
　　们俩现在能够单独待会儿。

艾蕾娜　　（很严肃地正面看着他）费明·索利亚诺，你肯定
　　是疯了。

索利亚诺　　疯了？是的，我是疯了。我渴望能把你抱在我
　　怀里，我简直要疯了。

　　　　他想抱她。争执中，她头上的发夹掉在了地上。镜
　　头对焦发夹，然后又从发夹扩展到一个刚来的人影。这
　　是一个男人的身影，手中牵着一匹马的缰绳。
　　　　镜头很快地对焦索利亚诺，他用手臂遮着自己的眼
　　睛。然后，手臂放下，我们看到斗鸡场的那面镜子中索
　　利亚诺的身影。索利亚诺正看着镜子中自己的身影，他
　　高度兴奋，因为他为自己将要干的大事而恐惧，同时也
　　因为他喝了点酒。

索利亚诺　　不，我不想回想起自己。我曾经发誓不再回首
　　往事。艾利塞奥·罗哈斯曾经侮辱过我，折磨过我。艾
　　利塞奥·罗哈斯曾经命令我跪在艾蕾娜面前，逼我向她
　　道歉。后来他又当着艾蕾娜的面打我的耳光。不过我曾

经发誓不再去回想这件事。以后，我会再回忆这件事的。今天晚上，就在今天晚上。

渐暗淡出。

透过一扇窗子，透过大马士革花缎窗帘上附着的抽纱绣花，我们看到一条平静的大街，偶有几幢稍高一点的房子。费明·索利亚诺骑着他的黑白混色马到了。镜头后退。我们在伊斯梅尔·拉拉门迪先生家的大厅里（红木家具，一架钢琴，柱子上面有些小的铜饰，一些盆景，一幅油画，上面有阿拉伯人和金字塔）。拉拉门迪、希尔维拉和卢纳正坐在那儿讨论问题。

卢纳 （正在结束一句话）……最最奇怪的是这个莫拉莱斯，好像他不认识艾利塞奥先生。这是我观察到的情况，我是这样理解的。

拉拉门迪 （思考着）不过你自己说过要找他算账的。

希尔维拉 这没有什么特别的。（坚定地）我也不认识艾利塞奥先生，我也在找他呢。

索利亚诺进来了。

拉拉门迪　（想要呼吁什么，又停住了，然后，控制住自己的情绪）很显然，我的家由于你们各位的光临而特别荣耀。但是，我必须承认：这里开这样的会，会不会是……一种不谨慎的行为？

希尔维拉　（镇定自若地）是的，会把你卷进去，所以这很好啊。

拉拉门迪　（受伤害的样子）很好，很好，我可什么也没说啊。

索利亚诺　（进攻性地）当然非常好，在天亮之前，大家都要更多地参与。

卢纳　（对拉拉门迪）既然会把别人牵连进来，那就别考虑那么多了。首先叫我吧，就让我去点火烧房子好了，然后……

拉拉门迪　（重新镇定下来）谁也不会强迫你跟着我们干。

卢纳　我没有说我不愿意跟着你们干。艾利塞奥先生当初把我赶出来时，我就发誓要杀了他。但是老实说，我希望是一次干干净净的复仇，而你却把我卷进了犯罪。

  镜头退回走廊，通过一扇开着的门，聚焦卢纳；然后镜头迅速转到楼梯，转到底楼，聚焦埃尔希利亚卧室的门。艾蕾娜正在梳头，坐在化妆台的镜子前面。埃尔希利亚坐在床边，正在试穿跳舞的鞋子。床是白色的铁床，上面有很多的叶子和宝石嵌花饰物。有一张放灯的桌子，带镜子的衣橱，洗手间，有陶瓷大罐和面盆，时装模特假人，圣烛节的大蜡烛。床头还放着一本《玫瑰经》。桌子上放着拉拉门迪年轻时的照片，还有一位女士的照片（毫无疑问就是埃尔希利亚的母亲）。埃尔希利亚站起身来点燃气灯的喷嘴。

艾蕾娜 （漫不经心地）你父亲很早就回来了吗？

埃尔希利亚 大约一刻钟前进屋的。我早就想看到他了。
  我很担心他。

艾蕾娜 今天早晨我看到他情绪非常好。

埃尔希利亚 爸爸装的。我知道事情很糟糕。

一片寂静。

艾蕾娜　　我明天就回家去，埃尔希利亚，我不想成为你们
　　　　家的一个包袱。

埃尔希利亚　　别发疯了。你怎么可以认为我刚才对你说的
　　　　是这个意思呢？你知道咱们俩就像亲姐妹。

　　　　埃尔希利亚站起身来，把双手放在艾蕾娜的肩上，
　　　　双方在镜子中微笑了一下。

艾蕾娜　　（甜蜜而忧伤地）当然是的，埃尔希利亚。请原谅
　　　　我。我在这里跟你们在一起非常幸福，但是……（紧张
　　　　地笑了）我感到很难为情……

　　　　艾蕾娜微笑了，眼睛中含着眼泪。静音，埃尔希利
　　　　亚在询问她。

艾蕾娜　　前天，当我离开家的时候，我当时觉得自己是那么

勇敢。但是在事情发生了以后，我发誓再也不能这样了。现
在我明白了，我不能没有爸爸。（她弯下腰，双手捂着脸。）

埃尔希利亚　　（充满母爱地）好吧，那明天你就回家去吧。
但是不要哭。必须漂漂亮亮地去跳舞。

艾蕾娜　　你知道，我真的不想走……

埃尔希利亚　　我们都不能让爸爸失望。我们相处得非常好。

艾蕾娜　　你说得对。（故意很热情地）你看，有一束花会对
你很合适。我现在就去花园给你摘。

　　　艾蕾娜下了楼梯，走过大厅门前时她停下脚步，看
到了那些搞阴谋的人。她怀疑地看了他们一眼，继续她
的脚步。镜头重新回到了大厅。

拉拉门迪　　（解释着）先生们，大家都同意吗？我们的目标
不应该超出拿到这个保险单。找到它，得到它，把保单
拿过来。（请求的口吻）特别是不要有暴力行动，一点都
不能有……

希尔维拉　　（断然地）这种花招想骗谁呀？既然你把我们弄

进了舞池，那事情就只能顺其自然。

拉拉门迪　　我服了，我服了。我放弃跟年轻人再争论下去。（思考着）我本想给你们树立一个小心谨慎的榜样，整整一天都待在家里，而现在你们却根本不听我的。

卢纳　　真好笑，跟这些必须面对罗哈斯这样强手的基督徒，还谈什么小心谨慎。

索利亚诺　　（暴躁地）我知道我们要去面对他！我不希望你们再提这个人！（他从口袋里拿出一块怀表，用厌恶的神情看着它）带着他的表走路我都会感到恶心，我要把它扔了。

卢纳　　（思考着）如果你现在只要一想到就会这样子的话，那么等到罗哈斯出现，他要把你宰了的时候，你又会怎么样呢？

希尔维拉　　（调解地）这块表给了我一个点子，（对索利亚诺）如果你没有什么意见的话，这块表可以借我一用。

索利亚诺　　我还要它干什么？你拿去吧！

　　　　　　镜头转过来，向我们展示索利亚诺把怀表从链条上卸下来，并把它交给希尔维拉。景深处，艾蕾娜手里拿着鲜花从花园里回来了，她惊讶地看着这个情景。

渐暗淡出。

已经到了晚上，看到一座房子的正面，阳台正对着大街，两侧有院子，灯光照得很亮，有许多人，听到一个乐队在演出。门口有人在收门票。莫拉莱斯不动声色地看着，抽着烟。他走近一辆马车。

莫拉莱斯　　（对车夫）请问，先生，这地方怎么进去啊？
车夫　　（坐在位子上，鄙视地）没有门票，看门的人也进不了。

镜头接近大门，可以听到音乐声，看到第一个院子，有许多煤油灯照着；三角旗和彩纸花做成的彩带横跨院子，张灯结彩，一对对的舞伴正在跳舞。伊斯梅尔·拉拉门迪在院子里跟索利亚诺讲着话。一会儿，他给看门人使了个眼色，索利亚诺离开便朝里边走去。莫拉莱斯利用看门人走开的空当进了院子，刚走了几步，便觉得有人抓住了他的胳臂。

拉拉门迪　　我真有眼福啊。你过来，年轻朋友。

　　莫拉莱斯看了他一会儿，感到迷惑不解，然后就跟着他。他们从一对对的舞伴中间穿过。拉拉门迪很起劲地谈着，一边不时地停下来打着招呼。来到了第二个院子，他们走近一张白色的桌子，是铁的，艾蕾娜·罗哈斯和埃尔希利亚·拉拉门迪就在那里。

拉拉门迪　　（介绍两位女士）这是我的侄女艾蕾娜，我的女儿埃尔希利亚，这位先生是……

　　有个年轻人想邀请艾蕾娜跳舞，拉拉门迪有些匆忙地拦住了。

拉拉门迪　　（有礼貌地）先生，您会原谅她的。我侄女今天有点不舒服。

　　他一边说一边粗暴地抓着艾蕾娜的手。艾蕾娜非常惊讶，看着他。

埃尔希利亚　　（她没有看到发生的事情）艾蕾娜，你脸色很不好，怎么了？

拉拉门迪　　（不安地，殷勤地）那些年轻人到哪儿去了？谁去搞点清凉饮料给两位女士呀？

　　　　莫拉莱斯用无可奈何又略带嘲笑的目光看着这一切。过一会儿他走了。他问了一个人后，再次从一对对跳舞的人中间穿过。可以看到舞会的场景。

　　　　在自助餐厅里有一些人，其中就有彭夏诺·希尔维拉。

莫拉莱斯　　（靠在柜台上，对接待客人的小伙子说）师傅，请你给那张桌子送四杯柠檬水好吗？

希尔维拉　　（对着小伙子，没有看到莫拉莱斯）给她好了，小伙子，给她。你不要管我，放心便是。如果不给她们柠檬水接接力的话，她们会昏过去的。

莫拉莱斯　　（对着服务员，没有看希尔维拉）是什么时候开始允许醉鬼在人群里走来走去的？

希尔维拉　　（对着已经很害怕的服务员）从没见过的倒是一些靠柠檬水长大的毛头娃娃，已经自认为是大人物了。

莫拉莱斯　　（对着希尔维拉，平静地）给柜台上的那个人放个小假去，如果不怕着凉的话就让他到外面去吧。

希尔维拉　　（看了一下艾利塞奥先生的怀表，不动声色地）你看，十点钟都过了，现在我有要紧的事要办，不过十一点整，我会在桂冠庄园大门口等你的。你知道吗？在欧洲大街。

莫拉莱斯　　十一点钟到欧洲大街，对吗？我觉得即使给我奖赏我也找不到你的。

希尔维拉　　你别瞎想，小鬼。（把表拿下来，交给莫拉莱斯）我把表借给你。（背对着莫拉莱斯，他走了）

　　莫拉莱斯看了一下表，表盖上刻有 E.R.
　　镜头对着桌子。莫拉莱斯到了。

拉拉门迪　　我总算见到你了！谁知道是什么美女把你给缠

住了!

莫拉莱斯　　（面对着大家）美女？有个最难搞的酒鬼倒是
　　　　　真的。

艾蕾娜　　（很难过，看着莫拉莱斯的眼睛）他们肯定干过
　　　　　一仗。

莫拉莱斯　　（走近她，很热心又很惊讶）你是不是觉得我若
　　　　　是个胆小鬼反而更好？

艾蕾娜　　（简单地）你是胆小鬼吗？

莫拉莱斯　　（微笑着）我觉得不是。

艾蕾娜　　既然这样，一个醉鬼的意见又关你什么事呢？

拉拉门迪　　好样的，好样的。终于像个女人了。艾蕾娜站
　　　　　在勇敢一边了。

艾蕾娜　　（好像没有听到这句话似的）对于你们这些男人，
　　　　　好像只有什么胆小和勇敢似的。生活中还有其他东西呢。

莫拉莱斯　　是的，可是到现在为止，我几乎还没考虑过别的
　　　　　东西。你讲的应该有道理，也是第一次有人这么跟我讲话。

　　　　　听到肖邦的玛祖卡舞曲。莫拉莱斯和艾蕾娜陷入沉思。

莫拉莱斯　　这首乐曲把我带进了一段回忆。

　　　　　　艾蕾娜静静地听着音乐。

艾蕾娜　　我想，我也一样。

莫拉莱斯　　（好像自言自语）那不是一个很遥远的记忆。

艾蕾娜　　我的记忆比较遥远。太遥远而使我无法企及，不
　　　　　过我知道曾经十分残酷。

莫拉莱斯　　我是那天晚上听到这音乐的，是我面对着一位
　　　　　死去的男孩时听到的。

　　　　　　艾蕾娜默默地看着他。

莫拉莱斯　　你想起了什么？

艾蕾娜　　我还没有完全回忆起来，那是一些令人痛苦的、
　　　　　残酷的事情。

　　　　　　短暂的沉默。

莫拉莱斯　　（换一种语气）我知道，下一次再听到这音乐的时候，我就会回忆起我是跟你一起听到的，是我们一起听到的了。

拉拉门迪　　（对莫拉莱斯，保护者的口吻）你的品位肯定不错，你一定把这座豪华庄园的美妙之处都欣赏遍了。

埃尔希利亚　　更像是一个家族的私宅而不是社交俱乐部。

拉拉门迪　　这里本来就是阿连德家族的庄园。（对莫拉莱斯）你看到院子里的橘子树了吗？

　　　　　　有人邀请埃尔希利亚跳舞。

拉拉门迪　　（用手指指着）从那边你们可以看到的。

　　　　　　艾蕾娜和莫拉莱斯站起身，穿过门厅来到第二个院子，这里有个水井。在另一个门厅的深处，又看到一个院子，橘子树就在那儿……

艾蕾娜　　咱们可以去那儿吗？

　　　　莫拉莱斯挽起艾蕾娜的手。两人继续走着。最后那个
　　院子是泥土地，周边是深色低矮的门。这个地方初看起来，
　　似乎是荒地。后来看到一个黑人老太太，蜷缩在一张长凳
　　上，像是一堆物体，一动也不动。她在月光下编织着什么。
　　艾蕾娜和莫拉莱斯走过来。老太太并没有看他们俩。

艾蕾娜　　（惊讶地）你在织什么呀？

女人　　（甜蜜地）我也不知道，孩子。

艾蕾娜　　你是阿连德时代的人吗？

女人　　是的，经过了那么多年，我觉得又好像什么也没经
　　历过一样。

　　　　他俩惊讶而怜悯地看着她。

女人　　我不知道我发生了什么事情，也不知道我是谁，但
　　是我知道别人会发生什么事情。

莫拉莱斯　　（宽容地）行啊，老太太，那么我们将会发生什
　　么事情呢？

女人　　你们两位已经可以说是"我们"了，尽管你们在重新相会之前还会受很多的苦。

　　　　　艾蕾娜和莫拉莱斯相视而笑。

女人　　这个女孩将会失去一切，但又会得到一切。这个男孩将得不到他寻找的东西，他会发现更好的。除此以外，你们不能再问我什么了，因为我看不到更远的事情。

莫拉莱斯　　谢谢你，夫人，这是给你的一点帮助。

　　　　　在老太太的裙子上丢下一块银币。他们俩走远了。老太太没有看他们俩。那块银币掉在了地上。

　　　　　他们回到了第一个院子。人们已经在跳舞。莫拉莱斯弯下腰，他邀请艾蕾娜跳舞。他们跳着舞，穿过明亮的地方，昏暗的地方，穿过葡萄架下，来到了一个种着桉树的花园。听上去音乐已经变得十分遥远。

莫拉莱斯　　（非常平静地赞叹）隐居在音乐声中是多么美妙啊！

艾蕾娜　　（分享着这股热情）忘掉我们是什么人，只是去感受这个夜晚和音乐。

莫拉莱斯　　忘掉你自己的命运，忘掉曾经的和将来的一切。

　　　　　他们来到一个长满茉莉花的花园，莫拉莱斯摘了一些花送给了艾蕾娜。他们缓慢地往回走着。

艾蕾娜　　（闻着茉莉花）这样的芳香要是能够一辈子都享受该多好啊！

莫拉莱斯　　这样美妙的时刻要是能够享受一辈子该多好啊！

　　　　　镜头离开莫拉莱斯和艾蕾娜。纤柔深情的音乐现在变成了一支探戈舞曲。人们围着一对勇敢的情人，他们做着激越奔放的动作。卢纳也在观众中间，看着看着他已经着迷了。

卢纳　　现在事情越来越好了。

　　　　　在一个角落，在孤零零的一张桌子旁，费明·索利亚诺正在喝着什么。希尔维拉向他走近。

希尔维拉　　你一个人在这里胡思乱想，饮鸩止渴那是自寻烦恼，每个晚上你都应该开心自乐。

一阵掌声告诉我们舞者已经跳完了。舞者向大家致谢。

卢纳的声音　　嘿，公牛们，嘿，有理想、有才干的人们。

现在大家都出来跳舞了，其中有艾蕾娜和莫拉莱斯，他们走过大门附近，看到有一群人正准备出去，其中有一个女孩还向艾蕾娜挥了挥手，向她问候，艾蕾娜叫她等一等。

艾蕾娜　　（对莫拉莱斯）我想叫那女孩办件事，你在那张桌子等我一下好吗？

艾蕾娜走近那群人。莫拉莱斯回到那张桌子，坐下来等待。乐队奏起了华尔兹舞曲。

　　渐暗淡出。

　　艾蕾娜和那群要出去的人一起去密谈了。

　　渐暗淡出。

　　莫拉莱斯坐在桌子旁，他看了看表。（为了表示时间已经过去，乐队可以正在结束一个探戈舞曲。）莫拉莱斯站了起来，他边四顾寻找艾蕾娜，边走到门口。他跟门卫聊了几句。回来的时候碰到了埃尔希利亚。他们聊起来了，起初听不到他们的讲话。

埃尔希利亚　　真奇怪！

莫拉莱斯　　是的，她叫我等一下的。我不想跟她不辞而别，但是我现在又有急事。

　　渐暗淡出。

　　莫拉莱斯来到桂冠庄园门前。

莫拉莱斯的声音　　（沉着地）你们记住，在苦难和羞辱的时刻，是我给自己立下了跟艾利塞奥·罗哈斯决斗的使命。现在命运将要赐给我一直在追求的东西。（停了一下）我很想考虑我要决斗的事，但是我确实一直思念着艾蕾娜。

　　一片静寂。

　　渐暗淡出。

　　看到莫拉莱斯正行走在郊区房子和荒地中的一条马路上。

莫拉莱斯的声音　　但是艾利塞奥先生没有来，我决定到他家里找他去。

　　莫拉莱斯沿着一条非常宽阔的路走着，两边是农田。远处有一丝灯光，是一家店铺，很小，很简陋。莫拉莱斯进去了。在柜台旁，孤零零的一位吉他手，几乎不理会刚进来的人，正在结束一首曲子：

　　但是我还要说没有哪个地方

　　能比得上鲜花般的卡门。

这时：

莫拉莱斯　　（对正在整理瓶子的店主）老板，来一杯桃子汁。

吉他手　　广袤大地我曾经走遍，

　　　　　　走过见过所有的地方。

　　　　　　我看到了莫龙和罗伯斯，

　　　　　　看到了圣胡斯托的羊皮书，

　　　　　　看到了奇维科依的圣依希特罗，

　　　　　　还有圣尼科拉斯和多洛雷斯。

　　　　　　只有卡库埃拉斯和巴拉得罗，

　　　　　　稍稍觉得好一点。

　　　　　　但是我还要说没有哪个地方

　　　　　　能比得上鲜花般的卡门。

　　　　　　恰斯科木斯是美丽的地方，

　　　　　　基尔梅斯犹显它的优雅。

　　　　　　阿苏尔蓝村很有意思，

　　　　　　令人兴奋的拉克鲁斯

体验着富饶又精致，
只有卡库埃拉斯和巴拉得罗，
稍稍觉得好一点。
但是我还要说没有哪个地方
能比得上鲜花般的卡门。

我在圣佩得罗待过一段时间，
也在萨尔托和布拉加多逗留。
我还到过纳瓦罗小镇，
更到过圣文森特和莫勒诺。
梅赛德斯是个新地方，
那里的居民也很多，
也是最好的地方之一，
我喜欢它，我不否认，
但是我还要说没有哪个地方
能比得上鲜花般的卡门。

店主整理完那些瓶子以后，给莫拉莱斯倒了一杯饮料。莫拉莱斯慢慢地喝了起来。

莫拉莱斯　（对店主）你能不能告诉我，先生，艾利塞奥·罗哈斯先生是不是住在这儿附近？

店主　说得对，离这儿六条马路，住在山冈上，那是一座庄园。

莫拉莱斯　谢谢。（漫不经心地）艾利塞奥先生是高个子，有黑色八字胡的吗？

店主　高个子，我同意，但是他没有胡子。他是个很威严的人，额头上有个疤。

吉他手　贝尔格拉诺是游乐胜地，

塔帕尔肯也优势不减。

而我喜欢奇维科依不假。

莫拉莱斯走了。他沿着山坡走去。可以听到蛙鸣。他走过一条小河上的木板桥。他慢慢地上着坡。周围有好多的树。他拉开铁栅栏，穿过一个踩得乱七八糟的花园。在道路的一侧，莫拉莱斯看到一匹很漂亮的马死去。他朝房子那边看去，看到一座高高的磨坊，听到石磨转动的声音。他来到屋里，上了过道里的木楼梯。透过门缝看到一些亮光。他敲门。没有人回答，他就开了门。透过一张桌子上煤油灯的灯光，他看到艾利塞奥先生已经死了。

莫拉莱斯的声音　　那边地上躺着的男人就是我要找的，就是我一直想跟他决斗的那个人。现在我看到他已经死了，觉得自己是最没意思的人，最没用的人。我为此有些悲伤。

　　莫拉莱斯慢慢地走向前，不时地左顾右盼。听得到木地板上的脚步声。镜头扫了一遍这个有些被抛弃的屋子。但是这里仍然留着死者生活过的气息：马黛茶，马黛茶叶罐，一扎信件……

　　听到一个女人的喊叫声，它从深处传来。莫拉莱斯走过去。他穿过有洗衣缸的屋子，来到一个宽阔的空间，这里有一棵无花果树。他走到一间白色的棚屋，下面有黑色踢脚线，屋顶有两个坡面。他从边门进去，右侧的尽头是汽车的出入口。月光透过一个天窗照亮着棚屋的中部。再往右，有一个牲口棚，里面有一匹马。牲口棚有个木栅栏和一个饲料槽。左侧有一把犁，一台脱粒机。在牲口棚附近的那面墙上，挂着全套的马具。再往里可以看到一辆四轮大马车，一辆四轮平板大车，一辆马车。艾蕾娜和费明·索利亚诺正在大门附近争斗着，莫拉莱斯把艾蕾娜救了出来，然后去面对企图逃跑的费明。

艾蕾娜 （非常疲惫）让他去吧，看到他我就恶心。

索利亚诺走了，走远了。

艾蕾娜 （靠在莫拉莱斯的手臂上）陪陪我，我父亲在家里，他已经死了。

他们走出棚屋。

艾蕾娜　　（哭了起来）他倒在地上，到处是血。

　　他们来到家里，来到艾利塞奥先生躺着的房间。艾蕾娜用双手捂着脸。莫拉莱斯背对着镜头，他面向尸体弯下腰，把尸体抱起来，走向透过一扇虚掩的门能够看到的那个卧室。

　　渐暗淡出。

　　索利亚诺拉开铁栅栏。他没有抬头，径直朝马路右侧的树林走去。有两匹马拴在那儿。其中一匹是黑白混色马。索利亚诺把它解开，用手摸了一下额头，骑上马，匆匆朝城里奔去。就要通过木板桥的时候，他停住了马，把手伸进西装背心的内袋，取出卢纳那把刀，看了一下便把它抛进了水里，然后骑着马飞奔而去。

　　渐暗淡出。

　　在餐厅里，莫拉莱斯拿着一个陶瓷大壶，倒了一杯水，递给了艾蕾娜。她看上去非常疲惫而悲伤。

莫拉莱斯　　这么说，你就是今天下午离开家的？

艾蕾娜 （慢慢地喝了口水）是的，这事太恐怖了。

渐暗淡出。

镜头对焦掉在地上的那个发夹。正在走过来的身影越来越高大。是个牵着马的男子的身影。

费明·索利亚诺在跟艾蕾娜争斗，看到艾利塞奥·罗哈斯先生回来了。

景深处，一条小河，上面有一座很宽的桥。

艾利塞奥先生 （穿着燕尾服，长裤，靴子。他捡起那个发夹，把它交给艾蕾娜）孩子，他们找你麻烦了？

索利亚诺放开艾蕾娜。艾利塞奥先生面对索利亚诺。

艾利塞奥先生 你这个捣蛋鬼是什么人？竟敢不尊重艾蕾娜？

索利亚诺 我没有对她不尊重，我也不是捣蛋鬼。

艾利塞奥先生 那你为什么没有像个男人一样保护她？

索利亚诺　　您不要逼我跟您决斗，艾利塞奥先生。您是艾蕾娜的父亲。

艾利塞奥先生　　你是不可能轻易逃出我手心的，你现在就得向艾蕾娜请求原谅，就像在教堂里一样，跪着。

　　　　　索利亚诺看着艾蕾娜。他重重地下跪了。

索利亚诺　　艾蕾娜，我现在请求你原谅。

艾蕾娜　　（害怕地）好的，当然……我原谅了，你起来吧。

艾利塞奥先生　　（非常温柔地对艾蕾娜）咱们一点点来解决，孩子。（对索利亚诺）你这样子我喜欢，现在轮到我了。（打他的耳光）

　　　　　索利亚诺既不退缩，也不自卫。

艾利塞奥先生　　（笑着对艾蕾娜）你满意了吗？你看到我怎么把他逼得走投无路了吗？（对费明）现在我想起来了，你去把那匹深栗色的马给我仔仔细细地收拾利索了。

艾蕾娜　（愤恨而鄙视地）我不知道你们哪一位更叫我恶心，我不想再看到你们。

　　　　渐暗淡出。

　　　　镜头又回到了艾蕾娜和莫拉莱斯身上。（为了表示时间的流逝，他们应该改变一下位置）

艾蕾娜　　我决定到埃尔希利亚家去，她就像是我的姐姐。但是我一直很担心我的父亲。担心费明和他的朋友们可能要做的事情。我看到一件非常奇怪的事情，看到费明把我父亲的一块怀表交给了一个陌生人。我感觉他们正在谋划着什么。

莫拉莱斯　　（恍然大悟）所以你离开舞场到这儿来了……

艾蕾娜　　（带着甜蜜和微笑）是的，我撇下你一个人，请你原谅。我看到一群人要出去，我就趁机跟他们一起离开了。等我到家的时候已经很晚了，但是灯还亮着。（场景渐暗，我们看到艾蕾娜正在走上过道的台阶。我们还能听到她的声音）我敲了门。

同时也看到她走近过道的门，然后敲门。艾利塞奥先生开了门。

艾蕾娜　　爸爸，现在你就起床啦！

艾利塞奥先生　　我一直在等你呢，艾蕾娜，我就知道你会回来的。

艾蕾娜　　幸好我回家了，自从我离开这个家以后，就一直想着你，爸爸。

艾利塞奥先生　　我也一直想着你，然后再想到我自己。我一直以为只要能做个男子汉就足够了。但是今天你把我扔下了，我开始明白了，到了我这把年纪，生活并不那么简单。

艾蕾娜　　我就喜爱你现在这个样子。

艾利塞奥先生　　我也很想改变，但是我对自己说，现在再想做另外一种男人已经太晚了。

艾蕾娜　　谁也不能选择自己的命运，爸爸，你还得继续斗争、生活。

一阵寂静，外面的狗在狂吠。

艾利塞奥先生　　　今天是最痛苦的一天：我都以为已经失去了你的爱。

　　　　　　狗吠声已经越来越近了。

艾利塞奥先生　　　（慢慢地走向大门）哎，艾蕾娜，我想叫你把圣塔里塔庄园的花木修剪一下。

　　　　　　艾利塞奥先生打开门。他停了一下，然后又继续走向楼梯。我们看到他在高处的侧影。

希尔维拉的声音　　　（从外面）这是贝尔特兰·希尔维拉给你的信。

　　　　　　听到两声枪响。艾利塞奥先生倒在楼梯上。灯光下闯入的有彭夏诺·希尔维拉、赶牲口人卢纳和费明·索利亚诺。

希尔维拉　　　费明和你，卢纳，快把死人抬进去。

索利亚诺和卢纳执行了这个命令。希尔维拉走到房间里，手里拿着驳壳枪。看到艾蕾娜，便转身面对卢纳做了个手势。

艾蕾娜的眼中看到卢纳抓着鞭子的下端，挥舞着，鞭打着前进，整个舞台变暗，然后又开始看到一些轮廓，就像是透过浑浊的水看到的一样。然后可以看到一些近处的、巨大的东西：刺客的一只脚；已经抬进去的艾利塞奥先生的一只手，一张桌子的抽屉，已经被翻得乱七八糟，地上还有烟蒂。传来一些声音，先是模糊的，然后越来越清晰。

希尔维拉　　看来保单并不在家里。

卢纳　　拉拉门迪来了又不知道会怎么说了！

索利亚诺　　他肯定会说是我们把保单藏起来了，好卖钱。

希尔维拉　　（讥讽地）等到他过来？

艾蕾娜躺在地上，透过眼缝看到索利亚诺和希尔维拉正在查看桌子上的纸张。

索利亚诺　　保单不在。拉拉门迪会不会已经把我们出卖了？

希尔维拉　　有可能这几天他来过，把保单偷走了。（停顿了一下）我越来越觉得再等他也没用。

卢纳　　您可能已经看到了，老板，您要不要我现在就去把他带过来？

希尔维拉　　一点也用不着。你们就待在这里，我直接去处理拉拉门迪的事，万一他来的话，你们就把他扣住，等到我回来。

索利亚诺　　你一个人去吗？

希尔维拉　　（严肃地）如果我需要帮忙的话，我会给你吹口哨的。（友好地微笑了一下）

　　索利亚诺紧张地笑了一下，送希尔维拉到门口。可以看到艾利塞奥先生深栗色的马还拴在木栅栏上。希尔维拉拉开木栅栏，走了几步便消失在马路的右侧。然后，他骑着马远离了。费明的目光跟着他直到他消失。然后他走下过道楼梯的台阶，取出驳壳枪，走近深栗色的马。

马紧张地后退了几步：索利亚诺拍拍它的脖子和前额。

索利亚诺　　啊，老马呀！现在还有谁来保护你呢？（抚摸马的耳朵）你知道我现在都为你感到可怜吗？

他把枪口搁在马的两只耳朵之间，开枪，马倒下了。

卢纳从门缝里一直在看着这情景。艾蕾娜脸色苍白，披头散发，好像被什么东西控制住一样，她不可思议地站了起来，威严地继续走向卢纳。索利亚诺来到门口，惊奇地看着她，非常害怕。

艾蕾娜　　我要用我这双手把你杀了。

她绊了一下，倒地了。索利亚诺把她扶起来。艾蕾娜又瘫软在一张椅子上。

卢纳　　（对费明）这个女孩看到的太多了，把驳壳枪给我。

索利亚诺　　我不会允许你们碰艾蕾娜。

卢纳   你是她谁呀，还不允许呢？

索利亚诺   （面对着镜头，缓慢地）我，请上帝原谅，我是费明·索利亚诺，完全是因为怨恨才跟一些恶棍商定要偷东西，要把曾经保护过我的人杀死。我是一个胆小鬼，还一直自以为很勇敢。我是个爱报复、爱说谎的人。我成了最后一张牌，但是我还没有那么卑劣，会同意你杀死艾蕾娜。

卢纳   （鄙视地）那很好。你把驳壳枪放下，咱们好好谈谈。

索利亚诺   你看着，卢纳，随便你怎么想我，我也不会为了不被人耻笑为胆小鬼而让艾蕾娜面临危险。（他取出驳壳枪）我现在就把她从这个屋子带走。

　　枪口一直对着卢纳，他把艾蕾娜扶起来，托着她穿过一片空地，这里有一棵无花果树。

索利亚诺   （对艾蕾娜）我去套一辆马车把你带走。

　　他们来到马车库。费明点起大门左侧挂在墙上的那盏灯，打算去准备一辆马车。艾蕾娜帮着他。就在他们寻找马具的时候，在大门旁边，卢纳出现了，正在走近灯光。

索利亚诺　　站住，你再往前跨一步我就一枪毙了你。

卢纳故意慢慢地把灯取下来，把它扔在地上。这个车库的两端都是黑漆漆的，只有中间的天窗透进一束月光。车库的一端是索利亚诺和艾蕾娜，另一端是卢纳。

卢纳　　（从黑暗深处）随你的便，但是我建议你瞄得准一点。你只有三颗子弹，如果打偏了，我就会用匕首把你们俩都捅死，也好让你们俩永远在一起。

索利亚诺立即开了枪。卢纳的笑声告诉我们索利亚诺没有打中。有很长的一段寂静。有一片云遮住了月亮；车库里一片漆黑。

卢纳的声音　　这个时间不会太长的。

镜头对准索列亚诺。他开始焦虑起来。索利亚诺再次开枪。卢纳的笑声听起来更近了。索利亚诺颤抖了,浑身抽搐,他开了第三枪。卢纳又笑了。镜头对准索利亚诺铁青的脸,然后又离开了他。听到一些脚步声。有什么东西倒了。又一次长时间的寂静。然后被遥远的一声鸡鸣打断。又听到一些脚步声。在发生前面情况的同时,听到了马匹的声响,时而紧张、腾跃,时而静然无声,吃着饲料。

艾蕾娜的声音　　（从黑暗深处）他已经死了。

月光又一次照亮了马车库的中心位置。在靠近大门的地方,艾蕾娜跪在地上,旁边躺着一个尸体。索利亚诺,因为恐惧和困乏,从黑暗处冒了出来。他在卢纳面前停下脚步,一动不动地看了他好一会儿,突然用脚使劲踢他的脸。

索利亚诺　　（抽搐的身体,露出可怖的幸福感）谁也对付不了我。艾利塞奥先生已经死了。你也死了。你们还以为会先把我拿下。你死了，卢纳，明白了吗？我唾弃你，我踢你。

他这样做了。艾蕾娜跑向边门。索利亚诺跟着她并追上了她。

索利亚诺　（殷勤、劝导的口吻）我这样做都是为了你，艾蕾娜，为了咱们俩。你看到我是怎么打的，又是怎么保护你的。他们会分给我一部分钱，艾蕾娜，我爱你，我们会非常幸福的。

他们搏斗着；艾蕾娜喊叫起来。莫拉莱斯进来了。
渐暗淡出。
镜头显出艾蕾娜和莫拉莱斯在饭厅。艾蕾娜把杯子放在桌上。

莫拉莱斯　艾蕾娜，你受了那么多苦。

艾蕾娜　是的，多么可怕的夜晚，我看到有人把我父亲杀了。

莫拉莱斯　　我都没有见过我父母亲。

艾蕾娜　　你可能一直感到非常孤独吧。

莫拉莱斯　　是的，是这样的，很孤独。（沉思着）但是在你所讲的那个故事的深层也有一种孤独。

艾蕾娜　　你理解了任何人都未曾理解的东西。

莫拉莱斯　　也许咱们俩很相像吧。（突然他开始思考）不，我没有权利这样跟你讲话。（停顿了一下。换了一种语气）而且，谁知道今天晚上我们又会看到什么事情发生。

艾蕾娜　　（坚定地）杀我父亲的凶手肯定会回来的。（疲惫地）不过，在经历了这么多可怕的事情之后，再发生什么事情我也无所谓了。

莫拉莱斯　　（轻描淡写地）我不知道还将会发生什么事情。（看着她）跟你在一起我就觉得很幸福。

　　渐暗淡出。

　　埃尔希利亚和拉拉门迪坐着带篷双座四轮马车从舞会回家了。埃尔希利亚忧心忡忡地看着前方；拉拉门迪回头看她，露出疑惑不解和不耐烦的神情。

埃尔希利亚　　我不明白我们为什么要走。

拉拉门迪　　你怎么会明白呢？你知道最近这几天对我来讲简直就像在地狱一样吗？

埃尔希利亚　　（坚定地）一点也没有呀，爸爸。（停顿了一下。拉拉门迪惊讶地看着她）你从来都不相信我。

拉拉门迪　　好吧，也许把一切都告诉你更好。上帝知道这些都是很痛苦的事情，开始的时候你可能会觉得我这个人很坏。然后，你们会明白的，你会宽容我的。你会看到这事情是怎么一环扣一环地发生的。（改换了语气）拍卖行一直搞得不好，于是我犯下了第一个错误。我放火烧了拍卖行想拿到保险金。尽管我非常小心谨慎，艾利塞奥还是怀疑这个火灾并不是天灾。但是，我必须拿到保险金。于是我又犯了第二个错误，我跟有问题的人凑到了一起。今天晚上，他们就要总爆发了。

埃尔希利亚　　（害怕而迷惑不解地）但是你现在给我讲的事情真是太可怕了……

拉拉门迪　　我也觉得非常恐怖。尽管我已经明确地提出了我的建议，但我还是担心会发生暴力。我提心吊胆已经好几个小时了。最后我决定提醒艾利塞奥采取预防措施。今天下午我去了他家，他没有让我讲话，他知道火灾的事情。他把保单交给了我。他想羞辱我，这也就决定了他自己的命运。他命令我自己把保单归还给保险公司，并把事情的来龙去脉告诉他们。保单在我手中，咱们可以在乌拉圭或者随便什么地方把它卖掉。

　　四轮马车在拉拉门迪家的大门前停下了。埃尔希利亚慢慢地下车，突然，她双手捂着脸哭了起来。拉拉门迪给她做了个手势，埃尔希利亚跑着穿过花园，进了屋子。拉拉门迪看到花园里有人。彭夏诺·希尔维拉坐在一张长椅上，正抽着烟，静静地等着他。

　　停顿了一下。

拉拉门迪　　（胆怯地）你从那边过来？

希尔维拉　　是的，我兄弟的仇报了。

拉拉门迪　　仇报了？我求过你们不能发生暴力事件的。（改换语气）你现在把我搞成杀人犯了。

希尔维拉　　而你把我搞成了强盗。

拉拉门迪　　（哀伤而坦诚地）很显然，我们大家都成了魔鬼，而且每个人都成了另一个人的灾星。

停顿了一下。

希尔维拉　　伊斯梅尔先生，我是来找保单的。

拉拉门迪　　我没有。

希尔维拉　　你别骗人了。

拉拉门迪　　你忘了，我可是知道你很多底细的人……

希尔维拉　　你知道我杀过人，我还可以再杀人。

希尔维拉一脸严肃地站起身来，抛掉香烟，看着拉拉门迪，向他伸出了手。拉拉门迪交出保单。希尔维拉默默地把保单藏好。没有向拉拉门迪告别就走了。他走进了花园，在路口转弯，解开他拴在木栅栏上的缰绳。

渐暗淡出。

听到马蹄声响起。然后我们看到空无一人的小巷。

天快要亮了。远处来了两位骑马人。是希尔维拉和索利亚诺。他们骑在马背上正在交谈。

索利亚诺　　莫拉莱斯这个家伙待在了家里，最糟糕的是艾蕾娜已经给他讲了所发生的一切。

希尔维拉　　我不明白。那卢纳呢?

索利亚诺　　我正想告诉你……（他犹豫了一下，然后突然作了决定）他公然冒犯我，我不得不开枪把他给杀了。

　　希尔维拉看着索利亚诺。沉默了一会儿。

索利亚诺　　（爱管闲事地）总是剩下咱们俩来处理莫拉莱斯。

希尔维拉　　（缓慢地）用不着两个人。（停顿了一会儿）卢纳很诚实、很忠诚，而你是一个不听话、不守规矩、不值得信任的人。

　　没有停下马步，彭夏诺·希尔维拉取出一把刀，用一个侧面的动作，捅了费明一刀。他们进入阴暗的地区，周边是高高的杨树林。然后在光线下，在上坡路上，出现了希尔维拉骑着马的身影，在他旁边是那匹黑白混色马，上面没有人。（这个从山脚下就可以看到，马在背景深处很高的地方。）镜头对着马路边的水沟，水中是费明·索利亚诺的尸体。

渐暗淡出。

艾蕾娜和莫拉莱斯站在窗边。艾蕾娜稍稍拉开窗帘朝外看着，一会儿又转过脸来。

艾蕾娜　　有时我觉得这一切不过是一场梦。

莫拉莱斯　　一场背叛、罪恶的梦，但是咱们俩却在这儿。

艾蕾娜　　看着我出生的这个家，看着这里陪伴我一生的东西，我感觉是那么的不同，好像我不曾认识这些东西一样。

莫拉莱斯　　（突然，好像刚醒过来一样）你也不曾认识我。我也并不是你所认为的那样，艾蕾娜，我到这个家里来就是为了跟你父亲决斗的。

艾蕾娜默默地看着莫拉莱斯。垂下了眼睛，想要说些什么。

莫拉莱斯　　原来我并不认识他，艾蕾娜，我也不知道他是你父亲。那时我只知道他是一个非常勇敢的男子汉，我想来面对他，是想知道我自己是不是也足够勇敢。

艾蕾娜　　（非常悲伤）那么说，你也跟所有人一样，莫拉莱斯，（停顿一会儿）我不能原谅你竟然欺骗了我。

莫拉莱斯　　我从来不想欺骗你，艾蕾娜，现在你都知道事实真相了。

他们相互看着。很近的地方又响起了脚步声。门框边又出现了彭夏诺·希尔维拉。艾蕾娜恐惧地看着他。

希尔维拉　　（很平静地面对莫拉莱斯）上帝决定让我们再次相见，你在这儿干什么？

莫拉莱斯　　我是来跟艾利塞奥·罗哈斯先生决斗的。现在轮到我来向你报仇了。

希尔维拉　　好啊，咱们走着瞧。（好像在思考，大声地）这是生命的轮回。我一直非常厌恶罗哈斯，因为他杀死了一个年轻小伙子，现在我要做同样的事情。

希尔维拉打开门，外面是白天。阳光灿烂，鸟儿齐鸣。两个人走了出去，慢慢地。下面，在背景处，有一条小河还有一座桥。镜头对着艾蕾娜，她心醉神迷，渴望地面对着大门。

莫拉莱斯和希尔维拉沿着峭壁走了几步。

希尔维拉　　现在的问题是要找到一块合适的场地。

镜头聚焦险要的峭壁，然后那座桥。两个人边走边谈着话。

莫拉莱斯　　（指着那座桥）咱们就在那儿吧。

希尔维拉　　（好像接着讲话一样）这流水会把咱们中的一个人卷走。

莫拉莱斯　　首先是水，然后便是忘却。

　　　他们来到桥上，在各自的位置站好。希尔维拉把披
风卷在左臂上。他们取出刀。

　　（在背景深处可以看到小河上还有一座桥。）

莫拉莱斯　　（看着披肩）小心点总是好的。你可不要指望我
会怜悯。

希尔维拉　　我知道我在做什么，我决斗从来不会输。

莫拉莱斯　　（进入决斗）很快就会看到两人中谁将决斗
而死。

　　　他们决斗时那么坚决，毫不慌乱，好像在从事一项
工作。莫拉莱斯显得更加干练，他占着上风。他让希尔维
拉步步退让，把他逼到了桥栏杆边。希尔维拉通过自
己孤注一掷的努力，又重新占据了他的位置。但莫拉莱
斯还是一次次地让他受伤。

　　　远处，马蹄声又响起。决斗停止了。有一些骑马人

在通过另一座桥。

莫拉莱斯　　是巡逻队，也许他们是去罗哈斯家的。

希尔维拉　　（已经重伤）现在你只要把我交出去就行了。

莫拉莱斯　　我不会把你交出去的，这只是你我之间的事情。

（迅速地）我会帮你逃脱。会等到你身体恢复，我再跟你

决斗，空手决斗，我将当面把你杀死。

希尔维拉　　你真会这样做？

莫拉莱斯　　会的，我不愿意让别人去为艾蕾娜报仇。

希尔维拉　　我真不能相信。

莫拉莱斯　　那就请你相信我会这样。（他把刀扔进了水里）

希尔维拉　　你真不应该这样做，为了让你能够炫耀，我不

会让自己被杀的。

他挺起身子，突然向莫拉莱斯扑去。莫拉莱斯一拳

打在他的眉心。希尔维拉再次扑上去，莫拉莱斯再次给

他的脸上一拳，最后一拳打在他的胸口。希尔维拉踉跄

了一下，掉进了河里。

莫拉莱斯在桥上看着他怎么被水卷走。然后全神贯注地朝他家走去，在路上，他抓起一棵草放到了嘴里。他打开门，艾蕾娜扑进他的怀里。

艾蕾娜　　终于好了。我一直不敢看，也不敢动。这几分钟的时间是多么漫长。

莫拉莱斯　　你父亲的仇报了。

艾蕾娜　　（好像没有听懂一样）报仇了？……（然后稍稍活跃一点）你觉得可以报仇吗？你觉得一件事情可以被另一件事情抹掉吗？

莫拉莱斯　　（随随便便地）我不知道。难道我做的这一切，对你来讲都是无所谓的吗？

艾蕾娜　　你做了很多。现在你在这儿，平平安安，健健康康，这就是一切。（非常激动）但我不是因为你做了这一切而爱你；我爱你，尽管你做了这一切。

莫拉莱斯　　（看着她的眼睛，走近她，要吻她）真奇怪！我杀了一个男人，但是在你的身边我却感觉自己像个小孩。

信 徒 天 堂

　　在一个巨大的空屋子里，一名男子拿着手枪。我们只能
看到他的背影，正对着看不见的入侵者，不断地开枪前行；
最后他来到一扇门前，门后是一个堆满了中式家具的房间。
男子受伤了，颤颤巍巍地走近位于台阶高处、房间最里面神
龛一样的地方。他拿起一个漆盒，打开，发现里面还有一
个一模一样、尺寸小一点的漆盒；他再次打开，又见到另一
个……当他打开最后一个漆盒的时候，他晕倒了。只见那个
漆盒是空的。场景渐暗淡出，出现了"剧终"两个字。镜头
后退，我们看到了电影最后一个场景。人们正从电影院慢慢
地出来，其中有劳尔·安塞尔米和依蕾内·克鲁斯。用不着
描述他们俩：有点像第一男主角和年轻的太太。他们穿着体

面，但并不奢华。

依蕾内 （略带悲伤却含着微笑看着劳尔，宽容地对他说）瞧你多么喜欢有枪手的电影！

安塞尔米 （似乎有点过分，但并不尖刻）我怎么会喜欢呢……都是不道德的，不真实的。

两人被人群拥着，便不再讲话，继续往外走。

安塞尔米 （好像恢复了生命一样）我知道都是不道德的，不真实的，但仍然会被吸引，也许是因为小时候，我常听爸爸讲起摩根的故事。一个手枪队的队长，你还记得吗？对于我来讲，他是传奇的英雄。据说他死在法国东南的科西嘉岛。

依蕾内和安塞尔米在腾佩雷小镇的站台下了车。他们跟拉米雷斯在一起，这是一位事业有成且十分热情的小伙子。

拉米雷斯　　下午好，依蕾内。安塞尔米，你好吗？

安塞尔米　　我们去城里看《泰安寻踪》了。子弹打来打去的，还有一系列冒险的动作，到最后却发现是一个空盒子。

拉米雷斯　　（对依蕾内开玩笑地）你看电影总爱看两遍吗？（马上换了一副语气）行，那我先走了，恋爱的人总喜欢单独在一起的！

　　　　　　拉米雷斯向依蕾内告别，热情地拍了拍安塞尔米。

安塞尔米　　再见，拉米雷斯。

　　　　　　渐暗淡出。

　　　　　　依蕾内和安塞尔米沿着绿篱、花园栅栏、一片荒地溜达着，天色已暗。

依蕾内　　你闻到三叶草的气味了吗？这是乡村的气息。

安塞尔米　　好像我们已经到了很远的地方。

依蕾内　　　每当闻到这种味道，我就感到特别的幸福。

　　　　　在这短暂的抒情过后，沉默了一会儿。他们来到了依蕾内的家里，这是一座低矮的老房子，边上有个门，正面有两个阳台。安塞尔米告辞了。

安塞尔米　　　再见了，亲爱的，明天见。

依蕾内　　　（好像没有听到一样）但是我今天并不觉得开心。劳尔，你究竟怎么了？

安塞尔米　　　没什么呀，你不要管我。（他看着地面）你为什么没有告诉我，你跟拉米雷斯博士一起去看电影了呢？

依蕾内　　　（严肃地）说来话长，而且并不是令人愉快的事，我不想让你知道。你看，是关于庄园的事。你知道这庄园对于劳拉和我意味着什么。这是我们的整个童年哪。他们想把庄园卖了。拉米雷斯是债主们的律师。他待我不错，我不能让他不高兴。

安塞尔米　　　你永远不应该向我隐瞒你的事情。你需要多少钱？

依蕾内　　要很多钱，亲爱的，每年要五千四百比索。

安塞尔米　　什么时候要付呢？

依蕾内　　二十天以内。

安塞尔米　　我来给你搞这些钱吧。

渐暗淡出。

早上。安塞尔米走在腾佩雷小镇边缘的一条马路上。他沿着一座古老的庄园走着。庄园有个被遗弃的大花园，周边有铁栅栏。在两头大象似的伫立着的石砌柱子之间是一个锈迹斑斑的大门。树丛中可以看到一幢小楼，是意大利式的，高处有一个长方形的观景台。

镜头对着正开进庄园的一长排搬家的厢式货车。听到手风琴的声音，正拉着《马戏团进行曲》。安塞尔米走近手风琴手。这是一个大胖子，很结实，脸色红润，很热情。他头戴大礼帽，帽子显得有些小，身穿带流苏的睡袍、深色灯笼裤，脚着拖鞋。他向安塞尔米打招呼，并随着音乐的节拍，用食指往上推了推大礼帽，两只脚还配以画八字的动作。

手风琴手　　我的博士兄弟：真叫做坏事也能变成好事。一大清早，奥利登庄园终于被租出去了。发言人明确告诉我，协议是在半夜到鸡鸣之前签署的。是一批新人，正在搬家呢！你不要问我他们是谁，是一些陌生的贵人。他们人来了，大加赞扬，就这么租下了，竟然还真的安顿下来了。这可都是进步的好事啊。

安塞尔米　　从我记事起，这座庄园就没有人住过。

　　搬家工打开厢式货车的门，把东西卸下来。有一些中国家具，好像，但我不能肯定，跟电影中第一场景里出现的一模一样。他们还卸下了一架长长的带镜子的屏风和一座黑色的雕像，上面有枝形烛台。安塞尔米给手风琴上面的巴尔达牌巧克力小盒里放了一块硬币。手风琴手再次致意，接着便继续拉琴。

　　渐暗淡出。

　　安塞尔米在一个办公室的接待厅等候。通过窗口可以看到布宜诺斯艾利斯中心城区的一条街道。有好几个人在等着。

一名职员　　安塞尔米先生，兰迪工程师可以接待您了。

　　　　安塞尔米手里拿着帽子，来到一间非常豪华但极其丑陋的现代办公室。兰迪工程师——瘦骨嶙峋，塌肩，干瘪，瘦弱，秃顶——正要打开一个大信封，他站起来跟安塞尔米握手，信封掉在了桌子上。

兰迪　　你好，外甥，是什么风把你给吹来了？

安塞尔米　　没什么……你可能还记得，去年，我受公司的委托，对福摩萨市的破斧木林地做过一次大盘点。问题是到现在还没有给我付过钱，现在我很需要这笔钱了。

　　　　兰迪好像没有听到这些话，他拿起信封，从里面取出几张照片，用手当灯罩，对着光看着。然后他对安塞尔米说。

兰迪　　但是……你早该在二月份就告诉我的嘛。现在我的情况完全不一样了，我是董事会的成员，而且正因为咱们的亲戚关系，我完全不可能支持你办理这些事。

他再次端详那些照片。镜头对准照片。正是兰迪工程师自己的照片，最近的样子，最近的穿戴。

安塞尔米　　您吩咐下面支付欠我的那笔钱，这没什么不对啊。

兰迪不慌不忙地挑出一张底片，把它放在旁边，然后，慢悠悠地转身面对安塞尔米。

兰迪　　我早就料到你是不会明白的。所以我曾经对你可怜的母亲说过，所有安塞尔米家的人都是一个样。

安塞尔米　　（站起身）我一直觉得，你不喜欢我的父亲。

兰迪　　你怎么会知道他的事情？他在拉贝纳去世的时候，你还没有满三周岁。他用他当律师的才能去为无耻小人辩护。据说最后警察不公正地把他逮捕了，他想逃走，结果死了。一条很不明智的生命啊，多么让你的妈妈伤心落泪。为了你妈妈，我倒真想帮你一把。

渐暗淡出。

安塞尔米在电梯里不安地看着表。电梯门一开，他立刻消失在走廊里。他推开律师事务所的大门，里面正在举行一场舞会。有九到十个人，两个是女的，有一位上了年纪的先生，他是头头，还有个年轻人，大家都在对他鼓掌，祝贺他。大家喝酒，祝酒。桌上还有苹果酒酒瓶、酒杯，纸盒子里还有千层饼、三明治。家具都很简陋，墙上挂满了各种证书和宴会的照片，屋子的一角有个书柜，旁边是书目索引。

安塞尔米进来时几乎是无人察觉。尽管如此，有一位姑娘马上倒了一杯酒递给他。

安塞尔米　　谢谢，拉格尔，我是跑着过来的，害怕来晚了，我忘了今天是舞会的日子。

拉格尔　　（充满向往地）老板的儿子风华正茂呢！

一个很年轻的小伙子，头发凌乱，有雀斑，近视眼，脏兮兮，走近安塞尔米和拉格尔。拉格尔把三明治放在桌子上，有雀斑的马上把它放在手中的面包上面，一起吞下了肚。

有雀斑的　　贪吃的拉格尔，你可不要像鸵鸟那样狼吞虎咽哟，这样你会变得像肌肉男，小鲜肉就不会理你了。

有雀斑的使了个眼色，意指舞会上那个被祝贺的年轻人，然后严肃地走向安塞尔米。

有雀斑的　　你，安塞尔米，好好享受这最后一次舞会吧，我打赌，我的好同学，你会讨厌他的。大家说得对，我有间谍的灵魂。在老板的文件夹里，我看到了一封信，你肯定会有兴趣的。

安塞尔米　　那封信怎么说？

有雀斑的　　讲了一些很重大的事情，首先是我们大家都知道的事情。老板的小儿子要进这个律师事务所了。其次，多么了不得的新进员工啊，我亲爱的先生，你将会像子弹一样火速离开的，"感谢您提供的服务，希望我们被迫采取的这些措施没有伤害您，谨致崇高的敬意"。

有雀斑的脸庞充满了整个屏幕，然后，他举起酒杯，祝酒，喝酒。渐暗淡出。

傍晚时分，依蕾内在腾佩雷小镇车站等待着。一列火车到了。安塞尔米下了车，镜头从远处跟着他们俩：他们走上台阶，穿过天桥。看到他们走在一条深深的林荫大道上。

他们来到林荫大道边的一家景观饭店，它由两部分构成：一个是糖果店，砾石地坪，铁制方桌；另一个是服务站。能听到探戈舞曲《狂欢者之夜》的声音，音乐来自大厅里柜台上的一台收音机。外面，在一张桌子上，一帮老兄一边喝着酒，一边吵吵闹闹不停。另外一些桌子上则是一些很文雅的人，他们为此感到有点不舒服。依蕾内和安塞尔米两人坐了下来。(注释：正如读者将会发现的，这帮老兄的举动显得有些不合时宜，但是为了不至于让这伙人显得那么不入调，最好其他人也能向他们靠拢。这个粗略展示的世纪初的面貌，将使最后的舞台场景显得格外伤感。)

老兄一　　大家注意，帕多·萨利瓦索要朗诵一首他知道的诗。

　　老兄二将要背诵一首诗。背到最后一句的时候，镜头慢慢地转到座位上，并面对所有在场的人。

老兄二　　都说我到处惹是生非，
　　　　　还说我行为总不检点。
　　　　　那我该怎样检点行为，
　　　　　周边都是糟糕的小虫？

　　老兄们热烈鼓掌，周围的人都很厌烦。老兄三重复着他朋友的手势。

老兄三　　我脑子里作了另外一首诗，请大家听着。

　　　　　　都说我到处惹是生非，

　　　　　　不尊重我的所见所闻。

　　　　　　那我该怎样尊重他人，

　　　　　　周边都是丑陋的小虫！

　　　　　　又一次赢得老兄们的热捧。

老兄四　　都说我到处惹是生非，

　　　　　　好像我拥有梅花大牌。

　　　　　　为什么我不能招惹你，

　　　　　　这么糟糕的毛毛小虫？

　　　　朗诵完他的诗句后，老兄四面对一位衣服贴身、头戴草帽的肥胖先生。

　　　　一个跑堂的走近依蕾内和安塞尔米的桌子。

安塞尔米　　请来两杯茶。

老兄四　　（对着走过去的跑堂）淡一点，可不要让我们晕倒啊。

　　公路那边，长长的出租马车队伍正在缓慢地走近。下来几位身材魁梧、办事麻利的下属，像无可抗拒且毫无人性的机器人似的把所有人，包括前面那帮老兄都赶走。有一位下属去关掉了收音机。正当他们要来到依蕾内和安塞尔米桌子的时候，从一辆车子里走出一位身材高大但十分虚弱的先生（摩根），裹着披肩，拄着拐杖，还有人扶着。那些将场地清空的下属纷纷停顿下来，显得十分威严。艾利塞奥·库宾，大胡子，小个子，手势频频，古里古怪，头戴车夫帽，身着旧外套，正十分殷勤地服侍着虚弱的先生。这位先生坐了下来，他的一位陪同走进饭店大厅，又拿着高高一杯牛奶出来了。这位虚弱的先生在慢慢地喝牛奶的时候，把虚弱的目光停留在安塞尔米身上。

摩根　　（若有所思而大声地）我认识这样的前额，这样的眼睛。

一阵停顿以后。

摩根　　一九二三年我在拉贝纳见过你们的。

安塞尔米　　那个时候我还没有出生呢。

摩根　　我是在多梅尼科·安塞尔米的脸上看到的，他是一个很聪明而诚实的人，但是有人把他给出卖了。

安塞尔米　　那是我的父亲。

渐暗淡出。

一个公共图书馆，镜头从高处对着安塞尔米（看上去很小，但是很清晰），他坐在一张书桌前，正在查阅很大的图书。他在高处一盏灯的照射下，两边的阴暗处可以想见是高高的书墙。镜头向下接近安塞尔米。原来他浏览的是装订好的旧报纸。突然他发现一张老照片，上面我们可以看到一个比来饭店的那个虚弱的人要年轻很多的人。他正从一辆老式的梅赛德斯-奔驰车上打招呼。有一段话是这样说的：**摩根，幕后的秘密皇帝**。他打开另一本书，翻了多页后又出现了同一个人的另一张照片。照片中,他在两个英国看守之间,低着头,正在走路。下面的文字说:摩根被定罪。还有一张照片,来自另一份报纸:摩根被宣布无罪。另一张照片是在法文报纸里的,摩根穿着淡颜色的服装,标题是:M.摩根在里维埃拉度假。最后,还有一张照片是椭圆形的,出现在一本旧时的杂志《百态》里。一个中等身材,有点像劳尔·安塞尔米的先生,但是看上去显得更加书生气一点。下面的说明是:多梅尼科·安塞尔米博士,摩根的辩护律师。

渐暗淡出。

庄园里的一座房子,为了防止洪水灾害,建有高高的走廊;一些树木,一间磨坊,一段铁丝网。这些形象一动不动地保持一段时间,好像是现实的天幕。镜头后退,我们看到像是一幅画,挂在带顶的走廊的墙壁上。在画的旁边有一个很复杂的晴雨计。高高的大瓷瓶里长着一种植物,大大的叶子。还有一台脚踏缝纫机。缝纫机盖子上有一个女人的小包。从后面看到一位姑娘的半个侧影（劳拉·克鲁斯）。她坐在一把维也纳吊椅上。金黄色的长波浪头发一直垂到肩膀上，头上戴着金色的环夹，头顶上有一个小小的发髻。慢慢地转动镜头，我们看到了她的脸庞。很年轻，很漂亮，很严肃，有一点要生气的样子。穿着很朴素，颜色淡淡的。离她很近的地方，依蕾内正在花园里浇花。这是阳光灿烂的一天，影子清晰可见。

劳拉　　　明天我要去庄园。

依蕾内　　（停下手中的事去看照片）明天咱们俩就要去这个走廊了。

劳拉　　　啊，走在这个走廊里，听着咕咕的鸽子叫声。（突然，怀着强烈的愿望）依蕾内，要是咱们今天能去就更好了。

依蕾内　　（坚定的声音）劳拉，我跟你说过了，今天不行。下着雨，路不好走，明天咱们一起去，亲爱的。

　　　　　听到一阵钟声。依蕾内放下洒水壶，在她妹妹额头上吻了一下，拿起缝纫机上的小包就走了。劳拉很严肃地又在看那张照片。

镜头跟着依蕾内，这时她正要离开带红木家具的餐厅。家具非常漂亮，但有的椅子已经瘸腿了。依蕾内来到了门厅，打开了面向大街的门，出去了。安塞尔米正在门外等她。他挽起她的手臂，沿着我们前面看到的那条街走去。

安塞尔米　　有庄园的消息吗？

依蕾内　　（过了一会儿）今天我收到劳拉的信了。她很开心，她非常喜欢乡村。

他们来到一条泥土地的大街。有树，远处可以看到乡村。一辆花匠小车由黑白混色马拉着，正在走近，微微扬起一阵薄灰。依蕾内挽起安塞尔米的手臂，拐到另一条街上，好避开尘土。

依蕾内　　要是咱们丢了这个庄园那实在是太残酷了，我必须搞到钱。

　　渐暗淡出。

　　这是一个早上。安塞尔米走进了摩根庄园的门，他穿过花园，敲门，过一段时间，摩根的人给他开了门。

安塞尔米　　我想跟摩根先生聊聊。

男子　　（粗鲁地）他今天不接待。

安塞尔米　　我，他是会接待的。我是劳尔·安塞尔米。

　　那男子想把门关起来，安塞尔米抢先跨进了一步，不让他关门。他走进一个撤空了的十分宽大的门厅，这里有好几扇门，还有一个大理石台阶。两个人面面相觑。

安塞尔米　　我在这儿等。

　　那男子有些犹豫，后来他接受了这样的事实，便走开了。安塞尔米一边等，一边慢慢地踱着步子走来走去。当安塞尔米走过一扇门的时候，门微微地开了一条缝，可以怀疑有人正在门后监视他。后来，看到一只哈巴狗用嘴巴开了门，进了门厅。在看到这只哈巴狗之前，安塞尔米先听到了一个女人的声音，微弱而懒散的声音。

声音　　孔子……孔子……

在片刻的迷惑不解之后，安塞尔米看到了那只狗，他把狗抱了起来，走进了那个房间。镜头跟着他。与破破烂烂的门厅形成对比的是，这个相邻的房间是一个带凸肚窗的大厅，从门口看不到里面，显得十分气派，家具也十分奢华讲究（有第二帝国时期的家具，还有日本武士的盔甲）。在一个长沙发上，躺着依尔玛·埃斯皮诺萨。这是一个年轻的金发女郎，身材很好（几近丰满）。她穿着黑色衣服，十分华丽，可以隐约看出她略显破旧的紧身背心上的针脚。在附近的一张凳子上，有一个开着盖子、放有糖果（包着锡纸的大糖果）和蜜饯的盒子。

安塞尔米　　夫人，孔子回来了。

依尔玛抱起狗，吻它，跟它一起玩。

依尔玛　（带有一些好奇）你能告诉我你是谁吗？

安塞尔米　　我叫安塞尔米，劳尔·安塞尔米。

依尔玛放下狗，挑选了一块糖，剥了纸吃了起来。

然后吮了吮手指，把糖纸捏成小球，抛向远处。

依尔玛　　安塞尔米？年轻人，你跟黑手党有关系吗？

安塞尔米　（微笑着）到现在还没有。

依尔玛　（十分机灵）那你参加黑手党啰？

安塞尔米　（卑微而自嘲地）我还不配呢。

依尔玛　（突然很不信任地）该不会你是警察？

安塞尔米　　也不是，我只是一个学法律的学生，来看望摩根先生。

依尔玛一下子没了兴趣，她找了一颗带酒心的糖吃了起来，手指脏了，用窗帘擦了擦。一阵沉默。

依尔玛　　（很高傲地）摩根先生就像我一样，谁也不接待。他是非常重要的人物，是头头。我和我父亲也都很重要，所以他总是接待我们。

安塞尔米　　（带着不被觉察的讥笑）喔，我明白了。

依尔玛　　（教导式地）他接待我父亲，那是因为我父亲是丹尼尔·埃斯皮诺萨，是他亲密的朋友。至于接待我，那是因为谁不愿意跟金发美女聊上几句呢！

一位庄重的仆人，也许就是前面清场饭店的人员之一，带来了一张有轮子的桌子，上面放着三明治和威士忌。依尔玛吃了起来。仆人离开的时候，先给接待安塞尔米的男子让路；男子走进房间去好像在找人。

男子   头头叫您稍等片刻。（强调的口吻）他马上就接待您。

　　　　　男子走了。

依尔玛   （热情地，还主动给他糖吃）为什么你不告诉他你
　　　　是很重要的人呢？为什么叫安塞尔米的人会这样傻乎乎
　　　　的呢？现在咱们是很好的朋友了，喝点威士忌吧。就用
　　　　我的杯子喝，好让你知道我所有的秘密。

　　　　　安塞尔米抿了抿嘴唇。

依尔玛   有一次我去参加一个舞会，有那么多帅哥，他们
　　　　都想跟我结婚。

　　　　　依尔玛走近安塞尔米；到最后，她已经跟他在一
　　　　起。她让他坐在身边，坐在沙发上。

依尔玛   现在咱们是好朋友了，你得答应我，你要跟摩根

先生说，我爸是很重要的人，他从来没出卖过他。

仆人进来了。

仆人　　（对安塞尔米）老板在等您了。

仆人给他开门，让安塞尔米进去。

安塞尔米　　（轻轻地推开依尔玛）再见，小姐。

依尔玛　　（几乎是眼睛盯着他，死死地、私密地）可别忘
了呀……一定要提到我爸……丹—尼—尔·埃—斯—
皮—诺—萨。

安塞尔米再次有礼貌地坚持要摆脱她。

依尔玛　　（低声细气地）你可不要说是我叫你这么说的。

仆人抓住依尔玛的胳膊，把她从安塞尔米身边拉

开。安塞尔米站了起来。

依尔玛　（以阴险同伙的口吻）可不要忘了我的嘱托。

仆人　（对依尔玛）您是知道的，老板不喜欢您纠缠客人。

　　安塞尔米出去了。仆人没有松开依尔玛的胳膊，他又拧了一下。她跪在了地上哭了起来。

　　渐暗淡出。

　　最先接待安塞尔米的男子就在门厅。他上了几级台阶，走在安塞尔米的前面，穿过好几个房间；其中有个房间里放着那天从搬场厢车上卸下来的家具——带镜子的屏风，带烛台的黑色雕像。在长长的走廊尽头有一个人站在那儿，他靠在墙上，帽子盖到眼睛上方，看着下方，两条腿交叉。他们从他身边走过；这男子默默地看着他们俩。（安塞尔米在那两个人中间走着）他们来到一个螺旋形楼梯下面。走在前面的男子让开身，让安塞尔米进去。他独自上去了。他来到一个有两扇门的房间（两扇门对开；一扇通向螺旋形楼梯，另一扇通向露台）；一面墙上都是书，地面是黑白相间的瓷砖。窗子有菱形的彩色玻璃。房间有电灯照明。背对着他，在一把扶手椅里，面对着桌子，坐着一个人，他巨大的身影映在墙面上。这个人转过来，脸上带着倦意的微笑。他就是摩根先生，在他的旁边，是清空饭店场地的那帮人之一。安塞尔米绕过桌子，停下来站在摩根的对面。摩根向他伸出了手。

安塞尔米　　我们在饭店里见过面，摩根先生。你一定记得，我是多梅尼科·安塞尔米的儿子。

摩根　　我还欠着这位先生的情，我也知道我不能通过他的儿子来还情。我不能帮助任何人。我的一生都是粗暴和野蛮。

安塞尔米　　（非常激动，手撑在办公桌上，看着摩根）我现在的情况已经是这样子了，摩根先生，我可是什么都做得出来的。

　　听到怒不可遏的讲话声和越来越强的砰然关门声。

一个保镖从通向露台的门探出头来。

摩根　（对安塞尔米，低声而非常平静地）你去奥利沃斯小镇找一下阿比杜马利克吧。

保镖转过身。佩德罗·拉腊英闯进了房间。他个子高高，身体强壮，红光满面，脸型方正，生性顽强。他穿着质量很好的运动服装，显得非常自信。身后，艾利塞奥·库宾屁颠屁颠地跟着他。

拉腊英　（对摩根，完全没有理会任何其他人）您给我说说，您亲自来接待我，然后这么个提线木偶却又让我在这里干等，这样是不是很不好？

库宾　（对安塞尔米，私密地）拉腊英先生说得对，您是个重要人物……而我却让您久等了。

摩根　（对拉腊英鞠了一躬）我代表我的出纳向您表示道歉。（换一种腔调）在人生惨败的时候，我们只剩梦想了。

摩根拿起桌子上的一本书。

摩根　　我就藏身在这些人梦寐以求的最崇高的梦想中，藏身在《一千零一夜》这本书里。

摩根给拉腊英看一幅插图。

摩根　　（解释着）这是食人肉者的筵席。

拉腊英惊讶地看着他。

拉腊英　　这方面可不是我的特长，请相信我。

摩根给库宾看第二张插图。

摩根　　辛巴达终于摆脱了大海老人。

库宾后退了一步，没能掩饰住内心的愤怒。摩根让安塞尔米看第三幅插图，也许是一幅没有人像的风景画，而且不符合他所描述的那个场景。安塞尔米惊奇地看着这幅画。

摩根　　这是朋友的儿子，他将会发现头头已经在信徒的天堂了。

库宾　　（几乎要爆发、要哭出来了）但是，我的老板，拉腊英先生他可是另有企图的。他想搞具体的课题。

　　　　摩根看了看库宾，苦笑着顺从了，然后他走向安塞尔米。

摩根　　（对安塞尔米）你看到了吧：我就想藏身在梦中，但是，现实总是那么急不可耐。也许我们可以另外找个时间聊一聊。

　　　　摩根向安塞尔米伸出了手，看着他的眼睛。安塞尔米打了个招呼就走了。拉腊英和库宾把他们的扶手椅拉近摩根的桌子，准备跟他商谈。

渐暗淡出。

安塞尔米走下楼梯，陪他来的那个人正在等着他。然后在前面带着他走。在通过一个院子的时候，他听到了一阵喊叫声。安塞尔米从下面看到高处的一个窗口有一位衰败的老人，样子像老实巴交的手工艺人（丹尼尔·埃斯皮诺萨），他正在无谓地挣扎着，因为他被一群有怜悯心的热心人压着。这些人正在把他往里边拖。

陪同安塞尔米的　　一个老是想着自杀的疯子。

渐暗淡出。

安塞尔米来到饭店，几乎空无一人。酒吧男正在看报纸，一位女士正在打电话。

安塞尔米　　（对酒吧男）给我看一下电话号码簿好吗？

酒吧男没有停下阅读，他从柜台下边拿出电话簿，递给了安塞尔米。在郊区一栏里，安塞尔米找到了阿比杜马利克的名字。（可以看到这一页；然后是阿比杜马利克公司，马拉维尔大街 3753-741-9774）安塞尔米看了一眼正在打电话的女人。

夫人　　你瞧，朋友，这正是我要买的东西，我就说嘛，哎，他们没有麻纱的！

　　　　来了一个戴墨镜的人，他在最靠近电话机的那张桌子边坐了下来。安塞尔米若有所思地看着他，然后又转过脸注视那个女人。

眼镜男　　（对酒吧男）小杯朗姆来一个。

　　　　酒吧男给眼镜男倒了一杯。

夫人　　（对着电话）都是些不拘小节的家伙。（片刻停顿之后）你说得对，没有纱布，没有白介子泥什么的。当我的费明得了百日咳以后……

    安塞尔米没有办法，他走了。走到门口的时候，他看到眼镜男已经站起身，并且留了些钱在桌子上。

    安塞尔米在离开饭店五十米左右的地方（背景处就是饭店）。有一辆很威武的汽车靠近过来，在安塞尔米的身边停了下来。佩德罗·拉腊英正在给他指路。就在拉腊英跟安塞尔米简短对话的时候，看到远处的眼镜男正从饭店里走出来，越来越靠近了。

拉腊英   （探出身子）要我送你一程吗？

安塞尔米   不了，谢谢，我在这里等公共汽车。

拉腊英   乘公共汽车去布宜诺斯艾利斯吗？还是我带你去吧！

    安塞尔米犹豫了一会儿，他看到了那个眼镜男，于是就接受了拉腊英的提议。他绕到车子的另一边，上了车。

    渐暗淡出。

在腾佩雷小镇去布宜诺斯艾利斯的路上。安塞尔米和拉腊英在车子里。

拉腊英　（热情地）摩根的情况真是太棒了。（更快地）你跟他打交道已经很长时间了吗？

安塞尔米　（冷淡地）不，并不长。

拉腊英　我知道，我知道。我认识他，他也认识我。我从不批评任何人。每个人都会有他的毛病。但是，如果有价值的孩子向我伸出手来求救，我就不会让他淹死。你可能会说我是个理想主义者。

安塞尔米在看周围的风景。

拉腊英　（不动声色地）这里你所看到的这个地方，都是我自己一手弄起来的。整个北部都在我的手中。我可不是随便说说，我可是能够提出一些很有意思的建议哟。

一阵沉默。

拉腊英　　（微笑地）如果你不想谈生意，我也不会坚持。不过，哪一天你有兴趣了，你就到我的育马场来找我，我会非常高兴地向你展示我的马，我的德獒大丹犬。随你的意，没什么关系的，都是能够理解的。

安塞尔米　　（冷淡地）我会很有兴趣的。

拉腊英　　如果我把你撂在里瓦达维亚，你觉得怎么样？

　　　　渐暗淡出。

　　　　安塞尔米在一家香烟店打电话，在他身后，有人正在玩桌上足球。玩得真开心。

安塞尔米　　奥利沃斯9774吗？您是阿比杜马利克先生吗？一个小时后我能过来见您吗？最好是当面谈……不，您不认识我，是摩根叫我来的。

　　　　挂断电话他就离开了。那男子中断了他的足球游戏，看着安塞尔米，他也准备离开。

　　　　渐暗淡出。

看到安塞尔米正从奥利沃斯站台一列火车上走下来。在一条偏僻的小巷，一辆汽车差点把他轧死。他几乎没有时间避开车子。他的手碰到了铁丝，受伤了。一只袖子弄脏了。正在用手绢止血。

安塞尔米来到小镇外的一家工厂，门上写着：阿比杜马利克公司。门是半开着的。安塞尔米敲门，没人回答；他进去了。这是一家玩具工厂。他在玩具娃娃之间走着。在最里面的一个玻璃房间里，有一张写字台。在一把转椅上，看到一个穿着外套，戴着帽子的人。他前额狭窄，轮廓分明，灰色的八字胡。他已经死了。是有人把他绞死的。

电话铃响了。安塞尔米正要去接，他看到自己受伤的手，沾满血迹的西装，于是他放弃了。

他离开了工厂，无意间来到一条公路边，天色正在暗下来。安塞尔米伫立一边，看着那些灯光。他上了一辆公交车。拉米雷斯是乘客之一。

拉米雷斯　　你好，安塞尔米，这里有个座位。

没有办法，安塞尔米只好在拉米雷斯的旁边坐下。

拉米雷斯　　为了付那笔钱你在忙什么呢？为了一个女人，对吗？我会给你保密的。

安塞尔米　　女人？但愿如此吧。我们可不是每个人都会走运的。

拉米雷斯　　（注意到他的伤，惊讶地尖叫了起来）好像那女人用指甲和牙齿自卫了。袖子上都沾满了血！让警察看了，该是多么好的一个标题呀！

乘客们看着他们俩。渐暗淡出。

早上，在摩根庄园的门口，安塞尔米正在跟第一次接待过他的人交谈。

男子　　请进，老板马上会接待您。

安塞尔米走进了客厅，一会儿库宾下来了。

库宾　　我是艾利塞奥·库宾。老板很抱歉不能接待您，他叫我把这个给您，谢谢您提供的服务。

　　　库宾递给安塞尔米一个信封。

安塞尔米　　（看着信封内的东西）应该是搞错了吧，我可没
　　有能够完成我的任务。

库宾　　老板可不这么看。（停顿了一下）摩根先生总是大手
　　大脚的，作为小小的出纳，我已经不止一次为他惋惜过。
　　每次我都必须抹平账目！（在一段沉默以后，低声地）我
　　给您一个建议，请您马上消失几天，特别是不要到这儿来。

　　　安塞尔米惊慌失措地看了看他。离开了。
　　　库宾很自然地走向秘藏的电话机，要了一个电话号码。

库宾　　是《商务电讯》报社吗？

　　　可以看到《商务电讯》的版面，标题是："奥利沃
　　斯镇重大凶杀案，怀疑一个年轻人（下面是关于安塞尔

米的一段描述）通过电话对死者进行过威胁"。

　　我们看到安塞尔米在他的房间，正在扔报纸。房间很大但十分简陋，带有壁炉烟囱；有一张窄窄的铁床几乎要塌了；一个衣柜；一把扶手椅；一把吊椅；一个书橱；一台留声机；一个洗手间；一面镜子。进出的大门上有玻璃，上面还有一扇小窗。安塞尔米扔了报纸以后，走到洗手间，准备刮胡子。就在他涂肥皂的时候，一位老太太过来对他说。

老太太　　有一位罗萨雷斯先生想见您。

　　罗萨雷斯——一个胖胖的男人，皮肤黝黑，仪态稳重，眼神中透露着某种贪婪——他把老太太支开，向她告别，然后就坐上了那把吊椅。

罗萨雷斯　　我是波菲里奥·罗萨雷斯，是搞调查的。

　　罗萨雷斯在吊椅上调整了一下姿势，漫不经心地打量着房间。

安塞尔米　你坐得舒服吗？你想要什么？

罗萨雷斯　（微笑着）我就想跟您聊聊。首先，我想给您讲明，我这次来访不是官方的。

安塞尔米继续刮他的胡子。

安塞尔米　这怎么说？

罗萨雷斯　您看啊，我是作为朋友来给您讲的，我希望您能够非常坦率，咱们以男人的方式交谈。

安塞尔米　（满不在乎的）关于什么事情呢？

罗萨雷斯　关于奥利沃斯的凶杀案，您是不是认识受害者？

安塞尔米　报纸上说了，就这些。

罗萨雷斯　您没有通过电话威胁他吗？

安塞尔米正在洗脸，他怒气冲冲地回答提问，一边擦干。

安塞尔米　　我再给你重复一遍，我对这件事一无所知。至于叫我跟您非常坦率，我没有理由需要这样。您自己说是作为朋友来的，但是这种友谊却又是调查的一部分。（微笑着）而且，我为什么要跟一个并不相信你的人做朋友呢？

　　　　　罗萨雷斯站了起来。

罗萨雷斯　　（也许很严肃）您说的有理，我的职责是要了解事实真相，我向您表达的友谊并不是毫无私心的。但是我觉得，如果您对我坦率，您也不会有什么损失。（他走到门口）请您考虑一下我说的话吧。

　　　　　渐暗淡出。
　　　　　安塞尔米走向依蕾内的家。碰到了拉手风琴的人，他像上次一样跟安塞尔米打招呼。

拉手风琴的　　又是一个充满乐观、活力、爽朗的早晨！这个地区，就像我的一个拍卖师朋友说的，这里是天堂。其他地方他都不会这样说的。关于这个实业家在自家厂里被肆无忌惮地杀死，您有什么新消息告诉我吗？尽管如此，我们也没有拉长着脸过日子。通常消息灵通的圈子正在谣传，说调查已经提前。报纸还说有人通过电话威胁死者！

安塞尔米拍了一下拉手风琴的肩膀，继续走他的路。渐暗淡出。

依蕾内家的门厅。

依蕾内　　（亲热地）你是来找我散步的吗？

安塞尔米　　你看，我很累。我们就待在这儿好吗？

依蕾内　　（犹豫片刻）随你吧。

面向背景深处的门开着。依蕾内关上门，把安塞尔米带到饭厅。在靠近阳台的地方，他们俩站着，面对面。依蕾内看着他的眼睛，给他整理头发。

依蕾内　　（像个母亲似的）真的，你显得很疲倦。身体不舒

服吗？

安塞尔米　　（稍稍有点不耐烦）我很好。

他在沙发上坐下来。

安塞尔米　　我搞到了一些钱。

依蕾内　　（有点惊讶）你真是了不起。

安塞尔米　　（略带苦涩地）只有那笔款子的五分之一。我只

搞到九百比索。

安塞尔米把信封递给依蕾内。

依蕾内　　太惊喜了。（一阵沉默）但是你怎么了？不高兴吗？

渐暗淡出。

快到傍晚的时候，安塞尔米走在郊区的一条街上。

在一辆卡车附近，碰上一群亚裔模样的小伙子。听到一

阵阵哈哈大笑和喊叫声。他转过脸去，看到这群人中有个长得奇形怪状、像猴子似的孩子正在被另一些人殴打（大家都穿得破破烂烂；有些人戴着领巾；另一些人则是大翻领的服装）。

小伙子一　　（对受害者）潘乔猴！你知道你是谁吗？一只潘乔猴！

小伙子一伸开手掌打受害者。

小伙子二　　如果给他看一只装了猴子的笼子，他会以为是在照镜子呢！

小伙子三　　（告诉大家）这是一只潘乔猴。

大家都在打受害者。

安塞尔米　　别欺负这个孩子。

安塞尔米走近他们。这群人中有人从他身后朝他耳朵边打了一拳。安塞尔米一拳把那个人打翻在地。所有的人都冲过来对着他干，包括那位受害者。他们把他推到卡车上，缚住他的双手，并把他撂倒在车上。卡车开动了。安塞尔米看到那些恶毒孩子们的脚和膝盖。他们唱着古怪的、令人生厌的进行曲。

他们把他撂在育马场的院子里。拉腊英正坐在那里看一只德鳌大丹犬扑向一个被粗暴地套上麻袋的男子。拉腊英旁边有一位漂亮的姑娘，面无表情，却很有自己的特色（长波浪的头发，丹凤眼，等等）；拉腊英心不在焉地抚摸着她的头发，绑架安塞尔米的那伙人中的头头，希望能够引起拉腊英的注意。他给那伙人一个小小的手势，叫他们稍等一下。大家都看着那条大丹犬是怎样进攻的。最后，这个头头的讲话终于被听到了。

那伙人的头头　　（对拉腊英）老板，就在我们要离开场子的时候碰到了这个人，我们就把他给带来了。

拉腊英　　（发怒了）你们这种胡闹究竟要搞到什么时候呀？对你们这帮人就是要用铁腕来对付。

那伙人呆若木鸡地看着拉腊英。

拉腊英　　这里，在城北地区，这位先生是我的客人。

安塞尔米　　一位不情愿的客人，没有尊严的客人。

拉腊英　　（对那伙人）这位先生不能留下来吃晚饭。（改变
　　　了语气）你们必须用丝棉纸把他给包好，给我把他撂到
　　　腾佩雷小镇去。

安塞尔米和拉腊英的那伙人又默默地回到卡车上。

姑娘　　（对拉腊英）你叫他们绑架这个人就是为了这个吗？
　　　你是怕摩根吗？

拉腊英　　我不是怕他们。不过我考虑过了。（坚定的语气）
　　　我这样做，就能让摩根的人不要插手城北的事情。

渐暗淡出。

安塞尔米站在卡车上那伙人中间。卡车恰恰来到发
生第一次事件的那个地方。

一位小伙子 （对安塞尔米）他们告诉我们，说您在城北是我们的客人，但是现在我们在城南了，而我呢又是个爱耍弄人的人。

这家伙张开手掌打安塞尔米的脸。镜头对准密密麻麻的一群人，一个个都以漠然的仇恨盯着安塞尔米。这伙人的脸都很严肃；突然，那个猴脸孩子做了一个鬼脸。这伙人又慢慢地回到了卡车上，眼睛还不停地盯着安塞尔米。他们走了，留下安塞尔米一个人。

渐暗淡出。

傍晚时分，在依蕾内家的门厅。依蕾内和罗萨雷斯。依蕾内穿着一件带口袋的毛衣；罗萨雷斯好像刚刚回来的样子，就在大门附近，手里拿着一顶帽子。两个人都站着。

罗萨雷斯 （继续在解释）我不想夸大事情。我不排除这个年轻人可能会出来澄清他的立场。如果你出面说情的话……

依蕾内 （冷淡地）我干吗要说情呢？这一切真是太粗暴

了，劳尔绝不是犯人。

罗萨雷斯　　也许他不是，但是有些事他必须澄清一下。他为什么要打电话给受害人呢？那天下午他在奥利沃斯究竟干了什么呢？人家看到他流血了。为什么最近他总是跟穷瘪三待在一起呢？

依蕾内　　这样子谈话是没有用的。

依蕾内打开了面向大街的门。罗萨雷斯垂着头，正准备出去。走到半打开着的门时停了下来。

罗萨雷斯　　（好像他还在沉思中）也许是他太需要钱了吧。

依蕾内　　（不自觉地）钱。

罗萨雷斯　　据说他从受害者身上洗劫了九百比索。

依蕾内慢慢地关上门。她来到房间，穿起雨衣，像梦游似的穿过屋子，来到屋子最里面的院子。庄园的一幅画旁边有一盏灯照亮着院子。劳拉以与上次相同的姿势、相同的服装，坐在那把吊椅上，手中拿着一束紫罗兰。

劳拉　（对依蕾内）我采了这些紫罗兰给你。

　　　　依蕾内走近劳拉，靠在吊椅的把手上。劳拉用别针把紫罗兰别在雨衣上。

劳拉　明天我要去庄园。

依蕾内　　明天，等路干了以后再去。

　　　　她离开并锁上了门。

　　　　渐暗淡出。

　　　　摩根家的门。安塞尔米，背对着镜头，他敲了门。门稍稍地开了条缝，有个男子露出头来，讲了几句话，听不太清楚，还做了一个叫人走开的手势，然后马上把门关上了。安塞尔米低着头走了。

　　　　渐暗淡出。

　　　　安塞尔米，背影，面对着他房间的门。透过透明的窗帘，他看到罗萨雷斯已经安排停当，正面对着点燃的火炉等他。安塞尔米走了。

渐暗淡出。

安塞尔米敲了依蕾内家的门，没有人回答。

渐暗淡出。

安塞尔米在一家店里喝东西。

渐暗淡出。

安塞尔米在田野里徘徊，天正下着雨。

在一个坡道上有一列火车。火车启动了。安塞尔米突然做出决定，上了一个二等车的车厢。

渐暗淡出。

依蕾内，穿着雨衣，在安塞尔米家。（雨衣扣已经解开）她正在跟另一个女人谈话。就是那位在罗萨雷斯第一场景看到的那个女人。

那女人　　安塞尔米先生不在，还有一位先生等不及了，就
　　　　　走了。

依蕾内　　那我来等他。

那女人　　那好，姑娘，你能不能帮我一个忙？有人给安塞尔米先生带来了一封信，叫我当面交给他本人的，现在我必须离开了，麻烦您交给他好吗？

　　那女人把那封信给了她，依蕾内把信放进了羊毛衫的口袋里。那女人给她打开了房间的门。依蕾内走了进去。她有点紧张。她用留声机放了勃拉姆斯的第二交响曲，想借助音乐转移注意力。突然她转过身，看到进来了一个男子——丹尼尔·埃斯皮诺萨——他的眼睛低垂着，讲话杂乱无章，还抽泣着。他戴着单翘檐帽，穿着外套，满脸胡子拉碴，已经好几天没有刮了。

依蕾内　　（感到非常惊讶）你是谁？发生什么事情了？

埃斯皮诺萨　　我是丹尼尔·埃斯皮诺萨。我是来找安塞尔米先生的，你觉得他很快就回来吗？

依蕾内　　我不知道，你为什么要找他？

埃斯皮诺萨　　我是来请他帮个忙，并且告诉他一些事情的。

166

我想告诉他，不要再跟那些罪犯搞在一起了，（停顿片刻）不过我自己也是一个罪犯。我也做过很可怕的事情，也不配原谅或者可怜。你，姑娘，也用不着跟我讲什么话。

依蕾内　　没有人是不值得宽容和同情的。

埃斯皮诺萨　　但我是一个杀人犯，一个叛徒。已经两天了，我实在是活不下去了。

依蕾内　　我也认为你不能再这样子生活下去了。现在，对不起，我觉得你应该有希望的。

　　依蕾内双手捂着脸。

埃斯皮诺萨　　我不知道。我不明白。（一阵停顿）他们随时都可能赶来的，我必须马上离开这里。

　　他走近大门。依蕾内跟着他。他们出去了，天下着雨。埃斯皮诺萨走在前面，他们本能地靠着墙壁走。镜头远远地跟着他们俩。雨越下越大了。在一个街角，他们在屋檐下躲雨。离他们几米远的地方，模模糊糊地（也许是可疑地）看到有个男子的身影在晃动。一辆汽车的灯光照亮着他们俩，也照亮了他们上方的一个标记，那是一头抬起前爪的雄狮，上面有一行字：亚美尼亚雄狮。汽车靠近他们了，打开了一扇门。

一个声音　（从汽车内）你们上车。

埃斯皮诺萨　（恐惧地，对依蕾内）我们必须照他们的吩咐做。

那声音逼她上了车。依蕾内的紫罗兰掉在了靠近人行道边。前面模模糊糊看到的那个身影，跨前一步，弯下腰去把紫罗兰捡了起来。汽车猛地转向调头；灯光照亮了那个拉手风琴的（就是前面看到的那个神秘的身影）。又一次看到了那个带狮子的标记。

车子里有三个摩根的人：一个开车；一个跨坐在折叠式加座上（这是一个大块头，默默无声，纹丝不动，抽着雪茄）；第三个在最后一排坐着。依蕾内坐在这最后一位的旁边。埃斯皮诺萨坐那个指路人的旁边，跟那个坐在"加座"上抽烟的人在同一边。大家悄然无声，天正下着雨。

埃斯皮诺萨　（看着车子里面）你们没有理由把这位姑娘卷进来。

　　谁也没有回答。抽烟的人把雪茄从嘴里边取出，像盖图章一样在埃斯皮诺萨的脸上按了一下。埃斯皮诺萨惨叫一声，用双手捂住自己的脸。谁也不敢再议论刚刚发生的事情。依蕾内在恐惧中挣扎。

　　渐暗淡出。

　　摩根庄园的大门是打开着的；汽车在屋前停住了。

　　庄园的门厅，摩根的另一个手下迎接他们。佩德罗坐在一个台阶上，这个人身材魁梧，粗鲁而卑贱。他以贪婪的目光看着依蕾内。

迎接他们的男子　（对那些绑架者）把埃斯皮诺萨带到你们知道的那个地方去。（对依蕾内）你不能离开这个房间，直到老板同意。

依蕾内一个人留在了房间里。一个男人的声音（布里萨克的声音）正从隔壁的一个房间里传出。因为疼痛，声音已经完全变了样。

男声　　他要弄断我的胳膊……（一阵停顿）他们会打断我的胳膊……（更长一段停顿）我已经跟你说了，你会把我的手臂弄断的。

依蕾内走近房门，想偷偷地看一下情况。她看到了依尔玛的房间，看起来好像里面什么人也没有。她小心翼翼地进去了。

女声　　（依尔玛的声音）他们会打断我的胳膊……（一阵停顿）他们要打断我的胳膊……（更长时间的停顿）我已经跟你说了，你会把我的手臂弄断的。

依蕾内来到一个地方，这里可以清楚地看到一个弓形窗：里边有两个人物——托尼奥·德·布里萨克和依尔玛·埃斯皮诺萨——构成一个对称的小组，弓形窗一边一个人。他们站着，但有点半跪着的味道。两个人都用左手扶着右手的手腕。布里萨克看着依尔玛，而依尔玛无望地看着上方。她穿着舞者的衣服；他穿着一件短袖衬衫和短裤。布里萨克个子矮小，神经紧张，有些冲动和矫揉造作，是十分灵活的杂技演员。一束头发，单片眼镜和八字胡装饰着他的脸。

布里萨克　（没有看到依蕾内进来）不行，绝对不行。你的表现太过了。这种表现就是我们的敌人。

依尔玛看到了依蕾内；她惊讶地看着她。

布里萨克　（对依尔玛）你要分散注意力，使劲地分散注意力。这个排练没有取得任何进展。

布里萨克注意到依蕾内来了。依尔玛发现了依蕾内雨衣上滴落的水，正在把地毯弄湿。

依尔玛　　　你想把艾思密尔娜地毯浸泡到什么程度？

依蕾内　　　喔，对不起。

布里萨克　　（帮依蕾内脱去雨衣，依蕾内惊讶地看着他）我们不谈这个事情。（把雨衣放在衣架上；朝依蕾内走去）你，亲爱的天降特技女神，你来做做评判吧。我正在给我们的室内剧场排练一个双幕喜剧。这是另一位女神依尔玛，今天她一直很冷漠。我的喜剧可以这样冷漠对待吗？第一幕：崇高的情感，在古罗马的一座宫殿，爱比克泰德，奴隶和哲学家，还有两位王子蒙受苦难而相爱的故事。第二幕：第一幕中的人物，但是在二十世纪郊区的一座公寓。于是他们发现那第一幕正是由第二幕中的一个人物写的。他想在这个浪漫的戏剧中寻找弥补他们不幸的办法。荣格、皮兰德娄等。还有一个问题需要解决：男女主角将会屈从我们这个时代而碌碌无为呢，还是会得到他们的幸福？你，作为女神，你来拿个主意吧。

　　　　　　依蕾内想说些什么。

依尔玛　　我会说，布里萨克，你不应该这样吹毛求疵。女主角当然是我来演。一个有头脑、高雅、显贵、健健康康的人怎么会有不好的下场呢？

依蕾内　　请你们原谅，我是跟一位先生来到这里的……

依尔玛　　跟谁？

依蕾内　　是一位上了年纪的人……好像叫埃斯皮诺萨吧。

依尔玛　　你们是怎么来的？

依蕾内　　是有人带我们过来的……坐一辆汽车。

　　　依尔玛突然站了起来，走开了。布里萨克不再自高自大了：他不安地看着依尔玛。

　　　镜头跟着依尔玛。她穿过一个狭长的撤空了的房间。房间昏暗，房间的一边地面上有个暗门。这里有一个楼梯通到地下室。地下室通明；从一个暗室里射出一道白色的光。然后在贴近地面的地方出现一张巨大的脸，这是一个男子——佩德罗——正从地下室走上来。佩德罗在窥视依尔玛。观众可能会以为佩德罗会袭击依尔玛。佩德罗走到她身边，像一只大狗那样吻她的双

173

手，并想摸她的大腿。她没有感到惊讶，也没有看他，就拒绝了他。佩德罗跪在地上，顺从地让她离开，但是两只眼睛死死地盯着她看。

依尔玛来到一个狭窄而高挑的房间，地面是瓷砖，中间有个网格栅栏。墙上没有窗子。埃斯皮诺萨的背影，脸上有血迹。他躺在地上，神志不清，喃喃自语。他睁着双眼，但是他没有看到依尔玛。

埃斯皮诺萨　　不要打我呀……我什么也没说。行了，求求你别打我，行了。

依尔玛弯下腰，绝望而粗暴地晃动着他。

依尔玛　　我是依尔玛，是你女儿呀。
埃斯皮诺萨　　（跟并不在场的人讲着话）行了，不要再让我痛苦了。我跟你说过了，是我杀了他。

依尔玛放开他，心里非常害怕，然后，她发疯似的又一次抓住他，晃动他。

依尔玛　　你跟谁说了？

埃斯皮诺萨　　那姑娘对谁也不会讲出来的。

依尔玛　　你给她讲了吗？

埃斯皮诺萨　　是的，放开我，放开我。

　　　　渐暗淡出。

　　　　依尔玛的房间。布里萨克和依蕾内在房间的另一
　　　　边，靠近窗子。

布里萨克　　（严肃地）我要再重复一遍，你现在很危险，一
　　　　个非常现实的危险。

依蕾内　　我不知道什么事情是真实的，什么事情是不真实
　　　　的，我处在噩梦之中。

布里萨克　　咱们走吧。

　　　　他打开窗子，逼她离开。房间里看到那副盔甲，上

面是依蕾内的雨衣。

渐暗淡出。

在这个狭长的撤空的大房间的黑暗处，依尔玛整理一下头发，抚摸了一下佩德罗，给他指了指通向大厅的门。佩德罗听了她的话，就朝她指的方向去了。他随后又马上出来了。

佩德罗　　他们已经走了。

依尔玛跑到大厅，以证明里面确实没有人，她指着那扇开着的窗子，大声喊佩德罗。

依尔玛　　他们还没有出大门呢。

佩德罗从窗子跳进了正在下雨的花园，磕磕碰碰地消失在庄园的黑暗深处。依尔玛在窗口，她准备跟着他一起去，但后来，面对大雨，她犹豫了。

镜头跟着佩德罗。他选择了两条分岔小道中的一条。那两条小道后来又汇合在一起，在最后的岔路口有一个杨树林，透过杨树林，佩德罗看到有个女人正在远去。他认出了依蕾内的雨衣。

佩德罗拼命地跑，追上她并把她打倒，把她掐死。街上，在一辆转弯汽车的灯光下，可以看到那个被杀女人的脸。是依尔玛。

布里萨克和依蕾内来到大门口。门已经关了。听到脚步声。

布里萨克　　咱们要想办法从庄园的后面逃出去，需要绕过这座房子。

当天晚上。安塞尔米在布宜诺斯艾利斯，沿着哥伦布大街向北走着。

后来我们又看到他在雷安德罗·阿勒姆大道的一家商店，胳膊肘撑在大理石桌子上，正面对着一杯酒。

安塞尔米在人工港附近的荒地里走着。他又困又累，实在撑不住了。后来我们看到他躺倒在地面的锚缆上。

他睁开眼睛，坐起身，茫然地看着四周。他看到了市场，看到了一排排昏暗的门面。他看到有个门面非常明亮，就朝这家店走去。就在他准备穿过马路的时候，一辆汽车在光亮处停了下来。拉腊英和一个女人下了车。这个女人可能是依蕾内。他们从一扇玻璃门进去了。在明亮的招牌上，Styx 这几个字母一会儿亮一会儿暗。一个军人风度的门卫，带点哥萨克人的味道，把守着大门。（这个门卫可以是摩根的保镖之一）

安塞尔米穿过大街。在那家店的大门一边，有个长方形图案在闪亮；这是一个半透明的玻璃橱窗。安塞尔米斜眼偷看了一下门卫，没让门卫发现，他就走近那个玻璃橱窗并急切地往里看。里边一对对的化装舞伴正在跳舞；可以看到三角兽、各种动物脑袋、主教僧帽、小丑的菱形帽等等。可以听到 *Till Tom Special* 的音乐。

门卫　　（热情地）可以进去的。这对大家都开放的。

安塞尔米走了进去。他来到一个小剧场。这是一个古老而豪华的剧场，不禁让人回想起第二帝国。场子狭小，但是很高，有好几层看台。就在平常放正厅座位的地方，很多人在跳舞。周边有许多桌子，每张桌子都有一盏灯，还有灯罩。安塞尔米想再往前走，但是人群挡住了他。谁也没有在看他。他沿着墙壁走，挤开人群，来到一张桌子旁。他坐了下来，低着头，很累的样子。但是，当他抬起眼睛时，看到了舞池另一边的依蕾内。她跟拉腊英和库宾坐在一起。他满怀渴望地看着她。在某个时刻，他们俩的眼光相遇了。他向她挥手问候；但是她好像不认识他。依蕾内站了起来，向他走过来；但是在他们俩已经很近的时候，她正好转过身去，始终没能看到他，然后她便消失在通往楼梯的那个入口处。安塞尔米想跟上她，但是有那么多人在跳舞，他只好回到自己的桌子。不久以后，在一处高高的看台，靠近天花板的地方，他看到了依蕾内。

安塞尔米　　（用手指着包厢问服务员）那个包厢是几号？
服务员　　高位包厢，是十九号。

　　　　安塞尔米顺着空无一人的台阶上楼去了，在楼梯转弯处放着带有烟灰缸的雕像（其中有的就是摩根庄园里的那种黑色雕像）。他来到了顶层；看到字牌上写着：高位包厢。他敲了十九号包厢的门。进去了。在一张空空的桌子面前，摩根坐在那里。安塞尔米还没有开口，摩根就给他指了指更高处的包厢，依蕾内就在那里。

摩根　　　依蕾内正面临着死亡的威胁，如果你去找她，你还可以救她，并且救你自己。

　　　　安塞尔米看着摩根。他显得那么阴沉、苍白、老态，已经病入膏肓。

安塞尔米　　　（关心地）你需要什么帮助吗？让你一个人这样待着我真感到不放心。

摩根　　　我很习惯一个人待着。我将永远是一个人。

　　　　安塞尔米出去了。他又上了两层楼。（注释：前面说十九号包厢在最高一层；现在却还有一个楼梯再往上走。）他来到一个包厢，门是开着的。依蕾内和拉腊英正在里面吃晚饭。安塞尔米想引起依蕾内的注意，但是他失败了。这时他听到了脚步声；看到波菲里奥·罗萨雷斯沿着长长的螺旋形楼梯下来了，要到他原来在的那楼层去。安塞尔米犹豫了一下，他就逃到与前面楼梯平行的第二个螺旋形楼梯。波菲里奥追他去了。安塞尔米从螺旋梯转弯的地方，看到拉腊英和依蕾内两个人起了争执。他继续往上走，在另一个楼梯转弯处又看到拉腊英拔出一支驳壳枪，一枪打在依蕾内的胸口。安塞尔米从楼梯上纵身跳下，跑向包厢。拉腊英已经不在那里。依蕾内，躺在地上已经死了。安塞尔米弯下腰靠近她，从自己口袋里取出一只戒指，套在死者的手指上。他站了起来，看到拉腊英就在楼梯附近。他追上去，顺着楼梯往下走。剧场已经空无一人。楼梯那边还是一片黑暗，好像看不到头。安塞尔米从楼梯的转弯处，看到拉腊英在下面很远的地方，打开了地板上的一个暗门，跳了进去。安塞尔米跑下来，向他扑去。他来到一条泥土地的大街，在一个空旷的地方，有树木（这是腾佩雷小镇附近的大街，曾经在这里看到卖面包的小车）。拉腊英已经消失不见。地上，就像曾经在包厢里一样，躺着依蕾内。安塞尔米把她抱在怀中；她半睁开了眼睛。

安塞尔米　　我终于跟你在一起了！

依蕾内　　（抚摸着他的头发）我不知道你是不是跟我在一起，劳尔，我已经是另一个人了，而这全是你的错。

很多奇怪的身影都映射到她的身上。安塞尔米转过身，看到四周围着他们俩的是戴着巨大化装舞会帽子的人。他们是库宾、拉腊英以及摩根那帮子人。他们走近安塞尔米，用驳壳枪对着他打。依蕾内消失了。安塞尔米倒下，也死了。库宾和杀人凶手，戴着巨大的僧帽和面具，弯腰靠近安塞尔米。

库宾　　他正在睡觉。马上就会醒过来的。

安塞尔米在一块荒地里醒过来。库宾和摩根的人围着他。他们没有化装。有一位先生（罗穆阿多·罗贝拉诺）陪着他们。这个人看上去像个定居者而不是游牧人。他的脸虽然不像魔鬼，但是应该说很丑。他戴着眼镜，戴着大礼帽，穿着外套，拿着雨伞。大家都看着安塞尔米，很关切的样子。（注释：他在睡梦中听到了 *Till Tom Special* 的乐曲声；现在他又听到了城市的声音。）

安塞尔米　（想稍稍幽默地表达）你们看到的我是什么样子啊!

库宾　这么说吧，我们的情况也不比你好多少。

安塞尔米怀疑地看着他。

库宾　（带有某种挑战意味的）你不相信我? （一阵停顿）你规定我们公司的毛资产应该是多少现金?

安塞尔米在锚缆上坐好。

安塞尔米　　我一点儿概念也没有。你想找我借贷款吗？

罗贝拉诺　　（十分震惊地）开个玩笑，不是的。你也不看看你所在的地方。（指着周边的空地）

库宾　　（没有考虑罗贝拉诺说的话，无情地）二千七百四十比索。一个子也不要多！你要是知道这么多张嘴一个月要消耗多少就好了！

　　　　　　安塞尔米惊讶地看着他。

库宾　　（重复那句话，那个腔调）你不相信我？

　　　　　　库宾取出一大把钱，在安塞尔米面前晃了晃。

库宾　　你想要这些钱吗？你需要这些钱吗？收下吧！对我们来讲，这些钱没有任何价值。

　　　　　　指着城里的一幢大楼。一幢有很多层的高楼。

库宾　　这个大厦是银行。这个星期天太阳出来之前，我们就会拥有它库里所有的黄金或者什么也没有拿到，而且我们再也不需要钱，因为我们都已经死了。

罗贝拉诺　　（沉思了一会儿）我宁愿要第一种可能性。

库宾　　那是最不可能的。做这种事是很难的，几乎是不可能的。正因为如此，所以我们正在想办法。摩根组织再也不能在贫困中得过且过了。我们宁愿面对令人恐惧的结局，也不要承受无休无止的恐惧。（雷蒂罗火车站的大钟敲起了午夜的钟声。库宾换了一种语气继续说道）好吧，安塞尔米，你把这些钱拿走，跟我们这些人告别吧。（一阵停顿）我们走了。

安塞尔米　　（站了起来）你把钱收起来，我跟你们一起走。（一阵停顿）也许我命该如此。（好像自言自语）我做这种事情，几乎就是为了最后杀掉我自己。

　　大家一起离开了。在路上，他们碰到一辆停在路边的卡车。库宾跟司机讲话。在他们将要去抢劫的那幢高楼附近，有一个正在建造中的工地。他们像一个个黑影行走在脚手架之间。翻过一面高墙后，他们来到一个狭小的内院。高墙上有一扇几乎看不见的小门。罗贝拉诺打开了门。他们来到一个很大的院子，静悄悄的，光线很好。还有些很大的门紧闭着，看上去是没办法进得了的。还有深深的走廊，看不到尽头。库宾下着命令。抢劫的人分成几个小组，他们沿着走廊远去了。安塞尔米与另外两个人出发了，其中一个是金发男孩。另外一些人去打开一扇大门，好让卡车进去。留下的是库宾、罗贝拉诺和两个面无表情的保镖。

罗贝拉诺　　（对库宾）所有这些有意思的冒险，都必须确保我个人的人身安全。不能容许丝毫的疑问而玷污了恺撒女人的好名声！

　　　　罗贝拉诺在讲最后一句话的时候，还用拳头捶打着自己的胸口。

库宾　　你放心吧，我刚刚吸收加入我们队伍的那个男孩，一定能实现这个目标。

罗贝拉诺　　这个半路闯进来的年轻人应该死。他的尸体要及时化妆，并且要穿上这件衣服。（他威风地抖了抖自己的大翻领）这尸体将会清清楚楚地证明，我，模范员工罗穆阿多·罗贝拉诺，是为了保卫这家坚如磐石的银行而牺牲的。

库宾　　（看了看表，对一位保镖说）你去看看佛尔克尔怎么了，他在警报控制室。

罗贝拉诺　　（热情高涨）这种配合真的非常棒。半路闯进来的那个人将要死，我也会消失，然后巧妙地出现在卡拉斯科，科帕卡瓦纳，蒙特卡洛，甚至巴塞罗那。我的生命直到今天一直是顺当的。现在，我要用将要到手的最大一笔钱财为我天然而放荡的生活办一个毫无限制的贷款。什么露天义卖游艺会、狂欢节、古巴狂欢节、赛跑、探戈、旋风烟火、慈善摸彩、雪茄烟、木薯淀粉饼，等等，统统不在话下。不过有一点，我必须要这具尸体。

库宾　　（严肃地）我向你保证，你可以放心，这具尸体肯定会有的。

安塞尔米和陪同他的两个人一起上了很高的楼梯。就在他们快要到达上面的时候，两个人中有一个站到了安塞尔米的身后。

　　他们来到一个圆形的回廊，在大楼中央大厅处有个口子，可以通向各个楼层。地上有木匠工具和涂料。楼梯有一段弓形扶手被拆了，靠在墙上。安塞尔米正走向最里面的一个门；他绕过空旷的场地，两个人跟在他身后，更加靠近那面墙了。其中一个人扑向安塞尔米；他连忙弯下腰，避开了；男子掉在了空旷的地上，粉身碎骨；我们从高处看到他双臂交叉着。另一男子拔出驳壳枪。安塞尔米马上扑了上去。两个人搏斗着。房子的某处响起了一声枪声。安塞尔米拿起对手的手枪。两个人一起下去了；安塞尔米走在后边，用驳壳枪顶着那个男子的后背。他们来到一条走廊，这里穿过一个拱门就是楼梯。在走廊的尽头，库宾和其他几个人露出头来。金发男孩利用安塞尔米感到惊讶的短暂机会，跑到了他同伴一边。他跑时还轻松地微笑了一下。另一些人开火了。在离他们很近的地方，那男孩倒下了，胸部受了伤，莫名其妙地死了。这时，在不同高度的走廊里，出现了保安，他们与库宾那伙人交火了（安塞尔米没有干预）。枪声中又响起了"呜啊呜啊"的警报声。一个保安倒下了。抢劫者逃走了。有些人拖着箱子装到卡车上去。罗贝拉诺打开一扇门，库宾和其他人都进去了。卡车从一扇很大的门开出去了。安塞尔米沿着他们进来的那个走廊走向出口处。

镜头再次对着库宾和罗贝拉诺。他们在一个后院，这里有个洗涤槽和一个煤气表。很安静。

罗贝拉诺 （非常激动）我完成了所有的任务。你们欠我应得的部分，必要的话我将诉诸法律。如果没有取得完全成功的话，你们要承担你们的责任。就连我杀死那个来自荒地的年轻人的时候，你们也没有能够保护我！

库宾 （好像面对事实要认罪一样）就这样跟我开了个玩笑。我没有当场把他给灭了，我给我内心的艺术家让了条路。我用我也说不清的什么贫困和危险的童话点燃他的激情。我想在杀他之前先派个用场。现在，鸟儿都飞走了。(他嘘了一声，双臂一摊)他也走了！

罗贝拉诺 （无情地，强烈地）你说他走了是不。这是由于你的愚笨，你无法开脱的愚笨。(用手指指着库宾)我们的计划有一个非常重要的支柱，现在黄了。现在缺少的就是我所要求的尸体！

库宾 （耐心地）你放心，这部分计划会实现的。他们会找到尸体的，他们会发现尸体就穿着你的衣服。尸体的脸还用不着化妆。

库宾取出驳壳枪把罗贝拉诺杀了。

渐暗淡出。

在马路上，安塞尔米看到库宾和他那帮人上了卡车，开走了。从银行大门出来一些人。安塞尔米不慌不忙去了市场。

安塞尔米从列车的窗口看着早上的情景。他在巴拉卡斯看到三匹马拉的四轮平板大车，后来又到了里亚却罗。

安塞尔米的房间。被百叶窗切断的阳光照射进来，把他唤醒了。安塞尔米惊慌失措地看看自己。发现自己还在床上，穿着衣服。他起了床。用水湿润了一下脸和头发便上了街，头发蓬松，领带松垮。时间还很早，马路上空无一人；百叶窗还都关着。靠近人行道的地方有辆送奶小车。

安塞尔米来到依蕾内家。他敲门，使劲地敲门。没人回应。安塞尔米犹豫了起来。拉手风琴的一瘸一拐地在街上走着。

安塞尔米　　真奇怪，怎么不开门。（停顿了一会儿）应该是太早了吧。

拉手风琴的　　现在，一切都很奇怪，先生。远的不说，就说昨天晚上，我是一些难以置信事件的目击者，更确切地说，是一个受害者。当时我在离你家不到一百米的地方，就在亚美尼亚雄狮的对面。突然出现了一辆汽车，就是几天前我在奥利登庄园看到过的那辆车。你的未婚妻小姐在一个受尊敬的人的护送下上了这辆车。她的一束紫罗兰掉了。我冒着大雨——毫无疑问，这雨水非常

191

有利于播种——扑上去把花捡了起来。我担心汽车会开走。这时汽车猛地发动，打起转来，把我给轧了。要不是我猛地一跳，我早就被碾死了。多么的紧张，好像他们存心要把我弄死似的。

安塞尔米看看他，又很快地走了。

安塞尔米朝摩根的庄园走去。路上，他看到曾经绑架他的那帮家伙的卡车驶过。

摩根家的门厅。安塞尔米从一边到另一边，踱来踱去。在一张圆桌子旁，摩根的一帮人正在玩牌，其中有一位土著欧裔老头，穿着灯笼裤，脚着拖鞋。他们严肃地玩着牌，不时地听到一些声音（几乎都是外国话的声音）。

吵闹声　耍花招。我要，来个大花招。（一阵停顿）我追加。我不要。耍个花招。

猛烈的敲门声。有人去开了门。拉腊英进来了，他把开门的人推开。

拉腊英　　（气势汹汹且傲慢无礼）快告诉摩根，就说佩德罗·拉腊英来了。（他抬高了嗓门）我要他马上接待我。

　　　　玩牌的人停了下来。只有土著欧裔老头好像与此毫无关系。

土著欧裔老头　　（对拉腊英，平静地责怪他）你没有看到吗？先生，你把他们搞糊涂了。我正在教这些外国人玩牌的技巧，而你狂妄的喧嚣分散了他们的注意力。

　　　　就在这时，有一个男子出现在楼梯的最高处。

拉腊英　　住嘴，醉鬼。

　　　　土著欧裔老头（个子相当矮小）站了起来，从腰间笨拙地抽出一把刀，扑向拉腊英。拉腊英马上拔出手枪对准他，等他靠近自己，最后一枪打在他的脸上，把他打死了。拉腊英掀翻了玩牌人的桌子（桌子连同纸牌、瓶子、杯子倒向围观的人），并看着他们收拾。

拉腊英　　就这样，我要把摩根的人通通摆平。

寂然无声。安塞尔米突然讲话了。

安塞尔米　　你刚才说的对我不管用，我不是摩根的人。但是我知道你做过一件见不得人的勾当。

安塞尔米的话一时间让拉腊英非常慌张。安塞尔米猛地一拳把他打翻在地，抓住了他的手枪。

拉腊英　　（微笑着）你的手脚够麻利的，喔？你，挺斯文的一个人，为什么跟这帮垃圾混在一起？我将要成为杀人凶手，但你的老板是个叛徒、骗子。你要知道：摩根派我，也派你去叫阿比杜马利克，他终生的好朋友过来。

后来他做什么了？他的人，我不管是哪一位（好像明白了什么似的看着安塞尔米），杀了阿比杜马利克。我好像什么也不是，想把我撇出银行的事之外。但是你们迟早会明白拉腊英是怎样的人。

慢慢地，摩根的人准备把拉腊英围起来。那个出现在楼梯最高处的男子又一次出现了。他劝他们不要这样做。拉腊英和安塞尔米跟这个没有关系。

安塞尔米　　这里边的事情都跟我没关系。你杀了一个人，而我现在可以杀掉你。我之所以不这么做，那是因为你，拉腊英，已经死了。你活在背叛和罪恶之中，你的死也将如此，这就是你的命。时间到了，其他像你一样的人也会把你杀掉的。（换一种口气）今天我明白了，我干不了这样的事情。因为我不是杀人凶手，也不是刽子手。

楼梯高处的那个男子走了。
拉腊英脸不改色地听完他的话。现在他严肃地回答了。

拉腊英　　也许您讲的有道理，但是我这一生就是暴力。如果我现在能活着出去，将来我还会把大家都杀掉，也会把你这个曾经打过我脸的人杀掉。你还是趁现在手上有武器把我给杀了，趁我不能杀你时杀了我吧。

　　　从楼上下来一个人，他一直在楼梯的第一个平台上看着下面发生的事。

安塞尔米　　确实如此，也许我真应该把你杀了，也许这正是我的一个弱点……问题是我不能杀你，也不能杀任何人。

　　　安塞尔米把武器递给他。然后，他改变了想法，微笑了一下。

安塞尔米　　最好还是不还给你。我们的较量还没有结束，你会当场把我杀了的。但是我不需要这个武器，什么也不要。

　　安塞尔米把驳壳枪从窗子扔了出去并上了楼。摩根的人还没有来得及反应，拉腊英开门就走了。

站在楼梯平台的男子　（对安塞尔米）你可以去见头头了。

　　重复安塞尔米第一次拜访摩根时走过的路线。那男子陪他一直走到螺旋形楼梯的下面。安塞尔米上去了。他来到摩根的房间。背对着他，在一张桌子前，老板就坐在扶手椅里。就像第一次拜访时一样，一个巨大的身影，映射在墙壁上。这个人转过身，微笑着很粗野地打招呼：是艾利塞奥·库宾（他穿着摩根的披风）。

　　桌子上有一个墨水瓶，一支鹅毛笔，一个手摇铃。地上是卡车上的那些人从银行搬出来的箱子。

库宾　真扫兴，我的好朋友！真扫兴！（兴奋地）你走的所有通向摩根的路都通到我这儿来了。在很长时间里，摩根只不过是我控制的一个俘虏。现在我把他干掉了。现在摩根就是我！

　　讲到最后一句话的时候，库宾拍了拍自己的胸脯。

安塞尔米　　（强烈地）我对这个故事不感兴趣。依蕾内·克鲁斯在什么地方？

库宾　　（拍着自己的前额）喔，我早该想到这一点的！这个女人他会感兴趣的。

　　库宾摇了一下写字桌上的手摇铃。两个保镖马上出现了；他们从安塞尔米身后通往露台的门进来。

库宾　　（对贴身保镖）把昨天晚上进来的那个女人带来。

　　安塞尔米稍稍犹豫了一会儿，便坐在了库宾面前。保镖们走了。

库宾 　（私密地）事实上我一直就是那个摩根。（他张开双臂）我就是那个令人敬畏的门面背后秘密的中枢！这里摩根，那里摩根，到处都是伟大的摩根。谁也没有注意到艾利塞奥·库宾，他的心腹人物。我在地上爬来爬去，对他顶礼膜拜。我从灵魂深处厌恶他！

　　　　　库宾站了起来，在房间里转来转去，手舞足蹈。

安塞尔米 　（鄙视地）我明白了：你过去是个伪君子，现在是个叛徒和杀人犯。

库宾 　（耸了耸肩）我们不来争吵这种事情。你不要可怜摩根：摩根杀你父亲的时候也不曾可怜过你父亲。

　　　　　安塞尔米把摩根看作一个失败者。库宾赢了。

库宾 　人都是非常肤浅的。大家都曾经相信摩根。（谦虚地，带着好心情）这是可以理解的，谁会把我这个模样的人当回事呢？（重新捡起话题）拉腊英本人也是相信

摩根的。我操纵这个傀儡，而拉腊英妥协了。我比摩根
更伟大！

安塞尔米站了起来。

安塞尔米 （鄙视地）你今天讲给我听的故事很高尚，但是
我不想再浪费时间了。我要去找依蕾内。

库宾不动声色，他摇了一下铃，保镖进来了。按照
库宾的示意，他们抓住了安塞尔米的胳膊。

库宾 你这么着急很高尚，但是很愚蠢。请你听到最后，
你会改变主意的。但愿我们能够相互理解！阿比杜马利
克曾经是摩根的老同志。他曾经派人用秘密的方式告诉
你，说我们准备杀你。我马上就明白了。所以我决定要
杀掉阿比杜马利克，并且让所有的怀疑都集中到你身上。
我相信你一定是第一个明白的，我办事只看是不是合适，
从来都是毫不留情的。

安塞尔米　　　你确实是我所见过的你这种类型中最完美的。

库宾　　（没有感觉话中的讽刺意味）安塞尔米，我给你一个好的出路！我把你放在这个组织的领导位置上。你具有感染力的坦诚，天然的诚实就是我们最好的名片。愿虚伪的谦虚不会让你害怕：老朋友、私人导师将永远在你背后，一词一句地告诉你，指导你的每个表情，你的大脑，大脑，大脑！

　　　在讲到"老朋友，好导师"的时候，库宾非常激动，他捶胸顿足起来。

　　　安塞尔米无法找到恰当的言辞来表达他内心的厌恶，他十分仇恨地看着库宾。

库宾　　（受到了伤害）你不想吗？（他摇了一下铃）你看看我是怎么对付那些造反者的吧。

　　　进来一个保镖。库宾悄悄地给他讲了几句。保镖出去了。库宾走近窗子，一脸好奇地看着（他的举动有点像猴子）。

两个保镖拖着丹尼尔·埃斯皮诺萨一步步出来了。他满脸伤痕，目光无神。库宾给他递过一把扶手椅。保镖把他扶上椅子。埃斯皮诺萨下巴贴在胸口上，双臂垂下，一动也不动，筋疲力尽。

库宾　　（提高了嗓门，好像埃斯皮诺萨在很远的地方）埃斯皮诺萨！埃斯皮诺萨！

保镖打埃斯皮诺萨耳光，好像他的头散了架一样，被打得晃来晃去。

保镖　　（对埃斯皮诺萨）老板在跟你讲话呢。

库宾做出不耐烦的表情，责骂保镖。然后把嘴巴凑近埃斯皮诺萨的耳朵。

库宾　　告诉我，摩根是怎么死的？快讲，不要害怕，不会有事的。

这里可以加进一些充满表现力的图像，什么东西爆发或开裂而有东西流出来：河堤因洪水而崩溃啦；陡峭的岩石因炸药爆炸，连同泥土、植物铺天盖地扑向镜头啦；雪山的一次雪崩啦；火灾中的一面墙垮塌；等等。

在垮塌或者爆发的最后时刻，显现埃斯皮诺萨的脸，他坐在那里。

埃斯皮诺萨　　我来讲摩根是怎么死的。别的事情我不能讲。我不能想其他的事情，直到世界末日。（一阵停顿）我本来是想救摩根的。但是他们发现了我。

埃斯皮诺萨描述的情景一幕幕地出现了，就像旧时的默片一样遥远而模糊。

埃斯皮诺萨在一个高高的房间里，他想从窗口跳出去。他们把他抓住了。我们从房间的内部看到这个情景，通过这个窗户，下面，在院子的另一边，我们看到

安塞尔米和一个保镖正在朝镜头方向张望。（见前文第一四六页）

埃斯皮诺萨　　我想自杀。（一阵停顿）后来他们又威胁我，要杀死我可怜的女儿。再后来就到了末尾。我帮他穿好衣服。我本应该把拐杖给他的，但是我没有来得及。

　　看到摩根站在黑白相间的地上，好像一座摇摇晃晃的雕像。埃斯皮诺萨去拿靠在桌子边上的拐杖。有个身影出现在门口。已经拿到了拐杖的埃斯皮诺萨又松开了拐杖。直到这时，这个情景完全是无声的；现在，在很近的地方，可以听到拐杖掉在大理石地面上的声音。镜头对准掉下去的拐杖；这个形象非常生动。下面的特写场面也非常生动。摩根试图走到拐杖那边去；他摔倒了，我们立刻看到了他的脸。我们看到正在走近的一个人的脚。听到炸裂声。摩根死了。镜头再往上推移：我们看到了拿着手枪的手；然后，是凶手的脸：是丹尼尔·埃斯皮诺萨。

埃斯皮诺萨　（慢慢地）我早就发现他们的目的是杀掉摩根。他们选择我来做刽子手。选择我就是为了永远不告发他们。

　　埃斯皮诺萨脸部的特写镜头：脸下垂，很憔悴，眼睛闭着，一动也不动。现在看到的是埃斯皮诺萨的脸，他讲完摩根之死的故事后，又显得昏昏沉沉。镜头远去。我们看到埃斯皮诺萨坐在扶手椅里，看到库宾和他的人马，还看到劳尔·安塞尔米。

库宾　（一阵沉默以后，不耐烦地）你再讲呀，再讲下去。

　　埃斯皮诺萨没有回答。库宾离开扶手椅，走近埃斯皮诺萨，侧着头看他。

库宾　（在短暂的打量以后）他不能再讲下去了，他已经死了。

　　库宾回到了扶手椅。

库宾　　好的。我来把这个结尾讲完。还缺少处置摩根的尸体的部分。杀他的人应该承担起这个任务。就在当天晚上，埃斯皮诺萨在我的人的监督下，把尸体抛到了铁路上。（摊开双臂，显出孩子般的惊讶）火车把他碾得粉碎！

　　　　听到外面有一阵枪声。库宾探出窗外。

库宾　　不会吧。拉腊英的人向我们进攻了。（对保镖）你们快点，每个人都站好自己的岗位！

　　　　听到连绵不断的枪声。库宾从食品柜里取出一支温彻斯特步枪。

库宾　　安塞尔米，不要忘记这个时刻。库宾投入了战斗。

　　　　一阵狂怒，库宾把一扇扇窗子都打开，瞄准并开枪。有一个进攻的人已经爬上了栅栏，库宾一枪把他撂倒。一颗子弹打中了库宾，他丢下步枪倒在了地上。子弹打穿了菱形彩色玻璃。安塞尔米从通向露台的那扇门走了。

渐暗淡出。

一扇门打开了，依蕾内露了一下脸，看到房间里没有人，她跑步穿过房间。正想进另一个房间的时候，她看到佩德罗（巨人）的手臂撑在窗台上。依蕾内一动也不动。一会儿，佩德罗倒下了。他死了。在整个这个场景中，枪声持续不断。

依蕾内来到一个很大的房间的门口，房间里有些柱子；房顶上，正中间，有一个长方形的口子，可以通到上一层的走廊。面对着依蕾内，安塞尔米在房间另一头的门口出现了，窗子面朝花园；库宾的人正在射击；依蕾内和安塞尔米张开双臂，幸福地向对方跑去，他们热烈地拥抱。窗子那边有个人摔下来，死了。枪声更加密集了。依蕾内和安塞尔米弯腰躲避。

渐暗淡出。

拉腊英对着锁芯开了一枪，打开了客厅的门。地上是打翻的桌子，纸牌，破碎的瓶子和杯子，还有被拉腊英打死的那名男子。

　　依蕾内和安塞尔米所在的房间。枪声还在继续，震耳欲聋。依蕾内和安塞尔米脸朝下，趴在地上；他们俩讲着话，完全不理会危险，好像心醉神迷一般。

依蕾内　　从昨天晚上到今天，多少时间过去了！好像是做梦一般，我记得他们把我绑架了，我跟埃斯皮诺萨先生讲过话，还有（她微笑着，从毛衣口袋里拿出一信封，把它交给了安塞尔米），他们叫我把这封信交给你。

安塞尔米　　（微笑着）咱们在余下的生命里再来读这封信吧。

　　安塞尔米拆开信封，看了一眼。

安塞尔米　　命运真是太讽刺了。兰迪工程师告诉我，可以去取六千五百比索。就是咱们谈到的那笔钱。依蕾内，庄园有救了。

依蕾内　　不，不是庄园，是我们的家。那个庄园我们好多年

208

以前就已经没有了。只要我那个家还在，我就会有我的妹妹，就不用把她送到疗养院去。我可怜的妹妹已经疯了。

拉腊英进来了，他拿着手枪，走向依蕾内和安塞尔米；他悄悄地靠近，没让他们俩发现。布里萨克从上方的走廊里扑向拉腊英，把他打倒。他们死死地缠在一起搏斗着。（从窗子外射进来的）一颗子弹把拉腊英打死了。

布里萨克示意依蕾内和安塞尔米跟着他走。他们从院子里出来，从花园逃走了。枪声停了。看到警察正在进入房间。他们来到一棵硕大竹子后边的一个隐蔽的小铁门。

布里萨克　　天堂是属于那些好战分子的。但是回到和平，回到地球也没有什么不好。（指着一条马路。）

安塞尔米　　（思考着）请你再重复一下刚才那句关于天堂的话吧。

布里萨克　　我想起了从摩根那边听到的一句话。穆斯林说，天堂就在利剑的阴影中。摩根告诉我，在亚历山大的黑社会，讲到那些死期已定的人时常常会说，他们已经到了信徒天堂。

安塞尔米　　现在我明白应该带给阿比杜马利克什么信息了。

　　　　　　　听到一声枪声。

布里萨克　　（指着那扇小门）我们可以从这里出去。

安塞尔米　　我不行，我还有件事情需要讲清楚。

布里萨克　　（正在开门）我唯一的徒弟死了，我必须另外再
　　找一个。（他出去了，在街上对依蕾内）你会不会就是我
　　要寻找的那另一个呢？

依蕾内　　我想不会吧。我会跟劳尔待在这里。

　　　　　　　布里萨克鞠了一躬，走了。一会儿他又回过头来，
　　　　张开双臂，面对着观众说。

布里萨克　　我已经找到了这部剧的结局：男女主角将会很幸福!

　　　　　　　　　　　　一九五〇年二月二十日于老地方

Jorge Luis
Borges
Adolfo
Bioy Casares

Crónicas de Bustos Domecq

布斯托斯·多梅克纪事

[阿根廷] 豪尔赫·路易斯·博尔赫斯 阿道夫·比奥伊·卡萨雷斯 著

轩乐 译

上海译文出版社

献给三位被遗忘的伟人：毕加索、乔伊斯和勒·柯布西耶

每种荒谬现在都有了冠军。

奥利弗·戈德史密斯，一七六四

每个梦都是一个预言：每个玩笑都是时间子宫里的一份赤诚。

吉根神父，一九〇四

目　录

序　言

　　应某位多年老友和某位可敬作家之邀，我再次开始面对固执地埋伏在序言作者面前的风险与烦恼。说起来，这些东西倒没有回避我的放大镜。现在轮到我们像荷马描述的那样，在相对而立的两处险境间航行了。一个危险是卡律布狄斯：用很快会被正文内容驱散开的复杂蜃景去奋力吸引无精打采的、丧失了阅读意愿的读者。另一个是斯库拉：压抑我们自己的光彩，以免使接下来的文字材料显得暗淡无光，甚至被湮灭。只是，不可避免地，游戏的规则显然更加强势。我们就像收着爪子，避免一掌下去把驯兽员的脸蛋抓个稀烂的华丽孟加拉虎，遵循着序言这一文类的各种要求，但也没有放下批判的全部解剖刀。

读者一定会有的此类疑虑是不实际的。没有人会想把简洁的高雅、一剑探底的精准、杰出作家的宏大世界观与那掏心掏肺、老实巴交的散文做比较，后者就像是一个穿着拖鞋的老好人在一顿顿午觉间写出的值得称颂的、充满乡巴佬浑话和怨言的纪事。

　　有传言说，一位布宜诺斯艾利斯的哲学家——出于良好的教养，我不能透露其姓名——已写好一部小说的草稿，如果没有变化的话，这部作品将被命名为《蒙特内格罗一家》，这一流言使我们原先写叙事文的、颇受欢迎的"丑八怪"[1]，转身投向了评论界，不过倒不是因为他愚钝或是懒惰。我们就承认吧，这一寻找自己位置的英明举动得到了应有的奖励。除去不止一处无法避免的瑕疵之外，这本今天轮到我们作序的爆炸性的小书显露出了足够的价值。它的文字原料为好奇

1　对 H. 布斯托斯·多梅克的昵称。（H. 布斯托斯·多梅克注）——原注

的读者带来了此种文类从来没有为人们提供过的兴趣。

在我们所处的混乱年代，负面评价显然已经失去了效力；它首先是一种不考虑我们喜恶的、对民族价值和本地价值的肯定，这些价值，尽管持续时间不长，却划定了当今时代的准则。另一方面，眼前这篇署名为我的序言是一位我与之经常碰面的朋友请求[1]我写的。所以我们还是把注意力集中在它的贡献上吧。带着他的沿海魏玛为其提供的视角，我们估衣铺[2]里的歌德开始了一种百科全书式的记录，一切现代元素都在其间震颤。想潜入小说、抒情诗、旋律、建筑、雕刻、戏剧以及各式各样视听传播手段这些为时代盖章的事物里做研究的人，都不得不撞见这本不可或缺的手册、这条阿里阿德

1　此话有误。请您重温一下记忆，蒙特内格罗。我从来没有向您请求过任何事；是您自己出现在印刷作坊的，还说了些唐突不当的话。（H. 布斯托斯·多梅克注）——原注

2　在蒙特内格罗博士的多次解释之后，我便不再坚持，放弃了那封邀请巴拉尔特博士撰文的电报。（H. 布斯托斯·多梅克注）——原注

涅的线，他会把它攥在手里，直至找到弥诺陶洛斯。

　　或许会有众声响起，一同指责中心人物的缺席，一位在高雅的概述中，可以将怀疑论者与运动员、文字祭司长与床上的种马调和在一起的中心人物的缺席，不过，我们还是不要将这疏漏归咎于嫉妒心了，尽管它是更合理的解释。我们就说是因为这位匠人天然的谦虚吧，他很明白自己的短处。

　　在我们正无精打采地翻看这本值得赞扬的小册子时，一次偶然的、对拉姆金·弗门多的提及瞬间驱散了我们的睡意。一种充满灵感的恐惧令我们困扰。这个人物真的有血有肉地存在着吗？他难道不是另一个拉姆金——那个虚构的傀儡、用自己高贵的名字为贝洛克的讽刺故事冠上题目的人物——的相似者或者回声吗？类似这样的烟雾降低了这份为人提供资料的作品的价值，因为它只应该追求保证——请您好好理解一下——诚实、朴素及流畅。

　　作者在研究巴拉尔特博士的六卷书册——这些书从该博

士那不可抵挡的键盘上涌出，令人喘不过气，内容也没有什么价值——时，对团体主义概念的那种轻率态度同样难以被原谅。作者在各个组合而成的纯粹乌托邦中——那是那位律师的塞壬女妖所耍的手段——停留，忽视了真正的团体主义，而这种主义正是当今的秩序与更稳妥的未来的坚实支柱。

　　总之，这是一部并不算不体面的作品，还配得上我们用宽容的剑来拍拍它的背。

赫瓦西奥·蒙特内格罗

布宜诺斯艾利斯

一九六六年七月四日

致敬塞萨尔·巴拉迪翁

　　毫无疑问，当代评论界已达成一种共识，众人都一致称颂塞萨尔·巴拉迪翁作品的繁复多样，赞美其永不枯竭的热情精神；然而，我们不该忘记，共识的形成总有它的道理。同样，我们也难免会提起歌德，不乏有人认为，之所以有这样的联系，是因为这两位伟大作家具有相似的外貌，并且，相对偶然地，他们都曾写过一部《艾格蒙特》。歌德说，他的精神向所有方向的风敞开；巴拉迪翁则避开了这样的断言，的确，他的那一部《艾格蒙特》中没有类似的表态，然而，他所留下的变幻多样的十一卷巨著却证实了，他本人完全可以接受这样的开放态度。歌德与我们的巴拉迪翁都向众人展示了他们的健康和强壮，那是构筑天才作品最好的基础。艺术的俊美农夫，他们双手掌犁，坚定地分开菜畦。

　　铅笔、雕刀、纸擦笔以及照相机令巴拉迪翁的形象深入人心；对他广为传播的肖像，我们这些认识他本人的人似乎抱持着不公正的轻视态度，因为那形象并不总透着大师本人所散发的威严与男子气概，那仿佛持久、宁静，却不至于耀人眼的光辉的男子气概。

　　一九〇九年，塞萨尔·巴拉迪翁在日内瓦担任阿根廷共和国领事；在那里，他出版了自己的第一本书：《废弃的公园》。这一被当今的藏书家们竞相争夺的版本是由作者本人努力校对的；然而，毫无节制的印刷错误令其失色不少，因为当时那位加尔文派排版工是位彻彻底底的西班牙语白字先生。对小史大感兴趣的人应该感谢一段如今已无人记得并十分令人不悦的插曲，它唯一的好处就是清楚地阐明了巴拉迪翁文体学概念那几乎不道德的独创性。一九一〇年秋天，一位重要评论家将《废弃的公园》与胡里奥·埃雷拉·伊·雷西格[1]所著的同名作品放在一起进行了比较，意图得出巴拉迪翁——还请诸位忍抑笑

----

1 Julio Herrera y Reissig（1875—1910），乌拉圭诗人、剧作家、散文家，为乌拉圭文学现代主义先锋派领军人物。

意——抄袭的结论。出自两本书的大量引文被放在平行的两栏文字框中出版，据评论家本人所讲，证实了他所提出的非同寻常的指控。然而，这一指控终究落得了一场空；读者们没有把它放在眼里，巴拉迪翁本人也没有屈尊回应。我并不想记起那位小报作者的名字，他很快就意识到了自己的错误，并永远地保持了沉默。不过，显而易见，他的评论实在是盲目得惊人！

一九一一至一九一九年，巴拉迪翁的多产简直达到了非人的程度：他以迅猛之势接续出版了：《奇异之书》、教育小说《爱弥儿》、《艾格蒙特》、《德布希阿纳斯》（第二辑）、《巴斯克维尔的猎犬》、《从亚平宁山脉到安第斯山脉》、《汤姆叔叔的小屋》、《共和国首都划分时期前的布宜诺斯艾利斯》、《法比奥拉》、《农事诗》（奥乔亚译本）、《论占卜》（拉丁语著作）。就在他全情工作时，死亡降临了；据他的挚友证实，在去世前，他的《路加福音》已经准备得差不多了，那是一部《圣经》风格的作品，可惜没有留下草稿，想来如果能读到它，将会是有趣至极的。[1]

1　因为一次突发奇想，巴拉迪翁选择了希奥·德·圣米盖尔的译本，这大体可以说明他是怎样的一个人了。——原注

巴拉迪翁的方法论是如此多评论专著、博士论文的研究对象，以至于任何新的总结都显得冗余。我们只需大致概括就已足够。它的关键思想已被法雷尔·杜·博斯克在其专著论文《巴拉迪翁—庞德—艾略特之共性》（Ch. 布雷遗孀书局，巴黎，1937）中一针见血地指出来，那便是"单位的延展"。通过引用米利亚姆·艾伦·德·福德的文字，法雷尔·杜·博斯克清楚地将这一点阐明出来。在我们的巴拉迪翁之前及之后，作家们从共享资源中挑选使用的文学单位都是词语，顶多是习语。仅拜占庭的或中世纪僧侣的诗文汇编将审美范畴放宽，收选了整段整段的诗句。在我们的时代，一个抄袭《奥德赛》的片段为庞德《诗章》中的一篇拉开了序幕，T. S. 艾略特的诗作中则包含有戈德史密斯、波德莱尔及魏尔伦的诗句，这已是众所周知的事了。不过，一九〇九年时，巴拉迪翁就已经走得比这更远了。这么说吧，他吞下了一整部作品——胡里奥·埃雷拉·伊·雷西格所著的《废弃的公园》。莫里斯·阿布拉莫维奇私下吐露的话语向我们揭示了巴拉迪翁在面对诗歌创作的艰苦任务时所怀有的细致的顾虑和近乎无情的周密：比起《废弃的公园》，他更偏爱卢贡内斯的《花园的黄昏》，不过他并不认为应当把它模仿出来；相反地，他承认埃雷拉的书在他可能写出的作品之内，在自己的文字中，他已经把这层意思完全表达出来了。巴拉迪翁为书冠上自己的名字，印了出来，没有删除或添加哪怕一个逗号，这是他一贯的原则。在我们面前的，是这个世纪最为重要的文学事件：巴拉迪翁的《废弃的公园》。事实上，比埃雷拉所著的那本同名书更早的书，无论多古老，都会重复更早以前的某部作品。从那一刻起，巴拉迪翁就接受了此前没有人尝试过的任务，那便是潜入自己的灵魂深处，出版能表达那灵魂的书籍，但绝不为已经存在的沉重书库增加负担，也绝不会落入那种"写出了一行字"的廉价虚荣。在东西方的图书馆为他举杯致敬的盛宴上，这位先生怀着永不消减的谦逊，拒绝了《神曲》及《一千零一夜》，仅出于人道考虑，和蔼可亲地屈尊接受了《德布希阿纳斯》（第二辑）！

人们并不清楚地知晓巴拉迪翁思维演化的全部过程；比如，没有人可以解释那座从《德布希阿纳斯》等作品通往《巴斯克维尔的猎犬》的神秘的桥。我们这些人会毫不犹豫地抛出我们的假设：这样的创作轨迹是正常的，是一位超然于浪漫情绪波动之外的伟大作家会走的道路，他终将在经典作品那超乎寻常的宁和中加冕为王。

让我们在此澄清一下，巴拉迪翁一直置身于学院遗风之外，完全无视已死去的语言。一九一八年，带着那如今令我们动容的羞涩，他参考奥乔亚所译的西班牙语版，出版了《农事诗》；一年之后，已经了解了自己精神广度的他又出版了拉丁语版的《论占卜》。是什么样的拉丁语呢？西塞罗的拉丁语！

对于一些评论家来说，在出版过西塞罗和维吉尔的文字之后再出一部福音书，包含着某种背叛经典的意味；而我们则更愿意在这巴拉迪翁没有走出的最后一步中，看到一种精神上的创新。总而言之，那便是由异教走向基督信仰的一条神秘却明晰的路。

没有人能忽视，巴拉迪翁不得不自己出钱来出版他的书籍，且印数少之又少，从未超过三四百本。事实上，他的所有书都一售而光，那些受到慷慨眷顾，有幸得到了《巴斯克维尔的猎犬》的读者纷纷被作品极其特别的个人风格所吸引，渴望着能一读《汤姆叔叔的小屋》为快，但这部作品可能已无处可觅了。正因如此，我们要鼓掌致意，赞美极端反对派的议员代表的壮举，他们在坚定地支持我们文豪中最具原创性、多样性的那一位的官方作品全集。

与拉蒙·博纳维纳一起度过的下午

　　一切统计数据，一切单纯的描述性或信息性的工作，都是以那个璀璨却可能不理智的希望为前提的，那个前提便是，在广博的未来里，类似我们这样但比我们更清醒的人，会从我们留给他们的数据中，推断出某个有用的结论或某段令人钦佩的概括。遍览过拉蒙·博纳维纳的六卷《北—西北》的人可以不止一次地依靠本能察觉到，存在这么一种可能性，更确切地说，存在这么一种需要，在未来一起完善和完结这位大师所奉上的作品。我们得赶紧提醒一下大家，这样的思考完全是个人行为，绝不是博纳维纳所授意的。有人认为，这部他为其奉献一生的作品实现了美学或科学的超越，在我唯一一次与他的对话中，这位先生完全否定了这种观点。时过多年，就让我们来回忆一下那个下午吧。

一九三六年左右，我在《最新时刻》的文学增刊工作。当时主编的兴趣点也包括文学议题，于是便在一个寻常的冬季礼拜日派我去小说家位于埃斯佩莱塔的隐秘居所做采访，那时他已小有名气，只不过还没到特别著名的程度。

他的家直到现在都保存得很好，那是一栋平房，屋顶平台上突兀地立着两个带栏杆的阳台，可悲地显示着预先设计好的更高一层。是博纳维纳本人给我们开的门。他戴着茶色眼镜，就是他流传最广的那张照片上所戴的那副，看起来像是在呼应某种暂时的病痛，对他的轮廓也没有起到任何修饰的作用，他的脸颊很宽很白，五官都像是被隐去了。这么多年后，我能记起的，大概还有一条麻布罩袍和一双土耳其便鞋。

他的礼貌很自然，但也没能掩饰住他的戒备心；最开始，我以为那都是拜谦逊所赐，但很快就明白了，这位先生非常自信，正在不紧不慢地等待众人一致将他推上神坛的时刻。他一直坚持着高标准严要求且无穷尽的工作，所以在时间上很吝啬，几乎，或者说根本就不在乎我为他提供的广告宣传。

他的办公室里——那儿有种乡间牙科诊所候诊室的感觉，

挂着蜡笔海景画，摆着牧人和狗的陶瓷像——书很少，最多的是各行各业以及各个学科的词典。再提一句，书桌的绿毛毡垫上的高倍放大镜和木工尺也并没有让我感到意外。咖啡和烟不断刺激着我们的对谈。

"很显然，我读了很多遍您的作品。不过，我认为，为了让普通读者、让大众能相对更好地理解这部书，您最好能用综述精神来笼统地概括一下《北—西北》的酝酿过程，从最初的细微念头到最终的长篇巨著。"我有点儿胁迫他的意思，"从头道来，从头道来！"

一直没有表情的灰色面孔在那一刻有了神采。随之而来的，将会是倾泄而出的精炼话语。

"最开始，我的计划并没有超出文学范畴，甚至没有超出现实主义范畴。我所渴望的——说起来也不怎么特别——就是写出本土小说，很简单的小说，塑造一些人物，讲述大家所熟知的反对大庄园的抗争。我想到了我的镇子埃斯佩莱塔。我当时对唯美主义一点儿都不感兴趣。只想对当地社会的某个特定方面做出一种很诚恳的见证。最先把我拦住的困难是那些琐碎的细节。比如人物的名字。如果把他们现实中的姓名安在人物身上，就要面临诽谤指控的风险。办公室就在附近的加尔门迪亚博士是个戒备心很强的人，他曾经很肯定地告诉我，埃斯佩莱塔的普通人都很爱找麻烦。不过，还可以编名字，但这就相当于对虚构敞开大门。我于是选择了大写字母加省略号的形式，只是这个办法最终也没能让我满意。随着对主题的深入，我明白了，最大的困难并不是给人物命名；而是精神心理方面的问题。我怎样才能钻进我邻居的脑袋里？怎样才能在不舍弃现实主义的情况下猜出其他人的想法？答案很明白，但是最开始我并不想看到它。我调整目标，瞄准了写出一部家畜小说的可能性。但是怎么才能用直觉去感知一条狗的大脑运作呢？怎么才能进入一个视觉弱于嗅觉的世界呢？我有些晕头转向，撤退到了自我里面，觉得除了写自传之外，已经没有别的选择了。但那儿也有座迷宫。我是谁？今天的我，是否头晕目眩？昨天的我，是否已被忘却？明天的我，是否不可预见？还有什么是比灵魂更不可感知的？如果我为了写作而监视自己，这种监视会改变我；如果我放任自己自动写作，那么我就是在放任自己的漫无目的。不知您是否记得那件事，我想应该是西塞罗讲的吧，说的是一个女子去一座寺庙寻找一道神谕，在不知不觉间说出了一些词句，其中就包含了她自己所期望的答案。在埃斯佩莱塔，我身上发生了类似的事。我重读了自己的笔记，倒不是想找到一种解决办法，而是想去做一些事情。我要找的钥匙就在那里。就在某个有限的领域这几个字中。我写下它们时，所做的只不过是重复一个稀松平常的比喻；而重读它们时，某种启示让我惊异不已。某个有限的领域……还有哪个领域是比我办公的松木桌的一角更有限的呢？我决定局限于那个角落，局限于那个角落有可能展现给我的东西。我用这把木工尺去量——您可以随意检查——桌腿，证实了桌面位于离地面一米一五的高处，我认为这个高度很合适。再往上不断升高，会有碰到房顶、屋顶平台的风险，很快还会到达天文学所涉及的高度；向下，要是不陷入地球内部，我便会沉入地下室，或者到达亚热带平原。除此之外，那个被选中的角落所呈现的都是有趣的现象。铜质的烟灰缸，还有双头铅笔，一头是蓝色的，另一头是彩色的，等等。

说到这儿，我便按捺不住打断了他：

"我明白，我明白。您讲的是第二章和第三章。我们都了解那个烟灰缸：它的铜质色调、特定重量、直径，铅笔和桌子之间不同的相互关系，标志的设计、工厂价、零售价，以及其他不仅恰当而且严谨的数据。谈起那支铅笔——那可是一支金辉柏 873 啊——我还能说些什么呢？您发挥您的概括天赋把它压缩在八开二十九页纸上了，哪怕是最难以满足的好奇心都不会再渴望了解更多东西了。"

博纳维纳并没有脸红。他不紧不慢地开始重新掌控那场对话：

"我看，种子并没有落到犁沟外嘛。您已经吃透我的作品了。作为奖励，我赠送给您一个口头附录吧。它涉及的不是作品本身，而是创作者的疑虑。把通常占据书桌北—西北角的物品记录下来是一项赫拉克勒斯式的任务，我花费了两百一十一页的篇幅来记述这项工作，它一完成，我便自问更新存货是否合适，这里说的是专断地引入其他物品，把它们放置在磁场中，废话不说地开始着手描述它们。这样的物品，不可避免地被我的描述任务选中，从这个房间，甚至这栋房子的其他地方被带来，不可能像最开始的那些物品那样自然、自发。然而，它们一旦被放置在那个角落，就变成了现实的一部分，就会呼唤一种类似的待遇。道德与美学的短兵相接！这个难题被面包店派送员的出现解开了，那是一个完全值得信任的年轻人，虽然有些笨拙。我们提到的这个笨人扎尼凯利，按俗话说，到这里是来做我的天外救星的。他的迷糊帮我做了结。怀着带有恐惧的好奇心，我像渎神的人一样，命令他在那个已经空了的角落里放上东西，任意什么东西都可以。他放了一块橡皮、一支自动铅笔，又重新放上了那个烟灰缸。

"著名的贝塔系列！"我突然大叫，"现在我终于明白了那像谜一样的烟灰缸的回归，您用了几乎同样的语句进行重复叙述，只不过这一次还提到了自动铅笔和橡皮。不止一位肤浅的评论家认为他们在这里看到了一个失误……"

博纳维纳插了话：

"我的作品里没有失误。"他带着完全合理的庄重态度声明道，"对自动铅笔和橡皮的提及就是十分有力的标志。在一位您这样的读者面前，去详细描述之后放置的种种物品是没有用的。只需说明，我闭上了双眼，任那个笨人在那儿放上一样或多样东西，之后就上手写作！理论上，我的作品是无穷无尽的，实践上，在处理完第五卷第九百四十一页[1]后，我恢复了自己休息的权利——您就称它为中途小憩吧。"在除此之外的地方，描述主义一直在蔓延扩张。在比利时，人们正在庆祝《水族馆》的第一稿，我想，这部作品在提醒人们去注意那不止一种的异端邪说。在缅甸、巴西以及布尔扎科也都出现了新的热点。"

不知怎么，我感觉到采访已经接近尾声。为了给告别做铺垫，我说：

"大师，在走之前，我想最后再请求您一件事。我可以看一眼作品中写过的某样东西么？"

"不可以。"博纳维纳说，"您看不到。每一件放在那儿的物品，在被下一件取代之前，都被很严格地拍摄了下来。所以我得到了一套非常棒的底片。一九三四年十月二十六日，它们都被毁掉了，我当时真的很难过。物品原件毁掉的时候我就更难过了。

我顿时沮丧起来。

1　没有人可以忽略 1939 年作家去世后出版的第六卷。——原注

"怎么？"我甚至有些结巴，"您怎么敢毁掉 θ 黑棋的象和 γ 锤的锤柄呢？"

博纳维纳悲伤地看着我。

"牺牲是必要的。"他解释道，"作品就像成年的孩子，得靠自己活了。保留原物会给它带来不合宜的核对比较。评论会被诱惑、挟持，以作品是否忠实于原物的标准来评判它。这样我们会落入唯科学主义中。您应该很清楚，我否认我的作品只具有科学价值。"

"当然，当然。《北—西北》是一种美学创造。"

"这是另一种错误，"博纳维纳做出了判定，"我否认我的作品只具有美学价值。这么说吧，它有自己的地位。所有被它唤醒的情绪，眼泪、掌声、鬼脸，这些我都不在乎。我并不想去教导、感动、娱乐他人。这部作品走得比这些更远。它同时渴望最卑微与最崇高的东西：它就在宇宙某处。"

他把坚固的脑袋缩进肩膀，没有再动。眼睛也不再看我。我明白拜访已经结束，便尽快离开了那里。余下的只有沉默。

寻 找 绝 对

　　无论我们有多心痛，都得鼓起勇气承认，拉普拉塔河的目光是投向了欧洲去的，它藐视和忽略了自身的真正价值。聂伦斯泰因·索乌撒就毫无疑问地证明了这一点。费尔南德斯·萨尔达尼亚在《乌拉圭传记辞典》中省略掉了他的名字；蒙特伊罗·诺瓦托则只列出了他的创作年限（1897—1935）及其作品表，这些作品中流传度最广的为：《可怖的平原》（1897）、《黄晶午后》（1908）、《斯图尔特·梅理尔艺术作品及理论》（1912），后者是一部充满智慧的专著，赢得了不止一位哥伦比亚大学助理教授的称赞，此外还有《巴尔扎克〈对于绝对的探索〉中的象征手法》（1914），以及颇具野心的历史小说《哥门索罗封地》（1919），不过该作品被作家在临终之前舍弃了。在上世纪末的巴黎，聂伦斯泰因·索乌撒经常参加一些法国-比利时文艺聚会，不过，在诺瓦托简洁的记录中一再搜寻相关的蛛丝马迹纯属白费工夫，因为索乌撒甚至连一位安静的听众都算不上。同样地，那本记录也没有提及《小摆件》，那是他的混合题材的遗作，由他的一群将自己简称为 H.B.D. 的友人在一九四二年出版。此外，尽管存在大量的，但不总是忠实于原著的，出自卡图勒·孟戴斯、埃弗拉伊姆·米克尔、弗朗茨·韦尔弗以及亨伯特·沃尔夫的索乌撒作品译本，人们却发现，诺瓦托完全无意提起它们。

据观察，他的文化背景很多元。他的意第绪语家族为他打开了通向条顿语文学的大门；布兰内斯牧师向他轻松地传授了拉丁语；法语是在文化学习中自学的，英语则是从叔父那里继承来的，这位叔父曾是梅赛德斯市名为"扬"的大屠宰场的主管。他连蒙带猜可以听懂些荷兰语，还差不多能明白边境的通用语。

《哥门索罗封地》的第二版开印时，聂伦斯泰因在弗赖本托斯隐退了。在梅德伊罗家族出租的大宅里，他得以全身心地开始重编一部手稿已失传、书名也被人遗忘的巨著。就在那里，在一九三五年的炎炎夏日中，阿特洛波斯[1]的剪刀剪断了这位诗人执着的工作和修士般的生命。

六年后，对文学颇感兴趣的《最新时刻》的主编找到我，委派给我一个任务，请我秉持探索精神、心怀悲悯之情，在当地展开对那部巨著遗稿的调查。报社在理所当然地犹豫了一下之后，决定帮我负担那一趟闪着"珍珠的光泽"的乌拉圭水路旅行的路费。在弗赖本托斯，一位药师朋友——兹瓦格医生——则慷慨地替我解决了余下的花销。这一段短途旅行是我第一次离家外出，心中充满忐忑，这一点大家都可以理解，说出来也没有什么不可以。尽管时时刻刻都面临着地图的考验，但一位旅人笃定地告诉我，乌拉圭人和我们说的是同一种语言，这一点让我平静了许多。

十二月二十九日，我在我们的兄弟国家下了船；三十日上午，由兹瓦格陪伴，在卡布罗酒店喝下了第一杯添了乌拉圭牛奶的咖啡。一位公证员加入了我们的对话，在谈笑间给我讲了一个旅途中的商人与羊的故事，同时还不忘调侃我们

1　Atropos，希腊神话中命运三女神之一。

亲爱的科连特斯街上的有趣氛围。我们走上了烈日暴晒的街道，任何交通工具都显得很多余，过了半小时，在对当地的惊人发展赞叹了一番之后，我们走到了诗人的大宅。

房主唐·尼卡西奥·梅德伊罗用酸樱桃酒和加奶酪的面包招待了我们，并讲了那个永远新奇且诙谐有趣的老处女和鹦鹉的轶事。随后，他向我们表示，感谢上帝，大宅得以翻修，但已逝的聂伦斯泰因的书房却没有被动过，因为目前仍旧缺乏资金来改善它的状况。这的确是实话，我们瞥见了松木书架上的大量书籍，工作台上摆着一瓶墨汁，一座巴尔扎克的胸像正望着它沉思，墙上挂着一些乔治·穆尔的家庭肖像画和相片。我把眼镜架起来，开始公正地检视已覆满尘土的书卷。一本本黄色的《法兰西信使》如我们所预想地那样摆放在那里，这本杂志曾经办得非常成功；此外，还有本世纪后期最优秀的象征主义作品、几卷不完整的波顿所译的《一千零一夜》、玛戈皇后的《七日谈》，以及《十日谈》、《卢卡诺伯爵》、《卡里拉与迪姆那》以及格林的童话。聂伦斯泰因亲笔注释的《伊索寓言》也没有逃过我的双眼。

梅德伊罗同意我再去看看工作台的抽屉。我花了两个下午完成这项工作。关于自己誊写的那些手稿，我不会发表太多意见，因为普洛贝塔出版社已经把它们出版给公众了。虽然某位刻薄的评论家曾经抨击聂伦斯泰因风格上的浮夸以及过于频繁的离合体及离题手法的使用，但格洛萨和波利契内拉的乡村田园诗，莫斯卡尔达的兴衰变化，奥克斯博士在寻找贤者之石时的痛苦，已经永久地融入了拉普拉塔河流域文字最紧跟潮流的实体中，不可抹除。另一方面，尽管《行进》杂志最严苛的评论曾经对这些作品的优点赞赏有加，但由于它们过于简短，所以仍旧没能构成我们的好奇心所搜寻的那部万能杰作。

不知是在马拉美哪部作品的最后一页，我遇上了聂伦斯泰因·索乌撒的批注：

很奇怪，马拉美如此渴望绝对，但却在最不真实、最多变的东西——言语——中寻找它。没有人会忽略，言语的含义变幻不定，在未来，最有威信的词语应该是"轻浮的"或"不稳固的"。

我当时还得以将一行十四音节诗句相继出现的三个版本

誊下来。在草稿上，聂伦斯泰因写道：

> 为记忆而活，却几乎遗忘一切。

在《弗赖本托斯的微风》——那是一部只比家庭内部出版物勉强正式一点的作品——中，他更倾向于这样表达：

> 为遗忘，记忆收集各样的材料。

最终版的文字出现在《拉丁美洲六诗人诗集》，是这样呈现的：

> 为遗忘，记忆升华此前的储备。

另一个有力的例子由这行十一音节诗句提供：

> 我们仅在失落之物中得以延续。

这句话被印刷出来之后则变成了：

坚持着，并被铭刻于流动之中。

哪怕是最粗心的读者都会发现，这两处出版后的文字都没有草稿上的庄重。这引起了我的兴趣，只是，一段时间之后我才找到了事情的关键。

带着某种失望情绪，我启程返航。替我承担了旅费的《最新时刻》的主编会怎么说呢？NN和我分享了同一个寝舱，给我讲了一连串没完没了的故事，都很下流，有的甚至让人难以忍受，他的贴身陪伴让我完全无法振作精神。我想多思考一下聂伦斯泰因，但那健谈者一刻安宁都不愿给我。直到清晨，晕船的我打了几个迷迷糊糊的小盹儿，勉强把睡意和厌烦都掩在了里面。

现代潜意识的反动诽谤者拒绝相信南港码头海关的石阶给出了谜题的答案。我向NN表达了祝贺，恭喜他拥有超群的记忆力，随后又抛出了惹人厌烦的问题：

"您是从哪儿听的这些故事啊，朋友？"

回答印证了我粗暴的猜想。他说所有故事，或者说差不多所有故事都是聂伦斯泰因叙述给他的，剩下的则是尼卡西奥·梅德伊罗讲的，后者曾是逝者聚谈会上的座上宾。他还补充说，有趣的是，聂伦斯泰因讲得非常差，当地人还帮他改善了许多地方。突然间，一切都明了了：诗人对于达到绝对文学的热望、他对于言语转瞬即逝性的怀疑论调的观察、那些诗句在作品间的渐进性的耗损恶化，以及书房的双重特点——从象征主义的精美文字到叙事文类作品汇编。这故事并不让我们惊讶；聂伦斯泰因重拾了从荷马到杂工厨房乃至俱乐部的传统，他乐于编事件和听事件。他把自己编的故事讲得很差，因为他知道，如果值得的话，时间会像打磨《奥德赛》和《一千零一夜》那样打磨它们。就像回到了文学的初生时刻，聂伦斯泰因将表达限制在口头范围内，因为他知道，岁月会将一切写下。

更新版自然主义

　　当证实了富有争议的描述主义—描述性主义不再非法占据各个文学增刊以及其他简报的首页时，不得不说大家都松了一口气。任何人——在西普里亚诺·格罗斯（S. J.）的严谨教导之后——都不可能再忽略，刚才所提的第一个词语在小说领域真正被运用起来时，第二个词语则被抛向了各种其他文类，这其中甚至还包括诗歌、造型艺术以及评论文章。然而，概念的混淆仍旧一直存在，在喧嚷的真理爱好者面前，乌尔巴斯的名字也会和博纳维纳的名字套在一起。也许是为了把我们从如此严重的错误中引开，不乏有人作下另一种恶，拥护起另一种可笑的结合：伊拉里奥·拉姆金—塞萨尔·巴拉迪翁。我们就承认吧，这类混淆的基础是些许表象的相似和一部分术语的相像；尽管如此，对于经受过严格训练的读者来说，博纳维纳的一页文字永远都是……博纳维纳的一页文字，而乌尔巴斯的一册书永远都是……乌尔巴斯的一册书。事实是，外国的文人们散布一种关于阿根廷描述性主义流派的流言；我们所做的，则是反复阅读一个可能存在的流派的耀眼名作，并依靠由此获得的有限权威性确认了如下结论，即刚刚所提及的并不是某种重要的核心运动，更不是某个文艺人士的聚会，而是一项个人与众人的创举。

让我们来深入领会一下其复杂的内在吧。想必你们已经猜到了，在进入这个充满激情的描述性主义的小世界时，第一个与我们握手的名字是拉姆金·弗门多。

伊拉里奥·拉姆金·弗门多的命运着实奇妙。那时，他的作品大多很短，不太能引起普通读者的兴趣，他会把这些作品带到某个编辑部去，那里的编辑都视他为客观的评论家，也就是说，一个在其评注的作品中既不褒扬亦不贬损的人。很多时候，他对书籍的"短注"会缩减为谈论封面和腰封的陈词滥调，随着时间推移，甚至具体到了书本的样式，长宽厘米数、单位重量、印刷工艺、墨水质量、纸张的孔隙率以及味道。一九二四年至一九二九年，拉姆金·弗门多一直为《布宜诺斯艾利斯年报》的尾页撰稿，既没赢取赞誉，也没获得批评。一九二九年十一月，他拒绝了这份工作，以便全力以赴地投入一项对《神曲》的批评研究中。死亡在七年之后降临，彼时，他的三卷巨著已交付印厂印刷，它们将成为且如今已成为他名誉的基石，这三卷作品的题目分别为：《地狱》、《炼狱》、《天堂》。公众对此并不理解，他的朋友们更不明白。当时，不得不请出一位姓名首字母为 H. B. D.[1] 的德高望重的人物来维持秩序，使布宜诺斯艾利斯揉揉惺忪的睡眼，从自己教条的梦中醒来。

根据极有可能属实的 H. B. D. 的假设，拉姆金·弗门多曾在查卡布科公园的报亭中翻看过十七世纪的那本无足轻重的小书：《谨慎男子之旅》。该书的第四册介绍道：

在那个帝国，地图绘制技艺已达到完美纯熟的程度，一个省的地图可以铺满一座城，帝国的地图则可以

1　即布斯托斯·多梅克的首字母缩写。

占据整个省。渐渐地，这些过分巨大的地图也不再能满足人们，制图院于是便绘出了一幅帝国地图，与帝国本身大小相同，其余一切也都与之完全相符。他们的后人不再疯狂迷恋地图的绘制，明白那辽阔的图纸毫无用处，便冷酷无情地将它交付给了酷日与严冬。在西部的沙漠中，仍有残存的地图遗迹，被动物和乞丐当作了居所；除此地之外，帝国境内再没有其他地理学科的古迹了。

拉姆金依靠自己一贯的洞察力，在一众友人面前指出，与自然尺寸相同的地图虽然有严重的问题，但类似的方法却也不是不可以推行到别的学问上，评论文章便可成为一个例子。从那个恰当的时刻起，绘制一张《神曲》的"地图"便成为了他生命的意义。最初，他很高兴能用简短的、不全面的陈词滥调写出地狱各个圈层、炼狱山，以及九重同心天的概况，作为边角料装饰蒂诺·普洛文萨尔所出的颇受赞誉的版本。然而，严于律己的天性令他无法因此而满足。但丁的诗歌总是从他手中溜走！第二次得到了启示之后，他很快就开始用费力而绵长的耐心将自己从短暂的迟滞中拯救了出来。

一九三一年二月二十三日，他的直觉告诉他，对诗的描述若想达到完美，所用的单词应该与诗中的每一个单词都一致，就像那张与帝国完全一致的地图。成熟的思考后，他删掉了前言、注释、目录，以及编辑的姓名与地址，将但丁的作品交到了印厂。就这样，第一座描述性主义里程碑在我们的首都揭幕了！

眼见为实：不乏有书虫把这被评论界视为最新壮举的作品当成或假装当成但丁名诗的又一版本，将它作为原著的读本来用。他们就是这样虚假地向诗意的灵感致敬的！就是这样低估评论的价值的！书籍委员会——也有人说是阿根廷文学院——下达了严肃的命令，禁止在布宜诺斯艾利斯城的范围内对这部我们文学世界中最杰出的注释类作品进行贬低，在此之后，它便获得了一致的认可。然而，损失已经造成；混淆不清的概念就像雪球一样越滚越大，仍有著作家顽固地将拉姆金的分析和佛罗伦萨人的基督教冥世观混为一谈，完全不管它们是如此迥异的作品。也不乏有人被这种类似于孳本的创作体系所带来的复杂赝景震慑，将拉姆金的作品与巴拉迪翁丰富多彩的多题材写作相提并论。

乌尔巴斯的事例则十分不同。这位如今已颇具声誉的诗人，在一九三八年九月时还很年轻，几乎可以说是默默无闻。依靠不合时宜的出版社举办的文学竞赛卓越评委席上诸位杰出文人的赏识，他才得以脱颖而出。据我们所知，竞赛的主题是玫瑰的古典与永恒。翎笔与钢笔奋笔疾书；大人物的署名时而闪现；当园艺学出现在十四音节诗句或是十音节诗句、八音节三行诗中时，做相关研究的论文里总是一片赞叹，然而，在看似困难却被乌尔巴斯轻松做到的事情面前，这一切都变得黯淡无光，他交上的，是简单却致胜的……一朵玫瑰。没有任何异议；词句——人类所制作的孩子，无法与天然的玫瑰——那上帝的孩子，相媲美。五十万比索最终为这项确凿无疑的壮举加了冕。

广播听众、电视观众，乃至晨报及大量权威医学年刊的执着或偶尔的爱好者都会感到奇怪，不明白我们为什么耽搁了如此之久才提到科隆布雷斯事件。不过，我们还是要斗胆暗示一下，事情清楚明了得很，此事件深受各类小报的喜爱，与其说是因为人们赋予它的内在价值，不如说是因为公共卫生系统适时介入时，加斯塔姆彼得医生挥动黄金妙手所做的紧急外科手术。任何人都不敢忘记此次事件，它将会长存于所有人的记忆中。那时（大约在一九四一年）造型艺术馆开始对外开放。人们事先预计，着眼于南极或巴塔哥尼亚的作品将会获得特别奖项。我们不会谈及霍普金斯所奉上的作品，谈及他对冰川或抽象或具象的诠释以及他因此而得到的桂冠，我们要说的是那个巴塔哥尼亚人。这个名叫科隆布雷斯的人，直到当时都十分忠于意大利新理想主义最极端的偏激思想，那一年，他交了一个装钉完好的木箱，当权威们打开它时，从里面跑出了一只健壮的绵羊，它顶伤了不止一位评委会成员的腹股沟，牧羊画家塞萨尔·吉隆虽然依靠山里人的灵活保住了性命，但也被顶伤了后背。这头牲畜可不是假冒的夸张画像，而是一只澳大利亚品种的美利奴朗布耶羊，同时还拥有阿根廷的羊角，这给人们留下了热点地区的印象。这头绵羊就像乌尔巴斯的玫瑰，但它出现的方式更勇猛有力，它并不是艺术的某种精致幻想；而是一个确凿而顽固的生物样本。

出于某种悄悄溜走了的原因，评委会的全体伤残成员拒绝授予科隆布雷斯那个其艺术精神已满怀希望地抚摸过的奖项。"农村"评委会则显得公道、宽容得多，他们毫不犹豫地宣布我们的羊是冠军，自从发生了那件事，它就收获了最棒的那群阿根廷人的热情与喜爱。

由此激发的进退两难的情况着实有趣。如果描述性主义的潮流继续下去，那么艺术将为大自然牺牲自我；不过 T. 布朗早已说过，大自然就是上帝的艺术。

洛欧米斯多种作品名录及其分析

  谈起费德里科·胡安·卡洛斯·洛欧米斯的作品，我们会很乐意证实，人们已经忘记了当初那个就其文字开轻松玩笑和编晦涩幽默故事的时代。一九〇九年左右，他与卢贡内斯偶然引发了一场争论，随后他又与年轻的极端派代言人陷入了争执，不过，时至今日，人们已不再从这个角度来看待他的作品。很幸运，我们已经可以纯粹地欣赏大师的诗歌了。可以说，葛拉西安[1]在说出那句老套又确切的"好的东西，若是短，便是两倍的好"之前，便已预见到了洛欧米斯的诗歌，唐·胡里奥·塞哈多尔·依·弗劳卡[2]则把那句话解读为："短的东西，若是短，便是两倍的短。"

  除此之外，毫无疑问，洛欧米斯一直都不相信比喻手法的表达效果，在本世纪第一个十年中，此种修辞方法由《感伤的月历》[3] 引领，在第三个十年中由《棱镜》、《船头》等杂志延续。我们向最耀眼的评论家发起挑战，看他能否在洛欧米斯全部作品的范围中掘出——如果诸位允许我们在此使用法语词汇的话——哪怕一个比喻，不过要除去包含在词源学本身里的那些。那时，人们常在帕雷拉街举办晚会，他们喧嚷着，滔滔不绝地讲演，有时，那聚会甚至可以从暮色渐暗办到天色泛白，我们这些在精致小匣子般的记忆中保存着那些聚会的人绝不会轻易忘记洛欧米斯尖锐的嘲讽谩骂，他是永不疲倦的谈话者，反对那些为了说明某种事物而将它变成另一种事物的比喻家们。此类谩骂从没越过口头的界限，因为作品的严肃性拒绝它们出现在其中。"单词月亮难道不比马雅可夫斯基伪装出的夜莺的茶更具召唤力吗？"他通常都会这样反问。

他也会自问——与其说是在接受答案，不如说是在塑造问题——在时光的流逝中，萨福的一段文字或赫拉克利特的

1　Baltasar Gracián（1601—1658），西班牙黄金世纪作家。
2　Julio cejador y Frauca（1864—1927），西班牙语言学家、文学评论家。
3　阿根廷诗人卢贡内斯的诗集。

一句永恒名言不比特罗洛普、龚古尔兄弟以及埃尔·托斯塔多的那些经不住记忆的长篇大作流传得更久远么？

赫尔瓦西奥·蒙特内格罗是周六晚帕雷拉街聚会持之以恒的参与者，比起阿韦利亚内达一栋物业的老板，作为绅士的他似乎更招人喜爱；在布宜诺斯艾利斯那种谁都不认识谁的公众生活中，据我们所知，塞萨尔·巴拉迪翁从来都没出现过。若是有机会聆听他与大师针锋相对的交谈，那将会多么令人难忘啊！

有那么一两次，洛欧米斯向我们宣布他即将在《我们》杂志热情友好的页面中出版一部作品；我仍记得当时我们这些年轻热切的徒弟是怎样焦急地涌入拉茹安书店的，大家都迫不及待地想最先品尝大师许诺给我们的蜜饯。可希望总是落空。于是，有人斗胆提出了一个关于笔名的假设（埃瓦里斯托·卡列戈的签名不止一次引起了怀疑）；有人认为他在不怀好意地开玩笑；另一个人觉得他设下了圈套，好逃避我们合理的好奇心或试图拖延时间，而我们之中也不乏一个犹大，他的名字我可不想记起来，他说比安奇或朱斯蒂应该是拒绝了那次合作。然而，洛欧米斯这位诚实可信的男子仍旧坚守着自己的故事。他微笑着重复说，作品已经在我们没有察觉的情况下出版了；茫然之中，我们开始想象，作品只在少数的神秘之人之间传阅，普通的订阅用户或者渴求知识的挤在图书馆、柜台和报刊亭的乌合之众是无法企及的。

一九一一年秋天，当摩恩书店的玻璃橱窗开始为人们介绍后来被称为《作品Ⅰ》的作品时，一切都得到了澄清。为什么我们不从现在开始就用作者本想赋予它的、那个合适而清楚的名字"熊"来称呼它呢？

最初，很少有人去赞赏他在写作前所做的大量准备工作：他学习了布丰与居维叶的研究成果，一直保持警觉地不断重访巴勒莫动物园，对皮埃蒙特人进行生动有趣的采访，深入亚利桑那洞穴做令人战栗的仿佛虚幻的探访，那洞中有只酣睡的熊仔，正处在不可侵犯的冬眠期。他还获取了雕版，完成了版画、摄影，甚至还找到了抹着防腐油的人体标本。

他为《作品Ⅱ》，即《行军床》，所做的准备带给了他奇妙的经历，难免受了点儿罪、冒了些险：他在格里蒂街的一栋杂居民宅里过了一个半月的乡下生活，顺便一提，那里的租客完全没有怀疑这位进行多文体创作的作家的真实身份，化名为卢克·杜尔丹[1]的他，分享了他们的贫穷与欢乐。

由卡欧为其创作插图的《行军床》于一九一四年十月上市；被炮火声震聋的评论家们并没有注意到它。《贝雷帽》（1916）也遭受了同样的待遇，这本书仍然透着些许冷淡，或许是因为巴斯克语的学习让他太疲惫了吧。

《奶油》（1922）是他作品中最不著名的一本，尽管邦皮亚尼百科全书认为此作品为洛欧米斯第一阶段作品的顶峰。一次十二指肠炎的短暂发作启发了他，或者说为他的书强硬地安上了主题；根据法雷尔·杜·博斯克很有见解的研究，牛奶，作为溃疡时人们会本能想到的解决办法，是这首现代田园诗纯白无瑕的缪斯。

在厕所天台上安装的望远镜，以及对弗拉马利翁[2]最广为流传的作品的热切而混乱的学习为他的第二阶段做好了准备。《月亮》（1924）展示了作者诗性的最高成就，是他敲开帕纳萨斯山门[3]的芝麻开门口诀。

1　Luc Durtain（1881—1959），法国诗人、作家、剧作家。
2　Camille Flammarion (1842—1925)，法国天文学家、作家。
3　Mount Parnassus，希腊南部山峰。古希腊传说中太阳神与众缪斯的居所。西班牙语中有诗坛、众诗人之意。

之后，是沉默的岁月。洛欧米斯不再经常出现在那些文艺聚会上；他已不再是那个在皇家凯勒咖啡馆铺着地毯的地下室里欢快地引领众人声音的指挥。他不再走出帕雷拉街道。孤独的天台上，已被遗忘的望远镜生锈了；一个又一个长夜间，弗拉马利翁的书徒劳地等待着；洛欧米斯把自己锁在书房，不停翻看格雷戈罗维乌斯[1]的《哲学宗教史》；他的诘问、旁注、标记把书页弄得遍体鳞伤；我们这些徒弟想出版它们，但这意味着对规矩的违背和对评注家的精神的背叛。这很令人遗憾，但还能有什么办法呢。

　　一九三一年，痢疾终结了此前便秘为他带来的苦痛；尽管身体抱恙，洛欧米斯仍旧带来了自己的巅峰作品，这本书在他去世后得以出版，我们则得到了悲伤的改稿特权。谁会不明白呢，我们所说的著作是《或许》，不知当时是因为妥协还是为了讽刺，才取了这个名字。

　　谈起其他作者的作品，承认其内容和题目之间的割裂并非易事。《汤姆叔叔的小屋》这几个词或许并不能告诉我们故

1　Ferdinand Gregorovius (1821—1891)，德国历史学家。

事情节的全部；一字一字地说出《堂塞贡多·松勃拉》也不会表达出所有那些广泛地填充在作品中的牛角、牛颈、牛蹄、牛背、牛尾、鞭绳、马鞍、马鞍垫、擦马布和毛绒垫。相反，在洛欧米斯这里，题目就是作品。读者会惊奇地发觉这两者之间的严格对应。比如，《行军床》的文字就只由"行军床"这个词语构成。情节、性质形容词、比喻、人物、期待、韵脚、重韵、对社会现象的控诉、象牙塔、社会责任文学、现实主义、原创性、对经典作品的奴性模仿、句法本身，这些都完全被超越。据一位不怀好意的评论家的计算，洛欧米斯的作品谙熟算术更甚于文学，一共只有六个词：《熊》、《行军床》、《贝雷帽》、《奶油》、《月亮》、《或许》。不过，即便他说的是真的，在这些被创作者蒸馏出的词语背后，又有多少经历、多少热忱与多少涌动的高潮呢！

　　并非所有人都能听懂如此高水平的教导。他一个叛变了的徒弟写出了《木工盒》，只会像母鸡一样上蹿下跳地列举柳叶刀、锤子、小锯等物品。更危险的是被称为神秘哲学家的派别，他们将大师的六个词语混合成谜一般的一句话，搅浑了困惑与象征。在我们看来，尽管《格洛格洛修罗》、《先生欧博佛加》以及《奴仆》的作者艾德瓦尔多·L.布兰内斯的作品抱怀着善意，但仍值得探讨。

贪婪的编辑想把洛欧米斯的作品译成尽可能多的语言。而作者，拒绝了类似这样的迦太基人的条件，尽管当时他的钱袋已经空空如也，而这笔生意可以用金银填满他的木箱。在那个相对论怀疑主义的时代，新的亚当确认了他对言语、对那些任何人都可以够得着的简单而直接的词语的信任。他只需写下《贝雷帽》，来表达那种常见的衣物配饰以及所有它的远近亲属。

追随他的光辉足迹很难。是的，某一瞬间，众神会将他的雄辩能力与天分摆在我们面前，而我们则会抹去从前的一切，只印下这孤独却永不消逝的词语：洛欧米斯。

一种抽象艺术

　　所有阿根廷人，无论属于哪个派别，是何种肤色，性子里都有高贵的多愁善感，尽管要冒着伤害到他们的敏感心性的风险，尽管这并非易事，我们还是要断言，我们那贪婪磁铁般吸聚了众多游客的城市，直到一九六四年都只拥有一栋暗屋——它位于拉普里达街和曼西亚街的交汇处——值得我们吹嘘！除此之外，它是一种庄严的颂扬，是由我们的漫不经心所筑造的长城上被钻开的真正孔洞。秉着比观察精神与行者精神更丰富的精神，人们一直向我们暗示，甚至暗示到了让我们恶心的程度：此暗屋，若想与它在阿姆斯特丹、巴塞尔、巴黎、丹佛（科罗拉多）及死去的布鲁日[1]的兄弟们比肩而立，还差得远呢。我们在此就不深入如此令人气愤的争议话题了，只稍稍问候一下乌巴尔多·默尔布尔格就好，他的声音除周一外，每晚二十至二十三点都在沙漠中哀告，可以肯定的是，背后强力支持他的是一个甄选出的团伙，忠诚的成员会老实地交替轮班。我们曾参加过两次该晚间聚会；那些模糊的面庞，除默尔布尔格的之外，没有一个是重复的，然而，那交流的热情却完全相同。餐具的金属音乐和偶尔摔碎的杯子发出的轰响永远都不会被我们从记忆中抹除。

为了介绍背景，我们说这段小史像其他故事一样，开始于……巴黎。据说，它的先驱者，也就是最先着手做这件事的灯塔般的领军人物，不是别人，正是佛兰德人或荷兰人弗兰斯·普雷托里乌斯，他的幸运星将他带往一个象征主义聚会，当时思想已过时的维莱–格里芬[2]常蜻蜓点水般地参加这个聚会。那是一八八四年一月三日；不用多想，文学青年们那染着墨汁的手正竞相争夺最后一本刚出炉的《步伐》杂志。我们正在普罗可布咖啡馆。一个头顶学生贝雷帽的人挥舞着

---

1 源自《死去的布鲁日》（*Bruges la Morte*），比利时作家、诗人乔治·罗登巴赫的短篇小说。
2 Vielé-Griffin（1864—1937），法国象征主义诗人。

藏在那本书册封底内的一页按语；另一个人，带着满脸的傲慢和胡须反复地说，他若是不知道作者是谁便不睡觉；第三个人则用海泡石烟斗指着一个面带羞涩微笑的、谢顶的、有金色络腮胡的、在角落里沉默思索的人。让我们来揭晓谜底吧：那个聚集了所有目光、指点和惊愕面庞的正是我们前文所提到的佛兰德人或荷兰人弗兰斯·普雷托里乌斯。那篇按语很短，枯瘦的文风散着试管和曲颈瓶的臭气，但它上面涂抹的权威釉子却迅速收获了拥护者。那半页纸没有涉及任何希腊罗马神话元素；作者所做的唯一的事情就是带着科学的节制提出，最基础的味道有四种：酸、咸、淡、苦。这一理论激起了许多争议，不过，每一位阿里斯塔克斯[1]都是需要征服千万颗心的。一八九一年，普雷托里乌斯发表了今日已成为经典的《味道》。我们得勉强接受一下以下事实：大师怀着无瑕的纯真善良，在匿名寄信人的抗议面前让步了，在原始味道列表中加入了第五种味道——甜味，由于在此不便探究的原因，普雷托里乌斯此前并没能分辨出这种味道。

---

1 Aristarchus of Samos（前 310—前 230），古希腊天文学家、数学家。史上首位创立日心说的天文学者。

一八九二年时，上述晚间聚会的参与者之一伊斯玛尔·克里多开启了，更好地说，微微开启了名为五味的、几乎成为传奇的空间大门，就位于先贤祠的正背面。那栋建筑低调且令人舒适。只需提前付上很少的钱，客人便可随机地享受五种选择：方糖、芦荟胶块、棉片、葡萄柚果肉和盐粒。我们在城里某个书目资料馆和波尔多港口所查询的原始菜单上就出现了上述菜品。最初，选择其中的一道就意味着失去了尝试另一道的机会；随后，克里多授意，可以交替、轮换着品尝，最终他甚至将五种菜品一并奉上。他并没有考虑普雷托里乌斯那些颇有道理的疑虑；后者随即发表了不可辩驳的声明，说糖除了甜味之外，还具有糖味，而在这里，葡萄柚的内含物显然在被滥用。工业制药师、药剂师帕约特用快刀斩断了乱麻；他每星期向克里多提供一千两百个一模一样的锥形堆，每堆高三厘米，为味蕾提供那已被人们所熟知的五种味道：酸、淡、咸、甜、苦。一位曾参与过那次战役的老兵向我们肯定，最初，所有的锥形堆都是灰色透明的；随后，为了舒适起见，他们赋予它今日人所共知的地球土壤的五种颜色：白、黑、黄、红和蓝。也许是因为渐渐展开的盈利诱惑，或者是因为"酸甜口味"这个单词，克里多犯下了危险的错误，开始混合起那些味道。正统人士至今仍在对他进行指责，因为当时他为人们奉上了有一百二十种风味的至少一百二十种混合锥形堆。如此多的杂乱混合将他引向了毁灭；同一年，他不得不把餐厅卖给了另一位厨师，这位无用的先生玷污了那座味觉圣殿，竟为圣诞大餐准备了填馅儿的火鸡。普雷托里乌斯很哲学地评论此事：这是世界末日！

对两位先驱者而言，这真是一语成谶了。克里多晚年在街上贩卖软糖，一九一四年盛夏时，为卡戎[1]交上了他的船票钱；而普雷托里乌斯，在心碎之后苟活了十四年。曾有计划给两位各建一座纪念碑，这得到了高层人士、舆论界、银行界、专业人士及教士阶层、最负盛名的美容中心及美食中心，还有保尔·艾吕雅[2]的一致支持。但所募资金不够立起两座胸像，于是錾刀只得艺术地将其中一位蓬松如蒸汽的胡子、另一位的矮小身材，以及两位都有的罗马鼻组合在一起，构成

1　希腊神话中冥王哈德斯的船夫。
2　Paul Eluard（1895—1952），法国诗人，超现实主义运动发起者之一。

了一座塑像。一百二十个微小的锥形堆为此番纪念带去了清新的气息。

撇开这两位思想家，我们接下来面对的是纯粹厨艺的最高祭司：皮埃尔·穆隆盖。他的第一次宣言发表于一九一五年；随后是一九二九年的三部八开本的集子：《久经理性考验手册》。他的理论态度实在太过著名，所以，如果上帝愿意的话，我们在此仅会列出它最枯瘦无肉的大纲框架。下级教士布雷蒙依靠直觉推断出一种可能性，一种仅具……诗意的诗歌的可能性。抽象的和具象的——明显至极，这两个词语是同义词——都在力图创造出绘画的绘画，使其既不屈尊于趣闻轶事，也不向外部世界那奴性十足的摄影作品献媚。皮埃尔·穆隆盖以坚实的论据捍卫了他直言不讳地命名的"烹饪的烹饪"。正如此短语所指，这是一种与装盘艺术及食用目的完全无关的烹饪方式。再见了，颜色、大餐盘、因偏见而只被看见美丽造型的菜肴；再见了，愚蠢的具有实际意义的蛋白质、维生素，以及其他淀粉的交响组合。先前被独裁者普雷托里乌斯埋葬了的牛肉、三文鱼、鱼、猪、鹿、羊、欧芹、烤冰淇淋蛋白甜饼、木薯淀粉汤那古老的、祖先的味道，在一种灰色的、黏性的、半液体的团状香料——它与造型的艺术完全无关！——的陪伴下，重新回到了被惊呆的舌尖上。食客们从那被过度颂扬的五种味道中解脱出来，终于可以由着自己性子点上一只蛋黄炖鸡或是红酒炖鸡了，不过，人们也知道，一切最终都将重新裹上那软塌塌的粗暴口感。今日一如昨日，明天恰似今天，永远都是一样。唯一一处异样将它的阴影抛向了这片图景：那便是普雷托里乌斯本人，就像许多其他先驱者一样，他在三十多年里，不允许任何人在他开辟的道路上向外踏出哪怕一步。

然而，胜利从来都不缺少阿喀琉斯的脚后跟。那些已成大师的、能将各种丰富的食材简化为经典标准所要求的混凝土块的厨子——杜邦·德·蒙彼利埃、胡里奥·塞哈多尔——很少，用不了一只手的五根指头就能把他们数清。

一九三二年，奇迹发生了。某个普通人为大家上了一课。读者们不会忽略他的名字：胡安·弗朗西斯科·达拉克。J.F.D.在日内瓦开了一家与其他饭馆无异的餐厅；所奉菜品也与其他更古老的菜肴没有什么不同：蛋黄酱是黄色的，蔬菜是绿色的，西西里卡萨塔蛋糕是彩虹色的，烤牛肉是红色的。当人们正要投诉他太过反动时，达拉克轻而易举地完成了看似艰难的任务。他展开唇上鲜花般的微笑，平和地、带着天才的信心，做出了一个将他送上烹饪历史上最巅峰位置的动作。他关了灯。于是，在那一刻，第一家暗屋开幕了。

团体主义者

本篇散文虽然以传递信息及颂扬为仅有的目的，但它仍然会让毫无准备的读者感到难过，这令我们感到十分遗憾。然而，正如拉丁语格言所讲：真理伟大，且必将持久。让我们向上攀登[1]，迎接那猛烈的一击吧。人们把庸俗的苹果故事扣在了牛顿身上，说它的下落促使他发现了万有引力定律；扣在巴拉尔特博士身上的，则是双穿反的鞋。流言说，我们的这位英雄在听莫福的《茶花女》时感到了厌烦，忙乱中给右脚套上了左脚的鞋，给左脚也套上了右脚的鞋：这痛苦的分配让他不再能全力欣赏音乐与歌声那令人屈服的魔力，并在将他从哥伦布剧院运走的救护车上向他揭示了团体主义——这项理论如今已广为人知——的学说。巴拉尔特在双脚感觉不舒服时，肯定想到了，在不同的地理位置上，会有其他人也在同时忍受着相似的不适。人们认为，这谜一般的想法为他的理论带来了灵感。于是，我们抓住一次不可多得的机会，与博士在他位于巴斯德街的、如今已成为名胜的律师事务所进行了面谈，他很绅士地打消了流传甚广的谣言疑云，向我们保证，他是在对直观偶然性的统计学和雷蒙·卢尔[2]的《组合艺术》进行了漫长的思考之后，才得到了团体主义这个果实，并且，他晚上从不出门，以免犯支气管炎。这就是赤裸裸的真相。芦荟虽然很苦，却苦得无可争辩。

由巴拉尔特博士印刷出版的、题目为《团体主义》的六卷书对相应话题进行了详尽至极的引导性介绍；它们与梅松内罗·罗马诺的作品以及波兰小说、拉蒙·诺瓦罗的《你往何处去》一起，出现在了所有可以被称为藏书架的藏书架上，然而据观察，按比例来讲，鱼龙混杂的大量购书者中读者数

---

1 请见：让我们环锯，*……（作者注）* 我们提议，将其解读为"请我们做好准备"。（样稿校对员注）

2 Ramón Lull（1232—1315 或 1316），加泰罗尼亚作家、逻辑学家、方济各第三会会士和神秘主义神学家。

却为零。尽管这本书的风格很强势，书里充满了信息表格与附录，并且其主题也颇具暗暗的吸引力，但大部分人关注的只有封面和目录，没人像但丁深入幽暗森林般深入其中。举一个例子，卡塔内奥只读到了该书序言的第九页，便在其极负盛名的《分析》一文中，将该作品与科通的某部色情小说混为一谈。但我们并不认为这篇短文多余，因为它是先锋性的，将会指引学者们的研究。此外，我们的所有信息来源都是第一手的；比起反复阅读这部巨著，当时的我们更倾向于与巴拉尔特的内弟加拉赫·依·加塞特面对面地进行充满对抗的谈话。他在犹豫了许久之后，终于同意了在他位于马特欧街、如今已成为名胜的办公室见见我们。

他以着实惊人的速度把团体主义带到了我们这些见识浅薄之人的理解范围之内。他向我解释说，尽管有气候及政治差异，人类仍是由无尽的秘密社会组成的，它们的成员并不为人所知，并且时刻变换状态。其中一些社会比另一些存续时间更长，例如，骄傲地拥有加泰罗尼亚姓氏或拥有 G 开头姓氏的人所组成的社会。也有很多社会会快速消失，例如，此刻在巴西或非洲的、所有正在闻茉莉花香的人或在勤奋阅读小巴士运营信息的人所组成的社会。另一些社会则会依成员各自的兴趣而产生分支社会，例如，正在咳嗽的人可能会在这一刻穿上平底拖鞋、猛的骑上车离开，或在坦珀利[1]换车。另一支的成员则不会参与上述三种非常人性化的活动，甚至都不会再咳嗽。

团体主义不会僵化，它如多变的、充满生命力的植物浆液般运行流转；我们这些中立的、力求与各种事物保持等距的人，今天下午曾经属于坐电梯上楼的人的团体，几分钟后，又被归于下到地下室的或被困在各类容器与帽子之间挨受幽闭恐惧症的人的团体。一些最微小的动作，诸如点着火柴或熄灭它，也会将我们从一个群体中逐出并揽入另一个。面对如此程度的多样化，需要一种珍贵的自律性格：挥舞勺子的是操控叉子的对立面，但双方随即在餐巾纸的使用中汇合在一起，又在品尝阿根廷薄荷或是波尔多叶时分道扬镳。这全部过程中，没有哪个词语比另一个更高级，没有让我们面部变形的愤怒情绪，多么地和谐！它是无穷无尽的整合功课！

1　阿根廷布宜诺斯艾利斯省城市。

今天我觉得您看起来像只乌龟，他们明天或许把我也归进龟类，等等。

有些刻薄的评论家用他们的盲人拐杖深深地搅浑了如此壮阔的全景，试图将此事打压下去，想让他们不去声张是不可能的。一如惯例，反对派开始发表众多自相矛盾的反对意见。第七频道开始散播他们的观点，说可以为新消息端上杯热巧克力[1]，但巴拉尔特并没有发现任何新的东西，因为C.G.T.、疯人院、互救会、国际象棋协会、集邮册、西部墓园、黑帮、黑手党、议会、乡村博览会、植物园、国际笔会、街头乐队、渔具店、童子军、摸彩处，以及其他不著名更没有用的、被公众掌控的团体始终都存在。另一方面，电台急匆匆地宣布，团体主义因为团体的不稳定而缺乏实用性。对一个人来说某种想法很奇怪；而另一个则已经对之见怪不怪了。上述言论贬损了一个不可辩驳的事实，这个事实就是，团体主义是第一个试图从捍卫人的角度，将所有潜在同类积聚起来的尝试，仿佛地下河一般，他们已在历史上留下了划

---

1 拉丁美洲殖民时期，富裕的家庭会为带来好消息的信使送上一杯热巧克力。

痕印迹。它将凭借精巧的结构，在熟练舵手的引导下掀起足以反抗无政府主义的凶猛熔岩流。让我们不要在那些不可避免的冲突萌芽面前闭上双眼，因为这有益的理论将会导致：下火车的人用匕首刺伤上火车的人，毫无准备的软糖购买者想掐死它的贩卖者。

巴拉尔特没有理会诽谤者与赞颂者，只是继续着他的道路。据他的内弟透露，他编有一本记录所有可能存在的团体的集子。在这一过程中当然不乏困难：比如，让我们来看看现在正在想着迷宫的人的团体，看看一分钟前忘记了迷宫的人的团体，看看两分钟、三分钟、四分钟、四分钟半、五分钟前忘记了迷宫的人的团体……现在我们再用灯来代替迷宫。事情就更复杂了。一直随意想下去，想到龙虾或者自动铅笔，这些便不再有意义。

出于礼貌的考虑，我们不再狂热地追随它。但丝毫不会担心巴拉尔特如何去躲避礁石；因为我们知道，带着那赐予他信仰的平和而神秘的希望，大师会一直为奉上一份完整名单而努力的。

全 戏 剧

　　毫无疑问，在这个如以往一样多雨的一九六五年的秋天里，墨尔波墨涅[1]与塔利亚[2]是最年轻的缪斯。根据米利亚姆·艾伦·杜·博斯克的溢美之词，无论是塔利亚微笑的面具还是她姐姐哭泣的面具，都战胜了许多难以战胜的困难。首先，是某些名字所拥有的强势影响力，这些名字所有者的天资才华毋庸置疑：埃斯库罗斯、阿里斯托芬、普劳图斯、莎士比亚、卡尔德隆、高乃依、戈尔多尼、席勒、易卜生、萧伯纳、弗洛伦西奥·桑切斯。其次，是那些设计巧妙的庞然建筑：从那些暴露于风霜雨雪的、哈姆雷特在其间诵出独白的简洁庭院，到那些现代歌剧院中的旋转舞台及包厢、女宾专座、提白员藏身处。再次，是为了获取大量掌声而安插在观众与艺术之间的具有旺盛精力的丑角——比如巨人萨孔等等。第四点，也是最后一点，那便是电影、电视以及广播剧，它们用纯机械的表演四处传播邪恶灾祸。

那些探索过新戏剧史前史的人，都会为两部先驱作品摇旗呐喊：由上阿玛高[3]的粗蛮农民表演的受难题材戏剧，以及表现人民风采、真正属于民众的《威廉·退尔》，这一历史虚构故事在那片湖泊与土地产生，这一戏剧作品也在该地区流传甚广。其他更古老的作品可以追溯到中世纪，人们在带篷乡村大马车上展现世界历史，将诺亚方舟的故事演示给海民，将最后的晚餐的准备程序展示给当时的厨师。尽管以上所述均属实，也不能令布伦奇利这备受敬仰的名字被人忽略。

一九〇九年左右，这位先生在乌契赢得了他那众所周知的怪诞的名声。那时的他是个执迷于打翻服务员托盘的家伙，不是被莳萝利口酒弄湿衣裳就是被奶酪粉弄脏身子。有

---

1 古希腊神话中司悲剧的缪斯。宙斯与记忆女神墨涅摩绪涅之女。
2 古希腊神话中司喜剧的缪斯。与其他缪斯一样，为宙斯与记忆女神墨涅摩绪涅之女。
3 德国巴伐利亚州南部小镇。

一件关于他的轶事，虽然很典型却是被伪造出来的，说当恩格哈特男爵在吉本酒店的石阶上努力尝试穿上有苏格兰格子里衬的雨衣时，布伦奇利帮他把左臂伸进了右袖筒里，没有任何人会否认，他用一把可恶的、巨大的、用巧克力和杏仁做的史密斯·威森手枪一下子就把那位敏捷的贵族吓跑了。经证实，布伦奇利经常划着木桨小船，在风景如画的寂静的莱芒湖上冒险，在暮色的庇护下，反复念诵某段简短的独白或打呵欠。他会在缆车上微笑或啜泣；还有不止一个见证人发誓，曾在电车上看见他得意洋洋地把车票插在平顶草帽丝带和帽子间，问另一位乘客手表上显示几点了。从一九二三年起，他逐渐沉浸在了自己艺术的重要性里，不再做类似的实验。他在街上行走，闯入办公室和商店，往信箱中投入一封信件，买一支烟再把它抽掉，翻阅晨报，一句话说，就是表现得像最不起眼的公民一样。一九二五年，他做了我们最终都会做的事（十字魔鬼[1]）：在一个星期四的晚上十点后去世。他本希望自己的思想随他一同葬在平和安静的洛桑墓园，

1　cruz diablo，阿根廷、乌拉圭俗语。有"上帝保佑不要发生"之意。

但他怀着仁慈之心的不忠老友马克西姆·贝提庞在按照惯例进行的丧礼致辞中将之公之于世，那一段演讲词如今已成为经典。无论它多么令人难以置信，贝提庞所发表的、随后在《小沃州》上完整刊出的教义最开始并没有引起太多反响，直到一九三二年，如今的名演员、名企业家马克西米利安·龙盖在该报的合集上发现了它，认为它具有极高的价值。这位年轻人此前曾争取到了极难获得的奶油酥饼奖学金，计划奔赴玻利维亚学习象棋，但像埃尔南·科尔特斯[1]一样，他烧掉了棋子和棋盘，甚至没有从洛桑往乌契迈出一步，便开始用尽全力去靠近和了解布伦奇利留给后代的原则理论。他在自己面包房店面后边的房间里聚集起了一小群精挑细选出来的光明会成员，他们不仅按照自己的方式成为了所谓"布伦奇利方案"的遗嘱执行人，并且还着手将该方案付诸实践。现在让我们用金色大写字母描出那些至今仍留存在我们记忆中的名字吧，其中没有任何一个是被杜撰出来的或是被搞错了的；让·佩斯和卡洛斯或卡洛塔·圣·佩。毫无疑问，这一

---

1 Hernán Cortés (1485—1547)，西班牙殖民者，因摧毁阿兹特克文明及在墨西哥建立西班牙殖民地而为人所熟知。

大胆的秘密组织一定曾在自己的旗帜上书写过"占领街道！"的口号，勇敢无畏地面对着公众的冷漠所带来的一切危险。他们一刻都没有落入宣传陷阱，没有在墙面上打出巨幅广告，而是几百个人直接奔向了博塞茹尔街。不过，并非所有人都来自那间面包房。比如，那个人悄无声息地从南方过来，这另一个从东北过来，那边有个骑自行车的，还有不少人是坐城铁的；再有就是步行来的。没有人有任何怀疑。这座人口稠密的城市把他们当成了其他的众多过客。这些同谋者遵守着戒律，不会相互问候，甚至连眼色都不会使一下。X在街上行走。Y闯入办公室和商店。Z往信箱中投入一封信件。卡洛塔或卡洛斯买一支烟再把它抽掉。据传，龙盖留在了家里，焦虑得一直啃自己的指甲，像奴才一样守着电话，他等到了最后一刻，等到行动的两个顶梁柱之一告诉他：他们获得了预料之中的成功或是最无可争辩的失败。读者没有无视这结果。龙盖向使用道具的、有长篇独白的戏剧发出了致命一击；新戏剧已经诞生；最出乎意料的、最不为人所知的，您自己，就是一位演员；而生活就是剧本。

一种艺术的萌芽

　　难以置信地，业内人士在说出功能性建筑这个短语时，都会露出慈祥的微笑，功能性建筑本身也在继续令大众陶醉。怀着澄清该概念的愿望，我们将会在此大致描绘一下当今时髦的建筑潮流的微缩全貌。

　　其源头离我们很近，但却在云雾缭绕的争议中显得十分模糊。两个名字会争夺领奖台上的荣誉之巅：一个是亚当·昆西，他一九三七年在爱丁堡出版了名为《走向违章建筑》的奇异书册；另一个是比萨人阿莱桑德罗·比拉内西，在上述书籍问世不到两年之后，他自费建起了史上第一栋混沌之屋，近期，这一建筑得以被重建。无知的人群总是怀着疯狂的愿望，急切地想穿梭其中，他们不止一次点燃了它，终于在圣约翰及圣彼得之夜将其化作灰烬。比拉内西在大火中去世，但数张相片和一张平面图使重建得以进行，今日的这栋建筑更令人仰慕，并且似乎还能令人窥见原作的线条风采。

从今天清醒的角度重读亚当·昆西那本印刷质量低下的小薄册子，只能为那些渴望新潮事物的人提供一些贫瘠的养分。不过，还是让我们来重新划些重点段落吧。在该书中，可以读到："常常编造记忆的爱默生认为，提出'建筑即凝固的音乐'的人是歌德。这种见解以及我们个人对这个时代作品的不满将我们带到了一种梦想面前，这梦想便是，创造一种像音乐的建筑，一种最直接的激情语言，它不会被住宅及聚居空间的要求所束缚。"再往下，我们读到："勒·柯布西耶[1]明白，家就是一个生活机体，不过这种定义用在一棵栎树或一条鱼上都比用在泰姬陵上更合适。"这一类如今公理般、大实话般的断言，在当时引爆了沃尔特·格罗皮乌斯[2]和赖

---

1 Le Corbusier (1887—1965)，法国建筑师、室内设计师、雕塑家、画家，是功能主义建筑的泰斗。
2 Walter Gropius (1883—1969)，德国建筑师和建筑教育家，现代设计学校先驱包豪斯的创办人。

特[1]，他们在自己最私密的堡垒中遭到了重创。小册子的其余部分都在抨击罗斯金[2]的《建筑的七盏明灯》，不过，此类论战只会让今天的我们感到麻木。

比拉内西有没有忽视上述小册子其实不太重要，或者说根本不重要；一个不可辩驳的事实是，在从前曾是湖沼的佩斯蒂菲拉街的那片土地上，他同一群泥瓦匠以及狂热的老年拥护者一起，建立了"罗马混沌之屋"。对于一些人来说，这栋醒目的建筑是球形的；对于另一些人来说，是椭圆形的；对于保守人士来说，是不成形的一个大团，它混合了各种建筑材料，从大理石到海鸥屎这样的粪便，应有尽有。这栋建筑的核心元素是旋转楼梯，它们通向不可穿透的墙壁，它还拥有残缺的桥、无法到达的阳台、通往竖井的门，其余的门则通向狭窄、高挑的卧室，在它们的天花板上，吊着舒适的大单人床以及颠倒的扶手椅。凹面镜也没有被安在合适的地方。《尚流》杂志一开始很冲动，将它视为新建筑意识的第一个具体范例。那时候谁能想到，在并不遥远的将来，人们便

1　Frank Lloyd Wright（1867—1959），美国建筑师、室内设计师、作家、教育家。
2　John Ruskin（1819—1900），英国维多利亚时代艺术评论家、赞助家。

会开始指责它含混不清、昙花一现呢？

在永恒之城[1]的月亮公园以及光之城[2]的有名的游园会上，一些对混沌之屋的粗暴模仿向公众开放了。我们就不要在这里浪费哪怕一滴墨水和一分钟的时间来辱骂它们了吧。

奥托·朱利叶斯·曼托菲尔的调和主义虽然是种折衷思想，但却足够有趣，他在波茨坦建起的多缪斯殿堂，使家-卧室与旋转舞台、循环图书馆、冬日花园、完美无瑕的雕刻群、福音教堂、佛寺或小庙、溜冰道、壁画、管风琴、换汇行、小便池、土耳其浴室、多层鸡肉馅饼协调在一起。就在它面世的庆祝活动后不久，这栋多功能建筑的昂贵维护费用就招致了它被贱卖、夷平的残酷结局。请不要忘记那日期！一九四一年四月的二十三或二十四日！

现在，不可避免地，轮到一位更伟大的人物代替前人登场，那便是来自乌德勒支的维杜森大师。这位名人领事书写并创造了历史：一九四九年，他出版了名为《最新奥尔加农[3]

1　指意大利罗马。
2　指法国巴黎。
3　Organum，一种古老的歌唱形式，也是最原始的复调音乐形式，起源于中世纪。

建筑》的作品；一九五二年，在贝恩哈德王子的资助下，他为自己的"门窗之家"揭了幕，仿佛整个荷兰都亲切地为它施了洗。让我们在此总结一下它的主题：毫无疑问，墙、窗、门、公寓和屋顶是那栋现代人栖居地的基础元素。无论是闺房中最轻浮的公爵夫人，还是牢房中等待晨光将自己安置在电椅上的残忍暴徒，都不能避开这条法律。小史在我们的耳旁说，殿下只提出了一条建议，维杜森就又加入了两个元素：梁柱与楼梯。满足这些条件的建筑占据了一块矩形的土地，长六米，纵深不到十八米。六扇门填满了建筑物正面的第一层，每一扇都向内对着另一扇一模一样的门，二者间隔九十厘米，如此这般，直到尽头墙壁的第十七扇门。简洁的侧面薄墙将这六个平行的系统、共计一百零二扇门隔开。从正对面楼房的阳台上，学者可以观察到：二层有许多六级台阶，Z字形上上下下；三层只有窗户；四层只有柱子；五层和六层只有地面和天花板。楼是玻璃制的，这一点可以令人们从周边房屋中轻松地检视这栋建筑。这真是完美的珍宝，没有任何人敢去仿造。

到这里，我们已大致描述出了不宜居建筑的形态学发展，它们是密集又清新的艺术光束，不向任何功利主义低头屈服：没有人能横穿它们，没有人能在其中伸展身体或者蹲下，没有人能在哪块凹陷的空间里待住，没有人能在那极不实用的阳台上招手问候别人，没有人能晃一晃手帕，或从窗口跳出。彼处，只有秩序与美。

　　附注：上文的全景状况已经有了改动，通过电报我们了解到，在塔斯马尼亚有了一种新建筑萌芽。皓驰基斯·德·埃斯特法诺此前一直都在最正统的不宜居建筑的潮流中，直到有一天，他创造出了一栋名为"我控告"的建筑，毫不犹豫地撼动了从前备受崇拜的维杜森的理论地基。他引证说，无论墙壁、地面、房顶、门、天窗、窗户多不实用，仍旧是功能性传统主义的陈旧如化石的元素，人们趋向于摒弃这种主义，但它总是从另一扇门溜进来。在鼓声和钹声的欢迎中，他宣布了一种新不宜居建筑的产生，它抛弃了那些过时的元素，并且也没有落入陷阱，没有成为一个没有形状的大团。怀着持续的兴趣我们正等待着这种最新表达形式的设计模型、平面图和照片。

通往帕纳斯的阶梯

我在卡利和麦德林度过了一个应得的短暂假期，回程时，一条充满悲伤细节的消息在我们埃塞萨机场的特色酒吧里等着我。有人说，到了一定年纪，若是身后没人摔一大跤，我们都不会回头瞧一瞧的。这一次，我当然指的是圣地亚哥·吉因茨贝格。

此时此地，我正抑制着这位密友的离去带给我的哀痛，好去纠正——但愿我可以做到——媒体散出的各种错误解读。我得赶紧说清楚，这些错误言论中并没有包含一丝一毫的敌意。它们是情急之下催生的产物，是可以原谅的无心之过。我会把事物放回它们原本的位置。仅此而已。

一些"评论家"好像忘记了，吉因茨贝格出版的第一本书是优缺点俱备的名为《对你我来说的关键》的诗集。在我收藏并不丰富的书房里，有一个带锁的书柜，柜中就保存了这本十分有趣的小书的第一版，可以说是绝无仅有的本子。全彩的简洁封面上，有罗哈斯绘出的作者头像，以及萨梅特建议的题目，排版采用了博多尼[1]字体，整体上文字通顺流畅，总之，一切都做得恰到好处。

书出版的日期是一九二三年七月三十日。随后发生的事其实可以预见：极端派诗人对其进行了正面攻击，人们所熟知的典型评论打着哈欠表达了轻蔑，一些没什么影响力的报刊短讯对其进行了报道，最终，在昂塞的马尔孔尼酒店举办了例行的发行宴会。没人在我们将要提到的十四行诗中看到明显的新东西，因为它们潜得很深，只是不时地从昏沉沉的平庸文字中探出头来。我在此将它们列出：

　　朋友们聚在街角

　　bocamanga 下午从我们身边溜走。

1　Bodoni，一种常用设计字体。

神父费伊霍（他姓卡纳尔？）在一些年后标注说（《拉普拉塔河流域的性质形容词研究》，1941），bocamanga 这个词很奇怪，他一直怀疑它是否被收录在了权威版本的皇家语言学院词典中。他认为它傲慢、快乐、极具新意，并提出了一个假设——那将被说出的言语令我颤抖——它是一个形容词。

再来看下另一个例子：

　　　　爱的双唇，由吻来连结，

　　　　他们说，如常，nocomoco。

我要豪爽地向各位坦诚，最开始，我并不明白这个 nocomoco。再来一个例子吧：

　　　　邮箱！星辰的疏忽

　　　　背弃了占星术的博学。

据我们所知，这首美丽的双行诗开头的一个词并没有激起任何来自权威的质疑；这种宽容，从某种程度上讲很有道理，因为"邮箱"是从拉丁语的 bucco 来的，大嘴，就在上文所提的词典的第十六版的第二百零四页闪亮。

为了避免未来的不愉快，他当时便做了一件我们认为很有预见性的事：在知识产权局留下了一个在那个时代还算可信的假设，说"邮箱"这个词纯粹是一个错误，诗句应该被读成：

人鱼！星辰的疏忽

如果愿意的话，还可以读成：

老鼠！星辰的疏忽

没人能把我称为背叛者。我打的都是明牌。在修正稿被登记下来的六十天后，我给我杰出的朋友发去了一封电报，直言不讳地和他谈了谈他所走出的这一步。他的回答给我出了个难题；吉因茨贝格表示，只要人们承认争议中的那三个变化的词汇可以是同义词，他就会同意我的看法。我只得向他低了头，还能有什么别的办法呢？受到了迎头一击后，我向神父费伊霍（他姓卡纳尔？）征询意见，他很智慧地思考了这个问题，最终认为，尽管三种版本都摆出了它们显而易见的魅力，但却没有一个可以令他满意。看起来，这问题只好归档结案了。

　　第二本诗集，副标题为《一簇芳香星辰》，藏在某些"书店"地下室里，覆着尘土。《我们》杂志针对其出版的、署名为卡洛斯·阿尔贝尔托·普罗舒多的文章在很长一段时间内都将会是决定性的，因为另一位重要评注家虽然也发表了自己的见解，但却并没有察觉到这本诗集一些奇特的语言点，而正是这些语言点构筑了这部作品值得称颂的真正精髓。它的词语很简短，这是一不小心就会逃过评论双眼的东西：四行诗中的 Drj；一首已成为经典、出现在不止一部小学用诗歌合集中的十四行诗里的 ujb；八音节三行诗《致佳偶》中的 ñll；满怀伤痛的一段墓志铭中的 hnz；但还有什么必要再这样举例下去呢？只是徒劳而已。我们此刻就不谈论那些完整的句子了；它们中没有一个单词是在词典里出现过的！

　　Hlöj ud ed stá jabuneb Jróf grugnó.

若不是因为笔者在保存良好的书架床上悄悄掘出了一小本吉因茨贝格的亲笔笔记，以上创作的精髓将会被永远埋没，在最意想不到的一天，名誉的号角会响起，授予这本书最佳及最终作品的称号。很明显，它是一部凌乱不堪的集子，混合了吸引阅读爱好者的谚语（"不会哭的孩子没奶吃"；"不卖的面包"[1]；"敲门敲不停，总会有响应"，等等）、颜色浓重的图画、签名练习、百分百理想主义的诗句（弗洛伦西奥·巴尔卡尔瑟的《香烟》、基多·斯巴诺的《挽歌》、埃雷拉的《拂晓涅槃》、凯洛尔的《在平安夜》），一份不完整的电话号码列表，还有也很重要的，最权威的关于某些词汇的解释，比如，bocamanga、ñll、nocomoco，还有 jabuneb。

　　让我们继续谨慎前行。面对 bocamanga，我们会（？）把它看成 boca 和 manga[2]，字典里把它解释为："袖子最接近手腕的部位，尤其指的是袖内或里衬的该位置。"吉因茨贝格并不同意这种定义。那个有他亲笔笔记的小本上写着："bocamanga，在我的诗句中，指的是一种情绪，一种多年后

1　Como pan que no se vende，阿根廷谚语，指没有起到应有作用的事物。
2　西班牙语中，boca 意为嘴、口，manga 意为袖子。

在脑海中失而复得某段旋律的那种情绪。"

他还揭开了 nocomoco 的面纱。他很清楚地肯定："相爱的人总是说，他们在毫不知情的情况下相互寻找，在相见前便已相知，他们共同的命运就是他们一直相守的证据。为了省去或简化此类叙述，我建议他们使用 nocomoco 这个词，若想节省更多时间的话，用 mapü 或者简单的 pü 就可以了。"很可惜，十一音节诗的专横规则给这句话安上了三个词中最不悦耳的那一个。

关于经典段落中的"邮箱"，我为各位保留了一个巨大的惊喜：它并不像凡夫俗子能想象到的那样，是一个典型的、圆柱形的、色彩鲜艳的、从洞里把信件吸进去的装置；小本子告诉我们，吉因茨贝格更偏好"随意的、偶然的、与秩序不兼容"的含义。

在这列既不疾驰又不停歇的车上，逝者逐渐提到了大多数他使用过的未知词汇，它们都很值得读者注意。如果让我们商量一下，只举一个例子，那么我们将会奉上这一个：jabuneh 定义的是"悲伤的朝圣之旅，目的地是与那个不忠的女人曾共游的地方"；而 grugnó，广义来讲，含义是"发出一声叹息、一句抑制不住的关于爱的抱怨"。我们将会如履炭火般地遇到 ãll，不过，在这个词语上，吉因茨贝格树立起的拥有良好品位的名声似乎背叛了他。

在被各样的解释烦扰了许久之后，严谨的态度促使我们抄下了他在第一页为我们留下的按语："我的目的是创造一种诗歌语言，构成它的术语在惯用语言中无法找到一一对应的翻译，然而这些术语所指的情形及情感是，且向来都是抒情诗最基本的主题。读者应该记住，我用声音表达的，比如 jabuneh 或 hloj，只是大致的定义。此外，这也是一种刚刚开始的尝试。我的后继者将会奉上各种变体、比喻、色彩。毫无疑问，他们会丰富我这个卑微的先驱者的词库。请各位不要陷入语言纯正癖的陷阱。改变起来吧。"

好　眼　光

S.A.D.A.（阿根廷建筑协会）大张旗鼓煽动起的冷战，在加赖伊公园的技术指挥所操纵的诡计下愈演愈烈，经由黄色新闻媒体[1]大肆宣扬，其激荡的回声抛出一缕残忍的光束，没有绢罗或是中国屏风的遮掩，直直落在了我们之中最廉洁、最具诚信的雕塑家以及其被低估了的作品之上：他便是安塔尔提多·A.加赖伊。

一切都要在记忆中向前追溯，甚至可以追到遗忘之境，那段回忆与牙汉鱼配土豆佐莱茵河葡萄酒酱汁有关：一九二九年左右，我们在洛欧米斯的餐桌上品尝了这道令人难忘的菜品。那一代人中最显眼的一群人——我指的是文学方面——那晚在盛宴与缪斯们的召集下聚在了帕雷拉街。最后的香槟酒祝酒辞，是由戴着手套的蒙特内格罗博士完成的。众人不是在说弗朗茨和弗里茨²的笑话，就是在说简短精炼的聪明话儿。桌上的那个穿燕尾服的加利西亚坦达罗斯³把甜点一扫而光，一点儿都没给我们留，还有一位同桌坐在一个角落，是外省人，很谨慎，十分懂得分寸，在我得意洋洋地谈起造型艺术时，他完全没有指手画脚加以评论。我们就承认吧，至少那次，这位聚会参与者一直都在倾听我那丰富而冗长的演说；后来我们去五街角书店酒吧里喝了杯牛奶咖啡，就在我即将诵读完自己对洛拉·莫拉的喷泉⁴的分析赞美诗时，他告诉我自己是雕塑家，并递给我一张名片，邀请我去参加他即将在艺术之友大厅、从前的凡·列尔画廊举办的，面向家人和闲杂人等的作品展。我在答应他之前，想等他先结账，不过他犹犹豫豫地，直到三十八路工人上工的有轨电车过去后才把

---

1 prensa amarilla，新闻报道和媒体编辑的一种取向。理论上以煽情主义为基础，操作上倾向于报道犯罪、丑闻、流言蜚语等主题内容，意在迅速吸引读者，同时策动社会运动。此"黄色"没有色情含义。
2 阿根廷一系列以嘲笑移民为主题的笑话中的两位主角。
3 Tántalo，希腊神话人物，因烹杀其子而被打入冥界，永远忍受饥渴的折磨。
4 即涅瑞伊得斯喷泉（Fuente Monumental Las Nereidas），亦译作海仙女喷泉，阿根廷雕塑家洛拉·莫拉的作品。

款付掉……

　　开幕当天，我去了现场。第一天下午的展览进行得热火朝天，不过，在人们冷静下来之后，一件作品都没有卖出。标着售出字样的小卡片没能骗过任何人。与此相反，报刊上的评论却极尽所能地说漂亮话儿；他们甚至不吝赞美地将他与亨利·摩尔相提并论。为了报答他的好意，我在《拉丁美洲杂志》上发表了称赞的文章，只不过把自己藏在了笔名"前缩透视法"后。

　　展览并没有打破从前的老模式；展品都是些石膏模子，就是那些在初级教学中，绘画教师会反复教大家使用的呈两对或三对的，有树叶、脚和水果图样的那种模子。安塔尔提多·A.加赖伊向我们指出了关键，说不应该关注树叶、脚或水果，而应该先关注模子与模子之间的空间及空气。这后来也成为了他所说的、我在法语出版物中所清楚指出的凹陷雕塑。

　　第二次展览也取得了与第一次相同的成就。这一次是卡巴依托街区办的，它的氛围很单一，只有光秃秃的四面墙壁，没有其他任何摆设，平滑的屋顶上有几条石膏线，木地板上有六片散在各处的瓦砾。我在售票处贩卖每张四毛五的入场券，生意很好，不过我也会告诉那些无知的人："这些物品本身一文不值；对于品位考究的人来说，最精髓的部分是在石膏线和瓦砾之间流动的空间。"目光短浅的评论看不到那在空当中进行的确凿无疑的演化，他们执着地为那里没有树叶、水果和脚而感到惋惜。我坚定地认为这一活动有失严谨，它的各种不良后果也接续而来。从一开始就爱嘲笑又轻信舆论的民众对其不断施压，直到最后所有人聚在一起，在雕塑家生日的前一天把展览给烧了，他本人也好生痛苦了一番，因为人们用瓦砾砸伤了他，正好砸在了当地俗称臀部的地方。售票员——正是笔者本人——则提前嗅到了将要发生的事，觉得不捅马蜂窝为妙，早早就把门票款塞在一个编织袋里溜走了。

我的路线很清晰：找到一个难以定位的藏身之处，一个老巢，一个避难所，好在杜兰德医院的实习医生准许那位受挫的先生出院时，继续留在暗处。在一个黑人厨师的帮助下，我住进了距离昂赛一个半街区的新公正酒店，在那里，我为《塔德奥·利马多的受害者》[1]搜集了材料，做好了研究。也是

---

1 重要的注释。我们借此机会，为各位购书者迅速奉上 H. 布斯托斯·多梅克所著作品《伊西德罗·帕罗迪的六个谜题》。(H. B. D. 注)——原注

在那里，我不断地接近了胡安娜·穆桑特[1]。

一些年后，在"西部酒吧"里，面前摆着牛奶咖啡和牛角包的我遇上了安塔尔提多·A.。他已经痊愈，并且很细心地没有提编织袋的事。就着第二杯牛奶咖啡的热气，我们很快便开始重新庆祝我们源远流长的友谊，后来那杯咖啡也是他拿私房钱付的。

此刻正鲜活，还有什么必要追忆过去呢？像恍然大悟的愚人的我，说的正是这一次在加赖伊广场举办的卓越展览，它为我们那位四处奔波的斗士的执着工作和极富创造性的天分画上了完满的句点。一切都是在"西部酒吧"悄悄计划出来的。人们轮番喝着大扎啤酒和牛奶咖啡；而我们两个，什么都没喝，只顾进行友好的谈话。就在那时，他小声地告诉了我他的计划，仔细想来，那只不过是一块由两根松木杆支撑的写着安塔尔提多·A.加赖伊雕塑展的广告牌。我们想把它立在一个合适的地方，让从河间大道过来的人都能看见。我一开始想用哥特字体，但后来两人都让了步，最终采用了

---

1 《塔德奥·利马多的受害者》中重要人物。

花底白字的方案。我们在没有得到市政府的任何许可的情况下，趁夜色正浓，保安正眠，在雨中装好了那块巨幅广告牌，两个脑袋被淋得透透的。任务一完成，我们便朝不同方向散开走了，免得被法警逮住。我的住处在波索斯街，转个弯就到；艺术家则不得不走回到鲜花广场附近的居民区。

第二天，被纯粹的贪婪俘获的我，怀着早早叫醒朋友的欲望，在粉色朝霞的伴随下来到了广场的绿化带，那时雨已停了，不再落在广告牌上，小鸟也都在向我发出问候。一顶有橡胶帽檐的平顶帽、一件有珠光纽扣的面包师罩衫赋予了我某种身份。至于入场券，我已经很谨慎地把上一次剩下的票藏好了。一些不起眼的，也可以说偶然经过的路人一声不吭地支付了五毛钱，他们和那些在三天之后就起诉了我们的抱团儿的建筑师是多么的不同啊。和那些讼棍所声称的相反，这事件十分清晰敞亮。长久的烦扰过后，我们的律师萨维尼博士终于在他位于帕斯特乌尔街的著名办公室弄清楚了这一点。对于法官，这位做最终决断的人，我们打算在最后时刻拿出门票收入的一小部分来贿赂他。我是打算笑到最后的。希望所有人慢慢明白，加赖伊在同名广场展出的雕塑作品，就是那个它立于其中的空间，在索利斯街与帕翁街的建筑之间直达天顶的空间，此外，还包括之中的树木、长椅、小溪，以及通行其间的市民。好眼光就这样强势降临了。

附注：加赖伊的计划在逐步扩展。他完全无视诉讼结果，现在正在构思另一个展览，即第四号展览，预计它将覆盖整个努涅斯区。谁知道，或许明天他杰出的阿根廷作品将包含金字塔与狮身人面像之间的全部空间呢。

缺 席 无 害

这么说吧，每个世纪都会推广它自己的作家、它时代的最强音、它真正的代言人。我们要说的这位先生在一九四二年八月二十四日出生于布宜诺斯艾利斯，时光匆匆过去，他也在同一座城市成名。他的名字是图里奥·埃雷拉；出版的书籍有《赞歌》（1959）、获得了城市二等奖的诗集《起早更早》（1961），此外还有已完成的、一九六五年的小说《要有就有了》。

《赞歌》源自一段奇特的故事，这个故事与一个由妒忌编织的阴谋息息相关，这阴谋围绕着上述作家的亲属、彭德雷沃神父的名誉展开，后者曾六次被指控抄袭。无论与之亲近还是疏远，人们都不得不摸着良心，认可这位年轻作家对自己叔父的可爱的支持。各方评论花费了两年时间，才得以描绘出该事件的特殊状况：在争论进行时，从始至终都没有提到相关人物的姓名，没有涉及任何被抨击的作品的题目，也没有列出被抄袭作品的名录。不止一个文学侦探断言，此类变戏法儿般的写作手法都遵从着一种至高无上的细腻；因为时代的滞后，甚至连最活跃的评论家都没有意识到，那事实上是一种新美学发出的第一击。这种美学在《起早更早》的诗歌中得到了更广泛的体现。被其简单明了的题目所吸引的普通读者付款买下了一本，但却丝毫进入不到书籍的内容之中。他读完了第一行诗

食人魔居住于乡土缺

却察觉不到，我们的图里奥像埃尔南·科尔特斯一样，走在了时代的前沿。金链条就在那里，只需恢复其中某个环节便可找到。

在某些同心圆的……圈子中，人们指责这句诗太过黑暗；若要澄清它，没有什么能比下面这段轶事更清楚有力：这段

故事编得有头有尾，可以让我们隐约瞧见站在阿尔韦亚尔大道上的诗人，他——裹着一身小麦色的衣裳，胡须稀疏，腿上束着绑腿——正问候塞尔乌斯男爵夫人。传说中，他对她说：

"夫人，很久没有听见您吠叫了！"

他的意图很明确。诗人指的是更能凸显对方贵妇人身份的京巴犬。这一短句，是一句礼貌话儿，在一瞬火光间向我们揭示了埃雷拉的创作理论；他没有解释来龙去脉，但我们一下子——这简明扼要的奇迹！——就从男爵夫人跃到了犬吠。

同样的方法在前文更早出现的诗句中亦有体现。他有一个笔记本在我们手中，一旦这位精力旺盛的诗人在壮年去世，我们便会出版。这本笔记告诉我们，"食人魔居住于乡土缺"这一诗句最初是更长的。对细枝末节的精确修剪使今日令我们目眩的那一行总结性短句得以诞生。第一稿是十四行诗风格的，它的光彩可见下文：

克里特的食人魔，居于

自己迷宫家园的牛头怪：

而我，乡土、黝黑的我，

无时无刻，缺屋顶遮盖。

《起早更早》的题目，则体现了一种现代省略法，总结了古老而又年轻的谚语：起得再早，天也不会亮得更早。这一谚语的最原始形式已被克雷阿斯记录在典籍中了。

现在再来聊聊小说。埃雷拉此前已经将他的四卷手写笔记卖给了我们，但暂时禁止我们出版，因此，我们都在盼望他的死期来临，好把稿子带到拉纽那台老旧的印刷机那里。但这事还需等待许久，因为作家有运动员的健硕体格，他要是深深一呼吸，我们就没有空气可吸了，所以，期待一切尽快结束好满足市场好奇心的想法十分站不住脚。在咨询过律师之后，我们赶紧为《要有就有了》预测了一段概括以及其形态学演化过程。

《要有就有了》的题目当然来自《圣经》中那一句"要有光，就有了光"，不可避免地，他去掉了当中的一些字。这本书讲的是两个名字相同的女人之间的竞争，她们都爱上了同一个人，不过这个人在书中只被提到了一次，这一次所提的名字还被弄错了，因为某一次作者在激动地分享他的构思——这让我们和他都备感荣幸——时，说那个人物名叫鲁贝托，而他写在书里的则是阿尔贝托。的确，第九章提到了鲁贝托，但那是另一个人物，是很特别的一次重名。两个女人被困在一场严肃的竞争里，最终，在一剂高浓度氰化物的帮助下，问题得以解决，埃雷拉怀着蚂蚁般的耐心细致地描述了这令人毛骨悚然的一幕，只不过，当然，他把它删掉了。另外还有一处令人难忘的笔墨：投毒者发现自己枉杀了另一个女人，因为鲁贝托爱的并不是受害者，而是这场战争的幸存者，但为时已晚！埃雷拉精心设计了这样能为作品加冕的一出戏，为其增添了各种精彩的细节，但却没有写出来，免得随后还得将它删去。因为合同明确地让我们保持沉默，我们只能轻描淡写地带过那出人意料的结局，但毋庸置疑的是，它很可能是当今小说艺术中已达到的最高成就。读者可以接触到的人物只不过是些龙套，也许是从其他作品中移过来的，对情节并没有太多帮助。人们在没有价值的对话中来回穿梭，并不知晓发生了什么。没有人怀疑什么，公众就更不可能有什么思虑，不过作品倒是被翻译成不止一种外语，并已获得了很高的荣誉。

在结束之前，我们以遗嘱执行人的身份承诺，将会全文出版作者的手稿，包含其全部漏洞及被删除的部分。这一计划将以认购和提前付款的形式执行，一旦作者去世，便会开始操作。

同时，为作家在查卡里塔公墓捐一座胸像的认捐活动已经开始，塑像将由雕塑家萨诺尼完成，他会依照将被追思的作家的身材比例，塑造一只耳朵、一个下巴和一双鞋。

那位多才多艺者：维拉塞科

众所周知，文字轻盈飞舞的作家们、文学评论界最优秀的塞克斯顿·布莱克[1]们一直以来都在教导我们，维拉塞科的众多作品，独一无二地推动了本世纪西班牙语诗歌的进化。诗人奉上的第一部作品，出版于费舍顿（罗萨里奥）《远洋信件》上的《灵魂的悲苦》（1901），是当时作为新人的他的一部可爱的小作品，当时的诗人还在寻找自己，上下求索间，不免多次跌入了乏味无趣中。相较于一位天才竭力创造的杰作，这首诗更像是一部读者的作品，因为它充满了基多·斯巴诺及努涅斯·德·阿尔瑟的影响，埃利亚斯对他的熏陶就更加明显了。用一句话来说，若不是他之后作品所洒下的光辉，没有人会注意到他青年时代的这个小污点。几年后，他出版了《法翁的哀伤》(1909)，长度及韵律皆与第一部作品相似，但已被敲上了当时流行的现代主义的印章。接下来，卡列戈又对他产生了影响。在一九一一年十一月的《面与面具》[2]上，我们看到了他的第三张面孔：一首名为《小面具》的诗。尽管深深被那位布宜诺斯艾利斯的城郊歌手吸引，但在《小面具》中，维拉塞科已经稍稍显露出了成熟后的他在《万花筒》中展现的独特个性及高贵语调，这后一部作品发表于《船首》[3]杂志，下方还配有著名的隆戈巴尔迪的插画。事情到此并没有结束，一些年后，他还将出版精心创作的讽刺诗《蛇蝎之心》，其中生硬得奇怪的语言彻底地将他与陈旧的文字分隔开来。一九四七年，在鼓乐齐鸣中，《领袖艾薇塔》的首发式在五月广场举行。几小时后，文化委员会的副主席维拉塞科将会用空闲时间来创作自己的最后一部作品。唉！他比图里奥·埃雷拉去世得早多了，后者还像章鱼一样紧紧地抓着生命不放呢。《集体的赞歌》是献给不同政府部门的诗

1　Sexton Blake，英国漫画虚构人物，职业为侦探。
2　*caras y caretas*，阿根廷周报（1898—1941）。
3　*Proa*，博尔赫斯于 1922 年创办的杂志。

歌，也是他的创作绝唱。他的生命在晚年才被斩断，所以他有机会把自己各异的作品编撰成集。那是一本可悲的小册子，是在我们友好的胁迫下，由作家本人在弥留之际、在被带往殡仪馆前不久签字付印的，出类拔萃的藏书家们将会在我位于波索斯街的住处订购到这本书，它将在他们的圈子中广泛流传。事实上，在预先支付的订金支持下，经过精心计算的五百本泡沫纸板印刷的册子组成了这本书的首版，它们将通过邮局飞速送达读者手中。

由于用钢笔为本书亲笔书写了十四号斜体字的详尽分析前言，我感觉身体十分虚弱，灵感的火光也消失了不少，因此，我曾向一个笨人[1]求助，请他帮我装信封、贴邮票、写地址。这个爱管闲事的家伙，不仅做了他的分内事，还浪费宝贵的时间，阅读了维拉塞科的七部苦心之作。他因此得以发现，除题目之外，这七部作品事实上是一模一样的。甚至没有一个逗号、一个句号或是一个单词的差别！这一发现完全

1　若想确定此人身份，请查阅《与拉蒙·博纳维纳一起度过的下午》，收录于绝不可错过的《布斯托斯·多梅克纪事》（1966）中。此书各大书店有售。——原注

是偶然的结果，在对维拉塞科变化多样的作品的严肃评价面前，没有任何重要性，我们在文章最后提到它，完全是出于单纯的好奇心。毫无疑问，这所谓的污点给这本小册子增添了一种哲学维度，并再一次证明了，尽管微小的细节容易让庸人迷失，但一切艺术终究是同一且唯一的。

我们的一支画笔：塔法斯

我们对杰出的阿根廷人何塞·恩里克·塔法斯的记忆中充满了敬意，然而，强劲的象征性浪潮的回归很可能会将它淹没。一九六四年十月十二日，塔法斯在克拉罗梅口著名的温泉疗养地、在太平洋的海水中突然出事身亡。溺水时他还很年轻，唯一成熟的就是他的画笔，离开时，他为我们留下了一套严谨的戒律以及一幅散发光芒的杰作。将他与大批陈旧过时的抽象派画家混为一谈是一个微妙的错误；他与他们都到达了同一终点，然而所经过的路径却是截然不同。

我在记忆的最偏爱之处保留着与他初识的那个亲切的九月早晨的样子，我们的相遇很偶然，就在贝尔纳尔多·德·伊里戈延与五月大道间南边拐角的报亭那里，它直到现在都在原地炫耀着自己那挺拔的侧影。当时的我们都沉浸在年轻人的寻欢作乐之中，之所以在那个人来人往的报亭遇见，是因为两人都正在那儿找托尔托尼咖啡馆的彩色明信片。那次巧合是决定性因素。坦诚的话语将微笑打开的交流带上了新的高度。一知道我的新朋友已经收集到了另外两张分别印着罗丹的沉思者以及西班牙宾馆的卡片，我便对他充满了好奇，对这一点我绝不会加以掩饰。我们两人都是艺术的崇拜者，身体里充满热血，对话很快就上升到了当时的现实问题。彼时，其中一人已经是出色的短篇小说家，而另一人则是仍默默无闻、手执画笔的未来之星，但对话并没有因此而中断，尽管人们很可能会为之担心。两人共同的朋友圣地亚哥·吉因茨贝格的名字扮演了桥头堡的角色。我们随后又婉转地评论了当时某个大人物的轶事，各自饮下了大扎的啤酒，到最后，对话飘飘然地延伸到了永恒的话题。我们约好了下个周日在混合列车咖啡馆见面。

就是在那时，他给我讲述了他遥远的穆斯林血统，讲述了他父亲裹着一块毯子来到这片海滩的故事，之后，他试图向我说明他将如何填满画布。他对我说，暂且不提胡宁街的俄国人，只说穆罕默德的《古兰经》，经文禁止绘画中出现面孔、人物、容貌，以及鸟类、牛犊和其他生物的形象。如何能在不触犯安拉戒律的情况下运用画笔及颜料呢？最终，他还是选择了与之作对。

一位来自科尔多瓦省的发言官曾教导他，一个人若想在艺术中创新，需要清楚地证明自己已经掌握了它，可以像任何一位大师一样遵守其所有规则。打破旧有模式是这几个世纪的强势呼声，但候选者应提前证明他已熟练掌握已有的规则。正如卢姆贝拉所言，在把传统丢进垃圾前，我们要好好地吸收它。塔法斯这个美丽的人儿，领会了这健康的话语，并将之付诸实践。首先，他将布宜诺斯艾利斯的城景用画笔忠实地描绘出来，效果堪比相片，仿佛一个缩小版的大都市，宾馆、咖啡馆、报亭和雕像，悉数还原。他没有把作品展示给任何人，甚至与他在酒吧分享大扎啤酒的一辈子的好友都不例外。接下来，他用面包渣和自来水将画作擦除。随后，再往上抹一把沥青，使画面完全变黑。他很认真地，为每件一模一样的黑褐色产物标上了正确的名字，在样本上，我们可以读到托尔托尼咖啡馆或是明信片报亭的字样。当然了，作品价格也各不相同；它们随被擦除作品的色彩、透视和构图等方面的细节的变化而变化。抽象主义团体无法在这些作品的名称面前妥协，提出了严正的抗议，而美术馆则无视他们的意见，用让作品贡献者哑口无言的巨款订购了十一幅画中的三幅。报刊上的评论倾向于赞扬，只不过这一位喜欢这一幅作品而另一位偏爱那一幅。总而言之，是种尊崇的气氛。

这就是塔法斯的作品。据我们所知，他当时在准备一幅原住民题材的作品，正打算去北方写生，一旦完成，就会给它抹上沥青。真令人惋惜！他的溺亡从阿根廷人的手中夺走了这部作品。

服　装　I

　　据说，那次复杂的革命开始于内科切阿。时间，在颇值得玩味的一九二三年到一九三一年之间；主要人物，是埃德瓦尔多·S.布拉德佛德以及退休的警察局长希尔维拉。第一位的社会身份有些模糊，但却在那条老木栈道上成为了颇有名望的人，同时，也没耽误人们在舞会、摸彩处、孩子的生日会、银婚庆祝仪式、十一点的弥撒、台球厅和最惹人注意的别墅中瞧见他的身影。很多人都记得他的模样：戴一顶软软的、帽檐可以弯折的巴拿马草帽和一副龟甲眼镜，蜿蜒的胡须虚掩着纤薄的双唇，小翻领上系着领结，白色的西装上钉有进口的纽扣，袖口钉着袖扣，高跟军靴为他原本平庸的身高添了些许风采，他右手执马六甲拐杖，左手伸展在一只浅色手套里，在大西洋的微风中，缓缓地不停晃着。他的话总是透着天真良善，会涉及各类不同话题，但最终总是会滑到与里衬、护肩、卷边、短裤、内衣、天鹅绒领以及大衣息息相关的主题上去。这样的嗜好不应令我们奇怪；他只是特别怕冷而已。没有人见过他下海游泳；从木栈道一头走到另一头时，他会把脑袋缩在肩膀里，双臂交叉着或是把手塞在兜里，整个人抖个不停。他还有一个特点逃不过遍布各处的观察家们的双眼：尽管他挂着一块怀表，表链连结着他西装的翻领和左侧的衣兜，但他却顽皮地拒绝告知别人时间。虽然他的慷慨众人皆知，但他却从来不付小费，也不会给乞丐一文钱。咳嗽常来搅扰他。他是个善于社交的人，但总是在某种值得称颂的意义上与人保持着谨慎的距离。他最喜欢的口头语是：别碰我。他是所有人的朋友，但却从不让人进他的家门。一直到一九三一年二月三日这个不幸的日子之前，最出色的内科切阿人都不曾怀疑过他住处的真实性。证人之一断言，在那一日的几天前，曾看见他右手拿着钱夹，走进了吉罗斯油漆店，出来时，拿着同一钱夹和一个圆柱形的大包裹。若没有退休警察局长希尔维拉的敏锐和坚毅，也许任何人都不会出来揭开他的面纱。希尔维拉是在萨拉特[1]锻炼过的人，他凭借猎狗般的直觉，最先起了疑心。在那段时间，他谨慎地跟踪过他，对方尽管看起来并无察觉，但还是借着郊区的昏暗，一晚一晚地甩掉他。这一侦察行动是那个圈子的人常常探讨的话题，不乏有人疏远了布拉德佛德，将风趣幽默的对话转成了干瘪瘪的问候。然而，富有家庭的成员还是会捧着精致的点心将他团团围住，意图表达对他的热切支持。此外，在木栈道上出现了一些与他相似的人，但若是看得仔细，便会发现，尽管他们打扮相同，但这些人衣着的花色略显暗淡，看起来也明显更穷酸些。

希尔维拉引的炸弹很快就爆炸了。在上文提到的那个日期，身着便装的两位法警在警察局长本人的带领下，出现在无名街的一栋小木屋前。他们反复叫了几次门，最后强行把它撞开，握着手枪闯进了那间老宅。布拉德佛德当即投降。他高举手臂，却没有松开马六甲拐杖，也没有摘下帽子。他们一刻也没耽搁，用专门带来的床单将他裹起来，任他哭喊

---

1 Zárate，阿根廷布宜诺斯艾利斯省城市。

着争论着，给抬了出去。他轻得过分，这让他们着实吃惊。

检察官科多维亚博士指控他滥用信任、不知廉耻，布拉德佛德当即认罪，辜负了所有忠于他的人。事实很清晰，十分令人信服。自一九二三年至一九三一年，布拉德佛德，这位木栈道上的绅士，一直裸体在内科切阿行走。他的帽子、龟甲眼镜、胡须、领子、领带、链表、西装、纽扣、马六甲拐杖、手套、手帕、高跟军靴不是别的，而是在他皮肤的白板上绘出的彩色画。在如此困难的情形下，若是处在战略高位上的朋友能施加一些合适的影响，那对他来说将会是种支持，然而，被揭露出来的事实让所有人都疏远了他。他的经济状况实在堪忧！甚至没有钱买一副眼镜。他不得不像画出其他东西那样把它们画出来，甚至连拐杖都是假的。法官依严肃的法律判决了罪犯。接下来，布拉德佛德进入了奇卡山监狱殉难者名录，向我们显示了他作为先锋者的凛然。他因支气管肺炎在狱中去世，死时病躯上只有画出来的条纹衫。

卡洛斯·安哥拉达的嗅觉十分敏锐，他总能搜寻到现代性最能盈利的那些方面，凭借这一点，他已经在《时装》杂志上写了一系列称颂布拉德佛德的文章。作为内科切阿木栈道布拉德佛德雕像支持者委员会的主席，他征集了大量的签名与资金。据我们所知，这座标志性雕像没有完成。

唐·赫尔瓦西奥·蒙特内格罗的态度则显得更加慎重和模棱两可，他在夏日大学开了一门暑期课程，大致关于油画笔手绘服装史，以及一些令人不安的、关于此类服饰对传统裁缝工作影响的观点。他的责难与鄙夷立即引起了安哥拉达的不满："他们甚至在他死后都要污蔑他！"十分不悦的安哥拉达向蒙特内格罗发起挑战，要在随便哪个拳击台上与之一决胜负，随后，等对方回击等到不耐烦的他，坐喷气式飞机搬到了滨海布洛涅。与此同时，皮克特人[1]的族群扩大了好几倍。最大胆和最具创新意识的人面对必然的风险，精确地模仿着那位先锋和殉道者。其他性格倾向于一切慢慢来类型的人，则采取了一种中间路线：假发套、画出来的独目镜、刺着永久花纹的躯体。关于裤子上的东西，我们还是保持沉默吧。

---

1 罗马帝国时期至公元十世纪生活在苏格兰中北部的部族。根据记载，其族名可能意为"被涂画者"或"被刺青者"。

这样的谨慎没有起到任何效果。人们的反应很大。时任羊毛制品中心公共关系办公室主任的古诺·芬格尔曼博士，印了一本名为《衣服的本质是保暖》的书，很久之后，又出了一本《让我们裹上自己！》。这一顿盲目的棍棒在热衷于做出一番成就——这也很可以理解——的核心青年之中引起了巨大反响，他们穿上自己的终极服饰，圆鼓鼓地在街上滚着走，这种衣装严严实实地把它们的幸福的所有者从头到脚完全包裹进去。最受偏爱的材料是结实的皮子和防雨布，简单来说，还有能抵抗击打的羊毛垫。

到这里还差一个美学印章。塞尔乌斯男爵夫人将它带给了他们，她开创了一个新的方向。首先，她回到了直立行走原则，解放了人们的手臂和腿。她与一个由冶金学家、玻璃艺术家、灯具生产商组成的团体合谋，创造了一种名为"造型装束"的服饰。很显然，尽管存在没有人会否认的重量问题，这种装束可以保证其穿戴者走动时的安全。它包含一些金属的部分，会令人想起潜水服、中世纪骑士和药店里的公平秤，还带有一些旋转的闪亮光点，令过往行人眼花缭乱。同时还会断续发出叮叮声，仿佛悦耳的车铃。

有两个流派源自塞尔乌斯男爵夫人，（据小道消息说）她更支持第二个。第一个是佛罗里达派；另一个，感觉更受欢迎的，是博埃多派[1]。尽管存在细微差别，两群人有一个共同的特点，那就是都不敢冒险上街。

1　佛罗里达派（Florida）与博埃多派（Boedo）是阿根廷二十世纪二三十年代两个非正式文艺、文学先锋流派。

服　装　II

　　尽管人们已适时指出，"具备功能的"所形容的性质在建筑师的小世界中清楚地指向了名誉的丧失，但在服装界，这种性质已爬上了重要非凡的位置。此外，男性服饰在修正主义评论的冲击面前，给对手可乘之机。很显然，保守分子们想为翻领、裤脚翻边、没有扣眼的扣子、打好结的领带、被诗人称为"草帽踢脚线"的缎带这些缀饰的美——更不用说为其实用性——正名，但他们这种虚妄的目的已不可能达到。公众不再接受这些无用装饰物不道德的专横存在。在这一方面，波夫莱特已彻底失败。

　　在此值得一提的是，新规则源自一位名叫萨穆埃尔·巴特勒的盎格鲁-撒克逊人的一段文章。他证明了人类的身体是创造力的物质投影，仔细想想，一架显微镜和一只人眼之间并没有区别，前者不过是后者的完美化版本。同样，根据人所共知的关于金字塔及斯芬克斯谜题的故事，我们可以断言，拐杖和腿也是一回事。身体，总而言之，就是一台机器：手不比雷明顿枪差，臀部不比木椅或电动椅差，滑冰的脚不比冰鞋差。因此，逃离机械论的愿望一点儿意义都没有；人本身是眼镜和轮椅最终所完善的那个机制的第一稿。

像许多事一样，当在暗处操作的梦想家和企业家幸福地联合在一起时，就有了那伟大的飞跃。我们说的前者是卢西奥·塞沃拉教授，他向我们大致描述了项目的概况；后者是诺塔利斯，他原先拥有信誉良好的莫诺五金百货店，不过现在这家店已经改变了性质，变成了"塞沃拉-诺塔利斯功能性裁缝店"。我们在此向感兴趣的人推荐一次上述商铺的参观活动，无强制性消费，两位生意人会按情况满怀敬意地接待您。只需非常少的花费，专人服务的专家就会满足您的需求，向您奉上已获专利的"大师手套"，其两个部件（严格对应人的双手）配备了以下手指延长体：锥子、开瓶器、自来水笔、艺术橡皮图章、蜡版刻笔、木匠锥、锤子、撬锁器、雨伞-

拐杖及焊工喷枪。另一些顾客可能会喜欢"商场帽",可以用它来运送食品或是贵重物品,或是其他各类物品。"档案装"还未上市,它将用衣兜代替抽屉。被座椅商抵制的臀部塑料弹簧垫在广场上大受欢迎,它的热卖使我们不必在此广告中对其再做推荐。

一个闪亮的焦点

很荒谬地，在波城举办的最新一届历史学家大会上大获成功的纯历史论文，为人们准确理解该大会造成了极大的障碍。公开反对该文的我们沉浸在国家图书馆地下室的报刊区，查阅了当年七月的所有资料。我们手中同样值得赞颂的一部作品是，为高潮迭起的辩论以及人们所得出的结论做详细记录的多语言简报。第一个主题是：历史是一种科学还是一种艺术？观察家们注意到，争论中对立的两派各说各话，但他们高声提起的都是同样的名字：修昔底德、伏尔泰、吉本、米什莱。在此，我们不会浪费这个大好机会，要先祝贺一下查科人的代表盖伊费罗斯，他勇敢地向其他与会者建议，优先考虑一下我们的印第安美洲，当然了，要从查科这个有不止一个优点的灵秀之地开始。与以往一样，发生了难以预料的事；得到了一致赞同票的论文，据说，是泽瓦斯科完成的：历史是一种信仰的行动。

世人一致同意这种观点的合适时机的确已经成熟，它虽然是革命性的、突然的，但经过几世纪的耐心与反复思索，已做好了准备。确实，每一本历史书、每一个甘迪亚[1]所说的内容，都曾被更早前的史书作品或轻松或艰难地预先料到。克里斯托弗·哥伦布的双重国籍、一九一六年盎格鲁-撒克逊人和日耳曼人同时宣称获得胜利的日德兰海战、伟大作家荷马的七个出生地，此外还有很多事例会跃入普通读者的脑中。在所有我们提出的例子中，都酝酿着一种固执的愿望，即肯定自身、本地人、自家人的愿望。此刻，在怀着开放的精神阅读这本兼容并包的纪事时，关于卡洛斯·葛戴尔[2]的争议却在耳边响起，令我们惶恐。对于一些人来说，他是"阿巴斯托的黑发小伙"，对少数人来说，他是乌拉圭人，或者是法国图卢兹人，和胡安·莫雷拉的事一样，地域之争中相互敌

1　Enrique de Gandia（1906—2000），阿根廷历史学家。
2　Carlos Gardel（1890—1935），探戈音乐大师。

对的激进人士为莫龙和纳瓦罗吵个不停，更不要提勒吉萨莫[1]了，我恐怕他是东边[2]人。

让我们回到泽瓦斯科的宣言："历史是一种信仰的行动，资料、见证、考古学、统计学、诠释学、事实本身都无关紧要；历史由历史负责，无需犹疑，不用顾虑，任钱币学家收集他的钱币，古董纸收藏家收集他的纸莎草；历史是能量的注射剂，是带来生机的呼吸，是能力的提升机，由历史学家负责灌满墨汁。它令人陶醉、激动、发怒、勇敢，完全不会令人冷静下来或意志消沉。我们的口号是，坚决反对那些不能强健我们身心的、那些不能令我们积极向上的、那些不值得歌颂赞扬的。"

播了种的土地发了芽。因此，如果从一九六二年的突尼斯地区去看罗马被迦太基所灭的史实，将会有一场欢庆；现在从国内看当年西班牙吞并不断扩大的克兰迪原住民营地，也会认为他们应该受到惩罚。

像许多其他人一样，变化无常的博布莱特已经彻底认

<hr>

1　Irineo Leguisamo（1903—1985），马术骑师。

2　指乌拉圭。

定，严谨的科学并不以数据的积累为基础；为了教年轻人三加四等于七，并不需要添上累赘，说四块蛋白酥加三块蛋白酥、四位主教加三位主教、四个合作社加三个合作社，也不用说四只漆皮靴加三只长筒羊毛袜；最终靠本能就可以推断出规律，年轻的数学家明白三加四会一直等于七，无需重复那些证据，无需不断提及糖果、凶残的老虎、牡蛎或是望远镜。历史需要同样的方法。对爱国者来说，一次军事战败合适吗？当然不合适。在相关权威认可的最新的文章中，对于法国来说，滑铁卢战役是面对英国及普鲁士暴民的胜利；维尔卡布西奥战役对于从阿塔卡马高原至合恩角的地区来说，是令人惊异的胜利。最初，一些懦夫提出，此类修正主义将会分裂这一统一的学科，更可怕的是，它会令世界史的编辑陷入严峻的困境。如今，我们已知晓，这类恐惧并没有坚固的基础，哪怕是目光最短浅的人都会明白，纷繁的、相互对立的断言均出自同一源泉，那便是民族主义，也是它促成了泽瓦斯科的格言、他的"致全城与全球[1]"。纯历史中充满了

---

1 原文为拉丁语，urbi et orbi，为教皇在特定宗教节日对罗马全城及全世界的文告。

各个民族的正义的复仇主义；墨西哥在铅印的文字中收复了得克萨斯的石油田，而我们，在没有威胁到哪怕一个阿根廷人性命的情况下，得到了极地冰层以及它不可侵犯的群岛。

除此之外，考古学、诠释学、钱币学、统计学，如今已不再是奴仆，它们终于获得了自由，并且，与其母亲——历史学——不同，它们被认为是纯科学。

存在即被感知

作为努涅斯及周边地区的老游客，我注意到，一直屹立在那里的标志性的河床体育场已经不复存在。感伤之际，我就此事询问了我的朋友、阿根廷文学院院士赫瓦西奥·蒙特内格罗博士，并在他身上看到了驱动我追踪此事的动力。当时他在编纂一部好像叫《国家报业史一览》的集子，那是一部优点众多的佳作，他的秘书正为之忙得不可开交。在搜集资料时，他无意间开始寻找问题的关键。在开始对一切感到麻木之前，他请我去找了一个我们共同的朋友——图利奥·萨维斯塔诺，阿巴斯托青年俱乐部的主席。于是，我便去了位于科连特斯大道与帕斯特乌尔街交叉口的石棉大厦去见他。这位领导，尽管不得不严格执行着他的医生兼邻居纳尔本多博士为他设计的双重减重方案，但行动起来仍旧灵活敏捷。因为他的球队面对黄衫军刚刚取得了胜利，他显得神采飞扬，敞开了胸怀，很信任我，在一壶壶马黛茶间，将有关问题的重要细节放在了台面上。尽管我一遍遍对自己重复，萨维斯塔诺是我青年时代在阿奎罗街与乌玛瓦卡街街角一起玩儿的伙伴，但对方的地位仍旧给我带来了巨大压力，为了打破紧绷的气氛，我就最后一个进球向他表示了祝贺：尽管萨尔棱加和帕罗蒂及时出现试图断球，但穆桑特历史性地一传，促成了中场球员雷诺瓦雷斯的进球。在敏感地察觉到我对阿巴斯托俱乐部的感情后，这位大人物吸了最后一口已经吸干的茶壶，颇具哲学意味地高声说道：

"想想吧，这些名字都是我给他们起的。"

"那些绰号么？"我唏嘘道，"穆桑特不叫穆桑特？雷诺瓦雷斯不叫雷诺瓦雷斯？里马尔多不是那个球迷呼唤的偶像的姓氏？"

他的回答让我的整个身体放松下来。

"什么？您现在还相信球迷和偶像？您在哪儿生活过啊，尊敬的唐·多梅克？"

这时，进来一位消防员体格的低级职员，他低声说，菲拉巴斯想和先生说话。

"菲拉巴斯，是那位声音很好听的播音员么？"我惊呼道，"一点一刻开始的亲切的饭后节目的那位振奋人心的主持人、普洛芙茉香皂广告的配音？我的双眼就要看到他长什么样了？他真的叫菲拉巴斯么？"

"请他等会儿。"萨维斯塔诺命令道。

"等什么？难道不该我牺牲一下先告辞么？"我展现了真诚的自我牺牲精神。

"您想都不要想。"萨维斯塔诺回答，"阿尔图罗，让菲拉巴斯进来。也没什么……"

菲拉巴斯很自然地走进来。我本要把扶手椅让给他，但消防员阿尔图罗瞄了我一眼，仿佛抛来一团极地空气，说服了我。主席的声音发表了意见：

"菲拉巴斯，我已经和德·费利佩还有卡玛尔戈谈过了。下一场阿巴斯托会输，二比一。有激烈的对抗，但是请记好了，不要再有穆桑特给雷诺瓦雷斯的妙传了，人们都能背下来这一套了。我想要的是想象力，想象力。明白了吗？您可以走了。"

我鼓足勇气，斗胆问了一句：

"我能说比分是可以被控制的么？"

萨维斯塔诺将我击倒在地。

"没有比分，没有场地，也没有比赛。体育场早已被拆除，只剩一地瓦砾。今天，一切都发生在电视和收音机里。播音员的假激动从来都没让您怀疑过这一切都是谎言吗？首都的最后一场球赛是一九三七年六月二十四日比的。从那一刻之后，足球，和全部其他体育运动一样，都变成了戏剧，只依靠录音间里的一个人或是摄像师面前穿运动服的一群演员而存在。"

"先生，是谁发明了这一切？"我问到了要点。

"没有人知道。也许也应该去查查是谁出的主意，让学校举办开学典礼，让君主进行奢华的访问。在摄影棚和剪辑室外，这些都不存在。您就相信吧，多梅克，大量的广告就是现代社会的附加记号。"

"那对太空的征服呢？"我唏嘘不已。

"那是一个外国节目，由美国和苏联联合制作。我们就不要否认了，它是一项值得称颂的科学节目的进步。"

"主席，您真是让我害怕了。"我一时忽略了等级之分，嘟囔着，"所以世界上什么都没在发生？"

"只发生着极少的事。"他带着他那英国式的冷漠回答，"我不太明白您的恐惧。人类都待在家里，瘫坐着，不是在阅读黄色新闻，就是在盯着屏幕或是听着播音员的播报。您还想要什么呢，多梅克？这是几世纪来的巨大进步，是强势来临的进步的节奏。"

"如果幻想破灭了呢？"我的声音细若游丝。

"有什么能破灭啊。"他让我平静下来。

"万一有人怀疑，我会沉默得像座坟墓。"我向他承诺，"我为了我个人对球队的拥护和忠诚而起誓，为了您，为了里马尔多，为了雷诺瓦雷斯而起誓。"

"您爱说什么就尽管说，没人会相信的。"

电话响了。主席把听筒拿到耳边，用有空的那只手向我示意了出口在哪里。

休 闲 机

原子时代、落在殖民主义之上的帷幔、现有利益之争、共产主义思想、生活成本的提高及已付资金的赎回、教宗对于和平的呼唤、我们日益衰弱的货币符号、匮乏的工作热情、超市的繁衍、空头支票的蔓延、对太空的征服、农田的荒废以及相应的贫民窟的兴起，这一切拼凑出了一幅令人不安的全景，惹人思考。诊断出恶疾是一回事，为之开药方则是另一回事。我们不敢自诩先知，却愿斗胆提出，我国对休闲机的进口，以及可以预见的对该机器的自主生产，将会如镇静剂般大幅缓和目前普遍存在的紧张情绪。对于机器王国的现象，人们已毫无异议；休闲机将此类不可避免的进程又向前推进了一步。

哪台是第一台电报机，哪辆是第一辆拖拉机，哪台是第一台胜家缝纫机，这些都是能让知识分子陷入困境的问题；关于休闲机则不存在此类问题。全球范围内没有一个反偶像崇拜者会否认，第一台休闲机是在米卢斯诞生的，并且，它无可争议的父亲是工程师沃尔特·埃森加特（1914—1941）。这位杰出的条顿人身上有两种性格：出版过两本优秀专著的坚持己见的梦想家，如今，在莫里诺斯以及黄种人思想家老子的肖像旁，这两本书已被人遗忘；他还是个有条不紊的踏实人，拥有顽强的执行力以及讲求实际的大脑，在设计了一些纯粹工业用的机器之后，在一九三九年六月三日，他创造了我们知道的第一台休闲机。我们说的是收藏于米卢斯博物馆的那台样本机：它不到一米二五长，七十厘米高，四十厘米宽，但却包含了从金属外壳到内部线路的一切细节。

众所周知，发明家的外祖母是法国人，邻居中最具名望的那一位认识她时，她名叫若蔓·巴古拉。我们写这篇激励大家的文章时参考的那本小书靠直觉指出，令埃森加特的作品尤为特别的那种优雅便源于法国理性主义的血液。我们该毫不吝啬地为这种亲切的假设鼓掌，更何况，大师事业的继承者、推广者让-克里斯托弗·巴古拉也认可了这个说法。埃森加特在驾驶布加迪汽车时发生了车祸，不幸遇难；他没能看到休闲机如今在能源工厂及办公室中的胜利。可以从空中看到它们，因为距离的缘故，它们显得十分微小，但正因如此，也更像当初他完成的那个作品原型。

现在若是有一份休闲机的图稿就好了，可以给那些还没能去圣胡斯托的皮斯通内乌巴尔德工厂一探究竟的读者瞧一瞧。那座标志性的装置的长度覆盖了工厂中心的整个平台。乍眼一看，会让我们联想到巨大的排字机。它差不多有两个工头那么高；有几吨沙那么重；它的颜色像是涂成黑色的铁；材料是铁。

一座临时的阶梯桥令参观者可以仔细探看并触摸到它。他会感到其内部有轻缓的脉动，如果贴耳去听，还可以察觉到遥远的絮语。事实上，它的内部的确有一套管道系统，水和大石球在其中的黑暗里流动滚动。然而，没有人会认为，这些就是休闲机吸引人群将它团团围住的物理特质；真正的吸引力在于那种意识，那种明白其中跳动着某个安静而秘密的东西、某个正在游戏与安眠的东西的意识。

埃森加特完全达到了他在那些浪漫的不眠夜所追求的目标；无论哪里，只要有休闲机，机器都在休息，而人，被其鼓舞的人，都在工作。

永　生　者

去看吧，它不会再被我们的双眼蒙蔽。

——鲁伯特·布鲁克

在一九二三年的那个朴实的夏天，卡米洛·N.乌埃尔戈将他写的故事《被选之人》作为礼物送给了我，书上还有题词与签名。我出于谨慎的考虑，在试着把书卖给数个书商之前，把题词页撕掉了，谁能想到呢，这本书小说的外表下，竟隐藏着绝妙的预言。乌埃尔戈的相片被圈在椭圆形的相框中，装饰着封面。每次看到那张相片，我都会感觉他就要咳嗽起来了，他是肺结核的受害者，那场疾病掐断了他原本充满希望的事业发展。事实上，他不久便去世了，死前并没有提到他是否收到了我给他写的那封信，这是我曾做出的最慷慨美好的举动之一。

这篇充满哲思的文章前的引文是我从相关作品中抄下来的，我曾请求蒙特内格罗博士将它翻译成卡斯蒂利亚语，但他没有答应。为了使不明所以的读者能够明白它的前后文，我会给乌埃尔戈的故事做一个精炼的总结，概括后的内容如下：

叙事者在丘布特拜访了一位庄园主，唐·吉耶尔默·布莱克，除养羊之外，他还将他的聪明才智用于研究柏拉图那个希腊人的晦涩难懂的学说以及外科医学的最新实验。唐·吉耶尔默以其独特的阅读经验为基础，提出了一种看法，认为人类身体的五种感官会阻碍或扭曲人们对现实的理解，他相信，如果我们能从这些感官中解脱出来，便会看到现实的无限性。他还认为，那永恒的范本就位于灵魂深处，它们是事物的真实模样，而造物主赐予我们的器官，笼统地讲，给我们造成了障碍。它们就像是墨镜，令外界事物昏暗模糊，并且令我们忽略自身携带的特质。

布莱克让一位女摊贩怀了孕、生了孩子，为的是让这个孩子去凝望现实。他永远地麻醉了他，让他变瞎变聋哑，使他摆脱了嗅觉和味觉的束缚，这是他对他最初的关照。同时，他还极其谨慎、极尽所能地避免这位被选之人意识到自己的身体。此外，他依靠一系列装置来解决其呼吸、血液循环、吸收营养以及排泄的问题。很遗憾，这位被解放了的人无法与任何人交流。叙事者因为一些实际问题匆忙离开了。十年之后，他又回到了那里。唐·吉耶尔默已经去世；他的儿子仍然在放满机器设备的阁楼上以他设计的方式维持着生命，均匀地呼吸着。叙事者在永远地离开那里时，留下了一个点燃的烟头，烧光了那栋乡间宅邸，他也不明白，自己这么做是故意的还是纯粹无意的。乌埃尔戈的叙述就这样结束了，在他那个时代，这实在是个怪异的故事，但时至今日，在科学家鼓动出来的火箭和宇航员面前，它也便不再奇怪了。

在为一个死者——我不可能对他本身还有什么期待——的幻想曲一口气写下了中立客观的故事梗概之后，我重新回到了故事的精髓。记忆为我重现了一九六四年的一个星期六的早晨，那天我约好了去见老年病医生劳尔·纳尔本多。悲伤的事实是，我们这些从前的小伙子都渐渐老了：乱蓬蓬的头发变稀疏了，不是这只就是那只耳朵聋了，皱纹里开始积聚绒毛，槽牙凹下去了，咳嗽扎了根，背也驼了起来，脚也更容易被地上的破烂儿绊住，总而言之，一家之长失去了力量。毫无疑问，对于我来说，已经到了该向纳尔本多医生请求一次大整修的时刻了，更何况他是给器官以旧换新的好手。那天下午有远足者队对西班牙人体育队的复仇之役，所以我只得忍着灵魂的伤痛，向位于科连特斯大道和帕斯特乌尔街交叉口的咨询处走去，一路担心自己在赴这荣誉般的诊疗时比别人到得晚。据悉，咨询处在石棉大厦第十五层。我乘埃莱特拉牌电梯上了楼。在纳尔本多的名牌旁，我按了门铃，最终，我鼓起勇气，穿过半掩的门，走进等候室。我一个人在《女士》杂志和《比利肯》儿童杂志的陪伴下，忽略了时间的流逝，直到十二点，布谷鸟钟开始鸣叫，我才从沙发上惊起。当下便问自己：发生了什么？怀着侦探精神，我冒险向下一个房间迈了几步，开始探索，在那个干净利落的环境里，尽量像石鸡一样安静地躲藏着。从街道传上来喊叫声、卖报人的叫卖声，还有挽救了行人性命的刹车声响。然而，我的周围却寂静无声。我穿过一片类似实验室或药店储藏间的地方，里面满是仪器、小瓶。在找厕所的想法的驱使

130

下，我推开了尽头的一扇门。

我在里面看到了自己的双眼不能理解的东西。那个狭小的空间是圆形的，被刷得很白，屋顶很低，亮着霓虹灯，没有一扇能缓解幽闭恐惧的窗户。有四个人物或家具置放于其间。它们的颜色与墙壁相同；材料是木头；形状是立方体。在每个正方体上方都有一个带通风口的小正方体，下方则是它的邮箱的缝隙。仔细看出风口的话，您会警觉地发现，有类似眼睛的东西从里面追随着您。有沉重的叹息声和微弱的呼声从缝隙中不规律地断断续续传出，连上帝都无法捕捉到言之有物的词语。每一个装置对面都有另一个装置，两侧也分别各有一个，它们组成了聚会的形式。我也不知道过了多少分钟。就在那时，医生走进来，对我说：

"不好意思，布斯托斯，让您久等了。我去退远足者队比赛的票了。"他指着那些立方体，继续说道，"我很高兴向您介绍圣地亚哥·希尔贝尔曼、退休抄写员路杜埃尼亚、阿基里斯·莫里纳利以及布加尔德小姐。"

从那些家具中传出了虚弱的声音，更确切地说，难以理解的声音。我立即伸出了一只手，但没能愉快地握上他们的

131

手，于是便带着僵住的微笑，一步步向后退去。我尽力到达了前厅，甚至口齿不清起来。

"白兰地，白兰地。"

纳尔本多从实验室回来了，手中拿着一个装满水的刻度杯，在里面溶解了几滴腾起气泡的液体。真是灵丹妙药啊：我那种要呕吐的感觉迅速消失了。随后，在把通往那个空间的门的门锁转了两圈之后，他为我做出了解释：

"亲爱的布斯托斯，能让我的永生者吓到您，我很满意。从前谁会告诉我们，智人这种达尔文眼中几乎没有开化的类人猿居然能达到如此程度的完美？我向您保证，这里，他们的家，是印第安美洲唯一严格执行埃瑞克·斯塔布莱顿博士的方法的地方。您一定记得，这位众人追思的大师在新西兰逝世时在科学界内引起的巨大哀痛。哈克多梅在扩大其先驱的事业之外，还为其赋予了一些我们布宜诺斯艾利斯的特质。论文本身对他来说是小菜一碟；内容也很简单。身体的死亡总是源于某个器官的衰竭，您可以说肾脏、肺、心脏或是其他您最想说的东西。只要将机体自身会腐朽的成分替换成其他不会氧化的零件，灵魂，您，布斯托斯·多梅克就没有理由不能永生。这不是任何哲学诡辩，身体会不时自我修缮、填补，居于其中的意识永不损毁。外科手术向人类提供永生。最基础的部分已经完成；思维在持续并将持续存在，无需恐惧它的终止。每一位永生者都会因成为永恒的见证者——我们的企业会为其提供保证——而欢欣鼓舞。日夜被一种磁场流系统灌溉的大脑，是最后一座滚动轴承与细胞共存的动物堡垒。其余的都是美耐板、钢、塑料。呼吸、饮食、繁殖、移动，还有排泄！这些都被克服了。永生者是不动的。的确，有些地方尚待改进；声音的播送和对话还有待提高。关于所需费用呢，您不用担心，有一套避开法律条文的程序，候补者向我们转赠他的遗产，纳尔本多公司——我、我的儿子以及他的后代——承诺为其永久维持现状。"

就在那时，他将手放在了我的肩上。我感觉他的意志控制了我。

"哈哈！被吸引、诱惑住了吗？我可怜的布斯托斯。您有两个月的时间把一切都换成股票交给我。至于手术，我给您出个友情价：实际价格是三十万，我给您二十八，说的是万，咱们都理解。您的其余财产还是您的。住宿、接待和服务都包含在价格内了。手术本身是无痛的。只不过是截肢、截取器官，随后再进行替换而已。您不要过度思虑。最近这些日子要尽量保持平静，不要操心。不要吃过于油腻的食物，不要吸烟、喝酒，在喝威士忌的时间还是可以喝上一杯，但得是在原产地装瓶包装的。不要因为等得不耐烦而激动。"

"不用两个月。"我回答他，"一个月就足够了，还多余呢。我从麻醉中醒来，就是一个立方体了。您已经有我的电话和住址了：咱们保持联系。最晚星期五，我就回这儿。"

在出口，他送了我一张内米罗夫斯基博士的名片，说他会帮我办理一切关于遗嘱执行之事宜。

我带着完美的谨慎，走到了地铁口。跑下了台阶。 立即收拾行李；当晚就不留痕迹地搬去了新公正酒店，在那里的住客登记册上，我写下了阿基里斯·希尔贝尔曼的假名。在走廊尽头面朝庭院的小房间里，粘着假胡子的我，写下了这一篇阐述事实的文章。

积 极 贡 献

与奥尔特加的对话是振奋人心的。当然了，想追上这位先生可不容易；他今天在亚瓦约尔拿着话筒，明天又若无其事地从莱切洛火车——它像蚯蚓般在布尔萨科来回移动——的窗口和我们打招呼，后天，谁知道他又会在哪里。他有不安的灵魂，人们可以在会议、学院还有美术展上瞥见他的身影；在这里停一下，在那里待一会儿，真应该看看他是如何融入环境的。众所周知，他是个代理商。

有一次，我正难受着，耷拉着脑袋，喝着几壶——我可以向您保证——世上最寡淡的马黛茶，疲惫不堪之际，我定睛一看……看见了谁呢？请诸位就不要奋力猜测了，连最机灵的家伙怕是也猜不到的。我所看见的那个正给杂志做广告的、从远处若无其事地向我打招呼的人，就是青年代理商奥尔特加。

厨房的表显示是下午五点，我正在他家的门廊上享受着清凉的微风。那位先生正一刻不停地忙着，围着火炉和皮革的染料井团团转。后来，他穿过干涸的井，从低处仰头对我说：

"咚咚锵，抄写员朋友，咚咚锵！我给你带来了一种当代文化杂志形式的安慰剂。造型艺术。文学。戏剧。电影。音乐。评论。"

原来，那本奥尔特加拿在手里摇来摇去的未知杂志不是别的，正是《字里行间》的第三期。大家会说，这么一位好朋友的从容话语应该像牛奶咖啡和猪油面包一样，能让我无精打采的身体打起精神，我对此也并不持反对意见，但事实上，在被一些有害的、乏味的杂志伤害了多次之后，啊呀！重新建立起信心实属不易。那些没礼貌的永远的年轻人所做的周报最终总是让人厌倦，为了捧一个，就会杀另一个，他们做这件事时的效率简直令人吃惊。

我其实并不想，但最后还是顺从地接住那本刊物，在读到以下文字时，我的反应可不怎么招自己喜欢：

你微笑的时间将钟表叫醒

你微笑的时间为钟表加速

你唱出了不可阻止的歌声

可以震撼僵化之人的歌声。

我在这猛烈的震撼中踉踉跄跄。感觉自己再也不会是从前的那个自己了。但，很快，当我遇见下文时，便又被提升到了更高的高度：

这些人在自己的时间中冬眠，我们已经无法为他们的观点赋予价值，他们坚持忽视当今社会的沟通形式。尽管有有轨电车，作家们也应该服务于他所处的时代。

我很喜欢这一段话，就像往一个人的嘴里塞满精制砂糖的感觉，但对我来说它还不错，而且我一下子就抓到了这另一个概念，在同一页上：

毁灭，是对奇特态度的捍卫，是失败的变位形式，这些都是做出积极贡献的元素。

对于那个年轻的奥尔特加——他真是个恶魔啊！——来说，我的情绪并不令人意外。他很人性化地、仁慈地朝我微笑着，仿佛是我的父亲。这位有恩于我的先生很清楚，尽管职业给我们留的时间非常有限，我还是给严肃起来的精神世界保留了一个小角落，确实如此。

他卖给我这本便宜货时，出了一个特别价，并和我约好再为我找几本类似的。就在这时，一头不时搅扰他、令他不安的猪出现了，吞下了他黑色草帽的缎带、印着他名字首字母的部分和一些草帽的草，他像疯子一样逃跑了，仿佛被野兽追着似的，混合着红皮和黑皮白斑的猪，一直伴随他消失在我的视线中。

猪一走，气氛就静下来了，我在摇椅上坐好，在那完美的环境中，不再飞速翻阅那本杂志，而是开始按顺序重读，并加入了自己的思考。我的希望没有落空！纸上的文字迅速改变了我的印象。

他们能在文中提到我们的努力，让我们欣慰得很。我们眼前的《字里行间》如它最初的两期一样高傲，成功地把水平维持在了大部分公众所要求的高度。值得期待的作者、坚实的价值和重要的作家给予了这本新闻册子名望，它奉上的东西永远都是值得赞颂的和新颖的，用这种自己的方式，它关注着最现代、最火热的焦点问题。在这惹人注意的目录中，巴斯克、巴纳斯克等人的名字就很醒目。

让我们坦诚一些，毫无准备的读者至少会自问一句：这些作家、教授和好学的年轻人正在建立某种核心吗？在这个棘手的隐蔽问题面前，在等待一个更有思想的头脑为我们提供答案之时，我们也不要犹豫，可以进一步讲，他们想组成的是一种协会，以争取文化的权威。而我们则希望那个页面上方引导全刊的招牌"字里行间"能够长久地闪耀下去！

这个深植于我们资源的企业，在不同的出版、学术期刊、研究元和其他机构中，都有杰出的先驱。使它形成自己模式的，是与其解决问题和绘制插图的突出天赋结合在一起的审慎风格，这为它迎来了订阅者的选择。

Jorge Luis
Borges
Adolfo
Bioy Casares

Nuevos cuentos de Bustos Domecq

布斯托斯·多梅克故事新编

[阿根廷] 豪尔赫·路易斯·博尔赫斯　阿道夫·比奥伊·卡萨雷斯 著

陈泉 译

上海译文出版社

目　录

生 死 友 谊

　　一位年轻朋友的来访总是非常圆满。在这乌云密布的时刻，如果你不能跟年轻人在一起，那最好还是留在墓地。于是，我非常有礼貌地接待了贝尼托·拉雷亚先生，并且还建议他到街角的一家乳品商店会合，免得麻烦我太太。我太太清扫房间的时候，脾气越来越不好，我们只好换个地方。

　　你们中有人可能会记得这位拉雷亚先生。他父亲去世以后，继承了一些小钱，还继承了家族的一座大庄园，那是他父亲从土耳其人手中买下的。那些小钱都花在了吃喝玩乐上，但是他并没有卖掉那座在他身边逐步衰败的白玉兰庄园。他甚至没有离开他的房间，整天沉迷于沏马黛茶和做木工这两项爱好。他宁愿穷得体体面面也不愿意在任何时刻做不体面的事情，或者跟黑社会有什么瓜葛。贝尼托现在已经三十八岁了。我们都越来越老了，谁也无法逃脱。而且，我还看到他总是情绪沮丧，连送牛奶的人上门送奶时，他也从不抬起头来。隐隐约约地发现他生活过得不如意，于是我告诉他，好朋友随时都愿意帮他一把。

"布斯托斯先生！"他痛苦地说，一边还趁我不注意偷了一个羊角面包，"我已经快被淹到耳朵了，如果你再不帮我一把，什么荒唐的事情我可都能做得出来。"

我想他肯定会扯我的袖子向我借钱，我时刻提防着。这个年轻朋友摊上的事还要严重得多。

"这个一九二七年对我来讲是糟糕的一年，"他解释说，"一方面，饲养患白化病的兔子，这是隆戈巴迪报纸上那种豆腐干小广告所号召的，把我的庄园搞得千疮百孔，到处都是洞穴和绒毛。另一方面，我在体育彩票和跑马比赛中都没有中过一个比索的奖。老实跟你讲，我已经到了非常危险的境地。瘦牛的影子已经出现在地平线上。在我们那个街区，商店已经不愿意再给我赊账，老朋友们远远地看到我都会绕道避开。我求助无门，处处碰壁，于是我只好决定求助黑手党。

"在卡罗·莫尔甘蒂自然死亡周年的时候，我穿着丧服参加了塞萨尔·卡皮塔诺在奥罗尼奥大街的小洋楼举行的纪念会。我没有用金钱方面的问题惹'教父'心烦，因为他最不喜欢这样的坏品味。我让他明白我的到场没有一点儿私心，纯粹是为了表达我对他卓越领导的事业的追随之情。我本来非常担心纪念会开始阶段那冗长的仪式，人们对此谈论得够多了。但是现在，你看到了，他们向我敞开了黑手党的大门，好像罗马教皇的特使在支持我。堂·塞萨尔先生在与我单独交谈时，告诉了我一个让我感到非常光荣的秘密。他跟我说，由于他的地位太稳固而招来了很多的敌人。还说他最好到一座几乎被遗忘的、枪子儿也打不着的庄园去住上一段时间。而我正好是一个不愿意错失机会的人，我立马就回答了他：

"'我正好拥有您在寻找的东西：我有一座白玉兰庄园。位置也是很合适的：对认识路的人来说其实并不远，但是众多的兔窟鼠洞会让陌生人望而却步。我以朋友的名义提供给您，甚至供您免费使用。'

"这最后一句话可谓一锤定音，是当时那情形所必须的。

为了彰显大人物所拥有的那种大方，堂·塞萨尔先生问道：

"'吃住全包？'

"为了不输任何人，我回答他：

"'您还可以拥有一位厨师和一个小工，就像拥有我一样，这样能满足您哪怕最任性的各种需要。'

"我感到自己被上下打量。堂·塞萨尔先生皱了皱眉头，他对我说：

"'还说什么厨师小工的呀。我相信你，一个陌生的外人也许已经是在瞎胡闹了，我发疯也不会同意别的人再插足咱们俩之间的秘密的。他们会把我像卖废铜烂铁一样卖给康伯萨奇家族的。'

"实际上根本就没有什么厨师，也没有什么小工。不过我答应他当天晚上就会把那两个人辞退。

"大老板皱了皱眉头，告诉我：

"'我接受了。明天晚上九点钟声敲过，我就会提着行李，在北罗萨里奥等你。让大家以为我要去布宜诺斯艾利斯！你什么也不要讲了，马上离开这里；人们总是会打坏主意。'

"这是我的计划中最耀眼、最成功的部分。我高高兴兴地跨出大门，离开了。

"第二天，我从屠夫科塞尔借给我的钱中取出相当部分，向邻居借了一辆四轮大马车。我自己当起了车夫。从晚上八点开始，我就在车站的酒吧里等他，每隔三四分钟就要探头看一下是不是有人偷我的车。卡皮塔诺先生还是来晚了，要是乘火车的话，他肯定误车了。他不仅仅是一个胆大妄为的家伙——这在非常看重行动的罗萨里奥地区来说是既受欢迎又令人生畏的——而且还是一个滔滔不绝的金嘴巴，根本就没有你插嘴的机会。直到鸡叫时我们才精疲力尽地赶到。喝了一杯香喷喷的牛奶咖啡以后，客人又精神抖擞起来，马上重新捡起话题。短短几分钟的时间就足以显示出他对纷繁的歌剧世界非常了解，特别是对于恩里科·卡鲁索[1]的歌剧生涯的了解。他赞美前者在米兰、巴塞罗那、巴黎的成功，在纽约歌剧院以及在埃及和联邦首都的成功。因为家里没有唱机，他便模仿偶像在《弄臣》和《费朵拉》的音色高歌起来。由于我显得那么深信不疑，因为我对音乐了解甚少，仅限于拉

---

1 Enrico Caruso（1873—1921），意大利男高音歌唱家。

扎诺[1]，于是他就引经据典，让我心服口服。他自己说曾经为卡鲁索在伦敦的一场演出就付了三百英镑，还提到在美国，黑手社组织曾经以杀死他相威胁，要勒索他很多很多的钱，在黑手党的干预下才阻止了那些恶棍违背道德实现他们阴谋的行为。

"恢复体力的午觉一直持续到晚上九点钟，解决了吃午饭的问题。没过多久，卡皮塔诺站了起来，挥舞着手中的刀叉，餐巾系在后颈，唱起了《乡村骑士》，虽然不够完美，但是声音洪亮。双份肉糜，再配上一瓶奇安蒂红葡萄酒，共同支撑了他口若悬河的讲话；我被他的口才征服，虽然几乎没有尝上一口饭，不过我还是了解到不少卡鲁索私下和公开的轶事，几乎可以应付一场考试了。虽然令人讨厌的睡意越来越强烈，我却没有落下他讲的任何一句话，也没有忽视一个主要的事实：客人不太关注口中吞咽的食物，而只关注他的演讲。凌晨一点钟他回到我的卧室，而我则在唯一一间淋不到雨的柴草房安顿下来。

1　José Razzano（1887—1960），乌拉圭歌手、作曲家，阿根廷探戈歌王卡洛斯·加德尔的搭档。

"到了第二天，当我麻木的身体醒来，准备戴上厨师帽的时候，发现储藏室里的粮食没剩多少了。这不是什么怪事：尽管我的朋友科塞尔特别喜欢放高利贷，但是他还是提前告诉我，他不会再借给我一个铜板；从我的日常供货商那里，我只搞到猫牌马黛茶、一点点糖和一些可用作果酱的橘子皮碎片。我十分慎重地告诉了所有人，我的庄园里住着一位能够施展得开的大人物，很快我就会不缺钱花了。但是我讲的话没有产生任何效果，甚至我想，他们根本就不相信我说的关于收容的事。面包店老板马内格利亚更是过分，他当面顶撞我说，他已经厌恶我骗人的假话，并要我别指望他的慷慨大方，哪怕是喂鹦鹉的一点点面包屑。非常幸运的是我遇见了杂货店老板阿鲁蒂，我纠缠他直到搜刮出一公斤半的面粉，使我能够勉强撑过一顿午饭。对想跟虚荣的人交往的基督徒来说，世界并不是鲜花满地。

　　"当我买好东西回来，卡皮塔诺正睡得像死猪一样，鼾声四起。当我第二次按响喇叭——这是法院拍卖那辆斯蒂庞克汽车时我拯救下来的老古董——他骂骂咧咧地从床上跳了起来，很快就喝完了两碗马黛茶外加奶酪碎屑。直到这时，我才发现门旁边放着一把令人胆战心惊的双管猎枪。你一定不会相信，但是我尤其不喜欢住在由魔鬼掌管的武器库里。

"就在我拿出三分之一的面粉，准备给他做意大利丸子当午餐的时候，塞萨尔先生没有浪费他黄金般宝贵的时间，进行了一次大搜查。他一个一个地打开所有的抽屉，结果发现了一瓶我遗忘在木工间的白葡萄酒。他就着丸子，居然喝光了那瓶酒。更让我瞠目结舌的是他竟然还演唱了卡鲁索的《罗恩格林》。大吃大喝、夸夸其谈之后睡意袭来，下午三点二十分他就上床睡觉了。我在里边洗着盘子、杯子，哀叹着又一个痛苦的问题：今天晚上给他做点什么？一声令人恐惧的呼叫把我从思考中惊醒，只要我活着，我必须永远牢记在心：现实比我们所有的预想更加恐怖。我的老猫'叉杆儿'按照它的老习惯，不小心来到我的卧室，结果被卡皮塔诺先生用指甲剪割断了喉咙。很自然，我为之感到十分惋惜，但是在我的内心深处，不免庆幸它十分有价值的贡献，因为它为我们的晚餐菜谱提供了食材。

"真是令人震撼、急转直下。吞下了猫以后，卡皮塔诺先生竟把音乐方面的话题抛到一边，开始展示他对我的信任，向我透露他最最秘密的计划，都是些我觉得根本就行不通的计划。你一定不会相信，这让我毛骨悚然。那计划是拿破仑式的，它不仅包括用氢氰酸毒杀康伯萨奇本人及其家族，而且还包括对形形色色同伙的灭口：封希，小便池炸弹魔术师；萨皮神父，肉票儿的忏悔牧师；毛罗·莫尔普戈，别名'髑髅地'；以及阿尔多·阿尔多布兰迪，死神小丑。所有这些人或多或少的都会轮到。塞萨尔先生一拳砸烂了玻璃杯，对我说：'对于敌人就没有什么正义可言。'他这么说是有道理的。讲了如此激烈的话以后，他抓起软木塞，以为是饼干，差点儿噎死。他终于吼了起来：

"'来一升葡萄酒！'

"这是照亮黑暗的一道光。我在一大杯水中滴了几滴色素，随即被他一饮而尽，并使他摆脱了困境。这件看上去微不足道的小事，却让我直到清晨鸟儿叽叽喳喳叫起来的时候，也没能睡着。我从来没有哪个晚上会这样思来想去一整夜！

"我有棉花和樟脑丸。用这些配料，我为星期二的大胃王做了一大盘较前次略寒酸的丸子。一天又一天，我巧妙地不断增加剂量而未受惩罚，因为塞萨尔先生正热衷于卡鲁索或者沉迷于他的仇杀计划。但是，我们这位沉迷音乐的人，还知道重新回到大地上来。请相信我，他曾不止一次指责我是老好人：

"'我看你太瘦了。你得多吃点，尽量多吃点，亲爱的拉雷亚。我最最希望的是你精力充沛、精神抖擞。我的复仇需要你。'

"同从前一样，骄傲又一次毁了我。在听到早晨送奶工人的第一声喊叫时，我的计划整体上已经成熟了。命运之神让我在一本过期的《信使年历》中发现一些压得平平整整的钞票。我煎熬着不用这些钱去喝两杯牛奶咖啡，而是马不停蹄地去购买木屑、杉木板和颜料。在地下室，我不知疲倦地用这些材料制造了带有铰链的木头蛋糕，超过三公斤重，而且我还艺术化地把它涂成了栗子色。一把长期不用、走音失调的吉他，给我提供了一套销钉和插销，我把它们精心铆接成装饰花边。

"我漫不经心地把这个杰作献给了我的保护人，他特别喜欢，张嘴就咬，可他的牙齿远不如美食坚固。他大骂了一句，站起身，右手拿起猎枪，命令我最后一次祈祷万福马利亚。

你能看到我哭得有多伤心。我都不知道是出于鄙视还是出于怜悯，老板同意让我的生命再延长几个小时，他命令我：

"'今天晚上八点，当着我的面，您把这个蛋糕吃掉，不得留下任何碎屑。如果做不到，我就杀了您。现在您自由了。我知道您不敢告发我也不敢试图逃跑。'"

"这就是我的故事，布斯托斯先生，我请求你救救我。"

情况确实非常微妙。卷进黑手党的事，跟我的作家身份毫不相称；然而，要我抛弃一位青年，让他听天由命，也是需要一些勇气的，但是最基本的理智劝阻了我。他得为自己收容人民公敌住在他的白玉兰庄园忏悔！

拉雷亚尽力站起来，向死亡出发。要么被木屑噎死，要么被子弹打死。我毫无怜悯地看着他。

超 越 善 恶

一

清水酒店，艾克斯莱班

一九二四年七月二十五日

亲爱的阿维利诺：

　　请你原谅，我这里还没有公文信笺。今后在下面签字的人将是正式的领事先生了，在这个先进的城市、温泉麦加代表着国家。就像我现在还没有法定的信笺和信封一样，也没有给我提供一个能够让蓝白相间的国旗飘扬的住处。在这个过渡时期，我想尽各种办法在清水酒店安顿了下来。结果发现这家酒店已经垮台了。在去年的旅游指南里它甚至被冠以三星级酒店，而现在，那些华而不实且不值得信任的酒店已使它黯然失色。由于它们刊登的广告，现在它们属于官殿系列。说得明白一点，酒店的条件并不能给我这个克里奥尔卡萨诺瓦提供令人满意的前景。酒店的服务员对住客挑剔的胃口反应迟钝而且态度很差，至于住客嘛……我就不提那些与此毫不相干的人的名单了。下面我来谈一些激动人心的消息，这里最不缺少的就是自命不凡的妇人，她们都是被所谓含硫水能治病的法达摩加纳蜃景吸引过来的。请耐心一点，兄弟。

老板 L.杜尔丹先生，我要毫不犹豫地宣布，他是这家酒店活着的第一大权威，他不会放弃任何机会来炫耀这一点，并极尽可能地让所有人听到。我很快就了解到他跟女管家克莱门缇娜私下里的关系。我向你发誓，确实有好几个晚上我根本就睡不着觉，因为那些谎言谣传辗转反侧。

到最后我终于好不容易忘掉克莱门缇娜，可是那外国酒店的鼠害又开始跟我捣蛋了。

咱们还是来谈谈让人心平气和的话题吧。为了能够让你明白，我想简单地介绍一下我们所处位置的大概情况。你可以想象一下，在两条山脉之间有一条狭长的谷地。如果你要把这两座山同我们的安第斯山脉进行比较的话，那我要说实在微不足道。如果你把这里名声大噪的猫牙山放到阿空加瓜山的阴影下去比较的话，你将需要用显微镜来寻找它。宾馆的那些小公共汽车以其独有的方式让城市交通变得快乐，车里挤满了去温泉水疗的病人、痛风患者。至于温泉疗养所的那些建筑，最愚钝的观察员也会说那好像是我们宪法车站的缩小版仿制品，气派确实逊色很多。郊区有个小不点的湖，不过垂钓者等一切倒是五脏俱全。在蓝色的天空中，飘动的云朵有时也会降下雨帘，这是因为那些高山使空气不能流通。

我要指出，我最最担心而且苦恼的一点是：完全见不到阿根廷人，不管他有没有关节炎，至少现在这个季节是如此。请注意这个消息可不能传到外交部去哟。如果他们知道的话，会把我的领馆关掉的，天知道将会把我派到什么地方去。

这里找不到一个老乡聊聊天，也没有可以打发时间的办法。在什么地方能够碰到一个陌生人玩一把扑克呢？尽管对两个人的游戏我也并不是特别感兴趣。没用的，这个深渊很快就会更加深不见底，因为这里没有我们老百姓口中的交谈话题，天儿也聊不起来。外国人都是非常自私的，除了他们自己的事情，对什么也不感兴趣。这里的人们只给你讲就要到来的拉格朗日家的事，别的什么也不跟你说。我坦率地跟你说：这一切跟我又有什么关系？拥抱莫里诺咖啡馆吧台所有的朋友们。

你的，

菲利克斯·乌巴尔德，永远的印第安人

二

亲爱的阿维利诺：

你的明信片给我带来了一点来自布宜诺斯艾利斯的人情味儿。你可以告诉那些朋友们，印第安人乌巴尔德永远期待着能够重新回到那亲爱的吧台。这里一切都是老样子。

人们还是没有习惯马黛茶，但是，尽管可以预见到种种的不便，我仍然会坚持我的誓言，在国外期间每天都喝马黛茶。

重磅消息嘛一个都没有，除了前天晚上，高高一大堆行李箱和包袋堵塞了整个过道。波亚雷是个非常爱抱怨的法国人，他的抗议声叫上了天。但是当有人告诉他所有这些东西都是拉格朗日家的，或者更确切地说是格朗维利耶-拉格朗日家族的以后，他就平心静气地离开了。传说这是一些地位显赫的阔老爷们。波亚雷告诉我的情况是这样的，格朗维利耶家族是法国最古老的家族，但是在十七世纪末，由于我也讲不清楚的糟糕情况，稍稍修改了名字。用不着教老猴扮鬼脸；我不是那种轻易被糊弄的人，我直截了当地提问，这个让两位酒店老板点头哈腰的家族是不是真的阔老爷，或者只是口袋里装满了钱的移民后代而已。在上帝的葡萄园里，什么样的人都有。

还有一个看上去平凡无奇的插曲，我却感到挺有意思。在餐厅里，当我坐在自己的老位置上，一只手举起勺子，另一只手拿着面包的时候，一位学徒跑堂跑过来，建议我移驾到另一张靠近大门的应急小桌子，那里是端着饭菜的服务员快步进进出出的交通要道。我差点要发脾气，但是外交官，你知道的，必须克制自己的冲动，于是我选择了善良地接受这个也许并不是酒店老板签发的命令。在我撤离的地方，我清楚地看到这些服务员怎样把我的桌子拉到另一张更大的桌子旁边，看到餐厅的高层怎样奴颜婢膝地讨好即将到来的拉格朗日家族。我的君子之言是，人们对他们当真不是随便招待。

首先吸引克里奥尔的卡萨诺瓦关注的是两位姑娘，她们看上去像是姐妹，只是姐姐有点雀子斑，红棕色头发；妹妹的脸型跟姐姐一样，但是皮肤黝黑，略显暗淡。一个身材魁梧的人，应该是她们的父亲，时不时地向我投来恼怒的目光，好像我是个窥视狂。我没有理睬他，而是开始仔细打量其他人。一旦我稍有时间，我就会详详细细地给你介绍的。现在我要抽上今天的最后一支雪茄，去睡觉了。

拥抱你，

印第安人

三

亲爱的阿维利诺：

也许你饶有兴趣地读过我关于拉格朗日的文字。现在我可以再扩充一点。仅限于你我之间，我要说最最和蔼可亲的是爷爷，这里大家都叫他男爵先生。这是个妙人：他其貌不扬，骨瘦如柴，猕猴般的身材，橄榄色的皮肤，但是拄着马六甲拐杖，穿着高级的蓝色外套。我的第一手资料显示他已经丧妻，他的教名是阿莱克西斯。就这些。

在年龄上，排在他后面的是儿子加斯东和夫人。加斯东已经五十几岁了，看上去更像是一个面色红润的屠夫，他时时刻刻看护着自己的妻子和女儿们。我不知道为什么他要对那妻子如此关心。两个女儿就是另一回事了。若不是因为有更漂亮的杰奎琳，红棕色头发的尚塔尔我简直看不够。两个女孩机灵活泼，我敢向你保证，两个都是非常赏心悦目的，而爷爷则是博物馆的展品，他会在娱乐的同时，使你明白事理。

让我伤脑筋的是这个疑问：他们是不是真的有钱人？

请你理解我：我丝毫不会看低那些出身低微的人，但我也从来没有忘记自己是领事，我必须保持——虽然过度也不必要——一定的体面。一步踏空，就会永远抬不起头来。要是在布宜诺斯艾利斯，你是不会有任何风险的：身份显赫的人，离开半条街也会嗅得出来。这里，在国外，一个人会晕头转向：你不知道老百姓会怎么讲话，有教养的人又会怎么讲话。

拥抱你，

印第安人

四

亲爱的阿维利诺：

乌云消散了。星期五我无意中到了门房接待室。我趁门卫睡意正浓之际读到一则备忘录："上午九点，男爵 G. L. 先生，牛奶咖啡和带黄油的羊角包。"

我知道这些消息也许并没有什么了不起，但是信息量还是很丰富的，非常值得你妹妹的关注，她对上流社会发生的一切事情都怀有浓厚的兴趣。你可以用我的名义答应她，我会给她提供更多资料的。

拥抱你，

印第安人

五

我亲爱的阿维利诺：

对于一位阿根廷观察员来讲，与最古老的贵族交往，必然会引起真正的兴趣。在这微妙的领域，我可以向你保证，我是从大门进去的。在冬天的花园里，我邀请波亚雷尝试马黛茶，但没有取得多大的成功，这时格朗维利耶一家出现了。他们也就很自然地上了桌子，这是一张长长的桌子。加斯东准备点燃他的哈瓦那雪茄烟，正在摸着自己的口袋，却发现没有火柴。

波亚雷想抢在我前面，但是你认识的克里奥尔人抢先一步给他递上火柴。就这样我上了我的第一堂课。贵族先生连谢都没有谢我，好像我们什么也不是，就满不在乎地抽起他的烟，一边还把好友牌雪茄盒放进自己的短外套里。这种姿态，还有更多的类似做法，对我来说是一种启示。我一下子就明白了，自己是在另一种阶层的人面前，他们是筹划大事情的人。我应该如何想办法进到那样一种有范儿的世界里去呢？这里我不能详细地告诉你在精心策划、努力开展的攻势中所碰到的各种痛苦遭遇和不可避免的障碍；总之，我两点半钟就跟他们一家人热络起来了。我非常得体地跟他们交谈，对他们的问题一一迅速回应，简直像回声一样应答着"可以可以"，而背后却是另外一副样子，强压着我内心深处冒出来的鬼脸和怪腔。我神秘的微笑和暗示的眼神都是给有雀子斑的尚塔尔的，结果大家的座位关系，却落到了胸部不那么丰满的杰奎琳身上。波亚雷以天生的奴颜婢膝为我们每人点了一杯茴香酒；为了不甘示弱，我猛地跳了出来，大喊一声："给每个人上一杯香槟！"服务员起初以为我在开玩笑，直到加斯东的半句话让他住了口。每开一瓶香槟就像一枚子弹射入我的胸口。当我溜到露台上，希望空气能够重新恢复我的体力的时候，我在镜子中看到自己的脸简直比账单纸还要白。阿根廷的公务员必须履行自己的职责，没几分钟，我就重新投入了工作，基本恢复了状态。

　　谨此，

印第安人

六

亲爱的阿维利诺：

　　酒店里搞得乱七八糟。这个案子连警犬灵敏的嗅觉都无能为力。根据克莱门缇娜和其他相关权威人士透露，昨天晚上，在法式甜品店第二层托架上，还放着一个不大不小的瓶子，上面贴有骷髅和尸骨标志，写明是灭鼠药。今天上午十点，这瓶药不翼而飞了。杜尔丹先生毫不犹豫地采取了在这种情况下必须的预防措施；出于一种信任，这是我永远不会轻易忘记的，他派我飞速赶到火车站去寻找警察。我逐一完成了任务。我们一赶回酒店，警察就开始调查大部分人，直到深夜，结果一无所获。警察找我了解情况，在一起聊了相当长的时间，我回答了几乎所有的问题。

警察检查了所有的房间，我的房间也是仔细检查的对象，结果留下了满屋的烟灰和烟蒂。那个傻瓜波亚雷，他与权贵们很熟，当然，还有格朗维利耶家族，没有受到侵扰，报告丢失灭鼠药瓶子的克莱门缇娜也没有被盘问。

大家一整天都在议论"灭鼠药消失"（正如某家报纸所声称的那样）的话题。有人一天没有吃饭，因为害怕毒药已经渗透进了饭菜之中。而我仅仅拒绝蛋黄酱、蛋卷和萨巴雍酱，因为它们都像灭鼠药那样是黄颜色的。个别发言人则怀疑有人准备自杀，但是这可恶的预言至今也没有成真。我会继续关注事态的发展，将在下一次告诉你事情的经过。

再见，

印第安人

24

七

亲爱的阿维利诺：

　　昨天，我一点都不夸张，发生的事就是一部风云突变的小说。它考验着男主角的冷静（也许你已经猜到他是谁），最后的结局却出人意料。我终于发动了攻势。

　　早饭的时候，姑娘们挨个桌子把郊游的单子放在餐席上。我及时地利用咖啡壶鸣叫的机会讲了悄悄话："杰奎琳，待会儿如果咱们去湖边……"即使你认为我是骗子，我还要说，她给我的答复是："十二点钟在小茶厅。"十点不到的时候我就开始准备了，我预想着玫瑰色的未来，强压住内心的焦躁不安。最后杰奎琳出现了。我们一秒钟也没有耽搁就溜到了室外，这时我发现他们全家人都跟在我身后。甚至波亚雷也混了进来，凑热闹地跟在后边。我们乘酒店的巴士，这样可以更便宜些。如果早知道湖边有一家饭店（有点糟糕的是，还是一家豪华饭店）的话，我宁愿咬断舌头也不会提出散步这档子事，但是已经来不及了。那贵族先生把持着餐桌，手里抓着刀叉，把面包小筐吃个精光，正在要菜单。波亚雷在我的耳边大声地说："恭喜你，我可怜的朋友。很幸运，开胃酒的时间过了。"这个违心的建议可没有白说。杰奎琳自己就第一个要了巴斯克苦开胃酒，而且还不止一杯。然后就轮到美食了，自然少不了肥鹅肝，也少不了野鸡。从烤小牛肉到里脊肉，最后还有焦糖布丁。勃艮第葡萄酒和博若莱葡萄酒使大家食欲大增。咖啡、阿马尼亚克干白兰地和雪茄更为这顿饕餮增色不少。连加斯东这个傲慢的家伙都不计较我们之间的差别了，男爵先生亲自把醋瓶递到我手中，尽管是空的，我真想雇一位摄影师，把这个瞬间拍下来寄回莫里诺咖啡馆。我已经想象到这照片陈列在玻璃橱窗里的样子了。

我讲的修女和鹦鹉的故事让杰奎琳笑个不止。紧接着，所有献殷勤的话题都用完了，焦虑之余，我就讲了当时最先想到的事情："杰奎琳，待会儿咱们一起去湖边怎么样？""还要待会儿吗？"她反问，这可让我目瞪口呆，"咱们马上就去。"

这次没有人跟着我们了。他们好像是菩萨捧到了饭碗不走了。就我们两个人。我们几乎到了说说笑笑、打情骂俏的程度，当然是在许可的范围内，因为我的女伴身份高贵。阳光舞动着湖面上的人影，大自然以和谐的曲调相和。绵羊在栏里咩咩地欢叫，山上的牛儿也在哞哞地回应，附近教堂的钟声正以它的方式祷告。但是，还得保持严肃，于是我无动于衷，像个斯多葛派，我们回去了。有个愉快的惊喜在等着我们。在这期间，饭店老板借着下午关门的借口，让波亚雷支付了所有的费用，还包括一块表，他现在正像留声机一样经常重复着"敲竹杠"。你一定会赞成，像今天这样的好事真让人重新燃起生活的欲望。

再见，

菲利克斯·乌巴尔德

八

亲爱的阿维利诺：

我在此地的逗留越来越像是一次学习之旅了。我较顺利地开始对这个社会阶层进行深入的考察，顺便说一句，这其实是已经濒临灭绝的社会阶层了。对于一个敏锐的观察家来说，这些封建社会的最后一批后裔正是值得我们关注的景象。远的不说，就在昨天，尚塔尔端来一盘覆盆子可丽饼，这是她在糕点师的指导下，亲自在酒店厨房制作的。杰奎琳招待大家喝五点钟茶，也给我递了一杯。男爵先生很快就吃起了美味佳肴，甚至一手抓两个，他给我们讲着轶闻趣事，情节曲折、富于变化，把我们给笑死了；他连连嘲笑尚塔尔的可丽饼，男爵宣布它们简直没法吃，还说尚塔尔是个笨手笨脚的人，不会做饭。对此，杰奎琳提醒他最好不谈做饭的事情，马拉喀什的那件意外发生之后，政府拼尽全力才拯救了男爵，通过外交邮袋匆匆把他送回法国。加斯东生硬地打断她，武断地说没有哪个家庭能幸免于这类违法的、应该受指责的事件。但当着陌生人的面大讲特讲，尤其当中还有外国人，是很没教养的。杰奎琳回敬他说，如果斗牛犬当时没有想到把嘴巴凑近男爵先生的礼物，结果死了的话，那么阿卜杜勒·马利克就讲不了这个故事了。而加斯东只是说，很幸运，马拉喀什不时兴做尸体解剖。据给州长作诊断的兽医说，这应该是一种叫过度劳累的冲击，在犬科动物里是常见的。我轮流对每个人讲的观点点头赞同，我偷眼看到远处那个老头，他没有浪费任何时间，正在不断地将那些可丽饼据为己有。我也不缺胳膊，便想方设法、不动声色地拿走剩下的部分。

祝好，

菲利克斯·乌巴尔德

九

亲爱的阿维利诺：

请你好好消化我将要向你描述的情景。这是法国高蒙公司的电影中足以让你的血液凝固的情景之一。今天早上我洋洋自得地走在过道里通往电梯的红地毯上。在经过杰奎琳房间的时候，我发现门是半开着的。看到门缝我便马上溜了进去。屋里没有任何人。在一张带轮子的桌子上，早餐尚未动过。我的妈呀，就在这时响起了男人的脚步声。于是我躲进了挂在衣架上的大衣之间。是男爵先生。他偷偷摸摸地靠近桌子。我几乎要因为笑出声而露了马脚。我猜想男爵先生马上就要狼吞虎咽那托盘里的东西了。但是没有。他取出带有骷髅头和尸骨符号的毒药瓶，当着我的面实施了令人恐惧的行为，他在咖啡里撒了绿莹莹的粉末。使命完成以后，他怎么进来还就怎么走了，没有被羊角面包诱惑——上面也已经撒了毒粉。我马上怀疑他在策划杀掉自己的孙女，年纪轻轻就命运多舛。我怀疑自己是不是在做梦。在格朗维利耶这样团结、优秀的家族里，这样的事情是不大会发生的！我战胜了恐惧，像梦游般蹒跚地靠近那张桌子。公正的检查确认了我感觉器官发现的事实：被染成绿色的咖啡还在那里，有毒的羊角面包也在那里。我瞬间权衡了一下利害关系。如果讲出来，我就会冒一脚踩空的风险；说不定只是一些表面现象欺骗了我，而我作为污蔑者和无事生非者将会从此一蹶不振。而如果我保持沉默，就可能造成无辜的杰奎琳的死亡，我或许会因此受法律的惩罚。这最后的考虑让我发出了沉闷的惊呼——怕被男爵先生听到。杰奎琳裹着浴巾出现在浴室门口。

我开始结结巴巴，就像类似情况下常见的那样；后来我明白，我的责任就是要告诉她这魔鬼般邪恶的事情，结果话又讲不出口。我先把门关好，然后请她原谅我的放肆，因为我要对她说，她的爷爷先生，她的爷爷先生，我的喉咙又卡住了，还是讲不出话来。她笑了起来，看着羊角面包和咖啡杯，对我说："必须另外再要一份早饭。爷爷下过毒的那份就让老鼠吃吧。"我傻了。轻声问她是怎么知道的。"全世界的人都知道啊！"这就是她的回答，"爷爷想毒死人，可是因为他笨手笨脚，所以他总是失败。"

直到这时我才明白，那个声明是毫无疑问的。在我这个阿根廷人看来，顿时打开了一个巨大的未知世界，一个对普罗众生禁止的伊甸园：贵族心胸宽广。

除了杰奎琳的女性魅力以外，她的反应，也就是他们家不论老少、所有成员的共同反应，这是我很快就发现并证实的。就好像他们齐声在跟我说"气吧，气吧，气死你"，没有任何恶意。男爵先生本人，说了你都不会相信，他用好脾气的微笑接受了精心计划的谋杀的失败，他手里拿着烟斗对我重复着，他不会记我们的仇。在午饭的时候，大家又开起了玩笑，我便趁着大家正热络，告诉他们明天是我的生日。

大家在莫里诺咖啡馆为我的健康祝酒了吗？

你的，

印第安人

十

亲爱的阿维利诺：

今天是个大日子。已经是晚上十点了，在这里已经是很晚了，但我还是忍不住要详细地告诉你这里发生的事情。格朗维利耶一家通过杰奎琳邀请我到湖边那家餐厅吃饭，款待我！在阿尔及尔人开的一家店里，我租了一套礼服和配套的皮靴及护腿。我们相约晚上七点左右在酒店的酒吧见面。七点半过后，男爵先生来了，他把手搭在我的肩膀上，给我开了一个恶趣味的玩笑："您被捕了。"他一个人过来，其他人已经等在宾馆前的露天台阶上了，我们去乘公共汽车。

餐厅里许多人都认识我，他们热情地向我打招呼。我们像皇帝一样一边吃一边谈。这顿晚餐非常豪华，没有任何瑕疵。男爵先生本人就三番五次地去厨房监督烹调。我坐在杰奎琳和尚塔尔之间。一杯去一杯来的，我喝得愈发痛快自在，好像就在波索斯大街上一样，后来我毫不犹豫地唱起了探戈舞曲《猪肉商贩》。在接下来翻译的时候，我发现法国人的语言完全没有我们布宜诺斯艾利斯城黑话切口的那个味道。我吃得太多了。我们的胃是专门吃烧烤和布塞卡[1]的，不能应付法国大餐所要求的这么多的客套话。祝酒的时间到了，我费了好大的劲儿才勉强站起来，不仅以我个人的名义，还以遥远祖国的名义，感谢大家为我庆祝生日。我们且战且退直到喝完最后一滴半干香槟酒。到了室外，我深深地呼吸着香甜的空气，开始感到轻松了。

---

1 一种用动物肠子丝、土豆、四季豆和调料做成的食品。

杰奎琳趁黑吻了我。

　　拥抱你，

　　　　　　　　　　　　　　　　　　印第安人

　　附言：凌晨一点钟，又开始抽筋了，我没有力气爬
到电铃的按钮处。房间在上下颠簸，我冒着冷汗。我不知
道他们往芥末蛋黄酱里放了什么，但那个奇怪的味道一直
不散。我想念你们，想念莫里诺的吧台，想念星期天的足
球比赛和……[1]

1　我们想提醒那些研究人员，省略号是由菲利克斯·乌巴尔德的后人在出版《萨
　　瓦书信》时加进手稿的。至于这则法国人说的社会新闻的真正起因，仍被包裹
　　在那层神秘面纱之下。（阿维利诺·亚历山德里注）——H.布斯托斯·多梅克

魔鬼的节日

你的痛苦由此开始。

伊拉里奥·阿斯卡苏比

《拉雷法罗萨》[1]

——我要先提醒你一下，内莉，我经历的那可是真正公民的盛大节日。我是个扁平足，再加上脖子短，又挺着河马似的大肚子，走起路来本就上气不接下气，非常吃力。考虑到这些情况，于是前一天晚上，我像老母鸡一样早早地睡去，好第二天早点起来，不在游行中掉链子。我的计划大体上是这样的：我会在晚上八点三十分到委员会去；九点把将要发给我们的柯尔特左轮手枪藏在枕头底下，鼓囊囊的，然后踏踏实实地在折叠铁床上昏睡，继续做我们伟大的世纪之梦，然后在第一声鸡叫时起床，等着那些人开卡车来接我。但是，请你告诉我，你不认为好运就像是彩票一样，总是垂青于他人吗？在一座木板小桥上，我惊喜地看到了我的朋友"乳牙"站在交警岗厅前，便匆忙跑过去与他相会，差点掉进发臭的水里。还没来得及看清这个吃公家饭的家伙的脸，我马上就预感到他也是要去委员会。我们讨论过当天的安排后，就兴冲冲地开始讨论为盛大游行分配枪支的事了，我们还讨论了那个犹太人[2]的问题：他经验老到，说他准备把它们当废铁卖到贝拉萨特吉。排队的时候，我们尝试用暗号交流，说一旦拥有了武器，即便是互相背着，我们也要溜到贝拉萨特吉去。卖了武器之后，我们可以去吃意大利面加苦苣，填饱肚皮以后，面对着售票员的惊愕，我们会买两张回托洛萨的票子！我们本该用英语讨论的，因为这些暗号"乳牙"一句也没听懂，我也一样。

---

1 《拉雷法罗萨》是伊拉里奥·阿斯卡苏比的诗集名，也是阿根廷历史上有争议的胡安·曼努埃尔·德罗萨斯（Juan Manuel de Rosas, 1793—1877）总统当政时期的政党玉米棒子党党徒（mazorquero）杀人时唱的歌。
2 ruso，意为"俄国佬"，在阿根廷土语中有"犹太人"的意思。

队伍里的同伴给我们做了翻译，声音之响几乎把我的耳膜击穿了。他们还特地用破旧的圆珠笔记下了那个犹太人的地址。幸亏比投币口还要瘦小的马福里奥先生，在你们还把这个老古董视作一堆毫无价值的头皮屑时，他已经摸清老百姓打的小算盘。所以，他能硬生生地把我们的谋划打乱也不足为怪了。他们借口警察部门延误了递交武器的时间，把我们的武器分配推迟到举行活动的当天。在等了一个半小时后——队伍排得比平时买煤油还要长——我们从皮苏尔诺口中得到快速清场的命令。充当委员会看门狗的瘸子用扫把拼命驱赶着所有人，这时人们情绪还十分激动，充满着期待。

在隔开一段谨慎距离的地方，人群重新聚集了起来。罗伊亚科莫开始大声地讲话，旁边的收音机都没声了。问题是这些能说会道的粗人让大家头脑发热，却不知道究竟该怎么成事。于是，他们便让我们在贝纳德斯的店里玩起了三七吹牛皮纸牌游戏。也许你会闷闷不乐，以为我在那儿寻欢作乐，然而可悲的事实却是他们扒光了我身上的最后一分钱，没让我赢过一次，哪怕一次也好。

（你放心，内莉，一直盯着你不放的扳道工已经厌倦了，现在他开车走了，去狐狸精那儿了。现在就让你的唐老鸭再在你的脖子上亲一下吧。）

当我终于可以躺倒在床上时，我感到两只脚特别累，能够恢复体力的浓浓睡意顿时向我袭来。我忘记了它的竞争对手：最健全的爱国主义。现在我心里只想着这个魔鬼[1]，想着第二天我将看到他微笑，看到他作为阿根廷伟大的劳动者发表讲话。我向你保证，我是那么的激动，很快在毯子下就喘不过气，像幼鲸一样被阻碍了呼吸。直到夜深人静时我才睡着，感觉特别累，就像没有睡过觉一样。我首先梦到的是一个下午，那时我还是个小孩子，去世的母亲带我去一座庄园。请相信我，内莉，我从来不曾回想过那一天的下午，但是在睡梦中我却清清楚楚地知道那是我一生中最幸福的下午。我什么也没记住，除了一汪池水和水中花树的倒影，还有一条雪白而温顺的狗，我轻轻地抚摸它的屁股；非常幸运，离开了这些幼稚的往事后我又梦到了一些宣传栏上的新潮东西：魔鬼已经任命我为他的吉祥物，不久以后又成了他看家护院

1　指阿根廷民粹主义政治家胡安·庇隆。1945 年 10 月 17 日，数以千计的亲庇隆工会的工人在布宜诺斯艾利斯街头举行游行示威，即为本文背景。

的狗。我醒来了，做这些愚蠢的梦只用了我五分钟。我决定要彻底清醒一下：我用厨房的抹布擦洗了一下，把所有的老茧都藏在"莫乔修士"牌鞋子里。羊毛连衫裤的袖子和裤腿把我搞得像八爪鱼一样晕头转向，我还戴上了公共汽车日[1]那天你送给我的领带，上面还有动物的图案。我出发的时候，浑身冒出的汗都带着油脂，这是因为一辆老爷车开过马路，而我以为是我要坐的卡车。每次听到说卡车要来了，要来了，我都像瓶塞迸开似的一路小跑冲出去，跨越从第三个院子到临街大门的六十巴拉[2]的距离，确认自己要乘的那辆是不是到了。我怀着青年人的朝气，唱着那首进行曲，那是我们的标志。但是十一点五十分我失声了，什么大人物都别想让我再离开第一个院子。下午一点二十分卡车提前到了。当参加游行的朋友们很高兴地与我相见的时候，我还没有吃过早饭，连做饭大妈喂鹦鹉的面包都没吃到。大家一致投票要把我丢下，理由是他们乘坐的是装人的卡车，而不是起重机。我想把自己挂在卡车后面，他们见我那么大的肚子，对我说，

1　9月24日，常有罢工，1958年9月24日也是庇隆下台流亡的日子。
2　长度单位，约为 0.8359 米。

39

如果我能保证在到达埃斯佩莱塔之前不分娩，就同意把我当作一个包袱带上。但是，到最后他们还是被说服了，勉强让我上了车。年轻人乘坐的卡车像燕子似的发了疯，才开了不到半条街就正正好好停在了委员会的门前。出来一个银发的塔佩原住民。他让我们受罪的样子是多么有趣啊，在他们非常有礼貌地给我们递上抗议书的时候，我们已经在牲口过道上满头直冒大汗，后颈像是涂了马斯卡彭奶酪似的油腻腻的。左轮手枪是按照人头和字母顺序分配的；你明白吗，内莉；我们每人一支左轮手枪。大家挤在男厕所门前排着队，前后连一丝谨慎的距离都没有，更别提拍卖我们手中状态良好的武器，原住民在卡车里看着我们，卡车司机没收到命令，我们一个都逃不出去。

为了等待一声"全体出发"的指令，居然让我们在太阳光的直射下整整待了一个半小时。眼前是我们亲爱的托洛萨，还真是走运，警察出来驱赶顽童的时候，他们手中的弹弓狠狠地打中了我们，好像并不把我们看作无私的爱国者，而是像小鸟看到了玉米面粥。第一个小时刚过半的时候，卡车上的气氛还十分紧张，一切社交场合基本都是如此。但是后来，当他们问我是否报名参加了维多利亚女王的竞赛[1]时，我的心情一下子就好起来了。这是一个针对我大肚子的影射，你是知道的。他们不是总说我这个肚子必须是透明的，好让我看到自己穿四十四码鞋的双脚，哪怕只是一丁点也好。我当时已经严重失声了，好像被套上了牲畜用的口套。但是在卡车上沉寂了一小时零几分钟以后，我小铃铛[2]般的声音勉强有点恢复。我跟我的伙伴们肩并着肩，不想放弃参加大合唱的机会，他们正在引吭高歌《魔鬼进行曲》。我几乎可以说是在嘶吼，却像在打嗝，我把雨伞落在了家里，简直是在大家的唾液中划独木舟，你会误以为我就是那位孤独的航海家维托·杜马斯。卡车终于启动了，于是空气也开始流动起来，就好像在汤锅里洗澡一般。午饭有人吃了香肠三明治，有人吃了大腊肠卷，有人吃了意大利托尼甜面包，有人喝了半瓶巧克力牛奶，最边上的一位吃了米兰式牛排，这一切都像是

---

1 这是阿根廷人常开的玩笑：维多利亚女王会奖赏第一个能生下孩子的男人。
2 就在我们吃蛋糕充饥的时候，内莉对我说，这时可怜的家伙伸出了前面提到的舌头。（本注释由青年拉巴斯科提供）
    在这之前她也给我说过。（补充注释出自纳诺·巴塔福科，清洁办工人）——原注

上次去恩塞纳达港湾的情景重现，但是由于我本人并没有去，所以我还是不讲话为好。我一直在想，所有这些新派、健康的年轻人们，他们是不是跟我想的一样呢？因为就连那些最没有意志力的人，不管愿不愿意，都在听着同样的广播。我们都是阿根廷人，大家都很年轻，都是南方人，我们都急切地要与我们的同胞兄弟们见面，我们乘坐着同样的卡车，都来自菲奥里托和比夏多米尼科，来自休达德拉、比夏卢洛和拉帕特纳尔等城镇，尽管在比夏克雷斯波那里聚集着很多犹太人，但我还是认为本该把他们的法定居住地选在托洛萨北部。

内莉，你错过了多少信仰的热情啊！在每个几乎都要饿死人的街区，总有许多一窝蜂地被最纯正理想主义所把持的货色，他们也争着要上我们的车，但是车队头头加芬克尔知道该如何拒绝这些无家可归的流氓无赖，尤其是当你想到，在这些公认的流氓中，第五纵队的人完全有可能迅速潜入，还没等你们八十天环游了世界，就让我相信你们只是肮脏的虱子，而魔鬼则是电信公司的工具。我还没说到另一些家伙是如何利用这种清洗的过程，好让自己摆脱混乱的局面，尽早顺利回家。不过，你可以强迫自己勇敢一点，你得承认有的人生来就是赤脚的，另一些生来就踩着风火轮，因为每一次在我想趁势从卡车上逃跑的时候，都是加芬克尔先生给我一脚，把我踢回到勇敢者的行列。开始时，当地居民很欢迎我们，非常热情，但加芬克尔先生可不是吃素的，他不允许卡车司机减慢速度，以免某个头脑活络的人会尝试闪电式出逃。在基尔梅斯就是另一回事了，大家伙终于被批准活动一下麻木的双脚，但是离家已经很远，又有谁想在这个时候逃跑呢？在这个关键时刻，索比或叫别的什么名字的家伙说，一切进展得都像一幅图画般完美。但是紧张的情绪还是在大伙儿心中蔓延，特别是当老大，也就是加芬克尔，命令我们悄悄地在所有墙面都贴上或者写上魔鬼的名字，然后重新赶上快速行驶的卡车，以免招惹到哪个暴脾气浑蛋来袭击我们，我们都起了一身鸡皮疙瘩。考验真本事的时刻到了，我拿起枪，坚定地下车了，内莉，我想这把枪至少可以卖三比索吧，但是一位顾客也没影儿。于是我就只能满足于在墙上胡乱涂了几个非常潦草的字母，因为如果我再多花一分钟的时间，卡车就会甩下我，消失在地平线，开向公民广场，开向聚集的人群，开向亲如兄弟的同志，开向魔鬼的节日。话虽这么说，当我像包裹着汗衫的奶酪似的气喘吁吁地回到车上时，卡车出了故障，一动不动，它是那样安详，好像只要加一个漂亮的艺术框，就可以成为一张照片。感谢上帝，在我们之中有个鼻音很重的塔巴克曼，大家通常叫他"蜗轮"，是个机修迷。在找了半个小时发动机并且喝干了我的"骆驼的第二个胃"——我一直这样称呼我的旅行水壶——里面的柠檬汽水之后，他坦白地说了句"我搞不定"，因为很明显，"法尔哥"对他来讲是完全不熟悉的品牌。

我真的觉得自己曾经在一座臭气熏天的阅报亭里读到过"祸兮福所倚"之类的句子，上帝老爹果真赐给了我们一辆遗忘在菜园的自行车。在我看来，车主肯定在休养，因为直到加芬克尔把车坐垫坐热了，车主也没有出现。加芬克尔好像一下子发现了一小片苦苣田，更好像索比或叫别的什么名字的家伙往他屁股里塞了点燃的中国爆竹"福——满——珠"，马上就窜了出去。看到他杂耍般骑车的样子，不止一个人笑破了肚皮。但是，在紧跟着他跑了四条马路之后，就不见了他的踪影，即使手脚并用、穿上佩库思跑鞋，行人也无法在自行车先生面前保持常胜将军的桂冠。信仰的激情使他消失在地平线上，就像你，胖胖，扫荡柜台时那样迅速，而我只想回托洛萨睡觉……

你的小猪崽现在要给你讲点悄悄话了，内莉：大家或多或少早就渴望骑上自行车，上演一场绝地逃生。但是，就像我总是不断地强调的那样，在球员萎靡不振、场上充斥着黑色预言的时候，往往就会出现破门的前锋；对国家来说，就会出现魔鬼这样的人；对我们这些即将分崩离析的乌合之众，就会出现卡车司机这样的人。这位令我脱帽致敬的爱国者像穿着溜冰鞋似的突然出现，一下子制止住正在逃散的人群中溜得最快的那个，就地一顿"按摩"。第二天人们看到我身上一个个肿块时，都把我当作面包师家的桃花马。我从地上一个劲地喊着"好啊，好啊"，周围的人则忙用大拇指塞住耳膜。卡车司机把我们这些爱国者排成单行，这样如果有人想开溜，后面的那位就有权踢前面那位的屁股，我的屁股到现在还疼得没法坐下来。想象一下吧，内莉，队伍最后的那一位该是多么的幸运，他后面没有任何人可以踢他的屁股！卡车司机就这样赶着我们这个平民示威人群来到一个地方，我可以确切地告诉你这里是堂博斯科的外围，也就是怀尔德。

在那里，命运之神偶然把我们推向一辆驶往拉内格拉庄园广
场的大巴车，但这一切又并不是完全的偶然。卡车司机与大
巴车司机早在多米尼科镇人民动物园的英雄时代就形影不离，
简直是一丘之貉，卡车司机请那位加泰罗尼亚人捎上我们。
早在对方发出"上来吧，苏比萨雷塔"的指令之前，我们就
上了车并且挤得满满当当。我们都哈哈大笑起来，直到露出
牙缝儿里的菜叶，直到筋疲力尽，因为一些迟钝的家伙由于
落在队伍尾巴，没能挤进车里，就留在了人们说的"自己想
办法"回托洛萨去的人群之中。内莉，说我们像沙丁鱼一样
在大巴车里挤得浑身大汗，那有点夸张了，如果你来看一眼
的话，会觉得还是贝拉萨特吉的女厕所小得多。大家一贯感
兴趣的玩笑话又在继续了！我没有骗你，那个意大利佬珀塔
斯曼在经过萨兰迪的时候放了一个屁。在这里我要举双手双
脚为"蜗轮"喝彩，他赢得了名副其实的滑稽大师奖章。他
以揍我相威胁，强迫我张开嘴巴，闭上眼睛：他利用这个机
会，拼命地往我的嘴巴里塞内裤的纱线、绒毛和其他东西，
搞恶作剧。但是，我们渐渐厌腻了，对什么都打不起精神，
百无聊赖之际一个有经验的老手递给我一把小刀，然后我们

大家齐心合力，用这把刀把大巴车座椅的皮面戳成了筛子。为了迷惑敌人，大家伙还故意取笑我，后来狡猾的家伙们开始一个个像跳蚤一样跳车到柏油马路上，在司机发现座椅被破坏之前，他们已经悄悄地溜走了。第一个跳到地上的是西蒙·塔巴克曼，他屁股着地，摔断了鼻子；过了很久以后是菲德奥·索比或叫别的什么名字的家伙；之后是拉巴斯科，尽管提到他会让你生气；接下来，是斯帕托拉；然后，轮到巴斯克人斯皮夏乐。这期间，莫尔普戈开始悄悄地收集报纸和纸袋，一心想搞个正式的篝火晚会，用火焰来掩饰布罗克韦公司由于那把刀而蒙受的损失。皮罗桑托，就是那个鼻音很重的外地佬，他是那种口袋里火柴比钞票更多的人。在第一个转弯处他就开溜了，为的是保住自己的火柴，不过他在临逃前还从我嘴上抢了一支火山牌香烟。我根本就不想炫耀什么，当时我只想稍稍搭个架子，噘起嘴巴准备抽上一口，莫尔普戈像要奉承般划了根火柴给我点烟，皮罗桑托猛地抢走了我嘴巴上的香烟，于是前者就把火柴缩了回去，结果点着了那些纸。莫尔普戈连帽子都没有脱就向马路上跳去，但是我动作更敏捷，尽管有这么大的肚子，还是赶在他前面先跳了下去，成了他的肉垫，减轻了他的冲击力，他那九十公斤的块头几乎把我给压扁了。老天！等到马诺罗·M.莫尔普戈把他的鞋子——鞋子已经破了，卡在他的膝盖上——从我的嘴边移开，大巴车已经烧起来了，就像佩罗西奥的烤炉一样。大巴车司机兼车主痛哭起来，因为不管怎么说是他自己的钱变成了黑烟。人群里很多人都在笑，我敢以魔鬼的名义打赌，如果司机发怒的话，那群人很快就会逃走的。"蜗轮"是个老资格的小丑，他突然想到了一个笑话，你听了以后会合不拢嘴，笑得像果冻那样前仰后合。内莉，请注意，你要竖起耳朵听着，来了。一、二、三，砰！他说——别再向我挤眉弄眼了——那边的大巴车就像佩罗西奥的烤炉一样烧起来了。哈哈哈！

　　我是显得最若无其事的一个，但是我内心还是很激动的。我对你讲的每句话你都会深深地刻在脑海里，所以也许你还记得那位卡车司机，他跟大巴车司机是一丘之貉。如果你明白我意思的话，聪明人都预料得到，"摔角手"会和"泪人"联合起来，惩罚我们做的好事。但是你不要为你亲爱的小兔兔害怕。卡车司机提出了一种沉着的想法，他认为如果没有了大巴车，那也就不值得为对方充当打手了。他像个好心肠的老好人一样微笑着；为了维持纪律，他用膝盖友好地撞了几个人（这就是我被撞下来的牙齿，是我后来出钱买下来留作纪念的），然后就下起了命令："排好队，快步——走！"

这就叫作凝聚力！威武的队伍穿过淤泥塘和作为首都入口标志的垃圾山。粗略地说，从托洛萨出发的那些人中，只有三分之一逃脱了。一个经验老到的人用点一支健康牌香烟的机会溜掉了，当然，内莉，这是必须经过卡车司机批准的。这是一幅多么色彩斑斓的图画呀：斯帕托拉的羊毛衫外面套着一件显眼的背心，手里举着标语牌，跟在他后面的是四个人一排的队伍，"蜗轮"等人也都在列。

当我们终于赶到密特雷大街的时候，才刚刚晚上七点钟。莫尔普戈笑得非常灿烂，以为我们已经到了阿韦利亚内达。那些外表阔绰的人也都笑了，他们冒着从阳台、卡车或者敞篷公共汽车上摔下来的危险看着我们，见我们正在步行，没有一辆车子，一个个都笑了。幸亏巴布格利亚考虑特别周到，他想到里亚丘埃洛河对岸有一些加拿大卡车正在生锈。这堆废铁是一向"细心"的贸易协会从北美陆军装备处理部买来的。我们像猴子似的爬上一辆草绿色的卡车，唱着"再见，我要流着泪离开"，等待着"蜗轮"领导下的独立运输部门的哪个疯子能够开动发动机。非常幸运，拉巴斯科，虽然他的脸长得非常难看，却有政府垄断部门的一位保安做靠山。他付钱买了票，这样我们就挤上了一辆有轨电车，车子发出的声音比一支风笛都响。当嘟，当嘟，电车开向市中心；在一群傻瓜的注视下，电车像一位年轻的妈妈神气地前行，她的肚子里是新派的一代，明天他们将会在生活的盛宴中要求分一杯羹……我，你亲爱的宝贝，就在这辆车里，一只脚踩着车厢地板，另一只脚还没有合法领地。一个旁观者说，有轨电车在唱歌，歌声划破长空；歌唱的就是我们。在到达贝尔格拉诺大街之前不久，电车骤停了大约二十四分钟；我浑身冒汗，想弄明白是怎么回事。越来越多的汽车像蚂蚁群一般拥来，使我们的车子毫无动弹的余地。

卡车司机大声喊着："傻蛋们，快下车！"我们便在塔瓜利大街和贝尔格拉诺大街的交叉路口下了车。走了两三个街区以后，难题出现了：喉咙太干了，想讨点水喝。普加-加拉赫商业中心的饮料店是个解决办法。但是，想想看：我们该怎么付钱呢？面对这个棘手的情况，卡车司机跑到我们面前，显得十分麻利。他以斗牛犬的视觉和耐心本末倒置，当着那群乌合之众绊了我一脚，害我摔了个嘴啃泥。从背心的衣袋里滑出我攒下的硬币，这是为了在兜售瑞科塔奶酪的小车面前不显得太寒酸而准备的。这点零钱被充公了，卡车司机对我的表现很满意，于是就去处理索乌萨的事情了。索乌萨是戈维亚的心腹，戈维亚是佩雷依拉那群无赖中的一员——你知道的，他们从前干的是制贩"灵丹"的勾当。他是收钱的，对那伙人忠心耿耿。所以，他手里有那么多零钞也就不值得大惊小怪了，一沓加起来将近半比索，这是疯子卡尔卡莫尼亚都从没有见过的。这个疯子在印刷第一张假钞时就被抓了。而且，索乌萨的钱可不假，足够支付所有的白兰地，离开的时候我们都醉醺醺的。玩得可欢了，波波老兄弹起吉他的时候，自以为是卡洛斯·加德尔，甚至自以为是戈图索，甚至自以为是加罗法洛，甚至自以为是伟大的托马索尼[1]了。虽然没有真正的吉他，但这位波波老兄还是唱了"再见了，我的

1 四人皆为那个时代最有名的歌手。

51

潘帕斯大草原"，大家齐声附和。年轻人的队伍成了一片合唱。我们所有的人，尽管很年轻，都尽情地唱了。直到走来一位令人尊敬的大胡子犹太教徒。看到他年纪大我们就放了他一马，但是另一位年纪轻的、好摆弄的就不那么容易过关了。这是个可怜的四眼年轻人，没有运动员的体魄，红头发，胳膊下夹着书，一副学问人的样子。他漫不经心地走过来，几乎撞倒了我们的旗手斯帕托拉。波菲拉罗是个吹毛求疵的臭虫，他说他不会容忍对我们的队旗和魔鬼的照片大不敬的人，必须惩罚他。他马上唆使内内，外号叫"大块头"的，去处理这件事。内内还是老样子，像晃一袋花生那样揪着我的耳朵。这一点波菲拉罗很喜欢，他叫那个犹太人更多地尊重他人的意见，叫他向魔鬼的照片敬礼。那个人居然荒谬地回答说，他也有自己的意见。小鬼听腻了他的这些解释，一只手把他推开，如果屠夫看到他这只手，就不会担心缺少肉和里脊了。他把那人推到一片荒地，就是那种说不定什么时候就会变成停车场的荒地，那个倒霉蛋发现自己背对九层楼的一侧墙面，上面没有任何窗户。这时，站在队伍后边的人想要看前面发生的事情，便使劲地挤我们，我们站在第一排的人就像色拉米香肠三明治一样，被夹在那些急切地争着想看到整个情况的疯子和已经被挤到一边的陷入绝境的可怜犹太人之间，你可以想象场面有多么激烈。托内拉达清楚地知道危险所在，他往后退了几步，我们大家就像扇子一样撑开一个半圆形的空地，但是没有缝隙可以逃出去，因为所有人互相挤成了一堵墙。大家像陈列馆里的大熊一样齐声吼叫着，牙齿咬得咯吱作响，但是那个连汤碗里的一根头发都不会放过的卡车司机，已经隐隐约约地感觉到有人在内心深处正计划着逃脱。口哨声一会儿东一会儿西的，把我们挤到了大家都明显看得到的碎砖乱瓦堆上。你一定会记得那天下午的温度计一直指着热汤一样的高温，不用你说，我们早就脱掉了外套。我们让一个大孩子萨乌利诺看管我们的衣服，这样他就不能去扔石子了。第一块石子纯靠运气打中了塔巴克曼，他牙龈流血不止，血是黑的。我热血沸腾地追上去，拿起石子打中了他的耳朵。因为攻势过猛，我已经忘记到底扔了多少石子。所有人都尽了兴；那个犹太人跪在地上，凝望着蓝天，用希伯来语祈祷。当蒙塞拉特大教堂的钟声响起的时候，他倒下了，他已经死了。我们又继续发泄了一阵，用石头打他，他已经不疼了。我向你发誓，内莉，我们把他的尸体搞得一塌糊涂。后来，莫尔普戈为了逗那些孩子笑，叫我把小刀插在曾经是他脸的地方。

在办完了这些令人热血沸腾的事情之后，我又穿起了大衣，为了避免感冒，不然要掏至少三十分钱来买感冒药。我用你仙女般的手指编织起来的围脖严严实实地裹好脖子，又把耳朵藏在大衣的高翻领里边。但是，当天的最大惊喜还是纵火狂皮罗桑托提出来的，他提议要把乱石堆点着，事先还搞了一次死者的眼镜和服装等物的拍卖会。拍卖不是很成功，因为眼镜上混有眼睛的黏性分泌物，两个镜片都是血肉模糊的样子。西装因为浸透了鲜血而变得硬邦邦的。书本也因为残留的组织液变得不适宜交易。然而，非常幸运的是卡车司机（原来他就是那个魔鬼格拉非冈[1]）得以捡回那只镶着大约十七块红宝石的"罗斯科夫"手表。而波菲拉罗则拿了"法布里坎特"牌钱包，里面有一位钢琴教师小姐的快照和九块二比索。愚蠢的拉巴斯科不得不满足于博士伦眼镜盒和普鲁麦克斯自动铅笔，波普拉

1　Grafficane，《神曲》中地狱第 8 圈第 5 沟的狱吏，12 名魔鬼所组集团"马纳勃郎西"（Malebranche）的一员。名字之意为"类犬者"。

夫斯基家族的那些戒指就更没有什么可说的了。

　　小胖胖，我们已经准备好将这次街头事件迅速抛到遗忘的角落。博伊塔诺布料店制作的旗帜在高高飘扬，声声号角响彻云霄，到处人山人海。在五月广场，马尔塞洛·N.弗洛格曼博士的演讲给了我们极大的鼓舞。他让我们准备好之后的一切——魔鬼的演讲。我们这么多耳朵都听到了他的讲话，小胖胖，真真切切，就像全国人民听到的一样，他的讲话通过广播传遍全国。

普哈托

一九四七年十一月二十四日

他朋友的儿子

一

您，乌斯塔里斯，不管您怎么看我，我可是个倔脾气。对于我来说，写书是一码事，做电影则是另一码事。我的小说创作一团糟，但是作家的优越感我还是坚持的。所以，当有人请求我为阿根廷制片人和影院经营者工会（S.O.P.A.）写一部滑稽喜剧的时候，我请他们在地平线上消失。让我和电影……您还是快滚开！能让我为电影而写作的人还没有生出来呢。

当然，当我知道路比冈德正围着S.O.P.A转的时候，就自动上钩了。总有一些因素使人必须脱帽致敬。从剧场正厅

57

买站票的无名观众开始，我已经不记得多少年来自己一直非常热情地跟随 S.O.P.A 为了促进国家生产而制作的广告宣传片；在有关官方仪式和宴会的新闻报道中，插入了一系列镜头，展示鞋子的品牌、瓶盖和包装上的商标，等等。更何况，伊希库斯尼斯塔史球队输球的那个下午，在动物园的小火车里，法尔法雷罗走向我，告诉我一个头号新闻，让我目瞪口呆：S.O.P.A 计划在一九四三财年拍摄一系列电影占领高端市场，给予作家写出上乘作品的机会，不必为票房因素牺牲质量。若非他亲口这样告诉我，我是不会相信的。更有甚者，他向我发誓，以那个经常唱《我的太阳》、把我们搞得很烦的小老头的模样，这次不会让我像以前那样，忙活了半天一无所获，只是用掉相当可观的克罗索牌稿纸。具体的手续将会很正式：一份蝇头小字的合同，缓缓推到你的鼻子底下，然后会让你签字，让你出去透风的时候，都要戴着项圈和锁链；一笔相当可观的现金预付款，这笔钱本来可以自然而然地扩充社会共同基金，我本人也有权认为自己是这笔基金的一分子；一项口头承诺，即同行评审会议上将会考虑或者不考虑签字人提交的主题。这些主题事先须获得努克斯夫人（对我来说，她与一个传闻有关，说她跟一个矮个子、鼻音很重的男人在电梯间怎么怎么）的同意，然后将在适当的时间，成为真正的电影剧本和对白的草案。

这辈子就请您相信我一次吧，乌斯塔里斯：只要时机合适，我还真是一个很冲动的人。我被深深地吸引了，于是我铆上了法尔法雷罗：我给他买了瓶汽水，我们在瘤牛的注视下一饮而尽；我又给他点了半根香烟，还乘出租车把他带到戈多伊克鲁兹的新帕尔马大饭店，一路上，跟他讲着相关的故事，吹吹拍拍，非常开心。为了开胃，我们先狼吞虎咽了一番；后来喝起了蔬菜通心粉浓汤；又把汤里的油刮了个干净；再后来配着巴贝拉葡萄酒，给我们上了瓦伦西亚烩饭，中途又喝了莫斯卡托葡萄酒，这才准备好享用塞咸肉片的小牛肉，但是在这之前我们先吃了好几盘肉丸。这顿美餐最后以可丽饼和味道寡淡的水果结束，你懂的，还有一种沙一样的奶酪、另一种黏乎乎的奶酪以及浓咖啡，泡沫多得让人马上想到刮胡子时的摩丝，而不是理发时的泡沫。泡沫见底的时候，一位名叫"奇索提"的先生，也就是渣酿白兰地上场了，它让我们的舌头缩成一团，我利用这个机会，宣布了一条爆炸性消息，甚至让骆驼都四脚朝天。没有前言，也没有前奏，我轻轻松松地打断了法尔法雷罗的饱嗝，开门见山地向他宣布我已经准备好了本子，只差胶片和几名喜剧演员，S.O.P.A. 发工资的那天就可以顺当地解决了。那么多糖果中有一颗粘在他嘴巴里，没有哪个服务员能够帮他完整地挖出来，我就利用这个空当，简略地给他讲了情节，不乏若干细节。这家伙听了就举起白旗，并且在我耳边咕哝，这个情节我给他讲的次数已经超过赤鲷的鱼刺了。看看接下来发生的事情吧，法尔法雷罗对我说，再多说一句，他将来在某个意想不到的时刻，不把我介绍给 S.O.P.A. 的组委会了。我就问您，除了支付他的消费，外加给他提供出租车，把他送到位于布尔萨科的家里，我还有什么别的办法吗？

我在耐心的冷板凳上苦苦等待了不到一个月，终于被传唤到位于蒙罗的"那幢大楼"了。在那里，S.O.P.A. 有决定权的大老虎都会发声的。

多么激动人心的审查啊！当天下午我就见到了那些穿着灰色西装的大人物，他们决定着我们欣欣向荣的电影事业的种种规则。我这双一直以来只映出你那张干面包脸的眼睛，正在经历它们的巅峰时刻，它们像傻瓜似的看着法尔法雷罗，这是个金发的讨厌鬼，有厚厚的黑色嘴唇；看着坡斯基博士，他大大的微笑像信箱口，眼镜像水中的蛤蟆；看着玛丽亚娜·鲁伊斯·比利亚尔瓦·德·安格拉达夫人，她苗条的身材符合让·巴杜[1]的要求；还有可怜的工蚁莱奥波尔多·卡茨，他是玛丽亚娜夫人的秘书，你或多或少会误以为他是日本人。最让人目瞪口呆的，是那个随时可能出现的城中心的小鬼，他是事业有成的企业家、布宜诺斯艾利斯夜生活的无冕之王、皮加尔和拉埃米利亚娜夜总会的老大，这个杰出的本地人名叫巴科·安图尼亚诺·彭斯。这还不算：路比冈德也过来了，这是一位能让空想具备金钱基础的银行家。我并没有头脑发昏。很快我就发现自己是在跟上流社会打交道，不过我仅限于傻乎乎地观察、咳嗽、咽下唾沫、汗津津地、在走神时依旧表现出很关注的样子、嘴巴里重复着"是的，是的，哈哈，哈哈"，犹如在希腊大合唱团一般。然后他们用矮脚球形大酒杯喝起了干邑白兰地，而我则像一个外交邮袋，

1　Jean Patou（1880—1936），法国服装设计师。

换个人去讲更加恶心的故事，去演再明显不过的假戏。总之一句话，就是去做一连串愚蠢、猥亵至极的事情。

这种错误的行为带来的后果是非常凄惨的：坡斯基博士不能容忍别人出风头，妒忌心可以使他判若两人，从此以后，苛待我就变成了他的一种爱好；在一系列的热情的表演过程中，玛丽亚娜夫人发现我是一个金嘴巴，也就是那种过去作为沙龙标配的健谈机器。于是现在我倍感局促，不敢再开口讲话，苍蝇也休想飞进嘴巴去。

一天下午，我比获得了维多利亚女王奖还要开心，因为我的朋友胡里奥·卡德纳斯来了。您可别说什么您不认识他。您可是始终在底层平民中成长起来的。您再回忆一下：他是老卡德纳斯的儿子。卡德纳斯就是那个上了年纪的穿着短燕尾服的老兄，也就是几年前的马尔多纳多大洪水时，叼着陶瓷烟斗以狗刨救了我命的那个人。胡里奥，一个十分沮丧的年轻人，他的眼睛是那种一看到，您就会想要给他插上温度计的人。可我向您保证，我非常敏锐地看到了他眼中的狡猾，他穿得破破烂烂，看上去像个傻瓜。他接近电影界的大人物，那是因为打着向他们兜售剧本的可怜念头。我对自己说，作家有的是，马上画了个十字祷告，因为这个半路杀出来的朋友是我危险的竞争对手。请您吃颗维生素，理解一下我的处境：如果这个年轻人发表一个本子，再以别出心裁的电影剧本污染我们的耳朵，我会气疯的。我把这事看成不祥的黑色，乌斯塔里斯，但是命运之神最后还是没有要我吞下这颗苦果。卡德纳斯没有以作家的身份来到这里，而是一副爱好摄影的年轻学生的样子。还有，根据法尔法雷罗老想灌输给我们的传闻，卡德纳斯是出于对玛丽亚娜夫人的兴趣而来。我曾不厌其烦地向他表明（我真想去折叠床上痛痛快快地睡上一觉），他的观点明显缺乏依据，因为如果我说他关心的只是摄影机，那他怎么可能会关注玛丽亚娜夫人呢？法尔法雷罗碰了一鼻子灰！

　　您也许会认为，我撞了大运，会不知道该如何自处。请您靠边站吧。我给自己的聪明脑瓜上了油，它工作起来不再只是一个普通的人头，而像是戴着博尔萨利诺帽子的风扇。您应该看看我是怎样一蹴而就一部轰动的剧本，讲述了一位社交名媛的浪漫史。她在五月大街有自己的别墅，小庄园自不必提，在那里她让男主角高乔人相信她倾心于他，但实际上只不过是为了和闺蜜们寻开心，最后——不要被吓到！——她真的与他相爱了，一艘蒸汽船的船长主持了他们的婚礼，然后他们乘船去阿根廷南端小城乌斯怀亚旅行，因为出国之前必须先了解一下自己的国家。一部不乏教育意义的电影瑰宝：踏着民间舞蹈的火热节拍，观众来到潘帕斯大草原，护送这一对可爱的情侣，他们没有拒绝大地的召唤，给摄影机带来了拍摄很多地方美景的机会。几天以后，我已经写完了这部滑稽喜剧——尚未发表，这倒是真的，这让他们都很焦虑。他们本想以玩笑的方式打发过去，但我坚决不同意，没有办法，只好牺牲一天来审读这部作品。事实上，他们颁布了只有一项条款的章程，规定审读会只能闭门进行，以免我去添麻烦。

　　我又一次受到了打击，但是这有什么关系，我已经拥有比护膝更加结实的装甲保护。我的这部滑稽喜剧有个好名字叫《终成眷属！》，所以我一点都不担心，一点都不，因为我知道我的小喜剧好像是那种从来不会失手的小药片，一定会激起审读委员会的兴趣，让他们口干舌燥。您是了解我的，可不要傻乎乎地以为我会坐以待毙。好几天里，我密切关注着钟表，热切地希望听众队伍会壮大。我一定要在场，哪怕是藏在老虎皮里也在所不惜。我看到在大黑板上用粉笔写着"《终成眷属！》的审读与退稿"这一议题已经推迟到星期五晚上六点三十五分。

二

——有一次在我半梦半醒的时候，您给我讲到一次电影业的会议。我猜想他们让您卷铺盖走人了。

——别胡思乱想了，乌斯塔里斯，我来给您讲讲后来发生的事情吧，会尽量详尽。约好星期五审读的，结果拖拖拉拉硬是推迟了三个月，不过坚守了那条规矩：不让我参加。在关键的那一天，为了不引起丝毫疑心，我下午四点就赶去了，然后散布了一个谣言：六点三十五分市级假货展销会将在特意安排的小场地拉开帷幕，像您这样一脸穷酸相的人都知道，哪怕为了一块波罗伏洛奶酪，我都不会丢失这样的机会，因为我的血液中流淌着这种占便宜的天性。以跳楼价进货的执念，让我买下了一批批过期的马斯卡彭奶酪，以至于如果有人把我关入陷阱，方圆百里没有哪只老鼠会缺席。法尔法雷罗，他在购买食物的问题上总是非常留心，一再向我确认，弄得 S.O.P.A. 的主要成员们差一点一起前往我根据过时的谎言和纯正的胡扯创造出来的那个地方；很幸运，莱奥波尔多·卡茨把这种倾向连根切断了，扮演起看门狗的角色，他提醒我们，尤其是我，那天下午需要退稿《终成眷属！》，就像黑板上所写的那样。坡斯基，没有哪个强大的计算器能算出他有多少雀子斑，他给了我一段合理的时间，让我马上离开。我什么也不想要，我怀恨在心，只想报复。

我进错了很多个房间，其中包括放扫帚和长柄地板刷的储藏室，这也正好说明了 S.O.P.A. 的人事主管在浪费钱。我终于搞清楚了，审读会将在圆桌会议室进行，因为那里有一张圆形的桌子。很幸运的是那边还有一架屏风，是中国式的，上面画着凶兽，屏风背面有个空间，虽然很不舒服，但足够黑，连苍蝇都发现不了。在一阵最严格的社交礼仪要求的"再会，再会"之后，我装腔作势地离开了，不仅如此，我要向人们表明我到街上去了，但事实是在货梯兜了一圈之后，我又像泥鳅似的溜回了圆桌会议室，藏了起来——如果您能猜出来，我就把这张用过的门票送给你——我藏在了屏风的后边。

我拿着手表等了三刻钟，前面提到的各位才按照姓名字母顺序姗姗来迟。除了不靠谱的卡茨，因为要我说，他签了字也不会遵守信诺。他们每人占一把椅子，还有人占了一把转椅。开始时，大家的发言天马行空，但是坡斯基给他们泼了一盆"够了！快读"的冷水，让他们回到了现实。所有的人都不想读，但是那个毫不留情的大舌头选中了玛丽亚娜夫人。夫人磕磕碰碰地读了起来，声音纤细，还时不时地跳行。法尔法雷罗这个马屁精觉得自己有义务发表总结陈辞：

"以鲁伊斯·比利亚尔瓦夫人天鹅绒和水晶般的嗓音来演绎，哪怕是一团糟的东西，都变得可以接受了。优秀品质、天生高贵、社会地位、美貌，如果愿意的话，都可以给事物镀金，并让我们甘愿吞下残羹剩饭。我更主张让这位年轻小伙子卡德纳斯读一下，他缺乏感染力。这样我们就能取得更加接近事实的看法，而不是被芳香迷惑。"

"你才发现啊，"那位夫人说，"我正好想说，早就知道我会读得非常华丽的。"

坡斯基庄重地发表意见：

"就让卡德纳斯读一下吧。有糟糕的朗读者，就有更糟糕的剧本。什么样的秃鹫就有什么样的窝。"

挺好笑的，大家都笑了。法尔法雷罗只知道顺从大家的意见，他发表的看法完全是对我的为人和面子的一种侮辱。看一下他有多成功吧！幸亏我听到了他们所有的蠢话。那些可怜的家伙根本没有想到我当时就在屏风的后面听着。他们讲的话我都听到了，但我本人一声没吭。当旁边那位难以容忍的讨厌鬼，用坏掉的水龙头似的声音开始朗读的时候，我渐渐平静下来。让他们去嘲笑吧，我对自己说，我的作品由于它本身的分量是能够站住脚的。事情像我想的一样发展。开始时，他们像疯子似的大笑，后来他们累了。我从屏风后面，怀着强烈的好奇心继续听着他们朗读，赞赏自己每一笔的浓彩淡墨，最后，在比你想象中更短的时间之后，我也跟其他人一样，扛不住睡意的侵扰。

浑身上下的剧痛把我弄醒了，嘴巴里是饲料的味道。用手去摸索放灯的桌子时，我碰倒了屏风。一片漆黑。在起初被恐惧笼罩的那段时间之后，我发觉了事实真相：所有人都已经离开，我被锁在了里边，就像在动物园里过夜一样。我清楚地认识到现在是把一切都豁出去的时刻了，我匍匐着朝我认为是门的那个方向前进，结果却撞了头。茶几的棱角收取了血税，后来我又几乎撞到长沙发。没有意志力的人——您，比方说，乌斯塔里斯，或许会试着靠自己的后腿站起来去开灯。但我不会，我是特殊材料制成的，我不像普通的人：我继续像四脚动物般在黑暗中爬行，忍受着头上一个个疼痛难熬的包艰难地打开出路。我用鼻子转动门把手，就在这时，我的妈呀，在空无一人的大楼里我听到了电梯上行的声音。这是加强版奥的斯电梯！一个巨大的疑问升起：是不是小偷，他会夺走我的一切，连头皮屑都不剩；或者，会不会是守夜人，好好的一双眼睛又怎么会看不到我。这两个假设让我不再幻想一顿完整的有羊角面包的早餐。我勉强来得及爬着后退，电梯出现了，像一个发光的笼子，里面走出来两个人。他们进了屋，没有看到我，咔嗒一声关上了门，又把我一个人锁在了走廊里，但是我已经把这两个人看清了。他们可不是什么小偷、保安！更像是年轻的卡德纳斯和玛丽亚娜夫人，但我是君子，我不爱嚼舌根。我把眼睛凑近锁眼往里看：是黑的、黑漆漆的、黑咕隆咚的。乌斯塔里斯，既然什么都看不见，我杵在那里还有什么意义。我轻手轻脚地自己爬去楼梯间，这样他们就听不到电梯声了。面对大街的门可以从内部打开，而这时已经过了午夜。我终于飞快地逃走了。

我不想骗您说那天晚上我睡着了。我在床上翻来覆去，比得了荨麻疹还要躁动。我大概是老了，直到在披萨店里吃了早饭，我才将事情的各种可能性完全地想清楚。整个上午我都在反复琢磨那个执念。在戈多伊克鲁兹的波波乐大饭店吃干净几盘菜后，我已经酝酿好了行动计划。

我借到了一套全新的波波乐大饭店洗碗工的工作服，很快我就给这套服装配上了厨师的黑色平顶帽，毕竟这种职业是需要以某种形象出现的。到附近的理发店走一趟，使我体面地登上了三十八路电车。我在罗德里格斯佩尼亚十字路口下了车，非常自然地从阿奇内利药房门前经过，最后来到金塔纳大街。粗略地看了一眼，我就瞥到了门牌号码。凭着衣服上的铜纽扣给予他的权威，门卫最初不愿意平等地与我交谈；但是我的服装也开始发挥效果，凯尔特人同意我乘坐货梯，也许是因为他把我当作卫生部的收款人了。我毫不费力地到达了目的地。一个厨师打开右手边的三号门。他可能以为我是来还帽子的，但是仔细核查以后，发现是另外一码事：我是安格拉达夫人的大厨。我冒用胡里奥·卡德纳斯的名片，在上面画了个神秘的图案，让夫人以为我就是卡德纳斯。一会儿工夫，我就把厨房的水池和冷冻库抛在了身后，来到一个小房间，这里你可以享受到最新的发明，比方说电灯、女主人可以躺下的卧榻；一个日本人正在给她做按摩，还有一个好像是外国人，正在给她梳理头发，就像人们常说的麦穗一般的金发，第三个人，看她认真的样子和近视眼，像位老师，正在帮夫人把脚指甲涂成银色。夫人身穿贴身长袍，脸上的笑容就像是颁给她牙医技师的荣誉证书。明亮的眼睛看着我，戴着假睫毛。发现有不止一位按摩师时，我愣了一下。我勉强寒暄了几句，说原来面对那张无耻的名片最最不知所措的人是我本人，我到底是怎么想到在上面画图的。

"它很可爱，不要妄自菲薄。"夫人回答说，她的声音就像是一颗冰块掉进了我的胃里。

幸亏我是一个见过世面的人。我没有丧失理智，开始大讲特讲巴勒莫足球俱乐部的历史赛绩，我运气不错，还有日本人帮我修正严重的错误。

好长一段时间之后，夫人打断了我们，我觉得她看样子并不常运动：

"您不是来像电台里那样解说球赛的吧，"她对我说，"要是那样，您就不会穿着带有烤肉味的衣服过来了。"

我利用她给我铺就的桥，重新精神振奋地说：

"河床竞技队的好球！夫人！我的初衷是谈电影，也就是你们昨晚审读的那个剧本。一部伟大的作品，是巨人脑袋瓜的产物。您不觉得吗？"

"对这无聊的东西我能有什么想法呢。反正'望远镜'卡德纳斯不喜欢，一点儿也不喜欢。"

我像魔鬼般龇牙咧嘴。

"这个意见，"我回答说，"不会改变我的新陈代谢。我要强调的是我们需要达成一个共同的承诺，就是您要尽一切可能使 S.O.P.A. 能够拍我的电影。如果您发誓，那么我会像坟墓里的人一样永远保持沉默。"

我立即就得到了回答：

"永远保持沉默，这可太难了，"夫人说，"因为最能够激怒一个女人的是，大家不承认我比小贝尔纳斯科尼更有价值。"

"我认识一位贝尔纳斯科尼先生，他要穿四十八号鞋，"我回敬她说，"但是鞋子的事先放一边。您最重要的事情，夫人，那就是把我的电影瑰宝推销给 S.O.P.A.，不然就有小恶魔会向您丈夫告密。"

"那我就搞不懂了，"夫人说，"为什么要告诉他我都不明白的事情呢？"

从这种困境中脱身着实不易，但我还是做到了。

"您会理解我的。我指的是一对罪犯，也就是您跟刚才提到的卡德纳斯。这件琐事您丈夫会感兴趣的。"

我期望的戏剧场面落空了。日本人笑了，当作一个笑话，而夫人嘲讽地对我说：

"你就是为了这个花钱买了件不合身的大衣服，对吧。如果你对可怜的卡洛斯讲这件事，他只会当作陈芝麻烂谷子。"

我像罗马人一样受到了打击。我好不容易才抓住那把转椅，以免昏倒在地毯上。我如此精心策划的圈套就这么毁了，而且毁得很惨，毁在永恒的女性手中！就像另一个街区的鲍牙兄所说的那样：跟女人在一起就等于是自杀。

"夫人，"我声音剧烈颤抖地说，"我大概是一个不可救药的人，一个不切实际的人；而您则是一个不道德的人，一个有愧于我呕心沥血的观察的人。坦率地讲，我很失望。我不能向您保证，一段时间以后我能从这次打击中重新振作起来。"

讲着这些激动的话，我已经走到了门口。于是，我扶了一下厨师的黑色平顶帽，慢慢地转过身，痛苦而有尊严地给她撂下几句话：

"您要知道，我并不满足于让您支持我的电影，我还想从您那里赚到钱。我曾经梦想过，在一些领域里，有些价值是可以得到尊重的。但是我错了。我如何进来的，我现在就如何离开，两袖清风。到时候不要说我收了一分钱。"

在告诉她这些事实之后，我用双手压紧黑色平顶帽，帽檐几乎碰到了肩膀。

"您凭什么要钱，您这个天生的蠢材？"那寡头从沙发那边大声对我说着，但我已经走到了餐具间，没有理她。

我向您保证，我离开的时候心里很激动，脑袋瓜像打转的电扇似的晕晕乎乎，汗水湿透了波波乐大饭店夜班小伙子借给我的围裙。

为了避免弄脏赞助人的服装，我像流星似的穿过下午四点多不繁忙的街道，直到内心平静下来。不管实证主义怎么说，奇迹突然降临：平静、安稳、发自内心的善良、最广义的人道，彻底原谅一切。我冲进动物园的披萨店，像普通人一样大口地吃着螺纹面包——说真心话——感觉比可怜的玛丽亚娜吃的所有法餐都要美味。我像一名哲学家，坐在楼梯最高的台阶上，看着下面的人像蚂蚁一样密密麻麻，哈哈笑了起来。我按照字母顺序查阅阿根廷电话号码簿，证实了我本来就非常清楚地知道的年轻人卡德纳斯的地址。我搞清楚了一个事实，它让我深感不快：这个可怜虫住在一个糟糕得不能再糟糕的居民区。野鸭、病鸭、笨鸭，我苦涩地说。这令人痛苦的确认只揭示了一条有利的消息：卡德纳斯就住在街角。

我相信波波乐大饭店的那些放债人不太容易认出我来，因为我穿着与平时不一样的衣服。我像条虫一样地从饭店门前爬过。

在 Q. 佩戈拉罗车库与苏打水厂之间，我看到一座平房，一点也不大，有两个模拟的小阳台，门上有个对讲口。就在我打量这座房子，准备要好好地骂上一通的时候，一个令人尊敬的人打开了门，是个女的，穿着拖鞋，虽然已经过了很多年，但我还是认出她就是我救命恩人的遗孀，也是我朋友的妈妈。我随即问她胡里奥是不是在家。她说在家，我就进去了。夫人让我看了家里那堆破烂儿，给我唠叨了些无聊的事，她说自己真的是老了——真是新闻！——已经不中用了，只能照顾儿子和茉莉花了。就这样，我们索然无味地聊着，来到了面朝另一个院子的饭厅。在这里，我很快就看到了年轻小伙子卡德纳斯，这个崇洋媚外的家伙正在潜心研读坎图的《世界通史》第三卷。

老夫人一走，我就在胡里奥背上拍了一下，吓得他像犬吠似的拼命咳嗽，我直截了当地对他说：

"砰！啪嗒！您的秘密被发现了，孩子，您的好日子到头了。我是来向您表达哀悼的。"

"但是您在说什么呀，乌尔比斯东多？"他一边叫

着我的姓一边说，好像还没有熟到可以称我为搅屎棍的
程度。

　　为了让他放松，我取出了波波乐大饭店的厨房伙计借给
我的一副假牙，把它放在桌子上，为了缓和气氛，我还随着
放下的动作，喜庆地发出令人不安的"汪——汪"叫声。卡
德纳斯走过来，脸色苍白，而我在一旁一言不发地看着，猜
想他一定吓得要死。他邀请我抽烟，为了进一步渲染悬念和
不安的气氛，我直接拒绝了。可怜的家伙不知所措，塞给我
香烟。我可是经常混迹在布宜诺斯艾利斯高档住宅区，况且
远的不说，当天下午我还造访了安格拉达夫人的豪宅。

　　"那我就直奔主题了，"我一边收起他的烟，一边对他说，
"我要讲的是一对罪犯，就是你和我们上层社会的一位已婚夫
人。卡洛斯·安格拉达，那位夫人的小老公会对这些细节感兴
趣的。"

　　他哑口无言，好像喉咙里的肉被切成薄片了。

　　"您不会如此卑鄙吧，"他最后对我说。

　　我调侃地一笑：

　　"别耍花招，不然你会付出惨重的代价，"我暴躁起来，

"要么你给我一笔可观的现金，要么这位夫人的名声，我的自尊心拒绝讲出她的名字，如果你明白我意思的话，将会陷入泥潭。"

既想惩罚我，又十分厌恶我，两种想法好像正在争夺这个拿不定主意的可怜人。我忙着消化先前在动物园门口吃的螺纹面包，满身冷汗，更不要说午饭时又堆上去的细面条了。最终厌恶胜出了，我真要为自己欢呼万岁！我的对手紧咬着嘴唇，就好像在跟一个夜游病人交谈，他问我要多少钱。这个可怜虫！他不知道我最是欺软怕硬的。当然，由于紧张，我的第一反应是后退。我被自己的贪婪迷惑了，没有预先考虑价格的问题，当时又不能离开去问顾问，波波乐大饭店永远不缺这种人，他会告诉我一个恰当的价格。

"两千五百比索。"我一下子讲了个数字，声音洪亮。

投机者顿时变了脸色，他没有像我预计的那样还价，而是叫我等他一个星期。我最讨厌拖沓，于是就限定他在两天内解决：

"两天，再多一分钟、一天、一年都不行。后天晚上七点五十五分整，在宪法广场二号电话亭。你来的时候把钱放在信封里。我会穿一件橡胶防水服，衣服扣上会别一朵红色康乃馨。"

"但是，你这个搅屎棍，"卡德纳斯抗议说，"咱们干吗要多费周折，你就住在离我半条马路的地方。"

我理解他的想法，但是我坚持不松口。

"就在我说的宪法广场，后天在二号电话亭。过了时间，我一分钱也不会接受。"

撂下这些狠话以后，我用绿色的桌布擦了一下假牙，第二次发出"汪汪"两声重新装进口袋。我没有跟他握手，很快就离开了，好像担心灶上的饭要糊似的。

星期一，在事先约好的时间，当我看到年轻的卡德纳斯满脸严肃地出现在宪法广场的时候，我有多么惊讶。他交给我一个信封，当我打开信封，您知道的，里边就是钱。

我不知道为什么在我离开的时候，脑子里尽想着香肠和巧克力。我急切地拦下一辆三十八路电车，以我现在的身份，三十六个座位任我挑，但我是站着的，没有座位，直到电车把我送到达拉格伊拉路口。看来一切都很顺利：我漫不经心地来到了新帕尔马大饭店。在上床睡觉之前，我想庆祝一下胜利。我不慌不忙地浏览着例汤菜单。在肉汤、农家汤、泡饭之后，伦巴第牛肚的余味在洋葱之间另辟蹊径。当我正要喝最新款塞米利翁白葡萄酒的时候，看到旋转门那边有几个按摩师正在笑。几番打量以后，他们认出我来了：我就是那位穿不合身的大衣服的先生，身上还带有厨房的味道，那次是去勒索玛丽亚娜夫人的，而他们这些日本人刚好在场。因为不想无聊地一个人吃饭，同时又可以向他们表明我是有钱人，我格外热情，他们也没有给我时间拒绝，很快我已经跟四个人一起在桌子上品尝大盘的糕点了。复活节饼让他们都很开心，而我则吃着玉米粥。他们一个劲儿地喝柠檬汽水，直到那股执着劲儿让我有点气恼。为了让他们知道什么是好酒，我从托罗葡萄酒喝到泰坦葡萄酒，还把法鲁卡苹果酒跟意大利蔬菜通心粉浓汤一同灌下。黄种人渐渐支持不住了，而我则是铁打的。我以冠军般一往无前的气概一脚把汽水瓶踢出一个弧旋球，要不是鞋底是双层的，脚肯定会受伤。情绪快要失控的时候，随你去想象这是为什么，我叫出了当晚第一阵谩骂，让那个跑堂的用最好的气泡酒换下打碎的瓶子。"我教你们用羊角面包区分莫斯卡托和牛奶咖啡！"我冲着我的朋友们喊叫。我承认自己提高了嗓门。那些可怜的日本人不知所措，他们不得不强忍着恶心对瓶吹。"干杯！干杯！"我一边狂饮一边大声地对他们喊着，命令着。比夏加利纳尔聚餐上的开瓶老手、狂欢纵乐者、滑稽大师的形象又在我的内心深处重生了，真了不得！可怜鬼们窘迫地看着我。第一个晚上，我不想过多地要求他们，因为我这个日本学家也撑不住了，头昏脑涨，好像醉了似的。

星期二一早，跑堂的对我说，当我在地上打滚的时候，日本人抓起我摔到了床上。在那个悲惨的晚上，不知道谁从我身上偷走了两千五百比索。法律将会保护我，我喉咙嘶哑地对自己说。比漱口还要短的工夫，我就去了那个对治安毫无兴趣的部门。"助理警察先生，"我重复着，"我只是要求你们找到那个偷了我两千五百比索的人，我请求归还我被抢走的钱，并对丑恶的罪犯绳之以法。"我的要求很简单，就像所有那些出自伟大心灵的旋律一样。但是这个助理警察却是个关注细节而且喜欢吹毛求疵的人，他向我提出了许多毫不相干的问题，对这些问题，坦率地说，我都不知道怎么回答。别的不说，他居然要我向他说明钱是从哪儿来的！我明白这样一种不健康的好奇心，绝对没有什么好下场，我很快就气愤地离开了警察局。离这里两条马路的地方，在波波乐大饭店幕后老板 N.托马塞维奇开的商店里，您知道我跟谁相遇了吗？当心脑溢血！对，正是那些日本人，他们开心得要死，穿着新衣服，正在买自行车。日本人骑自行车！您能想象吗！真是无可救药的幼稚，他们居然没有怀疑悲剧正吞噬着我男子汉的胸膛。对我从马路对面的人行道发出的汪汪声，他们几乎没有回应，很快就骑着车子溜走了；冷漠的城市将他们吞没，连个鬼影也没有。

我像一个皮球，被人踢了就要反击。在路上稍许停顿（我在波波乐大饭店坐了下来，要了一升汤）之后，在一个合适的时间，我来到胡里奥·卡德纳斯家里，他的房子已经被抵押了。是胡里奥本人给我开的门。

"你知道吗，好朋友，"我说，用食指戳着他的肚脐，"昨天咱们俩白花钱了？已经这样了，胡里奥，别哭。你应该顺势而为，还是把该做的事搞定。要让事情有转机，你必须支付第二笔钱。把数字记住：两千五百比索。"

那家伙顿时变成一坨烂泥，好似一座化成面包屑的雕像，结结巴巴地说了一大堆我不想听的蠢话。

"唯一的规则是不要引起怀疑,"我给他强调说,"明天,星期三晚上七点五十五分,我会在埃斯特万·阿德罗格小区的 D. 埃斯特万·阿德罗格雕像下等你。我会戴着借来的黑色平顶帽去;你可以挥动一下手中的报纸。"

我匆匆离开,不给他跟我握手的时间。"如果明天我收到钱,"我对自己说,"我一定要再次邀请那些日本人。"那天晚上我几乎没有睡觉,满心想着要抚摸那些钞票。漫长的一天终于结束了。七点五十五分,我已经在雕像四周转悠了好长一段时间,头上戴着前面提到的黑色平顶帽。五点四十分的时候,还刚刚有点毛毛雨,从五点四十九分起周围的雨就下得很大了。我担心那些路灯,还有阿德罗格先生的雕像,它们宛如潘帕斯飓风中的玩具,会砸中我的脑袋。广场的另一侧,在那棵一刻不得安静的桉树附近,有一个亭子能让我短暂躲雨,如果卖报纸的先生同意的话。没有谁比我更加信守承诺,不顾一切地站在雨中。黑色平顶帽快稀烂了,褪掉的颜色把我的脸染黑了;年轻的卡德纳斯,我们会说,他的缺席倒使他更放光彩。我淋在雨中等他,一直等到深夜十点,但是什么事情都有个头儿，就连圣徒的耐心也一样。我怀疑卡德纳斯不会来了。在我自己良心的掌声中，我终于挤上了电车。开始时，乘客看到我落汤鸡的样子都在指指点点，让我有些分心了。但是，当我们刚到蒙特斯德奥卡大街时，我凭直觉看清了整个事件：卡德纳斯，我毫不犹豫地称为朋友的人，他没有赴约！泥足巨人[1]的故事再次上演！我下了电车又转地铁，出了地铁，又到了卡德纳斯家，没有冒着风险去波波乐大饭店喝一碗玉米粥填饱肚皮，因为我搞砸了那顶黑色平顶帽，还把脸和衣服都染黑了。我手脚并用，敲打沿街的大门，并发出我典型的、猛烈的汪汪声。卡德纳斯本人开了门。

"真是好心没好报，"我狠骂他，一巴掌打得他疼到骨头架，"你的理财导师、你的第二父亲在雨下干等，而你却在屋里无动于衷。你应该知道我是多么生气！我还以为你快要死了，不能动了——因为只有尸体可以缺席你的荣誉之约——

1　出自《圣经·旧约全书·但以理书》，巴比伦国王布加尼撒梦见一个巨大雕像，头是金的，胸和肾是银的，腹和腰是铜的，腿是铁的，但脚是半铁半泥的。比喻外强中干的庞然大物。

而我在这里看到你无比健康。你的罪行真是罄竹难书。"

我不知道他给我说了什么乌七八糟的事情，但是对我来讲全然不通。

"如果可以的话，请你讲点道理。"我把脸凑近对他说，"如果你一开始就爽约，那我还怎么能够相信你呢？如果我们一起干，我们可以走很远的路；如果不这样，恐怕一次最糟糕的失败将会断送我们的梦想。你应该明白这不是你，也不是我个人的事情，不是两三个人合作的事情；是有关两千五百比索的事情。想办法，想办法解决，行动起来。"

"我不行，乌尔比斯东多先生，"他这样回答，"我没有钱。"

"你上次有钱，这次怎么会没有呢？"我反驳道，"快从褥子里把钱拿出来吧，这可是你的丰饶之角、财富之源啊。"

他讲话有点困难，最后他回答说：

"上次那钱不是我的，是我从公司保险箱取的。"

我非常惊讶和厌恶地看着他。

"这么说来，我是在跟一个小偷交谈咯？"我问他。

"是的，是跟小偷。"可怜的家伙回答我。

我定睛看着他，对他说：

"你真是太不小心了，你不知道这样会使我有更多筹码吗？我现在的权威更是毋庸置疑了。一方面，我可以利用你盗用公司款项这件事控制你；另一方面，我还可以利用同那位夫人的风流韵事。"

最后这句话是我被打翻在地后说给他听的，因为这个懦弱的家伙，正在给我一顿胖揍，真好，真好。当然，在被他暴打以后，我头晕目眩，句子结构也有点颠三倒四，可怜的拳手好不容易才听懂：

"后天……晚上七点五十五分……卡尼欧拉斯广场最高处……最后一次宽容……两千五百比索放在一个信封里……不要这么用力……我会穿一套橡胶防水服，衣服扣上会别一朵康乃馨……对你老爸的朋友，不要打得太狠……你已经让我流血了，你可以喘口气……你要知道我是不会改变的 ……不会因为天气不好就不现身……你戴上偏绿色的博尔萨利诺帽……"

最后一句话是我在人行道上说给他听的，因为他拳打脚踢，把我拖到了那里。

我尽可能地站了起来。我跌跌撞撞，终于躺在床上做了一个应得的美梦。心里念着那些陈词滥调，我睡着了：两个晚上再加两个白天，我将拥有合法的两千五百比索。

约定的那天下午终于来了。这个倒霉鬼需要跟我坐同一列火车过去，这让我不安起来。如果发生什么事故那怎么办？是当场交易还是赶到卡尼欧拉斯广场再打招呼？回程时是到不同的车厢去还是干脆坐不同的车？这么多有趣的未知数简直要让我发烧了。

当我在站台上没有看到头戴博尔萨利诺帽、手中拿着信封的卡德纳斯的时候，我松了一口气。这个不守规矩的人没有来，那还看什么看。就像阿德罗格那次一样，我在卡尼欧拉斯广场也被放了鸽子；所有这些南方的地区，雨总是下个不停。我发誓要按照我良心的准则办事。

第二天，法尔法雷罗以冰冷的微笑接待我。我猜想他肯定害怕我会用我的电影瑰宝来找他麻烦，所以开头就把这根刺给挑掉了。

"先生，"我对他说，"我是以绅士的身份到这儿来的，想告诉您一个情况，您可以考虑一下它的价值；即使在最糟糕的情况下，我也会感到十分宽慰，因为我尽了我的责任。跟您说句实话，我一直渴望能够赢得 S.O.P.A. 的友谊。"

法尔法雷罗先生回答我说：

"简要一点，这是赢得友谊的唯一方式。在我看来，有人已经惩罚过您了，就是想叫您闭嘴，这张嘴早晚会让您陷入麻烦。"

熟悉的口气让我平静下来。

"先生，你们内部有一条毒蛇。这条毒蛇就是您的员工胡里奥·卡德纳斯，在下流社会被称作'望远镜'。在你们这样严肃的地方，他不仅道德缺失，而且为了不可告人的目的，他偷了你们两千五百比索。"

"您这个控告很严重，"他竖起耳朵对我说，"卡德纳斯到目前为止，还是一个没有问题的员工。我会去找他对质的。"临到大门口时，他又补充说，"您挨了打，小心翼翼地来报告了，但是人家还有可能再修理您的。"

我担心卡德纳斯再次发飙，立刻就悄然离开了。我一口气从四楼奔了下来，又以同样的冲劲登上了一辆宽敞的小巴车。真是令人愤怒得要死：要不是我乘的小巴车走得太快，我就会看到那一等壮观的场面了，先生：卡德纳斯被发现侵吞公款后，从 S.O.P.A. 大楼的四层跳下，像蛋饼一样摊在地上。是的，先生，这个有瑕疵的人自杀了，根据您刚才说的，您也是通过晚报上的照片才得知的。我恰好不在场，但是我们阿根廷的伟大灵魂之一——我的同胞兄弟，卡尔波内博士——想安慰我，他非常细致入微地分析，认为如果我只要稍稍耽搁一下，卡德纳斯六十公斤的体重就会砸在我的头上，那么死的就是我。鬼脸卡尔波内讲的是有道理，上帝在我这一边。

当天晚上，我没有因合伙人的离去而受到影响，而是穿上比尔洛可跑鞋，去发了一封信，我留了这封信的复件，您务必听一下。

法尔法雷罗先生：

尊敬的先生，我知道您格言式的高贵会让您向我坦言：在我向您粗略描述卡德纳斯的黑色犯罪记录时，您认为我对于 S.O.P.A. 的热情也许会促使我夸大其辞地提出一个完全不符合我性格的"严重控告"。**事实已经证明我是对的。**卡德纳斯的自杀证明了我的控告是准确的，而不是一种想象和胡言乱语。这是一场顽强而无私的斗争，经过许多的不眠之夜和牺牲，我终于揭发了这个朋友的真面目。这个胆小鬼用他自己的双手执行了正义，却逃避了法律的惩罚，这是我要第一个站出来唾弃的行为。

如果以您为尊贵总经理的电影公司，不能承认我为其所付出的劳动，那将是非常遗憾的。为此，我很乐意地牺牲了我最好的年华。

致以亲切的问候，

（签名）

我把信投入了我最信任的邮筒，也就是波波乐大饭店门口的那个邮筒，我在高压下苦等了四十八小时，这对于现代人或多或少所追求的安宁来说，一定是超负荷了。那些邮递员一定会恨我！我一点都不夸张，我变得令人难以忍受，我一直追问邮递员有没有 S.O.P.A 的经典信封，有没有上面写着我名字的信件。每当看到我站在门口等信的时候，邮递员的脸上总是现出很难过的样子，我于是猜到回信还没有到；但是我并不因此而放弃询问，放弃毫无用处地请他们把邮袋里的信倒在门前院子，甚至门厅，从中翻找，总希望能享受到自己发现期待已久的信件的惊喜。唉，还是没有到。

然而有电话打来了。法尔法雷罗约我当天下午到蒙罗去一下。我对自己说：我的爆炸性邮件充满着人情味儿，现在抵达了他们的中枢。我像准备新婚之夜一样准备了起来；漱口，认真修剪头发，用黄色的香皂洗脸，穿上波波乐大饭店工作人员直接发给我的内衣和量身定做的厨师服，口袋里还有一副洗碗用的橡胶手套和一些零钱，以备不时之需。然后，乘上电车！已经在 S.O.P.A. 本部的有坡斯基、法尔法雷罗、城中心的小鬼、魔鬼路比冈德本人。努克斯也在那里，我以为她是女主角。

我搞错了，努克斯演的是女佣，社交名媛的角色是由伊利斯·英瑞扮演的，她足够引人注目。他们一起庆贺我写的信，坡斯基博士作了有分量而略微冗长的讲话，强调了对我忠诚的考验。我们签了合同并且开了香槟酒。我们为制片的成功干杯祝酒，喝得半醉。

闪电般的电影拍摄在自然美景和索罗拉的布景中进行，正如蒙特内格罗博士所说，"这位画家虽然还称不上是一支笔，但已经算是一块调色板"。在城市和郊区取得的成功，使最悲观的人也相信阿根廷第七艺术的美梦在现在这个时刻已经不是完全不可能的事情。后来我创作了《为了不坐牢而自杀！》，再后来是《北区的爱情课堂》。别笑成这样，您的蛀牙都要露出来了：这后一部片子，可不是为了宣扬玛丽亚娜夫人与那些经典人物的风流韵事，毕竟他付了钱给我，现在还在付。请收下，乌斯塔里斯，这里有《成功人士》首映的票子。我要赶快走了，像炉子上烧着玉米粥一样；我不应该让夫人们久等。

普哈托

一九五〇年十二月二十一日

昏暗与华丽

    生活就是这么奇怪，对于慈善机构和其他社区组织，我历来都相当冷淡。但是，当我在坐上了公益组织出纳的位置以后，我的看法改变了。慷慨的捐献通过信件像雨水一样落到我的头上。一切都很顺利，直到那一天有个闲人，这样的人永远不会缺少，他开始怀疑了。于是，我的律师冈萨雷斯·贝拉尔特博士，为了掩人耳目，把我送上了第一列火车，让我住到郊区去。连续四天四夜，我躲在邮政车厢里，跟那些无法投递的信件一起被丢在塔勒雷斯。最后，冈萨雷斯·贝拉尔特博士亲自前来帮我想出了令人满意的解决办法：给一个假想的人在埃斯佩莱塔安排一份付薪工作。地点就是拉蒙·博纳维纳的住处，当年我在《最新时刻》杂志工作的时候，去拜访过他。这个地方已经成为以他的名字命名的博物馆，以纪念这位英年早逝的小说家。作为一种命运的讽刺，我将是这座博物馆的馆长。

冈萨雷斯·贝拉尔特博士按照我身份的需要，把他的假胡子借给了我，我自己又配上了墨镜和一套和新职位相配的制服，准备好——也不是没有过抵触——接待那些乘敞篷公共汽车前来的学者和游客。连个人影也没有见到，作为博物馆的工作人员，我感到非常失望；但是作为逃犯，这却是一种解脱。你们可能不会相信，身陷此地的我百无聊赖，于是开始阅读博纳维纳的著作。很显然，邮递员抛弃了我；这么长时间以来我没有收到过一封信，也没有收到一份广告册。不过，博士每个月底都会派代理人给我把工资带过来。除了节日赏钱，每次还要先扣除差旅费和代理费。我根本就不上街。

刚得知时效期的消息，我就写下一些真挚的语句，贴在房间的墙上，跟所有要永别的人一样。我把匆忙间来得及偷走的东西都整理在一个包里，背起背包，站在路口，招手拦车，我又回到了布宜诺斯艾利斯。

有些我搞不懂的怪事发生了，什么东西飘浮在首都的空气中，一种模模糊糊、我也讲不清楚的东西，一种引诱我又拒绝我的味道：我感觉建筑物变小了，邮筒却长大了。

科连特斯大街的诱惑——披萨店和女人——迎面而来：因为我不是那种会逃避的人，所以就照单全收了。结果是这样的：一个星期之后，我发现自己，就像俗话说的那样，一个子儿都没了。不管显得多么的不可思议，我开始找工作，为此我必须依靠家人和朋友的关系，但是毫无成果。蒙特内格罗博士仅仅提供了精神支持，法因伯格教授，就像可以预见的那样，他并不想离开他关于支持教士一夫多妻制的圆桌会议。一直以来的好朋友卢西奥·斯凯沃拉甚至连时间也没有给过我。波波乐大饭店的黑人厨师则直接拒绝了我想在饭店帮厨的想法，还刻薄地嘲笑我，问我为什么不去函授烹调课。他这句无意间冒出来的话却成了我可悲命运的中心和支柱。除了坑蒙拐骗的老路，我还有什么别的办法？说实话，作出决定比付诸实施要容易得多。首先，我需要找一个名目。不管我怎么绞尽脑汁，还是没有能够找到比那个早已臭名昭著的公益组织更好的名头。它的声音还在回响！为了给自己打气，我想起了那条商业定理，即不要修改品牌。在卖给国家图书馆和国会图书馆七套《博纳维纳全集》和他的两座石膏胸像之后，我必须卖掉塔勒雷斯的巡道员给我的那件双排扣大衣，还有在衣帽间偷来的被遗忘的雨伞，以便高高兴兴地去支付有抬头的信封和信笺的费用。收信人的问题，我通过邻居送给我的电话号码簿，随便挑选一下就解决了。这本电话簿实在太破旧了，我一直没法在市场上卖掉。我把剩下的钱留下买邮票。

接下来我就去中央邮局。我像个有钱人一样进去了，捧着满满当当的邮件。不是我记错了，就是那个地方已经明显扩建了：入口处的台阶给我这个最不幸的人无比庄严的感觉，旋转门让我头晕目眩，为了捡一个包裹，我差一点被它打翻在地；错视天花板是胡里奥·勒·帕克的作品，让人头晕甚至害怕会跌到空中去；地面光亮得像一面白石镜子，把我丑陋的模样照得清清楚楚，甚至可以看到脸上的所有皱纹；墨丘利的雕像消失在穹顶的高处，更增添了这个政府部门的神秘感；那些服务窗口让人想起那一间间的忏悔室；柜台后面的员工正在交流丑姑娘和老处女的故事，或者玩着飞行棋。

楼里留给顾客的那个空间一个人也没有。数百双眼睛或眼镜都盯着我。我觉得自己成了怪物。在走近窗口时，我咽了一下口水，先来到离我最近的售邮票的窗口。我讲了我需要解决的问题，邮局的员工转过身去问他的同事。经过一番策划，两三个人一起抬起了地板上的一道暗门，给我解释说这门通往地下室，那里是仓库。过了一会儿，他们爬扶手梯回来了。他们不接受现金支付，给了我一大堆邮票，要是我集邮的话就有用了。您一定不会相信：他们甚至没有数一下。如果事先料到会这么便宜的话，我就不用卖掉石膏胸像和大衣了。我的眼睛到处寻找邮筒，但是没有找到；我担心邮局会反悔，所以选择了马上离开，到家里去贴邮票。

我非常耐心地在最里边的那个小房间，用唾液贴着邮票，因为根本就没有浆糊。在公鸡倒数第二次打鸣以后，我带着一部分准备寄出的信件，冒险走到里奥班巴街的路口。正如您所记得的，那边伫立着一个现在很时兴的十分笨重的邮筒，教区居民还用鲜花和供品把它装饰一新。我围着邮筒转了一圈，寻找投信口，但是不管我怎么转来转去，硬是找不到可以投信的缝隙。这么个巍然屹立的圆柱形物体居然没有任何的缝隙！毫无办法！我注意到有个警察正看着我，就回家去了。

当天下午我跑遍了整个街区，当然非常小心，出门的时候我故意没有带明显大包的东西，以免引起执法部门的注意。不管看上去多么难以置信，我感到惊讶的是检查过的邮筒居然没有一个有投信口。我询问穿制服的邮递员，他在阿亚库乔一带大摇大摆地走，却毫不关心邮筒，好像与他完全没关系似的。我邀请他喝咖啡，请他吃三明治，又用啤酒灌饱他。当我看到他已经没有任何防备的时候，便鼓足勇气问他为什么这些邮筒那么华丽醒目、夺人眼球，却没有投信口。他很严肃地，但是没有丝毫内疚地对我说：

"先生，您调查的内容已经超出了我的能力，这些邮筒没有投信口，因为人们已经不往邮筒里投信了。"

"那您做什么呢？"我问他。

他喝着另一升啤酒，回答我说：

"先生，您好像忘记了自己是在跟一个邮递员讲话，这些事情我怎么会知道呢？我只是做我自己该做的事情。"

我再也不能从他口中得到任何信息。另一些知道情况的人，他们来自各个不同的领域——一个在动物园照看水牛的先生，一个刚从雷梅迪奥斯来的游客，还有波波乐大饭店的黑人厨师等等——他们从各自不同的管道告诉我，他们这辈子从未见到过带投信口的邮筒，叫我不要再被类似的童话搞糊涂了。阿根廷的邮筒，他们重复着，是直挺挺的、实心的，里边没有空间。我不得不向事实屈服。我明白了，原来年轻的一代——照看水牛的先生和邮递员——已经把我看作一件古董，反复讲着属于一个失效时代的怪话，于是我决定闭嘴。当嘴巴沉默以后，我的脑子就开始沸腾了。我在想，如果邮政不运行了，那么灵活、不偏不倚、能够把邮件汇总的私人快递，必定会受到群众的欢迎，将会为我带来巨大的收入。还有一个积极因素，在我看来，一旦运行得当，快递行业将会帮助我那个起死回生的公益组织散布骗人的谎言。

在商标专利局，我敲锣打鼓地想注册我孕育呵护已久的杰作，但是这里洋溢着一种在好多方面都与邮政局相似的气氛：一样的教堂般的沉默，一样的没有顾客，一样的有无数工作人员，一样的拖拖拉拉、毫无生气。好长时间以后，他们递给我一张表格，我填写好了。可什么都还没有做呢，这只是我苦路的第一步。

我看到了所有人对我那张表格的厌恶。有一些人干脆就背对着我。而另一些人则当着我的面拉长了脸。还有两三个人干脆辱骂和嘲弄起来。最最宽厚的一位屈尊抬手给我指了指旋转门。没有任何人给我收据，我也明白最好不去投诉。

又一次回到相对安全的合法住所，我决定忍受到局势平静下来。几天之后，我向给我送足球彩票的先生借了个电话，于是我跟我的忏悔师贝拉尔特律师通了话。为了避免受牵连，电话中他稍微改变了声音对我说：

"您一定要清楚，一直以来我都是站在您这边的，但是这次您讲的事情我实在是无能为力，多梅克先生。我为我的主顾辩护，但是律师事务所的好名声总是要高于一切的。虽然难以置信，但这是真的：总有一些垃圾是我不能袒护的。警察正在找您，我的不幸的老朋友。请不要再坚持，不要再纠缠了。"

接下来他猛地挂断电话，把我的耳垢都震出来了。

出于小心谨慎的考虑，我把自己锁在房间里，但是几天之后，连最蠢的人也能知道，无所事事会让恐惧生根发芽。

后来我豁出去了，走上了大街。我漫无方向地在大街上晃悠。突然，我发现面前就是警察总局，我的心都跳到了嘴巴里，两条腿都要站不住了，马上躲进了最近的一家理发店。我甚至没意识到自己竟要求理发师给我刮胡子，而我的胡子是假的。结果理发师正好是伊西德罗·帕罗迪，他穿着白色防尘服，脸庞保养得不错，尽管有点显老。我没能掩饰住惊讶，对他说：

"伊西德罗先生！伊西德罗先生！像您这样的人待在监狱里或者远远躲起来都挺好的。您怎么会想到就在警察总局的对面安顿下来？一不小心，他们就会来找您的……"

帕罗迪轻描淡写地回答我：

"公益人先生，您是生活在什么世界啊？我曾经在国家监狱二百七十三号牢房，有那么一天我发现门半开着。院子里都是被释放的囚犯，手里拿着小小的行李。狱警没有点名。我回去取马黛茶和烧水壶，接着我小心谨慎地靠近了大门。就这样我走上拉斯埃拉斯大街，然后就到这儿来了。"

"要是他们来抓您呢？"我低声地说，因为我要考虑到自己的安全。

"谁来呢？大家都假装看不见，谁也不做任何事情，但是必须承认大家还会做做样子。您关注过电影院吗？人们还会继续聚集在那里，但是那里已经不放任何片子了。您注意到没有，随便哪一天都有政府的某个主管部门不工作？售票处里没有票，高高的邮筒没有口，圣母马利亚也没有奇迹。就今天而言，唯一还在运作的服务，就是在污秽的环境中，公共汽车还在跑。"

"您可不能沮丧，"我请求他，"日本公园的摩天轮还在转动。"

普哈托

一九六九年十一月十二日

荣耀的形式

一九七〇年五月二十九日，拉普拉塔

豪尔赫·利纳雷斯先生

纽约大学

纽约，N.Y.

美国

亲爱的利纳雷斯：

尽管我们流放在布朗克斯的克里奥尔人之间时拥有长久的友谊，而且这种友谊已经再三向我证明，你绝不是个爱散布流言蜚语的人，但是对于今天这封完全私密的信件中写到的事，我强烈要求你至死保持沉默。不要对潘托哈博士透露一个字！也不要对你我都知道的那个爱尔兰女人，对校园酒吧那群人，对施莱辛格，对威尔金森透露一个字！虽然我们在肯尼迪机场告别已经两个多星期了，但是我打赌你一定还粗略地记得那位潘托哈博士曾经给过我一些鼓励，让马肯森基金会安排我跟格罗多米罗·鲁伊斯见面。现在他已经搬到了拉普拉塔。潘托哈博士和我都希望我本人长途跋涉到策源地去跑一趟，这将会对我论文的完成产生不可估量的价值；但是我现在看到，这件事还是困难重重。再说一遍：请不要对哑巴苏卢埃塔透露一个字。

来这里一个星期之后，我就急不可耐地动身去了一趟瓜莱瓜伊丘，这是鲁伊斯的故乡，诗人在这里兢兢业业地完成了他所有的著作。我的调查就是从这里开始的，向这里绝佳的牛奶咖啡致敬，这是酒店老板手把手教我的，他是民主人士，非常谦和，愿意跟我这样的普通人交谈，丝毫没有显得降低了身份。冈巴特斯先生告诉我说，鲁伊斯家族是当地古老的家族，早在伊里戈延当政时期就在这里，还说家族中最出名的不是格罗多米罗，而是弗朗西斯科，外号叫"裁缝"，这是因为他奇装异服的缘故。后来，他屈尊陪我走了半条马路，一直走到鲁伊斯的宅院，这里其实只是一些断壁残垣，随时都会垮塌的旧房子——要是没有人照管的话。进出的大门，我们暂且这样称呼它吧，是紧闭着的，冈巴特斯先生向我解释说，这是因为很多年之前鲁伊斯家族就选择了"布宜诺斯艾利斯之路"，第一个走出去的就是格罗多米罗。我不失时机地请一个小伙子给我们拍了照，我把照相机给他，请他给酒店老板和我在旧房子前合影。我想，当大学把书稿出版的时候，这张真实的照片将是我作品的另一个闪光亮点。还会附上一张放大的海报，有我们两位模特的签名，我真想手里拿着马黛茶出现在照片上，但是这方面的投资并不在我的支出计划之中。

正如胡里奥·康巴在《青蛙旅行者》中所描述的，游客的生活就是接二连三地进出宾馆。我一回到布宜诺斯艾利斯，马上就在宪法广场的一家酒店安顿下来，准备即将去拉普拉塔的旅行，我是乘小巴去的。

小巴司机在路上差一点与迎面而来的车子相撞。是他给了我格罗多米罗·鲁伊斯的地址，因为他们正好是邻居，他坚持亲笔为我写下地址。一到达拉普拉塔大学生足球俱乐部所在的城市，我就开始奔走。我到达七十四斜街。我的手指是不会轻易泄气的，它按下了门铃。等了很久之后，一位厨娘给我开了门。格罗多米罗先生正好在家！我只需要穿过门厅和院子就能见到我敬仰的诗人。他的前额，他的眼镜，他的鼻子和他标志性的邮筒投信口似的嘴巴；身后是学者的图书馆，那里放着《园丁画报》，还有阿拉卢塞的文集。前景是一个穿丝光塔夫绸西装的身影。被采访者没从他松软的座位上欠起身子，他始终保持着牛粪般瘫软的姿势，给我指了一张松木方凳。我给他出示了基金会的介绍信、我的护照、潘托哈的指示和——还有——小巴司机潦草书写的那张纸片。他非常仔细地一一核对，然后对我说我可以留下来。

　　一段断断续续的暖场交谈之后，我给他讲了这次拜访的真正原因，他觉得没有什么不好。于是，我开门见山，尽可能直白地告诉他我的目的是写一篇关于他的专题论文，让整个北美洲都能够认识他，哪怕只是在大学范围内。我拿出圆珠笔和有塑料封面的小本子。我花了一分钟时间，找到我跟潘托哈在哈佛一起准备的话题，于是我就开始提问了：

"您的出生地和日期？"

"一九一九年二月八日在恩特雷里奥斯省的瓜莱瓜伊丘。"

"您的父母亲是干什么的？"

"父亲是第十七街警署的警察，后来他被提拔，去搞政治了；母亲是雷西斯腾西亚人，是从巴拉那过来的。"

"您的第一个记忆是什么？"

"一幅海景图，有天鹅绒画框，还镶嵌了珠母，用来描绘泡沫的样子。"

"您的第一位老师是谁？"

"是个偷鸡贼，他让我开始接触这项艺术的奥秘。"

"您的第一本书是什么？"

"《给马丁尼亚诺·莱吉萨蒙先生的口信》，在这里取得了令人瞩目的成功，它远远超出了帕斯将军大街的范围。除了可观的版税，我还非常高兴地与我的同行卡洛斯·J.罗巴托一起分享了十九班的处女作奖桂冠。罗巴托在发表《鸻蛋》五年后就早早故去了。"

"您对这些奖项怎么看，老师？"

"带着新手非常健康的激情，我冒险进行了第一次出击。

媒体表现出尊重，虽然并不能每次都区分清楚我写的是莱吉萨蒙式的散文、批评文章，还是已经消亡的民歌小调。"

"您的第一个成果还激起您什么想法吗？"

"现在听到您问我这个问题，我认为事情很曲折，一个不好就会晕头转向。流言蜚语正是由此而起的。我从来没有跟任何人讲过这件事，但是跟您就是另一码事了，因为您来自遥远的地方，对我来讲完全不了解的地方，就是这样。那我就完全敞开心扉，让您随意地翻找。"

"您准备给我这么好的机会？"我问他。

"您是第一位，也是最后一位能够听到我今天要讲的话的人。有时人们是想发泄一下的。那最好还是向一只途经这里的候鸟发泄，跟某个不认识的人发泄，因为这个人会像最后一口烟一样消失。说到底，一个本分的公民，即使他靠欺骗或盗用公款活命，也希望真理能够取得胜利。"

"您说得很对，不过我敢安慰您，我们那儿已经有很多人深入研究、探讨过您的作品，我们是以最认真的态度喜爱它们以及——如果您能够理解我——您这个由它们向我们揭示的人的。"

"说得好。但是我的职责是提醒您，您把手指伸进了电扇的扇叶间。不是吗？就拿那本书来说吧。由于我是跟另外一位分享奖项，所以我势必要跟那位去世的罗巴托及其十余首民间吟唱诗永远捆绑在一起。我用了'口信'这个词，意思是信息、信函，这在前些年曾经盛极一时，但是那些教授、批评家都无一例外地把它说成是我们高乔人独特的坐骑。我觉得正是因为跟罗巴托的本土吟唱诗混淆才使他们误入歧途的。为了一鼓作气，我开足马力，撰写了我的第二部作品：《语义的忧伤》。"

我非常自豪，大胆地打断了他。

"有的时候追随者对大师的作品比大师本人还要熟悉。您把书名搞混了。随着时间的推移，记忆会慢慢地淡去。闭上眼睛，回忆一下。您的书，您自己的书，应该叫《犹太人的忧伤》吧。"

"封面上是那样子写的。而实际情况，那实际情况直到现在我一直把它深埋在我的内心，那是印刷厂的工人把书名搞错了。《语义的忧伤》是我写在手稿上的书名，但是他们在封面和护封上写的是《犹太人的忧伤》，这个错误由于当时十分仓促而被我忽视了。结果是：批评界把我当作希尔施男爵的犹太垦殖协会的颂扬者。而我本人对犹太人毫不关心！"

我悲哀地问他：

"但这究竟是怎么回事？难道先生您不是犹太高乔人吗？"

"真是对牛弹琴。难道我没把事情讲清楚吗？那我再讲多些：我构想的这本书是对那些乡巴佬和投机者的抨击，他们毫不留情地侮辱真正的高乔人。但心有余而力不足；谁都不能逆潮流而上。我好脾气地接受了命运的判决，我不会否定它，毕竟它为我带来了许多正当的利益。我也毫不迟疑地很快偿清了债务。如果您用放大镜仔细地对比一下第一版和第二版，很快就会发现在第二版中，有一些诗句都在赞美那些为实现国家农业机械化作出过贡献的农民和商人。由于所有这一切我的名声在不断地提高，可是我也听到了大地尖锐的召唤，现在，我要回应。几个月以后，莫利·格鲁斯出版社出版了我和解的小册子《新约旦主义之要》，这是我潜心研究、认真修改的结果。丝毫不想贬低值得我们尊重的乌尔基萨的形象，我潜入约旦主义的水中，何塞·埃尔南德斯响应高乔人马丁·菲耶罗族人的号召，他正在那里奋力划水。"

"我清楚地记得潘托哈博士的文章，他恬不知耻地颂扬了您关于约旦河的论文，他毫不犹豫地把它与希伯来人埃米尔·路德维希所著的《尼罗河自传》相提并论。"

　　"又来了！看起来是这位潘托哈博士给您戴上了眼罩，而您怎么拽都无法拿掉。我的小册子讲的是圣约瑟宫的罪恶，而您给我讲的是外乡的河流。正如诗人所说：一旦命运降临，那真是无可奈何。有的时候我们晕头转向，扮演自己的灾星。无可奈何中我也在随波逐流。我渴望成为主流评论家，于是我对路易斯·玛丽亚·乔丹的《小女孩和骡子》发表了暧昧不清的个人见解。《小女孩和骡子》被认为是对前面那本关于约旦河的书的肯定。"

　　"我懂了，先生，"我拍着自己的胸脯叫了起来，"相信我，我会全身心地投入追求真理所要求的艰苦工作。我将还原您的初衷！"

　　我看到他确实是疲倦了。他接下来的话并不让我意外：

　　"慢点，慢点，不要越界。否则我就要对您超速罚款了。说归说，但没到能够把一切归位的时刻，一分钟也不得提前。提前跨了一步，宣布我不是人们想象中的那种人，结果就是把我吊在平流层。这是一件非常微妙的事情。谨言慎行那是我们唯一的原则！批评——打个比方，您的潘托哈博士——给予的形象总是要比仅仅是原动力的作者更易触知。如果打倒了这个形象，也就打倒了我。我是听凭命运摆布的人。人们已经把我看作移民社团的游吟诗人；要么继续把我看作这样的人，要么就看不见我。去掉现代人的神话，便拿走了他果腹的面包，切断了他呼吸的空气，并且剥夺了我强烈推荐的拿破仑草[1]！因此直到现在，我都是业界公认的亲犹旗手。我有了您的承诺，您可以走了。您走得越远，我过得越好。"

我好像被踢了似的走出大门，如同丧失了信念一般，于是我在科学中寻找庇护。我拿出学生证，钻进了博物馆。有些时刻很难分享。站在弗洛伦蒂诺·阿米诺的雕齿兽面前，我给自己的心灵做了一次测试，这不是毫无用处的。我明白了鲁伊斯和潘托哈，也许他们永远无法握手言和，他们是同一个真理的两张嘴。那著名的系列误解链，实际上是一种巨大的肯定。作家所展示的形象比他的作品更加重要。他的作

1　指马黛茶。

品可能是可悲的垃圾，就像人类所有的东西一样。将来谁会在意《口信》是一种批评的意见，而新约旦主义的根源就在路易斯·乔丹的《小女孩》？

热烈拥抱我的朋友们。至于您，我想再次提醒您，卡耶塔诺是很好的朋友。献上我对潘托哈的敬意，等我有足够的勇气，我会给他写一封长信。

在此向您告别，再见！

图利奥·萨维斯塔诺（h.）[1]

---

1 1971 年 4 月图利奥·萨维斯塔诺（h.）旁征博引的博士论文《鲁伊斯：移民社团的诗人》在哈佛大学《毫无异议》发表。——编者注

审查的头号敌人

（埃内斯托·戈门索罗小传，拟作其《文选》序言）

战胜了内心深处的情感，我用雷明顿打字机写下了这篇埃内斯托·戈门索罗小传，作为他《文选》的序言。一方面，我害怕无法彻底完成一位逝者交给我的任务；另一方面，我又感到一阵忧伤的喜悦，因为我能够重新描述这位伟人，马斯希维茨镇平和的乡邻们直到今天仍然怀念着这位名字叫埃内斯托·戈门索罗的先生。我不会轻易忘记那天下午他用马黛茶和小饼干接待了我，就在他庄园的风障下，离铁路不远的地方。我之所以要花钱赶到如此偏僻的地方，是因为他往我家里发了一份请帖，邀请我参加当时正在酝酿中的《文选》

组稿，我自然为此而激动。文学艺术资助人的灵敏嗅觉，唤起了我浓厚的兴趣。而且，为了抓住机会，免得他反悔，我决定亲自上门，以避免我们邮政部门经常发生的那种典型的延误。[1]

光秃秃的脑袋，凝望着乡村地平线的眼神，宽阔的灰青色脸颊，总是叼着吸管喝马黛茶的嘴巴，垫在下巴下面的干干净净的手绢，斗牛的胸脯，没有熨烫平整的轻便麻布服装，这就是我拍到的第一张快照。坐在藤制吊椅上，主人冷淡的声音打碎了迷人的画面，他给我指了一张厨房方凳，让我坐下。稳妥起见，我当着他的面得意地使劲儿挥动那张请柬。

"是的，"他漫不经心地说，"我给所有的人都发了通知。"

他的坦率令我高兴。

在这样的情况下，最好的策略就是博得他的好感，他的手中握着我的命运之神。我非常真诚地向他宣布我是《最新时刻》杂志的艺术与文学专栏记者。我真正的目的是为他写

---

1 我带去的文章就是《他朋友的儿子》，研究人员可以在那些比较好的书店销售的本卷文集中找到。

一篇报道。他没有摆架子，吐了口痰，清了清嗓子，然后以名人特有的那种谦和对我说：

"我真心地支持您的想法。但我提前告诉您，我不准备跟您谈审查的问题，因为已经不止一个人到处重复说我是空谈家，反对审查的斗争已经成为我唯一的执念。您可能会提出异议，说时至今日，已经很少有什么主题能够像它那样令人兴奋不已，您说得很对。"

"这我知道，"我叹一口气，"最没有成见的色情书画作者，在他们的活动范围里，每天都看到新的障碍在产生。"

他的回答使我目瞪口呆。

"我早就在猜想您会不会抓住这一点。我以最快的速度认可你的想法，给色情书画作者设置障碍，我们要说这是不讨好的事情。但是见鬼去吧，这些老生常谈不过是问题的一个侧面。对于道德审查、政治审查，我们已经浪费了如此多的口舌，却忽视了其他一些更加侵犯自由的东西。我这辈子，如果您允许我这样子讲的话，就是一个很有教益的案例。祖祖辈辈总是在考试桌上败下阵来，我从孩提时代开始就被迫面对各种各样的任务。就这样我被卷进了漩涡：小学、皮箱买卖，有的时候还被人从垛柴捆的活儿里拉走去写一两首诗。这最后一件事情本身并没有什么意思，但是它激发了马斯希维茨镇警惕的人们的好奇心，并很快就口口相传，越搞越大。我感觉，就像人们看着海潮上涌一样，镇上的男女老少都欣慰地看着我开始在报纸上发表作品。类似的支持驱使我把赞歌《在路上！》邮寄给专业性的杂志。结果是一片阴谋般的集体沉默，只有一家体面的副刊给我退回了稿子，没有一句评论。

"那里，在相框里，你可以看到那个信封。

"我并没有气馁，我的第二次出击便是大规模的了；我同时给至少四十家出版机构寄了十四行诗《在耶稣诞生地》。后来又继续用十行诗《我教训》进行狂轰滥炸。我还寄了自由体诗《翡翠地毯》和八音节三行诗《黑麦面包》。说起来你都不信，全部遭到同样的命运。如此奇怪的冒险行动让当局的领导和邮局的员工坐立不安，并被他们大肆渲染。结果是可以预见的；如果说有伯乐的话，帕劳博士任命我为《观点报》周四文学副刊的主编。

"我担任这个职务差不多一年，就被撵走了。我一向不偏不倚。没有任何东西，尊敬的布斯托斯，会让我在临终之时感到良心不安。只有那么一次，我在报纸上发表了自己的作品——八音节三行诗《黑麦面包》，结果招来了持续的论战，通过大量的实名和匿名信——是以假名尼摩船长[1]发表的，影射儒勒·凡尔纳，但并不是所有人都能领会到。他们打发我走不仅仅因为这个原因；没有哪个人不在责怪我，说星期四文学副刊的版面不过是个垃圾桶，或者你喜欢的话，还不如垃圾桶。也许他们指的是发表的内容质量极其低下。毫无疑问，他们的指控是正确的；但是他们并不理解我的指导原则。重新阅读那些杂乱无章的废纸仍然会让我恶心，比那些最尖酸刻薄的文艺评论家更甚。这些废纸我甚至根本没有翻阅就交给了印刷厂的负责人。就像您所看到的那样，我是敞开心扉跟您讲话：从来稿的信封到排版我都没看一眼，甚至不会费力去了解究竟是散文还是诗歌。我请您相信我：我的档案里保存着一个实例，两三个童话都抄自《伊利亚特》，而签名则完全不同。太阳牌茶叶和猫牌马黛茶的广告会跟其他同样烂的宣传稿夹杂在一起，还有那些无所事事的人写在厕所里

---

1 Capitaine Nemo，儒勒·凡尔纳小说《海底两万里》中的主要人物。

的诗句。甚至会出现许多女人的名字，让人遐想万千，还留有电话。

"就像我夫人早已预见到的一样，最后帕劳博士大发雷霆，负责地告诉我说文学副刊就到此为止了，他不能说他感谢我提供的服务，因为他没心情开玩笑，他叫我马上滚。

"我坦率地告诉您，我被开除是因为——不管多么不可思议——一首引人注目的自由体诗《突袭》的发表，它重新讲述了一个很受当地人喜欢的故事：潘帕斯草原的印第安人进行的一次毁灭性的入侵，他们没有留下任何活口。这场灾难的历史真实性，遭到萨拉特当地不止一位不尊重传统的人士的质疑；但毫无争议，它启发了估价拍卖师、我们主编的侄子卢卡斯·帕劳的那些写得不坏的诗句。年轻人，等您要坐火车离开的时候，就在不久之后，我会给您看那些自由体诗，现在我放在相框里。按照我的标准，发表时我根本没看它的签名和内容。有人告诉我说，抒情诗人于是又寄来许多等待发表的长诗，这毫无用处，因为凡事都有先来后到嘛，我当时正忙着发表另一些胡言乱语的东西，就把长诗推后了；裙带关系和不耐烦成了压死骆驼的最后一根稻草，于是我需要走到出口。我决定离开。"

在整个独白过程中，戈门索罗毫无苦涩，而且非常坦率。我的脸就好像看到飞猪一样目瞪口呆，等了好一会儿我才讲出一句话：

"我很愚钝，我还不能完全弄明白。我想弄明白，我想理解您。"

"您的钟声还没有敲响呢，"这就是他的回答，"据我所看到的，您不是我挚爱的本地人，但是从愚钝——只是重复一下您的说法，它既客观又严格——的角度来讲，您可能没错，因为您根本就没有能够理解我现在正在强调的事情。这种普遍的不理解的又一个证据，乃是几十年来给我们这个有活力的市镇带来辉煌的福罗拉丽亚节荣誉委员会，邀请我当评委。他们根本就没有理解！作为我的义务，我拒绝了。威胁和贿赂在我自由人的决定面前粉身碎骨了。"

讲到这时，就好像已经给出了谜题的答案，他又喝了一口马黛茶，退回到内心深处。

等他喝完了马黛茶，我终于敢细声细气地讲话了：

"大师，我还是没有弄明白。"

"好的，那我就用您那个水平的语言跟您讲吧。那些用笔杆子破坏公序良俗或者说破坏国家基础的人自然知道——我愿意相信——他们会遭到审查。这糟糕透顶，但总得有一些游戏规则，那些违反规则的人就要承担责任。相反，我们来看看，当您亲自去找编辑，给他们看您的原稿，总而言之，那是一堆地地道道的破烂货，会发生什么呢？他们读了，把稿子还给了您，并对您说可以随便丢在什么地方。我敢打赌您会站出来，自认为是最无情审查的受害者。现在，我们就来假设一下难以置信的事情。您提交的文字不是一堆废话，编辑很感兴趣，然后把它交给印刷厂。书报亭和书店把它提供给没有坏心眼的人们。对您来讲，这是圆满的成功，但不可忽略的事实是，我亲爱的年轻朋友，您的原稿，不管是不是值得尊重，它已经过了审查这道卡夫丁轭形门[1]。有人通读过，哪怕只是浏览；有人评判过，把它扔进了废纸篓或者送到了印刷厂。不管看上去是多么的耻辱，这个事实却在所有的报纸、杂志连续不断地重复着。我们总是会碰到一个审查

---

1 典出古罗马史，公元前 321 年，萨姆尼特人在卡夫丁峡谷击败罗马军队，迫使他们从长矛架起的类似"牛轭"下通过。比喻灾难性的羞辱。

者，由他挑选或者摒弃。这是我现在和将来都不能忍受的。您现在开始明白我领导星期四副刊时的想法了吗？我一点都不检查，也不评判；全部放进了副刊。在这些听之任之的日子里，偶然产生了一项意想不到的遗产，它使我最后编成了《全国文学开放文集》首卷。在电话号码簿的帮助下，我向所有活着的人，包括您，请求寄给我任何想寄的东西。我将最平等地按照字母顺序来处理。你可以放心：一切都会印刷出版，不管它有多么肮脏愚蠢。我不久留您了。我已经听到了火车的汽笛声，它将把我们带回日常生活。"

我沉思着离开，大概有谁跟我讲过，这对戈门索罗的第一次拜访也将是最后一次，真是无可奈何。跟朋友兼老师的亲切交谈不会再有第二次开启的机会，至少在冥河的这一边是如此。几个月以后在马斯希维茨庄园，死神夺去了他的生命。

戈门索罗厌恶一切带有一丁点儿选择性的事情，据说，他把合作者的名字放在一个木桶里，在这次摸彩中我是幸运者。我中了一大笔钱，其数字超出了我最最贪婪的发财梦，但是必须尽到唯一的义务，那就是在尽可能短的时间里出版一本完整的文选。我匆忙地接受了，匆忙的程度是可以想见的，我搬到了庄园居住，他曾经在这里接待过我。庄园里的库房我数也数不清，里面已经堆满了手稿，快到字母 C 了。

跟印刷厂的人谈过以后，我厥倒了，好像被雷击一样。那笔财富根本就不够出版到字母 Aňan，哪怕是用脆性薄纸、用需要放大镜的超小字体！

我出版了上述那么多卷的简装本。从字母 Aňan 往后的部分的撰稿人，用连续不断的诉讼和争吵，几乎把我逼疯了。我的律师，冈萨雷斯·贝拉尔特博士，为了证明我们的公正廉洁，毫无作用地援引我作为例子，说我是字母 B 打头的，也被撇在了外面，更不用说再没有钱收录的其他字母了。在此期间，他劝我用假名去新公正酒店避一避风头。

普哈托

一九七一年十一月一日

靠行为得救

我非常赞成我办公室的同事图利奥·萨维斯塔诺先生，他今天早上发疯似的吹嘘前几天晚上韦伯斯特·特赫多尔夫人邀请她的许多朋友在奥利沃斯的私宅举行的家庭派对。毫无疑问，参加派对的有何塞·卡洛斯·佩雷兹，这是个社交能力非常强的人物，外号叫"小酒肚"。他颈背短小，偏紧的服装裹着他结实的身躯，个子矮小，但是敏捷灵活，是个老近卫军风格的小混混，以脾气差、爱打架出名。总之，"小酒肚"是个人见人爱的家伙，特别是在有女孩或者马的地方。

图利奥先生因为经常给他带书，所以可以自由进出我们这个男主角的家，而且是各个房间，连接待室和仓库的地下室都不放过。目前，"小酒肚"完全信任他，并且悄悄把所有的幕后秘密都告诉他。我这样讲是有根据的；于是只要远远地看到图利奥先生，我就会抓住他，让他不得安宁，直到从他身上挤出一些前一天的八卦新闻。现在我就来谈谈最近一则新闻吧：今天上午，萨维斯塔诺为了把我甩开，详细地讲了：

"讲出来，你可要喝口冷水压惊：虽然看上去不可信，但是'小酒肚'对图比亚纳·帕斯曼已经厌倦了，现在他把目光投向了伊内斯·特赫里纳小姐，她是组织舞会的特赫多尔夫人的亲外甥女。特赫里纳是美丽动人的交际花，有钱又年轻。她竟会理睬'小酒肚'；有时我真想去巴斯德研究院要求给我打一针消除妒忌。但是'小酒肚'知道自己要什么；他希望女人能够成为他血液里自带的暴君性格的奴隶。为了吊着她，他在舞会上向玛丽亚·埃丝特·洛卡诺献殷勤，她是图比亚纳家的穷亲戚，年轻时从来都没过过好日子。传言普遍认为她还有其他一些更糟糕的缺点。这些事情都是'小酒肚'自己告诉我的，因为他给拳击俱乐部回信的时候，我在帮他舔邮票，他都告诉我了。

"这一切就像是象棋大师阿廖欣[1]的一局棋。特赫里纳一片茫然，而'小酒肚'则像是有人给他挠痒痒一样享受着。有一个细节让他觉得有趣，那就是玛丽亚·埃丝特对他没有很多回应。你想象一下那荒唐的场面：舞会上最没有风度的那个女人居然厌恶这个奢华的追求者'小酒肚'。特赫里纳尽力压抑着怒火，因为不管怎么说，她受到过很精致的教育；但是到凌晨三点一刻她实在忍不住了，有人看到她哭着跑出去了。有人说是因为她喝得太多了，但大家公认的看法是她因为恼怒而哭了，因为她爱着'小酒肚'。

"第二天，我去看他，'小酒肚'特别兴高采烈，他在自家游泳池的跳台上活蹦乱跳。这个你很喜欢的。"

二

星期三我们重新拾起了话头。萨维斯塔诺稍微来晚了一

1　Alexamdre Alekhine（1892—1946），国际象棋世界冠军。

点，但是我已经帮他打了卡。萨维斯塔诺笑容可掬，像是一则广告。他的大翻领上醒目地别着一支康乃馨，这可是萨莫拉先生都没有的。他东面说几句悄悄话，西面说几句悄悄话，对我说：

"'小酒肚'昨天晚上往我口袋里塞了一大笔钱，准备在阿尔维亚大街的花店买一捧康乃馨送给洛卡诺小姐，并且叫我亲手交给她。幸运的是我有个亲戚正巧是在查卡里塔卖花的，他给了我一个很好的价格，差价便成了我的差旅费。

"洛卡诺小姐住在曼西夏大街靠近厄瓜多尔街的一座房子的楼上，楼下是一个钟表匠。我疲惫地走上大理石台阶，气喘吁吁，舌头都伸了出来。小姐本人给我开了门。我马上就认出了她，因为她跟'小酒肚'的描述完全一致。她黑着一张脸。我把那些康乃馨和一张名片交给她，她问我'小酒肚'为什么要这样做。后来她又补充说，为了减轻我的负担，她会留下一半，并一分钱也没给就打发我把剩下的康乃馨和她的名片拿去交给伊内斯·特赫里纳小姐，她可是住在阿罗约街的。我只好照办，但预留了几支康乃馨给我的太太，她是那么可爱。至于要给特赫里纳的康乃馨，她家的看门人就负

128

责后续的部分了。

"当我把惊险旅程告诉'小酒肚'的时候，他非常简明扼要地做了指示，使我想起了萨尔伦加先生：'我喜欢一击不中的女人。'他认为那个洛卡诺一点儿都不傻，她把花转送就是为了让特赫里纳怒火中烧，大发雷霆。"

三

直到一周后萨维斯塔诺才再次出现，他一直保持沉默，预示着将有暴风雨到来。最后我用一根香烟作为交换，还是从他身上套出了发生的事，他解释道：

"每天我都带着康乃馨到那幢房子的顶楼去。就像卡波纳神父会重复同样的话一样，这个故事也不断地重复。半个多小时后小姐才开门，一认出我，就递上一张名片，叫我丢到那个特赫里纳脸上，然后她把门关上，甚至根本不想搞清楚为什么'小酒肚'先生会费心如此。

"还有呢，前天在阿罗约的豪宅，仆人把我带到一间小客厅，跟我一起的还有个理发师，他像跳桑巴舞似的扭来扭去，一会儿工夫，特赫里纳流着眼泪的大眼睛让我着迷。她对我说，不管她怎么用头撞卧室的墙壁，也没办法弄明白究竟发生了什么，有时她甚至觉得自己快要发疯了。更有甚者，她感受到那个女人的仇恨，而自己从未对她做过什么。每次她打电话给'小酒肚'，他都直接挂断。我回答她说，如果她付给我体面的报酬，那就可以拥有我这个无私的朋友。于是她先给了我一千比索，我走了。她真是跟洛卡诺很不一样，我心里想。

"昨天，当我照旧一丝不苟地带着花束去洛卡诺家时，意外的事情发生了，小姐甚至不想接受那些花。她在台阶的最高处大声地对我说，她对那些甜言蜜语的见鬼把戏已经厌倦。叫我第二天早上，如果没有实实在在的东西带给她，比方说格尔曼特斯珠宝店橱窗里的那种带翡翠的金戒指，就不用再去看她了。下午，'小酒肚'亲自去买了那个东西，这样就剥夺了我的佣金。我非常成功地把礼物带给了她，套在她指甲被啃得乱七八糟的无名指上。在我来办公室之前，我向'小酒肚'汇报了发生的事情，他给了我好几张一千比索的钞票。我们相处得很好，就像你看到的那样。"

四

在接下来的一次见面，萨维斯塔诺继续讲着他惊险离奇的连续剧：

"金戒指的成功给了他信心，'小酒肚'抓起了电话。我从门口听到他捏着大嗓门温柔地问她是不是喜欢那个戒指。接下来我被那个没有良心、忘恩负义的女人的辱骂声震聋了，她叫他让电话机休息一下，然后就把电话给挂了。

"'小酒肚'大笑了一声，但是听上去并不令人信服。他又塞给我一千块钱叫我别放在心上。

"俗话说得好，坚持的人才能吃到面包。'小酒肚'没有丝毫的气馁，他抓起那支令人畏惧的鲸鱼骨拐杖，命令我跟着他去看看绅士是怎样处理这种事情的。我就像一个影子，满怀好奇地跟着他。

"荷兰老钟表匠与'小酒肚'一起上楼到洛卡诺那里去了，因为钟表匠正好要把一只闹钟交给她。为了不把进出的路口堵住，我就站在楼梯下面，像在监视。那扇门热情地打开了。洛卡诺探出身来，因为生气，她显得挺难看的。洛卡诺递了个眼色，这个钟表匠小老头不知道自己要对付的是拳击场的大老虎，他抓住'小酒肚'的肩膀，把他举到空中，然后扔下楼梯，我赶紧把人扶起来，担心他把我们两个都揍一顿。前来过问的警察拿起拐杖和平顶帽一溜烟就不见了。'小酒肚'尽力站起来，我们俩乘上第一辆出租车逃走了。可怜的小老头在他的钟表店门口，像个奶酪球，憨厚地笑着。"

五

我们现代的山鲁佐德[1]，萨维斯塔诺就这样重新写起了专栏：

"'小酒肚'，他的血管中流淌着胜利者的血液，他在崭新的矫形外科病床上命令我马上去买一块14K金手表，要给洛卡诺更多的嫁妆。X光片讲得非常清楚：他四根肋骨断裂，光秃秃的脑袋有挫伤，石膏一直上到股骨；不过，看得出来，

1　阿拉伯民间故事集《天方夜谭》里宰相的女儿。

精神还不错。

"就在他给我钱的时候，电话铃响了。'应该是洛卡诺，她在为我的事故感到不安了，''小酒肚'凭直觉感受到，他很有把握。但是他搞错了。电话另一端的是体育部长，准备让他担任拳击俱乐部主席。难以置信，但'小酒肚'爽快地接受了。

"一出门，我就渴望跟帕尔多·萨利瓦索再续从前的老交情。那么多关于新公正酒店的亲切却被遗忘了的回忆！帕尔多通常在萨米恩托大街和翁布大街路口待着，我在那里找到了他，看到他头发已经花白，脸上爬满皱纹，就像人们常说的'更不干净了'，但还是从前那个大人物。我不兜圈子，直接问他是不是愿意陪我完成一项非常棘手的使命，报酬另议。帕尔多说可以，我觉得他可能是醉了。

"面对致命的楼梯，帕尔多出其不意地又缩回到他毫无意志的自私自利之中，他表示楼上就不去了，说着就跟邻居聊上了，正是上次的那位钟表匠。我拿着事先在赃物商贸中心买来的手表，瑟瑟发抖地上楼去了。手指还在门铃按钮前犹豫的时候，洛卡诺正巧伸出头来，她想用桶泼水冲洗楼梯。我给她指了一下手中的礼物，她接受了，但是她强调，从今往后她宁愿要现钞，说着就把一桶水泼了下来。

"钟表匠让我进了他的店门，邀请我对着煤油炉烘干衣服，于是我脱了衣服。期间我们聊了起来。钟表匠跟我说，洛卡诺小姐是这一带很受欢迎的人，只有他和另外一个黑人对她不上心，因为是宅男。

"在差不多的时候我们就走了。在马路上，萨利瓦索把钱包还给了我，直截了当地告诉我说他已经把钱收了。于是我被迫走着回家去。"

六

"今天上午关于'小酒肚'又有一个新的惊喜。他的寓所，包括那个修车井，都灯火通明！好奇的心情催促我上了楼。又是一个惊喜！'小酒肚'已经起床了，他正挥动着他最得意的雪茄。他告诉我有好消息，兄弟般的叫我猜猜看。'洛卡诺同意了？'我低声地说。'还没有，但是一旦她知道了对我的新任命，就会同意了。由于那些阴谋家一贯的捣鬼和恩赐，拳击俱乐部主席的事黄了，但作为替代，他们又任命我一项级别更高的工作：文化部副部长。地位、薪水、买卖全有了！'

"我知道一人得道，鸡犬升天，所以就点头向他致意。'小酒肚'接着说：'你也别想逃，萨维斯塔诺，我没有多少文化，但幸运的是我拥有一位跟班，对这些东西无所不知：我讲的是，就像你揣测的一样，丰塞卡军士长，他住在三士官车行。我将任命他为我的左右手。你呢，也不会失去地位，你应该专心处理好洛卡诺的事。作为第一笔费用，我给一万；但是，别想糊弄我！你必须了解她每天做的事情，我会加倍赏给你的。'

"他给了我一个信封，上面写着名字，还用字母和阿拉伯数字写着数额。他用拐杖点了我一下，对我说：'再见！'

"对于像洛卡诺这样的女人，我脱帽致敬。她只是打开信封，仔细数了一下并命令我第二天要早点到。接下来的就是人所共知的经典甩门声。请您，布斯托斯先生，设身处地为我想想。我不得不没拿到收据就回去。如果早知道会发生这样的事情的话，那我就把信封拆了，先给自己留下十张一千比索的钞票，那将是真正的久旱逢甘霖！"

七

"在文化部，就职仪式很成功。'小酒肚'磕磕绊绊地读着丰塞卡和我替他写的漂亮潇洒的句子。香槟酒和小蛋糕源源不断。部长跟我一样是无党派，所以我从他那儿得到担任一国大使的承诺。'小酒肚'在记者招待会后做了一项决定，给自己从头到脚做一番全新的包装：他派我把信封交给洛卡诺小姐，告诉她当天下午六点整，他将乘坐官方轿车抵达，向她宣读那篇赢得了很多掌声的演讲。我出发去执行我的任务了，非常遗憾的是丰塞卡有机会留下来操控会场，靠他的阿谀奉承，还能得到现场官员们的好处。洛卡诺小姐正如可以想见的，把钱留下了，但是要我这个局外人提醒'小酒肚'，如果他去她家，她就叫钟表匠毫不客气地把他丢出去。"

八

"九点钟我到了文化部。这一次丰塞卡起得比我早;'小酒肚'已经要在各省民间活动日第一版草案上签字了,庆祝活动将会在我国主要城市首次举行。我紧跟着很快起草了一份报告,准备递交给省政府,旨在根据最新的民意调查,修改一些街名。'小酒肚'浏览了一下稿子。其中的遗体归国公路[1]和黑蚂蚁大街尤其引起他的重视。这样巨大的工作量会让所有的人都躺倒的,但是'小酒肚'没有放松,当我的胃在空鸣的时候,他已经全身心地投入到具体任务中去了。他像拿破仑那样准备自己的战斗计划。首先他让我打电话给特赫多尔女士,告诉她我是从文化部委员会打电话给她的。然后他拿起话筒,用高层人士独有的平易近人的风格讲话,请求她在洛卡诺面前美言,提到她会感兴趣的报酬。他没有给自己一点喘气的机会,来了个九十度的转弯,联系古贝纳蒂斯神父,把事情原原本本

---

1 指庇隆夫人的遗体。

地给他讲清楚，并雇用他在自己的律师古诺·芬格曼的陪同下拜访洛卡诺。他还向神父承诺，会请他主持婚礼仪式，并且不会要求他降低要价。他又打电话给犹太人，简短地安排好明天的工作。他给丰塞卡和我提供了一辆官方的小轿车，让我们严密监视那两个人的所作所为。

"我们到了门口。对这次燔祭仪式最热切的芬格曼律师亲自按了门铃。小姐刚开了一条门缝，神父就把腿伸了进去，开始对房子进行祝福。大家都挤了进去，我断后。丰塞卡和他的助手捧在手里的陶土盘子中，飘出意大利面的阵阵香味，还有神父陆续从他的长袍里拿出来的奇安蒂葡萄酒，几乎解除了洛卡诺的武装，她邀请我们进了厨房。所有人落座。塑料桌布上很快就只剩食物残渣和葡萄酒渍。一点钟不到我们就坐好了，一直吃到五点钟。洛卡诺小姐没有讲过一句话，却像时钟一样吃着东西。寂静笼罩着一切，只听到五个人咀嚼的声音，大家都不讲话。填饱了肚子，神父开始慷慨陈词了。他以布道师的雄辩向洛卡诺小姐推荐'小酒肚'那白嫩的双手，他不仅拥有相当可观的个人财产，还在阿尔维阿大街领取一大笔薪水。结婚的一切费用将由'小酒肚'支付，他来安排新婚夫妻的宗教婚礼，广播和电视频道都将跟进报道。古诺·芬格曼律师拿出一些复印件，证明神父讲的基本上都是真的；他还说他的客户一点也不吝啬，月底之前将会给她想要的数字，可以预付，萨维斯塔诺和丰塞卡已经带来了支票。洛卡诺小姐已经保管好我带给她的信封，她接受了第一笔差不多能把我们吓死的数目。洛卡诺小姐说，她对这些初步的试探表示满意，但有一点她是绝不会让步的。她大声地提醒我们一生一世不得再对她提及佩雷兹先生，那人是个讨厌鬼，疯子也不会跟他结婚的。神父和古诺回避了一下，他们在讨论意外的转折。回来以后他们表示已经被小姐的理由折服。告别的时候没有苦涩，我们约定下一次再聚，一起享用意大利面和奇安蒂葡萄酒。"

九

"今天早上，当我浏览报纸的时候，布斯托斯先生，我几乎彻底厥倒了。后来我才回忆起来。昨天饕餮回来，我就在房间里睡觉了，直到听到电话铃响。是佩雷兹，出于朋友间的直率，他把我斥责一番，因为丰塞卡已经把一切告诉了他。

他向我保证会跟神父和古诺他们停止来往，并且会严厉训斥他们，我也一样。作为朋友我们背叛了他，而他已经做出了决定，不管这决定是多么的难以置信，他准备与洛卡诺小姐当面交锋。我因为特别困，因为那面条，实在支撑不住了，听他讲话就像听下雨一样。今天早上，当我看到铅字印刷的消息，想起了昨天的电话交谈，重新感受到他那暴怒的声音。在一些大事上，谁知道一个人会从什么地方获得巨大的勇气呢。出于好奇心，我独自去了曼西夏大街。洛卡诺小姐向我保证，如果她早知道会发生这样的事情，她宁可吞掉自己的舌头，也不会再拒绝他。咱们来看看她究竟得到了什么。她已经收不到每天的支票，'小酒肚'匆忙地饮弹自杀，在遗嘱中什么也不会给她留下。带着可以想象的沮丧，我仿佛也听到了对我自己的判决。像佩雷兹这样一个自私自利的家伙，他能因为一个丑女人不理睬他而自杀，那么在临死的关头他就能忘记曾经帮助过他、忍受过他的人。"

普哈托

一九七一年十二月七日

140

厘 清 责 任

应名为梅胡托的作者的反复恳切要求，我的简报给这篇新奇的报告《磨坊主生平与著作》留了版面，这是我们通过航空和海路邮政收到的。

H.B.D.（布斯托斯·多梅克）

磨坊主生平与著作

一些感情冲动的人被某种最值得赞许的妒忌心所征服，他们试图诋毁普加·加拉桑斯博士最近的一本小册子：《搜寻佩德罗·苏尼加大师、外号"磨坊主"的创作》，这似乎不无道理。这件事在萨拉戈萨的报纸上，特别是在《普雷蒂夏叫卖》上搞得确实非常大。事实上也不是什么小事。在博览群书的渊博和不偏不倚的洞察力支持下，坚持不懈的普加刚刚证明了，里瓦德内伊拉之家出版社以磨坊主之名出版的书中绝大部分篇章确实是拙劣的伪作，甚至很蹩脚。毫无办法。还有，脍炙人口的《奶酪皮和凝乳》、《卤味兔》和《柚子夫人多伟大》等，也都不是他的作品，尽管它们曾经是马塞里诺·梅嫩德斯·佩拉约和其他敏锐批评家所钟爱的佳肴。但是不要过早地偃旗息鼓：在疼痛缓解之后已显露出一个积极的现象，它又给了我们前所未有的力量和勇气：我们站在了磨坊主的面前。在扫除了枯枝败叶之后，站立在我们面前的是他本人。

确实，这场讨论仍在继续。没有任何圣像毁坏者，包括加拉桑斯本人，敢于否认这一点：当磨坊主被盘问《奶酪皮和凝乳》出自谁之手时，他固执地反问，并且如铜像般坚决："难道这不是诗吗？难道不是诗人在作诗吗？难道我不是诗人吗？"

让我们仔细地检查事情的来龙去脉。根据神父布伊特拉戈的记载，对话发生在一七九九年四月三十日，而《奶酪皮和凝乳》早在一七二一年一月二日就被收入《阿拉贡乡村歌选》，值得一提的是这是苏尼加出生三十年之前的事。再延长这样的辩论毫无意义。然而不应该忘记的是，加利多在这段插曲中发现了一些柏拉图式的东西：磨坊主慷慨大方，他在那些诗人中发现了"大写的诗人"，并且并非出于私心地将那些八音节诗占为己有。这对我们过度的自私自利是非常重要的一课。

这件事很严肃，需要进行查证，而在我们查证之前，首先要做的就是向一位卓越的人物致敬，他对佩德罗·苏尼加大师——即磨坊主——当时散落各地的大量著作进行了辨认和出版。当然，我们指的是拉巴塔伯爵。说这话时我们已经到了一八〇五年。伯爵当时拥有瓜拉地区山地附近的粮食产地；出身低微的苏尼加用他的水来转动自己的磨盘。他在这个寂静的村子里创作。有一些我们从来无法弄清楚的奥秘在发生。也许是鲁特琴在弹奏，也许是排笛传来美人鱼的歌唱，也许是无意中重复诗句而回声激荡。古老的高大塔楼并不是障碍。拉巴塔入迷了，他倾听这些呐喊。平民的声音打动了他的内心。从这一刻起，它的确切日期已经被贪婪的年历窃去，这位先驱除了传播来自乡下百姓内心深处的叙事诗之外，心无旁骛。荣耀成就了他的桂冠。印刷出来的文字越来越多：《阿尔贝瑞拉的一页》无比热情地令读者流连；《巴约巴尔的明灯》也不将他们拒之门外。诗艺的巅峰坚定地向他袭来，伯爵得意地把他保护的人送进了宫廷。接二连三的荣誉与晚会。霍韦亚诺斯在他的额头上深深一吻。

理所当然的喜悦，并没有使我们忘记以平静的心态看待所有这些事情。时至今日，没有哪个人，尽管这一点很奇怪，关注过磨坊主最突出的一些特点：他天生的语言天赋，他藐视一切咬文嚼字的法则，包括他自己颁布的在内。所以在给拉拉尼亚加先生的贺信中——后者被提升为院士会议的候补成员——写道：

　　对改变某种声音的人……
　　你将会给他一支权杖。

在这已经成为经典的第一句里，热心的读者将依稀看到一种音节融合，这是苏尼加敏锐的耳朵所不能接受的；在第二句里，权杖（bastona）这个词会影响诗句的展开。有两种猜测引诱着学者们。一种是 bastona 这个今天不常用的词，可能是当时乡民们最原始讲法的一种非常珍贵的遗存；另一种则更加符合他强烈的个性，因为磨坊主想一劳永逸地确认语言从属于他，由他根据自己的心情来修整。

有一次，一位爱卖弄学识又好为人师的家伙，这种人是永远不会缺少的，当面念他的一首诗。如果我们遵照音节融合的原则，那么这首诗的韵律并不好。对此，苏尼加有个非常著名的回答，他反驳说："韵律不好吗？韵律不好吗？我可是用手指（西语手指是阳性名词 dedo，但苏尼加故意用了并不存在的阴性名词 deda）数过的。"所有的评论都是多余的。

虽然磨坊主是坚定的天主教徒，但是他并没有对本世纪民主人士震耳欲聋的鼓噪声充耳不闻。他深深地感受到了民主，尽管这个受法语影响的词汇在有些时候听到会让他恶心。他从一开始就追求每个词彻彻底底的独立。这位伟大的阿拉贡人的诗句就是证明。很显然，我们被时代破坏的品位不会欣赏这些诗句，我们听不懂它们的韵律，但它们确有自身的和谐。第一首标题为《尊告马加利翁市长先生》，用的是假名加尔杜尼亚。八音节诗句是这样的：

Se te huele, Manuel（已闻到你，马努埃尔）

我们必定会这样吟诵：

Se/te/hu/e/le, /Ma/nu/el。

另一个例子更加惊人，转抄如下：

Acude, alada hembra（它来了，展翅的雌鸟）
Ecave Zancuda（涉禽）。

懂行的读者会这样吟诵：

A/cu/de/a/la/da/hem/bra。

想想看，鲁文[1]的现代主义曾在海外批评界招来众说纷纭，而实际上他从来不曾想冒险做出这等勇敢和张扬的事情！

这里有一个令人信服的证据，它出现在佚名简报《孔普卢屯人》一七九五年卷第十九页第二栏；即便那些最渊博的学者对这简报是不是特拉诺瓦神父笔耕的问题也十分犹豫不决。下面是我们从原稿转抄的相关段落。原稿我们已经毫无拖延地归还给了阿利坎特主教图书馆。

> 苏尼加，又称磨坊主，进入官廷后，参加了诵读侯爵蒙图法尔的八音节三行诗诵读会，他认为侯爵在韵律方面还有欠缺。侯爵生性敏感易怒，反驳说："乡巴佬，真够土的。"

到了这个节骨眼上，文章被掐断了。磨坊主对此的反应会是多么强烈，差不多要拳打脚踢了吧。编年史家尽管掩藏在佚名之下，也不敢把那场景复述出来，甚至一点点

---

1 Rubén Darío (1867—1916)，尼加拉瓜作家，拉丁美洲现代主义诗歌最重要的代表人物。

挤眉弄眼的线索、暗示都不曾透露。诚然，我也不会冒险去补充缺憾；这已经叫我鸡皮疙瘩都起来了。

让我们马上来看一个军人故事，堪与戈雅的《愚行》媲美。在拿破仑势如破竹的入侵过程中，雨果将军深入拉巴塔地区。与其名字相同的公爵热情地接待了他，给这个外国佬[1]上了一堂古老的礼仪课。这样奇特的事情一传到苏尼加的耳中，他便想到了接近这个该死外国佬的办法。你想，那个外国佬怎么会不目瞪口呆呢，当他远远地看到一位巨人老头儿，一边疯狂地跳着霍塔舞，一边想来亲吻他的戒指，还喊叫着：

"是的，是的，先生，拿破仑万岁！"

另一个小小的例子。一八四〇年以来，我们把他的形象描绘成一个巨人，右手拿着大棒，左手拿着铃鼓。众所周知，大众的想象总是非常准确的。尽管如此，他唯一真实的肖像，出现在一八二一年由他的同胞兄弟佩德罗·帕聂戈代为出版的他的作品全集第一版中。矮小的身材、昏昏欲睡的眼睛、塌鼻子，穿着带铜质纽扣的粗布制服。这是不比特拉诺瓦神

---

[1] 这里原作者用的是 franchute（法国佬）一词。（H. B. D. 附注）

父的简短编年史中的那位逊色的艺术家，他逃避严酷的事实，用自己的笔改写信仰！

然而，我们的笔却陶醉于向印刷厂提供一则出自《讽刺挖苦与风趣集》（堂·胡里奥·米尔·贝拉尔特著，马德里，一九三四年）的轶闻。我们从中发掘出的惹人喜爱的文字，用不着添加半个字；事实就这样完整地展示出来了：

> 磨坊主途经哈卡，一帮无赖远远地看到他正在马路边跟一位风度翩翩的人交谈，为了嘲弄他的土气便大声地喊他：
>
> "朋友，你跟谁在一起啊？"
>
> 对此，苏尼加脸不改色心不跳，回敬他们一句：
>
> "跟雷巴希诺[1]。"
>
> 事后可以了解到，他正在跟一位代销商交谈，很简单，他期待能够从他那里得到一些降价（rabaja）。

---

1 Rebajino 并非人名，而是与下面的降价（rebaja）一词有关。——译注

另一个让我们振奋的例子。就拿加拉桑斯来说，有人说他应受到谴责，说他有明显的恶意，确实如此。根据前面提到的《搜寻》一书第四百一十四页所反映的情况，科尔内霍的独幕滑稽剧《更好的公牛才有好牛肉》里珍藏着磨坊主不少精巧的诗句。令人印象深刻的十一音节诗《首当其冲》，时至今日，依然令听众吃惊和害怕。

Saco la espapapapapapada（我拔出那利利利利利利剑）

那些演员被如是的勇敢吓着了，他们改成：

Sasasaco la espapapapapapada（我拔拔拔出那利利利利利利剑）

它今天还在舞台上回响。那利利利利利剑在我们的头脑中画出了不同寻常的超大利剑的形象。

作为结束，我们还要提及《圣经》中的一种夸张手法。《圣经》中河马是复数名词 Behemot，泛指动物：磨坊主曾经在献给哈卡公爵的大胆诗句里这样描写一头驴，这些诗句曾经让马塞里诺先生的血液凝结：

比两三只兔子还要大。

磨坊主就这样反复琢磨着上帝的话，当缪斯向他发出召唤的时候，他就把那些话套在自己胜利者的战车上！试想，还有哪个吝啬鬼会拒绝给他诗人的委任状！

阿尔贝瑞拉

一九七二年五月二十日

Jorge Luis
Borges
Adolfo
Bioy Casares

Seis problemas para don Isidro Parodi

伊西德罗·帕罗迪的六个谜题

[阿根廷] 豪尔赫·路易斯·博尔赫斯　阿道夫·比奥伊·卡萨雷斯 著

刘京胜 译

上海译文出版社

目　录

奥·布斯托斯·多梅克

下面我们抄录一下女教育家阿德尔玛·巴多利奥小姐撰写的大纲：

"奥诺里奥·布斯托斯·多梅克博士一八九三年出生于普哈托镇（圣菲省）。受过有趣的小学教育之后，他和全家人搬到了'阿根廷的芝加哥'[1]。一九○七年，罗萨里奥的新闻专栏接受了缪斯这位谦逊的朋友最初的几个作品，而且没有怀疑他的年龄。在那个时期写下的文章有《虚空派》《前进的成就》《蓝白祖国》《致她》和《夜曲》。一九一五年，他在巴莱亚尔中心向特定群众朗读了他的《对豪尔赫·曼里克[2]〈为亡父而作的挽歌〉的颂歌》，这个壮举为他带来了响亮却又短暂的声望。同年他出版了《公民！》，一部充满持续想象力的作品，却不幸由于某些法语习语而为人诉病。这应当归咎于作者的年轻和时代的暗淡。一九一九年，他抛出了《蜃景》，一部薄薄的应景诗集，它的最后几节宣告了那个写作《让我们说得更确切！》（一九三二年）和《书页之间》（一九三四年）的朝气蓬勃的散文家的到来。在拉布鲁纳掌权期间，他先是被任命为教育监督员，而后被任命为贫民辩护律师。远离家庭的温暖、与现实苦涩的接触给了他那种也许是他作品最高教诲的经历。在他的书里，我们可以列举出《圣体大会：阿根廷政府的喉舌》《胡安·加利菲³先生的生与死》《我会阅读了！》（经罗萨里奥市教学监督处审批）《圣菲对独立军的贡献》《新天体》《阿索林⁴》《加夫列尔·米罗⁵》和《邦滕佩利⁶》。他的侦探故事显示出这位高产、多题材作家的一个新趋势，他想在故事中抨击已经让柯南·道尔先生、奥托

---

1 指位于阿根廷圣菲省的港口城市罗萨里奥，因地处中西部，意大利黑手党横行，被冠以"阿根廷的芝加哥"之名。

2 Jorge Manrique（1440—1479），西班牙诗人。

3 Juan Galiffi（1892—1943），意大利黑手党成员。

4 Azorín（1873—1967），西班牙作家、文学评论家。

5 Gabriel Miró（1879—1930），西班牙作家。

6 Bontempelli（1878—1960），意大利诗人、小说家、戏剧家、文学评论家。

伦吉[1]等人沉浸其中的冷漠的唯理智论。《普哈托的故事》，就像作者亲切称呼的那样，并非一个关在象牙塔里的拜占庭金银丝细工饰品，而是一个关注人性脉搏跳动、一挥而就地涌出大量真理的当代人的声音。"

---

1 Salvatore Ottolenghi（1861—1934），意大利犯罪学家。

开 篇 辞

好吧！就这样吧！揭示我的真面目！

但听好了，我们必须联手；

我不喝茶：请允许我抽雪茄！

罗伯特·勃朗宁

Homme de lettres[1] 的癖好是多么致命而又有趣！布宜诺斯艾利斯的文学圈大概没有忘记，我斗胆建议它以后也不要忘记，我再也不会因无可挑剔的友谊或名副其实的成就而应邀作序了，当然，这样的请求是合情合理的。尽管如此，我们还是承认，这位苏格拉底式的"怪虫子"[2] 令人无法拒绝。这个鬼家伙！他一阵大笑让我放下戒备，他说服我的理由绝对令人信服；他又以一阵具有感染力的大笑颇具说服力又执着地重申，看在他的书以及我们老情谊的分上，我必须作序。所有抗议都无济于事。De guerre lasse.[3] 我不再抗争，甘心面对我精确的雷明顿打字机，多少次它作为我的同谋和无声的知己，与我一起逃向蔚蓝。

银行、股票交易所和赛马场的现代躁动并不妨碍我抑或舒服地坐在普尔曼式火车座椅上、抑或在充满怀疑地拜访近乎温泉的赌场泥浴时欣赏令人震颤与发抖的 roman policier[4]。然而，我还是要勇于承认，我并不屈服于潮流：夜复一夜，孤零零的我在卧室中，冷落了天才福尔摩斯，专注于漂泊的尤利西斯的不朽历险，他是拉厄耳忒斯的儿子，宙斯的种子……然而地中海严肃史诗的崇拜者在许多花园里吸吮着蜜汁；勒科克先生[5] 让我精神振奋，我翻动着落满尘土的卷宗；在想象中的巨大宅邸里，我削尖了耳朵，捕捉着 gentleman-

---

1　法文，文人。
2　奥·布斯托斯·多梅克私下的亲切绰号。——奥·布·多注
3　法文，算了。
4　法文，侦探小说。
5　Monsieur Lecoq，法国作家埃米尔·加博里欧的同名侦探小说中的人物。

cambrioleur[1] 悄然的脚步声；在不列颠雾霭下达特穆尔高地荒原的恐怖气氛中，闪着磷光的大猎狗已经吞噬了我。再列举下去未免不够体面。读者已了解我的阅历：我也去过维奥蒂亚[2]……

在对这个 recueil[3] 的大方向条分缕析之前，我请求读者额手称庆，因为在色彩斑斓的犯罪文学的格雷万蜡像馆[4]里，在纯粹的阿根廷场景里，终于出现了一位阿根廷主人公。在两口芳香的烟气之中，在一杯不可替代的"第一帝国"白兰地旁边，品味一本没有听从陌生的盎格鲁-撒克逊读者凶狠指令的侦探小说真是别有乐趣，而我毫不迟疑地把它与"柯林斯犯罪俱乐部"[5]向伦敦的优秀爱好者推荐的那些优秀作家相提并论。当我发现我们这位连载小说作家虽然是"村野匹夫"，却不为狭隘的地方主义呼声所动，并且知道他为其代表性的蚀刻版画选择布宜诺斯艾利斯作为自然背景时，我必须私下强调，我这个土生土长的布宜诺斯艾利斯人感到十分满

1　法文，梁上君子。
2　Boeotia，俄狄浦斯王的故乡，诸多古希腊悲剧也以此地为背景。
3　法文，文集。
4　法国巴黎的著名蜡像馆。
5　指英国柯林斯出版集团旗下一家专注于出版犯罪小说的出版社。

意。我还要赞许我们这位老百姓"怪虫子"[1]摒弃了罗萨里奥醉醺醺的、阴暗的"大肚子"形象，展现出了勇气和鉴别力。但是，在这个都市调色板上还缺少两种色彩，我斗胆请求在未来的书籍中加上：我们柔美的佛罗里达大街，它在商店橱窗贪婪的目光注视下整装列队；伤感的博卡区[2]，它在码头旁昏昏欲睡，晚间最后一家小咖啡馆已经合上它的金属眼睑，阴影中一架不衰的手风琴向已经暗淡的星空致意……

　　我们现在归纳一下《伊西德罗·帕罗迪的六个谜题》作者最突出也是最深刻的特点。我已提及他的简洁和 brûler les étapes[3] 的手法，请不要怀疑。奥·布斯托斯·多梅克任何时候都是其读者的殷勤仆人。在他的讲述中没有遗漏角度，也没有弄混时间。他为我们省去了所有中间羁绊。悲剧的爱伦·坡、曲高和寡的马·菲·希尔[4]和女男爵奥奇[5]所立传统的新芽集中在谜题的关键时刻：神秘的问题和发人深省的解答。

1　见前文注。——奥·布·多注
2　布宜诺斯艾利斯港口地区。
3　法文，直奔主题。
4　M. P. Shiel（1865—1947），英国作家。
5　Emma Orczy（1865—1947），匈牙利裔英国作家、剧作家和艺术家。

纯粹受好奇心驱使，要不就是为狱警所迫，五花八门的人物蜂拥到已经有口皆碑的二七三号单人牢房。第一次会面的时候，他们提出令自己困惑的怪事。第二次，他们倾听令老幼皆惊的答案。作者通过一种既浓缩又艺术的技巧，将万花筒般的事实简单化，再把案件的所有桂冠都集中到帕罗迪非凡的脑门上。没那么精明的读者笑了：他猜想这里恰当地省略了某串令人厌烦的审问，无意识地略去了不止一个巧妙端倪，而这都归功于一位绅士，如果坚持要说出这位绅士的身份就显得无礼了……

我们认真审视一下卷册。它由六个故事组成。我当然并不隐瞒我对《塔德奥·利马尔多的牺牲品》的 penchant[1]：斯拉夫式的作品，在令人不寒而栗的情节上又不止一处对陀思妥耶夫斯基式的病态心理作了真诚研究，与此同时还揭示了一个 sui generis[2] 世界的吸引力，这世界在我们西化的表皮和利己主义之外。我还并不漠然地想起《太安的漫长追踪》，它以自己的方式再现了被藏匿物品的经典案例。爱伦·坡早先以《失窃的信》开启了这一征程；林

---

1 法文，偏爱。
2 拉丁文，独特的。

恩·布罗克[1]在《方片贰》里演绎着巴黎式的变幻,这部作品文笔优雅,却被一只制成标本的狗破了局;卡特·迪克森[2]就不那么幸运了,他依靠中央供暖……如果对《圣贾科莫的预见》置若罔闻就明显不公平了,无可挑剔的谜团解法,用 parole de gentilhomme[3] 来说,使最精明的读者也坠入迷雾。

考验伟大作者功力的手法之一,毋庸置疑,就是对不同人物巧妙自如的刻画。为我们童年的星期天带来幻想的天真的那不勒斯傀儡师用一个对策摆平了这个难题:他给驼背丑角配备了驼峰,给皮埃罗[4]配备了上过浆的衬衫领,给科隆比纳[5]配备了世界上最狡黠的微笑,给阿勒坎[6]配备了一件……阿勒坎式的衣服。奥·布斯托斯·多梅克在 mutatis mutandis[7]之后,如法炮制。大体来说,他采用漫画家的粗线条,由于

---

1 Lynn Brock(1877—1943),爱尔兰小说家、剧作家,原名为阿利斯特·麦卡利斯特。
2 Carter Dickson(1906—1977),美国侦探小说家,原名为约翰·迪克森·卡尔。
3 法文,君子之言。
4 意大利即兴喜剧和哑剧中的固定角色,涂白脸,穿宽大白衣。
5 意大利即兴喜剧中的固定角色,她是皮埃罗的妻子,阿勒坎的情妇。
6 意大利即兴喜剧中的固定角色,是一个丑角。
7 拉丁文,细节上经过必要修正。

文体本身会不可避免地变形，他欢乐的笔并未触及这类人物的外表，而是用他们说话的方式淋漓尽致地表现。好似在我们多元的本土烹饪里多撒了些美味的盐，这位无拘无束的讽刺作家为我们展现了一个时代的全景，那里不乏虔诚的无比感性的贵夫人；笔锋犀利的记者潇洒自如而不假思索地周旋；出身于豪门的骑士，昼伏夜出的没头脑勇士，从他涂了发胶的光亮脑壳和必不可少的小马驹便可认出；遵循旧文学传统的中国人温文尔雅，不过依我看来，与其说是一个活人，更不如说是修辞之术的拟人形象；还有那位绅士，以艺术与激情之名，专注于灵与肉的狂欢，以及赛马俱乐部图书馆的"学术文献"和俱乐部的击剑赛道……这些特质预示着对社会阴暗面的诊断：在这幅我毫不犹豫地称为"当代阿根廷"的壁画里缺少骑马高乔人的形象，而代之以犹太人，古以色列人，在此控诉粗俗恶劣的现象……我们这位"村野匹夫"的英俊形象也遭受了类似的人格贬损：那个曾经在汉森舞池里以顺滑的探戈舞步与莎莎舞的扭动给人留下深刻印象的强健混血儿，他在这里叫图利奥·萨维斯塔诺，在绝不乏味的闲谈中尽情发挥他那一点儿也不寻常的才能，在舞池里拳剑相交……帕尔多·萨利瓦索这一角色也几乎无法把我们从这种可恼的怠惰中解脱出来，他是奥·布斯托斯完美文风的又一有力旁证。

但是金无足赤。我心中的雅典审查官就断然指责那些五颜六色但无关紧要的笔墨滥用令人生厌：过度生长的灌木丛堆积起来，淹没了帕台农神庙清晰的轮廓……

我们这位讽刺作家手里似手术刀般的长笔在伊西德罗·帕罗迪先生身上迅速失去了锋芒。这位作家笑着嘲弄，向我们介绍老克里奥尔人形象中最无价的一个，那画像与德尔坎波、埃尔南德斯及其他我们民间吉他乐至高无上的祭司——其中最突出的是《马丁·菲耶罗》的作者——留给我们的形象不相上下。

在跌宕起伏的侦探调查纪事中，第一个被囚禁的侦探的称号有幸落到了伊西德罗先生身上。然而，任何一个嗅觉敏锐的评论家都可以提出不止一个容易联想到的相似形象。绅士奥古斯特·杜宾待在圣日耳曼郊区的夜室，就抓住了制造了莫格尔凶杀案的躁动的猩猩。扎列斯基王子从远方的行宫里解决了伦敦的谜团，而在他的宫殿里，宝石与八音盒、圣油罐与石棺、人偶与飞牛奢侈地混杂在一起。Not least[1] 麦克斯·卡拉多斯，无论走到哪里都身陷他眼盲的囚笼……这些令人目瞪口呆的侦探，这些神奇如《卧室之旅》中的游人，也只能部分达到我们帕罗迪的水平：他也许是侦探文学发展过程中不可或缺的角色，不过他的出现，他的重见天日，是在卡斯蒂略[2] 博士统治下的阿根廷的壮举，这点最好予以公布。帕罗迪的静止完全是智力的象征，代表着对北美空洞狂热躁动最断然的驳斥，也许可以毫不留情却准确地将其与寓言中的诙谐松鼠相比……

　　不过我已经察觉到读者脸上隐约可见的焦躁。当下，对历险的渴望领先于启发性的对话。告别的时刻已到。在此之前，我们携手共进，从今往后，只剩下您一人，面对书籍。

赫瓦西奥·蒙特内格罗

阿根廷文学院

一九四二年十一月二十日，布宜诺斯艾利斯

1　英文，尤其是。
2　Ramón S. Castillo（1873—1944），阿根廷政治家，曾任总统（1942—1943）。

世界十二宫

纪念何塞·S.阿尔瓦雷斯

一

　　摩羯宫，宝瓶宫，双鱼宫，白羊宫，金牛宫，睡梦中的阿基莱斯·莫利纳里想着。随后是一阵迷惑。他看到了天秤宫和天蝎宫。他明白自己弄错了。他醒了，浑身发抖。

　　太阳已经温暖了他的脸。在床头柜上，在《布里斯托尔历书》和一些彩票券上，"滴答牌"闹钟指向九点四十。仍然反复默念着那些星宫的莫利纳里起了床。他透过窗户向外看。那个陌生人就在街角。

他狡黠地笑了。他回到房间，拿着剃须刀、胡须刷、剩余的黄肥皂和一杯开水回来。他打开窗户，以一种刻意的宁静看着陌生人，嘴里吹着《带标记的扑克牌》[1]，开始缓慢地剃胡须。

十分钟后他到了街上，身着栗色西服，为了这身衣服，他还欠着拉布菲英式大裁缝店最后两个月的款项。他走到街角，陌生人突然关注起那张贴出的彩票中奖号码了。莫利纳里对这种毫无变化的伪装方式已经习以为常，走向亨伯特一世大街街角。公共汽车很快来了，莫利纳里上了车。为了方便跟踪者的工作，他坐到一个靠前的座位上。过了两三个街区后，他转过身，那个陌生人正在看报纸，他戴着黑色眼镜，很容易被认出来。还没到中心站，公共汽车就满了，这样莫利纳里本来可以下车时不被陌生人发现，不过他还有更好的计划。他一直走到巴勒莫酒馆。随后，他并没有回望，而是向北拐去，沿着监狱高墙走，进了院子。他认为自己做得很从容，不过在到达岗哨之前，他扔掉了手中刚刚点燃的香烟。

1　一首探戈曲。

他和一个穿衬衫的职员聊了一会儿天，没什么可记述的。一个监狱看守陪同他到了二七三号牢房。

十四年前，屠夫阿古斯丁·R.博诺里诺装扮成意大利人，参加贝尔格拉诺的狂欢节游行，太阳穴上遭到了一记致命的瓶击。没人不知道那记汽水瓶击打是圣脚帮的一个小伙子干的。不过由于圣脚帮是一个宝贵的竞选资源，警察便决定肇事人是伊西德罗·帕罗迪。有些人断言他是无政府主义者，就是说他神神叨叨的。实际上，这两者伊西德罗·帕罗迪都不是。他是南区一家理发店的老板，不小心将一个房间租给了第十八警察局的一个书记员，而那个书记员欠了他一年房租。种种不利情况叠加在一起决定了帕罗迪的命运：证人（他们无一例外来自圣脚帮）口径一致，于是法官判处他二十一年监禁。牢狱之灾改变了这个一九一九年的杀人犯：现在他四十出头，一本正经，肥胖，光头，眼睛尤其充满智慧。现在，这双眼睛注视着青年莫利纳里。

"能为您做点儿什么吗，朋友？"

他的声音并不特别热情，不过莫利纳里知道他并不讨厌有人来拜访。另外，与他找到一个知己和顾问的需要相比，帕罗迪任何可能的反应都不那么重要。老帕罗迪缓慢而老练地在一个天蓝色的小罐里泡马黛茶。他把小罐递给莫利纳里。后者虽然迫不及待地要向帕罗迪说明打乱了他生活的无法改变的奇遇，可是他知道，催促伊西德罗·帕罗迪也无济于事。莫利纳里以一种出乎自己意料的平静开始谈论无关紧要的赛马，那都是有黑幕的，谁也无法预测胜负。伊西德罗先生对此并不理会，又开始了一贯的牢骚，抱怨起了意大利人，说他们无孔不入，甚至不把国家监狱放在眼里。

"现在到处都是来路可疑的外国人，谁也不知道他们是从哪儿来的。"

莫利纳里是民族主义者，所以很容易加入抱怨。他说他已经烦透了意大利人和德鲁兹人，还有在全国铺满了铁路和制冷厂的英国资本家。也就是昨天，他进了铁杆球迷披萨店，首先看到的就是一个意大利人。

"您讨厌的是意大利男人还是意大利女人？"

"既不是意大利男人，也不是意大利女人。"莫利纳里淡淡说道，"伊西德罗先生，我杀了一个人。"

"他们说我也杀了一个人，可是我还在这里。你别紧张。

德鲁兹人的事很复杂，不过如果您没有被第十八警察局的某个书记员当作眼中钉，也许您还有救。"

莫利纳里惊讶地看着他。随后他想起来，自己的名字已经被一家极不负责任的报纸与伊本·赫勒敦别墅的谜案扯到一起，那家报纸与活跃的《科尔多内日报》不同，他曾为后者写过一些有关风雅体育活动和足球运动的文章。他想起来，帕罗迪依然思维敏捷，受益于自己的机敏和副警察局长格龙多纳的放任，他总是清醒地审阅每天的午报。实际上，伊西德罗先生的确知晓伊本·赫勒敦最近死亡的消息。尽管如此，他还是要求莫利纳里给他讲讲情况，不过别说得太快，因为他的听力已经有些迟钝。莫利纳里几乎平静地讲述了来龙去脉：

"相信我，我是个现代青年，是我这个时代的人。我有我的经历，我也喜欢思考。我知道我们已经超越了物质主义阶段。圣餐仪式和圣体大会的人头攒动给我留下了不可磨灭的印记。就像您之前说的，而且请您相信我，您的话不是对牛弹琴，必须澄清隐情。您看，托钵僧和瑜伽信徒通过呼吸练习和大棒，洞悉了一部分事情。我是天主教徒，拒绝了'荣誉与祖国'灵修中心，不过我知道，德鲁兹人构成一个进步的集体，他们比很多每周日都去做弥撒的人更接近奥秘。眼下伊本·赫勒敦博士在马齐尼镇有幢别墅，里面有个非同寻常的书房。我是植树节那天在凤凰电台认识他的。他发表了一篇很有见地的演说。他喜欢我写的一篇短文，是有人寄给他的。他带我到他家，借一些严肃的书给我，邀请我参加在他别墅里举行的聚会。那里缺少女性成员，但我向您保证，那可是文化盛事。有些人说他们信偶像，不过在会堂里有头金属牛，比一辆有轨电车都值钱。阿基尔们，也就是新入会的成员们，每星期五都聚集在牛像的周围。很早以前伊本·赫勒敦博士就想让我入会。我不能拒绝，与他交好对我有好处，人不能只靠面包活着。德鲁兹人非常保守，不相信一个西方人有资格入会。别人不说吧，就说阿布-哈桑，他拥有一批运输冷冻肉的卡车，提醒说信徒的人数是固定的，而接受皈依者不合规定。司库伊兹丁对此也表示反对。可他是个可怜人，整天埋头书写，他和他的那些书受尽了伊本·赫勒敦博士的嘲笑。尽管如此，那些固守陈规旧俗的反对派继续暗中破坏。我毫不犹豫地断言，是他们间接导致了全部的过错。

"八月十一日，我接到伊本·赫勒敦的一封信，告诉我十四日有一场有难度的考验，我得做好准备。"

"您得怎么准备呢？"帕罗迪打探道。

"就像您知道的，我三天里只喝茶，按《布里斯托尔历书》中的顺序学习黄道十二宫。我向上午上班的卫生所请了病假。仪式是在星期日而不是在星期五举行，这一点一开始让我十分惊讶。不过来信解释说，一个如此重要的考验，更适合在礼拜日举行。我必须在午夜前到达别墅。星期五和星期六我过得非常平静，可是星期日早晨我醒来时很紧张。您看，伊西德罗先生，我现在想，我当时肯定已经预感到了将要发生的事情。不过我没有放松，整天都在看书。真有意思，我每五分钟看一次钟表，看看是否能再喝一杯茶。我不知道为什么要看钟表，不管怎么说，我都得喝茶，我的嗓子干了，需要水。我特别期待考验的时间到来，可是到雷蒂罗火车站时已经晚了，没有乘上前一趟列车，只能乘二十三点十八分的慢车。

"尽管我已经准备得十分充分，在列车上我还是继续研究历书。几个白痴在争论百万富翁队对查卡利塔少年队的胜利，让我厌烦，请相信我，他们对足球连一知半解都算不上。我在贝尔格拉诺站下了车。别墅距离火车站十三个街区。我想走着去会让我精神爽利，可是却把自己累得半死。于是我按照伊本·赫勒敦的指示，从罗塞蒂大街的杂货店给他打了电话。

"别墅前停着一排车，别墅的灯火比守灵时还多，从远处就可以听到嘈杂的人声。伊本·赫勒敦在大门前等着我。我发现他老了。我原来总是在白天见到他。最近的那个晚上，我才发现他有点儿像留了胡须的雷佩托[1]。就像是俗话说的命运在开玩笑：那天晚上，我为考验紧张得发疯，却注意到了这个细节。我们沿着环绕别墅的砖路走，从侧门进去。伊兹丁就在文书处，在档案室旁边。"

"我被收入档案已经十四年了，"伊西德罗先生温和地说道，"可是我并不知道那个档案室。给我描述一下那个地方。"

"您看，很简单。文书处在上层，有个楼梯直接下到会堂。德鲁兹人就在会堂里，约有一百五十人，他们都蒙面，

---

1 Nicholás Repetto（1871—1965），阿根廷政治家，曾任阿根廷社会党主席。

穿白袍，守护在金属牛像周围。档案室是紧挨着文书处的一个小房间，是个内室。我总是说，一个没有像样窗户的地方，时间长了对健康不利。您同意我的看法吗？"

"别提了。自从我在北边安顿下来后，我对闷罐子已经受够了。给我说一下文书处的情况。"

"那是个大房间。有张栎木写字台，上面有台'好利获得'打字机；有几把非常舒服的大扶手椅，坐在上面身子会陷进去，只露出头；一只土耳其水烟袋，虽然已经烂了一半，但还是值一大笔钱呢；一盏水晶吊灯；一块波斯地毯，未来派的；一个拿破仑半身像；一个书柜，都是严肃作品：切萨雷·坎图[1]的《通史》，《世界与人类的奇迹》，《世界名著文库》，《理性报》年刊，佩卢福的《园丁》（插图版），《青年宝库》，龙勃罗梭的《犯罪的妇女》，等等。

"伊兹丁很紧张。我马上发现了原因：他重拾了他的文学。桌上有一大堆书。博士挂心我的考验，想把伊兹丁打发走。他对伊兹丁说：

1　Cesare Cantù（1807—1895），意大利作家、历史学家。

"'放心吧，今天晚上我会读您的书的。'

"我不知道伊兹丁相不相信，反正他穿上白袍，到会堂去了，连看都没看我一眼。

"就剩下我们俩时，伊本·赫勒敦博士问我：

"'你虔诚地斋戒了吗？你掌握世界十二宫了吗？'

"我向他保证说，从星期四十点开始我只喝了茶（那天晚上，在几个嗅觉极其灵敏的虎视眈眈的人的陪伴下，我在必需品供应市场吃了清淡的炖牛肚和一块烤火腿）。

"随后伊本·赫勒敦博士又要求我给他背诵一下十二宫的名称。我给他背了一遍，一个都没错。他让我把那个名录再重复五六遍。最后他对我说：

"'我看你已经按照要求做了。尽管如此，如果你不够勤奋和勇敢，也无济于事。而你已向我证明，你可以成功。我决定不理睬那些质疑你能力的人，只让你接受一个考验，一个最无处借力又最困难的考验。三十年前，在黎巴嫩的山峰上，我已经幸运地通过了考验。不过在那以前师父们让我接受了另外一些比较容易的考验：我找到了一枚海底的硬币、一片由空气构成的森林、一个位于地球中心的圣杯、一条被

24

打入地狱的箭鱼。你不需要去寻找四件神奇的物品，你要找的是以四方阵守护神灵的四位大师。现在，他们围绕在金属牛像的周围，被赋予了神圣的使命。他们和他们的兄弟阿基尔一起祈祷，他们都和阿基尔一样蒙面，没有任何区别，可是你的心灵能够辨认出他们。我命令你把优素福带来，你想象着星宫的确切顺序，下到会堂去。当你数到最后一个宫，也就是双鱼宫时，再回到第一个宫，也就是白羊宫，就这样循环往复。你要在阿基尔周围转三圈，如果你没有打乱星宫顺序的话，你的脚步将把你带向优素福。你将对他说伊本·赫勒敦召唤他。把他带来。随后我会命令你带第二个大师来，然后是第三个、第四个。'

"好在我已经把《布里斯托尔历书》读了又读，十二宫已经刻在我脑子里了。可是只要有人对你说不要弄错了，就足以让你害怕自己真的弄错。我没有胆怯，我向您保证，可是我有种预感。伊本·赫勒敦拉着我的手，对我说，他的祈祷将陪伴我。我从通向会堂的楼梯下去，脑子里全是那些星宫，而那些白色的后背，那些低垂的脑袋，那些光滑的面具，还有那头我从未从近处看过的圣牛，都令我不安。尽管如此，我还是顺利地转了三圈，来到一个全身包裹的人后面，我觉得他与其他人没什么不同。不过由于我脑中想着黄道十二宫，没有多加思索就对他说：'伊本·赫勒敦召唤你。'那个人跟着我，而我一直想着星宫，我们上了楼梯，进了文书处。伊本·赫勒敦正在祈祷，他让优素福进了档案室，几乎是立即转过身来对我说：'现在叫易卜拉欣来。'我又回到会堂，转了三圈，站在另一个全身包裹的人后面，对他说：'伊本·赫勒敦召唤你。'我和他一起回到文书处。"

"停一下，朋友，"帕罗迪说，"您肯定您转圈的时候没有任何人从文书处出去吗？"

"您看，我向您保证没有人出去。虽然我特别关注星宫以及有关的一切，但我没那么笨。我的眼睛一直没有离开那扇门。您放心，没人进去也没人出来。

"伊本·赫勒敦挽着易卜拉欣的胳膊，带他进了档案室，随后他对我说：'现在带伊兹丁来。'蹊跷的是，伊西德罗先生，前两次我都很自信，这次我胆怯了。我下去了，围着德鲁兹人转了三圈，和伊兹丁一起回来。我已经疲惫之极：在楼梯上我眼前一黑，是肾脏的原因。我觉得一切都很陌生，甚至我的同伴。而伊本·赫勒敦本人，十分信任我，以至于不再祈祷，而是玩起了纸牌接龙。现在他把伊兹丁带进档案室，又像父亲般地对我说：

"'这个任务令你疲惫了。我要去寻找第四个入会者，贾利勒。'

"疲惫是注意力的敌人，不过伊本·赫勒敦刚一出去，我就紧靠着楼梯扶手，开始窥视他。他非常平稳地转了三个圈，抓着贾利勒的一只胳膊，把他带了上来。我已经对您说过，通向档案室的只有文书处的那扇门。伊本·赫勒敦和贾利勒就是从那扇门进去的，接着他又和四个全身包得严严实实的德鲁兹人出来。他对我划了个十字，因为他们都是非常虔诚的人。随后他用地道的阿根廷语对那几个人说，让他们把面具摘下来。您会认为我纯粹是瞎说，可他们就在那儿：伊兹丁，是个外国人面孔；贾利勒，拉福马尔商店的副主管；优素福，那个说话带鼻音的人的小叔子；还有易卜拉欣，惨白得像个死人，留着大胡子，您知道，他是伊本·赫勒敦的好伙伴。楼下有一百五十个一模一样的德鲁兹人，而四个大师真的在这儿！

"伊本·赫勒敦博士几乎要拥抱我，可是其他人罔顾事实，内心被迷信和征兆蒙蔽，不肯就范，他们操着德鲁兹人的语言向伊本·赫勒敦抱怨。可怜的伊本·赫勒敦想说服他们，可最后他只得让步。他说将要再次考验我，增加难度，而且所有人的性命，也许甚至世界的命运，都悬于一线。他接着说道：

　　"'我们将用这块布蒙住你的眼睛，把这根长竹竿放在你右手里，而我们每个人都会隐藏在这所房子或花园的某个角落里。你在这里一直等到钟敲十二点。然后你在星宫的指引下，陆续找到我们。这些星宫掌控着世界。在考验进行时，我们将星宫的运行交给你：宇宙将在你的掌握之中。如果你没有改变黄道十二宫的顺序，我们的命运和世界的命运将会在预定的轨道上运行。如果你想错了，如果你在天秤宫后想到的是狮子宫而不是天蝎宫，你要找的大师就会死去，世界就会受到空气、水和火的威胁。'

　　"大家都称是，只有伊兹丁除外，他吃了很多大腊肠，眼睛都睁不开了。他心神不定，离开的时候向所有人一个一个地伸出了手，这可前所未见。

"他们给了我一根竹竿，让我蒙上了眼罩，然后离开了。只剩下我一个人。我是多么焦虑：我想着星宫，没有改变它们的顺序，等待着那始终未敲响的钟声。我想到钟声将要敲响，而我将在那幢房子里游荡就充满了恐惧，而那房子也陡然间变得无穷无尽而又陌生。我不由自主地想到楼梯，想到楼梯之间的平台，想到沿途的家具，想到地窖，想到院子，想到天窗，等等。我开始听到一切：花园里的树枝，楼上的脚步，正在离开别墅的德鲁兹人，老阿卜杜勒-马利克的伊索塔发动的声音：您知道，它是抽奖赢来的。总之，大家都离开了，只有我只身留在那幢大房子里，还有那些谁知道藏在哪里的德鲁兹人。随它去吧。钟声响起时，我吓了一跳。我拿着竹竿出去了，我一个年轻小伙子，精力充沛，走起路却像个残疾人，像个盲人，您明白我的意思。我随即向左拐，因为那个说话带鼻音的人的小叔子很机敏，我猜想会在桌子下面找到他。我一直清晰地想着天秤宫、天蝎宫、人马宫和所有那些星宫。我忘记了楼梯间的第一个平台，跌跌撞撞地下了楼。随后我进了冬季花园。突然我迷路了。我找不到门也找不到墙。也真是，三天里只喝茶，而且拼命用脑。我尽全力控制着局面，拐向送饭菜上下楼的升降机一侧。我怀疑有人躲在煤炭堆里。可是那些德鲁兹人无论受多少教育，也没有我们克里奥尔人那么机敏。于是我又转向会堂。一张三条腿的小桌子把我绊倒了，是一些仍然相信招魂术的德鲁兹人使用的，仿佛他们还生活在中世纪。我觉得油画上的所有眼睛都注视着我——您也许会笑，我的妹妹总是说我有点儿像疯子，又有点像诗人。不过我并没有麻木，接着就发现了伊本·赫勒敦。我向他伸出胳膊，他就在那儿。我们没费多大劲就找到了楼梯，它在比我想象得要近得多的地方，我们终于进了文书室。一路上，我们俩没说一句话。我专心想着星宫。我离开他，出去找别的德鲁兹人。这时我听到一阵被压抑的笑声。我第一次有所怀疑，想到他们可能是在嘲笑我。接着我又听到一声喊叫。我可以发誓我没有弄错星宫。不过我先是生气，后是惊奇，也许确实弄混了。我从不否认事实。我转过身，用竹竿试探着进了文书处。地上有点儿什么东西绊了我一下，我弯下身去。我的手摸到了头发。我摸到一个鼻子和几只眼睛。不知不觉中，我揭开了眼罩。

"伊本·赫勒敦躺在地毯上，嘴上全是口水和血。我摸了他一下，还有点儿热气，不过已经死了。房间里没有任何人。我看了一下竹竿，它已经从我手里掉下去了，竹竿头上有血迹。那个时候我才明白，我把他杀了。当我听到笑声和喊叫声时，一定是一时慌乱，改变了星宫的顺序。这慌乱让一个人失去了生命，也许是四位大师的生命……我把身子探出走廊，呼唤他们。没人应答。我吓坏了，从侧门跑了出去，嘴里低声重复着白羊宫、金牛宫、双子宫，以免天塌下来。虽然那个别墅有四分之三街区那么大，但我马上到了围墙边。图利多·费拉罗蒂总是对我说，我将来会成为出色的中跑运动员。可是那天晚上我展现出了跳高的潜力。我一跃而起，跃过那道几乎有两米高的围墙。我从沟里站起来，拍掉粘在身上各处的瓶子碎片，被烟呛得咳嗽起来。别墅里冒出一股像裤子毛一样又黑又浓的烟。我虽然没有经过训练，可跑出了最好的水平。跑到罗塞蒂大街时，我转过身来：天空中出现了一道像五月二十五日[1]那样的光亮，别墅燃烧起来。这说明星宫的改变意义非凡！一想到这点，我的嘴就变得比鹦鹉

1　阿根廷国庆日。

的舌头还干。我看到角落里有个警察，就向后退去。随后我钻进一片偏僻的空地，是让首都丢脸的那种地方。我向您保证，我像个阿根廷人似的遭罪。有几只狗把我弄得晕头转向，只要有一只叫，所有附近的狗都会叫得震耳欲聋。在西区这种偏僻的地方，走在路上没有安全可言，也没有任何形式的保障。忽然我平静下来，因为我看到我已经到了查尔洛内大街，一伙倒霉家伙在一家杂货店里，开始念叨'白羊宫，金牛宫'，并且嘴里发出很难听的声音。可我并没有理会他们，扬长而去。您会相信我直到此时才意识到我一直在高声重复着星宫吗？我又迷路了。您知道在那种街区里，人们无视城市规划的基本原则，街道乱得像迷宫似的。我甚至没想过要乘什么车回家：我到家时鞋已经破得不成样子了，当时已是垃圾工上班的时刻。那天凌晨，我累得病倒了。我觉得自己发烧了。我躺到床上，不过我决定不睡觉，以免一时忘掉星宫。

"中午十二点，我向报社和卫生所请了病假。这时我的邻居，布兰卡托的一位旅行推销员进来，他坚持把我带到他的房间吃意大利面。我对您实话实说：我开始感觉好些了。我

32

的朋友见多识广，开了一瓶本土的麝香葡萄酒。不过我无心长聊，借口说番茄酱让我昏昏沉沉的，回到自己的房间。我全天没有出门。尽管如此，由于我并非隐士，而且我还担心前一晚的事情，便让女房东给我拿来一份《消息报》。我甚至没有浏览体育版面，全神贯注地看起了警情报道专栏，看到了那场灾难的照片：凌晨零点二十三分，在伊本·赫勒敦博士位于马齐尼镇的别墅里发生了大规模的火灾。尽管消防队奋力扑救，别墅还是成了一片火场，而别墅的主人，叙利亚黎巴嫩团体的杰出成员伊本·赫勒敦博士也在火灾中丧生。他曾是油毡替代品进口的伟大先驱之一。我毛骨悚然。包迪索内写报道时总是不够仔细，在文中犯了几个错误。例如他一点儿也没提到宗教仪式，说那天晚上聚集在一起是为了诵读会议记录并进行换届选举。火灾发生前不久，贾利勒、优素福和易卜拉欣先生已经离开了别墅。他们说直到二十四点，他们还在与死者友好地交谈，后者生龙活虎，完全没有预料到自己将在一场悲剧中丧生，他那典型的西区别墅也将付之一炬。那场大火的起因还有待查明。

　　"我并不惧怕工作，可是从那个时候起，我就再也没有去报社和卫生所了。我情绪低落。两天之后，一位非常和蔼的先生来找我，他询问我愿不愿意凑份子为布卡雷利大街木材库的职工食堂购买刷子和拖把，后来又转变了话题，谈到外国团体，他对叙利亚黎巴嫩团体特别感兴趣。他犹犹豫豫地保证说他还会再来。可是他以后没有来过。相反，有个陌生人在街角安顿下来，并非常隐蔽地跟踪我。我知道您不受制于警察或任何人。救救我吧，伊西德罗先生，我已经绝望了。"

"我不是巫师，也不是斋戒之人，不过我并不拒绝帮您一把。但有个条件。您得答应对我言听计从。"

"听您的，伊西德罗先生。"

"很好。咱们马上开始。你把历书的星宫按顺序说一遍。"

"白羊宫，金牛宫，双子宫，巨蟹宫，狮子宫，室女宫，天秤宫，天蝎宫，人马宫，摩羯宫，宝瓶宫，双鱼宫。"

"很好，现在你反着说。"

莫利纳里面色苍白，结结巴巴地说：

"宫羊白，宫牛金……"

"不是这样说。我的意思是改变一下顺序，让你随便说。"

"改变顺序？您没有听懂我的故事，伊西德罗先生，万万

34

使不得……"

"不行？就说第一个、最后一个和倒数第二个。"

莫利纳里心惊胆战地听从了。接着他看着周围。

"好，现在你脑子里已经没有那些胡乱的念头了。你回到报社去，不要沮丧。"

莫利纳里一言不发，仿佛受到救赎，惶恐不安地出了监狱。外面，还有一个人在等着。

二

过了一个星期，莫利纳里承认，他不能再等了，还得再去监狱。尽管如此，想到要再见到帕罗迪，他感觉心烦意乱，帕罗迪看透了他的自负和可怜的轻信。一个像他这样的现代人竟被几个具有狂热信仰的外国人蒙骗了！那个和蔼的先生也出现得更频繁、更阴险了。他不仅谈论叙利亚黎巴嫩人，还谈论黎巴嫩的德鲁兹人。对话又增加了新的话题，例如一八一三年废除酷刑审讯制度，调查处最近从不来梅州进口的高压电棒的好处等。

一个下雨的早晨，莫利纳里在亨伯特一世大街街角乘公共汽车。他在巴勒莫下车时，那个陌生人也下了车，后者的伪装已经从眼镜变成了黄胡子……

帕罗迪一如既往地冷淡地接待了他。他谨慎地避免提及马齐尼镇别墅的谜团，而是谈起一个对纸牌了如指掌的人可以做些什么事，这也是他的老话题。他回忆起林赛·里瓦罗拉的教学，他在受到一记椅子击打的时候，正从袖子里的一个特殊装置里抽出第二张剑花[1]A。为了辅助说明，他从一个箱子里拿出一把油乎乎的纸牌，让莫利纳里洗牌，又让他把牌摊在桌面上，牌面朝下，并对他说：

"朋友，您是位巫师，给我这个可怜的老人一张金杯花[2]四。"

莫利纳里结结巴巴地说：

"我从来没自称是巫师，先生……您知道，我已经和那些狂热信徒断绝了所有关系。"

"你已经断绝了关系，你也已经洗了牌，马上给我金杯花四。你不要害怕，就是你要抓的第一张牌。"

---

1 西班牙纸牌的花色之一，相当于扑克牌的黑桃。
2 西班牙纸牌的花色之一，相当于扑克牌的红心。

莫利纳里颤抖着伸出了手，随便拿起一张牌递给帕罗迪。帕罗迪看了牌，说道：

"你很厉害。现在你再给我拿剑花十。"

莫利纳里又拿了一张牌，递给他。

"现在拿棒花[1]七。"

莫利纳里给他一张牌。

"这个练习令你疲惫。我将替你拿最后一张牌，就是金杯花王。"

帕罗迪随便拿了一张牌，把它和前面那三张牌放在一起。随后他让莫利纳里把牌翻过来。那四张牌正是金杯花王，棒花七，剑花十和金杯花四。

"不用把眼睛睁得那么大，"帕罗迪说，"在所有这些完全一样的牌里，做了标记的只有我跟你要的第一张，可那并不是你给我的第一张。我跟你要了金杯花四，你给了我剑花十。我跟你要剑花十，你给了我棒花七。我跟你要棒花七，你给了我金杯花王。我对你说你累了，我替你拿第四张牌，金杯

1　西班牙纸牌的花色之一，相当于扑克牌的梅花。

花王。实际上我抽出了金杯花四，上面有这些小黑点。

"伊本·赫勒敦也做了同样事情。他让你去找一号德鲁兹人，你给他带来了二号。他让你去把二号带来，你带来了三号。他让你去带三号，你给他带来了四号。他说他要去找四号，而他带来了一号。一号是易卜拉欣，是他的亲密朋友。伊本·赫勒敦可以在很多人中认出他来……和外国人混在一起就是这个下场。你对我说过，德鲁兹人是非常封闭的。你说的没错，而所有人中最封闭的人就是那个首领伊本·赫勒敦。其他人只需奚落一个阿根廷人就够了，他还想以此取乐。他让你星期日去，而你自己对我说，星期五是他们做弥撒的日子。为了让你紧张，他让你三天只喝茶，还要看《布里斯托尔历书》。此外他还让你走了不知多少个街区，并把你推向一群全身包得严严实实的德鲁兹人，上演一出闹剧。好像还怕你不够慌乱，他又发明了历书星宫的事情。他说说笑笑，并没有（也从来没有）检查伊兹丁的账簿，你进去的时候他们正在对账，你却以为他们在谈论小说和诗歌。谁知道那个司库做了什么手脚呢？事实就是伊兹丁杀死了伊本·赫勒敦，烧了别墅，为的就是不让任何人看到账簿。他向你们告别，与你们握手——这前所未有——为的就是让你们以为他已经走了。他躲藏在附近，等待其他人离开，大家的玩笑已经开够了，而你正拄着竹竿戴着眼罩寻找伊本·赫勒敦，他则回到了文书处。你带老家伙回来时，两个人为看到你像个瞎子似的走路而笑起来。你去寻找第二个德鲁兹人，伊本·赫勒敦就跟着你，为了让你再找到他，让你跌跌撞撞地走四个来回，带回的却是同一个人。这时伊兹丁在伊本·赫勒敦背上扎了一刀，于是你听到一声喊叫。你回到房间时，伊兹丁已经跑了，还把账簿点着了。接着，为了掩盖账簿消失的事情，他把别墅点燃了。"

一九四一年十二月二十七日，普哈托

戈利亚德金的四个夜晚

纪念"好小偷"[1]

一

赫瓦西奥·蒙特内格罗——高个子，尊贵，浪漫的侧脸，直直的染了色的小胡子——带着一种疲惫的优雅上了警车，听凭警车向监狱 voiturer[2]。他处在一种矛盾的处境：全部十四个省的众多晚报读者为如此知名的演员被指控犯下抢劫和谋杀罪而愤怒；众多晚报读者知道赫瓦西奥·蒙特内格罗是个知名的演员，是因为他被指控犯下抢劫和谋杀罪。这一令人惊叹的混淆是阿基莱斯·莫利纳里的独家作品，他是位精明的记者，澄清伊本·赫勒敦谜团为他带来了很高的声望。也正是因为他，狱警才批准了赫瓦西奥·蒙特内格罗这次打破常规的监狱探访：在二七三号单人牢房里关押着伊西德罗·帕罗迪，一位坐室办案的侦探，莫利纳里（以一种骗不了人的慷慨）把所有胜利都归功于他。蒙特内格罗生性多疑，他对这个侦探心存疑虑，后者昨天曾是墨西哥大街上的理发师，今天却成了编了号的囚徒。此外，他的心灵像斯特拉迪瓦里小提琴一样敏感，为这次兆头不祥的探访而紧张。尽管如此，他还是听从了劝告，他知道不应该与阿基莱斯·莫利纳里作对。以他自己有力的话来说，阿基莱斯·莫利纳里代表着第四权力[3]。

帕罗迪眼皮都没抬接待了这位名演员。他缓慢却利索地在一个天蓝色小罐里泡上马黛茶。蒙特内格罗准备好要笑纳。帕罗迪也许是束于羞怯，并没有把马黛茶端给他。蒙特内格罗为了让他自在点，拍了拍他的肩膀，从小板凳上的一包卓越牌香烟里拿出一支点燃。

1　参见《圣经·新约·路加福音》第二十三章第三十九至四十三节。
2　法文，运送，驶去。
3　指媒体在社会中的地位与力量。

"您提前到了，蒙特内格罗先生。我知道您为何而来。是为了钻石那件事。"

"可见，这坚固的围墙对于我的名声来说并不是障碍。"蒙特内格罗赶紧评论。

"随您怎么说吧，没有什么地方能比这里更清楚阿根廷发生的大事小事了：上至一个少将的小偷小摸，下至电台最倒霉的家伙所做的文化节目。"

"我与您一样厌恶电台。就像玛格丽塔——玛格丽塔·希尔古[1]，您知道——一直对我说的那样，我们这些在血液里就与舞台密不可分的艺术家，需要观众的热情。话筒是冰冷的，不自然的。面对这个令人生厌的人造装置，我感到无法与观众交流感情。"

"我要是您，就不会在乎什么装置或交流。我读了莫利纳里的豆腐块儿。那个小伙子文笔不错，可是那么多的词藻、那么多的人物形象，最后一团乱。您为什么不按照您的方式给我说说，别做任何修饰？我喜欢听大白话。"

1　Marguerita Xirgu（1888—1969），西班牙女演员，因出演加西亚·洛尔卡的作品而著名。

"我同意。并且，我能够满足您的要求。明晰是拉美人的特权。尽管如此，您还得允许我为某个可能会连累到的最上流社会的贵夫人蒙上一层面纱，她来自拉基亚卡——您知道，在那里也还是有好人的。Laissez faire, laissez passer.[1] 当务之急就是不要玷污那位夫人的名字，她对所有人来说都是沙龙里的天仙，而对于我来说，她是天仙和天使。这个当务之急迫使我中断在印第安美洲各共和国的胜利巡游。总之，我是布宜诺斯艾利斯人，我本来就不无思乡感伤地期待回家的时刻，但我从来没有想到形势会急转直下，演变为刑事案件。实际上，我刚到雷蒂罗火车站，他们就把我逮捕了，现在又指控我犯下一项抢劫罪和两项谋杀罪。作为 accueil[2] 的升级礼遇，那些臭警察还抢走了我在几小时前跨越特塞罗河时，在古怪情形中得到的一件寻常珠宝。Bref[3]，我厌恶空洞的转弯抹角，我会 ab initio[4] 讲这个故事，也不排除顺便表现一下这

1　法文，随它去吧，行了。
2　法文，接待。
3　法文，总之。
4　拉丁文，从头开始。

出现代闹剧无疑蕴含的强烈讽刺意义。我还会捎带上风景画家的笔触，加点儿色调。

"一月七日，早晨四点十四分，打扮得像玻利维亚塔佩人的我从莫科科上了泛美号火车，巧妙地躲避众多笨拙的追随者——这得靠本事，我可爱的朋友。我慷慨地分发了一些有亲笔签名的自画像，即使不能消除也可以减轻火车雇员的怀疑。他们给我安排了一个包厢，我只得和一个陌生人共处一室。他的外表明显是犹太人。我的到来吵醒了他。后来我得知这个外来人叫戈利亚德金，做倒卖钻石的生意。谁会料到在这列火车上偶遇的阴郁犹太人会让我卷入一场无法破解的悲剧！

"第二天，面对某个卡尔查基¹厨师长的英勇 capo lavoro²，我温文尔雅地审视占据着行驶中的列车这一狭小宇宙的人类群体。我的细心审视首先——cherchez la femme³——从一个有趣的侧影开始，这个侧影即使在晚上八点的佛罗里

---

1 居住在阿根廷西北部和智利北部的印第安人。
2 意大利文，杰作。
3 法文，找女人。

达大街，也值得男人行注目礼。在这方面我不会看走眼。很快我就证实那是位来自异国他乡的女人，非同一般：是普芬道夫-迪韦努瓦男爵夫人，一个成熟的女人，没有女学生那种可怕的乏味，是我们时代里不寻常的样本，一副被草地网球塑造而成的纤细身材，一张平平无奇的面孔，因乳霜和化妆品的加持而略显姿色，简言之，修长使她高贵、沉默使她风雅。尽管如此，她有个 faible[1]：与共产主义调情，这在一个真正的迪韦努瓦身上是不可饶恕的。起初她引起了我的兴趣，可是后来我明白了，她妩媚诱人的虚饰后面隐藏着平庸的灵魂，于是我要求可怜的戈利亚德金先生代替我。她像女人一贯的那样，装着没有察觉到这一变化。尽管如此，我无意间听到了男爵夫人与另一位旅客——得克萨斯的某位哈拉普上校——的对话，她在对话里使用了'白痴'这个形容词，无疑指的是可怜的戈利亚德金先生。我再来描述一下戈利亚德金：他是俄国人，是个犹太人，他在我记忆的感光板留下的印象不深。他的头发偏金色，身体健壮，眼睛惶恐，他明白

1　法文，弱点。

自己的身份，总是抢着为我开门。相反，要想忘记那位蓄着大胡子而且中风过的哈拉普上校是不可能的，尽管我希望如此。他身上明显的粗俗体现出某个国家的无比膨胀，但无视一切细微差别，一切 nuances[1]，甚至还不如那不勒斯一家小餐馆里最糟糕的无赖，而那种洞察力正是拉美人的特征。"

"我不关心那不勒斯在哪儿，可是如果没人为您解开谜团，您就坐等维苏威火山爆发吧，我也无话可说。"

"我羡慕您本笃会修士般的隐士生活，帕罗迪先生，可我一生漂泊不定，我曾在巴利阿里群岛寻找光明，在布林迪西找寻色彩，在巴黎体会优雅的罪恶。我也曾像勒南[2]那样在雅典卫城虔诚祈祷。我四处挤压生命的汁液……言归正传。在普尔曼式列车上，那个可怜的戈利亚德金，那个注定要遭到迫害的犹太人，忍气吞声地承受着男爵夫人无休止且令人疲惫的唇枪舌剑，我则像雅典人一般悠闲地与来自卡塔马卡省[3]

1　法文，细微差别。
2　Joseph Ernest Renan（1823—1892），法国哲学家、历史学家和神学家，出生于法国农民家庭，曾在家乡的一所神学院学习。一场信仰危机导致他于1845年背弃天主教。
3　位于阿根廷东北部。

47

的年轻诗人比维罗尼一起谈论诗歌和各省的情况。现在我承认，起初这位曾获伏尔坎厨具大奖的青年诗人黝黑、甚至可以说是乌黑的脸庞难以让我心生好感。他那夹鼻眼镜，夹式领结和乳白色手套，让我以为自己面前是萨米恩托[1]送来的无数教育家中的一位，要求萨米恩托这样的天才先知做出凡夫俗子的平庸预见未免也太荒谬了。尽管如此，他兴致勃勃地听我一挥而就的八行诗的样子向我表明，他是我们青年文学最有前途的人才之一，作那首诗时，我在连结了哈拉米的现代蔗糖厂与菲奥拉万蒂[2]为纪念国旗而雕刻的巨型石像的列车上。比维罗尼并非那种第一次 tête-à-tête[3] 就用他的劣作折磨我们的令人无法忍受的蹩脚诗人。他是个学者，是个低调的人，不会浪费在大师面前缄口的机会。随后我念诵我写的何塞·马蒂[4]赞歌的第一首供他消遣。可是快念到第十一首的时

1　Domingo Faustino Sarmiento（1811—1888），阿根廷教育家、政治家、作家。他从一个乡村老师逐步上升为阿根廷第一位平民总统。

2　José Fioravanti（1896—1977），阿根廷雕塑家。此句中提及的国旗纪念碑位于罗萨里奥市。

3　法文，单独谈话。

4　José Julián Martí Pérez（1853—1895），古巴诗人、散文家、爱国主义者和烈士。

候，我就不得不剥夺自已这种快乐了：男爵夫人无休止的说教让戈利亚德金厌烦，而这倦意通过一种有趣的心理感应影响了我那来自卡塔马卡省的听众，这种情况我已多次在其他病人身上见过。我以一种众所周知的坦率——那是上流社会人士的 apanage[1]，毫不迟疑地采取了激烈行动。我摇晃他，直到他睁开眼睛。那个 mésaventure[2] 之后，谈话的氛围就不热络了。为了提高兴致，我就谈到了上等烟草。我猜对了。比维罗尼立即情绪高涨。他翻遍了皮夹克的内兜，拿出了一支产自汉堡的雪茄，不过他没有贸然把烟给我，说他买来是为了晚间在包厢里抽。我明白了这个并无恶意的托辞，迅速地拿过了雪茄，并且马上把烟点燃了。某个痛苦的回忆划过年轻人的脑海，至少作为一个自信的面相鉴定家，我是这样理解的。我舒服地坐在座椅上，吞吐着蓝色的烟圈，请他讲讲他的得意之时。那张有趣的、黝黑的面孔放起光来。我听着文人的老一套故事：他曾经与中产阶级的不理解斗争过，曾经背负着妄想穿越生活的波涛。比维罗尼的家庭研究山区

1　法文，特权。
2　法文，不幸事件。

药典多年后，终于越过卡塔马卡的边界，一直来到班卡拉里[1]。诗人在那儿出生了。他的第一个老师是大自然：一方面是父亲庄园里的豆角，另一方面是毗邻的鸡窝。在没有月亮的夜晚，这个孩子不止一次到访鸡窝，带着钓……鸡的长竿。在二十四公里外的小学完成扎实的学习后，诗人又回到了耕地。他熟悉农耕那有益而阳刚的辛劳，它比任何空洞的掌声都更有价值，直到伏尔坎厨具公司凭借出色的眼力发现了他，他的书《卡塔马卡人——乡村生活的回忆》摘得桂冠，这笔奖金使他亲近了他曾经如此倾情讴歌的乡村。现在，他带着丰富的浪漫诗歌和村夫谣，又回到了故乡班卡拉里。

"我们去了餐车。那个可怜的戈利亚德金不得不和男爵夫人坐在一起，而在同一张桌子的对面，坐着布朗神父和我。神父的外貌并不特别：栗色的头发，圆而平淡的脸庞。而我却不乏羡慕地看着他。我们这些人，不幸失去了支撑着煤炭工和孩童的信仰，却还没有在冰冷的智慧中找到赋予教会里芸芸众生的良厚慰藉。毕竟，我们这个世纪，如同一个 blasé[2]

1　阿根廷布宜诺斯艾利斯的北郊。
2　法文，麻木的，厌倦的。

而白发苍苍的孩子，有多少该归功于阿纳托尔·法朗士[1]和胡利奥·丹塔斯[2]深刻的怀疑论呢？我们所有人，我尊敬的帕罗迪，可能都缺一剂天真简单之药。

"我非常模糊地记得那天下午的谈话。男爵夫人借口天气太热，不停地敞开领口，并拥抱戈利亚德金——所有这些都是为了刺激我。戈利亚德金不太习惯这种举止，徒劳地躲避着身体接触，而且他也明白自己扮演的难堪角色，紧张地谈论着谁也不感兴趣的话题，例如将来钻石行情会下跌，假钻石无论如何也代替不了真钻石，以及 boutique[3] 里的其他事宜。布朗神父似乎忘记了豪华列车的餐车与礼拜会众齐聚的会堂之间有什么不同，不断重复着似是而非的言论，什么要拯救灵魂需先失去灵魂：神学家的拜占庭主义使明晰的《福音书》变得晦涩难懂。

"Noblesse oblige[4]：要是再不理会男爵夫人充满挑逗的邀

---

1 Anatole France（1844—1924），法国作家、文学评论家、社会活动家。
2 Julio Dantas（1876—1962），葡萄牙医生、诗人和戏剧家。
3 法文，商店。
4 法文，位高则任重。

请，我就显得太不近人情了。就在那天晚上，我蹑手蹑脚地走近她的包厢，蹲着将浮想联翩的脑袋贴在门上，眼睛对着锁眼，哼唱起《我的朋友皮埃罗》。我正沉浸在人生鏖战中难得的休战期，却被古板陈腐、清心寡欲的哈拉普上校搅扰了。实际上，这个大胡子老头，美西战争的老古董，抓着我的肩膀，把我举到一个可观的高度，丢到男士卫生间门前。我立刻做出反应：进了卫生间，当着他的面把门插上。我在里面待了将近两个小时，竖起商人的耳朵听着他以不准确的西班牙语发出含糊不清的威胁。我离开藏身处时，已经一路畅通。'障碍清除！'我暗自喊道，随即回到自己的包厢。显然，幸运女神也与我同在。男爵夫人也在包厢里，正等着我。她见到我时一跃而起，在她背后，戈利亚德金正在穿上衣，男爵夫人凭借女性直觉在电光石火间已明白，戈利亚德金在场破坏了情侣所需的隐秘气氛。她走了，一句话也没对他说。我知道自己的脾气：如果我遇到上校，我会和他决斗。可这种事情发生在火车上就不合适了。另外，尽管我不愿承认，但决斗的时代已经过去了。我选择了睡觉。

　　"犹太人真是有着奇怪的奴性！我的到来挫败了戈利亚

德金某些不轨企图。尽管如此，从那个时刻起，他就对我表现出极大的诚意，迫使我收下他的阿万蒂雪茄，并对我关心备至。

"次日，大家都心情不佳。我对心理气氛非常敏感，想振作一下同桌其他人的情绪，谈到罗伯托·派罗[1]的一些轶事和马科斯·萨斯特雷[2]某首尖锐的诙谐短诗。由于前一天晚上的意外事件而恼怒的普芬道夫-迪韦努瓦夫人气呼呼的。她的不幸事件无疑也传到了布朗神父的耳朵里，他以一种与教职人员身份不符的冷漠对待她。

"午饭过后，我给了哈拉普上校一个教训。为了向他证明他的 faux pas[3] 并没有影响到我们不可动摇的诚挚关系，我给了他一支戈利亚德金的阿万蒂雪茄，还亲自给他点上。一记戴着白手套的耳光！

"那天晚上是我们旅途中的第三个晚上，年轻的比维罗尼让我失望了。我本来想给他讲一些艳遇，那些不是随随便便

---

1 Roberto Payró（1867—1928），阿根廷作家和记者。
2 Marcos Sastre（1808—1887），乌拉圭出生的阿根廷作家。
3 法文，失礼。

跟人说的秘辛。可是他不在包厢里。一个卡塔马卡的混血儿都能进普芬道夫男爵夫人的房间，令我有些不快。有时候我觉得我就像福尔摩斯：我狡猾地避开列车员，我巧妙地运用巴拉圭钱币学收买了他。我像巴斯克维尔的冷血猎犬般冷静，试图听清，或许应该说，试图窥测那间包厢里的动静。（上校早就去歇息了。）我查探到的是一片寂静和漆黑。可是焦虑并没有持续多长时间。看到男爵夫人从布朗神父的房间里出来，我怎么能不惊愕！一瞬间我心中涌起了野蛮的反叛之情，这在一个血管里流淌着蒙特内格罗家族炽热血液的男人身上是可以理解的。随后我明白了。男爵夫人是去作忏悔了。她头发凌乱，衣着简单——身穿胭脂红色的罩袍，脚上着一双带金色小绒球的银色平底鞋。她没有化妆，出于女人的本性，匆忙逃向她的包厢，为的是不让我看到她的素颜。我点燃了年轻人比维罗尼的一支糟透了的雪茄，泰然自若地退场了。

"我的房间里还有更惊人的事：虽然已是深夜时分，可戈利亚德金还没有睡。我笑了，火车上两天的共同生活已经足以让这位不起眼的犹太人模仿起戏剧圈和俱乐部的夜生活了。当然，他还不适应这种新习惯，并不自在，很神经质。他不理会我的困意和呵欠，将他那些毫无价值、也许还是杜撰的人生经历都一股脑儿倒给我。他坚称自己原来是克劳夫迪亚·费奥多罗夫娜公主的马夫，后来成了她的情人。他愤世嫉俗的样子让我想起了《吉尔·布拉斯》里最大胆的篇章。他声称他骗取了公主和她的忏悔神父阿布拉莫维茨的信任，窃取了她的一颗古老的石头，一个举世无双的宝贝，只是由于切割才没有成为世界上最值钱的钻石。离那个激情、盗窃和潜逃的夜晚已经过去了二十年，在此期间，红色浪潮将失去心爱之物的公主和不忠的马夫赶出了沙皇的帝国。从此上演了三重'奥德赛'：公主为的是维持生计，戈利亚德金为的是把钻石物归原主，还有一个国际盗窃团伙为寻找失窃的钻石对戈利亚德金穷追不舍。戈利亚德金踏遍南非的矿山，去过巴西的实验室，辗转于玻利维亚的集市，尝尽了历险的艰辛，可是他从来没想过卖掉钻石，钻石承载着他的悔恨和希望。随着时间的流逝，对于戈利亚德金来说，克劳夫迪亚公主成了那个遭到仆从和乌托邦主义者践踏的可爱而奢华的俄国的象征。由于找不到公主，他的爱意日益见长。不久前他得知她现在阿根廷共和国，在阿韦亚内达¹经营着稳定的产业，并没有放弃贵族的 morgue²。直到最后一刻，戈利亚德金才将钻石从它隐蔽的藏身之处取出来。现在他知道公主的下落了，他宁死也不想让钻石丢失。

"这个故事出自一个自称曾是马夫和窃贼的男人之口，令我不适。以我特有的坦率，我冒昧对这颗宝石是否存在表示怀疑。我刨根问底的执着触动了他。他从一个仿鳄鱼皮手提箱里拿出两个完全一样的盒子，并打开了其中一个。毋庸置疑，在天鹅绒的底座上，一颗美丽的'光明之山'³的姊妹闪闪发光。人间任何事情都不曾让我奇怪。我怜悯这个可怜的戈利亚德金，他昔日与费奥多罗夫娜有过短暂的床笫之欢，而今在一个嘎吱作响的火车包厢里，向一个阿根廷绅士倾诉了他的苦衷，而这位阿根廷绅士很乐意帮助他找到公主。为了表明这点，我还说被盗窃团伙追踪不像被警察追捕那么严重。我以兄弟般大度的口吻随口说道，我的姓氏是共和国最

---

1 位于大布宜诺斯艾利斯都市圈中的自治市。
2 法文，傲慢。
3 世界上最有名的钻石之一，以个头大闻名。

古老的之一，却也因为警察对金厅俱乐部的一次突击搜查而被列入了什么黑名单。

"我朋友的心态是多么反常啊！二十年没有看到心上人的面孔了，可现在，在幸福到来的前夕，他的心灵在挣扎和犹豫。

"尽管我以放荡不羁闻名，d'ailleurs[1]这也不无道理，但我仍是一个作息规律的人。夜已深，可我已经睡不着了。我的脑海里翻腾着眼前钻石与远方公主的故事。戈利亚德金（无疑受我的高尚坦言触动）也睡不着觉。至少整个晚上，他都在上铺辗转反侧。

"早晨有两桩惬意之事等着我。首先，远处的潘帕斯草原向我这个阿根廷艺术家的灵魂私语。一束阳光洒落在原野上，在慈祥阳光的倾洒下，柱杆、铁丝网和刺蓟喜极而泣。天空变得更加辽阔，光明猛烈地覆盖在平原上。牛犊仿佛穿上了新衣裳……其次是心理上的。面对大碗热腾腾的早餐，布朗神父向我们清楚表示十字架不与刀剑为敌：他以削发所赋

---

1 法文，况且。

予他的权威和地位，斥责哈拉普上校，把上校比作驴和畜生（我觉得很贴切）。他说上校只能与不幸之人为伍，而面对刚性之人，要知道保持距离。哈拉普一声都没吭。

"我直到后来才知道神父那通训斥的全部含义。我得知比维罗尼前一天晚上不见了，是那个粗鲁的军人冒犯了那位不幸的文人。"

"告诉我，亲爱的蒙特内格罗，"帕罗迪问道，"你们那列如此古怪的列车没有在任何地方停留过吗？"

"您是哪儿的人，亲爱的帕罗迪？您不知道泛美号列车是从玻利维亚直达布宜诺斯艾利斯吗？我接着说，那天下午，对话内容单一，谁也不想谈论除了比维罗尼失踪以外的事情。事实上，有的乘客认为经过这次事件，盎格鲁-撒克逊资本家大肆吹嘘的铁路安全应该受到质疑。我对此并无异议，但我认为比维罗尼的行径完全可能是受心不在焉的诗人秉性所影响，而我自己沉溺于幻想时，也时常心神恍惚。这些假设在充满色彩和光明的白日里差强人意，随着太阳的最后一个转身而黯然失色。垂暮之时，一切都变得凄凉。夜色中传来一只黑色雕鸮断断续续的不祥呻吟，像是在模仿病人一连串的咳嗽声。在每个旅客的脑海里都翻腾着遥远的回忆，或是对阴郁生活茫然又深沉的疑惧，所有列车轮子仿佛都在拼读着这句话：比—维—罗—尼—已—被—谋—杀，比—维—罗—尼—已—被—谋—杀，比—维—罗—尼—已—被—谋——杀……

"那天晚上晚餐之后，戈利亚德金（肯定是为了缓和一下他在餐车里感受到的苦闷气氛）竟轻率地提议我们俩玩扑克牌赌博[1]，他只想跟我一人较量，竟蛮横固执地拒绝了男爵夫人和上校四人参赌的建议，他们就只能充当贪婪的观众。当然，戈利亚德金的希望受到了重创。金厅俱乐部的宠儿没有辜负观众的期待。最初我的牌并不好，可是后来，不顾我慈父般的提醒，戈利亚德金还是把钱全输了：三百一十五比索四十分，后来被那些臭警察蛮横地从我这里抢走了。我永远不会忘记那场决斗：平民对阵老手，贪婪者对阵漠然者，犹太人对阵雅利安人。这是我内心珍藏的一幅画面。戈利亚德金为了尽可能捞回本钱，突然离开了餐车。他很快拿着那个

1　一种使用扑克牌的赌钱方式，参赌者每人取五张牌，中间可追加赌注，最后比牌的大小决定胜负。

仿鳄鱼皮手提箱回来了。他取出其中一个盒子，放在桌上。向我提出以已经失去的三百比索对赌钻石。我没有拒绝给他最后一搏的机会。我拿牌，五张 A 牌。我们亮了牌。费奥多罗夫娜公主的钻石归我所有了。Navré[1] 犹太人走了。真是个有趣的时刻！

"A tout seigneur, tout honneur.[2] 随着赢家大获全胜，普芬道夫男爵夫人戴着手套、居心不良的掌声为这个场面画上了句号。就像金厅俱乐部里的人常说的，我从不半途而废。我做出决定：ipso facto[3] 叫来侍者，让他拿来酒单，庆贺此事。我迅速看了一下，觉得要半瓶埃尔盖特罗香槟酒比较合适。我与男爵夫人干了杯。

"纨绔子弟在这些时刻总是难掩本色。在这么了不起的奇遇之后，常人必定夜不能寐。可我突然间对私下会谈的诱惑无动于衷，渴望能够在包厢里独处。我打着呵欠，找借口离开了。我疲惫不堪。我记得自己在半梦半醒间沿着无止尽的

---

1 法文，伤心的。
2 法文，实至名归。
3 拉丁文，根据事实本身。

列车过道走动，丝毫没有顾忌盎格鲁-撒克逊公司制定的限制阿根廷旅客自由的条例，随便进了一个包厢。作为珠宝的忠实守卫，我插上门的插销。

"我毫不脸红地告诉您，尊敬的帕罗迪先生，那天晚上我和衣而睡，像一块木头一样倒在床上不省人事。

"所有心计盘算都会受到相应惩罚。那天晚上一个痛苦的梦魇折磨着我。那个梦魇里翻来覆去的是戈利亚德金嘲讽的声音，它不断重复道：'我不会告诉你钻石在哪儿。'我惊醒了。我的第一个动作就是把手伸向内兜，盒子还在那里，里面是真正举世无双的珍品。

"我放心了，打开了车窗。

"明亮，凉爽。黎明时分鸟儿的疯狂喧嚣。那是一月初一个云雾弥漫的清晨。惺忪睡意包裹在一层层淡白的雾霭中。

"敲门声响了，把我从清晨的诗意拽回了同散文般乏味的现实。我开了门，是格龙多纳副局长。他问我在包厢里干什么，还没等我回答，就说我们要一起回到我的包厢去。我一直像燕子一样善于辨别方向。可我无论如何没有想到，我的包厢就在隔壁。里面一片凌乱。格龙多纳劝我不要佯装惊奇。

我后来才知道您可能已经在报纸上看到的事情：戈利亚德金被人从火车上扔了出去。一个列车员听到他的叫喊，拉响了警报。警察在圣马丁上了车。所有人都说是我干的，包括男爵夫人，无疑是出于怨恨。有一个细节只有我这样注重观察的人才能注意到：在警察的忙乱之中，我发现上校把胡子刮了。"

二

一星期后。蒙特内格罗又出现在监狱。在警车宁静的后座上，他已经预先想好了至少十四个乡巴佬的故事和加西亚·洛尔卡的七首离合诗，以教化他的新门生，二七三号牢房的住客伊西德罗·帕罗迪。可是这位固执的理发师却从他的鸭舌帽里拿出了一副油乎乎的扑克牌，提议或者说强迫来访者和他一起玩一把吃磴游戏[1]。

"这种牌我最拿手了。"蒙特内格罗回应道，"我祖先的城

---

1 起源于西班牙，流行于巴西、阿根廷、乌拉圭等国家。

堡周围环绕着城垛，高塔倒映在流淌的巴拉那河中。我在那里屈尊接受了高乔人的彪悍友情和质朴的消遣方式。所以我的那句'游戏中见真章'，使整个三角洲的老手都甘拜下风。"

很快，蒙特内格罗（他在前两局中一分未得）承认，这种玩法过于简单，不足以吸引一个巴卡拉纸牌和桥牌爱好者的兴趣。

帕罗迪并没有理会他，对他说：

"看，您上次在玩牌时给那个一心求败的老人一次狠狠的教训，作为回报，我来给你讲个故事。故事的主人公尽管不幸，但非常勇敢，赢得了我的尊敬。"

"我理解您的意图，亲爱的帕罗迪，"蒙特内格罗十分自然地点燃一支卓越牌香烟，说道，"这种尊敬让他感到很荣幸。"

"不，我不是说您，我说的是一位我并不认识的死者，一位来自俄国的外国人，一位贵族小姐的车夫或马夫，那位小姐有颗珍贵的钻石，是当地的一位公主，不过爱情可不讲什么道理……这个年轻人被幸运冲昏了头脑，他有自己的弱点——每个人都有弱点——于是侵吞了钻石。当他后悔的时候已经晚了。一场马克思主义革命使他们背井离乡。一伙窃贼最初去南非的一个小镇，后来又到了巴西的某个地方，想掠夺他的宝贝。但他们没有得逞。那个年轻人想办法把钻石藏了起来，不是因为要独占，而是为了物归原主。经过了多年的折磨，他得知小姐在布宜诺斯艾利斯。带着钻石出行很危险，可是他没有退缩。窃贼跟踪他上了列车：一个人扮成神父，一个人装作军人，一个人假装是乡下人，还有一个女的浓妆艳抹。在这些旅客中，有位我们的同胞，愣头愣脑，是一个演员。这个小伙子一生都生活在伪装之中，所以并没有看出这伙人有什么异常……尽管如此，这出戏还是一目了然。这群人鱼龙混杂。一个借用了侦探小说里人物名字的神父；一个班卡拉里的卡塔马卡人；一个女人，因为这件事涉及一个公主，于是冒充男爵夫人；一个在一夜之间失去胡须的老人，还能把大约八十公斤重的您举到一个'可观的高度'，再把您关进卫生间。他们下定了决心。他们有四个晚上可以行动。第一个晚上，您进了戈利亚德金的包厢，破坏了他们的阴谋。第二个晚上，您无意中又救了他：那女人打着浪漫的旗号进了戈利亚德金的包厢，可是您来了，她只好离开。第三个晚上，您像糨糊一样贴在男爵夫人的门上时，卡塔马卡人袭击了戈利亚德金。可他搞砸了，戈利亚德金把他扔出了火车。所以这个俄国人非常紧张，在床上辗转反侧。他琢磨已经发生的和将要发生的事情。他也许想到了，第四个晚上，也就是最后一晚，是最危险的。他想起了神父说过，要拯救灵魂，需先将其失去，决定任由自己被杀害，为拯救钻石，需先将其失去。您和他提过在警察局的不良记录，于是他知道如果有人杀了他，您将是头号嫌疑人。第四个晚上他展示了两个盒子，想让窃贼以为有两颗钻石，一颗真的，一颗假的。在众目睽睽之下，他借助一个无能的对手，失掉了一颗钻石。窃贼以为他是为了让他们相信，他丢失了真钻石。于是用掺在酒里的某种药水使您昏睡。他们潜入俄国人的包厢，命令他交出钻石。您在梦中听到他说他不知道钻石在哪儿，可能还说了钻石在您那儿，为了欺骗他们。这一连串事件急转直下，使那个勇敢的人如愿以偿：拂晓的时候，无情的窃贼杀死了他，可是钻石在您手里，安然无恙。果然不出所料，你们刚一到达布宜诺斯艾利斯，警察就逮捕了您，把钻石还给了它的主人。

"也许戈利亚德金想过，他活着已经毫无意义。公主过了二十年的残酷生活，现在管理着一处肮脏的宅第[1]。我如果是他，也会选择当个懦夫。"

蒙特内格罗点燃了第二支卓越牌香烟。

"真是个老套的故事，"他指出，"迟来的智慧证实了艺术家的出色直觉。我一直怀疑普芬道夫-迪韦努瓦夫人，怀疑比维罗尼，怀疑布朗神父，特别是怀疑哈拉普上校。您放心，亲爱的帕罗迪，我会尽快将我的解答上报给当局。"

一九四二年二月五日，克肯

---

1 指妓院。

公 牛 之 神

纪念诗人亚历山大·蒲柏[1]

一

诗人何塞·福门托以一种与众不同的大丈夫般的坦率毫不迟疑地向聚集到"艺术之家"（位于佛罗里达大街与图库曼大街交汇处）的女士们和先生们重复道："对于我的精神来说，没有什么盛事能比得上我的老师卡洛斯·安格拉达与那个模仿十八世纪的蒙特内格罗的舌战了。这好比马里内蒂[2]对阵拜伦，四十马力的汽车对阵贵族的轻便双轮马车，机关枪对阵斗牛利剑。"这种竞争也会让两位主角感到高兴，其实他们十分欣赏对方。蒙特内格罗（他自从与费奥多罗夫娜公主结婚后，就退出戏剧界，用闲暇时光致力于编写一部宏大的历史小说和从事侦探调查）刚一得知信件被窃的消息，就向卡洛斯·安格拉达展示了自己的敏锐和威望，向他提议最好去拜访二七三号牢房，他的合作者伊西德罗·帕罗迪正被囚禁在那里。

与读者不同，伊西德罗·帕罗迪并没有听说过卡洛斯·安格拉达。他没有读过十四行诗《老年宝塔》（一九一二年），没有读过泛神论颂诗《我是其他人》（一九二一年），没有读过全是大写字母的《视己便溺》（一九二八年），没有读过本土化小说《一个高乔人的记事本》（一九三一年），没有读过任何一篇《百万富翁颂》（五百册限量版和唐博斯科远征社印刷的普及版，一九三四年），没有读过《与面包和鱼唱和的赞美诗》（一九三五年），没有读过——无论这看起来有多丢人——普罗贝塔出版社的深奥的版权页（《潜水员的虚饰》，

---

1 Alexander Pope（1688—1744），英国诗人和讽刺作家。
2 Emilio Filippo Tommaso Marinetti（1876—1944），意大利裔法国散文家、小说家、诗人、戏剧家。

由弥诺陶洛斯编注，一九三九年）[1]。我们沉痛地承认，在二十年的牢狱生涯里，帕罗迪没有时间研究《卡洛斯·安格拉达的旅程——一个抒情诗人的历程》。在这部必读著作里，何塞·福门托在大师本人的指导下，讲述了后者的不同阶段：现代主义启蒙；对华金·贝尔达[2]的理解（有时是抄录）；一九二一年的泛神论热潮，当时诗人渴求与自然完全融为一体，拒绝穿任何种类的鞋，一跛一拐，血迹斑斑地在他位于维森特·洛佩斯区[3]的可爱别墅的花坛间徘徊；对冰冷的理智主义的拒绝，在那极其著名的几年里，卡洛斯·安格拉达在一名家庭教师和智利版的戴·赫·劳伦斯的陪同下，频频出现在巴勒莫公园的湖畔，他天真地穿一身水手服，带着一个圆环和一块滑板；尼采学说催生出《百万富翁颂》，那是在阿索林一篇文章的基础上写就的支持贵族价值观的作品，很久

---

1 卡洛斯·安格拉达的典型书目还包括：不加掩饰的自然主义小说《沙龙之肉》（一九一四年），宽洪大量的翻案诗《沙龙幽灵》（一九一四年），已经被超越的宣言《致珀加索斯》（一九一七年），旅行札记《最初是普尔曼式客车》（一九二三年）和四期限量版杂志《零》（一九二四——一九二七年）。——作者注
2 Joaquín Belda（1883—1935），西班牙记者、小说家。
3 位于布宜诺斯艾利斯北部，以意大利和西班牙移民为主。

之后，这位圣餐大会的平民慕道友又将它推翻了；最后是无私奉献和在各省的调查研究，大师对普罗贝塔出版社大力推崇的默默无闻的诗人新秀进行了严格剖析，出版社已经找到了一百多个订购者愿意为后者的作品买单，而且还在为他们筹备出版一些 plaquettes[1]。

卡洛斯·安格拉达并不像他的书目或他的"肖像"那样令人不安，伊西德罗先生在他那天蓝色小罐里泡上了马黛茶，他抬起目光，看了看那个男人：面色红润，高大，结实，未老先秃，目光自负又固执，留着精力充沛的染色小胡子。就像何塞·福门托常郑重地说的那样，他穿着"格子套装"。一位先生跟着他，从近处看，就像从远处看上去的卡洛斯·安格拉达本人。秃顶、眼睛、小胡子、结实的身板和格子套装都如出一辙，只是规格小了些。机警的读者大概已经猜到，这个年轻人就是何塞·福门托，安格拉达的传教者和信使。他的任务并不单调。反复无常的安格拉达，现代精神上的弗雷格利[2]，若非他的学徒如此孜孜不倦和忘我，若非这

1　法文，小册子，很薄的书。
2　Leopoldo Fregoli（1867—1936），意大利演员、歌手、快速变装师。

位学徒曾著有《摇篮》(一九二九年)、《一个禽蛋批发商的笔记》(一九三二年)、《总管颂》(一九三四年)和《空中星期日》(一九三六年),恐怕会困惑不已。正像任何人都知道的那样,福门托崇敬大师,而大师也以一种诚挚的屈尊回报他,不排除时不时友好地训斥一下。福门托不仅是学生,也是秘书,相当于大作家才有的那种 bonne à tout faire[1],可以给天才的手稿加标点,或是剔除一个多余的 h。

安格拉达直奔主题:

"请您谅解我像摩托车般坦率。我听从赫瓦西奥·蒙特内格罗的指点而来。我明说了吧,我现在不,以后也不会相信一个被关在监狱里的人能够受托解决侦探谜团。事情并不复杂。众所周知,我生活在维森特·洛佩斯区。在我的写字台里,说得更明确些,在我创造隐喻的工作室里,有一个铁盒。在那个带锁的棱镜里装着,或者说曾经装着一包信。没什么神秘的。我的通信人和爱慕者是玛丽亚娜·鲁伊斯·比利亚尔瓦·德·穆尼亚戈里,她的亲密友人称她为'蒙查'。这一

---

1 法文,负责全部家务的女仆;奴才、仆从。

切都是光明磊落的。尽管有人恶意诽谤，可是我们之间从来没有发生过肉体关系。我们追求的是更高层次的交流——情感和精神上的。总之，一个阿根廷人永远不会明白这些。玛丽亚娜拥有一个美丽的灵魂，更是一个漂亮的女人。这个丰满的生物配备着一根对所有现代震荡都很敏感的天线。我的处女作《老年宝塔》启发她作起了十四行诗。我为她修改那些十一音节的诗句。其中出现的个别亚历山大体句子彰显了她在自由诗体上的诚挚天赋。实际上，她现在正致力于创作散文体随笔。她已经写了《一个雨天》《我的狗鲍勃》《春天的第一天》《查卡布科战役》《我为什么喜欢毕加索》《我为什么喜欢花园》等。总之，让我像潜水员一样下探到侦探细节，下探到或许您更容易理解的领域。就像大家都知道的那样，我确实热爱交际。八月十四日，我把我别墅的咽门向一群有趣的人打开，他们是普罗贝塔出版社的作家和订购者。前者要求出版他们的手稿，后者要求归还他们损失的会费。在那种场合里我如水中的潜水艇一样幸福。热闹的聚会一直持续到凌晨两点。我首先扮演了战士的角色。我用扶手椅和凳子搭了一个路障，拯救了大部分餐具。福门托则更像狄俄墨得斯，而不是尤利西斯。他企图用一个盛有各种甜点和比尔茨橙味汽水的木托盘安抚那些论战者。可怜的福门托！他只是为我的诽谤者们提供了更多弹药。当最后一个消防员撤出后，福门托以一种我永远不会忘记的虔诚，向我的脸上泼了一桶水，让我的头脑重新恢复了三千瓦的光亮。在我晕倒时，我琢磨出一首技巧娴熟的长诗，题为《在冲力之下站起》，而末句是'我近距离枪决了死神'。若是丢失了潜意识里的珍宝，那该多么危急。没有办法，我打发走了我的门徒，而他在争战之时丢了钱包。他大大方方地开口要钱，为了乘车回萨阿韦德拉。我那不可侵犯的贝特雷保险柜的钥匙就在我衣兜里。我把钥匙拿出来，挥舞着。我找到了要找的钱，可是没有找到蒙查——对不起，是玛丽亚娜·鲁伊斯·比利亚尔瓦·德·穆尼亚戈里——的信。这个打击并没有挫伤我的锐气。我总是站在思想的海角之上，我检查了房间及其所有设施，从热水器到污水池。然而行动一无所获。"

"我确定信不在别墅里，"福门托浓重的声音说道，"十五日早晨我带着老师研究中需要的《插图版大字典》里的一个词条又来了。我自告奋勇再次搜查房间，什么也没有找到。

不，我说谎了。我找到了对安格拉达先生和共和国来说极为珍贵的东西。是诗人不小心丢在地下室的宝藏：四百九十七本绝版的《一个高乔人的记事本》。"

"请您原谅我这位门徒的文学激情。"卡洛斯·安格拉达快速说道，"这种学术发现并不会让像您这样拘泥于侦探事务的人感兴趣。事实如下：信件已经失踪，在一个无耻之徒手里，一位尊贵女士的思想脉动，这些记录着大脑灰质和感伤情绪的档案会构成一桩丑闻。这是一份符合人之常情的文件，它将一个上流社会女人的脆弱隐私与一种文风的冲击力（以我为例）结合在一起。总之，这对于非法出版商和安第斯山脉那边 [1] 的人来说，都是极大的诱惑。"

二

一星期后，一辆加长凯迪拉克停在国家监狱前的拉斯埃拉斯大街上。车门开了，一位身着灰色外套、花哨裤子，戴浅色

---

1 指智利。

手套，手持狗头柄手杖的绅士，带着一种有点儿 surannée[1] 的优雅气派下了车，迈着坚实的步伐进了监狱的院子。

格龙多纳副局长卑躬屈膝地接待了他。这位绅士接过一支巴伊亚雪茄，被引领到二七三号牢房。伊西德罗先生刚一看到他，就把一包卓越牌香烟藏到自己的囚帽下面，温和地说：

"看来肉在阿韦亚内达卖得不错呀。这活儿让不止一个人瘦了，却让您胖了。"

"Touché[2]，我亲爱的帕罗迪，touché。我承认我 embonpoint[3]。公主委托我吻您的手。"蒙特内格罗在两口蓝色的烟圈之间说道，"还有我们共同的朋友卡洛斯·安格拉达——那个风趣的灵魂，如果世上真有的话，不过他缺少地中海修养——也向您问好。私下说说啊，他对您更念念不忘。就在昨天，他闯进我的书房。仅凭两下摔门和他几近哮喘的呼吸声，就足以让我这个相貌鉴定家瞬间意识到卡洛斯·安格拉

---

1 法文，陈旧的，过时的。
2 法文，说中了。
3 法文，发福。

达很紧张。我马上明白了为什么，交通拥挤不利于精神平和。您很聪明，做出了最佳选择：避世，有条不紊的生活，减少刺激。在城市的中心，您小小的绿洲就像世外桃源。我们的朋友却太脆弱了，一个幻象足以令他惊恐不已。坦率讲，我本以为他的性情会更刚强。起初他以一个花花公子的淡定对待信件丢失的事，可昨天我断定他那外表不过是一副面具。他已经受伤了，blessé[1]。在我的书房里，面对一瓶一九三四年的黑樱桃酒，在雪茄那提神醒脑的烟雾中，他摘掉了全部面具。我理解他的惊恐。蒙查的书信如果真发表了对于我们的社会将是一个沉重打击。我亲爱的朋友，那是一个 hors concours[2] 女人：美貌、财富、门第、社会地位，她是盛放在穆拉诺[3]花瓶中的现代灵魂。卡洛斯·安格拉达坚持说那些信件如果公开了，会让他身败名裂，并带来一件绝对不健康的 besogne[4]，他会在决斗中杀死那个狂暴的穆尼亚戈里。尽管如此，我尊敬的帕罗迪，

1　法文，受伤了。
2　法文，超群的。
3　意大利威尼斯北部郊区，盛产玻璃器皿。
4　法文，活儿。

我还是请求您冷静下来。我富于组织精神，已经很好地处理了这个问题。我迈出了第一步：邀请卡洛斯·安格拉达和福门托到穆尼亚戈里的拉蒙查庄园待几天。位高则任重：我们要承认，穆尼亚戈里的工程为整个皮拉尔镇带来了进步。您应该近距离看看那个奇迹。那是少有的让民族传统文化发扬光大的庄园之一。尽管有专横守旧的男主人碍事，任何乌云都不能使这次朋友聚会黯然失色。玛丽亚娜会热情周到地尽地主之谊。我向您保证，这不是一位艺术家心血来潮的旅行，我们的家庭医生穆西卡大夫建议积极治疗一下我的 surmenage[1]。尽管玛丽亚娜一再热忱相邀，公主还是不能加入我们，她在阿韦亚内达有数事缠身。我相反，可以把 villégiature[2] 延长到立春。就像您刚刚证实的那样，我在英雄壮举前从不退缩。我把侦探的具体事务就交给您了，即找到信件。明天十点钟，愉快的车队将从里瓦达维亚纪念碑出发，驶往沉浸于无限的地平线、沉浸于自由的拉蒙查。"

赫瓦西奥·蒙特内格罗做了一个显眼的动作，看了一下

---

1 法文，劳累过度。
2 法文，度假。

他的金色江诗丹顿手表。

"时间就是金子，"他感叹道，"我已经答应要去看望哈拉普上校、布朗神父和他们的狱友。不久前我还去圣胡安大街看望了普芬道夫-迪韦努瓦男爵夫人，她母姓普拉托隆哥。她的尊严没有受到损害，可是她的阿比西尼亚雪茄实在太糟糕了。"

三

九月五日黄昏，一个戴着臂章、拿着雨伞的来客进了二七三号牢房。他马上开始以一种悲哀肃穆的生动语气说话，伊西德罗先生注意到他忧心忡忡。

"我站在这里，如日落时分的太阳一般被钉在十字架上。"何塞·福门托模糊地指着通往洗衣房的天窗，"您会说我如同犹大一般，在耶稣受迫害的时候，还忙于社交活动。可是我的动机很不一样。我此番前来是要求您，最好说是请求您，动用您多年来与当局打交道所积累的影响。没有爱，慈悲是不可能的。就像卡洛斯·安格拉达在对农业青年团的号召中所说的那样，要理解拖拉机，就要先爱上拖拉机。要理解卡洛斯·安格拉达，就要先爱上卡洛斯·安格拉达。也许大师写的书对侦探调查没有用处，所以我给您带来一本《卡洛斯·安格拉达的旅程》。在这本书里，让批评家困惑、让警察感兴趣的那个人，展现出冲动的一面，几乎像个孩子。"

来客随便翻开书，把它放到帕罗迪手里。帕罗迪真切地看到一张卡洛斯·安格拉达的照片，秃顶，精力充沛，身着水手服。

"您如果从事摄影，一定会出类拔萃，这毋庸置疑。不过我需要您讲一下从二十九日晚上发生的一系列事情。我还想知道那些人相处得如何。我读了莫利纳里的豆腐块。他头脑机灵，可是读那么多细节描述谁最后都得晕。您别慌，年轻人，把事情按照顺序给我讲讲。"

"我给您简单介绍一下事情经过。二十四日我们到了庄园。气氛非常诚挚、融洽。玛丽亚娜夫人——她身着雷德芬猎装，巴杜小斗篷，爱马仕皮靴，带着用伊丽莎白·雅顿化的户外妆——以她一贯的朴素接待了我们。安格拉达和蒙特内格罗这一对儿争执着有关日落的问题，直到夜深。安格拉达说日落不如吞噬了碎石路面的轿车前灯，蒙特内格罗则说它比不上曼托瓦的十四行诗。最终，两个论战者用苦艾酒加苦啤酒浇灭了咄咄逼人的交锋。曼努埃尔·穆尼亚戈里先生经过处事圆通的蒙特内格罗安抚，无可奈何地接待了我们。八点整，家庭教师——一个非常粗鲁的金发女人，请您相信我——把潘帕带来了，他是这对幸福伴侣的独生子。玛丽亚娜夫人从台阶高处向孩子伸出手臂，那个腰别带鞘短刀、穿着奇里帕裤[1]的孩子跑过去扑到母亲温柔的怀抱中。那个场面令人难忘，而且每天晚上都会重复，向我们展现出上流社会与放荡不羁的大环境下持久的家庭纽带。紧接着，家庭教师把潘帕带走了。穆尼亚戈里解释说，所有教育都暗含在所罗门王的戒律中：孩子不打不成器。我确信，要迫使孩子佩戴短刀和穿着奇里帕裤，这条戒律肯定已经付诸实践。

"二十九日傍晚，我们在阳台上观看了一场公牛游行，肃穆而又壮观。能够看到这幅田园画作要归功于玛丽亚娜夫人，如果不是她，就不可能有此次以及其他更多的愉悦经历。我应该以大丈夫般的坦率说，穆尼亚戈里先生（他作为

---

1 阿根廷等国农民用一块长方形的布裹住大腿后再从双腿中间掏到前面腰部用皮带系好，穿在衬裤外。

牧人，无疑值得尊敬）是个孤僻失礼的主人。他几乎没和我们说话，宁愿和工头和雇农交谈。他对即将到来的巴勒莫展会[1]的兴趣胜过在他庄园里上演的一轮又一轮自然与艺术奇观，以及潘帕斯大草原与卡洛斯·安格拉达的惊人交融。此时，在下面行进的公牛队列在太阳消亡后已经变成黑色，而在上面，阳台上的人变得更喋喋不休，更加健谈。蒙特内格罗只需对公牛的雄壮发出一声叹息就足以唤醒安格拉达的才智。大师引用自己的话，即席发表了一篇内容丰富又洋洋洒洒的长篇大论，它足以震惊历史学家和语法学家，令冷酷的理性主义者和伟大的心灵目瞪口呆。他说在其他时代，公牛是神圣的牲畜，在它之上，是教士和国王；再之上，是神灵。他说刚才照耀着公牛列队前进的那个太阳曾经在克里特岛的柱廊上见证过由于亵渎公牛而被判处死刑的人列队前进。他说那些被浸泡在公牛热血里的人会永远不朽。蒙特内格罗试图回忆他在尼姆斗兽场（在炽热的普罗旺斯太阳

---

1 一年一度在布宜诺斯艾利斯举办的农产品和家畜展销会，自 1886 年 7 月起在圣菲大道的展览中心举办，初为午市，后伴随巴勒莫区的各种社交活动，成为极具特色的文化盛事。

下）看到的角上套了木球的公牛的血腥表演。可是穆尼亚戈里反对一切精神上的发散，说起公牛，安格拉达不过是个打杂的。他傲慢地坐在一把大大的藤椅里，说他就是在公牛之中受的教育，说它们当然是平和，甚至怯懦的动物，不过却很鲁莽。注意，穆尼亚戈里为了说服安格拉达，试图让他进入催眠状态——他的目光一刻也没有离开他。于是我们留下大师和穆尼亚戈里继续兴趣盎然地争论，在那位无与伦比的女主人玛丽亚娜夫人的引导下，蒙特内格罗和我终于得以欣赏电动照明装置的具体细节。锣响了，我们坐下来就餐，那两位争论者回来时，我们已经吃完了牛肉。很显然大师获胜了，而穆尼亚戈里阴沉着脸，一副落败的样子，吃饭的时候没说一句话。

"第二天，他邀请我去皮拉尔镇。只有我们俩，乘着他的美式轻便马车。我这个阿根廷人充分享受着在典型的尘土飞扬的大草原上一路的颠簸。慈父般的太阳把它慈祥的阳光倾洒到我们头上。联邦邮政的服务延伸到了这偏僻之地的土路上。穆尼亚戈里在杂货店里吸吮着各种易燃液体，我则将我对出版商的问候写在一张我穿着高乔人服装的照片背后，投进了信箱。回程并不愉快。苦难之路的剧烈颠簸之外又加上了醉汉的笨拙。我高尚地承认，我可怜那个酒精的奴隶，原谅他在我面前丑态毕露，他鞭罚那匹马，仿佛它是自己的孩子。马车不断遇到险境，我不止一次担心自己的性命。

"回到庄园，用亚麻热敷和朗诵马里内蒂一篇古老的宣言后我才渐渐平复。

"现在我们到了发生罪行的下午，伊西德罗先生。有个不愉快事件作为先兆。一直忠实于所罗门王的穆尼亚戈里对着潘帕的屁股一通乱棍，因为潘帕被异国风尚的骗人假象所诱惑，拒绝佩带短刀和马鞭，而家庭老师比尔汗小姐有失分寸，让局面愈演愈烈，矛头直指穆尼亚戈里。我敢肯定家庭教师之所以以如此漫不经心的方式进行干预，是因为她另有去处：蒙特内格罗是个发掘美丽心灵的好猎手，已经向她提议了阿韦亚内达一个不知什么职位。大家不欢而散。女主人、大师和我步行去了澳式蓄水池，蒙特内格罗和家庭教师进了屋子，穆尼亚戈里心里记挂着即将到来的展会，而且对大自然无动于衷，又去看另一轮公牛行进。孤独和辛劳是文人赖以支撑的两个依靠。我在路上一个拐弯处甩开了我的朋友们，回到我的卧室，那是一个没有窗户的真正的庇护所，外面世界传得最遥远的回声也不会影响那里。我开了灯，开始了《与泰斯特先生之夜》[1]的通俗翻译。可是我根本无法工作。蒙特内格罗和比尔汗小姐在隔壁房间说话。我没有把门关上，怕惹恼了比尔汗小姐，也怕自己窒息。我房间的另一扇门，您要知道，对着蒸汽弥漫的厨房。

"我听到一声叫喊，不是来自比尔汗小姐的房间，我相信我认出了玛丽亚娜夫人无与伦比的嗓音。我沿着走廊和楼梯来到露台上。

"在那儿，在地平线上，玛丽亚娜夫人以她身上那种伟大演员的天然质朴，指着那个可怕的画面。不幸的是，我永远忘不了那一幕。下面，就像昨天一样，还是那些行进的公牛。上面，就像昨天一样，主人检阅了公牛的缓慢行进。不过这次，公牛只被一个人检阅，而那个人已经死了。从藤椅靠背的编花中插进了一把匕首。

1　法国作家保罗·瓦莱里（1871—1945）写于 1896 年的作品。

"尸体由高椅的扶手支撑而直立着。安格拉达惊恐地证实，难以置信的凶器竟是孩子的那把短刀。"

"告诉我，福门托先生，那个在逃凶手是如何弄到那个凶器的？"

"这是个谜。那个孩子攻击了父亲之后，暴怒不已，把他高乔人的行头装备都扔到绣球花后面去了。"

"我猜到了。可又如何解释在安格拉达的房间里出现了马鞭呢？"

"这很简单。不过个中缘由不能告诉警察。您看到过那张照片，在安格拉达变幻不定的生活里，有一段可以称之为'孩子气'的阶段。这位著作权和为艺术而艺术的捍卫者无法抵御玩具对成年人的吸引力。"

四

九月九日，两位身着丧服的女士走进了二七三号牢房。一位是金发，臀部厚实，嘴唇丰满。另外一位穿着不起眼，又矮又瘦，胸部平平，腿又短又细。

伊西德罗先生向第一位女士说：

"如果我没猜错，您是穆尼亚戈里的遗孀。"

"什么 gaffe[1]！"另一位女士尖声说道，"您一上来就错了。她怎么会是呢？她是陪我来的。她是家庭教师比尔汗小姐。我才是穆尼亚戈里夫人。"

帕罗迪为她们拿来两个凳子，自己坐在床上。玛丽亚娜继续不慌不忙地说：

"多可爱的小房间啊，与我嫂子的住处很不同，她那里都是讨厌的屏风。您已经进入了立体主义，帕罗迪先生，尽管它现在已经不时兴了。不过我还是建议您在门上刷几笔白瓷釉。我痴迷涂了白漆的铁制品。米奇·蒙特内格罗让我们来打扰您，您不觉得他很高明吗？见到您真是太好了。我想和您亲自谈谈，因为向警察重复这件事太烦人了，他们提一堆问题，也向我的嫂子们提问题，她们令人昏昏欲睡。

"我从三十日早晨说起。有福门托、蒙特内格罗、安格

---

1 法文，蠢话。

拉达、我和我丈夫，就我们几个。很遗憾公主不能来，因为她充满了 charme[1]。试想一下什么是女性直觉和母性。孔苏埃洛给我拿来李子汁时，我正头疼得厉害。男人们就是不理解。我先去了曼努埃尔的卧室，他不想听我说，声称自己头疼，可其实他头疼得并不那么厉害。我们女人有过做母亲的经历，不至于那么弱不禁风。也怪他，他睡得很晚。前一天晚上他和福门托聊一本书聊到很晚。对自己不了解的东西能说些什么呢？我直到他们讨论快结束时才进房间，但是在这个过程中，听到了他们到底在讨论什么。佩佩——我是说福门托——要出版他翻译的《与泰斯特先生之夜》。为了能让大众接受，归根到底还是这唯一的一点，他起了个西班牙文名字：《与卡库门先生的一夜》。曼努埃尔从来也不明白，没有爱，慈悲是不可能的，一直给福门托泼冷水。他说瓦莱里让别人思考，但他自己从不思考，而福门托已经翻译好了，我总是说，'艺术之家'应该请瓦莱里来做报告。我不知道那天怎么了，北风把我们大家刮得都快发疯了，尤其是我，

---

1 法文，魅力。

对风又特别敏感。家庭教师还有失分寸，当着曼努埃尔的面搅和潘帕的事，潘帕本来就不喜欢高乔人的装束。我不知道我为什么要跟您讲这些事，这都是前一天发生的。三十日，茶点之后，那个安格拉达——他总是只想着自己——不知道我多恨走路，坚持让我再带他去看看澳式蓄水池，也不管当时太阳那么大，蚊子那么多。幸好我推脱掉了，回去读起了季奥诺[1]的书。您不要对我说您不喜欢《长笛伴奏》，这是本绝妙的书，让人浑然忘我。不过在此之前，我想去见曼努埃尔，他正在露台上满足自己观看公牛的癖好。当时差不多六点了，我从雇农用的梯子上去了，那一幕让我呆住了，我说：'啊！那场面！'我穿着浅橙色套衫和维奥内短裤靠在栏杆上，两步远外，曼努埃尔被钉在椅子上，潘帕的短刀从椅子靠背插了进去。好在潘帕当时正在抓猫，没有看到那可怕的一幕。晚上他带了半打猫尾巴回来了。"

比尔汗小姐接着说：

"它们发出难闻的气味，我只好都扔到厕所里去了。"

1　Jean Giono（1895—1970），法国小说家，其作品以普罗旺斯为背景。

她以一种几乎是丰满性感的声音说出了这句话。

<h1 style="text-align:center">五</h1>

九月的那天早晨，安格拉达得到了启示。他清醒的头脑看透了过去与未来，识破了未来主义的由来和一些文人背着他策划的让他接受诺贝尔奖的暗中勾当。当帕罗迪以为那场唠叨已经结束时，安格拉达又晃动着一封信，带着宽厚的笑容对他说道：

"那个可怜的福门托！那些智利的盗版商很懂行。您看看这封信，亲爱的帕罗迪。他们不想出版瓦莱里的那个粗俗译本。"

帕罗迪无奈地看了那封信：

我非常尊贵的朋友：

请允许我们重复我们在答复您八月十九日、二十六日和三十日的信件时已经做出的解释。我们不可能支付以下费用：印版费、迪士尼改编版税、新年和复活节外文版本的费用，鉴于此，这笔生意无法成交，除非您能预付单印张款项及在拉孔布雷索拉家具仓库的保管费用。

听候您的愉快吩咐。

副经理：鲁菲诺·希赫纳·S.

伊西德罗先生终于能插一句话了：

"这封商业信函如同从天而降。现在我开始收尾。您刚才兴致勃勃地谈了很久有关书的事情。让我也说两句。最近我读了一个东西，里面有三张很精彩的人像：踩高跷的您，穿童装的您，骑自行车的您。您看我已经笑了。谁会相信，福门托先生，那个忧郁而懦弱的小伙子——如果真有那样的人的话——会将您描绘成如此笑柄。您所有的书都是笑话：您写了《百万富翁颂》，而小伙子恭敬地呈上了《总管颂》，您写了《一个高乔人的记事本》，而小伙子发表了《一个禽蛋批发商的笔记》。听好了，我把实际发生的事情从头讲起。

"先是来了个傻瓜，说有人把他的信偷走了。我没有理会，因为如果有人丢了什么东西，是不会委托一个囚徒去寻找的。那个傻瓜说信会玷污一位女士的清誉。而他和那位女士之间清清白白，只是出于友谊通信。他这样说是想让我相信夫人是他的心上人。同一个星期，大好人蒙特内格罗来了，说傻瓜变得忧心忡忡。这次他表现得更像真的丢了什么似的。您去找了一个还没进监狱的业余侦探。后来大家都去了乡下，穆尼亚戈里死了，福门托先生和一个扭捏作态的女人来烦我，于是我开始怀疑了。

"您对我说有人偷了那些信，甚至想让我以为是福门托把信偷走了。您想要让人们谈论那些信，想象您与那位女士之间有什么风流韵事。谎言之下真相显露：福门托偷了信。他偷信是为了出版。他对您厌倦了。凭您今天下午对我滔滔不绝的两个小时，我可以理解小伙子的动机。他暴怒不已，受不了含沙射影。他决定出版这些信，一了百了，让整个共和国都看到您与玛丽亚娜清清白白。穆尼亚戈里从另外一种角度看待这件事情。他不愿意看到自己的夫人因为这本鬼话连篇的小册子的出版而出洋相。二十九日他与福门托对质。关于这次争吵，福门托什么也没有对我说。他们正在争论的时候，玛丽亚娜来了，他们彬彬有礼地让她以为他们在讨论福门托从法文誊写过来的书。像你们这样的人写的书对于一个乡下人有什么意义！后一天，穆尼亚戈里带福门托到皮拉尔镇去，还给出版商寄去一封信，让他们停止印刷。福门托见事情败露，决定摆脱穆尼亚戈里。他并没有犹豫，因为他与那位女士的暧昧关系说不定哪天会被发现。那个笨女人管不住自己的嘴，她甚至一直重复从他那里听来的事情——什么爱和慈悲呀，什么那个英国女人有失分寸。甚至有一次提到他的名字，差点露了馅。

"当福门托看到潘帕扔掉了他的高乔人装束时，知道时机到了。他小心谨慎。他设计了一个很好的不在场证明：他说连接他的卧室与家庭教师卧室的门是开着的。无论是家庭教师还是亲爱的蒙特内格罗对此都不否认。尽管如此，人们在进行某些消遣活动时，是习惯关着门的。福门托选好了凶器。潘帕的短刀可以用来牵连两个人：一个是潘帕本人，他半疯半傻，另一个是您，安格拉达先生，您装作那位女士的情人，还不止一次装扮成大小孩。他把小马鞭放到您的房间里，让警察找到它。还把带有您肖像的书拿给我看，让我也产生同

92

样的怀疑。

"他不慌不忙地上了阳台，刺死了穆尼亚戈里。雇农并没有看到此景，他们正忙着在下面照顾公牛。

"这大概是天意吧。这个人所做的一切就是为了出版一本那个笨女人的书信集及其新年的祝福。只要看看那位女士就可以猜想到她的信是怎样的了。出版商断然拒绝也不足为奇。"

一九四二年二月二十二日，克肯

圣贾科莫的预见

献给穆罕默德

一

　　二七三号牢房的囚徒一脸无奈地接待了安格拉达夫人和她丈夫。

　　"我说话干脆，蔑视所有隐喻，"卡洛斯·安格拉达严肃地承诺，"我的脑子是一个冷藏库，胡利娅·鲁伊斯·比利亚尔瓦——她同阶层的人称她为普米塔——之死的情状永存在这个灰色的容器里，未受到丝毫的玷污。我将像解围之神[1]一般，严谨、诚实、客观地看待这些事情。我将为您呈现一张事实的剖面图。帕罗迪，我请您洗耳恭听。"

帕罗迪并没有抬起目光，他继续擦拭着伊里戈延[2]的一幅照片。这位精力充沛的诗人的开场白并没有向他传递任何新的信息：几天前，他读了莫利纳里的一篇小文章，关于鲁伊斯·比利亚尔瓦小姐的突然死亡，她是我们社交界里最活跃的年轻人之一。

未等安格拉达作声，他的夫人玛丽亚娜把话接了过去：

"卡洛斯把我拽到这间监狱来，而我本来要去参加马里奥的一场有关康塞普西翁·阿雷纳尔[3]的乏味的报告会。您真是个救星，帕罗迪先生，这下我不必去'艺术之家'了。有些人喜欢炫耀，实际上却无聊透顶，尽管我总是说主教大人谈吐十分尊贵。卡洛斯像以往那样，总是要插一脚，可说到底她是我的姊妹，我被弄到这里来不是为了像根木头似的不吭声。再说，女人凭直觉就可以洞若观火，就像马里奥称

1　古希腊戏剧中用舞台机关送出来的神。
2　Bernardo de Irigoyen（1822—1906），阿根廷律师、外交官、政治家。1898—1902 年任布宜诺斯艾利斯省省长，此前曾任外交部长、内务部长、参议员。
3　Concepción Arenal（1820—1893），西班牙女权主义作家和社会活动家。

赞我的丧服时说的那样（虽然我悲痛欲绝，但黑色很适合我这样发色淡金的人）。您看，我条理分明，把事情向您从头说起，而不会让对书本的狂热也掺和进来。您大概在凹版印刷物上读到我的姊妹，可怜的普米塔和那个姓氏糟透了的里卡多·圣贾科莫订婚了。他们虽然看起来有些俗气，却是一对理想伴侣：普米塔多么漂亮，有鲁伊斯·比利亚尔瓦家的 cachet[1] 和诺玛·希拉[2] 的眼睛，现在她不在了，就像马里奥说的，只剩下我有这样的眼睛了。显然，她随心所欲，从不读《时尚》之外的读物，所以缺少法国戏剧界的那种魅力，不过马德莱娜·奥泽雷[3] 是个丑陋滑稽的人物。最不像话的是人们告诉我她是自杀的。我自圣体大会以来就是很虔诚的天主教徒，她那种 joie de vivre[4] 我也有，但我不会去寻死。请别对我说，这桩丑闻令人难堪，说明我考虑不周，仿佛我要对付可怜的福门托还不够似的，他从椅背后面向着迷于公牛群的曼努埃

1　法文，特点。

2　Norma Shearer（1902—1983），加拿大裔美国女演员，好莱坞影星。1930 年凭借《弃妇》获得奥斯卡最佳女主角。

3　Madeleine Ozeray（1908—1989），法国舞台剧演员、电影演员。

4　法文，生活的乐趣。

尔插了一刀。有时我想起这件事，却又对自己说，再想也无济于事。

"里卡多以帅气的外表著称，可还有什么比与一个正派家族联姻更符合他希望的呢？他们那样的人——parvenus[1]，不过我很尊敬他的父亲，他来罗萨里奥时两手空空。普米塔并不天真，妈妈对她格外宠爱，在她的成年礼上出手阔绰，她还是个毛孩子的时候就订婚了，这并不令人奇怪。据说他们是在亚利瓦略尔以极其浪漫的方式认识的，就像埃罗尔·弗林[2]和奥莉薇·黛哈维兰[3]在《我们去墨西哥》里演的那样，那部电影的英文名字叫《阔边毡帽》。普米塔驾着她的敞篷跑车来到柏油碎石马路上时，小马脱了缰，而里卡多只有驾驭马球小马的技能，想当一回范朋克[4]，他将小马拦住了，也不是什么惊天动地的事。当他知道普米塔是我姊妹时，就彻底迷上了她。可怜的

1　法文，暴发户、新贵。
2　Errol Flynn（1909—1959），美国电影演员，曾主演《侠盗罗宾汉》等影片。
3　Olivia de Havilland（1916—2020），英国女演员，曾两次获得奥斯卡最佳女主角。
4　Douglas Fairbanks（1883—1939），美国电影演员、制片人、银幕上最早和最著名的好闹事的男主角之一。

普米塔，大家都知道，喜欢和家里的仆人眉来眼去。我邀请里卡多来拉蒙查庄园，虽然我们从未见过面。而指挥官勋章获得者——里卡多的父亲，您还记得吧——也竭尽全力促成他们。里卡多天天给普米塔送兰花，几乎让我厌烦，于是我和邦凡蒂结成了自己的小圈子，而这是另外一回事了。"

"您喘口气，夫人，"帕罗迪礼貌地插了句话，"现在外面的小雨停了，安格拉达先生，您可以利用这个机会给我做一下总结陈词。"

"容我开火……"

"你总是这么无聊。"玛丽亚娜说，向她乏味的嘴唇上仔细涂抹着口红。

"夫人所作的概述无可争辩，可是缺少实用的坐标。我作为勘测员，将开展强有力的总结。

"在皮拉尔，与拉蒙查庄园相邻的是指挥官圣贾科莫的公园、苗圃、温室、天文台、花园、游泳池、动物园、高尔夫球场、地下水族馆、仆人房、健身房和棱堡。这位尊贵的老人——咄咄逼人的眼睛，中等个子，红润的面色，还有凸显在雪白小胡子上的喜庆的方头雪茄烟——在公路、赛道和木制跳板上都不容小觑。现在容许我从快照转到动态影像，直截了当地介绍这位肥料普及者的生平。生锈的十九世纪在轮椅上辗转抽噎——那是日本屏风和无用的脚踏车的年代——罗萨里奥慷慨地向一个意大利移民，不，一个意大利男孩，敞开了它的咽门。我问：那个儿童是谁呢？我答：指挥官圣贾科莫。文盲、黑手党、变化莫测的天气、对阿根廷的未来秉持的盲目信念，这些是他的领航员。一位领事先生——我确认：是意大利领事，伊西德罗·福斯科伯爵——隐约感受到了这位年轻人的人格力量，不止一次向他提出了无私的忠告。

"一九〇二年，圣贾科莫在一辆环境卫生局大车的木制驾驶座上开启了艰难的人生；一九〇三年，他主导着一支顽强的吸污车队；从一九〇八年——他出狱的那年——起，他将自己的名字永久地与皂化油脂联系在了一起；一九一〇年，他欣然做起了鞣皮和粪肥生意；一九一四年，他以独眼巨人式的远见发掘了从阿魏中提取树脂的商机；战争打破了这个梦幻；我们这位处于灾难边缘的斗士猛地一转舵，又靠大黄站住了脚。意大利不久爆发出号召声，彰显它的力量。圣贾科莫在大西洋的另一岸报道，为战壕里的现代居民运去了一船大黄[1]。无知士兵的哗变并没有让他泄气;他的营养品堆满了热那亚、萨莱诺和卡斯特拉马雷的码头和仓库,不止一次地疏散了人口密集的住宅区。过量的食物供给得到了嘉奖:这位新晋的百万富翁在自己的胸前钉上了指挥官勋章和饰带。"

"瞧你讲故事的样子,像个梦游神,"玛丽亚娜不动声色地说着,继续撩着她的裙子,"在获封指挥官勋章之前,他已经同他派人去意大利找来的表妹结了婚,你还漏说了孩子的事。"

"我承认:我被言辞的 ferry-boat[2] 所左右。作为拉普拉塔河域的赫·乔·威尔斯[3],请容许我倒溯时光的潮流,回到新婚之床:我们的斗士种下了他的子嗣。里卡多·圣贾科莫诞生了。他的母亲,那若隐若现的次要形象,消失了:她死于一九二一年。同年,死神(好像一个总按两遍铃的邮差)使他失去了对他从不吝惜鼓励之词的支持者伊西德罗·福斯科伯爵。我说,我毫不迟疑地重复:指挥官就此

---

1 大黄叶子曾在一战中被误作前线补给,其中的草酸具有毒性。

2 英文,渡船。

3 Herbert George Wells(1866—1946),英国科幻小说家、新闻记者、政治家、社会学家和历史学家。

转向疯狂。焚化炉咀嚼了他夫人的肉体，只留下了她的产物，她的印记：独生幼子。父亲，如同一块精神上的巨石，致力于对儿子的教育和关爱。我强调一个反差：像液压冲床一样严厉专横的指挥官——at home[1]，成了最易受儿子摆布的牵线木偶。

"现在我聚焦在这个后继者身上：灰色单翘檐帽，和母亲一样的眼睛，上撇胡子，举止形似胡安·洛穆托[2]，双腿好像一头阿根廷的半人马。这个泳池和赛马场上的主角还是位法学家，一个当代人。我承认他的诗集《梳风》算不上一串隐喻的铁链，可也不乏深厚的见解，显现出新结构主义的端倪。不过让我们这位诗人释放最大电压的领域实为小说。我预见，某位有力的批评家可能会强调，我们这位反传统者在打破旧模式之前，先复制了它们；不过这位批评家也必须承认复制的严谨和忠实。里卡多象征着阿根廷的前途。他有关钦琼伯爵夫人[3]的讲述把考古探索和新未来主义的震颤结合在

---

1 英文，在家里。
2 Juan Lomuto（1893—1950），阿根廷探戈钢琴家、作曲家、作词者。
3 即María Teresa de Borbón y Vallabriga（1780—1828），西班牙贵族。

了一起,其成果可以同甘迪亚[1]、莱韦内[2]、格罗索[3]、拉达埃利[4]的作品相提并论。幸运的是,我们这位探索者并不孤独。他富有自我牺牲精神的同奶兄弟埃利塞奥·雷克纳在远航中辅佐他,推动他。为了阐明这个追随者的形象,我将同拳头一样简洁明了:伟大的小说家负责写小说的中心人物,而让次要的写手去顾及次要人物。雷克纳(他是位宝贵的勤杂工)是指挥官众多私生子之一,比起其他人不好也不差。不,错了:他有一个鲜明的特征:对里卡多无可置疑的崇敬。现在我的镜头下出现了一个和金钱、和证券交易相关的人物。我在此揭去他的面具,引介指挥官的财产管理者乔瓦尼·克罗切。他的诽谤者编造说他是里奥哈[5]人,他的真名是胡安·克鲁斯。事实不然:他的爱国主义显而易见,他对指挥官的崇敬始终如一,他的口音非常难听。指挥官圣贾科莫,里卡多·圣贾科莫,埃利塞奥·雷克纳,乔瓦尼·克罗切,这便

---

1 Enrique de Gandía(1906—1995),阿根廷历史学家。
2 Ricardo Levene(1885—1959),阿根廷历史学家、法律学家。
3 Alfredo Bartolomé Grosso(1867—1960),阿根廷历史学家。
4 Sigfrido Radaelli(1909—1982),阿根廷作家。
5 西班牙北部的一个单省自治区。

是见证了普米塔最后日子的四重奏乐团。那些拿工资的乌合之众，我就理所当然地不点名了：园丁、杂工、车夫、按摩师……"

玛丽亚娜止不住插了话：

"看你这回怎么否认你心怀嫉妒、居心不良。你一点儿也没提到马里奥，他住在我们隔壁，房间里放满了书。他擅长在平凡人中识别出非凡的女人，每次从不浪费时间，立即像火鸡似的去给她送信，让你张大了嘴，一个字都吐不出来。他懂那么多，真是令人难以置信。"

"的确，我有时佯装沉默。马里奥·邦凡蒂博士是指挥官手下的一名西班牙语语言文学学者。他出版过为成年人改编的《熙德之歌》，并认真预想把贡戈拉的《孤独》变成严格的高乔式作品，为它加上饮水槽、水井、皮袄和海狸鼠毛皮。"

"安格拉达先生，您提到了那么多书，让我都头晕了。"帕罗迪说，"如果您想有点用，给我讲讲您已故的小姨子，反正她的事，我怎么都得听。"

"您同那位批评家一样，没有领会我的意思。伟大的画家——我说的是毕加索——总是将背景置于前景中，而将关键人物放在地平线上。我的作战计划也是如此。先勾勒出临时演员——邦凡蒂等——再把重点落在普米塔·鲁伊斯·比利亚尔瓦，放在 corpus delicti[1] 上。

"形象不能被外表所左右。普米塔以她少年的顽皮，以她略为蓬乱的优雅，首先是个背景幕布，她的作用是为了衬托出我夫人的丰满之美。普米塔死了，那幕剧在记忆中留下了难以言表的悲哀，同荒诞的大木偶剧一般：六月二十三日夜晚，在饭后闲聊中，随着我热情的话语，她笑着，跺着脚。二十四日，她躺在卧室里，中毒身亡。命运罔顾绅士作风，让我的夫人发现了她。"

二

在她身亡的前一天，六月二十三日下午，普米塔通过三部不完整但可贵的电影拷贝，见证了埃米尔·杰宁斯[2]的三次死亡：《背叛者》《蓝天使》和《最后命令》。是玛丽亚娜提议去百代俱

---

1 拉丁文，实际的犯罪事实。
2 Emil Jannings（1884—1950），德国演员，第一届奥斯卡奖最佳男主角获得者。

乐部的。回来时，她和马里奥·邦凡蒂坐到了劳斯莱斯的后排座位上。他们让普米塔和里卡多一起坐在前排，以成全在昏暗的电影院中开始的和解。邦凡蒂强烈谴责安格拉达的缺席：那位多产的作家当天下午正在撰写《电影摄制科学史》。他宁愿将研究基于自己身为艺术家的、绝对可靠的记忆之上，后者不会受到直接观看剧目往往带来的模糊而具有欺骗性的影响。

那天晚上，在卡斯特拉马雷庄园，饭后聊天十分辩证。

"我再次引用我的老朋友科雷亚斯大师的话，"邦凡蒂学究般地说道，他身着十字绣制的编织外套，赛车手夹克，花格呢领带，砖红色的简朴衬衫，带有一套铅笔、一支大号钢笔和一个裁判用手戴秒表，"我们偷鸡不成蚀把米。那些掌管百代俱乐部的花花公子让我们失望了。他们给我们放映了杰宁斯的电影集，却跳过了他最显著、最杰出的作品。我们被剥夺了由巴特勒[1]的讽喻作品改编的那部《众生之路》。"

"要是我也会这么做，"普米塔说，"杰宁斯的所有电影都是《众生之路》那样的。每次都是一样的情节：开始时幸福

---

1 Samuel Butler（1835—1902），英国小说家、散文家。

接踵而至，后来他倒霉、沦落。非常乏味，与现实一样。我打赌指挥官会同意我的说法。"

指挥官犹豫了，玛丽亚娜立即插话：

"所有这些都是多亏了我的提议。可你哭得惨兮兮的，连睫毛膏都顾不上了。"

"是的，"里卡多说，"我看见你哭了。你一紧张，又要去服用你放在柜子上的安眠药。"

"你太笨了，"玛丽亚娜说，"你知道大夫说过，那些乱七八糟的东西对健康不利。我不一样，我得成天对付那些仆人。"

"如果我睡不着，就只能胡思乱想。再说了，这也不会是我的最后一个晚上。您相不相信，指挥官，有些人的生活同杰宁斯的电影一模一样？"

里卡多明白，普米塔是想逃避失眠的话题。

"普米塔说得有道理，谁也无法逃脱自己的命运。莫甘蒂打起马球来无往不胜，直到他买了那匹给他带来厄运的桃花马。"

"不，"指挥官喊起来，"Homme pensant[1] 不相信有厄运，

---

1 法文，有思想的人。

我可以用这只兔脚[1]战胜它。"他从无尾常礼服的内兜里掏出兔脚，兴奋地挥舞着。

"这就叫作对下颚的一记直击，"安格拉达鼓掌称道，"纯粹的理性，加上纯粹的理性。"

"要我说，肯定有些人，他们的生活里没有任何事情是偶然发生的。"普米塔坚持说道。

"你看，如果你说的是我，你就栽了，"玛丽亚娜说，"如果我的家一团糟，那也得怨卡洛斯，他总是暗中监视我。"

"生活中不应该发生任何偶然的事情。"克罗切悲伤的嗓音嗡嗡作响，"如果没有方向，没有记录，我们会直接陷入俄式混乱，陷入契卡[2]的暴政。我们应该承认：在'恐怖的伊万'的统治下，没有自由意志可言。"

里卡多明显陷入深思，最终他说：

"事情，是不会偶然发生的。而……如果没有秩序，就会从窗外飞进一头母牛。"

1　西方文化中常常将兔脚视为护身符。
2　苏联全俄肃反委员会俄文缩写的音译，是苏联情报组织，后改组为国家政治保卫局。

"哪怕是最天马行空的神秘主义者，圣德肋撒[1]，鲁伊斯布鲁克[2]，布洛修斯[3]，"邦凡蒂确认道，"都得遵从教会的imprimatur[4]，获得教会的印章。"

指挥官捶了一下桌子。

"邦凡蒂，我不想冒犯您，不过您隐瞒也没有用。您，确切意义上说，是个天主教徒。您应该知道，我们这些苏格兰礼仪大东方社成员，穿戴得仿佛神父一样，没有必要嫉妒任何人。当听说一个人不能实现他所有的幻想时，我的血液都在沸腾。"

一阵难堪的沉默。几分钟后，面色苍白的安格拉达才敢结结巴巴地说：

"技术型击倒。命定论者的第一道防线已被突破。我们越过防线，对手在大乱中窜逃了。在视线可及的范围内，战场上处处是被丢弃的武器和辎重。"

---

1 Saint Teresa of Avila (1515—1582)，西班牙修女，重整基督教加尔默罗山圣母修会。
2 Jan van Ruysbroeck (1293—1381)，罗马天主教神秘主义者。
3 François-Louis Blosius (1506—1566)，生于佛兰德的本笃会修士，神秘主义作家。
4 拉丁文，由罗马天主教授予的出版许可，针对涉及《圣经》及宗教神学问题的作品。

"你不要装得是你在争论中取胜，因为不是你说的，你哑口无言。"玛丽亚娜毫不留情地说。

"别忘了，我们说的所有话都会被记录到指挥官从萨莱诺带来的本子上。"普米塔不经意地说。

阴郁的财产管理者克罗切企图改变谈话的方向：

"亲爱的埃利塞奥·雷克纳，你想对我们说什么？"

一个大个子、患白化病的年轻人以老鼠般的声音回答道：

"我很忙，里卡多就要完成他的小说了。"

里卡多脸红了，澄清道：

"我工作起来像个鼹鼠，可是普米塔劝我别着急。"

"换作是我，会把草稿存放到一个大箱子里，过九年再说。"普米塔说。

"九年？"指挥官叫道，几乎快中风了，"九年？但丁发表《神曲》也就是五百年前的事情。"

邦凡蒂带着一种贵族的派头赶紧附和指挥官。

"正是，正是。这种拖延纯粹是哈姆雷特式的，带着北欧的风格。罗马人以另外一种方式理解艺术。对于他们来说，写作是一种和谐的表现，是舞蹈，而非野蛮人的学科，那种以假正经的折磨替代密涅瓦所未赋予的艺术灵感。"

指挥官也坚持道：

"一个不把脑袋里酝酿的所有东西写出来的人等同于西斯廷礼拜堂里的阉伶，不能称作真正的男人。"

"我也认为作家必须倾其所有，"雷克纳说，"自相矛盾并不要紧，重要的是要把所有人性的茫然都倾注到纸上。"

玛丽亚娜插嘴说：

"我给妈妈写信的时候，如果我停下来想，就什么也想不出来。相反，如果我随意写下去，会写得相当好，不知不觉就一张一张地写满了。就说你吧，卡洛斯，你也承认，我生来就是要写作的。"

"你看，里卡多，"普米塔说道："我要是你，就不会听从任何除我以外的劝告。你应该特别注意自己出版的东西。你想想，布斯托斯·多梅克，那个圣菲人，他发表了一篇故事，结果后来发现维利耶·德·利尔-阿达姆[1]已经写过了。"

里卡多严厉地回答道：

---

1 Auguste de Villiers de L'Isle-Adam (1838—1889)，法国象征主义诗人、剧作家、短篇小说家。

"两个小时前我们刚刚和好，现在你又在挑事。"

"平静下来，普米塔，"雷克纳说，"里卡多的小说一点儿也不像维利耶。"

"你没有理解我的意思，里卡多，我是为你好。今天晚上我很紧张，不过明天咱们得好好谈谈。"

邦凡蒂想取胜，以权威的口吻说道：

"里卡多如此明智，不会向新生艺术的虚假呼声投降，那种艺术不扎根于拉丁美洲或西班牙语的传统。一个不能从血液和故乡中获得灵感的作家是个 déraciné[1]，一个冷漠无情的人。"

"我都认不出你了，马里奥，"指挥官表示赞许，"你这回没有像小丑一样说笑。真正的艺术来源于土地，这是一条可证实的定律。我把最名贵的马达洛尼红酒都藏在了酒窖的最深处。整个欧洲，乃至美国，都在把大师的作品往加固的酒窖里藏，为的是不让它们受到炸弹的侵扰。上星期，一位有名誉的考古学家用手提箱带来一尊赤陶土美洲狮像，是在秘鲁发掘出来的。他以成本价卖给了我，现在我把它放在私人

1　法文，无根的人。

写字台的第三个抽屉里。"

"一尊美洲狮[1]？"普米塔惊讶地问道。

"是的。"安格拉达说。"阿兹特克人预料到了你的出现。我们对他们不能要求太高。尽管他们是未来主义者，但也无法想象出玛丽亚娜的实用之美。"

（以上谈话内容由卡洛斯·安格拉达以充分的精确向帕罗迪转述。）

三

星期五一大早，里卡多·圣贾科莫与帕罗迪交谈。他显得十分忧伤。他面色苍白，穿着丧服，没有剃须。他说前天晚上他没有睡着，他已经几天没有睡觉了。

"在我身上发生的事情太残酷了。"他黯然说道，"真是太残酷了。您，先生，从公寓楼到监狱，过着一种应该说是相对正常的生活，您根本无法揣测这一切对我来说意味着什么。我

1　西班牙语中"美洲狮"的发音与"普米塔"相同。

也经历过很多事，可是我从来没有遇到过不能马上解决的问题。您看：当多莉姐妹中的一个跟我商讨私生子的事，我那个老家伙，看起来像个完全不谙其道的先生，随即用六千比索把事情了结了。再者，也必须承认我的运气不是一般的好。不久前在卡拉斯科[1]，一场轮盘赌让我输得分文不剩。真是可怕，周围的人都为我捏了把汗。不到二十分钟，我输了两万比索。您看看我落到什么地步，我连打电话到布宜诺斯艾利斯的钱都没有了。尽管如此，我还是一身轻松地来到阳台上。您敢相信，我马上就把问题解决了吗？出现了一个说话带鼻音的小人物，他一直仔细注意着我，借给我五千比索。第二天，我就回到了卡斯特拉马雷庄园，赢回了乌拉圭人从我这抢走的两万比索中的五千，从那个小人物的眼中消失了。

"与女人的事情，就更不用说了。如果您想消遣一下，可以去问米奇·蒙特内格罗，看看我是什么样的花花公子。反正在所有事情上我都是这样：您看一下我是如何学习的。我连书都不翻开，到了考试那天，我随便说个笑话，评审委员

1　Carrasco，乌拉圭首都蒙得维的亚东南海岸上的一个奢华住宅区。

会就对我大加赞赏。现在那个老家伙，为了让我忘掉普米塔造成的不快，想让我从政。萨波纳罗博士很精明，他说他还不知道哪个党更适合我，但我愿意用任何东西跟您打赌，我下半场能在议会里谋个位置。在马术比赛里也是一样：谁的小马最厉害？谁是托尔图加乡村俱乐部的冠军？我再说下去就没意思了。

"我不是信口开河，像原本要成为我大姨子的拉巴尔塞纳那样，或是像她丈夫，总是谈论着足球，却连个标准球都没见过。我希望您仔细想想。我本来快要和普米塔结婚了，她喜怒无常，可也算是绝色。一夜之间，她就氰化物中毒，直接说，就是死了。人们先是传说她是自杀。真是瞎说，因为我们本要结婚的。您想象一下，我怎么会把我的名字与一个有自杀倾向的疯子联系在一起？后来又说她不小心服了毒药，好像她没脑子似的。现在又传出新说法，说她是被谋杀的，让我们所有人都受到了牵连。您让我说什么好呢？在谋杀与自杀两种说法之间，我倾向于自杀，虽然那也是胡说八道。"

"您看，小伙子，您说了这么多，这间牢房像被贝利萨里奥·罗尔丹[1]附体了。我一不留神，就溜进一个小丑来，讲什么历书里的星宫，一列在中途任何地方都不停的火车，或者一位既不是自杀，也不是意外服毒，又不是被人杀害的未婚妻。我要通知格龙多纳副局长，下次瞥见这样的人，就按着他们的头打入牢房。"

"可是如果我想帮助您，帕罗迪先生，或者是说，我想要求您帮助我……"

"很好。我喜欢这样的人。那么，咱们一样一样来。死者原来已经甘心要和您结婚了？您能肯定？"

"这是确凿无疑的事情。普米塔变化无常，但她很爱我。"

"请注意我的问题。她怀孕了吗？还有另外的蠢人追求她吗？她缺钱吗？生病了吗？还是已经很厌倦你了？"

圣贾科莫思考之后，做出了否定的回答。

"您现在给我解释一下安眠药的事情。"

"博士，我们并不希望她吃药。可是她想方设法买药，藏在房间里。"

1　Belisario Roldán（1873—1922），阿根廷诗人、剧作家、演说家。

"您能够进入她的房间吗？其他人呢？"

"所有人都能进，"年轻人肯定地说，"您知道，所有卧室都朝向竖着雕像的圆形大厅。"

四

七月十九日，马里奥·邦凡蒂闯进二七三号牢房。他迅速脱掉了白色的雨衣，摘掉软呢帽，把藤手杖扔到牢房的床铺上，用炼油打火机点燃了新潮的海泡石烟斗，又从暗衣兜里掏出一块褐黄色的矩形麂皮，用力擦了擦墨镜的镜片。在两三分钟的时间里，他那清晰可闻的呼吸声拂动着色彩斑斓的围巾和织线细密的羊毛背心。他饱满的意大利腔装点着西班牙语的咬舌音，透过牙齿矫正器显得潇洒又果断。

"您，帕罗迪大师，大概很了解警察的各种花招和侦探的策略。我明确地向您承认，我更注重学术研究，而非错综复杂的刑侦调查，结果这一切让我措手不及。总之，有警察在那儿，一口咬定普米塔的自杀是场谋杀。事实是那些幕后的埃德加·华莱士[1]们视我为眼中钉。我是纯粹的未来主义者，进步人士。几天前，我慎重决定对某些情书进行一次'得体的审查'。我想净化精神，将自己从情感负担中解脱出来。点出这位夫人的名字有些多余：无论是我还是您，伊西德罗·帕罗迪，都对姓氏这一细节不感兴趣。多亏这个briquet[2]，请允许我用法语称呼它，"邦凡蒂兴奋地挥舞着那个可观的物品，补充道，"我在我的卧室兼书房的壁炉里将书信点燃。您看，那些猎犬大惊小怪。一次并无恶意的纵火将我从舒适的家居生活和惯常的稿纸里驱逐了出去，在德沃托区[3]度过了一整个周末。当然，我在内心深处还是超脱的，不过失去了喜悦，连喝凉水都塞牙缝。我以最诚挚的态度问您：'您判断我处于危险之中吗？'"

"您确实冒着继续说下去，会一直说到最后审判之日的风险。"帕罗迪答道，"如果您再不放松下来，会被当做西班牙人。别再一副醉醺醺的模样，告诉我您所知道的有关里卡

1　Edgar Wallace（1875—1932），英国犯罪小说作家、编剧、制片人和导演。
2　法文，打火机。
3　指德沃托监狱，于1927年建于布宜诺斯艾利斯。

多·圣贾科莫死亡的情况。"

"我的所有表述手段和我的辞藻丰盛角[1]都听候您的吩咐。我立刻就可以为您勾勒这件事的概况。有您的洞察力为鉴,最亲爱的帕罗迪,我不会隐瞒,普米塔的死影响了——或者说彻底打乱了里卡多的生活。玛丽亚娜·鲁伊斯·比利亚尔瓦·德·安格拉达夫人以她令人嫉妒的风趣一再重复,'那几匹小马是里卡多的全部。'这并非胡说。当我们得知憔悴、暴躁的他竟把那些高贵的小马卖给了贝尔城我也不知道是哪个骑手时,您可想而知,我们有多惊讶,那些马昨天还是他的心肝宝贝,今天看着就烦,一点儿也不喜欢了。他不再悠闲轻松。即使他的小说《午时之剑》发表了,也不能让他振奋起来。送给印刷厂的手稿是我亲自润色的,在这方面您是行家,一定会有所察觉,不止一处极具我个人特色的修改,每一处都像鸵鸟蛋那样明显。现在要提的是有关指挥官的一个细节,一个精心策划的计谋。父亲为了排解儿子的苦闷,偷偷加紧出版了他的作品,在不到猪爬一个坡的时间

---

1 丰盛角,源于希腊神话中母山羊阿玛尔忒亚的角,表示从中可以得到自己希望得到的任何东西,并且取之不尽。

里，为他印制了六百五十册书，用的是布纹纸，参考了《魔鬼圣经》[1]的版式。指挥官私下还与顶尖的医生进行多次对话，与银行的挂名者交谈，拒绝资助塞尔乌斯男爵夫人，她专横地掌管着反犹太救济协会的权杖。他把财产分为两部分，其中较多的那笔归他的合法继承人所有——一百多万投资了地铁，五年之内可以再翻两倍——而较少的那笔，购置了债券，归私生子埃利塞奥·雷克纳所有。所有这些并不妨碍他无限期地推迟给我的酬金，以及对印刷厂的主管、他的债务人发火。

"赞美比真相好听：《午时之剑》出版一星期后，何塞·玛利亚·佩曼先生为它撰写了一篇颂词，不用说，一定是为这本书中的某些镶边和装饰所感染，任何一个明白人都能鉴别出这些细节，它们与雷克纳粗俗的句法和有气无力的词汇不相匹配。里卡多本来挺走运的，可他考虑欠佳，一意孤行，还是固执地为普米塔之死无谓地哭泣。我能想象您自言自语：让死者安息

---

1 世界上现存最大的中世纪《圣经》手抄本，于13世纪早期制作于波希米亚地区的一所本笃会修道院内，因其中巨幅的魔鬼插图和围绕抄书人的诡秘传说而著称于世。

吧。我们眼下不必为这一说法而进行无用的争吵。我向您明确说明，我曾亲自向里卡多建议，他需要，甚至可以说最好，抛开眼下的忧伤，在丰富的历史源泉中寻找抚慰，过去是一切新芽的宝库和视窗。我向他建议重温一些在普米塔出现之前的艳遇。好建议让人事半功倍，话音刚落，事情就有了进展。在不到一个老头儿咳嗽的时间里，我们的里卡多复原了，开朗起来，他乘上了通往塞尔乌斯男爵夫人家的电梯。我是一流的记者，不会向您省略真实可信的细节，即这位女士的名字。另一方面，历史也表明了精致的原始主义是那位尊贵的日耳曼夫人无可争议的专利。第一幕发生在一九三七年那个纯真的春天，由水上舞台转向陆地。我们的里卡多透过双筒望远镜暗中观察着一场女子划船比赛预选赛的起起伏伏。路德维希港的女神对阵海王星俱乐部的可人儿。突然间，悠闲的望远镜停下了脚步，令观察者惊叹，它贪婪地注视着塞尔乌斯男爵夫人纤细匀称的身材，驾驭着她的鱼鳞式木壳船。当天下午，一份陈旧的《体育周报》被撕得支离破碎。那天晚上，一幅男爵夫人的小像使得年轻人久久不能入睡，她被身旁的德国短毛猎犬衬托得光彩异常。一星期后，里卡多对我说：'一个法国女疯子给我打电话，让我烦透了。为了让她放弃，我只能去见见她。'就像您看到的，我说的是死者的 ipsissima verba[1]。我概述一下第一个情爱之夜。里卡多到了上述那位女士的住宅，乘着电梯向上升，被带进一个隐秘的小厅。他进去了，突然间，灯灭了。两种设想出现在年轻人的脑海中：一是电路短路，二是他被绑架了。他呜咽了几声，抱怨了两下，诅咒了自己的出生，最后伸出双臂。一个疲惫的声音带着甜蜜的威严乞求他。阴影十分宜人，沙发也恰巧合适。黎明，那位永恒的女神将视觉还给了他。我不再含糊其词，最可爱的帕罗迪：里卡多在塞尔乌斯男爵夫人的怀中悠悠醒来。

"您的生活同我的一样，更加稳定，更惯于久坐，也许也更有闲暇思考，因此不需要这种类型的情节，而在里卡多的生活里，它们数不胜数。

"他为了普米塔的死垂头丧气，于是去找了男爵夫人。我们的格雷戈里奥·马丁内斯·西埃拉[2] 曾严肃而正确地提出，女人就是现代的斯芬克斯。您当然不会要求我这样的绅士逐一转

---

1 拉丁文，确切原话。

2 Gregorio Martínez Sierra（1881—1947），西班牙作家、诗人、剧作家、导演，20 世纪初期西班牙前卫派戏剧创作的代表人物。

述尊贵而变化莫测的夫人与她胡搅蛮缠的情人之间的对话，后者将她视为可以倾诉忧伤的对象。这些流言蜚语更适合留给粗鲁的亲法的小说家，他们不在意真相。而且我不知道他们谈了什么。事实是半小时之后，里卡多饱受打击，垂头丧气地乘坐那部昔日曾使他洋洋得意的电梯下楼。悲剧由此拉开了帷幕，正式开场。你糊涂了，里卡多，你要跌下悬崖了！唉，你已经滚入了疯癫的深渊。我不会向您省略那费解的苦路上的任何一步；与男爵夫人谈话后，里卡多去了多莉·瓦瓦苏尔小姐家，她是个地位低微的巡回喜剧演员，没有牵挂，我知道他们之间有段情事。如果我详述，如果我延长了关于那女人的唠叨，那帕罗迪，您一定会很恼怒，而勾勒她的全部形象只需一笔。我曾很有心地给她寄去我的《贡戈拉已经全说了》，附上了我的亲笔题词和签名。可那粗鲁的女人却以沉默作答，我寄去了甜品、点心和糖浆都没有让她心软。除了这些，我还寄了《在胡里奥·塞哈多尔-弗劳卡的某些小册子里细寻阿拉贡的方言用语》，我给她寄的是精装本，而且还是通过大光辉邮递公司送到她的私人住宅的。我苦思冥想，一再问自己，究竟是什么鬼迷心窍的原因，什么样的道德败笔把里卡多的脚步引向了那个我有幸从未踏入的魔窟。那是一个臭名昭著的、满足谁知道是怎样的嗜好的地方。惩罚从罪孽中而生。里卡多经过与那个英国女人一番悲伤的谈话之后，匆忙而沮丧地来到街上，一再咀嚼着他失败的苦果。他得意的软呢帽佩戴上了疯癫的翅膀。离那个外国女人家不远——在洪卡尔大街与埃斯梅拉达大街的交界处，为了在此添加一抹都市风光，他重振了男性气概，毫不犹豫地乘上一辆出租车，随即到达了位于迈普街九百号的一个家庭旅馆门前。顺畅的西风吹起了他的帆。在那个僻静的落脚处，那个多亏金钱之神才不被路人指手划脚的地方，当时住着艾米·埃文斯小姐，她现在也住在那里。她保有女性特质的同时，还出谋划策，打探气候，一句话，她在一家泛美集团工作，集团的当地头目是赫瓦西奥·蒙特内格罗，其使命美其名曰是鼓励南美的女性——'我们的拉丁姐妹'，像埃文斯小姐大方说到的那样——移民到盐湖城及其四周郁郁葱葱的庄园去。埃文斯小姐的时间很值钱，尽管如此，她还是从看信的时间中挤出了 un mauvais quart d'heure[1]，非常高尚地接待了曾

---

1 法文，糟糕的一刻钟。

124

经回避她的勾引、而今为情所伤的朋友。与埃米斯小姐聊十分钟天足以让性情最脆弱的人[1]‘振作起来’。里卡多说道，‘去他的吧！’情绪低落，上了下行电梯，眼睛里铭刻着自杀的字样，对一个具有占卜师的洞察力和耐心的人来说，一目了然。

"在黑色忧郁的时刻，没有什么良药比得上简单而又幽静的大自然了，它受到四月的召唤，充满夏意地铺满了平川和隘道。受挫的里卡多希望在乡村独处，径直去了阿韦亚内达。蒙特内格罗家的大房子打开了悬挂着幕帘的法式玻璃门，迎接他的到来。男主人热情好客，是个彻头彻尾的男子汉，收下了一支加长的皇冠牌雪茄，一吞一吐，谈笑风生，同预言家般模棱两可，东拉西扯，结果我们的里卡多一边苦恼，一边生着闷气，飞速回到了卡斯特拉马雷庄园，仿佛有两万个极丑陋的魔鬼在追他似的。

"疯癫幽暗的前厅就是自杀的等候室：那天晚上，里卡多没有与任何可以让他振作起来的人交谈，任何一个同胞或是哲学家，而是陷入了和那位思维混乱的克罗切的一系

1　马里奥有时十分强硬。——玛丽亚娜·鲁伊斯·比利亚尔瓦·德·安格拉达夫人注。

125

列秘密会议中，而那位财产管理者比他账簿上的代数更索然枯燥。

"我们的里卡多在病态呓语中耗费了三天时间。星期五，他闪现出了瞬间的清醒：他 motu proprio[1] 出现在我的卧室兼书房里。为了给他的精神消毒，我请他修改我即将再版的罗多[2]《阿列尔》的校样，这部杰作用冈萨雷斯·布兰卡[3]的话来说，'在灵活性上超过了巴莱拉[4]，在文采上超过了佩雷斯·加尔多斯[5]，在精致程度上超过了帕尔多·巴桑[6]，在现代感上超过了佩雷达[7]，在理论学说上超过了巴列·因克兰[8]，在批判精神上超过了阿索林'。我猜想若是换了别人，会为里卡多开副惯用的汤剂，而非我所提议的'狮子的骨髓'[9]。尽管如此，这份引

1　拉丁文，出于本意、自愿。
2　José Enrique Camilo Rodó Piñeyro（1871—1917），乌拉圭作家、散文家，1900 年发表的《阿列尔》取材于莎士比亚的《暴风雨》，对拉丁美洲的现代主义文学产生了极大影响。
3　Andrés Conzález-Blanco（1886—1924），西班牙小说家、诗人、文学评论家。
4　Juan Valera（1824—1905），西班牙现实主义作家、外交家、政治家。
5　Benito Pérez Galdós（1843—1920），西班牙现实主义作家。
6　Emilia Pardo Bazán（1851—1921），西班牙作家、记者、编辑、学者。
7　José María de Pereda（1833—1906），西班牙小说家、现实主义作家。
8　Ramón del Valle-Inclán（1866—1936），西班牙剧作家、小说家。
9　指能赋予人活力与体能的事物。

人入胜的工作没做几分钟，逝者就和善地主动告辞了。我还没戴好眼镜准备继续工作，圆形大厅的另一侧就响起了致命的枪声。

"我与雷克纳迎面相遇。里卡多的卧室的门半开着。尸体背朝地，鲜血浸透了柔软的皮毯。依旧温热的左轮枪守护着主人的长梦。

"我公开表示，这一切是事先计划好的。逝者留下的可悲字条证实了这一点：他写得十分粗糙，好像一个对文字的潜力全然无知的人；贫乏，好像一个并不具备形容词储备的草率之人；乏味，好像一个没有写作功底的人。这张字条证明了我在讲台上曾多次暗示的一点：我们所谓的院校毕业生不了解字典的奥秘。我来念一下，您听了，一定会成为这场为文采而斗争的运动中最富有激情的斗士。"

下面就是在伊西德罗先生把邦凡蒂赶出去之前，后者念的那封信：

    最悲惨的是我一直是幸福的。现在事情发生了变
    化，而且还会继续变化。我自杀是因为我已经什么也理

127

解不了了。我所经历的一切都是场骗局。我不能向普米塔告别，她已经死了。而我父亲为我所做的事情，世界上没有任何一个父亲可以与之相比。我希望所有人都知道这点。永别了，忘记我吧。

里卡多·圣贾科莫，皮拉尔，一九四一年七月二日

五

不久，帕罗迪接待了圣贾科莫家的家庭医生贝尔纳多·卡斯蒂略。对话很长而且隐秘。伊西德罗与会计乔瓦尼·克罗切的对话也可如此形容。

六

一九四二年七月十七日，星期五。马里奥·邦凡蒂慌乱地进入二七三号牢房。他身着颜色暗淡的雨衣，老旧的软呢帽，苍凉的花格呢领带和崭新的足球俱乐部运动衫。一个巨大的托盘令他行动不便，上边罩着一块无瑕的餐巾。

"为您养精蓄锐，"他喊道，"还没等我数到一，您就会舔起指头来，最风趣的帕罗迪先生。甜油饼加蜂蜜！这些肉馅糕点是由老手烹制的。托盘上是公主家的盾形徽章和座右铭——Hic jacet[1]。"

一根藤手杖使他有所节制。挥舞着它的第三个火枪手是赫瓦西奥·蒙特内格罗——他戴着乌丹[2]的高顶礼帽，张伯伦的单片眼镜，蓄着感性的黑胡须，穿着一件袖口和领子由海狸鼠皮制成的长大衣，戴着钉单独一颗门达克斯珍珠的宽领带，脚踏星云鞋，戴着布尔平通[3]式的手套。

"很庆幸能与您相遇，我可爱的帕罗迪。"他潇洒地感叹道，"请原谅我秘书的无聊话。我们不会被休达德拉大街和圣费尔南多大街的诡辩所蒙蔽。任何能独立思考的人都知道，阿韦亚内达凭借自身就已经是佼佼者了。我不厌其烦地向邦凡蒂重复说，他那些俗语和古语都是 vieux jeu[4]，不合时宜。

---

1 拉丁文，长眠于此。
2 Jean Eugène Robert-Houdin（1805—1871），法国钟表匠、魔术师和幻术师。
3 赫·乔·威尔斯于1932年出版的小说《布卢普的布尔平通》中的主人公。
4 法文，过时的把戏。

我徒劳地指导他依照一套严格的体系阅读，其中包括阿纳托尔·法朗士、奥斯卡·王尔德、图莱[1]、胡安·巴莱拉、弗拉迪克·孟德斯[2]和罗伯托·加切[3]，可这些都无法深入他倔强的大脑。邦凡蒂，不要这么固执反叛，立刻放下你手里的肉馅糕点，去哥斯达黎加大街五七九一号那家'盛开的玫瑰'，那个清洁卫生公司，看看你能否做些贡献。"

邦凡蒂低声说好，鞠躬，行吻手礼，庄严地离开了。

"您，蒙特内格罗先生，多了匹听话的马，"帕罗迪说，"有劳打开那个通风口，这些馅饼闻起来像是猪油里炸的，会把我们熏晕的。"

蒙特内格罗以决斗时的敏捷，登上一个凳子，按照大师的吩咐做了，然后戏剧化地一跃而下。

"欠债总得还。"他盯着一个压瘪了的烟头说道。他掏出一只大金表，上了弦，看了看，说："今天是七月十七日。整整一年前，您破解了卡斯特拉马雷庄园残忍的谜团。在友好

1　Paul-Jean Toulet（1867—1920），法国诗人、小说家、连载小说家。
2　Carlos Fradique Mendez，葡萄牙小说家艾萨·德·克罗兹及其友人虚构的人物。
3　Roberto Gache（1891—1966），生于布宜诺斯艾利斯的喜剧作家、律师。

的气氛之下，我举杯提醒您，当时您答应过我，在这一天，满一年的时候，揭开这个谜团。我并不向您隐瞒，可爱的帕罗迪先生，作为一个梦想家，我在扮演商人和作家之余设想出了一种极其有趣的理论，很新颖。也许以您严谨的思维能够为那种理论，那座智力的高楼添砖加瓦。我并非一个闭塞的建筑家。我伸出手，迎接您的微薄贡献，同时，cela va sans dire[1]，我保留摒弃一切不可靠和不切实际的内容的权利。"

"别担心，"帕罗迪说，"您的微薄贡献会和我的不谋而合，特别是如果您先说的话。您讲吧，亲爱的蒙特内格罗。能说者优先。"

蒙特内格罗赶紧答道：

"这不行。Après vous, messieurs les Anglais.[2] 此外，不瞒您说，我对此事的兴趣已经奇迹般地减弱了。指挥官令我失望。我本来以为他会是个可靠的人。他已经死于——请注意强有力的隐喻——街头了。司法拍卖的金额几乎不够偿还他的债务。我不否认，雷克纳的处境令我嫉

1　法文，无须多言。
2　法文，您先请，英国的先生们。

炉，我也在那次拍卖中大赚了一笔，以荒谬的价格购置了清唱剧的剧本和一对貘。公主也没有什么可抱怨的：她从一个外国平民手里救出一尊赤陶土蛇像，一件秘鲁出土的文物，指挥官从前把它珍藏在私人办公桌的抽屉里，而现在它放在我家候客厅的显著位置，渲染了神话气氛。Pardon[1]，我上次来访的时候，向您谈到过那条令人不安的蛇。我是一个品位很高的人，我本来暗地里惦记着波丘尼[2]的一件青铜像，一个有生气、有启发性的怪物，后来不得不弃它而去，因为那位迷人的玛丽亚娜——不，安格拉达夫人——看上了它。我于是选择潇洒退让。这步开局让棋得到了回报：现在我们之间的关系尤其热烈。不过我跑题了，使您分心了，亲爱的帕罗迪。我在此驻足，期待您的解答，我已经对您有激励之言在先。我非常自豪地与您交谈。毫无疑问，我这句话会让不止一个怀有恶意的人发笑。但您知道，我从不开空头支票。我已经逐一实现了我的诺言。我已经向您简要描述了我与塞尔乌斯男爵夫人，与洛

1　法文，请原谅。
2　Umberto Boccioni（1882—1916），意大利雕塑家、画家、未来主义领军人物。

洛·比古尼亚·德·克鲁伊夫，以及与那个令人着迷的多洛雷斯·瓦瓦苏尔的有关情况。我运用了五花八门的借口与威胁，让乔凡尼·克罗切，这位会计中的加图，冒着毁坏名誉的风险，在潜逃出国之前到访这座监狱。我为您提供了不止一本那充斥着联邦首都和郊区的恶毒小册子，原作者在匿名的保护之下，在还未合拢的墓穴前，滑天下之大稽，指控里卡多的小说与佩曼的《圣维瑞纳》之间有谁知道是什么荒谬的雷同，这部作品被里卡多的文学导师——埃利塞奥·雷克纳和马里奥·邦凡蒂——奉为严格的范本。幸好塞巴斯科博士将其比作《盖费罗先生的罗曼长诗》，尽了最大努力，证明里卡多的小作虽然窃取了佩曼的浪漫长作中的一些章节——在最初的灵感孵化时，这是完全可以原谅的巧合——但更应该被看作是保罗·格鲁萨克《彩票》的临摹本，将那部著作的情节回溯至十七世纪，以不断描述奎宁保健作用的惊人发现而值得受到尊敬。

"Parlons d'autre chose[1]，我照顾您老人的任性，我亲爱的

---

1 法文，谈谈其他事吧。

帕罗迪，终于让卡斯蒂略大夫，那位着迷于麸皮面包和面糊的布莱卡曼[1]，短暂地离开他的水疗诊所，以专业的眼光审视您。"

"别再扮滑稽相了。"帕罗迪说，"圣贾科莫家的谜团所绕的圈比钟表还多。您看，自从安格拉达先生和拉巴尔塞纳那天下午向我讲述在第一桩死亡前一天有关指挥官的争论之时，我就开始梳理思绪。已故的里卡多、马里奥·邦凡蒂、您、司库和医生后来对我说的那些证实了我的怀疑。可怜的小伙子留下的字条将一切都解释清楚了。就像埃内斯托·蓬齐奥[2]说的：

命运如此有条不紊，

容不下多一个线头。

"甚至老圣贾科莫去世和那个匿名的小册子都可以帮助我们解开这个谜团。假如我不认识安格拉达先生，会猜想他

1　原名为 Enrique Adolfo Carbone，意大利裔阿根廷魔术师与表演家。
2　Ernesto Ponzio（1885—1934），阿根廷小提琴家，以演奏探戈乐曲著称。

已经开始看清了事实，因为为了要讲述普米塔之死，他非得追溯到老圣贾科莫在罗萨里奥登陆之时。上帝借笨蛋之口道出了真相：故事确实从那个时间、那个地点开始。警察着眼于眼前的动态，什么都发现不了，因为他们想到的是普米塔，是卡斯特拉马雷庄园和一九四一年。可是我，在牢里待了那么长时间，已经成了历史学家。我喜欢回忆一个人年轻的时候，还没有被送进监狱的时候，还有点闲钱的时候。故事——我重复一下——从很久之前就开始了，而指挥官是其中最关键的要素。您仔细琢磨一下这个外国人。安格拉达先生对我说，一九二一年，他几乎疯了。我们来看看发生了什么事。从意大利移民来的夫人死了。他几乎不认识她。您想象得出一个像指挥官这样的男人因此发疯吗？您闪开一下，我要吐痰。又是据安格拉达说，他的朋友伊西德罗·福斯科伯爵之死也使他无法入眠。这哪怕写在历书里，我都不会相信。伯爵是位百万富翁，是位领事，而指挥官当时还是个小瘪三，伯爵能给他的只是些忠告。这样的朋友去世了，更像是一种解脱，除非成心自我折磨。他生意也做得不错。他让所有意大利的士兵咽下他以食品价格出售的大黄，直到他们授予他指挥官勋章的绶带。那他到底怎么了？还是那个一贯的故事，我的朋友：意大利女人与福斯科伯爵鬼混。更糟糕的是，当他发现了其中有诈的时候，两个狡猾的人已经死了。

"您知道卡拉布里[1]人的复仇心有多重，又如何心存积怨，连十八号警局的书记员都比不过他们。指挥官已经不能向那个女人和老是给予他建议的伪君子报仇了，他只能在两个人的儿子里卡多身上报仇雪耻。

"任何一个人，比如说您，为了复仇，都会对那个儿子百般刁难，如此而已。老圣贾科莫却为仇恨所吞噬，一个连密特雷[2]将军都难以想到的计划形成了。这是一个细致而又漫长的大计，值得脱帽致意。他设计了里卡多的一生。他让里卡多的前二十年幸福，后二十年崩溃。虽然看起来难以置信，可在里卡多的生活里，没有任何事情是偶然发生的。我们先从您能够理解的事情开始：女人。有塞尔乌斯男爵夫人、多莉姐妹、多洛雷斯、比古尼亚。所有这些风流韵事都是老圣贾科莫背着里卡多筹划的。向您讲述这些事情是多此一举，蒙特内格罗先生，您在其中抽成，像一头小牛一样养得肥肥

1　意大利南部大区。
2　Bartolomé Mitre（1821—1906），第六任阿根廷总统、史学家、军人。

的。哪怕是与普米塔的相遇，都比一场里奥哈的选举更受操纵。至于律师考试，同样如此。年轻人不费吹灰之力，可是捷报频传。政治前途也是如此，有贵人相助，万事无忧。您看，这真是个笑话，处处都是一样。别忘了用来安抚多莉姐妹的六千比索，别忘了突然从蒙得维的亚冒出来的说话带鼻音的矮个子。他是父亲派去的人，证据就是他没想讨回他借出去的五千比索。然后就是那本小说。您自己刚才提到，由雷克纳和马里奥·邦凡蒂作为枪手。雷克纳本人在普米塔死亡的前一天就说漏了嘴。他说他很忙，因为里卡多就要完成他的小说了。不言而喻：真正的作者是他。经邦凡蒂之手，又添了一些像鸵鸟蛋一样大的标识。

"就这样到了一九四一年。里卡多自以为就像我们其他人一样自由行事，可事实上他是像一颗棋子那样任人摆布。普米塔成了他的未婚妻。无论从哪方面讲，普米塔都是个出色的女孩。就在一切都顺风顺水之时，原本自作主张、安排他人命运的父亲发现，命运捉弄了他。他生病了，所剩的时间不多了。卡斯蒂略大夫告诉他，他的生命只有不足一年的时间了。至于是什么病，大夫随便说了一个名字，据我推测，是心梗。圣贾科莫加快了他的计谋。在他最后这一年里，他必须把最终的幸福和所有灾难与痛苦叠加在一起。他并不担心完成不了，可在六月二十三日的晚餐上，他发觉普米塔已经知晓了这个秘密，当然她并没有直说。他们不是单独在一起的。她只谈了电影的情节，说有个叫华雷斯的人，开始时无往不胜，后来连连倒霉。圣贾科莫想岔开话题，可普米塔一意孤行，一再重复，有些人，在他们的生活里任何事情都不是偶然发生的。她还提及老圣贾科莫写日记的那个本子，她说这个是为了让他明白，她已经看过那个本子了。圣贾科莫为了确认这点，给她下了个套，提到一尊陶土像，是一个犹太人从手提箱里拿出来卖给他的，他把它保存在自己的写字台里，就放在放小本子的那个抽屉里。他谎称那个动物是头狮子。普米塔知道是条蛇，就嘟哝了一句。她出于单纯的嫉妒，已经翻过老圣贾科莫所有的抽屉，寻找里卡多的情书。她在抽屉里看到了小本子，正在读书的劲头上，就看了小本子的内容，知道了那个计划。在那天晚上的谈话中，她有多处冒失，最严重的是她说第二天要与里卡多好好谈谈。老圣贾科莫为了挽救他为复仇精心筹备的计划，决定杀害普米塔。

他在普米塔的安眠药里下了毒。您大概还记得里卡多说过，药就放在柜子上。要进入她的卧室并不难。所有的房间都朝向竖着雕像的圆形大厅。

"我还要向你讲述那天晚上谈话的其他方面。普米塔要求里卡多推迟几年出版他的小说。圣贾科莫公开发了脾气，他想让小说出版，以便随即分发小册子，说明前者完全是抄袭。依我看来，小册子是安格拉达那次说自己正在撰写电影摄制史时写的。同时，他宣称一定有人会注意到里卡多的小说是抄袭的。

"由于法律不允许圣贾科莫剥夺里卡多的继承权，指挥官选择失去他的财产。给雷克纳的那部分，他购置了政府债券，虽然利润不多，但很保险。里卡多那部分，他投资了地铁，只要看看它的利润率，就知道是笔危险的投资。克罗切恬不知耻地从他身上刮油。指挥官听之任之，为了确保里卡多永远也不会得到那笔钱。

"很快钱就开始不够用了。邦凡蒂的工资停止发放，男爵夫人也被抛弃了，里卡多只好卖掉了他的小马。

"可怜的小伙子，他从来没有做过坏事！当时他去看望男爵夫人，而男爵夫人正由于一笔欠款未得到偿还而恼怒，鄙视他，对他发誓说，即使与他有任何来往，那也是因为他父亲向她付了钱。里卡多看到他的命运改变了，并不理解。在极度困惑中，他产生了一种预感。他去问多莉姐妹和埃文斯，两个女人都承认说，之前她们接待过他，那是由于她们与他的父亲有约定。后来他来见了您，蒙特内格罗。您承认是您安排了所有那些和其他女人。难道不是吗？"

"恺撒的归恺撒，"蒙特内格罗故意打了个哈欠，断言道，"您一定知道，策划这种约会对于我来说，是轻车熟路。"

"出于对金钱的担忧，里卡多向克罗切咨询。克罗切向他表明，指挥官正在有计划地破产。"

"他意识到了他这一生都是个谎言，这让他惊慌，令他感到屈辱。这就像有人突然对您说，您是另外一个人一样。里卡多本来以为自己很厉害，可现在他明白了，他全部的过去和他所有的成就都是父亲精心策划的结果。而他父亲，谁知道由于什么原因，与他为敌，正在为他筹划一个炼狱。所以他觉得活着已经没有什么意义了。他并没有抱怨，没有对指挥官口出怨言，还继续爱着他，只是留下一张能让父亲看懂的字条，与一切永别：

> 现在事情发生了变化，而且还会继续变化……而我父亲为我所做的事情，世界上没有任何一个父亲可以与之相比。

"也许因为我在这座监狱里已经生活了这么多年，我已经不相信惩戒了。罪即是罚。一个正直的人不应该充当其他人的刽子手。指挥官活不了几个月了。为什么还要去揭发他，徒劳地搅动一窝蜂似的法官和警察呢？"

一九四二年八月四日，普哈托

塔德奥·利马尔多的牺牲品

纪念弗朗茨·卡夫卡

一

二七三号牢房的囚犯，伊西德罗·帕罗迪先生，有些不情愿地接待了他的来访者。"又一个来烦我的吹牛大王。"他想。他并没有意识到二十多年前，在他成为老克里奥尔人之前，也是如此谈吐，拉长着 S 音，手舞足蹈。

萨维斯塔诺整了整领带，把棕色的宽檐帽扔到牢房的床铺上。他的皮肤偏黑，模样俊俏，但略微令人感到不快。

"莫利纳里先生让我来打扰您，"他说明道，"我是为了新公正旅馆的血案来的，那个难倒了所有人的谜团。请您理解：我纯粹是出于无私才到这里来的。不过那些警察盯上了我，而我知道，要揭开谜底，您锐不可当。我给您 grosso modo[1] 陈述一下事实，找借口托辞不符合我的性格。

"生活的起起伏伏使得我暂时处于一种待定的状态。现在我摆脱了嫌疑，能够以平和的心态去观察事态发展，不会为一个可怜的硬币而激动起来。一个人得先判断形势，乘乘凉，到关键时刻再下手。如果我说我已经一年没去阿巴斯托市场了，您一定会当笑话。那些小伙子见到我的时候会问：这是谁？我敢用任何东西打赌，他们看到我乘着小卡车来时，会张口结舌。在此期间，我撤到了冬季住所，坦率地说，就是新公正旅馆，康加略街三四〇〇号。那个布宜诺斯艾利斯的小角落在大都市氛围下保持着自己的腔调。至于我呢，并不是出于喜好才住在那个贫民区的。我没有一天不想起：

---

1 拉丁文，粗略地。

踏着离家的波尔卡节拍，

我吹起一首朴素的探戈。

"冲动的人看到门口的标牌上写着'男士用床，六十分钱起租'，一定会猜想这是一个肮脏廉价的旅馆。我真诚地请求您，伊西德罗先生，不要作这样的联想。我在那里住着，有自己的独立卧室，只是临时与西蒙·法因贝格分享。他的绰号叫'大牌'，不过他总是待在教理中心。他是个燕式过客，前一天出现在梅洛，后一天又在贝拉萨特吉。两年前我来的时候，他已经住在这里了。我觉得他不会离开了。推心置腹地说，墨守成规的人令我恼火，我们并不生活在马车的年代，而我是那种喜欢时不时变换一下风景的旅行者。回到正题：法因贝格是个不明事理的小伙子，以为全世界都围着他那上了锁的箱子转，而在窘迫之时，却连一比索四十五分都不肯拿出来帮助一个阿根廷同胞。其余的年轻人自娱自乐，闹剧不断，对于这类行尸走肉，只有一声讽刺的大笑。

"您，在您的壁龛里，在您的瞭望塔中，会感谢我将为您呈现的生动画面。新公正旅馆的氛围足以激起学者的兴趣。它是个真正的、令人发笑的大杂烩。我总是对法因贝格说，既然家里有动物园，你何必到外面花钱看热闹？不瞒您说，他的特质都写在脸上，他长得像个可怜的斑点鸡蛋，一头红发，胡安娜·穆桑特对他不予理睬，我一点也不奇怪。穆桑特，您看，是克劳迪奥·扎伦加的夫人，算得上是旅馆的老板娘。比森特·雷诺瓦莱斯先生和刚才说到的扎伦加合伙一起经营旅馆。三年前，雷诺瓦莱斯把扎伦加纳为合伙人。老家伙厌倦了独自打拼，而年轻血液的输入对新公正旅馆起了有益的推动。我向您透露一个公开的秘密：现在的情况比以前糟糕多了，比起从前，现在的旅馆就是个苍白的幻影。为什么说扎伦加的到来不太对劲呢？因为他来自拉潘帕省，我觉得他是个逃犯。您推测一下：他把胡安娜·穆桑特从一个班德拉罗[1]邮局的职员，一个暴徒身边抢走，让那个吃公家饭的家伙目瞪口呆。扎伦加知道，拉潘帕人遇到这种事情从不拐弯抹角，于是跳上了第一班火车，逃到了昂西车站，为的

1　布宜诺斯艾利斯西北部的一个小镇，最初多为意大利移民居住。

是把自己藏在人群中，如果您能理解我的意思的话。我则相反，不需要借助有轨电车就可以成为隐身人。我从早到晚待在针眼那么大的小房间里，嘲笑肉汁那伙人，他们在阿巴斯托市场咋咋呼呼，连我的一根毛儿也看不到。以防万一，我有次在公交车上遇见他们，做着鬼脸，为的是让他们把我当成另外一个人。

"扎伦加是个衣冠禽兽，缺乏社交礼仪，爱吹牛皮，请在座的各位不要介意。不过我不能否认，他对我下手温柔。他唯——一次向我抬起手时喝醉了，那天是我的生日，我就没有和他计较。缘起于一桩欲加之罪：穆桑特夫人执意认为，我趁着黑，企图在吃饭前溜到路口去看轮胎店的小美人。就像我之前说的，穆桑特夫人心怀妒意，看什么都充满怀疑，她明知我住在内院，简直是中流砥柱，还是去向扎伦加打小报告，说我潜入了洗衣房，心怀不轨。扎伦加来找我的时候，像一锅沸腾的牛奶一样怒气冲冲，我承认他是对的，若不是因为雷诺瓦莱斯先生亲手往我的眼睛里塞了块烂肉，我立马就掀桌了。这样的流言蜚语敌不过肤浅的审查。我承认，胡安娜·穆桑特的身材令人倾倒，可是一个像我这样的人，曾经和一个现在是美甲师的小姐有过一段来往，又和一个即将成为电台明星的小女孩儿交往，是不会对那迷人的曲线心动的。她也许可以在班德拉罗引起人们的注意，可首都的青年不会对她感兴趣。

"就像小望远镜在他的'晚间新闻'栏目里所说的，塔德奥·利马尔多来到新公正旅馆本身就是个谜。他伴随着狂欢节的小丑而来，出现在一堆难闻的水瓶和水弹之间，却再也看不到下一次狂欢节。他被套上了一件木制的罩衣，在亡者的庄园落了脚：阿拉贡的王子们，他们去了何处？

"我的脉搏与大都市一同跳动，从厨房小工那儿偷来一套熊的装扮。那个孤僻的小工不去米隆加舞会，不跳舞。有那张皮的掩护，我估计自己不会引起注意，于是自作主张，在内院里鞠了一躬，然后像个绅士一般，出门呼吸新鲜空气。您也知道，那天晚上的温度打破了最高纪录，热得人们止不住笑。下午就有大约九个中暑和倒在热浪下的人。您想象一下那境况，我戴着毛茸茸的鼻子，大汗淋漓，时不时想冒险把我的熊头套摘下来，溜到像狼嘴一样昏暗的地方去。那种地方要是让市议院见了，会羞愧地低下头。可每当我沉迷于一件事的时候，总是异常执着。我向您保证，我并没有摘下头套，以免迎面走来阿巴斯托市场的某一个小贩，那些人总是在昂西广场附近转悠。我的肺已经享受到了广场上的有益空气，到处充斥着烧烤和烤肉的味道。我在一个打扮成马戏团小丑的老人面前晕过去了。三十八年来，他每年都在狂欢节上招惹他的老乡，那个来自坦佩莱的警卫。老家伙年事已高，却十分冷静，一下子把我的熊头拽了下来，不过没能扯掉我的耳朵，因为耳朵是粘上去的。我猜，应该是他或者他爸，顶着一顶系带的女帽，偷走了我的熊头，可我不记仇。他们用木勺往我的嘴里灌了一份浓汤，把我烫醒了。问题是现在厨房小工不愿意和我说话了，因为他怀疑被我弄丢的熊头就是鲁道夫·卡沃内博士在花车上拍照时戴着的那个。说到花车，有一辆的驾驶座上坐了一个小丑，载着一群小天使，他们考虑到狂欢会没完没了，而我一步都挪不动了，提出要送我回住处。我的新朋友们把我拖到了车后座，我适时地笑了，以此告别。我像个大人物似的坐在车上，忍不住笑出声。沿着铁轨的护墙，走来了一个乡巴佬，枯槁的躯体营养不良，面色惨淡，几乎连一个涤纶袋和一个半破的包袱都拿不动。

一个小天使多管闲事，叫那个乡巴佬上车，为了不糟蹋欢乐的气氛，我对车夫喊道，我们这不是收垃圾的车。一位小姐诙谐地笑了，我紧跟着套到了一次与她在乌马瓦卡大街旁空地的约会，但那里离阿巴斯托市场太近，我没去成。我骗大家说我住在干草仓库，这样他们不会怀疑我有传染病。可雷诺瓦莱斯连一点儿起码的常识都没有，在人行道上大声指责我，因为帕哈·布拉瓦在马甲里揣了十五分钱，现在不见了。大家都污蔑我用钱去买了拉波尼亚雪糕。更糟糕的是，我视力敏锐，隐约看到在半个街区远的地方，那个拿袋子的瘦鬼正一脸疲惫，踉踉跄跄地走来。我果断地结束了总是令人难受的告别，尽快跳下了车，溜入门厅，以免给那个精疲力竭的人一个 causus belli[1]。可就像我总说的那样，跟饿死鬼没法讲理。我用那件几乎把我烤熟了的熊装，换了一份蔬菜色拉和一杯浑浊的家酿葡萄酒，刚从每晚六十分钱的房间里出来，就在院子里撞上了那个乡巴佬。我跟他打招呼，他却没有理我。

1　拉丁文，战争借口。

"您看有多巧，那个形容枯槁的人在起居室里正好待了十一天，当然，起居室正对着前院。您知道，睡在那里的人都神气得不得了。例如说帕哈·布拉瓦，他是个豪华乞丐，有人说他其实是百万富翁。起初，有不少自以为无所不知的人预言，那个乡巴佬会在这样的环境中露出真面目，这种地方不是他待的。大错特错。我打赌您举不出一个抱怨的房客。不劳烦您，没有一个人嚼舌根或是大吵大闹。这个新来的人表现得十分得体，按时吃炖菜，没去典当任何一条毛毯，没有少给任何人找头，没有像某些异想天开的人一样，以为床垫里满是纸币，弄得旅馆里到处都是鬃毛……我还自愿提出帮他分担旅馆里各种各样的杂活。我记得有一个雾天，我甚至从理发店给他带去了一包贵族牌香烟，他还给了我一根，让我想抽的时候点上。我每每想起那个时刻都会对他脱帽致意。

"一个星期六，他几乎已经康复了，对我们说，他只有五十分钱了，我暗地里笑了笑，心想，星期天一大早，扎伦加就会因为他付不起床位费，没收他的行李，然后把赤身裸体的他赶到街上去。新公正旅馆同一切涉及人性的事物一样，有它的缺点，不过在纪律方面，我不得不开诚布公地说，它比起其他地方更像一座监狱。天没亮之前，我试图叫醒那群爱寻欢作乐的小伙子。他们三个人住在阁楼里，成天不是嘲笑'大牌'，就是谈论足球。信不信由您，那群没用的东西错过了好戏，可这也不能怪我。我前一天就告诉了他们，还传了一张小纸条，标题是：'爆炸性新闻。谁会被赶出去？明日见分晓。'我向您承认，他们没有错过什么大事。克劳迪奥·扎伦加让我们失望。他是个阴晴不定的人，没有人能预测他什么时候翻脸。直到上午九点，我都一直坚守岗位，和厨子因为错过了第一锅汤而大吵特吵，以免让胡安娜·穆桑特产生怀疑，说我待在屋顶天台上是为了偷晾在那里的衣服。如果要算我的账，是不会有什么结果的。早晨七点整，乡巴佬准时穿好衣服来到院里，扎伦加正在那里扫地。您以为他会考虑到对方手里拿着一把扫帚吗？完全不。他对扎伦加坦白了。我没有听到他们说什么，但扎伦加在他肩上拍了一巴掌，对我来说，事情到此结束。我拍了拍脑门，不敢相信。我像热锅上的蚂蚁，在屋顶上又等了两个多小时，期盼着剧情有后续发展，直到热得受不了时才下来。我下来时，那个乡巴佬正在厨房里忙活着，马上给我来了份营养丰富的热汤。我呢，很直率，对谁都一样，与他闲聊起来，在侃完当日的热点之后，套出了他的来路：他来自班德拉罗，我觉得他是个探子，是穆桑特的丈夫派来刺探妻子的。为了摆脱令我寝食难安的疑问，我向他讲述了一件一定会让他感兴趣的事。事关一张泰坦牌跑鞋的优惠券。那张券可以换一件针织内衫，法因贝格把它给了布料店主的侄女，假装不知道它已经被兑现了。您一定不会相信，那个乡巴佬不为所动。哪怕我向他透露说，法因贝格送这张优惠券的时候，身上穿的正是换来的内衫，他也没有为之折服。布料店主的侄女完全忽略了那件衣服的可怕含义，拜倒在了法因贝格的甜言蜜语和无趣的教理故事之下。而我意识到自己的听众沉浸于一件让他全身心投入的事情中。为了切中要害，我直截了当地问他叫什么名字。这位朋友进退两难，来不及编瞎话，对我寄予了我将带头赞许的信任，说他叫塔德奥·利马尔多。我立即将这个信息纳入囊中，如果您理解我的意思的话。以其人之道，还治其人之身，我心想。我开始悄悄四处跟着他，直到他对此完全厌烦了。当天下午，他对我说，如果我还像狗一样跟着他，他会让我尝尝掉几颗牙的味道。我的计策取得了绝对的成功：这个人果真有所隐瞒。请您考虑一下我的境况：在即将解开谜底的时刻，我不得不把自己关在小房间里，因为厨子正在大发雷霆。

"我得告诉您，那天下午，旅馆并没有呈现一幅令人愉悦的画面，女性元素由于胡安娜·穆桑特的离开而大大受损，她有二十四小时缺席，去了戈尔什[1]。

"星期一我若无其事地出现在餐厅。可是厨子出于原则，拿着汤桶走过，没有给我盛。我知道这个暴君由于我前一天的旷工，要让我挨饿，于是对他谎称说我食欲不佳。他撇着讨厌的小胡子，自相矛盾，给我上了两份胖子量的饭，几乎把我的肚子撑破，胀成一桩木头。

"正当其他人不由自主地笑起来的时候，那个乡巴佬又往这热闹的气氛上泼了一碗冷水。他拉着驴脸，用胳膊肘移开了燕麦汤。我以您父亲的名义，向您发誓，帕罗迪先生，我热切地期盼着厨子看到他的汤没有被在意，给利马尔多一顿

1　布宜诺斯艾利斯省东部的一个小镇。

教训。不过利马尔多一脸冷漠，使厨子害怕了，后者只能收起中指，我不由得笑了。这时胡安娜·穆桑特进来了，她瞪着眼睛，婀娜的身形让我喘不过气来。那个长发女人一直在找我，可我装着不知道。她很不高兴没有看到我，开始收碗，并对厨子，即人民公敌说，他要是同跟他一样的蠢人搅和，最好降到我的档次，把工作留给她做。忽然，她与利马尔多面面相对，一看到他没有喝汤，变得如死人一般。后者则仿佛从未见过女人一般瞪着她。毋庸置疑，这个密探正竭力要把这难以磨灭的外貌刻在他的视网膜上。这充满人性而单纯的场景被破坏了，胡安娜对盯着她的这个人说，他已经一个人在这里待了很多天，为什么不去呼吸一下乡村的空气？利马尔多并没有回应她的建议，而是专注于把面包渣捏成小球，我们其他人已经被厨子治好了这个坏毛病。

"几小时之后发生了一场闹剧，我要向您讲述那个场景，您会庆幸自己由于身陷囹圄而躲过一劫。下午七点，我按照老习惯，来到第一个院子里，想截获起居室的贵人们常常派人到路口去买的炖牛肚。即使像您这么敏锐，也不会想到我看到了谁。我看到了帕尔多·萨利瓦索本人，他戴着软呢帽，穿着考究的套装和弗赖·莫乔式皮鞋。看到阿巴斯托市场的老朋友，足以让我把自己在小房间里关了一星期。第三天，法因贝格对我说，我可以出去了，因为帕尔多没付钱就消失了，与他一起消失的还有第三个院子里所有的灯泡（法因贝格兜里的那个除外）。我怀疑这个谎言来源于对通风的执着，于是一直养尊处优地待到周末，直到厨子把我赶出去。我得承认，这回'大牌'说的是实话：正当我心满意足的时候，一个平凡的情节，也可以说是一件无关紧要的琐事，引起了我的注意，这样的事只有心静的观察者才会注意到。利马尔多已经从起居室搬到了六十分钱的双层床铺。由于他没有现金付房租，就让他当上了会计。我呢，睡眠浅，觉得这件事有点儿像是间谍使的伎俩，以便参与旅馆的管理，收集旅馆人员的动向。鉴于他负责账本，那个乡巴佬整天都泡在办公室里。我呢，在旅馆里没有什么固定的义务，如果某次遛弯的时候帮厨子，那也是为了不表现得像个自私鬼。我在他面前走来走去，以强调与他的地位差距，以至于雷诺瓦莱斯先生对我进行了父亲般的教导，让我滚回了房间。

"过了二十天，一则经过认可的流言传出，说雷诺瓦莱斯先生想把利马尔多赶走，还说扎伦加表示反对。那个谣言，白纸黑字我都不会相信。您不介意的话，请允许我介绍'罗哈斯版本的事实'。您真的会以为雷诺瓦莱斯先生会惩罚一个不幸的穷人？您能想象扎伦加坚持原则，站在正义一边吗？您别受骗了，尊贵的朋友，摆脱幻想吧。其实另有隐情。想把乡巴佬赶走的人是扎伦加，他总是找乡巴佬的茬。而保护乡巴佬的人是雷诺瓦莱斯。我向您透露，阁楼上的小伙子们也同意我的看法。

　　"事实上，利马尔多很快就超越了办公室的窄小范围，像流淌的油一样淌遍了旅馆。有一天他把六十分钱的房间里一直漏水的地方堵上了，另一天用下水油把木栅栏都刷新了，再有一天用酒精把扎伦加裤子上的污渍擦掉了。后来他被授权每天洗刷前院，再把起居室打扫干净，清除里面所有的垃圾。

　　"由于爱管闲事，利马尔多开始四处惹祸。我举个例子，有一天，那些爱寻欢作乐的小伙子正优哉地把五金店主的虎斑猫涂成红色，他们没让我参加，可能是猜想我正忙着翻阅埃斯库德罗博士转让给我的《帕多卢苏》[1]。这事情对于明眼人来说很简单：五金店主步调不一致，试图指控团伙中的某个成员偷了一个漏斗和一些酒瓶塞。小伙子们十分不满，于是在指控者的猫身上撒气。利马尔多成了预想不到的绊脚石。他把涂了一半颜色的猫从他们那里拿走，冒着骨折和受到动物保护协会干预的风险，把猫扔到五金店后面去了。帕罗迪先生，请无论如何也别让我重温他们是如何收拾那个乡巴佬的。他们伏击了他，把他按倒在地砖上，一个人坐在他的肚子上，另一个人踩着他的脸，还有一个人强迫他用颜料漱口。我本来也想趁火打劫，可是我向您发誓，我怕这个乡巴佬虽然被打得晕头转向，还是会认出我。另外得承认，那群小伙子很敏感，要是我掺和进去了，讲不定会节外生枝。雷诺瓦莱斯此时出现了，一伙人顿时散去。其中两个袭击者逃到了厨房前室，另一个人想学我的样子，消失在鸡棚里，可是雷诺瓦莱斯用沉重的一拳给了他一记教训。面对如此父亲般的干预，我差点儿鼓起掌来，可是我选择心里偷着笑。乡巴佬

---

1 阿根廷最受欢迎的漫画，由丹特·昆泰尔诺（1909—2003）于1928年在《评论家》报纸上发表，1936年起以月刊形式出版。

站了起来，看起来一团糟，但他得到了补偿。扎伦加先生亲手给他拿来一杯蛋酒，给他一口灌了下去，还为他打气说：'来，别一副臭脸，像个男人一样咽下去。'

"我恳求您，帕罗迪先生，不要因为猫的事件对旅馆的生活形成悲观的印象。我们也有阳光明媚的时候，虽然有些磕绊在当时看来十分痛苦，可是后来我达观地想起来，还是会为我所经历的惊吓而发笑。不说别的，我给您讲讲蓝铅笔传单的事情。有些密探一条蛛丝马迹都不放过，但他们那么有才华，又说那么多废话，令人发困。可要说猎取最新鲜的小道消息，还有歪门邪道，没有人能比得过我。一个星期二，我用剪刀剪了几个纸心，因为一个大嘴巴告诉我，说何塞法·曼贝托，布料店主的侄女，借口向法因贝格讨回用优惠券换的内衫，在和他约会。为了能让新公正旅馆的苍蝇都知道这件事，我在每个纸心上写了一句风趣的话——当然是用让人无法辨认的笔迹——内容是：'爆炸性新闻，谁每两天与J.M.结次婚？答案：一位穿内衫的房客。'我在没有人注意的时候，亲自负责分发，把纸心塞到了所有门底下，甚至厕所。我告诉您，那天我并不是特别饿，不过我急于了解恶作剧是否成功，并且担心错过星期二的剩饭，就提前到了长桌前。我穿着内衫，得意洋洋，坐在属于我的那部分板凳上，敲着勺子，催促其他人准时到位。这时候厨子出现了，我装着正专注着读一颗纸心上的字句。您看这人手多快，在我还没有钻到桌子底下时，他已经用右手抓起了我，把那些小纸心摁到我鼻子上，把它们都弄皱了。您别指责那个愤怒的人，帕罗迪先生，都怪我。散发完那些纸心后，我居然穿着内衫露面了，这容易让人混淆。

"五月六日凌晨，在某个不确定的时候，一支本土雪茄出现在了离扎伦加的拿破仑墨水瓶几厘米的地方。扎伦加善于忽悠顾客，想让这个认真的乞丐相信旅馆是可靠的，而那个乞丐是'初冷会社'[1]的左膀右臂，连温苏埃孤儿院[2]都会愿意在某次庆祝活动上接待他。为了劝说大胡子入住旅馆，扎伦加递给他了一支烟。那个穿粗布衣的家伙不是吃软饭的，他在空中截住了烟，当即将它点燃，像个教皇似的。可是这个自私的烟鬼还没来得及抽上一口，那破玩意儿就爆炸了，让

1　指街上最先感受到冬天降临的流浪汉。
2　建于 1910 年，位于布宜诺斯艾利斯省大西洋沿岸的马德普拉塔市。

这位黑家伙的脸上又以一种新奇的方式蒙上一层烟油子。于是出现了一个令人遗憾的场景。看热闹的人都笑弯了腰。哄堂大笑之后，这个背着包的人离开了旅馆，使账房失掉了一大笔收入。扎伦加勃然大怒。他问是哪个聪明的家伙栽赃了那个引爆物。我的格言是最好不要招惹易怒的人。我加紧脚步走向自己的房间，结果差点儿撞上了乡巴佬，他过来时睁圆了眼睛，像是失了魂。我觉得这个家伙一定是吓坏了，逃错了方向，因为他径直落入了虎口，即那个易怒之人的办公室。他未经允许就进去了，这样做本来就不好，他对扎伦加说：'那支玩笑烟是我带来的，我一时兴起。'虚荣是利马尔多的致命弱点，我心里暗想。他非得吐露实情：他为什么不让别人代他受过？一个明事理的小伙子从来不会出卖自己……您看看扎伦加的反应有多罕见。他耸耸肩，像是不在自己家一样吐了口痰。他突然不生气了，像是在做一场白日梦。我猜他放松了，因为他担心如果按照利马尔多应得的那样给他一顿教训，当晚我们中不止一个人会趁他由于操劳而沉睡的时候毫不犹豫地离开。利马尔多一副没人要的哭丧脸，而老板取得了道德上的胜利，让大家都很自豪。我马上察觉到了这是场骗局。那个玩笑并不是乡巴佬策划的，因为法因贝格的姊妹正在与位于普埃伦东大街和巴伦蒂·戈麦斯大街街口的那家玩笑商店的某个合伙人约会。

"我得痛心地告诉您一个消息，它会深深地影响到您的情绪，帕罗迪先生。那次爆炸事件的第二天，一场危机打破了我们的平静，使最爱喝酒纵欢的心灵都不得安宁。说起来容易，但只有亲身经历了的人才能了解。扎伦加和穆桑特夫人闹翻了！我百思不得其解，什么事能在新公正旅馆激起这样的冲突。自从那次有个土耳其矮胖子带着一把半钝的剪刀，像猪一样嚎叫着，在上汤之前就把'孟加拉虎'收拾了一顿以后，任何骚乱，任何以恶劣方式做出的反应都被管理人员正式禁止了。所以每当厨子想教训那些反抗者的时候，没有人会吝啬去帮他一把。不过就像那份治咳嗽的小广告给我们灌输的一样，带头作用得自上而下。如果管理层都一团混乱，我们这群房客会变成什么样呢？我告诉您，我经历过痛苦的时刻，萎靡不振，失去了精神上的指引。对于我，人们可以随意评价，可唯独不能说，我在考验面前是个失败主义者。为什么要制造恐慌呢？我守口如瓶，每五分钟都要找各种借口在通向办公室的走廊里转一下。扎伦加和穆桑特在办公室里吵得火热，却不直接辱骂对方。我随即来到六十分钱的房间，洋洋得意地重复道：'来小道消息了！来小道消息了！'那些蠢货在床上打牌，对我不理不睬。可是狗只要固执就能啃到骨头。利马尔多正在用指甲清理帕哈·布拉瓦的梳子，不得不听我说话。可是还没等我说完，他就站了起来，像是到了茶歇时间，消失在了办公室的方向。我画了个十字，像个影子似的跟着他。他突然转过身来，以一种让我不得不服从的声音说：'帮个忙，马上把所有房客都带到这儿来。'无须他重复，我立刻去把那帮废物集中到了一起。大伙儿都一下子到齐了，只缺'大牌'，他溜去了第一个院子，后来我们发现厕所的链缆不见了。这群人成了社会渣滓的样品：孤僻者与小丑肩并肩，付九十五分钱的住客与付六十分钱的共处一室，骗子与帕哈·布拉瓦，乞丐与叫花子，无名小偷与名声显赫的大盗。从前的旅馆在此刻获得重生。那个场面更像一个护壁板：民众跟随着牧羊人。我们所有人在一片混乱中，觉得利马尔多就是我们的首领。他走在前面，到了办公室门口，没等允许就打开门。我悄声说，萨维斯塔诺，回你的小房间去。理性的声音在荒野里呼唤。我被狂热者组成的人墙包围着，他们封死了我的退路。

"我的视线由于紧张而变得模糊，却捕捉到了连洛鲁索都看不清的场景。拿破仑墨水瓶挡住了我的视线，我只看到扎伦加的一半儿，可是那个小妞，胡安娜·穆桑特，我却可以尽收眼底。她穿着红色的睡袍和带绒球的软拖鞋，害得我激动地倒在一个九十五分钱住客身上。利马尔多站在舞台中央，处在威胁的笼罩之下。我们或多或少都明白，新公正旅馆要换老板了。等候着利马尔多就要给扎伦加的耳光，我们的背上掠过一丝凉气。

"利马尔多却不然，选择了在谜团面前毫无用处的言语。他口若悬河，讲了一些至今让我百思不得其解的事情。在那种情况下，一般人会郑重其事地说些夸张的话，不过利马尔多抛弃了一切尊称，不顾陈旧的礼节，用 uso nostro[1] 作了些对分歧不敢苟同的说教。他说夫妻水乳交融，务必不能分开，而穆桑特和扎伦加必须在众人面前接个吻，让房客知道他们

1　意大利文，通俗的方式。

互相爱慕。

"您看看扎伦加！面对如此理性的建议，他竟像僵尸似的不知如何是好。可是穆桑特，她是个很有头脑的人，不会随便相信那些花哨的东西。她像有人侮辱了她的意大利面一样，一下子站了起来。看着那个气势慑人、怒气冲冲的女人，若是有医生在场，立即会让我卷铺盖去精神病院。穆桑特没有采取缓和措施。她冲着乡巴佬说，如果他结了婚的话，应该多关心自己的婚姻，而如果他再多管闲事，会像猪一样被剁成肉末。为了结束争论，扎伦加承认，雷诺瓦莱斯先生（他当时由于在珍珠面包店喝基尔梅斯啤酒而缺席）做得对，应该把塔德奥·利马尔多赶出去。他粗鲁地命令后者离开，也不看看当时已经过了八点了。利马尔多那个可怜的家伙只好仓促收拾手提箱和行李，可是他的手始终在发抖，西蒙·法因贝格主动提出帮助他。慌乱中，乡巴佬落下了一把折叠刀和一件法兰绒内衫。乡巴佬最后看了一眼他曾留宿的旅馆，眼里噙满泪水。他摇摇头向我们道别，走进夜色中消失了，不知去了何处。

"第二天早上鸡叫的时候，利马尔多把我叫醒。他端来一杯马黛茶，让我趁热喝了，我都没有问他是如何回到旅馆来的。这个被逐之人的马黛茶至今还在我的嘴中发烫。您也许会说，利马尔多如此无视房东的命令，像个无政府主义者。不过要想想，舍弃一个如此费尽心思得来的地方对他意味着什么，况且这个旅馆已经成了他的第二天性。

"我冲动地喝了马黛茶，心生内疚，于是我宁愿装病，缩在房间里不出来。过了几天，我斗胆来到走廊里时，那群小伙子中的一个对我说，扎伦加又尝试把利马尔多赶出门，但后者躺到地上，任凭扎伦加踩踏踢打，只是被动地抵挡。法因贝格并没有向我证实这个消息，他是个什么都自己留着的自私鬼，不想让我知道即使是最必要的小道消息。我想到自己同九十五分钱住客们的亲密关系，暗自发笑，但因为前一个月我已经套了他们太多话，所以我这回没有去找他们。我亲自了解到，他们把利马尔多安置了下来，给他在楼梯下面的扫帚间放了一张折叠床和一小箱煤油，那里存放的都是清洁工具，不过好处是可以听到扎伦加房间里发生的所有事情，因为两者之间只隔了一块布。我成了最终的受害者，因为扫帚经过清点计数之后，都被搬到了我的小房间里，而法因贝格又耍尽手腕，把东西推到了我这边。

　　"这足以暴露人的本性：在扫帚方面，法因贝格是个狂热的爱好者，在旅馆的和谐方面，他在那群好事的小伙子和利马尔多之间搬弄是非，然后又让他们讲和。由于涂猫而产生的是非已经趋于被淡忘，法因贝格只好重翻旧账，并通过恶作剧和愚弄来刺激他们。当只剩下要确认他们是准备赤脚上阵，还是穿着鞋互相踩踏时，法因贝格成功地以保健酒转移了他们的注意力。我必须自嘲并承认，他很懂这行。几天前，佩尔蒂内博士曾给过他一份企划书，让他以整瓶和半瓶批发阿帕切酒，上面标注着'佩尔蒂内博士认可的上等保健葡萄酒'。我一直认为，没有什么可以像酒精一样安抚心灵的了，不过如果摄入过量，会受到旅馆领导层的指责。情况是一边有三个人，而另一边有枪，于是法因贝格让他们明白，团结就是力量，如果他们愿意喝酒，他可以以近乎荒诞的低价向他们提供。人人都会贪小便宜的。他们一共买了十二瓶酒，待喝到第八瓶的时候，已经组成了醉鬼四重奏。那群小伙子简直是自私的代言人，并没有理会我正拿着小酒杯游荡，直到乡巴佬过来开玩笑地说，他们不应该忽略我，因为他也一样只是条狗。我趁着众人的笑声，给自己来了一口酒，但不如说是漱了趟口，因为这种酒得过一会儿才能适应，我可以向您保证，之后它会尝起来像真正的糖浆，喝得人舌头都大了，好像品味到了一大口琼浆玉液。对当铺情有独钟的法因贝格对武器也很有兴趣，他说利马尔多腰带上别着的那把大口径手枪很便宜，可以以零头价再卖给他一把。如果说此前对话已经开始有些激动，您可以想象到当'大牌'提到这个话题的时候，周围是什么反应了。看法不一，并且互不相让。按照帕哈·布拉瓦的说法，买新枪能让人迅速在警察局备案。一位年轻人则比较起了苏黎世俱乐部和联邦俱乐部的打靶场。我提出所有的枪都被魔鬼上了膛。利马尔多已经喝得不成样子，他说他带枪来，是因为他要杀死一个人。法因贝格讲了个故事，说有个犹太人不想买他的枪，结果第二天就被一把巧克力手枪吓唬住了。

"隔天，为了不显得那么冷漠，我悄悄地与旅馆的管理层接洽，他们时常在露天的前院里，喝些马黛茶，讨论作战计划。在那里，最目空一切的房客都能捞到点新东西，不过得忍受一些实话，而且如果窥测被抓到，下场会像一个被拆开的麦卡诺玩具[1]。被三个小伙子称作'三位一体'的那些人正在那里：扎伦加、穆桑特和雷诺瓦莱斯。他们并没有直接把我赶走，让我多了份自信。我坦然地走了进去，为了不被丢出来，答应给他们讲个爆炸性的故事。我口无遮拦地向他们描述了房客之间的和解，连利马尔多的手枪和法因贝格的保健酒都没有落下。您看看他们那副酸橙脸。我呢，为了以防万一，立刻调头，为了不让某个好说闲话的人说我向管理层打小报告，我的性格里没有这个毛病。

"我小心翼翼地撤退了，眼睛一直盯着那三个人的动向。没过一会儿，扎伦加脚步坚定地走向乡巴佬过夜的扫帚间。我像猴子一样匆忙跳到了楼梯上，把耳朵贴着台阶，为的是一字不差地听到下面正在说的话。扎伦加要求乡巴佬把手枪交出来，而乡巴佬坚决拒绝了。扎伦加威胁他，这些我就不向您转述了，帕罗迪先生。利马尔多以一种漫不经心的狂妄姿态说，扎伦加威胁不着他，因为他刀枪不入，仿佛他穿了件防弹背心，就是再加上一个扎伦加也吓不着他。我们私下

1　一种机械拼装玩具。

说说，即使他穿了防弹背心，也起不了什么作用，因为不久之后，他就会陈尸于我的小房间里。"

"争论是如何结束的？"帕罗迪问。

"就像所有事情那样结束。扎伦加不会在一个疯子身上浪费时间。他就像来时那样走了，无足轻重。

"到了那个致命的星期日。我痛心地承认，那天旅馆里死气沉沉，缺少生气。我这个老实人闲得无聊，想让法因贝格从阴暗的无味中解脱出来，于是教他打纸牌游戏，免得他在各个街角的酒吧里受人嘲笑。帕罗迪先生，我有教授别人的天赋。证据是学生马上赢了我两个比索，但他只收了我一块四的零钱，而为了清账，他让我请他在埃克塞尔谢看场下午戏。人们说罗西塔·罗森堡是喜剧天后，确实有道理。在场的观众笑得仿佛被人挠痒似的，不过我一句也没有听懂，因为他们讲的是犹太人的语言，连犹太人自己都弄不清他们在说什么。我迫不及待地想赶回旅馆，让法因贝格给我解释那些笑话，可当我安然无恙地走进小房间时，那一幕可不是笑话。您看看我的床多惨，毛毯和床单上已是一片污渍，枕头也好不到哪儿去，血渗进了床垫，我心里琢磨着那天晚上该在哪里过夜，因为已故的塔德奥·利马尔多躺在我的床上，比萨拉米香肠还要没有生气。

"自然，我的第一个念头是为了旅馆。我不想让哪个敌人怀疑是我杀了利马尔多，把床上的东西都弄脏了。我随即猜想那具尸体会对扎伦加不利，因为警探拷问他直至十一点以后，那个时间，新公正旅馆已经熄灯了。我想这些的时候，止不住像个醉鬼似的尖叫，因为我像拿破仑一样，可以同时做很多事情。我并不是向您吹牛，听到我的喊声，旅馆里的人都来了，连厨房小工都来了，他往我的嘴里塞了一块布，差点儿又弄出一具尸体来。法因贝格、胡安娜·穆桑特、那群寻欢作乐的小伙子、厨子、帕哈·布拉瓦，最后连雷诺瓦莱斯先生都来了。第二天我们是在监狱里度过的。我如鱼得水，回答了所有好事者的问话，让他们个个作出了目瞪口呆的活人造型。我一条蛛丝马迹都不放过，呈上了一条证据，即利马尔多是在大约下午五点时遇害的，凶器是他的折叠刀。

"您看，我觉得那些认为这件事情无法解释的人一定是迷失了方向，因为如果谋杀发生在夜晚，才会是个真正的谜团，那时旅馆里都是陌生的脸，我都不能称他们为房客，因为他们付完床费就走了，是不是见过你我都不记得。

"发生血案的时候，除了法因贝格和我之外，几乎所有人都在旅馆里，后来发现扎伦加也缺席了这场关键的会面。他那时在萨阿韦德拉斗阿加尼亚拉斯神父的一只白羽公鸡。"

二

一星期后，图利奥·萨维斯塔诺闯进牢房，他又激动又愉快，结结巴巴地说：

"我替您跑了腿，先生，这是我的老板！"

一个有点儿气喘、刮光了胡须、灰白乱发、天蓝色眼睛的先生跟着他。那个人的衣服是深色的，很整洁，戴着小羊驼绒围巾，帕罗迪注意到他的指甲修过。两个绅士自然地坐在两个凳子上。萨维斯塔诺奴气十足地在狭小的牢房里来回走动。

"四十二号。这个伙计向我转达了您的信息。"白发先生说，"如果是为了利马尔多的事，和我没有任何干系。我对那场死亡已经厌倦了。旅馆的话匣子里就没有其他话题。如

172

果您知道点儿什么，先生，最好和那个年轻的帕戈拉说，他负责调查工作。他肯定会为此感谢您，因为警方现在一头雾水。"

"您拿我当什么人了，扎伦加先生？我不和那个黑帮打交道。可我的确有些见解，如果您能听我说一下，想必不会后悔。

"如果您愿意的话，咱们可以从利马尔多说起。这个年轻人是个精灵鬼，把他当作胡安娜·穆桑特的丈夫派来的探子。不过恕我直言，我问自己，一个探子为什么要搅和这件事情呢？[1] 利马尔多是班德拉罗邮政局的雇员，事实上，他是您夫人的丈夫。您不会否认我的说法。

"您看，我将以我的理解，向您讲述整个故事。您夺走了利马尔多的女人，把他留在班德拉罗受苦。被抛弃三年之后，他无法再忍受下去了，决定来到首都。谁知道他一路上经历了什么，结果是他十分潦倒地在狂欢节时抵达。他孤注一掷，把自己的健康和钱财都消耗在这趟苦行路上，此外，他在还

1　如无必要，勿增实体。——威廉·奥卡姆博士

173

未见到为其远道而来的妻子之前，又被关了十天。那几天每日九十分钱，耗干了他的全部钱财。

"您部分是自以为是，部分是出于怜悯，把利马尔多说成了个男子汉，甚至更进一步，把他塑造成一个恶棍。后来，您看到他出现在自己的旅馆里，身无分文，您不失时机地帮助他，让他再次蒙受耻辱。而对位法由此开始。您致力于贬低他，而他致力于自贬，您把他打发到六十分钱的床铺去，还给他压上了会计的活儿，但没有什么是利马尔多承受不住的，没几天他就开始修补房顶，甚至还给您洗裤子。夫人第一次见到他时暴怒，让他滚出去。

"雷诺瓦莱斯也赞同把利马尔多赶走，他受够了利马尔多的行为和您对待他的过分态度。利马尔多留在旅馆里，寻求新的屈辱。一天，一些游手好闲的房客在涂一只猫，利马尔多插了一脚，并非出于好意，而是要找打。结果他被揍了一顿，您又给他灌了一杯蛋酒和一通侮辱。后来发生了雪茄的事。犹太人的玩笑让您的旅馆失去了一个认真的乞丐。利马尔多担下了罪名，不过这次您并没有惩罚他，因为您怀疑在他的自寻屈辱中萌生着某种异常丑恶的东西。不过在此之前一切还都停留在斗殴或侮辱，利马尔多寻求的是更贴近内心的侮辱方式。那次您和夫人闹不愉快，利马尔多把大家召集起来，要求你们和好，当着大家的面亲吻。您注意一下这代表什么：一个丈夫召集了一群看热闹的人，请求夫人和情人重新相爱。您把他赶走了。第二天早晨他又回来了，为旅馆里最不幸的人煮马黛茶。后来进入了被动抵抗，为的是受人践踏。为了让他厌倦，您把这个瘪三安置在您房间旁边的门卫处，在那里，他可以尽情聆听你们两个人的甜言蜜语。

"接着，他任凭犹太人劝他与小伙子们和好。他对此有所退让，因为他的计划是要让所有人都贬低他。连他自己都在作践自己：他降到了在场这位小伙子的档次，把自己称作一条狗。那天下午，酒精让他说漏了嘴。他说他带枪来，是为了要杀死一个人。某个大嘴巴把这条信息转述给了酒店的管理层。您再次试图把利马尔多赶出门，但这次他和您对着干，说自己'刀枪不入'。您弄不清楚他打的是什么主意，但您被吓到了。现在我们到了棘手的关键时刻。"

萨维斯塔诺为了听得更加仔细，俯身蹲了下来。帕罗迪心不在焉地看了他一眼，请他有风度地离开，因为也许他并

175

不适合知晓接下来的内容。萨维斯塔诺有些恍惚，带上门出去了。帕罗迪不紧不慢地继续说：

"几天后，这位年轻人——我们刚刚有幸目睹了他的缺席——撞见了法因贝格和布料店一位名为何塞法·曼贝托的小姐之间的私密约会。他在一些小纸心上散播这桩丑事，却没有用当事人的全名，而是用首字母代替。您夫人看到了，以为 J.M. 指的是自己，让厨子把萨维斯塔诺打了一顿，并心怀怨恨。她也怀疑利马尔多自寻屈辱，背后一定有隐情。当她听说他带了手枪'要杀一个人'时，知道自己并没有受到威胁，而是为您感到害怕。她猜想，他正集中各种耻辱，为的是把自己置于绝境，迫不得已去杀人。夫人没猜错。那个人确实决意要杀人。不过不是杀您，而是要杀另外一个人。

"旅馆的星期天，就像您的同伴说的那样，死气沉沉。您出去了，正在萨阿韦德拉与阿加尼亚拉斯神父斗鸡。利马尔多进入你们的房间，手里拿着枪。穆桑特夫人看到他出现了，以为他是要来杀您。她十分痛恨他，把他赶出去时，毫不犹豫地顺走了那把折叠刀。现在她就是用那把小刀杀了他。利马尔多虽然手里拿着枪，但完全没有抵抗。胡安娜·穆桑特把尸体放在萨维斯塔诺的小床上，为的是报复纸心的事。您记得的，萨维斯塔诺和法因贝格那时在剧院。

"利马尔多最终如愿以偿。他确实带了手枪要杀死一个人，可那个人就是他自己。他远道而来，数月以来，乞求着虐待和辱骂，以便最终有勇气自杀，因为死亡是他梦寐以求的。我想，在死之前，他想再见夫人一面。"

一九四二年九月二日，普哈托

太安的漫长追踪

纪念埃内斯特·布拉玛 [1]

一

"就差他了！一个四眼日本人。"帕罗迪几乎想出了声。

舒同博士并没摘下草帽或收起雨伞。他以习以为常的大使礼节，亲吻了二七三号牢房囚徒的手。

"不知您是否准允在下以异国之躯玷污这个名声显赫的板凳？"他以标准的西班牙语和小鸟般的声音问道，"所幸四脚凳为木制，不会口出怨言。鄙人贱名舒同，在众人挖苦之下，担任中国大使馆的文化参赞，那个使馆声名狼藉，实乃蓬门陋室。我已经用我参差的叙述堵住了蒙特内格罗博士灵敏的耳朵。那位刑侦调查精英像乌龟一样从不失手，又像一座被荒芜大漠之沙所掩埋的天文观象台一样伟岸沉稳。有话说得好，捻一粒米还需九指之力。理发师和帽子商不谋而合，我只有一个脑袋，可我渴望能够扣上两个公认的明智脑袋：一个是蒙特内格罗博士的可敬脑袋，还有您像鼠海豚一样大小的脑袋。哪怕是黄帝，坐拥宫殿和御书房，也得承认，一条海鲷离开大海就无法存活，更难获得子孙后代的尊敬。而我并非一条老海鲷，还少不经事。现在深渊像一颗多汁的牡蛎一般在我面前张开，想将我吞噬，我又能如何？此外，不仅仅是我一人遭害，了不起的辛夫人由于法律支柱不眠不休的警戒，深感失望和不安，只得一夜又一夜地滥用佛罗那[2]。她的保护人在令人不安的情况下被杀害，警察却不重视，现在她孤立无援，只身掌管位于莱安德罗·阿莱姆大街与图库曼大街交界处的花厅'惶龙'。忘我而又反复无常的辛夫人呀！她的右眼还在为她失踪的朋友哭泣时，左眼已为激励海员而

1　Ernest Bramah（1868—1942），英国作家，代表作有《盲侦探卡拉多斯》。
2　一种安眠药。

笑逐颜开。

"为您的耳膜哀叹！要想让我的嘴滔滔不绝、侃侃而谈，就像想让毛毛虫像单峰驼那样庄重地说话，或者模仿居于纸板做成的、漆上十二色的笼子的蟋蟀的音域说话一样。我并不像天才孟子那样，为了向占星院报告新月的到来，连续说了二十九年，直到他的子女接替了他。无须否认，现在剩下的时间不多了。我不是孟子，您的耳朵再多、再有分寸，其数量也无法超过侵蚀世界的勤劳蚂蚁。我并非演说家，我的发言只可与一个矮子所言相媲美。我没有五弦琴，我的演说必定错误连篇、不忍卒听。

"如果我在您丰富的记忆面前班门弄斧，再一次展示警幻仙子教的细节和奥秘，您可以用这座变化无常的宫殿里所珍藏的最精致的工具拷打我。就像您立马会点明的那样，这是道教中一个神奇的分支，它只在乞丐和艺人中招募信徒。只有像您这样被茶具环绕的欧洲汉学家才能真正了解。

"十九年前发生的那个可恨事件让世界乱了阵脚，它的余波传到了这个惊愕的城市。我的舌头如砖块一般笨拙，将讲述警幻仙子护身符被盗之事。在云南中心有一个秘密湖泊，在湖泊中心有个岛，在岛中心有座神庙，在神庙里供奉着警幻仙子像，在神像的光环中，有个护身符。在这个长方形房间里描述这件宝贝有些冒失。我只能告诉您，它以玉制成，全身透亮，有胡桃那么大，能通灵性、觅是非。有受传教士洗脑之人佯装要加以反驳，可是如果一个凡人占有了这个护身符，并将它带离神庙二十年，那他就可以成为世界的秘密之王。不过这种假设从未得到验证。从世界上的第一缕晨光到最后一次日落，这个宝贝都将永存在神庙里，尽管在短暂的当下，一个盗贼已经将它藏了十八年。

"掌教把找回宝贝的任务委托给方士太安。他名不虚传，在星辰运行至良辰吉日时，相机行事，以耳贴地。他清楚地听见世界上所有人的脚步，马上捕捉到了盗贼的行踪。那遥远的脚步行走在一个远方城市里：一个拥有陶土和常青树的城市。城市里没有木枕或瓷塔，四周是荒芜的牧场和浊水穿过的沙漠。城市隐藏在西方，躲在很多日落后面。为了到达那里，太安不惧风险，登上一艘由烟雾驱动的汽船。他在三宝垄[1]同一群被麻醉的猪一起登岸，伪装成偷渡者，隐藏在一

---

1 印度尼西亚爪哇岛北岸的城市。

182

艘丹麦船只的腹舱里二十三天，除了取之不尽的埃德姆干酪以外，没有任何食物和饮水。在开普敦，他加入了可敬的垃圾工行会，并不遗余力地为'臭周'罢工做出了贡献。一年之后，在蒙得维的亚的大街小巷，无知的人群争抢一个外国人打扮的年轻人分发的玉米夹心饼。那个分发营养品的年轻人就是太安。经过与那些冷酷食肉动物的血腥斗争后，方士搬到了布宜诺斯艾利斯，他原以为玉米夹心饼教派会在这里流行起来，但事与愿违，只得在布宜诺斯艾利斯开办了一家生意兴旺的煤炭店。那家乌黑的店铺把他推向贫穷那又长又空的餐桌前。太安受够了饥饿的盛宴，对自己说：'对于永不满足的情妇，唯有爱占便宜的男人的怀抱；对于苛求的舌尖，唯有狗肉；对于人，唯有天国。'他与萨穆埃尔·涅米罗夫斯基一起庄严地创立了一家联营企业。涅米罗夫斯基是位备受好评的细木工，他在昂西这个中心打造各种柜子和屏风，而他技艺的崇拜者直接从北京收到货。谦卑的店铺生意红火了，太安从一间小炭房搬到一套带家具的居室里，就在迪安·富内斯大街三四七号。屏风和柜子源源不断卖出，并没有让他忘记初衷。他的核心任务是找回宝贝。他确信，盗贼就在布宜诺斯艾利斯，神庙所在岛屿上那些法力无边的圆圈和三角明确地指向这个遥远的城市。这位文字健将反复翻看报纸以锻炼他的技艺。太安涉猎不广，只关注与海河船运相关的专栏。他担心盗贼会乘船潜逃，或者某条船只会载来盗贼的帮凶，使护身符易手。太安执着地接近盗贼，如同一圈圈涟漪接近被掷入水中的石子。他不止一次改变名字和住址。法术就像其他精确科学一样，如同一只萤火虫，在暗影重重的夜晚引导我们避开无益的磕绊。太安掐指一算，精确锁定了盗贼隐藏的区域，可是没有指明房子，也没有指明面孔。然而，方士仍然坚持不懈地坚持他的目标。"

　　"金厅的行家也不辞辛苦，锲而不舍，"蒙特内格罗不由自主地喊了起来，他刚才一直蹲在外面窃听，眼睛盯着锁眼，嘴上叼着鲸鱼杖。现在他抑制不住，穿着一件白色的套装，戴着一顶船夫帽进来了。"De la mesure avant toute chose.[1] 我没有夸大其辞，我还没有发现凶手的下落，可是我追踪到了这位优柔寡断的顾问。给他加把劲，亲爱的帕罗迪，给他加

1　法文，分寸至关重要。

把劲。就用我首先赋予您的权威，讲讲那个叫赫瓦西奥·蒙特内格罗的侦探如何凭借一己之力，在一列快车上保住了一枚受到威胁的公主钻石，然后还抱得美人归。不过还是让我们聚焦未来，它正向我们张开大口。Messieurs, faites vos jeux[1]：我愿出两倍的钱，打赌我们的外交官朋友并非纯粹为了找乐子才亲临这座牢房来向您致敬，当然，这值得称赞。我众所周知的直觉告诉我，舒同博士的到访与迪安·富内斯大街的奇特凶杀案不无关联。哈，哈，哈！我正中靶心。但我并不居功自傲，且让我发起第二次进攻，我取得第一次胜利之后，已预言第二次的成功。我打赌，博士叙述时以东方的神秘之风添油加醋，这是他有趣的单音节词乃至其肤色和外表的火印。轮不到我指责充满说教和隐喻的《圣经》式语言，尽管如此，我还是怀疑，比起这位客户肥厚的比喻，您更喜欢我有血有肉的compte-rendu[2]。"

舒同博士再次以他谦卑的嗓音开始叙述：

"您那位富态的同伴慷慨激昂地发表了演说，好似露出

1　法文，先生们，下注吧。
2　法文，报告。

双排金牙的演说家。请准允我重续我那卑辞俚语，庶竭驽钝：就像太阳照亮一切，却对自己的光芒四射视而不见，太安踏实而又执着地不懈追寻，他研究社区里每个人的习性，自己却深藏不露。唉，人类的弱点呵，就连缩在玳瑁壳下思考的乌龟都并非完美。方士的低调行为有一处失算。一九二七年冬天的一个夜晚，在昂西广场的拱廊下，他看到一群流浪汉和乞丐围成一圈，正在嘲弄一个因饥寒交迫倒在石地上的可怜人。他一发现那个被羞辱的人是中国人，怜悯之心油然而生。有钱人借出一片茶叶也不丢脸。聪明人也有马失前足的时候。太安把那个外来人安顿在涅米罗夫斯基的细木厂里，那人的名字十分生动，叫方舍。

"有关方舍，我并不能给予您细致动人的介绍。如果包罗万象的日报没有弄错的话，他是云南人，一九二三年后来到这个港口，比方士早一年。他不止一次神态自若地在迪安·富内斯大街接待了我。我们在院中柳树的树荫下一起练习书法。他对我说，那棵树让他想起了点缀丰润丽江的岸边密林。"

"别再谈论书法和装饰了，"侦探说，"跟我说说房间里的人吧。"

"优秀的演员在剧院建好前是不会登上舞台的。"舒同反驳道,"首先,我要尽绵薄之力描述一下房间。随后,我将献丑,不揣浅陋,将其中的人物勾画出来。"

"请容许我说两句鞭策之言,"蒙特内格罗热烈地说道,"迪安·富内斯大街上的那幢楼是本世纪初建造的一座有趣陋室,是我们直觉建筑中诸多不朽作品之一,意大利建造者的纯真完整地保留在其中,几乎没有按照勒·柯布西耶严格的拉丁标准修缮过。我的回忆确定无疑。您几乎可以看见那房间:在现今的门面上,过往的天蓝色已褪至无菌的白色。里面是我们童年的平静院子——我们曾目睹年轻的女黑奴端着银器盛着的马黛茶奔跑——如今不敌时代的高高浪头,充斥着异国龙饰和千年漆器,都是那个工业化的涅米罗夫斯基虚伪刷子下的成品。深处的木棚是方舍的住处,就在柳树的绿色忧郁旁,叶手安抚着流亡者的思乡之情。一条一米半长、强硬、肮脏的铁丝把我们的产业与毗邻的空地隔开,那是一块风景如画的——用我们无以替代的阿根廷方言词汇说——荒地,依然不可战胜地挺立在城市心脏。镇上的猫也许会来这里寻找草药，以减轻屋顶上孤僻 célibataire[1] 的病痛。底层是店铺和作坊[2]；而上面一层——无需多言，我指的是火灾之前——就是住宅，那个远东人不可触动的'家'，连同它全部的特点和风险移到了联邦首都。"

"学生的脚穿上了老师的鞋，"舒同博士说，"夜莺胜利之后，耳朵接受并宽恕了粗哑的鸭鸣。蒙特内格罗博士已经建好了房子，我这条外行又愚钝的舌头将描绘几个人物。我把第一个宝座留给辛夫人。"

"看来我要赢了，"蒙特内格罗适时说道，"别犯错误，您会后悔的，我可敬的帕罗迪。您不要把辛夫人与那些 poules de luxe[3] 混为一谈，您可能在里维拉的大饭店里容忍后者，敬爱她们，她们通常以一只丑陋的狮子狗和一辆无可挑剔的四十马力豪华车装点奢靡的轻浮。辛夫人的情况不同。她集沙龙贵妇和东方母老虎于一体，摄人心魄。这位永恒的维纳

---

1 法文，单身汉。
2 无论如何也不行。我们——机关枪与二头肌的同代人——拒绝这种虚浮不实的养尊处优。我要像一场爆炸那样无可挽回地说：我在一层设立了店铺和作坊；而在上面一层，关着中国人。"——卡洛斯·安格拉达亲笔注
3 法文，交际花。

斯斜睨着向我们挤眉弄眼。她的嘴像一朵独自绽放的红花，她的手像丝绸，像象牙。她的身体被趾高气扬的曲线衬托得十分惹眼，是黄祸论的妖媚先锋，已经征服了帕坎[1]的布料和斯基亚帕雷利[2]的朦胧线条。请您原谅我千千万万遍，我的 confrère[3]，我心中的诗人已经领先于历史学家。为了勾画出辛夫人的画像，我使用了粉彩笔。至于太安的画像，我则要求助于阳刚的蚀刻。任何成见，无论如何根深蒂固，也不会影响我的看法。我将局限于今日报纸上的图像资料。至于其他，种族吞噬个人：我们嘴里嘟囔着'一个中国人'，执意狂热地前行，征服黄色的海市蜃楼，没有料到这异国人身上平凡或怪诞的悲剧，不可战胜的、充满人性的悲剧。方舍的画像也相似，我清楚地记得他的外貌，他的双耳曾倾听我父亲般的教诲，他的手曾握过我的小羊皮手套。与他形成对照的是，在我门廊第四个圆雕饰前的东方人。我既没有叫他，也没有请他离去：就是那个外国人，那个犹太人，他埋伏在我

---

1 Jeanne Paquin（1869—1936），法国时装设计师。
2 Elsa Schiaparelli（1890—1973），意大利时装设计师。
3 法文，兄弟。

的故事的幽暗深处窥测，如果没有被一部明智的法规打击的话，他还将在历史的所有交叉路口继续窥测。在这个故事里，我们这位沉默不语的客人叫萨穆埃尔·涅米罗夫斯基。有关这个粗鄙的细木工，我就不向您一一诉说细节了：又平又宽的额头，忧郁庄严的眼睛，预言家般的黑胡子，身高与我相仿。"

"和大象打交道久了，再锐利的眼睛都分辨不清最荒唐的苍蝇。"舒同博士猛然说道，"我不无欣喜地发现，我的拙作并没有令蒙特内格罗的画廊失色。尽管如此，如果一个螃蟹的声音有什么意义，那么我的出现也会玷污迪安·富内斯大街的建筑，虽然我不足挂齿的寒舍入不了诸神和众人的法眼，坐落在里瓦达维亚大街与胡胡依大街街角。我如牛负重的消遣之一就是居家销售靠壁桌、屏风、床和橱柜，都出自高产的涅米罗夫斯基不停劳作的双手。那位仁慈的工匠允许我保留并使用这些家具，直到把它们销售出去。就是刚刚，我还睡在一个仿宋代大花瓶里，因为叠床架屋的婚床把我挤出了卧室，而一个可折叠御座把我拒之餐厅门外。

"我曾斗胆把自己纳入迪安·富内斯大街的尊贵圈子里，是辛夫人间接鼓励我不要理会其他人的中肯诅咒，时不时地跨过这道门槛。这种费解的宽容并没有得到太安的无条件支持，他是夫人日夜的导师、法师。除此之外，我转瞬即逝的乐园并没有与乌龟或蟾蜍寿命同齐。辛夫人投法师所好，竭力逢迎涅米罗夫斯基，务求使他感到幸福圆满，而那些制造出的家具超过了一个人坐在不同桌子旁的变换数量。她强忍着恶心与厌恶，忘我地靠近那张西方大胡子脸。不过为了减轻折磨，她尽量选择在夜里或洛里亚电影院里与他见面。

　　"这种尊贵的关系保证了工厂生意兴隆。涅米罗夫斯基不忠于他可敬的贪婪，把撑得钱包像小猪仔一样圆的钞票花在戒指和狐皮上。他冒着被某个恶毒的审计员指责单调乏味的风险，把这些频繁的小礼物塞在辛夫人的指间和脖颈上。

　　"帕罗迪先生，在继续讲下去之前，请允许我做一个愚蠢的说明。只有一个被斩首的人才敢设想这些痛苦而且一般是昏暗中进行的活动会让太安疏远他那婀娜的女弟子。我要对与我持相反看法的尊贵人物们说，夫人并不是一动不动地

191

待在方士家里。当她在几个街区之外，不能照料和协助方士的时候，就把这个任务委托给另外一张德薄望浅的脸——他正谦恭地起身，问候和微笑[1]。我名正言顺、卑躬屈膝地执行这个微妙的任务。为了不打扰方士，我尽量减少露面。为了不让他厌烦，我不断变换伪装。有时候，我抓住衣架，假装是羊毛外套，当然被一眼看穿。还有些时候，我伪装成家具，四肢着地出现在楼道里，背上还驮了个花瓶。可惜的是，老家伙并没有上当。太安毕竟是细木工，认出了我，接着踹了我一脚，让我不得不扮演其他静物。

"不过天穹比那个刚刚得知他的一个邻居得到了一根檀香拐杖，另一个邻居得到一只大理石眼睛的人更为妒忌。我们还没高兴一会儿，幸福就结束了。十月份的第七天，我们遭遇了一场火灾，危及方舍的人身安全，使我们的小圈子永远地破裂了。火灾几乎烧毁了整个房屋，吞噬了数量可观的木灯。不用找水了，帕罗迪先生，别让您尊贵的身体脱水。火已经扑灭了。唉，对言高趣远的社交聚会的热情也被扑灭了。

---

1 实际上，是博士在微笑和问候。——作者注

辛夫人和太安乘着篷车搬去了塞里托大街。涅米罗夫斯基用保险金建了一个烟花厂。方舍就像一排一望无际的茶壶一样，静静地永留在那棵柳树旁的小木屋里。

"当我承认火已经被扑灭时，我并没有违反真理的第三十九条附加条款，然而只有一罐倾泻而下的无价之水才敢夸口可以扑灭记忆。从凌晨起，涅米罗夫斯基和方士就忙于制作细竹灯，数目不详，也许无穷无尽。我客观地考量了我家之窘况和家具无休止之汇入，感慨工匠们的操劳枉费工夫，其中一些灯永远不会点燃。可怜的我呀，在夜晚结束之前承认了我的错误：夜晚十一点一刻，所有的灯都点燃了，和它们一起点燃的还有刨花库和表面涂成绿色的木格栅。勇士不会踩老虎尾巴，而是埋伏在森林里，等待宇宙初始就定好的那个时刻，一跃而下。我就是这样做的。我爬到深处的柳树上静候，就像蝾螈一样警惕，以便在辛夫人发出第一声优雅的求救声时冲入火海。有话说得好，屋顶上的鱼比海里的鹰看得清楚。我并无意以鱼自夸，我看到了许多痛苦的场面，不过我都忍耐下来了，并没有掉下来，我咬牙坚持，支撑我的信念是有朝一日能向您精益求精地复述以下场景。我目睹了火焰的饥渴，涅米罗夫斯基因恐惧而变形的脸，他企图用锯末和旧报纸来平息火焰。我看到礼数周全的辛夫人追踪着方士的每个动作，就像幸福总是尾随着爆竹一样。最终我看到方士帮助完涅米罗夫斯基后，跑向里面的一间小房子，去救方舍，后者那天晚上由于花粉病而不能圆梦。如果我们一一列举二十八种突出场景的话，那么这种救助就更显得可歌可泣。简要使然，我只向您列数四种。

"一、那种大挫方舍威风的花粉病加速了他的脉搏，却没有道高望重到让他瘫痪在床，阻止他潇洒逃离。

"二、那个现在嘟囔着这段描述的乏味之人当时正趴在柳树上，做好准备，一旦形势不妙，就和方舍一起逃走。

"三、方舍全身被烧伤并没有伤害到给他提供食物、收留了他的太安。

"四、就像在人的身体上，牙齿不能看东西，眼睛不能抓挠，脚不能咀嚼一样，在一个我们习惯上比作国家的身体里，一个人篡夺其他人的角色是不体面的。皇帝不能滥用他的权力，去打扫街道，囚徒不能与游荡流民一样到处流动。太安救了方舍，篡夺了消防员的角色，冒犯了他们，所以消防员用强力消防水管淋湿了他。

　　"有话说得好，官司输了以后，还得付给刽子手钱。火灾之后，争吵开始了。方士和细木工结了仇。苏武将军以不朽的单音节词歌颂了猎熊之乐，然而没有人不知道，先是他的后背被百发百中的弓箭手射中，而后又被愤怒的猎物追上，并葬身熊腹。类比虽不完美，但也适用于与将军一样腹背受敌的辛夫人。她想让她的两个朋友和好，但徒劳无功。她在太安那化为焦炭的卧室和涅米罗夫斯基现在变得一望无际的办公室之间奔走，就像一位守卫庙宇遗迹的女神。《易经》告诫说，要想让一个愤怒的人高兴起来，放再多鞭炮和戴再多面具也无济于事。辛夫人的如簧巧舌并没有平息他们之间难以理解的分歧——我斗胆说，简直是火上浇油。这种状况在布宜诺斯艾利斯的地图上勾勒了一个类似于三角的有趣图形。太安和辛夫人在塞里托大街分享一套公寓，涅米罗夫斯基和他的烟花厂在卡塔马尔卡大街九十五号开辟了新天地，一成不变的方舍留在小房子里。

　　"如果细木工和方士还属于那个图形，那我就不能享受此时与你们谈话的低微乐趣了。不幸的是，涅米罗夫斯基非要在哥伦布日[1]这天去看望他的老同事。警察到来的时候，就不得不叫救护车。争斗双方的思维平衡如此混乱，涅米罗夫斯基（不顾流个不停的鼻血）朗诵《道德经》开卷有益的经文，而方士（对缺失一颗犬齿毫不在意）滔滔不绝地讲述着犹太笑话。

"辛夫人对分歧痛心疾首，不客气地让我吃了闭门羹。谚语说，被赶出狗窝的乞丐住在回忆的宫殿中。我呢，为了掩盖孤独，去迪安·富内斯大街的废墟朝圣。下午的太阳在柳树后西斜，就像我勤勉的童年那样。方舍无奈地接待了我，给了我一杯茶，还有松子、胡桃和醋。夫人无处不在的影子并没有妨碍我注意到一个很大的衣箱，它的外观就像一位年高德劭的曾祖父，已行将就木。被箱子出卖的方舍对我坦言，在这个天堂般的国度度过的十四年比不上严刑拷打的一分钟，而他已经从我们的领事那里得到一张'黄鱼号'的长方形返程船票，下周将启航赴上海。他龙腾虎跃般的欣喜只有一个缺点，它会令太安不快。实际上，要为一件无价的镶海象皮

1　每年的 10 月 12 日。

的貂皮大衣估价，最有名望的法官也要依据上面飞蛾的数量来裁定，而一个人是否结实则要根据吞下他的乞丐的确切数量来判断。方舍回国无疑损害了太安不可动摇的声誉。太安已经不得不依靠插锁或哨兵、绳结或麻醉剂来躲避危险了。方舍以惬意的缓慢速度娓娓道来，乞求我，让我以所有母系先辈的名义保证，不让他离开的这个无关紧要的消息使太安难过。就像《礼记》所要求的那样，我还加码了我形迹可疑的父系先辈。我们俩在柳树下拥抱，还流了点儿眼泪。

"几分钟后，一辆计程车把我送到塞里托大街。不顾仆从的谩骂——那只是辛夫人和太安的工具而已，我就在药店里埋伏起来。在那里，他们给我看了眼睛，还借给我一部电话。我拨了电话。辛夫人没接电话，于是我就把太安爱徒的逃跑计划直接告诉了太安。我收获的是一阵意味深长的沉默，一直持续到我被轰出药店。

"有句话说得好，脚下生风的邮差比他躺在以信为柴的火边的同伴更值得尊敬和赞扬。太安行动迅速。为了阻止爱徒逃跑，他以迅雷不及掩耳之势赶到迪安·富内斯大街。在房间里，有两个意外等待着他：第一，没有找到方舍；第二，找到了涅米罗夫斯基。涅米罗夫斯基对太安说，街区里的几个生意人说，他们看到方舍把衣箱装上一辆马车，他也上了车，悠闲地向北方去了。太安和涅米罗夫斯基寻找无果。随后他们互相告别，太安去迈普街参加一场家具拍卖，而涅米罗夫斯基则和我在韦斯顿酒吧会面。"

"Halte là[1]！"蒙特内格罗说道，"陶醉于艺术的人占了上风。请您欣赏这幅画，帕罗迪。两个决斗者沉重地放下了武器，他们为共同的损失而动容。我要强调的是，他们的动机是一样的，而他们又是截然不同的人。服丧般的预感煽动着太安的额头，涅米罗夫斯基对地球之外那些宏大声音置若罔闻，他在调查、质询、提问。我承认，第三个人物吸引了我：这个事不关己者乘坐在一辆敞篷车里，驶离我们的叙事框架，是一个充满暗示的未知数。"

"先生们，"舒同博士以甜美的声音继续说道，"我泥泞的叙述已经来到了十月十四日那个难忘的夜晚。我冒昧称之为难忘，是因为我未开化和食古不化的胃不能理解双份的布丁

1　法文，停下。

甜点 [1]，那就是涅米罗夫斯基桌上唯一的装饰和菜肴。我单纯的初衷就是：a) 在涅米罗夫斯基家里吃晚饭；b) 在昂西电影院里对三部音乐片表示不满，据涅米罗夫斯基讲，那些影片并不能满足辛夫人；c) 在明珠咖啡馆里品味一杯茴芹酒；d) 回家。对布丁甜点鲜活而也许不乏痛苦的回想迫使我排除 b 和 c 点，并颠覆你们久负盛名的字母表顺序，从 a 直接跳到 d。一个次要结果就是，尽管失眠，那天晚上我一直没有离开家。”

"这些表现让人肃然起敬，"蒙特内格罗说道，"尽管我们童年的本地菜肴，以它们各自的方式，呈现阿根廷菜里至高无上的 trouvailles [2]，但我还是与博士的意见不谋而合：在高级烹饪的巅峰上，高卢人所向无敌。"

"十五日，两名侦探亲自把我叫醒，"舒同接着说道，"请我跟他们前往那幢坚实的中心大楼。我在那里知道了诸位现在已经知晓的事情：和蔼的涅米罗夫斯基对方舍的突然行动感到不安，在将近破晓时潜入方舍在迪安·富内斯大街的家。

---

1 以玉米、牛奶为主要原料的传统拉丁美洲甜点。
2 法文，独特发明。

《礼记》说得好，如果你的贵妃在炎炎夏日和低贱之人共处一室，你的某个孩子必是私生子；如果你在约定时间外贸然闯入你朋友的府第，一丝神秘莫测的微笑就会点缀在看门人的脸上。涅米罗夫斯基切身感受到了这句格言的冲击：他没有找到方舍，却在那棵柳树下面看到了半掩埋着法师的尸体。

"透视，尊敬的帕罗迪，"蒙特内格罗猛然断言道，"就是东方绘画的阿喀琉斯之踵。在两股蓝色烟团之间，我为您的画册内页建立一条通向该场景的捷径。在太安的肩膀上，死神威严的吻已经印上了红色印迹：有道白刃武器划下的伤口，约长十厘米。但那把犯下罪行的白刃武器却无影无踪。有人枉然尽力填补空白，那把坟铲——它是极普通的园艺工具，被扔在几米远的地方。在铲子的手柄上，警察（他们无法展翅高飞，只能固执于细节）找到了涅米罗夫斯基的指纹。聪明人、凭直觉的人，嘲笑那种科学烹饪，他们的作用是一间间地构建一幢持久匀称的大楼。我就此打住：我把预言和猜想留待明天。"

"那就恭候明天早晨，"舒同插话说，"我重拾我卑微的讲述。太安进入迪安·富内斯大街的房子时毫发无损，也没有被粗心的邻居发现，他们睡得就像一架子四书五经似的。不过据推测，他应该是十一点以后进去的，因为十一点差一刻的时候，有人看见他出现在迈普街的尽头。"

"我赞同，"蒙特内格罗附和道，"我悄悄跟您说，私下说说，布宜诺斯艾利斯的流言蜚语里提到那个异国人稍纵即逝的身影。此外，棋盘上各棋子的位置如下：王后——我指的是辛夫人——她夜里十一点在喧闹多彩的舞龙中展示她的杏仁眼和妖媚身影。从十一点到十二点，她在住处接待了一个客人，对于那个人的情况，她一直保守秘密。Le coeur a des raisons[1]……至于那个不安分的方舍，警察声称在午夜十一点以前他在新公正旅馆著名的'长厅'或'百万富翁厅'落脚，那是我们贫民区不受欢迎的巢穴。无论我或您，我的兄弟，都对它知之甚少。十月十五日，他登上'黄鱼号'轮船，去往神秘迷人的东方。他在蒙特维的亚被捕，如今在莫雷诺大街默默无闻地混着日子，随时听候警察局的传唤。太安呢？他对警方浮于表面的好奇装聋作哑，把自己严严实实地关在

---

1 法文，情感自有其理。

流光溢彩的典型东方棺材里，在'黄鱼号'恬静的船舱里，朝向有着数千年历史的礼仪之邦中国继续永无尽头的旅行。"

二

四个月之后，方舍来拜访伊西德罗·帕罗迪。这是个高个头男人，他圆脸上没什么表情，还有些神秘。他头顶黑色草帽，身着白色罩衣。

"舒同的朋友对我说，您想和我谈谈。"他说道。

"非常正确[1]，"帕罗迪答道，"如果您不认为不妥，我向您讲讲我知道和不知道的有关迪安·富内斯大街事件的情况。您的同胞舒同博士现在不在这里，他曾向我们讲了一个错综复杂的漫长故事。我从中推断出，某个异端信徒曾经偷走了一件珍贵文物，它法力无边，在你们国家备受崇拜。道士们得知这个消息非常惊讶，派出一位使者惩戒不法之徒，收回文物。博士说太安，按照他自己的供述，就是那位使者。不

1　决斗正酣，读者已经可以感到双方击剑的铮铮碰击声。——赫瓦西奥·蒙特内格罗注

过我尊重事实，这是智者梅林[1]说的。使者太安变换名称和住处，通过报纸了解到达首都的所有船只的名字，并且窥测所有下船的中国人。这般行径，可能是他要寻找什么东西，不过也可能是他在隐藏什么东西。您首先来到布宜诺斯艾利斯，后来太安也到了。任何人都会认为您是盗贼，而太安是尾随者。然而博士又说太安在乌拉圭逗留了一年，幻想能够卖掉薄饼。就像您看到的，先到达美洲的是太安。

"您看，我将向您讲述我弄清楚的问题，如果我说错的话，您会对我说'您弄错了，兄弟'，并且帮助我纠正错误。我认为盗贼就是太安，而您，是使者。否则就无法理出头绪来了。

"方舍，我的朋友，太安那么多年为了逃脱您的追踪，不停地变换名字和住所。他终于累了。他制订了一个过于大胆反而谨慎的计划，并且有决心和勇气付诸实施。他首先开始虚张声势：他让您住到他家去。那个中国夫人就住在那里，她是他的心上人，还有那个俄国家具商。夫人也在追踪宝物。

1　亚瑟王传说中的魔法师。

她和那个跟她也有一腿的俄国人出去的时候，就让那个诡计多端的博士盯梢，如果情况需要的话，他就会在屁股上放个花瓶，把自己装扮成家具。俄国人为电影票和其他开销付出了这么多，耗尽家财。他就耍起了老一套，把家具作坊点燃了，以获取保险金。太安与他勾结，帮他做了那些灯，充当柴火。博士比蝾螈爬得还要快，爬到柳树上，发现两个人正往火里扔旧报纸和锯末，使火势更旺。我们来看一下，在这场灾难发生时，各个人物都干了什么。夫人像个影子似的跟着太安，等待太安把宝物从藏匿处取出。太安不操心什么宝物，他想把您救出来。这种做法可以有两种解释。很容易想到您就是窃贼，把您救出来，宝物的秘密就不会随您一同葬身火海。我的看法是太安这样做，是为了让您后来不再跟踪他，是为了让您欠下这个人情，我明确说吧。"

"是的，"方舍简单说道，"不过我并没有欠下这个人情。"

"第一种假设我并不感兴趣，"帕罗迪接着说道，"即使您就是窃贼，谁会怕您和宝物的秘密一起死掉呢？另外，如果真有危险，博士可以带着花瓶和所有东西像电报一样跑出去。

"另外一天，所有人都走了，只留下您一人，孤零零的像个玻璃眼珠。太安假装与涅米罗夫斯基发生争执。我认为争执有两个原因：第一，让人相信他没有和俄国人串通一气，他不同意放火；第二，把夫人带走，让她离开俄国人。后来俄国人继续向夫人献殷勤，于是他们真的发生了争吵。

"您现在面临一个难题：护身符可能被藏在某一个地方。乍一看，是一个不让任何人起疑的地方：家。有三个理由可以排除怀疑：他把您安置在那儿；火灾之后您只身住在那里；是太安自己把房子点燃的。然而，有一个迹象被忽略了：我若是您，潘乔先生[1]，对此地无银三百两会多加小心。"

方舍站了起来，沉重地说道：

"您所言甚是，不过还有您不知道的。容许我一一道来。所有人走后，我坚信护身符就藏在家里。我没有去寻找。我要求我们的领事让我回国。我把我要走的消息私下告诉了舒同博士。不出所料，他立刻和太安说了。我出去了，把箱子留在'黄鱼号'上，然后回到家，从荒地进去，藏了起来。过了一会儿，涅米罗夫斯基来了，邻居们已经告诉他我走了。

1　阿根廷同名漫画中的人物。

随后太安到了。他们一起假装找我。太安说得去迈普街的家具拍卖会。他们各奔东西。太安说谎了。几分钟后，他回来了。他进了小房间，再来时拿着我在花园里干活时多次使用的那把铲子[1]。月光下，他弯着腰，开始在柳树下挖起来。过了不知多长时间，他挖出了一个闪闪发光的东西。最终，我看到了警幻仙子的护身符。于是我扑向窃贼，对他执行了惩罚。

"我知道早晚我会被抓住。我必须保住护身符。我把它藏在死者嘴里。现在他要回国了，回到警幻仙宫，在那里，我的同伴焚烧尸体时会发现它。

"后来，我在报纸上寻找有关拍卖的消息。在迈普街上有两三场家具拍卖会。我去了其中一场。十一点差五分的时候，我在新公正旅馆里。

"这就是我的故事。您可以把我交给警察了。"

"对于我，您大可放心。"帕罗迪说，"现在的人要求政府为他解决一切。要是穷，政府就得为您安排工作。要是生病了，政府就得送您到医院治病。杀了人，自己不偿命，还要

1　田园色彩。——何塞·福门托注

求政府惩罚您。您会说我不应该说这种话，因为是国家供养了我。不过我还是相信，先生，人应该自力更生。"

"我也这样认为，帕罗迪先生。"方舍缓慢地说着，"现在世界上很多人都在为维护这种信念而濒于死亡。"

一九四二年十月二十一日，普哈托

Jorge Luis
Borges
Adolfo
Bioy Casares

Dos fantasías memorables

两个值得回忆的幻象

[阿根廷] 豪尔赫·路易斯·博尔赫斯　阿道夫·比奥伊·卡萨雷斯 著

刘京胜 译

上海译文出版社

目　录

见证人

《以赛亚书》第六章第五节

您说得对，伦贝拉。有些极其固执的人，他们宁愿听一些就连圣座大使听了上千遍都得打哈欠的故事，也不愿意倾听有关无疑更高尚的主题的一对一辩论。您张开嘴，差点儿让颈骨脱臼，为了说点做白日梦时的胡思乱想，话音刚落，这些人先往馅饼里塞进一个故事，让您听了之后，再也不会光顾这家乳品店了。就是有不善于倾听的人。不是说笑话，老家伙，现在我再派一个伙计去酒窖，如果您不催我，我就举一个具体的例子，而如果您听了没有人仰马翻，那一定是因为当别人把您的外套翻过来的时候，您还留在外套里面。尽管要承认非常痛苦——我还要鼓起勇气说，这么说也完全公平，您虽然没有沐浴在约翰逊牌的油蜡中，但无论如何，也是阿根廷人——像断奶的孩子一样叫喊道，在蚯蚓方面，共和国在退步，这无助于使它处于有利境地。我的女婿在裙带关系的庇护下潜入迪奥戈兽医福利研究所后，我的情况出现了转机。他以囚犯的耐心，在绕来绕去从未出现过我的名字的统一阵线上打开了一个稳固的缺口。这就是我总是向卢恩戈·卡查萨——罗马教廷的老虎，这您知道——反复说的，总有火爆性子的人，在垃圾桶里使劲翻找，重提一些无稽之谈，其实这些故事早已人尽皆知，例如那次没收金枪鱼罚我款，或者另一次拉斐埃拉小黑手党死亡证明上的失误。多么了不起的时代！我只需踩一下我的"钱德勒六号"的油门，就可以展现出一幅拆散了的闹钟的完整图画，看内地的技工像苍蝇般赶来，幻想把破家伙装回原样，让我笑掉大牙。拖车工又做了一番努力，汗流浃背地想把我从路边施工用的白黏土中拔出来。我在这里跌倒，就在这里爬起来。我能够在一个八百公里的环路上爬行，这是我其他同行不能接受的，更不要说参加老帕洛梅克作品的摸彩活动了。由于我总是走在进步的前列，我的职责就是按照我们新部门的需要触摸市场的脉搏，这个部门致力对抗猪虱，事实上，也就是我们的老朋友罐装木薯淀粉。

难以解释的小肠结肠炎在布宜诺斯艾利斯西南地带造成大量猪死亡，以此为借口我必须对我的钱德勒说再见了，半路在莱乌布科 [1] 集合，和一群狂热的人混在一起，他们承诺用木薯淀粉把我肚子撑胀，而我终于加入一个兽医小组，安然无恙地到达普安外围。我的格言一直就是，如果一个地方的人既有智慧又是斗士，他可以喂猪吃药品及定量食料，而这是提高脱脂脱骨火腿产量必需的——例如"小虱"·迪奥戈和"添加维生素"·塞

1　拉潘帕省的一个镇。

门缔纳——那外形让人一眼看去既讨喜又提气。尽管如此，我像个可怜的纳税人一样骗人没什么好处，请您准许我用最黑的笔描绘这幅由田野馈赠给心烦意乱的观察者的画面：那时暮色正消失在留茬地里，死猪发出几乎令人作呕的恶臭，留下一个荒凉的场面。

　　那种让人肚脐发紧的寒冷，加上亚麻布连体衣，减去那只口袋，里面有一头在垂死的临终喘息声中被塞进去的杜洛克泽西猪和我施予它的伪装罩衣，我和西尔韦拉肥皂厂的代理人换取他的农用车一程，他靠运输骨头油脂捞财。我潜入戈贝亚旅馆，要了一份热乎的配餐，这是值夜人提供的，他说已经过了九点，就这些东西了，还有一瓶温度确实低多了的虹吸式苏打水。吃来聊去的，我套出了值夜人的话。他属于那种只要一打开话匣子就像迪奥戈研究所的脱粒机似的收不住的人。那时去往恩帕尔梅·洛沃斯的第一班慢车就要到了。就在我为只要再等八小时而得意的时候，一股穿堂风刮了进来，把我像只袜子一样吹得转了半个圈，原来是门开了条缝儿，大腹便便的桑帕约进来了。别对我说您没认出这个胖子，我心知肚明他并不软弱，和垃圾为伍。他在大理石桌子旁坐下，我正在一边打哆嗦。他与值夜人花了半小时大谈香草热巧克力和一碗浓汤哪个更好，后来厌倦了，承认香草热巧克力更胜一筹。值夜人以自己的方式来理解，给他上了一瓶虹吸式苏打水。那年冬天，桑帕约把一顶草帽塞进后颈，挎着狸皮小包，已经找到了一条能以他的文学渴望盈利的渠道，用修饰过多的文字列出了一份有关猪养殖场、暖房和饲养人的长长清单，以便编写《洛沦索指南》全集。

就这样，我们蜷缩在温度计旁，假牙打战，一边看着这块分崩离析的黑暗之地——瓷砖地、铁柱、放着咖啡机的吧台——一边回忆着过去的美好时光，那时我们都竭力争抢顾客，在圣路易斯的浮土地上踏土奔波，当我们回到罗萨里奥的时候，地毯吸尘器都堵塞

9

了。那个胖子，尽管他来自不知哪个热带地区的共和国，是个直肠子大肚汉，他想给我阅读他写在本子上的苦心孤诣之作，让我解解闷。我呢，在前四分之三小时里佯装不知，全速转动脑筋，设想那些阿瓦罗们、阿瓦拉特吉们、阿瓦蒂马尔科们、阿瓦戈纳托们和阿瓦坦托诺们能够成为我工作里的商号。可是桑帕约很快就出言不慎，冒失地说他们是省西北部的饲养员，那地方从人口密度上来说很不错，然而也很可惜被一些无害但蒙昧的竞争宣传侵占了。您看，我认识胖子桑帕约好多年了，可是我绝没有想到在那堆脂肪里，还存在着一个像模像样耍笔杆子的人！我喜出望外地趁我们的对话正在往有启发的方向发展，敏捷地把握机会，用一个连年轻气盛时的卡沃内神甫也会嫉妒的圈套，把话题引到"重要的问题"上，一心要把那个宝贵的将军肚引向"传道士之家"。我粗略地总结了一下法因贝格神甫的小记事本里的指示，留下一个刺痛他的问题：人像一列火车一样从一个虚无驶向另一个虚无，如何能够影射连唱诗班的最后一个孩子都知道的事情——比如五饼二鱼或三位一体——是纯粹瞎说。如果我对您透露说，伦贝拉先生，桑帕约受到这样的打击都不举白旗，您别用惊讶让我打瞌睡。他用比奶咖味冰淇淋更冷的语气对我说，有关三位一体，没有人比他更能领略迷信和无知的悲哀后果了，我不用再多说一个音节，因为他将向我的假发下灌输一次让他滞留在粗鄙唯物主义死亡之路上的个人经历。伦贝拉先生，我发誓再发誓，为了让胖子摆脱这个想法，我试图让他在台球桌上稍息片刻，可是他很专横，竟恬不知耻地向我讲述了下面这件事情，等我就着咖啡小口咽下此时糊住我嘴巴的黄油和面包屑，我就转述给您。他盯着我打着哈欠露出的小舌头，说道：

"您不要依据现在的情形——一顶过时的草帽，一身带补丁的三件套——来推测，我一直在发出野猪恶臭的平原和说话人大放厥词的客栈之间打转。我也经历过辉煌时代。我不止一次告诉您，我的故乡在马里斯卡里托港那边，那里的海滩一直不出名，我们当地的女孩子都想到那里去躲避疟疾。我父亲是六月六日市议会事件的十九分子之一，当温和派重新掌权的时候，他和整个共和派的人一起从上校级别的管理层沦为管理沼泽地的水上邮递员。他那只以前令人生畏地挥舞着短铳的手，现在只能分发盖好印的包裹，要不就是长方形信封。当然，我将贴着您的耳朵对您说，我父亲并非那种只会在酸橙、番荔枝、番木瓜和水果串上赚邮票钱的邮差，他被动的收件人里有一个办事谨慎又有经济头脑的印第安人，这个印第安人定期收购各种小物件以换取邮件。称赞我吧，马斯卡伦塔先生，是哪个新手在这件爱国的事情上插了一把手？就是现在正在向您通报这些可靠消息的八字胡小年轻。我刚学会爬，爬的是独木舟的下桁。我最初的记忆是关于绿水的，水里漂着树叶和大批凯门鳄。我当时还是个孩子，拒绝下水。可我父亲，他像加图一样，突然把我扔到水里，以消除我的恐惧。

"可是这个两条腿的将军肚[1]并非那种能永远被茅屋里寻常百姓的小玩意儿利诱的人。我渴望踏破鞋底，寻觅新景观，没有小斑点马，您就称它为蒙得维的亚山吧。我很想为我的集邮册增添颜色鲜艳的明信片，趁着有一张对我穷追不舍的'通缉令'，从一个渔船货舱里向温暖的金色平原，向绿色的丛林，向斑驳的羊瘙痒症告别，那是我的国家，我的祖国，我美丽的乡愁。

"这种在鱼群与星星之间的海洋穿越持续了四十个日夜，途中景色缤纷，而我确实不能忘记的是甲板上有个水手同情这个可怜人，下楼来向我讲述那些言过其实

---

1 大胆又合适的提喻，这里非常明确地表明，幸运的桑帕约并非那种把长长的手盗贼般伸向《小拉鲁斯词典》的亲法派上层人士，而是那种跪饮塞万提斯乳汁的人，而如果真有这种乳汁的话，一定丰沛雄浑。——马里奥·邦凡蒂，耶稣会*

* 出于我们这个校对员委员会洞察不到的原因，马里奥·邦凡蒂神甫在贝尔纳多·桑帕约先生的紧张支持下，以校对电报、挂号信、气压传送信件、乞求和威胁的形式，试图撤回上述注释。

的人所看到的事情。可是好事总有个限度，我被当作一卷毯子卸到布宜诺斯艾利斯的码头上，身边全是烟草灰屑和芭蕉树叶。我不会给您以字母顺序一一列举我作为阿根廷人的头几年里经历了多少次休业。如果我把它们列出来，连这间屋子都装不下。我只对您说一下迈农贸易公司的幕后详情。我作为唯一的雇员壮大了他们的队伍。它坐落在贝尔格拉诺大街一三〇〇号的大宅里，是家荷兰烟草进口公司。晚上，一合上他那由于工作劳顿已经麻木的眼睛，流亡者就会想起在阿尔托·雷东托心仪的烟草田里收割烟草的情景。店里有个写字台，是用来迷惑顾客的，我们还有个地下室。我呢，最初几年里，是个激进的青年，情愿以帕努科的全部黑金换取一点变化，比如把一张在视网膜右边的小矮桌移到别处去。但是亚历杭德罗·迈农先生一票否决了这个将家具移位和分配的无用计划，理由是他是盲人，依赖牢记的布局在房子里行动。他从未见过我，现在我都能回想起他戴着他黑得像两个夜晚似的眼镜看着我，他留着牧工胡子，皮肤是面包屑色的，不过个子很高。我不断地向他重复："您，亚历杭德罗先生，天一热就该戴草帽啦。"不过事实是他戴着天鹅绒帽，从眸眼起就不会脱下。我十分清楚地记得，他有个锃亮的戒指，我对着他手指间的镜子剃胡须。我套出了他的话，放进我的嘴里，亚历杭德罗先生和我一样，是现代移民腐殖土中长出的芽，离他在赫伦加斯喝光最后一罐啤酒已经有半个世纪了。他在客厅兼卧室里堆了各种不同语言的《圣经》，是算术协会的正式成员，致力用地质科学校准《圣经》边注里的年代表来修正地质学编年史。他为那些疯子提供资助，而且数目不菲。他总是说，他已经为他的孙女弗洛拉准备了一笔比金斗篷还贵重的遗产，就是对《圣经》编年史的热爱。这个继承人是个瘦弱的小女孩儿，最多九岁，眼神空洞望着远方，像是在眺望大海，金头发，举止轻柔，犹如一把野生的虎尾兰，谁不会清晨在总统山的草原和峡谷里采摘呢？那个女孩儿没有与她年龄相仿的同伴，喜欢在空闲时间里听我打着手鼓唱故乡的国歌。不过俗话说得好，猴也不会一直耍把戏，当我忙于接待顾客或者休息的时候，小女孩儿就到地下室里玩'地心之旅'去了。祖父不喜欢这些历险。他坚持说地下室里有危险。他在家里总是如鱼得水，可只要走到地下室，就会抱怨东西已经换了地方，觉得自己迷路了。直言不讳地说，这些单纯的抱怨是一派胡言，因为就连小猫'蝴蝶结'都知道里面没有别的什么新奇的东西，只不过是一堆堆的荷兰烟草叶和从前E.K.T.五金百货店的废弃剩余物，在我的亚历杭德罗先生之前，后者曾租住在这里。所谓的'蝴蝶结'，我无法再隐瞒，这只猫加入了心怀不满的地下室兄弟会，因为它每次从楼梯上下来时，我觉得都仿佛是被魔鬼踹下来的。这是只被阉割过的老猫，很安静，如此突如其来的动作，完全可以让最愚钝的人发出尖叫。不过我总是循规蹈矩，就像吸铁石一样，即使在这种情况下，更好的建议就是拴住驴骡。后来，当我明白的时候，已经太晚了，我经历了同老猫一样的不幸。

"您就算有备用轮胎，也逃不过听我苦难的故事。它始于亚历杭德罗先生拎着人造革公文包，急于赶赴拉普拉塔的那天。还有一个信徒来接他。我们看到他招摇过市地去参加在达尔多·罗查电影厅举行的《圣经》学者大会。他在门口对我说，让我下星期一等他回来，到时准备好让咖啡壶大声啸鸣。他还说要去三天，让我细心照顾小弗洛拉。他十分清楚，他的这个吩咐是多余的，因为虽然您此时看到的我又黑又高，但做那个小女孩儿的看门狗是我的无上光荣。

"一天下午，我吃烤蛋奶吃撑了，打了个盹儿。而小弗洛拉趁这个机会，摆脱了令她烦心的看护，钻进了地下室。在祈祷时分，就是她让她的娃娃睡觉的时刻，我摸到她的脉搏狂跳，眼睛里充满幻觉和恐惧。考虑到她在发寒热，我求她盖上被子，给她倒了一杯薄荷茶。那天晚上，为了她能够安静地休息，我记得我躺在棕制门毡上，守在她床前。女孩儿醒得很早，状况并不好，倒不是由于发烧，烧已经退了，而是由于惊吓。下午晚些时候，我给她喝了点儿咖啡，让她舒服些，我问她是什么让她这么难受。她说前一天晚上她在地下室里看到了一个很古怪的东西，她无法形容它是什么样子，只记得它长着绒毛。我想那个长着绒毛的古怪东西并非她发烧的原因，而是表征，于是我就用猴子选希瓦罗人当议员的故事来分散她的注意力。第二天，女孩儿走遍了整个宅院，活蹦乱跳。我一看到台阶就腿软，要求她下去找残留的烟草，以便对比。我的请求令她不安。我知道女孩儿很勇敢，所以坚持让她赶紧执行我的命令，以便一次性驱除那些不健康的空想。我陡然想起了我父亲把我从独木舟上推下河，我并没有被怜悯之心所动。为了不让她难受，我陪她走到楼梯最上面，看她往下走的样子特别僵硬，就像枪靶上的士兵侧影像。她闭着眼睛下去，径直走向烟叶堆。

"我刚转过身，就听到一声尖叫。声音并不响，但现在想来，我在这叫声里，就像在一面小镜子里一样，看到了把女孩儿吓坏了的东西。我赶紧跑了下去，看到她躺在地砖上。她搂着我，像条倾倒的船在寻求帮助，她的胳膊犹如金属线。就在我对她说不要丢下她的叔叔圣贝尔纳多（她给我起的绰号）的时候，她的魂散了，我是说她死了。

"我觉得我已无足轻重。我感到直到那个事件，我的一生一直都由别人在过。哪怕我下楼梯的那个瞬间都显得很遥远了。我仍然坐在地上，手不由自主地卷起纸烟。目光游离，心不在焉。

"也就是在那个时候，我看到在柳条秋千椅上那个让女孩儿恐惧，并因此而死亡的东西。它轻飘飘地来来去去。人们可以说我无动于衷，可事实是，看到那个给我带来不幸的东西时，我不禁莞尔。第一个东西拱了一下，像飞舞般动起来。您可以看到一瞬间，三个东西在某种安静的混乱中一起推动了秋千椅。三个东西仿佛以科学方式处于同一个地方，不向后，不向前，不向下，也不向上。有点儿伤害视觉，特别是乍看第一眼的时候。圣父端坐着，我从浓密的胡子认出了他。他同时是圣子，带着圣伤痕，以及圣灵，一只鸽子，展示着基督徒的风范。我不知道有多少只眼睛在监视着我，因为就算是一个人的一双，想一下，也是同一只，同时在六面上。别提嘴和喉了，那就是自杀。再加上一个从另一个里出来，轮换得很快，那我开始产生眩晕就不奇怪了，就好像向一片旋转的水面探出身去。可以说，他们靠自己的动能发光，并且来到了距离不远的地方。如果我不经意伸出手去，也许可以被这股旋涡带走。那时候，我听到三十八路电车正沿着圣地亚哥·德埃斯特罗行驶，意识到地下室里少了秋千椅的声音。当我再看时，贻笑大方，秋千椅并没有动，我原来以为在晃动的其实是坐椅子的人。

"'只有我一人遇到了圣三位一体，天与地的创造者，'我对自己说，'而我的亚历杭德罗先生，在拉普拉塔！这个想法就足以把我从刚才的麻木中解脱出来。这并不是沉浸在美好沉思里的时候。亚历杭德罗先生是个守旧的男人，他不会认真听我为什么没有照顾好小女孩儿的解释。'

"她死了，不过我不想让她离那张秋千椅太近，于是我抱起她，把她放到床上，还有她的娃娃。我吻了一下她的额头，离开了，非常痛心不得不把她留在那座如此空旷又充盈的宅第里。我急于避开亚历杭德罗先生，从昂西大街出了城。有一天，传来消息说贝尔格拉诺大街的那幢房子，在大街拓宽时被推倒了。"

一九四六年九月十一日，普哈托

记号

《创世记》第九章第十三节

那儿，您看到的地方，伦贝拉朋友来得正是时候，他可以再为我买一整份早餐。奶油圆蛋糕能提供热量，而在下也绝不会拒绝几块黄油夹心蛋糕和某块油腻腻的甜点，我从嘴塞到肘，再变本加厉，喝上几大口咖啡和牛奶，现在又精神饱满地吞下一盘黑糖小面包。不是开玩笑，请客的先生，我的喉咙一空下来，我的口才一恢复，我就把一个长长的故事从您的两个耳朵塞进去，这是真人真事，您肯定会叫来服务员，让他那反叛的脑瓜重新整理一份巨大的菜单，之后方圆两里内都不会剩一点儿油星。

没什么能抵挡得住时间，伦贝拉！您刚把臼齿埋进这根英国猪血香肠，一切就已经陡然生变。刚才鹦鹉还吵得您耳朵疼，现在轮到您在笼子里，让鹦鹉不堪其扰了。如果我对您说，我比一个瓶塞还紧紧地依附于迪奥戈兽医福利研究所，您不要误会。我还要说，我熟悉火车的味道，就如同狗熟悉狗窝和您熟悉拉克罗塞[1]的味道一样。我是说，我作为旅行推销员，经常乘坐火车。转眼之间，只不过进行了持续了一年半的调查和诉讼之后，我毫无顾忌地用墨水精心涂抹了一份说明，然后溜走了。我套上四十四码的靴筒，去了《最后时刻报》[2]，而那个主编，他是个可悲的傻瓜，派我当巡回通讯员，我不是躺在去卡纽埃拉斯的火车上，就是乘坐在开往贝拉萨特吉的送奶车上。

1　指布宜诺斯艾利斯的有轨电车，由费德里科·拉克罗塞（Federico Lacroze，1835–1899）设计建造。
2　1908 年由阿道夫·罗斯科夫（Adolfo Rothkoff）创办的布宜诺斯艾利斯晚报。

毫无疑问，出行在外的人常常会与城区外围的表层接触，无数次被奇特的人物所震惊，您听到后也很可能会得睑腺炎。不劳您张嘴，就连我这杯牛奶里的苍蝇都知道你会说出什么陈词滥调，我是个老手，我的记者嗅觉比一只短鼻子狗的鼻子还灵敏……老实说，也就是昨天吧，就像有人用包装纸包着一块木头似的把我发配到了布尔萨科。就像一块奶酪贴在玻璃窗上一样，十二点十八分的小太阳让我额头上的脂肪一滴滴淌下，我的脑袋空空，从柏油路到木板路，从木板路到果园，从果园到了养猪场。或者，简单来说，我在布尔萨科下了车。我向您发誓，那个如此闷热的下午，我压根就没有预料到等着我的是什么。我一次又一次最潇洒地问自己，谁会告诉我，就在那儿，就在布尔萨科的中心，有一个奇迹将向我显现，如果您听了，血液都会凝结起来。

也不知道什么时候，我到了圣马丁大街，就在第一个大岔路口，它从地面上冒出来，奉上一杯 Noblesse

Oblige[1] 马黛茶，我有幸向伊斯梅尔·拉腊门迪先生的宅第致意。您想象一下一个无法修复的废墟，一所怡人的小屋，只剩下半截残垣，所谓老天废弃的房屋。您本人，伦贝拉先生，您在打盹的时候都不会嫌弃蚂蚁窝，进那里却不会不戴长围巾和带雨伞。我穿过杂草丛生的花坛，来到门厅，普里莫·卡尔内拉[2] 式的圣餐大会盾形纹章下，冒出一个半秃老头，穿着一件罩衣，看得出来经过反复洗涤，让我极想把裤子口袋里积攒的棉絮都撒上去。伊斯梅尔·拉腊门迪——绰号马黛西托先生，我看见他戴着裁缝眼镜，留着八字撇胡子，脖子上系一块口袋巾，我把这张名片推到他的面前时，他矮了几厘米。就是现在我在您那张肚脐一样的脸前面来回挥的那张，您可以读到那张聚丙烯纸上用波兰科字体写着"T. 马斯卡伦阿斯，《最后时刻报》"。不等他开口以此人不

1　法文，位高则任重。与 Nobeza gaucha 茶叶品牌的发音相近。
2　Primo Carnera（1906—1967），意大利拳击手，世界重量级冠军。

在家为由推脱，我用谎言堵住了他的嘴巴：他有前科记录，即使他留了胡子，我也可以看出他的体貌特征。考虑到餐厅有点小，我就把炉子转移到用来洗衣的院子，把宽檐帽拿去卧室，给我的屁股找了一把摇椅。我点燃一根那个老家伙迟迟不愿给我的萨卢塔里斯牌香烟，并把我的脚搁到一个放着加拉什手册[1]的北美油松小架子上。我请老家伙坐在地上，像个老式留声机似的谈谈他的已故导师文塞斯劳·萨尔敦多。

我说什么来着！他张开嘴，以奥卡里纳似的刺耳细嗓音吹起了牛皮，我可以用面前这堆三明治向您保证，我现在不再听到这声音，完全是因为我们现在在伯多的这家乳品店里。我甚至没来得及分析一下赛马大势，他就说道：

1　加拉什图书出版机构于1899年在西班牙巴塞罗那成立，专门出版有关艺术、世界史、地理的百科全书，同时也出版实用主题相关的各式指南手册。

"先生，请您放眼从那个矮窗户看出去，很容易看到比第二只端着马黛茶的手更远的地方，当然，该死，一直没有上过灰浆。您可以完全放心地画个十字，向那座房子许三个愿，因为曾经在那间房子里居住过的那个人应当得到比很多那些真正的吸血鬼更好的评价，那些吸血鬼既吸穷人的血，也不放过富裕的实业家。我正在谈的是萨尔敦多，先生！

"这个小圆镜[1]看到这一切已经有四十年了——确切地说，三十九年了——从那个难忘的傍晚开始，也许是清晨，我在那时认识了文塞斯劳先生。认识他或认识别人，因为时间会带来遗忘，这是一大幸事，一个人最后会忘记上次是和谁在宪法酒吧[2]一起吃零嘴，或者对胃大有裨益的麦芽燕麦奶。不管怎么说，我认识了他，我

1　很显然，这是再普通不过的单目镜了。我们的人用拇指和食指随手一捏，放在眼前，他挤弄了一下眼，善意地笑了。了解一切，就会原谅一切。（赫瓦西奥·蒙特内格罗博士潦草写下的注释。）
2　指布宜诺斯艾利斯宪法火车站里于1907年创立的糕饼店。

善良的先生，我们无所不谈，不过特别爱谈圣比森特路线上的车。在喇叭汽笛声之间，我戴着遮阳帽，穿着罩衣，每个工作日六点十九分到广场去乘火车。文塞斯劳先生走得更早，他肯定错过了五点十四分那班车。我从远处看到他借着合作社摇晃的灯光，躲开结冰的小水洼。他和我一样，是罩衣的忠实信徒，也许几年之后，我们会穿着同样的罩衣一起合影。

"先生，我一直厌恶干涉他人的生活，所以，我保持克制，没有去问我的新朋友，为什么外出时还要带着辉伯嘉铅笔和一卷校样，以及《罗克·巴尔西亚[1]大词典》，那可是一部很完备的工具书，有很多卷呢！能找到算他厉害！您要理解，我时不时有点心痒难耐，不过我很快就得到回报，文塞斯劳先生，他亲口对我说他是奥波泰特与黑雷塞斯出版社的校对，以可敬的毅力在火

---

1 Roque Barcia Martí（1823—1885），西班牙词典学家、哲学家、政治家，1880 年出版了《西班牙语大词典及词源说明》。

车上埋头改稿，邀请我助他一臂之力。对您说实话，我这方面的才能十分有限，起初我还犹像是否要跟随他的脚步。不过勤勉的好奇心占了上风，在检票员出现之前，我已经一头扎进了阿曼西奥·阿尔科塔[1]的《中等教育》。我的天啊！那第一个上午我对文学的贡献十分有限，因为我被一大堆有关教学的问题气得直冒火，读了又读，连最严重的印刷错误、跳行、漏页或错页都没注意到。到了广场，我只得说声"愿一切顺利"，不过第二天早晨，我又给了我的新朋友一个大惊喜，带着铅笔来到站台上，那支铅笔是我从欧洲书店的一个很严肃的分店里弄到手的。

"那些修改工作差不多持续了一个半月，通俗来讲，学习了西班牙语拼写和标点的基础知识，没什么比这更能锻炼人的了。我们从阿·阿尔科塔转到拉克尔·卡马

1 Amancio Alcorta（1842—1902），阿根廷作家，1886 年出版《中等教育》论述十九世纪初高中教育政策。

尼亚¹的《社会教育学》，中途还经停了佩德罗·戈耶纳²的《文学批评》，经此一役我更有活力去面对何塞·德马图拉纳³的《橙树花开》或拉克尔·卡马尼亚的《伤感的爱好》。除此之外，我就列不出其他书名了，因为完成了最后一本后，文斯塞劳画上了句号。他对我说，他很欣赏我的认真态度，可是他尽管不情愿却不得不让我刹车了，因为巴勃罗·奥波泰特先生本人提议在近期大大提拔他，让他能够手头宽裕，不致捉襟见肘。这事说不通：文斯塞劳先生与我分享，他的物质条件将大大改观，但我看他萎靡不振，几乎要崩溃了。一星期后，我为布尔萨科的药剂师马尔古利斯的孙女买玉米甜甜圈，拿着一个小包从宪法酒吧出来时，有幸遇到了文斯塞劳先生，他对着一块煤气路灯似的烤糊的鸡蛋卷和几杯格

---

1 Raquel Camaña (1883—1915)，阿根廷社会主义激进分子。
2 Pedro Goyena (1843—1892)，阿根廷律师、作家、记者、政治家，反对公立世俗教育及世俗婚姻法律。
3 José de Maturana (1884—1917)，阿根廷作家、记者、剧作家。

罗格酒，那几杯酒再加上烟呛得他直咳嗽。他旁边有个身着俄国羊羔皮外套、橄榄肤色的贵人，当时正为他点燃一支纸烟。那人轻轻抚弄一下胡须，像个拍卖师似的说起话来。而我在文斯塞劳先生的脸上看到一种死人的苍白。第二天，在到达塔列雷斯之前，他非常谨慎地向我透露说，前一天和他说话的人是莫洛奇·莫洛奇公司的莫洛奇先生，他掌握着胡利奥大道和里维拉大道的所有书店。他还说，他已经与那位先生签订了一份合同，供应科学作品和明信片，后者如今与充当赌场的土耳其浴室不再有正式的关系。他反复考虑后，才告知我那上天的赠予，领导层已经决定任命他为出版社的社长。他以此身份出席了印刷商中心的一个长会。会上他还未坐稳，那帮阿斯图里亚人就打发他奔赴别处。我听得入了神，先生，就在那时，车厢猛地晃了一下，文斯塞劳先生正在修改的一张纸掉落到了地上。我知道自己的责任，马上四肢着地去捡它。我都干了什么呀！我瞥见一幅非常放荡的图像，让我脸涨得通红。我尽力掩饰，若无其事地把它还给了他。幸亏我运气好，文斯塞劳先生一心扮演特里斯坦·苏亚雷斯，完全没有察觉。

"第二天是星期六，我们没有一起走。我们肯定是前脚后脚，错过了对方。您明白吗？

"睡过午觉后，我瞟了一眼日历，想起星期天是我的生日。细心的阿基诺·德里西夫人送的一盘小馅饼证实了这一点，她曾为我的母亲做过助产士。闻着盘子里美食的香味，又想到能和文斯塞劳先生共度傍晚会多么富有教益，就像我们在布尔萨科说的，这二者必居其一。我在厨房的长凳上忍耐着，直到太阳变得暗淡——以这些警察般的日照为议事日程——这样我一直耗到八点一刻，给用'兰塞洛斯'糖盒制作的小装饰家具再上了一层黑漆。我紧裹着一条披巾，因为凉风似魔鬼，坐上Ⅱ路电车，我是说，我步行去了那位亦师亦友的人的家。我像条狗回到窝里似的钻了进去，文斯塞劳先生家的门总是敞开的，就像他的心扉一样。主人由于不在而生辉！为了不白跑一趟，我决定耐心等一会儿。他说不定很快就回来。在离洗手盆和水罐不是很远的地方，有一堆书，我允许自己翻了一翻。我再跟您说一遍，那是奥波泰特与黑雷塞斯出版社的书，或许我该克制自己。有话说得好，脑子进得少，想忘也忘不了。至今我也不会忘记文斯塞劳先生印的那些书。封皮上有裸体女人，全彩印的，书名：《芳香花园》[1]、《中国密探》[2]、安东尼奥·帕诺尔米塔诺[3]的《雌雄同体》，还有《爱经或欲经》、《忧伤的避孕套》，外加埃莱凡蒂斯和德贝内文托大主教[4]的作品。何为白糖，何为肉桂。我并非那种极端

1　突尼斯作家奥马尔·伊本·穆罕默德·奈夫扎维（约586—644）的情色文学作品。
2　法国探险家、记者、作家皮埃尔·昂热·德·古达尔（1708—1791）出版的作品。
3　Antonio Panormitano（1394—1471），意大利诗人、历史学家、作家。
4　Archibishop of Benevento（1503—1556），意大利作家、主教。

的清教徒，也会让步于一时的疯狂，即使图尔德拉神甫说几个猥亵的谜语，我也不至于拍案而起。可是您看，这太过分了，有些放纵之举越过了界限。我决定回家。不瞒您说，我逃也似的离开了。

"几天过去了，我没有一点儿文斯塞劳先生的消息。后来，一条爆炸性新闻在人群中传播开来，我是最后一个知道的。一天下午，理发店的学徒让我看了一张文斯塞劳先生的照片。他看起来像是个黑人。下面的标题写道：淫秽读物出版者雪上加霜。欺诈罪无可辩驳。我虽然坐着，仍觉双腿发软，倒在躺椅里视线也模糊了。我把那篇小短文从头看到尾，可我并没有看懂它说了什么，最让我痛心的是文中说到文斯塞劳先生时那种不尊重的语气。

"两年之后，文斯塞劳先生出狱了——他并没有大张旗鼓，这不符合他的性格——回到了布尔萨科。他回来的时候瘦得皮包骨，先生，可是高昂着头。他告别了铁路，闭门不出，也不到四周各具特色的村镇去散步。

从那时开始，他得到了一个'老龟先生'的绰号，暗指，您也知道，他从不出门，也很难在布拉蒂粮草仓库或雷诺索禽类养殖场里找到他。他从不想回忆造成他不幸的原因，不过我把事情联系到一起，意识到奥波泰特先生利用了文斯塞劳先生无尽的好意，当大事不妙时，把书店交易的责任推到他身上。

"我出于一片好心，想让他散散心，终于商定在某个星期天，当气氛合适，带上马尔古力斯医生那些化装成丑角的孩子们。星期一我又哄他去水塘里钓鱼。钓鱼和嬉闹都无法让他开怀，我像个傻瓜似的呆在那里。

"'老龟先生'在厨房里烧水泡茶。我背向窗户坐着，窗外正对着体育联盟俱乐部的院子，以前那里是露天运动场。老先生极其礼貌地拒绝了我的钓鱼计划，并以他随时聆听自己心声的那种亲切态度补充道，自从老天给了他明示，他就不再需要娱乐消遣了。

"我冒着招人烦的风险，请求他详细说说。这位见过异象的人提着手里的红酒色的茶，对我答道：

"'我被指控欺诈和贩卖下流书籍，被关进国家监狱二七二号牢房。在那四堵墙中，我关心的只有时间。第一天的第一个早晨，我想我正处于最糟糕的阶段，不过要是到了第二天，那就是第二天了，也就是说，是在走向最后一天，第七百三十天。不幸的是我在做这种思考，可时间并没有过去，我还是处在第一天早晨的初始。在可观的时间流逝之前，我已经想尽了我所有可以想到的东西。我数了数。我背诵《宪法》序言，说出巴尔卡尔塞与拉普拉塔大街和里瓦达维亚与卡塞罗斯之间所有街道的名字。后来我又转到北部，说出圣菲与特里温比拉托之间的街道名称。幸好说到哥斯达黎加附近的时候，我记混了，这为我赢得了一点儿时间。就这样我熬到了上午九点。大概就是在那个时候，一位有福的圣人触动了我的心，我开始祈祷。我感到浑身轻松，觉得很快就到了晚上。一周以后，我已经不再想时间了。相

信我，年轻的拉腊门迪，当两年刑期满的时候，我觉得只过了一口气的时间。上帝真的给了我很多启示，老实说都很有意义。'

"文斯塞劳先生对我说了这些话，脸上露出温柔的表情。起初我以为他的这种幸福感来源于他的回忆，然后我才明白，在我身后正在发生着什么。我转过身去，先生。我看到了占据文斯塞劳先生视线的东西。

"空中有大量浮动的形象。从'源泉'乡间农场和火车弯道处升起了许多东西。它们列着队向天顶行进。其中一些仿佛围绕着另外一些变化，但并没有扰乱总体的活动，它们都在上升。我一直盯着它们，仿佛在和它们一起上升。您一定猜不到，最初我搞不清那些东西到底是什么，不过它们已经给我带来一种舒适的感觉。后来我想它们可能自己会发光，因为当时天已经晚了，可是它们的亮度丝毫不减。我首先认出来的是——应该说很奇异，因为它们的形状可以说并不清晰——有夹馅茄子那样大小，当它们被走廊的廊檐挡住后，就从视线里消失了，可是有一个巨型多层蛋糕跟随着它，我估计了一下，足有十二个街区那么高。最让人惊讶的是在右侧，在更高的位置，出现了一份单独的西班牙荤素乱炖，有血肠和培根，周边放有银汉鱼片，是的，让你不知道该向哪边看了。整个西边都是意大利烩饭，而南边则是肉丸、焦糖南瓜和烤蛋奶。带花边的馅饼右侧排列着东方肘条肉，上面散落着黏糊糊的玉米饼。只要我还保留着记忆，我就会想起几条相互交叉却又不相混的河流：一条是撇去油脂的鸡汤，另一条流淌着大块的带皮肉。看到它后，您就不会用彩虹来开玩笑了。若不是那条狗的一声咳嗽让我转移了视线，错过了一个菠菜可乐饼，它一瞬间里被烧烤拼盘里的猪小肠抹去，更不用说几个加热过的奶油小卷了，它们呈扇形展开，牢牢地占据了天穹。而一块鲜奶酪又荡涤了它们，奶酪松软多孔的表面覆盖了整个天空。它一动不动，像是镶嵌在全世界中一样。我幻想我们会永远拥有这景象，就像以前头顶上的星星和蓝天。可过了一会儿，那块烤肉就无影无踪了。

"我的天啊，我竟没有向文斯塞劳先生说声再见。我双腿打颤，走了一里路，溜进车站的小饭馆，大快朵颐地吃了晚饭。

"这就是全部，先生。或者几乎全部。我再也没有见过文斯塞劳先生的其他幻象，不过他对我说也都一样精彩。我深信不疑，因为文斯塞劳先生是个银器，还不说一天下午，从他家经过时，到处都是街头烧烤的味道。

"二十天后，文斯塞劳先生成了一具尸体，而他正直的灵魂得以升天，现在在那里，肯定有各种各样的菜肴和甜点陪伴着他。

"感谢您认真听我说了这些，我只差对您说愿天助您。

"祝您好运！"

一九四六年十月十九日，普哈托

JORGE LUIS BORGES
ADOLFO BIOY CASARES
Dos fantasías memorables

Copyright © 1995 by Maria Kodama
Copyright © Heirs of ADOLFO BIOY CASARES and JORGE LUIS BORGES, 1946
All rights reserved

图字: 09-2010-605号

Jorge Luis
Borges
Adolfo
Bioy Casares

Un modelo para la muerte

死亡的样板

[阿根廷] 豪尔赫·路易斯·博尔赫斯　阿道夫·比奥伊·卡萨雷斯 著

施杰　李雪菲 译

上海译文出版社

比这些昆虫更小的昆虫，又来折磨它们。

——大卫·休谟《自然宗教对话录》第十章 [1]

最小的沙粒也是旋转的球体

像地球一样牵着悲哀的人群

他们彼此嫌弃、迫害、憎恨不止

球体都相同，哪怕小到不被觉察

自我吞噬；仇恨在贪饿的深处。

沉思者侧过半边耳朵，会听见，

母老虎的怒号，狮子般的咆哮，

响彻亿万微小如侏儒的宇宙。

——维克多·雨果《上帝》，其一

1　见大卫·休谟《自然宗教对话录》，陈修斋、曹棉之译，商务印书馆，2002 年。

假 以 为 序

结果他还请我写个"假以为序"！我这舞文弄墨的都退休多久了，就一老废物了，可我跟他说了也不好使。打从最一开始，我就想一斧头把我这位小朋友的幻想给砍了：我说这位新来的啊，不管你愿不愿意，都还是死了这条心吧，我写东西的笔啊——就跟塞万提斯那支一样，哎哟喂——现在都跟炊具挂在一起了，我的生活也从秀丽的文学转到了共和国产粮区，从邮船年鉴 [1] 转到了农业部年鉴，从纸上的诗歌转到了维吉尔的锄犁在潘帕斯草原上犁出的诗歌（这话说得多圆满啊，小伙子们！我这小老头还是有点儿功力哈）。然而，苏亚雷斯·林奇还是凭着耐心和口水达到了他的目的：这会儿我正挠着我的秃瓢呢，

我面对着这位老朋友

他的名字叫作记述者

（瞧这小老头把我们给吓得！快别取笑他了，承认他是个诗人吧）。

　　除此之外，谁说这瓜娃子就没优点了呢？确实，正如一九〇〇年以来的所有文人一样，他也读过了托尼·阿希塔[2]的那本小册子（凡能看到它的地方，人们都认他是位杰出的文学家），从而被直接打上了那个不可磨灭的、且将永远留存于他精神中的烙印。还没断奶的可怜宝贝儿；与抒情的碰撞直直冲上了他的脑门儿。最初是毫无理智的迷恋，他见自己只需打破一切，就能搞出一篇长文来，连书法专家巴西利奥

1　1901 年起在阿根廷发行的一本由读者参与的年鉴，创刊人为一邮船公司经理。
2　本名安东尼奥·阿依塔（Antonio Aita，1895—1946），阿根廷教育家、作家，致力于传播美洲文化。

博士（在他神志不怎么清楚的情况下）都会认定它出自大师那支著名的苏奈肯；而在此之后呢，则是脚下生烟的感觉，他发现了他身上那种特质的萌芽，那是最能检验作家成色的瑰宝：个人印记。早起的鸟儿有虫吃嘛。第二年，正当他在蒙特内格罗的商号排队的当儿，一个幸运的巧合就把一部智慧而有益的作品送到了他的水豚皮手套里：《拉蒙·S.卡斯蒂略[1]博士传略》；他把书打开到第一百三十五页，当头就碰上了这么个句子，他迅速用墨水笔把它们抄了下来："科尔特斯将军，他说，他带来了国家高级军事研究中的语言，将与之有关的一些问题送进了普罗大众的知识领域，在现今时代，它们已经不再仅仅是专业事务了，而是成为覆盖面更广的普遍问题。"读到这样漂亮的句子，他摔门似的冲了出去，又魔怔般的撞进了另一段文字，写的是……"鱼雷男"劳尔·瑞

---

1 Ramón S. Castillo Barrionuevo（1873—1944），阿根廷总统（1942—1943）。

冈蒂[1]。还没等中央水果市场的钟声敲响西班牙炖牛肚的时辰，这位小伙子已在脑中将他的第一份稿件与另一些几乎完全相同的拉米雷斯将军[2]传略大体上楔死在了一起。他没花多久就完成了这部作品，可在修改校样时，他额头上渗出冷汗，那些铅字明明白白地显示着，这部被绑住了手脚的小作品是毫无独创性的，它更像是上文提到的第一百三十五页的复制品。

即便如此，他也没有被那些真诚而有建设性的评论搞晕；他不住默念着：妈的！现在的要务是稳固的个人特征。于是下一秒，他就扯下了传记体的内萨斯衬衣[3]，转而穿上了更符合时下人们需求的散文体的西蒙靴：阿尔弗雷多·杜

1 Raúl Riganti（1893—1970），阿根廷赛车手。
2 Pedro Pablo Ramírez Machuca（1884—1962），阿根廷总统（1943—1944）、将军，曾任拉蒙·卡斯蒂略总统的国防部长，被革职后，以武装政变推翻卡斯蒂略政府，成为阿根廷实际统治者。
3 Shirt of Nessus，害死了赫拉克勒斯的毒血衬衣。

豪[1]的《屠龙王子》中最精髓的一段为他提供了这种风格的范例。站稳了，旱獭们[2]，现在就让我来教给你们牛奶的甘甜："为了创造出一部有生命力和活力的大银幕作品，我会毫不犹豫地献出这个小故事，它诞生成长于我们城市最中心的街区——一个令人动容的爱情故事；它的一幕幕是如此真挚，且出人意料，就像那些在幸运的院线中大获成功的电影。"你们也别想着这块坯料是杜豪用自己的指甲一下下抠出来的了，这是我们文学界里顶着皇冠的那个脑袋，维西利奥·吉列尔莫内[3]让给他的；他把它记了下来，借为私用，而现如今，他又不需要它了，因为他已经成为贡戈诗社的一员。来自希腊的礼物[4]！那段短小的文字终于还是成为了让画

---

1 Alfredo Duhau，十九世纪晚期的阿根廷剧作家，《屠龙王子》刊载于《小说周刊》。
2 阿根廷土语，意为"不聪明的人、懒人"。
3 暗指阿根廷散文家、诗人、剧作家、记者奥梅罗·古列尔米尼。
4 指特洛伊木马，意为"暗藏杀机的礼物"。

家打破调色盘的那些景致之一。我们的学徒挥洒着颜料，重现一部关于初领圣体的小小说所突显出的精致，而在那部小小说上署名的，正是名叫布鲁诺·德·古维尔纳蒂斯[1]的那位伟大的不知疲倦者。不过螃蟹先生[2]，这个还是放到之后再说吧：林奇创作出的这部小小说更像是一篇关于黑人法鲁乔法案[3]的报告，可它不仅让他获得了历史学院颁发的荣誉大奖，更让他走进了巴尔瓦内拉区的黑人和混血人群。可怜的小乳猪！幸运的垂青让他冲昏了头脑，兵役节那天天还没亮呢，他就恣意挥洒了一篇长文，谈的是里尔克的"自己的死亡"，这位作家表面植根于共和国，却是个不折不扣的天主

---

1 帕罗迪系列小说中的人物，一位致力于文学事业的神父，其姓氏源自与博尔赫斯相识的意大利作家安杰洛·德·古维尔纳蒂斯。
2 布斯托斯·多梅克自己的绰号。
3 非洲裔阿根廷国民英雄安东尼奥·路易兹（Antonio Ruiz, 1892—1964）的绰号。在此，作者借黑人法鲁乔法案暗讽由庇隆政府推动的颇具争议的农工法。

教徒。

　　别朝我扔锅盖啊，还扔完锅盖扔锅子！这些事都发生在那天之前——我并不会因为我失声了，就拥有更多的发言权——那天，上校们手执笏笏，给我们的阿根廷大家庭带来了些秩序。我指的是六月四日[1]——还是把它摆回到双层蒸锅上吧（半道停一下，小伙子们，我是带着绢纸和梳子[2]来的，就让我弹上一小首进行曲呗）。当那个金光闪闪的日子在我们眼前显现时，整个阿根廷都在随之震颤，连最麻木不仁的人都无法从这波运动的浪潮中抽身。而苏亚雷斯·林奇呢，他既不笨又不懒，便以我为向导，开始了他的回报行动；我的《伊西德罗·帕罗迪的六个谜题》为他指明了方向，什么才是真正的独创性。最令我意想不到的一天，我正喝着一口口

1　指四三年革命，即 1943 年 6 月 4 日，拉米雷斯、庇隆等人推翻卡斯蒂略政府的军事政变。
2　阿根廷常用梳子制作绢花。

的马黛茶、用推理专栏解闷提神呢，我突然一个激灵，读到了关于圣伊西德罗下城区之谜的第一波消息：说不定之后它就能成为帕罗迪先生臂章上的又一道军阶呢？撰写该系列小说本来是我的专属义务，可是，既然当时的我连一呼一吸都埋进了一位兄弟国总统的传记之中，就把这谜案让给了这位新手。

我是第一个承认的，这小子的劳动值得赞赏，也相当老练，当然瑕疵也是有的，学生么，下笔的时候难免有点哆嗦。他大胆使用了漫画笔法，着墨过重了。更要命的是，朋友们：他犯下了不少细节上的错误。要不是背着那个痛苦的任务，我还不想结束我的序言呢，任务是古诺·芬格曼博士交给我的，他以反希伯来救援组织主席的身份委命我在此辟谣（且并不妨碍他已经启动的法律程序），他并没有穿过"在第五章中凭空想象出来的与之不相称的服饰"。

还是下回见吧。愿你们被小雨淋上一阵儿[1]。

H. 布斯托斯·多梅克

一九四五年十月十一日

普哈托

---

1 阿根廷黑话中略带戏谑的告别方式，祝愿对方好运又不必太过好运。

主 要 人 物

玛丽亚娜·鲁伊斯·比利亚尔瓦·德·安格拉达：阿根廷贵妇。

拉迪斯劳·巴雷罗博士：三A会（阿根廷原住民运动者联合会）法律顾问。

马里奥·邦凡蒂博士：阿根廷语法学家，语言纯正癖者。

布朗"神父"：假冒牧师，国际强盗团伙头目。

宾堡·德·克鲁伊夫：洛洛·比古尼亚之夫。

洛洛·比古尼亚·德·克鲁伊夫：智利贵妇。

古诺·芬格曼博士：三A会出纳。

克劳夫迪亚·费奥多罗夫娜公主：赫瓦西奥·蒙特内格

罗之妻，经营阿韦利亚内达街一处场所。

马塞洛·N. 弗洛格曼：在三 A 会中打杂。

哈拉普"上校"：布朗"神父"团伙成员。

托尼奥·勒·法努博士："钻石王老五"，或如奥斯卡·王尔德所说，"缩小版的梅菲斯特，嘲弄着大多数人"[1]。

赫瓦西奥·蒙特内格罗：阿根廷贵族。

奥滕西娅·蒙特内格罗，"潘帕斯"：布宜诺斯艾利斯女孩，勒·法努博士之女友。

伊西德罗·帕罗迪先生：原为南区理发师，现为国家监狱囚犯，在牢房中解决着各种谜案。

"小酒肚"佩雷兹：爱挑事的纨绔子弟，奥滕西娅·蒙特内格罗的前男友。

男爵夫人普芬道夫-迪韦努瓦：持多国国籍的贵妇。

图利奥·萨维斯塔诺：布宜诺斯艾利斯人，好说大话，新公正酒店房客。

1　王尔德用以形容其亦敌亦友的画家惠斯勒时的说辞。

一

　　"先生是本地人吧？"马塞洛·N. 弗洛格曼（又名科利凯欧[1]·弗洛格曼，又名"落水狗"弗洛格曼，又名阿特金森·弗洛格曼，《突袭》月刊之编辑兼印刷工兼上门送货员）怀着渴求的羞怯小声问道。他选择了二七三号监室的西北角蹲坐下来，从阔腿裤深处摸出段甘蔗，满脸口水地嚼了起来。帕罗迪不高兴地瞅了他一眼：这位入侵者金色头发，一副营养不良的样子，又矮又秃，脸上又是麻子又是褶的，臭熏熏地微笑着。

　　"真是这么着的话，"弗洛格曼接着说道，"我可就放开说了啊，我一直都这样儿。跟您坦白讲吧，我不信那些外国佬，加泰罗尼亚人也一样。当然了，现在我暂时是躲到暗处了。

连在那些战斗文章里，照理我是不怕露面的，但我换笔名也是换得够勤的，从科利凯欧到品岑，从卡特列尔到卡尔夫古拉[2]。我特别谨慎，把自己锁在最严格的条条框框里，可到了长枪党[3]倒台的那天，我就跟您说吧，我肯定要比跷跷板上的小胖子还乐呵。我的这个决定，在三A会总部的东南西北四面墙里，是早就公开了的。三A会么，就是阿根廷原住民运动者联合会[4]，您也是知道的。在三A会里，我们这些印第安人都懂得关起门来开会，谋划美洲的独立，也是为了小声取笑我们的门卫，一个顽固又狂热的加泰罗尼亚人。我看我们的宣传是已经透过石墙，传到外头来了。要是我没被爱国主义蒙蔽了双眼的话，您这是在泡马黛茶吧，这也是我们三A会的官方饮品。我希望啊，您一旦逃出巴拉圭那道网，就别再掉进巴西的网里，也希望是产自我们米西奥内斯的马黛茶

1　指智利、阿根廷原住民马普切人中的一位著名领袖伊格纳西奥·科利凯欧（Ignacio Coliqueo，1786—1871）。

2　品岑、卡特列尔与卡尔夫古拉均为拉美原住民著名领袖的姓氏，但卡特列尔和上文的科利凯欧被认为是基督徒的朋友，卡尔夫古拉则相反。

3　西班牙一涉法西斯政党，曾镇压民主起义，仇视犹太人和外国人，令大批西班牙人流亡到拉美。

4　首字母缩写为"A.A.A."。

叶让您成了高乔人的一分子。要是我讲错了的话，您可别放我糊里糊涂地就过去了。印第安人弗洛格曼可能是会吹吹牛皮，可那都是在健康的地区主义的保护之下的，本着的都是最狭义的民族主义。"

"您瞧瞧，要是这感冒也不能护着我了，"犯罪学家说道，用手帕掩着鼻子，"我肯定许你个议员当当。赶紧的吧，趁收垃圾的还没过来看到您，早点儿把该说的话说了。"

"只消您一个指示，我立马上任的。"这是来自"鳕鱼[1]"弗洛格曼的真情告白，"那我这就开始话话[2]啦：

"直到一九四二年，三 A 会都还只是个没人注意的原住民营地，它的元老会员都是从炊事班里招来的。只有到了每天傍晚时分，才会冒险把触手伸进毛织品店、水管厂什么的，社会的进步把这些店啊厂啊的纷纷赶去了郊区。除了年轻，三 A 会什么都没有，不过，每周日下午一点到九点，或大或小的一张桌子都还是不会少的，就在最典型的那种小区冰淇淋店里。至于是哪个小区，您也懂的，每次都不是同一

1　当时阿根廷最常用的除臭剂的品牌。
2　阿根廷土语，意为"讲、交谈"。

个，因为到了下周日，那服务员肯定会认出我们来——要不就是被洗碟子的事先认了出来——于是我们只能尽我们所能地远离这种麻烦，避开那些愤怒的臭骂；他们怎么都不明白，一帮土生白人怎么就能聊个圣母聊到大黑天儿呢，还半瓶贝尔格拉诺汽水从早喝到晚。啊，那些时光啊，我们奔走在圣佩德里托，奔走在希里博内，听到了各种各样的妙语，随后，我们又把它们记到了油布封皮的小本儿上，就这样丰富着我们的词汇。那些逝去的岁月啊，要说有什么收获的话，便是这些土语词了：棒槌，蹲监棒槌，跔监仔，槌子，狮脑壳，麻风，抱财鬼，风鸟儿，风儿[1]。瞧这，多牛啊！要是谁听到我说的这些词，结果把它们净化了、磨光了，那可多气人呐。瞧瞧我们这些印第安人啊，一个个都是讲着西班牙语的大土著：时刻准备着把语言划拉开[2]了，哪怕它是再好的一个系统，对我们来说也显得太小了；每当别人骂我们骂烦了，我们就会找个三年级小孩儿来——都是魔鬼！——答应送他

---

1 均为阿根廷土语，分别意为："大笨蛋""坐牢的笨蛋""坐牢的笨蛋""笨蛋""笨瓜""麻风病人""小气鬼""疯子""疯子"。
2 阿根廷土语，意为"钻研、调查"。

小人玩儿，请他把少儿不宜的那些个词汇统统教给我们。就这样，我们搜集了大量的土语，可现在我连睡觉觉的时候都不记得了。还有一次，我们任命了个委员会，派我到唱机上去听一首探戈，叫我把那首曲子里所有我们本族的词汇差不多都记下来。我们一下子就搜集到了：游娘、甩了、唬住、里头、看风儿、铺板儿、螺房[1]，还有些别的词汇，您要哪天疯了的话，可以到我们公园区分部的铁皮柜里查去。但一码归一码。一见到致力于破坏本国安宁的马里奥·邦凡蒂博士——他会在波摩纳地区的每张免费传单上附上一张不规范用语列表——不止一位三Ａ会的老兵会按紧帽子、扭头就跑的。而在反动派首次掀起了这个轩然大波后，紧接着又出现了另一些毫不通融的指责，就好比那些海报上的贴条，上头写着：

别叫我标签，

1　该曲目为《我悲伤的夜晚》，上述单词均为阿根廷土语，分别意为："流浪女""抛弃""恐惧或怀疑""里面""瞄""床""小房间"。

我叫贴纸。[1]

"以及那段狡猾的对话，一样伤透了我们所有人的心：

您想'管制'吗？
我这叫'管账'[2]！

"我试着在一份秘密传单的专栏上捍卫我们的土语——两个月一期，起初制作它的目的是全心全意为洗毛工谋福利——然而，我的这些怪话却落到了一个外籍印刷所手里。最终它还是被印出来了，却尤其模糊，就好像我是特地为哪个眼科诊所写的。

"我们当中的一位啥都喜欢掺一脚的小头头有次偶然间听

---

1 "标签"一词系从法语借用而来，疑当时尚未明确其"贴纸"的含义。
2 阿根廷语言纯正派的一个著名事件。当"contrôle"（即管制）一词从法语流入时，阿根廷语言纯正派翻遍词典，只找出一个与之相近的词"contralor"（西班牙的古制官名，管账官），便称"contrôle"一词是错误的，其应当对应的动词"controlar"（管制），也应该写为从"contralor"演变而来的"contralorear"（管账），这一用法一直持续到 2000 年左右。

说，萨博拉诺博士在奥巴里奥街上的那栋别墅，在司法拍卖会上被一位爱国者买了，这人是从不来梅来的，特别咽不下[1]西班牙人，以至于有人叫他当阿根廷图书商会的会长，都被他给拒绝了。于是我就斗胆提了句，不如我们当中的谁披着外交的斗篷，上他老巢去套套近乎吧，就像那谁说的，想着是不是能够捞他一小把的。我此话一出，就看他们一个个的，跑得有多快吧。为了不让组织还在开着会呢就当场散架了，那小头头就说我们来抽签吧，抽出来谁，谁就得当送信的小绵羊[2]，到别墅去拜访他，紧接着呢，就是被轰出来，连主人的影子都瞧不上一眼。跟其他人一样，我也说行吧，反正想着会轮到别人的。惊喜！是在下，弗洛格曼，摸到了最短的那根笤帚穗穗儿[3]，不得不扛下了憋屈，当然，心里已经作好了准备：

　　我站到了一旁

1　阿根廷土语，意为"讨厌"。
2　阿根廷土语，意为"不幸的人"。
3　用扫把抽签，最短的中签。

哪怕他们一路砍下了无数颗头颅[1];

"您就想想我当时有多崩溃吧:有人说,勒·法努[2]博士,这是那位爱国者的名字,他对任其践踏的人都是毫不留情面的;也有人说,他是害羞的人的敌人;还有人说,他是个侏儒,比正常人都要矮。

"所有这些恐惧都被一一验证了,他腰佩花剑,在高台上接见了我,身旁站着个教授模样的人,前者的大事小情都归他管。我才一进去,这位爱国者就按响了手中的电铃,叫了两个巴利亚多利德籍的用人过来;不过紧接着,我就冷静点儿了,因为他命令他们把窗子和气窗都打开。我就跟心中的那个弗洛格曼说,这下至少出口是不会缺了,我可以像炮弹一样窜出去。有了这样的幻觉,我便壮起了胆子。我,直到那一刻还一直装成是个看热闹的我,终于兜不住了,把我那

1　引自阿根廷高乔人史诗《马丁·菲耶罗》,原文中,主人公"没有"站到一旁。

2　该姓氏或与爱尔兰奇幻小说家雪利登·勒·法努(Sheridan Le Fanu, 1814—1873)相照应,用于在本篇现实题材小说中营造对立。

些幺蛾子一股脑儿地抖了出来。

"他倍儿有风度地听我说完，随后就揭下了他那张熟食贩子的脸子[1]，之前他是故意要显得丑陋还是怎么的，这会儿的他就跟一下子少了十岁似的，变成个青年人了。他随性地在地板上蹬了一脚，哈哈大笑，就像刚过去个小丑。就在这一刻，他说道：

'您这人可挺有意思：又是同音重复、又是花言巧语的，都焊一块儿了。您也别光在心里哼哼叫了，您这身臭气还在无条件地支持您呢。至于那位已故的邦凡蒂先生，我毫不沮丧地向您证实，他已经被摧毁了，被彻底消灭了，还是在他赖以成名的专业上：语言学上的对骂。我这人跟神明还挺像，喜欢保护和鼓励蠢事儿。所以您别灰心哪，热诚的恰卢亚[2]人，明天就会有位奋不顾身的出纳头戴潜水面罩，去到你们的棱堡的。'

"听完这句甜美的承诺，我也不记得是那两个仆人把我搡出去的呢，还是我用自个儿的腿脚跑出去的。

1　阿根廷土语，意为"面具、虚伪的人"。
2　南美原住民部族。

"我们又如何能够不惊讶呢：到了第二天，那位出纳来了，自愿抛出了几个无比宏大的计划；我们不得不洗了个坐浴才让脑充血得以稍稍缓解。随后，他们就用小车把我们带到了总部，那儿已经摆着些东西了，譬如词典，有格拉纳达的、塞戈维亚的、加尔松那部[1]，以及路易斯·比利亚马约尔编的那部[2]，更别说，还有那台让我们瞎安排芬博格的打字机，以及莫纳·桑斯[3]的那些屁话；再别提还有那排长沙发，那一整套有靴猫剑士像的铜墨水瓶，以及有小人头的铅笔。啊，时光啊！那个小头头，就是刚才说过的最最虚伪的那个，就跟出纳讲了，能不能给他赊几瓶巴斯克莱特[4]来，可我们刚一起开，派对就被勒·法努博士打断了，他叫我们把瓶里的东西都倒了——真是作孽——又叫谁下去，从他的杜森伯格里搬了箱香槟上来。我们还在不停地舔着刚冒出来的泡沫呢，勒·法努博士又有了新的顾虑，在我们面前展现出了一名全方位的高乔人的形象，他高声自问，香槟难道是我们原住民

1　阿根廷本国语词典。
2　土语词典。
3　Monner Sans，阿根廷学者、教育家，时任拉普拉塔大学人文系副主任。
4　阿根廷本土产的巧克力牛奶，有半瓶装的。

的饮料吗。我们还没来得及让他冷静下来，香槟瓶子已经被他扔到了电梯井里，紧接着他的司机又出现了，手里抱着一大桶奇恰酒，纯纯在圣地亚哥德尔埃斯特罗酿的：到现在我的眼睛还辣着呢。

"'脚踏车'伦哥——这人我老喜欢惹他，说他是吃书长大的——想趁机截住那个抱着奇恰酒的，于是我就向大家介绍了勒·法努博士的这位私人司机，想的是让他给我们吟个诗，搞笑版的、用词连外星人都听不懂的那种，可博士的问题把我们的注意力吸引了过去，他问道，那么我们打算选谁做三A会会长呢？我们所有人都说，唱票决定吧，于是勒·法努博士就当选了会长。唯一的反对票来自'脚踏车'兄弟，他掏出了他总带在身上的那个印着脚踏车的小人儿。随后，归化了的爱国者——勒·法努博士的秘书，古诺·芬格曼博士，就像一颗炮弹一样把这事跟所有报纸说了；第二天，我们就大张着嘴巴，读到了三A会的第一条新闻，以及关于勒·法努博士的一篇完整的评述。再后来，我们自己也把它刊出了，因为会长送了我们一份机关刊物，叫《突袭》，我这儿给您带了份免费的，好让您看看我们的专栏，成为真正的克里奥尔人[1]。

"那些时光啊！属于印第安人的时光！但别幻想它能持续多久了，正像有人说的，狂欢节已经被我们埋葬了。勒·法努博士把这块地方搞得，连运牲畜的车上都没有真正的印第安人了，他们是咽不下我们的黑话的，但说实在吧，连我们自己都咽不下了，因为勒·法努博士购买了邦凡蒂博士的服务，每当我们无意之间漏出了哪个不合语法的词，他就会负责堵上我们的嘴巴。这招还挺完美的，因为这位反对派就这样服务了我们的事业，正如邦凡蒂博士在瓦西邦哥[2]电台的第一次发言中说的，'如今他们已经展现出了苗壮而兴盛的面貌，坚定地摇起了印第安土语的旗帜，猛烈打击着那些喜新厌旧的法语滥用者和迂腐老套的语言纯正派，后者到现在仍然在仿冒着塞万提斯、蒂尔索、奥特加[3]，以及其他那么多僵死的大师。'

---

1 指拉美土生白人。

2 南美原住民部族之一，也是厄瓜多尔作家豪尔赫·伊卡萨（Jorge Icaza，1906—1978）原住民题材的代表作。

3 蒂尔索·德·莫利纳（Tirso de Molina，约1582—1648）与何塞·奥特加·伊·加塞特（José Ortega y Gasset，1883—1955）分别为西班牙剧本作者和思想家。

"现在请您原谅，我要跟您讲起一位优秀的青年、不可替代的一员了，虽然每次想到他那些灵光一闪的笑话，我都得笑到尿出来。您也猜到了，这位科连特斯人显然就是'小马'巴雷罗博士了，我们所有人都这么叫他，只有他自己不知道，他知道就该睡不着了。他待我就跟半个宠物似的，叫我'茉莉'，一看我远远露头就赶紧把两个鼻孔给塞住。您也别朝悬崖绝壁上滚了，亲爱的酋长，也别钻那死路，想着这位法学博士巴雷罗只是个在贡多拉上讲笑话的主儿：这是位有铜牌的律师，在'东京'咖啡吧里，有些熟人看到他是会打招呼的，最近他正准备给一帮巴塔哥尼亚人做辩护，是个土地案子，虽然叫我说的话，这些臭家伙还是早点儿走的好，别再占着我们在卡洛斯佩莱格里尼广场上的分部了。几乎所有人都会偷笑着问起，为什么我们要称呼他为'小马'。当时谁说的来着！这就是我们土生白人的智慧之花了：连一个外国人都开始发现了，我们的'小马哥'长着张马脸，想必是挺愿意到拉普拉塔一级赛上去跑上一两圈的。可就像人们一直跟我讲的，其实谁都像动物，比如我就像只绵羊。"

"您？绵羊？在我心里您的备选是臭鼬呢。"伊西德罗先生说道，十分之正经。

"您说了算，领导。"弗洛格曼接受了，脸上映着潮红。

"我要是您的话，"帕罗迪又道，"有除菌剂，我真不怕往身上抹。"

"等我那地方一把水管装上，我发誓，一定遵循您无私的建议；到时保准让您喝下一罐子玫瑰水儿[1]：我洗了澡来见您，您还当我是个多脸儿[2]呢。"

一阵光芒万丈的大笑过后，赫瓦西奥·蒙特内格罗——衬衫是富基耶尔的，吉特利的滚边外套，裤子则是福琼和拜利，巴力西卜的换季款绑腿，鞋子是贝尔菲格[3]，纯手工制底，一丛柔软的小胡子里暗藏着几道银白色的纹路——走了进来，风度翩翩，潇洒大方。

---

1 阿根廷土语，意为"吓一跳"。
2 阿根廷土语，意为"变装的人"。
3 富基耶尔、吉特利、福琼和拜利、巴力西卜、贝尔菲格均为虚构品牌。其中富基耶尔为法国一地名；吉特利为法国一著名剧作家、演员的姓氏；拜利是英国侦探小说作家，福琼系其书中侦探的姓氏；巴力西卜和贝尔菲格均为恶魔的名字。

"深感哀痛哟，亲爱的大师，我深感哀痛！"他开门见山，"刚到转角，我的嗅觉就告诉我——嗯，我这词用得精准——来了位可怕的入侵者：这人是科蒂公司[1]的敌人。所以当下，我们的任务就是：烟熏消毒。"

他从巴卡拉水晶烟盒里抽出一大根浸饱了葛缕子籽油的马里亚诺·布鲁尔[2]，用雕银打火机点着了。随后几秒，他便像做梦一般，追随起了那些迟缓的烟圈。

"我们还是踏回到地面吧。"他终于讲了下去，"我多年来贵族侦探的洞察力不断在我耳边说道，我们这位行不太通的原住民主义者之所以会来到这间监室，不仅仅是为了让我们窒息的，他还想讲讲那起圣伊西德罗区的罪案，不过是他不靠谱的那个版本，漫画式的，多少有些变形。而我和您呢，帕罗迪，我们是高于这些磕巴的。时间紧迫，我这就开始我古典派的讲述吧：

"请您保持耐心：我得遵循事情的先后顺序。那天，也算

---

1 世界最大的香水公司之一，1904 年在巴黎创立。
2 Mariano Brull（1891—1956），古巴诗人，在此虚构为雪茄品牌。

是个挺有意思的巧合吧，恰恰是海洋节[1]。而我呢，已经准备好应对夏天的正面进攻了——船长帽、赛艇服、英国法兰绒白裤子和沙滩鞋——我正有些没精打采地指挥着他们砌花坛呢，就在我的庄园里——我们每个人迟早都要在唐托尔夸托[2]买上这么一栋的。我就跟您坦白说吧，多亏了这些园艺活儿，我才能从那些痛苦的问题中抽离出来，哪怕只是一小会儿。您道那些问题是什么？绝对就是那头可憎的黑兽，所谓的当代精神了。突然间，我就被吓了一跳，二十世纪来袭了，用它尖利的指节——喇叭——叩响了我庄园那扇乡村风格的大门。我低声骂了一句，把烟扔了，一边平复心情，一边穿过了蓝桉树丛。只见一辆凯迪拉克以长身猎犬般流动的奢华缓缓驶进了我的领地。背景幕上：松柏肃穆的绿色、十二月的蔚蓝。司机打开车门。下来一位耀眼的女士。高贵的鞋子，华丽的长袜：名门望族。蒙特内格罗家的，要我说！还真被我给猜中了。是我堂妹奥滕西娅，我们上流社会不可或缺的

1　玻利维亚节日，定于每年 3 月 23 日，用于纪念与智利之间的太平洋战争。战争中，玻利维亚失去了原有的出海口。
2　布宜诺斯艾利斯下属辖区。

一员——'潘帕斯'·蒙特内格罗。她向我伸出了玉手的芳香，送上了微笑的柔光。但要让我第 N 次讲出那句被威特科姆[1]彻底用烂了的评述，亲爱的大师，会不会不像我们雅士所为呢：您肯定不可避免地在报纸、杂志上见过那么些个人物，而在内心深处，您已经在向她那捧吉卜赛女郎的长发招手了，还有那双深邃的眼睛，被她小腹的火苗舔润了的身体，就说它是为孔加舞而生的吧，还有那件连小恶魔都会觊觎的原布外套，那只狮子狗，那份漂亮和优雅，还有那个，怎么说的来着，我也不知道了……

"自古以来就是会发生这种事哈，我说尊敬的帕罗迪：伟大的女性背后总有个小男人！在这个故事里，小男人名叫勒·法努，长得还挺省略的。我们还是赶紧承认一下吧，他应该是挺有交际才能的，只是被他粗陋的用词和维也纳式的狂妄给掩盖了：他有点像个角斗士……袖珍版的；坦白说吧，他就像勒吉萨莫和达达尼昂[2]的混种，这么一想还

1 Alexander Witcomb（1838—1905），英国摄影师，其作品被认为是阿根廷历史遗产。
2 勒吉萨莫被认为是二十世纪南美洲最著名的骑手。达达尼昂是法国国王路易十四的火枪队队长。

挺有意思的。我在他身上感受到了一股舞蹈大师的气息，再掺上点话痨，外加一些赶时髦。他走在一旁，躲藏在那副普鲁士独目镜后面，步子很小，怀着一种虎头蛇尾的恭敬。他大方的发际线已经随着那个油亮的大背头而渐行渐远了，可这并不妨碍那道乌黑的山羊胡在他颌下的颈项上尽情地伸展着。

"奥滕西娅一边抖出一串水滴般的笑声，一边在我耳边说道：

'你听我讲呀。跟在我后面的这个傻子就是最后一个受害者了，只要你一句话，我们随时都可以订婚的。'

"在表面的亲切之下，她的这番言辞掩盖着被我们真正的体育人称为'暗算'[1] 的一击。事实上，凭这几句娇弱的话，我立时就可以猜到，她把她和'小酒肚'佩雷兹之间的婚约给毁了。可我终究还是个斗士，吃了这么一下，也没吭上一声。然而，只需向我投来一个兄弟般的眼神，就能发现我的额头正冒着冷汗，我全身上下的神经都在抽搐……

1　原文指拳击运动中击打腰部以下位置。

"当然了，我还是掌控了局面，就让我来做个好亲王[1]吧，恳请以我的庄园承接下举办那场必不可少的晚宴的荣耀，临时给他们颁个证：年度最幸福……或最不幸福爱侣。奥滕西娅用一个激动的吻向我表达了她的谢意，而勒·法努则提出了一个非常不恰当的问题，叫我在这儿说出来还挺难堪的。'吃饭和结婚，'他问，'有什么关系吗？消化不良就一定阳痿了？'我非常潇洒地省却了回答，转而一样一样地向他们展示了我的财产，当然没有略过我的原驼牌风磨和伊鲁尔蒂亚的布法诺铜像[2]。

"结束了漫长的参观，我握起林肯微风的方向盘，好不高兴地赶上并甩掉了那对未来爱侣的车。在赛马俱乐部[3]里等着我的便是那个'惊喜'了：奥滕西娅·蒙特内格罗撕毁了和'小酒肚'的婚约！我的第一反应自然就是叫大地把我吞了。您就权衡权衡、掂量掂量这事儿有多严重吧。奥滕西娅

---

1 原文为法语固定表达 Bon prince，意为"好人、慷慨的人、宽容的人"等，但因蒙特内格罗妻子为公主，在此有双关意。
2 伊鲁尔蒂亚（Rogelio Yrurtia, 1879—1950）是阿根廷现实主义雕塑家。布法诺（Alfredo R. Bufano, 1895—1950）为阿根廷诗人。
3 1880 年在布宜诺斯艾利斯创立的精英俱乐部，延续至今。

是我堂妹么，有了这个框架，我就可以在数学上定义她的家族和门第了。'小酒肚'是我们本赛季打得最好的一仗，他母亲是本戈切亚家的，也就是说，他会继承老托克曼的榨糖厂。而且他俩的婚约已经是既成事实，公开了，相关的照片和评论都在报纸上登过了。这是少有的几件能让各方都达成共识的事情之一；我都征得了公主的支持，特地请了德·古维尔纳蒂斯阁下到仪式现场来祝福这对新人。结果现在呢，一夜之间，就在堂堂海洋节，奥滕西娅把'小酒肚'甩了。不得不承认，这事儿干的，也太蒙特内格罗了！

"而我呢，作为一家之长，处境就相当棘手了。'小酒肚'是个神经质的人，就一小无赖——最后一个莫西干人，要我说。除此之外，他还是我阿韦利亚内达街店里的常客，一位好伙伴、老主顾，失去他是我很难面对的。您也知道我的性格，我立马就摆开了阵势：在俱乐部的吸烟室里，我就给'小酒肚'去了封信，还留了个副本呢，我把双手举得高高的，洗得干干净净，表示发生的事情跟我一点儿关系没有，我还动用了我一贯的讽刺，对那位托尼奥先生极尽讥嘲之能事。所幸这就像夏天的雷暴，眨眼就过了，你好我好大家好。当晚的夜色也为大家带来了护身符，从而把窘境驱散了：是说，有流言说道——几分钟后，托克曼本人也证实了这个说法——秀兰·邓波尔发来了个电报，说是不同意这桩婚事，她刚在这位阿根廷女朋友的陪同下——也就是在昨天！——游览了圣雷莫国家公园。有了这位小影星的最后通牒，那是怎么都没救了。有牢靠的消息说，就连'小酒肚'本人也举白旗了，只盼着未来还会有另一封电报来阻止这位逃婚者和勒·法努的结合！我们就相信这个社会就好了：一旦把那个引人同情的破裂的理由大大方方地给公布了，大家也就会一致表示宽容和理解。而我呢，则决定趁着这波热乎劲儿，把我的诺言给履行了，为那场晚宴打开我庄园的大门，让我们整个北区[1]共同庆贺'潘帕斯'与托尼奥的订婚。在今时今日这个可笑的布宜诺斯艾利斯，这场派对才是我们真正需要的：我们的人都不聚在一起了，不经常走动。要再这么下去，我敢说，总有一天，我们见面都要认不出来了。俱乐部里的那些英式扶

1　布宜诺斯艾利斯贵族居住区。

手椅不该让我们忽视了传统而豪爽的篝火晚会；我们必须凑起来，必须搅动起气氛……

"经过一番成熟的考虑，我把时间定在了十二月三十一日晚上。"

二

十二月三十一日晚的贝戈尼亚庄园里，勒·法努博士的迟到博得了不止一条精妙的评论。

"你怎么看，你男朋友似乎不太想见你啊，谁知道是跟哪个骚货在一起呢？这是计划好了要失踪吧？"信口胡说的这位叫作玛丽亚娜·鲁伊斯·比利亚尔瓦·德·安格拉达。

"更大的笑话是你自己吧，你是特地没缠腰带就来了么？"蒙特内格罗小姐白了她一句，"我要是你这个年纪，碰到事情肯定跟喝了苏打似的，平心顺气了。你要知道，这会儿我可是再高兴不过了，但我也不会幻想托尼奥已经在半道上自杀了；要真是那样，我还逮着好机会了呢。"

"我忍耐的限度也就是一刻钟了，"一位夫人发表着见解；

她气度不凡，皮肤极其白皙，头发和眼仁都是乌黑的，那双手是万里挑一的漂亮，"在我们的规定里——整个圣费尔南多[1]用的都是我们的规定——上钟十五分钟，就按过夜算了，跟嘿咻整晚也没什么两样的。"

迎接公主大人发言的是一阵恭敬的沉默，最后，还是德·安格拉达夫人轻声说了句：

"看我这疯婆子，倒霉催的，在公主面前说瞎话；人知道的可是比蓝皮书[2]还多呢。"

"而且她发言的内容还丝毫没有减损她高贵的口音所携带着的那种个人风格的典雅，"邦凡蒂说，"还让她成了我们所有这些到场者的代言人，道出了我们每个人的所想和所感。要是有人反对我的话，他一定大错特错了，必当背上蠢蛋和蠢材的称号；我敢说，我们的公主是集所有判断力于一身的，是集所有时事新闻于一身的。"

"您就别谈什么新闻了吧，"公主叱责道，"想想您命名日

---

1 上文阿韦利亚内达街所在的区域。
2 指美国国务院于 1946 年撰写的阿根廷局势报告，意在抨击阿根廷境内的法西斯政权。

那天晚上，'双色马'帕斯曼还撞见您在三号院的亭子里看一本过期的《比利肯》[1]呢。"

"是啊，我们大象记忆力可好着呢[2]。"蒙特内格罗小姐随声附和。

"可怜的邦凡蒂哟，"玛丽亚娜说，"这会儿他可是轰的一下倒啦，就跟那谁一样喽，就我们都知道的那位——连胸罩都不戴的那位。"

"秩序与进步[3]，女士们，"蒙特内格罗恳求道，"停止这些可怕的谈话吧，可爱一点好不好？虽说我自己心里的那位带刀莽夫也在摩拳擦掌，随着这些争吵而搏动，但我也不能不意识到，我们今天相聚在这儿，是来促进和平的。此外，我大胆臆测，不无嘲讽的意思啊：我们这位新来的求婚者之所以会缺席，也证明他预感到了我的享乐主义精神、我的怀疑主义精神。"

1　创办于1919年的阿根廷儿童杂志，名称"比利肯"来源于日本一种婴儿形象的幸运之神。

2　引自英语俗语"An elephant never forgets"，表示"我们一直记得呢"。

3　语出法国哲学家、社会学家奥古斯特·孔德（Auguste Comte，1798—1857）。

"牛排[1]！给我牛排！要这么大的！"这声霸道的吼叫来自智利人洛洛·比古尼亚·德·克鲁伊夫，她两手夹着大腿比划着。她一头金发，皮肤雪白，风华绝代。

"从您口中道出的可是最正宗、最天然的活力论了。"邦凡蒂说，"我一点没有要忽略我们这边女性优势的意思啊，但有一点可以肯定：在精神方面，即便我们这边的这些勇敢的女士们挥汗血战，跟山那边的女性比起来，也不在同一个水平上。"

公主裁断道：

"邦凡蒂啊，您老是精神来精神去的，您什么时候才会懂呢？客人付钱，他买的是肉啊，是结结实实的肉啊。"

光芒四射的德·克鲁伊夫夫人又完善了这句训斥，说：

"这根臭剥皮蹄髈在想什么呢，说我们智利女人没有肉？"她拉下领口抗议着。

"他说这话，是想让我们觉得他还没去过你的凉亭呢，虽说所有人都已经去过喽。"玛丽亚娜道。（德·克鲁伊夫夫人

---

1 阿根廷土语中，"牛排"一词有"耳光"的意思。

把她庄园里的凉亭奉献给'维纳斯的操练'了，这是无人不知、无人不晓的。）

"你是不是惹着她了，洛洛？"说话的是一个灰白头发、长得跟马似的爱找事的小伙儿，"那根脏蹄髈是在夸你呢，倒霉玩意儿。"

一位长得极像胡安·拉蒙·希梅内斯[1]的男士也插了进来。

"继续，'小马'，您倒是继续啊。"男人叫他讲下去，"别跟我老婆你你你的好嘛？当我不在是嘛？"

"你在？在的是你傻墩儿似的蠢话吧。"漂亮的洛洛懒洋洋地甩了他一句。

"女人么，就该让人以'你'相称的，"公主发表着她的权威意见，"我说过好多遍了，这是客人的习惯，叫一下又没什么。"

"宾堡！"洛洛兴奋了，"要想让公主正眼瞧你，这就跪下请求她原谅吧，你在她面前竟然如此地放肆。"

1　J. R. Jiménez（1881—1958），西班牙诗人，诺贝尔文学奖得主。

一阵由盖那笛[1]声、快活的自行车铃和忧郁的狗吠组成的怪异混音拯救了德·克鲁伊夫。

　　"各位承认吧，我猎手的听觉还一直保持在一流的水准。"蒙特内格罗说道，"我听见特里同[2]在叫了，有人就要天降游廊了。"

　　他昂首挺胸走了出去，众人跟上，除了公主和邦凡蒂。

　　"您待在这儿也得不到任何好处的，"公主道，"我盯着那些猪头肉冻呢。"

　　走廊上，蒙特内格罗和客人们欣赏到了一派令人惊惶的景象：在两匹黑马的牵引之下，在一群身披斗篷的喧哗的自行车手中，一驾出殡般缄默的四座马车正在深沉的杨树林中穿行。自行车手们一个个地都冒着摔到沟里的危险，双手脱把，用辽远的盖那笛磕巴地吹奏着忧伤的和弦（想必也是骑不顺当了）。最终，马车停靠在草坪和石阶之间。在一片惊愕之中，勒·法努博士从那家伙什上跳了下来，激动地（溢于言表了）对他自带的亲卫队的鼓掌表示了感谢。

1　玻利维亚原住民的传统乐器。
2　该名字引自古希腊神话中的海的信使。

正如蒙特内格罗在之后反复提到的，所有的未知很快就明朗了起来：那些自行车斗篷男原来都是三 A 会的成员。就说统领着他们的是个恶臭的小胖子吧，人都叫他马塞洛·N. 弗洛格曼。这位酋长直接接受图利奥·萨维斯塔诺的领导，而萨维斯塔诺呢，没有勒·法努博士的秘书马里奥·邦凡蒂的允许，他是断然不敢吭声的。

"意外收获啊！我举双手支持，"蒙特内格罗放言道，"虽有些许旧时代的狂傲之嫌、那种领主的做派，可这马车还是暗含着一种对业已衰颓的时间和空间的桎梏意味深长的蔑视。我，外加我身旁的这几位夫人，谨代表贝戈尼亚庄园，向您这位艺术爱好者、阿根廷公民、今天就要订婚的新人……致以热切的问候。不过尊敬的托尼奥，我们还是别把之后丰腴的休息时间和饭后火星四射的那些闲谈给提前到此刻了。巴卡拉杯子里的水果酒已经等不及了。而在所有宴会中都不会缺席的法式清汤呢，在它本身所暗示的精英俱乐部的身份之下，已经掩藏不住对那些高贵的消遣和一场高谈阔论的筵席的渴望了。"

在由帕克托勒斯装点的大厅里，饭后的时光没有辜负蒙特内格罗的预告。安格拉达夫人（她那头柔软的长发已经变得乱蓬蓬的了，眼睛则尽显疲惫，两只鼻孔齐齐颤抖着）还在用一个个问题围困着那位考古学家[1]，向他步步紧逼，霸道地和他合用了盘子、杯子，甚至是椅子。而这位男士呢，到底还是个战士，依照龟式战法，把他玫红色的秃顶埋进了防水斗篷。他已经做出了种种让人一看就刺挠的媚态，说自己真不叫马塞洛·N.弗洛格曼，还试图用谜语引开她的注意力，叫她别再问了，好让他度过一段拉东·佩鲁兹·德·阿查拉[2]式的时刻。"夫人啊，您就别再白费心思啦，""小马"巴雷罗朝她喊了一句，暂时放下了德·克鲁伊夫夫人华美的膝盖，"我才是'蛮力小子'呢。"而在男爵夫人普芬道夫-迪韦努瓦右边，古诺·芬格曼博士，又名"丁勾[3]"芬格曼，又名"猪手"芬格曼，正在用蜜饯、糖渍栗子、进口烟烟头、糖粉和一块比利肯护身符（临时从德·古维尔纳蒂斯阁下那

1　指弗洛格曼来自"地下"。
2　暗指读音相似的拉蒙·佩雷兹·德·阿亚拉，西班牙作家，曾在西班牙内战时"自我流亡"至阿根廷。文中所用的名字"拉东"在西语中意为"老鼠"，而佩鲁兹是一位英国生物学家的姓氏，互相照应。
3　原文为德语，指"纸牌中的杰克"。

儿借来的）即兴拼搭着个模型；他设计的是个收容所，是建在小块儿土地上的，只要一赞美制革-焚烧厂[1]的那块基石，它就能飞上天空。这个话题是如此迷人，令他激动万分，以至于完全没有留意到聊天对象（她的火气已经很大了）身上的女性魅力；这位夫人（"第一波寒潮[2]"组织主席兼荣誉创始人）对与她说话的这位肥胖的乌托邦主义者的黏黏的建筑丝毫不感兴趣，还不如去听听公主、古维尔纳蒂斯阁下和萨维斯塔诺在说些什么呢。

"我是不赞成这种开放式建筑的。"公主用的是喉音，那副严苛的眼镜定在了"猪手"刚刚搭建起的那个设计模型上，"你们还是别用这些新奇的玩意儿来试图分我的心了，我就是坚持我一贯的喜好。全景式构造[3]，这就是我最后的句点了。这样一来，'旱獭'科托内就能用望远镜从那座小塔楼顶端监

---

1 或指纳粹大屠杀中对犹太人的烧杀。
2 该名称取自西班牙雕塑家米盖尔·布雷的雕塑，作品表现的是寒潮来袭时女儿抱紧父亲的场面。
3 该结构最早源自英国哲学家杰里米·边沁的"圆形监狱"设计，将四周的环形建筑分割成一个个囚室，中央有一用于监视的高塔，高塔中的人员可以时刻监视到任何一间囚室。

控那些被收容者的所有行动了。随便哪个专家都能看出来，这结构有多妙。"

"妙，妙，妙极了，"德·古维尔纳蒂斯阁下嘟囔着，"公主殿下，您可真是能够透过水面看水底，从而为我们这位有趣的科托内，为他的积极与勤奋，为他的利他主义，开辟了一条有益的航道。毫无疑问的，这就是对的地方、对的人了……不过，要我说的话，像科托伦哥[1]组织的那种建筑结构还要更严格些才好，这样就能对付那些潜伏进来的犹太人了，他们用花言巧语当诱饵，把我们教会里的一些中流砥柱都给蒙蔽了，那些理念是好听啊，可是太乌托邦了，说什么'一人一个教堂'。"

萨维斯塔诺亲切地插了一句：

"也不能把啥啥都打破了吧，阁下，回头连清洁工都装不回去了。公主已经把真理都告诉给您啦，结果您也不抬着举着，您都吃了那么多墨西哥干面了。连借他长裤也穿不上的小孩都知道，阿韦利亚内达街上的那栋房子是怎么一个样

1　意大利神父，被称为"穷人之父"，阿根廷有一以该神父名字命名的慈善组织，主要用于救助残疾人。

子。那座小塔楼，警卫节那天我可预订了啊，可爱的科托内放假么。那么现在对您来说呢，当然了，就不剩什么可以反驳的了，您只能说，我住的宾馆结构可是另一回事，因为那些百万富翁的套间是朝向大院的，您一推进来，雷诺瓦雷斯先生[1]的写字桌就总会碰着我的塌鼻子。"

"小马"巴雷罗把帕特加斯雪茄的烟灰倒在了弗洛格曼的左耳朵里，继而质问道：

"勒·法努，你还记得凡尔赛街上的卡萨蒂亚图书馆么，一个不怎么样的地方，就是完全没有塔楼的；不过，要成为一个循规蹈矩的疯子，你也不需要塔楼什么的，你已经是了。帕尔多·洛亚科莫就因为不当心漏出了个'是说'，就被你赶回家了，而我则是因为'把这事具体一下[2]'：连'断链子'[3]弗洛格曼都能听懂的一句话，结果被你从头头的位子上弄下来了？不过话说回来，谁他妈会跟一个小丑置气呢。"

勒·法努博士胸膛子硬、脖颈子挺，当下就截下了这

---

1 新公正酒店老板之一。
2 二人用词均有语病。
3 双关，既指阿根廷国歌中的"斩断锁链"，又指"断掉的马桶链"。

一击：

"说到那个文盲图书馆，又说到您么，我的记忆力也做不了什么，唯一的办法就是把你们彻彻底底地给忘了。这种跟便池放一块儿的东西，我早就记不得了。无论是您，还是您同音反复的朋友，都没资格来玷污我的记忆，两位是不是还想以此为荣呢？"

"我大概也是被我根深蒂固的商业视角蒙蔽了双眼吧，"芬格曼博士语带权威，用的是他条顿人的厚重声线，"不过，勒·法努博士，哪怕您颅腔里那坨东西最主要的功能是遗忘，我也很难相信你不记得那个假日了：有您，有我姐姐爱玛，还有我，我们每人从自己的私有财产里拿出一芬尼，一起到动物园去了。您还给我们讲了那些南美动物呢。"

"在您这样的模范面前，必可或缺的'丁勾'芬格曼，最会讲解的动物学家也会选择沉默的——要是他之前没有悔恨逃跑的话。"勒·法努干巴巴地答道。

"你别上火啊，脖子哥[1]，不然那口蔬菜得噎更深了。其

1 这么叫是因为他的脖子。（玛丽亚娜·鲁伊斯·比利亚尔瓦·德·安格拉达女士注）

实，无论是这个出麻子跟出汗似的俄国佬 [1]，还是我，都没想鄙视你，都没想把你看得跟地铁里的一口浓痰那么低。"小马"安抚着他，把他呛的，就跟个倒霉的结核病患者似的——背上还让人好心拍了拍。

趁着这一幕，萨维斯塔诺溜到高贵的德·克鲁伊夫夫人那儿，跟她咬起了耳朵：

"小鸟告诉我的，夫人会在她庄园的亭子里款待宾客呢。上帝啊，上帝啊，谁知道那小亭子在哪儿哟！"

跟天文学一样遥不可及的洛洛一听这话，便转过身去。

"快别笑了，把那支派克笔递给我。"她命令德·古维尔纳蒂斯阁下，"我得抄个地址给萨维斯塔诺博士，他太可爱了。"

眯着眼睛，龇着牙，下巴顶得高高的，呼吸平稳，双拳紧握，手臂弯折着，肘部则灵活地抬到了规定的高度——这是马里奥·邦凡蒂博士——这位老兵迈着运动员的步伐，毫不困难地就冲过了分隔他与赫瓦西奥·蒙特内格罗的不几米，

---

1 阿根廷土语中，该词有"犹太人"的意思。

而当他终于站起身来的时候（德·古维尔纳蒂斯成功把他绊了一跤），他几乎已经越过目标了。他把那张气喘吁吁的嘴贴到蒙特内格罗的右耳上，于是所有人都不爽地听到了那串浓厚的 c、n 和 m。

蒙特内格罗倒是像模像样地听完了，随后，他看了眼那块超薄的摩凡陀手表，站起身来。在所有伟大的演讲者都必不可少的香槟的帮助下，他开始了那段潇洒的发言：

"值得赞颂的勤勉、值得载入史册的辛劳——作为它们的奴隶，我们这位见多识广的打杂工刚刚告诉我，再过不几分钟，一九四四年就要破壳而出了。怀疑论者的脸上大概要飞舞起微笑了，我自己又何尝不是这样呢？见到舆论宣传里的那些测风气球，我总会抄起我的花剑，所以一听到这个消息，我毫不犹豫地就查看了我的……时间机器。我就不形容我的惊讶了吧：只有十四分钟了，十二点就要到了。报信者说得对！我们还得相信我们可悲的人性。

"面对新年的猛攻，一九四三年却撤得很洒脱，准备以不知哪位拿破仑老近卫军的沉着和冷静——捍卫它仅剩的几分钟；一九四四则更年轻，也更灵活，正用箭囊里的箭矢不断骚扰着一九四三年。女士们，先生们，我就坦白说吧，我刚做了个决定：虽然已经白发苍苍了，年轻人们已经在很正经地怜悯我，我也准备好，要踏进未来了。

"未来的这个一月一日，即将到来的这个一月一日……它不可避免地让人联想到那些地下矿道：偶然性会用它们来回报矿工的辛劳，如果不是回报他们手中的十字镐，而每个人都会以他独有的方式来想象自己的矿道：小学生会希望新年了，他能得到……一条长裤；建筑师期盼着能有个典雅的穹顶点缀在他的劳动成果上；军人想要的是一对英武的羊毛肩章，这是对他掌管公共事务的成就的认可，也是对他多有牺牲且意义非凡的生命的概括——他的小女朋友一定会为此喜极而泣的；而这位小女朋友呢，则渴望有位平民英雄能把她从政治婚姻中拯救出来，这都是她自私的祖父母给她安排的；大腹便便的银行家会祈求他的那位头牌花魁仅仅忠诚于他，把他的人生列车装点得又豪华又气派，尽管这可能性不大；而人类的牧羊者呢，则祈求着那场背信的战争、谁知道哪个现代的迦太基人挑起的战争——这本是他所不想看到的——能够以胜利告结；魔术师的愿望是，每次砰的一下，他总能掏出那只兔子；而画家们则企望着能被专业人士们神化，只要预展一开，就是那个必然的结果了；球迷们只盼西部铁路取胜，诗人的矿道则是纸玫瑰的样子，而神父期待着属于他的感恩颂。

"女士们，先生们，就让我们把此时此刻的那些顽固的质疑声和令人着魔的恶念都搁置一旁吧，哪怕只是在今晚！就让我们浸唇入沫，举杯同庆吧！

"至于其他那些东西么，我还是不要着墨太多了。当代的景象，如果被放在批判的放大镜下，无疑是云雾迷蒙的，然而，我们这些观察者、对此都习以为常了的观察者，仍然会时不时地扫见一片扎眼的绿洲，有了这样的例外，我们就没法激动地喊出来，我们被沙漠包围了。你们都开始挤眉弄眼了，礼节也没法阻止你们了，你们已经提前说出那个结论了；那我也不用遮遮掩掩了，我指的正是我们前途不可估量的奥滕西娅，以及她的仆从骑士，勒·法努博士。

"就让我们用开明的头脑来审视这对当下的情侣的性格和特征吧，别用那块玫瑰色的面纱掩盖最要命的瑕疵，也别用那台铁面无私的显微镜把它们强调、放大。奥滕西娅，她——给女士让出条道吧，我恳求各位，给女士让出条道吧——她已经来到了我们跟前：面朝着这捧芬芳馥郁的长发，任何草稿都是苍白的，还有这双动人的眼睛，有可爱的睫毛在荫庇着它们，让它们撒出那张让人瘫软的大网，还有这张嘴哟，直到这一刻，它都还只尝过歌唱与调情、零食与胭脂，而明天呢，我的妈呀，它就将尝到眼泪的滋味了，既然她面对的是这……这什么来着，我也不知道了。抱歉！我这个蚀刻画家刚刚又一次败给了那种诱惑，又想去用寥寥几笔、决定性的几笔，去勾勒出一个轮廓，勾画出一幅习作了。要如何描绘出一位蒙特内格罗家的小姐、一位蒙特内格罗呢，各位就私下去交流吧。那下面，我们就要转到——这是例行的过渡——就要转到二项式中的第二项了。要讲到这位百里挑一的人物，我们就决不能允许在我们周围疯长着的那些扎手的灌木，以及郊野里的那些不可避免的杂草，把我们给吓退了。他不惜长了一张令人嫌恶的脸，欢快地无视着标准相貌中最基本的要求，从而换来了一泓永不枯竭的泉水，那是风凉话的源泉，人身攻击的源泉，而所有这些，又会因为他无比诚实的反讽而臻于完美——当然了！这一点，是只有那些会在吊桥前喊出芝麻开门的外行们才能做到的，他们会将吊桥放下，把天真和纯朴这样的宝物摆到你的面前——它们越为人们所欢迎，在买卖中就越罕见！这是温室的产物；这是学者的产物；他把条顿族坚固的灰泥和维也纳不朽的微笑拼到了一块儿。

"然而，住在我们所有人心中的那位社会学家很快就飞升到了一个可观的高度。在这对幸福的爱侣身上——在刚才……我们这些慈善机构的桥接中，他俩已经被太多地谈及了，就快谈厌了。或许，他俩作为个人的重要性——个人么，便是在虚无与虚无之间灿烂却易逝的过客——他俩作为个人的重要性还及不上这个事件所调动起的观念的体量。事实上，将要在圣马丁德图尔斯举办的这场名门联姻，不仅能让我们有机会见识到德·古维尔纳蒂斯阁下威严的礼拜式主持风格，更标志着，那些新思潮已经为我们这些名门望族、我们这些根深蒂固的老树，注入了元气与活力——它并不总是无杂质的！这些暗藏着的核心恰恰保有着那艘方舟，方舟上便是我们纯粹而纯正的阿根廷精神；就在那艘方舟的木条里，勒·法努博士，说真的，他把联盟的芽苗扦插了进去，又没有因此就革除了褒义上的本土主义中那些有益的教训，这点我可以确定。所以，就跟往常一样的，这就是一种共生了，而具体到这次的事件，相关的每一个原子都是不互斥的：我们固有的家族，也许已经在恼人的自由主义的影响下，变得萎靡不振了，然而它们也会从很大程度上乐于接受现在这样的前景……不过，"说话者换了个声调，也变了个脸色，"我们眼前的当下，也绝对吸引人……"

一位紧实的多血质先生、愤怒而健壮的短胳膊矬子，从露台进来了，一边进来，一边还在以同一个调子激动地重复着一个怪难听的词。所有人都注意到了，这位闯入者像是被包在了他那件白色西装里；而蒙特内格罗的视线呢，则不那么泛泛，他仅是盯着那人手中那根带节突的手杖；洛洛·比古尼亚·德·克鲁伊夫对任何自然力和艺术力都尤为敏感，便赞叹起了那颗直接杵到肩膀上的脑袋——哪怕有段不尽职的脖子呢。芬格曼博士则为那对 U 形袖扣估价三百二十二比索。

"口水咽咽，玛丽亚娜，把口水咽咽[1]。"蒙特内格罗小姐

1　西语中该短语也有"别激动"之意。

陷入了陶醉，她小声嘟囔着，"你也看得出来，'小酒肚'是来为我找事儿的，谁会为你找事儿呢？连那些最讨嫌的人也不会啊。"

受了这句无可推卸的影射的刺激，（大头的、体操运动员般的，羊毛的）马里奥·邦凡蒂教授跳了出来，拦住了这位暴怒者的去路。但很快地，他就换用了守势，学的是黑人拳击手杰克·约翰逊[1]的动作。

"粗俗和好斗本是一胎生的，"他颇有学者风范地说道，"对他的打呛儿，我报之以绅士的大不动，对他的嚷嚷，我报之以不响，对他的不给脸儿，我报之以不颤肝儿，对他的挽袖子，我报之以……"

弗洛格曼的铅笔和小本儿可是从马里奥·邦凡蒂的发言里收集到了不止一个音节（毫无疑问，换成了阿根廷土语），可他还是不得不咽下没听到最后那半句的痛苦。是"小酒肚"的一记响亮的杖击让他的笔记断在那里，再无可能修复。

---

1 Jack Johnson（1878—1964），美国拳击运动员，是获得世界最重量级冠军称号的第一名黑人，在当时种族歧视严重的美国，与白人世界冲突频繁。

"1比0咯[1]，香蒜酱[2]先生！"萨维斯塔诺欢呼，"要我说啊，您把他鼻子都抽得倒过来了，倒是办了件好事，还帮他治好了鼻黏膜增生呢。"

"小酒肚"没听懂这句恭维话，便顶了回去：

"敢再说一句试试。戳烂你这张马屁股脸。"

"您别老往坏处想啊，博士，"萨维斯塔诺辩白了一句，赶紧跳了两步回去，"快别说这些叫人伤心的话了，我这就有秩序地退场，我退场还不行嘛。"

他被那句话打击了，便重启了他之前和倍儿有威望的洛洛的谈话。

勒·法努博士站了起来。

"我拒绝作践这个痰盂、作践弗洛格曼，把他们当飞镖一样扔来扔去的，"他吼道，"滚吧，马塔尔迪，我的伴郎们明天会到你的马槽去看你的。"

1　原文用词为"piedra libre"，直译为"自由之石"。在阿根廷式捉迷藏中，如躲藏者在搜寻者触碰到自己之前触摸到搜寻者出发点的那块墙面，即"石头"，就可以喊出这句话，同时解放所有躲藏者，宣告寻找者失败。
2　一种意面酱。在阿根廷土语中，"给他一坨香蒜酱"意为"给他一顿毒打"。

"小酒肚"一拳砸在桌上，碰坏了几只高脚杯。

"它们可没上过保险啊！"古诺·芬格曼博士惊恐地喊了出来。他站了起来，整个人因为被吓到了，还显得高大了几分，他一把抓着"小酒肚"的手肘就把他拎了起来，又把他从露台上扔了下去，同时口中还在不断重复着："没上过保险！没上过保险！"

"小酒肚"跌在了那块大石头上，他勉强起身，骂骂咧咧地溜了。

"刚说什么来着，夏天的雷暴么，绝对就是！"蒙特内格罗断言道。他已经从阳台上回来了；这位不可救药的梦想家出去问候了一下星宿，顺便演练了一支烟。"在一位高端观察者眼里，刚才那场冲突的可笑结局已经太有力地证明了它是站不住脚的，是无足挂齿的。或许有哪位情绪比较冲动的吃客会为此感到遗憾了：在我这副无可挑剔的胸膛中隐居着的那位剑士怎就没有早点儿跳出来呢；可是，任何一位资深分析家都会诚实地表示，这种小任务么，让不那么大牌儿的去就好了。总而言之，女士们，先生们，撑不过三秒的'小酒肚'已然退场了。这些小儿科的，我是真心觉得幼稚，有件事要比它们重要得多了：让我们举起酒杯，浸湿我们如丝般的小胡子，为新的一年祝福吧，也祝福这对情侣，祝福我们在座所有面带微笑的女士们！"

洛洛将她那捧华美的长发铺到了萨维斯塔诺肩上，做梦般地呓语着：

"塞尔伍斯男爵夫人，这乡下人，说得还真对哈，说'丁勾-猪手'的身板儿可好着呢。我说亲爱的，把地址还给我吧，我去给那犹太人去。"

三

"我们必须认定，还得敲锣打鼓地认定，"蒙特内格罗道，同时点起了那天早上的第三支烟，"我们刚刚见证的那一幕：两位勇士，以及两把托莱多宝剑的或多或少危险的碰撞，正是一剂坚实的强心剂，注入了我们这个极端和平的年代、所有战争都得经由华尔街背书的年代。在我历尽世事的人生里——任何一位观者都会被惊到的，他们或许会用'千奇百怪'来形容它——我多次在伟大的旧式决斗中拔出我那把不容分辩的佩剑，这用我们飞得跟母鸡一般高的平庸的想象力，是连个轮廓都画不出的。就让我们实话实说吧，也别拐弯抹角了：最身经百战的雄辩者就该懂得适时地举起他的论据之剑！"

"你可闭嘴吧，八字胡，你的奶牛啡咖[1]要凉了。"巴雷罗博士亲切地喊了句。

"多余！"蒙特内格罗好言好语地给他顶了回去，"分泌腺不已经在提醒我们了么，这杀千刀的摩卡已经等不及了。"

他在主位落座，而芬格曼、德·克鲁伊夫、巴雷罗、"小酒肚"（贴着带孔的膏药）、勒·法努（敷着毛巾），外加托克曼本人，都竞相争抢起了马塞洛·N.弗洛格曼（又名贝拉萨特吉[2]，他倍儿有分寸地扮演起了用人的角色）慷慨分发着的可颂。

"小马"机敏地一拍，便把勒·法努博士饕餮一番的梦想给拍碎了。"小马"威胁他说：

"别把所有的甜甜圈都搬你自己窖里去啊，胃门儿[3]。"

"胃门儿？""猪手"芬格曼神神秘秘地说，"胃门？他比较像摩门吧，哈，哈，哈。"

"我还是认了吧，百无一用的芬格曼，我还是赶紧认了

---

1 阿根廷一部分土语会将同一单词的前后音节颠倒，后文亦有出现。
2 布宜诺斯艾利斯一小镇。
3 阿根廷土语，意为"吃客"。

吧：哪怕我敷着毛巾，发着早期荨麻疹，我也落不到您那个地步的，"勒·法努说话了，"我也不怕自相矛盾了吧，我还是建议您到决斗场去走一遭。不管您是举剑呢，还是开溜呢，总还能把这愚蠢的'哈，哈，哈'给好好修理修理。"

"依我看呢，您这战场是距离我们证券交易的物质世界十万八千里远了。"芬格曼打起了哈欠，"您的提案被冻结了。"

读者或许也猜到了（敏感得有如见习水手察觉到了船只的第一丝摆晃），我们正关注着的这一幕发生在赫瓦西奥·蒙特内格罗的游艇上——普尔夸帕[1]号，它将船头指向布宜诺斯艾利斯，而将船尾高傲地亮给了妖媚的乌拉圭海岸，那里遍洒着色彩，星星点点都是避暑的人们。

"我们还是抛下所有的这些妄自尊大吧，"蒙特内格罗提议说，"就让我们高声强调这一点：扮演我这个角色，当然是不容易的，我是决斗局局长么；要我说，剑客不一定就不及那些拿军刀的，同理，贵族和沙龙客也一样。我要重申一下

1　直译为"为什么不呢"，与法国探险家让-巴蒂斯特·夏古所造的一艘南极远征船同名。1936 年，夏古与该远征船上 39 名船员一同葬身冰岛外海。

我的权利……关于这个健康包[1]的归属。"

"哪来那么多的局长啊，还那么多的面包，""小酒肚"发起了牢骚，"有人挠你一下，你还不就脸色大变了，跟加了奶的马黛茶似的……"

"附议，"勒·法努博士说，"至于您的脸色么，爱跑路的佩雷兹，我连看都没看清，当时您不是一激动，就溜到边境线上去了么，那边就是巴西了。"

"胡说，这是诽谤，""小酒肚"反驳道，"要不是锣声响了，看我不把你捣成泥，你这个蟑螂。"

"泥？"托克曼饶有兴致地问道，"我比较喜欢粉呢，我投粉一票。"

可这时，巴雷罗又插了进来，他是很谨慎的：

"别说了，你们这些微生物，不知道你们很无聊嘛？"

"最无聊的是你吧，一脚把你踢进淡水里坐浴去。""小酒肚"解释说，"向事实低头吧：瞧瞧这货的狗脸，然后再听听我是怎么叫的，看不把你吓一跳。"

---

1 阿根廷土语，指用面粉、糖、牛奶和鸡蛋烘烤而成的一种小面包。

"说到狗，我就想起另一件蠢事了，""小马"回想着，"上次在刮脸的那儿，我也不知道看什么好么，就神叨叨地看起了个小故事，是增刊上带彩图的那种，名叫《狗的神谕[1]》，但并不是搞笑的。里边说到，有个穿白衣服的家伙，人发现他凉在了个亭子里。你会想破头地想，罪犯是怎么溜出去的呢，因为总共只有一条路，还被一个红头发的英国人守着。结果呢，他们会让你相信，你就是个草包，因为最后，是一位神父发现了其中的诡计，给你安了个盖儿[2]。"

勒·法努很不满：

"我们的这位半人马是嫌情节里虚构的谜题不够劲儿么，还要用他小儿科的叙述和四条腿的句法给我们创造个实实在在的谜题？"

"四条腿的？"托克曼饶有兴致地问道，"我老说，是动物园里的小火车彻底宣告了畜力车的失败呢。"

"对，不过，要用一长队动物来拉车的话，燃料就能省了，"芬格曼道，"可哪怕是这样，还得要一毛钱呢！"

1　出自切斯特顿《布朗神父的怀疑》。
2　阿根廷土语，意为"赢过你一头"。

巴雷罗博士不禁发出了感叹：

"放过那一毛钱吧，雅各伊布[1]，人更要把你当成犹太人了。说到底，你那台小印钞机是不会弃你而去的。"

他怡然自得地瞅了勒·法努博士一眼，后者反问他：

"我说多少遍了，这位昂着蹄子的律师，看来黑话和病句都是抱着您不肯放啊。快勒住您那奇蹄目的冲动吧：您要执意想当这位又胖又矬的'丁勾'的影子，那我也来屈尊当一下您的影子好了。"

"瞧我这倒霉的，伙计们，"巴雷罗品评道，"我摊上了个戴独目镜[2]的影子。"

这时蒙特内格罗也掺和了进来，迷迷瞪瞪的：

"有时候，最优秀的辩手[3]也会跟丢兔子的——一个优雅的不留神：毫无疑问，一个长久居住在高远之处的头脑，总

---

1 对吝啬的犹太人的鄙称，由来是：当时来到拉美的犹太人有许多名为"雅各布"的，且发音时习惯在单词元音后加上"i"音。

2 意为"独目镜"的西语词"monóculo"在文化程度较低的人听来有"只有一片屁股"的意思。

3 原本的谚语应是，最优秀的猎手也会跟丢兔子。蒙特内格罗在此处将表示"谈话者"的法语词 casuseur 和表示"猎手"的读音相近的西语词 cazador 混用了。

会有些可以被原谅的轻蔑的，也总会有些想法和念头，这就使得我不得不错过了某些个让我们的宴会变得更有生机的褶皱了。"

也并非所有来宾都在努力让这场宴会变得更有生机。也许连读者都注意到了吧，宾堡·德·克鲁伊夫连一个单音节词都没有吐出来过，他正紧盯着那只木梨肉做的栩栩如生的鸽子。

"咳儿，德·克鲁伊夫，"巴雷罗发出一声嘶鸣，"您不都塞饱了么？怎么不参与进来呢？别再演默片了，睡马路的，我们可都是现代贝贝儿[1]。"

蒙特内格罗对他表示坚定的支持。

"我也来说两句鼓励的话吧，"他道，一边朝他的第四个奶油蛋糕发起了冲击，"这种过度的缄默就跟面具一样，有品位的人总会在孤独时戴上它，而当他一落到那个为他所爱的伟大的朋友圈子里时，他就会连忙把它抛弃了。开个玩笑嘛，或者讲个八卦，我们尊敬的宾堡，哪怕是惨死一下子也

1　阿根廷土语，意为"小孩、年轻人"。

行啊！”

“他沉默得像头公牛似的，还是头佝偻着背的公牛，头上角太重了吧[1]。”芬格曼博士向全宇宙宣告。

“别瞎比喻啊，”勒·法努提议道，“还是把‘公牛’换成‘阉牛’吧，这样一来，讽刺就更精确了，还不会削弱您的粗俗。”

苍白、麻木而疏远的德·克鲁伊夫一字一句地答道：

“再敢说一句我的夫人，我就把你们跟猪肉一样片了。”

“猪肉？”托克曼饶有兴致地问道，“我老说，要评价猪肉的好坏，光在煤气公司熟食店[2]吃过几个生菜三明治还是远远不够的。”

1　西语中，“给人戴角”意为“给人戴绿帽”。
2　当时该熟食店对面新建了煤气公司，该店便更名为“煤气公司熟食店”，并改用两盏煤气灯当招牌。

四

蒙特内格罗讲完了上面的事件，顺便朝当代大环境投去了讥诮的一瞥，勉强抽完了弗洛格曼的最后一支"不鼓"[1]，便以"嗓子发炎说不出话来"为由把发言权让给了这位原住民酋长。

"您要设身处地地想想，帕罗迪先生，就能理解我了。"马塞洛·N. 弗洛格曼（又名"下水道"）小声念叨着，"我以卡丘塔温泉的名义发誓[2]，那天晚上，我们这帮人可高兴了，就算哪天我闻着跟奶酪一样香了，也不带这么高兴的。是'脚踏车'，还记得吗，他是个正经卖气球的，是他散出的消息，虽然又过了一会儿，'乳牙'也证实了，但他只是在重复'脚踏车'的那些胡话，是说案发当晚，勒·法努博士会从圣

57

伊西德罗区去到雷蒂罗区，说是要到秩序街精选影院去看部爱国片儿，是高乔人在度假区游行那会儿拍的。您就用老箍桶匠的火眼金睛算一算，我们得有多激动吧：有人甚至害怕说，有爱打小报告的会到处传去，说我们集体当了逃兵，没去参加这个荣耀的聚会，因此我们都计划好了，要大部队一起转移到秩序街影院去，就在拐过去那块儿，去近距离探望一下在那儿看片儿的勒·法努博士——那部高乔片儿套的是乌发公司[3]的盒子，盒子上写着《中产阶级成人健身操》，是他们挂羊头卖狗肉，偷偷塞里面充数的——不过，他们不止一个人吹口哨了，让我觉得，要是我也去的话，我都能把他们熏晕了。当然，再后来么，就跟每回一样，售票处的幽灵让大多数人的热情都冷却了下来，尽管其他人说不去了，都有他

1　香烟品牌名，含义为"高质量的香烟不用敲锣打鼓做宣传"。
2　卡丘塔为阿根廷著名温泉地，但在此有文字游戏，阿根廷高乔人史诗《马丁·菲耶罗》中，主人公在卡丘塔遇袭，西语词卡丘塔（Cacheuta）与遇袭（acachar）读音相似，故这里用"以卡丘塔发誓"来指代"冒着被打的风险"。
3　正式名称为"全球电影股份公司"，因首字母简写为"UFA"，故又名"乌发电影公司"，是家德国电影公司，曾在纳粹旗下不断扩大，将公司中的犹太人扫地出门。

们强有力的理由：'乳牙'，是因为没有官方确认过，大老[1]他真会去；'锁喉'[2]，这人本来就纪律意识薄弱，这回则是被个海市蜃楼给勾住了（就在那封写在硬纸板上的请柬所勾勒出的迷人景致中，幻象浮现了出来），是说在洛佩·德·维加街和高纳街街口，有人在发麦糍粥，不管你是谁，只要有幸出席了，就能被分到个两大勺；'老龟'（又名莱昂纳多·L. 洛亚科莫[3]）呢，是说，有个烦人的家伙，也不知道叫什么，就在电话里跟他讲了，说加利西亚尼神父[4]本人会在一辆有轨电车里——是教廷特地为此租来的，所以不带拖车——签售黑人法鲁乔肖像明信片。而我呢，为给自己解套儿[5]，就说我要到圣伊西德罗去了，还得蹬上我的自走车[6]，跟个猴子似的。哟喂，瞧这印第安人多享受哈，蹬着脚踏车，轻而易举地就

---

1 音节颠倒，即"老大"。
2 指从后锁喉的动作，常用于抢劫钱财。
3 即上文帕尔多·洛亚科莫。
4 暗指莱昂纳多·卡斯蒂利亚尼，阿根廷神父、作家、记者，曾写过不少政治文章。文中人物名字中的"加利西亚"与暗指人物名字中的"卡斯蒂利亚"均为西班牙地名。
5 阿根廷土语，意为"不履行承诺，逃脱"。
6 自行车品牌。

掠过了那些公交，还跟穿着旱冰鞋的大小孩儿们比赛呢，结果刚一交手就被甩在了后头，小外套里裹了一包汗。那会儿，我已经累得小脸儿通红了，可我还是放不下车柄，因为我心中还保有着阿根廷精神的骄傲，我正亲眼见证着祖国的伟大，就这样，我四脚朝天地骑到了维森特洛佩兹。到了那儿，我想着潇洒一回消遣一下子么，便生龙活虎地——他们就差没用小推车来拉我了，也就是他们没有——走进了大名鼎鼎的义勇军[1]烧烤店，结果呢，我明明点的大份玉米面糊糊，好泡面包吃的，我特意这么点的，竟给我上了鹰嘴豆杂烩，就这么狡猾地把我给塞饱了，我之所以没像个无赖那样抗议，是不想让服务生的反应越变越大，他一直摆着张臭脸么。他们还强塞给我半瓶医院水[2]，我也不得不买单哪，买了单，我上路的时候就得更加缩拢起身子了，因为这会儿，我的长袖 T恤可是把店主包得热乎乎的了。"

"这位餐馆老板的下场么，"蒙特内格罗评论道，"显

1　二十世纪初创建的组织，曾参与西班牙内战，旨在捍卫天主教信仰，对抗马克思主义，其成员多由巴斯克人构成。
2　虹吸瓶装的汽水，早年在药店贩卖，用于胃病治疗。

然是要落得个臭气熏天了。您这个，看着是件普通的长袖 T 恤——坦白说，还挺好看的呢——谁知却是现代版的内萨斯衬衣，准确说就是这样；所以呢，他将与孤独为伴了——永远！——谁叫我们田里的臭鼬有这种不容置疑的天赋呢？"

"听到这小圆面包大的真理，我也就舒心点儿了，"弗洛格曼坦承，"当然了，我这个印第安人一生气，就会变得跟吃了枪药似的，我毫不犹豫地就想出了一大堆报仇的办法，可要我现在说出来的话，两位一定会哈哈大笑的，笑得跟个小胖子一样。我就跟你们发誓吧，要不是因为我们阿根廷人发明了指纹识别[1]——真伟大！——我就替那巴斯克佬顶包了，算他个无名氏得了。我的目的相当明确，是的，我再也不想跟这家烧烤店扯上任何关系了。怎么也不能被这群恶霸给左右了。正是这个决定让我把维森特洛佩兹甩到了身后，像骑手动车[2]一样抵达了圣伊西德罗。我都没敢对着哪棵小树哪怕

1　1892 年，阿根廷警察伍塞蒂奇以实践经验为基础研究撰写《指纹学》，开创了采用指纹进行身份鉴别和破案的先河。
2　一种四轮车，仅用手把提供动力。

尿上一小泡，就怕有哪个小孩把我的自行车给占了，也不管我如何如何凄惨，'哎'过来'哎'过去的。就这样，我像坐滑梯一般地来到了德·克鲁伊夫夫人庄园的紧里头，就是带小亭子的那个。"

"都那个点儿了，您下到圣伊西德罗区是去干什么呢，猴子先生？"侦探问道。

"您按到痛处了，帕罗迪先生。我是要去执行任务来着，把一本小书送到古诺先生手上，这是会长给他的，我记得那本书的标题里还有一小句是用莫名其妙的鸟语写的呢。"

"休战休战，"蒙特内格罗恳求他，"略微停一下，三语专家要开火了。那本书叫作《布朗神父的怀疑》[1]，属于最深奥的那批英国文学作品了。"

"我在嘴里模仿着火车的声音，因为我无聊么，"弗洛格曼说了下去，"结果不知不觉就到了。我那真叫是以汗洗面啊，脚软得就跟新鲜奶酪似的。我嘴里还在'况且——况且'呢，就差点被吓得跌了一跤，因为我见一个男的急匆匆地爬

---

1 该书西语版书名沿用了布朗神父的英语名"Brown"，故被弗洛格曼称为"鸟语"。

了上来，就跟在玩'上点点'¹似的。在这种紧要关头，换作您的话，可能都忘了图帕克·阿马鲁²是谁了，可我总还是握紧了我的逃生阀：我无法克制地、刹都刹不住地想像越野跑那样溜走。但这回，我忍住没跑，因为我怕呀，勒·法努博士肯定会骂我个狗血淋头的，也是我活该，谁叫那本小书没送到呢。我只好化惧怕为勇气，跟驯过的小动物似的，跟他打了个招呼，到这会儿了，我才发现，上来的原来是德·克鲁伊夫先生，因为月亮照着他的胡子了，他的胡子是红的么。

"瞧我这印第安人多狡猾哈？帕罗迪先生！德·克鲁伊夫先生才刚一张口呢，我就猜到了，他认出我来了，因为老有那种豪猪仔³，您不问候他，他就能一把把您的大胡子小胡子统统免费给您剃喽，但其实在我这儿是另外一回事，因为您也知道，这时候，傻子才不怕呢，我跟愤怒这个词就完全不

---

1 阿根廷儿童游戏，名为"下点点、上点点、毒点点"，玩法为一人追逐并用手触碰另一人，被碰到的人须一手按着自己被碰到的部位（即"毒点点"）去反追另一人。

2 Tupac Amaru（1545—1572），末代印加王，曾反抗西班牙殖民者，兵败被杀。后来的印第安起义领袖常用该名象征解放和独立。

3 阿根廷土语，意为"长相粗陋的、壮实的人"。

搭边儿。

"我还跟个人物似的站在那儿，当然了，那'况且——况且'还是留到明年的狂欢节吧，可别让这小胡子觉得我是在拿他配面条[1]呢，回头该把火气撒我头上了。随后，我掐着点儿就走了，结果呢，还不如跟个抹了香油的死兔子似的待着呢，因为您瞧啊，下去之后，我绊在一座出人意料的小山上了，又不得不踹开了泥巴，从沟里爬出来；要是你们看见我的话，不定以为我在跳什么坎东贝舞[2]呢。

"瞧把在下吓得哟！那小山原来是勒·法努博士的肚子。我未经允许就踩了上去，可这回，他倒没把我打成耙耙，因为他已经死透了，比配了炸土豆的牛排还死呢。就这样，他阻碍了后方的那条公共道路。他额头上有个拇指那么大的窟窿，有黑血从那儿冒出来，这会儿都在脸上结痂儿了。我怕得缩成了个卷尺，我见是大老么，他穿得太像个咸鱼[3]了：白色的马甲，绑腿同上，方塔肖牌的皮鞋[4]，我就差唱出'泥巴

1　阿根廷土语，意为"拿他开心"。
2　南美黑人的一种动作怪异的舞蹈。
3　阿根廷土语，意为"吃软饭的"或"公子哥儿"。
4　取自当时风行的比利时漫画《斯皮鲁和方塔肖》中总是穿着皮鞋的人物方塔肖。

哟，黑土哟，都献给大树'了，这不是滑稽探戈里的歌词么，因为，我一看到那双裹脚子[1]，就想起了杨比亚先生[2]那张照片，他跟个大主子[3]似的泡在乌因科[4]药泥里的那张。

"我特害怕，我哪怕读到那些怒汉的故事都不带这么害怕的，不过这种状态也没持续太久，因为我立马就眉头一紧，想到德·克鲁伊夫博士肯定也是这么合计的：凶手还在这儿自由走动呢，所以他才会像火箭一样，不假思索地就开溜了。我像领导似的往四周扫了一眼，结果一扫到那亭子，我的视线就定住了，因为我见德·克鲁伊夫夫人在那儿，也准备跑呢，她的头发还散着。"

"都讲到这儿了，大画家我就得发话了，刻不容缓了，"蒙特内格罗表示，"我们得重点关注一下您这画面的对称性：其实它的上半部分是被两个人物占了的，下半部分也有两个。坡顶区域，是至高无上的洛洛·比古尼亚，恰好被一抹月光给照着；她在麻木之中，也就退出了各种无谓的侦探推理逻辑了。

1 阿根廷土语，意为"鞋"，多指乡土风的粗制皮鞋。
2 Héctor Llambías，阿根廷散文家，保守派民族主义者。
3 阿根廷土语，意为"有钱人"。
4 阿根廷著名温泉地。

这真叫是给她丈夫好好地上了一课。因为，就在这个当口，德·克鲁伊夫先生正在那平庸的山坡上奋力逃窜呢，也不知有什么正当的忧虑在驱使着他，反正他是和附近的黑暗混到了一块儿。所以事实远非我们期待的那样，尊敬的帕罗迪，我们还老说呢，基座总得对得上穹顶吧。而玷污了那穹顶的更有两位发育不全的人物，他们还没能摆脱那条耻辱的污流：首先是那具尸体，肯定是不能指望它再动上一动了，再来就是华沙的垃圾堆[1]赐给我们的希腊礼物[2]了：这位长不大的小老头。而在这幅画最后落款的则是那辆阿兹特克脚踏车，或者更准确地说，是埋汰客[3]的脚踏车。哈，哈，哈，哈！"

"真是神圣的话语啊，我的好小盆友[4]！"马塞洛·N.弗洛格曼（又名"到底右手"[5]）感叹道，还在拍着手，"我就跟您保证吧，当时的我啊，一下就跟结了块的牛奶似的了。谁

---

1 指二战期间欧洲最大的犹太人聚居区。
2 见序言注释，"特洛伊木马"。
3 来自法语，阿根廷土语中亦有该词变体，意为"外国人、外乡人"，最早指"来到雅典但不享有当地人权利的外乡人"。
4 作者在这里使用了一个儿童风格的叫法。
5 指厕所。

还能认出我是那个快活小子，那个无私的自行车手呢？——啊，他会骑着他的自行车，穿梭在黑夜之中，向那些城郊的小镇吐露着他祥和的'况且——况且'。

"我全力呼救了，当然是轻声细语地喊的，别叫哪个呼呼得四脚朝天的听到了，更别提那凶手了。之后呢，我就被吓了一跳，现在坐在这号子里想起来，我还真觉得好笑了。是说，古诺·芬格曼博士一副混不齐的样子，就这么出现了，身上套着件缝了又补的雨衣，头上是他的船帽，手上是水豚皮的手套和换季时候的手杖，嘴里还吹着《从来没有一只猪咬过我》[1]，对死者没有一丁点儿的敬重，不过话说回来了，正常不注意的话，他肯定也是扫不到他的。我在胸口画了个十字，往头上浇了波圣水，想着这大包袱块儿[2]胖子呀，这是土鸡掉剧院儿里[3]了哟，这可是犯罪现场，说不定哪个草丛后头就蹲着个地溜子[4]，可以灌我一顿药[5]的。当然了，很快我就发

1　探戈曲。
2　阿根廷土语，意为"笨拙的"。
3　阿根廷土语，意为"无辜地被吓一大跳"。
4　阿根廷土语，意为"流浪汉、无赖"。
5　阿根廷土语，意为"惊吓"。

现，来不及权衡什么利弊了，因为我的眼里只剩下那根手杖了；这个大嘴巴子[1]，现在倒是拄着它，跟个可怜的残疾人似的，可是，哪怕在他把'小酒肚'那瓜娃子扔进花坛之前，我就相当敬重他，甚至超过了那位坐敞篷马车的先生，因为这人太猴精了，比猴子还猴子，他永远不会让我不掏钱就走的。您可坐稳了，帕罗迪先生，您要记得，这是我难得糊涂里的一点糊涂：谁想讲这些俗气的东西呀——要是您愿意的话，也可以称之为肤浅——我是想告诉您，芬格曼博士看到那大红肠儿[2]时是怎样一副光景：这位生来的胃门儿一把抓住我KDT色[3]的领结，就把脸凑了过来，死死盯住我的脑门儿，就跟在照镜子似的：'您哪，臭水浜，还是叫您废水浜吧，见之即付[4]懂吗？谁叫您监视我的，赶紧把钱转我吧，我这可是抓现行了。'而我呢，为了引开他的注意，让他忘掉那个丑恶

1　阿根廷土语，意为"耳光"，阿根廷人习惯用这个绰号称呼演员埃里克·坎贝尔，因为该演员常在卓别林的影片中饰演肥胖儿粗鄙的角色。阿根廷作家罗兰多·雷瓦里亚蒂也为其创作过同名小说。

2　阿根廷土语，意为"尸体"。

3　秘鲁的一家足球俱乐部，队服为黄黑配色。

4　引自票据交易中的术语"见票即付"。

的企图，就唱起我们工兵中尉学校升旗时的校歌。不过，都说坚持的狗狗总能抢到面包块儿的么，我果然逮着了个机会；他一分心，就把我的领结给放了，他看到那具尸体了——那句话怎么说的来着，那人已经去到'历史之外'了。瞧瞧他那张惊鸟儿[1]的脸吧，那种特豪华的悲伤。要您听见他说什么的话，您肯定会笑的，就跟我抽了自己个大嘴巴子一样。'可怜的兄弟，'他的声音好像波特兰水泥，'今天股票涨了半个点呢。你倒死了。'他哽咽了起来。趁此机会，我赶紧朝他吐舌头来着——还吐了两次呢！当然是在他背后了，披着夜色的斗篷。可别让那泪干肠断的发现了，回头下重手，教教我什么叫作尊重。对任何关乎个人安全的事，我都会跟刚涂好的油漆似的那么护着，至于别人的不幸么，我面对它时的表现就可以说像个士兵了：你会见我每分每秒都在微笑着，啥事儿没有似的。不过这回，我的禁欲主义可没派上啥用场，因为，还没等我骑上脚踏车冲往家的方向、兴高采烈地'况且——况且'起来呢，古诺·芬格曼博士就拎住了我的一只

1　阿根廷土语，意为"惊慌"。

耳朵——想必他也是没多寻思，之后那只手得多招苍蝇啊。被来了这么一下子，我刚才的气焰可真就不知哪儿去了。'我懂了，'他说，'您这是厌了啊，他老把您跟鞋底子一样对待——虽说也确实就是吧。于是，您就抄起把左轮，现在应该是失踪在泥地里了吧，朝他开枪了——砰，砰，砰——全都打在了脑门儿上。'他也没给我个饶头，就几秒钟的休息，好让我在灯笼裤里尿上一泡的，小银和我[1]当场就趴了下来，想的是能侥幸找到那把火器，就仿佛他是圣地亚哥警长似的。而我呢，则是再正经不过地想让情绪快活起来，想着能不能找到个毛绒帕托鲁苏[2]，我自个儿独吞了。可与此同时，我也在紧盯着他，希望他找到的那把左轮是巧克力做的，然后，他就会把那包锡纸统统让给我，顺便给我剩下个一小点儿的。哎，什么巧克力啊、左轮啊，这位吃大人[3]在巷子里哪能找到这些呀！他确实找到了，找到根 0.93 米的手杖，是拐棍样

---

1 《小银和我》是西班牙作家胡安·拉蒙·希梅内斯所著诗集，小银是一头毛驴。用在这里指芬格曼拽着弗洛格曼的耳朵一同趴下时，或有双关意，其一，暗贬芬格曼为驴子，其二，芬格曼的生活与金钱息息相关，故称其为小银。

2 阿根廷著名漫画主人公，有超能力。

3 阿根廷土语，意为"特别能吃的"。

子、里边藏着剑；只有蒙眼的[1]才会把它跟完儿蛋[2]勒·法努博士的另一根手杖搞混呢——结果还真就是那根了。才刚见到那根手杖，下一秒他就用它来威胁我了，说，那坏虫本来是用它来抵御我的顶撞的，他戳啊戳啊的，谁知我一梭子枪子儿就把单据给签了：砰，砰，砰，砰，砰，砰。瞧我这婊子养的印第安人有多狡猾哈！我一句话回过去，他就不吭声了，正中要害。看我英勇不英勇，我直截了当就问了他，道出了那句大实话：他真觉得我是那种会从正面攻击的人么？然而，我这运气也太废了吧，我都哭成那样了，他怎么就不心软呢，再加上那九十毫米深的水中哑剧啊，那会儿已经下起大暴雨了，他差点儿没把我的痂都给揭了，我也差点儿没冻死在那儿。

"再后来，他就跟个老手一样骑到我的自走车上，还一直拽着我的耳朵，把我的耳朵按在把手上。于是，我不得不在旁边跑得水花四溅的，终于万幸，我看到了警察局的那一

1　阿根廷土语，意为"瞎子、近视"。
2　阿根廷土语，意为"死者"。

点儿光。在那儿，秩序守护者们把我狠抹[1]了一通，第二天早上，他们就请我喝了杯冰镇马黛茶。在他们用除臭剂冲洗整个警局之前，他们叫我签字立誓，可别再来了。我获准以步兵部队的体式回到雷蒂罗区去，因为我的自行车被没收了，他们会在警察之家的一份报纸上登出它的照片，但我买不了，没法满足我合理的好奇心了，因为那份报要五分钱。

"我一直忘了告诉您，在警局里，他们是派了个得感冒的警卫来检查我的口袋的，查完他就去洗澡了。他们边查边给里边的内容做了个登记，而我呢，虽然大致猜到了他们会找到哪些东西，也没吱声，就想看看他们会乱成个什么样——瞧我这狡猾的。他们掏出了那么老多东西，我就常常在想了，我是不是只袋鼠啊，或者更准确地说是负鼠，百分百的阿根廷负鼠，就驻扎在卖纸卷花生的杂货铺子附近。首先，我很轻易地就让他们吃了一惊，他们找到了在咖啡馆喝饮料用的麦秆；随后，是我要寄给'乳牙'的明信片，我打草稿了，

1　阿根廷土语，意为"打、抽"。

还修订了；再然后是我的原住民证书，三 A 会发的，我不止一次地否认了他们的怀疑：哪儿有外国人在给我撑腰啊；之后，是一块干蛋白酥，不能啥都泡了奶油吃吧；再有呢，是几个零碎的铜钱，都已经被用软了；另有一个隐士－气压计，他们进来捣鼓我朱夏遂[1]的时候，它就从岗亭里探出头来了；最后，是那件礼物，托尼奥先生送给'杂色猪'[2]芬格曼的那本书，上头还有勒·法努博士本人的签字。我就觉得这太好笑了，您看我笑得，都抖成这样了，像不像个巨型布丁哈？我之所以没把嘴笑坏了，是因为我抹猪油了。我笑的是这群二愣子，也就是做个热身运动吧，就给我来了一小坨的香蒜酱，差朵儿[3]没把我从骨头上拆下来，但哪怕是这样，他们也只能听从事实了：这本吞书[4]里的语言啊，连上帝本人都领悟不到半儿一[5]的。"

---

1 原文为意大利一炼金术士的姓氏 Cagliostro，与"下水"的西语词 Callos 读音相近。在此用其真名 Giuseppe 音译近似"猪下水"换译。

2 学名为领西貒，习性与猪类似。

3 阿根廷土语口音倾向于在原词中加上本没有的元音"u"。即"一点儿"。

4 阿根廷土语口音，即"天书"。

5 同一单词的前后音节颠倒，即"一半儿"。

五

不几天后，拉迪斯劳·巴雷罗博士，又名"小马"巴
雷罗，又名"加里波第像[1]"巴雷罗，也进到了二七三号牢
房，进来的时候，他嘴里哼着米隆加[2]探戈曲《教皇是牢靠
的》[3]。他嗑了口烟屁股，又唾了口唾沫，感觉舒服些了，便
霸占了唯一的那条长凳，把所有的脚都搁到了法定的铺位
上。他用折刀（当晚，我们很想念它）清理了某片指甲，随
后，在哈欠与哈欠间，和着他例行的响鼻，巴雷罗吹嘘了
起来：

"真叫是您的好日子啊，帕罗迪先生，在此，容我向您介
绍巴雷罗博士：在勒·法努息止安所一事中，您可以将我看成
是您的父亲。您哪，大家也都看到了，奢侈地把我从加里波托

咖啡馆[4]里拽了出来；在那里，但凡肯出小费，都会被安排上一杯地道热过的啡咖，用手指加浓过的。但现在呢，还是切回到我的概述吧：我被条子[5]弄了，底裤都不剩了。可我对自己说：笑笑呗，里戈莱托[6]，下述签署人[7]怎么能睡死在月桂丛里[8]呢；把[9]上你的菇蘑[10]和冬衣[11]，坐上八路电车，走上连波卡涅拉[12]都没有走过的旅程吧。就这样，他逐渐就搜集到了些信息。而您呢，此时还跟一大群小毛孩儿一样，不知道该往哪里走呢。最辛苦的事我已经做掉了，剩下的连蠢蛋都会了；我就把这些信息背书给您吧，您跟个锅子那样坐着就行了，奥品顿鸡已经炖好了。我们还是从那犹太人开始吧，我一直放不下他，他

---

1 加里波第系意大利将领，在欧洲和南美都屡立战功。位于布宜诺斯艾利斯意大利广场上的加里波第雕像为骑马像。

2 类似探戈的一种南美舞曲。

3 系作者杜撰。

4 探戈音乐家常去的咖啡馆。

5 阿根廷土语，意为"警察"。

6 威尔第歌剧《弄臣》中貌丑背驼的主角。

7 巴雷罗作为律师，有时在对话中使用法律词汇。

8 谚语，指"吃老本，沉醉于已有的成就"。

9 阿根廷土语，意为"抓起"。

10 阿根廷土语，意为"帽子"。

11 阿根廷土语，意为"大衣"。

12 威尔第歌剧《西蒙·波卡涅拉》中的主角，长年在海上四处航行。

一直是我眉头的一个结：千万别忽略了这个生化人[1]，是叫'猪手'吧，他可是吃吐司界的大拿。在佩杜托[2]那会儿，他可不像那些畏畏缩缩的人，一见那臭脚丫子味儿的家伙端来盆不带鹰嘴豆的木薯，就直接被吓退了。您是没见过他哟，一股子牛奶面包的味儿，要不就是面包皮、面包粉什么的，他到斯堪纳别克药房[3]去，人都不让他上秤，觉得他脂肪过多了。这'犹太会堂'[4]的姐姐爱玛呢，也是个吃货，我是从一张吐小舌头的照片认识她的。她扔了个凡士通[5]给勒·法努，当时后者还是菩提树下大街[6]的扛把子，如今是收山了。爱玛那家伙，借着怀上三胞胎这件事——姥姥姥爷都高兴坏了——就轻而易举地去拉他做了登记，想的是断了他移民的念想，但其实呢，这蠢货，此前连想都没想到过这个。这点儿精给她套了个弗里扎[7]的姓，

---

1 阿根廷对犹太人的别称，或指纳粹对犹太人所做的生化实验。
2 一意大利姓氏，或指蒙特内格罗府邸。
3 布宜诺斯艾利斯市中心的一家药房。
4 芬格曼的另一个称呼。
5 轮胎品牌，在此意为"套住"。
6 柏林的一条著名街道。
7 或指奥地利画家克里姆特的作品《弗里扎·里德勒肖像》，克里姆特的肖像画，其绘画对象常为犹太家庭。

在一个豪华街区的中心地段给她开了间房，又叫来一家聋哑人跟她合住：这家人，又会疏通那大理石玩意儿[1]，又能阻碍她跟亲叔亲舅们联络，何乐而不为呢？再来，他就给她找了份进账，叫她去当田径赛领座员。比赛一共六天，还没等赛果出来呢，他就钻空子进了荷兰克尔恺郭尔魔术学校[2]，结果他上一半又不上了，坐着一班运牲口的船，就回到了我们共和国，在船上的时候，他缩在个仿皮提箱里，一看那大小，必定是装不下他的。到了阿尔韦亚尔[3]，他还全身麻着呢，是几位整骨大夫把他掰回了原形，差点儿没给他整成蛇男阿斯普拉纳托。好了，我们还是把花音儿[4]啊、气球[5]啊，都撇到一边去吧，那么问题就来了：作为一个身板儿挺直的家伙，他会怎么做呢，假如有个浮夸的脸子把纯榨橄榄油[6]送给他姐了——哪怕她就是个不要脸的里贝卡丝[7]——叫她的

1　指厕所。

2　系作者杜撰。

3　阿根廷一河港。

4　阿根廷土语，意为"装饰音、花架子"。

5　阿根廷土语，意为"谎言、胡诌"。

6　或指精子。

7　阿根廷土语，因犹太人会将"瑞贝卡"发音为"里贝卡丝"，故用"里贝卡丝"来代指犹太女人。

肚子胀成了个南瓜，还让她面对大气层那么高的账单，在一个那样的街区里，哪怕她想像个嗡嗡叫的飞虫那样从街上经过，还得求得那些公子哥儿的许可。所以，那犹太人就在汉堡搭上一艘快艇，给自己取了个臆想的父名，来到了拉古萨酒店；登陆的时候，他已经成了一头穿绑腿的动物。他在酒店苟延残喘着，也不作声，直到一个精明贝贝儿教给他，为什么不小敲他姐夫一笔呢？一年之后，他果然就中头彩了：那姐夫，又名勒·法努，决定跟潘帕斯成婚，想的是为他的街头活动开辟新的前景，可是这就构成重婚了。一下子那么多的奶水[1]冲昏了犹太人的脑瓢儿，他脑子一热，在提诉求的时候就失手了，下手过重，结果这么一来，事情就搞僵了，那只会孵金蛋的孵蛋器就妥妥地占不得了。"

"别耍滑头了，年轻人。"犯罪学家说道，"别把我迷得像小面包进了大胖子的肚子，到了哪儿都不知道了。我就请您说明一点吧：您讲话的时候就跟未卜先知似的，难道这些好听的情节跟我们的案件有什么关系么？"

---

1 阿根廷土语，意为"幸运，运气"。

"怎么就没关系了，乌斯怀亚[1]先生，'小火腿'和死者不是紧紧扣着的么？我请您相信我，称斤相信我，瞧瞧我这斤两吧：就说印第安人弗洛格曼，一位猪牌[2]证人，他对归西的勒·法努是异常反感的，反感到他爱上哪儿漱嘴上哪儿漱嘴去[3]，结果呢，我们这位仁兄倒是做出了不错的陈述，皮球应声就入了网：任何对事情毫无助益的闯入者都被他一一略过了，而他碰上的第一个附属品，当时他刚瞅见那具尸体，就是——为今天的惊爆新闻预订一节普尔曼列车[4]吧——就是那进口美食——'猪手'了。在我眼里，小老头儿啊，您就是个穿T恤的塞克斯顿·布雷克[5]，任何人过来耍花招，说那犹太人只是偶然路过的，在您这儿都行不通。哎，大哥，您就别瞒我了吧，您已经准备好要公布那个爆炸的消息了：那以色列人就是凶手，是他叫勒·法努两腿一蹬去了。瞧吧，您估计要把我当成个癫子了，可即便在这点上，我俩也是一致

1　阿根廷南部城市，世界最南端的城市，被称为世界尽头。
2　意为"质量差，或因没名气所以质量存疑的"。
3　阿根廷土语，意为"随他滚蛋"。
4　高价卧铺列车。
5　小说中的侦探角色。

的，凶手就是古诺·芬格曼了，哈，哈，哈！"

操着他难以自控的食指，巴雷罗博士冲着帕罗迪的肚子做了几个欢乐的击剑动作。

"祝您健康哈？帽子哥儿[1]嘿，祝您健康！"

巴雷罗的最后一句讽刺不是说给我们不为所动的侦探听的，而是投向了一位壮实的绅士。这位绅士奇胖无比，脸上全是雀斑，毫不做作地戴着一顶熏蒸消毒过的礼帽；斗牛犬牌的硬领，限时归还的；无臭乳胶做的领结；鼹鼠牌手套，带大拇指的；屎脑牌香烟，已经被善加利用了；闪电牌大衣和裤子；非城牌的动物毛毡绑腿；羊牌硬纸填料短靴[2]。这位理财行家便是古诺·芬格曼了，又名"鼠海豚"芬格曼，又名"每头乳猪"[3]。

"健康茁壮啊[4]，我的同胞们，"他的声音有如灰泥一般，

1　阿根廷土语，词根"galera"既有"帽子"的意思，也有"号子、监牢"的意思。

2　上述品牌均为作者杜撰。

3　取自西班牙谚语：每头乳猪都会来到它的圣马丁节（临近宰猪腌火腿的日子），即"人皆有一死"。

4　意第绪语常用祝福语。

"从交易的视角看，此次来访必然是亏损的，我提议由出价最高者负担。一旦告诉你们有多少人在争抢我的位子，诸位就能用现金计算出我的成本有多高了：我这双敏锐的眼睛哪怕只是小小地松懈一下，没有时刻紧盯着股市大盘！我实际就是辆笔直开的坦克：我会对准了某个明显的亏损，然而这是有条件的，妈的，我必须得到高额的赔偿。我可不是什么不切实际的人，帕罗迪先生：我向您提交的项目肯定都是事先策划好的，下面我就用我一贯的坦率向您汇报一下我的计划，因为我在记下它们的时候，没有经过多余的手续；巴雷罗博士想必是没法对我的善意发起突然袭击了，我的意思是，他会不会想把它据为己有呢？"

"谁会抢你啊，谁会啊，"法律咨询师抱怨道，"你不就剩点儿头皮屑了嘛，顶多用来生产生产布兰卡多[1] 了。"

"您想错我了，博士，给我扯来了这样一个不会增加我财产的争端。还是直奔主题吧，直奔主题，把我们的能力黏合到一道吧，帕罗迪先生？您来提供灰质[2]，我来用现金殿后，

1　阿根廷发蜡品牌，干了之后会在头发上呈现出白粉状，像头皮屑一样。
2　中枢神经系统的重要组成部分。

我们一起开个事务所怎么样？各种现代设备应有尽有，有秘密调查用的，有侦探用的。那首先呢，要筑牢开支的堤坝，我就把租金给砍了——这是个解不开的死结：所以，您继续待这儿就好了，就好比那租金政府给付了，我就负责外面的行动……"

"要是猪肉冻生意没有找上你的话，"巴雷罗打断他，"你还是光蹄子走吧……"

"要不还是坐您的车吧，巴雷罗博士，反正您的资料收集工作也就是在华恩丝街[1]上做做的。至于您这身衣服么，这会儿是叫您胖的乎的[2]了，可您也得睁大眼睛瞧着啊，千万别自顾自又跑回到您的裸体主义者队伍里了。"

巴雷罗宽宏大量地裁断道：

"你就别打小报告了吧，华沙先生。人都发你长期讨饭牌照了，你就恭敬点儿呢？嚼麸子的[3]，说你呢。"

"我对我们公司的第一笔投入，"芬格曼没当回事儿，又

1　布宜诺斯艾利斯的一条主干道。
2　阿根廷土语，意为"发财"。
3　阿根廷土语，意为"穷鬼"。

朝伊西德罗先生说了下去，"便是正式告发那位犯罪分子。帕罗迪，我把这个机密转让给您，您可以自己到报纸上去看，到相关报道中去确认，是没法儿再真了。事发当晚，我在尸体附近遇见了谁呢？正是这个该宰的弗洛格曼。他是嫌疑人么，我就不得不把他扭送到警局了。我的不在场证明是毫无间断的，不容任何人置疑：我是徒步从下面过去的，总不能错过了宾堡·德·克鲁伊夫夫人免费的凉亭款待吧。您肯定也已经在脑壳里琢磨再三了，弗洛格曼的情况跟我完全不一样。我是不会反驳您那个坚定的想法的：弗洛格曼就是凶手！这撒尿小人厌倦了死者像待鞋底子一样待他——虽说他确实就是——就抄起了把左轮——警察还没在泥地里找到它呢——朝他脑门儿开了枪：砰，砰，砰。"

"老俄[1]，你知道嘛，我觉得你说得对，"巴雷罗热情洋溢地说，"你来啊，让我拍拍你，好叫你脑子里的肥膘下去点儿。"

这时，又来了第三位绅士，牢房就变得更逼仄了。这是

1　即阿根廷土语中的"俄国佬"，指犹太人。

马塞洛·N.弗洛格格曼，又名"西藏洋葱"。

"哎哟喂，帕罗迪先生，哎哟喂，"他声线甜美，"您可别怪我大夏天的过来，这个季节，我就更是跟放变质了似的。巴雷罗博士，古诺博士，我不跟两位握手，都知道，是为了别糊了你们的手，可哪怕是保持着距离，两位保护人，我还是想求得你们的祝福的。稍等一下哈，容我蹲下来；再稍稍等一下，待我这阵肚子疼过去，瞧把我给紧张的：不仅仅是进到您的监室里，帕罗迪先生，还近距离地接触了这两位导师，他们给一个建议，就跟敲我一下脑门儿一样，都是大有益处的。我老说，都想好了要打了，那最好还是一上来就打，别让我坐在板凳上，耐心等着那第一记脑瓜崩。"

"你要想让我拉你一把的话，就别瞎提什么诉求。"巴雷罗说道，"他们叫我贝贝儿裴斯泰洛齐[1]也是不无道理的。"

"您别二话没说就跟我干仗啊，博士，"原住民主义者辩白道，"您要那么喜欢捣我巧克力[2]，为什么当时不回击邦凡蒂

---

1 Johann Heinrich Pestalozzi（1746—1827），瑞士民主主义教育家，致力于教育贫苦儿童。
2 阿根廷土语，意为"打得流鼻血"。

博士呢，把他鼻子抽得都瘪进去？"

"既然这会儿我都成了个写寓言的了，老跟动物说话，"帕罗迪发表着意见，"那我也来问问您好了。圣所[1]先生，您是不是也给我带消息来了？是谁给了死者那张天国通行证呢？"

"听您说到这个，我可太高兴了，嘴巴都跟着哈喇子一块儿掉下来了。"弗洛格曼拍手称快，"我就是为了这个，才一副脚丫子踩着猪油，溜到这儿来的。上回我嚼着嚼着腊肠就睡着了，我是被派去看狗屋的，结果它气儿都不出一声；后来我就做了个梦了，好笑得很，我看见凶手的把式儿了，连四眼都能看得煞清的那种。于是我当场就被吓醒了，抖得跟个果冻小面包似的。当然了，一个纯正的恰卢亚人，正如在下我，在研究起梦和狼人什么的时候，可是累不着椰壳儿[2]的。自从好久以前，我就一声不吭地在侦察着那些加利西亚佬[3]的活动了。我并拢脚跟祈求您，帕罗迪先生，您大可以当

1　厕所的戏称。
2　阿根廷土语，意为"头、脑力"；这里"累不着椰壳儿"指"不知疲倦"。
3　阿根廷土语，意为"来到阿根廷的西班牙人"。

作灌了肠儿了[1]得了，要是您觉得，听完我下面这番话，您就跟剔了骨的小鸡儿一样站不住了：我们部落里出了叛徒！就跟往常一样，既然缠线儿[2]了么，总是纸卷儿[3]出了问题。您也知道，我们的兄弟'脚踏车'，他每年五月九号照例要庆祝一番的，那天是他的生日，我们也回回都会给他个惊喜，送他盒花式糖果什么的。这回我们又抽扫把决定，由谁来做那个勇敢的人，到出纳那儿去——那儿只有两点钟到四点钟开门——求他给点儿钱买糖。抽到在下了！所以我的证人就是这位出纳本人了——同样在场的古诺·芬格曼博士，他肯定不会让我瞎说的：他一把就把我勒了半拉回来，说，现在连印传单的镝子[4]都没了，哪里还有让我们大家吃蜜的份呢。那我就想给诸位来个问卷调查了：这回，是谁贪污了呢？连个小外国佬都知道这答案：马里奥·邦凡蒂啊！但你们肯定要说了，把我贬得连句话都说不出，比红邮筒[5]还安

---

1 阿根廷土语，意为"吞下，把……当作秘密"。
2 阿根廷土语，意为"起争端"。
3 指包散装糖果用的圆锥形纸袋。
4 阿根廷土语，意为"钱"。
5 阿根廷邮筒为红色。

静，特别是还要怼我一嘴，这太容易了，说邦凡蒂可是原住民主义者中的大拿，就跟那些皱不拉几的剪报里歌颂的一样，这些东西都是从我们的'每周一管儿[1]'上摘下来的，是叫《突袭》吧，现在它已经抬不起头了——'小红莓'会说：'有些人不是在忙着抱怨嘛，说，只有奶吃[2]娃子才会挖掘和热爱那些新近出现的印第安西语呢，其实，这恰恰毫不掩饰地表明了，他们已经老得要枯死了，萎得跟烟熏栗子[3]似的了。'

"你们可以三管齐下，轻轻松松地就把我给搞了，说邦凡蒂平时可是穿一体式内衣的，确切地说，他就是头全羊毛的绵羊，哪还用得着贪污啊？然而，我奇迹般地从你们手中滑脱了，趁还没有消失在远处吧，我得恭敬地向诸位坦白：每回，只要在下融化在泪海之中，或是从喉圈儿或者说喉咙里发出一声属于男子汉的抽泣，就能让那加利西亚佬给我几个镍子[4]的，让我买上些奶酪，或者一盒给过路鸟吃的面包屑

1　阿根廷土语，意为"针筒"，转义为"令人讨厌的事物"。
2　同一单词的前后音节颠倒，即"吃奶"。
3　阿根廷土语，意为"瘠瘦"。
4　阿根廷土语，意为"小钱币"。

屑，而我呢——长年专注于自己小肚腩的我——就会用它来做个汤。所以常有人对我说，把钥匙插进锁孔的瞬间，我就百分百地亲[1]上那风险了，我的白内障会被免费摘除，要不然就是，我最最尽忠职守的眼睛会感觉到刺挠。我不会否认的，单是闻到那把镍子的味道，或是掂掂那块奶酪的分量，我都能笑得跟坐上有轨电车旅行去了似的；然而，那个幻想也在不断激励我：我要扒下他的假面，这个拿别人的票子挥霍的二流子。可别拿那些彩图小人书来诳我，说一个淌着大汗、好不容易挣来几个子儿的人——不管是正道还是歪道——是绝不会把钱浪费在第一个跟他摆谱的无赖身上的。要我说啊，事实就是，他被现在在雷科莱塔[2]睡大觉的那位给钓[3]着了，于是，这位佛朗哥[4]派就只能抄起几把家伙[5]，把他弄死了，好

1　阿根廷土语，意为"撞上、不期而遇"。
2　布宜诺斯艾利斯的一处墓地。
3　阿根廷土语，意为"抓住"。
4　Francisco Franco（1892—1925），西班牙内战期间推翻民主共和国的民族主义军队领袖，西班牙国家元首。在二战后开始文化大统一政策，限制方言，推行标准西班牙语。
5　阿根廷土语，意为"手枪"。

让他别到警察那儿去喷泥巴[1]。"

牢门开了。一眼望去，在狭小的监室里挤得亲密无间的房客们还以为这位最新的闯入者是头英俊的类人猿；几分钟后，马塞洛·N.弗洛格曼，又名"可怜我亲爱的鼻子"，这位先生的明智的"昏厥"修正了这个小小的错误。马里奥·邦凡蒂博士（照他自己文绉绉的说法，"就好比是汽车司机迅猛的鸭舌帽与过熟的掉书袋之人的长至后跟的风衣的联姻，至于这件风衣么，它又何尝不属于一位令人难忘的旅人呢"）也钻进了这个磨人的地方，除了他的左肩、右胳膊，以及那只有力的大手，它正握着个精致的熟泥半身像扑满：一位全彩的费德里科·德·奥尼斯先生[2]！正是在他的陪同下，我们这位酷爱同音反复、酷爱混乱的主人公（他高高的额头上顶着那个恰如其分的名字：豪尔赫·卡雷拉·安德拉德[3]）抽出了他艺术家式的宝剑，开始初试锋芒了。

"早上好啊，各位，我这是连胳膊肘都陷进牛马粪里啦。"

1　阿根廷土语，意为"告发"。
2　Federico de Onís（1885—1966），西班牙语言学家、文学批评家。
3　Jorge Carrera Andrade（1903—1978），厄瓜多尔作家、诗人。

邦凡蒂的话很应景，"您是不是要比哈拉马的斗牛还哞得欢了，帕罗迪吾师？见我不声不响、镰刀砍刀[1]地就想往您这儿钻？我要说明以及表明的是，我之所以会天不遂人愿地被投进这窄楼窄屋的混杂和芜杂里，倒也不像悬梁悬顶那样无根无据。是我心中尚还值得赞扬的那点自尊在鼓动着我，去履行那项光荣的帝王的使命。我这也不算是在抖擞下巴[2]吧，如果我说，为了保护他人不受那些粗鄙的揶揄和攻击，我毫不犹豫地就在我学究气的教授生活中插入了些松快。我们的何塞·恩里克·罗多[3]说得好啊，生活就是革新；而我呢，那两天——准确地说，就是惹人厌的勒·法努彻底清账了的那天——我就想着，要解开缠住我头脑的布条，把蛛网和旧货都擩了，为无用而快乐，我要抛出那一连串疯疯然的破烂儿中的头一个了，它看着像花架子，却可以葬送老练者的谨慎，让他毫不恶心地就可以吞下一种更健康的教义制成的苦口药丸。于是，那天傍晚的我怡悦坏了，就说打个盹吧，到秩序

1　西班牙口语，意为"不顾一切、全力以赴"。
2　西班牙口语，意为"以自负的态度说话"。
3　José Enrique Rodó（1871—1917），乌拉圭作家、政治家。

街精选影院的那排软座上躺着去，就连普罗克汝斯忒斯[1]都铺不出那么舒服的床来。结果呢，一个特有说服力的电话就把我从那团光晕之中连根拔了出来。还不够伯爵跳支舞的工夫呢，我那早夭的计划哟，就被它剖开肚子划了个稀烂；连萨马涅戈[2]睿智的铅板也印不出我当时的欢腾。事实上，在我耳边响起的那个声音，不会错的，正是弗朗西斯科·维吉·费尔南德兹[3]，是他，以萨马涅戈协会[4]保洁员的名义通知我，以一票的微弱优势，那个提议已经被通过了：请我当晚到那儿去做个颇有教益的讲座，是关于巴尔梅斯[5]作品的谚语学价值的。他们直言不讳，凭我的口才，足以在那个学会里授课了。而那个学会呢，它丝毫不鸟大城市扎堆的喧嚣，而是洒脱地把外立面杵在了未来的南方森林这个最后的天堂里。要不是我的话，面对这么紧迫的时间，肯定是要可劲儿哭、可劲儿

1 希腊神话中的妖怪，名字意为"抻长者"。普罗克汝斯忒斯会抓住旅人，让他躺在床上，旅人的个子比床长，则将他截短，比床短则抻长。

2 Felix María Samaniego (1745—1801)，西班牙寓言家。

3 Francisco Vighi Fernández (1890—1962)，西班牙诗人。

4 系作者杜撰。

5 Jaime Balmes (1810—1848)，西班牙哲学家、理论家，出生地为西班牙比克。

叫唤了，但一位工于此事的语文学家可不会是这样。他已经驯服了他的档案夹，所以一句上帝阿门的工夫[1]，他就能完整和完全地把笔记本里所有关于 J. 马斯彭斯·伊·卡马拉萨[2] 的折边捋顺喽。容易被带跑的没有恒性的灵魂，简单概括一下吧，就是德·古维尔纳蒂斯那种，他们一见到这些郊区协会的通知通告、盖章盖戳、标签标牌什么的，往往都要笑掉一层皮；不过，他们也必须承认，这些隐蔽得很好的协会常常都证明，他们知道的比莱贝还多[3] 呢，他们并不会为了追随流行就虚张声势地吠叫，而在选择最为优秀的讲演者的那一刻，他们丝毫没有糊里糊涂的，就径直向我抛出了鱼饵。还没等仆佣在我的书桌上摆好法式酸辣酱牛肚——紧接着就该是莱昂式牛肚了，用我习惯的大盘装的，有盐、洋葱、欧芹——我已经完成了一篇比第三道菜——马德里式炖牛肚——更有营养的散文了，大概有八十页纸吧，其中有教诲，有新知，

1　西班牙口语，意为"一眨眼"。
2　Jaum Mapons y Camarasa（1872—1934），西班牙作家。
3　西班牙口语，意为"精明过人"。莱贝是十五世纪的一位西班牙主教，以智慧著称。

还有讲学中的风趣。我把它重读了、改良了，加了些巴斯克式的调侃，好展平阿利斯塔克斯和佐伊尔们[1]的眉头；我又朝肚子里打进了两个阿孙伯雷[2]的鱼汤，为了稍稍缓解么，已经裹在 T 恤中的我又喝下了两大碗热腾腾的巧克力，用的是索科努斯科[3]的可可。随后我就出发了，勒紧了我的围巾，登上拥挤的有轨电车，它们把根系扎在被夏季烘软了的大街小巷里。

"我们才刚驶过家庭垃圾拣出副产品转让所得税税收办公室的背面，一视同仁地占满了车上的所有座位、平台和走道的密密麻麻的清洁工们就收获了很顽固的一坨蛋禽收集者的陪伴；他们笼子倒是不缺的，那些咕咕声，尝着有荣耀的味道；而此刻的车厢之中，已经没有一丝缝隙不是填饲着玉米、羽毛和鸟屎了。自不用说，那么多乱七八糟、鸭讲鸡嚷的，我的饥饿感就这样被唤醒了，苦于没有用卡伯瑞勒斯奶酪、

1　Aristarchus（前 315—前 230）和 Zoilus（前 400—前 320），分别为古希腊天文学家和哲学家，在西班牙语中代表"刻薄、恶意的评论者"。
2　古计量单位，1 阿孙伯雷约 2.016 升。
3　最著名的可可产地之一，位于墨西哥。

布里亚纳奶酪、骡蹄子奶酪塞满我的背包。在这些幻想的大力驱使下，我淌起了口水，下面这个举动也就算不上奇迹了：我顶开障碍，太过提前地就从车上挤了下去。幸好，附近就有个小馆子，那家意大利式的招牌披萨店，一下就搅动了我的心绪。于是，我不惜妈内 [1]，采买了好多的马苏里拉、好多的披萨；瞧我这个困窘的语文学家啊，当着西语大词典的胡子 [2]，就随随便便用起了这些意大利语词了。稍后，在此处或似处，我又快速倒下了一杯半的加糖奇索蒂 [3]，毋庸多言，还伴随着杏仁糖，以及大糕小点的。在一口一口（的点心）之间，我稳重地想到——赞美上帝！——我是不是该从几个小滑头口中套出待会儿去协会的详细路线图呢？这帮家伙，他们立马就回答了我，嘴里吐着他们标志性的噗噗声，都说不认识，句号。他们呀，对本族中的萨拉曼卡 [4] 是如此之吝啬，他们原本不是该将它举到头顶上 [5] 才对么？他们的词汇是如此

1　西班牙口语，意为"钱"。

2　西班牙口语，意为"当着……的面"。

3　意大利人在阿根廷创立的格拉帕酒品牌，格拉帕酒是一种意大利果渣白兰地。

4　西班牙大学城。

5　西班牙口语，意为"赞美"。

之贫乏，他们话语的副本是如此之瘠薄！为把事情整明白了，我夸赞了一番他们的鄙陋：竟然不认得萨马涅戈协会？我这就要去那儿讲讲那位出身比克的哲学家，《教士的独身》的那位老练的作者呢！还没等他们从那恭敬的愕然中爬将出来，我就踏出了那馆子，再次化入了那汗津津的黑暗里。"

"你要这还不赶紧溜的，"巴雷罗博士道，"那醉铺子[1]里的呆子们还不得用马绳把你拽出去？"

语文学家反驳道：

"可俗话说得好，'他坐他的大塔墩，我走我的活板门'[2]。我怀着不错的心情，攻克了无谓横在我眼前的区区一里半的地——都是石头和泥潭，阻隔着鄙人与那群贪婪的学者们，他们正在萨马涅戈协会里苦苦等待着，怀着渴望与焦急，连勃利汉[3]亲自来给他们授课，都不会表现得更加不安生。而我呢，则优雅洒脱地奔走在一条下水沟里，我觉得它比蒙特西

1　阿根廷土语，意为"酒馆"。

2　系作者杜撰，形容"神出鬼没"。

3　西班牙俗语中有"比勃利汉知道得还多"，意为"知识广博"。勃利汉的来源众说纷纭，有一说法是一名叫奥布莱恩的英国博士，勃利汉是奥布莱恩的安达卢西亚发音。

诺斯洞底[1]还深呢，真是个幸福的回忆。夏天也没忘照顾我：它鼓起了浑圆的脸蛋，向我发射着又黑又劲的北风，而后者呢，又因蚊子和苍蝇而生动了几分。不过，所谓'一时一时，老天扶持'么，我起起落落地，也就走完了大部分路程了，只不过，我是被铁丝网刮了，被沼泽挽留了，被荨麻加了速，被恶狗拉成了条条，这完完全全的荒野向我亮出了它异教徒的脸孔。可我要说的是，所谓勇气，其含义就是不达目的不退缩：那个讨嫌坯子在电话里报出的那条街、那个门牌号——如果谈得上什么街和号的话：这荒郊野岭里，除了无限大，还有什么门牌号啊，除了世界，还有什么街？我立马就明白了过来：这协会、坐席、维吉·费尔南德兹和致辞人都不过是好心人的花招罢了，他们听不到我的声音，都不想活了，便策划了这一连串的骗局，也不管我愿不愿意，就合力把我投进了更有营养的工作的深井。"

"好一个玩笑，品位绝佳的玩笑！"一位穿着灰珍珠色绑腿，有着如丝般小胡子的绅士小声评论道。他以稍逊杂技

1　西班牙一处地下洞窟，曾出现在《堂吉诃德》中。

演员的灵巧，为这场聚会又平添了一种有趣的人格。事实上，从九分钟前，被包裹在哈瓦那蓝色云雾中的蒙特内格罗就怀着分明的耐心在听了。

"我早就料到这个了嘛，我差点儿笑成渣了。"邦凡蒂辩驳道，"我算是看透了，他们摆了我一道。可怜的人哪，我怕一旦再度踏上这耶稣受难之路，热浪都能把我的脂肪烫软喽，可我的幸运星告诉我，此事不会发生，因为一朵夏日的乌云飘来了，将平川化作了海洋，将我挺拔的礼帽化作了一顶蠢极了的纸帽，将围巾化作了一簇苔藓，将我的骨架化作了一块湿乎乎的烂布，将我的鞋化作了脚，脚化作了水泡。就这样，在汪洋大海中，曙光终于亲吻了我的额头，亲吻了我这只两栖动物。"

"要我说啊，您这是比娃娃的尿布还湿啦，"弗洛格曼发表着意见，一时忘记了他还昏厥着，"您妈妈的妈[1]，反正我们爬到电话那儿也不费什么力气嘛，就去骚扰一下她好啰。她指定能叫您记得，您跟一锅汤那么回去的时候，她是怎么给

1　阿根廷土语，意为"祖母、外祖母"。

您扎剌儿的。"

巴雷罗博士很赞同：

"你说对了，臭荚豆。谁会请这位'黑话吃屁去'去做讲座呢。"

"我也附议吧，没有什么保留意见了，"蒙特内格罗说话挺小声，"这个案例，显然就是我们所讲的……心理上的不可能了。"

"喂，你们这是没发觉嘛。"邦凡蒂抗议道，脸上挂着可爱的愤慨，"我有预感，这个难以置信的文化协会里的这帮无聊的人根本就没想好好躺我怀里吃奶啊；他们是被那股子的痒痒劲儿给攫住了，就想要吵吵儿一番，咋呼一下，好梗[1]、好拳、好跌跤……他们就只想当蜥蜴，只想当鳟鱼[2]。"

对此，巴雷罗的见解是：

"如果这加利西亚佬还要继续用舌头跑马拉松的话，我可退出啦。"

"确实，"蒙特内格罗同意说，"考虑到大家的意愿，我就

1　西班牙口语，意为"在喜剧中有极快的临场反应"。
2　西班牙口语中，"蜥蜴"和"鳟鱼"都有"狡诈的人"的意思。

当一下典仪官好了，把话柄交到一家之主手上，哪怕就是这一小会儿。我可以不假思索地预测说，他一定会逃离这座象牙塔的，伟大的沉默也迟早会把它收拾个一干二净。"

"赶紧攻下那座塔吧，就当是为我好了，"伊西德罗说道，"不过，要是您不想歇嘴的话，也可以趁机讲讲，您那晚在做什么。"

"说真的，您这遍起床号就跟主旋律一样回响在我这个老兵的耳边了，压过了那么多的闲话，"蒙特内格罗承认，"那么首先，我就要不可推卸地舍弃掉那些花言巧语、那些糊弄人的虚夸，开始一段科学的陈述了，它仅仅得意于真理的朴素之美，令人愉悦，高贵且有高贵的担当，蕴含着各式各样美妙而典雅的阿拉伯式装饰。"

这时，弗洛格曼小声插了一句：

"要我说呀，他肯定要放热气球了，还是连桑托斯-杜蒙特[1]都没放过的那种。"

"就别用那些蠢话来欺骗灵魂了吧，"蒙特内格罗讲了下

1　Alberto Santos-Dumont（1873—1932），巴西航空发展的先驱，有动力装置的气球的研制者和飞行家。

去，"说有哪只预兆之鸟会提前几分钟预告我们朋友的死亡。来敲我门的并不是这样一只虚构的大鸟（与绿松石色的天空形成鲜明反差的阴郁而宽广的翅膀、弯刀一般的嘴、凄厉的爪子），而是切斯特顿的那位隐形的邮递员[1]，这回他带来的是一个毫不引人注目的信封，像猎兔犬那么长，像转瞬即逝的烟圈那么蓝。说实在的，这信封上的题款——一个六十四等分的盾徽，还有波浪纹和饰边——是不足以打消我这位孜孜不倦的书虫的好奇的。我异常费力地瞟了一眼那坨象形文字、那堆古董，就决定了，直接看内容吧，肯定要比信封上那些华而不实的玩意儿有信息量多了，也能说明些东西。果然，我也就打了一个哈欠吧，就发现，给我写信的原来是女中魔鬼——那位着实叫人兴奋的普芬道夫-迪韦努瓦男爵夫人。她无疑是不知道的，我有个不可更改的愿望，我要把当晚献给我们的祖国（通过那起"阿根廷大事件"：它会在赛璐珞胶片上将那次或多或少高乔式的游行英勇地延续下去），所以，她就邀我过去了，说是想叫我就保尔·艾吕雅的倒数第二首格

1　见《布朗神父的清白》中《看不见的人》（一译《隐形人》）一篇。

律诗的一份伪造的手稿给出专业意见。在这位夫人值得称道的坦率的开头中，她没忘提到两点，连最亢奋的人的劲头儿也会被它们压抑下来的：首先，她的庄园很远——观景别墅，我骗不到你们的，位于偏远的梅尔洛[1]；此外，她只能给我奉上一杯一八九一年的托凯[2]，因为她的用人们集体出逃了，谁知道去看什么叫人笑掉大牙的本地电影了。就在此刻，我掐到了你们的脉搏，知道各位肯定焦急万分了，因为两难出现了：是选择手稿还是电影呢？我要当暗影中的看客，还是帕纳塞斯山上的拉达曼迪斯[3]？不管你们觉得多么难以置信啊，反正我是把山顶的快乐给拒绝了；哪怕胡子雪白，这个孩子仍然忠于牛仔、忠于卓别林、忠于电影院里的巧克力贩子！当晚他们得胜了！所以果断地，到了揭晓答案的时刻了：我去影院了，我亦人也[4]么。"

---

1 位于布宜诺斯艾利斯以西约 50 公里处。
2 匈牙利的贵腐酒。
3 帕纳塞斯山是希腊的一处圣地。拉达曼迪斯是希腊神话中冥界的判官之一，负责处罚罪人。
4 原文为拉丁语，取自古罗马剧作家泰伦斯笔下著名台词"我亦人也，人之事岂能与我无涉"。

伊西德罗先生仿佛听得兴致勃勃的，用他一贯甜美的声音说道：

"快跑有臭虫！如果你们不赶紧把这块地方腾出来的话，我就叫弗洛格曼先生用臭屁把你们给融化喽。"

听到这样的请求，弗洛格曼立马起身立正，翻掌行了个军礼。

"自由射手为您效劳！"他在自己的欢呼声中喊道。

一波整齐划一的移民潮立时三刻就将他冲倒在地了。邦凡蒂腿没闲着，不忘从肩上抛回来一句：

"恭喜啊，伊西德罗先生，恭喜！真是岂有此理[1]，这招分明显示了，汝是能把《堂吉诃德》上卷第二十章[2]唱下来了[3]哇！"

而跑得异常果敢的蒙特内格罗眼看就要超过古诺·芬格曼博士（又名"所有飞鸟中"[4]）的双下巴了，却被伊西德罗先

---

1 原文表述方法最早出自《堂吉诃德》下卷第二十五章。

2 该章中有桑丘放屁的情节。

3 西班牙口语，意为"能流利背诵"。

4 引自一首高乔人民谣，歌词为"所有飞鸟中，我最爱猪，因为它会飞，还会坐上你的茅屋"。

生劝住了，顺便也逃过了"小马"巴雷罗（又名"畜力车"）给他使下的又一个绊子。

"别会错意了，蒙特内格罗先生，等这帮异教徒滚了，我们手对手[1]谈谈。"

乌泱泱的那群访客里，如今只剩下了蒙特内格罗和弗洛格曼（又名"男厕"）。后者还在做鬼脸；帕罗迪命令他赶紧消失；这个邀请得到了蒙特内格罗的烟盒和手杖的一再支持。

"既然疥疮们都退了，"囚犯说，"您就忘了之前的胡诌吧，告诉我那晚真正都发生了些什么。"

蒙特内格罗陶醉地点上了根伯南布哥超短[2]，当下就摆出了二流演讲者何塞·加里奥斯特拉·伊·弗劳[3]的预备姿势。然而，他精准而富有实质的演讲从源头上就被听众那句平静的插话截断了。帕罗迪说：

"您看啊，那位外国夫人的信就是诚邀我们前往真相之路的请柬了。我就坦白说吧，您这么个总像是吃定量配给的玉

1　阿根廷土语，意为"一对一"。
2　伯南布哥为巴西一城市，该品牌疑为作者虚构。
3　José Gauostra y Frau（1833—1888），西班牙法学家、政治家。

米活着的人，还常常吃不饱，怎么会拒绝这样一份赠予呢？尤其是我还记起来，打从哈拉普在厕所守着您的那一晚，您就一直迷恋她，跟半着魔似的。"

"向您致敬，"蒙特内格罗道，"确实，我们沙龙客么，更像是个旋转的布景，一边是橱窗，里面那些华丽的内容，都是预备给过路的看的——过路鸟啊，还有过路客——而另一边呢，则是忏悔室，那才是为朋友们准备的。那么下面，就让我来讲一讲当晚我真正的编年史吧。您的鼻子可能已经嗅到了，每回一到最后关头，我心里住着的那位贪婪的爱情探究者总会充当我行动背后的弹簧，包括这回，也是他将我领向了十一日火车站[1]。它纯粹就是个跳板，咱们你知我知啊，我直接就投向了不远处的梅尔洛。我是十二点差几分到的。那野性而灼人的热浪唷——还好，我戴了巴拿马草帽，穿了麻布外套——它分明就在预示着这是个无可避免的爱之夜了。

"身佩托套[2]的孩子总会保护他的信徒的，一驾乱糟糟的四轮大马车似乎是在香蕉树下等我，而它很快就会在一对慢

1　全称为九月十一日火车站，即如今的多明戈·福斯蒂诺·萨米恩托火车站。
2　该词既能指十字架托套，又能指枪套、箭袋。

悠悠的驽马的拉拽下移动起来。点缀在马车冠冕上的自然就是那位典型的御夫了，可这回这位是个神父，一身教士服打扮的可敬的他，手里还捧着本每日祈祷书。我们一路朝观景别墅驶去，沿途就穿过了，我跟您说啊，就穿过了大广场了。各式各样的灯啊，旗啊，花环啊，危险的乐队，大批人群，花生贩子的机车，恣意奔跑着的狗，一派欢腾的木制看台，看台上的军人……这一切当然没有逃过我这副日夜操劳的独目镜的警觉。一个一步到位的问题就足以为我解开这个未知数：我的车夫-神父坦白说——语气很勉强——这是这半个月里倒数第二次的夜间马拉松。咳，就让我们承认好了，值得赞颂的帕罗迪，我真是没法免去这顿宽容的大笑。这一整个儿的画面啊，就跟得病了一样：就在军人们舍弃了军人的粗暴、为的是把人们大可以理解的君权的圣火一代代地传下去的此刻，这帮乡野村夫倒开始不谨慎起来了，开始……哎，这些迷宫啊，弯路啊，多少时间就浪费在了这果断的泥泞里！

　　"然而，观景别墅的塔楼已经在月桂的帘幕后露了出来，送我过来的马车也停了；我将嘴唇印在了邀约的情书上，推

开那扇小门，嘴里念着维纳斯，我到了。我轻巧一跃，便落
在一片水坑中间了，那水里像是有柏油似的，我的双脚毫不
费力地就穿透了青苔的第一层纤维。我可以说，这段水下的
插曲其实没持续多久么？一双有力的胳膊立马把我拽了出来，
它们的主人便是那位令人不安的撒马利亚人[1]，哈拉普上校了。
这位萨瓦特[2]魔术师的惊人的反应力无疑是让人胆寒的。哈拉
普和那位假车夫（正是我众所周知的敌手，布朗神父[3]）一路
踢着踹着，就把我护送到了"仙女"普芬道夫的卧室，一道
优雅的长鞭正续写着那位夫人的胳膊。然而，就在此时，我
见到了一扇打开的窗，正对着月亮与松林，它正用新鲜空气
诱惑我。于是，我连句再见都没说，连句对不起都没讲，连
句丝绒般的或是血淋淋的俏皮话都没抖，就纵身一跃，跃入
了花园之夜，在花坛与花坛间逃遁起来，身后还领着一大群
的狗，它们甫一叫唤，就显得有原本的几倍多了。我们一路

1　《圣经》中，撒马利亚人营救了一位被强盗打劫的犹太人，后该词被用来指代
　好心人、见义勇为者。
2　也称法国踢腿术，一种结合了拳击与踢击的法国武术。
3　当然不是切斯特顿那位（赫瓦西奥·蒙特内格罗亲笔作的注）。

攻下了温室、苗圃、割过蜜的蜂房、水渠-水沟、针叶形的铁栅栏，终于来到了街上。没必要否认，那天晚上，命运还是站在我这边的。我不是穿多了么，原本一定会大大阻碍行进的，尤其是对于那些远不如我灵巧的人，可我的小狗们这一口那一口的，都咬得挺准确，就逐渐给我减负了。于是，风景不断变换，只见庄园古雅的栅栏让位给了佩古斯[1]的大工厂，大工厂又让位给了"仃车吃食"的餐馆，餐馆让位给了郊区名不符实的妓院，妓院又让位给了毛石房子和碎石路，而我的身后呢，依然拖着——锲而不舍——我喧闹的（狗）彗尾。我都不用停下来，就能肯定地说，我后方这群兴奋的家伙，绝对是人为调教的。所以，我就只能真心痛苦地面对这个可能性：那个车夫-神父以及那位上校就是在我后头挑事的人了。我奔跑着，被灯光迷花了眼睛；我奔跑着，四周是欢呼与祝贺；我奔跑着，一举窜过了终点，直到一道拥抱的海湾终于把我给截住了，也将奖牌与肥鸡强塞给了我。大赛评审团——它是由胡安·P.庇斯的那个令人难忘的包厢中的

1　皮鞋品牌。

某位特殊人物亲自主持的——他们全不顾被啃到的其他选手的抗议，全不顾那阵突如其来的将胜利者的前额吹干了的暴风，几秒之后，它就被罩进了那道轰隆的雨幕里。他们通过投票，一致同意宣布我为此次马拉松当仁不让的冠军。"

六

　　一九四五年七月一日，伊西德罗·帕罗迪先生收到了来自拉迪斯劳·巴雷罗博士的一封信，信是在蒙德维的亚写的，以下就是其中一个片段：

　　"……瞧我寄给您的惊喜，您还怕卫生所不给您床位么，您就想破脑袋地想吧。不过，在这儿，我可要履行我绅士的诺言了，尽管没谁在逼我。听到我跟您摆谱的这段神话呀，您可别吓傻了：我接下来要奉献出的就是一段猪牌的供述。

　　"下述签署人自其自助律师侍酒所[1]向您匆匆寄来了这份肉肠，旨在……配上一杯来自巴西的绿黄金[2]，自从有了它，市面上都见不到菊苣[3]了。

111

"那次我们交换完意见，我就跑这儿来了，像钟表一样精准地履行了您的指示。我也知道，您是不会去喷我泥巴的。那回您把我逼到了绳圈儿边上，我就不得不把我是如何参与了那起令人遗憾的事件的细节都向您和盘托出了；而现在呢，我把它们打成了铅字，这样那些掉铺板儿[4]的就不至于沾上一身灰了。

　　"就像您低低飞[5]着就啄到的一样，那一整个烂摊子都是围绕着那个彩图故事，被杀害在亭子里的英国人[6]展开的。倒霉的坟包佬：是我在他的头皮屑和后脑勺间插进了那段情节。

　　"第一幕，幕布升起，一个粗糙的图书馆。主持人是我，而我唯一的劳活儿[7]就是吸收点书钱。结果有一天，那铜锣就出现了——他的名字叫作勒·法努——凭着几句诽谤中伤，就在部里营造出了一派无比针对我的气氛。那么好，他出卖

1　这里用的词"bufete"既能表示律师事务所，也能表示自助餐。
2　指咖啡。
3　当时，用菊苣根煮制的饮料常被用来作为咖啡的替代品。
4　阿根廷土语，本意为"从床上掉下来"，转意为"蠢笨的"。
5　阿根廷土语，意为"探查"。
6　指前文所述，切斯特顿《布朗神父的怀疑》中的《狗的神谕》。
7　阿根廷土语，意为"工作"。

了一个不认识的人，又会得到什么卑鄙的奖赏呢？任何愿意听的人，我都会告诉他，我像被塞到粪坑里似的，出局了。

"兹证明，只要是别人的冒犯，我都记得特别清楚，是完全可以嘲笑那些死记硬背派的程度。对于那些可恨的人，我会像帕沃·努尔米[1]一样追逐他们，穿着我的大衣。哪怕您把耳朵堵上了，我也会用圣胡安的钱[2]跟您发誓，说：我只要一天不把勒·法努的账结了，我就一天不踏进佩罗西奥[3]。被罢免的那天，我差点没问那打小报告的，那玩意儿，是不是要齐彭代尔[4]给他做呢。

"然而，他非比寻常的坚决没有让他头脑发热，他只是站在那儿等着，比边裁还镇定。我还在坐等一切抽枝发芽呢，就中头奖了：一个胖麻子犹太人；他是从汉堡过来的，有一

---

1 Paavo Nurmi（1897—1973），芬兰人，当时世界上最出色的长跑运动员。
2 有一首教会歌曲："锯吧，锯吧，圣约翰的树"，由于西语中，《圣经》中的约翰即为胡安，阿根廷反对党将此歌曲改为"哪去了，哪去了，圣胡安的钱"，用来讽刺庇隆政府拿了 1944 年圣胡安大地震的赈灾款却没干实事。
3 一家意大利餐馆，作家们常在那里聚会。
4 Thomas Chippendale（1718—1779），英国家具设计师、制作家，被誉为"欧洲家具之父"。

大包的鸟屎要奉还。还没等我吓他一吓，这位摩西[1]就显形为了一位绅士，还给了我个大大的惊喜，是说，那个已经跟主教敲定了日子、要跟小潘帕斯同居的勒·法努，原来还在柏林待过，还娶了这位先生的姐姐，一个希伯来缺耳子——却明明白白地背着爱玛·芬格曼·德·勒·法努的名字。为了回报他这个秘密，我就在银币上钻孔子了，我无私建议他，为什么不敲那摩门一笔呢，当然了，我也是想玩个阴的，叫那俄国佬坑他几个子儿的。

"从那俄国佬的招数是如何带给我精神上的胜利的，我很快就能过渡到以下这句恭维话上。勒·法努，这就是个穿着上浆领子的一丝不苟的代表，他立马就发现了：同时担任着三A会出纳的古诺·芬格曼侵吞了他的财产。

"您也别觉着这样一个消息就会打乱我的脉搏，我下了个套给那个赴死者向您致敬[2]。我以他的丑脸发誓，我一定勒住那出纳，给他世纪一勒。于是，我就直接来了个凌空抽射，选了士官日那天，到阿卡苏索去了——那个不戴帽的俄

---

1 指芬格曼的犹太人身份。
2 原文为拉丁语，记载中，即将被处死的罪犯用这句句子向皇帝致敬。

国佬的法定住址，他就在那儿过夜。我把临床表征图给他一看——实话说，那些周线老迷人了——他当场就脱水了。我赶紧给他敷上了危地马拉的马林巴琴声，把下面这个信息送进了他的脑门儿：在我这里，他贪污的事是个秘密，我早吞肚里了。但紧接着，我又给他奉上了那个莫大的真理，沉默是金，让我闭嘴是要付出代价的，它的直接后果便是，他得成为我的动产之一，每月给我产出一笔与行政长官（上校级）相称的进项。结果呢，这个吃洁食[1]的就不得不开闸放水了，那重婚人不得付给他的勒索的钱么，他就一个月接一个月地转给我。就这样，这个贪得无厌的寄生虫就养成了个好习惯：每到三十一号，要不就是三十号，就会给我钱付[2]。他还怀抱着那个让他抖抖豁豁的幻想：别到勒·法努那儿去告他贪污，殊不知，这事正是勒·法努自个儿告诉我的。

"然而谁能想到，这些美好时光里的欢乐最终也化作了一摊猪油。勒·法努，在'没叫它也总能掺上一舌头'这点上，是比腊肠犬还凶的，他相信了不知道谁的一段不知多么卑鄙

---

1 指符合犹太教规的食物。
2 同一单词的前后音节颠倒，即"付钱"。

的谗言，就倍儿有底气地来当面控诉我了，说我在坑那个俄国佬。为了让他转移话题，我选择了像个英国人那样付他封口费，这样一来，就形成了个闭环了，因为，勒·法努会给俄国佬钱，俄国佬则会转账给下述签署人，而下述签署人，即我本人，又会给勒·法努打款。

"一如往常地，又是犹太会堂这个因子打破了我们之间微妙的平衡。芬格曼这个吃不饱的，在原来的基础上，又跟勒·法努加价了。那么，为了不让人说道，说一个土生白人，怎么甘居人后了呢，我也不得不跟他加码了。那么好，这就是那个精彩一刻，闭环被剪断了。

"我决定兑现我早先的梦想，把勒·法努埋了，深深埋进土里。所以，当我在刮脸的那儿读到那起凉亭罪案[1]时，我就想到洛洛的亭子了；我做了个通盘的考虑，在那块地方，我能不能也通过哪道缝隙，把勒·法努给办了呢。可那些天里，洛洛没跟他好，倒是跟俄国佬走得近。遇到这么不利的先决条件，要是个不这么精明的，可能也就放弃了，把计划跟折

---

[1] 其实《狗的神谕》中的罪案发生在别墅而非凉亭。

叠床似的扔边上了，可我呢，却硬是从这里头想出了个绝妙的方案来：我只是简单指点了一下托尼奥，跟他提了句那起凶案里的别墅和剑杖：一个一目了然的计划，都不带翻页的，他可以用它去干掉那'丁勾'；没有了那个最大的障碍，他就可以跟潘帕斯成婚，从而在社会阶层上翻出那个大大的跟头[1]了。那罪人当场就吃进了我的建议，又因其私利，安排了全套的不在场证明——到了终审时刻，它们的用益人却成了我——他约了他的一群信徒到电影院去，随后又匿名把他们差去了东南西北四个角，知道他们一定会断然选择拍他的马屁、选择支持他的说法，这样一来，电影院的不在场证明就不会被人揭穿了，事情大概率会顺利。于是，托尼奥便像只土鸡[2]一般地落到了那下边，怀着他邪恶的想法，要把那闪米特人做了、用他的剑杖把犯罪事实串上烤熟了；然而上帝可不愿见他用如此暴行玷污了那双手，躲在一棵树后的我用一把点四五口径手枪打穿了他的太阳穴。至于写到别墅罪案的那本书么，勒·法努通过弗洛格曼送给预想被害人的那本，

1 阿根廷土语，意为"成功"。
2 见 P65 注释 3，意为"无辜者"。

我就斗胆不同意您的看法了吧？勒·法努应该不是以炫耀的心态送出那本书的，把它放到调查人员鼻子底下：你们就是看不见！不如把西装反过来瞧瞧呢？这反而是那个矬奴才的设计了：有哪个脑瓜会想到，罪犯竟会通过一个光天化日下的诡计，把解答寄给警察呢？

"您不会否认吧，这是一起脱离常规的血案，因为，无论是它的设计、圈套，还是不在场证明，都是由被害者自己负责的。"

一九四三至一九四五年

普哈托－加利福尼亚－凯肯－普哈托

JORGE LUIS BORGES
ADOLFO BIOY CASARES
Un modelo para la muerte

图字: 09-2010-605 号

Jorge Luis
Borges
José Edmundo
Clemente

El lenguaje de Buenos Aires

.

布宜诺斯艾利斯的语言

[阿根廷] 豪尔赫·路易斯·博尔赫斯　何塞·埃德蒙多·克莱门特 著

王冬梅 译

上海译文出版社

目　录

收集在这里的是一九五二年发表的几篇关于我国语言特点的文章。它们最初是分头发表，后来是对布宜诺斯艾利斯不断变迁的街头的热爱让它们集合到一起。此次为再版。布宜诺斯艾利斯是街头巷尾的情谊，是对弥漫在市中心街道的这种情谊的思念。细心的读者可能会察觉到，文章的相异之处要多于它们的共同之处，同时也会发现，恰恰是这种不同让它们的联系更加紧密，互为补充。无论怎样，面对语言学院的语言殖民做派，以及专业语言学家那学究式的枯燥乏味，我们的态度非常明朗。语言是行动，是生命，是现在时。

豪尔赫·路易斯·博尔赫斯　何塞·埃德蒙多·克莱门特

豪尔赫·路易斯·博尔赫斯

阿根廷人的语言

女士们，先生们：

阿尔图罗·卡珀德维拉博士对我的介绍妙语生花，却多有谬赞之虞。我在这里感谢他的美意，本人的"名不符实"会很快让大家醒悟过来，让大家看到一个真正的"我"，虽然没有谁乐意那样。我习惯写作，拙于言辞。前者如同"无的放矢"，很难通过它学会演说家瞬间说服的本领，所以大家——包括你们和我本人——不妨姑且将就一下。

我的主题是"阿根廷人的语言"。这一说法可能在很多人看来，不过是组词时的任性，是将两个词强扭在一起，缺乏任何现实对应，就像说"纯诗歌"、"持续运动"或者"关于未来的最古老的历史学家"一样，子虚乌有，缺少依托。关于这种可能的看法，我以后再去回答，现在只想指出，很多概念起初都只是词语的偶然搭配，后来却被时间所证实。我猜测，infinito[1] 这个词最早不过是相当于 inacabado[2]，但现在它在神学中却成为上帝的美德之一，在形而上学中成为争执不休的焦点，在文学中受到普遍关注，在数学中是完善了的缜密概念（罗素解释了无穷基数的相加、相乘、乘方以它们的世系为何近乎可怕），此外它还是我们仰望苍穹时一种油然而生的感觉。同样，当"美"或者珍藏的对"美"的记忆突然袭来，又有谁不曾感到：早就存在的对"美"的赞颂，就像对它的预言，像一种预感？ Linda[3] 这个词，是对未来女友的预见，只是为她一人准备。此类例子，不胜枚举。

两股彼此相反的势力在反对"阿根廷语"这一说法。一股认为，通俗剧中的"郊区话"已经是这种语言的雏形；而另一股则是"纯正派"、"西班牙派"，认为西班牙语已经足够完美，添枝加叶实属离经叛道或无用之举。

1　西班牙语，无穷。
2　西班牙语，未完。
3　西班牙语，美女。

我们先看一下第一个错误。所谓"郊区话"，若名实相符，那么是指郊区所说的方言，就应当是里尼尔斯、萨韦德拉、南圣克里斯托瓦尔[1]这些地方的常用语言。然而，此种假设不能成立——无人不知，"郊区"这个词的经济涵义超过它的地理涵义。"郊区"是市中心的群居房；"郊区"是乌里武鲁街最后一个街角，雷克莱塔街尽头的大墙、门口聚集的穷苦混混、孤零零的杂货店和刷成白色的低矮小屋，他（它）们都在引颈期盼——只是不知是社会变革，还是探戈风琴。"郊区"是布宜诺斯艾利斯西边常见的、杂乱空荡的街区，插在被拍卖房屋上的红旗——代表用砖窑、月供与贿赂写成的城市史诗的红旗——不断占据美洲新的角落。"郊区"是帕特里西奥斯公园那里工人的怒火以及信口雌黄的报纸中对怒火所做的解释。"郊区"是指恩特雷里奥斯大街和拉斯埃拉斯大街一带根深蒂固、不会轻易作古的大院，"郊区"还是那些不肯靠近路边、躲在黑漆木门后闪闪发光的小房子，小房子四周围廊环绕，绿植满庭。"郊区"是努涅艾斯街用锌皮隔开的

---

1 里尼尔斯、萨韦德拉、南圣克里斯托瓦尔均为阿根廷首都布宜诺斯艾利斯的城区。

偏僻矮房，溜滑的壕沟上搭起的木板小桥和小巷中停着的光秃秃的板车。"郊区"是诸多对比反差，所以它的语言不可能整齐划一。我们的穷苦阶层没有一种通行方言——"郊区话"也不是。克里奥尔人[1]不说，妇女们只是偶尔使用，即便混混们在讲它的时候，也是赤裸裸的炫耀，是为了哗众取宠。它的词汇贫乏，区区二三十个意思，再靠混乱无章的同义词变得复杂。它是如此贫乏，以致经常要用到它的通俗剧作家只能不断编造新词，借助颠倒一般词汇给它增添活力。它的贫乏与生俱来，因为"郊区话"不过是从暗语，即小偷使用的暗语，沉积下来的，或者说是对它的传播。暗语是众多行话中的一种，是关于勒颈和撬锁的学问。认为这种专事犯罪、缺乏普通词汇的行话可以排挤掉西班牙语，就如同认定数学语言或者锁匠用语可以一跃成为唯一语言一样。英语没有被俚语所取代，而西班牙的西班牙语也没有被昨日的暗语或今日的吉卜赛话所取代。何况，今日的吉卜赛话尚且算是一种丰富的语言，因为它来自古吉卜赛语及其变体之一——十七

1　指移民至殖民地的欧洲人后裔。

世纪的西班牙暗语。

"郊区话"没有灵魂，完全是偶然产物，所以我们郊区文学的两位经典人物都没有使用它。无论是风趣浅白的恩特雷里奥斯人何塞·西斯托·阿尔瓦雷斯[1]，还是"有点戏谑，有点忧愁"，勾起每个人对巴勒莫回忆的天才青年，同样来自恩特雷里奥斯的卡列戈[2]，都不喜欢这种语言。两人都懂暗语方言，但都避而不用。阿尔瓦雷斯在他九七年出版的《警察回忆》中对很多词汇和暗语进行过解释；卡列戈在某首十行诗中曾拿暗语开玩笑，但故意没有署名。事实上，两人都认为，暗语既不适用于克里奥尔人的诙谐俏皮，也不适用于虔诚之人的庄重言行。弗朗西斯科·安塞尔莫·希卡迪[3]在他那本包罗万象的皇皇巨著《怪书》中，也没有使用这种语言。

但是，为什么要援引名人为例呢？从来不喜咬文嚼字以

1　José Sixto Álvarez（1858—1903），阿根廷记者、作家，以写风俗志小说成名，笔触幽默。
2　Evaristo Francisco Estanislao Carriego（1883—1912），阿根廷诗人，代表作有《郊区灵魂》和《郊区之歌》。
3　Francisco Anselmo Sicardi（1856—1927），阿根廷医生、作家，代表作《怪书》被视为阿根廷早期自然主义作品之一。

追求语言"纯正"的布宜诺斯艾利斯人民，也从未认真使用暗语。米隆加[1]是街头混混放荡不羁的声音，里面也没有经常掺杂暗语。这再自然不过：市井粗人——巴尔瓦内拉街或蒙塞拉特街角一带的牲口伙计、工人、屠夫——是一回事，在下巴勒莫和凯玛一带流窜作案的罪犯则是另外一回事。最早的探戈，那些古老快乐的探戈，从来不夹带暗语，只是当前的浅薄时尚才让后者变成了不可或缺，让探戈里面充满莫名其妙和故弄玄虚。每首自诩用"民间语言"写成的新探戈，都是一个谜语，伴以各种教训、推论、语焉不详以及评论者言之凿凿的争论。这种混沌是必然的：百姓不需要给自己添加地域色彩，只有效颦者才认为这是必须，而且，在这么做的过程中，总会失去掌控。生动活泼的米隆加体现的是城市底层人的精神，使用的是大众语言；探戈跟从的则是矫揉做作的国际风气，使用的是罪犯语言。

我就不再赘言了。如果事业是正义的，而且已胜券在握，

1　米隆加是一个音乐及舞蹈术语，指的是南美洲（尤其是阿根廷、巴西、乌拉圭一带）一种风格近似于探戈的流行舞曲的音乐形式。作为舞曲的米隆加可以填入不同的旋律，表达不同的乐感，但通常用来表现较粗犷不羁的内容。

那么再积累证据就有害无益，让得到了的或昭雪了的真相变得索然无味。随意抛弃一种几近通用的语言，藏匿在一种粗鄙、鬼祟的方言——罪犯行话和监狱用语——之后，将我们变成另一种意义上的"伪君子"，让我们以恶行和卑鄙为荣，实属偏执的莽夫之举。这种可悲的倒退已然被德·维迪亚[1]、被米格尔·卡内[2]、被奎萨达[3]、被科斯塔·阿尔瓦雷斯[4]、被格鲁萨克[5]所否决，而后者用他习以为常的讽刺口吻反问道："难道会因木排而放弃帆船吗？"

现在我想放下郊区话，去探讨另外一种错误，就是认为我们的语言已然完美，任何添枝加叶均属毫无益处的离经叛道。这种理论主要也是唯一的依据就是我们的词典——西班牙人的词典——中收录的六万词汇。我想说，这种数字上

---

1 Mariano de Vedia y Mitre (1881—1958)，阿根廷律师、作家、历史学家、政治家。

2 Miguel Cané (1851—1905)，阿根廷作家、政治家，是阿根廷文学"八〇一代"代表人物之一。

3 Ernesto Quesada (1858—1934)，阿根廷作家、历史学家、社会学家，是阿根廷文学"八〇一代"代表人物之一。

4 Arturo Costa Álvarez (1870—1929)，阿根廷记者、翻译家。

5 Paul-François Groussac (1848—1929)，法国出生的阿根廷作家、文学评论家、历史学家。

的优势只是表象，并非实质；唯一一种无穷无尽的语言——数学语言——只通过十余个符号就足以表达任何一个数字。也就是说，区区一页算术词典——包括数字以及运算符号等——实际上词汇量却最大。指代意义的丰富才更重要，与符号数量本身无关。后者只是对数字的迷信，是卖弄，是收藏家与蛊惑者的癖好。我们知道，英国主教威尔金斯[1]（堪称在语言思考方面最睿智的乌托邦主义者）曾设计出一套国际书写或符号系统，只用两千零四十个五线谱符号，就可以表达任何事物。当然，于他的无声之乐而言，声音并非必须，这是它的最大优势。这个题目我很想继续谈下去，但此刻我所关注的却应当是"西班牙语的丰富"。

西班牙语的"丰富"其实是它"死亡"的委婉说法。粗人也好，非粗人也罢，一翻开我们的词典，面对无穷无尽而又无人会说的词汇，都会瞠目结舌。任何一位读者，不管他是多么博览群书，在词典目前，都会深感自己无知。指导词典编纂的"堆积"原则——现在还在根据这一原则，将所有暗语、

1　John Wilkins（1614—1672），英国圣公会神职人员和自然哲学家。他提出创建一种普适语言的构思，用以学者、外交官、商贾的国际交流。

纹章学术语、过时词汇一股脑地收入皇家语言学院的词汇表中，就是将这些死亡词汇凑到一起的始作俑者。最终展现的，则是一部精心编排的亡魂大戏，成为《皇家语言学院语法》中所说的"我们那让人羡慕的丰富、准确、生动的词汇瑰宝"。丰富、准确、生动。这个三位一体的空洞组合——语义含混，唯一的解释是它们共同流露的妄自尊大——就是那些皇家语言大师"说如不说"风格的最纯粹体现。

他们所要的，就是完美同义词，是西班牙式的长篇大论。词语检阅队伍中的人数是多多益善，哪怕里面走的是幽灵、失踪者或死人。缺少什么表达内容并不重要，要的只是华服盛典以及西班牙语的"丰富"，换言之，即欺骗。昏睡的头脑加上声音的孕育催生出同义词：免去改变内容的麻烦，只要改变响动即可。皇家语言学院兴高采烈地接纳它们。我在这里照搬一下它的建议："在我们的黄金世纪，词汇的丰富多变（说）备受推崇，所以教书先生不厌其烦地加以宣扬。举例来说，如果一名语法学家需要引用内夫里哈的话作为权威例证，他完全不用千篇一律，而是可以采用各种漂亮的说法——'内夫里哈如是说'、'他感觉'、'他如是教诲'、'他这样说'、'他如是提醒'、'他的看法为'、'他的想法是'、'他认为'、'根据内夫里哈的想法'、'如果我们相信这位西班牙的恩尼乌斯[1]'——以及其他任何一种同样贴切的说法。"(《皇家语言学院语法》第二部分第七章)我委实认为,这一连串同义说法作为表达手段,与文学的关系就如同是否拥有漂亮字体一样。而且,皇家语言学院对于同义词制造出的虚假繁荣是如此深信不疑,以致到了无中生有的地步,比如它不允许说"hacerse iluisiones(梦想)"——不知为什么,皇家语言学院认为此种说法不合语法,而提出让我们打个铁匠铺式的比方:forjarse ilusiones/quimeras[2],或者效仿梦游症:alucinarse[3]或 soñar despierto[4]。

认定西班牙语已经达到全盛,违背逻辑和道德。违背逻辑,是因为一种完美语言意味着拥有伟大的思想或情感,也即拥有伟大的诗歌文学或哲学,西班牙从未有过这样的长处;

---

1 Quintus Ennius(公元前 239—公元前 169),叙事诗人、戏剧家、讽刺作家。
2 字面义为"锻造幻想"。
3 字面义为"产生幻觉"。
4 字面义为"醒着做梦"。

违背道德，是因为这一想法相当于将我们最珍贵的所有——未来，阿根廷伟大的明朝——丢弃在了昨天。我承认——并非不情不愿，甚至可以说是轻松愉快，西班牙的某些天才中的一位抵得上整部文学史——堂弗朗西斯科·德·戈维多，米格尔·德·塞万提斯。还有谁呢？有人说还有堂路易斯·德·贡戈拉，有格拉西安，以及伊塔大主教。我不想抹杀他们，但也不想回避另外一种看法——西班牙文坛的常态让人生厌。它的琐碎、庸碌和人物都是凭借轻松的抄袭之术。不是天才的，便是庸人；西班牙文学的唯一资源就是天才，甚至到了如果一个西班牙人不是天才，那就连一页好文字都写不出来的地步。梅嫩德斯·佩拉约写的散文以循循善诱而备受推崇，但实际上它的清晰是出于翻来覆去的老生常谈，透彻则是因为已知和众所周知。关于乌纳穆诺的文字，我就不说了；在他身上，自诩天才的味道挥之不去。如果一名西班牙人写得好——就是人们认为的"写得好"：文笔练达，我们就可以认定他是睿智之人；但换作法国人，情况就会不同。长篇大论而非惜字如金，这就是我们语言的西班牙式平庸。

那种被引以为豪的数字上的优势，是多而无益。卡萨·瓦伦西亚伯爵把西班牙语和法语对比，他所使用（抑或滥用）的简而化之的方法，也许会证明我的看法并非路人之见。这位先生通过统计数字发现，《西班牙皇家语言学院词典》中收入了将近六万个词汇，而《法语词典》中只有区区三万一千个。这样的比较结果让他欣喜。然而，这一统计难道就能说明一个讲西班牙语的人要比讲法语的多掌握两万九千个词汇吗？未免言过其实。试问：如果一种语言只是在数字上占有优势，而非在思想或表达内容上，那又何必沾沾自喜？同理，如果数字真的可以作为依据，那么任何一种思想，若不是用英语或德语表达，就都是贫瘠至极，因为这两种语言的词典中各自收录了超过十万个词条。永远拿法语做参照，这一做法本身就是一个陷阱，因为法语的词汇量少是出于语言俭省的需要，经由文体学家积极推动。抛开效率不谈，用词少是拉辛的刻意追求。这是俭省，而非寒酸。这里我想稍事小结。在我们的作家身上，我发现两种语言倾向：一种是通俗剧作家的做法，他们写出的语言没有人说，即便有人喜欢，也恰恰是因为它的夸张和漫画色彩，听起来像异乡的声音；另外一种则是文化人的做法，他们因西班牙语的早夭而痛不欲生。这两种情况都有悖于正常语言：前者跟随暗语，后者则是推崇词典中那问题百出、对古董词汇念念不忘的西班牙语。与这两种情况都不同的，是那没有被书写下来的阿根廷语，它日日响在我们耳边，是我们的情感，我们的家园，我们的信任以及交谈出的友情。

我们的前辈做得更好。他们是"我手写我口"，口与手不会相背而行。他们是有尊严的阿根廷人：他们自称"克里奥尔人"时，既非像井底之蛙一样傲慢，也非冲动气愤。他们手中所写，是当时的语言：他们不想因循西班牙人，而堕落成混混流氓也非他们所愿。我脑中想的是埃斯特万·埃切维里亚，多明戈·福斯蒂诺·萨缅托，比森特·菲德尔·洛佩斯，卢西奥·维克多·曼西亚和爱德华多·怀尔特。他们的阿根廷语说得很好，那时还无人使用。在写作中，他们不需要装成别人，也不需要彰显自己是新来乍到；今天，这种自然已经消耗殆尽。两种不同的姿态在引导当今文坛，一种是伪民间，另一种是伪西班牙。要么是粗话连篇，扮成乡巴佬、逃犯或粗人；要么是装作西班牙人，操着一口空洞无物、自说自话、没有祖国的"国际"西班牙语。偶尔一见的异端——爱德华多·斯奇亚菲诺、吉拉尔德斯——才是文坛的骄傲。这一现象，显而易见，是种病态。在战火纷飞的早期年代，当阿根廷人绝非一种幸福，而是一种使命。建立祖国是一种需要，是绮丽的冒险，也正因为是冒险，所以让人豪情万丈。现在，当阿根廷人已经成为一种再轻松不过的行当。没有人会想我们还有什么事情要做。很多人的想法是，随波逐流，原谅探戈的粗俗，抛开任何法国式激情，不再激动。还有一些人则是逢场作戏，扮成特务"马索卡"[1]或土著克丘亚人。但是，"阿根廷"远远不是抹杀一切或是一场大戏，而应当是一腔热血。

很多人会狐疑地问："西班牙人的西班牙语和我们阿根廷人讲的西班牙语之间到底存在什么不可逾越的鸿沟呢？"我的回答是，没有任何鸿沟，所以才能幸运地畅通无阻。一种细微差异的确存在：这种差异很小，所以不会妨碍语言的流通，但是又足够清晰，让我们从中听出自己的祖国。我想的

1　服务于阿根廷军事和政治领导人胡安·曼努埃尔·德·罗萨斯的一个特务组织。罗萨斯于 1829 年到 1852 年间统治阿根廷，在他统治期间，热衷于通过恐怖活动清除异己。

不是我们添加的那几千个西班牙人不懂的本地词语。而是我们的声音营造出的氛围，是我们给予某些词的讽刺或亲近之意，是它们的温度差异。在词语的本义上并没有分别，但是在涵义上却的确有了不同。这种差异在议论文或说明文中完全不存在，但是在和情感有关的内容上，差异却很明显。我们的辩论是西班牙语的，但我们的诗篇，我们的幽默，却已然属于这里。与情感相关的——让人或喜或悲——属于它们，是词语连带的氛围而非它的本义决定了情感。súbdito[1]（还是借用阿尔图罗·科斯塔·阿尔瓦雷斯所说的例子）这个词在西班牙是体面的，在美洲则是诋毁。envidiado[2] 这个词在西班牙是恭维（如西班牙人官方语法书中所说，"我们那让人羡慕的丰富、准确、生动的词汇瑰宝"），而在这里，如果有人以被别人羡慕为荣，那我们就会认为他品格低下。我们的诗篇中最常歌颂的 arrabal[3] 和 pampa[4]，内中意境不是任何一个

1　西班牙语，臣民。
2　西班牙语，被羡慕的
3　西班牙语，郊区。
4　西班牙语，大草原。

西班牙人都能体会的。我们的 lindo[1] 是实实在在的赞美之词，而西班牙人说的时候，却没有这么强的赞美意愿。gozar[2] 和 sobrar[3] 在这里带有贬义。《西方杂志》，甚至阿梅利科·卡斯特罗[4] 先生本人都一再使用的 egregio[5] 一词，很难让我们产生同感。这样的例子不胜枚举。

当然，只看到区别也是误区。高乔的不会比西班牙的更"阿根廷"，有时后者还会盖过前者：llovizna[6] 和 garúa[7] 这两个词都同样属于我们，而大家都用的 pozo[8] 则比乡下土语中的 jagüel 更为我们所接受。一味盲目推崇本地话无异是一种新式"掉书袋"，是又一种错误和低俗。macana 这个词就属于这种情况。米格尔·乌纳穆诺先生——西班牙唯一一位形而上学"感知者"，而也正有藉于此和其他智慧，成为一位大作

1　西班牙语，美丽的。
2　西班牙语，享受。
3　西班牙语，剩余。
4　Américo Castro（1885—1972），西班牙文化历史学家、文学史家、语言学家。
5　西班牙语，卓越的。
6　西班牙语，小雨。
7　在拉美使用的西班牙语古词，"小雨"。
8　西班牙语，井。

家——曾想推行这个怪词。但是，macana 这个词是懒人的词汇。法学家塞戈维亚在他匆匆写就的《阿根廷话词典》中，是这么说的：macana——胡话、谬论、傻话。这本身意思已经太多，但还不是全部。悖论是它，疯狂的话语和举动是它，出了问题是它，老生常谈是它，夸大其词是它，前言不搭后语是它，疯言疯语是它，不常见的也是它。因为这个词可以无处不用，所以大行其道。用这个词可以"划清界限"，让自己置身事外，隔离开不懂或者不想懂的内容。macana，我们的昏昏然，我们的乱成一团，愿你早日消亡！

总之，词语问题（同样也是文学问题）属于那种缺乏统一解决办法或万能金丹的问题。在语言体内（就是说，在可懂范围内：这个边界之外是无穷，对这样的边界我们并不能真的抱怨什么），每个人的责任就是找到自己的声音。当然，这一责任于作家而言尤为重要。我们作家想要实现一个悖论，仅通过词语（躺在纸面上的词语）就达到与人沟通的目的，我们也知道自己语言的软肋。我们放弃了目光、表情、微笑的辅助，而它们代表一半的谈话和超过一半的乐趣，我们自己遭遇表达瓶颈。我们知道，给万物命名的，不是那位悠闲的园丁亚当，而是魔鬼——那条嘶嘶吐信的毒蛇，那位错误和冒险的开始者，那颗偶然的果核，那位堕落的天使。我们知道，语言和月亮一样，有它阴暗的一面。我们对此再清楚不过，但还是想让它变得和未来——祖国最好的财产——那样明净。

我们生活在一个承诺的年代。一九二七年：阿根廷伟大明天的前夕。我们期待西班牙语——在塞万提斯那里是淡定的怀疑，在戈维多那里是辛辣的讽刺，在路易斯·德·莱昂[1]神父那里是对幸福的渴望（而非幸福本身），并且永远带着虚无主义和布道的色彩——在美洲诸共和国中，却是愉悦和热情。有人以讲西班牙语为幸事，用西班牙语对形而上学的畏惧进行高级思辨，这本身就足以说明什么，同时也是巨大的勇气。人们总是把死亡带到这种语言里，总是把醒悟、建议、悔恨、顾虑、提防，以及文字游戏、双关语等同样代表死亡的内容塞到里面。单调的语音（也就是说：那让人生厌的元音主导，正因元音数量太少，才让人厌倦），让它更像布道，

---

1 Fray Luis de León（1527—1591），文艺复兴时期西班牙神学家、诗人和翻译家。

听起来总是铿锵有力。然而，我们要的是一种温柔、幸福的西班牙语，可以与我们那日落美景，与街头巷尾的甜蜜，与我们的盛夏、雨滴以及公开的信仰，相伴相生。"被期待的实质，对未见的昭示"——圣保罗这样定义"信仰"。我们来自未来的回忆——而我会这样翻译。"希望"是我们的朋友，她跟我们说，让阿根廷的调子完全融入西班牙语。每个人都写出内心深处的声音，我们就会拥有她。只要让我心我思发出声音，无需其他任何文学和语言技巧。

这就是我要向你们讲的。未来（更贴切地说，是"希望"）牵引我们的心前行。

阿梅利科·卡斯特罗博士的警报

　　"问题"这个词貌似无害的外表下，却可能隐藏着一个预设命题。谈论"犹太人问题"就是肯定犹太人是个"问题"：是预言（和建议）追捕、掠夺、枪杀、断头、诱奸未成年少女和阅读罗森贝格[1]博士的文章。虚假"问题"的另一个坏处是鼓动同样为不实的解决方法。对老普林尼（《自然史》第八卷）来说，仅仅观察到龙在夏天攻击大象是不够的，他还大胆设想，龙这样做是为了喝干大象血，因为无人不知，大象血很凉。对卡斯特罗先生（《……语言特点……》）[2]来说，仅仅观察到"布宜诺斯艾利斯语言的混乱"是不够的，他还大胆设想出"暗语化"和"对高乔语谜一般的热衷"。

　　为证明第一个结论，即西班牙语在拉普拉塔河遭到破坏，博士使用了一种——如果我们不想怀疑他的智力，就要说是"诡辩之术"，如果我们不想怀疑他的诚实，就要说是"天真"——的方法。他在帕切科[3]、瓦卡雷扎[4]、利马[5]、拉斯特·瑞松[6]、康图西[7]、恩里克·冈萨雷斯·图尼翁[8]、巴勒莫、延德拉斯[9]、马尔法蒂[10]那里搜集片语只言，像儿童般一本正经地抄写下来，然后到处展示，作为我们"堕落"语言的实例。他没想过，像这样的描述（"端着啡咖加奶牛[11]/和螺旋面包/你来

1　Alfred Rosenberg（1893—1946），德国纳粹主义理论家。希特勒因慕尼黑啤酒店暴动失败被捕后，指派罗森贝格为纳粹党领袖。

2　《拉普拉塔河的语言特点及其历史意义》（布宜诺斯艾利斯罗萨达出版社，1941年出版）。——原注

3　Carlos Mauricio Pacheco（1881—1924），阿根廷通俗剧作家。

4　Alberto Vacarezza（1886—1959），戏剧家、探戈词作者、诗人，被认为是布宜诺斯艾利斯通俗剧的代表人物。

5　Hamlet Lima Quintana（1923—2002），阿根廷诗人。

6　Last Reason，为乌拉圭作家、诗者 Máximo Sáenz（？—1960）的笔名，他使用这个笔名创作了一系列与赛马有关的风俗志小说，于二十世纪二十年代在乌拉圭和阿根廷名噪一时。

7　José María Contursi（1911—1972），阿根廷探戈歌词作者。

8　Enrique González Tuñón（1901—1943），阿根廷作家、记者和小说家。

9　Nicolás de las Llanderas（1888—1938），阿根廷戏剧家。

10　Arnaldo Malfatti（1893—1968），阿根廷戏剧家、电影剧本作者。

11　原文为"con un feca con chele"，其中"feca"和"chele"分别是将"café"和"leche"倒写。

到市中心／硬装有钱佬")属漫画笔法，而是认定其为"严重
受损之症"，究本溯源，则是"出于众所周知的情况，当西班
牙帝国的脉搏到达拉普拉塔河流域国家时，已经虚弱无力"。
若以此类推，那么也可认为，在马德里西班牙语已经荡然无
存，正如拉法埃尔·萨利纳斯收录的这曲小调（《西班牙罪
犯：他们的语言》，一八九六年）所显示的那样：

El minche de esa rumí

dicen no tenela bales;

los he dicaito yo,

los tenela muy juncales...

El chibel barba del breje

menjindé a los burós:

apincharé ararajay

y menda la pirabó. [1]

1　用西班牙吉卜赛语所写。

与这么一团迷雾相比，下面这首可怜的暗语小调真可算是清澈见底：

> *El bacán le acanaló,*
> *el escracho a la minushia;*
> *después espirajushió*
> *por temor a la canushia.*[1]

在第一三九页，卡斯特罗博士向我们宣布，自己还写了关于布宜诺斯艾利斯语言问题的另外一本书；在第八十七页，他洋洋得意地说自己破译了林奇写的一段乡下人对话："里面的人物使用了最粗俗的表达，只有我们这些完全熟悉拉普拉塔河各种行话的人才能明白"。"各种行话"：这个复数很奇特。除了暗语（有限的监狱用语，没有谁会梦想将它与枝繁

1　西班牙语，那个有钱人／划破情妇脸／然后逃夭夭／害怕坐监牢。收录于路易斯·比亚马约尔的暗语词典《底层语言》（布宜诺斯艾利斯，1915）中。卡斯特罗没有提及这些词汇，可能是因为阿尔图罗·科斯塔·阿尔瓦雷斯在一本重要著作——《阿根廷的西班牙语》（拉普拉塔，1928）——中指出了它们。无须赘言：没有人说 minushia, canushia, espirajushiao。——原注

叶茂的西班牙吉卜赛话作比较），在这个国家没有其他行话。我们没有以方言为忧，但的确以方言学院为患。这些机构以谴责由自己发明的"行话"为生。它们根据埃尔南德斯，拼凑出"高乔语"；根据某个为波德斯达兄弟马戏团工作的小丑，想出"西意掺杂语"；根据小学四年级学生的语言，又想出"颠倒音节"。它们有语音学家：明天就可以给小鹦鹉的叫声注音。它们所仰仗的，就是这样的断章取义；而如此之"财富"，无论是现在或将来，我们都要归功于它们。

　　"口语在布宜诺斯艾利斯所表现出的严重问题"也同样不实。我曾游历过加泰罗尼亚、阿利坎特、安达卢西亚，卡斯蒂利亚，也曾在法德摩萨住过两年，在马德里住过一年，这些地方给我留下了愉快的回忆；我从未看到西班牙人比我们讲得更好（他们讲话的声音更大，这的确是事实，而且带着不知疑问为何物的笃定）。卡斯特罗博士指摘我们使用过时语言。他的方法很耐人寻味：他发现在奥伦塞省的圣马梅·德普加镇，人们已经忘了某个词的某个意义，所以就马上得出结论，认为我们阿根廷人也应该忘记……事实上，西班牙语的确有几个缺点（单调的元音主导、语调过于铿锵、不能组成复合词），但是却没有那些蹩脚捍卫者所指摘的缺欠：难。西班牙语简单至极。只有西班牙人才认为它艰深：可能是因为加泰罗尼亚话、阿斯图里亚斯话、马略卡话、加利西亚话、巴斯克话、瓦伦西亚话的影响让他们糊涂，也可能虚荣导致错误，还有可能是语言上的笨拙（比如说他们会混淆宾格和与格，用 le mató 来替代 lo mató，他们通常不会发 Atlántico 和 Madrid[1] 的音，他们认为一本书可以冠以这么一个拗口的名字：《拉普拉塔河的语言特点及其历史意义》）。

卡斯特罗博士这本书中，每一页都充斥着传统的错误看法。他鄙视洛佩斯[2]，而尊崇里卡多·罗哈斯[3]；他否定探戈，却对哈卡拉[4]心向往之；他以为罗萨斯[5]是个马匪首领，是类

1　指 Atlántico 和 Madrid 两个词中的辅音音节"t"和"d"在实际发音中经常被省略。

2　Lucio Vicente López（1848—1894），出生在乌拉圭的阿根廷作家、记者、律师和政治家。

3　Ricardo Rojas（1882—1957），阿根廷诗人、戏剧家、演说家、政治家和历史学家。

4　Jácara，源于西班牙黄金世纪的讽刺音乐剧，多用于幕间剧演出，主人公多为黑道人物，后传至美洲。

5　Juan Manuel de Rosas（1793—1877），阿根廷军事和政治领导人，从 1829 年至 1852 年统治阿根廷，是拉丁美洲第一个考迪略主义独裁统治者。

似拉米雷斯[1]或阿蒂加斯[2]式的人物,所以荒唐地称他为"领头的半人马"(格鲁萨克更形象、更准确地选用了"后方民兵"这个字眼来定义他)。他不让用——我觉得他说得有理——cachada 这个词,却接受 tomadura de pelo[3],后者看上去既非更合逻辑,也非更具魅力。他攻击美洲习惯用语,因为更喜欢西班牙的习惯用语。他不喜欢我们说 de arriba,想让我们说 de gorra[4]。这位"布宜诺斯艾利斯语言事实"的检查者严肃地记录:布宜诺斯艾利斯人管龙虾叫 acridio;这位让人摸不着头脑的、卡洛斯·德拉普阿[5]和雅卡雷[6]的读者向我们揭示,taita 这个词在郊区话中是"父亲"的意思。

这本书的形式与内在也并无二致。有时,它采用商业文体:"墨西哥图书馆拥有一流的图书"(第四十九页);"海关……强制课以高价"(第五十二页)。有时,在冗长无味的

1　Pedro Pablo Ramírez(1884—1962),阿根廷军人,1943—1944 年曾短暂担任阿根廷总统。

2　José Gervasio Artigas(1764—1850),乌拉圭民族英雄,乌拉圭独立运动领袖。

3　与上文中的"cachada"均为"嘲弄"之义。

4　与上文中的"de arriba"均为"免费"之义。

5　Carlos de la Púa(1898—1950),阿根廷诗人记者。

6　Yacaré 为 Felipe Fernández(1889—1929)的笔名,阿根廷记者,暗语诗人。

思考中，又会冒出别开生面的无稽之谈。"这样，就出现了唯一一种可能，暴君，他是民众漫无方向的能量的聚合，他不会引导民众，因为他不是指路人，而是压倒一切的庞然大物，是巨大的矫形器，机械、野蛮地将离群羔羊赶回羊圈。"（第七十一、七十二页）还有些时候，这位瓦卡雷扎的研究者想要做到"公允"："也是出于同样的原因，阿隆索和恩里克斯·乌雷尼亚的精彩语法[1]才会遭受轰炸。"（第三十一页）

拉斯特·瑞松笔下的混混们在言语间会拿骑马打比方；卡斯特罗博士犯起错来却更加多面，会将无线电和足球齐用："拉普拉塔河的思想艺术是宝贵的天线，可以接收世间任何价值与苦练，若有利信号的方向没有被命运改变，强大的吸收姿态会让硕果呈现。诗歌、小说和散文在拉普拉塔河不止一次完美'进球'，在科学与哲学领域，亦有耕耘者鼎鼎大名。"（第九页）

1　指 Amado Alonso 和 Pedro Henríquez Ureña 于 1938—1939 年在阿根廷出版的《西班牙语语法》。该语法想突破当时占绝对主导的西班牙皇家语言学院语法，认为这种语法内中多有矛盾、含混之处，过于受法语和拉丁语语法影响，而提出用一种连贯、明确和共时的语法来替代传统语法。

在错误、浅薄学识的基础上，卡斯特罗博士还不厌其烦地添加了阿谀、韵文和恐怖主义。

后记：我在第一三六页上还读到："像阿斯卡苏比、德尔坎伯或埃尔南德斯那样，一本正经而非玩笑地投身写作，此事耐人寻味。"我把《马丁·菲耶罗》结尾篇章抄在这里：

他两个溜进圈栏，
偷偷把马群驱赶。
对此事非常老练，
叫牲口走在前面。
很快就过了边界，
神不知鬼也未见。

他们已越过边境，
那时正升起曙光。
克鲁斯劝说马丁，
再看看身后村庄。

就只见热泪两行，
在朋友脸上滚落。

沿着那既定方向，
走进了漠漠大荒。
旅途中或有争斗，
也不知生死存亡。
但愿得有朝一日，
知道些真情实况。

介绍过这些消息，
故事就到此告尽。
我讲述这些不幸，
只因为都是实情。
您所见每个高乔，
都是用苦水泡成。
苦难和不幸编成，
每个草原高乔人。

请您把心中希望，

寄托在上帝身上。

我已经尽抒己见，

在此就告辞收场。

倒霉事人所共有，

可就是都不肯讲。[1]

我"认真、而非玩笑"地问：谁讲的更像是方言，是我抄录的这些流畅诗句的作者，还是那位前言不搭后语，写下将羊赶回羊圈的矫形器、遭受轰炸的语法或者在文学题材中踢起足球的人？

在第一二二页，卡斯特罗博士列举了一些文体正确的作家的例子；虽然我也位居其列，但我自认还算不上完全不够资格来谈论文体。

1　引自《马丁·菲耶罗》，赵振江译。

马 车 铭 文

　　需要读者想象一辆马车。不妨把它想象得大一点，后轮比前轮高，仿佛里面储备着力气，魁梧的克里奥尔车夫就像身底下的马车一样，钢筋铁骨；不经意的双唇间有时发出一声口哨，有时又用奇特的温柔警告不好好拉车的马匹；两侧的辕马和领头的前马（如果一定要打个比方，就是马车的船头）。载货或空车都是一样，区别是当空车返回时，脚步不再为工作所累，而车夫座位此时更像宝座，上面仿佛还留有匈奴王阿提拉帝国金戈铁马的气势。车轮轧过之处可能是鹅山街、智利街、帕特里西奥斯街或瓦伦丁·戈麦斯街，但最好是拉斯埃拉斯街，因为那里的车辆更加形形色色。马车不断被身边的车辆超越，但是迟缓恰恰成了它的胜利，仿佛别人的匆匆都是奴隶惊慌失措的奔命，而自己的迟缓才是对时间的完全占有，甚至是永恒（这种对时间的占有是克里奥尔人无穷也是唯一的财富。我们可以把这种迟缓升华为静止：对空间的占有）。马车还在继续，它的一侧写着铭文。这是郊区的老规矩，虽然在阻力、形状、用途、高度、现状字样之上再加的这句无甚用处的话坐实了欧洲人在讲座里对我们的诟病——"话痨"，我却不能避而不谈，因为这恰是本文内容所在。我捕捉这样的词句已经有一段时间，车场中的铭文意味着漫步和悠闲，远比真实藏品更有诗意，这在如今已经"意大利化"的日子中益发难得。

我不想把这些东拼西凑来的小玩意儿统统倒在桌上，只想展示其中几样。显然，这篇文章关乎修辞学。众所周知，整理归纳这门学科的人将词语的所有用途都收罗在内，甚至连字谜、双关语、藏头诗、易位构词游戏、词语迷宫、立体迷宫、公司标识等不值一哂的小把戏也不落下。如果这最后一个——只是象征图案，而非词语——都能够被囊括进来，那么我的理解是，再加上马车铭文也无可厚非，它是起源于盾牌上的铭文在西班牙美洲殖民地的变体。而且，将马车铭文与其他用途等同起来，会有助于读者理解，不会期待我的发现有多么新奇和过人之处。怎么会有这种期待呢？——如果在梅嫩德斯·佩拉约或麦克米兰再三斟酌的选集中都看不到——也从未有过——它的影踪。

有一个错误显而易见，那就是将马车所属地点当成真正的铭文。"博利尼庄园款式"——这个名字倒是与车子的简陋将就相得益彰，可能会让人犯这种错误；而萨韦德拉一辆马车的名字，"北方之母"，就真的会让人犯这种错误。名字很漂亮，我们可以尝试做出两种解释。一种是不可信的，就是忘掉比喻，想象"北方"是由这辆马车生出来的，一路走过，生出的"北方"就飘荡在房屋、杂货店和油漆店间。另外一个就是诸位所想到的，应该采信的那种解释。其实这类名字应当属于另外一种不那么家常的文学体裁，即商号名称，此类文体有很多出色作品：比如乌尔基查区的裁缝店"罗德巨人"或贝尔格拉诺区的制床厂"睡眠传说"，但是它们不在我的讨论范围之内。

真正的马车文字没有很多花样，传统上，都是自我肯定的路数——"维尔迪斯广场之花"、"胜利者"，而且常常帅气至极，比如，"钩子"、"小子弹"、"棍子"。最后一个我很喜欢，但是我想起萨韦德拉区另外一辆马车上的铭文，顿时让之前那个黯然失色。它叫"船"：将漫漫长路比作航行，在无边无际、暴土扬尘的街巷中破浪前行。

在马车铭文中，有一个特色鲜明的种类，那就是送货车上面的铭文。在女人的讨价还价和家长里短声中，马车已不再费心去彰显刚勇气概，而是用醒目的字母显示周到服务或对女人的殷勤。"乐意服务"、"护我者长命"、"南方的巴斯克小伙儿"、"风流美男"、"远大前程送奶工"、"好小伙儿"、"明天见"、"塔尔卡瓦诺记录"、"太阳为所有人升起"——这些是快乐的；"你的双眸对我做了什么"，"灰烬之处必有火燃过"，里面充满个人情感；"嫉妒我的必绝望而死"，应当是受到西班牙的影响；"我不着急"是如假包换的克里奥尔人说法。短句子的严肃冷淡通常会被设法弥补，要么是采用欢快的说法，要么是多写几句。我就曾见过在一辆水果车上，除了它引以为荣的"本地最受欢迎"，还加了两句，表达自己的志得意满：

我说了，我还说

我谁也不羡慕

在一对阴影中的探戈舞伴旁，一本正经地注明："直截了当"[1]。这种短句营造的健谈和对格言式语句的热爱，让我联想起哈姆雷特中那位著名政治家波隆尼尔以及现实中的波隆尼尔——巴尔塔沙·格拉西安[2]——的说话方式。

再回到传统的马车铭文上去。"莫龙的半月"是一辆高高的马车，车身四周围着船只一样的铁栏杆。在一个潮湿的夜晚，我在布宜诺斯艾利斯大市场中心偶然打量起这辆马车，在十二条马腿和四个轮子的支撑下，它君临于袅袅升腾的各种腐败气味之上。"孤独"是我在布省南部见到的一辆小马车，真称得上是鹤立鸡群——它和"船"是一个路数，但是更加直白。"她女儿喜欢我，碍老太婆什么事"这条也不能略

1　原文为"Derecho Viejo"，是一首著名的阿根廷探戈音乐，由作曲家爱德华多·阿罗拉斯所作，1916 年首演。在原来的音乐基础上，曾有不同歌词作者为其填词。
2　Baltasar Gracián y Morale（1601—1658），西班牙作家，哲学家，代表作有《批评家》《人生智慧书》。

过不提，倒不是因为它说得巧妙，而是因为里面如假包换的车场腔调。"你的吻曾经属于我"也是一样，它来自一首华尔兹，但是因为被写在了马车上，所以就带上了傲慢语气。"看什么，嫉妒的家伙"有点女里女气，有点招摇。"我很自豪"在对博埃多区的一片非议中横空出世，正大光明，高高在上。"'蜘蛛'到了"是一则出色的广告。"金发女，门儿都没有"更胜一筹，这不仅因为克里奥尔人式的吞尾音和所表露出的对深肤色女子的偏爱，还因为 cuándo[1] 这个副词的讽刺用法，在这里相当于"门儿都没有"。（"关于 cuándo"的否定用法，我最早是在一首无法言传的米隆加中了解到的，抱歉无法"小声"写出，或用拉丁文记录以略解羞赧之情。我另找一段墨西哥克里奥尔人的民歌来替代，它收录在鲁文·卡姆珀斯写的《墨西哥民俗与音乐》一书中："他们说应毁掉——我走过的小路；——小路可以毁，——我的爱呀，却是万万不能"。"想要我的命，没门儿"也是在拼刀子时、躲过对方焦木棍或刀子后经常说的结束语。）"枝头的花儿开了"这条宣

---

1 意为"什么时候"。

告充满魔力，营造出一片静谧。"几乎没有感觉，你本来可以告诉我，又有谁会说出口"——好到一个词都无法改动。让人联想背后的悲欢，在现实生活中周而复始，符合情感规律：就像命运一样，向来如此。它是经由文字流传下来的表情与动作，一次次成真。它的含蓄就是郊区人说话时的含蓄，无法直接陈述或思考，而更喜断断续续，泛泛而言和假象：像刀痕一样弯曲。但是，独占鳌头、在所有铭文中独自盛开的黑色花朵，却是这条含蓄的"败者不哭"，苏尔·索拉和我都深深为之着迷，哪怕我们能够领会罗伯特·勃朗宁[1]那微妙的神秘，马拉美[2]的琐碎和贡戈拉那些让人烦躁的词句。"败者不哭"，我将这朵黑色的康乃馨送给读者。

在文学中没有根本的无神论。我以为自己已不相信文学，却听命诱惑的召唤，收集这些文苑点滴。有两个理由可以宽宥我的做法。一个是对民主的迷信，即认为在任何一个无名无姓的作品中都蕴藏着闪光点，就好像我们加在一起，就会

1　Robert Browning（1812—1889），英国诗人，代表作有《指环与书》。
2　Stéphane Mallarmé（1842—1898），法国诗人、文学评论家，早期象征主义的代表人物之一。代表作有《埃罗提亚德》《牧神的午后》。

懂得无人知道的事情，就好像智慧生来胆小，只有在无人监视的情况下才能自由发挥。另外一个理由是，简短的更容易判断。谁都不愿承认，自己对一行字的判断居然会不是定论。我们会将信念寄托在一行而非一章字上。这里不得不提到伊拉斯谟：从不轻信，对谚语刨根问底。

再过很多时候，这篇文字也会开始变得有些学问。我不能提供任何参考书，只有一位与我有同样喜好的前辈信手写下的这段文字。它是一份被舍弃的草稿，属"传统诗歌"，即今人所说的"自由体"。我记得是这样的：

　　　　侧面铭文的马车，
　　　　穿过你的早晨，
　　　　店铺在街角温柔等待，
　　　　仿佛天使来临。

我从此更爱马车铭文，车场中绽放的花朵。

何塞·埃德蒙多·克莱门特

布宜诺斯艾利斯的语言

　　做与"我们的语言"有关的研究时，就无法不提及豪尔赫·路易斯·博尔赫斯。很少有人像他那样经常关心布宜诺斯艾利斯人的语言特点（模仿他们的说话方式）。我想集中探讨他所关注的内容之一——阿根廷人的语言，同时尝试为布市语言方式研究提供一个新视角。虽然博尔赫斯说的是"阿根廷"，但也只限于题目，因为他和我一样，所指均为首都布宜诺斯艾利斯一带。

　　可能如此精确地限定语言边界会更加刺激"纯正派"的敏感神经，但是，如果西班牙语的疆域果真是由统一语法管辖，那么同样为真的是，在这片疆域内部，每一地区都呈现出不同的气候、风光和精神面貌。墨西哥、智利、阿根廷与西班牙之间相距遥远，这中间横亘的，不仅是长长的大陆，还有不同的生活和思维方式。在这些幅员辽阔的国家内，也是同样的情况——比如阿根廷，北部干燥多山，西部矿产雪原，海岸湿润甘甜，草原平整无垠，遥远的南方伸展到世界尽头，这一切勾勒出词语的音调和环境意义。

自然，每一片广袤区域都有自己的表达方式。好奇的游客首先会察觉，在萨尔塔省、胡胡伊省和图库曼省所使用的当地词汇很接近，但这些词汇又与恩特雷里奥斯省、科连特斯省和米西奥内斯省的多有不同。原因很简单：如果一个人放眼望去，看到的是另外的河流、天空和地平线，那么他的情感生活也会被打上另外地方的烙印。个体情感会改变语言的视网膜，让它更加丰富灵活。

我并不想煽动语言叛乱，但同样也抗拒学院专制：非此非彼。思想上的极端是危险的——暴露出狂热；最好选择近来被甚为贬斥的中间立场，也即合理利用反作用力中的能量。极端的意义就在于中心。我的观点是，通用西班牙语可以准确表达抽象思想的范畴——公正、希望、自由，但是在生活领域，在情感方面，就无法做到同样有效。从自身经验出发，我们知道，在表达感情时，讲究措辞或使用朋友间的默契字眼，甚至只是一个表情，都会取得更好的效果。正如语调决定了一句话的意思，本地习惯则决定了它的情感内容。本地话并非叛乱，它只是语言的调子，语言的表情。

谨慎起见，还要补充一点：民间语言并非像某些居心叵测之人匆匆断言的那样，充满坏生活的印记，当然也的确不乏此类内容。在布宜诺斯艾利斯及其周边的城市中，光荣与悲惨兼而有之。

用来研究社会阶层的分割图也可用来进行语言研究。上等阶层对应学院语言；中等阶层对应日常语言；下等阶层对应街头语言，与暗语和粗话为邻。这几种语言殊途同归——从最底层的语言中产生出前面两种。社会最底层发出的声音最终会变成城市词典的一部分。作为一种并非偶然的现象，城市词典中已出现一些阿根廷本土词汇：macana（谎言）、truco（纸牌游戏）、pava（热水壶）、cocoliche（糟糕透顶的西班牙语）、guarango（没有教养的）、otorio（傻瓜）、pampa（不长树木的广阔平原）、farra（狂欢）……在马拉雷特[1]编纂的《现代美洲西班牙语词典》中收入了 batata（手足无措）、catrera（床）、cinchar（工作）、chau（再见）、jabón（害怕，欺诈，欺骗）、orejero（传闲话的）、tarro（特别好的运气）、rosedal（玫瑰丛）、colectivo（公交车）、grupo（谎言）、heladera（冰箱），等等。

语言母体采用四种方式来生成词汇：一）直接创造：atorrante 意为睡在码头空地水管中的流浪汉，因这些水管是由 A.Torrante 公司安装而得名；二）因相似性而生出新词义：crudo（不熟练），原意是尚未做熟的肉；三）派生词义：amurar[2]（抛弃），来自 amurado，即被监狱围墙隔离在社会之外的人；四）创造写法：garaba，是将 baraja 反写并稍加修改而成（garaba 是指在街头游荡，伺机挣钱的女人，就像赢扑克牌）。最后这种方式还包括叫做 vesre 的词语倒写，比如 feca con chele（café con leche，奶咖），jotraba chorede（trabajo derecho，正当工作），gotán（tango，探戈）；另外还有缩写（从 malévolo 生成 malevo）和添加（从 deveras 生

1　Augusto Nicolás Malaret（1878—1967）：*Diccionario de americanismos*（1925）。
2　muro 意为"墙"。

成 endeveras)。

民间语言的主要手段是"比喻"。正如卡梅罗·博内特所说，"民间是个永不疲倦的'比喻'加工厂。艺术天性让百姓喜欢使用比喻义"。他以"头"的各种比喻叫法为例：fosforera（火柴盒），因为里面的内容；pensadora（思考机），因为功能；mate（马黛），因为形状；azotea（天台），因为位置；还有一个贬义字眼：piojera（虱子窝）。除了这几个有趣的例子，还可以再举出几个：palmado（病人），来自 palma，丧礼供奉；botón[1]（警察），因为他"扣"住罪犯；grasa（傻子），有机物，一团糨糊，没有智商；hoja de repollo[2]（五十块比索纸币），因为是绿色的；yugo（工作），套在牲畜身上的器物，逼迫它们顺从；adornar（给钱），来自修理，整理好某样东西；canillita[3]（卖报纸的），因为他们那标志性的松松垮垮的袜子；hacer sebo（混日子），因为养

---

1 botón 意为"扣子"。
2 repollo 原意为卷心菜。
3 canilla 有"麻秆腿"之义。

肥膘；tacho[1]（蹩脚的乐队），因为声音刺耳；canchero（有能力的），因为他可以掌控土地，掌控 cancha，他工作的地方；vento（钱），来自意大利语的 vento 即"风"，因为钱很容易散去。

一些习惯用语也很形象：aplaudir la cara（字面义"打脸"），指搜身；hacer bolsa a alguien（字面义"让某人变成袋子"），杀掉他；caradura（字面义"厚脸皮"），厚颜无耻的；hacer bandera（字面义"树立旗帜"），吸引注意；estar en la palmera（字面义"待在棕榈树下"），缺钱；llorar la carta（字面义"哭手里的牌"），求助；muerto de frío（字面义"冻死鬼"），可怜鬼；piojo resucitado（字面义"复活的虱子"），新兴有钱人；sobre el pucho（字面义"烟头上"），马上……

还有些词，它们本身不是本地语言，而是外来词，但却获得了"公民权"。其中，属于法语或其行话的包括：cana

1　原意为"铁皮桶"。

(canne)，警察；escracho (escrache)，脸；macró (maquereau)，皮条客；ragú (ragoût)，饥饿；enfriar (refroidi)，谋杀；bulín (boulin)，房间。属于意大利语的有：bacán (bacán)，有钱人；batifondo (battifondo)，混乱；berretín (beretin)，执念；biaba (biava)，击打；estrilar (strillare)，生气；yeta (jettatura)，厄运；fungi (funghi)，帽子；linyera (linghera)，流浪汉。属于葡萄牙语的有：fulo (fulo)，气恼的；matungo (matungo)，老马；tamango (tamanco)，鞋；cafúa (cafúa)，监狱；vichar (vigiar)，监视。属于英文的有：chinchibirra (ginger beer)，姜汁啤酒，柠檬汽水；gol (goal)，进球；estandar (standard)，标准的；sangüich (sandwich)，三明治；orsai (off side)，越位。来自土著语的，有属于克丘亚语的，比如：pucho (puchu)，多出的；yapa (yapani)，饶头；chuchi (chuncchina)，甜言蜜语；ñaupas (ñaupaco)，从前；minga (minka)，白干的活儿。来自瓜拉尼语的有 caracú (caracú)，骨髓。

这里为布宜诺斯艾利斯语言所做的辩解并不代表有意包庇里面的陋习或轻率。对它可以指摘（事实上也的确有此说法）的地方是发音被简化——很少有人会发结尾的 s 音，发 z、c、h 或 ll 的则更是少之又少；同样，虽然在教学中反复强调，但人们还在继续使用过时而错误的 voceo 用法、粗鲁的 sois 形式、没有分词的 recién 和葡萄牙语化的 desde ya。如果说这样的例子已经很多，那还没有算上 cosa 这个已经被滥用到一塌糊涂的词。

作为答辩，可以这样说：由于我们首都是全世界各种语言的终点码头，所以它不可能独善其身，逃脱必然的接触，把它和马德里或者任何一个相对年轻的陆地城市相比——甚至是和一个没有移民迁徙的滨海城市相比，都意味着对问题缺乏理解。要想净化布宜诺斯艾利斯的发音和句法，只需把持续到来的移民去掉，也就是说，剥夺它的未来。

码头城市会将自己继承的语言国际化，会将符合自身特色的自然变体和对外语的适当改造添加到母语之上。会有人说，其中有一些是"多余的"，因为在西班牙语中存在"正确"的对应，或者有些不过是将已经不用的词再拿出来用而已；又或者，他们会说，在布宜诺斯艾利斯暗语中的 afano、bronca、guita、fuste、gayola、taita 在马德里的暗语中早就存在。这么说的人忘了，词语就如同果实，被移植到哪里，就会吸收哪里大地的味道；这种味道会让它和大地紧密相连。而且，词语迁徙和对旧形式的厌倦恰恰是新文风的力量所在："返老还童"很多时候会让古老的词语长出新的枝芽。

再重复一遍，我并不打算盲目地捍卫某种方言。眼下，有一种趋势甚嚣尘上，那就是从语言的"唯心主义"过渡到"实证主义"，前者将个体（原因）与周遭社会因素对立起来，而后者则认为个体是由一个中心体决定的。两个方向继续发展下去，都会成为极端。我要再次回到上文提到过的稳定平衡中去，回到众所周知的索绪尔理论——"个体"（言语活动）和"语言"。个人反映社会，社会塑造个人；当然，个人特点是不可避免的，它是基本数据单位。

个人，国家，人类：这是语言的往复历程。叶斯柏森[1]一本很有意思的书（恰恰是以这三个层次作为标题）中，也特别提及在大城市、在港口首都中的方言问题。"它们作为国家

1　Otto Jespersen（1860—1943），丹麦语言学家。

的政治中心，将国内外各种表达方式带到街头，因此，它们代表一个国家的语言模式。"

布宜诺斯艾利斯的情况也正是如此。因此，从现在开始，"语言"意为"言语"，这么说并无不当，正如我文章标题所用的词语。这是一家之见，避开学院式语言研究那形而上的"精确"。

前面所举词语的多样化已经说明语言的交融。以下这些词汇也能再次确认该问题的现实存在，目前它们的常用义还没有被皇家语言学院接受：achatarse，失去勇气；afilar，恋爱；aclacranear，说别人坏话；amarrete，小气；amigazo，好朋友；bañadera，浴盆；bartolero，不熟练；bodrio，一团糟；cachar，戏弄；cachafaz，厚颜无耻的人；cafetear，指责；cafetín，小咖啡馆；colorinche，扎眼的颜色；compadrito，地痞；diarero，卖报纸的；engrupir，欺骗；escoba，扑克游戏；fumista，骗子；garronear，利用；garufa，玩乐；metejón，爱情；poligrillo，穷人；hincha，狂热支持者；idioso，脑子有病的；lavatorio，洗手间；loquero，叫喊；macanudo，很棒的；quiniela，猜尾号彩票；matufia，欺骗；

mosquerío，成群的苍蝇；palangana，自吹自擂的；pato，穷困的；pichinchero，不择手段捡便宜的人；pinta，外表出众；porra，浓密的头发；teclear，遭受危险。

如果说直到现在，我都还没有最终提到"暗语"（布市暗语），市井语言中的犯罪分支，那并非是出于刻意装出的不屑。马塞尔·施沃布[1]说："研究暗语时，不需要请求原谅。作为一种语言学现象，无论什么词汇，都属于它的范畴。"只因暗语属于行话，我才在它关乎市井（本地话汇聚的地方）百姓时，稍作提及；但是，如果不正面讨论布宜诺斯艾利斯暗语问题，这篇文章就会有失偏颇。

暗语，警察称为"牢话"，是民间语言内部的一种表达方式；是某一特定群体约定俗成的符号。若某些时候这些符号扩展到更广的群体中去，那是因为其可塑性，而且已经失去了最初的贬义，比如 mina（女人）、gil（傻瓜）、chamuyo（交谈）、papusa（美女）、dique（炫耀）、yira（散布）……

1　Marcel Schwob（1867—1905），法国作家、文学评论家和翻译家。

还有一些时候，普通常用词被吸收到暗语里，当然，意思改变了。bobo（傻瓜），是指要偷的表；pateó el burro（驴子蹬腿），这是一种形象的表达，是指柜台抽屉里暗藏的警报器突然响了，他们管抽屉叫"驴子"，因为和北部运矿石的牲口一样，抽屉也载着店里的银子；angelito（小天使），是用来从门外伸到里面，套住门上钥匙的小管子，房主在睡觉前，会将钥匙插在门上，将门反锁，天真地以为这样会更加安全，这根小管子的作用是套住并转动钥匙，直到将门打开；campana（钟），是负责放哨发出警报，避免同伙被抓个正着的人；cadenero（拉车的头马），和女子交往有所图的人，他们也说对这个女人是 tirar el carro（拉车）。这些特定意思一旦弄懂了，就不会继续被作为行业工具使用，而仅仅是作为语言特例而存在。走入歧途的词语，正如走入歧途的人一样，一经发现，就会改头换面，以便继续欺骗警方。专门研究该问题的人将这些词称为"词语罪犯"，这一定义并非出于修辞目的，而是要进行一种心理描述。词语有自己的生命，它们的行为和人类一样。在某一个特定情境下发挥最大效用的词语，在其他情境下，就没有相同的效果。

正如有些词语可以起到引人向善和教育的作用，还有一些词语起到让人迷失和堕落的作用。贩卖妇女的人口贩子本能地意识到这一点，将它运用得炉火纯青。通过不断替代的词汇，他们逐渐摧毁受害妇女的道德观念。他们从有意地语带双关开始，直到她们对"高级"调情话语习以为常，然后再进一步深入到下一个层次。当女人天生的羞耻心被破坏，就可以轻松地让"幸福"沦为"放荡"，让"家"沦为"奢侈"，让"道德"沦为"金钱"。举一个我们用来表达亲密情感时最亲近的词为例：在受害女子认识引诱者之前，cariño[1]这个词对她来说意味着"幻想"；然后变成"憧憬"；在第一次约会时，变成"动心"；在被索吻之后，就变成"欲望"；直到后来再变成"对心的考验"、"放弃道德底线"、"逆来顺受"，等等。今天，在她被迫用"爱"做的生意中，cariño 这个词于她，就是伪装，是工作筹码。

这几个例子只是信手拈来，于本文主旨无关痛痒。但是我们要记住：跟犯罪有关的词汇不是市井语言的同义词；犯

---

1 意为"亲爱的"。

罪行为存在于各个阶层中，每种情况下它的影响有可能相同，也有可能不同。如果说市井语言经常与街头暗语建立关联，那是因为后者的随意性与市井语言存在相似之处，让它更容易被记住，但这并不意味在二者之间存在硬性关联。市井语言只能被译为"次级语言"。

从清新自然的市井词汇到卡列戈的动人诗句，从卡列戈再到领略过布宜诺斯艾利斯多彩风情的人所做的精彩诗篇，它们之间存在一种共同精神：市井的情感投射。市井是我们小时候玩耍的灯火小路，是和恋人约会时的黑暗角落，是我们埋下最初梦想的地方，可能也是我们第一次梦醒之地。市井是在记忆中无限宽广的童年天地。每个人用自己的语言去讲述它，无论内容如何，都是情真意切。

它还是城市乐章：克里奥尔人的小华尔兹、米隆加以及探戈用带节奏的语句再现了市井生活，无论是浪漫思念，赤裸挑逗，还是苦涩凄凉。有时候，民间歌曲也会扭曲街头本来的样貌，在里面加入不雅词句或者小白脸被甩后的自怨自艾。通俗剧、猎奇报道和无所顾忌的矫饰之风让这种扭曲变得更加粗俗。但这时街区已经不再是街区，语言也不是它的语言。没有一个诚实的人会将布宜诺斯艾利斯真实的声音与堕落的郊区话或者弄乖取巧、南腔北调的戏剧语言混淆起来。本地语言不是郊区垃圾，而是城市的语言外衣。

地方语言是根，它深植土壤，吸收汁液，滋养母语。无论是生活在街头的普通人还是作家，都离不开地方语言。小说家需要它，用它铺垫人物背景；与日常生活联系不紧的诗人也要通过对周边及自身语言的恰当运用，在语言地图中找到自己的风格。短篇小说和散文不太依赖环境设定，然而当它们需要一个真实表情时，就需要牢牢抓住决定本地语言的特色。我们中已经有人为本地语言登记造册，如托比亚斯·加尔松（《阿根廷话词典》），利桑德罗·塞戈维亚（《阿根廷词语、新词、俗语词典》），萨穆埃尔·拉佛内·戈维多（《卡塔马卡话词典》），马努埃尔·里颂多·博尔达（《源自克丘亚语的图库曼话词典》），贝尔塔·艾蕾娜·比达尔·德巴蒂尼（《圣路易斯农村口语》），何塞·比森特·索拉（《萨尔塔话词典》），等等。

这中间也不乏布宜诺斯艾利斯的影子：博尔赫斯在本书

开头所引的文章（《阿根廷人的语言》）中，初步勾画了布宜诺斯艾利斯语言的轮廓；安东尼奥·德雷皮阿内[1] 则记录了布宜诺斯艾利斯暗语（《犯罪语言》）。

我不是宣讲本地语言的权威；我只是希望，我们的常用语，包括其中不太正规的形式，可以被正式接纳，让本地语言不必以出身为耻；特别是，我要为它争取变成语文学研究对象的权利，因为到目前为止，很多研究者还拒绝给予它这一待遇。这些词语也是"新词"，其中有很多，我们像西班牙语一样在习以为常地使用，它们证明，对于布宜诺斯艾利斯自己的词汇，没有必要做出错误的品评：abriboca，走神的人；adición，待付账单；aeroparque，小飞机的停机坪；afiche，广告词；afiebrado，发烧的 / 狂热的；altillo，顶楼；halconear，监视；bibliorato，文件夹；bife，肉片；brulote，恶意批评；clisé，模特；comuna，城市；mandatario，统治者；conscripto，士兵；egresar，离开；exitista，投机者；figuración，威望；grapa，格拉帕酒；latero，说大话的；

1 Antonio Dellepiane (1864—1939)，阿根廷历史学家、作家。代表作品有《犯罪语言》(1894)、《阿根廷历史与艺术研究》(1929)。

vinería，卖酒的地方；lustrabotas，擦皮鞋的；maroma，喧哗；matambre，肉卷；masita，果酱；repelente，讨厌的；revisación，检查；ascensorista，电梯员；islero，海岛人。

行文至此，粗俗与通俗、伪行话与本地话、地方语言与普遍语言之间的差异应已明显，某一地区的地方语言反映普遍语言，而普遍语言则引导地方语言。词素是表达个体语汇形象的语言要素，就像自己从语言个体中生出，但是只能在周围地理环境的语言四壁内部成长。现代语言学奠基人洪堡说："语言如同从自身长出，自由自在，但是却紧靠并依赖它所属的国家，当我们这样去看待它时，就会明白，没有任何由空泛词汇组成的文字游戏。"

这篇文字是要为"差异"辩护，对抗"纯正专制"对它们的"方言"偏见。这种偏见带有种族主义意味，对于所有不臣服学院统治的文学，都一律以"血统不纯"为由进行打压，并冠以"孱弱"、"幼嫩"或"企图腐蚀母语"之名，事实上，这正是其力量、血液和色彩所在。前面几个诋毁之词，只能从这样的生物学角度去做褒义理解。

暗 语 文 体 学

　　提及"暗语文体学",两个后果无可避免:"清教徒"的敌视和"卫道士"的谴责——前者对市井俚语和错误句法如临大敌,而后者则对不良行为深恶痛绝。我不否认暗语是作奸犯科,是犯罪的语言,我只是要先表明自己的看法,即上述两种后果并不尽然。在语言学——文体学也属其中一种——中,没有"纯洁"和"不良"的种类划分;有的只是词语。它们是通过这种或那种、书面或口头方式所表达的语言现实,但是,永远都只是词语。当然,社交礼仪要求我们在日常说话时要将一些不良词语排除在外,将它们早日收监。但那是另外一回事:是警察的职责,而非语言学的范畴;该做法就是要从普通字典中将某些"不雅"内容删去,免得某些多疑读者吹毛求疵。

　　并不因为"暗语"的脸上带着红字，我们就把它排除在"文体学"思考之外。在我看来，动不动就被祭出的"卫道士"的担忧，并非真的是这种担忧，而仅仅是女人的矫揉做作。从我的角度，我只是要就布宜诺斯艾利斯暗语写一篇短小文字，只会考虑内容是否全面，其他的，不在我的考虑范围之内。我认为，一名诚实、正派[1]的语言学家——这个词的两个意思都适用，不应时时将研究作为阵地，去探讨个人该如何在人类的和谐群居生活中规范自己的行为，后者在其他时候提出值得称道，但在此处提出却是欺骗，语言学的欺骗。

暗语一二

　　语言由一根叫做"句法"的脊椎串联而成：句法是语言在组织和沟通过程中的无形结构。除了这一内部章法之外，语言还需要它要组织的材料要素，即词语。因此，词语是语

1　原文为"honrado"。

言的地表，是它的地形地貌。若地图太大，我们得折起来才能看个仔细，那么就会发现，这叠地图中的每一小片中都勾勒有国家、地区和城市，虽然都是靠同一材料连在一起，但展示的却是不同的地区，是同一种语言的不同表达方式。这样，在一幅描绘精细的地图中，甚至可以看到每个地区的语言"边际"，看到躲在阴影里，时时保持警惕的暗语。

暗语，是"贼"的语言，在技术层面，它和使馆、商家以及任何想要瞒过陌生人行业中所使用的密码没区别；它唯一的来源是需要，唯一的目的是掩护。将它和市井语言、下层百姓语言或粗鲁语言混为一谈，是个谬误。市井语言自然会受到街头三教九流的影响；而粗鲁语言已属恶语相向，暗语则更是一种行话，属于以犯罪为生的人。对于行外人而言，它完全是一团漆黑：没有哪个布宜诺斯艾利斯人会想到dequera，la yuta 是"小心，警察"的意思，也没有谁会明白 capiar los pelpas 是"把钱取出"，irse de brodo 的意思是"什么也不剩"，andar shiome 是"没钱"，no jamar 是"不明白"，estaro 是"监狱"的意思。

在语言中，犯罪占据单独地盘，因此有自己的世界。由于它的词汇自成一体，所以在每个国家都被明确划分出来：在法国，它叫 argot；在英国叫 cant；在西班牙被叫做 germanía 或 caló；在意大利被叫做 jergo 或 furbesque。我们的暗语 lunfardo 与它的国际同行并没有很大区别，但确实是因为年头尚短而不像 argot 这样的暗语丰富。然而，对于它的专门目的而言，已经足够，而且对于它所关注的内容，它的命名能力还是相当惊人。我在这里抄录一下对于男性西装口袋的各种叫法，引自最早进行暗语整理的德雷皮阿内：cabalete，是泛指西装口袋；grillo，是西裤侧面的口袋；grillo de espiante，是指西裤的屁股口袋；grillo de camisulín，是马甲口袋；shuca，上衣侧面口袋；sotala 或 sotana 是上衣内侧口袋；media luna 是指上衣外面、通常用来插手帕的口袋。

暗语的神秘色彩让它时常会流入市井。这种情况下，好奇的语言会忙不迭地将它记录下来，但是也忘了，这样一来，这些词汇已经不再能以同样效力在犯罪分子中间使用，也就丧失了主要功能。由探戈或猎奇报道而传播的词汇，旧主几乎都不会再继续使用。在这篇文章中所提到的词汇，也会是同样命运。

在这里研究暗语的目的并不是为了方便和犯罪分子进行语言沟通，而是希望展示它背后的心理机制，以及它对城市语言特点带来的影响。在我们平素放心使用的词语中，有一些很容易识别出它们的监狱出身。维克多·雨果在《悲惨世界》中提道："有时候，一些比喻是如此寡廉鲜耻，所以人们知道它们来自耻辱柱。"不用我再赘述，amurar（作"抛弃"讲时）来自"amurado"，被监狱大墙隔离在社会之外；engrupir（分散某人注意力，欺骗）来自"grupo"，贼的同伙或助手，负责分散受害人的注意力，让他迷糊。balurdo（乱子、谎言）同样如此，来自骗子们用一包报纸伪装成钱（balurdo 本身是指这个纸包）。

鉴于暗语的"新词"特性，所以它基本上是比喻义；创新词汇——"新""标识"——总是在从前旧义基础上，再指向一个新义，以确保新义能够被理解。balurdo 如果没有让人立刻想到那个不小心的人在打开报纸包后——原本里面包着的应该是钱——的伤心失望，我们就无法完全领会它的意思。这种指向，这种对第二个意义的过渡，就是比喻。奥尔特加说得好：任何词语在最初时候都是一种比喻。

任何词语在最初都是比喻，但词语的任何派生——某种程度上也是新生词汇——却未必如此。新词可能是背离或者替代原义，也即是说，意义搬离了原来所附着的词，或者另外一个意义强行占据了原来的词。这是一种奇特的语言现象，一个词，即一个真实存在，获得了另外一个意义，而且新意义几乎永远是原意义的对立面。从这时起，虽然字母还是同样的字母，但词却变成了其他意思。

接下来，我要重点谈谈这一过程，可能会有些思虑欠妥之处，我提醒，对于所有语言形式——无论是自由的，还是被囚禁的，这一过程的影响都是相同的。

词语的指代义和引申义

任何词语都指代（指定、显示）某一特定事物；这是它的专有功能。但是，如果就此认定，被指代的事物或想法将永远附着在这个词上，那么对于语言问题的理解就不够全面。词语有一种动力，有一种意义，在很多时候，会对原来的指代义取而代之。álgido 的正确意思是"非常冷"，但是在使用过程中，却被意外变成"危机"的同义词，而且矛盾的是，它又被转成"沸点"之义。在日常谈话中，如果一个人想要形容某事达到高潮，他会使用 álgido 这个词，如果在这种情况下纠正他，就会显得过于咬文嚼字，因为这个词实际上已经在指两个方向上的意义，甚至只是指后者。我们所说的"词义"是词的指代义加上词的引申义。

引申义的转变可以通过迁移而非比喻转换而来。也就是说，当我们使用"乳牙"这个比喻时，我们的意思是，小孩子的白牙齿与牛奶之间存在相同之处，而合起来的意思是指像孩童时期一样缺乏人生经验。但是，无论在哪种情况下，"乳"或"牙"都没有失去它原来的意义，而是增加了意义，扩展了原义。但是，从 álgido 到 caliente（热），从 lívido（深紫色）到 pálido（苍白色）的转变就不属于同种情况，因为词义发生变化，原义消失。

一些年以前，说 mi mujer（我女人）和 mi esposa（我妻子）是不同的；前者有些大胆的"情妇"意味，而后者则是从法律上予以确认。时至今天，时移俗易，二词差异消失，在使用中已经不加区分。mina 也是同样。最早，它是指靠出卖肉体挣钱的女人（从前的女犯教养所是被叫做 estaro/ 监狱 de minas）；现在 mina 已经是得到尊重的亲密字眼。"妻子"和"女人"站在同一水平线上，而 mina（蜜）则有了接近 novia（未婚妻）的意思。说两者接近，因为 mina 只是准未婚妻阶段，和任何"开始"一样，都面临同样的变数。novia 已经是情感关系的极限状态，与"妻子"仅一步之遥。但是，在布宜诺斯艾利斯人的情感语言中，novia 并非全部，它只是被放在社会称呼层面，用于介绍。布宜诺斯艾利斯人还有一个终极词汇用来指代自己最爱恋的女人，这个词就是 piba。在街上咖啡馆里，要是有什么人放肆地品评一位女子的相貌，而另外一个人打断他："哥们儿，小心点，这是我的 piba"时，说话的人顿时就会安静下来，知趣地不再谈论这个话题，当再说起这位女子时，就已经使用不会冒犯男人间友谊的字眼。piba 不只是"未婚妻"，在布宜诺斯艾利斯人的心目中，是化身成为女性的市井。

esposa 和 mujer 是社会层面的同义词；piba 与 novia 是情感层面的；álgido 和 fundente、lívido 和 pálido 是反义同义词（应当将这类现义与原义相反的词语单独立类）。正确使用下，这些词是名副其实的同义词，是精神上的同义，和学校语法里教的简而化之的定义大相径庭。linda（美女）和 fea（丑姑娘）作为形容词，在任何情境下都是反义词，但是在恋人间的甜言蜜语里，却是同义词。这样的例子不胜枚举。引申意义更改了原始的指代意义，改变了词源，在语言中添加了真实情感，让它更加灵活。

词源与新词

在一个词语的发展历史上，词义相对于词源所发生的变动，和与讲这种语言的人的朝夕相处有关。一个词语，只有当它的字母中带着写字之手的热度，才会引起人类共鸣。一种语言的风格由共有词汇加上个人词汇——即个人意愿——构成。因此，词源只能视为一种参考，不能作为词义保持一成不变的借口。不敢接受"新词"的，只能唯词源是瞻，而后者的确定性却有待商榷。cosmología 可以用 cosmos[1] 和

---

1 意为"世界"。

logos[1] 来解释，但是 cosmos 和 logos 用哪些字母写成，却没有什么解释：一个词总归要有它的名字，这是它的民事权利。

有一句话，可以不厌其烦地重复：语言是约定俗成，受环境引导。词源充其量只与第一个词义有关，记录下后续相近语义的根源：casa（domus）和 dominus（主人）有关，自此又生出：dueño，doña 和去尾形式 don。来自同一根源的还有：dominus（主，神）和 domenica（星期天，属于主的一天）；此外还有：doméstico（打扫家中卫生的人），domicilio（家在的地方），dominio（它所包含的地面），dominador（占有的）。相反，propiedad horizontal（横向所有权）与 dictador（独裁者）等词就与 domus 在词形上并不相近，但是与它后来发展出来的词符合。词源也并非总是严格：miniatura（微型）这个词来自 minium（红色），这是中世纪工匠钟爱的颜色，用来让小型版画的画面更加明亮。还有时候，词源与其说是关于词语根源的确切解释，莫若是一种混淆：écume de mer 是一个大家熟知的瓜子品牌，它的名字来源是对德国生产商姓氏

1　意为"文献"。

（Kummer）的误读，它先是被改成法语中的écümdmer，然后再翻译成西班牙语时就变成了espuma de mar（大海的泡沫）。

因此，不应一味推崇词源而压制新词。并且，词源与新词有各自的领域；对于普遍性概念，词源参照可以起到指引作用，而对于身边事物，要熟悉新词用法。novia（未婚妻）在整个西语世界中都是指我们爱的、尚未缔结合法关系的女子；但是在布宜诺斯艾利斯，我们却用一种特殊眼光去看待这名女子，她从市井走来，被叫做piba。piba是结合了我们最纯净的精神与肉体之爱的姑娘；而pibeta则已经没有了性的意义，是指五到十岁的小女孩；对更小的孩子，我们使用的是指小词pibita。与这几个不含肉欲色彩词语相对的，是充满淫荡意味的pendeja一词，它的指大形式pendejón，则更有肉欲横流之义。

在时间长河中，词源与新词不断交替，产生出新词词源。有些时候，可以一眼识别：caburé（无法抵挡的），来自我们大草原上的同名小鸟，它的歌喉是如此婉转，让受害人如痴如醉；ni medio[1]（什么都没有），是来自殖民地时期的货币系统，一雷

1　字面义为"连半个（雷阿尔）也没有"。

阿尔相当于十分钱，而半雷阿尔则相当于五分钱；barbijo（伤疤），是来自帽子上的皮带儿，老乡们将它系在下巴上，固定帽子；lastrar（吃），来自船上货舱的容量；marroca（表链），因为它起到拴牢、固定的作用；caralisa（妇女贩子），因为他们精心保养的脸 lisho（光滑）；"requintar"[1]（调整），是将吉他的音准以五个音为单位，上下调整，以适合演唱者的嗓音。

有些新词一目了然，所以无需调查它的来历：caminantes，鞋；vidurria，好生活；invernizio，尤其；batir el justo，说出实情；paloma，年轻漂亮的女子；florear，给扑克牌做上记号，玩的时候好万无一失；vistear，试验玩刀子时的眼力和手法。还有一些新词，就很难判明来历了。我们不要忘记，暗语缺少可靠来源，任何书面记录都会迫使它改头换面，以躲过盯梢。多扎[2]提醒说，研究暗语只能通过个人问卷来进行；这种新闻性很难让符号的意义固定下来，大多数情况下，它们的来历都属于逸闻性质，在时间和其他因素作用下，一个词最后会拥有多个词源解释。taquero（警察）来自 toco（钱）和 taco

---

1　quinto 是"五"的意思。
2　Albert Dauzat（1877—1955），法国语言学家，专门研究地名学和人名学。

（鞋跟），前者是因为有些贪腐警员会强制索取好处，后者是因为过去的一个奇特习俗，警察在剪掉罪犯的头发后，作为侮辱，还会强迫他们取掉混混所惯穿的高鞋跟。

暗语文体

所谓"风格"是一个人的做人方式，是他的性格；"文体"，就是一种语言的性格。这是专业定义，但是，这个词的大众意义，即认为"文体"和文学风格——即美学——相近，也同样正确。举几个有意思的例子来说明。branche（枝条）这个词是法国人对朋友的称呼，因为朋友是一个人的一部分，是他的延续；Sorbonne（巴黎的大学），是指头部，因为是用来思考的；cafarde（蟑螂）是月亮，因为是夜间出来。还有一些短语，bâtir sur le devant（向前建设），是指孕妇；perdre sa clef（丢了钥匙），感到绞痛。

我们中间也有一些同样有趣的说法：paquete[1]（笨拙），

---

1 原义为"包裹"。

因为行动不易；bife（耳光），因为手掌在脸上留下的印痕类似叫做 bistec（牛排）的肉片。而在暗语中，música（音乐）是指钱包，因为贼让它"发出响动"；pulenta（玉米粥）是指钱，因为它的颜色和金子一样；fangos（泥），是指鞋子，因为是踩在地面上；tambor（鼓）是指狗，因为它会报警。在短语中，de bute（很好），来自 debutar，首演，因为首演时艺人们都会很卖力，以便给观众留下好印象；a la gurda（很大规模），来自 a la gorda，大张旗鼓。当然，更换最频繁的词汇是用来指代警察的：abanico（扇子），因为警察靠转头来观察四周动静；pintor（画家），因为警察是给贼"画像"的；cana 来自法语的 canne（警棍）；yuta 来自 yunta（一对牲口），因为警察总是两两行动。

正如我们所见，暗语有它自己的独特之处，但也未把外语影响拒之门外。暗语中有大量"进口"词汇：来自意大利的有 scarpe，鞋子，funghi，帽子；来自法国的有 buyonar（boullonner，吃），embrocar（rembroquer，看）；来自英国的有 dequera（take care，小心），jailaife（high life，花天酒地的人）；来自葡萄牙的有 chumbo（子弹），buraco（窟窿）；来自印第安土语的有 chirola（钱币），ñapar（偷窃），等等。

单纯从文体角度来看，在暗语发展过程中，除靠比喻方法造出的词汇和吸收的外语词汇外，还充分利用了母语。我们不要忘记，暗语中还有这样的本土词汇：punto，被选定的受害对象；secar，使厌烦；podrir，打扰；cotorro，约会房。除了这种直接贡献以及前面所说的词义改变外，在西语中还存在以下可能：旧词转换法：taita，耀武扬威的人（"发号施令的人"——指挥的人——父亲）；重组字母法（倒写）：orbita，bati/o/r；砍头法：sario，来自 comisario（警察）；去尾法：estaro，来自 estaribel（监狱）；缩减法：yuta，来自 yunta（警察）；别字法：barbusa，来自 barba；古词法：afanar，偷窃；类比法：desempaquetar，打开，撬门；同音法：ladrillo，来自 ladrón（贼）；专有名词法：Sanguinetti，来自 sangre（血）；等等。

这篇短文中，只是对暗语进行了粗略勾画。暗语是一种具体、实用、快速的语言，接近客观现实和日常生活的特点决定了它的词汇构成。它可能是"现实的"或"情感的"，也就是说，跟生活中的两种做人方式一样。它不讲究形式，也从来不会脱离所要表达的现实。貌似抒情时，实则是为了给某个具体关注对象创造一种氛围，从来不是为了空泛的"美"。大部分词汇都是跟职业内容有关：暗号密码、工具、个人称呼，等等。犯罪门类不同，表达水平与流利程度也不同，根据说话方式，可以判定从事的是哪种犯罪活动。拦路打劫的或入室盗窃的，语言粗暴；小偷小摸的，明确，花样繁多；从事诈骗的，更是技高一筹；到了皮条客，则是巧舌如簧，炉火纯青。同时，根据犯罪门类，它们所青睐的命名对象也有所不同。对于皮条客而言，"女人"是他们的基本内容，单单指女人，他们就有近百种叫法，同时他们还拥有花样繁多的语汇来"说服"她们，让她们从事那个行业。

再继续谈下去，我就必须对犯罪行为进行道德评判了；对作奸犯科之举只罗列而规避责任是不可能的。描述暂时告一段落，现在我要重新回到基本语言问题上，谈谈暗语结构的演变。

布宜诺斯艾利斯语言特色明显，所以任何一份客观研究都无法否认，它在西班牙语世界中自成一家。抛开市井粗话、傲慢的郊区话和暗语，一个受过教育的人也会在谈话中大量使用非西班牙标准语的词汇（resfrío、islero、conscripto、heladera……）。如果有一本《阿根廷话词典》，那么它的块头一定惊人。这样浩繁的工程出自大众手笔。

语言是迎合民众的，它来自底层。人多者胜。语言具有一个社会性的普遍目的：人际沟通。"普遍性"社会学的定义是多数选举。巴利[1]说，在语言底层，涌动着生命源流，因为被万物塑造，所以有形而持久。语言与生活彼此依赖，不可分离。

词语随时产生，如果条件适宜，就会发展壮大抑或死去。决定由街道做出。如果某个有限圈子内的词汇能闯过街头筛选，就会马上扩散开来，甚至会进入更加讲究的城市阶层中。一城之语会限定一国之语，继续传递下去，会影响广泛语言；而一城之语则又会受到次级语言或行话制约。

暗语处于最初层级，是永不倦怠的语汇来源，因为它的

1　Charles Bally（1865—1947），瑞士语言学家。

自由完全仰仗更新词汇。一旦有哪个词汇被识破，马上就要进行更换。这种高度紧张下的创造性就是它丰富的根由。当然，不是所有词汇都能平安长大，很多词汇在能够独立行走之前就已死亡。暗语的生长环境恶劣，敌人众多，只有在获取方言词典的信任后，才能够流传下来。

早产也让它先天不足，容易早夭。在安东尼奥·德雷皮阿内《犯罪语言》（一八九四年）收录的词汇中，今天还在使用的，凤毛麟角。每个团伙都有自己的词汇，它们和从事同类犯罪的其他团伙都少有接触，更不用说和从事其他犯罪门类的团伙。在这种彼此的不信任中，只有区区几个词可以成为暗语通用语，而它们因过于招摇，会被警方记录在案。从这时起，最新奇的字眼儿就会进入大众语言，我们也就从这个时候开始知道它们，它们也开始接受时间检验。终极检验。我再重复一遍，一旦进入公共词汇领域，它们也就失去了专属性，不再是暗语。

有人认为，暗语的根源是在布宜诺斯艾利斯——确切说，是在首都，而它的传播则有赖于探戈。的确，最初不知源于何地的探戈音乐将晦涩的暗语藏在动人的旋律中，带到了一国中心；然后，在"母城"的引力作用下，又传播到全国的四面八方。时间磨平了探戈中被过分强调的高乔和暗语色彩；今天，探戈中的暗语已经不像从前那么认真，至多也不过是夜不归家的"正经人"对科连特斯大街的一缕闲思而已。

为什么暗语出现在布宜诺斯艾利斯，而非科尔多瓦这样的地方？这和道德水准无关，也和语言起源无关。多扎在他的著作《暗语》（巴黎，一九四六年）中指出："暗语更容易产生在受外来语影响最大的地区。"港口的川流不息毋庸置疑。这并非意味在外省就没有暗语，如果每个团伙有自己的暗语，那么每个城市也是如此。在这方面还要补充一点，由于布宜诺斯艾利斯在国内的绝对地位，所以它在媒体中占绝对主导，它的任何特点都会被轻而易举地传遍四面八方。

布宜诺斯艾利斯的语言地图

献给阿古斯丁·雅克伯斯

即布宜诺斯艾利斯

　　若要更好地理解布宜诺斯艾利斯，我们首先要想象一条长街，像脊柱一样，贯穿整个国家；这是一条情感之街，起点是外省对首都的向往，终点在这里，任何一个街区的角落，遥远而亲切。因为这就是布宜诺斯艾利斯；延伸的希望，不断的来到。港口。难怪，城区的形状就如一只慷慨的手掌，张开欢迎四方宾朋。布宜诺斯艾利斯人不是指出生在这里，而是指带着感恩之心回报这份赤诚的人。周而复始。在郊区慢慢流逝的黄昏，在彻夜通明的中心街道，在奔波忙碌的工作日早晨，在慵懒甜蜜的星期天。

可能布宜诺斯艾利斯不过是一次交谈，只是口中的憧憬。所以，很难向行色匆匆的游客展示她。哪个街区可以一下子代表她的全部？没有。每个都只是她的一小块面庞。高耸、倨傲的现代楼宇更无法代表她。依稀间，只是在几条人们行走的街道，在共享的友谊，在简简单单亲密的随意中，还残存着布宜诺斯艾利斯看不见的精神——记忆的延续，任何条文都改变不了。所以，对不断改变的街道名字，不断立起的陌生名人纪念碑，市民从来不会放在心上——那些充其量只是当权者的献媚，不过是选举，不过是运气。

用"市井记忆的延续"来定义布宜诺斯艾利斯的精神，可能看上去只是文学修辞，而没有实证。也可以说成，在日常的咖啡桌（桌旁的沉默也是交谈）和举国上下对各色球队的狂热中，也隐含着这种精神。或者，它也藏身在布宜诺斯艾利斯的神话——探戈——中。探戈按照布市的街巷和激情量身定制，它的音乐让一个大城市变成了阿根廷的情感之都。

说探戈是整个民族的情感核心，可能也会引起争议，我不想身陷其中。对探戈起源和影响的考据工作留待旁人去做。

考据是文化中的巫术。我只要听到探戈歌声中清楚再现布宜诺斯艾利斯，只要知道当我们远离祖国时，它是我们对阿根廷的思念，当我们远离快乐时，它是我们对自己的思念，就足够了。卡洛斯·伽达尔如同荷马一般的歌喉越过他没有定论的出生地，停留在他一生挚爱的"亲爱的布宜诺斯艾利斯"，那个由塞雷多尼奥·弗洛雷斯[1]、恩里克·桑托斯·迪塞坡罗[2]、胡里安·森特亚[3]和奥梅罗·曼兹[4]坚定捍卫的布宜诺斯艾利斯。同样去捍卫它的，还有弗雷·莫乔[5]、埃瓦里斯托·卡列戈、莱奥帕尔多·卢贡内斯[6]和豪尔赫·路易斯·博尔赫斯。

列出两组作家名单并非因为他们之间存在高下或差异；走在街头，我们所有人并无不同。这么做，只是为了标注他

1　Celedonio Flores（1896—1947），阿根廷诗人，探戈词作者。

2　Enrique Santos Discépolo（1901—1951），阿根廷作词家、作曲家、戏剧家和电影艺术家。

3　阿姆莱托·恩里克·韦尔吉亚蒂（Amleto Enrique Vergiati，1910—1974）的笔名，阿根廷诗人、探戈词作者和暗语诗人。

4　Homero Manzi（1907—1951），阿根廷探戈歌手。

5　何塞·西斯托·阿尔瓦雷斯的笔名。

6　Leopoldo Lugones（1874—1938），阿根廷作家、历史学家、教育家和政治家。

们各自偏好的语言风格。在一个人口众多的大都市，有各种语言风格，既有字斟句酌的学院式风格，也有浓墨重彩的直抒胸臆；二者文学效力相同，但大众对它们的情感不同。情感发于表情——简化的语言，延至真实的语言——简化的表情，止于代表布宜诺斯艾利斯声音的本地语言、市民使用频繁程度和每个人的主观判断。生活在布宜诺斯艾利斯，却没有走入色彩缤纷的本地土话，就像隔着玻璃体味她一样。

我坚持自己的"街道"命题，因为这样我可以很快总结完"布宜诺斯艾利斯语言"这个题目；当然，我所用的地图也属于比喻，带有主观色彩。比喻永远都是主观的，因为要做到别出机杼。充满现代气息的圣菲大道北街和与之相对的、传统的五月大街，阿莱姆海滨大道和卡亚俄大街，共同勾勒出这一小片语言区域的四至，而这片区域又被著名的不夜大街科里恩特斯大街分成两部分。

现在我们凑到这个语言屏幕前，仔细看看里面的画面。先从南部开始。五月大街尽管已经江河日下，却还保留着殖民地"大街"的昔日荣光。路两边的滑稽歌剧院和西班牙式电影院将人带到世纪末马德里静谧的林荫大道。宽阔便道上点缀的教区集会桌子，更是让人身临其境，桌旁的声音还在固守旧时腔调，tú 和 ti 在布宜诺斯艾利斯人听起来是如此刺耳和奇怪。当然，说五月大街只属于西班牙人，对于那些追随父辈脚印，每日行走在这里的外省人来说，有欠公平。一排灰暗的寒酸旅店迎接着来自内陆的男女，他们将从这里开始他们的首都生涯。五月大街上，外省人和西班牙人就如同美洲的殖民历史：征服者的后代与被征服者的后代肩并肩地站在一起。从西班牙来到的词语还要继续它的统治，但同时还有生在本土，血统同样纯正的词语，只不过不同的太阳已经改变了它们的肤色。

在语言地图上，与五月大街相对的另外一边是圣菲大道，即巴黎。有时也是罗马，有时也是伦敦，但永远是欧洲。这是高雅与时尚荟萃之地，行人操着外国腔，贵族来这里享受生活。圣菲是永远的指南针，总是洋溢着旅行者或梦想旅行者的乐观精神。它是掌权阶层或新兴富贵阶层最爱的地方：冷漠、强大、年轻。如果我们给布宜诺斯艾利斯街巷写一篇传记，那么无疑，圣菲正处在快乐的少年时代，无忧无虑；五月大街则已经是进入成熟年纪，平静淡然，要么是未来已经成为过往，要么是从未对未来寄予厚望。属于资产阶级——与安于现状同义——的外省人与西班牙人在这里找到了彼此的相似之处，这并非出于偶然；而招摇过市的"小开"最早就是在靠近圣菲北面的一家咖啡馆内产生，也非出于偶然；在这里提出编纂"淘汰式词典"，倡导一种被幽默大师兰德鲁巧妙讥讽为"文化人或者……鬼知道"的语言，也同样并非出于偶然。

在相对两侧的正中间，是科里恩特斯大街，也是"市井街道"的代名词。布宜诺斯艾利斯八方街道汇聚在科里恩特斯，没有地段之分，也没有距离远近。比亚·克雷斯珀作为克里奥尔化的犹太区日益壮大，动乱的巴勒莫流传着各种有关刀子和监狱的坊间故事，博卡区是花里胡哨的便宜房屋和民间剧中时常刻画的热那亚风俗；还有圣特尔莫区，古徽章已经不在，老院落却还未倒；蒙塞拉特和大市场区还带着对往昔声色犬马和古老探戈的回忆；昂西广场各种"淘货"吆喝此起彼伏；里尼尔斯以及临近的西区，还带着乡下和潘帕斯草原新鲜的土语。所有市井街道带到科里恩特斯大街的都是同一种语言，布宜诺斯艾利斯的语言，里面没有戏剧词汇创造者，也没有追随哗众取宠之人。来自四面八方的词语，在科里恩特斯大街日复一日的灯火通明下，被阿根廷人引以为豪地一遍遍重复。从卡亚俄大街到巴霍街，一幅科里恩特斯的语言地图可以代表整个布宜诺斯艾利斯。打个比方，就如同这幅小小的长方形地图在中间凹陷下去，四周连成一片山坡。在科里恩特斯，传说中的街角男子，玫瑰色街角的汉子，永远化身成了神秘的科里恩特斯和埃斯梅拉达男子。

在巴霍街一带，一排船只将词汇带来，让这幅简单地图中多了一些词汇的小细节；同时，还有一些词汇被装上船，甚至被运到西班牙，诚如我们所见，在《皇家语言学院词典》中正在不断出现阿根廷本土词汇。从前，老雷科瓦大楼是罪犯最青睐的地方，在啤酒红酒的觥筹交错中，可以听到各色外国暗语和本土"暗语"。今天，巴霍的小咖啡馆已经大大衰落，而各国罪犯将其暗语藏在我们所绘的这幅语言地图的底层，唯一的掩护是它的行业面具。

当然，街道只是城市的一面，是它的空间。还有另外一面，则是时间。生命就是回答每分每秒与你进行的耐心对话；是这一对话过程中的似水流年。我们所圈定的这片区域，我不知道是否是出于偶然，竟然与布宜诺斯艾利斯最重要的历史事件吻合。东边，一五三六年佩德罗·德·门多萨[1] 来到这里，为这片土地命名，乌尔里克·施密德尔的回忆仿佛近在眼前："……我们在那里立起一座城市，叫布宜诺斯艾利斯。"几个世纪以后，因为黄热病，南部"迁到北部"，它给人口带来的影响类似于第三次建城。从未有人仔细想过这次搬迁对阿根廷中产阶级造成的重大后果，它让上层社会被迫匆匆放弃栏杆后的深宅大院。贵族姓氏被取下，新兴资产阶级蒸蒸日上。从那时起，布宜诺斯艾利斯的世系已经不再来自出生的摇篮，而是来自街道，生——或不生，都是在北区。

再近一些，一九三〇年前后，西区开始发生军营革命，开始一种新的统治制度。十五次军事暴动见证了这种频繁更迭的危险。但是布宜诺斯艾利斯似乎丝毫不为本土动荡所动，继续坚定地实践成为西班牙语国家大都市的理想，继续雄心勃勃地寻求发展。强者的热情让她成长，粗大的水泥长矛盖住河流，河流就像天空，前辈的希望从那里望着我们。

1　Pedro de Mendoza（1487—1537），西班牙军人、探险家、驻阿根廷拉普拉塔河地区第一任总督、布宜诺斯艾利斯城的创建人。

我的语言地理也就到此为止。还剩未来。但是，它不是任何人的功绩。有悖我们和经济学博士（关于贫困的技术员，统计学官僚）的愿望，未来还在未来。我并非要做一篇洋洋洒洒、看上去格式谨严的语言论文——研究和批评工作且留待别人去做。评论家是文化领域的"经纪人"，择优的工作由他们负责。我只想留下一份旁证，复原自己曾经生活过的那个日常的布宜诺斯艾利斯和街头的闲适。只有日常的，才让我们领悟到时间的深远；不断死去的日日夜夜，它的名字就是生命，"永恒"的诸多街巷之一。

Jorge Luis
Borges
Margarita
Guerrero

El "Martín Fierro"

关于《马丁·菲耶罗》

[阿根廷] 豪尔赫·路易斯·博尔赫斯　玛加丽塔·格雷罗 著

赵振江 译

上海译文出版社

目　录

序　言

　　四五十年前，孩子们读《马丁·菲耶罗》就像如今读范·达因[1]或埃米利奥·萨尔加里[2]似的。有时像地下活动，总是偷偷的，这样的阅读是一种快乐，而不是必须完成的课外作业。如今，《马丁·菲耶罗》已是经典，这个定义是"絮烦"的同义词。仅就篇幅来说，那些豪华注释的版本助长了上述谬误的流传；蒂斯科尼亚[3]博士无可置疑的扩充是嫁祸于他所评论的诗人。事实是《马丁·菲耶罗》约有八十页，不用太快，我们一天也能读完。至于它的词汇，我们会看到，其地方性并没有埃斯塔尼斯拉奥·德尔坎波[4]或卢西奇[5]那么强。

　　同时不乏精到的版本。或许最好的是圣地亚哥·M.卢贡内斯的版本（布宜诺斯艾利斯，一九二六年），其简洁的注释，出于一个人的手笔，此人熟悉我们的乡村，对于了解这个文本的智慧，这些注释是非常有用的。埃雷乌特里奥·蒂斯科尼亚于一九二五年面世的版本更有名；关于此书需要说的话，埃兹吉耶尔·马丁内斯·埃斯特拉达都说了（见《马丁·菲耶罗之死与形象转化》，II，第二一九页）。

这本小书的主要目的是推广《马丁·菲耶罗》的阅读。不过我们这本书是基础行动，对《马丁·菲耶罗》的后续研究，莱奥波尔多·卢贡内斯的《帕亚多尔[6]》（一九一六年）和埃兹吉耶尔·马丁内斯·埃斯特拉达的《马丁·菲耶罗之死与形象转化》（一九四八年）是必不可少的。前者突出了作

1　S. S. Van Dine (1888—1939)，原名威拉德·亨廷顿·莱特，美国作家与评论家。1920 年代，他创作了红极一时的推理小说《菲洛·万斯》，并将其引入银幕和广播节目。

2　Emilio Salgari (1862—1911)，意大利小说家，其作品内容多为在马来西亚、加勒比海、印度森林、非洲荒漠的探险故事，当年十分畅销。

3　Eleuterio Felipe Tiscornia (1879—1945)，阿根廷作家、语文学家，是《马丁·菲耶罗》的注释者和评论者。

4　Estanislao del Campo (1834—1880)，高乔诗歌《浮士德》的作者。

5　Antonio Lussich (1848—1928)，高乔诗歌的代表人物之一，代表作是《三个东部高乔人》。

6　*payador* 是行吟歌手的意思。

品的叙事和哀婉元素；后者突出了其世界的悲剧性，还有魔鬼性。

维森特·罗西的《语言手册》（科尔多瓦，一九三九——一九四五）是不礼貌的，但读起来却又是令人愉悦的。罗西的一篇论文认为《马丁·菲耶罗》是高乔人的，但更是乡下人的。弗朗西斯科·I.卡斯特罗的《〈马丁·菲耶罗〉的词汇与词组》（布宜诺斯艾利斯，一九五〇年）同样是可用的，虽然其作者往往在诗的语境中寻求模棱两可的短语的内涵，而不是引用其他权威的说法。比如，对"*pango*"一词，说它的意思是"肿块、争吵、混乱、乱七八糟、一塌糊涂"，让我们参照第十一章，其中有"Mas metió el diablo la cola/y todo se volvió pango（但魔鬼插了一腿／顷刻间乱成一团）"。在允许有两种解释的地方，卡斯特罗先生往往兼收并蓄。他澄清说，"安慰"（*consuelo*）的意思是"投掷者的某个重量和爱他的姑娘"。

对于"乡亲"的一般类型，可以参考埃米利奥·A.科尼的《高乔人》（布宜诺斯艾利斯，一九四五年）；对于其名称的起源，可参考阿尔图罗·科斯塔·阿尔瓦雷斯的《阿根廷的卡斯蒂利亚语》（拉普拉塔，一九二八年）一书的"高乔的三十种词源"那一章。

豪·路·博尔赫斯　玛·格雷罗

高乔诗歌

　　高乔诗歌是文学史记载的最特殊的事件之一。不能顾名思义，它并非高乔人写作的诗歌；而是受过教育的人士，布宜诺斯艾利斯或蒙得维的亚的先生，是他们作的。尽管源自文化人，我们将看到，高乔诗歌具有率真的民间性，在我们所能发现的高乔诗歌的优点中，这看似矛盾的优点并非不值一提。

　　研究高乔诗歌起因的人，一般都限于一点：截至二十世纪，田园生活是潘帕草原和丘陵的典型生活。这个起因，无疑适用于那多彩的文不对题，但不足以自圆其说；在美洲的许多地方，田园生活都有典型性，从蒙大拿和俄勒冈到智利，可这些地区强烈拒绝编撰《高乔人马丁·菲耶罗》。光有坚韧的牧人和荒漠是不够的。

我们的文学史家——里卡多·罗哈斯是最鲜明的典范——想把高乔诗歌的源头引向帕亚多尔的诗歌或乡间专业人士的即席吟颂。高乔诗歌的八音节格律、分段形式（六行诗、十行诗、民谣）与帕亚多尔的诗歌吻合，这种情况似乎说明了这种渊源的合理性。然而二者却有根本的区别。帕亚多尔们从不蓄意使用粗俗语言赋诗，或者使用来自农村的劳动者形象；对人民来说，艺术活动是严肃乃至隆重的事情。在这方面，《马丁·菲耶罗》的第二部分为我们提供了一个未被提及的证据。这部诗全是用俗语写成的，或者说想精心地成为粗俗的；在最后的歌咏中，作者向我们介绍了一场在副食杂货店中的"对歌"（payada），两位帕亚多尔忘记了自己周围可怜的田园环境，天真或冒失地谈论伟大而又抽象的主题：时间、永恒、夜之歌、海之歌、重量和体积。好像最伟大的高乔诗人有意向我们展示他的诗歌与帕亚多尔不负责任的即席之作的区别。

可以想象对于高乔诗歌的形成，有两件事是必需的。一个是高乔人的生活方式；另一个是城里人的存在，他们渗入了这种生活方式，而且其日常用语较为相近。如果像某些语言学家（一般是西班牙人）研究或发明的那样，存在着高乔方言，那么埃尔南德斯的诗歌将是人造的"大杂烩"，而非我们所了解的地道的东西。

从巴尔托洛梅·伊达尔戈到何塞·埃尔南德斯的高乔诗歌，凭借自发的力量，建立在一种几乎不是惯例的惯例上。它假定一个高乔歌者，一个与纯正的帕亚多尔不同的歌者，蓄意运用高乔人的口语及其不同的、有别于城市语言的特征。人们会发现这种惯例是巴尔托洛梅·伊达尔戈的主要优点，这一优点的生命力超过他编写的章节，并使后来阿斯卡苏比、埃斯塔尼斯拉奥·德尔坎波和埃尔南德斯的作品的出现成为可能。

我们可以补充一个属于历史范畴的环境：使这些地区统一或将其撕裂的战争。在独立战争、与巴西的战争和内战中，城里人和乡下人共同生活，前者对后者有了认同感，他们孕育并创作了令人敬仰的高乔诗歌。

创始者就是蒙得维的亚人巴尔托洛梅·伊达尔戈。一八一〇年前后，他是理发师，当时在卖弄同义词的历史学家中，咬文嚼字的情趣与日俱增；卢贡内斯，评论他，描述"刮脸者"的声音；罗哈斯，衡量他，不甘心放弃"剃头匠"的说法。寥寥几笔，使他成为帕亚多尔，以表明其高乔诗歌起源于民间的理论。然而，要承认伊达尔戈最初的诗作是十四行诗和十一音节的颂歌；无需提醒，这类形式是人民难于接受的，对人民来说，只有八音节的音律是可以理解的，其余皆是散文。在蒙得维的亚所作的研究（见《数目》杂志第三、十二期）认为，伊达尔戈最初写"配乐剧"（melólogos），这是个奇怪的字眼，意思是"舞台剧，一般是一个人物，有音乐评注，为演员的声音编制音响背景，与对话相互交错，以增强表现力或预示紧接着要表现的情感"。"配乐剧"又称"独角戏"。如今我们知道这种在西班牙创作的形式的最终意义，毫无疑问是启发了伊达尔戈创作出高乔诗歌。众所周知，它最初的创作是《爱国对话》，其中是两个高乔人——工头哈辛托·查诺和拉蒙·孔特雷拉斯——回忆祖国的重大事件。在这些作品中，巴尔托洛梅·伊达尔戈发现了高乔人的语调。我作为叙事文学作家的短暂经历证明，知道一个人如何讲话就等于知道了他是何许人，发现了一种语调，一种声音，一种特殊的句法，就等于发现了一种命运。

我不重复伊达尔戈的诗句，我们不可避免地会犯下以其后续者的作品为准则对其诗句进行谴责的错误。在我将要引用的其他人的诗节中，伊达尔戈永恒的、秘密的、谦虚的声音会以某种方式存在，只要想想这一点，对我就足够了。

伊达尔戈曾是士兵，曾在他的高乔人歌颂的战争中拼搏。他在那贫困的时代，曾亲自在街头叫卖自己印在彩纸上的《爱国对话》。一八二三年前后，他在莫隆镇因肺病而黯然离世。马尔蒂尼亚诺·莱基萨蒙和马里奥·法尔卡奥·埃斯帕尔特尔的《东方诗人巴尔托洛梅·伊达尔戈》（蒙得维的亚，一九一八年）对他的生平和创作有研究。

巴尔托洛梅·伊达尔戈属于文学史；阿斯卡苏比属于文学，还属于诗歌。在《帕亚多尔》一书中，卢贡内斯将二者献给了《马丁·菲耶罗》的最大光荣。这一牺牲出于将所有高乔诗人都缩小为埃尔南德斯先驱者的习俗。这个传统带来一个错误：阿斯卡苏比并非《马丁·菲耶罗》的先驱者，因为其作品是根本不同的，有不同的目的。《马丁·菲耶罗》是悲伤的；阿斯卡苏比的诗句是幸福和英勇的，具有视觉的特征，与埃尔南德斯的方式是截然不同的。卢贡内斯否定阿斯卡苏比的一切品质，结果是自相矛盾，因为卢贡内斯是视觉的、华丽的诗人，与阿斯卡苏比相近。旺盛的魄力，对纯净色彩和简约事务的喜爱，是对后者的定义。在《桑托斯·维加》的开头，这样写道：

> 他骁骑着一匹
> 有花斑的马驹，
> 像色子一样美丽，
> 刚一踏上地皮
> 便轻飘飘地飞起。

　　将《马丁·菲耶罗》中色彩暗淡的"突袭"事件与阿斯卡苏比直接的、戏剧化的表述进行比较，也是富有启发性的。埃尔南德斯突出菲耶罗面对侵袭和掠夺的恐惧，阿斯卡苏比（《桑托斯·维加》，第十三页）置于我们眼前的是印第安人浩浩荡荡的人马奔腾而来：

但是当印第安人

前来侵袭，

人们会感觉到，

因为田野里的小动物

惊恐万状地出逃，

野狗、野兔、

狐狸、鸵鸟、

麋鹿、梅花鹿、美洲豹

它们在村落间奔跑，

成群结队，乱七八糟。

那时节牧羊犬

扑向印第安人狂咬

还有灰头麦鸡

也会不停鸣叫；

但是毫无疑问，

肯定是名叫"掐架"的鸟

最先发出预报，

当潘帕人前来偷袭

它们会立刻飞起

"掐架！掐架！"地叫。

那些受野蛮人

惊吓的动物跑过，

村外的田野

升起烟尘

潘帕人毛发倒竖

伏在马背上

一路狂奔，

嘴里还不停地

高声呐喊，

半个月亮在天空助阵。

　　阿斯卡苏比在内战中、在与巴西的战争中、在乌拉圭大战中入伍，在他漂泊的一生中，可谓见多识广；奇怪的是他描述的最生动的总是自己从未见过的东西：印第安人对布宜诺斯艾利斯省边界地区的侵犯。艺术首先是一种梦想的形式，这并非无稽之谈。

阿斯卡苏比一八七〇年在巴黎创作了几乎写不完的韵律小说《桑托斯·维加》；除了某些著名的章节外，这部特别沉闷的作品为其作者身后的名誉造成了损害。阿斯卡苏比的精华散见于《莽汉阿尼塞托》和《保利诺·卢塞罗》中。从他的全部作品中编一部选集比重复再版《桑托斯·维加》更能增加他的光彩，尽管多家出版社更热衷于出版后者。

在撂下阿斯卡苏比之前，让我们来回想他的两首光彩夺目的十行诗，第一首是写给马塞利诺·索萨上校的，他曾与联邦分子或白人作战：

> 我的马塞利诺上校，
>
> 勇敢的游击士兵，
>
> 东方的钢铁胸膛
>
> 和宝石的心灵；
>
> 来犯的杀人凶手，
>
> 可恶的叛徒

和最难驯服的畜牲，

只要索萨到场

都要将可憎的生命

献给他的刀锋！

下面这首，再现了一个乡间舞会的场面：

然后他叫出自己的舞伴

胡安娜·罗莎，

他们开始了转动

跳的"半瓶"却成了"满瓶"[1]。

姑娘啊！她的臀部

几乎脱离了身躯

因为每个动作

都要将人们躲避

每当卢塞罗靠近

---

1 原文中的"半瓶"（media caña）是一种民间舞，"满瓶"（caña entera）是相
  对于"半瓶"的文字游戏，意思是跳得筋疲力尽。

都要从他的双手逃离。

阿斯卡苏比的格调，与其说是高乔的，有时更像是郊区的土生白人，郊区农村的。这个特征（《马丁·菲耶罗》某些粗犷特征的先驱）使他有别于其启发者巴尔托洛梅·伊达尔戈，后者的对象，尽管有粗野之处，还是正派的乡亲。

阿斯卡苏比于一八〇七年出生在科尔多瓦，一八七五年在布宜诺斯艾利斯辞世。里卡多·罗哈斯有理由强调他男子汉的勇气，在蒙得维的亚被包围的广场，他曾多次用即席吟颂猛烈抨击罗萨斯[1]和奥里维[2]；我们记得在这座城市，另一位统一派撰稿人弗罗伦西奥·瓦雷拉，《拉普拉塔商报》的创始人和编者，遭"棒子队"[3]成员们杀害。

伊拉里奥·阿斯卡苏比为了表明与伊达尔戈诗歌的关联，有时肯定《哈辛托·查诺》；埃斯塔尼斯拉奥·德尔坎波，阿斯卡苏比的朋友和继承者，肯定《童子鸡阿纳斯塔西奥》是

1　Juan Manuel de Rosas（1793—1877），阿根廷军事和政治领导人。

2　Manuel Ceferino Oribe（1792—1857），乌拉圭第二任总统（1835—1838）。

3　"棒子队"是人们对独裁者罗萨斯的打手暗杀团的俗称。

《莽汉阿尼塞托》众所周知的变异。他最有名的作品是《浮士德》，像原始人的诗歌一样，它可以不用印刷，因为它依然铭刻在人们尤其是妇女的记忆中；有件事实足以使人受到启发，《浮士德》的高乔本性，与其说在实质，不如说在形式。的确，在我们将要研究的所有诗作中，没有哪一部更刻意地表现乡村词汇，或许也没有哪一部更远离乡亲的思维方式。有些诋毁者——拉菲尔·埃尔南德斯，何塞·埃尔南德斯的弟弟，或许是第一位——指责埃斯塔尼斯拉奥·德尔坎波不了解高乔人。甚至连这位英雄的坐骑的毛都被检验过并遭到责难。这样的指责实属荒谬。在一八六○年代，在布宜诺斯艾利斯，难的不是了解高乔人，而是不了解高乔人。那时乡村和城市连在一起，平民就是土生白人。况且，埃斯塔尼斯拉奥·德尔坎波上校参加过围困布宜诺斯艾利斯、帕翁战役、赛佩塔战役和一八七四年革命；他指挥的部队，尤其是骑兵，就是高乔人。在《浮士德》中，人们指出的错误是疏忽，恰恰是出于粗心大意，因为对素材太熟悉了，在处理细节时未加推敲。或许埃斯塔尼斯拉奥·德尔坎波对乡村劳动不甚在行，但绝非一无所知，我们再说一遍，高乔人的心理毫不复杂。

　　人们还说《浮士德》的内容是因袭的，因为一个高乔人不可能理解一部歌剧的情节，也无法忍受它的音乐。这是真的，不过我们可以推断这也是这部作品的总的玩笑的组成部分。诗作的真诚，比几个跑调的比喻和不允许他把"桃红-玫瑰红"的毛色混同起来的批驳更重要。它的核心价值在于伙伴的对话所透射出的友情。埃斯塔尼斯拉奥·德尔坎波同时留下了其他土生白人的作品。最著名的是《高乔政府》，他提出了类似《马丁·菲耶罗》中提倡的改革。他于一八六二年乘船赴欧洲，在一封写给伊拉里奥·阿斯卡苏比的信中，录有如下的十行诗：

　　　　为了你们，
　　　　我甚至乞求圣灵，
　　　　乞求仁慈圣母
　　　　用斗篷将你们庇护，
　　　　请上帝允许你们
　　　　乘航船踏上征途，

天空中没有乌云翻卷，

波涛上没有猛烈颠连，

就连噘嘴鱼的尾巴

都不会打击航船。

这伤心的歌手在此

结束了他粗糙的诗篇，

用钢笔的笔杆

将它们拴在你的汽船。

莫奇怪没有鲜花

在我可怜的音乐会绽放：

沙漠不长玫瑰，

康乃馨不会开在刺蓟上，

布满荒草的田野

从来不长夜来香。

　　我们确信埃斯塔尼斯拉奥·德尔坎波是勇敢的。在反对乌尔吉萨的战场上，他穿着华丽的军装参加战斗，右手放在军帽下，向第一批子弹致意。他个人的和蔼可亲在作品中得到了延续。

我们刚刚评价的诗人被称作埃尔南德斯的先驱。实际上，除了让高乔人用农民的语调或词汇说话的共同主张，哪一个也不是。我们现在要研究的这位诗人，其作品在拉普拉塔河地区几乎尚无人知，他恰恰是埃尔南德斯的先驱，可以说，除此以外，他什么也不是。卢贡内斯在《帕亚多尔》的第一八九页写道：

"堂安东尼奥·卢西奇刚刚写了一部书，《三个东部高乔人》，将被称作'阿帕里希奥运动'的乌拉圭革命时的高乔典型人物置于舞台上，受到埃尔南德斯的祝贺，看来是给了他适时的鼓励。这部作品寄去后，使埃尔南德斯产生了好心情。卢西奇先生的作品是在布宜诺斯艾利斯于一八七二年六月十四日由'论坛'印刷厂出版的。埃尔南德斯感谢卢西奇给他寄书的贺信是同年同月的二十日写的。《马丁·菲耶罗》是十二月面世的。卢西奇的诗句俊秀潇洒，与农民的特点和语言相符，形式有四行体、十行体，也有帕亚多尔的六行体，后者是埃尔南德斯采用的最典型的诗体。"

开头，卢西奇的书，与其说是《马丁·菲耶罗》的预告，不如说是拉蒙·孔特雷拉斯和查诺的对话的翻版，的确是相当笨拙的翻版。三位老兵讲述他们曾经的丰功伟绩。然而他们的叙述却不只是历史事件，还包括大量自传性的隐私、悲哀或愤怒的积怨，这几乎是抢先说了"马丁·菲耶罗"的话语。他的语调不同于阿斯卡苏比或伊达尔戈，已经是埃尔南德斯的。后者在《高乔人马丁·菲耶罗》中说：

　　　　我带上千里乌骓，
　　　　顶呱呱出类拔萃！
　　　　用它在阿亚库乔，
　　　　赢金钱强似圣水。
　　　　高乔人需要骏马，
　　　　困窘时可免狼狈。

　　　　我当时并未迟疑，
　　　　马背上驮好行李。
　　　　带走了篷秋鞍垫，

家里的全部东西。
只剩下半裸妻子，
全没有遮体之衣。

备好了全套马具，
那次我毫无保留：
嚼子和缰绳辔头，
马绊和套索套球……
别看我今日寒酸，
就怀疑我在吹牛！

此前，卢西奇写道：

我带走一整套马具，
带滑轮的嚼子
多么精巧，
精致的缰绳，
马鞍衬垫的牛皮

鞣制得非常精到；

带了多少多物件，

甚至有一条厚厚的毛毯，

尽管华丽无助于奔驰，

还是要立即将马打扮。

我能把钱袋攥出汗水，

因为我从不小气：

带来一件毛料宽大的篷秋

一直能拖到脚底，

一条上好的鞍垫，

我可以放松休闲；

既能够抵御风暴

又可度过饥寒，

不用丢弃任何物件

哪怕是一只生锈的铁环。

我的马刺坚实有力，

皮鞭上缀着金环，

美丽的短刀，上好的套球，

还有绊马索和笼头。

在宽宽大腰带里

放着十枚银币，

为了随便去哪一家赌场，

因为我酷爱玩牌的游戏，

赌博中我猜得更准，

而且有好的手气。

银扣、脖套和肚带，

马镫、笼头

以及我们的套索，

上面印着"大东方"[1]的字样。

我再也没见过

这么完美豪华的马具。

---

1 la gran Banda Oriental，指乌拉圭河以东、格兰德河以北的土地，即今天的
乌拉圭东岸共和国和巴西南部的一部分。

他娘的！在骏马上
像太阳一样闪光。
我简直连想都不愿再想，
既然空想派不上用场！

我骑上一匹高头大马，
轻快得像一道光芒。
哎呀！对于骑手的拼搏
真是超级的棒！
它的身躯散发着热量，
佩戴的马具
像明媚的月亮
刚刚升上山岗。
我带着自豪而且并非玩笑，
我就坐在马背上。

埃尔南德斯会说：

就这样挨到夜晚，

寻巢穴去把身藏，

老虎能栖居巢穴，

人何尝不是一样，

我所以不愿回家，

只为把警察提防。

卢西奇早就说过：

一定会有多余的山峦，

那里是我的藏身之地，

野兽会在那里筑窝，

人也会在那里躲避。

卢西奇出现在埃尔南德斯之前，但是倘若埃尔南德斯并非受他的启发而写了《马丁·菲耶罗》，卢西奇的作品便会微不足道，在乌拉圭文学史上几乎不值一提。我们注意到，在进入本书的正题之前，这个悖论好像在和时间做魔幻的游戏：

卢西奇创造埃尔南德斯，即使是部分地，同时又被其创造。人们可以不那么惊奇地说，卢西奇的对话是埃尔南德斯最终作品的临时的却是无可争辩的草稿。

何塞·埃尔南德斯

卢贡内斯称《马丁·菲耶罗》为史诗，这一伟大称谓使他不得不赞美埃尔南德斯或想象他有非凡的灵感。最终他选择后者（这是最合理的），并将诗作的卓越与诗人的平庸作了对照。在《帕亚多尔》的第七章，他写道："埃尔南德斯从来不知其重要性，除了那次机会，他没有天赋……那部诗作构成他的一生，除此以外，他整个是一个平常人，他的思想在当时也是平庸的。"我们将会看到，这带有诬陷性的见解犯了某种夸大其词的老毛病。

何塞·埃尔南德斯的传记，素材的主要来源依然是他的弟弟拉菲尔·埃尔南德斯的文章，包括在题为《佩瓦霍——街头术语》中。这本书的历史很奇特。一八九六年，佩瓦霍市政府要以阿根廷诗人的名字命名该市的街道和广场。拉菲尔·埃尔南德斯主持审议委员会，发表了一本受纪念者的传记，其中就有何塞·埃尔南德斯。

此人于一八三四年十一月十日出生在普埃雷东庄园，即当今的圣马丁区，布宜诺斯艾利斯西北约数十里。他的家庭，在父系方面，属联邦派，母系方面（普埃雷东人），属统一派。他有西班牙、爱尔兰和法国血统。

六岁前，埃尔南德斯生活在圣马丁区。从六岁至九岁，他居住在巴拉卡斯的一栋别墅。十八岁时，作牧场总管的父亲将他带到布宜诺斯艾利斯省的南部，当时属于原始地区。他的弟弟告诉我们，在那里"他变成了高乔人，学会了骑马，多次参加战斗，抵御潘帕印第安人的侵袭，参与聚拢牲畜并出席其父亲操办的重要工作，如今的人们对此已一无所知"。在一八八二年前后，何塞·埃尔南德斯曾深情地怀念那段时光："你们如果曾穿过南方的乡野，会和我一样，看到无数野生的母马，没有一群是定居的，这在不久前已经彻底消失了。在罗萨斯时代，在一些农村还有这么多野生的母马，为了带领马群通过，必须要有一个人在前面领路，以免被相遇的大群母马裹挟，它们感到有人来，便会飞奔而去。它们全是野生的，六岁，八岁，十岁或更老，从未经过人的驯服。这里能造就乡间的骑手，强壮的套球手，有名的套索手和灵敏的赛马手。"（见《庄园主的训示》，第二六九页）

埃尔南德斯在乡下生活了九年。一八五三年，曾在林孔·德·圣格雷果里奥作战。一八五六年，在布宜诺斯艾利斯从事新闻工作。后来，他的生活是多种多样的。他曾从军，因一次极神秘的决斗而放弃，曾做过贸易职员，曾在赛佩塔和他自己的省作战，曾在帕拉纳会计事务所任职，在联邦立法机构任速记员，后又曾在乌尔吉萨身边，在帕翁和卡尼亚达–德戈麦斯作战。

一八六三年，他在一家报纸预言乌尔吉萨被杀事件（"在那里，在圣何塞，在家人的奉承中，他的血必会染红大厅"）。七年后，这个预言应验，埃尔南德斯和霍尔丹派一起参加了导致尼亚恩贝彻底垮台的恶战。据说他徒步逃到巴西边界。在《马丁·菲耶罗》的序言中，一些意犹未尽的话表明，这部书的写作帮助他远离了旅店生活的枯燥。卢贡内斯认为这指的是一家五月广场的旅店，埃尔南德斯在其"阴谋家的杂物堆中"即兴作了那部诗作；其他人认为指的是利布拉门托的圣安娜旅馆，在那里东方的和里奥格兰德的高乔人使他想起了布宜诺斯艾利斯的高乔人。某些乌拉圭乡村特有的短语证实了这种猜测。

里卡多·罗哈斯写道："在布宜诺斯艾利斯的立法机构，他曾和诸如莱安德罗·阿莱姆、贝纳尔多·德·伊里戈延等人论战。在布宜诺斯艾利斯政界和报界，他轮流和纳瓦罗·维奥拉或阿尔西纳在一起……为布宜诺斯艾利斯联邦和拉普拉塔基金会服务……用被他的朋友誉为管风琴般洪亮的声音，在巴列达德斯剧院作政治讲座。"卡洛斯·奥里维拉证实："他像一锤定音一样令人信服。他的体魄差不多相当于两个人。他的声音纯净有力，就像大教堂里的管风琴。语言是何等的流畅！"

一八八〇年，他的朋友和冤家埃斯塔尼斯拉奥·德尔坎波被安葬于北方墓地，他曾在安葬仪式上讲话。

他回布宜诺斯艾利斯一段时间，住在今天被称作维森特·洛佩斯广场[1]的一座房子里。

---

1 在门厅，他曾指使一支可怕的画笔画过帕伊桑杜的围困，他的弟弟拉菲尔曾在那里战斗。——原注

他的晚年是在贝尔格拉诺的一个庄园里度过的，当时那里还不是首都的一个区，而是一个偏远的村镇。他弟弟为我们保留了他去世时的场景："终于，在一八八六年十月二十一日，这个巨人以孩子的虚弱垂下了结实的头颅，尚不满五十二岁，或许死于心脏病；在咽气前不到五分钟，体能还运用自如，他了解自己的状况便对我说：'兄弟，这就完了。'他最后的话是：'布宜诺斯艾利斯，布宜诺斯艾利斯……'就停止了。"

我们说过，《马丁·菲耶罗》并非埃尔南德斯的封顶之作。他在布宜诺斯艾利斯创办了《拉普拉塔河报》，他在上面这样表明自己的政治纲领："地方自治；市政选举；取消边界部队；调解法官、军事长官和学校顾问的选聘。"一八六三年在帕拉纳的《阿根廷人日报》上发表了题为《恰乔的一生》的小册子，用以回忆里奥哈的军政寡头安赫尔·维森特·佩尼亚罗萨并攻击萨米恩托。一八八〇年，达尔多·罗恰，时任布宜诺斯艾利斯市长，想派埃尔南德斯赴澳大利亚学习农牧业体制。埃尔南德斯拒绝了这份美意并因此而写了《庄园主的训示》，这是一部开山之作，因为我们在其中一页读到：

"至今为止，唯一检验过牧草的农学家，唯一分析过牧草的化学家，是吃夜草的动物。要么长肥要么死亡，就是这种状况，至今仍仅限于此。"

另一段似乎在预告《堂塞贡多·松布拉》："赶牛可以检验一个乡下人的知识；他对劳动的坚定；对完成任务的毅力；对水灾、严寒、酷暑，尤其是对梦想的忍耐力……那里考验人。就像海员在暴风雨中一样。"

除了其首要之作，埃尔南德斯的诗歌作品是不值一提的。不过值得流传的是对乌拉圭画家布兰内斯的著名油画《三十三位东方人》的高乔体风格的描述。

需要补充的是，出于好奇心，埃尔南德斯还是招魂的巫师。

拉菲尔·埃尔南德斯在我们引用的文章里，对他的记忆力赞不绝口："人们背着他甚至随便准备一百个单词，念给他听，他能立刻倒着、正着、跳跃着复述出来，甚至能按照原来提供词汇的顺序和规定的题目即兴赋诗或演说。这是他在社交时主要的消遣方式之一。"

对于何塞·埃尔南德斯，人们肯定他属于罗萨斯派。帕杰斯·拉腊亚在其《〈马丁·菲耶罗〉的散文》（布宜诺斯艾利斯，一九五二年）的第六章里驳斥了这样的诬蔑，并且引用了埃尔南德斯本人提供的证据。一八六九年，他表明：罗萨斯垮台了，"因为专制王朝是不会永久的"；五年后，他在评价那些罗萨斯的辩护者时，写了这样的话："这样的混淆不仅是无耻地捏造历史事实，而且是将美洲人民拖入在真理与罪恶之间持久的动荡，而且甚至会引导他们崇敬并神化屠杀自己的刽子手。"一八八四年前后，在一篇令人难忘的演说中，他重提此事："罗萨斯统治这片土地达二十年。二十年里，他的朋友们要求他给共和国一部宪法；二十年里，罗萨斯拒绝为共和国立宪；二十年里，他横行霸道，为所欲为，使国家在流血……"

罗萨斯政权的残酷和奴隶制离《马丁·菲耶罗》的作者太近了，他不可能为其辩护，埃尔南德斯是联邦派，但不是罗萨斯派。

埃尔南德斯认为外国移民会破坏这些省份的牧业运作，就像土生白人的参与一样。一八七四年，在一封致第八版《马丁·菲耶罗》出版者的信中，他写道："在我们的时代，一个以畜牧业为基本财富的国家，如布宜诺斯艾利斯以及阿根廷沿海和东部各省，同样可以高度文明并受人尊敬，像以农业致富或因矿产丰富、工厂完善而致富的国家一样……畜牧业可能成为一个国家基本的和最丰富的财源，而那个社会，可能像世界最先进的国家那样，拥有最自由的机构……拥有大学、中学、丰富多彩的新闻业，拥有自己的立法、文学和科学团体。"

这样的看法值得商榷，但会让人们猜测土生白人确信：畜牧业造就勇敢、豪放的人，而农业或工业产生懦弱、吝啬的人。

埃尔南德斯以上或其他的思想或看法，在某种意义上支撑着这部诗作。帕杰斯·拉腊亚（前面引用作品的第七七页）以此来反驳莱奥波尔多·卢贡内斯，认为"在任何一部作品中，无意识创作现象都是不可思议的"。我们认为卢贡内斯是有道理的。对埃尔南德斯及其当年的读者而言，《马丁·菲耶罗》可能是一部命题作品，是真实可信的，甚至其所以存在可能正是因为受到一定的令人信服的鼓舞。然而，这些并非诗作的全部价值，像所有的不朽之作一样，在作者自觉的意图里，有着深刻的、难以企及的根源。《堂吉诃德》的目的是为了将骑士小说归于荒诞，但是名声远远超出了那滑稽模仿的初衷。埃尔南德斯的写作是为了揭示当时当地的不公正，但是作品里的邪恶、命运和灾祸却化作了永恒。

《高乔人马丁·菲耶罗》

一八二四年苏克雷在阿亚库乔展开的军事行动实现了"美洲的独立";半个世纪以后,在布宜诺斯艾利斯省的乡村,"征服"却尚未了结。在卡特列尔、宾森或纳姆古拉的指挥下,印第安人侵扰基督徒的庄园并抢掠牲畜;过了胡宁和阿苏尔,一溜碉堡标志着不稳定的边界,人们试图以此来遏制这种掠夺。当时军队起着一种惩罚的作用。在很大程度上,部队是由罪犯或被政治团伙任意驱赶的高乔人组成的。这种非法的招募,如卢贡内斯所说,没有固定的期限。埃尔南德斯写《马丁·菲耶罗》就是为了揭露这种制度。他向世人表明,这种征兵导致了乡村居民的破产。开头,主人公并不是具体的某个人,可以是任何一个高乔人,从某种意义上说,亦可是所有的高乔人。后来，随着埃尔南德斯越来越清晰的想象，这个人化作马丁·菲耶罗，化作了他本人，我们深深地认识了他，好像连自己都不认识了似的。

全诗以下面的一节开头：

> 我在此放声歌唱，
>
> 伴随着琴声悠扬；
>
> 一个人夜不能寐，
>
> 因为有莫大悲伤，
>
> 像一只离群孤鸟，
>
> 借歌声以慰凄凉。

在紧接着的一节里（我乞求上苍神明／帮我把思绪梳拢……），卢贡内斯强调了对慈悲神灵的乞求，"是叙事诗的习惯"。我们要补充的是这类乞求（同样出现在东方民族的诗歌中，其用法为但丁在一封有名的书信中所称颂）并非对《伊利亚特》机械的继承，而是源于一种本能的信念，即诗不是理性的产物，而是听命于某些隐蔽的力量。

任何艺术作品，无论多么现实主义，总要求一种常规：在《浮士德》中，有一个懂得并会叙述歌剧的乡下人；在《马丁·菲耶罗》中，虚构了一大段自传性的充满抱怨与吹嘘的吟唱，这与帕亚多尔传统的庄重是格格不入的。既然说到《浮士德》，有必要强调一下这两部诗作开头的基本区别。我们知道《浮士德》的开头是这样的：

　　　　有一匹玫瑰色的马，

　　　　它披着整齐的新装，

　　　　缓缓地，向下行进，

　　　　一位布拉加多老乡，

　　　　他姓普通的拉古纳，

　　　　优美地坐在马背上，

　　　　他娘的，好个骑手，

　　　　我以为盖世无双，

　　　　他能够把马驹降伏，

　　　　哪怕到天上的月亮。

埃斯塔尼斯拉奥·德尔坎波尽情地使用克里奥尔人的语汇，西班牙读者可能会读不懂这一节诗；埃尔南德斯则不然，他没有刻意寻求与众不同的语汇，其克里奥尔风格存在于语调之中，存在于平民百姓的某些不规范之中。埃尔南德斯没有装作高乔人以娱乐他人或自娱；埃尔南德斯从一开头，就已经自然而然地成了高乔人。

"莫大悲伤"这几个字就说明了他所许诺的漫长的叙述。然后他赞扬了自己作为歌手的天赋：

> 我情愿吟唱而死，
> 一直到入殓盖棺。

菲耶罗被强行征兵，由此引发了他的不幸。他以哀婉的激情回忆了曾属于他的昔日的幸福。他总结自己的命运时，说道：

> 在故土曾有田园，
> 与妻儿合家团圆；
> 但后来开始遭难，

被发配前去戍边。

归来时所剩何物，

破草棚断壁颓垣！ [1]

在另一些段落里他又申明：

我熟悉这块土地，

乡亲在这里栖居。

1　卢西奇在《三个东部高乔人》中，早已写道：

我曾有羊群和庄园；
马匹、房屋和圈栏；
我的幸福千真万确。
可今天缰绳被砍断！

咸肉、圈栏和所爱，
统统被"运动"扫空，
旧草棚都已倒塌……
虽不在却如明镜！

它们被战争吃光，
剩下者踪迹渺茫。
所遇者空空如也，
待到我重返田庄。　　　——原注

他有座小小茅屋，
还有那妻室儿女……
看他们欢度岁月，
那真是无穷乐趣。

这一位紧系马刺，
那一位低吟上工。
有人找柔软鞍垫，
有人挑皮鞭索绳。
栅栏里劣马嘶鸣，
等主人同去出征。

那高乔最为不幸，
他曾有马群纯青，
而且也不乏安慰，
论处世强干精明……
牧场上放眼张望，
只看见骏马天空。

人们说何塞·埃尔南德斯要将罗萨斯时代庄园的幸福生活与他的时代的衰败和凄凉进行对比，而这种对比是绝对虚假的，因为高乔人从未有过类似的黄金时代。有必要指出的是，我们总是对失去的幸福进行夸张，如果说那画面并不符合历史的真实，却无疑符合歌手的怀旧情绪和绝望。有的评论家在"不乏安慰"这句诗中看到了一个经济的隐喻，我们认为这是一个爱的隐喻。一个安慰，在此指的是一个女人。

甚至连饭菜的组成回忆起来也带着满怀亲切的激情。

带皮的肉块端上，
烘烤得扑鼻喷香，
玉米粥磨得精细，
更有那馅饼酒浆……
可命运偏不作美，
一切都化作黄粱。

而命运的确发生了突变：

有一次盛会欢乐，

我正在引吭高歌。

对法官正中下怀，

好机会岂能错过。

他亲自赶到现场，

竟下令统统捕捉。

　　他们将菲耶罗派到一个边界的碉堡。我们知道埃尔南德斯的作品被看作一部英雄史诗，但在全诗的诸多部分中，这关于军事生活的部分，史诗的成分却最少。军政长官的暴虐、胡作非为与流氓行径，被招募的意大利人的愚蠢[1]，拖延

1　在整个《马丁·菲耶罗》中，外国人始终是嘲讽的对象。在农民和牧民中（在该隐与亚伯之间），仇恨是由来已久的。起初，高乔人对移民的蔑视是骑手对农夫的蔑视，是技术人员对外行和杂工的蔑视。后来，随着农业取代了畜牧业，这种关系发生了逆转……高乔人的憎恨并没有局限于口头的发泄；1873 年 1 月 1 日，一位被人们称为"上帝老爷"的人在坦迪尔一块活动的岩石前，在有关当局逮捕和枪毙他之前，竟然召集了上百名高乔人，杀死了四十个欧洲人。——原注

的军饷，体罚，鞭笞与哥伦比亚式的"塞包"[1]耗尽了歌唱的篇幅。

史诗成分的缺乏是有理由的。埃尔南德斯想实施一种我们今天所谓的反军事行动，这使他不得不削弱或减轻英雄行为，以免主人公所遭受的苦难染上荣誉的意味。因此，在阿斯卡苏比和埃切维里亚作品中有关"偷袭"的章节都是史诗性的，而在埃尔南德斯的作品中却不然。在描述一场战斗时，他总是坚持要写主人公开始时的恐惧，正如第一次世界大战期间和平主义作家们所做的那样。菲耶罗和一个印第安人搏斗，这场决斗（罗哈斯认为是全书最精彩的故事之一）给我们留下的印象还不如在酒馆里发生的事情强烈：

---

1 "塞包是桎梏并折磨被捕者的刑具。两个粗大的木梁，一端用合页连接，另一端用锁锁住。每一根梁上都有与另一根相应的半圆的孔，两根合起来时便形成圆孔；两个最大的半圆，是锁脖子用的，其余是锁腿用的。被捕者躺在地上，被锁住双腿或脖子。"（圣地亚哥·M.卢贡内斯，第四十一页）军营中往往没有这种刑具，取代的办法是"让犯人并拢双膝，跪在地上，将他的两个手腕紧紧捆住，双臂在双膝外面，在双膝下面和双臂上面，用一根木棍或一支步枪别住"（弗朗西斯科·I.卡斯特罗）。后者叫做野营塞包或哥伦比亚塞包。——原注

他一心只想杀我，
愿上帝宽恕野人……
我解下三星球索，
诱使他跃马紧跟。
若不是身带此物，
定然是一命归阴。

他本是酋长之子，
经调查才知底细。
无奈何情况紧急，
实在是形势所逼。
我最后抛出球索，
打得他坠马落地。

我立即扑到地上，
踏住了他的肩膀。
他发出痛苦呻吟，
始现出可怜模样……

　　　　我总算行了善事，

　　　　使得他蹬腿身亡。

　　这样过了三年，有一天开始给队伍发饷，却没有菲耶罗的，因为他不在花名册上。菲耶罗懂得了那生活已毫无希望可言，便决心逃离碉堡。他利用了一次首长和法官饮宴的机会，逃回了自己的草棚：

　　　　白白地经受熬煎，

　　　　三年后重返家园。

　　　　开小差一贫如洗，

　　　　只求个时来运转。

　　　　穿山甲藏进洞穴，

　　　　避风险暂把身安。

　　　　旧草房荡然无存，

　　　　只剩下茅草几根。

　　　　也只有老天知晓，

我多么疾首痛心。

那时节曾经发誓：

比豺狼更狠十分！

只听得几声尖叫，

幸存着一只公猫。

隐藏在野兔窝里，

可怜虫才把命保。

我回来无人通报，

它好像早已知晓。

老婆已另找他人，孩子们也不知到何处当雇工去了。在离开家庭的漫长岁月里，菲耶罗没有一点他们的消息。在无依无靠又目不识丁的贫穷中断绝音信，或许他永远失去了他们。于是他决心成为一个高乔逃犯，或者不如说，是命运为他做出了抉择。

菲耶罗，原本是一个正派的乡亲，受大家尊敬，也尊敬别人，可现在却成了一个流浪汉和逃兵。对社会来说，他是一个罪人，是这种普遍的看法使他成了罪人，因为我们都有一种倾向：似乎别人怎样想我们，我们就是怎样的人。边境的生活、遭遇和苦难改变了他的性格。再加上酒精的影响，这是当时我们农村普遍的陋习。酗酒使他好斗。在一个酒馆里，他戏弄一个女人，迫使她的黑人伴侣与他打斗，并在决斗中粗暴地用刀害死了那个黑人。我们所以说害死而不说杀死，是因为被侮辱者自行卷入对手引起的争斗，从一卷入他就已经输给对手了。这个场面，其残酷性与伊拉里奥·阿斯卡苏比的《雷法罗萨》相比一点也不逊色，或许是全诗最有名的部分，对此倒也当之无愧。不幸的是在阿根廷，人们是用容忍或赞赏而不是怀着恐惧的感情来阅读这一章的。搏斗是这样结束的：

最后一个回合里，
用刀将他高挑起。
朝着篱笆扔过去，
尸首像是一袋米。

两只脚蹬了几下，
定然是回了老家。
我终生不能忘记，
他那种垂死挣扎。

黑姑娘抢先跪倒，
两只眼红似辣椒。
在那里放声痛哭，
就像是母狼嚎叫。

我本想打她一顿，
制止住她的哭嚎，
然而我低头一想，
那样做实在不高。
我不该惩治女人，
出于对死者礼貌。

用牧草将刀擦净，

解开了老马缰绳。

慢慢地跨上鞍去，

隐蔽处缓缓而行。

我们不知道"惩治"那黑人的妻子是又一种粗暴呢，还是一种醉汉的胡来。倒是想象成后者更仁慈一些。倒数第二行诗的"慢慢地跨上鞍去"明显地是为了不表现出恐惧或懊悔。

在这场搏斗之后，又在另一家酒馆发生了另一场搏斗。与前一场不同，因为前一场有很多环境特征，而这一场几乎是抽象的，而且时间很短。卢贡内斯说："诗人又回到自己的诗章，但是为了不重复必然相似的场面，他只用了十八句诗。"这样的想象或许是合乎情理的：这又一个不确指的死亡意味着很多的死亡，埃尔南德斯更愿意这样进行暗示。

马丁·菲耶罗变成了逃犯，在荒原上四处游荡。全诗最令人赞赏的特征之一是景色描写，这种描写不是直接进行的。在《浮士德》和《堂塞贡多·松布拉》中，诸多景物描写似乎都是与人物脱节的，比如天空，无非是预示天晴或下雨；

在《马丁·菲耶罗》中，潘帕草原则以令人敬佩的精明启示着人们：

> 每当那夜幕降临，
> 大家都睡意沉沉。
> 听不见一点声音。
> 他却向草丛走去，
> 要寻找地方栖身，
> 该多么令人伤心。

> 旷野中一片凄清，
> 度长夜直到天明。
> 眼望着繁星运转，
> 是上帝造就苍穹。
> 高乔人与谁为伴，
> 除野兽便是孤零。

在平原上一个这样的夜晚，警察包围了马丁·菲耶罗，因为他欠下两条人命而要逮捕他：

> 警察们将我包围，
> 如同捉丧家之犬。
> 我说声苍天保佑，
> 持利刃与之周旋。

搏斗在黑暗中进行。菲耶罗是自卫，以一种对手们所没有的拼命精神战斗，杀伤了多个警察。这种勇气打动了指挥警察小队的军曹，他令人难以置信地站在了罪犯一边，反过来与自己的宪警们作战。他的抉择表明，在这片土地上，个人从来感觉不到与国家的一致。这种个人主义可能是西班牙的遗产。我们不禁想起了《堂吉诃德》那很有意义的一章，主人公释放了囚犯并说："清白无辜的人不能做屠杀别人的刽子手，这对他们毫无益处。"

> 或许有哪位天神，
> 拯救了高乔灵魂，

只听得一声怒吼：
"不能昧天理良心！
克鲁斯决不允许，
伤害这勇士高人！"
随话音来我身边，
他反身给我助战。
我乘势发动攻击，
两个人更加灵便。
克鲁斯勇似猛虎，
像保卫虎穴一般……

看死尸躺在地上，
嘴脸都拉得很长。
还有个像只皮箱，
克鲁斯从后言讲：
"还需要再来警察，
把他们装到车上！"

收拾好死者尸体，

做祈祷跪下双膝。

十字架木棒做成，

怜悯我请求上帝，

饶恕我作孽多端，

这些人都已死去。

　　克鲁斯向他讲述了自己的经历，按照胡安·玛利亚·托雷斯的看法，这也是菲耶罗自己的历史。克鲁斯同样杀过两个人，其中一个，是个向他挑衅的歌手：

他不该寻衅嘲笑，

付出的代价极高。

老弟我一旦喝酒，

理智便抛上九霄。

他是个小可怜虫，

吓成了软蛋脓包。

要说到救人急难，

女人们颇为能干：

在歌手流血之前，

藏他在酒桶之间。

我就地给他破肚，

用肠子赔他琴弦。

在长诗的这部分，埃尔南德斯忘记了克鲁斯是在田野中向菲耶罗讲述这些事情，因而让他吹嘘自己用诗句表述的能力……[1]

交流了知心话，两位朋友决定穿过沙漠，到印第安人中间去藏身。马丁·菲耶罗说道：

咱们是同根所生，

两个瓜一根枯藤：

我今生遭遇不幸，

---

1 见开头是"其他人歌涌如泉"的一节。（其他人歌涌如泉，／声朗朗流水潺潺，／比他们我不逊色，／我的歌虽不值钱，／歌词儿脱口而出，／似羊群冲出羊圈。）

你此世坎坷不平。
我决心结束厄运，
去土人部落谋生。

在那里无需劳动，
像一位大人先生；
不时把白人偷袭，
只要能逃出性命，
就可以仰卧朝天，
观赏那日月苍穹。

既然是命运残酷，
使你我日暮途穷。
到那里结束苦难，
咱们会重见光明。
到处有良田沃土，
克鲁斯，咱们起程！

这些话是很明确的，他的意图是很清楚的；边境的兵役使菲耶罗变成了流浪汉，然后变成了罪犯，再后又变成了逃离文明生活并在野蛮人中寻求庇护的逃犯。然而里卡多·罗哈斯在他的《阿根廷文学》中却为我们提供了一种独到的见解："在克鲁斯戏剧性的自传（第十、十一和十二章）或菲耶罗忧伤的思考（第十三章）中，似乎有一种本能的抗议在激荡，但是如果仔细看，便会看到在两位朋友的言谈中，有一种圣洁的叛逆精神。他们所以抗议一种机制，是因为憧憬着另一种更好的机制……"

克鲁斯与菲耶罗进入了荒原，我们预感到他们会消失。对阿根廷人来说，在整个文学中，或许还没有比下面这些诗句更加隽永动人的：

> 他两个溜进圈栏，
> 偷偷把马群驱赶。
> 对此事非常老练，
> 叫牲口走在前面。
> 很快就过了边界，

神不知鬼也未见。

他们已越过边界，
那时正升起曙光。
克鲁斯劝说马丁，
再看看身后村庄。
就只见珠泪两行，
挂在他朋友脸上。

　　在开始穿越沙漠时，这两行黎明中流下的泪珠，比任何抱怨都更加动人。像《失乐园》一样，作品以两个奔向远方并在渺茫的前途中消逝的形象而结束。在多年后发表的第二部分，作者才向我们揭示了他们的命运。

《马丁·菲耶罗归来》

凡传世之书，无不有超凡之处。在《马丁·菲耶罗》中，像在《堂吉诃德》中一样，这一魔幻因素源自作者和作品的关系。在上部末尾的几段，出现了一位歌者，显然是埃尔南德斯本人，他打烂了陪伴菲耶罗故事的吉他：

> 现在将吉他打烂，
>
> 从今后不再拨弹。
>
> 人们可把心放宽，
>
> 没有人再调琴弦；
>
> 任何人无需再唱，
>
> 在下我已经唱完。

这些话似乎表明了不再续讲故事的意图。然而，我们紧接着读到：

> 沿着那既定方向，
> 走进了漠漠大荒。
> 旅途中或有争斗，
> 也不知生死存亡；
> 但愿得有朝一日，
> 知道些真情实况。

这些话暗示作者将继续讲述这故事。

《高乔人马丁·菲耶罗》发表于一八七二年底。七年后，在阿根廷共和国和乌拉圭，出了十一版，均已告罄，这就是说，四万八千册，在当时可是很大的数字。一八七九年，《马丁·菲耶罗归来》面世。埃尔南德斯在序言中解释说，早在他想写此书很久以前，公众就给它起了这个名字。

在手稿上，开头的一段是这样的：

注意啊，大家安静，

请诸位精神集中。

倘若是记忆助我，

此时节我要讲清，

我曾经讲的故事

痛苦的发展进程。

埃尔南德斯改动了最后的两行，改得妙，现在是这样：

这故事未曾讲完，

如画龙未点眼睛。

在定稿上有一种商业宣传的味道。卢贡内斯赞同这个变动。

第二段令人赞叹：

我刚从大漠归来，

还陷在沉沉梦中；

面对着慷慨听众，

不知我能否讲清，

当听到六弦琴声，

能否从梦中清醒。

　　此处的歌者是马丁·菲耶罗，但以后，一方面已然是他，同时又是埃尔南德斯，后者在回想自己的荣耀，说着帕亚多尔不会说的事情：

在这里没有虚谎

俱都是真情实况。

胜过了我和听众，

胜过了尘事传扬，

胜过了他们所讲，

我的歌永久绵长。

多少遍深思熟虑，

才敢于如此逞强。

其他的诗句似乎在影射埃斯塔尼斯拉奥·德尔坎波：

> 我认识诸多歌者，
>
> 那声音悦耳动听；
>
> 但他们只为娱乐，
>
> 不愿将政见表明。
>
> 我唱歌与众不同，
>
> 一边唱一边批评。

两位朋友穿过了沙漠，来到本省西部的一个印第安人营地（直奔那日落之处／向内地驰骋迅跑）。但印第安人正策划一次侵袭，将他们当作了奸细。一位酋长救了他们的性命，但作为俘虏，将他们留在了庄里。他们这样过了几年。

在上部为我们展示的乡间世界是极残酷的，对此谁会怀疑？但是诗人在续集中，完成了向我们展示另一个乡间世界的伟绩，后者在残酷性和某种魔鬼品格方面几乎是无限地超越了前者。这是通过重要特征的积累来表现的，诗人联想到一种黑暗的疯狂：

按照我所能想象，

简直像野兽发狂；

呐喊声令人生畏，

像一片惊涛骇浪；

直闹了两个钟点，

那旋风才告收场。

同样，看看只要一个印第安人呐喊，其他人就不停地重
复就够了：

有些人担任警戒，

将我们严加看管；

看样子似在酣睡，

实际上却是不然；

"古因卡"[1]一声惊叫，

大家就喊个没完。

1　在印第安人的语言中，是"白人"的意思。

赫德森说，印第安人的体臭使基督徒的马匹发疯。这一特征似乎证实了在那些人身上有某种兽性。一次天花瘟疫使部落大批人死亡，巫师们残酷的治疗方法更是雪上加霜：

　　　　患病者岂是治病，
　　　　分明在忍受酷刑。
　　　　治疗法如何施行，
　　　　压和打罪过不轻；
　　　　揪头发一缕一缕，
　　　　活像是旱地拔葱。

　　　　还有人嘴唇烫烂，
　　　　哪管他叫苦连天；
　　　　抓住他按在地上，
　　　　唇和齿都被烧遍；
　　　　用的是滚热鸡蛋，
　　　　老母鸡也要精选。

在这些无情的治疗手段背后，或许有罪过和赎罪的意思。
这里有一件简单而又可悲的插曲：

> 小洋人是个俘虏，
> 时不时在说轮船。
> 硬诬他传播瘟疫，
> 便将他抛入泥潭。
> 两只眼非常别致，
> 像马驹一样发蓝。

> 老巫婆发号施令，
> 要对他处以极刑；
> 哪管他呻吟抱怨，
> 想抗拒万万不能。
> 他抬起那双泪眼，
> 像绵羊临死求生。

当人们宰杀绵羊时，它不叫，而是翻白眼[1]。

保护菲耶罗和克鲁斯的酋长死了，后来克鲁斯也死了。菲耶罗难过地讲述了克鲁斯之死，好像不愿那可怕的时刻在记忆里复活：

> 跪在他身体旁边，
> 向耶稣为他祷念。
> 眼朦胧昏暗一片，
> 头发晕天旋地转。
> 看到他一命归天，
> 我顿时如中雷电！

1　被俘洋人引起的同情以及他和马驹的对比，说明他是一个孩子，其无辜就更加令人悲伤。他的父母将他带来所乘的轮船给他留下深刻的印象，这是很自然的。这一切都很显然，可蒂斯科尼亚却这样评论最后的诗句："换言之：倒霉的海员翻着白眼。"对第 2170 行诗（*Y un plumaje como tabla*：羽毛美宛似彩画）的理解同样是异想天开的。圣地亚哥·M.卢贡内斯和罗西直接理解为："平坦、光滑"。蒂斯科尼亚忠实于将《马丁·菲耶罗》西班牙化的意图，评论道："言其美是出于色彩的多样，*tabla* 一词用的是科瓦鲁比亚带来的旧词义：我们称一种颜色为画板（*tabla*），因为它画在画板上（Tesoro, 11, fol.181r.）。"——原注

在弥留之际，克鲁斯将一个抛弃的幼子托付给他：

将幼子托付与我，

他过去撒在乡间：

"那孩子多么不幸，

被遗弃无人照管。"

此前从未提过自己的儿子说明了那些人典型的粗鲁。

现在，我们来到一个令人难忘的场面。菲耶罗在克鲁斯的墓旁思考，风吹来了幽怨之声。他赶过去，看到一位被捆着双手的女基督徒。地上有一个死去的孩子。一个印第安人用皮鞭抽她，皮鞭上血迹斑斑。后来女子向他解释，她是一个女俘，印第安人给她加上巫术的罪名并砍下她儿子的头颅：

那蛮子惨无人道，

（她对我泣不成声），

抽出了孩子小肠，

捆绑我当作麻绳。

菲耶罗和印第安人相互对视，用不着说话：

一霎时在我心间，

分不出是苦是酸。

野蛮人态度傲慢，

表情是何等凶顽；

我与他对视一眼，

彼此已不宣而战。

静静地，可怕的搏斗开始了。菲耶罗持刀；印第安人用拴着石球的套锁[1]。

菲耶罗搏斗时想到，倘若克鲁斯在场，他便毫无顾忌：

两个人若在一起，

全上来有何畏惧。

1　在十九世纪末年，圣尼古拉斯区的盗匪（据爱德华多·古铁雷斯证实），吉列尔莫·奥约，更被称作"黑蚁"，就是用套锁和刀搏斗。——原注

两个人对视，一动不动地盯着对方，那种紧张场面不逊于争斗。菲耶罗冲向印第安人，后者倒退。菲耶罗向前时绊在"奇里帕"[1]上，并横倒在地上。

印第安人扑向他，眼看就要杀他了，这时那位女子一拽，将他拽了起来。（这个场景在西部片中会成经典。）搏斗在继续，印第安人倒退时，滑倒在孩子的尸体上。那时菲耶罗砍在他的身上和头上。鲜血迷住了他的眼睛，喉咙里发出一种嗥叫。然后：

> 结束了那场血战，
> 我用刀将他挑起；
> 将那个大漠之子
> 用全力向上高举；
> 拖出了一段距离。
> 知道他已经断气，
> 便将他扔在那里。

---

1 chiripá，高乔人的衣物，类似围裙，盖住从腰部到膝盖的部位。

菲耶罗和那位女子感谢上帝。歌咏这样结束：

　　当她已祷告完毕，

　　像雌狮[1]一跃而起，

　　并没有停止哭泣，

　　收拾了孩儿尸体。

　　在我的帮助之下，

　　包裹在破布片里。

　　印第安人死了，菲耶罗和那女子必须逃离那村落。菲耶罗将自己的马让与那女子，他骑上死者的马：

　　我跨上死者坐骑，

1　此处难免令人想起但丁的"行吟诗人"：

　　她什么也没对我们讲，
　　却让我们走了，只是
　　将我们张望，像休息的狮子一样。
　　　　　　　　　（《炼狱》，第六章，65—66）——原注是一匹千里乌骓。

双腿才跨上鞍蹬，

恨不得插翅高飞。

那骏马即如猎犬，

跑起来流矢难追。

　　他们将印第安人的尸体藏在庄稼茬子里，使其他印第安人不易找到以赢得时间的优势。两个人，历经艰难困苦——有时吃生肉，有时以草根充饥，穿过了沙漠，最终抵达了前几个庄园：

经过了诸多风险，

真令人忐忑不安，

总算是安然无恙，

远望见一座高山；

我们俩终到此处，

有瓮布 [1] 长在那边。

1　ombú，一种植物，只有高乔人居住的地方才有。

克鲁斯葬身他乡，

我心中重又悲伤，

面对着苍天浩渺，

满怀着无限敬仰。

亲吻了神赐福地，

无土人敢来这方。

出于好奇心，批评家对一个问题感到不安。沙漠的黑夜
掩盖了爱的情怀？卢贡内斯认为非也，因为"骑士的慷慨不
懂得复杂的情欲"；罗哈斯的理解是，或许发生了什么，但埃
尔南德斯十分谨慎。

在他们遇到的第一个庄园，菲耶罗告别了这位临时的旅
伴。许多年过去了。三年在碉堡里，两年作为逃兵和盗匪，五
年在印第安人的营地，这就十年了。迫害菲耶罗的法官已经死
了，此人黑暗的罪行已被法院遗忘。菲耶罗去参加赛马会：

不消说就在那里，

千万个高乔当中，

许多人早已知道

什么人名叫马丁。

这会使我们想起在《堂吉诃德》第二部里出现的人物也
是读过第一部的读者。

在这些人中，有马丁·菲耶罗的两个儿子，他们照顾着
一些马匹。他们并没有立即认出他，因为他已经很老了，而
且像印第安人。人们说他的妻子在一家医院里去世。

埃尔南德斯认为主人公与这样的人物——对我们而言，
几乎不存在——的见面不会感人，便用寥寥几行诗句很快把
他们打发了：

拥抱的热烈场面，

还有那亲吻哭声，

全都是妇人行径，

她们才如此多情。

男子汉全都知晓，

英雄们所见略同：

大家要唱歌跳舞，

　　哭和吻悄悄进行。

　　人们或许依稀可见一个对埃斯塔尼斯拉奥·德尔坎波笔下的热情的高乔人加的旁注，拉菲尔·埃尔南德斯在关于佩瓦霍的书中写道，与其说他们像高乔人，不如说更像河口地区的外国人。此外，菲耶罗的两个儿子没有个性。作者认为，他们只是叙述乡村事物的借口或者为了其叙述的方便。

　　父亲从沙漠归来；长子属于那人造沙漠，人类的成果，监狱的单人牢房。菲耶罗曾说过：

　　被掠走多少财富

　　迷失在异地他乡，

　　时间像戴上锁链，

　　已不再向前延长，

　　太阳也停住脚步

　　不忍看如此惨伤。

现在他的儿子说道：

在那座坟墓里面，
经过了多少时间。
倘若是外面不催，
事情会变成悬案；
反正是牢房坚固，
早把你忘在一边。

他不晓得在狱中度过了多少时光，向我们袒露着可悲的
心境：

那时候无所不想，
想兄弟更想亲娘。
人一旦投入牢房，
无论他多么健忘，
入狱前所有往事，
统统都涌到心上。

菲耶罗的次子讲述自己的往事。有时他不像乡亲，更像是有文化的小老弟：

　　　　就这样苦度光阴，
　　　　在人前总矮三分；
　　　　家长已不知去向，
　　　　孩子们依靠何人？
　　　　就如同念珠散落，
　　　　穿线已断成两根。

　　收容他的阿姨把他当作继承人。可她死后，法官却宣布说，要等到年满三十或以上时，才能把财产交给他。（二十二岁成年，可小伙子不知道。）法官委托一位先生监护并教育他。这位先生就是老"美洲兔"：

　　　　这一位江湖老汉，
　　　　很快便现出原形，
　　　　看一看那副面孔，

便知他又刁又凶。

脾气怪偷窃成性，

美洲兔是他诨名。

除马丁·菲耶罗之外，美洲兔是全书最著名的人物。在民众的想象中，他也是"我们乡村的桑丘"，正如卢贡内斯给他的定义一样。卢贡内斯还说："他是我们卓越的谚语专家。用不着临摹他的肖像和他的劝告，我们大家都不会忘记。"需要补充的是，他的劝告就是他的肖像的一部分，而不可能是别的。我们阿根廷人听得和学得太多了，尤其是他的口头禅：

你要与法官交往，

当叫他无话可讲；

他若是怒火万丈，

你应当忍辱退让。

靠大树才能乘凉，

蹭木桩才能解痒。

遗憾的是，对许多人来说，这些劝告耗尽了诗意并抹去了那么多页别的诗行。

美洲兔远不止一个滑稽人物，一个桑丘；他还是一个冷酷的人，一个对皮鞭、沙丁鱼罐头壳、铁环等无用之物都很吝啬的人，临死时，一看见遗存的圣物就哆嗦并召唤魔鬼将他带往地狱，是一位不允许菲耶罗儿子走进他的小屋的暴君：

> 他每天深夜归来，
> 在里面休息休息。
> 我总想观察观察，
> 他藏着什么东西。
> 然而却从未如愿，
> 他不让别人进去。

> 身穿着破烂衣裳，
> 无法将寒风抵挡。
> 我那样赤身裸体，
> 老家伙蛇蝎心肠，

硬叫我睡在外面，

冻得像冰块一样。

他从生到死都在狗群里：

置身于狗群里面，

这是他最大乐趣，

无论在何时何地，

至少是六条有余。

将人家奶牛杀死，

好让他狗群充饥。

见他已不能说话，

我给他拴个响铃。

他自知危在旦夕，

用手指紧扣墙壁。

在敌人和狗中间，

将双眼永远紧闭。

他死后，一条狗吃了他的一只手：

> 埋他的那位短工，
> 此外还对我言道：
> 露出的那一只手，
> 后来被野狗吃掉。
> 想到此毛骨悚然，
> 直吓得灵魂出窍。

这个插曲不真实，或许也不可信。人们想象中的文学人物往往超过最初的文本，对美洲兔这个人却相反，诗中的人物比一般神话了的普通小无赖更复杂、更残忍。在将他与桑丘做了对比之后，卢贡内斯正确地指出，埃尔南德斯在自然方面超过了《堂吉诃德》的作者，"因为他去掉了相应的对立面"。

美洲兔依然残暴地活在他虐待的少年的噩梦中：

> 虽经过许多时间，
> 依旧是心中茫然。

身上衣难遮躯体，

破布片褴褛不堪。

到夜晚总是梦见

老人和狗群皮鞭。

　　菲耶罗和儿子们继续欢快地庆祝团圆，这时一个自称
"皮卡迪亚"的小伙子降临在他们中间，并要求伴随着吉他，
讲述自己的经历。皮卡迪亚讲述自己在布宜诺斯艾利斯、圣
菲的冒险生涯，并承认自己曾是个赌徒，也叙述了自己在边
境的游历。在这部分叙述中，有些令人难忘的情节，如长官
告诉他招收老乡入伍的那一幕：

　　你这人与众不同，

　　早就想造反称雄。

　　皮卡迪亚不知道谁是自己的父亲，但最终打听到了，是
克鲁斯军曹。皮卡迪亚歌唱这些事情，当他结束时，另一个
人物，一个黑人，向他要过了吉他。

他落座何等安然，

手放在乐器上边。

那黑人不可一世，

轻轻地拨动琴弦；

有意地清清嗓子，

为使人不生疑团。

在场者无不明了，

黑人来所为哪般：

矛头是指向马丁，

挑战性一目了然。

表现出凌人盛气，

高傲得两眼望天。

　　此处等候我们的是我们所研究的作品的最复杂、最具戏
剧性的情节之一。在整个情节中有一种特别的吸引力，而且
好像承载着命运。事关一场对歌，因为这就像《哈姆雷特》
的舞台包含着另一个舞台，又像《一千零一夜》的长梦包含

着其他短梦，而《马丁·菲耶罗》则是一场吟唱包含着其他吟唱。这场对歌，在所有吟唱中是最令人难忘的。

罗哈斯从字面理解"惊人的"（fantástico）一词并在黑人身上看到了某种类似觉醒之声的东西。我认为这种猜想是错误的，但被勾勒的事实却是那段情节的戏剧性张力的证明。黑人的挑衅包括另一种挑衅，我们感觉得到它不断增长的引力，准备或预示着别的事情，但后来并未发生，或发生在诗外。

菲耶罗接受了双重挑战，在期盼的寂静中唱道：

　　　　每当那琴弦作响，

　　　　每当那音韵铿锵，

　　　　我自当争先恐后，

　　　　岂能够不战而降；

　　　　我曾经发过誓愿：

　　　　决不容他人逞强。

　　　　如果你心中喜欢，

咱可以唱到明天。

此乃我多年习惯，

开口便通宵达旦：

在歌坛大放异彩，

岂在乎地点时间。

　　黑人很讲礼貌，语言很华丽，然而在温柔下面跳动着不可动摇的决心。他邀请菲耶罗用极难回答的问题考验自己。菲耶罗问他何谓天的歌声，何谓地的歌声以及海的歌声和夜的歌声。黑人用美丽的模糊满足了他的要求。在回答最后的问题时，他说：

慎重者曾告诉逞强者

路崎岖切莫直奔。

我试着给你答复，

什么是深夜之音：

对于它只能感悟，

来源却无处找寻。

万物中只有太阳，

　　能穿透沉沉黑暗；

　　黑夜里四方八面，

　　私语声若隐若现。

　　这声息来自幽灵，

　　向上帝许下心愿。

　　马丁·菲耶罗懂得，并要求给死者的灵魂以上帝的和平。后来的对歌是关于爱情的根源和关于法律。菲耶罗感到满意，黑人要他定义什么是数量、体积、重量和时间。马丁·菲耶罗对这些具有抽象品质的难题作了回答。比如：

　　黑人啊，我告诉你，

　　按照我智力所及。

　　时间啊只不过是

　　无尽的伸展延续；

　　它从来没有起点，

　　也永远没有终极。

因为它是个转轮，

转圈圈不会停顿；

人将它划分单位，

依我看只为划分：

为知道活了几许，

还剩下多少光阴。

　　这广泛的命题超出了高乔人抑或所有人的能力，但黑人几乎是秘密地跑了题，将他引向这场对歌的意图，可能是一场搏斗的开始。埃尔南德斯令人敬佩地达到了双重目的：诗句既是美丽的，同时又具有预言性。菲耶罗重又提问。对第一个问题，黑人认输。我们怀疑此举是为了不拖延其内心的意图。他这样表示：

大家已知道我娘，

生我们十个弟兄。

老大已不在人世，

他最受大家尊敬。

可怜他死得冤枉，

命丧在暴徒手中。

亲兄长入土为安，

已然在地下长眠。

我来此非为移葬，

但倘若出现机缘，

我相信上帝公道，

这笔账总会清算。

为了使这次圆满，

但愿能再次对歌，

尽管我对你钦敬，

也还想再战几合，

唱一唱冤魂之死，

那凶手难逃罪责。

菲耶罗缓缓答道：

首先是由于法官，

被充军前去戍边；

然后是印第安人

使得我别有洞天；

现在是这些黑人

帮我来安度晚年。

但是人对于命运

都应该理得心安。

我不再寻衅闹事，

对角斗已生厌烦。

但并非惧怕邪恶，

更不怕魔影蹁跹。

　　在场者阻止了争吵。马丁·菲耶罗和小伙子们走了。他
们来到小溪旁并下马，马丁·菲耶罗，刚刚以嘲讽的口吻回
答了被其杀害者的弟弟，在那里亲切地对他们说道：

人与人不要残杀，

也不要逞强厮打。

不幸事应以为鉴，

就如同镜子一般。

人若能克制自己，

就可算大智大贤。

在讲述了这些美德之后，他们决定分开并改名换姓，以便平静地劳作。（我们可以想象诗歌以外的争斗，黑人会为其死去的哥哥报仇。）

在最后的一支歌，第三十三章，埃尔南德斯亲自和读者交谈，就像沃尔特·惠特曼在《草叶集》的最后一页一样。在这样的告别中，诗人实实在在地感到了所完成作品的伟大。

如果我寿命不济，

你们会富富有余；

如果我离开人世，

哪怕在荒沙野地，

高乔人闻知此讯，
一定会痛苦至极。

只因为我的生命，
属于我所有弟兄，
他们会将这故事
自豪地记在心中。
乡亲们不会忘却
他们的高乔马丁。
我对谁都未冒犯，
请不要自寻愁烦；
我所以如此吟咏，
只因为这样方便。
无损于任何个人，
而是为大家行善。

《马丁·菲耶罗》及其评论者

　　埃尔南德斯的这部诗作，从一开始就深得大家的喜爱，对于这一点，我们已经说过了。在一八九四年版的按语中，编者说："我们通过各种渠道发行的这本书共计六万四千册"，并且还听说，"在乡下，在某些地方的聚会上，出现了一种'朗诵者'，在他的周围聚集着男女听众……"再往下又说："我的一位顾客，他是个批发货栈老板，昨天他给我看一位乡村酒店老板的订货清单：火柴 12 包；225 升的啤酒 1 桶；《马丁·菲耶罗归来》12 本；沙丁鱼罐头 100 听……"除去商人的小小夸张以外（对于商人们的这种夸张，埃尔南德斯并不反感，有时，甚至还写入他的诗中），上面所说的基本属实。

从十九世纪初开始，一种浪漫的偏见就存在，那就是，若要在过世以后享有荣誉，其条件之一就是当时的默默无闻。莱奥波尔多·卢贡内斯在他的《帕亚多尔》中，坚持对埃尔南德斯同代人啬啬的赞誉或指责，就像他的导师维克多·雨果在其《威廉·莎士比亚》中编派和杜撰针对该诗人的负面意见一样，而在这种指责和杜撰中有某种夸张；《马丁·菲耶罗》最早的读者，并非不了解它的优点，尽管不能充分地予以评价，对此我们以后还要研究。

一八七九年埃尔南德斯把他的诗集寄给了米特雷[1]。上面写的献词如下："堂巴尔多罗梅·米特雷将军阁下，二十五年以来我一直是您的政敌。没有多少阿根廷人可以这样说，但是同样也很少有人敢于像我一样，可以超越这种回忆而请求您这个伟大的作家，在您的图书室里匀出一小块地方，存放这一本小小诗集。我请求您收下它，以此作为此书的作者和您的同胞对您的尊敬的见证。作者"。米特雷给他的答复中有这样的话，可以表明《马丁·菲耶罗》"是一部以其作品和典

1　Bartolomé Mitre（1821—1906），阿根廷政治家、军人、作家，曾任阿根廷总统。

型人物在阿根廷的文学和历史上获得地位的作品"。他还说：
"您的这本书是一部真正的自然而然的诗歌，是从真实生活的
整体上切割下来的"，接着，他又有点矛盾地说："伊达尔戈
总是您的荷马，因为他是第一个诗人……"

"是从真实生活的整体上切割下来的"这句话帮助我们理
解为什么他的同时代人，在评价他的作品时，不像我们现在
这样评价。

《马丁·菲耶罗》是现实主义的，大家公认，好像这类
作品是浅显而易懂的，特别是当它写得好的时候更是如此。
左拉能谈论生命的片段和实录现实；然而这并不确切，因为
生活并不是一篇课文，而是一个神秘的过程，可是这一点与
人们通常的想法一致。所有的现实主义作品看上去都好像是
纯粹的实录，纯粹的报道，而文学家一般认为，只要遵循这
点，就可以很顺利地去写作了。而我们则认为，《马丁·菲
耶罗》的题材已经很遥远，从某种角度上说，带有异时异地
的情调；对于十八世纪七十年代的人来说，那是关于一个逃
兵的一则平庸的故事，后来此人变成了一个恶人。这里有一
个很好的证明，那就是爱德华多·古铁雷斯在他的作品中运

用了大量相似的题材，而没有谁去想，它们来自《马丁·菲耶罗》。

有人会提出异议说，左拉以他的现实主义作品为他的同时代人提供了启示。这种启示中就有这位作者的伪科学理论和性丑闻在起作用。而在《马丁·菲耶罗》中，出于埃尔南德斯的意愿，而且对于高乔人来说，性生活还相当初步，因此就摆脱了这种刺激。

此外，《马丁·菲耶罗》很具有政治性。一开头，人们并不是从美学角度来评判它，而是从它所维护的东西来评判它的。还有人补充说，这位作者属于联邦派（那时候管他们叫"联邦佬"或"玉米棒子派"）。值得一提的是，他属于一个不论从道德方面，还是从知识水平方面来看，都比较差的一个派别。当时在布宜诺斯艾利斯，几乎所有的人都相互认识，而何塞·埃尔南德斯确实没有给他同时代的人留下很深刻的印象。

一八八三年，格鲁萨克[1]拜访了维克多·雨果；在门厅，

---

1 Paul Groussac（1848—1929），出生于法国的阿根廷随笔作家、哲学家、历史学家。

一想到自己来到一位杰出诗人的家里，他简直要激动起来，但是，"老实说，我感到非常平静，就好像我待在《马丁·菲耶罗》的作者何塞·埃尔南德斯的家里一样"（《智慧旅行》，第二卷，第一一二页）。

米格尔·卡内[1]称赞埃尔南德斯的这部诗歌，然而是从对那个时代感兴趣的意义上说的，他最喜欢的是那些使他能回忆起埃斯塔尼斯拉奥·德尔坎波的段落。一八九四年的那个版本同样也包括对里卡多·帕尔马[2]、何塞·托马斯·吉多、阿道夫·萨尔蒂亚斯以及米格尔·纳瓦罗·比奥拉的理智的赞扬。

一九一六年，卢贡内斯发表了《帕亚多尔》，这对他获得诗人的名声的历程来说，至关重要。卢贡内斯总觉得自己带有克里奥尔的味道，可是他的巴洛克风格和他那过大的词汇量使他脱离了广大读者。他认为，无疑是埃尔南德斯的这部作品使其接近了民众，于是他写了一本《帕亚多尔》，当然，他是带着全部真诚写的。卢贡内斯要求把《马丁·菲耶罗》

1　Miguel Cané（1851—1905），阿根廷作家。

2　Ricardo Palma（1833—1919），秘鲁小说家。

称为阿根廷民族之书。在《帕亚多尔》中，对我们的游牧时代有非常精彩的描写，它们必不可少地被收入选集里。也许其唯一的缺点就是，他写这些诗的目的就在于此。卢贡内斯用他的长篇大论要求把《马丁·菲耶罗》称为史诗；它证明了我们的希腊-拉丁血统，尽管有过基督教造成的长时间的中断，因为这是一种"东方的宗教"。

每一个国家对于书籍应有的观念是很古老的。一开始，它带有宗教性质。《古兰经》把犹太人称作"信奉天经者"，而印度人以为《吠陀》是永恒的。在宇宙的每个时期的各种信仰中，为了创造每一件事物，神性让人们记住《吠陀》里的话语。十九世纪初，关于书籍带有宗教性质的观念转变成为带有民族性质。卡莱尔[1]写道，从《神曲》中可以解读意大利，而从《堂吉诃德》中可以解读西班牙。他还补充道，几近于无限的俄罗斯则默默不语，因为还没有哪一本书将它表现出来。卢贡内斯宣称，我们阿根廷人有一本带有这种性质的书了，这一本书，估计指的就是《马丁·菲耶罗》。他说，

1　Thomas Carlyle（1795—1881），苏格兰散文家和历史学家。

埃尔南德斯的这本书中有我们的根源，如同在《伊利亚特》中有希腊人的根源，在《罗兰之歌》中有法国人的根源一样。把《马丁·菲耶罗》说成具有史诗性质，是出于需要想象出来的，是企图以十八世纪七十年代一个耍刀子的人那一段简直只能算是个人经历的故事（连一种象征的方式也说不上）来掩饰我们祖国那世世代代的颠沛流离，那既有艰苦岁月又有查卡布科战役和依杜萨因戈战役的世俗的历史。我们以后还要谈及这一有争议的话题。

罗哈斯在他的《阿根廷文学史》一书中略带犹豫或有点矛盾地反复谈到这同一话题。其中一段是这样说的："这一段优美如画的对歌可以看成是形式上的简朴、内心的纯真，好像是一种天性的、最根本的事物。""既可以说它不是鸽子的咕咕声，因为它不是情歌，也可以说它不是清风之歌，因为它不是一首颂歌。"他还说："人们创建城市，一开始只是修一些小堡垒；然后把他们的行动渐渐地、呈辐射状向荒野伸延开来，他们与处女地作斗争，与好战的奥卡人搏斗，还要忍受尚不完善的社会组织的不公正对待；他们对人世、对正义充满信心，他们在这种天生力量的驱使下，无所畏惧地朝前闯；这就是高乔人马丁·菲耶罗的生活；这就是整个阿根廷人民的生活。"谁要是读过埃尔南德斯的这部作品，哪怕是浮皮潦草，也会清楚地知道，罗哈斯所列举的主题，为了重复塔西佗[1]的论断，由于其缺席或仅仅以片面形式出现而在其中闪闪发光。

卡利克斯托·奥约拉[2]在他的《作品选》的注释中说得更准确，他说："《马丁·菲耶罗》的故事情节并非最具民族特色，也并非最具种族特点，也说不上是我们人民的'根源'，或从政治上说，也不是我们国家的'根源'。在这个故事中表现的是'上个世纪后三分之一时期'的一个高乔人生活中的种种痛苦遭遇，那时正值大萧条之际，也是那种地方性的典型人物消亡的前夕，并且，正是我们面临将这种人摧毁的社会组织的转型时期。"

出于好奇，米格尔·乌纳穆诺[3]的见解值得一提："在

---

1 Tacitus（约56—约120），罗马帝国雄辩家、高级官员、历史学家。
2 Calixto Oyuela（1857—1953），阿根廷诗人、散文家、评论家。
3 Miguel de Unamuno（1846—1936），西班牙教育家、哲学家，"九八年一代"的代表作家。

《马丁·菲耶罗》中，史诗的成分和抒情的成分紧密地互相渗透、互相融合，在我所了解的西班牙语美洲文学中，《马丁·菲耶罗》是最深刻的西班牙式的东西。当潘帕草原上的帕亚多尔（吟游诗人）在翁布树阴下，在莽原上无限的寂静中，或是在星光照耀下的宁静夜晚，在一把西班牙吉他的伴奏下，唱起《马丁·菲耶罗》那单调的十行诗时，当被感动的高乔人听着自己的潘帕草原的诗歌时，他们会不知不觉地感到，从那无意识的心灵深处涌出西班牙母亲不可磨灭的回声，父母用鲜血与灵魂留给他们的回声。《马丁·菲耶罗》是西班牙的斗士之歌，这些斗士在格拉纳达竖起了十字架以后，就到美洲去了[1]，为的是朝着文明前进，为的是去到莽原上开拓道路而充当先锋。"也许，有必要提醒一下，被乌纳穆诺很客气地称为"单调的十行诗"的、隶属于西班牙的诗歌，实际上是六行诗。

相比之下，梅嫩德斯－佩拉约[2]的观点更明确，也没有那么奇特："阿根廷人一致认为，高乔文学的代表作是何塞·埃

---

1 西班牙人于1492年先收复了格拉纳达，然后随哥伦布航行到"新大陆"。
2 Marcelino Menéndez y Pelayo（1856—1912），西班牙文学史家、文学评论家。

尔南德斯的《马丁·菲耶罗》。这部作品在整个阿根廷领土上都极具普及性，不仅仅在城市，而且在乡间的小酒店和农庄。这一股阿根廷潘帕的清风以它桀骜不驯、勇猛而又倔强的诗歌形式流传开来，在那些诗句中，那不屈的、原始的激情在迸发，在与徒劳地想控制主人公的社会机构的勇猛斗争中迸发。最后，这股激情使他投身到那自由自在的莽原生活之中，尽管还带有对文明世界的些许怀念，但是，是文明世界将他从自己的怀抱里抛弃。"可以看出，使梅嫩德斯-佩拉约受感动的是在明亮的晨曦中，两个朋友穿越了国界。

《马丁·菲耶罗》是另一部重要作品所涉及的题材和依据。那就是埃兹吉耶尔·马丁内斯·埃斯特拉达的《马丁·菲耶罗之死与形象转化》（一九四八年，墨西哥）。它没有对文本进行更多的解释，而是一种再创造；在它的篇章中，这位诗人，他具有梅尔维尔[1]、卡夫卡和俄国作家的经验，他重又回到埃尔南德斯的初梦之中，加上阴影和晕眩，使之变得更加丰富。《马丁·菲耶罗之死与形象转化》开拓了一

1　Herman Melville（1819—1893），美国小说家。

种高乔诗歌批评的新风格。未来几代人会谈论马丁内斯·埃斯特拉达的人物——克鲁斯、皮卡迪亚，就像我们今天谈到德·桑克蒂斯[1]的法利那塔或是柯勒律治[2]的哈姆雷特一个样。

---

1 Francesco de Sanctis（1817—1883），意大利文学评论家，自由主义爱国者。
2 Samuel Taylor Coleridge（1772—1834），英国抒情诗人、评论家、哲学家。

总　论

　　在欧洲和美洲的一些文学聚会上，常常有人问我关于阿根廷文学的事情。我总免不了这样说：阿根廷文学（总是有人不把它当回事）是存在着的，至少有一本书，它就是《马丁·菲耶罗》。为什么我把这一本书列在首位呢？这就是我在这一本书的最后几页中要说明的问题。

　　在前一章中，我收集了一些评论家的看法，可以把这些看法象征性地概括为两点：一个是卢贡内斯的观点，他认为《马丁·菲耶罗》是关于阿根廷根源的一部史诗；另一个是卡利克斯托·奥约拉的观点，他认为这一部诗歌涉及的仅仅是一种个人经历。"一个讲正义，求解放的人"，这是卢贡内斯给主人公下的定义；而奥约拉更愿意把他说成是一个"带有明显的'莫雷伊拉'[1]倾向的坏高乔人，他带有攻击性、好斗，专爱与警方搏斗"。怎样来解决这个争议呢？

法国评论家雷米·德·古尔蒙很喜欢玩分解概念的游戏。在我刚刚概括的这一争论中，人们把诗歌美学上的长处与主人公道德上的优点混淆在一起了。总期望这一点附属于那一点。要是把这种混淆澄清了，争论也就搞清楚了。

让我们再回到卢贡内斯提出的关于分类的问题上来。希腊人认为最伟大的诗人是荷马；对他的这种崇敬扩展到他的作品所属的门类，从而出现了这种世俗的对史诗的崇拜，致使意大利充斥着伪造的史诗，并且导致十八世纪的伏尔泰编造出一部《亨利亚德》，为的是使法国文学史中不缺乏史诗这一个门类……但是，亚里士多德早就断定，悲剧能够以它的简短、紧凑和清晰透彻超过史诗。卢贡内斯在为《马丁·菲耶罗》呼吁史诗的名分时，他所做的不过是在使一种古老而又有害的迷信死灰复燃。

然而，"史诗"这个词汇在这一场辩论中是自有其作用

1　Juan Moreira（1829—1874），阿根廷的历史人物，在民间歌谣中是个神秘的高乔人，曾多次卷入战争，饱受苦难、不公正对待和政治迫害。

的。它帮助我们确定自己在阅读《马丁·菲耶罗》时感受到的那种愉悦属于什么类别；这种愉悦，的确与阅读《奥德赛》或北欧的《萨迦》相仿，较阅读魏尔伦或恩利克·邦芝[1]的一节诗更胜一筹。从这个意义上说，断定《马丁·菲耶罗》属于史诗自有其道理，但这并不等于说我们可以把它和地道的史诗混淆起来。此外，史诗这个词汇可以为我们提供另一种用途。史诗带给其原始听众的乐趣有如现在的小说带给我们的乐趣：倾听其人其事的乐趣。史诗是小说的一种前期形式。如果不算诗歌形式上的变化，就可以断定，《马丁·菲耶罗》也算是一部小说。这是可以准确地表达它给我们带来的乐趣的类别的唯一断言，并且可以适当地、避免犯时代性错误的尴尬，以它的优秀来确定，它与属于十九世纪的无人不知的小说家，如狄更斯、陀思妥耶夫斯基和福楼拜的作品齐名。

史诗需要人物性格的完美，而小说则以其性格的不完美和复杂性而显得生机勃勃。一些人认为，马丁·菲耶罗是一个公正的人；而另一些人则认为，他是一个坏蛋，或者像马

1　Enrique Banchs（1888—1968），阿根廷诗人。

塞多尼奥·费尔南德斯风趣地说的那样，他是一个复仇的西西里人。每个持相反观点的人都很真诚，都是理所当然地这样看。这种结局的不确切性正是艺术完美产物的特点之一，因为现实正是如此。莎士比亚大概也是模棱两可的，但是他还比不上上帝那么模棱两可。我们最终还是不知道谁是哈姆雷特，谁是马丁·菲耶罗，可是也没有人让我们知道实际上我们自己是谁，或者谁是我们最爱的人。

可以给马丁·菲耶罗安上无数个与他相称的贬义词——杀人凶手，爱打架的人，醉汉；但是如果我们像奥约拉所做的那样，根据他所做的事情去判断他，这些贬义词全都正确，都无话可说。但是，可以提出异议的是，这种判断是可以假想为存在着一种马丁·菲耶罗未曾奉行过的道德。因为他的伦理就是无所畏惧，他不懂得何为宽恕。但是，不懂得宽恕的菲耶罗希望别人要对他公正、仁慈，在整个故事的过程中，他总是在抱怨，简直是没完没了。

我们不谴责马丁·菲耶罗，是因为我们知道，行为常常会给人带来恶名。有的人会去偷，但他不是贼，有的人杀了人，但他不是杀人凶手。可怜的马丁·菲耶罗并不存在于他参与过的混乱的死亡之中，也不存在于使他麻木的过多的抗议和种种厄运之中。他存在于诗句的声调和呼吸中，存在于那些让人回忆的质朴的、消失了的幸福的纯真之中，还存在于那不会不知道人生来就是为了受苦的人的无所畏惧之中。我觉得我们阿根廷人就是下意识地这样看的。对于我们，菲耶罗的遭遇不像对于一个经历过那些遭遇的人那么重要。

要表现未来几代人不愿忘记的一些人物是艺术的使命之一，何塞·埃尔南德斯充分地做到了这一点。

参考书目

诗作版本

埃尔南德斯，何塞，《高乔人马丁·菲耶罗》和《马丁·菲耶罗归来》。马丁·菲耶罗书店，布宜诺斯艾利斯，1894年（包括作者序言、最初的评论和卡洛斯·克雷利塞的插图）

埃尔南德斯，何塞，《马丁·菲耶罗》。克拉利达出版社，布宜诺斯艾利斯，1940年（卡洛斯·奥克塔维奥·布恩赫作序）

埃尔南德斯，何塞，《马丁·菲耶罗》。卡洛斯·阿尔贝托·雷乌曼的评论，艾斯特拉达出版社，布宜诺斯艾利斯，1947年（依据原始手稿确定的文本。有时提供武断

的修订并富有欺骗性地为埃尔南德斯的拼写错误辩解）

《高乔人马丁·菲耶罗》和《马丁·菲耶罗归来》，圣地亚
　　哥·M. 卢贡内斯审校注释版，森图里翁出版社，布宜
　　诺斯艾利斯，1926 年（我们再次说明，这是最有用的
　　版本）

《马丁·菲耶罗》，艾雷乌特里奥·F. 提斯克尼亚评注版，科
　　尼出版社，布宜诺斯艾利斯，1925 年（其重要性是符合
　　语法规范：将诗作的语言与西班牙经典相联系）

学术著作

卡斯特罗，弗朗西斯科·I.,《〈马丁·菲耶罗〉的词汇与词
　　组》，席奥蒂亚和罗德里格斯出版社，布宜诺斯艾利斯，
　　1950 年

卢贡内斯，莱奥波尔多，《帕亚多尔》，第一卷："潘帕之子"，
　　奥特洛和希亚出版社，布宜诺斯艾利斯，1916 年

马丁内斯·埃斯特拉达，埃兹吉耶尔，《马丁·菲耶罗之死
　　与形象转化》，经济文化基金出版社，墨西哥，1948 年
　　（附全诗文本和丰富的参考书目）

罗哈斯，里卡多，《阿根廷文学史》《高乔人》，文学协会出版

　　社，布宜诺斯艾利斯，1924 年

罗西，维森特，《语言手册》《补偿马丁·菲耶罗的语言》，阿

　　根廷印刷厂，科尔多瓦，1939—1945 年

JORGE LUIS BORGES
MARGARITA GUERRERO
El "Martín Fierro"

图字：09-2010-614号

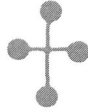

Jorge Luis
Borges
María Esther
Vázquez

Literaturas Germánicas Medievales

日耳曼中世纪文学

[阿根廷] 豪尔赫·路易斯·博尔赫斯　玛丽亚·埃丝特·巴斯克斯 著

崔燕 译

上海译文出版社

目 录

序　言

　　本书试图把三种文学起源的历史进行汇总，这三种文学源自同一个根系，却随着历史的沧桑变迁各自演变，和记载它们的文字一样，最终走得越来越远。这个共同的根源就是塔西佗在公元一世纪命名的日耳曼尼亚；这个名字就其本身而言，其地理意义远不如民族意义，但是，与其说是一个民族，不如说是风俗、语言、传统和神话传说都较为接近的多个部族的集合体。克尔[1]曾注意到，日耳曼尼亚从未形成过政治实体，但是大陆上的日耳曼人的"沃丁"（Wotan）就是英格兰地区撒克逊人的"沃登"（Woden），而在斯堪的纳维亚人那里，又变成了"奥丁"（Othin）。我们所处的北半球主要受到罗马和基督教的影响，创作史诗《贝奥武甫》的诗人对于《埃涅阿斯纪》一定不陌生，而在冰岛文学中最重要的《海姆斯克林拉》（*Heimskringla*）一书的标题中，我们就不难看到翻译过来的拉丁短语 orbis terrarum[2] 的影子。

鉴于年代久远，材料几乎完全陌生，本书并非一部历史，而更像是一部选集。我们不应忘记，诗歌是很难翻译的；任何一个现代的版本都无法完整地呈现原始文本中那种纯粹而古老的韵味；拥有丰富辅音群的各种日耳曼语言，可以很好地表现出史诗那种粗犷的美，却很难传递出抒情诗沉静的甜美。通晓德语或英语的读者，在研究古老的行文方式时不会遇到不可逾越的障碍。本书最后的参考书目对此也有所提示。

有不少优秀的、著名的文学史，其关于中世纪文学的段落我们也会在本书中呈现，无视它们将是非常荒谬的。但是，

1　William Paton Ker（1855—1923），英国学者、散文家。
2　拉丁文，世界。

我们认为，更重要的是我们必须指出，本书的编写理念及其实践都直接建立在原始文本之上，除了乌尔菲拉版的《圣经》。

读过萨迦的人都会在现代文学中找到它们的影子；研究撒克逊诗歌，甚至古代斯堪的纳维亚游吟诗人的人，也会发现比喻中存在奇特的、巴洛克式的例子。

豪·路·博尔赫斯　玛·埃·巴斯克斯

布宜诺斯艾利斯，一九六五年一月二十七日

本书的前一版由豪尔赫·路易斯·博尔赫斯与德丽雅·尹荷涅罗斯共同执笔，以《日耳曼古典文学》为题，于一九五一年出版。十五年后，豪尔赫·路易斯·博尔赫斯和玛丽亚·埃丝特·巴斯克斯一起对原书重新审订、修改和增补，以《日耳曼中世纪文学》为名于一九六六年由法尔博书人出版社出版。

乌 尔 菲 拉

　　日耳曼文学的起源中，有一位哥特大主教，乌尔菲拉（Wulfilas，狼崽），生于公元三一一年，死于公元三八三年前后。他父亲是个哥特人，母亲是一个基督教俘虏；除了哥特语之外，乌尔菲拉还精通拉丁语和希腊语。三十岁的时候，他必须去君士坦丁堡传教，在当地加入了阿里乌斯教派，这个教派的教义是否认圣子的永恒传代以及他与圣父同质。当时他已经接受尼科米底亚的优西比乌斯的涂油，成为了大主教。不久之后，他就回到了自己的国家，在多瑙河北岸开始传教，让哥特人皈依。他的传教事业进展得十分艰难。国王阿萨纳里克信奉传统的神明，命人用车拉着一个粗劣的奥丁神形象在国内四处巡游。遇到有不敬神的，就把他们抛入火中烧死。迫害愈演愈烈。公元三四八年，乌尔菲拉率领他的信众、羊群和其他牲口群横渡多瑙河，带领他们来到一个偏远地区，即今天的保加利亚。追随乌尔菲拉的人远离了兄弟姐妹之间的争斗喧嚣，在那里过上了安定平和的田园生活。

两个世纪之后，历史学家约达尼斯[1]在他的《哥特史》中写道："亦被称为少数民族的其他哥特人，其实是一个人数众多的民族，他们的主教和首领名叫乌尔菲拉，据传说，是他教会了哥特人书写；这些就是如今居住在欧可波利斯的哥特人。他们生性平和，生活贫苦，大多居住在山脚下，除了牲口、土地和森林，没有别的财产。他们的田地果实累累，却不适合栽种小麦；至于葡萄，他们中的许多人根本不知道世界上居然还有这种东西；他们只喝牛奶。"

乌尔菲拉的希腊语著作早已佚失，他的拉丁语作品也只留下他临终之际不断重复的一句祈祷词：Ego Ulfilas semper sic credidi ...[2] 乌尔菲拉生平最重要的作品就是他用西哥特语

---

1 Jordanes（活跃于公元 6 世纪），哥特人历史学家，致力于用拉丁文撰写历史。
2 拉丁文，我，乌尔菲拉，总是如此相信……

翻译的《圣经》。"他谨慎地略去了四卷本的《列王纪》,"吉本[1]注意到,"因为这几本书明显带有激励野蛮人嗜血本性的倾向。"在动手翻译之前,乌尔菲拉不得不先着手创造即将用来写作的文字。当时,日耳曼人主要使用如尼文字母,大概有二十来个字母,适合雕刻在木头或金属上,在公众的想象中,这些如尼文字母与异教徒的巫术密不可分。乌尔菲拉从希腊文字母中借用了十八个字母,从如尼文中借用了五个字母,从拉丁语中借用了一个字母,还从不知道什么文字中借用了一个字母,充当字母 Q,由此,乌尔菲拉创造出所谓的乌尔菲拉字母,或哥特字母。

乌尔菲拉版的《圣经》中的许多段落篇章被保留在所谓的 Codex-Argenteus(白银抄本)中,之所以这么称呼是因为这个抄本的字母是银质的,抄本的装帧用的也是白银。该抄本于十六世纪发现于威斯特伐利亚,目前保存在乌普萨拉。在意大利一座修道院图书馆中发现的再生羊皮纸卷中,人们找到了乌尔菲拉版《圣经》的另一些段落。(之所以称之为

1　Edward Gibbon(1737—1794),英国历史学家,以所著《罗马帝国衰亡史》而闻名。

"再生羊皮纸卷"是因为是把羊皮纸卷上原来的文字去除后重新把文字书写在上面的。)

哥特语《圣经》是日耳曼语言中最古老的纪念碑。乌尔菲拉不得不克服重重困难。《圣经》远不是一本书，而是一种文学。用武士和牧羊人的方言重现这部时而复杂时而晦涩的文学，应该说，首先是一项几乎不可能完成的任务。乌尔菲拉下定决心要完成这项任务，有时候甚至显得锐意而坚决。他非常自然地大量使用外来语和新词汇，他必须先将语言"文明化"。他的文字为今天的我们保留了无数惊喜。在《马可福音》（第八章第三十六节）中，他写道："人类究竟想干什么？他一边欺骗着全世界，一边将灵魂随处丢弃。"乌尔菲拉把世界（cosmos，原意是"秩序"）比作美丽的家园。几个世纪之后，盎格鲁-撒逊人则把世界译成 woruld（wereald，人类的年龄），把人类有限的时间与神灵无限的存在进行了鲜明的对比。对简单单纯的日耳曼人来说，宇宙和世界的概念实在太过抽象。

就这样，通过乌尔菲拉这位约翰·威克里夫[1] 和马丁·路

1　John Wycliffe（1330—1384），神学家、哲学家、宗教改革运动的先驱者之一。

德式的遥远先驱的著作，西哥特人成了欧洲第一个拥有本国《圣经》的民族。帕尔格雷夫[1]在解释这个第一的时候，曾举例说，将拉丁语文章翻译成罗曼语，虽然二者非常相似，但这项工作仍然像拙劣的模仿和不敬的亵渎那样，充满了不确定性。

在基督时代之前，日耳曼语早已分为三大类：东部的、西部的和北部的。北部的日耳曼语随着维京人的语言得到了极广的传播，后来更是被维京人带到了英格兰、爱尔兰和诺曼底，在美洲沿海和君士坦丁堡的街巷都能听到这种语言；西部的日耳曼语后来演变成了德语、荷兰语和英语，后者最终遍布全球；东部的日耳曼语正是乌尔菲拉为复杂的文学前景费心驯服的，却永远地消失了。日耳曼人的帝国命运也未能拯救这种语言。克维多和曼利克曾歌咏他们祖先西哥特人的荣耀，用的却是从拉丁语衍生出来的分支——西班牙语。

1　Francis Turner Palgrave（1824—1897），英国评论家、诗人。

英格兰的撒克逊文学

据我们所知，在一个少数部族的目录中，塔西佗唯一一次用笔写下了盎格鲁人的名字，不久之后，这个名字就在英格兰（Engla-land, England）传播开来。在塔西佗的《日耳曼尼亚志》一书的第四十章，我们可以读到这样的文字："在郎哥巴底人之外，则有柔底尼人、阿威构内斯人、盎格利夷人、瓦累尼人、欧多色斯人、斯瓦多年斯人和努伊托内斯人，他们都为河流与森林所环绕。其中没有什么值得提到的，不过他们共同崇奉大地之母纳尔土斯，他们相信她乘着神车巡行于各部落之间，过问凡间之事。在大洋中的一个岛上，有一丛神林，神林之中，有一辆供献给神的犊车，覆盖着一件长袍。只有一个祭司可以接触这辆车子。当女神下降到这隐僻的地方时，只有这个祭司能够感觉出来，于是牝犊拉着车上的女神前进，而他则以兢兢业业的敬畏心情随侍车后。女神光临到哪里，哪里就设酒宴庆贺，女神降临的时期是欢乐的时期。在这时期中，他们不打仗，不带兵器，所有的兵器都收藏起来，只有在这个时候，他们才知道和欢迎和平与安宁，等到女神厌倦于凡间的交际以后，再由这位祭司将她送回她的庙宇。如果你相信的话，据说这辆车、车上的长袍和女神本身都要在一个神秘的湖中沐浴。送去服侍女神的奴隶们这时立刻就被湖水所吞没。因此引起一种神秘的恐怖和愚昧的虔诚，认为只有注定了要死的人才能见到女神的沐浴。"

这是塔西佗在公元一世纪前后写下的文字。大约四百年后，益格鲁人、朱特人、撒克逊人，甚至弗里斯兰人，侵入了罗马帝国的布列塔尼省，该地很快就被命名为英格兰。入侵者来自丹麦，来自低地国家，来自莱茵河入海口附近。他们是北海和波罗的海的子民，几个世纪以来，他们仍然保留了关于那些地区的记忆，深深地怀念那些地区。朱特人多半是商人；撒克逊人多半来自海盗联邦；益格鲁人据说全体移民到了英国，而他们从前在丹麦南部的故土则变得荒无人烟。

这些人在英格兰建起了多个小王国,很快就抛弃了从前对沃登的信仰,转而信奉基督,但是他们仍然忠实于自己的语言和传统。他们并没有定居在刚刚征服的罗马城邦,而是将罗马城邦弃之荒野。随着时间的流逝,武士并没有继续自己的光荣伟业,而更愿意奔向广袤的原野。对于这些来自大海和森林的人来说,城邦和道路实在太过复杂。

更早之前的文字记载则突出了征服的血腥。智者吉尔达曾写道:"一群小狗崽子离开了日耳曼尼亚这头野蛮母狮的洞穴,分乘三艘战舰,随行的有神奇的一帆风顺和各种有利的吉兆。从前的罪孽燃起的愤怒之火,从海洋烧到海洋,在东方得到了我们敌人双手的滋养,最后烧到了海岛的另一侧,将其鲜红而野蛮的火舌沉入西方的大洋之中。一些人在山林中被捕后遇害了;另外一些则饱受饥饿的折磨,在濒临死亡的边缘,自愿当起了奴隶,殊不知这竟然成为了他们生命中最大的幸事;一些人渡过了大海;而另一些人则将自己的救赎寄托在山峦、悬崖、森林和海中的岩石上,他们留在了自己的国度,却心惊胆战地度过余生。"

吉尔达提到的那些渡过大海的人,就是那些逃离了撒克逊人掌控的布列塔尼人，他们逃往阿莫尼卡，即今日的不列颠，寻求庇护。那三艘战舰可能就象征着征服英格兰的三个民族。吉本倾向于认为有数百艘独木舟，有一个极为漫长的入侵和移民过程，这个过程甚至超过百年，远非一个简单的军事行动能够涵盖。他接着描述侵略者的状态，说他们"做好了坦然接受随机成为渔民或海盗的准备，因为他们最初的冒险行为唤醒了最勇敢的同胞沉睡的意识，他们早已厌倦了从前在森林和高山的阴影下生活的日子"。

丹麦语言学家奥托·叶斯柏森认为盎格鲁-撒克逊语和弗里斯兰语一样，介于西方日耳曼语言与斯堪的纳维亚语言之间。地理位置证明了这个假设。时至今日，我们早已看到这些日耳曼侵略者中，大部分来自丹麦与石勒苏益格-荷尔斯泰因的交界地区。今天我们早已熟悉的"盎格鲁-撒克逊语"的说法，曾经有过两种解读方式：一说这是撒克逊人和盎格鲁人的语言；还有一种更接近事实真相的说法是，这被推测为一种把英格兰的撒克逊人与留在大陆上的撒克逊人区别开来的语言。英格兰在中世纪曾被称为 Seaxland（撒克逊），他们的语言则一直被称为 englisc（英语）。"英语"一词要比"英格兰"一词出现得更早。

　　古时的英语，辅音硬，元音开口，比现代英语的发音更亮更刺耳，现代英语早已被磨光了棱角。甚至还有一些辅音组合今天早已消失不见了：面包，今天叫做 loaf，曾经被称为 hlaf；斜靠，今天是 to neigh，曾是 hneagan；戒指，现在是 ring，曾经是 hring；鲸鱼，现在是 whale，曾是 hwael。英语的语法结构曾经非常复杂。曾经有三种语法意义上的性（就像德语和拉丁语），四种格和无数的变位及变格形式。刚开始的时候，词汇是纯洁的；后来逐渐吸收了斯堪的纳维亚语、凯尔特语和拉丁语的词汇。

　　和其他文学一样，盎格鲁-撒克逊文学中，诗歌的出现早于散文。每行诗句没有固定的音节数量，主要分为两部分，每部分都有两个重读音节。既不押韵，也不协韵；诗歌最主要的特征是押头韵，也就是说，罗列首字母相同的单词，通常是每行三个（前半部分两个，后半部分一个）。元音彼此押头韵，也就是说，所有的元音和任何其他元音都是押头韵的。这种拥有四个重读音节和三个押头韵单词的特征表明重音是最主要的，而押头韵只是为了突出重音。这一规则在古典文献中曾被严格遵守，随着时间的流逝，却被人们逐渐忽略了。盎格鲁-撒克逊语今天已经死亡，但是对押头韵的喜好却在英语中保留了下来，不仅成语和谚语中经常押头韵（safe and sound[1]; fair or foul[2]; kith and kin[3]; fish, flesh or fowl[4]; friend or foe[5]），报纸上的标题和广告用语中也喜欢押头韵（pink pills for pale people[6]）。十八世纪末，柯勒律治在他的《古舟子咏》一诗的首段中，将韵律和押头韵结合在了一起：

The fair breeze blew, the white foam flew,

The furrow followed free;

We were the first that ever burst

Into that silent sea.[7]

---

1 英文，安然无恙。
2 英文，好坏。
3 英文，亲朋好友。
4 英文，一般作否定用法，什么都不是。
5 英文，是敌是友。
6 英文，为脸色苍白人士准备的粉色药丸。
7 英文，惠风吹拂，白浪飞溅，/ 船儿轻快地破浪向前；/ 我们是这里的第一批来客，/ 闯进这一片沉寂的海面。

事物的日常名称并不总能满足押头韵的需要，必须用复合词来替代它们，诗人很快发现这些词可以是比喻。于是，在《贝奥武甫》中，大海是风帆之路，天鹅之路，海浪之杯，鲸鱼之途；太阳是世界的烛光，天空的喜悦，苍穹上的宝石；竖琴是欢乐的木头；利剑是锤子下的残留物，争斗之友，战斗之光；战斗是刀剑的游戏，铁之风暴；舰船是渡海之舟；龙预示着黄昏即将到来，是宝藏的守护者；身体是骨架的栖息地；王后是和平的编织者；国王是多枚戒指的主人，男子最高尚的朋友，人民的首领，财产的分配者。在圣徒的圣品事迹中，大海也是鱼儿嬉戏的澡盆，海豹之途，鲸鱼之塘，鲸鱼之国；太阳是人类之光，白昼之光；眼睛是脸庞上的珠宝；舰船是驰骋在海浪之上的马匹，大海上的马儿；狼是丛林的栖息者；战斗是盾牌的嬉戏，枪矛的舞蹈；枪矛是战争的毒蛇；神是武士的欢乐。在《布伦纳堡之战》中，战斗是枪矛的交往，战旗的呻吟，刀剑的会合，人们的相遇。随着时间的推移，对这些近义词的掌握逐渐变成了诗人严格遵循的常见手段。不直接提到事物的名字，几乎成了诗人的一种义务。

孤立于上下文之外，单独陈列于此，这些比喻显得极为冷漠。但是，我们不应忘记，正是这些比喻为成就诗歌的韵律提供了有利条件。再说，在原文中，这些比喻要比在西班牙语中显得更为简练。所有这些事物都只用一个复合词表示，被视为一个整体。因此，在西班牙语中我们费劲地表示的"枪矛的相遇"在盎格鲁-撒克逊语中只需要用一个词garmitting 即可。复合词在日耳曼语系的语言中是一种很自然的组词方式；德语中用 Fingerhut（手指之帽）来表示"顶针"，Handschuh（手穿的鞋）来表示"手套"，Regenbogen（雨之拱）来表示彩虹。

史诗《贝奥武甫》

　　创作于公元八世纪的《贝奥武甫》是日耳曼文学中最古老的史诗纪念碑。这部史诗发现于一七〇五年，当时是作为丹麦人和瑞典人的战争史诗被记录在一部盎格鲁–撒克逊的手稿目录中。这种错误的定义主要是因为史诗的语言太过晦涩，十八世纪初，英格兰的确有能够读懂盎格鲁–撒克逊散文的学者，但是没人能够破解一首我们业已判定为用人造语言写成的诗歌。

　　一位丹麦学者索克林被这份目录吸引，一七八六年专程前往英格兰抄写这份手稿。他花了二十一年时间来研究这份手稿，将其译写成拉丁语，并为其出版作准备。一八〇七年，英国舰队入侵哥本哈根，烧毁了索克林的房子，将其多年努力的丰硕成果毁于一旦。爱国热情化身为野蛮人，化身为比《贝奥武甫》的编者更接近这位英雄的人，此前曾经将他带往英格兰，而今全部扑向了他，将他的作品付之一炬。索克林从这场不幸中存活了下来，并于一八一五年出版了《贝奥武甫》的初版。这个版本，从今天看来，除了满足文学上的好奇心之外，没有别的价值。

另一位丹麦人，格伦特维神父，于一八二〇年出版了这首诗的另一个全新版本。截至当时，没有任何盎格鲁-撒克逊语的词典，更没有介绍这种语言的语法书。格伦特维是从盎格鲁-撒克逊语的散文，甚至《贝奥武甫》这首诗本身学习的这种语言。他对索克林的版本做了修订，随后即刻建议用当时他仍未读过的手抄本的原件进行比对，自然，这样一来，他触怒了原先的那个编者。后来，《贝奥武甫》出现了多个德语和英语的版本。这些版本中，值得一提的有克拉克·霍尔与厄尔的散文版本和威廉·莫里斯的诗歌版本。

除去一些枝蔓的情节，史诗《贝奥武甫》主要分为两个部分，可以概括如下：

贝奥武甫是耶阿特人某支的王子，耶阿特人居住在瑞典以南地区，有人把他们当作朱特人的一支，也有人认为他们是哥特人。贝奥武甫率领他的民众来到了当时统治丹麦的国王赫罗斯加的宫廷中。十二年——十二个冬天，诗中如是说——来，格林德尔，一个沼泽中的恶魔，化身为巨大的人形，经常在漆黑的夜晚闯入国王的宫殿，杀害和吞噬他的勇士。格林德尔是该隐的后裔，他受到魔法的保护，刀枪不入。贝奥武甫的拳头相当于三十个男子的力量，他许诺要杀死格林德尔，只见他不带任何武器，全身赤裸地在躲在黑暗中等待着格林德尔。勇士睡下了，格林德尔把其中一名勇士撕成碎片，生吞活剥，连骨头都吞了下去，还大口大口地喝着勇士的鲜血，当他想攻击贝奥武甫的时候，后者紧紧拽住了他的胳膊，怎么都不撒手。两人搏斗了一番，贝奥武甫把格林德尔的胳膊整个拽了下来，后者叫喊着逃回自己的沼泽。他逃回去就是等死，巨型的手、胳膊和肩膀成了战利品。当晚人们开始庆祝胜利，但是格林德尔的母亲——"海之狼，海之女，海底深处的母狼"——潜入了宫殿，杀死了赫罗斯加的一位朋友，带走了儿子的那条胳膊。贝奥武甫沿着血迹搜索山谷和荒原，最后，他来到了沼泽。在沼泽的死水中他找到了温血、毒蛇和那名勇士的头颅。贝奥武甫全副武装，跳入沼泽中，游了大半天才游到沼泽的深底。在一个没有水、却充满一种难以说清的光线的船舱中，贝奥武甫和这个女巫交起手来，最后用一把挂在墙上的巨型宝剑割下了女巫的脑袋，还把格林德尔的脑袋也从他的尸体上割了下来。格林德尔的血熔化了宝剑。最后，贝奥武甫重新回到沼泽上的时候，手里剩下了宝剑的剑柄和格林德尔的脑袋。四名壮士把这个沉重的脑袋运到了国王的宫殿。史诗的第一部分到此结束。

史诗的第二部分开始于五十年之后。贝奥武甫已经是耶阿特人的国王。这个故事中出现了一条经常在黑夜中逡巡的龙。三个世纪以来，这条龙一直都是宝藏的守护者。一个逃跑的奴隶偷偷溜进它的洞穴，偷走了一罐黄金。龙醒来之后发现黄金被偷，就杀死了那个小偷。之后，它下到洞穴最深处，仔细查看。（这是诗人奇怪的创作，在能展翅飞翔的龙身上居然安上了人类特有的那种不安全感。）龙开始摧毁国家。年迈的国王前往龙的洞穴。双方激战。贝奥武甫杀死了龙，却也在被龙咬了一口之后中毒身亡。人们安葬了他，十二名勇士抬着灵柩，"哀悼他的死亡，为他们的国王哭泣，重复着他的丰功伟绩，赞颂着他的名字"。

史诗《贝奥武甫》中的这些诗句经常被拿来与《伊利亚特》的最后一行诗做比较：

人们就这样举行驯马人赫克托耳的葬礼。

从《贝奥武甫》来看，日耳曼人的葬礼和匈奴人的葬礼极为相似。吉本在他的《罗马帝国衰亡史》中，曾这样描述阿提拉的葬礼："国王陛下的圣体边，护卫队骑行，齐声高唱纪念英雄的挽歌：他的生命历程是辉煌的，可是死亡却是不可战胜的，这是民众之父，是挥向仇敌的鞭子，震慑全球。"

《贝奥武甫》中还可以找到另一种葬礼仪式。一位丹麦国王的圣体被托付给随后投入"海洋领地"的一艘舰船。文中补充道："无论议会顾问还是天下所有英雄都无法确定，究竟谁将接替他的职责。"

英国著名的日耳曼研究专家威廉·帕顿·克尔在其作品《史诗与传奇》中提到，亚里士多德曾经把《奥德赛》压缩成短短的二十四行，克尔注意到，如果把史诗《贝奥武甫》压缩到这样的规模，那么，这首诗结构上的缺陷就会暴露无遗。克尔建议将其缩写为如下的讽刺短文："一个四处找活儿的男子来到国王的家，后者正饱受哈比[1]的骚扰，男子帮助国王清理他家之后衣锦还乡。多年之后，该名男子在家乡当上了国王，他杀死了一条龙，却中了后者的毒而身亡。他的民众为之哭泣，将他埋葬。"

克尔注意到，任何一种简写都无法消除《贝奥武甫》故事中基本的二元性。他还补充说，和龙的搏斗只是附录而已，并且由此提到了亚里士多德曾经对《赫拉克勒斯传》下过极为轻蔑的评论，因为该书的作者认为，赫拉克勒斯作为英雄，他的十二项丰功伟绩也应该成为传说。克尔写道："杀死龙和其他怪兽是古老传说中那些英雄惯常的职责，很难对这种稀松平常的琐碎小事赋以英雄的个人性或道德尊崇感。然而，史诗《贝奥武甫》却做到了这一点。"

事实上，在我们看来，龙参与到史诗《贝奥武甫》中对这首诗是有害的。我们看狮子是真实的，也是象征的；我们

1　Harpie，一种脸及身躯似女人而翼、尾、爪似鸟的怪物，性残忍贪婪。

看弥诺陶洛斯是象征的，而并非真实的；但是龙在那些神奇动物中，总是最不受欢迎的。我们觉得龙很幼稚，但凡有它出现的故事也因此被传染上了某种幼稚的色彩。不过，我们也不该忘记，这只是我们现代人的一种偏见，也许是因为受了当今的童话故事中龙的身影出现太多的影响吧。然而，在圣约翰的《启示录》中，曾经两次提到，"大龙就是那古蛇，名叫魔鬼，又叫撒旦"。无独有偶，圣奥古斯丁说魔鬼"是狮子和龙；狮子是因其勇猛，龙是因其狡诈"。荣格也注意到，龙身上既有蛇，又有鸟，既有大地，也有天空的成分。

　　克尔否认史诗《贝奥武甫》是前后一致的。想要反驳他，只要提到龙、格林德尔和格林德尔的母亲，他们都是恶的象征或化身。由此，《贝奥武甫》的故事就变成了：一个男子，曾经自认为赢得了一场争斗，然而，许多年之后，他不得不再次展开搏斗，而这一次，他并没有成为胜利者。也许，这是关于一名男子最终遭遇宿命，重返战场的故事。格林德尔，该隐的后裔，从某种意义上来说，他就是龙，是"被渲染的恐怖，是阴影下的顽疾"。大概这就是被克尔一直否认的所谓一致性吧。我并不是说这就是《贝奥武甫》的情节；我是说，这是创作《贝奥武甫》的诗人窥见的情节，或者说，是他写下的情节。

还有少数几种可能的情节。男子找到了自己的宿命，这也是其中一种情节。《贝奥武甫》也许是这个永恒主题中最基本的一种表述方式。

此外，《贝奥武甫》的血腥故事本身远没有故事创作的时代那么重要，就像《荷马史诗》那样，我们注意到刀剑的丰功伟绩和恶魔的肆意破坏都不如热情好客、忠诚可靠、彬彬有礼以及缓慢的、字斟句酌的讲演更能引起诗人的兴趣。《埃涅阿斯纪》的影响在格林德尔沼泽的著名描述中依稀可辨；据说《贝奥武甫》的佚名创作者是诺森布里亚王国的某位教士，在他身上，可以同时见到拉丁文学和斯堪的纳维亚传统的影响。作为基督徒，这位作者不能提到异教神明的名字，但他也同样没有提到救世主和任何圣徒。就这样，也许作者本意并非如此，他却营造出一个古老的世界，一个比传说和神话更为古老的世界。

整首诗共计三千二百余行，几乎被完整地保留到了今天。诗中的主要人物是耶阿特人、丹麦人和弗里斯兰人，按照我们的说法，故事就发生在大陆上。这就表明众多日耳曼民族早就意识到他们是一体的。对他们来说，"拉丁人"是一个难听的名词，就像 Welsh 一词在英格兰之于威尔士人，在德意志之于意大利人和法国人。

关于风光的描写，在诸如西班牙文学等其他欧洲文学中出现得较晚，可是在《贝奥武甫》中却很早就出现了。

有人说很难把《贝奥武甫》和《伊利亚特》放在一起比较，因为后者是著名史诗，广为诵读，保存完好，世代备受尊崇，而前者只给我们留下了一个版本，且是偶然得之。持这个观点的人，论证说《贝奥武甫》也许是盎格鲁-撒克逊众多史诗中的一首。乔治·圣茨伯里[1]不否认这些史诗存在的可能性，但是他也注意到，这些史诗很可能无法留存至今。

---

1 George Saintsbury（1845—1933），英国文学史专家、评论家。

《芬斯堡之战》片段

按照语文学家的说法，和《贝奥武甫》同一时代的，还有《芬斯堡之战》的史诗片段，一共约五十行诗，讲述了丹麦公主希德尔贝的悲惨故事，她的丈夫是弗里斯兰国王，杀死了他的一个兄弟，因为后者杀死了他和公主的儿子。（这个故事的另一个片段曾经出现在《贝奥武甫》中，一个游吟诗人吟唱了这个故事。）

天色已晚，客居在芬斯堡中的丹麦武士看到了一束神秘的亮光，这实际上是包围了他们的敌人手中的刀剑和盾牌反射出来的当天满月的月光。"屋檐没有起火，"国王如是说，他是个战场上的新手，"东方也没有亮光，没有龙朝这边飞来，连屋檐也没起火。"城堡有两扇大门，由丹麦人英勇地守护着，勇士在上战场之前先自报家门："我叫齐格弗里德，"他说，"我出身著名的冒险者世家塞克甘家族，我曾历尽沧桑。"战斗持续了整整五天："宝剑寒光凛凛，仿佛整座芬斯堡都在燃烧"。苍鹰、乌鸦、灰狼，这些日耳曼史诗中最鲜明的特色，在这个片段中都出现了。

这个片段的风格，比《贝奥武甫》更直接，更少修辞，似乎更加符合另一种传统，几个世纪之后，我们在著名的《莫尔顿之战》中再次见到了这种传统。

前基督教时期诗歌

　　据说最古老的诗歌叫作《威德西斯》（*Widsith*），诗歌的主要内容真实发生于公元七世纪，如果考虑诗歌中提到的米底亚人、波斯人和希伯来人的因素，这首诗歌也可以看做是公元十世纪前后创作的。Widsith 意为"漫长的道路"，也就是"遥远的路程"，也就意味着"旅行者"。诗歌的主人公是一名 scop[1]，是一名日耳曼的游吟诗人，或凯尔特族的诗人，诗中列数了他所踏足的土地和曾听过他吟唱并赐予他奖赏的国王。（后者是非常好的实例，可以激发听众慷慨解囊。）《威德西斯》一开头就罗列了许多王子的名字，说阿提拉统治匈奴人，厄尔曼纳里克率领哥特人，恺撒掌管希腊人，盎根特乌领导瑞典人，奥法管理盎格鲁人，阿来维统帅丹麦人。接着，诗人又说他曾和匈奴人、荣耀的哥特人、瑞典人、撒克逊人、罗马人、撒拉逊人以及希腊人有过交往，说他见到过"恺撒，执掌多个荣耀的城市和令人称羡的财物"，说他还交往过"苏格兰人、以色列人、亚述人、希伯来人、犹太人以及埃及人"，甚至还有米底亚人和波斯人。接着，他又吹嘘说，哥特国王，"那些居住在城邦中的老爷的头儿"，曾经赐给他一枚纯金戒指。最后，诗人总结道："咏唱者就这样四处奔走，像命运为他们安排的那样；他们吟唱着自己的需求，表达着自己的感激之情，无论天南海北，总能遇到知音；总有天赋异禀之人，希望自己的丰功伟绩能够得到宣扬，甚至传到四方勇士之中，直至生命尽头，荣光尽退。愿成就大业者威名远扬天下。"有人说《威德西斯》的作者并非单个的诗人，而是无数诗人的共同化身，是所有诗人的神化与象征。也许，最初的时候，的确是某个单独的吟唱诗人。那种将国王和民族名称轻而易举地扩展到百科全书似的体量使得这个形象最终

---

1 英文，古英文诗歌中的诗人。

演变成了一个集体的形象。scop 一词，来自动词 scieppan（给予形状，创造）。因此，从词源的角度来看，这个词和 poeta（诗人）是类似的，因为后者在古希腊语中就是"创造者"的意思。

哀　歌

至此，我们所研究的所有作品都源自日耳曼人。然而，所谓的盎格鲁-撒克逊哀歌，现在可以很明确地说，是英国的挽歌，无论从其孤独的感受，还是从其对大海的热爱，甚至从其流露出的某种悲伤的腔调来看，虽然我们会背上年代错乱的骂名，但是我们仍然可以确定它属于罗马人。

哀歌中最著名的，也许并非最受尊崇的，应该是那首《流浪者之歌》。诗歌开篇就说："孤独的人儿寻求上帝的怜悯，尽管他得双手在结了霜的大海上划行（用手作桨）很长一段时间，而且还要穿越茫茫沙漠。一切早已命中注定。"诗人还饱受从前美好回忆的折磨："马儿跑向了何方？骑手去了何处？财富持有者去了哪里？节日庆典之地可有迹可循？曾经的欢快节日今何在？唉，昔日熠熠闪光的奖杯！唉，身穿盔甲的勇士！唉，王子的荣耀！……昔日备受爱戴的勇士们的休憩之地，如今高墙耸立，高不见顶，上面插满了蛇一样的物件。橡木长矛一使劲儿，无数的人儿被带走。"

另一首哀歌《航海者》有两种解读方式。有人在这首诗中看到的是一位熟悉大海的男子与一个受到大海吸引的年轻人之间的对话。前者一再强调大海的危险，而后者则大谈海洋无人能挡的魅力。还有一些评论家则坚持认为这首诗中只有一个人物，是他在和自己对话。后一种推测在美学上更胜一筹，也让这首诗更显复杂，甚至还开启了一个延续千年的新传统，这种做法在斯温伯恩[1]、吉卜林和梅斯菲尔德[2]的作品中也曾出现过。其中的一些诗句令人印象深刻："他不喜欢竖琴，对权力戒指的分发不感兴趣，不喜欢亲近女性，也不愿感受世界的广袤；他只对那些高大而寒冷的海浪感兴趣。"还有："夏日的守护者（鸟儿）在鸣叫，宣示着胸膛中珍宝（灵魂或心灵）苦难的悲痛。"

1　Algernon Charles Swinburne（1837—1909），英国诗人、评论家。
2　John Masefield（1878—1917），英国诗人。

这首诗的开篇几行诗句，或许可以说，在中世纪第一次出现了个人的口吻，甚至预告了沃尔特·惠特曼的《自我之歌》："我赞美我自己，歌唱我自己。"整个作品弥漫着浪漫主义的气息，充满了对孤独、对瞬息万变的大海以及对严酷寒冬的各种描述。我们注意到诗歌中一个有趣的比喻："大雪从北方而来，冰粒噼里啪啦打在地上，那是最冷酷的种子。"

另一首著名的撒克逊哀歌叫做《废墟》。斯托福德·布鲁克[1]曾经很严肃地指出，撒克逊人很不愿意住进城邦。事实上，他们遗弃了英格兰土地上的罗马城邦，任其荒废，后来又创作哀歌来悼念这些遗址。这首诗曾多次提到温泉浴场，表明这首诗的灵感来自巴斯城。作者名早已佚失的诗中这样写道："石头砌成的城墙雄伟壮观；命运使其毁损，城堡早已千疮百孔；巨人的杰作早已化为废墟。屋顶陷落，高塔坍塌，门厅歪斜，墙壁冻结，破碎的屋顶散落一地，毫无用处，被时间掩埋。瓦砾散落在地，牢牢地堆压在坟墓上，早已追随

---

1 Stopford A. Brooke（1832—1916），爱尔兰诗人、教士、文学评论家。

修建者和主人而去；已经遗失了。时至今日，数以百代的人已经死去。这片断垣残壁上长满了灰色的苔藓，中间夹杂着红色的斑斑点点，历经各种风暴，在一个接一个的王国后幸存至今……城堡曾经光彩熠熠：城堡前水池纵横，无数的高塔耸立入云，吸引人群汇集至此，数不尽的厅堂中满是人类的欢声笑语，直到强有力的命运将这一切全都摧毁殆尽。围墙早已坍塌；恶臭扑鼻的日子最终变成了孤寂无依，城邦变为一片废墟。院子空空如也，红色的拱顶不时掉落瓦片……心怀喜悦、遍身黄金的人儿，用荣耀做装饰，用美酒和狂妄做武装，炫耀着自己的铠甲，凝望着宝藏、金银、宝石、财富、财产，以及辽阔王国中这座清晰的城堡。这里曾是石砌的庭院；水汽从这里宽阔的水流上蒸腾而起；高墙将这一切都围拢在胸前；中间炽热的就是那些浴场；那曾是多么的雄伟壮观啊……"

还有一些诗歌则具有魔术般的作用。有一首是为了驱除尖锐的疼痛而作的，仿佛疼痛只是扎入人体的一根刺或者一把迷你匕首。诗中提到了一些身强力壮的女子在投掷标枪；这些女子是女巫，是已经被基督教化了的奥丁的使女瓦尔基里[1]:"她们的声音回荡,是的,当她们骑行在大地上时,她们的吵嚷声四处回荡;当她们骑行在山峦间,则显得坚定不移。"当驱魔人吟诵完最后一句诗时,疼痛应该会离开人体,避入山林。有一首诗是献给侏儒的,后者被看作是一种突发性疾病的象征;还有一首诗必须在旅行出发前吟诵;另一首则是为了找到丢失的牲口;还有一首则是为了祈祷土地变得更加肥沃。这些诗作中插入了不少与基督教相关的内容,例如,我们可以读到:"愿马太成为我的女婿,马可成为我的护甲;愿路加化作我的剑,锋芒毕露,约翰成为我的盾,荣耀之至,是所有行者的守护天使。"同样,诗中还出现了异教神明的名字;还提到了沃丁(沃登)的名字,而这个名字在斯堪的纳维亚语中则被称作"奥丁"。

---

1 Valkyrie,北欧神话中奥丁的侍女之一,被派赴战场,选择有资格进入瓦尔哈拉殿堂的阵亡者。

《十字架之梦或之见》[*]

《十字架之梦或之见》一书，虽然不十分确定，却经常被认为出自琴涅武甫之手，这位作家的确经常在自己的作品中以一种非常奇特的方式，插入如尼文文字。诗作的最初几行被镌刻在著名的苏格兰鲁斯韦尔十字架上。诗人在寂静的午夜时分，在天空中见到了一个十字架，只见十字架披着法衣，缀满了黄金珠宝，之后突然溅上了鲜血，然后又再次缀满珠宝。最后，"最亮的那棵树"就像几个世纪之后但丁诗歌中的地狱之门那样，开口说话，讲述了它的故事。十字架唤起人们久远的记忆，指的是耶稣所经受的苦难。"一切发生在很久之前，我至今记忆犹新。人们把我从树林的边界上连根拔起，强大的敌人在那儿就将我据为己有。"十字架说它被竖在了各各他，一直以来都在乞求人们的原谅，因为它未倒在上帝的仇敌身上，上帝禁止它那么做。直到这时，诗人一直都在使用诸如"树、胜利之木、绞索、绞刑架"等字眼，但是，当十字架感到自己被"年轻的勇士，也就是无所不能的神"拥抱在怀的时候，我们第一次听到了"十字架"这个词："我被作为十字架竖立"。十字架对耶稣的苦难感同身受，它感受到了黢黑的钉子带来的疼痛，也感受到了流淌在木头上的人子之血。一如圣十字若望笔下的诗歌，这首非同寻常的诗歌中带有几分神秘和几分情色。从某种程度上来说，十字架如同基督的妻子，当它感受到基督的拥抱时，会忍不住颤抖。然后，圣徒就来了，他们被描绘成勇士，"黄昏中显得有些悲伤"。

日耳曼诗歌的传统基本就是史诗。无名诗人在创作《十字架之梦》中展现的原创性正是根植于这一传统，完美地诠释了基督教信仰最坚定、最富戏剧性的时刻。同时，我们也注意到把十字架比作耶稣苦难的奇思妙想。

---

* 常译作《十字架之梦》。

在中世纪，传统上经常将十字架与树木相提并论；十字架是耶稣，这第二位亚当，拯救人类之树，同作为亚当失乐园之缘由的知善恶树正好相对。

琴涅武甫

在琴涅武甫的另一首诗《基督》中，我们找到了史诗传统在基督教中另一种方式的传承。那个充满嘲讽意味的铭文"犹太人之王"完全可以按照字面意思来解释：基督是一位国王；圣徒则是他的卫队。诗中按照《圣经·雅歌》第二章第八节的描述，大力赞扬了基督的六个突变。第一个突变是指从天堂到圣母腹中；第二个，是从圣母腹中到马厩；第三个，是来到十字架上；第四个，是从十字架到坟墓；第五个，是从坟墓到地狱，"在那里他被捆上了魔王用火焰铸成的脚镣"；第六个，上升到天堂，天使欢天喜地地"凝望着荣耀的主，伟大的万物之主，神情喜悦地回到了他的故土，回到了光芒四射的神明的家园"。琴涅武甫在这一段中，诗意地描绘了阿尔昆[1]的版本。

不少诗人（维吉尔、但丁、龙萨、塞万提斯、惠特曼、勃朗宁、卢贡内斯，以及波斯诗人）都曾在自己的诗作中加入过自己的名字，琴涅武甫这位大约生活在公元八世纪的盎格鲁–撒克逊诗人，在诗歌这种文学体裁中，几乎加入了侦探小说的元素。他在自己创作的《圣朱利安娜传》中加入了如尼文（这是一种在刀具、王冠、洞穴、手镯、墓碑石等铭文中不断延续的日耳曼文字，像希伯来语和阿拉伯语那样从右往左读）。这样一来，他的诗作就变成了一种离合诗：

悲伤在游弋

C，Y和N。国王，胜利的王，

满心愤怒，身上沾满了罪恶；

E，V和U颤抖地等待着审判

他们自作自受。L和F，战栗，等待，

悲痛而焦虑。

---

1 Alcuin（732—804），盎格鲁–拉丁语诗人、教育家、教士。

如尼文的每个字母都代表着某个概念或事物。因此，字母 N 读作"尼德"（nead），意为"需要；死亡"；字母 U 读作"奥瓦"（our），意为"我们的"；字母 C 读作"吉恩"（keen），意为"勇敢的"。琴涅武甫在其他诗作中加入如尼文字母来表达上述这些单词的意思，一个字母一个字母地解释自己的名字。为了使琴涅武甫的这种做法显得不那么难以理解，我们应该注意到，长期以来，文字一直都很神圣，我们只需要回想一下喀巴拉哲学家，就能明白这一点。他们认为，上帝是通过字母表中的字母来创造这个世界的。

除了用散落在诗作中的如尼文字母作为自己的签名外，我们对琴涅武甫一无所知。人们猜测他是一名专业的游吟诗人，即所谓的 scop，多年饱经沧桑后进入修道院隐修。事实上，他的诗作让人猜到了他的归隐，但是，不少文学史家提供的他的生平，明显带有臆测的成分，因为我们从来不曾知道，琴涅武甫这个名字究竟指的是某位具体的诗人还是某个诗人群体。

开　德　蒙

　　开德蒙的名声，愿其永存，和艺术性无关。史诗《贝奥武甫》是无名氏创作的；开德蒙则不同，他是第一位盎格鲁-撒克逊诗人，因此，他的名字才得以在英语中保存下来。在《出埃及记》和《使徒行传》中，人物的命名法是基督派的，但是里面涉及的情感却依然轻柔。开德蒙是第一位具有基督精神的撒克逊诗人。为此，我们应该在此加上开德蒙的一个神奇故事，就是神父比德在其《传道书》第四卷中讲述的那个：

　　"在这位女院长（院长名叫惠特比的希尔达）主持下的修道院里，生活着一位高尚的兄弟，他经常创作带有慈悲色彩的宗教歌曲。他满怀柔情与激情，把自己从书写圣典的作者那里学到的关于诗歌的一切，都倾注在了诗化的语言之中。英格兰有很多人都模仿他的风格来创作宗教歌曲。这种创作方式他并非习自凡人或凡人的方式，他曾在这方面得到了圣助，而且，他的创作才能直接源自上帝。也正因如此，他从不写欺世盗名的歌曲，更不会写休闲娱乐的歌曲。这位老兄直到上了年纪，仍然不会写一句诗行。他经常参加各种节日聚会，只是为了去感受他人的欢乐。在节日欢庆会上，每个人都会随着竖琴的乐声轮流引吭高歌，每次当竖琴来到他跟前时，开德蒙总是满脸羞愧地站起身来，直接退场回家。有一次，他离开聚会直接去了马厩，因为那天晚上轮到他照看马匹。他睡着了，迷迷糊糊之间，他见到有人对他说：'开德蒙，唱点儿什么给我听吧。'开德蒙回答道：'我不会唱歌，所以我才离开聚会跑来睡觉啊。'说话人接着说：'开口唱吧！'这时，开德蒙说：'我能唱些什么呢？'回答是：'把万物的起源唱给我听吧。'于是，开德蒙就唱出了他这辈子从未听到过的诗句与词语，连起来就是这样：'现在我们称颂天堂的守护者，赞颂造物主的能力以及他心中的设想，赞美我们荣耀的圣父创作的杰作。正是他，永恒的上帝，创造了每一个奇迹。他首先造出了天空，为他在凡间的子孙提供保护的穹顶。然后，万能的主又造出了土地，为凡人提供立足之地。'他醒来之后，发现自己居然都还记得睡梦中吟唱的内容。于是，在这些内容之外，他又添加了能够配得上上帝的同样风格的诗句。"

比德提到，修道院女院长提议让宗教人士对开德蒙的这个新技能进行审核，一旦证明他的这种诗歌创作能力来自上帝垂赐，女院长便将其纳入他们的团体之中。开德蒙开始"吟诵世界的创造、人类的起源、以色列历史、出埃及记、来到应许之地、上帝的道成肉身、耶稣的苦难和复活，以及升天、圣灵降临和对使徒的教诲。他还唱到了对末日审判的惧怕、地狱的恐怖和天堂的幸福"。历史学家比德补充说，多年之后，开德蒙预见到了自己将要离世的时间，就躺着等待这一刻的到来。上帝，或者说上帝派来的天使，教会了他如何歌唱，开德蒙没什么可害怕的。

开德蒙梦中获得灵感一事早已饱受质疑。但是，我们在此还要提及史蒂文森的例子，他在一次大出血之后，在一次发着烧的睡梦中得到了《化身博士》的情节。史蒂文森一直想写一个一人分饰两角的故事，即有关人格分裂的故事。这个梦给他指明了方式。此外，诗人塞缪尔·柯勒律治的故事则更加离奇。诗人从那个为欢迎马可·波罗而下令修建宫殿的中国皇帝身上获得灵感，在睡梦中创作了那首著名的长诗《忽必烈汗》（一八一六年）。结果，宫殿的施工图纸居然是皇帝在睡梦中获得的。而一直以来，最后这个情况只记载在十四世纪初期波斯人撰写的世界历史中，且从未被翻译成任何西方文字，直到柯勒律治去世之后。

尊 者 比 德

尊者比德用拉丁语写作，但是盎格鲁-撒克逊文学史却无论如何不能忽略他的存在。尊者比德和阿尔弗雷德大帝是日耳曼英格兰的"双雄"。尊者比德的声名在整个欧洲大陆广为传颂。在四重天上，但丁在太阳中见到了比太阳更加光辉灿烂的十二个炽热的灵魂，他们在空中组成了一个光冕，其中之一便是史学家比德（《神曲·天堂篇》第十歌）。

莫里斯·德·武尔夫[1]认为，尊者比德（六七三—七三五）代表了七世纪爱尔兰修道院中的凯尔特文化。实际上，比德的老师多半是贾罗修道院的爱尔兰修士。

一些中世纪的书中曾提到比德长寿而以享天年，但实际上，他六十三岁就去世了，"尊者"这样一个结论性的名号，让人误以为他得享高寿。据说"尊者"这个名号，当时就是对所有教士的一种尊称。有个传说提到，当时有位修士想为比德撰写墓志铭，却连第一句诗行都无法写完：

Hac sunt in fossa Bedae ... ossa.[2]

无奈，他只得先去睡觉。醒来时他却发现，一只神秘的手——毫无疑问，是某位天使的手——趁着夜色在诗行的空白处加上了"venerabilis"[3]一词。

比德出生于英格兰北部贾罗的圣保罗修道院。五十六岁时，他曾写道："我在这个修道院度过了我的整个人生，毕生致力于研读《圣经》，恪守修道院的清规戒律，自觉完成每日吟诵的功课，我人生最大的乐趣便是学习、教授与写作。"

尊者比德为后世留下了一部格律学著作、一部基于普林

1 Maurice Marie Charles Joseph de Wulf（1867—1947），比利时历史学家、教授。
2 拉丁文，此处是……比德埋骨之处。
3 拉丁文，可尊敬的。和前文连在一起，整个句子就变成了：此处为尊者比德埋骨之处。

尼的作品写就的自然史、一部基督教时代的全球编年史、一部殉教者列传，贾罗修道院院长纪事，还有著名的五卷本《英吉利教会史》。他的这些作品都是用拉丁语写的，此外还有大量用讽喻手法撰写的《圣经》评注也都是用拉丁语写的。他还用拉丁语写了不少颂文和讽刺诗文，以及一本专门讲述正字法的书。比德当然也用盎格鲁-撒克逊语创作诗歌，据说当他躺在床上奄奄一息时，嘴里仍然嘟囔着几句诗行，抨击人类在智识上的虚荣心。他还通晓"哲罗姆作品所能教会他的"所有的希腊文与希伯来文。他的一位朋友撰文称赞他 doctus in nostris carminibus[1]，还能用本地语言创作诗歌。在他的《英吉利教会史》一书中，他记述了埃德温的皈依和开德蒙之梦，还记录了两则外来的奇闻逸事。

第一则是关于圣弗尔塞的故事，这位爱尔兰修士曾经规劝多名撒克逊人皈依基督教。弗尔塞看到了地狱：一片深不见底的火海。但是这火却没有灼伤他，天使向他解释说："不是你点燃的火不会灼烧你。"魔鬼控诉他偷了一位垂死的罪人

1　拉丁文，精通我们的诗歌。

身上的衣裳。在炼狱中，魔鬼向他投来一束火焰。这束火焰烧伤了他的脸庞和肩膀。天使说："这会儿你自己点燃的火就会灼伤你。在凡间，你曾夺去这位罪人身上的衣裳。现在，他的报复来了。"直到去世，弗尔塞下巴和肩膀上的疤痕历历在目。

第二则是关于一个名叫德瑞塞尔姆的男子，他来自诺森布里亚。此人死后又复生，复活之后，他说（在他将自己所有的财产都散给了穷人之后），一个脸上光芒四射的男子带领他穿过了一处长长的峡谷，峡谷的左侧电闪雷鸣，漫天火光；而右侧则风雪交加，冰天雪地。"你还没进入地狱。"天使对他如是说。随后，他看到无数黑色的火球从深渊里升起，接着又落下。接着，他看到牛鬼蛇神忙着把教士、凡人和女子的灵魂拖向深渊，一边又冲他咧嘴而笑。然后，他看到一堵高墙，不知有多高，亦不知有多长。接着，他又看到了一大片高原，鲜花如海，高原上聚集了一大群白衣人士。"你还没进入天堂。"天使如是说。当德瑞塞尔姆从峡谷往下走的时候，他穿过了一个伸手不见五指的黑暗区域，只能看到前面引路的天使身上白衣飘飘。在提及这个场景的时候，比德在书中，引用了《埃涅阿斯纪》第六卷中的一行诗：

(Ibant obscuri) sola sub nocte per umbram[1]

　　诗行中的一个小小谬误（比德没用 umbram，而是写成了 umbras）说明比德是凭借自己的记忆写下的诗行，这也正好说明了比德这位撒克逊历史学家对维吉尔是多么的熟悉。比德的文字中，维吉尔的影响随处可见。比德还在一个故事中提到了一名男子，天使曾给他看一本迷你的白色小书，书上记载着他的善行——少得可怜，魔鬼给他看了一本可怕的黑色大书，"书的尺寸超大，而且重得几乎拿不住"，书上写满了他的罪行，以及他的邪念。

　　我们列举了《英吉利教会史》中几则有趣的小故事，但是就整体而言，这部书给人的感觉严肃而明智。怪诞不经似乎只是那个时代的产物，而并非个人风格。

　　"比德几乎所有的作品，"斯托福德·布鲁克表示，"都是

1　拉丁文，他们穿过阴影，幽暗地走在孤零零的夜晚。

对他人作品的概述，极为博学，尽管原创性极少，但是他的文字却传递出一种饱满的坦率与顺从。"比德的作品是约克派最具代表性的文字，吸引了不少来自法国、德国、意大利和爱尔兰的学习者。

比德在病入膏肓之际，仍然坚持把《约翰福音》翻译成盎格鲁-撒克逊语。记录者对他说："还差一章。"比德就将这一章内容口述于他。记录者接着又说："就差一行了，不过您已经很累了。"比德把这一行口述于他。记录者说："这些都完成了。""对，都结束了。"比德说，之后不久他就去世了。说他是翻译而死，也就是说，他当时正在进行文学工作中最朴实无华、最忘我无私的那项工作，将希腊语，抑或拉丁语，翻译成撒克逊语，而后者随着时间的流逝，已然变成了世界上传播最广的英语，每念及此事，令人肃然起敬。

《布伦纳堡之战》

    这首诗是为纪念西撒克逊人的伟大胜利而作。这是国王埃塞尔斯坦及其兄弟埃德蒙于公元九三七年，指挥丹麦人、苏格兰人和威尔士人的联军取得的伟大胜利。爱尔兰的丹麦人国王奥拉夫发动了侵略英格兰的战争，他微服来到撒克逊人的营地，在竖琴的伴奏下，为国王及其宾客引吭高歌。国王赏赐了他几个硬币。奥拉夫不想接受这位自己希冀摧毁的男子的赏赐，就把硬币埋入地下。这一举动被一位之前曾经服侍过他的士兵发现了，士兵也认出了他的身份。奥拉夫回到自己军中，士兵向国王告发了这位吟唱者的真实身份。"你为什么不早说？"埃塞尔斯坦问道。士兵答道："如果我告发了之前的主人，您，我现在的主人，还会相信我吗？"

埃塞尔斯坦奖励了士兵，并调换了军队的部署。第二天，双方正式开战，此一役"从声名赫赫的行星、上帝光彩熠熠的烛台，即太阳，一早自东方升起，一直持续到这位世人的宠儿在田野背后落下，宣告落山为止"。奥拉夫宣告失败，只身逃到了战舰之上，"五位年轻的国王因此役而臣服于刀剑之梦"。

丁尼生将《布伦纳堡之战》带入英语之中，虽然这时的英语几乎是一种纯粹的日耳曼英语。丁尼生的版本非常经典，我们在此摘录几行，诗行中依然保留着原诗的活力与略显夸张的押头韵，令人佩服：

All the field with blood of the fighters

Flowed, from when first the great

Sun's-star of morning-tide,

Lamp of the Lord God

Lord everlasting

Glode over earth till the glorius creature

Sunk to his setting.

There lay many a man,

Marr'd by the javelin,

Men of the Northland,

Shot over shield.

There was the Scotsman

Weary of war.[1]

第三行中的 tide 一词，具有浓郁的时代风格，但是"眩晕"一词的意义或隐喻则让诗歌热情洋溢……在《布伦纳堡

---

1 所有土地都沾染了战士的热血
从清晨，伟大的太阳升起
之初，开始流动，
上帝之光
永恒之主
徜徉大地直至
荣耀的造物沉入既定的结局。

那里躺着众多
被标枪刺伤的男子
北地的男子啊，
死于盾牌之上。
那就是
厌战的苏格兰人。

之战》中，战争是长矛间的交流，是刀枪间的交锋，是旗帜间的交错，是男子间的交道，太阳是"上帝光彩熠熠的烛台"，是 Godes Condel beorht。蛮族人对这些比喻津津乐道，他们却不知道，在公元十世纪，这些譬喻已经非常普及了。

诗中蕴含着一种强烈的欢乐。诗人并没有将胜利归功于上帝，而认为是国王刀枪的功劳。最后几行诗告诉我们，自从盎格鲁人和撒克逊人到来之后，英格兰从未发生过如此规模的战争，"战争中勇猛的铁匠，横越宽阔的大海，前去寻找不列颠人"。诗中的文字显然带着对历史的有趣记忆，提到了公元五世纪日耳曼人对英格兰最早的几次入侵。

斯堪的纳维亚文学中另一部著名作品，则受到了《布伦纳堡之战》的影响，由冰岛探险家、吟唱诗人埃吉尔·斯卡德拉格里姆松创作而成。此人曾为撒克逊人的军队效力，曾在一首赞歌中庆祝布伦纳堡之战的胜利。同样在这首赞歌中，他还加入了为战争中死于自己身旁的兄弟而写的一首挽歌。

《莫尔顿之战》

　　英格兰北部的一块石碑上，拙朴地展现了一群诺森布里亚武士的身影。其中一人挥舞着一把破损的剑，所有人都扔掉了手中的盾牌，他们的领主已经战死，他们则冲上去送死，因为荣誉要求他们舍身前去陪伴君主。《莫尔顿之战》为我们保留了类似的记忆。这是一部残稿：前来侵犯的挪威人要求撒克逊人缴纳赋税，撒克逊人的首领指挥着一支临时组建的军队，回答说用他们古老的宝剑来缴税。一条大河将两支军队分隔两地，撒克逊人的首领同意维京人渡河，这些"来自舰船上的人下到陆地上，双手高举盾牌"。一场艰苦卓绝的战斗打响了。"屠杀之狼"，维京人，狠狠地攻击了撒克逊人。撒克逊人的首领受伤严重，临终前他真诚地感谢上帝让他在世间享受到了那么多的乐趣。他被杀死了，他手下的一位老人说："我们的力量越弱，我们心中的斗志就越昂扬。我亲爱的主人，他何等英勇，却粉身碎骨，埋骨于此，将化作尘土。若有谁想从战场上扬长而去，那他必将悔恨终生。我已经老迈，我将长眠于此。紧挨着我的主人，我多么敬爱的主人。"一个名叫戈德里克的撒克逊人，早已骑着主人的战马，胆小地逃离了战场。残稿结束时提到了另一位戈德里克的死，此人"并非之前逃跑的胆小鬼"。

《莫尔顿之战》和后来的斯堪的纳维亚萨迦一样，文本中充满了各种与历史相关的细枝末节。诗一开头就提到一位年轻人，他出门打猎，听到首领的召唤，"任由心爱的鹰隼从手中飞向森林，转身奔赴战场"。尽管诗中充满了史诗的坚硬，但是那一句"心爱的鹰隼"却让我们分外感动。

诗中的荷马风格得到了恰如其分的赞扬。勒古伊[1]将这首诗与《罗兰之歌》相提并论，并且指出，《莫尔顿之战》保留了历史真实的严肃，而《罗兰之歌》却更多地表现出传说的特点。在撒克逊的诗歌中，从来没有大天使的形象，但勇气却经常在失败中绽放。

1　Emile Legouis（1861—1937），法国作家、翻译家、学者。

基 督 教 诗 歌

公元七世纪，在来自爱尔兰与罗马的传教士的努力下，英格兰逐步皈依了基督教。英国传教士随后来到德国传播福音，但是，我们应该注意的是，皈依基督教最初并不是用一个神灵替代另一个神灵，也不是用一个形象替换另一个形象，而不过是增加了一个名字、一种声音而已。最初并没有多少伦理上的变化。《尼亚尔萨迦》中，撒克逊传教士桑布兰德高唱弥撒，而霍尔则问他为谁而举行节日庆典。桑布兰德回答说是为了赞美大天使米迦勒，还说，这位天使能让自己喜欢的凡人的善举在天平上称出比恶行更重的分量。霍尔表示很愿意和这位天使交朋友。桑布兰德解释说，如果他能够当天就开始信奉耶稣，那么，这位米迦勒大天使就会成为他的守护天使。霍尔同意了，桑布兰德为他施洗，接着，和他一起，为他所有的手下和家人都一一施洗。尊者比德在《英吉利教会史》一书中记录了诺森布里亚人的国王埃德温皈依基督教的故事。七世纪初，博尼费斯，这位自称为"上帝奴仆的奴仆"的教皇，给王后寄去了一封声情并茂的信、一面银镜和一把象牙梳子。之后又向国王派去一名传教士，去教国王如何信奉新的信仰。埃德温找来国中的肱骨大臣，向他们讨教。第一个说话的就是信奉异教的大祭司科菲。这位贵人说："陛下，您的下属中，要说尽心侍奉我们的神灵，我想没有人比我更勤勉，但是，还是有不少人您更加偏爱，他们也因此更加事业有成。如果说神灵能够给我们带来什么帮助的话，他们应该惠及我，毕竟一直以来我都在尽心侍奉他们。因此，如果这些新的信仰能够更有效的话，我们当然应该毫不犹豫地接受。"另一位大臣说："人和燕子一样，如果在一个风雪交加的夜晚，一只燕子飞进了这个温暖明亮的大厅，那它肯定会在这里住上一晚又一晚。也就是说，人能看清一时，却不知道过去曾经发生过什么，也不知道将来会发生什么。如果这个新的信仰能够教会我们一些东西，那么，我们应该听一听。"所有人都赞同这两位大臣的话，科菲又恳求国王赐予他马匹和武器。当时，禁止祭司使用武器，只允许他们骑母马出行。科菲手持长矛，纵马闯入传统神灵的圣殿。他亵渎了神灵，将长矛扎在偶像身上，放火烧毁了神庙。"就这样，"比德写道，"大祭司受到上帝真神的指引，亵渎了自己一直以来信奉的神灵，烧毁了神灵的形象。"我们有理由相信比德误解了这个充满戏剧意味的事件。科菲在皈依基督教之前及之后，一直是那个遇事爱冲动的野蛮人，或者说，一直是那个冷静计算得失的人。

在英格兰创作的最初几部基督教诗歌——《创世记》《出埃及记》《基督与撒旦》《但以理》《使徒的命运》——中，道德变化并不明显。诗人将日耳曼神话转变成了希伯来神话，但是，神话中的世界，虽然多了一些特殊的名字，却一成不变。使徒其实就是日耳曼武士，大海则依旧是北方的海洋，而逃离埃及的以色列人实际上是维京人。诗歌的文字中充满了对战争场面的各种描述。在《圣经》的释读性文字中，依然保留了许多古老的譬喻：大海是鲸鱼之路；长矛是战争的毒蛇。这些诗歌节奏缓慢，词语堆砌，这种缓慢的节奏备受推崇。他们不说"天色已晚"，而说"高贵的光辉找到了自己的结局，迷雾与黑暗笼罩了整个世界，夜晚遮蔽了整个田野"。

《提奥的哀歌》

　　提奥是这首哀歌的主人公，而并非某些人认为的那样，是哀歌的作者。提奥是波美拉尼亚某个小国宫廷中的游吟诗人，诗人眼看着就要被对手取代了，所以求助于他的主人和国家。哀歌颇具戏剧性地表现了诗人的感受。诗人列举了历史上和传说中的各种不幸，每一段最后都加上一段副歌：

　　　　这类事情过去常有，将来也不会少见。

　　押头韵这种修辞方式会减弱韵律的听觉效果，也不利于记忆，不适合诗句的创作。这首诗中，副歌起到了划分诗段的作用。每个诗段的诗行数量不等。

提奥第一个吟唱的，是铁匠维兰德的不幸结局。维兰德是一位著名的铸剑师，斯堪的纳维亚的诗人也曾吟诵过他的故事。对于一把剑来说，最高的赞誉就是"维兰德出品"。传说还在英格兰保留了此人的名字：有一块叫做"维兰德铁匠铺"的石头，如果某人把马拴在这块石头上，再留下一枚硬币，回头就会发现马儿被钉上了马掌。吉卜林在《普克山的帕克》一书中，把维兰德的传说改编成了一个感人的故事，说在被基督教取代之前，维兰德是专司打铁的古老神灵。

另一个诗段中写道："我们听到了厄尔曼纳里克的狼子野心。他一直统治着哥特人广袤的国土，他是个暴君。由于多年来一直饱受苦难和不幸，很多人都希望他的统治早点垮台。这类事情过去常有，将来也不会少见。"

还有一段诗提到了一位国王的故事："令人感伤的爱情让他无法入眠"。这行温情脉脉的诗句大概是整个撒克逊诗歌中唯一一个例外。

最后六段诗行拖沓冗长，只讲述了诗人自己的故事。

谜　语　诗

　　《埃克塞特抄本》收录了九十五首谜语诗。亚里士多德在《修辞学》的第三册中承认了谜语给人带来的快乐，说谜语同样可以意味深长，寓意深刻。中世纪时，谜语是一种文学体裁，所有人都能准确地体会谜语中蕴含的比喻和隐喻。《埃克塞特抄本》中的九十五首谜语诗不够整齐划一，甚至缺少诗歌的灵气。其中个别特别含混的，甚至连答案都不曾给出。下面这首，第八十五首，描绘的是河与鱼：

　　"我的住所并非寂静无声，尽管我从不制造噪音。上帝让我们相依相偎。我比我所居之地移动得更快，甚至有时候我比它更强壮，但是它比我更敬业。我有时会偷懒休息一会儿，但它却从不停歇。只要我活着，必定居于其中。如若有人将我们分开，等待我的就是死亡。"

接下来，编号为八十六的那首谜语诗，其谜底是一个卖蒜的独眼龙：

"一个人来到智者聚集之地。他有一只眼睛、两只耳朵、两只脚、一千二百个头，有肚子和后背，还有两只手、两条胳膊、两个肩膀、一个脖子和两肋。猜猜我是谁。"

其中最有名的当属编号为八号的关于天鹅的那首谜语诗：

"当我行走在大地之上、苍穹之下或拨动深处的水流时，我的外套寂静无声。有时，我的装饰物和高处的风将我带到英雄居住的屋顶之上，云朵的力量将我带到人们头顶上遥远的地方。我的装饰叮当作响，发出悦耳的声响。当我远离水流和大地，高高地飞翔其上时，它们的声音变得格外清脆。我是一个四处游荡的灵魂。"

有个有趣的谜语，第四十八号，是关于毛毡夜蛾幼虫的：

"一条蠕虫偷吃单词。我似乎听到了一件妙事：一条蠕虫，黑暗中的小偷儿，吞下了某人的名曲和它坚实的基础。这位悄悄的不速之客，虽然吞吃了那么多单词，却啥都没有学会。"

第四十九首谜语诗的主题却是圣杯：

"我听说有个圆环能够向英雄通报消息，虽然它没有舌头，也不会发号施令。金色的圆环沉默不语地替民众说话：'救救我这心灵的慰藉吧。'但愿民众能够听懂红金的神秘语言，能够明白它的神奇话语。但愿智者能够向上帝举荐它的虔诚，正如圆环所说。"

下面这首谜语诗，编号二十九，则用诗一般的语言描写了月亮和太阳：

"我看到一个神奇的存在，一艘空中战舰，披挂着战争中的战利品。我想在城堡中造一个房间。于是，从众山之巅下来了一个神灵（大地上所有的居住者都知道他是谁），他取下战利品，随手一扔，向西而去。空中升腾起尘土，大地上降下雨露，黑夜散去。谁也不知道神灵去向何方。"

评论者通常认为，谜语诗中的战利品指的应该是光。

《动物寓言集》

    十七世纪初叶，托马斯·布朗爵士会写下这样的句子："自然是上帝的杰作。"这种认为世上存在两部"圣作"——自然与《圣经》——的概念，在文艺复兴时期非常普遍。毫无疑问，这一观念为人们在各种生物身上寻找道德教育的习惯奠定了基础。早在中世纪，就有不少关于动物学的书，拉丁文称之为 Physiologi。盎格鲁-撒克逊语是第一个出现 *Physiologus*，即《动物寓言集》的世俗语言。该书每一章节都被分为两部分：第一部分描写一种动物；第二部分则是动物所代表的隐喻。在盎格鲁-撒克逊语的这本《动物寓言集》中，豹子，一种温柔、优雅而气味芬芳的动物，是耶稣基督的象征。为了减少这种反常认知带给我们的恐惧感，我们在此提醒大家，在撒克逊人眼中，豹子并非一种猛兽，而只是一个充满异域风格的词语，因此，这个词汇无疑不会与某个具体形象产生关联。另外，出于好奇，我们还要补充的是，托·斯·艾略特曾经在一首诗作中提到过 Christ the tiger，即"基督虎"的名字。

然而，鲸鱼却被视为魔鬼与邪恶的象征。水手经常把鲸鱼误认为海中的某个岛屿，他们下船上岛，在岛上生火做饭。突然之间，鲸鱼，这位海洋之客、水之恶魔，毫无征兆地沉入水中，那些轻信鲁莽的水手一时间溺水身亡。这个故事也曾出现在《一千零一夜》、圣布伦丹的凯尔特人传说和弥尔顿的作品中。在赫尔曼·梅尔维尔那里，这个故事就变成了《白鲸》，这与《动物寓言集》的无名作者看法一致，因为在这一部书中，鲸鱼被称为 Fastitocalon。

《凤凰》

　　这首盎格鲁-撒克逊诗作被认为是拉丁语诗歌《凤凰之诗》的诗体意译作品。塔西佗和普林尼也提到凤凰，说这是一种生活在阿拉伯沙漠中的鸟儿，在圣城赫利奥波利斯，凤凰周期性地死于火中，为的是从灰烬中重生。拉丁语的诗歌中充满了各种自相矛盾的句子，例如，诗中提到，对凤凰而言，死亡就像维纳斯一样，只有在死亡中，凤凰才能找到快乐；说凤凰为了求生而渴死；说凤凰是它自己的父亲，更是自己的子孙。撒克逊的诗作去除或减轻了这些矛盾的尖锐。该诗的结尾部分由两种语言混杂而成，前半部用撒克逊语，而后半部，则用拉丁语：

...and him lof singam laude perenne,

eadge mid englum, allelluia.[1]

---

1 用无穷无尽的赞美之词为他歌唱，／愿天使保佑它。哈利路亚。——原注

所罗门与萨图恩

所罗门与萨图恩的对话可以追溯到公元九世纪。对话是片段的。所罗门代表基督教的智慧；萨图恩，则代表高贵人士的无知。中世纪文学中此类对话很常见。随着时间的流逝，萨图恩的形象逐渐演变成一个外表丑陋、满嘴粗话的俗人，通常叫作马库尔或马库尔弗。此人即桑丘·潘沙的先辈，格鲁萨克在谈及《堂吉诃德》时，曾观察到："陪伴在骑士身边那个爱开玩笑、满嘴俗语的粗鄙之人，这个形象在文学中并非新创：在中世纪的民间传说中，智者所罗门身边总是站着一名学生马库尔，负责找出前者至高无上的箴言中充满讽刺意味的部分。"

二人之间的第一则对话是关于智识的。萨图恩问："能够战胜星星、石头、各种宝石、各类猛兽，甚至战胜一切，并且快速奔跑于大地之上的神奇之物究竟是什么？"所罗门回答说那是时间，是时间"用铁锈吞噬了铁器，同时也吞噬了我们"。

第二则对话却非常奇怪。在萨图恩的再三请求下，所罗门解释了天主的能力。他说，天主名字（Padrenuestro）中的每一个字母都蕴含着一种独特的能力。例如，字母 P 代表一个手持黄金长矛的武士，战胜了正在鞭打字母 A 和 T 的魔鬼。一个散文片段描写了天主与魔鬼较量的方式，还描绘了天主的脑袋、肚肠和身体。学者约翰·厄尔推崇备至的一个段落如此写道："天主的思想比一万两千个圣灵还要轻盈，每个圣灵身披十二件羽毛披风，每件披风拥有十二阵风，每阵风都能吹来十二种胜利。"

下面，我们翻译了某个教义问答手册中的一小段文字，现在读来，感觉像诗一般神奇。

这里讲述了所罗门与萨图恩之间的智慧较量。萨图恩问所罗门：

"告诉我，开天辟地的时候上帝在哪儿？"

"我告诉你，上帝站在风之翼上。"

"告诉我，上帝说的第一句话是什么？"

"我告诉你，是 Fiat lux et facta lux[1]。"

"告诉我，为什么天空会叫作天空？"

"我告诉你，因为天空把下面的一切都蒙了起来。[2]"

"告诉我，上帝是什么？"

"我告诉你，上帝是掌管万物的人。"

"告诉我，上帝用了多少天创造世间万物？"

"我告诉你，上帝用了六天创造了世上的万物。第一天，他创造了光；第二天，创造了守护天空的生灵；第三天，海洋和陆地；第四天，天上的繁星；第五天，鱼儿和鸟儿；第六天，野兽和牲畜，还有亚当，第一个人类。"

"告诉我，亚当的名字是怎么来的？"

---

1 拉丁文，神说："要有光"，就有了光。

2 这里的"天空"用的是"cielo"，而"遮挡"一词，用的是"celar"；cielo 和 celar 源自同一个词根。

"我告诉你，亚当的名字来自四个星星。"

"告诉我，这四个星星都叫什么？"

"我告诉你，这四个星星分别是：阿托克斯（Arthox）、杜克斯（Dux）、阿罗托莱姆（Arotholem）和明辛布里（Minsymbrie）[1]。"

"告诉我，亚当，第一个人类，是用什么材料做的？"

"我告诉你，他是用八磅材料做的。"

"告诉我，到底是哪些材料？"

"我告诉你，第一是一磅尘埃，做成了亚当的肉体；第二是一磅火焰，所以血液才是鲜红而温热的；第三是一磅清风，于是亚当就有了呼吸；第四是一磅云彩，亚当的灵魂因此而轻盈；第五是一磅智慧，于是亚当就有了头脑和思想；第六是一磅花朵，所以眼睛才会有那么丰富的颜色；第七是一磅露珠，汗水由此而来；第八是一磅咸盐，因此眼泪才是咸的。"

"告诉我，亚当被创造出来时，时年几岁？"

1　亚当的名字是 Adam，由这四个星星名字的首字母组成。

"我告诉你，亚当时年三十四岁。"

"告诉我，亚当身量如何？"

"我告诉你，亚当身高一百一十六英寸。"

"告诉我，亚当在这个人世间究竟度过了几个春秋？"

"我告诉你，亚当在世上度过了九百又三十个春秋，他终生劳作，饱受困苦，之后，他去了地狱，受着残酷的惩罚又苟活了五千二百又二十八个春秋。"

《盎格鲁-撒克逊编年史》

纵观文学史，散文艺术总是晚于诗歌。这大概是因为无尽地重复同一种形式，如六韵步诗或八音节诗，来反复创作总是比开始没有固定形式的创作要容易得多。而且——这大概是最主要的——诗歌的韵律有助于记忆。所以，盎格鲁-撒克逊人的诗歌文学远比其初具雏形的散文文学更加复杂多变。他们的散文多半是对奥罗修斯和波爱修斯作品的改写，而这种改写则是由阿尔弗雷德大帝主持的，最后被收录在《盎格鲁-撒克逊编年史》之中。该编年史是一辈接一辈的教士集体创作的佚名作品。《编年史》创作于公元九至十二世纪，从起源开始，记录了英格兰的历史。斯涅尔赞誉这部编年史是"一座各代书写者用爱国主义树立的丰碑，每一位书写者将英格兰过去的记忆加入其中，就算死去时被人遗忘，也在所不惜，并且将此视为极高的荣誉"。如果我们认为，一年中发生的事情最多只能占据两页篇幅的话，那么按照普遍法则，短短几行字中记录者的努力会让我们的感动也大打折扣。《编年史》一直延续到公元一一五四年，此时距离诺曼人征服英格兰已经过去了将近一个世纪。《编年史》的记录就这样突然中断了，留下了一句没有结束的话："国王曾停留在索尼、斯伯丁和……"

《编年史》逐年记录了发生在英格兰及其周边国家的历史。在公元九九三年的记录中，我们读到："国王下令，让人烧伤埃尔弗里克之子埃尔夫加的眼睛"，在紧接着的章节中，"丹麦人翻身上马，带走了所有能够带走的东西，犯下的滔天罪行罄竹难书"，在翻过来的一页上，我们看到了公元九九五年的这则记录："这一年，彗星划过天际"。

在对应公元一〇一二年的章节中，讲述了一位红衣主教去世的故事，"人们从南方给他带来了好酒，只见他喝得酩酊大醉，倒在士兵怀里。士兵用牛角和牛骨抵住他，其中一人用铁块砸向他的脑袋，主教大人神圣的鲜血流了一地，他的灵魂飘向上帝"。关于琴涅武甫去世的记述也充满了戏剧性，这位国王在情妇家中欢度良宵的时候被敌人团团包围。国王从爱情走向战斗，又从战斗走向死亡。

在公元七七四年的记录中，我们读到："太阳落山之后，天空中出现了一个火十字，麦西亚郡和肯特郡的人聚集在奥特福德厮杀，此时，在南方的撒克逊人的土地上，出现了象征着神迹的圣蛇。"

安德鲁·兰[1]注意到，《编年史》最初的章节像是孩子写的日记。这些撒克逊人对于来自诺曼底并且征服了他们的威廉一世的评价的确有失公允。《编年史》结尾如是说："我们所记录的这些事情，或善良，或邪恶，我们希望人们能够避恶扬善，走上一条指引我们走向天国的道路。"

我们前文中提到过的《布伦纳堡之战》，被这部《编年史》全文收录。

1　Andrew Lang（1844—1912），英国文学家、历史学家、诗人。

《坟墓》

　　公元一〇六六年，英格兰最后一位撒克逊国王哈罗德，在著名的斯坦福桥战役中击败了挪威人，之后又被斯堪的纳维亚半岛的其他民族打败，特别是被深受法国文化影响、操法语的诺曼人打败。至此，将近六个世纪之后，撒克逊人终于结束了在英格兰的统治。英格兰的语言，在饱受丹麦影响而"杂种化"之后，开始同上层社会的法语混杂，最终生成了一种全新的英语，是乔叟和兰格伦即将在十四世纪骄傲无比地使用的英语。盎格鲁-撒克逊语被"流放"，成为了一种粗鄙的方言，但即便如此，盎格鲁-撒克逊语在即将消亡之前，成就了令人怀念的诗歌《坟墓》。诗中没有任何基督教的成分；诗中讲述的，不是灵魂，而是肉体在地下的解体。

"对你而言，房子早已建好，早在你出生之前。对你而言，土地早已注定，早在你出娘胎之前。只是人们还没有建造。荣誉让他们忽略了。谁也不知道还需要多久。现在，让我带你去到你的地方。现在，让我先量一量你，再量一量土地。你的房子不高。它低矮而卑微。当你在那里躺下之后，房梁是低矮的，四壁是卑微的。房顶就在你胸口的上方。那时，你将入驻尘土，你将感受寒冷。一切都漆黑无光，一切都影影绰绰，洞穴将会腐烂。这幢房子没有门，里面也没有光。你肯定会被关押在其中，钥匙在死神手中。这房子令人生厌，入住也很残忍。那里，你将了此余生，蠕虫将把你化整为零。那里，你将远离亲友，静静安躺。没有任何亲友会跑去看你，去问你是否喜欢这幢房子。谁也无法打开房门。谁也不会下到那个地方，因为很快，你就会变得惨不忍睹。你的头发会从脑袋上脱落，你发梢间的俏丽也会随之消失殆尽。"

　　整首诗只有一个比喻——我们甚至可以说只提到了一个公共观点，即坟墓就是人类最后的居所，但是这个概念如此强烈，以至于撒克逊人这首最后的挽歌像经典之作那样令人感动。

　　朗费罗逐字逐句地翻译了这首《坟墓》。

莱亚门，最后一位撒克逊诗人

公元十三世纪初，英格兰的日耳曼诗歌因为一名英国教士莱亚门，突然令人惊异地重返文坛。莱亚门创作了《布鲁特》，一共有三千行不押韵的诗行，讲述了不列颠人的战争，特别赞颂了圆桌骑士亚瑟王，"曾经的国王，永远的国王"，对抗皮克特人、挪威人和撒克逊人的事迹。诗的开场白以第三人称的口吻祈祷："王国中有一位名叫莱亚门的教士；雷欧佛纳斯之子，上帝赐其荣耀，曾居住在厄恩利，塞文河边的一座尊贵的教堂之中，那可是宜居之地。他惦记着如何谈及英格兰人的丰功伟绩，惦记着他们叫什么名字、从何而来，惦记着哪些人在大洪水之后如何来到这片英格兰的土地。莱亚门遍游整个王国，找到了那些珍贵的书籍，以做范本。英语书中他选取了尊者比德的书，拉丁语书中他选取了圣奥尔本斯与圣奥古斯丁的书，后者为我们带来了洗礼；此外，他还选取了第三本书，并把它放在上述两本书的中间，是一位名叫威斯的法国修士的书，此人精通文字，曾将自己的书献于上恩里克地区的莱昂诺尔女王。莱亚门将三本书依次打开，来回翻动书页。他饱含深情地看着这三本书——愿上帝赐予他仁慈！——指间夹着羽毛笔，字斟句酌地在羊皮纸上落笔，将三本书合而为一。现在，莱亚门祈祷，希望能够得到万能的主的眷顾，让人们可以看到这些文字，学到书中蕴藏的真理，为曾经孕育了他的父亲祈祷，也为生育了他的母亲的灵魂祈祷，更为他的灵魂祈祷，使其保持良善。阿门。"

有趣的是，在莱亚门这位使用撒克逊语创作的最后一位英格兰诗人看来，那些被亚瑟王下令斩首的凯尔特人居然是真正的英格兰人，而撒克逊人却是令人讨厌的敌人。《贝奥武甫》和《莫尔顿之战》的好战精神在这位教士的诗歌中，以一种令人惊讶的方式再次重生。

这位枯坐于书房之中的教士偏偏喜欢用激烈的词语进行创作。威斯曾写："那时候不列颠人判处了帕森特和爱尔兰国王死刑",莱亚门对此进行了扩充:"好人尤瑟如是说:'帕森特,你就留在此地吧,尤瑟会骑马而来!'说着就冲着他的脑袋给了他一拳,将他打倒在地,用剑刺入他嘴中(这种食物对他来说无疑从未品尝过),剑尖将其钉到地上。尤瑟于是就说:'爱尔兰人,这下你合适了。整个英格兰都是你的了。我把英格兰送到你手上,你就可以留下来和我们在一起了。看,英格兰就在这里;现在,你永远地得到了她。'"

结　　语

　　和《航海者》《莫尔顿之战》以及《十字架之梦或之见》这些无疑具有较高价值的文本一起，我们还读到了不少直接译自《圣经》片段的冗长译本。这种不一致主要源自这些神圣材料多灾多难的特性。这些创作于五百多年前的文字中保存至今的只藏于四部抄本之中。其中有《韦尔切利抄本》，其名字来源于意大利北部的某个修道院，几位盎格鲁-撒克逊修士在前往罗马的途中将其遗忘在修道院里，对我们而言，何其幸哉。

德 意 志 文 学

关于古代的日耳曼人，我们的资料中最古老最著名的，就是塔西佗的《日耳曼尼亚志》。有关这本书的评论，甚至可以装满多个图书馆了。有人把这本书看作某种民族学的《圣经》，还有人认为这是一种乌托邦，是对一个野蛮民族的理想化想象，其创作意图就是为了突出罗马的腐败堕落。吉本盛赞塔西佗忠实的观察和他孜孜不倦的追问，而蒙森[1]则认为，《日耳曼尼亚志》不过是一部写得比较花哨的新闻作品。在这两个极端的见解面前，更为理性的态度应当是尽力去理解塔西佗这位历史学家的多种创作目的。塔西佗希望在书中记录生活在多瑙河和莱茵河畔的日耳曼人的风俗习惯、思想见解，同时也希望借此书表明他认为罗马已经道德沦丧的坚定观点。

塔西佗本人就极为复杂，他坚信人类在智识方面的进步（他讨厌古代的讲演者，认为他们远不如现代人），同时也承认人类在道德方面的倒退。

尽管如此，塔西佗见解的出发点是他永远是一位罗马公民。当他为了证明日耳曼人就是野蛮民族时，他所描绘的"任何人，假如不顾令人恐惧的大海中蕴藏的危险，那他就会前去寻找日耳曼尼亚，那是一块未经开垦的土地，气候恶劣，居住条件极为简陋"，并非是美学上的判断，他仅仅是为了指出一个文明未经开化、气候极为寒冷地区的种种艰难困苦而已。拉斯金[2]也曾注意到，古代人往往会忽略风景中所蕴含的美学因素。

日耳曼尼亚，在塔西佗看来，指的是今天斯堪的纳维亚的广袤土地，他认为日耳曼尼亚是一座由波兰、德意志和奥地利共同组成的岛屿。日耳曼人对英格兰的征服发生于五个世纪之前。

塔西佗两次提到了日耳曼人的诗歌。第一次，他这样对

---

1 Theodor Mommsen（1817—1903），德国历史学家、作家。
2 John Ruskin（1819—1900），英国艺术评论家、建筑评论家、作家。

我们说："古老的诗歌——所有的诗歌都是编年体式的，都是民族记忆——赞颂了一个名叫忒斯托的神明，忒斯托从大地上诞生，据日耳曼人说，神的儿子马努，就是日耳曼民族的创造者。"不久之后，塔西佗又补充道："日耳曼人说在这片土地上还生活着一位赫拉克勒斯一样的大力士，每逢他出征上前线时，人们就会唱起赞歌，称赞他为勇士中的第一人。日耳曼人拥有一些著名的颂歌，即游吟诗人吟唱的诗歌，为战斗鼓劲儿，也预祝战争取得胜利。事实上，根据战斗方阵的回应和反应，日耳曼人或令人闻风丧胆，或早已心惊胆战，这比口头吟诵的优美旋律更能彰显其善战的骁勇。他们希望甚至刻意营造一种令人恐惧的冷酷形象，例如他们在嘴前放置盾牌，阻止发出声音的同时，以便深吸一口气，快速起身。"[1]

　　塔西佗提到的这首诗，没有任何资料流传至今。如果说这首诗的内容可能隐藏在我们熟知的作品中，我们对此一无

1　塔西佗笔下的赫拉克勒斯一般的大力士是托尔，在下莱茵河畔地区的拉丁语铭文中，被称作"大力赫拉克勒斯"。忒斯托即斯堪的纳维亚人眼中的提尔（Tyr），如同罗马人眼中的战神玛尔斯（英语中的星期二就写作Tuesday）。——原注

所知，因为关于这首诗的参考资料极为模糊不确定。

事实上，这段刻在牛角上的铭文：Ek Hlewagastir Holtingar horna tawrido（我，Hölting 之子 Hlewagast，制做了这个号角）或两篇奇文，即《梅泽堡咒语》，拉开了德语文学的序幕。牛角上铭文的时间大概为公元五世纪，是一段不断重复字母 H 的押头韵的诗。两篇文章被收录在公元十世纪的手稿中，但事实上，它们的创作年代则更为久远。第一篇中写道："某日，智慧女性从天而降，她们四处落脚，一些女性系上绳索，一些女性阻止了军队，另外一些则忙着锉断锁链：挣脱枷锁，摆脱敌人。"很显然，会受到它鼓动的女性，就是瓦尔基里。第二篇同样来源于异端邪说，以巴德尔和沃登之间的对话拉开序幕。前者的马蹄脱臼了，沃登用下面这些押韵的句子治愈了它：

Bên zi bêna / bluot zi blouda
lid zi geliden / sôse gelîmida sî![1]

---

1 骨对骨，血对血，关节对关节，仿佛它们从未分离。——原注

公元八世纪晚期，祈祷文被定名为《韦索布伦的祈祷文》。人们在祈祷文中加入了一段押头韵的诗句作为序言，因此，祈祷文本身就变成了押头韵的散文体。文中写道：

"我从人群中学到了最为神奇的这一点。世上没有天空，没有大地，更没有树木与山峦。太阳从未照耀大地，月亮从不闪闪发光，汹涌的大海也未曾波光粼粼。当一切变得没有止境、没有界限之时，万能的主降临了，主是人群中最和善的那位，身边簇拥着各种神灵。上帝是圣洁的。

"万能的主啊，是你分开了天空与大地，是你赐予了人类那么多的福祉，主啊，请你大发慈悲，赐予我坚定的信念和顽强的意志吧，赐予我智慧、谨慎和力量，让我能够抵抗魔鬼，躲避邪恶，让我遵照你的意愿行事。"

在《韦索布伦的祈祷文》中，我们可以感受到斯堪的纳维亚人著名的天体演化诗歌《女占卜者的预言》中第三段的余音：

"没有天空，也没有大地，只有无边无际的深渊。哪儿都没有可供放牧的地方。"

《希尔德布兰特之歌》

　　卡塞尔附近有一个名叫富尔达的小镇，在它的修道院内，发现了一部公元九世纪的神学手稿，手稿的第一页和最后一页中反复出现了一段六十八行的诗歌，被命名为《希尔德布兰特之歌》。该书稿发现于一七二九年；发现者约·格·冯·埃克哈特[1]用拉丁语写了一段评述之后，将该手稿公布于众。因为当时不知道押头韵诗歌的创作规则，发现者将该诗认作了散文体。

　　《希尔德布兰特之歌》的主题来自哥特人的历史传说。国王狄奥多里克（狄特里希）被奥多亚塞赶下王位，经过三十年的流放之后，他重新回到自己的王国，希望夺回王位。他手下有一名武士，名叫希尔德布兰特，此人抛妻弃子，一直追随国王左右。两军对垒之际，一位东哥特年轻人出来挑衅希尔德布兰特，要求与他单挑。希尔德布兰特问他说："你来自哪个家族？只消告诉我你们家族中一个人的名字，我就能说出其他好几个人的名字，要知道，这个王国中的所有家族，我都了如指掌。"（当时的日耳曼人，就像荷马史诗中描写的那样，骑士是不会与无名之辈动手的。这让我们想起了盎格鲁-撒克逊语的残篇《芬斯堡之战》中齐格弗里德类似的宣言。）年轻人回答说他叫哈都布兰特，希尔德布兰特之子，后者为了避开奥多亚塞的怒火，追随狄奥多里克去了东方。希尔德布兰特表明身份，说自己就是他的父亲，想把自己的金臂钏传给儿子。哈都布兰特认为这是对方胆怯之后耍的阴谋诡计，因此坚持要与其决斗。作品到此戛然而止，《英雄诗篇》中的一个片段告诉我们，儿子最终死于父亲之手。这个结局似乎过于惨烈，在后世的多个传说版本中，例如，在十三世纪的《狄奥多里克萨迦》和十四世纪的《年轻的希尔德布兰特》中，父子俩最终握手言和。

1　Johann Geory von Eckhart（1664—1730），德国历史学家。

关于父亲必须要亲手杀死儿子的主题同样也是凯尔特人和波斯人的传统。《列王纪》是一部波斯通史，全诗共计六万余"别特"[1]，这部创作于公元十世纪左右的鸿篇巨制般的史诗中，讲述了鲁斯塔姆和儿子苏赫拉布之间的一场决斗。在波斯军队和鞑靼军队面前，两位勇士开始决斗，两人的剑都断了，最后只能棍棒相向。鲁斯塔姆杀死了苏赫拉布，后者临死之际，说自己的父亲鲁斯塔姆一定会为自己报仇雪恨。战斗持续了好几天，鲁斯塔姆亲手埋葬了自己的儿子，儿子的身份表明得实在太晚了些。在《希尔德布兰特之歌》中，父亲统帅了一支匈奴人的队伍，而在《列王纪》中，儿子则效力于鞑靼人的队伍。有趣的是，在这两个故事中，总有一支军队来自蒙古族。[2]

《希尔德布兰特之歌》是日耳曼古代英雄诗歌的典范，

1　对波斯诗行的特别称呼，每个别特含两句押韵的诗行。
2　弗里德里希·吕克特在1838年用流畅的"别特"诗行创作了一首名叫《鲁斯塔姆与苏赫拉布》的诗歌。马修·阿诺德受到圣驳夫一篇文章的启发，于1853年，发表了题为《鲁斯塔姆与苏赫拉布：一个事件》的文章，文章写得极为严谨，有时又像荷马史诗般令人感动。阿诺德诗歌的最后，鲁斯塔姆用自己的披风盖住了儿子的脸，自己躺倒在儿子身边的沙地上，在军队的注视下，为儿子守灵整整一夜，直到白天来临。——原注

全诗押头韵。从现存的孤本片段中，我们仍然能够感受到全诗的类似风格，虽然今天对我们来说，全诗已然无法读到了。

《希尔德布兰特之歌》全诗风格粗犷，诗中用了不少合成词，却没有比喻。

《穆斯皮利》

如果说《韦索布伦的祈祷文》讲的是世界的起源，那么，于公元九世纪初在巴伐利亚创作的《穆斯皮利》，讲的则是末日审判。一开始，作者描绘了每个人死亡时会发生的事情。躯体一旦死亡，魔鬼和天使就忙着争夺灵魂。（在《神曲·炼狱篇》第五歌中，波恩康特·达·蒙泰菲尔特罗，这位或许在堪帕尔迪诺战争中就死于但丁之手者的灵魂，就向我们揭示了这种争夺。最终天使取得了胜利，绝望的魔鬼一把抢去了亡者的身躯，将其投入河中。）《穆斯皮利》描绘的是以利亚和敌基督之间的争斗。全诗仍然以押头韵为主，不过，末尾押韵的方式也初露端倪。我们将全诗的最后一段抄录于此："山峦在燃烧，大地上没有一棵树木能独活，沼泽陷落，天空被焚毁，月亮西沉，整个米德加尔德（人世间）陷入一片火海之中，没有任何石块存留在另一块之上。末日审判横扫整个大地，用大火审判人类。穆斯皮利所到之处，任何人都无法救助他人，哪怕此人就近在咫尺。"穆斯皮利就是世界末日的大火，在《老埃达》中，它被塑造成一个名叫穆斯佩尔的巨人形象。斯多葛主义者也同样信奉末日审判时会燃起大火，而非洪水滔天。

《救世主》

老撒克逊人（altsachsem，对老撒克逊人的称呼，用于区分于英格兰的撒克逊人）的诗歌文学中，只保留了两首：《救世主》和《创世记》。《救世主》其实只留下了一些片段，散落在四部手稿中，这四部手稿分别保存在布拉格、慕尼黑、梵蒂冈图书馆和大英博物馆。这四部手稿中，保存在大英博物馆的最为古老，可以追溯到公元十世纪，而《救世主》这首诗创作于公元九世纪。一份拉丁文资料曾经提到，查理大帝之子虔诚者路易曾经向一位撒克逊人——此人在他的民众间享有"著名诗人"的美誉——推荐两部诗歌版的《圣经》。撒克逊人遵从路易的意见，却言之凿凿地说，他曾在梦中听到了天使向他朗诵的一部诗集，那里面的诗歌"比德语中任何诗歌都要美妙得多得多"（ut cuncta Theudisca poemata sua vincat decore）。有参考资料表明，这些诗歌指的就是《救世主》，而关于"做梦"的情节则明显是受到了开德蒙故事的影响。

《救世主》（现代德语中，Heliand 意为"救世主"）不是直接以福音书为基础，而是以尊者比德、阿尔昆和百科全书编纂者拉巴努斯·莫鲁斯[1]等人的拉丁文评论文字为基础。这种博学与诗人的简朴形成了鲜明的对比。诗人将天父上帝比作国王，把基督称作王子，把圣徒叫作勇士，把大希律王称为"戒指的捐献人"，把教士称作"马儿的守护者"，把撒旦称为"隐形斗篷的拥有者"。诗人兴致高昂地谈到了西门彼得拔出宝剑、割下大祭司侍从的右耳的故事（《约翰福音》第十八章第十节），还写道，当基督复活了拉撒路的时候："给这位倒地的英雄赋予了生命，许他继续享受人间的欢乐"。诗人坚持说，耶稣来自大卫王的皇宫。诗中省略了那个提醒："有人打你的右脸，连左脸也转过来由他打。"据说，《救世

---

1 Rabanus Maurus（780—856），富尔达修道院院长、学者、美因茨大主教。

主》并非对于古老日耳曼史诗的模仿之作，而是一部真正的史诗典范，尽管诗中的主人公完全不符合传统的史诗英雄形象。这很容易让人猜测，诗人在创作《救世主》之前所获得的所有名声都来自离经叛道的创作，仿佛是命运让其偏离了正轨。我们已经看到，整首诗的基调、诗中的比喻和所使用的词汇，完全就是史诗式的。对拉丁文评论的熟练掌握则表明这位无名作者是一位宗教人士。我们所能看到的诗歌有六千余行。很可能这些诗歌是在富尔达修道院中创作的，因为在这所修道院的图书馆中可以找到相关的资料。

《创世记》

本诗创作时间略晚，全诗九百余行，讲述了亚当降临人世的故事。亚当被逐出伊甸园之后，被罚忍受饥渴、风吹日晒，遭受暴雨冰雹之际，为自己濒死的悲惨状况哀叹不已。而在另一个段落中，夏娃伏身在河边，正在为自己的命运哭泣，手里忙着用清水浣濯被该隐杀死的亚伯的血衣。在提到亚伯拉罕的故事和平原城市遭受的惩罚时，诗人——弗里德里希·福格特 [1] 注意到——"用略带羞耻却又无比大胆的双手抹去了所有能够伤害我们道德情感的一切"。据说，《创世记》是由《救世主》创作者的一名学生创作的，也许，在宗教情感和想象力方面，学生超越了他的老师。

《创世记》同样有盎格鲁-撒克逊的版本或解读版，从公元九世纪一直流传至今。[1]

1　Friedrich Vogt（1851—1923），德国历史学家、语文学家、日耳曼文学学者。

维森堡的奥特弗里德

维森堡的奥特弗里德（八〇〇—八七〇）修士的重要性要略逊一筹，尽管他创作了一部将近七千行的诗韵《福音书》，并且是代表了所在国文人形象的第一位德国诗人。他是富尔达学派创建人拉巴努斯·莫鲁斯的弟子，后者在其论著《论教职人员的教育》中大力支持对七艺的研究，拥护古代哲学家的思想，为此，他获得了"日耳曼主义传播者"的美誉。此外，拉巴努斯·莫鲁斯还是一部条理非常清晰的百科全书《论宇宙》的作者。该书开篇几章是关于上帝的，而最后几章讲的则是石头，中间的章节则涉及了回声和金属等诸多主题。奥特弗里德的大作完成之日，拉巴努斯早已作古多年。奥特弗里德在作品中加上了两首离合体的题词，之后把他的作品寄给了日耳曼人路易和红衣主教康斯坦茨的所罗门。

与《救世主》的佚名作者不同的是，奥特弗里德是一个有自觉意识、督促自己创作的诗人，这在当时可谓勇气可嘉，因为他自觉地用德语创作了一首可以与任何经典作品相媲美的诗作。他打破了，或者说，他试图打破诗歌押头韵的窠臼，寻找一种严谨的创作方式，在德语诗歌中首开诗句押韵之风。他受到爱国主义的驱动，他在作品中写道，法兰克人在战斗精神上已经和希腊人、罗马人一致了，他希望法兰克人在精神道德方面也能达到希腊人、罗马人的水准。同时，他还想得到他们的许可写一本书，而不冒犯他们虔诚的耳目。

《福音书》共分五书，押头韵却缺少韵脚。虽然诗人意志坚定，但是古老诗歌的传统与习惯仍然还在延续。诗中的一些比喻也是如此，诗中还提到，前来向圣母马利亚通报耶稣即将出生消息的天使穿过了阳光小道、星星大道、彩云大街等等。

《救世主》中并没有关于《圣经》的比喻性描述；而对奥特弗里德来说，诗中提到的种种事实远没有他们所象征的教义与隐含的教育意义重要。因此，《新约》(《马太福音》第二章第二节）中说东方三王给耶稣带来了香料、黄金和没药，奥特弗里德则认为，这些东西象征着教士的尊严、国王的尊严和死亡。

韵脚，当下我们早已习以为常，然而，在十个世纪之前，韵脚是新生事物，模糊不定，难以掌握。下面我们抄录了奥特弗里德的几句诗：

Súnna irbalg sih thráto / súslichero dato

ni liaz si sehan woroltthiot / thaz ira frunisga licht.[1]

奥特弗里德的作品不太受欢迎，在韵脚的使用中，我们感受到了南方流派的影响，在每个页面中，我们都能感受到修道院那种严肃压抑的气氛。诗中回响着新柏拉图主义的余声，充满了千奇百怪的形象，例如：基督头戴荣誉桂冠，成为世界之王；他的身边，圣母马利亚闪闪发光，是天堂之后。

---

1 面对如此恶行，太阳怒发冲冠，不让世人继续看到它耀眼的光芒。——原注

《路德维希之歌》

公元八八一年，法国卡洛林王朝的国王、"口吃者路易"之子路易三世，在索库尔地区打败来自斯堪的纳维亚的入侵者军队，杀敌九千余人。很久以来，西部的法兰克人一直说罗马人的语言，但是，关于这次法兰克人的胜利，他们却创作了一首德语诗歌，《路德维希之歌》，以示庆祝。在《路德维希之歌》中，法兰克人是被上帝选中的民族。上帝为了考验他们，也为了惩罚他们的罪行，同意让一些野蛮的游牧民族穿越大海，入侵大陆，并毁灭了他们的国土。最后，上帝同情他们的遭遇，命令他们的国王：

Hludwig, kuning min / Hilph minan liutin!

Heigun fa northman / Harto bidwungan.[1]

路易三世获得了上帝的许可之后，举起了战斗的大旗：

Tho man her godes urlub / Hueb her gundfanon uf,

他们向侵略者扑去，把他们打得落花流水。诗歌在对上帝力量的歌颂声中画上句号。与《布伦纳堡之战》不同的是，这里，胜利归功于上帝，而不是人类的勇敢。由此，《路德维希之歌》同时兼具了史诗和宗教诗的特点。

国王于第二年故去，为了庆祝国王的胜利而创作的《路德维希之歌》就变成了公元九世纪最后一首纪念性作品。之后，便是长达两个世纪的沉默。语言因此而沉寂，各个修道院开始用拉丁语创作诗歌。卡洛林王朝覆灭于九一一年，奥托一世成为罗马皇帝，他致力于将德国文化希腊化和拉丁化。诗歌《卢特之歌》的内容是关于日耳曼人的，却是用拉丁语

---

1 路德维希，我的国王，帮帮我的子民！北方来的人让他们饱受磨难。——原注

写的。剑桥大学保留了公元十一世纪的一部手稿,其中有一长段严格押韵的诗句,是用拉丁语和德语交替写成的。诗中,Heinrich 和 dixit 同韵,manus 和 godes hus(上帝之家)押韵,诸如此类,不胜枚举。其中一段表达爱意的对话中,我们看到了这样的诗句:

suavissima nunna / coro miner minna

resonante odis nunc silvae / nun singant vogela in walde. [1]

"德国人"诺特克(九五二——一○二二)试图挽救本国语言。他注意到,"用母语交流,人们可以快速理解对方,但是用外语却常常难以相互理解,甚至还会产生误解"。他撰写了一本关于德语修辞学的书,并且用德语来翻译《雅各书》、《诗篇》、亚里士多德的《范畴篇》和波爱修斯的《哲学的慰藉》。在他的修辞学著作中,他列举了不少同时代的诗歌,其中古老的押头韵与新兴的韵脚并存。

1　我亲爱的修女啊,见证我的爱吧。森林里回响着歌声,鸟儿放声歌唱。——原注

十一至十三世纪

　　公元十一至十二世纪，禁欲文学和宗教文学大行其道。主要的作品有《临终时刻》《关于信仰》《死亡记忆》。死神的胜利，将人世间的各种荣耀都化为尘土和腐泥，这正是后者，奥地利修士海因里希·冯·梅尔克作品中的主题。

　　十二世纪，还有廷德尔超脱尘世见闻的诗作。此人是一位爱尔兰的年轻绅士，他的灵魂在守护天使的引导下，整整三天游历了地狱（包括火域和冰域）和天堂，天堂里全是殉道者、主教和红衣主教。在这个见闻录中，魔鬼被描绘成一只野兽，肚子里装满了毒蛇、恶犬、狗熊和狮子。这部作品原文是用拉丁语写的，在中世纪广为传播。我们不知道这位但丁的谦卑先驱姓甚名谁，但的确是他将此书翻译成了还算过得去的德语诗文。这些见闻让我们想起了尊者比德的类似篇章，似曾相识。

马利亚抒情诗或向圣母致敬的抒情诗标志诗歌开始着向一种不那么忧郁的类型转变。一一七二年前后，维伦赫尔创作了史诗传记《圣母马利亚生平》的前三册，从马利亚的出生一直讲到出埃及记。这类赞美诗很快大量问世，大多为原创或转写自教堂的祈祷书。开满鲜花的亚伦手杖、被封的菜园、象牙塔、燃烧的黑莓，这些都是这类诗中的常见意象。

十字军将人们的想象带去了东方。公元一一三〇年前后，布道者兰普雷希特从一本法语书中受到启发，开始讲述属于他自己的《亚历山大大帝之歌》，这是马其顿国王亚历山大大帝精彩绝伦的一生。在这本书中，亚历山大大帝征服了人间大地，之后就想征服天堂。最后，亚历山大大帝带着他的军队来到一堵望不到边的城墙脚下，从城墙上砸下来一大块宝石。这块宝石放在一个天平的托盘上，比人世间所有的黄金加起来还重，但是，当在天平的另一端托盘上放上一小撮尘土，这个托盘就带着宝石升到了空中。亚历山大大帝明白，这块宝石从某种意义上来说就代表着他本人，是他不满足于世间的所有财富，这些财富最终化作了一抔黄土。[1] 后来亚历山大大帝在巴比伦被人毒死，"死后，他只占据了六英寸的土地，和所有来到这人世间最为穷苦的人一样"。

一一三五年，一位德国巴伐利亚的牧师，梅根堡的康拉德把《罗兰之歌》翻译成德语。可以想见，德文版中削弱了史诗中英雄的法国特质，却保留了原诗的天主教特征。他把诗中卡洛林王朝的勇士变成了十二世纪的十字军骑士。同时，还为这首诗添加了几分皇帝纪事的色彩，使其变成了一个毫无责任感、毫无条理可言的随便哪个国家的故事。

1　尤维纳利斯（《讽刺诗》X，147）中表达了同样的理念。克维多也在一首题为《召唤死神》的十四行诗中如是说：
　　好奇的和博学的都已死去，
　　重不过区区一磅
　　灰烬中雷光闪现
　　在马其顿化为耻辱。
雨果则表达得更为优雅（《黄昏集II》）：
　　朝圣者陷入深思……
　　双膝跪在石上，掂量
　　拿破仑在他的掌心
　　将留下多少尘埃。
　　　　　　　　　　　　——原注

这些作品为宫廷史诗的出现做了充分的准备，宫廷史诗这一文学体裁，在戈特弗里德·冯·斯特拉斯堡的《特里斯坦》和沃尔夫拉姆·冯·埃申巴赫的《帕西法尔》中达到了巅峰。对于后者的研究，无论从语言学的角度，还是将其视作与日耳曼早期诗歌的创作与精神毫不相干的作品而言，都已经超出了本书的研究范畴。[1]这些诗歌中描绘的那个游侠骑士的世界，只能作为自然更替和情感宣泄的点缀。最早出现在天边的星辰只是为了给夜晚的降临投石问路，沃尔夫拉姆这样描述幸福的人儿："他的悲痛早已骑着马儿远去，远得连任何投枪都追赶不上。"

十二世纪还有一些无名诗歌流传至今：

dû bist mîn, ich bin dîn / des solt dû gewis sîn[2]

---

1 《帕西法尔》一书的灵感来源于克雷蒂安·德·特鲁瓦的作品《高卢人帕西法尔》。在亚瑟王传说故事中，最后的晚餐中的酒杯名叫"杯"（《路加福音》：XXII, 20），约瑟在酒杯中倒了被钉在十字架上者的血液；在沃尔夫拉姆·冯·埃申巴赫的作品中，那个酒杯就是一块宝石，天使将它带来，随从护送的还有一队骑士。此外，宝石还拥有神奇的魔力和预言的能力，每个神圣的周五，都会有一只鸽子从天上飞下来，为这块宝石更新它的魔力。——原注
2 你属于我，我属于你 / 这一点你了然于胸。——原注

这些像极了西班牙语抒情诗中"友谊诗"的诗歌，宣告了Minnesänger，即宫廷爱情吟诵者，创作诗歌的出现。这些吟诵者以普罗旺斯小学教师的身份，最终却创作出一种极具德国特色的诗歌，与之前日耳曼人古老的诗歌传统迥然不同。这种吟诵诗的最高成就莫过于瓦尔特·冯·德尔·福格尔魏德（一一七〇——一二三〇）的蒂罗尔方言诗，这位诗人擅长用最简洁最淳朴的语言描述确切的事物：

Waz stiuret baz ze lebenne / danne ir werder lîp[1]

还有，某一天他突然怀疑，自己过去的生活不过是一场梦：

Owé war sint verswunden alliu mîniu jâr?

ist mir mîn leben getroumet, oder ist ez wâr?[2]

1　有什么能比一具亲爱的躯体／更有助于生活？——原注
2　啊，痛苦啊，我所有的年岁全都消失了！／难道我梦到了自己的人生？难道它是真实的吗？——原注

《英雄之书》

　　公元五世纪末到六世纪初，狄奥多里克，人称狄奥多里克大帝，曾是西哥特人和罗马人的国王。他率领一支二十万人的军队，在维罗纳大败意大利国王奥多亚塞，后来又将其围困在拉韦纳。饥饿迫使后者不得不寻求和平，双方经过冗长的商谈之后达成协议，同意由两位国王共同执政。为了庆祝和谈成功，狄奥多里克邀请奥多亚塞来到皇宫的花园里参加庆祝活动。期间，两位男子跪倒在奥多亚塞跟前祈求，却用绳索捆住了他的双手。于是，狄奥多里克拔出宝剑，将其杀死。"上帝何在？"奥多亚塞倒地之前，如是问道。奥多亚塞时年恰满六十，狄奥多里克却津津乐道于刀剑竟能如此轻易地刺入血肉。"可怜的家伙没长这副骨头。"他或愤怒或恐惧地说。约达尼斯（《哥特史》第五十七章）却一本正经地写道："狄奥多里克最先赦免了他，紧接着却夺去了他的阳光。"

关于狄奥多里克，又被称为维罗纳的狄奥多里克、狄特里希·冯·贝恩，及其拉韦纳战役或乌鸦之战的许多模糊的记忆，都能在《英雄之书》一书中找到。这部十三世纪的诗集中，同时还提到了阿提拉、克里姆希尔特和希尔德布兰特等人的事迹。我们可以看到，在日耳曼的史诗中，战争和被擒的鸟儿是两个无法分割的意象。

在其中的一个故事《狼人狄特里希》中，狄特里希由一只母狼抚养成人，就像罗慕洛和雷穆斯，也像吉卜林《丛林之书》中的毛克利。

随着一代代口耳相传，历史的真相早已披上了虚幻的外衣。巨人、侏儒、龙、龙蛋和神奇花园等意象在《英雄之书》中随处可见。这本书是最早得以印刷出版的德语图书之一。从其十五世纪的某个版本，从明纳施塔特的某个卡斯帕·冯·德尔·罗恩的作品中，我们抄录了下列诗段。这些诗行用中世纪的德语写就，完全能够辨认：

Da vornen in den kronen

Lag ein karfunkelstein

Der in dem pallast schonen

Aecht als ein kertz erschein;

Auf jrem haupt das hare

War lauter und auch fein,

Es leuchtet also klare

Recht als der sonnen schein. [1]

1　王冠前面有一块红色的宝石，在美丽的宫殿中像蜡烛一样熠熠闪光；他的头上，头发清洁、柔细，像阳光一样闪着光芒。——原注

《尼伯龙根之歌》

安德瓦利宝藏的悲剧故事演化为两个著名的版本。其中一个，我们已经可以确认，就是《伏尔松萨迦》，成书于十三世纪中叶的挪威或冰岛。这里，我们要说到的是另一个版本，即《尼伯龙根之歌》，于同一个世纪初叶成书于奥地利。德语诗人在当时，或许在稍早之前，正好赶上了该传说发展的某个后期阶段。《伏尔松萨迦》充满了神秘和野蛮的色彩，但是《尼伯龙根之歌》却显得优雅而浪漫。一七五五年，在霍恩埃姆斯（瑞士）发现了《尼伯龙根之歌》的全稿手抄本，或者说，根据作品最后的一行诗，我们认定这是《尼伯龙根之歌》的手稿：

hiet hat das maere ein ende: / das ist der Nibelunge not:[1]

　　诗中的 Nibelunge not，即尼伯龙根人的不幸。随后，在德国、奥地利和瑞士的多个图书馆，陆续发现了十五世纪之前的二十四部羊皮卷手抄本，有全稿也有残章，以及年代稍晚些的十部羊皮纸或纸稿手抄本。《尼伯龙根之歌》的第一个评论版本为拉赫曼的一八二六年版本。《尼伯龙根之歌》第一个比较可信的现代德语版是卡尔·西姆罗克的转写版，完整保留了原文的韵律，出版于其后一年。

　　得益于浪漫主义运动，以及对奥西恩的崇拜，《尼伯龙根之歌》的名声很快就传扬开来。然而，腓特烈二世却一再否认自己对于这首古老史诗的热爱，宣称德国就不会产出什么好东西。应该注意的是，腓特烈二世，作为伏尔泰的徒弟，除了法国文学，根本不认可其他文学的存在。对他而言，德语只是他统治的帝国内的某种方言，他只是像他父亲腓特烈一世那样对德语毫不在意，后者则说出了下面这样一段

1　故事到此结束 / 这就是尼伯龙根人的悲惨故事。——原注

名言："我巩固了主权和王位，就像铜石一样不可撼动（Ich stabiliere die Monarchie wie auf einem Rocher von Bronze）。"民族解放运动很自然地释放出了德意志的民族性；其中的一个结果就是专门为士兵出版了一个《尼伯龙根之歌》的平价版本。歌德指出，这首史诗的再发现在德意志民族历史上划出了一个时代。另外，他还曾断言，《尼伯龙根之歌》是经典之作，但不应将其作为范式，就像不能把"中国人、塞尔维亚人或卡尔德隆"尊为模仿对象一样。一些吹捧者将《尼伯龙根之歌》称为"北方的《伊利亚特》"，卡莱尔[1]却认为，除了叙述性和战争题材之外，这两部作品之间没有任何共同之处。叔本华说，将《尼伯龙根之歌》比作《伊利亚特》，那是一种亵渎，因为前者根本不能拿来污染年轻人的耳朵。克罗齐[2]在不久前曾写道："或许，应该在腓特烈二世不屑一顾的态度和那些浪漫主义评论家夸张的赞美之间找到一个中间态度来评价《尼伯龙根之歌》，要知道，正是因为这些评论家的溢美之词，使得《尼伯龙根之歌》变成了德国，甚至不知道

---

1 Thomas Carlyle（1795—1881），苏格兰哲学家、评论家、讽刺作家、历史学家。
2 Bernedetto Croce（1866—1952），意大利历史学家、哲学家。

为什么，居然变成了所有日耳曼人的伟大的民族史诗。"

像荷马风格的诗歌一样，《尼伯龙根之歌》开篇就说出了故事的主题：

> Uns ist in alten maeren / wunders vil geseit
>
> von heleden lobebaeren / von grosser arebeit,
>
> von frouden, hochgeziten, / von weinen und von klagen,
>
> von kuener recken striten / mujet ir un wunder hoeren
>
> sagen[1]

巩特尔，格尔诺和吉泽尔赫三位国王的妹妹克里姆希尔特，是天下最美丽的少女，住在莱茵河畔的沃尔姆斯城。一次，她梦见两只老鹰把她最心爱的雏鹰啄死了。母亲告诉她，雏鹰象征她将要遇见但最后却要失去的男子。齐格弗里德，

---

1 古老的故事为我们讲述可敬可佩的英雄的传奇故事，讲述他们的丰功伟绩，他们的喜怒哀乐；现在，你们即将听到的，是这些奋不顾身的勇士在战场上创造的奇迹。——原注

低地国家某个血统的国王之子，是天下最勇敢的骑士，他赢得了尼伯龙根家族的珍宝，包括巴尔蒙克剑和隐身衣。克里姆希尔特的美貌传到了齐格弗里德耳中，他带着随从往沃尔姆斯城而去。一年过去了，齐格弗里德没见到克里姆希尔特，直到那场折进去两位国王的战争大胜之后，王宫里举办了盛大的宴会，英雄和美人儿才得以邂逅彼此。

Sam der liechte mane / vor den sternen stat,

der scin so luterliche / ab den wolken gat,

dem stuont si nu geliche / vor maneger frouwen guot,

des wart da wol gehoehet / den zieren heleden der muot.[1]

英雄一看到克里姆希尔特，瞬间就为她的美貌倾倒，后者仿佛化身为绘画大师用娴熟的技巧绘制在羊皮纸上的形象。

巩特尔牵着克里姆希尔特的手将其送给齐格弗里德，要求后者替他征服布隆希尔德，那位经常出难题考验其追求者

---

1 如同明月跃出云层，周围星辰为之一暗，克里姆希尔特站在众多姑娘之间，星光熠熠，激荡着勇士的心。——原注

的冰岛女王。齐格弗里德和巩特尔航行了十二天，来到艾森施泰因城堡。借助隐身衣，齐格弗里德隐去行踪，通过各种办法，完成了理应由国王巩特尔完成的壮举。布隆希尔德扔出一块七名男子都抬不动的大石头，跳到了石头的另一侧。齐格弗里德把手中的投掷物扔得更远，还挽着巩特尔的胳膊跳到了更远处。布隆希尔德承认自己被折服。

布隆希尔德的众多臣属赶到艾森施泰因城堡，为即将举行的婚礼向女王表示祝贺，而巩特尔的一名手下，哈根，却担心会有变故。于是，齐格弗里德跑到尼伯龙根人的国度去寻求支援，要知道，他可是这个国家的国王。

在《老埃达》中，Nibelungos（尼伯龙根）经常被写成Niflungar，尼伯龙根人的国度还曾多次被叫作Niflheim，即"大雾弥漫之地"或"亡者聚集之地"，尼伯龙根人也许就是死亡之人，谁要是抢了他们的财宝，总有一天，都会被送去与他们会合。瓦格纳如是解读这个传说，谁要是攫取了财宝，谁就会变成尼伯龙根人。

齐格弗里德只花了一天一夜就到达了尼伯龙根人的国度，而普通人一般需要在路上走上整整一百天。他从那里带回了一千名勇士，大大地震慑了布隆希尔德的臣属。

两场婚礼在沃尔姆斯同一天举行。桀骜不驯的布隆希尔德拒绝了巩特尔的求爱，后者为了征服她，不得不再次求助于齐格弗里德和隐身衣。齐格弗里德私藏了布隆希尔德的一枚戒指，不幸的是，他把戒指送给了自己的妻子，并把事情向她和盘托出。

齐格弗里德把克里姆希尔特带回了自己的国度。十年之后，夫妻二人再次回来。布隆希尔德和克里姆希尔特为谁应该第一个进入教堂而发生了争执。心高气傲的克里姆希尔特对女王说齐格弗里德才是真正征服了她的那个人，还拿出戒指来证明自己说的这一切。布隆希尔德为了报复自己遭受的欺骗，也为了报复齐格弗里德对她的蔑视，决定置齐格弗里德于死地。

哈根受命前去杀死英雄，后者战无不胜，因为他曾经用滚烫的龙血浸浴全身，身体坚不可摧，浑身上下只有肩膀上有一处弱点，这里因为沾上了一片椴树叶而没有浸泡到龙血。不久之后，他们一起出去狩猎。齐格弗里德杀死了一头野猪、一头狮子、一头野牛、四头公牛和一头熊。当他俯下身子准备去小溪喝水的时候，哈根把匕首刺入了他的肩膀。齐格弗里德临死之前把哈根打翻在地。然后，"克里姆希尔特的男人倒在了鲜花之上"（Do viel in die bluomen der Kriemhilde man）。克里姆希尔特每天都赶去做最早的弥撒，哈根把齐格弗里德血淋淋的尸体放在教堂门口，以便克里姆希尔特天一亮就能看到他。克里姆希尔特痛不欲生，为齐格弗里德守孝三天三夜。当人们把他送去下葬的时候，她还命人打开棺木，过去吻他。

格尔诺和吉泽尔赫把全部财产交给了克里姆希尔特。为了赢得民心，克里姆希尔特在穷人和富人之间分发财产。而尼伯龙根人的财宝是取之不尽用之不竭的，尽管克里姆希尔特把钱分给了全世界，这些财宝却不会减少一分一厘。哈根担心如此下去克里姆希尔特会得到许许多多人的支持，于是就将财宝据为己有，并和巩特尔一起，将财宝沉到了莱茵河河底。《尼伯龙根之歌》的第一部分就此结束。

十三年后，吕第格侯爵来到沃尔姆斯，为他的主人，匈奴人的国王埃策尔（即阿提拉）求娶克里姆希尔特。克里姆希尔特接受了匈奴人的求婚，要求他们为齐格弗里德报仇雪恨。她长途跋涉来到埃策尔堡，与匈奴王成婚，并且诞下一子，奥特利布。又过了十三年，克里姆希尔特邀请她的兄弟们去埃策尔堡做客。哈根试图说服他们不要去，但是兄弟们坚持前去。一行人横穿多瑙河的时候遇到了美人鱼西格琳，她预言除了国王的牧师，所有人都将有去无回。哈根为了打破这个预言，直接把牧师扔进了多瑙河。结果他却活了下来。哈根无奈之下，只得接受命运的安排，等他们上岸之后，他砸沉了船。来到埃策尔堡，克里姆希尔特问哈根是否带来了财宝。哈根回答说他带来了宝剑与盾牌。巩特尔与哈根带来了一千名勇士，数以千计的匈奴人包围了他们下榻的地方。双方整整激战了一天。到了晚上，包围者放火烧着了房子。勇士渴得不行，只好去喝死者的血。克里姆希尔特用装满盾牌的赤金悬赏哈根的脑袋。战斗仍在继续，被围者最后只剩下了巩特尔与哈根。（这个场景与前文中提到的《芬斯堡之战》的片段何其相似！）狄特里希·冯·贝恩（维罗纳的狄奥多里克）向他们发起了进攻，制服了他们，将他们绑去见克里姆希尔特。哈根说，只要他的国王活着，他就绝对不会泄露财宝的埋藏之地，克里姆希尔特下令杀死了巩特尔。哈根却说："只有上帝和我才知道财宝被藏在哪里。"（den scaz den weiss nu niemen wan got unde min）克里姆希尔特用齐格弗里德的剑砍下了哈根的脑袋，狄特里希手下的骑士希尔德布兰特杀死了她，却吓得魂飞魄散。

史诗以下面的诗段宣告结束：

I'ne kan in niht bescheiden / was sider da geschach;

wan ritter unde vrouwen / wein man da sach,

dar zuo die edeln knehte / ir lieben friunde tot,

hie hat das maere ein ende; / das ist der Nibelunge not. [1]

《尼伯龙根之歌》由三十九首历险诗（aventiuren）组成。作者被认为是一位奥地利的游吟诗人。诗中提到了两座想象中的城池的名字，扎扎曼克和阿扎古克，这两座城池的名字似乎来自十三世纪初作家沃尔夫拉姆·冯·埃申巴赫的作品《帕西法尔》。每一段诗有四行长长的诗句（langzeilen），韵律为双句对韵。有时候，诗句内部也押韵。科勒维尔和托内拉在一九四四年巴黎出版的版本中，研究了本诗的格律。

---

[1] 我无法讲述接下来发生了什么。骑士们，贵妇们，高贵的盾牌手们，他们为死去的挚友哭泣。故事到此结束：这就是尼伯龙根人的悲惨故事。——原注

《尼伯龙根之歌》的第一部分或许比不上《伏尔松萨迦》的相关部分，隐身衣并非很恰当的设置。而第二部分则完全相反，因为这部分的主要人物是巨人般的哈根。有些版本中将其称为特洛伊的哈根，这位勇士完美地诠释了日耳曼式的忠诚。按照奥托·伊日切克《德国英雄传奇》的解释，日耳曼式的忠诚"并非不能与犯罪或背叛共存，也可以容忍欺骗与偏见，因为古代的日耳曼人并没有将忠诚看作一种抽象的、放之四海而皆准的道德戒律，更多的只是把它看作一种个人的法律关系"。哈根只忠诚于他的主人，虽然后者极易嫉妒。正是这种忠诚让他欺骗了克里姆希尔特，杀死了齐格弗里德，而完全不顾自己的荣誉。哈根并不期望命运会对他网开一面，执掌他世界的戒律与其他的一样严酷。

　　古德隆恩为兄弟们报了仇，克里姆希尔特则为她的丈夫报了仇。在后者心中，婚姻中的基督教纽带明显要比古老的异教徒的血亲纽带更为牢固。

　　让我们感到痛心的是，《尼伯龙根之歌》的吟诵者压缩或减弱了诗中最为美妙的地方。我们认为，大概正因如此，吟诵者却帮助这个故事从童话故事走向了小说。

《古德隆恩》

《小埃达》第四十九章写道："说到战争，我们就会说是夏德宁人的风暴或雪暴；说到武器，我们就会说是夏德宁人的棍棒或火焰。这么说是因为有这样一个故事：赫格尼国王有个女儿名叫希露德。一天，赫格尼去议会（国王去议会这可能是斯诺里加上去的一个日常化特征，目的是为了减少故事的传说性）的时候，希露德被夏朗帝的儿子赫丁掳走了。当赫格尼得知王国被侵、女儿被掳之后，率领军队前去追寻，却听说掠夺者去了北方。赫格尼来到挪威，却被告知赫丁坐船向西去了。赫格尼坐上船，一直追赶到奥克尼群岛，等他在今日岛靠岸的时候，发现赫丁率领军队就守候在岛上。希露德前来迎接父亲，向他献上了赫丁准备的项链，作为求和的象征，却说如果赫格尼拒绝接受项链，赫丁也做好了战斗的准备，一定会杀他个片甲不留。赫格尼严词拒绝。希露德告诉赫丁她父亲拒绝议和，宁愿与之一战。双方军队集结之后，赫丁对岳父喊话，向他献上大量黄金。赫格尼却回答：'你的礼物送来的太晚了，因为我手中的赫格尼之剑已经出鞘，这是一把小矮人打造的宝剑，一旦出鞘，必将沾染人血。'于是赫丁回答道：'你不过在夸耀你的宝剑，而不是确定你的胜利。我觉得只要能够好好为主人效力，这便是一把好剑。'于是，双方开始大战。这场战斗被称为'夏德宁人的风暴'，双方大战一整天，晚上又各自回到自己的船上。晚上，希露德来到战场上，用魔法悉数复活了白天战死的勇士。第二天，国王下船再战，头天倒下的战士起身继续彼此厮杀。战争就这么继续下去，日复一日。每当夜幕降临，战士、武器和盔甲全都变成了石头。每当晨曦初现，战士就活过来继续战斗。战争一直持续，直到众神黄昏降临才宣告结束。"

我们这里复述的这个故事，是长诗《古德隆恩》的故事来源之一。该诗于十三世纪初叶创作于奥地利或巴伐利亚或蒂罗尔。诗中并没有一场《小埃达》中提到的永无止境的战争，却有一场延续了三代人的争斗。

爱尔兰国王之子哈根年幼时被一头狮身鹰头兽掳走，被带到了一个荒凉的小岛上。他被同为狮身鹰头兽掳来的三位公主养大。这三位公主，一位是印度国王之女，一位是葡萄牙国王之女，还有一位是冰岛国王之女。一条船救走了他们，把他们送到爱尔兰。哈根继承了王位，和印度公主希尔德结婚。两人婚后育有一女，名字也叫希尔德。希尔德年轻貌美，追求者众多。若有人派使者前来求婚，哈根便下令绞死使者。三位英雄——分别是来自丹麦的霍兰特和弗鲁特，以及来自斯多门的韦特——决心为他们的黑格林人的国王黑特尔赢得美人归。三人驾着一艘华丽的大船来到爱尔兰，船上藏着勇敢的武士和丰富的物品。爱尔兰四处流传消息，说他们被黑特尔驱赶出来，前来祈求哈根的庇护。船长韦特是一名经验丰富的武士，就像《尼伯龙根之歌》中的希尔德布兰特。弗鲁特是一名商人，他开店售卖各种货物，谁要是没钱买，他就慷慨赠予。霍兰特是个歌手，再现了俄耳甫斯的奇迹，水中的游鱼、陆上的走兽以及空中的飞鸟都驻足听他吟唱。整个宫殿都为之倾倒。希尔德把自己用过的腰带送给了他，霍兰特回答说他会把腰带带给他的国王。他还说国王是个伟大的王子，是他派自己来爱尔兰征服希尔德的。"看在你的音乐的份上，我也会爱上王子的。"希尔德如是回答。第二天，希尔德带着仆从来到船上，挑选弗鲁特的货物。船儿突然启航，爱尔兰国王及勇士的长矛鞭长莫及。哈根紧紧追赶他们。在黑格林人的海岸边，或许就在德国的北边，爆发了一场残酷的战争，黑特尔被哈根所伤，而哈根则被韦特所伤。国王最终握手言和，希尔德和黑特尔结成夫妻。

命运在第三代身上轮回。古德隆恩，黑特尔与希尔德的女儿，也被人掳走了，就像她母亲和外祖母遭遇的那样。她在诺曼底海岸附近被囚禁了十三年，被迫用头发擦拭尘土、生火做饭，以及在海边浣洗衣物。突然飞来一只鸟儿，口吐人言，说她很快就能获得自由。一天，天刚亮，古德隆恩就看到路上武器林立，海里船帆招展。黑格林人来了，把她在屈辱的岁月中浆洗的白色衣物全部染成了血红。古德隆恩被她的兄弟和未婚夫救走了。长诗有了一个幸福的结局。

有人说，《古德隆恩》之于《尼伯龙根之歌》，就像《伊利亚特》之于《奥德赛》：这是一个续篇，却更加壮阔，也更加波澜不惊。《尼伯龙根之歌》中，就像《奥德赛》中一样，陆地是故事的主要发生地。而在《古德隆恩》中，就像在《伊利亚特》中一样，故事主要发生在海上。《古德隆恩》的文本，仅存有一部手稿。该诗的格律与《尼伯龙根之歌》一样，只是每个诗段的第四行诗全都一样，没有多余的音节，也没有重读音节。

结　语

史学家认为，一〇六六年诺曼人征服英格兰这一事件恰好为盎格鲁-撒克逊文学画上了句号，但这并非盎格鲁-撒克逊文学终结的原因。早在诺曼人的船队登陆英格兰的一百多年前，当地语言就开始出现了分化，斯堪的纳维亚人的入侵则加速了这一分化。词尾的屈折变化和语法中词的阴阳性消失不见了，发音不再精确，韵脚取代了头韵的位置。德国丝毫没有受到外来影响，语言也经历了同样的自然变化过程。早期文学中的两种语言，上古德语（Althochdeutsch）和古撒克逊语（Altniederdeutsch 或 Altsächsisch）于一〇五〇或一一〇〇年前后就绝迹了。从语言学的角度来看，《亚历山大大帝之歌》《尼伯龙根之歌》和《古德隆恩》都属于新生文学，而不是前面提到的两种文字的文学。《希尔德布兰特之歌》的创作者或梅泽堡的巫师，甚至都无法解读《尼伯龙根之歌》中的某一诗段。也许他们从未想过《尼伯龙根之歌》竟然还曾经以诗歌的形式存在过。

悲伤、忠诚和勇气铸就了最初的德国诗歌。明显的血缘关系证明其与英国诗歌之间存在紧密的姻亲关系，而与北欧诗歌之间却存在较大差别。诗歌的格律与用词十分简单，没有像冰岛诗歌中那种对现有比喻的比喻，也没有琴涅武甫神秘签名中的个人化独特特征。从文学起源上来说，德国一直认真歌咏年少的勇士，歌声却未能给歌德与荷尔德林留下丝毫痕迹。

附　　录

一、阿基坦的瓦尔特的逃跑

在公元十世纪德意志文学的概述中，我们提到了一首长诗《瓦尔塔利乌斯》，该诗用拉丁语讲述了一个日耳曼的故事，盎格鲁-撒克逊人也经常这么干。该诗是圣加仑本笃会修道院的初级修士埃克哈德创作的，本来是献给他的老师杰拉尔德的，后者几年之后将该诗献给了一位红衣主教，却没有提到诗人的名字。全诗共计一千五百行六韵诗，是维吉尔的忠实读者之作，讲述了《瓦尔塔利乌斯》的故事。诗歌的主题来源于勃艮第王朝佚失的史诗，即阿基坦的瓦尔特的故事。瓦尔特是国王阿提拉的逃犯，他跟十一名法兰克勇士、国王巩特尔及其属臣哈根狠狠打了一仗。

哈根、瓦尔特和勃艮第的公主希尔德贡特作为人质，从小在阿提拉的王宫一起长大。哈根逃跑成功，回到了巩特尔的王宫。瓦尔特和希尔德贡特相爱了，他们骑着马朝西方逃去，躲入了错综复杂的森林，携带着两个黄金箱子，里面装满了从阿提拉国王那里偷来的财宝。四十天之后，他们远远地望见了莱茵河的河岸。为了横渡莱茵河，他们献出了瓦尔特钓到的一条鱼。这条鱼最后被送上了巩特尔的餐桌。后者询问了船夫，船夫说到了逃犯和盒子里丁零当啷的金属声。"跟我一起庆祝吧！"哈根听到这些后说，"我的朋友瓦尔特从匈奴人那里逃出来了。""跟我一起庆祝吧！"国王巩特尔说，"匈奴人的财宝回来了。"国王下令，让哈根和十一名勇士跟随着他，在森林里通向某个山谷的岩洞里，找到了瓦尔特和希尔德贡特。其中一名勇士要求瓦尔特交出财宝、马匹与女人来换取他的生命；瓦尔特拒绝了，他挨个儿与十一名勇士打斗，打赢了他们每一个人，逐一杀死了这十一人。夜幕降临，瓦尔特感谢上帝让他赢得了胜利，祈祷以后能够在天堂遇上这十一名被他杀死的勇士。其中一名勇士是哈根的侄子。第二天，哈根与巩特尔在野外进攻瓦尔特。一阵激战之后，他们离开了战场。瓦尔特失去了右手，巩特尔失去了一条腿，哈根则失去了一只眼睛。Sic, sic, armillas partiti sunt Avarenses，"于是他们坐地分赃，将匈奴人的手钏一分为三"，埃克哈德如是评论道。在对各自伤残的嘲笑声中，哈根和瓦尔特握手言和。之后，他们分道扬镳；瓦尔特和希尔德贡特则在阿基坦称王。"这就是瓦尔特之歌"（haec est Waltherii poesis）的表述形式，与"这就是尼伯龙根人的悲惨故事"（das ist der Nibelunge not）非常相似，结束了整首诗。

一八六〇年，丹麦发现了两张羊皮纸，上面用盎格鲁-撒克逊语，记录了《瓦尔德雷》的两个片段。据说创作时间大概是在公元八世纪，故事的版本比圣加仑那位修士的更加粗糙。在《瓦尔塔利乌斯》中，希尔德贡特再三要求她的未婚夫避开那场惨痛的战斗。而在《瓦尔德雷》中，希尔德贡特却提醒她的未婚夫，说他是阿提拉的军官，说他的剑所向披靡，因为这是维兰德铸的。

十三世纪波兰的一部作品（Chronicon Boguphali Episcopi）同样也讲述了瓦尔特逃跑的故事。

二、阿里奥斯托和尼伯龙根人

十六世纪初叶，阿里奥斯托突然将卡洛林王朝传奇中的查理一世王朝与亚瑟王传奇中的人物与故事搅和在一起，创作出一首波澜壮阔、变化多端、光荣伟大的诗歌，亦经常被称为文学中最为幸福的作品之一的《疯狂的罗兰》。关于《疯狂的罗兰》来源的研究似乎已经穷尽，但是，路易吉·伦却于今时今日在访谈中提到了"对尼伯龙根的回忆"，并对此做了一些研究（《北欧神话》，罗马，一九四五年，第一八三——一九二页）。在《尼伯龙根之歌》第七首《历险诗》中，齐格弗里德伪装成巩特尔，与布隆希尔德打斗并赢了后者。而在《疯狂的罗兰》的四十五歌中，鲁杰罗伪装成莱昂内，与布拉达曼特打斗并赢了后者。贞女勇士布拉达曼特只会与跟其大战一场并且赢了她的男子结婚（第四十四歌，第七十诗段），非常奇妙地和布隆希尔德的情况如出一辙。如果说此前还有过类似的现象，那么就得追溯到奥维德《变形记》中的阿塔兰忒的故事、博亚尔多笔下的莱奥迪拉和马可·波罗提

138

到过的某个鞑靼公主的故事，故事中说公主战胜了无数的追求者，最后在某次战斗的混乱之中，被一名骑士吸引了目光，觉得骑士肯定会被别人杀死，所以就决定把他作为自己的丈夫（《马可·波罗游记》，第三章，第四十九节）。布隆希尔德是统治冰岛的女王；在阿里奥斯托作品的第三十二歌中，我们可以读到，布拉达曼特在卡奥尔城郊看到一名妇女手持盾牌，她认出这是遗失岛（冰岛的另一种称呼）的女王，就派人去找查理曼大帝，让皇帝派手下最勇敢的臣子前来，谁能配得上那个妇女手中的盾牌，谁就能赢得女王的爱情。

阿里奥斯托不可能直接了解《尼伯龙根之歌》，为了清楚说明我们在此列举的种种相似之处，我们只好临时假设存在某个拉丁语的来源。

斯堪的纳维亚文学

中世纪的日耳曼文学中，最复杂最丰富的就是无与伦比的斯堪的纳维亚文学。之前在英格兰或者德意志的那些最初的书写也是有意义的，因为这些文字很大程度上预示了——或者说我们认为这些文字预示了——后来的那些书写。在盎格鲁–撒克逊的哀歌中我们提前感受到了浪漫主义的倾向，而在《尼伯龙根之歌》中，我们则感受到了瓦格纳的乐剧。然而，古老的北欧文学却以其独特的方式宣告着它的意义，北欧文学的研究者可以从易卜生或斯特林堡身上感受到它的存在。北欧文学主要产生于冰岛，最好要了解一下冰岛这个被罗马人称为"天涯海角"的遥远岛屿的历史环境，要知道，这里曾经是古老的异教文化的解救之地和最后的庇护所——

最后的图勒。

公元九世纪末，哈拉尔德·哈尔法格是当时的挪威之主。当时的挪威，被划分为三十个区，哈拉尔德想娶另一个小国国王的女儿为妻。后者却说只有当哈拉尔德把挪威变成一个统一的国家之后，她才会答应嫁给他。哈拉尔德发誓，在征服所有地区之前不剃发不梳头。于是，十年征战之后，挪威只剩下他一个国王。哈拉尔德想起了他的誓言，斯诺里·斯图鲁松写道，下令让他手下的一名公爵帮他剃发，就这样，哈拉尔德获得了"金发王"的绰号，并且娶到了那个野心勃勃的女孩。后来，哈拉尔德还娶了好几位妻子，因为当时在斯堪的纳维亚，一夫多妻是皇族才能享有的特权。

为了躲避"金发王"的残暴统治，许多挪威人都移民去了冰岛。他们带去了武器、工具、劳动器械、财产、马匹等。他们建立起某种类似共和国的组织，由全体人员的议会"阿尔庭"统治这个国度。当时这个国家异常穷困，农民、渔民和海盗是该国最常见的三种职业。当然，也不是不能兼任，当海盗，或者说当维京人，都是骑士的活儿。当时，在爱尔兰和俄罗斯就已经有了斯堪的纳维亚人建立的王国。公元十世纪，格陵兰岛被斯堪的纳维亚人发现并占领。公元十一世纪，他们又发现了美洲。当时的美洲被命名为"文兰"（Vinland，葡萄园之地，葡萄酒之乡）；格陵兰，Grönland（绿色的土地），取这个名字大概就是为了吸引人前去垦荒吧。当时人们认为这些国家都是欧洲的一部分，而美洲的发现并没什么大不了。

维京人的墓志铭散落在世界各地，多半用如尼文刻在石碑上。其中一则是这么写的：

"图拉在此立碑，纪念儿子哈拉尔德，英瓦尔的兄弟。他们勇敢无畏地出发前往遥远的东方去征服雄鹰。两人最后死在了西班牙南部。"

还有一则是这么写的：

"愿上帝保佑奥姆和贡恩劳格的灵魂，可惜他们的身躯已经永远地躺在了伦敦。"

在黑海的一座岛屿上，我们读到：

"格兰尼在此建起一座坟，纪念他的兄弟卡尔。"

下面这句话刻在一头大理石狮子身上，这头狮子曾经坐落在比雷埃夫斯，后来被移到了威尼斯：

"勇士用如尼文刻就……瑞典人把它雕刻在狮子身上。"

冰岛的创建者多半被流放至此，他们用田径比赛打发时光，用民族的传统排解对故土的思念。他们发明了一项独一无二的体育项目，世上其他地方从未见过：马驹打架，让小马驹在母马的注视下，用拳打脚踢、牙咬嘴啃等方式互相厮打。

冰岛人创造了多种多样的文学形式，诗歌和散文均有。与在英格兰和德意志等王国发生的完全不一样的是，崭新的基督教信仰并没有让信徒与信仰古老宗教的人结怨。这些古老的宗教一直都是他们思乡之情的重要组成部分。

这样一来，我们不得不提到奥拉夫·特里格瓦松，他皈依新信仰之后不久，一天晚上，有个老人前来见他。老人身上裹着一袭黑色的斗篷，帽檐儿挡住了眼睛。国王问老人是否会某项技艺，外来的老人回答说他会弹竖琴，会讲故事。于是，他在竖琴上弹出了古老的曲调，讲起了古德隆恩和贡纳尔的故事，最后，老人提到了奥丁的诞生。老人说，三位命运女神来到刚出生的奥丁跟前，前两位许诺给他伟大与幸福，但是第三位女神却愤怒地说："这个孩子的生命不会长过他身边那支点亮的蜡烛。"奥丁的父母赶紧熄灭了蜡烛,以确保奥丁不会死去。奥拉夫·特里格瓦松根本不相信这个故事,老人再次表示这确有其事,然后取出一支蜡烛点上。当所有人都看着他点蜡烛的时候,老人说天已经很晚了,他得走了。当蜡烛点完之后,人们四处寻找这位老人。在国王宫殿不远处,奥丁已经死了。

《老埃达》

　　一六四三年，冰岛红衣主教布吕恩约尔弗·斯汶逊得到了十三世纪的一个抄本，或者说一部手稿，手稿共四十五页羊皮纸，三十二页之后还佚失了一些。斯诺里·斯图鲁松在十三世纪用诗体方式创作了一部作品，穿插了古老的诗句和诗段，作品名为《埃达》。按常规推测，斯诺里这部散文体作品来源于某个年代更加久远的诗歌体作品。布吕恩约尔弗认为他手中的这部手抄本就是这个年代更加久远的诗歌体作品。他认为，斯诺里的作品盗用了这个手抄本的名字"埃达"（现在"埃达"被理解成"诗歌艺术"，但很久以前，"埃达"的意思是"太姥姥""家族中的老女人""老婆婆"），所以他把这个名字还给了——我们姑且这么说——手抄本，并将其认定为是智者塞蒙恩德的作品。智者塞蒙恩德是十二世纪冰岛的一位牧师，学识渊博，甚至有巫师之名，用拉丁语创作历史作品。塞蒙恩德实在太过有名，因此人们很容易就会把古老的佚名作品认定为他的作品，就像希腊人对待俄耳甫斯或喀巴拉主义者对待大家长亚伯拉罕一样。布吕恩约尔弗在手抄本的封面上写下了 *Edda Saemundi Multiscii*（《智者塞蒙恩德的埃达》），然后把手抄本送到了哥本哈根皇家图书馆。（正因为如此，这个手抄本被命名为《钦定抄本》。）从此，斯诺里·斯图鲁松的作品被称为《斯诺里埃达》《散文埃达》或《小埃达》，而手抄本中的诗歌，则被称为《塞蒙恩德埃达》《诗歌埃达》或《老埃达》。

《老埃达》一共有三十五首诗，好几首只是一些片段，公元九至十三世纪创作于挪威、冰岛和格陵兰等地。其中一首诗题目为《阿提里的格陵兰之歌》。阿提里就是阿提拉，那个有名的匈奴国王，他已经进入了日耳曼人的传统，他在日耳曼人眼中的形象，就如同马其顿的亚历山大大帝（双角人）在伊斯兰教教众眼中的形象。

《老埃达》中的诗歌是格言的、叙事的、嘲讽的、悲惨的，是关于众神和英雄的。和盎格鲁-撒克逊文学那种拖沓而哀伤的调子不同，埃达的无名诗人是快速——有时甚至盲目——和精神奕奕的。他们经常绝望或愤怒，却从来不悲伤。

《老埃达》开篇第一首诗是《女占卜者的预言》。克尔曾提到这首伟大诗作的崇高性，并将其视为日耳曼古代诗歌的巅峰之作。

塔西佗曾经撰文指出，日耳曼人认为女性身怀预言的能力。在《女占卜者的预言》中，奥丁神就曾向女占卜者询问诸神和大地的命运。按照维格富松的说法，已经死去的女占卜者复活了，前来预言。这是一幅巫术的场景，或者说是死人猜谜的场景，就像《奥德赛》第十一书记载的那样。这场景仿佛发生在诸神的大会上。女占卜者开始回想起了沙石、海洋、大地、天空和草原之前的那段时光。太阳已经有了，只是不知道它的居所何在，星星完全不知道路在何处，月亮也不知道自己能力几何。[1]女占卜者看到诸神聚集在一起，为

---

1 诸多日耳曼的语言中名词都有阴阳性，月亮是阳性名词，太阳则为阴性。《散文埃达》中提到过月亮男神玛尼和太阳女神索尔。在尼采眼中，月亮是一只喜欢在星星织就的地毯上蹀来蹀去的猫，同时也是一名修士。——原注

夜晚、上午、中午、黄昏和一年四季取定了名字。然后，诸神来到一片草原，建起了神坛、教堂和铁匠铺，后者是专门用来冶炼黄金工具的。最后，来了三名法力无边的女神，她们是山精或巨怪的女儿，来自冰封之地。那是东北方向的一片广袤之地，海洋在那里触到了世界的边缘。据说这三位女神就是命运女神，她们的名字分别为过去、现在和将来。

诸神用树木造出了世界上第一对夫妻。随后女占卜者看到了世界树尤克特拉希尔的灰烬。谁也不知道世界树的根伸到了哪里，只见它的树冠在陆地上伸展。树干上有个房间，里面住着命运女神，即诺伦三女神。这棵大树，在《老埃达》的其他歌中，是一种神话般的世界地图。第一条树根下是死人的世界，第二条树根下是巨人的世界，而第三条树根下才是凡人的世界。树冠上有一只金鸡，或者雄鹰，或者某只眼中长着游隼的雄鹰。树根下有一条蛇，一只松鼠试图让蛇和鹰互为死敌，并且上蹿下跳，四处传播流言。这些或润色或戏谑的细节都是后加的。女占卜者还见到了争斗与战争，诸神是这些纷争的胜利者，但是有一天，"斧钺的时刻，刀剑的时刻"和"狂风暴雨的时刻，群狼环伺的时刻"终于到来。

此前，金冠雄鸡古林肯比已经叫醒了英雄，而另一只铁锈色的雄鸡则叫醒了死人，还有一只，则叫醒了巨人。这就是诸神的黄昏或劫难日。芬里尔，那头被刀剑堵住嘴的饿狼，冲破了千年的牢笼，吞噬了奥丁。用死人的指甲修建的纳吉法尔号船已经启航。（在《斯诺里埃达》中可以读到："不能由任何人留着指甲死去，要是谁忘了剪指甲，就会加速纳吉法尔号的修建，诸神和凡人一样惧怕这艘船"。）尘世巨蟒沉入海中，首尾相衔，包围了陆地，与雷神托尔决斗，最后让其战死。诸神与冰封之地的巨人搏斗。巨人想沿着彩虹登上天空，彩虹最后崩塌了。太阳变得苍白无力，陆地淹没在大海中，闪亮的星星纷纷从苍穹上坠落。

女占卜者做了最后一次努力，看到陆地重又升起，诸神回到草原上，如同最初看到的那样。诸神在草地上找到了散落的棋子，谈论这之前经历的战争。

世界历史的这个神奇见闻谈及了世界的起源与末日，却只字未提世界的当下，也没提到凡人的命运。伯莎·菲尔波茨 [1]

1　Bertha Phillpotts（1877—1932），英国古斯堪的纳维亚语言、文学、历史学者。

猜测，女占卜者见到诸神与巨人之战的巨大悲伤之后被吓坏了，完全忘却了人类及其自身命运。在历险般的最后结局中，她坚信看到了基督教的影响，也许最初的日耳曼人认为世界不会有什么好下场。故事预示着历史会发生周期性重复，世界会以相似的轮回循环上升，这是印度斯坦宇宙起源学的典型观点。而认为世界会以完全一样的方式重复，同样的人会无穷无尽地再生，会重复同样的命运，这是毕达哥拉斯学派和斯多葛学派的主要观点。

《老埃达》中另一篇著名的"独白"叫作《哈瓦玛尔》，是奥丁的系列教谕，出自五六处不同的来源。其中一些比较大众化，教人才智。另一些则对人们进行道德规劝：

"牲口会死去，父母会死去，就连人自己也会死去。只有一样东西是不死的：死者的好名声。"

诗段一三八至一四一以非常独特的方式，提到了神如何牺牲自己来发现如尼文以及这些文字中蕴含的智慧：

"我知道自己被吊在狂风飘摇的树上，身受长矛刺伤。我被当作奥丁的祭品，自己献祭给自己，在无人知晓其树根何在的大树上！

"没有滴水解渴，没有面包充饥。我往下看，拾取如尼文字，边拾边喊，由树上掉落。

　　"我从博尔颂之子、贝斯特拉之父处学会了九首神奇的歌谣，我喝下了蜂蜜水。

　　"我的内心深处长出了知识与智慧。我生长进步，我感觉良好。一个词接着另一个，让我获得了第三个词。一个动作接着一个，产生了第三个。"

　　一个自我牺牲的神祇，一个被长矛射伤却吊在树上的神祇，毋庸置疑，指的就是耶稣。同样，也可以有正当的理由猜测基督教与北欧神话拥有共同的来源。大家都知道，向奥丁神献祭马匹甚至凡人这是一种传统习俗，通常还会把他们挂在树上，身上插上长矛。也许这首诗从某种程度上反映了最初的礼仪风俗，那些像奥丁那样死去的，不管是真正死去还是象征性地死去，最终会变成奥丁。在日耳曼人的神话传说中，奥丁就代表了耶和华或朱庇特，受到塔西佗例子的指引，罗马人将奥丁视为墨丘利，因此，在英语中，墨丘利之日，即星期三，被称作 Wednesday，即 Woden's Day，奥丁之日。奥丁神与墨丘利之间的相似可以确定来自奥丁的聪明才智。

《巴德尔的噩梦》的故事结构与《女占卜者的预言》极为相似。巴德尔是奥丁与弗丽嘉之子，他做了个噩梦。奥丁骑上他那匹有八只蹄子的波斯马斯莱泼尼尔下到地狱。一条满身是血的狗跑来迎接他们，奥丁来到西侧的门边，说出了带有魔力的词语。在坟墓的深处，一个已经死去的女占卜者被唤醒了。她满腹牢骚，但是奥丁却强迫她为儿子巴德尔解梦。女占卜者言辞含糊，她十分疲倦，想尽快回归死亡。《巴德尔的噩梦》于一七六一年被托马斯·格雷引入英语中。格雷的版本中出现了下列美丽诗行：

Where long of yore to sleep was laid

The dust of the prophetic Maid[1]

预示了浪漫主义流派的诞生。巴德尔的噩梦指的其实是一个传说，弗丽嘉听到后，担心儿子的安全，命令所有生灵、火、水、铁，所有金属、鸟和蛇都发誓不会伤害巴德尔。巴德尔

1　英文，悠悠长眠之地／预言女仆之尘。

被预示变成了金刚不坏之身，他想出了一个游戏，让诸神往自己身上扔东西，想扔什么就扔什么，无论什么都伤害不了他。外表美貌、内心蛇蝎的洛基神，化身为女子四处探查，发现一小束槲寄生因为太过弱小而被认为不会对巴德尔产生伤害，所以没被要求前去起誓。洛基把槲寄生给了巴尔德那个盲人兄弟，后者把槲寄生扔向巴德尔，巴德尔倒地身亡。"这是诸神和凡人最为悲惨的经历。"故事如是说。诗中巴德尔之梦预示了他的结局。

奥丁同样也是《格里姆尼尔之歌》（或称《假面者之歌》）的主角。奥丁来到一位名叫基罗德的国王的家。巫师预言了国王将死，但人们帮助国王修正了这个预言。奥丁来了，国王让他坐在大厅中熊熊燃烧的两团火焰之间，与他促膝长谈了八个夜晚，直到国王的一个儿子给他送来了一杯喝的。火焰开始灼烧奥丁的斗篷，奥丁和火谈话，使其退避，随后开始缓慢地描述诸神的居所，那个看不见的世界的模样，以及地狱中的河流。最后，奥丁说出了这些地方的名字，一个是不幸，一个是胜利，一个是欢迎，还有一个是遮掩。国王实在搞不懂这个陌生的客人究竟是谁。于是，奥丁对他说：

"利剑青锋森森渴饮血，'可怕之人'下令要杀戮。我晓得你生命已尽头，看见造化女神狄西尔，摆布着你引向死亡路。既然你见到奥丁真身，不妨朝他更走近一点。[1]"

国王此时正坐在王座上，他的膝盖上放着一把半出鞘的剑。国王站起身来，想要攻击神祇。他碰到了剑，剑一下子穿过了他的身体。

盎格鲁-撒克逊诗歌中缺失的情色主题，在《老埃达》中却得到了丰富的表达。由此，我们在《斯基尼尔之歌》（或称《寻找斯基尼尔》）的第六诗段中，我们可以读到：

"在巨人吉米尔宫殿里，我见到个姑娘真俏丽，她娉婷而行使我心醉。她双臂如玉散发霞光，余晖映亮天空与海洋。心猿意马我不能克制。[2]"

《埃达》中不少诗篇都与爱神安德瓦利的宝藏以及阿提拉的死亡相关。

凡人之神托尔，有些类似民众心目中的赫拉克勒斯，他生性暴躁，或驾驶着两头公羊的羊车或徒步扛着大筐在世上

---

1 2 译文引自石琴娥、斯文译《埃达》，译林出版社 2017 年出版。本文中引用《埃达》的片段均出自该书。

巡游，是《阿尔维斯之歌》和《巨人特里姆的歌谣》的主人公。在《阿尔维斯之歌》中，一个侏儒想娶托尔的女儿。白天的日光会石化侏儒，因为他们已经习惯了在黑暗之中生活。侏儒很博学，托尔用问题拖住了侏儒，所有的问题侏儒回答得滔滔不绝，博学睿智，直到太阳出现在空中。他们谈到了云、风、天空、海洋、火、森林、夜晚、种子和啤酒。最后，托尔说："我未曾见过哪个人能够如此博学通晓古今知识。只可惜再多讲也是枉然，皆因为我是在哄你上当。如今天光大亮太阳升起，你厄运难逃将变成石头，当阳光照亮厅堂的时候。"

《巨人特里姆的歌谣》也被称为《寻找雷神之锤》。一个名叫特里姆的巨人偷走了托尔的锤子，并把它藏在八英里深的地下。只有女神弗蕾娅答应嫁给他，特里姆才会把锤子取出来还给托尔。托尔听从洛基的劝说，假扮成弗蕾娅来到巨人家里。婚宴上，新娘子一口气喝下了三桶啤酒，还吃了一头犍牛和八条鲑鱼。洛基解释说这是因为新娘子非常想嫁给特里姆，所以连着八天水米未进。类似的事情出了八件，最后托尔拿回了锤子，把特里姆和宾客都打死了。

《里格的赞歌》讲述的是一位神明造访曾祖父母家、祖父母家和父母家的故事。在每家过夜的时候，客人与女主人都共处一室。九个月之后，每个女主人都生下了一名孩子。曾祖母的儿子是个黄皮肤黑头发的奴隶，祖母的孩子是个恶棍，母亲的孩子，则是个贵族（伯爵）。该诗没有结尾。

《伏尔隆德短曲》的主人公伏尔隆德就是撒克逊人眼中的维兰德。这首诗讲述了一个充满浪漫和魔幻色彩的历险故事。

总体来说，《老埃达》的每一个诗段都包含四句诗。诗段不押尾韵，只是像英格兰诗歌一样押头韵。和英格兰诗歌一样，所有的辅音只能和自己押头韵，而元音和二重元音却可以毫无差别地相互押头韵。按照盎格鲁-撒克逊人的格律规则，每句诗为三个单词，前两个单词为前半句，后一个单词为后半句，这三个单词必须以同一个字母开头。在《老埃达》中，诗歌的结构通常更为复杂。前半句中的两个重读音节必须以两个不同的字母开头，而后半句中的重读音节则必须用不同字母开头，可以按照这个顺序，也可以颠倒顺序。

几乎所有的日耳曼神话都包括在了两部《埃达》中，这为《埃达》在其文学价值之外，又增添了巨大的历史价值和民族志的价值。当今被称为德意志和英格兰的这些地区，它们的神话鲜有保留。除了整个种族共有的一些神祇之外，不应该说日耳曼神话，而应该称斯堪的纳维亚神话，或者该更加严谨地将其称为挪威–冰岛神话。

在《老埃达》的多部诗歌中，瓦尔哈拉或奥丁的宫殿被反复提及。斯诺里·斯图鲁松，在十三世纪初叶，将其描绘成一座黄金屋：为屋里照明的，不是烛火而是宝剑；整座屋子共有五百道门，最后那天，每道门中都会涌出八百名勇士；所有战死疆场的勇士都会来到这里；每天早上，他们会拿上武器，互相厮杀，挨个死去，最后复活，然后他们用蜂蜜酒灌醉自己，吃一头永生野猪的猪肉。有沉思默祷的天堂，有令人欢愉的天堂，有人形的天堂（斯威登堡），还有关于毁灭和杂乱无章的天堂，但是却从未有另一个武士天堂，没有别的天堂像这个一样，所有的欢乐都集中在战斗之上。很多时候，人们塑造这种天堂是为了证明古老的日耳曼部族中的雄浑勇气。

希尔达·罗德里克·埃利斯[1]在她的作品《通往地狱之路》（剑桥大学出版社，一九四五年）中坚持认为斯诺里为了保持

---

1 Hilda Roderick Ellis Davidson（1914—2006），英国作家，致力于研究日耳曼与凯尔特文化。

严肃和谐的风格，简化了最初来自公元八至九世纪的教条。她还表示，永恒之战的概念是古老的，但它天堂般的特性却并不古老。因此,萨克索·格拉玛提库斯[1]在《丹麦史》中讲述了一名男子被一位神秘妇人引向地下的故事。男子在那里看到了一场战争，妇女告诉他，战斗者全都是尘世间死于战场的男子，而他们之间的争斗是永恒的。在索尔斯泰恩·乌克萨弗托的萨迦中，男主人公进入了一座坟墓，墓中两侧安放着长凳。右侧的长凳上坐着十二名勇士，身穿红衣；左侧的长凳上则坐着十二名恶煞，身穿黑衣。他们相互敌视。他们打了起来，给对方造成了严重的伤害，却未能置对方于死地……对于这些文本的检视倾向于证明一场无穷无尽的战争不过是凡人的一种希望而已。这是一个变化多端、语焉不详的神话，与其说是天堂般的，不如说是地狱性的。弗里德里希·潘策尔[2]断定这个神话来自凯尔特人。记录威尔士系列神话的《马比诺吉昂》中的第七则故事，讲的就是两名勇士，每年五月一日，会为了争夺公主而战，年复一年，直到末日审判将他们分开。

---

1 Saxo Grammaticus（生活于 12 世纪至 13 世纪初），丹麦历史学家。
2 Friedrich Panzer（1870—1956），德国日耳曼文学专家。

萨　　迦

埃德蒙德·戈斯[1]注意到,殖民冰岛的贵族创作的散文是文学史上最为奇特的现象之一。这种叙述艺术最初是口头的,听故事是冰岛人打发漫长黑夜的一种消遣方式。于是,在公元十世纪,产生了一种史诗的散文叙述方式:萨迦(Saga)。Saga 一词类似于德语中的 sagen 和英语中的 say(说和指)这两个动词。游吟诗人在各种宴会上,反复讲述萨迦的故事。

通常一代或两代口头传唱者就能确定每个萨迦的形式。随后,这些萨迦就会被写成文字,并添油加醋地增添许多内容。萨迦讲述的是冰岛人的故事,有时候甚至就是诗人自己的故事。如果是后一种情况,吟唱者会在对话中插入自己创作的诗句。萨迦的风格简洁、明了,几乎都是口语化的,经常会押头韵作为装饰。萨迦的题材中经常出现家谱、争执和吵架斗殴。叙事严格遵照时间顺序；没有角色性格分析，人物通过言行展示自己。这种方法赋予萨迦戏剧性的特点，并且预示着某种电影技术。作者对作品中提及的内容不作任何评论。萨迦就像现实故事，有些事情一开始晦暗不明，后来逐渐自证其身。有些事情看上去毫不起眼，后来却越来越凸显出重要性。例如，在《尼亚尔萨迦》最初的一个章节中，美人哈尔盖德一次行事不端，使得她丈夫，最勇敢也最平和的勇士贡纳尔打了她一耳光。多年之后，仇敌围住了他们家。屋门紧闭，屋子里鸦雀无声。一名入侵者爬上窗沿，贡纳尔用长矛刺伤了他。

"贡纳尔在家吗？"入侵者的同伴问道。

"他在不在我不知道，但是他的长矛在。"受了伤的入侵者回答道，玩笑还停留在嘴边，人却死了。

贡纳尔用射出的箭制伏了入侵者，但是最后，他的弓弦断了。

1　Edmund Gosse（1849—1928），英国文学史家、评论家、翻译家。

"把你的头发揪一根下来给我当弓弦吧。"贡纳尔对哈尔盖德说。

"这是不是事关你的生死？"她问。

"是的。"贡纳尔回答。

"那么，我想起那次你打了我一耳光。现在，我要看着你死。"哈尔盖德说。

就这样，贡纳尔死了，被好多人打败了。他们还杀死了他的狗萨姆尔，当然，萨姆尔死前还咬死了一个入侵者。

故事从来没有对我们提到过这份仇恨，而现在，我们突然之间知道了，突兀的，可怕的，带着和贡纳尔一样的震惊。

中世纪的艺术同时也是充满象征意味的。但丁的作品《新生》，其本身就带有某种自传性质，讲述了他对贝雅特里齐的情义。作品中蕴含了不少复杂的数字游戏，某位出版者就提醒大家，不可以按照字面意思来理解这部作品，他补充说，但丁绝不会讲述刚刚发生的故事。应该提醒大家的是，在鉴赏像萨迦这样在中世纪鼎盛时期却采用超凡脱俗而又令人惊叹的现实主义手法时，也适用上述原则。西班牙流浪汉小说的现实主义中往往蕴含了某个道德目的，法国的现实主义经常在情色刺激与保罗·格鲁萨克所谓的"垃圾照片"之间摇摆不定，美国的现实主义从残酷无情走向多愁善感，萨迦的现实主义却一直遵从不偏不倚的描述。它们清晰而诚实地描绘了一个在我们眼中极为荒蛮的世界，与巴黎或伦敦的世界相比，特别是与普罗旺斯或意大利相比，这个世界显得尤其野蛮。这种现实主义承认超自然，作品的叙述者和倾听者相信神灵和魔法的存在就足以证明这一点。例如，在《尼亚尔萨迦》中，我们可以读到：

"第二个夜晚，布罗迪尔的船上，剑已出鞘，刀斧和长矛在空中飞舞、混战。武器追随着勇士。勇士想用盾牌防身，但是他们中的好多人倒下了，每条船上都死了一个人。"

这个景象出现在叛逆者布罗迪尔的船队中，早在战斗将其船队摧毁之前。《格林童话》的某个故事中也出现了类似的场景。一个青年拥有一根魔杖，只要下令，魔杖就会自动打人。

萨迦的人物并非全部好人或者坏人。没有高大全的完人，也没有十恶不赦的魔鬼。好人并不一定有好报，而坏人也不一定会受到惩罚。而是像在现实生活中一样，有巧合，有命运的对称图形。也有逼真的不确定性，叙事者说："一些人这样说，而另一些人则那样说……"如果故事中的某个人物撒谎了，故事不会告诉我们他撒谎了，后面，我们就会明白。

萨迦中的地形是准确无误的，费利克斯·尼德纳[1]和威廉·亚历山大·克雷吉[2]的教材中收录了冰岛的地图，标记了许多萨迦的故事发生地。大多数萨迦，也是最好的萨迦，都集中在西边，那里正是挪威流亡者与爱尔兰人混血的地方。一八七一年，英国诗人威廉·莫里斯凭借这些地图才得以访问古德隆恩死亡之处和大力士格雷蒂尔居住过的洞穴。

我们从《格雷蒂尔萨迦》第四十五章摘录了下列段落，直译如下：

"圣约翰之夜前的一天，索比约恩骑马去比亚尔格。他戴着头盔，身上佩戴着剑和宽刃长矛。天下着雨。阿提里的工兵有些忙着割蒿秆，另外一些则去了北方的豪尔川迪尔打鱼。阿提里只带着少数人在家。索比约恩大概是中午前后到的。他独自一人，骑马来到阿提里家门口。只见房门紧闭，屋外

1 Felix Niedner（1859—1934），德国语文学家、文学史专家。
2 William Alexander Craigie（1867—1957），英国语文学家、词典学家。

空无一人。索比约恩上前敲门，然后躲到了屋后，任谁也不能从屋里看到他。仆人听到有人敲门，一个女仆出来开门。索比约恩看到了她，却没被她看到。女仆回到屋里。阿提里问谁在外面。女仆回答说没看到任何人，就在他们说话的时候，索比约恩再次用力敲门。

"于是，阿提里说：'有人来找我，给我捎来了消息，肯定很紧急。'于是他亲自前去开门，朝外张望。屋外空无一人。此时大雨倾盆，所以阿提里没有走出房门，他一手扶着门框，四下张望。就在这时，索比约恩突然跳了出来，双手握着宽刃长矛，刺入了阿提里的身体……

"阿提里遭到袭击时，说：'现在都开始用刃这么宽的长矛了。'然后就张嘴倒在了门槛上。女人们闻声而来，发现他已经死了。索比约恩骑着马，大声喊着说他就是凶手。他就这样回了家。"

威·帕·克尔（《史诗与传奇》，一八九六年）敏锐地注意到，"萨迦中最具代表性的那些段落通常就是一个男子受到致命一击，说了一句莫名其妙却令人印象深刻的话，随后立刻死去，就像《格雷蒂尔萨迦》中阿提里的故事那样。那个场景是此类作品中的最佳场景，简直无懈可击。不过，也许正是因为这类场景和这类表述实在太多了，所以已经无法激发人们去怀疑这类场景和这类审判其实是人为的。"我们不由得回想起被贡纳尔一矛射中而死的那位男子死前最后的话。

萨迦的差异化特征代表了起源之地的不同环境。萨迦是现实主义的，因为它讲述了，或者更确切地说，试图讲述真实发生的事件。萨迦的讲述非常详细，因为事实就是如此。萨迦回避做心理分析，因为叙述者无法知道人物的思想，他们只了解人物的言行举止。萨迦是各种历史事实的一个客观编年记录，这归功于萨迦创作的非个人化。创作者的名字没人记得，那是因为从来就没有创作者。在吟唱的往来中，反复的吟唱不断磨砺着萨迦，就像奇闻轶事那样。

萨迦中有大量关于打架斗殴、追逐奔跑的故事，同时还提到人们听人吟唱萨迦以作消遣。这些萨迦人们早就耳熟能详，吟诵甚至可以延续好几天，依然是聚会上众人十分喜爱的节目。例如，挪威国王哈拉尔德·哈德拉达曾经听一个冰岛人吟唱了一首关于他本人的萨迦，而吟唱活动一直持续了十二天之久。第十三天，国王说："我喜欢你说的那些，冰岛人，这都是谁教你的？"吟唱者回答道："在冰岛我每年夏天都会去参加国会，都会去听哈尔多尔·斯诺拉森的吟唱。"国王说："这么说来，怪不得你知道得那么清楚。"哈尔多尔·斯诺拉森曾经在对希腊、意大利和非洲的战役中，为哈拉尔德国王效过力。

萨迦从口语发展到书面文字，其间增加了许多元素。众所周知，如尼文的历史非常久远，人们经常把如尼文短文镌刻在岩石或金属上，也会用刀子在木板上刻如尼文，却没有任何证据能证明人们曾用钢笔墨水把如尼文书写在羊皮纸上。公元一〇〇〇年前后，基督教已经被冰岛共和国承认为官方宗教。许多冰岛人已经掌握了拉丁语，可以用这种新的语言全神贯注地研读教会书籍或异教图书。用拉丁语写就的文学也激发了他们用冰岛语创作文学的念头。从冰岛最早的手稿使用的文字中不难找到盎格鲁–撒克逊书法家的影响；从后面这个与拉丁文学如影随形的例子中，不难看出，它曾同样发挥过有效的影响。

公元十二世纪初，阿里·索吉尔松，人称"祭司和博学家"，创作了《冰岛史》，或《冰岛人之书》。这是关于冰岛起源的简明史，法律与宗教方面的材料引起了作者的特别关注。作品严格遵照时间顺序书写，每个重要事件，阿里都会注明信息提供者的名字。斯诺里·斯图鲁松在他的《海姆斯克林拉》的序言中，曾这样描述他的前辈："阿里之所以能够对冰岛及其他民族的历史事实了如指掌，这并非神迹，而是因为他师从智者与老者，而且他自己勤奋好学，又记忆力超群。"一一一七年冬，第一部关于冰岛法律的书问世，在此之前，除了国会主席的记忆，没有任何相关档案。《冰岛史》创作于一一二〇年前后，记录这一史实，并且用这种方式，开启了冰岛文学的书面时代。语言变化甚微，这一点与其他国家的情况不同，中世纪冰岛文学对我们当代读者来说，即刻唾手可得。大众版本中无需将语言进行现代化处理，也无需编写令人茫然不知所措的词汇对照表。十九世纪对于古代文学的研究对冰岛散文优美的文体风格产生了良好的影响，如今，冰岛散文更彰显出纯粹而灵活的特点。优秀萨迦作品的风格是有机的，是建立在口语化风格之上的，也许萨迦是欧洲唯一一种自然发展而没有受到任何外来模式影响的散文。萨迦简洁明了的文字风格并非简单粗鄙，因为萨迦与一种复杂的诗歌风格共存于世，后者有些类似于马拉美的风格，也有些像贡戈拉的风格。萨迦的人物数量众多，例如，在《格雷蒂尔萨迦》中，一共有两百多位人物。因为所有人物都确有其人，因此，很多人物又会出现在其他的萨迦中。一些现代小说家（萨克雷、巴尔扎克、左拉、高兹华斯）也经常这么干，但他们笔下都是想象中的人物。为数众多的萨迦已经销声匿迹了，目前留存于世的萨迦大概有一百四十余部。公元十三世纪，萨迦这种形式广受欢迎，这使得不少人开始伪作"古老的"萨迦。这些伪造的萨迦有些由真实萨迦的某些特征衍生而来，有些则是完全不负责任的生造。这些伪作的文学性几乎为零。萨迦开始演变成故事的代名词，例如，我们看到有《查理曼大帝萨迦》，有讲述哈姆雷特故事的《安姆罗德萨迦》，有《马利亚萨迦》，即《圣母马利亚萨迦》，有《不列颠人萨迦》系列（《不列颠萨迦》或《威尔士萨迦》，从蒙莫斯郡的传奇故事翻译而来），有《亚历山大大帝萨迦》，还有《贝尔拉姆萨迦》，即贝尔拉姆与约瑟伐特传说的翻译版，讲述的是佛陀的传奇故事。

冰岛的英雄萨迦可以按照地理学或者地形学的方式进行

分类。普遍认为西部地区的萨迦优于其他地区的萨迦。《毒舌者贡恩劳格萨迦》就是这类萨迦。贡恩劳格的这个绰号来源于他口中伤人的讽刺语句，他在挪威和英格兰两地游唱。他的故事是这样的："贡恩劳格率人出海航行，秋天，他们在伦敦桥靠岸登陆。彼时正值爱德加之子埃塞尔雷德二世统治英格兰，他是个好国王。贡恩劳格就在伦敦过冬。彼时，英格兰和挪威、芬兰说的是同一种语言。自从私生子威廉（威廉一世）夺得英格兰之后，语言就出现了变化，因为那之后英国开始说法语。贡恩劳格跑去觐见国王，郑重地表达了对国王的敬意。国王问他来自哪里，他据实以告，'不过，'他补充说，'我来是为了见您，先生，因为我写了一首关于您的诗，我想您会很乐意听一听。'国王表示同意，贡恩劳格就吟诵了自己创作的诗歌……国王赏赐了他一条猩红色的毯子，只见毯子用昂贵的真皮做衬里，四周绣着金边。国王还将贡恩劳格收入麾下，于是，贡恩劳格整个冬天都和国王待在一起。"

比《毒舌者贡恩劳格萨迦》名气更大的是《埃吉尔萨迦》。埃吉尔是前基督教时期最杰出的诗人之一。他的人生曲折而传奇。七岁时他就用斧子砍死了一名十一岁的男孩。母亲看他如此大胆，就答应他，等他长大了，就送他一艘维京船。他创下了两项壮举，一项与英格兰撒克逊国王，光荣者埃塞尔斯坦有关，埃吉尔受其之命出征布伦纳堡之战（埃吉尔的兄弟索罗尔夫就死在这场战役中，埃吉尔在其后称颂这场战役的诗歌中哭悼了自己的兄弟）；另一项壮举则与埃吉尔的死敌红发埃里克有关。在约克郡，埃吉尔不幸落入这位国王埃里克手中，后者立即宣布了他的死刑。行刑前一晚，埃吉尔为敌人写了一首赞歌。这赞歌的题目为《赎头歌》。歌中唱道，好多人在国王这里得到了金子和宝石的馈赠，而诗人却欠国王最为珍贵的珍宝：还未砍下的头颅。国王喜欢这首赞歌，就放他走了，走之前告诫他，如果下次再遇到他，一定会杀了他。

萨迦的最后几章讲述了埃吉尔的老朽与死亡。此时埃吉尔已经眼瞎耳聋，人们总是嘲笑他，有个女佣甚至不让他靠近壁炉取暖。他守护着之前光荣岁月中获得的财宝——两个装满了银币的铁箱子，那是埃塞尔斯坦国王送给他的礼物。他提议把这两箱子钱币倒到国会会议桌上，这样，人们就会停止争斗，转去争抢银钱。自然，他的家人不会支持他的这项提议。于是，埃吉尔独自一人骑马出了门，他从马上摔下来，死了。

最令人动容的是其中的第七十八章。埃吉尔失去了儿子，决心绝食求死。好几天过去了，他一直把自己关在房间里。女儿阿斯加德得知了父亲的决定之后，决心要救父亲。她去敲门，告诉父亲她决心陪他一起绝食。埃吉尔让她进门。傍晚时分，阿斯加德提议一起嚼树根，说嚼了这种树根，可以更快接近死亡。埃吉尔跟她要了树根，不久，埃吉尔觉得很渴。阿斯加德让人送来一罐水。水送来之后，阿斯加德喝了一口，说："父亲，他们骗了我们。这不是水，是牛奶。"埃吉尔觉得这是命中注定，于是就屈服了。于是，他为儿子的死写了一首哀歌。阿斯加德悲天悯人的计策并不足以说明这个场景的复杂性。萨迦中还描述了父亲的思想冲突。北方萨迦中最著名的是《格雷蒂尔萨迦》，之前我们已经摘录过一小段。这首萨迦中有一则格兰姆的故事。格兰姆是个心地很坏的牧羊人，拒绝在圣诞节前夜斋戒。后来，人们在山上找到了他的尸体，"肿得像头牛，蓝得像死神"。不知道究竟是谁杀死了他，但是他开始在房子外面游荡，在屋顶奔跑、踢墙脚、杀动物。一天晚上，格雷蒂尔一直等着他，和他打了起来。他们把家里的家具全都打烂了，又跑到野地里去接着打。格雷蒂尔有一把从墓地里取出来的短剑，可以杀死这个死后又复生的死人。月光照进了那双可怕的眼睛，格雷蒂尔看到了，自此，他就开始害怕黑暗，夜晚不敢独自出门。

这则萨迦最后一章中有以下几句话："法学家斯图拉声称没有比大力士格雷蒂尔更著名的流放者了。理由有三。第一，他是最灵活的，抓获他花了最长的时间；第二，他是当时最勇敢的男子，是最能与魔鬼和鬼怪搏斗的勇士；第三，他的死在君士坦丁堡得到了报仇，这从未发生在任何其他冰岛人身上。"

原文中，我们可以读到 Mikklegard 一词，即大城堡，这是冰岛语中对君士坦丁堡的称呼。瑞典人在公元九世纪中叶，在俄罗斯创建了 Gardariki 王国，首都就叫作霍尔姆加德（Holmgard），岛上的城堡（今诺夫哥罗德）[1]。公元十一世纪中叶，君士坦丁堡驻扎有瑞典勇士，他们组成皇帝的卫队。

1　城堡之国。——原注

那些逃脱了诺曼人征服英格兰的丹麦人和盎格鲁-撒克逊人也跑来加入他们，转战亚非。

北方地区的另一首萨迦，《联盟萨迦》（被诅咒者的萨迦），讲述了十一世纪中叶的一些史实，相对而言，这一时期较为风平浪静。一个穷困古怪的老人让一群有钱有势的人出尽洋相。有人说这是唯一一则幽默讽刺的萨迦，正因如此，我们才会为这则萨迦中独有的凄楚感人之处感到喜出望外，甚至备受感动："春天来了，奥德带着二十名随从，往乌斯帕克家而去，前去报仇。快到的时候，瓦利对他说：'你留在这里吧，我继续往前，我去和乌斯帕克谈一谈，只要能谈，就能互相谅解。'于是他们停了下来，瓦利骑马来到乌斯帕克家。屋外空无一人，房门大开，瓦利走了进去。屋子里黑乎乎的，突然，一个男子跳出来，用匕首刺入了瓦利的肩胛骨，瓦利倒下了。他躺在地上，说：'小心点，倒霉的家伙，奥德马上就要来了，他来杀你。派你老婆去见他吧，让她告诉奥德，我俩达成了协议，我已经先回家去了。'乌斯帕克说：'事情已经搞砸了。这记攻击不是针对你，而是针对奥德的。'"

《杀人者格卢姆萨迦》中蕴含了迷信与魔法的因素。一件斗篷、一把剑和一把长矛，这是祖父维格富斯的礼物，为主人公带来了好运。当他离开这三样东西的时候，就开始遭遇厄运。贫穷和眼盲最后淹没了这个故事，就像《埃吉尔萨迦》一样。

《拉克斯达尔萨迦》的情节前后脱节，却有某种浪漫主义的基调，让人禁不住怀疑是相对较为现代的某种创作。这则萨迦启发了威廉·莫里斯，使其创作了一首题为《古德隆恩的爱人》的诗歌，并以其自身的独特方式，开启了《尼伯龙根之歌》的悲惨故事。易卜生在他的《海尔格伦的海盗》中，用不同的名字，完全不使用超自然的手段，介绍了布隆希尔德的故事。《拉克斯达尔萨迦》中的无名叙述者在好几个世纪之前就进行了同类尝试。基亚尔坦就是西古尔德，博利的妻子古德隆恩，就是贡纳尔的妻子伯伦希尔。情境的重复和精确的语言是作者故意为之，其目的，毫无疑问，就是为了向读者指出新旧之间显而易见的关联。

南方地区的萨迦已经完全迷失在，或者说已经融入了《尼亚尔萨迦》之中。尼亚尔是典型的正直的男子，他身上的道德是基督教式的。他的死亡是殉道式的。仇敌包围了他家，放火烧了房子。他的妻子贝格多拉没有弃他而去。他们躲在一块牛皮下，把小孙子放在中间，等着大火熄灭的同时，他们祈祷着"上帝啊，我们在这个世上已经遭火焚烧，求求您不要让我们在另一个世界上再遭火焚烧"，这是尼亚尔说的。他的儿子斯卡费丁说："我们的父亲早早就要睡觉，他必须如此，因为他年事已高。"斯卡费丁死在被火烧着的房子大梁下。围攻者听到他在瓦砾烟火之下唱歌，知道他还活着，后来他们就什么都听不到了，因为他死了。

冰岛东部地区的萨迦有《赫尔薇尔萨迦》和《斯瓦法扎达鲁萨迦》。后者收录了不少与维京人和狂暴战士的战斗。狂暴战士（berserker）会突如其来地获得某种超自然力量，过后却会变得像婴儿一样虚弱。他们在战斗中刀枪不入，经常不带任何护甲，或者只披着熊皮就上阵杀敌（berserker 读起来就像 bear-sark，熊皮），他们会吞食护盾，会高声嚎叫。他们会化身为熊，就像狼人会变身为狼一样。据说某些国王拥有狂暴战士组成的卫队，就像传说阿根廷土著酋长法昆多·基罗加拥有一支虎人（可以化身为老虎的人）军队一样。

狂暴战士突如其来的愤怒以及他们短暂拥有的力量不禁让人想起马来杀人狂。

到现在为止，我们考量了冰岛人的萨迦，接着我们要转去研究与发现美洲有关的萨迦。《红发埃里克萨迦》讲述了他作为航海者发现格陵兰岛，并在当地实行殖民统治的经历，他还发现了荷鲁兰（平石之地）、拉克兰（植被茂盛之地），而他的儿子莱夫·埃里克松则发现文兰（葡萄园或葡萄酒之地）的故事，书中也有所涉及。人们对后三个地方的确切位置颇有争议，只知道它们位于北美洲的东海岸。在红发埃里克的故事中，同样提到了索尔芬·卡尔塞弗尼的航海和历险，索尔芬·卡尔塞弗尼是在我们的大洲上定居的第一个欧洲人。书中讲到，一天上午，好多男子从皮制的独木舟上下到岸边，好奇地盯着外来者。"他们肤色黝黑，相貌丑陋，发型极为难看。他们眼睛很大，脸颊很宽。"斯堪的纳维亚人给他们起名 skaeling，意为"下等人"。斯堪的纳维亚人或爱斯基摩人谁都没想到这是一个历史性的时刻，这是美洲与欧洲单纯无辜的对视。这发生于公元十一世纪初年。公元十四世纪初叶，疾病和底层人民消灭了殖民者。《冰岛编年史》记载：

"一二一一年，格陵兰主教埃里克，出发去寻找文兰。"对于他其后的命运我们一无所知，主教和美洲一起消失了。

复仇的主题主导了格陵兰的另一部萨迦《一奶同胞萨迦》。《格雷蒂尔萨迦》中，一个冰岛人启程去了君士坦丁堡，为了给同伴报仇，他加入了国王的卫队；在《一奶同胞萨迦》中，一个名叫索尔莫斯的男子，穿越海洋来到格陵兰，为相爱相杀的朋友报仇。索尔莫斯报了仇，多年后却死在一场战斗中，当时他正朗诵着史诗激励勇士奋勇杀敌，死的时候，嘴唇间还留着刚吟了一半的诗句。

还有一则奇特的萨迦叫作《主教传》。一个较早的故事题为《饥饿觉醒者》，因为作者希望人们通过阅读这部作品，能够如饥似渴地前去了解更多种虔诚。这些宗教传记有些是用拉丁文写的，但是所有故事都缺乏复杂性。

年代更近的萨迦中掺杂着简朴的散文中常见的奢华的诗歌风格。在《一奶同胞萨迦》中，我们惊讶万分地读到："海神澜的女儿们，极力讨好航海者，急切地奉上臂弯里的庇护。"这些异常的修饰宣示了萨迦的没落。

据说基督教为最为著名的《尼亚尔萨迦》注入了宗教精

神，却充满悖论地加速了萨迦的堕落。萨迦和所有小说一样，都需要从人物的丰富性和复杂性中吸取养分。新的信仰最终阻碍了这种无私的沉思，将其带入善良与邪恶的二元世界，对某些人来说是一场灾难，而对另一些人来说，则是一种馈赠。萨迦没落了，故事中充斥着各种令人眼花缭乱的历险，但又索然无味，因为这些故事不再发生在真实的人物身上，而是发生在道德楷模或者万恶的魔鬼身上。人物的这种极端性最终可怕地走向了善恶之间的争斗和众所周知的道德论。

克尔在之前提到过的文章中，用公允而感性的语言说："伟大的冰岛流派，这个流派消失殆尽，后继无人，经过几个世纪的掂量和犹疑之后，才由一些伟大的小说家，以完全独立的方式，将这个流派的所有方法重新复制。"

和所有人一样，民族也有自己的命运。得到与失去，是所有民族共同的变迁。即将拥有一切，然后又失去一切，这是德意志民族的悲惨命运。较之更为奇特同时也更为梦幻的，是斯堪的纳维亚民族的命运。从世界历史的角度来看，斯堪的纳维亚人的战争与书籍似乎从未存在过。一切都不为人所知，也没有留下任何痕迹，仿佛一切都发生在梦里，或者发生在那些眼明心亮的人才能看得到的水晶球中。公元十二世纪，冰岛人发现了小说这种塞万提斯和福楼拜的艺术，而对世界其他地区而言，这种发现如此隐秘而又如此贫瘠，就如同他们对美洲的发现。

古代斯堪的纳维亚吟唱诗人的诗歌

　　公元一〇〇〇年前后，无名吟唱诗人（thulir）逐渐被有文学素养和主观创作意愿的吟唱诗人（skald）所代替。诗歌的形式逐渐演变，在爱尔兰岛上的凯尔特人和拉丁人的影响下，诗歌的节奏韵律与古老的押头韵的方式并存。西方诸岛（这是北方民族对不列颠诸岛的称呼），斯堪的纳维亚人用哀歌的曲调创造出或者发展出了史诗诗歌（kvitha）、家族谱歌（tal）、颂歌（drapa）、咒歌（galdr）、对话诗（mal）和民歌（liod）。这些"西方诗歌"简朴而感人，经常穿插在萨迦中。

　　然而，这些古代斯堪的纳维亚吟唱诗人的诗歌中，诗歌的语言变得越来越复杂。欣赏盎格鲁–撒克逊人的诗作，我们可以看到，诗中经常说鲸鱼之路而不说海洋，说战争之蛇而不说长矛。同样，在《老埃达》中，偶尔可以读到用兵器上的露珠来指代鲜血，用月亮的客厅来指代天空，这些婉转的譬喻虽然奇特，却不会对阅读造成干扰。这些诗人不幸爱上了这种表达，将它们组合叠加使用。于是，就有了下面这段来自埃吉尔·斯卡拉格里姆松的诗：

> 狼牙的涂抹者
>
> 挥洒着红色天鹅的血。
>
> 剑上露珠的雏鹰
>
> 以平原上英雄为食。
>
> 海盗的月亮之蛇
>
> 实现了铁匠的意愿。

"狼牙的涂抹者"指的是勇士，因为他们会把自己杀死的敌人的鲜血涂抹在牙齿上；"红色天鹅"指的是啄食尸体的猛禽，它们通体沾满了鲜血；"剑上露珠"指的是鲜血，而它的"雏鹰"指的又是猛禽；"海盗的月亮"指的是盾牌，而盾牌"之蛇"就是长矛；"铁匠"其实是天上的诸神。

还有个例子：

> 巨人族的歼灭者
>
> 在海鸥原野上的强壮野牛前轰然倒地。
>
> 于是诸神，在钟楼守护者哀悼的同时，
>
> 摧毁了岸边的雏鹰。
>
> 希腊人的国王无从依靠
>
> 只好骑马奔驰在礁石间。

"巨人族的歼灭者"指的是托尔。"钟楼守护者"则是守护耶稣信仰的牧师。"希腊人的国王"指的就是耶稣，不知道为什么，这也是君士坦丁堡皇帝的诸多头衔之一。"海鸥原野上的野牛""岸边的雏鹰"和"礁石间奔驰的骏马"指代的并非三种不同寻常的动物，而是同一艘饱受摧残的舰船。在这些艰涩的句式中，第一个意象反而较为简单，因为"海鸥原野"早已是大海的代名词。在《散文埃达》中，斯诺里·斯图鲁松注意到："平实的比喻是将战斗比作箭镞的风暴，双重比喻则是把刀剑比作箭镞风暴的投掷物。"应该指出的是，从

"箭镞的风暴"到"箭镞风暴的投掷物"的表述简要地概括了冰岛诗歌的发展历程。

一九一八年，保罗·格鲁萨克在一篇关于"格言警句派著名大师"格拉西安[1]的研究文章的结尾处写下了这样的文字："人们经常能够在印第安人的神庙中找到檀香木盒或紫胶盒，镶嵌精致，用繁复的锁具锁了三层或四层：最有意思的事情就在于把它们一层一层地打开，进入神秘的藏宝中心，找到一张干枯的纸条，一小撮尘土……"印第安人精细的木工活正好证明，重要的不是那一小撮尘土，而是盒子繁复的结构。冰岛的诗人也是如此，重要的不是"猛禽"的概念，而是"红色天鹅"的意象。比喻中蕴含着直白的词句所缺乏的愉悦，说鲜血和说刀剑的波浪感觉是不一样的。

隐喻语（kenning，复数形式为 kenningar），指的就是这种形象的技艺。在《散文埃达》中，关于隐喻语，有一个长长的单子。剔除历史和神话的因素，这个单子中还有：

1　Baltasar Gracían y Morales（1601—1658），西班牙哲学家、作家，以西班牙概念主义的代表著称。

鸟儿的家　　　┐
　　　　　　　├ 空气
风儿的家　　　┘

海洋之剑：鲱鱼

波涛中的猪：鲸鱼

座位之树：座椅

颌骨森林：下巴

刀剑大会　　　┐
　　　　　　　│
刀剑风暴　　　│
　　　　　　　│
喷泉的相聚　　│
　　　　　　　│
长矛的飞舞　　│
　　　　　　　├ 战斗
长矛之歌　　　│
　　　　　　　│
雄鹰的节日　　│
　　　　　　　│
红色盾牌之雨　│
　　　　　　　│
维京人的节日　┘

弓的力量　　　┐
　　　　　　　├ 胳膊
肩胛骨之脚　　┘

血天鹅
死者的公鸡　　┤ 秃鹫

制动的追随者：马

头盔安放之处
肩膀上的岩　　┤ 石头
躯体的城堡

歌咏的锻造炉：诗人的头脑

牛角杯中的波涛
酒杯中的眩晕　┤ 啤酒

空气的头盔
空中的星辰大地
月亮之路　　　┤ 天空
风之杯

胸中的苹果
思想的硬球 — 心脏

仇恨的海鸥
伤痛的海鸥
女巫的马 — 乌鸦
乌鸦的表兄弟

言词的巨石：牙齿

刀剑之地
船上的月亮
海盗的月亮 — 盾牌
战斗之顶
战斗的云彩

189

格斗之冰

愤怒之杖

头盔之火

刀剑之龙

头盔噬咬者 ┐

战斗之刺 ├ 剑

战斗之鱼

血染的船桨

伤痛之狼

伤痛的枝桠 ┘

弓弦的冰雹 ┐
├ 箭
战斗之雁 ┘

屋里的太阳 ┐
树木的消亡 ├ 火
庙宇之狼 ┘

乌鸦的欢乐

鸦嘴染红者

鹰隼快乐者 ┐
                 ├ 武士
头盔之木

刀剑之木

刀剑染色者 ┘

家里的黑色露珠：烟垢

狼之木   ┐
           ├ 绞刑架
木制的马   ┘

悲痛的露珠：眼泪

尸首之龙   ┐
           ├ 长矛
盾牌之蛇   ┘

口之剑
嘴之桨　　　　┤ 舌头

游隼之座
金指环之国　　┤ 手

鲸鱼之屋
天鹅之地
帆之路
维京人的田野　├ 大海
海鸥原野
岛之链

乌鸦之木
鹰之燕麦　　　├ 尸首
狼之麦

晕眩的狼

海盗的马

维京人的滑水板 ┐

波浪的马驹 ├ 船

海上的农夫马车

岸边的雏鹰 ┘

脸上的宝石 ┐

额上的月亮 ├ 眼睛

蛇之铺[1] ┐

手上的光辉 ├ 黄金

引起分歧的金属 ┘

长矛的静谧：和平

---

1 暗指蛇守护珍宝的古老信仰。——原注

呼吸之家
心脏之船　　　胸膛
灵魂的基座
大笑之座

口袋的雪
水晶之冰　　　白银
赞歌之露

指环之主
财宝分配者　　国王
刀剑分发者

岩间的血　　　河流
网之地

狼的小溪
杀戮的眩晕
尸首的露珠
战争之汗水 ──┐── 血
乌鸦的啤酒
刀剑之水
刀剑的波涛

月亮的姐妹 ──┐── 太阳
空气之火

梦之大会：梦

动物之海
暴风雨之地 ──┐── 大地
雾之马

人口增长之时 ⎤
毒蛇活跃之际 ⎦— 夏天

火的兄弟   ⎤
森林的伤痛   ⎬— 风
船索之狼   ⎦

　　我们不应忘记，在原始文本中，每个隐喻语只对应一个复合词。我们写下"屋里的太阳"的地方，原本应该写的是"家中的太阳"；我们写"战斗之刺"的地方，我们原本应该写的是"战争之刺"。将每个隐喻语都用表特质的形容词确切形容的某个名词翻译出来也许是最忠实的，但因为形容词的缺乏，同时也是最无效最困难的。

　　类似隐喻语的形式也许在所有的语言及其文学中都能找到。阿拉伯语中由父子关系生发出来的表达方式非常丰富：香水的父亲是茉莉花，清晨的父亲是公鸡，箭镞的父亲是弓弦，关隘的父亲是山峦。希腊人吕哥弗隆把赫拉克勒斯称作第三夜的狮子，因为宙斯足足用了三个夜晚来孕育赫拉克勒斯。詹巴蒂斯塔·马里诺[1]将夜莺称为丛林中的美人鱼；弗拉基米尔·马雅可夫斯基将月光比作夜莺的茶。克维多用刀剑的舞蹈来定义一场决斗。圣德肋撒把幽灵称作家中的疯女人。维克多·雨果把蜥蜴叫作客厅里的鳄鱼。布宜诺斯艾利斯的"老乡"把公墓称为"扁鼻佬的庄园"（塌鼻佬庄园，头骨庄园），最后，福楼拜笔下的某个人物则把松树比作棺木。圣母马利亚一连串的祈祷其实也是一份隐喻语的列举清单。沙漠之舟是骆驼的官方同义词，同样的，还有动物之王，指的一定就是狮子。死神的猴子（Affe des Todes），这是德国诗人威廉·克莱姆对梦的称呼。死神之蛋（eggs of death），这是鲁德亚德·吉卜林对那些散落在大海中的矿藏的称呼。无声的戏剧，这是电影最初的名字之一。中国店员人称"系着木头围裙的人"[2]，因为他们经常站在柜台之后。公元十七世纪中叶，布朗《医生的宗教》则带来了这样一个令人惊奇的定义：Lux est umbra Dei（光是上帝之影）。切斯特顿把废墟称为修窗户的建筑师（Ruin is a builder of windows）。在乔伊

1　Giambattista Marino（1569—1625），意大利诗人。
2　即"掌柜的"。

斯的《尤利西斯》中提到了 heaventree of stars，星辰的天堂树，用来指代星空。

然而，古代斯堪的纳维亚吟唱诗人的诗歌中如此纷繁杂乱的比喻，却给繁复的上下文中略显单薄的诗句增添了某种感人的力量。当埃吉尔·斯卡拉格里姆松告诉我们："我所建造的荣誉之墓永远存在于诗歌的国度中"，他的语言几近直白，却分外感人。科尔马克[1]遗失在常规隐喻语中的这个感叹也同样令人感动："在下一个像斯坦格尔德这样美丽的女子出生之前，石块将会游泳，大海将会遮蔽山峦。"

在讲述萨迦的章节中，我们已经领略了古代斯堪的纳维亚吟唱诗人杂乱无章的生活。他们中不少人一直留在他们国家的记忆中：贡恩劳格，从英格兰埃塞尔雷德二世手中接过一块猩红的毯子，最后死于敌手；托尔莫德，死在战场上，死时仍在吟唱诗歌；埃德温，人称"古代吟唱诗人的掠夺者"，因为他玷污了他的前辈；哈拉尔德·哈德拉达（哈拉尔德三世），既是诗人又是国王，却不幸与托斯蒂格结为同盟；

1　Kormak Ögmundarson（935—970），冰岛吟唱诗人。

哈尔弗雷德，死于海上，现在与麦克白一起，安息在苏格兰诸多小岛中的一座岛上；哈瓦特，他的儿子被人杀死，他只身为儿子复仇；同样没被遗忘的，还有黑人奥塔尔和古罗马法学家马库斯·科克乌斯·涅尔瓦。

历史学家阿里

前面的文字中，我们提到过历史学家阿里·索吉尔松（一〇六七——一一四八），此人又被称为祭司和博学家。他出身高贵，他的先辈中有九世纪都柏林人的国王白王奥拉夫、被苏格兰人背弃的红发托尔斯坦，以及托克尔，古德隆恩的诸多丈夫之一。古德隆恩是《拉克斯达尔萨迦》中的女主人公。

阿里写了《挪威列王纪》，讲述了从最初到一〇六六年哈拉尔德·哈德拉达去世期间挪威诸多统治者的故事。普遍认为他还给丹麦和英格兰也写了类似的书，只是规模略小而已。斯诺里·斯图鲁松的重要作品中保留了《挪威列王纪》的若干片段。

阿里最著名的作品《创立纪》共分为五章。第一章讲述了冰岛的发现过程，其余四章则按照地理方位，介绍了各地居民的名字、谱系及其故事。书中提到了四千名人物（其中一千三百名为女性）和两千个地点。阿里的第三部作品为《冰岛史》，创作于一一二七年左右，现已佚失。只留下一个拉丁文版的概述，题为《冰岛人之书》（Libellus Islandorum）。

很难夸大阿里的重要性。阿里是冰岛历史之父，是冰岛第一位本地散文作家，是发现了创作伟大萨迦和杰出的《海姆斯克林拉》创作风格的人，更是为斯诺里·斯图鲁松奠定基石的人。

逝世于公元十二世纪初的历史学家，威尔士的杰拉尔德，盛赞阿里的功绩，并且宣称冰岛"世代只有一个种族居住，他们话虽不多，却十分诚实可信。他们最看不起欺骗，完全不会撒谎"。（谁也无法否认杰拉尔德的这种才能，在他的作品《行纪》中，他提到两个"值得赞叹"的湖泊。其中一个湖泊中漂浮着一座会随风漂荡的岛屿，而在另一个湖中，则生活着一群独眼鱼，"因为它们没有左眼，但如果读者要求我详细说明这么美轮美奂的环境，我想，我不是那个能够满足大家愿望的合适的人"。）

斯诺里·斯图鲁松

斯诺里·斯图鲁松（一一七九——一二四一），出身著名的斯图伦斯家族，出生于冰岛西部地区，那个地区是挪威流亡者与凯尔特血统混血之地，也是之前我们提到过的，创作著名萨迦最多的地方。

从《斯图伦斯萨迦》中我们可以读到，斯诺里精通任何一项过手的技艺。一个精心设计的石砌泳池保留至今，池里还有温泉，那就是斯诺里·斯图鲁松在公元十三世纪初令人修建的。温泉早在十世纪就已经有了，而土地是属于教会的。斯诺里负责管理这片土地，就在此留下了痕迹。

二十岁的时候，斯诺里与一位富家女成婚，妻子为他生下了两个孩子，几年之后，他与妻子离婚。他的妻子是一位教士的女儿，当时在冰岛，没有单身的教会人士。斯诺里是著名的法学家，三十五岁时他就当选为阿尔庭——即冰岛最高法庭和立法大会——的主席。阿尔庭的主席人称"法律讲述者"，负责每年向民众诵读法律，解释法律条文。

斯图鲁松曾为挪威的哈康国王及其王后写过诗，哈康赏赐给他很多礼物，邀请他去挪威王宫，承诺给他崇高的荣誉。斯诺里终于于一二一八年前往挪威，他是挪威古迹专家，还曾为了写书而深入研究过挪威历史。（关于哈康逝世的谣言耽搁了行程。）冰岛共和国是个独立的国家，斯诺里则在哈康的热诚款待之后，接受了男爵（lenderman）的封号。接受这一封号，从法律上来说，就意味着斯诺里成为了挪威国王的臣属。作为冰岛公民和冰岛国会主席，斯诺里承认这种附属关系，把自己的财产献给了哈康，而后者随即又以礼物的方式悉数返还。斯诺里承诺冰岛民众将承认挪威国王的权威。换句话说，就是将冰岛共和国拱手相让。他回到冰岛之后，就把儿子送去挪威作人质。这项承诺让斯诺里获得了叛徒的名号（因为所作所为而成为冰岛的叛徒，同时，他也是哈康的叛徒，因为他压根儿就不想履行承诺）。人们推测斯诺里宣誓会交出冰岛是为了不让别的冰岛人有机会这么做，而事实上，还真有人会这么做。

斯诺里·斯图鲁松在冰岛第二次结婚，严格来说，并不合法。一二二四年以后，他成为了冰岛最富有的人。最富有、最贪婪，同时也是最吝啬的人，却不是最勇敢的人。

斯图鲁松曾与大儿子大吵一架，拒绝将部分财产传给大儿子。他儿子去了挪威，在那里被小舅子吉索尔·索瓦尔松给杀死了。哈康不相信斯诺里的承诺，也厌倦了他的拖延，转而联系斯图拉·西格瓦特松，让他交出冰岛。斯图拉是斯诺里的侄子，却也是斯诺里的死对头。内战爆发了，斯诺里·斯图鲁松集结军队，自然而然地召唤那些曾与他多次出生入死的老人。战斗打响那天天刚一亮，斯诺里就发现这仗根本没法打。他逃到了东海岸，后来又跑去挪威。战争仍在继续，斯图拉死于一场战斗，而流亡在外的斯诺里·斯图鲁松写了一首哀歌，悼念他的侄子兼死敌。他违背哈康的命令，上船驶往冰岛。哈康命令吉索尔·索瓦尔松，这位之前杀死了斯诺里儿子的人，这次前去杀死父亲。吉索尔包围了斯诺里的家，晚上摸进家中。这天下午，一条用如尼文写的秘密消息被送到了斯诺里手中，警告他有危险，但是斯诺里却没能破解。凶手进入了斯诺里家，一个名叫凶煞阿尔尼的人在地下室杀死了斯诺里·斯图鲁松。

十年之后，在当时的其他一项罪行中，一幢被围的房子着火了，一名男子从中逃出生天。他跳楼时摔倒在地。有人认出了他，问道：

"这里难道没人记得谁是斯诺里·斯图鲁松了吗？"

于是，男子被杀死了，因为他就是阿尔尼。随后，吉索尔也被杀了，因为他也在这座房子里。

阿尔尼的死似乎让人联想到了斯诺里。这个简简单单几句话就宣判阿尔尼死亡的人是斯诺里的化身，是屈从命运的形象。故事多少保留了萨迦中的修辞。

"一个关于背叛的复杂故事"，吉尔克里斯特·布罗德[1]如此总结斯诺里的人生。他的伟大之处都藏在他的作品中。

---

1 Arthur Gilchrist Brodear (1888—1971)，美国古英语、古日耳曼、古斯堪的纳维亚文学学者，曾翻译斯诺里·斯图鲁松的《散文埃达》。

《小埃达》

在冰岛，新的基督信仰并没有造成对旧信仰的敌视。和之前在挪威、瑞士、德意志、英格兰和丹麦的遭遇不同的是，冰岛的基督教皈依没有见血光。已经在冰岛定居的挪威人完全漠视当地贵族的宗教信仰，这些贵族的后人则十分向往祖先的异教信仰，一如他们对待其他早已佚失的古旧事物。他们从日耳曼神话转向新的信仰，如同不久之后对待古希腊神话的态度。没人相信这个新的信仰，但是，对于它的了解则是受过良好教育的人必不可少的修为。《老埃达》是北方诗歌的基础，如果不懂北方的神话传说，那么这部书几乎无法理解。阅读莎士比亚和贡戈拉，需要了解奥维德的《变形记》才能欣赏。埃吉尔·斯卡拉格里姆松则为《埃达》诗歌的理解预先提供了条件。

斯诺里·斯图鲁松写下的这部作品,《散文埃达》,就是写给诗人和诗歌读者的教材。序言中我们读到:"本秘笈针对的是初学者,就是那些想熟练掌握诗歌技巧、完善传统比喻形象储备之人,或者是那些希望能够理解神秘书写内容的人。我们必须尊重这些只有年长者才能读懂的故事,但也希望这些故事能够让基督徒暂时忘记信仰。"

这个最初的序言,尽管一些专家拒绝承认这个序言的真实性,再加上三个部分(《古鲁菲的被骗》《吟唱艺术》和《韵律大全》),这就是《小埃达》或《散文埃达》的全部内容。序言开篇用的就是《圣经·创世记》中的语言:"起初神创造天地。"接下来,就讲到了亚当、大洪水以及人类四散的故事。据说,斯诺里在摆出异教徒的宇宙起源说之前,想让读者回想起另一种宇宙起源说,即基督教的、真正的宇宙起源说。我们接着读到:"在大地的中心附近,建起了供人类居住的最美最好的房间。之前叫作特洛伊,今天我们管它叫土耳其……那时有十二个王国和一个高高在上的国王,每个王国都由多名统治者管理,城堡里住着十二位首领。其中一位首领名叫门农，他娶了普里阿摩斯的女儿特罗安，他俩的儿子名叫托尔。托尔被一位名叫罗里库斯的公爵抚养长大，但是当托尔满十岁时，他就拿起了父亲的武器。他相貌英俊，像镶嵌在橡木中的象牙那样惹人注目，他的头发比黄金还要灿烂。托尔满十二岁时，他的力量就达到了巅峰，他能一口气从地上举起十张熊皮。之后他杀死了罗里库斯公爵及其夫人葛洛拉，将色雷斯王国据为己有，今天我们将这个地方叫作特鲁德海姆。托尔跑遍了大地各处，打败了所有的狂暴战士和巨人，杀死了一条龙，是所有龙中最大的那条，还杀死了许多猛兽。在他统治王国的北部，托尔遇到了女预言家西比拉并和她结了婚。我不知道西比拉的血统，她是所有女子中最漂亮的那个，她的头发像黄金一样金黄。"

书中继续一一列数托尔的后代，直到数到沃登，"现在我们管他叫奥丁"。奥丁看到自己将在世界北部名声大震，于是，他在随从的簇拥下四处游走，来到了今天被称作撒克逊（德意志）的土地上。奥丁孕育了三名子女，他给每名子女都留下了三分之一的国土，自己则去了瑞士，然后又去了挪威，在那里，他被大海挡住了去路。

接在这个也许是伪造的序言之后的就是《古鲁菲的被骗》。古鲁菲是瑞士的一位国王，精通魔法。他化身为一名老人，来到了神祇居住的城堡。他告诉神祇自己名叫冈格莱里，是沿着蛇路来到了这里，也就是说，他迷路走失了。大厅中三把椅子上坐着三位神，每位神都坐在另一位之上。这三位坐着的神叫作：高神、等高神和第三神。冈格莱里从他们口中听到了《女占卜者的预言》中关于世界起源和世界末日的故事。故事的基调并非不怀好意，但的确暗含嘲讽。一些嘲笑的痕迹显而易见。束缚那头即将吞下太阳的饿狼的锁链就是由六样事物组成的：猫步的响声、女子的胡须、岩石的根须、狗熊的跟腱、游鱼的呼吸和飞鸟的唾液。神祇补充说："你看，我们并没有欺骗你。女人没有胡子，鱼也没有呼吸。我们刚才说的一切都像这些事物那么真实，尽管有些事情的确不容易证实。"有时候，嘲笑出现在一些短小的附加部分中："狼芬尼尔张开了大嘴，下颌碰到了地，上颌碰到了天。如果还有地方，狼嘴还会张得更大。"菲尔波茨早已洞察了这些段落中戏谑的口吻，指出这些段落中还存在着极为优雅的简洁和其他人的情感。一小束槲寄生杀死了巴德尔，书中写道：

"巴德尔倒下的时候，神灵哑口无言，他们中谁也没有足够的力气能抬起他来，所有人面面相觑，所有人都想对罪魁祸首做同样的事，但是谁也不能为巴德尔复仇，因为这是圣地。奥丁比任何人都痛苦，因为他最了解巴德尔的死意味着什么。"

接下来发生的事也令人难忘：神灵抬起巴德尔的尸身，把他送往海边。在巴德尔的船上，他们架起了焚烧尸体的柴堆[1]。船一动不动，直到一位泰坦般的女子最后推了船一把。这位女子来的时候骑着狼，挥舞着毒蛇做的缰绳。奥丁在柴堆上放了一枚魔法戒指，每到第九个晚上就会有八枚一模一样的戒指落到这枚戒指上。船起锚了，九天之后，巴德尔的一个兄弟来到地狱。一位女神告诉他，如果世上所有事物都能为巴德尔哭泣的话，他就可以重回人世。所有的人、动物、

---

1 巴德尔的葬礼遵循了日耳曼人的习俗。在《贝奥武甫》中曾经提到一位国王的尸体被放到船上，然后被推向海洋；也许人们相信大海的另一端就是死者的国度。萨克索·格拉玛提库斯提到，一位撒克逊的国王，尸体被船的残骸堆成的柴堆焚烧之后，又被埋入了坟墓。在希尔达·罗德里克·埃利斯的著作《通往地狱之路》（剑桥大学出版社，一九四五）中，有关于此话题的深入讨论。——原注

大地、岩石、树木，以及金属都为巴德尔哭泣，躲在山洞里的一个女子却说绝不会哭泣。这位女子便是洛基，就是设计让槲寄生杀死奥丁儿子巴德尔的人。这个故事的开头我们已经讲过了，就这样结束了，这样一来便形成了一种对称。所有的事物，除了一样，都发誓不伤害巴德尔；所有的事物，除了一个人，都为他的死亡哭泣。

神话故事讲完之后，神祇和城堡都消失了，只剩下古鲁菲孤身一人，站在旷野之中。这个戛然而止的结局以一种突如其来的方式结束了故事，也契合了故事的题目。这个结尾同样也暗示了故事的内容也许只出于想象，神祇欺骗了国王，但是他们自己也因此变成了欺骗本身。

《埃达》的第二部分是《吟唱诗艺》，即古代斯堪的纳维亚吟唱诗人关于语言的对话。讲述方式与第一部分如出一辙。一位精通魔法的男子，埃吉尔或赫雷（就像另一部分中的瑞士国王）来到神灵居住的要塞。天近黄昏，奥丁让人取来刀剑，刀剑亮闪闪的，都不需要其他光源了。其中一位神和这位男子谈起了诗歌。神列举了诗人应该使用的表达方式。逐渐地，虚构的对话方式被遗忘了，《吟唱诗艺》变成了一本充满各种比喻的词典（非按字母顺序排列）。这些比喻就是前文中我们研究过的那些隐喻语。

例如，我们可以读到（第二十八节）：

"如何称呼火？你将称之为风和海的兄弟，木头或家园的灰烬或毁灭，家中的太阳。"

不少章节中充满了各种神话典故；例如下面这节（第三十二节）：

"如何称呼金子？你将称之为埃吉尔之火，格拉斯尔之针，席夫之发，弗蕾娅之泪，巨人之言、之声或之词，德罗普尼尔之滴，德罗普尼尔之雨或之水，努特里亚之拯救，菲里斯之籽，水与手之火，手之石、之礁或之光。"

还有些章节对每一个隐喻语都做了解释：金子被称为埃吉尔之火，因为埃吉尔用金块作为他家的照明来源，一如奥丁用刀剑取光；德罗普尼尔之滴、之雨或之水，是因为德罗普尼尔是一枚魔法戒指，它能够变出成千上万个戒指，它就是奥丁放在焚烧巴德尔尸体柴堆上的那枚戒指；水之火是因为埃吉尔的家就安在海上；手之火是因为金子是红色的，可以为手做装饰。斯诺里写道："我们说金子是胳膊或双腿之火真是说对了，因为金子是红色的，但是银子的名字却和冰、雪、雹或霜相关，是因为银子是白色的。"接着，又引用了艾温德·斯卡尔达斯皮利尔的几句诗：

我想建起一座赞美

就像石桥一样稳定坚固

我觉得我们的国王不那么贪恋

手肘中已经烧红的煤块。

第五十九节是关于鸟儿的："有两种鸟儿必须要具体明确，因为据说它们的食物和水来自鲜血和尸体，这两种鸟儿就是乌鸦和鹰。关于鸟儿，不管它们叫什么名字，只要它们和鲜血或尸体的形象沾边，那么，它们就可以作为乌鸦和鹰的同名词。"于是，埃吉尔·斯卡拉格里姆松就说"红色天鹅的肉"，埃纳尔·斯库拉松则说"喂饱仇恨海鸥的国王"。

第六十二节则列举了下列时间的名词："天空、过去的天、代、旧年、年、季节、冬天、夏天、春天、秋天、月、星期、天、夜晚、上午、下午、昏暗、早、快、晚、后、前天、前夜、昨天、明天、时、刻"。还引用了《阿尔维斯之歌》中的一段诗：

夜晚，人们为其命名

浓雾之时，神灵

纵情享乐之时，上位者，

无痛之时，巨人；

快乐地入睡，精灵如是称呼，

侏儒，梦的编织者。

第五十一节提到了基督的名字。书中说诗人把基督称作天与地、天使与太阳的创造者，世界、天空与天使之主，天穹、太阳、天使、耶路撒冷、约旦、希腊之王，使徒与圣徒的王子。书中还引用了马可·奥勒留的诗句，将基督称作风暴之家，即天空的主人。古斯塔夫·奈克尔[1]注意到，对于已

1　Gustav Neckel（1878—1940），德国古日耳曼和古斯堪的纳维亚文学学者。

经皈依了基督教的日耳曼人来说，基督就是上帝，他们从来不谈论三位一体中的其他两位。事实上，上面列举的那些名字，好些其实应该指的是天父。

一六四八年，巴尔塔萨·格拉西安的《智慧书》在西班牙出版。书中第十篇讲演中有这么一段文字，让人不由得联想到《吟唱诗艺》中的各节：

"一位才华横溢的吟唱者用这种方式不断搜寻着对于太阳的称谓。维吉尔把太阳叫作光之王：Per duodena regit Sol aureus astra。贺拉斯将太阳称作天空的荣耀与光芒：Lucidum Coeli decus。奥维德，白日之镜：Opposita speculi refertur imagine Phoebus。卢坎，光之源：Largus item liquidis fons luminis ethereus Sol。西利乌斯·伊塔利库斯，世界之灯：Explorat dubios Phoebea lampade natos。斯塔提乌斯，宇宙之父：Pater igneus Orbem impleat。悲剧作家塞内加，光明之主：O lucis alme Rector。基督徒维达，玫瑰色的火炬：Et face Sol rosea nigras disjecerat umbras。柏拉图，天上的金链子：Aurea Coeli catena。普林尼，世界之魂：Mundi animus, et mens。奥索尼乌斯，光芒的管家：Aurea proles。波爱修

斯，白日车夫：Quod Phoebus roseum diem curru provehit aureo。阿诺比乌斯，星辰的王子：Syderum Sol Princeps。西塞罗，火炬的主席：Moderator luminum。纳西昂的圣格列高利，星星的歌队：Reliquorum syderum Chorifeus。圣巴西里奥，天空闪亮的眼睛：Oculus Coeli Splendidus。预言王达五德，光之巨人：Exultavit ut Gigas。最后，认真而博学的斐洛则把太阳叫作星辰的公爵：Stellarum Dux。"

《吟唱诗艺》和四个世纪之后编写的《智慧书》，都是比喻方面的"标本"，但是，前者重在传递传统，后者则希望能展示某个文学流派，即格言警句派。

"亲密的冷漠"和"不太机灵的聪明"，这是贝内德托·克罗齐对十七世纪这项技艺的形容（《意大利巴洛克史》）。同样，斯诺里搜集的诸多形象中也存在着类似的不足。

英国诗人威廉·莫里斯致力于翻译并积极宣传萨迦和《埃达》中的作品，他在自己创作的史诗《世俗的天堂》（一八七六年）中引用了大量的隐喻语。我们在此列举其中一些：

战争的火苗：战旗

屠杀的眩晕
战争之风　　　┤ 攻击

岩石的世界：山峦

战争森林
尖角森林　　　┤ 战争
战斗森林

刀剑织物：死亡

芬尼尔的迷失
格斗的砖石　　　┤ 他的剑
齐格弗里德的愤怒

　　《小埃达》最后一部分是《韵律大全》。这部分是斯诺里·斯图鲁松为哈康国王创作的赞美诗，正是这位国王最后派人杀死了斯诺里。整首赞美诗共计一百零二行，内部格律差别很大。每个诗节后都专门解释其形式上的独特性。这首自由体的长诗的创作目的有二：歌颂哈康的丰功伟绩，并力求在一首诗中，穷尽且展现北方诗歌的不同格律。八十年之前，拉格瓦尔德与霍尔·索林拉松已经尝试创作了类似的精美作品，将其取名为《诗之秘诀》，但质量显然不如《韵律大全》。诗人在诗中添加的解释都出于讲解技巧的目的，例如，"诗的第一句和第三句不押韵，第二句和第四句押韵；每句诗中都有两个词押头韵。"

斯诺里·斯图鲁松的《小埃达》结束于《韵律大全》。一些手稿中还收录了一份古代斯堪的纳维亚吟唱诗人的名单，以及一系列语法讲解，但这些的创作日期都晚于作品正文，古斯塔夫·奈克尔和费利克斯·尼德纳将这些作品的第一部分翻译成了德语。人们推测这些作品的作者是一位教士。作品内容主要围绕书写和发音，其中第二段写道："我们和英国人使用同一种语言，尽管这种语言在我们两个民族的某一国度都发生了很大的变化，或者说在每个国度，语言都在一定程度上发生了变化。"这位冰岛作家不仅仅与英语（盎格鲁-撒克逊语）进行比较，还与拉丁语进行比较，因为他明白世界上的所有语言都源自同一种语言。

《海姆斯克林拉》

　　十二世纪的丹麦历史学家、诗人萨克索·格拉玛提库斯在《丹麦人的业绩》中写道:"图勒(冰岛)人喜欢学习和记录所有民族的故事,出版关于他人的精彩故事,在他们看来,并不会比出版自己的故事逊色。"我们提到过冰岛历史之父阿里,他的同代人塞蒙恩德(一○五六——一一三一)用令人称道的精确时间顺序,写了一部关于国王的书,大概就是用拉丁语写的。塞蒙恩德,人们将其误认为是《诗歌埃达》(也被称为《智者塞蒙恩德的埃达》)的作者,是一位知识渊博的神学家,死后却赢得了巫师的名声,一如圣方济各修士罗杰·培根在英格兰的遭遇。埃里克·奥德松在十二世纪中叶也创作了一部关于挪威国王的故事,至今仍能找到一些片段。不久之后，辛盖里修道院院长卡尔·约恩松，在冰岛北部，写出了《斯韦雷萨迦》，由斯韦雷亲自口述或审核。奥拉夫·特里格瓦松的故事被人用拉丁语写成了两部传记，其中某些章节仍然保留至今。还有一部历史作品，因其引用的诗句和文字而显得弥足珍贵，名字叫作《美封》，之所以叫这个名字，是因为保存至十七世纪的两册作品之一的装帧极为精美，但这两册作品后来却都被付之一炬。还有一部类似的作品名叫《霉封》，里面收录了不少传记，包括挪威和丹麦的国王奥拉夫松大帝，曾浴血奋战于意大利、西西里和东方的哈拉尔德·哈德拉达，即"无情者哈拉尔德"，曾在都柏林附近落入敌人圈套、人称"赤脚大帝"的马格努斯大帝，以及曾经抗击西班牙的阿拉伯人、最后却死于疯狂的西古尔德（朝圣者西古尔德，耶路撒冷行者西古尔德）等人的传记。所有这些历史作品现或已佚失或已变得无足轻重，为斯诺里的《海姆斯克林拉》这一文学巨著做了充足的准备。

卡莱尔在一八七五年前后写下注解："冰岛人，在其漫长的冬天，非常喜欢写字。达尔曼说，他们曾经是，现在仍然也是，非常优秀的书法家。基于这种环境，我们不难理解为什么北方诸王的故事、他们的悲剧、罪行甚至英雄举止会流传至今。冰岛人似乎不仅能在他们的纸或羊皮卷上写下漂亮的字体，而且还是值得称赞的观察者和细节控，他们为我们留下了一连串故事，即萨迦，无论数量还是质量都是野蛮民族中无可比拟的。斯诺里·斯图鲁松关于北方诸王的故事就是从这些古老的萨迦基础上发展而来的，有极强的诗性，但在比较研究方面却十分不屑，故事精心编织，以精确的地图为基础，按时间顺序概述，诸如此类，可以将其看作是世上最伟大的历史作品之一。"另一方面，卡莱尔盛赞"斯诺里感人的伟大、单纯与拙朴的高贵，对于那些古代希腊叙事诗吟游者带给我们的那种世上的高贵来说，有一种史诗或荷马般的东西，没有荷马的格律和节奏，却有荷马的真诚与粗糙的忠诚，还有更多的崇拜、投入与尊敬"。卡莱尔，正如我们能够看到的那样，热情洋溢地称赞斯诺里，却把他仅仅限定为一位粗俗的好人。看不到他作为文化人的嘲讽、忍耐和平静之下的复杂性。

《海姆斯克林拉》共收录了十六位国王的传记，跨越四个世纪的历史。挪威、瑞士、冰岛、英格兰、苏格兰、丹麦、伊比利亚半岛、西西里、俄罗斯和巴勒斯坦都有所涉及。书中提到了 Jorvik（约克郡）；Bretland（威尔士）；Nörvesund（直布罗陀）；Serkland（撒拉逊人之地），可以是西班牙或阿尔及利亚或小亚细亚；Blaaladn（蓝地，黑人之地），即非洲；Miklagard（大城堡，君士坦丁堡）；Seaxland（撒克逊人之地），即德国；Valland，法国西部海岸；Gardariki，即俄罗斯；文兰，即美洲。尽管上文列举的地名纷繁复杂，《海姆斯克林拉》并不是一首关于斯堪的纳维亚帝国的史诗。埃尔南·科尔特斯和皮萨罗是为了他们的国王而出战征服土地。所有，或者说几乎所有维京人的丰功伟绩都是个人行为。一个世纪之后，在诺曼底定居的斯堪的纳维亚人，他们虽然给诺曼底起了名字，但已经完全忘记了自己的语言，转而说起了法语。维京人将欧洲海岸洗劫一空——一个特殊的要求，A furore Normannorum libera nos，"让我们远离北方佬的疯狂吧"，被加入到连祷词中，却在爱尔兰、英格兰、诺曼底、西西里和俄罗斯建起了多个国家。这一可怕扩张的纪念碑只是寥寥几块刻着如尼文的石头而已，没闹出什么大的动静，第聂伯河的七条支流至今仍然沿用着斯堪的纳维亚的名字。

与之相反的是，在挪威还经常能见到希腊和阿拉伯的钱币，还有从东方带来的金项链和其他珠宝首饰。

这部作品的第一份手稿——创作于十三世纪中期——缺了第一页。第二页的头两个单词是 Kringla heimsinsk，意为"世界这个圆球"。因此，手稿被称为 Kringla Heimsins 或 Kringla 或 Heimskringla。两个随意的单词就这样变成了作品的名字，然而，这两个词已经预示了书稿涉及内容极其广泛。十六部传记中只有两部篇幅较长，剩下的十四部都是概述。事实由他人之手操控，所以难免有所错漏。

斯诺里在序言中就阐明他的目标不仅仅是记录历史，而是要记录民族的神话传说。他补充说："虽然我们不知道最后这两个故事到底有多少真实性，但是我们相信，那些年迈的智者认为它们真实可信。"他坦言在他的材料中留有古代斯堪的纳维亚吟唱诗人的创作内容，他如此制定自己的评价标准："哈拉尔德·哈尔法格宫廷中就有古代斯堪的纳维亚的吟唱诗人，人们都能背诵他们的诗，特别是关于曾经统治过挪威的那些国王的诗。我们的历史就建立在那些在国王或国王儿子面前吟唱的诗歌之上，我们接受诗中关于国王的战斗和伟业的描述，将它们看作真实的历史。古代斯堪的纳维亚吟唱诗人经常赞美他们吟颂的对象，这是一种风俗习惯，但是谁也不会把明显虚假的丰功伟绩安到某个国王头上，因为这么做明显不是称颂，而变成了嘲讽。"

我们非常感兴趣的是，斯诺里是按照他熟悉的文学的方法对手头的材料进行创作。我们很容易就能猜到他是怎么做的，作者在叙述中采用了萨迦的方法。从英雄萨迦变成了历史萨迦。于是，哈拉尔德·哈德拉达的故事说国王打败了一位名叫哈康的伯爵，此人有勇无谋。故事中还讨论了伯爵是否死于发生在树林旁沼泽里的战斗中。国王的人夺取了哈康伯爵的旗帜。骑士排成一队在树林中行进。一个陌生的骑手从密林中现身，用他手中的戟刺向执旗手，把他刺倒之后就逃走了。其他人把他带到国王面前，国王立刻下令：

"把我的剑和头盔取来！伯爵还活着。"

斯诺里在这里运用了萨迦的技巧；他并没有停下来解释，说国王已经猜到了那个陌生骑手的身份，因为只有哈康伯爵才有能力那么干。

《海姆斯克林拉》有那么一点儿骗人的天真。斯诺里·斯图鲁松啰里啰嗦地介绍了圣人奥拉夫的生平，此人十二世纪中叶被封圣，赢得了"Perpetuus rex Norvegiae"[1]的奇特称号。斯诺里似乎很喜欢他，称他为"这位亲爱的国王"，在他逝世好几百年之后，仍然让他的灵魂出现在历史的关键时刻。但是，斯诺里也略去了他创造的很多奇迹，解释说这些不过是虔信的骗人把戏，还把这些变成了梦中的奇幻之景。

作品中到处都是值得背诵的警句，非常简练。在奥拉夫·特里格瓦松最后的战役中，从已经取得胜利的敌方舰队中射来一支箭，把埃纳尔·塔巴斯克维尔手中的弓一折为二，后者是国王最好的弓箭手，差点儿就杀了敌军首领。

"什么断了？"奥拉夫·特里格瓦松问，头也没回。

"是挪威，陛下，断送在了您手中。"埃纳尔大声回答。

战斗输了，国王被吊死了。

萨迦的无人称叙述也沿用至斯诺里的《海姆斯克林拉》，这种来自北方作家的无人称的和经济的叙述手法，六百多年后被福楼拜带到了小说之中。

1　拉丁文，永远的挪威王。

整部作品充满了戏剧性。书中记录的几百个栩栩如生的场景中，也许最令人敬佩的是某场战斗之前的一段对话。我们在此介绍一下当时的情景：托斯蒂格，当时英格兰的撒克逊人国王，戈德温之子哈罗德的弟弟。他觊觎权力，与挪威国王哈拉尔德·哈德拉达结盟。两人率领一支挪威军队，在英格兰东部海岸登陆，攻下了约维克（约克郡）的城堡。在约维克南部，他们与撒克逊人的军队对峙。文中接着写道：

"二十名骑手靠近侵略者的队伍，骑手和马匹同样身披铁甲，其中一名骑手大声喊道：

'托斯蒂格伯爵可在此？'

'我不否认他在。'伯爵回答。

'如果你真的就是托斯蒂格，'骑手说，'我来是告诉你，你哥哥在此奉上他的歉意和三分之一的国土。'

'我接受了的话，'托斯蒂格说，'国王会给哈拉尔德·哈德拉达些什么？'

'国王没有忘了他。'骑手回答，'会给他六英寸英格兰土地，既然他那么高尚，那再多给他一英寸吧。'

'这样的话，'托斯蒂格说，'请转告你的国王，我们会战

斗至死。'

骑手走了。哈拉尔德·哈德拉达沉吟着问道:

'这个这么会说话的骑手是谁?'

伯爵回答道:

'哈罗德,英格兰国王。'"

当天太阳下山之前,挪威人的军队就被打败了。哈拉尔德·哈德拉达死于战斗,伯爵亦如此。

在史诗般的语言背后,藏着一个微妙的心理游戏。哈罗德假装不认识自己的弟弟,让后者从他自己的角度,意识到不能认哥哥;托斯蒂格没有背叛他,但也没有背叛自己的盟友;哈罗德已经准备原谅自己的弟弟,但是却不能忍受挪威国王的入侵,他这么做完全情有可原。此外,还在回答中加上了熟练的文学技巧:奉上三分之一的国土,给予六英寸的英格兰土地。这个回答中还有一个更加令人敬佩的敌方:作为挪威人就将永远处于挪威人的境地。就像一个迦太基人向我们介绍关于雷古鲁斯[1]各种丰功伟绩的记忆。

---

1 Mareus Atilius Regulus(?—248),古罗马军事活动家,第一次布匿战争时期的统帅。

斯诺里·斯图鲁松讲了故事的结局：打败挪威人之后，哈罗德又接到了另一起侵略的消息：一支游牧军队在英格兰南部登陆了。哈罗德再次出征，他被打败了，死于黑斯廷斯的行动之中。在《海姆斯克林拉》的书页之外，还有一个斯诺里非常喜欢讲述的事实：国王的尸体被一位深爱他的女子发现了，此人名叫天鹅颈伊迪丝，即伊迪丝·斯万内莎。海因里希·海涅曾在他的《吉卜赛谣曲》中吟唱过这一事件。

受到斯诺里故事的激励，一些十九世纪的文人（卡莱尔、奥古斯丁·梯叶里、布尔沃、丁尼生）都曾大手笔地重写过这位冰岛历史学家的质朴故事，并用风光、感叹、古旧的味道、强调等手法为其添加各种装饰，雄心勃勃地要完善故事情节。他们的情形和那些想要重写《圣经》的人一模一样。

对斯诺里·斯图鲁松的肯定

　　冰岛文化的产生，要归功于自由、流放与对故土的怀念，日耳曼文化在这样的冰岛文化中达到了巅峰，而冰岛文化则在斯诺里多姿多彩的作品中达到了巅峰。

　　卡莱尔在盛赞斯诺里时，将其定为"荷马般的"。这种认定，在我们看来，实际上是错误的。不管是否从历史标准来看，荷马这个名字总是意味着某种光环，某种与生俱来的东西，而斯诺里·斯图鲁松的情况却不是如此，他在许久之前就已经得到了承认和加冕。把斯诺里比作修昔底德更为合适，因为后者同样为历史赋予了文学性。修昔底德在《伯罗奔尼撒战争史》中的诸多讲演，众所周知，受到了史诗与戏剧的影响，《海姆斯克林拉》的风格也同样受到了萨迦的影响。

斯诺里在《海姆斯克林拉》中，收集了自己种族的历史与传说；在《小埃达》中，汇聚和组织了异教信仰散落的神话，然后对它们进行研究。于是，正如理·莫·梅耶（《古日耳曼宗教史》，莱比锡，一九一〇年）指出的那样，斯诺里就这样履行了双重职责：神学家的职责和历史学家的职责。梅耶写道："神学家最后的任务就是编纂：收集资料，并对其进行编写……斯诺里完善了北方的古老神学，是日耳曼古老宗教的奠基者。"在另外一处，我们读到："斯诺里属于神话演变的历史，同时也属于神话学的历史。他是雅各布·格林遥远的同行。尤其，他还是一个伟大的经典散文家。"

自然科学和哲学并没有引起斯诺里的注意。就算没有这些学科，可以肯定地说，斯诺里也在中世纪中叶预示了文艺复兴人的类型。从某种意义上来说，这就是北方的意识，历史、诗歌、神话都在他身上获得新生。也许，他就是履行了确认这些斯堪的纳维亚古老事物的任务，因为他预感到这些事物行将就木，也许是因为他意识到了他自己生活中的不足和缺点造就的那个世界即将分崩离析。

其他历史萨迦

　　一二六四年前后，在斯诺里·斯图鲁松去世二十年之后，冰岛臣服于挪威王室。内战将那些大家族的力量消耗殆尽。斯诺里的侄子斯图拉·索达松创作了《斯图伦斯萨迦》，即斯图伦斯家族故事的部分内容。斯图拉·索达松人称历史学家斯图拉，一二六三年前往挪威。在一艘王家舰船上，他应王后的要求，讲述了女巫乌尔德的故事，他的成就使得马格努斯国王委托他写下自己父亲的故事，于是就有了《哈康萨迦》。哈康已经踏上远征，去了苏格兰，却没再回来。斯图拉还写了一部《马格努斯萨迦》，即国王马格努斯的故事。《斯图伦斯萨迦》中还插入了"渡鸦"斯文比约登松的生平，此人是著名的弓箭手、手艺人、吟唱诗人、田径运动员、法学家和医生。家族迁徙的努力，加上宗教信仰，使得"渡鸦"斯文比约登松前往圣地亚哥·德·孔波斯特拉、罗马和法国朝圣。在英格兰，他把海马的牙齿奉献给坎特伯雷的圣托马斯大教堂。他回到冰岛之后，他的一个敌人，托瓦尔德·斯诺拉松，放火烧了他家；他想逃，却被烧死了。

另外一部复杂的作品是奥克尼伯爵们的故事，《伯爵萨迦》或《奥克尼伯爵萨迦》。奥克尼家族从公元九世纪中叶开始，从投靠维京人到投靠哈拉尔德·哈尔法格，后来变成了挪威的封建领主，直至一二三一年。奥克尼家族的其中一位伯爵曾前往巴勒斯坦朝圣，还留下了几首关于约旦河的诗。

所谓的古老萨迦

公元十三世纪，出现了所谓的古老萨迦（Fornaldarsögur）。总的来说，这些萨迦没有任何历史价值，它们只追求神话与冒险经历的堆积。挪威的一位国王坦承，这些所谓的"捏造萨迦"让他觉得更为有趣。《哈尔夫萨迦》或《哈尔夫国王传》即此类萨迦。故事发生在一个年代不详的遥远时代，有些类似《一千零一夜》中航海家辛巴达的历险故事。哈尔夫的儿子希约莱夫把长矛扔向一个巨人，刺伤了他的一只眼睛。一天早上，大海上出现了一座人形的大山，开口跟他说话。随后，给他送来一个能预言未来的特里同 [1]。最有名的是《弗里乔夫萨迦》。瑞士诗人特格纳尔一八二五年出版了这部作品的一个译本，共二十四歌。译文非常成功，特格纳尔的译文被翻译成英语二十四次，被翻译成德语二十次。歌德虽然已经年迈，但是仍然执笔推荐"这部古老的诗歌作品，活力四射、伟大而野蛮（Gigantisch-barbarisch）"。《弗里乔夫萨迦》是一个充满了基督教道德的爱情故事。故事的主人公是维京人，"但是他只杀坏人，让商人和庄园主可以平静地生活"[2]。他的敌人崇拜巴德尔，还会魔法。弗里乔夫杀死了其中一个敌人，对幸存者说："这场战斗证明我的事业要比你们的成功。"菲尔波茨准确地注意到，成功就证明了美德的概念与日耳曼人古老的异教信仰是完全相悖的。

《朗纳尔·洛德布罗克萨迦》也非常有名。故事的主人公也是一位维京人，诺森布里亚的撒克逊国王艾勒把他扔进了一个蛇洞。朗纳尔以无比的欢乐，一边唱歌，一边等待死亡。我们在此列举其中一段：

---

1 Triton，传说中海神的侍从。
2 让人联想起罗宾汉、路易斯、坎德拉斯、"魔鬼兄弟"米凯莱·佩扎，以及墨西哥诗歌：
　　马卡里奥多么英俊
　　年少而发盛！
　　他从不掳劫穷人，
　　相反，他拿钱给穷人。——原注

"我很高兴地得知巴德尔的父亲正在为宴席摆放长凳。很快，我就能在弓形的杯子里喝到啤酒。来到弗约尼尔[1]住处的勇士不会哀悼他的死亡。我不会往嘴唇中放入恐惧的词语……众神会欢迎我的到来；我已经迫不及待想要出发。我生命中的日子已经过完。我笑着死去。"

《朗纳尔·洛德布罗克萨迦》创作于十三世纪；《朗纳尔之歌》，则创作于一一〇〇年。希尔达·罗德里克·埃利斯，在前文已经提到过的作品中表示，类似这样的诗句通常是由献给奥丁的牺牲品吟唱的。

在《伏尔松萨迦》中，我们会再次看到一个男子死于蛇洞之中。

---

1 弗约尼尔是奥丁的诸多名字之一（《格里姆尼尔之歌》，47），胡戈·格林尝试将其翻译为"诸多形式者"。——原注

《伏尔松萨迦》

　　《老埃达》中有十歌（有些是独白的形式，有些则是对话形式）讲述了同一个冗长而悲惨的故事，被传播到广袤的地区，还延续了好几代人，故事中出现了贡纳尔、西古尔德、布隆希尔德、法夫纳和古德隆恩。这个漫长的故事是体现日耳曼人想象的最初作品之一，根据语文文献学家推测，故事诞生于莱茵河畔，但是我们所能找到的最古老的版本，就是《埃达》中的版本。十三世纪中叶（按照马格努松的说法，应该是十二世纪中叶），一位姓名早已佚失的挪威作者，受到这些史诗的启发，创作了《伏尔松萨迦》。这是用散文扩写的故事，虽然创作时间较晚，却保留了原始和野蛮的痕迹。"讲述西古尔德先辈故事的萨迦"——雅各布·格林注意到，"以一种非常古老的野蛮著称。"

萨迦的第一章和最后一章中，我们都能看到一个灰色胡须、遮住口鼻、帽檐压到眼睛上方的男子。此人就是奥丁，由他来开启和结束故事。在故事的发展进程中，许多人出生，许多人死去。一位神灵，避开生死，衔接开头和结尾。

奥丁、海尼尔和洛基三位神灵，来到一座瀑布前，洛基用石块杀死了一只水獭。当天晚上，他们来到赫瑞德玛家投宿，把水獭皮拿给他们看。赫瑞德玛和他的儿子法夫纳和雷金立刻扣留了神灵，因为那只水獭实际上是赫瑞德玛的儿子欧特，他经常化身水獭前去捕鱼。赫瑞德玛要求神灵用金子填满整张水獭皮。洛基出去找金子，回来救同伴。他在瀑布那里网到了一条鱼，这其实是侏儒安德瓦利，他守护着宝藏，但是，被抓住之前他诅咒和预言宝藏的主人会一个个死去。神灵付了赎金，就被放了。之后，赫瑞德玛拒绝把儿子们应得的那份分发给他们。法夫纳趁赫瑞德玛睡觉的时候杀了他，独自吞下了宝藏。他化身为龙来守护宝藏。雷金则离开了，去丹麦国王耶尔普雷克的王宫当了一名铁匠。

耶尔普雷克让雷金教育西古尔德，此人即《伏尔松萨迦》

的主人公。西古尔德是西格蒙德的遗腹子，是西格蒙德的第二位妻子约迪斯生的。（西格蒙德是伏尔松之子，是奥丁的后代，在他的两次婚姻之前，曾与他妹妹西格尼有过一段乱伦的爱情。西格尼需要一位伏尔松家族的复仇者，因此，她跑到了哥哥的床上。）西古尔德由雷金在森林里抚养长大，后者教他"下象棋、写如尼文、说各种语言，如同当时的王子必须要学习的那样"。雷金为了向法夫纳报仇并夺回财宝，为西古尔德铸了一把剑，名叫格拉墨，这把剑削铁如泥，西古尔德拿着剑一下子就把铁砧劈成了两半。这把剑锋利无比，西古尔德又挥了一下，就砍断了水中的羊绒线。在雷金的坚持下，西古尔德向龙发起进攻，并且杀死了龙。龙垂死之际对他说："你这一生中，每天都会找到无数金子，但是这些金子会毁了你，所有染指这些金子的人都会被毁。"西古尔德回答说："我会离开这里，如果我相信丢掉金子就永远不会死，那我就会丢掉这些金子，但是任何正直而有追求的人都希望手中能握有财富，直到最后一天。至于你，法夫纳，你就继续在痛苦中翻滚吧，直到你死了，你才会被送往地狱。"

法夫纳死了，雷金跟西古尔德要他的心。西古尔德取下他的心，准备交给雷金，此时，他沾满鲜血的双手不小心碰到了嘴唇。龙血让西古尔德能够听懂鸟儿的话语。鸟儿提醒他，雷金准备杀他灭口。西古尔德举起格拉墨剑，杀死了剑的铸造者。鸟儿还告诉他，南方有个熟睡的金发女郎，她被一圈火焰墙包围着。西古尔德装了两大箱金子，骑着马走到可以从地平线上看到一束巨大的光线直冲云霄的地方。他来到了法兰克人的国度。火焰中间有一座城堡，城堡用盾牌做装饰[1]，城堡里睡着一名全副武装的女子。西古尔德拿掉了她的头盔，金发女郎睁开双眼，对他说："啊，西格蒙德的儿子西古尔德来了，头上戴着法夫纳的头盔，手里拿着法夫纳失落的财宝。"然后，她告诉西古尔德，之前奥丁一直很喜欢她，直到她把应该给老人的胜利给了一位年轻人。奥丁把她关起来惩罚她，还把她钉入睡梦之中。现在，她不能像同伴那样去战场上分发胜利了，她得跟一个死人结婚。她教会西

1　科勒维尔和托内拉是这么描述的；格林则认为没有什么火焰墙，也没有什么城堡，西古尔德看到的直冲云霄的光不过是围绕在金发女郎身边的盾牌光的反射。莱姆格鲁布纳（《瓦尔基里的复活》，一九三六）坚持认为火焰墙对应的是古老的概念，而为了减弱这种神奇效果，后来人们就用围成一圈的盾牌来取代火焰墙。——原注

古尔德如尼文，让他学会治愈伤口、取得战斗胜利、安抚大海和帮助女人分娩。据说她的名字是西格尔德里法，有评论家将她视为布隆希尔德。西古尔德离开了她，但是发誓会回来跟她结婚。这个历险故事是睡美人故事的一个版本，德语中叫作 Dormröschen，而法语中则叫作 La belle au bois dormant。

西古尔德带着宝藏来到莱茵河畔的约尔基王宫。王后格里姆希尔德是个女巫，公主古德隆恩美貌异常。王后让西古尔德用一个魔法杯喝酒，扰乱了他的记忆，西古尔德与古德隆恩成了亲。古德隆恩的哥哥贡纳尔想和布隆希尔德结婚，后者发誓说只会答应嫁给能够穿过围绕在她城堡周围的火焰墙的男子。

贡纳尔和西古尔德来到火焰墙边。贡纳尔的坐骑拒绝跳过火焰，贡纳尔对西古尔德的坐骑也下了同样的命令，但是依旧徒劳无功。于是，西古尔德装扮成贡纳尔的样子，他骑马越过火焰墙，在布隆希尔德住所门前下马。两人交谈时，西古尔德说："我叫贡纳尔，是约尔基的儿子。我穿过了围绕在你身边的火焰墙，你是我的女人了。"布隆希尔德回答："贡纳尔，如果你不是最优秀的男子，请不要跟我说这些。我和俄罗斯国王作战，我们的武器上沾满了凡人的鲜血，我仍然对打仗如饥似渴。"西古尔德说她应该记得自己的诺言。两人在一起共度了三个夜晚，第三天晚上，他们交换了戒指，但是西古尔德根本没碰布隆希尔德，他在床上，在两人之间，放了一把出鞘的剑。（在《一千零一夜》里也有类似的场景，伯顿认为，剑在此类情况下，代表着英雄的荣誉。）

布隆希尔德和贡纳尔结了婚。一天，布隆希尔德与古德隆恩一起来到河里洗浴。布隆希尔德占了上游，两人吵了起来，于是布隆希尔德说她的丈夫比古德隆恩的丈夫更强。古德隆恩回答道："你这些话真是说错了。那个穿过了火焰墙的是我丈夫，不是你丈夫，和你交换这枚戒指的，不是贡纳尔。"说着，把戒指拿给布隆希尔德看，布隆希尔德认出了戒指，"脸色变得像死人一样苍白，就这样回了家，这天晚上，她一句话都不说"。后来，她威胁说要抛弃贡纳尔，逼着贡纳尔去杀死西古尔德。

古托姆，贡纳尔的半同胞兄弟，接到了这个任务。为了培养古托姆的勇猛，从小用蛇肉和狼肉喂养他。古托姆曾两次尝试去完成这个艰巨的任务，但是他无法忍受西古尔德的目光。第三次，他碰巧遇到西古尔德正在睡觉。他一剑刺中了西古尔德，但是西古尔德死之前先杀死了他。古德隆恩枕在西古尔德肩上睡觉，醒来发现自己浑身是血。布隆希尔德听到古德隆恩的哭号，笑了。

西古尔德死了以后，布隆希尔德发现自己无法独活。她用匕首刺中自己，在此之前向贡纳尔提出了最后的要求："我想和西古尔德葬在一起，两人中间请再放上一把出鞘的剑，就像我们俩同床共枕那些日子里的那样。实际上，我们会更像夫妻，他身后那扇门，在我决意随他而去之后，就永远不会关上。"

多年之后，古德隆恩喝下了母亲给她的魔药之后，嫁给了匈奴王阿提里。阿提里觊觎那份宝藏，背信弃义地邀请贡纳尔和他兄弟赫格尼去自己的王国。两人不顾古德隆恩的警告和女人不祥的梦境，踏上了漫长的旅途。出发前，他们把宝藏沉到了莱茵河底……

他们来到了阿提里治下的国土。一场硬仗之后，两人变成了阶下囚。赫格尼被挖了心，贡纳尔被扔进了蛇穴，但是他仍然没有说出宝藏的埋藏之地。

古德隆恩之前没有想过要替西古尔德报仇，这次却决定要给自己的两个兄弟报仇。她假装与阿提里妥协，准备举行一场葬礼。她杀死了和阿提里生的两个孩子，让阿提里喝下了混有孩子鲜血的酒，吃了孩子的心做的菜。接着，她把酒菜的真相告诉了阿提里。当天晚上，古德隆恩杀死了国王，把城堡付之一炬。

匈奴王阿提里明显就是阿提拉，《伏尔松萨迦》的最后几章中可以看到关于这位著名国王死亡的戏剧性冲突。吉本赞同公元六世纪的历史学家约达尼斯的版本，表示："阿提拉在其长得数不清的女人名单上，加了一位漂亮的女孩伊迪尔科。婚礼极尽奢华之能事，在多瑙河另一边的木质宫殿里举行。国王在酒精和瞌睡的双重作用下，深夜从宴席来到洞房。仆从尊重他的喜好或他的安静，直到第二天下午，不同寻常的沉寂才让他们有所警觉，在他们多次尝试叫喊国王未果之后，他们进入了国王的住所。只见床脚下，瑟瑟发抖的新娘把脸藏在帏布下，一边担心着自己的安危，一边叹息国王的死去，国王在夜间断了气。"这个悲惨的场景发生在公元四五〇年前后。七到八个世纪之后，一个挪威人回忆起这一幕，栩栩如生，更为夸张。

《伏尔松萨迦》是文学史上成就最高的史诗之一。故事的梗概，不可避免地起了一定的教育作用，在加重书稿原始特性的同时，毫不意外地为故事增添了虚构的成分。然而，作品却没有情节那么野蛮，因为情节是作者按照传统安排的。《伏尔松萨迦》故事梗概和《麦克白》的故事梗概遭遇相同，给人的第一印象经常是一团乱糟糟的残酷行径。我们忘了故事的主题对现代人是如此的熟悉，突然发现贡纳尔死于蛇穴其实和发现一位男子在房间中死于十字架上一样令人震惊。和莎士比亚或古希腊的悲剧作家一样，《伏尔松萨迦》的作者接受了古老神奇的神话传说，按照神话的要求，自觉承担了创作合适人物形象的任务。或许有人不相信火焰墙和床中间的剑，但是绝不会有人不相信布隆希尔德以及她的爱情和她的孤独。萨迦中的故事可能是假的，但是人物却是真实的。

另一方面，还有一件事不会使其失去意义，即两位十九世纪的诗人，两位引领时代且现在仍然影响着我们这个时代的诗人，从《伏尔松萨迦》中获得了灵感。一八七六年，威

廉·莫里斯，日耳曼主义者、画家与装饰家，英国社会主义
之父及萧伯纳的老师，发表了长诗《世俗的天堂》；一八四八
至一八七四年，理查德·瓦格纳创作了著名的四部曲《尼伯
龙根的指环》。

萨克索·格拉玛提库斯

公元十一世纪，一位丹麦国王同时也是挪威国王和英格兰国王；另一位国王，瓦尔德马二世，统治着从厄尔巴岛到佩普西湖的广袤土地，同时也是汉堡和吕贝克的主人。维京人的语言，即现在被语言学家称为 gammelnorsk 的语言，当时被人们充满激情地称为 donsk tunga，丹麦语。中世纪时期，丹麦是一个勇士之国。在《盎格鲁-撒克逊编年史》的书页中，我们已经找到了丹麦在邻国中引发恐惧的某种证据（"丹麦人骑上马，把所有能带的东西都带走，还犯下了诸多无法言说的罪行"）。除了大量堆砌打破常规的形容词，这个来自某位爱尔兰历史学家的文字也做了同样的描述："总之一句话，就算一个脖子上长了一百个钢铁脑袋，就算每个脑袋就长了一百条尖锐、灵活、新鲜且永不生锈的舌头，就算每条舌头都能说出一百种粗鲁、有力、滔滔不绝的声音，这些都不足以影射、叙述、列举或咏叹爱尔兰人——有男有女、有俗有僧、有老有幼、有贵有贱——遭受的各种恶行，这些爱尔兰人勇敢易怒，是彻头彻尾的异教徒。不管残酷、压迫和暴政是多么巨大，不管爱尔兰习惯在战场上赢得胜利的部族数不胜数，且家族人数众多，不管他们的英雄、冠军、勇敢的战士人数如何众多，也不管骁勇的首领曾经创下了多么辉煌著名的丰功伟绩。没有任何人能够带来轻松自由，能够摆脱那种压迫与暴政，是因为暴政数量大，涉及人群广、残酷易怒，且有伴随压迫而来的粗暴、凶残、愤怒、不羁而无情的绞索，这一切都是因为爱尔兰人光洁、宽阔、众多、沉重、亮闪闪且制作精良的铠甲，也因为他们坚硬、强悍而勇敢的刀剑，他们用心锻造的长矛，他们的业绩和行为的高尚，他们的付出与勇气，他们的力量、毒害与残暴，他们因过度饥渴而引发的勇敢与旺盛，他们高贵地栖息在充满瀑布、河流、沙滩的纯净、平坦、甜美之地爱尔兰。"[1]

丹麦的萨迦记录了这个好战的过去。《绍尔德王朝萨迦》讲述了古代国王的故事。书稿的第一部分已经佚失，只留下一个《古代国王萨迦残篇》和关于朗纳尔·洛德布罗克和赫罗尔夫的萨迦，后者讲述了蓝牙王哈罗德和斯文二世的生平。《约姆斯维京人萨迦》用小说的方式，讲述了波美拉尼亚重地约姆斯堡的海盗的故事。这些书籍为萨克索·格拉玛提库斯在十二世纪末期创作他的名作《丹麦人的业绩》提供了帮助。

萨克索·格拉玛提库斯，武士的儿子和孙子，出生于十二世纪中叶，走上了教士的道路。他是瓦尔德马一世的部长、红衣主教阿布萨隆的秘书。这位高级神职人员鼓励他书写祖国的故事。直到十七世纪，拉丁语才成为欧洲文化间的

---

1 在一部修道院手稿的边缘，人们找到了下面这首四行诗。库诺·梅耶把它翻译成了英语（《爱尔兰诗歌》，一九一一年）。

　　今晚的风苦涩

　　吹动大海的白发；

　　今天我不再惧怕北方的勇猛武士

　　他们奔驰在冰岛的海上。　　　　　　　——原注

国际纽带。在他的职业生涯中，萨克索获得了一种明丽却略显造作的写作风格。他的偶像是瓦莱里乌斯·马克西姆斯、查士丁和大百科全书派的乌尔提亚努斯·卡佩拉，他熟练掌握的拉丁语诗作技巧使得他能够在《丹麦人的业绩》中添加本国诗歌的优质译本，现在则替代了那些早已佚失的原作。他的作品又被称为《丹麦史》，一共分为十六部。行文更加详细可靠，更贴近当今。

萨克索·格拉玛提库斯与尊者比德和斯诺里·斯图鲁松一脉相承。很遗憾，在我们看来，比德与异教走得实在太近，只能将其视作敌人。斯诺里带着喜爱与嘲讽，将四散的古老神话重新排列组合。萨克索，按照理·莫·梅耶的说法，则缺少宗教情感，他学识渊博，在他的《丹麦史》中加入了先辈的宗教。无独有偶，维尔肯也指出了萨克索在宗教题材方面干巴巴的不足。

萨克索·格拉玛提库斯不信奉宗教或者对宗教的无动于衷并没有令他忽略奇妙的一面。他认为，历史学家的责任不仅仅在于记录真实的事实，同时也要记录传说与传统。因此，第十部中他为我们讲述了一头熊爱上姑娘，把女孩长时间羁留在自己的洞穴中，并让她为自己孕育了儿子，儿子的后代中有不少人做了国王的故事。在第八部中，讲到了向水手兜售风的女巫，还讲到一位女王，她是那么的美丽，虽然被判去接受野马马蹄的践踏，但是，野马在看到她之后都惊呆了，不敢伤害她。

命运偏爱萨克索·格拉玛提库斯，他的《丹麦人的业绩》第三部包含了哈姆雷特故事的最初版本。作者提到，安姆罗迪或安姆雷斯的父亲霍纹狄被兄弟锋杀害，后者乱伦般地娶了霍纹狄的妻子、王后葛露丝（莎士比亚戏剧中王后名叫乔特鲁德）。安姆雷斯假装发疯，以摆脱锋的残暴统治。锋派一个妓女去接近安姆雷斯，妓女的任务是证明安姆雷斯神志清明。安姆雷斯在朋友的提醒下，没有上当受骗。锋于是又派一名顾问去监视他，此人就躲在王后房间的窗帘后。安姆雷斯，一边像公鸡那样引吭高歌，一边又像挥动翅膀那样挥动手臂，发现了有人闯入偷窥。他用剑杀死了此人，割下了头颅，把尸体大卸八块，扔进了城堡的地洞，让猪分食。锋通过安姆雷斯，给英格兰国王去信，要求国王杀了安姆雷斯。安姆雷斯则用另一封信替代，信中请求国王把女儿嫁给他。

举行婚礼之后，安姆雷斯回到丹麦，却发现人们正在为他的死举办葬礼。当所有宾客都喝得醉醺醺的时候，安姆雷斯放火烧了大厅，所有人都死了。最后，安姆雷斯走上锋的宝座，割下了锋的头颅。

莎士比亚并不知道《丹麦人的业绩》，他的灵感来自米朗索瓦·德·贝尔弗雷斯特[1]于一五七〇年在巴黎出版的《悲剧故事》。哈姆雷特的某些回答中神秘而简洁的风格早在萨克索的版本中就能找到踪迹。

---

1 François de Belleforest（1530—1583），法国作家、翻译家、诗人。

参 考 书 目

懂法语的人可以直截了当地读懂若利韦和莫斯令人肃然起敬的文选、语法和注释版，由奥比耶出版于巴黎。

至于盎格鲁-撒克逊语，从《贝奥武甫》开始研究是一种传统的做法，《贝奥武甫》可以让教师很容易地收录三千二百行的诗作，但是它的拉丁语综述和冗长通常会令人产生厌恶和逃避的情绪，虽然其中有些章节的确令人难以忘怀。最好的版本是克莱伯的版本，一九五〇年在波士顿出版。

最好还是从《芬斯堡之战》的英勇片段、哀歌《航海者》或《坟墓》入手。

下列选集非常不错：斯威特，《盎格鲁-撒克逊读本》，牛津，一九四八年；马丁·莱纳特，《盎格鲁-撒克逊诗歌与散文》，柏林，一九五五年。

最合适的词典是：约·理·克拉克·霍尔，《简明盎格鲁-撒克逊词典》，剑桥，一九六〇年。

关于冰岛语，最好的文本是：埃·瓦·戈登，《古诺斯语入门》，牛津，一九五七年。

关于冰岛语的基础语言学习，下列教材非常实用：格伦迪宁，《冰岛语自学》，伦敦，一九六一年。

《老埃达》最易接近的版本是：卡尔·温特，海德堡，一九六二年。

最实用最简易的词典是索伊加的辞典，省略了诗化的形象：《古冰岛语词典》，牛津，一九六一年。

德国最初的诗歌都收录在斯特凡·格奥尔格派作家卡尔·沃尔夫斯凯尔的书中：《古德语文学作品》。

下列作品堪称佳作：

威·帕·克尔，《史诗与传奇》，一八九六年。

伯莎·菲尔波茨，《埃达与萨迦》，一九三一年。

扬·德·弗里斯，《古北欧文学史》。

译　　本

除了一些粗劣的谜语之外，所有的盎格鲁-撒克逊诗歌都被罗·凯·戈登用英语译写成了散文，已作为值得表彰的每个人都应该拥有的藏书目录中的一卷出版。

加文·博恩的译文或再创作令人敬佩，著名的埃兹拉·庞德的试验译作早已不再令人好奇，因为庞德不在意词汇意义的再现，而更关注词语的音律。

《老埃达》最好的英文译本是李·霍兰德的译本，奥斯汀，得克萨斯大学出版；最好的德语译本应推胡戈·格林的译本，莱比锡，一八九二年，和费利克斯·根茨默尔的版本，耶拿，一九三四年。

斯诺里的《海姆斯克林拉》由埃尔林·莫森译成英语，

剑桥，一九三二年；由费利克斯·尼德纳译成德语，耶拿，一九二二年。后者还把《小埃达》也译成了德语，耶拿，一九二五年；而《海姆斯克林拉》唯一的英文全译本则是阿瑟·吉尔克里斯特·布罗德的译本，牛津，一九二九年。

冰岛萨迦在德语、英语和当代斯堪的纳维亚语中，质量上乘且易得的版本众多。

《冰岛史》由赫尔曼·詹特森翻译成德语，柏林，一九〇〇年；由埃尔顿与鲍威尔翻译成英语，伦敦，一八九四年。

卡尔·西姆罗克对《尼伯龙根之歌》的经典翻译至今无人能出其右；最近的新译本出自克罗纳，斯图加特，一九五四年。

JORGE LUIS BORGES
MARIA ESTHER VAZQUEZ
Literaturas Germánicas Medievales

图字: 09-2010-614 号